U0579947

国家社科基金
后期资助项目
GUOJIA SHEKE JIJIN HOUQI ZIZHU XIANGMU

中国文学艺术思想通史

总主编　童庆炳　李春青

先秦文艺思想史

上册

The History of Literary Theory in Pre-Qin Period

李春青　主　编
李　山　过常宝　刘绍瑾　副主编

北京师范大学出版集团
BEIJING NORMAL UNIVERSITY PUBLISHING GROUP
北京师范大学出版社

图书在版编目（CIP）数据

先秦文艺思想史（上下册）/ 李春青主编.—北京：北京师范大学出版社，2012.5
（中国文学艺术思想通史；1）
（国家社科基金后期资助项目）
ISBN 978-7-303-13135-8

Ⅰ.①先… Ⅱ.①李… Ⅲ.①文艺思想史-中国-先秦时代 Ⅳ.①I209.2

中国版本图书馆 CIP 数据核字（2011）第 149690 号

营 销 中 心 电 话　010-58802181 58805532
北师大出版社高等教育分社网　http://gaojiao.bnup.com.cn
电 子 信 箱　beishida168@126.com

XIANQIN WENYI SIXIANGSHI

出版发行：北京师范大学出版社 www.bnup.com.cn
　　　　　北京新街口外大街 19 号
　　　　　邮政编码：100875
印　　刷：北京市易丰印刷有限责任公司
经　　销：全国新华书店
开　　本：165 mm × 238 mm
印　　张：61
字　　数：997 千字
版　　次：2012 年 5 月第 1 版
印　　次：2012 年 5 月第 1 次印刷
定　　价：120.00 元（全二册）

策划编辑：赵月华　　责任编辑：陶　虹　谢作涛
美术编辑：毛　佳　　装帧设计：毛　淳　毛　佳
责任校对：李　菌　　责任印制：李　啸

国家社科基金后期资助项目

出 版 说 明

后期资助项目是国家社科基金设立的一类重要项目，旨在鼓励广大社科研究者潜心治学，支持基础研究多出优秀成果。它是经过严格评审，从接近完成的科研成果中遴选立项的。为扩大后期资助项目的影响，更好地推动学术发展，促进成果转化，全国哲学社会科学规划办公室按照"统一设计、统一标识、统一版式、形成系列"的总体要求，组织出版国家社科基金后期资助项目成果。

全国哲学社会科学规划办公室

《中国文学艺术思想通史》

总主编　童庆炳　李春青

编委会　童庆炳　韩兆琦　李壮鹰　党圣元

　　　　　李春青　张海鸥　赵维江　唐晓敏

　　　　　李　山　过常宝　刘绍瑾　方锡球

《先秦文艺思想史》

主　编　李春青

副主编　李　山　过常宝　刘绍瑾

目 录

上 册

第二编　神话传说中的艺术精神

第三编　礼乐制度与艺术精神

第四编　贵族生活方式与艺术精神

绪　论：对象与方法

先秦时期毫无疑问有着极为丰富的文学艺术作品以及相应的文艺思想。中国两千多年的哲学史、学术思想史的源头在此，中国两千多年的文学艺术发展史、文艺思想史的源头亦在此。因此"先秦文艺思想史"研究的意义与价值自不待言。然而作为一个研究课题，这却真是一个极为难啃的骨头。其难度不仅来自于文字资料的匮乏（特别是商以前的上古时期），而且更在于文艺思想言说的含混、模糊以及其文化内涵的复杂性。因此我们所能做的就是对纷繁复杂的材料进行分析、梳理与阐释，从而对此期文艺思想从萌芽到成熟、从杂乱到有序的演变过程有一个大致的了解。在这篇"绪论"中，我们将对先秦文艺思想发生、发展的大致脉络进行勾勒，对我们的研究方法以及研究特色予以阐明。

一

对于商代以前的文艺思想的研究是困难的，因为很难说这个时期有什么见诸文字记载的文艺思想可言。但是这一时期的艺术无疑又是极为发达的，从新石器时代磁山文化、裴李岗文化、老官台文化、北辛文化、兴隆洼文化、皂市文化、城背溪文化、河姆渡文化、仰韶文化、马家窑文化、大汶口文化、红山文化、良渚文化到殷商文化，从古朴的石器、陶器、玉器、骨器到绚烂多姿的青铜器，无不透露出远古初民的审美意识与艺术精神。因此尽管此期没有什么系统的、见诸文字的文艺思想，但我们还是可以从这些器物中发掘出丰富的艺术精神来。

这里有一个问题需要特别指出：这个时期的器物并不是作为纯粹的审美对象而存在的。就其功能而言，它们大体可分为两类：一是日常生活用品，例如大多数陶制的碗、罐、钵、壶、缶等，青铜的鼎、盆、盘、爵、尊等，都是日常所用之物。这类器物上的色彩与图纹往往具有原始巫术意味，旨在辟邪与祈福等，后来才渐渐演化为纯粹的纹饰。二是祭祀典礼用品，即所谓"礼器"，如钟、鼎、磬、盉、鬲、玉钺、玉琮等。这类器物中蕴含着古人对神灵的虔敬以及等级观念、身份意识等复杂意义，也不是纯粹的审美趣味。因此我们在分析此类器物的艺术精神时，就不能像对待后世的艺术品那样仅仅从审美的角度立论，而是必须阐发其固有内涵，在充分理解其实用功能的基础上进一步阐发其审美意义，换言之，我们是把"审美"理解为一个历史性范畴，充分认识到在不同历史条件下"审美"的不同意义与功能。

中国古代神话传说本身就是艺术想象力的产物，神话中的主人公们，无论是由人变而为神，还是由神变而为人①，都蕴含着上古初民极为丰富的想象与创造，体现着他们的美好愿望，包含着最强烈的艺术精神，因此如果说那些原始时期的石器、陶器、玉器等器物是中国古代最早的造型艺术，那么神话传说就应该是中国古代最早的叙事艺术。由于中国古代神话大都保存在春秋战国甚至秦汉时期的典籍中，不仅极为零散，而且是否真实记录了上古神话传说也是需要研究的，故而在讨论神话传说的艺术精神时，我们就不得不大量引证现代以来有关中国古代神话传说的研究资料并进行必要的辨析。

行文至此，我们有必要对"艺术精神"这个在我们这部书中频频出现的提法进行简单阐释。"艺术精神"是一个比较含混的词语，使用者甚众，却并没有严格的定义，可谓言人人殊。然而我们在研究中发现，对于上古时期那些神话传说，那些陶器、玉器、骨器、青铜器，以及周代贵族日常生活方式中显现出来的那种超越于使用价值之上的风格、气质、趣味来说，无论用什么词语，似乎都不如"艺术精神"来得恰当、贴切。这个词语的含混性、不确定性正是这些器物与生活方式自身的特点。这就是我们不得不使用这一词语的原因。既然我们使用了这个词语，就必须对它有一个大致界定，至少应该对其含义有所说明。

在学术话语中，每当我们提到"精神"一词，就很容易想到黑格尔。事实上，就这个词的语义演变史而言，黑格尔的确是一个绕不过去的人物。我们知道，在黑格尔的语境中，"精神"具有极为特殊的地位，就其功能而言，它是世界的本原，一切的自然界、人类社会与人类历史、人的创造性活动，都是精神自身运动的产物。就其性质而言，精神既变动不居，同时又是一种普遍性，它是自足的、永远处于变动之中的普遍性。因此"精神"就有各种表现形式，从其普遍性来说，有"世界精神"之说②；

---

① 关于神话传说的发生，中国学界历来有两种相反的观点，疑古派们认为神话传说中的主人公原本都是部落图腾，而后成为人格神的；信古派则认为神话传说中的诸神原本是做出过重大贡献的部落领袖，逐渐被神化的。

② 〔德〕黑格尔：《哲学史讲演录》第一卷，贺麟、王太庆译，北京，商务印书馆，1959，新1版，第9页。

从历时性看，有"时代精神"之说①。从其共时性之分类来说则有"民族精神"、"东方精神"②、"伦理精神"、"艺术精神"之说③。在《精神现象学》里，黑格尔把艺术的发展分为"抽象的艺术品"、"有生命的艺术品"和"精神的艺术品"三类。在他的逻辑链条中，只有"精神的艺术品"才真正承担起作为精神"自我复归"一个重要环节的使命。他所说的"艺术的精神"是指蕴含于艺术品之中的普遍精神，也就是"作为艺术的精神"，或者是"以感性形式存在的精神"。这是"精神"自我复归过程一个较低的阶段。"精神"只有发展到哲学阶段时才算找到了自己固有的存在形式，从而完成了向着自身的复归。

现代学人也经常使用"艺术精神"这个词语，但是毫无疑问已经与黑格尔的含义相去甚远了。例如，俄国画家、艺术理论家瓦西里·康定斯基在1910年曾写过一本叫作《论艺术的精神》的书讨论绘画理论。他认为人的精神生活就像一个巨大的锐角三角形，上窄下宽，从上到下分为许多层级，每个精神层级上都有艺术家，所以艺术能够满足不同精神层级的需要。在他这里所谓"艺术的精神"也就是艺术以其独特方式表达出来的满足着人们精神需求的那种东西，也就是"艺术所独具的本质"。④

与康定斯基一样，徐复观的《中国艺术精神》一书也没有给"艺术精神"下定义。书中，关于孔子的部分主要是讨论其音乐思想以及与儒家人格理想之关系的；关于庄子部分则主要讨论其"游"的心灵自由状态以及心斋、坐忘等体道工夫的。除此之外就是对中国古代画论中最具特色的提法与见解进行阐述了。如此看来，徐复观所谓"艺术精神"，一是指古人的艺术理想，二是指古代哲学思想中体现出来的心灵自由境界。就其根本而言，徐复观心目中的"艺术精神"乃是一种超拔于凡俗之上的人格境界。其云：

> 庄子所体认出的艺术精神，与西方美学家最大不同之点，不仅在庄子所得的是全，一般美学家所得的是偏；而主要是这

① 〔德〕黑格尔：《哲学史讲演录》第一卷，贺麟、王太庆译，北京，商务印书馆，1959，新1版，第3、56页。
② 〔德〕黑格尔：《哲学史讲演录》第一卷，贺麟、王太庆译，北京，商务印书馆，1959，新1版，第97、69页。
③ 〔德〕黑格尔：《精神现象学》下卷，贺麟、王玖兴译，北京，商务印书馆，1979，第196、199页。
④ 〔俄〕瓦西里·康定斯基：《论艺术的精神》，查立译，北京，中国社会科学出版社，1987，第20页。

种全与偏之所由来，乃是庄子系由人生的修养工夫而得；在一般美学家，则多系由特定艺术对象、作品的体认，加以推演、扩大而来。因为所得到的都是艺术精神，所以在若干方面，有不期然而然的会归。但西方的美学家，因为不是从人格根源之地所涌现、所转化出来的，则其体认所到，对其整个人生而言，必有为其所不能到达之地，于是其所得者不能不偏……这若用我们传统的观念来说明，即是他们尚未能"见体"，未能见到艺术精神的主体。正因为如此，所以他们不仅在观念、理论上表现而为多歧而为奇特；并且现在更堕入于"无意识"的幽暗、孤绝之中。这与庄子所呈现出的主体，恰成为一两极的对照。①

　　因此，徐复观的"中国艺术精神"之论，实质上乃是关于中国文化最精微处的辨析，确然从一个角度揭示了中西两种文化系统在根本点上的差异。徐复观进而认为，中国汉魏之后的文学艺术之发展史实际上正是在孔子和庄子那里确立的"艺术精神"之表征，这也是非常有深度的见解。考诸古代诗文书画的实际，就主流而言，实为儒、道两大文化系统之人格理想之感性显现。

　　综上所述，我们可以概括"艺术精神"的基本意义维度了：

　　一是普遍性，就是说"艺术精神"是指在某种文化系统中或某个时代里普遍存在的艺术特征、艺术风格、审美趣味。如果说到"中国艺术精神"，那是指在中国文化系统中始终存在的那种审美趣味，与其他国家和地区文化系统中的"艺术精神"相区别；如果说到"唐代艺术精神"，则是指一个时期里的艺术旨趣或审美趣味，与"六朝艺术精神"或"宋代艺术精神"等相区别。我们讲周代贵族生活方式中的艺术精神，则是指在周人的日常生活中体现出来的审美趣味。因此，"艺术精神"本身并不就是文艺思想或文论观念，但是它与文艺思想和文论观念有着极为密切的关联性。

　　二是超越性，就是说，"艺术精神"是指一种指向现实物质生活之外的精神旨趣。人首先是物质存在，有着种种物质生活需求；人又是精神的存在，具有精神生活需求。在上古时期那些日用的器物首先是满足人们物质需要的，而那些祭祀典礼用的礼器则满足着人们祈福、辟邪等原始宗教及意识形态需求。这两种需求尽管有物质的与精神的区别，但都是具有实用性，都关涉到人们的生存利益。在这两种实用性需求之外，

————————

① 徐复观：《中国艺术精神》，上海，华东师范大学出版社，2001，第79页。

那些器物以及神话传说中还蕴含着上古初民对美的理解与向往，因此具有某种超越性。我们这里所说的"超越性"不是基督教意义上的由此岸到彼岸的超越，而是指从现实生活到无现实关怀的精神生活的超越。所谓"艺术精神"就是指这种对现实关怀的超越而言。在上古时代那些器物与神话传说中这种超越性是隐含的，而且不占据主导地位，但是它毕竟已经存在了。

三是审美性，就是说，在上古时代的器物与神话传说中已然具有了审美意义，只不过这种审美意义具有鲜明的历史特征，而与后世纯粹以审美为目的的对象有所区别而已。

总之，我们这里所说的"艺术精神"是指那些具有实用目的的器物、神话传说以及人们的日常生活中所具有的具有普遍性的、超越于实用目的之上的审美之维。"艺术精神"不是观念系统，不具有话语形式，因此还不是文艺思想，可以说是文艺思想的萌芽。只是到了西周时期，随着礼乐文化的成熟与发展，真正意义上的文艺思想才产生出来了。

二

春秋战国是中国历史上一个重要转折时期，西周以来的贵族等级制度遭到破坏，一种新的、更适合于富国强兵的政治体制诞生了，这就是君主专制官僚政体。"世卿世禄"之世袭制为奖励耕战、论功行赏、任人唯贤的选士任官制度所取代。社会第一次打破了阶级壁垒，形成了上下流动的机制。在思想观念方面，从王官之学到诸子之学，先秦时期的精神文化在方方面面都发生了重要变化，而在中国古代文论发展史上，这也是第一次大转折、大发展时期。在这里我们来看看这一转折究竟是怎样的，它意味着什么。

王官之学是指周代贵族等级制社会中的主流学术文化。西周建立起来的贵族等级制是中国古代第一个完备而严密的政治制度。大约是受到强大的商王朝瞬间崩溃的刺激，周代贵族在制度建设上可谓殚精竭虑。周初的"封土建君"与"制礼作乐"乃是政治体制建设的两件至关重要的大事："封土建君"的目的是"藩屏周"，其结果是建立起了一个以亲疏远近为次序的、上下一体的严密等级秩序。这个由分封而来的天子、诸侯、卿大夫、士的贵族等级秩序是西周政治制度的核心，同时也是周人精神文化的核心。劳思光尝言：

　　盖周以前，从无取土地而派遣某人为其地首长之事。各部

落各据其地，皆非由"封"得来。周人先胜殷人，然后又作大规
模战争，战胜殷之同盟势力，其后乃创"封土建君"之制度。周
王不仅为共主，而实成为统治天下之天子。换言之，自此制度
实行，中国始真有中央政府也。①

可知周人的"封土地，建诸侯"在政治上实在是一件史无前例的重大
事件，对此后中国三千年之政治制度产生了重要影响。

"制礼作乐"的实质是国家意识形态建设，目的是为贵族等级制确立
合法性依据。其直接的结果是建立起程式化的、无比繁复的贵族文化系
统，通过使贵族成为贵族——在感性和形式层面上培养起特殊趣味——
的方式确证了每位贵族身份的合法性，从而也就确证了整个贵族体制的
合法性。其间接的结果是为中国此后三千年精神文化的发展奠定了基础，
在很大程度上决定了中国古代的重"文"传统，这一传统具体表现为繁文
缛节，含蓄、隐晦、迂回的表达方式，华丽无比的形式以至日常生活中
的重面子等。韦政通指出：

> 礼在古代文化中有着极为复杂的含义与功能，它涉及政治、
> 社会、宗教、教育等各方面，它代表人与神、祖先、人与人之
> 间以及个体本身的基本秩序或规制……乐是在各种典礼仪式中
> 辅助礼的，足以增强心理的效果，运用在教育上其效果尤为明
> 显。就文化的象征意义看，周代的封建、宗法都可以化入礼乐
> 之中，所以后来在孔子心目中，礼乐崩坏就无异是整个周制（周
> 文）的崩溃。②

可知"制礼作乐"的实质乃是建构一整套文化制度，其内核为贵族等
级秩序，其形式为各种仪式、文化符号与话语系统，其功能则是沟通人
与神、人与人之关系，使既有政治等级秩序获得一个看上去庄严、肃穆、
神圣的外在形式，从而对这种秩序起到巩固、强化的作用。

王官之学就是在这样的文化历史语境中产生的。可以这样来表述：
王官之学就是西周礼乐文化的话语形态，是作为统治阶层的西周贵族的
意识形态话语系统，也是中国古代政治、哲学、道德伦理、宗教思想之

---

① 劳思光：《新编中国哲学史》第一卷，桂林，广西师范大学出版社，2005，第49页。
② 韦政通：《中国思想史》上卷，上海，上海书店出版社，2003，第24页。

源头。在这套话语系统中还包含着丰富的文学艺术思想，因而也是中国古代文论的源头所在。从这个意义上说，汉儒刘歆的"诸子出于王官"之说，如果改为"诸子出于王官之学"或许就不会受到胡适先生的批评了。在这里我们无意对王官之学本身进行系统探讨，我们感兴趣的是王官之学对中国古代文论的发生、发展究竟产生了怎样的影响，这主要包括下列几个方面：

《易》或《周易》《易经》所代表的卜筮系统。今存《周易》之卦象及卦辞、爻辞可以肯定为西周时所作。《周易》除了其占卜吉凶祸福的工具性功能之外，的确包含着很丰富的哲学思想，其中最为重要者有二：一为对于宇宙秩序的理解。八卦，即乾、坤、震、巽、坎、离、艮、兑，分别代表天、地、雷、风、水、火、山、泽八种自然现象，其中"乾"、"坤"两卦具有化生万物的能力，是构成自然宇宙乃至人类社会的本源。这意味着，在周人眼中，自然宇宙并非混沌一片，也不是不可理解的自在之物，而是有着严密秩序的有机整体，在各个自然物之间存在着相互促动、相互转化的关系。二为变化观念。在理解自然万物的存在形态及其关系时，《周易》之六十四卦及卦爻辞表现出三千多年前的中国古人杰出的概括、抽象能力。尽管卦爻辞都是对具体事物与事件的描述，并未出现阴阳、刚柔之类具有高度抽象性的词语，但乾、坤二卦可以理解对天地、阴阳的高度概括，而阴阳二爻的排列组合则象征了事物的发展变化，贯穿其中的的确是周人对自然万物及人类社会之变化规律的理解。作为一种高度抽象的符号，八卦是古人对天、地、人三大领域某些共通性的理解与概括，这是中国古代"天人合一"思想的早期表达，从这个意义上说，《周易》塑造了中国传统文化的基本品格，当然也塑造了中国古代文论的基本品格。

《易传》，即所谓《十翼》是战国时期儒者对《周易》之卦爻辞的阐发，除了诸多政治、道德方面的附会之外，基本上揭示出了《周易》所包含的丰富而深刻的哲学思想。可以作为理解《周易》之卦象、卦爻辞的重要参考。其有关阴阳、刚柔、通变、性命、时、中、几、神等概念的概括的确符合《周易》根本精神，并对后世中国文化思想的发展演变产生了重要影响，其于文论思想也有极大影响。在南朝刘勰《文心雕龙》之《原道》《通变》等许多篇目中都体现出《周易》的精神。

《周易》对"象"的使用以及对"言、象、意"三者关系的理解是非常伟大的创造，开启了中国古代言说方式之先河，对这种言说方式我们可以使用"比喻"、"象征"、"类比"、"关联性思维"、"具象思维"等概念来指称，无论如何命名，这种言说方式以及与之紧密相关的思维方式在中国古代的确是源远流长的、独特的,是中国传统文化的基本特征之一。在中国古代文论的话语系统中,这种思维方式与言说方式得到了最充分的体现。

《书》或《尚书》《书经》是西周王室官方文件及部分从往代传承下来的重要文献之汇编,集中体现了西周贵族阶层的政治观念。其中最可重视者,除了"天聪明,自我民聪明;天明畏,自我民明威"(《皋陶谟》)的民本思想之萌芽外,便是对"德"的高度重视。诸如"宽而栗,柔而立,愿而恭,乱而敬"等"九德"(《皋陶谟》),"正直"、"刚克"、"柔克"等"三德"(《洪范》),"明德慎罚"(《康诰》),"小大德"、"中德"、"元德"(《酒诰》),"明德"(《梓材》)等,不胜枚举。其他如"敬"与"慎"的观念亦随处可见。这就意味着,周人虽然是凭借武力推翻殷商统治,但是他们却很清楚不能靠武力来进行治理的道理。上引之"德"的概念主要是指统治者的道德品质而言,而"敬"、"慎"则是指执政者自身的自我戒惧、自我约束而言,这就是说,周代贵族统治者试图奉行"以德治国"的政治路线,通过个人道德品质的自我改造、自我提升而达到治国平天下的目的,这正是后世儒家极力宣扬的政治路线。

"以德治国"是中国三千年以来一直宣扬的政治理念,其在具体政治实践中究竟在怎样的程度上被贯彻是另外一回事,在这里我们感兴趣的是这种政治理念对文学思想产生了怎样的影响。概括说来,这里的文化逻辑是这样的:西周贵族对道德品质之于治理国家之首要意义的竭力强调开启了后世儒家"内圣外王"——即所谓"三纲领"(明明德、新民、止于至善)、"八条目"(格物、致知、正心、诚意、修身、齐家、治国、平天下)——政治路线之先河。在儒家的文化语境中,无论是政治问题还是审美问题,往往都被还原为伦理道德问题。故而中国古代文论的主要价值取向之一正是道德批评,即从伦理道德角度评价诗文,把善与恶、正与邪、雅与郑作为基本评价标准。这种表现于诗文批评中的价值取向可以说与西周贵族文化一脉相承。

《诗》或《诗三百》《诗经》是周王室搜集、整理的诗歌集,入乐之后,主要用于各种祭祀、典礼仪式的乐歌以及房中之乐。《诗》的作品大抵为不同阶层的贵族所作,其中蕴含了非常丰富的历史材料以及政治、哲学、伦理、文艺等方面的思想。后世儒家把《诗》奉为经典,通过各种传注,阐发出系统的儒家思想,并且形成一种独特的诗学阐释学传统,对中国古代文学艺术的发展产生了重要影响。《诗经》本身包含的批评思想可以用"美刺"与"讽喻"这两个词语来概括。诸如"维是褊心,是以为刺"(《魏风·葛屦》、"夫也不良,歌以讯之"(《陈风·墓门》)、"家父作诵,以究王讻"(《小雅·节南山》)、"吉甫作诵，其诗孔硕，其风肆好，以赠申伯"
(《大雅·崧高》)、"吉甫作诵，穆如清风"(《大雅·烝民》)等，或美或刺，
不一而足。盖"诗"作为一种特殊的言说方式，原本是古人用来沟通人与
天，或人与神的特殊话语形式，其起源应该是卜筮之辞。到了西周时期，
诗被贵族统治者用于各种礼仪形式中，已经开始从人神关系泛化到人与
人——例如天子与诸侯、诸侯与诸侯、诸侯与卿大夫、卿大夫之间
等——的关系中。而且由于礼乐是贵族教育的核心内容，而诗又是礼乐
系统的核心内容，于是久而久之，诗就演变为一种贵族教养，成为识别
贵族身份的重要标志之一。① 又由于这是一种隐晦、含蓄、迂回的表达
方式，不仅显示出言说者的优雅、高贵，而且很适合于表达某些不便直
言的想法和意见，特别是评价性的观点，于是诗就获得了"美刺"、"讽
喻"之功能，成为在身份和权力方面处于弱势地位的贵族向处于优势地位
的贵族表达意见的手段。后来经由儒家的经典化、神圣化过程，《诗》在
中国文学史上的源头与范本地位进一步确定，于是"美刺"、"讽喻"也就
自然而然地成为中国古代文学思想中最重要的内容。

"礼"是王官之学的重要内容，今存所谓"三礼"——《周礼》《仪礼》《礼
记》在汉代以后均被奉为儒家经典。然而自古以来，对于"三礼"的成书年
代就存在争论，即使是儒家内部的意见也是大相径庭。好在有一点是可
以成为共识的，那就是："三礼"中至少部分地记录了西周时期的礼乐制
度、礼仪形式。从"三礼"的这些记载中我们可以窥见西周文化的一大特
征，那就是对于形式的高度重视(后世称之为繁文缛节)。所谓"形式"，
用先秦时期通用的说法就是"文"。孔子说："周监于二代，郁郁乎文哉！"
即是对周代礼乐文化的充分肯定与赞扬。盖贵族之所以为贵族并不仅仅
靠政治与经济上的特权，他们要成为一个在社会上受到普遍敬仰的特殊
阶层，需要高于一般人的文化教养与迥然不同的生活方式。从某种意义
上说，"礼乐"的主要功能就在于"正名"，也就是使贵族成为贵族，并且
在贵族内部进行身份分层，使天子成为天子、诸侯成为诸侯、大夫成为
大夫、士成为士。通过"正名"而使事实上的贵族等级制获得合法性形式，
并且使等级观念、身份意识深入到人们的感性活动层面，从而成为一种
生活方式。通过礼乐的这种"正名"，严酷无情的贵族等级制就被看上去
庄重典雅、温情脉脉的仪式所包裹，变得"郁郁乎文哉"了。西周贵族这

---

① 这一点有些像拉丁语之于欧洲中世纪的贵族与教士阶层、法语之于 19 世纪的俄国贵
族、英语之于 20 世纪前半期的中国的上流社会一样，是一种特殊的交流方式，这种与
众不同的言说方式确证着贵族身份的特殊性。

种对"文"的重视与其用道德修养的方式进行统治的政治策略是相辅相成、互为表里的。由此而形成的重"文"的文化惯习对于中国春秋战国以降两千多年的文学艺术的发展演变起到了莫大的影响作用，中国古代的所谓"文统"观念即由此而成。

从以上阐述中可以看出，中国古代文论的基本精神，从思维方式、言说方式到主要价值取向，无不渊源于春秋之前的所谓"王官之学"。

三

战国时期，百家争鸣，诸子之学大盛于时，成为中国学术思想史上最为辉煌的时代。然而，诸子之学并非凭空而生，其与王官之学有着极为紧密的联系。清儒章学诚尝言：

> 周衰文弊，六艺道息，而诸子争鸣。盖至战国而文章之变尽，至战国而著述之事专，至战国而后世之文体备，故论文于战国，而升降盛衰之故可知也……
>
> 战国之文，其源皆出于六艺，何谓也？曰：道体无所不该，六艺足以尽之。诸子之为书，其持之有故而言之成理者，必有得于道体之一端，而后乃能恣肆其说，以成一家之言也。所谓一端者，无非六艺之所该，故推之而皆得其所本，非谓诸子果能服六艺之教而出辞必衷于是也。①

章氏所论，其要有三，试分述之：一则至战国而后有专门著述之事，换言之，前此之学术概为王官之学，无私人著述②。此论成立。盖在贵族等级制尚未崩坏之时，一切文化思想、知识话语均为贵族阶层所统摄，从而构成"王官之学"，社会上并无游离于政治体制以及相应的文化体制之外的知识人，故而不可能出现私人著述。二则诸子之学乃源于王官之学，并非凭空而生者。此论亦可成立。"诸子出于王官"之说古已有之，刘歆发其端，班固继其后，遂为成说。至近世章太炎亦承此说。只是到了胡适，于留美期间撰成《论九流出于王官之谬说》（后改为《诸子不出王

---

① （清）章学诚著、仓修良编：《文史通义新编·诗教上》，上海，上海古籍出版社，1993，第21页。

② 近人罗根泽先生尝撰《战国前无私家著作说》一文，既考证战国前无私家著书之实，复阐述战国前无私家著述之原因，洋洋洒洒，足堪参考。见罗根泽：《罗根泽说诸子》，上海，上海古籍出版社，2001，第17～76页。

官论》)一文，其说始遭质疑。胡适的质疑自然有其道理，刘歆、班固等以"九流"之一家出于周时之某一官守，如"法家者流，盖出于理官"、"纵横家者流，盖出于行人之官"云云，的确令人难于信从。然而这并不足以推翻"诸子之学乃出于王官之学"的说法，章学诚之"战国之文，其源皆出于六艺"说，是不容辩驳的，因为至少从我们今天看到的文献资料而言，诸子勃兴之前，除"六艺"外，并没有其他成规模的知识系统了。而"六艺"正是所谓"王官之学"的主体。如果从文化史演变之大势言之，则战国时期的士人文化实为此前之贵族文化演变的产物，从这个意义上说，即使诸子除儒家之外并非自觉继承了王官之学，但诸子之学出于王官之学亦足以成立。三则言"道体"备于"六艺"，诸子各取一端而恣肆其说，此则不能成立。盖诸子之学虽承王官之学而来，但由于诸子所面临的社会问题已然大异于贵族阶层所面临的问题，二者在价值取向、政治诉求乃至社会理想诸方面都已经大异其趣，完全是两种不同的话语形态。这种既继承又断裂的现象在文化发展史上并不鲜见，甚至可以说是常态，譬如两汉经学乃于先秦诸子基础上发展而来，而经学迥异于诸子；宋代诗歌乃唐诗演变的结果，而宋诗与唐诗判然有别，此类例证，不胜枚举。章学诚以为诸子之学为王官之学的"分蘖"蔓延，一方面是囿于刘歆、班固旧说，一方面大约是受到《庄子·天下》"道术将为天下裂"、"天下多得一察焉以自好"、"不该不遍，一曲之士也"的观点影响，把"六艺"所代表的周代贵族文化想象为完美无缺的"道术"整体，以为诸子之学不过是就其一端而发挥之，这其实正是在中国古代居于主导地位"退化论"文化史观之显现。

诸子之学从王官之学发展演变而来是毋庸置疑的，章学诚所谓"战国之文章，先王礼乐之变也"[①]并非无根之言。但是这仅仅意味着王官学是诸子学的思想资源，并非说诸子学直觉地直接继承了王官学的精神旨趣与价值诉求。二者的差异无疑是巨大的。概而言之，有下列数端：

首先，王官学是官方意识形态，诸子学是知识阶层的乌托邦[②]。作为官方意识形态，王官学根本旨归在于稳定贵族等级制，为其严酷的统

---

① (清)章学诚著、仓修良编：《文史通义新编·诗教上》，上海，上海古籍出版社，1993，第25页。

② "意识形态"与"乌托邦"都是含义复杂、歧义迭出的概念，我们这里所说的"官方意识形态"是指已经获得政权的统治者和既得利益集团为了使自己的统治与特权获得合法性并得到巩固和不断强化而制造出来的观念系统，具体到西周至春秋时期，就是周代贵族创制的礼乐文化系统。"乌托邦"一般是指由那些对社会现实强烈不满的社会阶层或个人提出来的具有否定性与批判性的思想观念，一般都会描绘一个想象中的美好社会蓝图。具体到战国时期，就是指儒、道、墨等诸子思想体系。

治与不平等披上一层优美华丽的外衣。王官学的核心是礼乐文化符号系统，"乐合同，礼别异"（《荀子·乐论》）乃先秦儒家对礼乐文化之功能的精确概括——在贵族阶层这一社会共同体中，"乐"是用来在情感上彼此沟通，形成共识的；"礼"则是用来区分尊卑上下，使等级合法化的。二者统一，则构成既等级森严又温情脉脉的贵族社会政治秩序。作为乌托邦的诸子之学则大异于是。由于春秋时期诸侯争霸，王纲解纽，从而导致"周文疲敝"，官方意识形态失去合法性，礼乐系统的种种文化符号成为任人摆弄的玩偶，许多往日的规范都成为人们不屑一顾的东西，此时的知识阶层所面对的是价值失范、物欲横流的社会现实，因此诸子百家之学都具有强烈的社会批评性，也都带有某种乌托邦精神。可以说，九流十家，各有各的社会理想与人生理想，其中对当时和后世影响最大的当属儒、道、墨、法四家。儒家的"仁政"、"王道"、"大同"、"小康"是乌托邦，道家的小国寡民、安时处顺、自然无为也是乌托邦；墨家的"兼爱"、"尚同"是乌托邦，法家的"不别亲属，不殊贵贱，一断于法"（司马谈《论六家要旨》，语见《史记·太史公自序》）实质上同样带有乌托邦性质。王官学与诸子学这种差异根源于二者言说者之迥然不同的社会身份，王官学的主体是贵族统治者，他们既是政治权力的占有者，又是文化权力的掌控者，因此在他们的话语建构中，政治与文化是一体两面的事情，二者之间了无间隔；"诸子"这个词语原本指周代的一种官职，职掌是管理、教育"国子"，即公卿大夫子弟。后世用这个词语来指称春秋末直至汉初那些独立著书立说的人。从今天的眼光看，诸子是当时的思想家，是新兴的知识阶层——士人的思想代表。与王官学的建构者不同，诸子的基本身份是"民"，他们的话语建构是民间行为而非官方行为，是"体制外"的而非"体制内"的，因而是"自由"的而非"遵命"的。

其次，王官学是一家独大，诸子学是众声喧哗。作为官方意识形态，王官学不允许出现多元共存现象，在价值取向上只能是一个严密的整体。诸子学则是在竞争中存在，在竞争中发展的，因此天然地就是"各道其所道"的。"道"这个词在王官学语境中并没有形而上色彩，除了"道路"、"言说"等自然义项外，只是指技艺、方法而言，只有在诸子学语境中，这个语词才被赋予形而上意蕴，从而被用来指涉宇宙人世之总体规律、法则、治国理念、总体价值观等宏大范畴。诸如"老庄之道"、"孔孟之道"、"道可道，非常道"之道、"天下有道则见"之道，等等。这意味着，在诸子学语境中，"道"其实成为一家之说的总名，成了一种标志性文化符号。从士人阶层整体言之，"道"则成为"知识"、"价值观"、"文化"、

"思想系统"、"精神领域"的别名，成为士人阶层存在合法性的标志性符号，与代表现实权力系统的"势"构成某种紧张关系。

最后，诸子学之中与王官学最为相近的莫过于儒家之学，然而儒家之学与王官学亦有根本性差异。毫无疑问，儒家是以秉承周人的礼乐文化为己任的，所谓"周监于二代，郁郁乎文哉！吾从周"以及"克己复礼"之谓都说明孔子对周文化的仰慕与自觉继承。尽管如此，儒家之学与王官之学并不是一以贯之的同一学说，而是完全不同的两种思想系统。除了上述王官学与诸子学两种一般性差异之外，儒学与作为王官学"六艺"系统还有着诸多不同，撮其要言之，有下列数端：其一，汉代儒家把"六艺"奉为经典，并敷衍出"经学"系统，与孔孟等先秦儒家对待"六艺"的态度不可同日而语。盖在先秦儒家看来，对作为往代文化遗存的"六艺"之属应该保持足够的敬意，可以从中汲取有用的资源，却从来不囿于其说而立言。孔、孟、荀各自均为具有原创性的话语系统，孔子以"仁"为核心的伦理道德系统、以"有教无类"为原则的文化教育思想、孟子以"仁政"为核心的政治理想、以"性善"为核心的心性之学、荀子"化性起伪"、"积善成德"的人格修养路向、礼与法并重的治国方略都是王官学中未曾有的。汉儒局促于"六艺"，或恪守章句，或探赜索隐，虽然号称"尊儒术"，实际上却距离孔、孟、荀甚远。作为王官学的"六艺"并非儒学，只有孔、孟、荀等先秦诸子所创之学说方为儒学。宋儒有鉴于此，标举"四书"，洵属高明之举。其二，就其旨归而言，王官学是为已然存在的贵族等级制确立合法性，处处与既有社会秩序相契合，因此归根结底是一种"制度化"话语系统，或者说近似于一种"传统理论"；先秦儒学则是呼吁不存在的社会理想，是想借助于话语建构来实现社会现实的改造，根本上是一种创造性想象，或者说近似于一种"批判理论"①。其三，作为诸子之学的儒学是一种活泼的、有生命、有个性的思想系统，作为王官之学的"六艺"则是一种程式化的规则、规定、约束与要求。在"六艺"之中，《诗》是个特例，从今天的眼光看，《诗》的作品中充满了情感、个性、感性体验之类，似乎是纯粹的"个人话语"，实则不然。就其产生而言，《诗

---

① "传统理论"、"批评理论"之说是德国法兰克福学派早期重要人物麦克斯·霍克海默于20世纪30年代提出的。"传统理论"是指从一定社会关系中产生出来，借助于继承下来的概念和评价标准，对现实社会秩序起着肯定的、巩固作用的话语系统；批评理论则相反，是产生于一定社会关系，但却对这种社会关系持批判的、否定的态度，它是指向未来的。"传统理论"近于我们所说的意识形态，"批判理论"近于我们所说的乌托邦。参见〔德〕霍克海默：《批判理论》，李小兵等译，重庆，重庆出版社，1989，第181～238页。

三百》或许有一部分是从"民间"①采集而来，但即使这部分作品也必定经过有关史官、乐师们的加工。而且更重要的是，所有《诗三百》作品，无论其创作本意如何，一旦被纳入礼乐文化系统之后就承担起特殊的官方意识形态功能，而不再是具有个性和情感的言说。在贵族的"礼乐"系统中，"诗"不是个性的呈现，不是情感的抒发，更不是审美对象，"诗"是一种特殊的言说方式，具有庄严、神圣、委婉、高贵等特性，是贵族所特有的交流方式。我们只要看一看《左传》《国语》中记载的那些诸侯与卿大夫们在聘问交接之际"赋诗言志"以及在言谈中随口引诗的情形就不难明了，"诗"在当时的主要功能乃是增强交流的有效性而不是审美愉悦。这样一来，作为"六艺"之一的《诗》也就不再是个性化的言说了。相比之下，我们可以从《论语》《孟子》《荀子》等文本中清楚地感受到言说者的个性气质、情感体验与独特思想。

四

在王官之学语境中形成的文论思想经过诸子的继承、重构而获得新的意义；而在诸子之学语境中又根据新的社会需要提出若干新的文艺思想。那么诸子学在文论方面究竟有哪些独特贡献呢？这需要做一番清理工作。

"诗言志"之说甚为古老，但它究竟产生于何时，就目前的文献资料来看，却很难做出准确判断。根据对相关文献资料的分析，我们似乎可以得出这样一种结论："诗言志"之说的产生并非一蹴而就的，而是有一个过程，这一过程正好契合了从王官之学向诸子之学的转变，换言之，"诗言志"之说是王官之学向诸子之学转变过程中的产物。理由如下：其一，先秦诸子中多有把"诗"与"志"相联系的例证，如"诗亡隐志"（孔子）、"以意逆志"（孟子）、"诗以道志"（庄子）、"诗言是，其志也"（荀子）等，这说明"诗"与"志"有紧密关联乃是诸子们的共识。我们知道，诸子百家，各道其所道，不肯接受他人成说，故而他们的这一共识必然基于某种共同的先前的文献资料，换言之，在诸子学出现之前应该已经有与"诗言志"近似的说法了。其二，记载春秋史实的《左传》《国语》等典籍载有大量"赋诗言志"的实例。诸侯君主、卿大夫在交接聘问之际，常常会赋诗，以表达或感谢、或赞扬、或批评、或警告、或祈求之类的意见。他们自

---

① 这个"民间"未必就是真正的下层社会，根据多年来《诗经》学研究成果，那些被视为民歌民谣的作品很可能是"国人"——生活在都城中的下层贵族和自由民——所为，不是真正意义上的民歌、民谣。

己称这种行为为"诗以言志"①。因此，春秋时期的"诗以言志"或"赋诗言志"之说，就是上引战国时期诸子们关于"诗"与"志"关系的各种说法的共同的思想资源。其三，"诗"在王官学中占据重要位置，是礼乐文化系统之重要组成部分，因此也是儒家思想的主要来源之一。儒家在传授、整理、传注"六艺"之时，往往要对其各自的功能予以概括，例如"乐合同，礼别异"、"《书》言是，其事也"之类。"诗言志"也正是这样一种概括。儒家思想家对《诗》的这种概括一方面包含着他们对此前人们关于《诗》的观点的继承，一方面也包含着他们对《诗》的独特理解与价值赋予。

由以上分析我们可以得出这样一个结论：作为王官学之一的"诗"曾经是礼乐文化系统的重要组成部分，后来通过贵族教育渐渐成为贵族子弟必备的文化修养，人人都烂熟于心，因此至迟在春秋时期，"诗"就脱离开典礼仪式而演变为一种贵族之间的特殊言说方式，于是出现"赋诗言志"的普遍现象，在此基础上产生出"诗以言志"这样的概括。由于春秋时期虽然西周建立的礼乐制度遭到很大程度的破坏，但社会制度依然是贵族等级制，主流社会文化则是受到破坏的礼乐文化，因而此时关于"诗"的理解依然是属于王官之学范畴。到了春秋之末乃至战国时期，诸子学发展起来，诸子秉承春秋贵族们关于"诗"的使用和理解这种文化惯习，依然把"诗"与"志"相联系，然而此时那种有教养的贵族阶层已经瓦解，代之而起的是有本事而无教养的新兴的官僚阶层，于是春秋时期的那种温文尔雅的"赋诗言志"行为也就成为历史。由于缺少了现实的参照，"诗以言志"之说的含义就渐渐发生了变化：原本那种指通过"赋诗"表达"意见"的含义渐渐隐匿不见了，"诗"与"志"都在一般的意义上被使用了，于是某位儒家思想家，在整理《尚书》时，就把"诗言志"之说加入到根据传说或支离破碎的古代文献而编成的《尧典》之中。从"诗以言志"到"诗言志"，这个命题由对一种现象的特指，变为一般性的诗学命题，这里也昭示着贵族时代的王官之学向产生于"礼崩乐坏"时期的诸子之学的转变轨迹。作为这一转变过程，孔子的"诗亡隐志"以及其他相关于诗的观点，可以说是一个"中介"或者"过渡"。

孔子的"诗亡隐志"之说见于上海博物馆馆藏楚竹书之《孔子诗论》。

---

① 《左传·襄公二十七年》："卒享，文子告叔向曰：'伯有将为戮矣！诗以言志，志诬其上，而公怨之，以为宾荣，其能久乎？幸而后亡。'"

其中"隐"字之释文诸家多有出入，今从李学勤先生之说①。其完整的句子为："孔子曰：'诗亡隐志，乐亡隐情，文亡隐意'。"我们知道，正如"诗"与"志"一样，以"乐"与"情"、"文"与"意"相连属乃是从王官学到诸子学普遍存在的现象。这里的关键是如何理解孔子心目中的"诗"与"志"之关系。联系孔子在《论语》中的相关论述，我们以为，在这个问题上，孔子恰好是从王官学到诸子学转换的中介。何以见得呢？请看《论语》的记载：

> ……鲤趋而过庭。曰："学诗乎？"对曰："未也。""不学诗，无以言。"鲤退而学诗。他日，又独立，鲤趋而过庭。曰："学礼乎？"对曰："未也。""不学礼，无以立。"鲤退而学礼。（《季氏》）
>
> 子曰："诵《诗》三百，授之以政，不达；使于四方，不能专对；虽多，亦奚以为？"（《子路》）

从孔子的话中可以看出，在他心目中，"诗"的基本功能是用来交流的。所谓"无以言"，所谓"专对"都是在"赋诗言志"的意义上说的。盖孔子去古未远，对贵族们的文采风流有所见，有所闻，并心向往之，故而要求弟子们学诗，以获得贵族式的特殊交流方式。实际上根据《左传》《国语》等史籍记载，到了孔子生活的春秋之末，"赋诗言志"的事情虽然已经很少有了，但毕竟还存在着②，故而孔子要求弟子们学诗以获得"专对"能力，也还算是有现实的基础。然而，诗的其他功能似乎更加受到孔子重视，其云：

> 小子何莫学夫诗？诗，可以兴，可以观，可以群，可以怨。迩之事父，远之事君，多识于鸟兽草木之名。（《阳货》）
>
> 兴于诗，立于礼，成于乐。（《泰伯》）

"兴观群怨"之谓显然已经不是"赋诗言志"所能包容的。这里所强调的已经不是诗歌的"专对"功能，而是其对于个人修养与个人情感表达的意义。换言之，在孔子这里，诗歌开始具有个体心性价值，被当作人格

---

① 李学勤：《〈诗论〉的体裁和作者》，上海大学古代文明研究中心、清华大学思想文化研究所编：《上博馆藏战国楚竹书研究》，上海，上海书店出版社，2002，第52页。

② 在《左传》中，最后一次关于"赋诗"的记载大约是昭公十七年（前525年）的事情，其时孔子已经二十六岁。

自我改造、提升的方式来理解了。其他如"《关雎》乐而不淫，哀而不伤"（《八佾》）说、"《诗》三百，一言以蔽之曰：思无邪"（《为政》）之说，都是从个体道德角度讲的。这说明，对于以孔子为代表的士人阶层来说，作为西周文化遗存的《诗》已经被赋予新的意义与价值，而不再是贵族阶层的标志性文化符号。此后孟子之以"诵诗"为"尚友"之途径、荀子以及汉代经生之以《诗》为圣人志向之表达等见解，均为孔子思想之发展。因此，从古代文论发展、演变的角度看，孔子是从王官学向诸子学转变的"中介"与过渡。在孔子身上交汇着周代贵族与战国士大夫之双重精神。

在王官学语境中，诗歌、音乐、舞蹈艺术形式以及各种仪式、器物等文化符号是对秩序与集体精神的肯定与张扬，个人情感、个体精神在这里是被压制与遮蔽的。相比之下，在诸子学语境中，个人情感与个体精神得到一定程度的彰显。孟子说："故说诗者，不以文害辞，不以辞害志。以意逆志，是为得之。"（《孟子·万章上》）按照孟子的意思，"说诗"的根本目的在于把握到诗人所欲表达的情感与意念，即"志"。这里的"志"与春秋"赋诗言志"之"志"显然有着迥然不同的含义。在孟子这里，"志"是个人之情志，近于汉儒"在心为志，发言为诗。情动于中而形于言"（《毛诗序》）之谓。换言之，在孟子看来，每首诗都有一个作为个体的"作者"在那里，因此就包含着个体精神与情感。后世之人学古人之诗，目的是为了"尚友"，即与古人交朋友，向古人学习做人的道理，故而关键就在于了解诗人的个体精神与情感，借助诗的中介，达到今人与古人精神世界的沟通与交流。而春秋贵族的"赋诗言志"之"志"则并非个人之情志，而经常是指某种政治性的观点、意见、评价、希望等，其背后隐含不是"个体主体"，而是"集体主体"。"诗"在贵族阶层心目中并不是个体精神与情感的体现，而是一套特殊的语言表达方式，是贵族教养的表现，是公共话语，这里丝毫没有个体性、私人性存在的空间。

老庄之徒基于其否定文化话语建构的整体思想倾向，对诗文鲜有论及，然则从其只言片语中亦可窥见诸子学特点之一斑。《庄子》云：

> 世之所贵道者，书也。书不过语，语有贵也。语之所贵者，意也，意有所随。意之所随者，不可以言传也，而世因贵言传书。世虽贵之，我犹不足贵也，为其贵非其贵也。故视而可见者，形与色也；听而可闻者，名与声也。悲夫！世人以形色名声为足以得彼之情。夫形色名声，果不足以得彼之情，则知者不言，言者不知，而世岂识之哉！（《天道》）

这里阐述了"书"、"语"、"意"、"言"以及"不可以言传"者之间的关系。首先，庄子认为被书写下来的东西是语言，语言之所以值得书写是因为它表达了人的意念或意见，这就意味着，庄子是把书写，当然包括诗歌的书写，理解为人的意念或意见的表达，而不是某种程式化、仪式化的文化符号，这显然是诸子学语境的言说，而非贵族话语。其次，庄子认为人的意念或意见亦非书写之最终根据，它的背后还隐含着更加深层的根据，而这个根据是不可以用语言来表达的。我们当然有充分的理由把这个"不可以言传"之物理解为"道"。这个在老庄语境中"维恍维惚"、"维惚维恍"的"道"在中国古代哲学史、思想史、政治文化史上具有极为重要的地位，在中国古代文论史上也有着深远影响。完全可以说，离开了"道"，中国传统文化学术将完全是另外一个样子。老庄标举这个形而上的"道"作为天地宇宙与人世间万事万物之根本、一切价值之本源，对中国文化是莫大的贡献，同时也是诸子学根本特征之一。这主要表现在下列三个方面：其一，如果说"礼乐"或者"文"是以王官之学为代表的贵族文化的标志性符号，那么"道"就是以诸子学为代表的士人文化的标志性符号。其二，在王官之学的话语系统中，"天"、"上帝"、"神明"、"天命"等具有至高无上的、神圣的性质，它们构成了现实周王朝贵族等级秩序的最终合法性依据。在诸子学的话语系统中，"道"取代了"天"、"天命"、"上帝"、"神"的地位①，成为诸子话语系统的最终价值依据。其三，"道"的提出有其重要的现实需求，这种需求是来自于"通过话语建构来实现改造社会之目的"的诸子学之普遍政治策略。诸子之学都是"纸上谈兵"，都是试图先建构完备的、具有吸引力的话语系统，再进而使之落实为现实的价值秩序。诸子百家在根本上无非是一个个美妙的社会理想蓝图，都是针对混乱不堪的现实社会状况立言的。因此，"道"的确具有明显的乌托邦色彩，本质上是对战乱频仍、价值失范的现实社会的批判与超越。

"道"被诸子打造为一切存在、一切价值的最终根据与本源，于是如何"体道"，即接近、了解、守护、把握这个"道"便成为诸子学之最高学术追求。老子说："道常无为而无不为，侯王若能守之，万物将自化。"（《老子·三十七章》）孔子说："朝闻道，夕死可矣！"（《论语·里仁》）庄子

---

① 在儒家话语系统中，往往混杂了大量贵族文化因子，因此诸如"天"、"天命"之类的词语也常常被使用，在儒家这里，它们其实就是"道"的别名。

说："夫体道者，天下之君子所系焉。"(《庄子·外篇·知北游》)孟子说："得道者多助，失道者寡助。"(《孟子·公孙丑下》)这里所谓"守"、"闻"、"体"、"得"都是把握"道"的方式。先秦诸子正是在思考如何把握"道"的方法、路径的过程中确定了中国古代学术文化的基本特征，同时也就确定了中国古代文论的基本特征。这种运思方式的本质就是"自得"①，也就是自行进入到"道"之中，使自身精神成为"道"之状态。这种"自得"既是中国古代哲学的基本运思方式，也是古代文论的基本运思方式。何以见得呢？

中国古代文论与西方文论之根本差异不在于价值观的不同，系统、体系之有无以及关注点之别，而在于运思方式之迥异。盖西方文论自柏拉图、亚里士多德始，就建立起比较成熟的"对象性思维"的运思模式，把所谈论的文学(史诗、悲剧、抒情诗等)视为一种客观存在物，在主客体二元对立的认知框架下，运用以归纳和推理为基本方式的逻辑思维对对象进行分析，做出判断，得出结论。中国古代文论则大异于是。在"体道"、"自得"的运思方式影响下，古代文论从来就不把所言说之物视为"对象化"的客观存在，而是当作自身有待进入的境界或状态。在言说过程中总是把自身置于其中，成为"参与者"而非"看客"。例如，陆机对诗文创作的描述与其说是总结、概括一般的创作规律，毋宁说是在谈论自己的创作体验；刘勰对"风骨"、"神思"的论述也无疑是个人感受与体会的升华。在古代文论的言说中处处有个"我"在那里。读者阅读古代文论的文字也不是要得到这些文字所给出的客观知识，而是根据其所描绘的情境使自身进入其中，在心中产生近似于文论作者在写作时所具有的精神状态。这有些近似于禅家所谓"以心传心"——不执着于概念的清晰、定义的确切、论证的严密、结论的明确，而是使读者进入到一种情境之中，从而完全领会、体悟到作者所欲传达的意指。所谓"不着一字，尽得风流"(司空图)、"但见性情，不睹文字"(皎然)、"妙悟"(严羽)云云，都是这个意思。

由此观之，诸子学之于后世中国古代文论发展的影响是决定性的，不仅规定了其价值取向，而且确定了其思考方式。从王官之学到诸子之

---

①　《孟子·离娄下》："君子深造之以道，欲其自得之也。自得之，则居之安；居之安，则资之深；资之深，则取之左右逢其原，故君子欲其自得之也。"朱熹注云："言君子务于深造而必以其道，欲其有所持循，以俟夫默识心通，自然而得之于己也。自得于己，则所以处之者安固而不摇；处之安固，则所藉者深远而无尽；所藉者深，则日用之间取之至近，无所往而不值其所资之本也。"可知"自得"即是自然而得，自己而得，非由外铄。换言之，就是通过自我提升而使自己达于道之境界。

学是中国古代文化思想演变史上的一大转折点，同时也是中国古代文论发展史上一大转折点，后来古代文论的发展演变的历史以及基本特征、基本观点都可以从这次转折中寻觅到源头。

五

在研究方法上我们力求实践一种有中国特色的"文化诗学"方法，其要点如下：

第一，确立一种"对话"的态度。

我们为什么要研究古代文学思想？究竟是要获得知识还是获得意义？这个看上去再简单不过的问题实际上并未得到很好的解决。如前所述，许多研究者看不出古代诗学研究对现代生活究竟存在着什么意义，于是就认同一种实证主义态度：研究就是求真。揭示古代诗学话语中可以验证的内容就构成这种研究唯一合法性依据。这种研究强调以事实为根据，以考据、检索、梳理为主要方式，以清楚揭示某种术语或提法的发生演变轨迹为目的，这当然是真正意义上的研究，可以解决许多问题，也完全可以成为一个学者毕生从事的事业。但是这种研究也有明显的局限性：大大限制了阐释的空间。古代文论话语无疑是一套知识话语系统，具有不容置疑的客观性。但同时它又是一个意义和价值系统，具有不断被再阐释的无限丰富的可能性。对知识系统的研究可以采取实证性方法以揭示其客观性；对意义系统则只能采取现代阐释学的方法，以达成某种"视界融合"，构成"效果历史"。"效果历史"的特点在于它不是纯粹的客观性，而是"对话"的产物：既显示着对象原本具有的意义，又显示着对象对阐释者可能具有当下意义。正是这两方面意义所构成的张力关系使"效果历史"尽管不具备纯粹的客观性，却也不会流于相对主义。例如，我们研究"乐而不淫，哀而不伤"这个古代儒家文学思想的重要观念，实证性的研究只能够揭示其产生和演变的线索，列出一系列的人名、书名和语例，对其所蕴含的意义与价值以及文化心理和意识形态因素，就无能为力了。"乐而不淫，哀而不伤"作为一个标示着中国传统审美趣味的重要观念，是与儒家对人生理想的理解直接关联的，可以说它就是一种人生旨趣的表征。作为现代的阐释者，对于这一观念的这层文化蕴含，我们只能从被我们所选择的人生哲学的基础上才能给出有意义的阐释。这种阐释实质上乃是一种选择，即对古人开出的、对于我们依然具有意义的精神空间予以认同和阐扬。这才是真正的"转型"，才是对人类文化遗产的继承。对于这样的任务纯粹实证主义的研究方式显然是无力承当的。

不仅要梳理知识生成演变的客观逻辑，而且要寻求意义系统的当下合法性——这应该是中国古代文学思想研究的基本出发点。

将古代文学思想话语当作一种知识系统还是当作一种意义系统可以说是完全不同的两种研究立场。前者是科学主义精神的体现，后者是人本主义精神的体现。本来科学主义精神与人本主义精神是西方现代性的两个基本维度，前者张扬客观探索的可能性，后者探讨人生的意义与价值。然而，对理性的绝对信赖所导致的那种无休无止的探索精神在自然科学领域所取得的巨大成功，使人们误以为以客观性为特征的科学主义精神乃是理性的全部内涵，甚至也是人本主义精神的基本特征。于是出现了科学主义的立场、方法、思维方式向人文社会科学领域大举入侵的状况，甚至在人文社会科学领域也出现了对实证精神的呼唤，好像那些无法实证的形而上学的、乌托邦式的、浪漫的、诗意的、带有神秘色彩的言说都是毫无意义的梦呓。在这种科学主义精神的影响下，人文社会科学的研究也越来越学科化、知识化、实证化。这样人类追求意义与价值的天性就受到极大的压制，人也就越来越成为缺乏诗意、想象力与超越性的机器。例如，先秦文学思想话语，如雅、和、温柔敦厚、文质彬彬等所负载的本来是古人的审美趣味与人生体验，是最灵动鲜活的精神存在，然而它们一旦被确定为客观知识，并被一种科学主义态度所审视时，就完全失去了它的固有特性，成为没有生命的躯壳。如果我们在承认古代文论话语的知识性的基础上还将其视为一个意义系统，通过有效的阐发而使其还原为一种活的精神，那么我们就与古人达成了真正的沟通，"效果历史"就产生了：古人的意义也成为我们的意义，而这才是任何人文社会学科研究的真正价值所在。

第二，将研究对象置于具体文化历史语境中。

阐释学的理论只是为我们的古代文论研究提供了一种基本态度。至于具体的研究方法则应该在不断的理论反思与研究实践中获得。如前所述，关注各种学术文化话语系统对于文论话语的影响现在已经成为研究者的共识。但是这里依然存在着有待解决的问题：从话语到话语、从文本到文本的阐释真的能够揭示古代文学思想的文化底蕴吗？那种在不同话语系统的联系中确立的阐释向度当然较之过去那种封闭式的阐释方式具有更广阔的意义生成空间，但是，这也仅仅能够揭示一种不同话语系统之间的某种"互文性"关系，尚不足以发现更深层的学理逻辑。我们认为，在文本与历史之间存在的复杂关系应该是古代文学思想话语意义系统的又一个重要的生长点。在这里我们不同意某些后现代主义历史观将历史等同于文本的主张。历史的确需要借助文本来现身，但它并不是文本本身。历史作为已然逝去事件系列的确不会再重新恢复，但通过对各种历史遗留（主要是各种文本）的辨析、鉴别与比较人们还是能够大体上确定大多数历史事件的大致轮廓。也就是说，人们无法复原历史，却可以借助于种种中介而趋近历史。通过文本的历史去接近实际的历史——这正是那些优秀的历史学家们毕生致力的事业。实际的历史就像康德的"自在之物"、弗洛伊德的"无意识"以及拉康的"真实界"一样从不以真面目示人，它因此也就具有某种神秘性，对这种神秘性的理解恰恰提供了意义生成的广阔空间。毫无疑问，这个来自历史阐释的意义空间应该作为理解古代文学思想意义系统的基础来看待。在这方面我们的研究还很不够。

而且文本是各种各样的，有些文本属于历史叙事，有些文本则是思想观念与精神趣味的记录。文论话语属于后者，而历代的史书、杂记属于前者。相比之下，作为历史叙事的文本较之文论文本就更接近实际发生过的历史事件。所以古文论的研究要关注历史之维就不能不将这些历史叙事纳入自己的视野之中。这里的关键在于，只有将一种文论话语置放在具体的历史联系中才有可能对其进行准确的把握。这里的所谓"准确"不意味着纯粹的客观性，对于现代阐释学来说这种客观性只能是一种无意义的假设。"准确"真正含义是符合阐释学的基本规则，即任何阐释行为首先必须尽量包容阐释对象能够提供在我们面前的意义，也就是说，阐释行为首先是理解，然后才是阐发。所谓"视界融合"的前提应该是对对象所呈现的意义视界的充分尊重。如果将"视界融合"与"效果历史"理解为对对象的任意言说就是对现代阐释学的极大误解。就古代文学思想研究而言，要尊重其话语自身的意义视界，就不能仅仅停留在文学思想话语本身的范围之内，就不能不引进历史的维度。离开文化历史语境，阐释者就根本无法真正把握对象的意义视界，而所谓阐释也就只能是单方面的任意言说了。例如，"诗言志"这个古老的说法对我们来说似乎是没有任何理解障碍的。但实际上依然有许多问题值得追问。诸如：在诗与礼乐密不可分、文学远不是作为文学而存在的历史语境中这个颇与现代文学观念相合提法究竟是如何被提出来的？在个性基本上被忽视的宗法制社会中，"志"是否是后人所理解的情感与思想？这些问题都涉及一个历史语境问题：诗是在怎样的范围内生成与传播的，促使它产生与传播的动因是什么。这些问题都得到解决了吗？显然没有。又如，在古代文论的话语系统中"作者"或"读者"概念是何时出现的？它们的出现意味着什么？要回答这些问题也同样必须进入历史的联系中不可。

以上分析说明，离开对其他文化学术话语与文论话语的"互文性"关系的关注，就无法揭示古代文学思想话语的文化底蕴；而离开了对历史关系网络的梳理，就不可能揭示一种文论话语生成演变的真正轨迹。

第三，以西方理论与方法为参照。

研究的视点是任何研究活动的首要问题。所谓研究视点也就是发现问题、提出问题的眼光或角度。研究视点当然与专业学术知识的积累程度有关：一般说学识越丰富就越是能够发现问题。但是也有这样的情况：虽然满腹经纶，却提不出任何有意义的问题。可见仅仅拥有专业知识尚不足以形成有效的研究视点。那么对于我们的古代文学思想研究来说应该如何形成有效的研究视点呢？

在这里我们的古代文论研究存在着一个很大的误区：既然是中国古代文学思想的研究就根本无须关注西方人的研究成果。这是极为狭隘的研究态度。在这里任何民族主义的、后殖民主义的言说立场都应该摈弃：我们必须诚心诚意地承认西方人在人文社会科学领域一如他们在自然科学领域一样都取得了巨大的成绩，为全人类创造了宝贵的精神财富。西方文化传统中有一种极为难能可贵的精神，那就是反思与超越。正是在不断的反思与超越中西方人不断将思想与学术推向深入。他们的许多研究成果都可以启发我们形成有效的研究视点。例如结构主义尽管存在着许多片面之处，但这种研究并不是像有些批评所认为的那样仅仅是一种形式主义的技巧，这种研究所探索的是人类某种思维方式如何显现于文本之中的。这是极有意义的探索，如果我们将对思维方式的理解置于具体的历史语境中，就会发现结构主义方法可以帮助我们发现许多有意义的问题。例如我们可以在古代诗歌文本中发现古人的思维特征，可以在古代叙事文本中发现存在于古人心灵深处的意义生成模式，这对于探索古代文化与文论的深层蕴含都是十分有益的。又如，哈贝马斯的"公共领域"和"文学公共领域"的理论也可以启发我们对中国古代文人的交往方式予以关注，从而揭示某种古代文学观念或审美意识产生和演变的历史轨迹。再如，布尔迪厄的"场域"理论也可以启发我们对古代文学领域的权威话语和评价规则的形成与特征进行探讨。而吉登斯的"双重阐释学"观点也有助于我们对古代文学思想话语生成的复杂性的关注，等等。

就诗意的追求而言，西方学术也同样具有重要的启发性。19 世纪以前的"诗化哲学"不用说了，即如 20 世纪以来存在主义者对"诗意的栖居"（海德格尔）、"生存"（雅斯贝尔斯）、"自由"（萨特）的追问，人本主义心理学对"自我实现的人"的张扬，法兰克福学派对"爱欲"、"自为的人"与"人道主义伦理学"的呼唤，乃至后现代主义对"自我技术"的设想无不体现着一种知识分子的人文关怀，都具有某种诗性意味。这些都有助于我们重新审视中国古代文人的人生旨趣与审美追求。即使是俄国"白银时代"思想家、文学家们关于人性与神性之关系的探讨对我们也是极有启发意义的。上述种种西方现代思想对于我们理解先秦时期的哲人们对"艺术精神"追求的现代意义有着极为重要的启发作用。

我们借鉴西方人的学术见解并不是以它为标准来衡量我们的古代文学思想话语，也不是用我们的古代文学思想话语印证别人观点的普适性。我们是要在异质文化的启发下形成新的视点，以便发现新的意义空间。对意义的阐释在很大程度上是取决于视点的选择与确立。同样是一堆材料，缺乏新的视点就不会发现任何新的问题，也就无法揭示新的意义。例如，对于《荀子·乐论》这样一个古代文艺思想的经典文本，如果从现代西方马克思主义的意识形态批评的视点切入，再联系具体历史语境的分析就可以揭示出从春秋之末到战国之末士人阶层与君权系统关系的微妙变化，也可以揭示出士人阶层复杂的文化心态。而没有这样的视点，我们就只能说这篇文章表现了儒家的伦理教化文学观而已。从现代阐释学的角度来看，欲使千百年前的文论话语历久弥新，不断提供新的意义，唯一的办法就是寻求新的视点。一个时代有一个时代的文化观念，也就有一个时代的新视点，只有把握了这种新视点，古代的文本才会向我们展示新的意义维度。在某种意义上说，人文社会科学的研究不是要一劳永逸地揭示什么终极的真理或结论，而是要提供对于自己的时代所具有的意义。作为阐释对象的文本中隐含着这种意义的潜质，新的研究视点使其生成为现实的意义。人类的文化精神就是在这样连续不断的阐释过程中得以无限的丰富化的。

但是仅仅从西方学术研究成果中产生的研究视点也存在着一个明显的不足，即容易导致研究者的话语与研究对象的话语之间的错位。这还不仅仅是一个表述方式的问题，因为话语同时又是运思方式的显现。古代文艺思想的话语形式与现代汉语的表述方式的巨大差异绝不仅仅是一个语言形式（文言文与语体文）的问题，这里隐含着运思方式上的根本性区别：运用现代汉语思考和表述的现代学者在运思方式上接近于西方的逻辑思维，至少是在最基本的层面上是接受了西方形式逻辑的基本规则的。古代文艺思想话语却完全是按照中国古代特有的思维习惯运思的（有人称之为"类比逻辑"，有人称为"无类逻辑"，有人称为"圆形思维"）。这种植根于不同思维方式的话语差异就造成了某种阐释与阐释对象之间的严重错位：阐释常常根本无法进入阐释对象的内核中去。对西方学术研究方法的借鉴很容易加剧这种错位现象。于是对古代文论的研究就处于两难之境了：借鉴西方学术观点、运用现代学术话语进行研究，就会导致严重误读(不是现代阐释学所谓的"合理误读")；完全放弃现代学术话语和方法而运用古人的运思方式和话语形式去研究，即使是可能的，也是无效的，因为这种研究完全认同了研究对象，实际上已经失去了研究的品格。那么如何摆脱这种两难境地呢？造成这种两难境地的根本原因在于现代的研究者对古人的运思方式和古代文艺思想的话语特征不熟悉，所以在研究中简单地用从西方移植过来的名词术语为古代文艺思想话语重新命名。所以要摆脱这种两难境地，首先要做的是真正弄懂古人究竟是如何思考和表述的，其与我们究竟有何差异，然后用描述的方式而不是命名的方式尽可能地呈现古人本来要表述的意义。在此基础上再运用我们的思维方式与话语形式对其进行分析与阐发。也就是说要建立一种中介，从而使古人的话语与现代话语贯通起来。

第四，确立全球化的理论视野。

随着经济全球化步伐的日益加快，不同国家、不同民族的文化间的相互渗透、交融也越来越成为一个无法回避的事实。不论"文化全球化"这样的提法是否有这样那样的问题，在人文社会科学的学术研究领域一种人们能够普遍接受的共同话语和研究范式即使尚未最终形成也的确是在形成的过程之中了。面对这样一种业已发生巨大变化的文化语境，我们的一切学术研究都不能视而不见，都必须做出自己的回应。那么，中国古代文论的研究应该如何面对这种文化语境的变化呢？

这是一个极为复杂的问题。这种复杂性根本上是由于中国文学以及与之相应的中国古代文学思想完全是一个自足自洽的、整齐完备的独立系统，它的产生与发展都与西方文学与文论系统毫无关联。然而清末民初以来，随着中国政治经济领域现代性工程的启动，借用西方文学观念来梳理中国文学，即按照西方的标准与范畴对中国古典文学重新命名、分类，渐渐成为古代文学研究的主流，传统的泛文学观念以及评点式、印象式、类比式的文学批评模式被抛弃了。事实上，中国古代的诗词曲赋志怪话本之类的文类形式与西方的"文学"(即使是 18 世纪以前的用法)概念无论在内涵还是外延上都具有巨大的差异，而我们的"文学思想"或"文论"与西方的艺术哲学、诗学、文学理论、批评理论无论是在运思方式还是在价值标准上都不可同日而语。所以在西方理论指导下的所谓"研究"在某种意义上实际上就是硬性重构，是宰割，是"六经注我"（当然，也不否认这种研究借助于西方理论视角揭示了古代文论话语某些新的意义层面）。

说到古代文学思想或古代文论，这个学科的产生亦如中国古典文学史一样本身就是西方学术观念的产物，所以从一开始就用西方的学术眼光对中国古代的文学观念进行命名、归类、评判。但是，由于这个学科的开创者们大都于中国古典文学浸润极深，在骨子里流淌着中国传统文化精神的血液，所以尽管在学科形式上基本是西化的，但在价值观念，特别是审美趣味方面尚能接着中国古人的思路言说。而随着中国现代文学越来越离开中国古代传统而按照西方 18 世纪以来逐渐确立起来的文学分类原则与体裁进行创作，中国古代文论话语也就越来越远离当下的创作实际，渐渐成为一种文物古董式的存在物而为少数具有"考古癖"的人整理发掘。几乎没有谁还关注古代文论研究之于当下文学创作是否具有现实指导意义的问题。在研究方法上，由于以阶级论为核心的意识形态的作用，我们几十年来一直将马克思主义视为我们自己的理论资源而与西方资产阶级理论相区别，所以从来没有出现过话语的焦虑。只是到了近年来，随着总体性意识形态在学术研究领域的缺席以及现代西方学术话语的疯狂进入，人们才感觉到一种"失语"的恐惧：我们的学术研究所使用的基本概念、范畴以及方法都是别人的，而且在与西方的文化交流中似乎出现了过大的"贸易逆差"：只见别人的进来，不见自己的出去。这真是令人恐惧的事情。

于是就出现了一个话题：古代文艺思想研究究竟有什么用？这个问题的背后隐含着一种希冀：我们应该借助于古代文论研究建立起中国式的、具有鲜明民族特色并且可以令西方人瞠目结舌的文学理论话语体系，从而在国际学术交流的领域占有一席之地。于是就有了"古代文论的现代转型"这样的提法。要求古代文学思想研究从一个封闭的、考古式的研究模式中越出来，成为具有现实功用的学科一时间成为一种普遍的呼声。我们究竟应该如何看待古代文论研究的目的性问题呢？

古代文艺思想研究的目的问题的确是亟待解决的。这里有一个简单的道理：研究方法的选择取决于研究对象的特性，而研究对象的特性又取决于研究者的阐释立场（或曰研究目的）——你将研究对象看作是什么。如果我们将古代文学思想当作一种文物古董来看，那研究对象就具有封闭的、静态的特性，因此相应的研究方法也应该是纯粹的考古式的、实证主义的。这样的研究也就是将古文论材料中只需识别而无须阐发和评价的那部分内容按照其固有逻辑梳理出来。换言之，其研究对象就应该确定在"那部分内容"上。对古代文学思想话语中的意义与价值层面这种试图采取"价值中立"立场的研究是无效的。所以，不管怎样来理解自己对这种阐释立场的选择，实际上都等于自觉放弃了对古文论意义与价值层面的言说权利。我们常常听到古代文论的研究者们宣称自己奉行客观主义或历史主义的阐释立场，为研究而研究，至于有什么用的问题，被认为是没有意义的。实际上，这种态度背后隐含着一种无可奈何的心态：实在是找不出这种研究的实际用处。

如果我们不愿意将古代文学思想材料仅仅当作文物古董，而是还将其视为一个意义系统或价值系统，而且还认为这个系统作为人类在特定历史阶段、特定条件下有幸实现出来的潜能对今天甚至未来人类的生存依然具有重要性（就像古希腊的精神对于现代人来说依然具有重要性一样），那么，考古式的或实证主义的研究显然就远远不够了。面对古人蕴含于文学思想话语中的精神的或意义的空间，我们必须采取多元综合的研究方法，就是说，除了对其知识层面进行客观的梳理之外，还必须对其意义系统、价值系统予以阐发——依据今天人类的生存境况和精神困境，对前人开出的精神空间进行审视，以研究的方式求教于古人，借以丰富我们日益枯萎的精神世界。如此则研究本身即是生成新的意义的过程，即是提升我们精神品位的过程，这样的研究才是具有"生产性"的：它不独具有知识论层面的意义，而且有生存论层面的意义。基于这样的阐释立场，我们的研究就必须将文论研究与整个古代文化的研究联系起来，将理论分析与体认涵泳结合起来，将对观念形态的文论话语的关注与对古人生存状态的考察统一起来。

古代文学思想的问题实质上乃是整个中国古代文化所面临的共同问题。如果说中国古代文化中蕴含着的许多生存智慧，由于古人与今人在许多生存问题上面临着相同或相近的问题故而至今依然具有重要意义，那么，古代文论话语所蕴含的那些与直接的功利目的相去甚远的精神内涵，更应具有永久的魅力。事实上，现代中国人的审美趣味在很大程度上还是与古人一脉相承的。唐诗宋词所呈现的意义维度依然在我们的精神世界中占据重要位置。这就是传统的力量。正是传统的统合性使我们发掘古代文学思想话语的意义与价值层面不仅是可能的而且是必要的。

同样，也正是因为古代文学思想是整个古代文化精神的结晶与升华，也就决定了我们的古代文论研究不应该成为孤立的、封闭性的研究，而必须成为综合性研究——在对古代文化学术的整体性考察中确定文论话语的意义。这里的关键在于：不是简单地将古代文学思想话语仅仅当作一种知识系统，而且更视为一种活的精神，一种生存智慧，即超越现实、提升心灵的方式。这样的一种阐释态度就要求古代文学思想研究不能够仅仅停留在梳理史实的层面上，还要对其意义与价值进行阐发。当然，任何阐发都不可能是对文本原有意义的简单再现，这里的确有一个"视界融合"的问题。阐释者依据自己所面对的生存问题对古代意义系统予以阐释，这本身就是一个生成新的意义的过程。因此，我们完全没有必要从一种简单的实用主义的角度出发去要求古代文论研究具有什么实际的用途，也没有必要借助于古代文学思想话语建构什么中国式的文学理论体系。只要不将自己的研究局限于实证主义的层面，只要关注意义与价值的阐发，那么古人开创出的精神空间就会自然而然地得到传承。从这个意义上说，研究的意义就在研究过程中存在。

　　在经济与科学技术领域全球化进程似乎是不可逆转的趋势，而且其速度日益增加着。但说到精神文化领域，情况就复杂多了。在这里是否真的会出现全球化也还是值得探讨的问题。如果从比较乐观的角度看，则人类通过长期交往与合作，会渐渐形成越来越多的文化共识（如全球伦理之类），各民族文化彼此吸收、相互理解。在这一过程中，博大精深的中国传统文化将扮演一种极为重要的角色，而古代文论也将随之成为人类共有的、有意义的文化遗产。

第一编 史前时代的审美现象

第一章 彩陶时代的审美现象

在距今一万年左右的时期，随着全球气候的变暖，原始先民进入了新石器时代。新石器时代磨制石器取代了打制石器，开始出现原始农业、制陶业，出现了玉器、骨器以及金属器的制造业，出现了城池邑落、开始使用文字等。

中国是世界上著名文明古国之一，地处欧亚大陆的东南部，地理位置特殊，自成一个独立的地理单元。根据地质学的研究，从第四纪起，由于印度洋板块与亚欧板块的相互挤压，使得整个青藏高原不断隆起，从而造成中国西高东低的三个阶梯式的地貌格局。这样"中国的地形就像一个大坐椅，背对欧亚大陆而面向海洋，它的四周为高山、大川、沙漠、海洋所环绕，从而形成了一个独立的地理单元，在交通不发达的情况下，很难同境外发生文化交流，因而中国史前文化基本上是在本地起源和独自发展的，文明的发生和早期发展也基本上是在没有外界重大影响的条件下进行的"①。在这样一个阶梯式的结构中，史前各个区域的文明相继发祥发展。

随着考古发现数量增加和认识的深入，人们将新石器时代大致分成早期、中期、晚期和铜石并用四个时期。新石器时代早期，根据几个遗址碳十四年代数据测定，其年代大约在公元前8000年上下，甚至更早。新石器时代中期的考古文化比较多，有磁山文化、裴李岗文化、老官台文化、北辛文化、兴隆洼文化、皂市文化、城背溪文化、河姆渡文化等。根据碳十四测定，其大致年代约在公元前7000年至公元前5000年之间。新石器时代晚期发现最早的是仰韶文化，后来陆续发现了黄河上游的马家窑文化，黄河下游的大汶口文化，辽河流域的红山文化，长江中游的大溪文化和屈家岭文化，长江下游的马家浜文化和良渚文化以及南岭一带的石峡文化等。根据碳十四测定大致年代约在公元前5000年至公元前2500年之间。铜石并用时代的文化主要是指龙山、客省庄、齐家、石家

---

① 严文明：《中国文明起源问题的探索》，《中原文化》1996年第1期。

河、陶寺、造律台、王湾三期、后岗二期及老虎山等考古学文化或文化类型。铜石并用时代诸文化的共同特征是已开始有了少量小型的铜质工具。根据碳十四测定，这个时期大约在公元前 2500 年至公元前 2000 年之间。

中国新石器时代持续时间长达七八千年之久，境内的考古文化遗址遍布各地。综而观之，主要有以下几个区域：(1)分布于黄河中游地区，即包括在陕西、甘肃、山西与河南西部地区的从前仰韶文化时期的老官台、裴李岗、磁山到仰韶文化、中原龙山文化各阶段的系列。(2)分布在黄河下游山东、江苏北部及河北一带，以山东半岛为中心的从北辛文化到后岗一期再到大汶口、龙山文化的系列。(3)分布于长江中游地区，从皂市(城背溪)、大溪、屈家岭文化，再到石家河文化的系列。(4)分布于长江下游地区，从河姆渡文化到马家浜文化、崧泽文化再到良渚文化的系列。(5)分布于甘肃、青海地区，从马家窑文化到半山、马厂文化再到齐家文化的系列。(6)分布在今内蒙古的东南部和辽河上游大凌河、西拉木伦河一带的从兴隆洼文化到红山文化一带。

黄河中游地区主要分布着仰韶文化。仰韶文化一般认为是从老官台文化发展而来。老官台文化，主要分布在今天渭水流域。老官台文化和发现在河北的磁山、河南的裴李岗文化遗址被称为“前仰韶文化”。在这个时段里，近年来又有不少的发现，如在河北省徐水县境内发现的南庄头遗址，在河南中部舞阳县贾湖发现的与裴李岗文化类型比较接近的贾湖遗址，在河南新郑唐户发现的新石器时代遗址等。其中南庄头遗址的时间距今一万年左右，比磁山遗址时间还要早。“前仰韶文化”中的裴李岗文化是值得我们关注的。在裴李岗的文化遗迹中发现了大量的石器和骨器以及陶器，显示了早期由旧石器向新石器时代的迈进。其中骨器里发现的一批骨笛，不仅制作精良，也反映了古人较高的音乐才能。仰韶文化因其遗址最早发现于今天河南省渑池县仰韶村而得名。仰韶文化又分为许多类型，比如半坡类型、庙底沟类型、秦王寨类型等。仰韶文化中典型的器物是彩陶，早期的陶器用泥塑或泥条盘筑的方式，后来发展到慢轮制作法。主要以夹炭陶和夹砂陶为主。在陶器的表面绘有丰富的纹饰，显示了原始先民早期的审美意识。其中人面鱼纹彩陶盆、彩陶葫芦瓶、鹳鱼石斧彩陶缸等都是其中最具代表性的器物。

黄河下游地区最早的主要是北辛文化遗址。北辛文化之后是后岗文化，后岗文化遗址的时间与半坡类型相同。后岗一期在河南濮阳西水坡发现的龙虎蚌塑最引人关注。到后岗二期文化，远古文明进入了大汶口文化、龙山文化时期。大汶口文化在陶器制作方面，除了继承先前的陶器制作方式有不少彩陶之外，开始出现部分的黑陶制品。这个时期豆形器和拟形鬶是其中比较有特点的器物。大汶口文化还发现了一种镶嵌松石的骨雕筒，显示了原始先民装饰意识的加强。大汶口文化发现的刻有特殊刻划符的陶尊也引起了考古学界和语言学界的广泛关注。陶尊上的类似"日月山"（"日鸟山"）的刻划符被认为是较早的类似文字的符号，为理解后来的甲骨文提供了条件。整个黄河下游地区文化系列的高峰是龙山文化。龙山文化以发现在今天山东省章丘市龙山镇城子崖而得名。龙山文化又分为河南龙山文化和山东龙山文化。典型的龙山文化分布在泰沂山地周围。龙山文化时期最具有代表性的器物就是黑陶制品，尤其是油光发亮的蛋壳陶。山东邹平丁公龙山城址出土的陶字刻片也很重要，反映了原始先民从绘画向文字迈进的步伐。

甘青地区的新石器时代文化也取得了辉煌的成就。其中最有代表性的是马家窑文化。马家窑在甘肃东部，此地是受仰韶彩陶文化影响的区域，彩陶艺术十分发达。在青海大通上孙家寨遗址出土的舞蹈纹彩陶盆和青海同德宗日遗址出土的彩陶盆是马家窑文化的重要器物。除了动感的纹饰线条变化之外，其绘画的舞蹈图案最能表达历史信息。马家窑文化的后继者是半山、马厂文化，之后又发展为齐家文化。齐家文化最大的特点是发现了大量的青铜器制品，如铜镜、铜指环、铜斧、铜钻头等，数量远远超过同期中国境内的其他所有考古遗址。2006年青海大通长宁遗址的发掘，为加深认知齐家文化提供了宝贵的资料参考。在齐家文化、辛店文化、寺洼文化中，各类骨质、玉质装饰品的大量出现也是非常值得关注的一种现象。对装饰品的偏好，也反映了这一文化区域的人群对美的追寻。

东北地区主要以红山文化为代表。整个红山文化的时间大体上与仰韶文化相当，并受到后者的影响。红山文化前段，有赵宝沟文化、富河文化、上宅文化、新乐文化等七种类型。红山文化以各种形制独特的玉器和女神庙最为出名。已发现的几处遗址共同的特征是都有类似"坛"的祭祀建筑，坛内或旁边有墓葬现象，规模上大小不同。其中规模最大的是发现于辽河建平、凌源交界的牛河梁遗址，神庙、祭坛、积石冢三者齐备，以"女神庙"为中心，周边数公里范围内分布着多处积石冢。红山文化中体现出的宗教意识相当明显。

另外，属于泛龙山文化范围内的陶寺文化也是近年来发现的非常重要的史前文化。陶寺遗址发现了一大批重要的随葬品，包括陶器、彩绘木器、玉石礼器、乐器、装饰品和铜铃等；在一块陶器的残片上还发现了朱书文字。这些都向我们打开了一扇了解那个时代的大门。陶寺遗址中发掘出的迄今为止世界上最早的观象台最令人振奋，为我们了解那个时代的天文历法的发展提供了重要的参考。

长江下游地区最早的考古文化发祥于杭州湾南北地区，杭州湾以南的浙江境内，有河姆渡遗址的发现；以北的江苏太湖周围，则有马家浜、崧泽、良渚三个前后相继的文化遗址的发现。河姆渡文化发现了稻谷遗迹，证明中国是世界稻作农业的起源地。河姆渡遗址出土的一个漆碗是最早漆器实物的材料，连体双鸟太阳纹象牙蝶（鸟）形器的出土，反映了河姆渡先民在牙器方面的制作工艺，以及河姆渡先民的精神世界。良渚文化玉器精美绝伦，把玉器的制作技术推向了一个极高的境界。其中玉琮和玉璧等一些玉器上的兽面纹（也有人称"饕餮纹"）对后来商代青铜器的纹饰影响深远。良渚文化玉版上的文字同样引起了考古学界的巨大关注。良渚文化和红山文化在玉文化方面似乎存在某种关联。近年来，浙江桐乡姚家山的良渚文化贵族墓以及含山凌家滩遗址中发现了大量的玉器，更说明良渚文化在史前中国大地上的传播。

下面就让我们先从黄河流域的考古发现说起。

第一节　裴李岗的先声

裴李岗文化因首次发现于河南省新郑市裴李岗遗址而得名，这是 20 世纪 70 年代在中原地区所发现的最早的一种考古学文化。

裴李岗文化的绝对年代最早在公元前 6680 至公元前 6420 年，距今约 8630 年至 8370 年，最晚在公元前 5380 年至公元前 4940 年，距今7330 年至 6890 年，大约延续了 1000 年以上的时间。碳十四测定还表明，裴李岗文化的晚期绝对年代，与河南省淅川县下王岗遗址早期仰韶文化的绝对年代，即公元前 5210 年至公元前 4729 年相衔接而又稍早于后者，其早期年代又比河北省徐水南庄头早期新石器文化的绝对年代，即公元前 7740 年要晚一些。裴李岗文化属于中原地区新石器时代早期偏晚阶段的远古文化。

裴李岗文化遗址出土的器物主要是陶器、石器和骨器。墓葬中出土的陶器以红陶为主，灰陶和黑陶较少。根据 T305 出土陶片统计，泥质红陶占陶片总数的 67.89％，夹砂红陶占 29.36％，泥质灰陶占 2.76％。器物胎质疏松，火候较低，有的陶片用手就可以捏碎，多数陶面为素面，有的经过打磨，少数饰有纹饰，纹样比较简单，多数只饰划纹、篦纹、乳丁纹、坑点纹和指甲纹，少数饰有拍印的绳纹，也有一些附加堆纹。

在个别遗址内出土了少量的彩陶片，主要纹饰为彩带。陶器的器型主要有小口双耳壶、三足壶、敞口钵、三足钵、深腹罐、平底碗、杯和鼎等。器物种类少，而且形制比较简单，尤其以小型器居多，只有少数较大型的器物，主要是一些较大的罐。制作技术水平也不是很高，一般为手制，小件用手捏塑而成，大件则采取了泥条盘筑的方法。尽管这个时期的陶器制作技术还不高，但是对黏土的选择、配料和加工、烧制，说明裴李岗人已经初步认识到黏土的本质，并懂得通过高温化学变化改变它们的本质。如图1-1、图1-2、图1-3所示器物，都是裴李岗出土的。

图1-1 三足鼎（裴李岗遗址出土）

这几个器物中，图1-1为三足鼎器，图1-2为小口双耳壶，图1-3为三足钵。它们的胎质比较疏松，除了第一个三足鼎装饰有不规则的三排乳钉外，其他表面均为素色。从制作工艺来看，古朴原始，真实再现了当时人的生活状态。

图1-2 双耳壶
（裴李岗遗址出土）

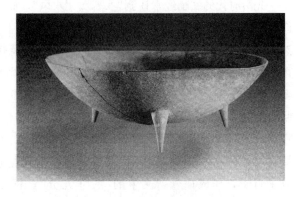

图1-3 三足钵（裴李岗遗址出土）

裴李岗文化的骨器，在其晚期遗址有较多的发现。其中最具特色的器物是骨笛，在其他新石器文化中很少见。这类骨器，在汝州中山寨和舞阳贾湖遗址都有出土，其中贾湖出土尤多，共有 25 支。这些骨笛（图1-4），很多为五孔、六孔、七孔和八孔。贾湖 25 支骨笛出土时均呈土黄色，原料为丹顶鹤类肢骨截去两端骨关节，骨管形制中间微细而两端微粗。一般骨壁比较薄，部分骨笛上还有刻符，是比较理想的发音管。在这些骨笛中，七音孔的骨笛多达 14 件，其余五音孔、六音孔和八音孔骨笛都各有 1 件。这些骨笛形制固定，制作规范，通体光滑，经常使用。经电子显微镜对标本 M344：5 号骨笛音孔的孔壁碎片观察，其孔径由外

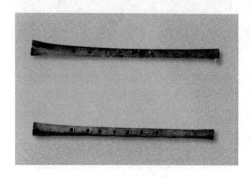

图1-4　骨笛(贾湖遗址出土)

及内，大小相近，孔壁陡直，孔壁上呈现的折纹非螺旋形，而是重叠的。可知当时的钻孔方法，是用一种直径大小一致的钻头来回摩擦而成的。这些骨笛不但能吹奏出完备的五声音阶，还能吹奏出六声音阶和七声音阶，显示出了贾湖音乐文化的水平。这些被碳十四测定距今九千年的骨笛也震撼了音乐史学界。它们具有非凡的文明史、艺术史的价值。由骨笛可以推知有竹笛，有舞蹈，有宗教活动，有艺术生活和精神生活。这些骨笛出土的地区就是后来的郑国。孔子说："郑风淫。"表明这里是不同于传统的新声发源地。这些骨笛的外观，表明郑地音乐文化有着十分悠久的传统。而且作为管乐的笛子，还与其他文化现象密切相关。

先秦时代的文献经常谈到"八音"、"八风"，而从《吕氏春秋》和《汉书·律历志》等文献中还可以看到，在度量衡的制定上，先民采取了听从大自然的声音的做法。《吕氏春秋·仲夏纪·古乐》篇载："昔黄帝令伶伦作为律。伶伦自大夏之西，乃之阮隃之阴，取竹于嶰谿之谷，以生空窍厚钧者，断两节间，其长三寸九分而吹之，以为黄钟之宫，吹曰'舍少'。次制十二筒，以之阮隃之下，听凤皇之鸣，以别十二律，其雄鸣为六，雌鸣亦六，以比黄钟之宫，适合；黄钟之宫皆可以生之，故曰：黄钟之宫，律吕之本。"意思是说黄帝时代，曾派乐官伦到昆仑山的某个特殊的地方取了竹子，作成律管。文中的"三寸九分"，据专家考证，应是九寸；[1]

---

[1]　阴法鲁、许树安：《中国古代文化史》第 3 册，北京，北京大学出版社，1991，第 70～71 页。

用这样一段竹管吹音，再以凤凰鸣叫之声确定黄钟律。雄鸟的叫声为律，雌鸟的叫声为吕。这样的说法很神秘，因为凤凰鸟现实中不存在。可是据音乐史家杨荫浏先生说，他曾在四川灌县听到过一种鸟的叫声，可发出稳定的 G 调。[①] 可见《吕氏春秋》之说亦非纯属臆造。在一定的时令，因气温、气压等因素的不同，一个固定长度的律管吹出的声高（音频）也就不同，在中国的古代曾以此来确定时令。《国语·周语上》有用瞽人听协风以定春天节候之事，参之以《礼记·月令》以宫、商、角、徵、羽五音定时的记载，可知有专业训练的瞽人判定时节，就用的是吹律听音的办法。此即《律历志》所谓："天地之气合以生风；天地之风气正，十二律定。"一定时节的来到，空气必然发生相应的变化，所以每年都可以用一个定长的律管判断时令。反过来，一定的音频音高，又可以决定律管的长度。《汉书·律历志》说："度者，分、寸、尺、丈、引也，所以度长短也，本起于黄钟之长。"就是这个意思。具体说，黄钟律管九寸是标准长度，再加上一寸，即九分之一律管的长度，就是一尺。据《律历志》，中国古代正是以律管长度为一尺下定义的，这很科学。中国古人用黄钟律管确定一尺之度，虽不能做得像现代人这样精准，却深合科学原理。这里的关键在于，古人为取得人间度制的最大客观性，想到了在长度上取"法"于"天"。英国 12 世纪曾以某王从鼻尖到手指尖的距离为长度单位，德国人曾以 16 位先走出教堂的人的脚长之和的十六分之一为一尺（FOOT），与中国古人的相比，都显得太主观了。

竹管吹律，可以测定天时，可以确定长度，同样，因竹管是空的，一尺之长的竹管可以为容积，这就是度量之量，《律历志》所谓："量者，龠、合、升、斗、斛也，所以量多少也。本起于黄钟之龠，用度数审其容。"一段"黄钟之龠"的容积，容以脱壳的黍粒，为一千二百粒。这一千二百粒的黍粒之重，重十二铢，两个十二铢就是一两，顺次斤、钧、石的权衡单位就得以建立了。这是何等精彩的度制观念！现在，有考古发现，发现了时代古老的笛子，虽然两者间有骨制和竹制的区别（有学者认为，由骨笛可以推测那时就有竹笛），却不足以否定中国古老的律历制度是起源于吹风听乐的，因为在那样的时代，吹笛子是被当作传达上天声音、神的声音的巫术活动的。史书的记载说是竹制笛子，只是表明记载的晚出。考古的视野则使我们将追溯古老文化亲缘的触角，伸向了更为久远的时代。

---

① 阴法鲁、许树安：《中国古代文化史》第 3 册，北京，北京大学出版社，1991，第 79 页。

在裴李岗出土的文物中还有不少龟壳，也引起了人们的重视（如图 1-5 所示）。有的龟壳的背甲和腹甲边缘钻有小孔，推测可能是用来悬挂的，龟壳里边还有石子、兽牙和雕刻骨器等，而置于死者胫骨之侧。这些龟壳和石子的具体用途不清楚，但是

图 1-5　龟甲（贾湖遗址出土）

推测它们与一定的巫术宗教仪式有关还是没有问题的。《史记·龟策列传》说："王者决定诸疑，参以卜筮，断以蓍龟，不易之道也。""王者发军行将，必钻龟庙堂之上，以决吉凶。"从以上记载可以推测这些龟骨上钻的小孔，可能是曾经悬挂起来以此保佑人们出入顺利之意。《周礼·春官·龟人》中也说："若有祭祀，则奉龟以往，旅亦如之，丧亦如之。"足见龟甲用于占卜在中国古代已经有很久的渊源了，也可以推测把龟石看作通神之物并用来占卜这种习俗最早可以追溯到裴李岗时期。随葬这些龟壳、石子的墓主，也应该是当时的巫师者流吧。

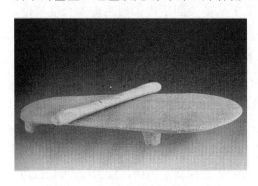

图 1-6　石磨盘（裴李岗遗址出土）

裴李岗文化各遗址中还出土了不少的石器，主要有打制、磨制和琢磨兼制三类。打制石器各个遗址都有出土，磨制和琢磨兼制石器是主要的。磨制石器一般比较精致，多数通体磨光。

在石制的生活用具中，石磨盘及与其配套的石磨棒出土数量最多（如图 1-6）。其特点是磨盘、磨棒都是用硅质沙岩琢制而成，平面上有故意击凿出的麻坑，以增加摩擦力，利于谷物的脱壳。两端为圆弧状，两侧平直，腰部微凹，是由于长期使用而磨损的结果。底部两端各有两个对称的柱足。磨盘的大小，一般的长度在 60 厘米左右，宽 30 厘米，高 10 厘米左右。磨棒中间较粗，两端较细，有的因使用而磨损，中间也略显凹细。磨棒的长短与其相配套的磨盘相应，一般的长度在 30 厘米左右，直径 5 厘米左右。虽然这些石磨石棒是很实用的生活器具，

没有任何的点缀，也没有任何的拟象，一切出于好使好用，但仍散发出令人惊奇的观赏效果。首先是它的神秘。这种神秘倒不是因为它与什么超自然因素有关，而是看到它们就会惊奇："它究竟是怎样制作的?"在没有任何金属工具的帮助下，制作这样精巧的器具，特别是那削磨出来的四足，古人是如何做到的? 其次是它的设计。平面与四足的结合显示出的安稳，椭圆的磨形，滚圆的石棒，平展展的磨面，为了保持谷物不掺入沙尘而用四足增高磨面，整个制作工艺是这样的合理，这样的符合生活，惹人爱惜，特别让人有"试一试"的欲望。还有就是那因长期使用而造成的磨损凹陷，更发人深思。海德格尔因观看凡·高的"鞋子"而引发关于"大地"的深思，这磨损的石器，也让人思念起八千年前劳作的母亲，还有她生活的大地、土壤和她手中侍弄着的谷物。北方的中国文化是由粟喂养大的，粟是中国文化的母乳。这件实用的器物所以具有艺术魅力，正在于它把我们引向了中国文化的根源深处。

从大量的裴李岗时期的骨器和石器及陶器可以看出，处在原始状态中的先民，尽管他们的生活处境不是很好，要面对来自自然界的不可预测的灾难，但是他们依然洒脱自如。他们在劳动和生产中创造了音律、创造了形式、创作了自己的生活。他们用最原始最单纯的方式表现着他们对自然的理解和对生活的热爱。在他们手下任何一块骨头、一个陶器，都熔铸着他们的审美感受。他们的石铲、石磨盘等制作规整，磨制精细，既是很好的生产、生活工具，也是很好的艺术品，显示出他们的精神及理性。他们的骨笛不仅制作水准高，而且风格洗练。他们的陶壶、陶罐、陶碗等形制规整，色彩均匀，表现出相当高的审美意识。随着制陶技术的发展，裴李岗后来的陶器上装饰纹也走向复杂和完善，由开始的单纯的篦纹和篦点纹走向了"人"字纹和"之"字纹，甚至还出现了红黄色的彩带，足以展现他们的生活在不断进步。

第二节　绚丽的彩陶世界

根据碳十四测定，仰韶文化略晚于裴李岗文化，大致经历了两千多年的时间。主要分布于黄河中下游一带，以陕西渭河流域、山西西南部和河南西部的狭长地带为中心，东至河北中部，南达汉水中上游，西及甘肃洮河流域，北抵内蒙古河套地区。在两千多年的发展历程中，仰韶文化的面貌不断地发生着变化，在不同时间和地区呈现出明显的地区差异。

仰韶文化对周围的地区产生了深远的影响。当黄河中游仰韶文化的彩陶艺术开始衰微时，黄河上游甘青地区的彩陶却表现出绚烂多姿的风范，将中国史前的彩陶艺术推向了另一个高峰。甘青地区包括甘肃、宁夏、青海三省区，北与内蒙古自治区接壤，东邻陕西省，南接四川省，西连新疆维吾尔自治区，西南与西藏自治区为邻，是通往中亚和西亚的必经之路。甘青地区的考古文化主要集中在甘肃东部和西部及青海东部。主要的遗址有东部地区的天水师赵村、西山坪和秦安大地湾遗址，西部地区的半山文化遗址、马厂遗址和齐家文化遗址等。

新石器时期陶器的产生，翻开了人类用双手、利用火创造自己的生活的崭新一页。从此一个更加绚烂、多彩的艺术世界出现了。陶器艺术在仰韶文化各个类型中都各有自己的纹饰母题和艺术风格。其中以半坡、庙底沟与大河村类型的彩陶艺术最具典型意义。

半坡类型的仰韶文化是在老官台文化的基础上发展而来的。半坡类型又分为前后两段，其前段以临潼姜寨村落为代表；其后段以"史家"类型为代表。在半坡类型中，最令我们惊艳的是彩陶。

这些盆的质地呈现砖红色，陶面绘制有黑彩纹饰，纹饰的位置在盆沿、内壁或者外壁，而在另一些钵和细颈壶上，纹饰则多出现在腹部和肩部。纹饰的主题以鱼居多，也有少量的鹿、鸟、蛙和人面纹。像图 1-7 彩陶盆上的鱼纹饰就比较写实，鱼嘴微张，体态丰满，尾巴舒展，显得悠然

图 1-7　陕西西安半坡类型彩陶盆

自如，整个陶盆从质地到纹饰给人的感觉质朴亲切。

图 1-8　人面鱼纹彩陶盆
（半坡遗址出土）

"人面鱼纹彩陶盆"（图 1-8）上鱼的形象显然是被抽象变形了。有人推测这可能是鱼神的形象或者是人假扮鱼神的象征，也可能是与炎帝集团中一支鱼氏族有关。当然，这都无法证实，但是，至少在这些简单、纯朴、活泼的艺术构图中，我们发现鱼是其中最主要的表现母题。

那么，在仰韶文化半坡时期为何会出现如此之多的鱼形象呢？有不少人倾向于这是一种图腾崇拜。一般认为：从母系氏族公社起，每个氏族都用一种自然界中的动物、植物或非生物如石头等作为本氏族的标志，并认为这个标志与本族有血亲关系，称自己为他们的亲族，即图腾。也就是说，在"半坡类型"这个阶段的人群倾向于把鱼作为与他们休戚相关的图腾来尊崇。也有不少学者将鱼和图腾崇拜相结合。在四川巫山大溪新石器时代墓葬中，普遍用鱼随葬，或在死者胸部放置青鱼，或在死者口角衔两条鱼，和人面鱼纹的形象非常相似。这种口中衔鱼的随葬情形，用乔治·弗兰克尔的解释也许最为恰当："人们依赖那些被猎杀的动物，它们在人类的想象中占据重要地位。动物是重要的，人们渴望得到它们，爱着它们，因为它们供给人类食物。为了获得食物就必须猎杀动物，但是这些食物不能含有动物的愤怒和痛苦，它必须是好的食物，不能是愤怒的食物。被杀死动物的灵魂必须得到抚慰，使它爱猎手，并且作为好的灵魂进入猎手体内。人必须确保体内的物体是好的，而不是愤怒的，是被认可和可以接受的。另外，人类要吃死去的动物，这样能够确保动物不会消失，永远存在。通过对死亡动物灵魂进行仪式化表征，使动物得以永生，并且永远提供安全保障。动物会同时处于人类的体内和体外，在确定了其特殊地位之后，它将会变成好的具有保护性的灵魂。"[①]这种死者口中含鱼的现象，显然说明，人们不仅在生前把鱼当作一种生殖崇拜的图腾对象来看待，而且把这种对鱼的依赖和敬重延续到生命结束以后。但是如果站在人类整个文明的进程来看，原因似乎并非如此单一。

根据众多的考古发现，远古先民一路走来的文明历程，的确与大河长江密不可分。无论是黄河流域、长江流域还是辽河流域，都曾孕育了灿烂的史前文化。祖先在选择他们居住的地方时，往往选择依山傍水的地方，大多在河流旁的高地上建立他们的聚落。仰韶文化时期人们所处的自然环境，大致上是气候温暖的，草木丰茂，鱼跃鸟飞。任何艺术都来源于生活。对身边事物的认知，对自然的憧憬，对生活的理解都熔铸在了这个时期人们的灵魂深处，他们用最真实、最绚烂的方式在他们的艺术中表现了出来。所以，鱼这一形象的大量出现，是与先民的生产、生活密切相关的，鱼应该是他们生活中比较熟悉的一类事物。在中国传统语境中，"鱼"是用来代替"匹偶"或"情侣"的一个隐语，在闻一多的《说

---

① 〔英〕乔治·弗兰克尔：《心灵考古——潜意识的社会史（一）》，褚振飞译，北京，国际文化出版公司，2006，第85页。

鱼》中有比较详细的论述。"为什么古人用鱼来象征配偶呢？这除了它的繁殖功能，似乎没有更好的解释，大家都知道，在原始人类的观念里，婚姻是人生第一大事，而传种是婚姻的唯一目的，这在我国古代的礼俗中表现得非常清楚，不必赘述。种族的繁殖既如此被重视，而鱼是繁殖力最强的一种生物，所以在古代，把一个人比作鱼，在某一意义上，差不多就等于恭维他是最好的人，而在青年男女间，若称其对方为鱼，那就等于说：'你是我最理想的配偶！'"①这里，闻一多将鱼和生殖的观念联系在一起是有一定道理的。因为他的看法可以解释在后代的文学作品特别是那些表现男女性爱的作品里，何以有那样多的关于鱼的描绘。

　　从艺术构图角度看，图1-8中人面鱼纹彩陶盆上面的图案具有强烈的几何色彩。在关于彩陶艺术起源问题的研究中，有一种争议：是几何纹饰早还是象形纹饰早？征诸各种彩陶艺术的实际，似乎不存在这样的问题，一开始，就是几何纹与象形纹交错混杂，不分彼此。但是，从认识的发生角度而言，人们是从具体事物感受到点、线、面的几何图景，但是，要表现具体事物，必须要以点、线、面、高、低、长、短等为坐标、为尺度才行。表现在彩陶艺术，就是几何图案不仅与象形图案共存，而且制约象形图案描绘的情况。图1-7中的鱼，它的宽大的头部，长而直的鳍刺，都带有明显的几何线条特征。特别是图1-8中的人脸，几乎是圆形的，而作为人脸装饰的鱼，抽象地看，就是各种各样的三角形。这一点，关系到后来彩陶图案的艺术走向，如后来甘青地区马家窑文化，其彩陶图案高度抽象、崇尚旋转的特征，就是承着仰韶彩陶图案的几何构图而来的。

　　图1-9陶瓶表面所绘图像以鱼纹和鸟纹为主，其质地和色彩以及绘制手法和半坡类型有相似之处，所不同者，它的艺术内涵更加丰富。两条相对的鱼，以黑色的色块间隔开，鱼的形状是竖立的，为的是与瓶的整体造型取得协调，但是图案中的鸟却与两条鱼大致成90°角关系。远古的艺术家将鱼和鸟放在同一个画面上，要表达什么还不清楚。但却可以让我们联想到"关关雎鸠，在河之洲"的光景，也许是在表现河流水洲鱼游水、鸟栖息的共生情形吧。图案整体的效果是黑色块与黄色相映，虚灵的线条与实在色块相对。图案的感觉效果有明有暗，有实有虚。当然，最大的特色是它葫芦形的构型。在漫长的原始生产方式中，原始先民为了不断获得生产和生活资料，不断向周围的空间拓展，对于他们而言，

---

① 闻一多：《闻一多全集》第一册，北京，生活·读书·新知三联书店，1982，第134～135页。

任何对世界的感觉和意识总是要与它的物化形态相关联的。因此，在制造工具的最初，空间意识不断地体现在原始先民对三维体积造型的把握和掌控中，就如同这个葫芦瓶。如果从内涵看，葫芦这个造型，在后来的发展中，往往和婚姻与仙丹等一些概念结合在一起。古代社会的婚礼中就有一项合卺礼，夫妻各持一半剖开的葫芦饮酒以示礼成。《礼记·昏义》中"合卺而酳"讲的就是这个意思。葫芦多籽，在婚礼中借用葫芦饮酒也就很自然地和婚姻以及生殖紧密联系在一起了。在后来的发

图 1-9　纹彩陶葫芦瓶
（陕西临潼姜寨遗址出土）

展中，葫芦也被当作盛装灵丹妙药的器物，往往与某种具有特殊法力的人士结合在一起，其意义内涵更加多姿多彩。这样，从广泛意义上来看，葫芦或者说葫芦拟形器可能具有某种巫术礼仪上的特征。

图 1-10 的彩陶壶出土于北首岭遗址，时代要较半坡晚些。这个有网纹装饰的彩陶壶造型独特，像船又像鸟，模拟某种事物形状，又不着形迹，引人遐想。壶身有双耳，壶腹部有整齐的网状纹。整个壶形给人的感觉简单而质朴，从正面壶身的网纹可以看出人们装饰意识的增加，这也是较之半坡类型进一步发展的结果，至少说明人们在运用线条方面更加自如了。这种船形壶的构型和前面的葫芦瓶一样已经初步具有拟形器的某些特征，完美协调了实用的和审美的关系，它对原始人来说是一种理想的器物，

图 1-10　网纹彩陶船形壶
（陕西宝鸡北首岭遗址出土）

也是他们把对世界的认知对象化到器物上的一种反映，体现了人们对自然的掌握和对生活的探索，也对后来大汶口文化和龙山文化时期的拟形器的发展产生了一定的影响。

陕西华县出土的鸮鼎，如图 1-11 是一件典型的拟形器，古人的浪漫和天真在这件器物上得到充分展示。从艺术的分类上说，这件鸮鼎属于雕塑，而原始雕塑又分独立雕塑、器物附饰和拟形器三种。鸮鼎就属于拟形器。这件鼎全体呈灰黑色，有两个粗壮的凿状足，鼎腹圆鼓，鼎口随着鸥鸮的造

图 1-11　鸮鼎
（陕西华县泉护村出土）

型呈现敞口状，鼎身部分是一个鸥鸮的造型，敦实有力，鸥鸮的尖嘴和眼睛突出了它的猛鸷。整个器物的造型，特别是它那双翅膀，好像在扑打，整个鼎器的形象塑造的是鸮从高空刚刚飞落地面，正要啄杀猎物的一刹那。桑塔耶那说，缺乏永恒性是一切自然美最可哀的缺点，模仿性艺术的长处在弥补自然美的致命缺欠。这件陶鼎，手法老练，塑造生动，善于捕捉事物瞬间的特征，显示出古人对周围事物精细的观察。是远古时代将实用与艺术，将功利与趣味、精神完美结合的典范。仰韶文化时期的拟形器还不是很普遍，拟形器剧增并且千姿百态要到大汶口文化时期。

鸥鸮这种猛禽，在古老的苏美尔人那里被视为冥府的精灵；在巴比伦史诗《吉尔迦美什》中鸥鸮象征祸患；在玛雅文化中，鸥鸮是冥界和死亡的象征，玛雅人的死神哈恩汉（Hunhan）就长着一副猫头鹰面孔。在中国的古代文献中，鸥鸮在一开始，被当作可以避邪之物来崇拜。在红山文化遗址中也出土过玉制鸮形器，在殷商妇好墓葬中，也出土了玉鸮、青铜鸮尊多件，其中一件玉鸮的顶部还有小的圆孔，是悬挂用的。大凡在远古时期，人们对于出现在身边令自己惊奇、诧异和恐惧的事物，大都抱有无限的敬畏之情。在西周以前，鸥鸮是被当作避邪之物来看的，但这并不意味着当时的人们把鸥鸮看作是吉祥如意的，制作它的形象，并且悬挂、佩带它来避邪，可能就是因为害怕它。就如同人们因害怕老虎、毒蛇而制作它们的形象一样。把令人恐惧之物视为神明，只说明人类的软弱。这样的情况早晚会改变。就鸥鸮而言，西周以后被当作凶恶之物来加以表现，《诗经》有明证。《陈风·墓门》篇唱道："墓门有梅，有鸮萃止，夫也不良，歌以讯

之。"将鸱鸮与墓葬及人的不良联系起来，清楚地表达了当时人们对鸱鸮的看法。在《豳风·鸱鸮》篇中，更是将鸱鸮比作攫人幼子、毁人家室的凶暴之物。在文献记载之前千百年的文物里，能够看到更早的鸱鸮，它的造型又是那样的朴拙生动，特别能使人感受到古老文化的源远流长。

图1-12的陶盆和图1-13的陶钵属于庙底沟时期的典型陶器。陶器表面白色的底子，在上面绘有彩色的花卉。这种类型的彩陶称为"白衣彩陶"。盆形较半坡时期有了变化，成深曲腹、腹壁上部稍向盆口收敛；整个装饰壁面的面积较先前大了很多；所绘制的纹饰也较以前流畅和圆润，线条生动，色彩对比强烈，手法稳练。特别值得注意的是图1-12彩陶色彩的使用，白色底子上施以黑色和赭红色的图案，既绚丽又雅致，给人梦幻般的感觉。在整个庙底沟类型的彩陶中，纹饰多以花卉纹为主要母题，同时也有鸟纹、鱼纹和蛙纹等动物纹饰。从这些丰富绚烂的图像中，可以明显感到昂扬向上的生命律动；而且这种律动感强烈的彩陶纹饰，又开甘青彩陶艺术的先声。

图1-12　弧线圆点纹彩陶盆
（庙底沟类型器物）

图1-13　彩陶钵
（大河村遗址出土）

在大河村遗址出土彩陶钵上，画了很多光芒四射的太阳图景，如图1-14，有的还绘有"晕珥"之形，引起学术界注意，不少学者发表了意见。李昌韬对此论述说："在出土的七片（经粘对后成五片）陶片上，还绘有一种引人注目的图像：在光芒四射的太阳纹外边，绘出对称的弧形带，弧端皆作圆点；弧带外沿又绘放射的光芒。几乎围满了两弧，但到弧端圆点附近形成明显的空缺。这可能是一种大气光学现象的反映。《吕氏春秋·明理》上提及'晕珥'，高诱注曰：'……晕珥，皆日旁之危气也……两旁内向为珥，……气围绕日周匝，有似军营围守，故

图1-14　大河村彩陶片

曰晕也。'我们初步认为这种图像表示的就是晕珥。这些陶片出土于大河村第三期，都是泥质红陶敛口圆唇鼓腹钵的残片。器表抹光，涂白衣，施黑、红或棕、红两彩。从陶胎的厚薄和陶色、彩色的深浅不同，可看出是三件钵的残片。从残片的口沿弧度计算出钵的口径为24厘米。每组图像的夹角为90度，因此一件钵的腹部一周可画出四组这样的图像。"①彭曦则认为："根据大量的考古资料及竺可桢的研究，数千年前的'黄河流域年平均温度比现在高2摄氏度，冬季温度高3～5摄氏度，与现在长江流域相似'。又加之当时草荣木茂，植被覆盖较今为优，空气湿度大，故有高空水蒸气结成冰晶反射而形成的日晕或月晕，是常见的一种现象。位居黄河不远的'大河村人'对这种天象是必然观察到并注意到它的出现可能引起的天气变化，所以才会在陶器上出现这种图案。"②

在观测太阳的同时，古人也在观测星象。在大河村遗址还发现了不少绘有星座纹的泥制红陶片。这件器物出于大河村文化四期。星座图案是由三个或三个以上的圆点和直线、曲线连接组成，学者认为可能是北斗星尾部的形象写照。《史记·天官书》中也说："斗为帝车，运于中央，临制四乡。分阴阳，建四时，均五行，移节度，定诸纪，皆系于斗。"这说明北斗七星斗柄指向的变化反映着节令的转移。人们在自身之外，把对世界的眼光投向了宇宙，在那里寻找自己生活的坐标。中原地区是中国原始农业的重要起源地之一，人们在很早的时候就注意星空的变化是很自然的。根据所观测的天象变化，合理安排农业生产，这在中国古代被称为观象授时，上述大河村等遗址发现的天象彩陶图像，是我国迄今所发现的最早的天象图案，它无疑说明中原地区早在仰韶文化时期已经开始了"观象授时"的活动，它为中国古代天文学的产生奠定了基础。

如果说上述的讨论还是猜测的话，那么，在山西西部襄汾一个叫陶寺的村子发现的观象台遗址，则确定无疑地证明了古人的这种对自然和宇宙执着的探寻。20世纪70年代至80年代和21世纪初期在陶寺的两次考古发现，震撼了学术界。考古工作者在这里发现了目前为止世界上最早的观象台。古观象台的原理是用排列的墙缝，观察早晨初现的阳光以确定时令。考古工作者做推测性观测试验，还能复原先民用以测定冬至和大寒两个时令到来时刻的两个墙缝隙。③ 以上这些发现足以看出原始先民在最早的观象授时方面的努力。这种对天体的崇拜和对天道的探索，

---

① 李昌韬：《大河村新石器时代彩陶上的天文图像》，《文物》1983年第8期。

② 彭曦：《大河村天文图像彩陶试析》，《中原文物》1984年第4期。

③ 宋建忠：《龙现中国》，太原，山西人民出版社，2006，第40页。

是中国先民追求"天人合一"的原始形态。原始人类也在这种追寻中不断修正自己和自然的关系，以创造更文明的生活。

　　"鹳鱼石斧图"（图 1-15）陶画代表着仰韶文化彩陶艺术达到了高峰。整个图画绘制在一件陶缸的通体外壁上，画面高 37 厘米，宽44 厘米，画面占整个缸面的二分之一。画中的鹳鸟直接用白彩涂抹而成，不少学者认为这是中国传统画"没骨法"的最早运用。鸟的眼睛采用夸张的手法画出，使本来很小的眼睛变大了，目光炯然。画中的鱼和带柄石斧则是首先用棕色线条画出轮廓，再往里填白彩。用劲拔的手法表现出了斧头刚劲的质感和气势。不论是斧是鹳还是鱼，形体都圆润流畅。整个画面在张力中达到了平衡。

图 1-15　鹳鱼石斧图
（阎村遗址出土）

鹳的身躯是雄健的，双腿直撑并略向后倾斜，以保持和鱼的重量之间的平衡。被衔着的鱼，无力而直挺挺地垂着。一场力量对比悬殊的鱼鸟之争已经无悬念地结束了。看那柄结实的大斧，它被牢固地捆绑在木柄上，手把处又用绳索紧紧缠着，线条整饬，斧把上法度森严的图案，显示着它与某种权力的关联。石斧的孔眼，柄上的符号等，都表明画家在用这些画面形象准确地表达着什么。表达着什么呢？线条整饬而简洁的画面，让人不由得想到权力，想到征服。

　　这个画面突破了以往彩陶单纯反映自然景物的内容，在简练的构图中述说了一个遥远的故事，一个古老生活的情节。有考古学者认为，白鹳衔鱼是鹳鸟图腾的氏族部落战胜或征服鱼图腾部落的象征性图画。绘画的陶缸是用作成人遗骨的葬具的，同类的陶缸大都没有彩绘，因而这个仅见的陶缸内的残骸，被认为是鹳鸟氏族部落的首领的遗骨。鹳鸟嘴里叼着鱼是为了纪念他在对异族的战争中所建立的功绩的，旁边竖立的苍劲的大斧则是其权力和身份的象征，充分体现了死者生前身份的尊贵。同时，从这个画面的故事中，我们也可以看出当时社会部落战争的影子。战争是社会发展的表现，至少说明当时权力意识已经进一步强化。

　　总结仰韶文化彩陶图案的发展，早期还继承着裴李岗文化晚期的传统，在陶器上绘制简单的条状或圆点纹饰，进入仰韶文化中期，绘画方面产生了质的飞跃，达到了一定的水平。人们开始在陶器上施加红色、白色、浅黄色陶衣，然后绘以黑色和棕色的图案，图案的内容比较写实，大都是当时人们熟悉的形象。像在大河村二期和庙底沟一期的许多草叶纹和花卉纹，大河村二期出现的梳篦纹，庙底沟一期出现的由圆点、涡纹和弧线三角组成的水波纹饰，线条都非常流畅。这表明原始先民在长期的生产和生活中，不断抽象出高于生活之上的形象再现生活的世界。仰韶文化晚期，彩陶艺术在题材内容和绘画技法上有了进一步的发展和变化，出现了天象、动物和几何形网状方格纹饰，大量的几何形图案的出现，说明这个时期人们已经开始突破先前的写实风格，向图案装饰发展。在陶器上通体绘画，也是这个时期彩陶的一个新的特点。二方连续图案和平行直线的出现，说明这个时期已经出现"轮绘"画法。"一般的绘画，都是手动，被画的装饰物不用动。而彩陶的画法则正好相反，大部分是手不动，或只作上下、斜形、弧形等简单的机械运动，它的直线既不靠直尺，它的曲线也不靠圆规，主要是靠陶坯本身在轮子上作圆周运动。因此这种方法画出的图案，就产生了与其他图案迥然不同的效果。其中彩陶上以点定位的二方连续图案组成的格子，成了以后各种圆形器物和其他工艺品装饰的主要格式。"①可以看出，到仰韶文化后期，制陶工艺和轮绘艺术已经取得了很大的进步。在彩陶绘画上表现出来的娴熟与融合，使得这个时期的陶器在艺术表现上具有较强的图案性和装饰性。

　　现在我们继续来看甘青地区的彩陶。

　　图 1-16 鱼纹彩陶瓶发现于甘青地区。从风格判断，应该属于仰韶时期文化的器物。表面绘有形象的鱼纹，很具写实性。它和陕西地区仰韶文化半坡类型相似，但也有不少差异。虽然都是以鱼纹为主，但是在风格上表现出了更多的自由性和线条感。它描画了鱼的翻转、跃动，突出了鱼的鳍和

图 1-16　鱼纹彩陶瓶
（甘肃秦安王家阴洼出土）

---

　　①　李湘：《试析仰韶文化的泥料、制作工艺、轮绘技术和艺术》，《中原文物》1984 年第 1 期。

翅，显示的是力量和接触它具有的危险性。器物图案的意蕴，似乎不是多子的祈求，而是在表达对某种威力的崇敬。

图 1-17 是一个人形彩陶瓶，单从构型来看，在陕西临潼姜寨遗址也有发现。彩瓶都是葫芦形的，也是比较早的一类拟形器。但是，眼前这个彩瓶的不同，在于瓶口的部位是个女性的人头形状。人头形的出现，使得整个彩瓶有了活力和生趣。头像的头发刻画得具体形象，脸颊饱满，双眼和嘴被雕成孔，双耳的耳垂有穿孔。颈部以下为陶瓶的器腹，两端收敛，腹部圆鼓，呈现纺锤状。颈腹部大部分在涂有浅淡的红色陶衣底子上，用黑彩画三横排大致相同的图案。瓶腹上原有双耳，已经残缺了。如果说在姜寨发现的葫芦瓶蕴含的生殖和巫术的内涵还比较隐晦的话，那么这个人

图 1-17　人头形器口彩陶瓶
（甘肃秦安大地湾出土）

头形的彩瓶对生殖的强调似乎更加明显了。它的小头和它的鼓腹形成了强烈的反差。在圆润流畅的腹部线条中，我们似乎也看到了一种蓬勃的生命力在它体内孕育着。

还应该注意的是彩陶瓶的腹部图案被安排在三横排大致相同的空间里。这使得整个图案的对称感加强了。横线划分的结果，是全部图案形成若干不同的区域，陶形女子的颈部和腹部明显地分开，腹部又分成上下两半。整个图画显得更加饱满和圆融，增强了艺术表现力。

在遥远的古代，尤其是那个"知其母不知其父"的母系氏族社会，对种族繁衍的愿望，对大地丰产的感激，对美好生活的祈求，构成了对女神崇拜的原初内涵。在《诗经·大雅·生民》中也记载了女神姜嫄生育周族始祖后稷的情况："厥初生民，时维姜嫄。生民如何？克禋克祀，以弗无子。履帝武敏歆，攸介攸止，载震载夙，载生载育，时维后稷。"后稷是后代社会的农业神，所以，姜嫄就不仅仅是始祖的母亲了，更是后来孕育大地的女神。像这样对母亲女神崇拜的例子，在不同时期、不同地域的文化里都有反映，其中所凝铸的观念形态始终贯穿着一脉相通的东西：生育。

　　图1-18、图1-19两件彩陶盆是甘青地区马家窑文化的典范作品。两个彩陶盆呈橙黄色，彩绘是黑色的，彩绘的部位在陶器的口沿、腹部和内壁。纹饰主要是绳纹、波浪纹、平行纹和舞蹈纹，尤其腹部的三条近似平行纹的纹饰很有动感。彩陶盆最引人注意的是舞动女子的图案。图1-18中，彩陶盆的内壁有三组5个手拉手跳舞的女子。图1-19则绘有两组分别为11位女子和13位女子手拉手跳舞的图案，舞者动作一致，极富韵律，有强烈的节奏感。她们出于什么目的在舞动？有学者从彩陶盆内外表面的平行线和其他纹饰入手，认为大圆圈纹及锯齿纹是雷霆闪电的象征，平行线纹是云气的一种图样。从古文字和文献资料来看，甲骨文的"气"字字形为"☰"，即作平行线形状。《说文解字》中也说："气，云气也，象形。"在中国古代哲学观念中，气是生成万物之物。这样的话，陶腹上的平行线就与雷电云雨崇拜的原始宗教观念有关了。风和雷电是与雨相关的自然气象，在后代的许多有关风、雨、雷、电的卜辞，都是以祈雨为目的。在陶器口沿上的竖画平行线纹，有人认为是对"水从云下"的雨的描绘。这就是说，女子成排舞蹈的图案，就是古老祈雨仪式的写照。

图 1-18　舞蹈纹彩陶盆　　　　　图 1-19　马家窑文化彩陶盆
（青海大通上孙家寨出土）　　　　（青海同德宗日遗址出土）

　　如果不从舞蹈女子周围的图样考虑问题，也可以做其他解释。例如在今天四川、湖北交界地带，就有庆祝丰年跳草裙舞的习俗。彩陶盆上成排成组的女子舞蹈的图景，也是可以做这样解释。我们知道，舞蹈在中国远古时代不是单纯的跳舞活动，它往往和巫术礼仪结合在一起。舞蹈最初的目的不是自我取悦，而是用来悦神的。人们在一种亢奋、激越的状态中达到了与神的沟通和交流。但是，欢庆之情，祝愿之情，不正是这些活动的精神内核吗？更重要的一点，彩陶盆的图案还表达着苏珊·朗格所说的一种现实："它是人类超越自己动物性存在那一瞬间对世界的观照；也是人类第一次把生命看作一个整体——连续的、超越个人生命的整体，这生命荣衰有期，取养于天……人们根本没有感觉到是舞蹈创造了神，而是用舞蹈对神表示祈求，宣布誓言、发出挑战和表示和解，这要看情况而定。世界的象征，即用舞蹈表示的王国，就是这个世界。而跳舞则是人类精神在这王国中的活动。"①

与彩陶中的舞蹈相关，甘青地区还发现了不少的乐器。最有特点的就是彩陶鼓，图 1-20 彩陶鼓就是其中一个。彩陶鼓中间部分呈现筒状，两端开口，分别作罐形口和喇叭口。口的内侧各置一环耳，两相对应，在一条直线上。在喇叭口的内侧设有六个（有的是七个）鹰嘴的突钮，是用来绷兽皮的，两端的环耳是用于系绳悬挂在身上的。鼓的表面绘有锯齿纹样。彩陶鼓长 35～42.9 厘米。这样的鼓在古代是很难得的实物标本。最初在裴李岗时期文化中发现的骨笛，揭开了原始先民音乐的华丽乐章。到马家窑时期的这个彩陶鼓，无论是从形制还是从器物表面的纹饰来看，都取得了进

一步的发展。在古代的一些文献记载中，我们可以看到这些器物大都与巫术有关，是仪式中最常见的。这些鼓的发明者和最早那些骨笛的发明者一样，应该是一些巫师人员。鼓往往在战争和宗教仪式中发挥着重要的作用，大量的考古资料表明：新石器时代出现有鼓的，随葬品一般比较丰富，墓主有较高的社会地位，很可能就是从事巫术活动的人。这些陪葬品，表明的是他们所获得的社会权利。

在谈仰韶文化彩陶时曾说过，器物图案的构形是象形纹饰与几何纹饰相结合，并且后者强烈地规约着前者。在属于甘青地区的马家窑文化彩

图 1-20　彩陶鼓
（青海民和阳山出土）

陶中，几何纹饰的彩陶艺术获得极致性的发展。图 1-21、图 1-22 所显示的两个图案整个的画面舍弃了块状的形象，把线条上升到绝对的地位。图案中有叶脉，有波纹，但是画面的主体绝对不是要表现它们，而是运动，是均衡的有节奏的运动感。带状的线纹和圆形的图案的组合，就是用线带动面，那圆也不是实的，或者是螺旋状，或者是十字状，都不违

---

① 〔美〕苏珊·朗格：《情感与形式》，北京，中国社会科学出版社，1986，第 217 页。

背营造运动之感的要求。而图案的节奏感就来自条状的线和圆形的相对、相称。有学者研究甘青彩陶几何艺术的奥妙，得出结论认为，这里的先民改变了仰韶文化时代四等分圆周的做法，而是采用了三等分圆周，然后再用层层放射铺展的手法施绘，所以效果奇特。① 同时，器物造型的优雅，彩绘给器物增添的质感，也是甘青彩陶艺术不容忽视的长处。出神入化，是甘青地区马家窑彩陶艺术所达到的境界。

图 1-21　连旋纹彩陶瓮
（甘肃永靖县马家窑文化遗址出土）

图 1-22　叶脉水波纹彩陶瓶
（青海民和仙核桃庄出土）

到马家窑文化后期的半山—马厂类型，彩陶的发展又出现了不少新的内涵。这个时期，彩陶器物的体积开始增大，壶、罐、瓮一类的器物腹部力求鼓圆，这固然是为增加容积，另一方面是增加器物表面的彩绘面积。半山—马厂类型的很多彩陶以粗线条勾画轮廓，纹饰多网格纹、大圆圈纹、锯齿纹、旋涡纹等与大圆圈纹交错组合，有的还采用红与黑二色的对比。从锯齿纹等纹饰来看，这个时期的绘画风格已经比先前刚硬了很多。半山类型彩陶中红黑相间的锯齿纹是这个时期特有的。到马厂类型，锯齿纹比较少见了，一些大圆圈纹的旋涡纹也不见了，彩绘的手法较之先前粗陋了很多。从这样的变化可以看出中国史前的彩陶艺术在衰变。继马家窑文化之后，能代表甘青地区彩陶艺术的是齐家文化。齐家文化没有将以前彩陶艺术的辉煌继续下去，彩陶艺术开始衰落。但是，齐家文化中出现了青铜制品。一个新时代，即青铜时代已经临近了。

---

① 张晓凌：《中国原始艺术精神》，重庆，重庆出版社，2004，第78～79页。

第二章　宗教现象中的审美

第一节　大汶口文化——礼敬朝阳

大汶口文化（公元前 4300 年至公元前 2500 年）因 1959 年在山东泰安发现的大汶口遗址而得名，分布以泰山地区为中心，东起黄海之滨，西到鲁西南平原东部，北至渤海南岸，南及今江苏淮北一带，安徽和河南也有少部分该类遗存的发现。大汶口文化经历了早、中、晚三期。早期基本上只分布于山东和苏北地区，其南界不过淮河，向北到达鲁北地区，西界在现今运河两侧，东至黄海。中期阶段的分布范围，南、北两界无大变化，向西扩展的趋势明显。大汶口文化晚期，其分布已经向西扩展到淮阳一带。

大汶口文化的中后期，一些中心聚落已经形成明显的社会贫富分化，在一些大的墓葬中有大量的随葬品，显示着某种"夸豪斗富"的现象。同时从随葬品的文化属性看，不同地区之间的交往日趋频繁，文化走向统一的步伐越来越快。大汶口文化的器物，石器、陶器之外，还有较多的牙器、骨器等。在陶器中，酒器的比重较大，表明那个时代酿酒技术也已经相当发达。人们用酒来祭祀神，于是酒器就开始向礼器发展了。礼器的初露端倪，正是从大汶口文化开始的。

大汶口时期陶器的色彩开始趋向黑亮，器型也经历了由比较单一到风格多样的转变过程。这首先反映的是社会生产力的提高。根据考古学家的研究表明，大汶口时期陶器颜色变化，主要不是取决于人们观念的变化，而是陶窑的结构和烧制技术进步的结果。大汶口文化的红、灰、黑三种颜色的陶器的烧制温度相差并不大，最高一般都在 900℃ 左右。"一般认为，红陶是因陶土里含有多量铁元素变为氧化铁而成。大汶口早期的陶器入窑后，窑室顶部可能不封口即点火，在烧制过程中，由于窑室内空气畅通，陶土里的铁在高温下得以充分氧化，变成了氧化铁，氧化铁是红色的，早期的陶器因而多红色和红褐色。中期以后，由于陶窑改成了封口窑，当陶器达到烧成温度后，从窑室顶部往窑内徐徐注水，使高温下的陶器经历了一次还原反应过程，导致陶器里的氧化铁变为氧

化亚铁，氧化亚铁呈灰色，中期的陶器自然也就灰陶多一些。"①流行于
龙山文化时期的黑陶，其端绪源自大汶口文化。同时，大汶口遗址中出
土了不少白色的陶器。

拟形的陶器，是大汶口最富特色的制品。拟形器一般为酒器。这种
酒器嘴流朝上，有半环形把手，空心或实心的足。其中陶鬶大多数是橙
黄色、橙红色、乳白色或是白衣红陶。大汶口文化最早出现的陶鬶，只
是有流、扳手和三足的普通器物，后来逐步发展出模拟动物形象器物，
例如猪形鬶、狗形鬶和鸟形鬶，数量大，种类繁多，各有特色。这种拟
形器在仰韶文化和马家窑文化中曾发现过，不过其拟形器是模拟葫芦和
人形的。由模拟人形和植物走向模拟动物，尤其是对猪、狗和鸟的模拟，
反映了人们审美趣味的变化。

图 2-1 那件黄陶鬶活像引颈长鸣的雄鸡，圆鼓鼓的身体，精神饱满，
气韵生动，憨憨的神情，透露出强劲的活力。它那上翘的嘴流部分，似
乎有一种力量在延伸。器口的上扬，似乎要打破稳定三角结构的格局，
但是，肥硕的主体部分，又将这种打破的倾向稳住了。肥硕与挺拔，失
衡与稳定，处处是张力，极好地表现了原始时代特有的生命精神。那件
红色的陶鬶（图 2-2），仔细看，长着猪的鼻子，可是它的总体形态却不是
猪，是仰天吠叫的狗。是猪非猪，似狗非狗，猪形而寓着狗的神情，正

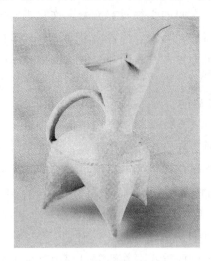 

图 2-1　黄陶鬶　　　　　　图 2-2　红陶狗形鬶
（曲阜西夏侯出土）　　　　　（泰安大汶口出土）

---

① 张江凯、魏峻：《新石器时代考古》，北京，文物出版社，2004，第135页。

是大汶口先民造型艺术绝妙的大胆之处。从大量的出土之物看，大汶口先民对狗似乎有特殊的感情。以狗随葬和以狗为牲的遗迹在大汶口文化中发现是最多的，直接影响到商代葬制中以狗为牲的习俗。雄鸡的引颈长鸣，很明显，突出的是雄鸡报时的特点。那么，似猪似狗的仰天长吠，又意味着什么呢？汉族民间传说中有"天狗吃月亮"的传说。在藏族也有类似传说：当日食发生时，是一只似狗非狗的怪物吞下了太阳，这时候，人们为了挽救太阳，要把狗抛向天空。① 联系这些传说推测，红陶狗形鬶的造型可能与日食现象有关。如此，两件鬶形陶器，似乎都与天象时令有关。但是，无论如何，这种高度发达的拟形器的制作，既显示着今山东一带的远古先民造型艺术的娴熟，也显示着他们对周边事物的细心关注。作为艺术品，拟形器是将生活的实用和审美的愉悦完美结合，作为一件人工制品，显示着中国的先民特有的心灵，那就是对万事万物的亲密感。

大汶口文化另一个值得关注的现象是陶尊上出现的类似"文字"的东西，它们引起了学术界的广泛关注，如图 2-3 所示。

在山东的莒县陵阳河遗址以及诸城前寨遗址都发现了陶尊上刻有"🔆"的图案。这样的刻纹，后来陆续在大朱家村、杭头、尉迟寺和尧王城等遗址的墓葬、灰坑和文化层中陆续发现，使大汶口文化出土陶尊文字的遗址增加到六处。研究表明，陶尊文字的时代属于大汶口文化晚期，绝对年代在距今 4800 年至 4600 年。

因多处图案显示出高度的一致性，所以有人认为它们是由图腾标记转变而来的象形文字。有的学者注意到它们和商周时期的象形文字有相通之处，又有学者则认为它们与商周的甲骨文和金文的结构接近，因为它们只见于特定器物的特定部位，与金文在器物上的位置类似，它们是象形的，又有相当程度的抽象化，与一般的装饰和图画不同。持这类观点的人还认为，与大汶口文化相类似的图像文字，在良渚文化、屈家岭文化中也有发现，它们应是后来古汉字的基础。至于"🔆"的具体含义读音，有人解释为"日、月、山"；有人解释为"日、鸟、山"；于省吾先生在《关于古文字研究的若干问题》中认为，这个字上部的圆圈，象日形，中间的部分，象云气形，下面的部分，象山有五峰形。② 顺着这样的思路，有人将这个刻纹解释为"旦"或"昊"。在这些解释中，对这个刻纹上

---

① 王政：《战国前考古学文化谱系与类型的艺术美学研究》，合肥，安徽大学出版社，2006，第 294 页。

② 于省吾：《关于古文字研究的若干问题》，《文物》1973 年第 2 期。

边部分是太阳的认知是一致的。

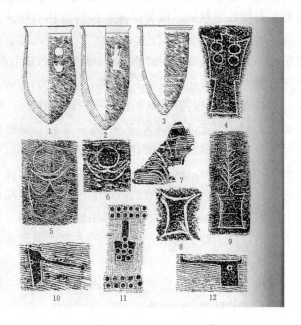

图 2-3　大汶口文化的"文字画"集锦

　　也有学者并不急于把它解释成某个汉字，而是把它当作一种综合符号。认为""及其诸多的变化形式，都在表达同一个主题，那就是太阳刚刚从山峰上露出来的那一刻，图案上部的圆和中间月牙状，是太阳和神鸟的结合体，表示太阳是飞翔的，就是说，它不是一个静止不动的神。这里的神鸟就是神话中"踆鸟负日"的"踆鸟"，就是传说中的"三足乌"、"火凤凰"；最下面部分带齿状图案，则是山峰之状。① 笔者认为这一说法是合理的。一是因为它与古代的神话传说相吻合，也与古代东方对鸟的崇拜相符；二是古代观测太阳运动，特别是日出，总是以山峰为参照，日出的地点不同意味着时节的变化，古人正以此确定时令。这一点，有山西陶寺天文观象台的发现为证。② 因此可以说，这样的图案，都是在刻画这样一幅情景：太阳在远远的东方地平线上升起并朝着人类飞翔而来。这一类型的图案，不仅大汶口文化有，河姆渡文化也有，良渚文化也有（详后）。这些时代大致相同而又存在于不同地域上的同类图案，又

---

① 王大有：《龙凤文化源流》，北京，北京工艺美术出版社，1988，第43页。王永波、张春玲：《齐鲁史前文化与三代礼器》，济南，齐鲁书社，2004，第118～125页。
② 传世文献也颇可证明这一点，如《楚辞·九歌》中有《东君》一篇，就是写太阳的光芒照耀扶桑树时，人们对太阳的热烈礼赞，表达的也是对太阳初升时的重视。

意味着什么呢？回答是：它们都是在表现一种艰辛的努力，一种我国古代先民特有的追求天文历法意义上的“天人合一”的巨大努力，这正是它们的精神之所在。所有相同类的图案的要点在飞行，正是中国古代对天体崇拜的总体特征：不是崇拜某个静止的天体，而是天体的运行以及运行的秩序；对太阳以及所有日月星辰的崇拜，都根本于这样的含义：祈求风调雨顺。不要忘记，中国文化的诞生，是在一个四季分明的大陆季风气候区。只要农耕，就必须按时节耕种。于是自远古以来，一个以追求天文历法为核心的文化线索就存在着，而且颇为清晰。对天时运行规则的寻找本属科学，但是在荒远的古代，科学之追求，也往往表现为宗教的热诚。也正因对天文历法追求混杂着迷信，巫师们才确定了自己的权力，以此，宗教中心得以建立，最初的政治权力也以此为契机获得了发展。在河姆渡、大汶口以及良渚文化所发现的是远古先民对天文历法追求的较早表现，这追求在以后还在继续大踏步发展，千百年后就有了陶寺文化遗址中科学含量很高的古天文观象台的横空出世。这条长大的线索，横亘于纷纭复杂的考古现象之中，是一条飞舞于古典的天文世界的巨龙，也是一条农耕文明开启时代先民适应自然、创造生活的精神巨龙。

这些图案，与后来文献记载的礼天祭日仪式是吻合的。甲骨卜辞中也有大量的祭日的描写，从中可见当时殷商之人对祭日活动高度重视。《尚书·胤征》中提到：“惟时羲和颠覆厥德，沈乱于酒，畔官离次，俶扰天纪，遐弃厥司，乃季秋月朔，辰弗集于房，瞽奏鼓，啬夫驰，庶人走，羲和尸厥官，罔闻知，昏迷于天象，以干先王之诛。”是说羲和之官，因“昏迷于天象”而被杀，可与甲骨文相印证。我们说，大汶口的“”符号表示的是早晨太阳的初升和对朝阳升起的礼敬，这也有文献的依据。《楚辞·九歌·东君》唱道：“暾将出兮东方，照吾槛兮扶桑……緪瑟兮交鼓，箫钟兮瑶虡。鸣篪兮吹竽，思灵保兮贤姱。翾飞兮翠曾，展诗兮会舞。”诗篇描述的是太阳升起到扶桑树上时人们对它歌舞喧天的热闹礼敬。前面说过，太阳的初升可以确定时令，而一天之始也是从太阳初升起，这大概可以解释古代人为什么那样重视对朝阳的礼敬了，而这样的礼节、仪式，在《楚辞》中还可以看到它的孑遗。

先民既然把太阳的运行看作神鸟的飞翔，自然滋生了对鸟的崇拜。越来越多的人认为，大汶口文化盛行鸟造型陶器及装饰的现象，正是生活在今东山一带先民的神鸟崇拜的文化遗存。据学者研究，太昊、少昊都是以太阳为图腾的。昊在古籍中常写作皞，音同义通。太昊、少昊之所以称昊，是代表太阳神。太昊风姓，风与凤古同，所以太昊族为凤族，即凤夷之裔。东夷民族的凤即大鹏，是一种鸷类猛禽。少昊族的祖先也与凤鸟有关。《左传·昭公十七年》记载："秋，郯子来朝，公与之宴。昭子问焉，曰：'少皞氏鸟名官，何故也？'郯子曰：'吾祖也，我知之。昔者黄帝氏以云纪，故为云师而云名。炎帝氏以火纪，故为火师而火名。共工氏以水纪，故为水师而水名。大皞氏以龙纪，故为龙师而龙名。我高祖少皞挚之立也，凤鸟适至，故纪于鸟，为鸟师而鸟名。凤鸟氏，历正也。玄鸟氏，司分者也。伯赵氏，司至者也。青鸟氏，司启者也。丹鸟氏，司闭者也。祝鸠氏，司徒也。䲡鸠氏，司马也。鸤鸠氏，司空也。爽鸠氏，司寇也。鹘鸠氏，司事也。五鸠，鸠民者也。五雉，为五工正，利器用，正度量，夷民者也。九扈，为九农正，扈民无淫者也。自颛顼以来，不能纪远，乃纪于近，为民师而命以民事，则不能故也。'"少昊族"鸟王国"的图腾鸟都是候鸟，鸟所具有的物候作用，正可指导农耕生产，这应该是东夷人崇拜鸟的直接原因。这又与上文所说大汶口先民礼敬太阳精神上一致。

第二节　红山文化——祭坛、女神和玉龙

红山文化是距今五六千年前的一个活动于燕山以北、大凌河与西辽河上游流域的部落人群创造的农业文化。因最早发现于内蒙古赤峰市郊红山后遗址而得名。已发现的遗址遍布内蒙古东部、辽宁西部和河北北部的广大地区，几近千处。红山文化分前期、后期，后期最大的特点是众多宗教遗迹的发现。在辽宁阜新的胡头沟，凌源县城子山，凌源、建平两县交界的牛河梁以及喀左县的东山嘴，都有这样的发现。这些遗址的共同特征是都有祭坛，坛的附近还有积石冢，只是规模不同，其中的牛河梁遗址规模最大，不仅有坛、冢，而且还有女神庙。是坛、冢、庙三者齐备的一个大型宗教中心的遗址，巨大的女神像就在这里发现。但是，在这些宗教遗址的附近并没有发现居民遗迹。专家对此研究后得出结论：这些大大小小的宗教中心，是独立出来的神灵的圣地，维系的是不同区域内人群共同的精神生活。人们会定期来到这些胜地，举行宗教仪式。① 宗教活动、精神活动，把不同村落、不同地方的人群定期地凝聚在一起，这正是宗教的巨大的文化功能。红山文化的这一切又决非孤

---

① 晁福林：《夏商周的社会变迁》，北京，北京师范大学出版社，1996，第67～68页。

立现象，在仰韶文化的西水坡 45 号大墓，在良渚文化的各种人工堆积的土丘，在马家窑文化的秦安大地湾遗址，都可以看到新时期中期的宗教—精神中心的存在。正是它们所具有的文化力量，将不同家庭、氏族乃至部落的人们联系在一起，形成共同的文化区域，形成具有共同的信仰、共同的价值观念的文化人群。是什么力量让人们塑造大型的神像，雕琢坚硬的玉石？正是这样的精神力量。事实上，红山文化——实际也包括良渚文化、龙山文化——最珍贵的玉器，也正是在积石冢中发现的。

　　强烈的宗教情绪，正是远古雕塑艺术之母。红山文化中的女神像就是如此。这样的神像，在红山文化遗址中并非仅见。在河北滦平后台子红山文化早期的遗址中出土了 6 件女性裸体石雕像，其年代大约在距今6000 年前。其中比较大的一个高约 30 厘米，脸型丰满，五官清晰，双乳隆起，双手交叉着放在腹前，明显是孕妇的造型，表现出了人们对女性生育力的崇拜。她的双腿束成榫头状，类似这样的造型，不仅出现在石雕中，在陶塑方面也有类似的体现。辽宁喀左县东山嘴遗址出土了两件红山文化的小型女性裸体红陶塑像（图 2-4）。两塑像一高一矮，头部均已残缺，仅存身体。矮的残高 5 厘米；高的残高 6.8 厘米。两个都作倚

图 2-4　孕妇小雕像

（辽宁喀左县东山嘴遗址出土）

坐姿态，手放在腹上，腹部隆起，也是孕妇的形象。更令人惊叹的是在辽宁凌源与建平两县之间的牛河梁遗址发掘出的女神庙遗址，以及大型泥塑女神群像残件。整个女神庙呈窄长方形，南北最长处 22 米，东西最窄处 2 米，最宽处 9 米，方向南偏西 20°。女神庙为半地穴式建筑，分主体和单体两个单元，主体部分为多室相连，主室为圆形，左右各一圆形侧室。女神庙为土木结构，墙面上做出多种规格的仿木条带，并有壁画装饰，从残留的痕迹看，为朱、白两色绘出的几何形勾连回字纹。庙的

半地穴部分堆满了遗物，除坍塌的墙壁、屋顶等建筑残件外，主要是人物塑像、动物塑像和陶祭器。女神庙内最主要的遗物是人物塑像，其中最重要的是一件比较完整的女性头像（图2-5）。

这个头像出自圆形主室的西侧，头向东北，面略向西，头部除头发、左耳、下唇有残缺外，面部整体得以完整保留。头像现存高度22.5厘米，通耳宽23.5厘米。塑泥为黄土，掺有草禾一类的物质，没有经过烧制。这个头像内胎泥质比较粗糙，捏塑的

图2-5　女神像侧面
（牛河梁遗址出土）

各个部位则用细泥，外表打磨光滑，颜色呈鲜红色，唇部被涂成朱色。头的后半部分缺损了，但仍然较为平整。头像为方圆形扁脸，颧骨明显，眼睛斜立，眼眶部位刻划细腻，眉毛不明显，鼻梁塌而短，鼻头较圆，鼻低较平，没有鼻钩，上唇长而薄。尤其是眼球的处理上，在眼眶内嵌入圆形玉片为眼，使眼睛炯炯有神。整个头像的塑造在写实基础上适当夸大，把传神、表情、动态融为一体，以追求人的精神和内在情感，从而塑造出一个极富生命力并予以高度神话色彩的女性头像。在这件女神像上，我们也看到中国最古老的雕塑方式，与西方人用石头雕刻不同，一开始中国先民就选择了用泥土塑造形象，而且一直延续下来，秦代兵马俑如此，再后来佛教的许多塑像也还是如此。

女神泥塑的含义与生殖崇拜有关，应是没有问题的。而且，红山文化的诸多女神应该与后世文献中的"无夫生子"女祖现象相关。《史记·殷本纪》记载殷商男性始祖契的出生，是他的母亲简狄在河边吞食玄鸟之卵而受孕；《诗经·大雅·生民》记载周始祖后稷的出生也是因为姜嫄"履帝武敏歆"，就是踩上帝的大脚趾印而孕：两者都是"无夫生子"，反映的应是母系社会的遗俗。或者说，对女神的崇拜就发源于母系社会。但是，生育在古代是女性的大事。因此，母系的遗俗会长期流传，至父系社会仍不减其流风余韵。在《诗经》的"国风"中，那些男女相悦的篇章，学者研究仍与"高禖"信仰相关。高禖，就是一位生育女神。这样的风俗在上古时代的北方流行很广泛，据《史记》等文献记载，孔子的出生，就是他的父母在尼山祈祷的结果。一直到近代，在北方的乡村"奶奶庙"的香火

还是很盛的。

牛河梁的发现足见原始先民的女性崇拜意识。在仰韶文化和马家窑文化的遗物已经看到这方面的现象。需要补充的是，这种对女神的崇拜，实际也可以理解为对母亲的感情。巴霍芬说："所有的文化、所有美德以及社会存在中每一个高贵的方面的最初关系，都是母亲和后代之间的关系；这种关系秉持着爱、团结与和平的神圣原则。通过抚养后代，母亲先于男人学会了超越自我的界限，把爱心呵护扩展到其他的生命上，把她所拥有的全部天赋致力于维护和促进他人的存在。这个时期，女人是所有的文化、所有的慈善行为、所有的忘我奉献、所有对生者的关心以及对死者的悲痛等各方面的宝库。这种来自母性的爱不仅更为强烈而且更加普遍。父亲所代表的原则固有一种限制性，而母亲所代表的原则却是普遍性的。母性的理念促成了人与人之间普遍的友爱之情，而这种友爱之情随着父权的发展日渐消退。每个女人的子宫是大地母亲德墨忒耳（Demeter）的凡俗形象，它给其他女人的孩子带来兄弟姐妹。人类那时只知道兄弟姐妹，父系制度的发展瓦解了这种未分化的团结，引入了清楚地分辨亲属关系的原则。"[①]这正是古老的女神像至今仍有其独特魅力深刻原因之所在。

图 2-6　玉龙

（内蒙古赤峰红山遗址出土）

在红山文化的积石冢内，发现不少的玉器。这些玉器，显示了红山文化的独特性。红山文化时期形成了用玉器做随葬品的葬俗。玉器种类繁多，有玉璧、玉环、玉镯、玉臂饰、勾云形玉佩、兽面形玉牌，以及玉龙、玉鸮枭、玉龟等神灵动物雕刻等。其中较多的一类是玉龙。它们往往与其他玉器一起随葬在一些巫觋人员的墓葬里。图2-6中的这个碧玉龙高 26 厘米，直径为 2.3～2.9 厘米。玉质呈现碧绿色，雕刻简练、古朴，阴刻线流畅，龙内侧琢磨光滑。这件玉龙被认为是红山文化玉龙最大的一件。它的首和尾在空中似接未接，身体呈现一

① 〔瑞士〕巴霍芬：《神话，宗教与母权》（*Myth*，*Religion and Mother Right*），Princeton University Press，Princeton，1973。

个半环状。它的吻部向前伸，并且微仰，马鬃形状的冠戴尾部上翘，与上卷的龙尾形成呼应，营造着这条龙的跃动感，雄姿英发。艺术的美感，产生于形式，红山文化的玉龙，在形式上真正达到了一件艺术品所应有的要求。

再如图 2-7 中的玉龙，发现于牛河梁遗址的墓葬中，墓葬地点距离女神庙很近，墓葬旁边还有积石冢。墓葬中埋葬的应是巫师，玉龙就陪葬在死者胸部，共两件。这样的玉器在建平县红山文化遗址也有发现。玉器高10.3 厘米，宽 7.8 厘米，厚 3.3 厘米，整体首尾相接，敦实浑圆，头部像猪，面部有纹，眼睛呈"臣"字形，有獠牙刻纹，学者研究这是巫师手中通天的法器。神事活动崇拜猪不是单独现象，红山文化出土文物中还有专门模仿猪首的制品；另外，考古还发现在红山文化区里，有些山头有意被

图 2-7　玉猪龙
（牛河梁遗址出土）

削凿成接近猪首的形状；还有，从牛河梁遗址的一个平台上远望不远处的山峰，山峰形状也呈现猪首状。

论时间，它不是最早的；论形态，它也不是最大的。但是，红山的龙却是玉制的。将当时最宝贵的材料制作成龙，并且死后陪葬墓中，这只能表示侍奉神灵的巫师具有无上的权力。远古时代，巫术、宗教是养育艺术的空气；远古的美术，正是炽热的宗教情感的结晶品。红山玉龙再次验证了这一点。

第三节　远古的龙

在此，有必要集中谈一谈远古时代的龙，因为它在中国文化中有着重要的地位。龙在红山文化之前，考古曾多次发现，例如濮阳西水坡距今 6500 年左右的 45 号大墓中就发现了龙，同时还发现了虎。这还不是最早的，迄今为止在中国境内发现的最早的龙是辽宁阜新查海遗址出土的"龙形堆塑"，全长 20 多米，宽 2 米，用红褐色的石头码成，距今 8000

年左右。[①] 在内蒙古的敖汉旗兴隆洼发现过距今七八千年的龙纹陶器，在距今 4000 年左右的陶寺遗址也出土了一条描绘陶盘中的龙，等等。

那么，这些远古的龙有着何等的文化含义呢？就让我们从这些考古发现的龙说起。阜新查海遗址的龙，是堆塑在一个古代村落的中心广场上的。这表明，龙是当时的集体圣物。再看图 2-8 濮阳西水坡墓葬中的那条龙，墓的主人是个男性，头朝北，身体左右两侧一龙一虎相陪伴。在墓葬之外的正北方，有合体的龙虎，合体龙虎背上还有一鹿。合体龙虎的龙的头部，还有一只用石子码成的蜘蛛，正对着龙的前方还有一个石子摆成的圆球。在合体龙虎摆塑与墓葬之间，又有一条摆成的龙，头朝东方，背上骑有一人。这些都应该是在为死者的灵魂做先导。墓葬整体呈五角形，在每一个角落，有三个殉葬者，一个年龄性别不明，一个是十二岁左右的女孩，一个为十六岁左右的男孩。很明显，墓主人是个大人物，既是部落联盟首领，也是宗教的官长、神的代表。对于西水坡大墓的龙虎现象学术界有两种说法流行，一是张光直先生的看法，张先生把这里的龙、虎、鹿与古代道家文献结合起来解释，以为西水坡的龙虎鹿，就是所谓道家升仙的"三跷"。[②] 另一种是李学勤的看法，认为濮阳墓葬中的龙虎，是古代"四象"的起源。所谓"四象"，是东方青龙，南方朱雀，西方白虎，北方玄武。大墓中的遗骸既然是头朝南，正好是龙在东而虎处西，正应东方青龙、西方白虎之说。两种说法都有道理，张说尤为贴切。

图 2-8　蚌砌龙虎图案
（仰韶时期濮阳西水坡遗址出土）

龙的起源有好多种说法，如龙是雷电之神，龙是鳄鱼等动物的神化，龙是马（头）、鹿（角）、鹰（爪）、蛇（身）等氏族图腾的融合营构，等等，不一而足。其实，追究龙到底起源于什么，可能永远没有一致的答案，因为它更多的是想象之物。它既然具有超凡的神威，那一定是与人类所

①　宋建忠：《龙现中国》，太原，山西人民出版社，2006，第 46、52 页。

②　张光直：《濮阳三跷与中国古代美术上的人兽母题》，《文物》1988 年第 11 期。

惧怕的生物有关，如蛇、鳄鱼等，因为害怕某种东西而将其想象成神物，是远古人类心理的常态。无论如何，一种超常的具有强大神威的想象之物，一定与人类生活相关，甚至可以说，人们之所以想象一些令人害怕的神物出来，就是为了由它们来护卫人类的生存。在商代甲骨文中"虹"也是被当作一种龙，字形是双头龙。卜辞中也有"虹自北饮于河"，表明商代人们相信"虹"是有生命能饮于黄河的神龙。闻一多说："在农业时代，神能赐予人类最大的恩惠莫过于雨——能长养百谷的雨。"[①]在先民看来，这种赐给人们巨大恩惠的就是雨神，也就是生命之神。因此有学者认为，"龙"和"农"的

图 2-9　陶寺出土彩绘龙盘

发音相似，古人将耕种稼穑称为"农"业，实际也可以理解为"龙"业。这样说也是有道理的。山西陶寺出土的彩陶盘（图 2-9）中的龙，就口衔一支谷穗，有力证明龙与谷物丰饶的关系。《周易》的第一卦乾卦，就是讲的"龙"从深渊跃上天空的过程，这与古代东方星宿被视为苍龙是一致的，其实都象征着时令的变化。乾卦代表的是天，古代的农业，必须依靠上天的云行雨施。《易传》说："云行雨施，品物流行"，"雷以动之，风以散之，雨以润之"。又说："云从龙，风从虎。"就讲的是龙的降施雨泽的神功。云雨雷电对原始先民来说是非常重要的，关乎农业生产。当然，龙既然是神物，它的护佑苍生的功能就不会只限于某一方面。李学勤先生讲西水坡的龙虎是"四象"的雏形，自然与农耕时令有关。若照张光直先生的看法，那就是古老的先民长生不老追求的证据了。龙还有虎可以保证人们物产丰饶，当然也可以保佑人们长生于世。

　　关于龙，作为一种想象物，它在远古时代的出现还有更值得关注的方面，那就是它的出现与人类社会演变之间的关系。最早的阜新之龙，是摆塑在村落的广场上的，陶寺的彩陶盘龙以及西水坡的龙虎，也都是归属于

① 闻一多：《高唐神女传说之分析》，见《闻一多全集》第一卷，北京，生活·读书·新知三联书店，1982，第 106 页。

社会的权贵人物的，红山的玉龙，制作的材料是最珍贵的玉。这都是社会演进到中心权力出现的象征。新石器时代的社会，大约经历了从分散的家族、氏族到酋邦，再到真正的国家出现的三大阶段。人们为了更好地生存，必然由散乱走向联合，在这样的过程中，大大小小的中心权力就会随之而诞生。与后来的政权不同，这样的权力，最主要的表现是神权。权力的掌握者是些"通灵"的人物，他们能够呼风唤雨，包治百病，最重要的是代表人们乞求神灵，与超验的世界进行沟通。他们的身份是宗教官长，是当时人类的精神控制者，也是物质世界的控制者，西水坡大墓的主人，死后墓葬有那样大的场面，红山文化的巫师者流，死后都有当时最贵重的玉器陪葬，这都是他们的神圣权威的表现。但是，这个时代，虽然神权已立，社会还没有发展到权贵与一般民众的对立，这正是酋邦时代的特征。因此，权贵死后还没有与一般小民隔开来的专门墓葬之地。良渚文化和陶寺文化的墓葬发掘都证明这一点。所以，这些巫觋人员手中的法器之物，如玉龙，作为最高权力的象征，还没有发展出令人恐惧的面目。就如红山文化的玉龙，它有着长长的鬃鬣，修长的身躯，腾跃的体态，但这一切都显得古朴动人，与后世那些既丑陋又吓人的龙比起来要可爱多了。

玉龙之外，在红山文化中还有不少玉鸟和玉兽。它们色彩鲜艳，形象生动，显示了人们对它们的感情。在淳朴古拙的环境中，人们和自然界的动物保持着良好和谐的关系。

第四节　龙山时代——黑陶与鼍鼓

龙山考古文化是"铜石并用"时期的一种文化，距今 4350 年至 3950 年。1930 年考古组在对山东省历城县龙山镇城子崖遗址（今属济南市章丘市）进行考古调查和首度发掘时，获得了一批以磨光石器和磨光黑陶为主要特征的实物遗存。此后，梁思永先生将这类遗存称为"龙山文化"。考古工作者经过多年的努力，终于清楚了这一文化分布的中心区域主要是在今山东省境内，它的南界大致在淮河以北的苏北和皖北一带，与前述之大汶口文化存在着大面积的重合，其外延或曰影响区的北界大抵在辽东半岛南部的大连地区一线。20 世纪 50 年代随着泛龙山文化考古的进一步发展，先后在山东、河南、浙江、江苏、河北、陕西一些地方发现了龙山文化的考古遗址。这一时期快轮制陶技术得到高度发展，龙山遗址出土了大量磨光的黑陶器，尤以表面光亮如漆、薄如蛋壳的黑陶杯为代表，反映了中国史前制陶的精湛技艺。龙山文化的核心地带是山东，这一地区的遗迹又称海岱地区文化。除了山东之外，在河南以及陕西和山西的其他遗迹，一般被称为中原龙山文化。

山东的龙山文化在延续大汶口文化方面取得了不少突破，光亮的黑陶和黝黑如漆的细沙陶是其突出的成就，在东部地区占绝对优势。同时，有相当数量的灰黑陶，西部地区较多，黑陶居次。一般皆为快轮制作，结合手制、模制来制作袋足、器足、耳、把等部件。其中的蛋壳陶杯器表细腻光滑，胎壁薄而均匀，最薄处仅 0.3～0.5 毫米，薄如蛋壳。模拟实验表明，制作蛋壳陶是在快轮陶车上安装了便于旋削的刀架和刀具的。黑陶器表大多素光，器物的纹饰大部分很简练，常见纹饰为凹凸弦纹、压印纹、堆纹、刻划纹、篮纹、波纹、竹节纹、镂孔、方格纹和绳纹，绳纹只见于西部地区，东部地区基本不见。除篮纹、方格纹和绳纹施于罐、瓮等器身大部，其他绳纹均施于特定器型的固定部位，如堆纹之施于鼎、鬲腹部和鼎足，波纹、竹节纹、镂孔之施于蛋壳陶高柄杯等。流行三足、袋足、高圈足、假圈足和平底器，不见圜底器。器类繁多，有鼎、鬲、豆、壶、罐、瓮、罍、双耳杯、单耳杯、三足杯、蛋壳陶高柄杯、盆、盘、盂、钵、碗、盒、皿、瓶、盉、尊、鬶、器盖、斝等二三十种，其中许多器物都有纷繁的型式，鬲、斝等只见于西部地区。黑陶制作，代表的是当时生产力的发展，工艺美术的进步，其蕴含的美学趣味，也有丰富的内涵。

龙山文化陶器，造型优美，制作精致，器胎薄而匀称，纹饰简洁，以素雅为胜，不尚浮华，许多器型融实用性与艺术性为一体，堪称古陶珍品，尤其是蛋壳高柄杯和鬶，既是龙山文化最具特征性的器物，也是稀世工艺瑰宝。

图 2-10 中的陶鬶显示了龙山文化的典型特点。龙山文化时期陶鬶的大致特征是口部前段的流上翘如鸟喙状，器身后有一扳手，多数为三空足。考古学家一般都认为龙山文化时期陶鬶的造型大多是模仿鸟或鸡的形象。而龙山文化时期的这类陶鬶的抽象化的

图 2-10　陶鬶
（山东朱封龙山文化大墓出土）

设计，比大汶口文化时期比较写实的鸟形鬶，颇具艺术想象力。

图 2-11、图 2-12、图 2-13 中的黑陶制品也是龙山文化典型的器物。山东龙山文化遗址出土了较多的"蛋壳陶",其中比较多的一类是高柄杯。蛋壳陶杯的形制也能划分出不少的样式,各种样式造型都比较优美,制作也比较精良。杯柄部的装饰纹也有竹节纹、弦纹和镂孔。龙山文化的陶器上出现的大量凹凸不定的弦纹也是比较流行的,考古学家认为它是陶器在拉坯过程中随陶轮的快速旋转刻划或捏塑而成的。一些表面漆黑油亮的蛋壳陶上,一道道细如发丝的划弦纹密布器身,隐现幽光,魅力诱人,反映了人们审美倾向的转变。

图 2-11 高柄杯　　　　　图 2-12　黑陶罍　　　　图 2-13　黑陶宽沿杯
（山东日照出土）　（山东朱封龙山文化大墓出土）　　（山东姚官庄出土）

黑陶的制作十分困难,因而在当时只是少数人的器物。考古发掘表明,这些精致的黑陶往往集中出现在一些大墓,它们成堆地摆放在死者身上,显示的是死者的尊贵。这些黑陶往往与其他一些贵重物品如大口尊、鬶、玉器等一起出土。这都表明当时社会尊卑贫富的分化严重。同时,这些陶器,多是些酒器,表明当时造酒业相当发达。但是,若把这些薄如蛋壳的黑色陶器视作人们日常的饮酒器具,也是不准确的。正确地说,这些精美的器物,都是礼器。中国古典文化的特征是"礼乐",从黑陶在龙山文化时期的盛行,可以寻找到"礼乐"的部分渊源。

唯其为礼器,所以它们的制作是如此的精致。任何一个时期,人们对美的事物的追寻中,都熔铸着深刻的心理内涵。由这些礼器的薄脆易碎,可以想象那时的人们对原始的礼仪是多么的虔诚,多么的谨小慎微。

精致的黑陶本身，实际显示的是制作者和使用者的谦恭敬重。与仰韶文化彩陶的绚丽相比，"蛋壳陶"优雅简练，完全是一派内敛含蓄的格调。除了时代不同，技术的不同，两者的差异的鲜明，还映现着文化的异趣。

图 2-14　刻字陶片
（山东邹平丁公龙山城遗址出土）

龙山文化意义更为重大的发现是排列的文字刻画，如图 2-14 所示。

刻写在这个陶片上的符号，很像是文字记录。其字体与后来的甲骨文接近。更重要的是，不是像大汶口文化发现的符号，是独立的，而是被规则地排列在一起，构成一个符号的组合。这个陶片引起了考古学界和文字学界的高度关注。李学勤说："很多人以为殷墟的甲骨文是最早的汉字，这是不正确的。甲骨文只不过是商代后期的文字，字的个数已经超过五千，而且从字的结构看，传统的所谓'六书'已经具备了。所以甲骨文是一种相当发展的文字系统，汉字的演变在它以前肯定有一个很长的过程。"①实际上新石器早期时代许多陶器上的刻划纹，就有了文字性质的东西，裴李岗文化的龟甲残片上就有像甲骨文的"目"字的纹饰，还有的像甲骨文"户"字。在半坡类型的一些陶钵口外壁的黑色宽带上，也出现了一些符号，如临潼姜寨发现一个很像甲骨文的"岳"字的符号。青海乐都柳湾出土的马厂类型彩陶壶上也有不少符号。这样的符号据统计有几十种之多。总之，从仰韶文化以来，这些刻划纹逐步在向甲骨文的文字演进。到龙山时代，似乎发展到一个新阶段。

前面说过，有典型的龙山文化，也有中原龙山文化。现在来看属于中原龙山文化的另一重大发现：陶寺遗址。

在山西南部襄汾县有一个名为陶寺的村子，20 世纪 70 年代至 80 年代和 21 世纪初期的两次考古发掘，使这个普通村庄变得举世瞩目，因为这里的发现震惊了世界。在这里，发现了世界上最早的天文观象台，发现了与传说的尧舜时代接近的中心城邑，发现了众多的铜铃、彩陶、彩绘木器、玉石礼器等精美制品，以及朱书文字等。这些随葬品，不仅为

---

①　李学勤：《走出疑古时代》，沈阳，辽宁大学出版社，1997，第 2 版，第 26 页。

我们打开了解那个时代的大门，而且还纠正了先前认知的偏差：过去一提到龙山文化陶器，就只有灰陶和黑陶，彩陶被认为已不复存在了。在陶寺出土的大量的陶器中，除了灰陶之外，人们还见到了不少色彩鲜艳的彩陶。主要有炊煮器、盛食器和储存器等。在陶寺遗迹中，作为汲水器一类的扁壶是最具代表性的。炊煮器肥足鬲则代表了中原龙山文化时期模制技术的最高水平。请看图2-15所示双耳彩陶罐：它造型均衡，对称的双耳，口部和腹部比例十分合理，稳重而不失灵巧。特别是它的色彩，是彩陶，可是明显不同于仰韶、甘青地区的彩陶，着色技术更为高明。它的色彩黄色、绛红和白色相间，搭配合理，像植物叶子，又像活动着的动物的图案，规则排列，并反复出现在腹部和颈部，绚丽中透着雅致。如果说仰韶时代的彩陶图案着意表现的是人与

图 2-15　双耳彩陶罐
（山西陶寺出土）

自然、人和崇拜物之间的关系的话，那么，这件彩陶则别有追求，它的图案追求的是富贵、高雅的格调。这个时候，社会成员之间已经有贫富之分，但是还没有发展到对立冲突的地步。体现在器物图案上，就是如图2-15所显示的，一方面还带有明显的原始气息，另一方面则是新趣味的溢于画面。

　　鼍鼓也是陶寺的重大发现。陶寺大墓中，发现了鼍鼓8件、土鼓6件，此外还有不少陶鼓、石磬、木鼓。鼓是人类较早发明的一种乐器，不仅在中国有，世界其他原始民族中也有。

　　图2-16中的鼍鼓鼓腔散落着鳄鱼的骨板，可知是用鳄鱼皮做成的。用鳄鱼皮蒙鼓的现象，在稍早的山东龙山文化墓葬中也曾发现过。陶寺的这件鼓是用树干制成，所以鼓身上下粗细不一，多数呈上细下粗状，一般直径在50厘米左右，个别的下部直径达90厘米，残存的高度在50～110厘米之间不等。体表施粉红或赭红底色，上面施白、黄、黑、宝石蓝等色彩绘，只可惜所绘图案已漫漶不清。鼓体中上部可辨宽约22厘米的图案，隐约可见回形纹。下部有一周宽约4厘米的带饰，其中可辨几何形和云纹。带饰上下有数道弦纹。出土时鼍鼓上口已残。陶寺遗址鼍鼓的时代为公元前2500年至公元前1900年，其后期已经进入中国历

史上最早朝代夏代的范围之内了。鼓体中由于木质的器物很难保存，所以能发现数千年前的木结构的鼍鼓极为罕见。传说帝舜的乐官叫夔，《尚书·舜典》记载他曾为舜时期的乐官，并说他能"击石拊石，百兽率舞"。所谓的"石"就应该是石磬之类的乐器。《山海经·海内东经》说："雷泽中有雷神，龙身而人头，鼓其腹则雷。"专家分析，古书中的"夔"，实际上就是鳄鱼，"夔牛鼓"就是鼍鼓。从大量的古代文献记载也可以知道，扬子鳄在古代被称为"鼍"或者是"鼍龙"，而鼍鼓就是用鳄鱼皮做的鼓。在随葬品中，鼍鼓一般是被放在墓室的左下角，一般在鼍鼓的旁边还并列放置一件石磬。据此，考古学家认为，鼍鼓与石磬应该是相配套的一组礼乐器物。

陶寺还出土了不少陶鼓（如图2-17所示）。陶鼓通高差不多84厘米，一般为泥质的褐陶或灰陶，形状像长颈葫芦，圆鼓腹。关于这种类似的葫芦形造型，我们在前面的各个时期的文化中也见到不少。整个陶鼓的筒口沿周有12个小圆纽，它们是用来绷鼓皮的。陶筒的颈被磨光，鼓腹部分的器壁上装饰有绳纹并且贴有泥条，构成了多个不规则的三角形和菱形图案，在颈和腹之间有双耳，在腹部底端有突出的喇叭口状的孔，周围还有三小孔。土鼓在发现之初被称为"陶异形器"，这是因为人们在开始的时候对这种礼器的性质和用途知之甚少。和鼍鼓、土鼓一起出土的还有石磬。石磬是中国古代社会重要的乐器和礼器，主要有特磬和离

图 2-16 鼍鼓   图 2-17 陶鼓
（陶寺遗址出土）   （陶寺遗址出土）

磬两种。在殷墟出土的虎纹石磬，是用大理石制成的，能发出悦耳的声音。而离磬相当于后来的编磬。磬在远古叫作"鸣球"，《尚书·益稷》中就有"夏击鸣球"的说法。关于磬的起源，《说文解字注》曰："古者毋句氏作磬。"毋句是尧、舜、禹时代尧的臣子，别名叔离。这样的记载与陶寺的发现倒是颇能吻合。陶寺出土的 4 件石磬，从石质、制作工艺和形制的角度观察，有 3 件表现出较多的一致性，其中两件是角岩大石片打制成型，另一件为火山角砾岩。这三件磬的平面都是不规则的几何形，正、反两面凹凸不平，表现出一定的原始性。然而，它的鼓、股已经分明，股短阔而较厚，鼓狭长而较薄，悬孔大多近顶边且偏向股部一侧。有的磬还因为穿孔位置不恰当而又穿一孔，说明这些并非磬的初始状态，而是人们在生活经验和实践中不断探索的结果。

陶寺遗址还出土了不少的玉器和装饰器。它们一样瑰丽多彩，尤其是其中的不少玉器玲珑剔透，与良渚时期的玉器有很多的相似性特点。特别令人关注的是在 2002 年发现于中期大墓中的玉兽面，折射着神秘的光环，玉兽面使人想到了良渚文化带兽面纹的那些玉器，它们之间一定存在着某种一致性。越是到后来，远古文化的融合程度就越高，陶寺兽面玉器可以为证。

与良渚文化玉器诸多相似的玉兽面，可以把我们引向长江流域史前时代的审美现象。

第三章　神鸟与玉器

第一节　河姆渡文化——古老的"丹凤朝阳"

　　20世纪20年代的一系列重大考古发现，打破了过去所认为的中国文化只是"三皇五帝"、夏、商、周一线单传的认识格局。新石器时代，在长江流域一样有着灿烂的古代文明。在中国文化形成的漫长时期中，长江流域各区域文化既受到来自中原一带文明的影响，它们的文明成就也曾大量注入到黄河流域的文明中去，成为中华文明重要的有机组成部分。事实上，考古证明，在良渚文化时期，南方的原始先民就曾与北方的大汶口、龙山文化居民有过重要的文化交流。就让我们从长江中游的河姆渡文化说起。

　　河姆渡文化因河姆渡遗址而得名。河姆渡遗址位于四明山和慈南山之间姚江平原南侧的山地与平原的交接地带，原为余姚县罗江乡渡头村，东北紧连田亩，西南濒临姚江，并与四明山隔江相望。遗址总面积达50000平方米。根据碳十四测定，河姆渡早期遗址距今7000年左右，是整个长江流域最早的新石器时代文化。余姚河姆渡遗址，其上层（即第一、二层）与崧泽下层文化相当，而河姆渡下层更早。有学者认为，在长江流域许多重大发现中，最重要的就是浙江余姚河姆渡文化的发现。因为它是长江下游文明的源头。它的年代与北方黄河流域的仰韶文化早期（半坡）同时，或许开始稍早。

　　河姆渡文化经历了四个时期的发展。经过先后两次重要的考古发掘，共获得出土文物达6190件之多，动物和植物遗存也比较多。

　　河姆渡遗址出土的陶器，无论是从质地和形制以及色彩来看，都显示了河姆渡文化鲜明的特色，如图3-1、图3-2、图3-3、图3-4所示。陶器的胎质比较疏松，制作工艺也比较原始，大多为手制。随着制陶工艺的不断提高，陶器在外观方面也取得了不少的变化。综观这些陶器，同一时期仰韶文化陶器世界里出现的热情、绚烂，并没有在河姆渡文化里出现。这当然不是说河姆渡文化里没有彩陶。夹炭陶胎外壁有绳纹，外层又施一层较厚的灰白色土，质地比较细腻，彩绘呈现黑褐色。图案的层次比较分明。这些都可以看出河姆渡文化的特点：清雅、素淡。

图 3-1　敞口陶釜
（河姆渡遗址出土）

图 3-2　陶灶
（河姆渡遗址出土）

图 3-3　陶盉（河姆渡遗址出土）

图 3-4　陶豆（河姆渡遗址出土）

就原始艺术而言，图 3-5 的象牙蝶（鸟）形器是非常值得重视的。

图 3-5　连体双鸟太阳纹象牙蝶
（鸟）形器（河姆渡遗址出土）

这件双鸟太阳纹蝶（鸟）形器虽已残缺，但主体部分保留了下来。上面雕刻着围绕圆窝为中心的五圈圆圈纹，在中心圈的两侧各有一只鸟，奋翼相望，喙部锋利，眼睛圆睁，展翅欲飞。那中心圈不少学者认为是太阳。这个器物的质地是象牙。河姆渡遗址出土的牙制品达 25 件之多。象牙一般质地坚硬，裁制和雕刻的难度都比较大。考古学者认为，中国有些少数民族，新中国成立前生产力水平相对较低，制作象牙器一般是加工前先将象牙置于酸性液体中浸泡，软化象牙，然后再加工。以此推断，河姆渡遗址出土的象牙制品，可能也经过类似的方法进行过软化处理，然后再进行雕刻。这样的情形下还能雕刻出如此精美的图画，实属不易。

许多学者就飞鸟式蝶（鸟）形器的用途发表不同意见。有学者将其与爱斯基摩人的翼形器进行比较后认为，河姆渡"蝶形器"与古代爱斯基摩人所用的翼形器作用相同。翼形器的主要作用是用来保证投标飞行方向，使之准确地命中目标。① 宋兆麟对此提出质疑，认为蝶形器实为鸟形器。之所以雕成鸟形，与他们信仰鸟图腾是分不开的。此外，还有一层意思是与图腾交感有关，目的是祈求人类的生育和农业的丰收。② 还有学者认为，河姆渡遗址出土的蝶形器是一种复合形器，上面的鸟纹与太阳纹图案是河姆渡先民太阳崇拜的重要实物材料。③ 董楚平认为，双鸟日纹图像应该表述为"太阳与双鸟同体"。他还认为河姆渡文化时期尚属母系氏族社会阶段，祖先崇拜尚未盛行。河姆渡先民崇拜的仍然是自然神的代表——太阳神。太阳的地位是高于一切的。④ 又有学者认为，飞鸟式鸟形器双鸟日纹图像表明河姆渡先民祈求光明吉祥，祈求日出的想法，借以保佑他们农业和饲养业的丰收。这是河姆渡先民太阳崇拜的最好的实物见证。⑤ 有学者认为双鸟日纹图像异首连体，中间饰太阳，可能表示鸟是空中神秘的动物，是介于人天之间的神使，或者与鸟生的传说有关，连体意味着双鸟交感繁殖的观点。⑥ 还有学者把河姆渡先民对鸟的崇敬与河姆渡水稻的种植联系起来考虑。牟永抗则主张飞鸟式鸟形器的功能"和良渚文化的玉质冠状饰相似。前者可能是后者的早期形态，它们都是某种崇拜偶像的冠冕"。⑦

以上每种说法都有其合理成分，也都需要进一步的证据。关于飞鸟的意象，此前在大汶口和龙山文化中都有相类似的发现。飞鸟在东南一带的文化里屡次出现，而且往往和太阳并行而出。石兴邦认为，鸟图腾崇拜是环太平洋文化的一部分。他指出，鸟崇拜和鸟生传说是中国东方

---

① 王仁湘、袁靖：《河姆渡文化"蝶形器"的用途和名称》，《考古与文物》1984 年第 5 期。

② 宋兆麟：《河姆渡遗址出土蝶形器的研究》，见田昌五、石兴邦主编：《中国原始文化论集——纪念尹达八十诞辰》，北京，文物出版社，1989，第 391～399 页。

③ 黄渭金：《河姆渡蝶形器再研究》，《南方文物》1998 年第 2 期。

④ 董楚平：《河姆渡双鸟与日（月）同体刻纹》，《故宫文物月刊》（台北）第 12 卷，1994 年第 4 期。

⑤ 刘军：《河姆渡文化原始雕塑》，《中华文物学会》（台北）1996 年。

⑥ 王士伦：《越国鸟图腾和鸟崇拜的若干问题》，《浙江学刊》1990 年第 6 期。

⑦ 牟永抗：《东方史前时期太阳崇拜的考古学观察》，《故宫学术季刊》（台北）第 12 卷，1995 年第 4 期。

沿海和东南地区，直至环太平洋地区西北部的一个独特的文化表征，也是相当普遍的一种文化模式。① 需要注意的是这个象牙雕的纹饰部分，在画面中出现的鸟的形象显然不是细雕细刻的，而是用简洁的笔法勾勒出鸟的轮廓，更具抽象的概念。同时也更令人惊奇的是，牙蝶图案造型竟与今天的"丹凤朝阳"之类的图案有着惊人的相似。

河姆渡文化的漆器也是值得关注的。1977 年在河姆渡遗址发现的距今六七千年的木器上有七件木筒施有黑色涂料，还有一件瓜棱形木胎圈足碗，器表施朱红色漆。河姆渡遗址出土的这个漆碗成为中国发现的最早漆器实物材料，把中国髹漆业的历史往前推移了近两千年，实为后来高度发达的商周漆器工艺的先声。

第二节　良渚文化——神秘的玉器

良渚文化因 1936 年原西湖博物馆的施昕更先生首先发现于余杭良渚镇而得名，距今 5300 年至 4200 年，与龙山文化时间大体相当。20 世纪 80 年代以来，先后发掘了江苏吴县草鞋山、张陵山、澄湖，武进寺墩，昆山赵陵山，吴江龙南，浙江吴兴钱山漾，杭州水田畈，嘉兴雀幕桥，余杭反山、瑶山、莫角山、汇观山、庙前，桐乡普安桥及上海马桥，松江广富林，青浦福泉山等一系列遗址。大量精美玉质礼器在贵族墓葬中出土，此外还有大型建筑基址的发现，显示出良渚文化的发展到原始邦国的水平。

良渚文化的文化遗存主要以陶器和磨制石器为主。良渚文化是犁耕农业。犁耕的石犁在钱山漾等遗址中都有出土。石器皆通体精磨，器形比较规整，棱角清晰，较普遍使用了管钻穿孔技术。主要器类除石犁之外，还有斧、锛、凿、钺等。锛在河姆渡文化中就有。石锛分有段锛和无段锛，良渚文化中有段锛的数量比较多。还有两种异形石，一种呈三角形，有的推测为耘田器；另一种大体呈"V"字形，有人推测为犁，是一种破土工具。制陶业也有进一步的发展，普遍使用快轮制作，器形规整，器胎较薄，而且均匀。圈足器和三足器比较发达，不少器类流行副贯耳、盲鼻、宽把等附件。器的类型多样，主要有鼎、豆、壶、罐、杯、篮、碗、盆、钵、器盖、盉和缸等。器物表面多素面，有装饰花纹的则

① 石兴邦：《我国东方沿海和东南地区古文化中鸟类图像与鸟祖崇拜的有关问题》，见田昌五、石兴邦主编：《中国原始文化论集——纪念尹达八十诞辰》，北京，文物出版社，1989，第 263～265 页。

多弦纹、竹节纹、镂孔、针刻纹等。

最能够代表良渚文化和这个时代工艺水平的当首推玉器。远古东南地区玉器制作最晚在距今7000年的河姆渡文化就已经开始了，经过1000多年的积淀，发展到良渚文化时期玉器制作精良，数量众多，以琮、璧、环、璜、钺等为主的柱形器、冠形器、锥形器等纷纷出现。玉的硬度仅次于金刚石，把这样的石头雕琢成形，钻出空洞，并且在这样坚硬的石料上刻划纹样，是非常艰难的，实际上至今学者对古人使用了什么样的工具、采用何等工艺来制作玉器也不是很清楚。在那样的时代，能制作出如此精湛的器物，真是太不可思议了。

《周礼·春官·大宗伯》记载："以玉作六器，以礼天地四方。以苍璧礼天，以黄琮礼地，以青圭礼东方，以赤璋礼南方，以白琥礼西方，以玄璜礼北方。"其中的琮、璧、璜都可能源自良渚文化。古代长期流行死者口中含玉的现象，也最早出现在新石器时代的崧泽文化和大汶口文化后期，时间大约为公元前3000年左右。这时玉为神物的观念已经形成。《周礼·天官·玉府》中也提到："大丧共含玉。"在河姆渡、马家浜和崧泽文化时期这一现象既已出现，这时期玉器装饰品还没有成为少数人的专用品。到良渚时期，玉制品的形制开始变大，出现了大量的玉琮、玉璧、玉钺、玉冠饰等大型礼器、权杖和显贵身份的标志物。这些在一定程度上显示了权力的集中。良渚时期处于玉文化发展的成熟阶段。玉的形态走向多样化，瑞圭、权杖、玉琮、玉人等相继出现。

玉琮和玉璧和冠形玉器等是良渚文化玉器中的重要礼器。

良渚玉琮造型多样，纹饰神秘。较早的玉琮是正圆筒形的，器壁比较薄，外边有四块沿器壁弧度凸起的长方形弧面，弧面上雕刻有兽面纹。从良渚文化的中期开始，出现内圆外方、内圆柱中间贯通两端凸出于外方柱的柱状琮。从形制来看，内圆外方的玉琮起初是矮体的，没有分节，到后期逐步增高，并以内圆柱为轴，外方部分可以分一节、两节、三节以至十多节（如图3-6所示）。其外方部分的每一节以四转角为中线的凸面上，都雕刻出对称的兽面纹，或人面与兽面上下合纹，或单独的人面纹。此

图3-6 玉琮
（良渚遗址出土）

玉琮高 33.2 厘米，上端射径 8.1 厘米，下端射径 7.3 厘米。长方柱体，外方内圆，上大下小，对钻圆孔，孔壁光滑，形态古朴，颇似千万年的古树。

　　余杭县反山墓地一座墓葬中出土的一件矮方柱体玉琮（图 3-7），高 8.8 厘米，射径 17.1～17.6 厘米，孔径 4.9 厘米。玉已风化质变，呈黄白色。系手工雕刻，圆孔为手工对钻。长年入土，玉琮出现不规则紫红色瑕斑；兽面有光泽。这个玉琮壁厚体重，重达 6.5 公斤，被考古专家们誉为"琮王"。

图 3-7　玉琮中的"琮王"

（良渚文化反山墓葬出土）

　　"琮王"的纹饰与常见的玉琮有所不同，除了与一般玉琮一样在外方体四转角凸面上分上下两节，各琢刻简化的人面兽面组合纹外，在 4 个正面的直槽内还刻有上下各一共 8 个神人与兽面复合纹。这 8 个神人与兽面复合纹大致相同，纹刻繁密。神人的脸面作倒梯形，双目圆睁，阔鼻，龇牙咧嘴，头戴插饰着长羽的冠帽。脸面和冠帽均为微凸的浅浮雕结合线刻造型。上肢作叉腰状，下肢呈蹲踞状，脚为三爪的鸟足形。四肢及肢体上密布的纹饰都是阴线刻。在神人的胸腹部，又以浅浮雕与线刻相结合的方式雕刻出兽面纹，大眼阔鼻，张开的嘴中露出獠牙。

　　玉琮从最初的矮小走向后来的高大，显示了观念的演进。良渚文化里玉琮的形制主要是内圆外方，内圆柱中间贯通两端并凸出于外。关于内圆外方的特点，不少人将它和"天圆地方"相关联，《大戴礼记·曾子天圆》中提到，"单居离问于曾子曰：'天圆而地方者，诚有之乎？'曾子曰：'离！而闻之云乎？'单居离曰：'弟子不察，此以敢问也。'曾子曰：'天之所生上首，地之所生下首。上首之谓圆，下首之谓方。如诚天圆而地方，则是四角之不掩也。且来，吾语汝。'参尝闻之夫子曰：'天道曰圆，地道曰方'。"玉琮的内圆外方可能即体现着天圆地方的古老的宇宙观念。玉琮在后期的发展中越来越高，从层层叠加的结构中，似乎看到原始先民靠近神灵的努力！在西方的神话中有所谓"通天塔"，这小小的内圆外方、层层而上的玉琮，不就是中国先民沟通天地的"巨塔"吗？先民用最难的材料，用最艰难的工艺来制作这沟通天地的"巨塔"，其实表明的是他们不用众多的人力、巨大的工程来制作通天之物，而是用精神、精诚来通天接地，来完成人在天地间生存的宏业。天圆地方的玉器，通体都是精神。人们说远古时代宗教、巫术成就艺术，确实是有其道理的。

此外是玉璧。玉璧是一种圆形、片状、中部有孔的礼器。《说文·释璧》中说："瑞玉，圆器也"。玉璧在新石器时代还多为素璧，到春秋战国以后才出现一些纹饰。良渚文化遗址中有的一次就出土直径 20 厘米以上的玉璧 10 多件。按后来的文献，玉璧一般有几种用途：其一为礼器，周代有"以苍璧礼天"之说；其二为佩玉，古称之为"系璧"，《说文·释玮》："石之次玉为系璧。"说明以璧为佩饰在战国至汉代仍普遍风行；其三为礼仪馈赠之物；其四为葬玉。从这里也可以看到玉璧最初在人们的生活中发挥着举足轻重的作用。图 3-8 是一个青玉玉璧，直径 14.5 厘米，孔径 5.1 厘米，厚 1～1.4 厘米。玉已变质，大面积钙化，制作比较简单、规整、器身光洁润滑，仅见一小浅凹弧痕，沁蚀厚，呈淡青色，有墨绿色条斑，局部露底。

钺在良渚先民的使用中，也被赋予了新的含义。在良渚文化的大墓中往往可以看见死者的手边陪葬一件玉钺，有的还有装玉质的冠饰和端饰。钺在这里显然已经不是一般的武器，而是崇高权力的象征。不少考古学者认为华夏文明中崇尚钺和以钺为权力象征的文化因素也是从良渚文化中来的。良渚文化里玉质的纺轮也是很有特色的。图 3-9 中的纺轮为青白玉，直径 4.2 厘米，孔径 0.7 厘米，厚 0.4～0.5 厘米。玉质晶莹，半透明，呈黄绿色。扁平圆形，外缘不大圆整；略偏一侧的对钻圆孔，孔壁有旋纹和台痕；器表光素无纹，厚薄不均，背面有五条直径 3.3 厘米的切割弧线痕。屈家岭文化遗址中出土了不少纺轮，这件良渚纺轮表明长江流域各区域文化之间的交流。

图 3-8　玉璧（良渚文化墓葬出土）　　图 3-9　纺轮（良渚文化墓葬出土）

玉器上的纹饰涉及古代的宗教观念，同样耐人寻味。

图 3-10、图 3-11 所显示的图案，很容易让人联想起后来盛行于商周初时代的饕餮纹。关于饕餮纹，《吕氏春秋·先识览》说："周鼎铸饕餮，有首无身，食人未咽，害及其身。"《汉书·礼乐志》说："贪饕险诐。"颜师古注："贪甚曰饕。"《左传·文公十八年》："侵欲崇侈，不可盈厌……天下之民以比三凶，谓之饕餮。"杜预注："贪财为饕，贪食为餮。"后来宋代的吕大临《考古图》癸鼎跋文中云："中有兽面，盖饕餮之象。"这是将商周彝器上那种由双眼和嘴构成的脸形图案称为"饕餮"的开始。当代不少学者认为吕大临说法不科学，应改为兽面纹。但吕大临的说法也仍在使用。

图 3-10　兽面玉琮
（良渚文化反山墓葬出土）

图 3-11　柱形兽面玉器
（良渚文化瑶山墓葬出土）

关于良渚玉器上的纹饰与后来的饕餮纹有无联系，学术界尚有不同说法。李学勤认为有联系，他说，对于这种饕餮纹的认知可以从三个层次去理解：第一，将整个图像看作整体，就是一个有两个面孔的人形。上方是戴有羽冠的首部，其下为左右分张的双手，躯体有目有口，下方是踞坐的两足。第二，将图像看作是上下两部分的重合。上方是人形的上半部，有戴羽冠的头和双手，下方为兽面，有卵圆形的目和突出獠牙的口，并有盘屈的前爪。上下的界限相当清楚。这样看时，下部的兽很可能是当时龙的形象。第三，将图像看作是以兽面为主，上面的人形是兽面的附属部分。人形的脸部作倒梯形，羽冠的轮廓也十分特殊，正好是良渚文化流行的一种玉冠状饰的形状。综合以上三个层次的理解，李学勤进一步指出，图像所要表现的，正是人形与兽形的结合统一。不管把图像看作是神人的全身，或人、兽两个面孔，或戴有人面形冠饰的兽面，可能都是原设计者的目的。图像中的兽，即龙，是古人神秘信仰的体现，同时又是当时正在逐渐形成的、增长的统治权力的象征。要在图像中表现这一点，于是构成了如此奇幻的纹饰。[1] 这种出现在良渚玉上的兽面纹在后来的演变中或繁杂或简化。不管怎么变化，这种纹饰在史前的器物上在不断反复被人们使用，而恰恰在这样一个过程中，一种所谓的权力观念和审美观念被强化了。

　　李学勤先生承认良渚玉文与后来"饕餮纹"有关联的说法是可信的。但是，良渚玉器上的纹饰究竟蕴含着怎样的意义，还可以作进一步的深究。

　　良渚玉器多种多样，刻画有远古饕餮纹的玉器则主要有玉琮、玉璜、玉钺、冠状玉版、三叉形玉版等。有些图案不全是刻划，而是在玉上镂出相当于饕餮的双眼和嘴的圆孔再辅之以相应的刻划。这些远古原初的饕餮图案，大体而言，有繁有简。简者多见于玉琮，繁复的图案则多见于冠状玉版和玉璜等。要了解这些饕餮图案的起源和内涵，繁图最有价值。因为看繁图才可以知道，简图只是对繁图的截取。图 3-12 刻画的是人、鸟合一的变异图，图案中的主题形象是鸟也是人，倒梯形的脸是人脸，把握圆形器物的两只手也是人手，这是属人的一面。图案头上的冠戴部分，则是羽毛，脚也是爪子形状的，这是图案属鸟、属神的一面。这样的图案，是作为崇拜者的人的形象与所崇拜对象——神的形象相结合的结果，就是说，整个图案其实是良渚文化时代那些巫觋之人的写照。他们是人，却常装神，而当时人们崇拜的神又与飞鸟有关，所以巫觋们就用亦人亦鸟的形象神化自己。

图 3-12　神徽玉冠饰（良渚文化反山墓葬出土）

　　再看图案中人手所持的两件对称于腰间圆形器，它们是什么呢？既然是巫觋的写照，就不难回答，是两件圆形玉璧。一张像人又像鸟的图

① 李学勤：《走出疑古时代》，沈阳，辽宁大学出版社，1997，第 2 版，第 89~90 页。

案，其实表达的是携玉璧而飞行。① 那么，两个玉璧又代表什么？《周礼》记载，"以苍璧礼天"。天上什么最要紧？当然是太阳。至此，起码可以明白这样一点：繁复的图案，表达的是一种有关飞行，有关礼敬上天、太阳的宗教意象。这里需要补充的是，繁复的图案，较多出现在冠状玉版和那些半圆、接近半圆的玉版上。仔细看那所谓的"冠状"玉版，其顶部不是平直的，顶部中间不是作下陷的"〰"状，就是高出一块作"〰"状。与上述下陷或高出部分正相对的，则是或繁或简的原始饕餮图案。因此，玉版整体所呈现的意态，如一只从遥远的东方迎面展翅飞翔而来的大鸟。实际上，"三叉形"和一些半圆、接近半圆的玉器，似乎也是表达同样的意态。总而言之，携带着玉璧而飞翔，是良渚玉器呈现的一致性的主题。有人说这是"人兽合一"，其实就是礼敬者和所礼敬对象的合一。

那么，图像的礼敬上天，又有什么样的文化含义呢？要回答这一点，须把眼光再放开一些，看一看时间地域相邻相近的大汶口文化与河姆渡文化一些相关现象。前面已经说过，在大汶口遗址，发现了很多的"☺"或"☺"之类的图案。我们也说过，对这些图案，及其诸多的变化形式，都在表达同一个主题，那就是神鸟携带太阳而飞行，图案上部的圆，象征的是太阳；中间月牙状，则代表的是正面展翅飞翔的大鸟；这里的大鸟就是神话中"踆鸟负日"的"踆鸟"，就是传说中的"三足乌"、"火凤凰"；最下面部分带齿状图案，则是山峰之状。这样的图案，都是在刻画这样一幅情景：太阳在远远的东方地平线上升起并朝着人类飞翔而来。这一类型的图案，不仅大汶口文化有，河姆渡文化也有（如图 3-5 所示）。与大汶口文化的鸟作月牙状不同，河姆渡同样题材的图案则或是两只鸟相对拱负着一个太阳，或是两只鸟各自负载着一个太阳。这应当视为在广大东方地域相近、时间大致相同的远古时代里，一个大的文化主题因地域和时间先后的差异而产生的分化。大汶口文化的图案，特别注目于太阳的初升，河姆渡先民却更用心于太阳和神鸟的关系，顺此思考良渚文化相类同的图案，时间似乎更晚近，表达的观念也更进了一步，因为良渚文化的相类图案，不仅在表达一种对太阳运行的神话思维，而且还加进了人对太阳运行的顺从，这就是巫师们的工作。良渚文化诸多玉器上手持玉璧的巫师，他们像人又像鸟，实际是他们的自我神化，好像他们

① 2001 年到 2002 年，浙江的考古工作者又发掘了新的良渚文化遗址，一件玉琮出土时是套在墓主人的左手腕上的。这可以佐证这里的说法。见浙江省文物考古所和桐乡市文管会：《浙江桐乡新地里遗址发掘简报》，《文物》2005 年第 11 期。

已经与太阳的运行相合一。因此，毫无疑问，与大汶口和河姆渡文化的一个重要不同，就是良渚文化玉器的图案，更强调了巫师的神圣权力。

前面说过，良渚文化玉器上的饕餮纹简化的图案是繁复图案的截取。这样的截取或是因为刻划的不易，或是因为刻划空间的限制，或是因为其他，其实都不重要，重要的是它们只要刻划在那些敬天礼地的玉器上，那原初精神含义可以得到保存，那原初精神含义的明晰性就可得到维持，但是这造成了一种结果，那就是因为截取，原始巫觋人员礼敬上天的含义的被遗忘。遗忘又生误解，于是，双璧变成了双眼，双璧之间的联系之物变成了鼻子；只有眼与鼻不完整，于是在鼻子下方便出现了嘴。误解沿着错误的逻辑，合理想象，原始饕餮纹就诞生了。不过，那因截取而形成的圆圆的双眼，大张的鼻子和嘴巴所构成的图案，就还可以不那么阴森神秘，令人害怕，更重要的是，图案刻画的立意，也不是用来震慑谁、恐吓谁，因而朴拙可爱，充溢着远古时代特有的美学情趣。这也正与新石器时代中后期的社会状况相适应，这个时代神权虽已确立并不断强化，却尚未脱离民众，神权与民众尚未达到严重对立冲突的地步。但是，社会进一步发展，巫觋的神权变成政权，巫觋变成君主，他们不再是单靠自己的沟通天地、人神的本领来获得社会的尊崇，而是靠军队、警察和监狱等来强迫人们慑服，靠着战车、刀剑来臣服，一旦这样的时代到来，君主手中的神权也不再像过去那样，靠着自身的力量来吸附人众，而是需要强力胁迫来维系神权的威严。于是，神权就会朝"人吓人"的方向质变，与军队和警察、监狱一起，成为造成恐吓、威慑及震撼的工具。饕餮纹也就是在这样的大背景下，从玉版或牙版或其他骨器上飞离开来，游魂一样飘到代表政治权威的青铜器或其他同类制品的表面上，变成吓人倒怪的"饕餮"形象。这样的转变，恰好就发生在龙山文化后期，以及夏代的二里头文化时期。到商代更获得充分发展。

第三节　远古审美现象中的民族特征

原始艺术，还没有专门与之相应的理论。但是这并不妨碍寻找原始艺术品中所含有的观念和习尚性内涵。人类越是原始，不同民族群体之间的文化差异就越小。然而进入新石器时代，不同种族、地域人群的创造，就带有明显的文化差异了。就以考古的发现而言，在裴李岗时期，带有鲜明中原文明特色的笛子、三足的鼎式器物就已经成型了。不过，那时的陶器还是简单的几何纹饰，即使仰韶文化早期还有些可以同世界其他民族早期器物大致相类似的纹饰，但不久，陶器、石器特别是玉器上的纹饰，属于民族个性的审美倾向就越发明显了。在此，将对新石器时代审美追求中所显示的民族性，做一个简单的梳理。

首先是远古时代各种文化遗迹显示的无限丰富性。20 世纪以及 21 世纪伊始的各种考古发现，在广阔的中华大地发现了那样多的史前原始文化，异彩纷呈，令人目不暇接。仰韶文化、甘青文化、大汶口—龙山文化、河姆渡—良渚文化、红山文化等，区域众多；众多的文化区域中有的崇拜动植物，有的崇拜女神，有的崇拜龙，有的崇拜飞翔的太阳等；陶器、石器、玉器、木器种类繁多⋯⋯广大地域文明的原始发祥，是那样的波澜壮阔、博大精深。一开始，它们各尽其能地发展着，随着各文化地域不断扩大，相互间的交融变得显著，一些共同的现象潜滋暗长。如太阳飞鸟艺术主题，在大汶口见过，在良渚文化也见过。这些交融，为更进一步的融合以至于形成统一的文化，打下了深厚的基础。原始艺术，也在这样的过程中大踏步地前行。

工艺的进步。通观新石器时代的艺术演进，从裴李岗文化到后来夏代之前的二里头文化，从石器到陶器、玉器、青铜器，这一路的演进体现着时代的变迁和人类制作工艺的进步。线和面、形与色的流转，承载了原始先民审美意识的演变。工艺进步、审美趣味、民族心理等一些因素贯穿始终。

陶器烧制是人们对陶料进行高温处理进而改变其化学结构的结果。不同时期，完成这几个过程的方法并不一样。陶器制坯技术的进步，提高了生产效率，提高了陶器质量。例如龙山文化中陶器普遍采用快轮制作，因而陶器大多形制规整、器壁均匀、棱角分明、纹饰简洁。一个地区陶器呈现出来的质地状态不是人为选择的结果，而是受制于工艺技术的发展。同样，工艺技术的发展反过来又会影响人们的审美倾向。石器、陶器、骨器的制作工艺显示了原始先民技术的进步。史前各个时期，各个区域的文化都在进行着某种突破，这种突破首先来自工艺技术方面，它不仅引起了器物形制世界的改变，也带来了人们意识形态领域的诸多变化。

纹饰的流变能反映出时代的变迁。最早的裴李岗文化中多是素面的器物，就是有纹饰也是很简单的箆点纹、乳丁纹、指甲纹、弧线纹、细绳纹之类。后来到仰韶文化宽带纹、三角纹、直线、圆点纹、草叶纹、曲线纹、"互"字纹、网格纹、方格纹、鱼蛙纹、兽面纹、月牙纹、鸟纹等器物纹饰开始大量出现。再后来的大汶口文化、龙山文化时期，器物上出现的纹饰就更多了，像太阳纹、曲尺纹、八角星形纹、回形纹、锥刺纹等，种类样式繁多。

裴李岗文化的纹饰大都是简单的几何纹。仰韶陶器的纹样最具特色的母题是鱼。前期表现技法多活泼生动，后期则走向几何化的抽象表意。到马家窑文化的彩陶，几何化的倾向达到极致。河姆渡遗址出土的连体双鸟太阳纹，具有高度想象性；到良渚文化中，玉器上出现得很多的兽面纹，从外形到内涵都更加复杂。这样一个由具体到抽象，由写实到写意的过程也沉淀了社会的深刻变迁。正如李泽厚所说："对艺术的革新，或杰出的艺术作品的出现，便不一定是在具体内容上的突破或革新，而完全可以是形式感知层的变化。这是真正审美的突破，同时也是艺术创造。因为这种创造和突破尽管看来是纯形式（质料和结构）的，但其中却仍然可以渗透社会性，而使之非常丰富充实。"①也就是说，人们对符号形式的处理，实际上包含着一定的社会内容，不是简单的复制活动。

新石器时代的器物纹饰，大致可以分为几个类型：（1）鱼纹和人面鱼纹；（2）花叶纹和编织纹；（3）蛙纹和折肢纹；（4）旋涡纹和波浪纹；（5）太阳和鸟的组合纹。关于这些纹饰的表达内容亦即它们的主题，前面已经分别做过讨论了，现在只想指出这样一点：这些彩陶纹饰，始终没有脱离人们对自然物的观察和表现。人类进入新石器时代，中外的陶器绘画艺术都有过这样的阶段，但是中国的彩陶虽然存在着一个由具象描绘到几何纹饰的演进过程，但始终没有放弃对那些自然界花叶、动物等的表现。换句话说，我们的先民在彩陶艺术上始终没有走向用陶面来绘画神话传说、民间故事等"人世"题材，始终没有把神的或人的故事搬上彩陶加以表现的兴趣。在仰韶文化的彩陶上也出现过女人，但是她和鱼在一起，只表明这是在表达一种生育的祈愿，而生育主题发展另有场地，那就是红山文化中女神庙；在"鹳鱼石斧图"中，也出现了争斗、征服的情节，似乎是要讲一则映现人间悲欢的故事，但还是出之于鸟和鱼，灵光一闪而已。看一看古希腊陶器以及他们的石刻，尽是些这个神的出生或那个英雄出走之类的故事。相比之下，远古先民对自然的动物、花叶兴趣的独特，不是很显然的吗？

这样的独特兴趣，与后世中国文学的关系极为密切。我们不妨也把彩陶上的纹饰称之为"比兴"手法。因为它们就可以看作是《诗经》——中国文学的开山之祖——独特"比兴"手法的先声。看一看《荷马史诗》，古

---

① 李泽厚：《美学三书》，天津，天津社会科学院出版社，2007，第516页。

希腊人最早的文学，讲的是人的故事，但是，每一个现实世界的人、英雄甚至半神半人的英雄，都是木偶，在他们之上有众神在"提线"摆动着他们。战争胜负、个人生死，都是神的"提线"的结果。这就是希腊人崇尚的"命运"。看印度的史诗，读一读《薄伽梵歌》，对于超越"大梵"合一的追求，是印度的古代英雄蔑视一切社会人伦的依据。但是，在《诗经》中，固然不能说没有神话内容，但人们更乐于歌唱的还是"关关雎鸠"，还是"棠棣之华"，还是孔子所说的"草木鸟兽虫鱼"。在古希腊和古代印度诗篇中，诗人们也不是不描写景物；风景的宜人他们当然也有深切的感受，但是，《诗经》中人们描写属于自然的草木虫鱼，就单单是出于对自然宜人的兴致吗？不是，还有更深的文化心理的积淀使然。换句话说，《诗经》的"比兴"思维，有着更深刻的对人与自然关系的理解。这理解，在远古时代就已经颇为清晰。

再让我们仔细看一下彩陶器物上时常出现的物象吧。蛙纹是仰韶文化半坡类型和庙底沟类型以及马家窑文化的彩陶装饰中常见的图案；在半山文化和马厂文化中则演变成勾连纹和曲折纹。《春秋繁露·求雨篇》说旱时取虾蟆置方池中，进酒祝天，再拜请雨；又据传说蟾蜍与月神崇拜有关，月神的原型为女娲。女娲又兼具旱神和雨神的身份。这样一来，具有祈雨功能的蟾蜍和作为雨神的女娲就在生殖方面发生着某种关联了。还有一些花叶纹，一些学者将各种花叶纹看作与生殖相关。可是，假如我们读一读古老的时令文献《夏小正》，就会更愿意相信，一花一叶的描绘，更可能是对标志时令转变的物候现象的关切。在仰韶文化稍微靠后的大河村遗址出现的太阳纹，大汶口文化时期的神鸟太阳图，以及良渚文化的人鸟合一的古饕餮纹，都把远古先民时令追求的热望，表现得异常明显。人们把眼光由地面的花鸟虫鱼移向了遥远的太空。他们去表现太阳纹，表现日晕纹，表现八角星纹等，显示了人类观念的扩张，同时也表现了社会权力的集中。远古先民对天象时令的把握，到新石器时代即将结束的时期，在陶寺天文观象台，达到了极致和鼎盛。这座距今2350 年左右的建筑，比位于墨西哥奇琴伊察古城的玛雅人的观象台还早近 3000 年，比英国巨石阵观象台还早 500 年。这座古观象台的发现还救活了一篇文献，那就是《尚书·尧典》。过去人们对《尧典》所载命"四叔"到四方测定一年四季的四个至点的说法，抱有强烈的怀疑，以为那不过是战国时期的附会，有了陶寺的发现，就不能不正视《尧典》记载的可信性了！

不能说对时令的追求就是考古审美发现的一切，但是，从仰韶到龙山、良渚文化的诸多迹象，又不能不承认时令的追求却是一条粗大的文化线索。如此的远古宗教，如此的远古精神观念，正是我们在观察远古艺术品所必需的参照。也只有清楚了这一点，才有可能回答，在后来的中国诗歌艺术中，为什么诗人更愿把抒情的眼光投向一花一叶、一虫一鸟的世界，他们不是仰望上空，想着众神如何、大梵如何，而是将平视的眼光悠远地投向大地，投向并生于身边的万物，触处机来，即目成真，花开花落，叶青叶黄，杨柳依依，鸽鹏于飞；一枝一叶总关情，是因为他们总是依照自然的节律，安排自己的农耕生活。平实的审美并不平实，有着对天地万物与人类关系的总理解，有着天地并育、万物同源的宗教情怀的深刻背景。

张光直在《连续与断裂》一文中，对考古时代的东西文明发展提出了这样一种新观点：在原始文明的发展中形成了两种形态的发展模式：以两河流域苏美尔文明为代表的断裂式，以中国以及美洲玛雅文明为代表的连续型。前者正是后来古希腊、罗马文明的源头。造成两种形态的原因，张光直先生认为，表现在青铜器和文字的使用上，断裂式文明的苏美尔人是将青铜更多地使用在工具制造上，文字更多地运用于经济活动中，而连续性的文明，如中国，青铜器则多用于制造礼器，文字使用偏重于宗教。于是表现在精神上，断裂性的文化突破了原始形态的束缚，而连续性的文明则更多表现出"萨满教"式样的神我合一、物我合一的世界观。征诸考古发现，在两河流域的城市遗址和墓葬，其规模和遗物，都显示出物质的极大奢华和财富的巨大积累，而在中国的墓葬中，陶器、玉器之外，极少发现黄金，特别能说明问题。① 这应该说是一个很有启发意义的观点，对我们思考中国原始文明、远古艺术，都有很大的帮助。即以连续的文明而言，我们可以在彩陶的绘饰纹样中找到后来诗歌的"比兴"思维前身，在良渚玉器上太阳飞鸟的纹饰那里，可以追溯出殷商饕餮纹的端绪，而对于玉石器物的珍爱，不是至今犹在的习尚吗？更重要的是，连续性文明特征，决定着玉石艺术制品的样式和品类。

最早的生活用具陶器，就裴李岗的发现而言，简单的集合纹样，表明他们还没有将这些生活器具与崇拜、祈求的观念相联系，但是这样的情形，不久就改变了，人面鱼纹的彩陶盆，就清楚地表达了人们对生活的祈愿，彩陶之后的玉器、青铜等先后出现，人们总是用最好最珍贵的

---

① 张光直：《连续与突破》，见《美术、神话与祭祀》附录，郭净译，沈阳，辽宁教育出版社，2002。

质料，制造那些献给崇拜的真灵的物品。但是，在这些不断变化的越发珍贵的制品中，我们很缺少黄金制品，而缺少贵金属实际意味着工商业的发展规模。一种新型的经济模式的充分发展，是足以改变人们的精神观念的。这也势必影响艺术的发展。前面说过，在一些艺术主题上，中外之间在早期有着某些大致的相类，例如在关于"鱼"的表现上，中国的彩陶有，古代埃及也有，但是，像狮身人面像之类的巨大雕塑，将人与狮子的力量结合，形成极具震撼力的强势视觉效果，这种崇尚力量的远古艺术在中国新石器时代何尝见过？狮身人面像之类的超越人间实有现象的艺术制品的出现，表明的是关于神的思想的突破性发展。这实际又涉及"断裂性"文明与"连续性"文明在神话思维方面的差异。在良渚玉器的人鸟图景中，我们看到原始先民关于神的想象力，但是，怪异的神的形象，仍在表现一种很实际的东西，那就是对太阳正常运行的礼敬。远远没有将神，将神的系统想象为一个与人间完全相对立的精神存在。

上述这一切，也许又回到了前面的话题：何以"比兴"思维从远古一直贯穿到文明时代。人们常说中国原始时代照样有发达的神话传说，只是后来崇尚实用理性的儒家，把这些神话给消解了。真是这样的吗？若从考古发现的远古艺术看，这样的说法实在是想当然的。连续性特征强烈的文明，它的物质形态决定其精神形态、艺术形态。物我合一的艺术精神，在中国从远古一直延续到文明时代，恐怕是在对远古艺术做了一番鸟瞰式的观照后得出的主要结论。

第四章　"饕餮"的内涵及其兴衰

古人先民知道使用铜，大约从仰韶文化时期开始；青铜器的铸造和使用要晚些，大约从公元前 3500 年开始；用青铜制作礼器，则可以追溯到龙山文化时期。到了夏代，青铜器的制作开始发达，到殷周达到高潮，以后在春秋时期又有一段不凡的新变和延续，此后绵延至战国、秦汉而逐渐衰落消亡。

夏代的青铜器物主要是礼器。到商代早期，如在郑州商城早期遗址中，就发现了鼎、鬲、甗、簋、爵等器物，其中以饮酒器居多，显示出殷商人喜饮的生活特点。殷商青铜制造的繁盛应该在盘庚迁殷之后。随着这里诸多大墓的发掘，大量的青铜器物出土，种类很多，如司母戊大鼎等。在西周早期百年左右的时间里，青铜器制造在形制、纹饰上多沿袭殷商，也开始呈现自己的特点，如有座的簋，明显重视食器等。到昭穆之际，沿袭殷商旧制的情况开始改变。鼎以圆形为主，特别是纹饰方面开始淡化殷商狰狞的气息，饕餮纹、夔纹等开始变得不那么狰狞，凤凰等纹饰显著于一时，从殷商就开始在器物上刻画文字的风尚则发扬光大，数百字的长篇铭文也屡见不鲜。

在前一章，我们探讨了饕餮的起源。那么，它在后代特别是殷商时期又是如何发展的呢？又是在何时趋向式微的呢？

第一节　饕餮——精神的痉挛与扭曲

饕餮纹产生于巫觋文化，附着在巫师的法器——礼天玉器——上。但到殷商时期，它开始从玉版或牙版或其他骨器上飞离开来，游魂一样飘到代表政治权威的青铜器或其他同类制品的表面上，变成吓人的"饕餮"形象。不论早晚期，殷商饕餮纹一双双大而放射着强烈威光的眼睛，始终是图样的核心。头部和身部被夸张得不成比例，这也是为使构图突出它的面部，而面部最具表现力的是两只圆睁的眼睛，还常常配以刀状的眼眶，以突出目光的强悍。一个饕餮的画面，多是由深刻细密而且清晰的线条组成的。它们排列齐整，笔法森严，都向眼睛的方向倾斜，意在强化眼睛的力量，强悍的目光，使整个饕餮仿佛可以随时向观者扑来。

同时，那不成比例的长条状——或称之为夔龙，或称之为肥遗——的身体构图，也是从远方——就是图案的两旁——向眼睛的中心区域曲折且越来越粗壮地伸展而来。观者朝相反的方向看去，尖尖的尾部还呈卷曲状，呼应眼睛的圆睁，营造着猛兽扑杀猎物之前一刻凶险的张力。李泽厚先生在《美的历程》中，用"狞厉的美"来形容饕餮图样的感觉效果，说："各式各样的饕餮纹样以及以它为主体的整个青铜器其他纹饰和造型，特征都在突出这种指向一种无限深渊的原始力量，突出在这种神秘威吓面前的畏怖、恐惧、残酷和凶狠……它们之所以具有威吓神秘的力量，不在于这些怪异动物形象本身有如何的威力，而在于以这些怪异形象为象征符号，指向了某种似乎是超世间的权威神力的观念。"①马承源先生在《中国古代青铜器》一书里也这样写道："即使是驯顺的牛、羊之类的图像，也多是造得狰狞可怕。这些动物纹饰巨眼凝视、阔口怒张，在静止状态中积聚着紧张的力，还像在一瞬间就会迸发出雄野的咆哮。"②崇尚凶暴，格调阴森、神秘，正是这些饕餮纹饰追求的效果，真实地反映着那个时代特有的精神：社会的心灵沉溺于对精灵世界的恐惧的神经质中。

对这些纹饰，如上所说，学者做过很多的起源性研究，有人说这样的图纹起源于龙，有人说这些动物的纹样是萨满教式的巫师沟通神灵世界的道具，等等。都可以说得过去，但似乎都遗忘了它们最初的来历，即那眼、鼻、嘴的三角区构图，只是对远古神鸟携太阳飞行主题的一个截取，其实也就是对一种映现着远古文明追求主题的篡改。在良渚玉器上，众多的像人又像鸟的繁图和那些截取了的简图，虽然怪异，却不可怕，相反，它们具有一种后人难以企及的奇特、浪漫，就是那件冠形玉器上繁复的图案，它梯形脸上的两眼圆睁、嘴巴大张露出牙齿和冠戴毛发的蓬然四散，也只是叫人觉得张扬，却不凶暴；让人觉得很怪异，却不神秘。它是神或人与神的合一，却没有迎面扑杀而来的威猛，它的夸张，也不是令人生畏，而是让人惊叹于它那来自荒远的奇幻。这须从远古时代人群内部关系来理解。在属于良渚文化的浙江桐乡新地里遗址的墓葬群中，身份显贵者和身份一般的都还是共同埋葬于一个人工堆积土台内的，"二者(指显贵者和一般民众——引者)之间没有明显的界限，显示出它们有着相当亲密的社会关系"。③ 类似的情况，在山西陶寺遗址也

---

① 李泽厚：《美的历程》，天津，天津社会科学院出版社，2001，第52～53页。

② 马承源：《中国古代青铜器》，上海，上海人民出版社，1982，第34～35页。

③ 浙江省文物考古所和桐乡市文管会：《浙江桐乡新地里遗址发掘简报》，《文物》2005年第11期。

发现过。① 这些都表明社会虽然有显贵——一般都是神职人员——出现，等级分化也很明显，却尚未达到冲突性的对立状态。在这样的社会关系下，人们可以用力想象神的世界，尽其超奇、神异之能事，但这一切，还大体属于全体社会成员一致的想象，神异还大体属于社会集体表象形式，对神的尊崇还大体属于社会总体的精神表征。因而，一切的奇异，还只停留于对神的塑造，还没有发展到用神灵的怪异来威吓自己的同类。到了"饕餮"流行的时代，我们说它本是截取和篡改，不是眼睛的玉璧变成眼睛，不是鼻子、嘴巴的纹路变成鼻子、嘴巴。这是从良渚时期就有简化和截取发展而来的严重的误读，而误读又是朝着狰狞凶悍的向度上前行的。有学者在分辨饕餮图案是写实还是想象上用功，有学者在分辨饕餮纹是牛、是羊还是犀牛上费力，都难免用错了力道。它既然是因为对远古精神的集体由遗忘而产生的误解，远古的图案，一旦被当成了眼、嘴、鼻的构图，那么，在它的底盘上，就可以随意描摹，加上羊角、牛角，使之像牛、像羊，或者既像牛又像羊或者什么都不像，都无所谓。描摹的用心和要点，是使其可怕，即如李泽厚所说，"它们之所以具有威吓神秘的力量，不在于这些怪异动物形象本身有如何的威力"。为了强化其可怕，饕餮的图案，就在整体上与远古时代飞翔主题基本失去了联系。它现在却常与另一种东西一种人类本能上恐惧的动物——蛇——连接在了一起；而这蛇的形象，也早就变成神化的夔或肥遗之类的怪物。说它是什么，不如说它什么也不是，因为它只是一个误解之物。这个误解而成的东西，就是在作为一个朝着另一个方向发展到巅峰时期，也还能看到它与那个远古图案之间蛛丝马迹的瓜葛。如一些饕餮纹上都有同样图案冠戴，这在良渚玉器饕餮纹就有，现在只是缩小了。它们居于各种形状的角中间；很多的饕餮纹，都可分解地看作两条相对的夔龙纹；两条夔龙纹的连接处，往往就是器物的扉棱，合而观之，扉棱就是饕餮的鼻梁，这与良渚玉器图案对称分布玉琮两个平面也一样；饕餮纹是龙身上长牛羊之角，这已是不伦不类，更奇特的是龙的脚作鸟爪状，应是良渚图案神鸟之意的孑遗；有时在饕餮纹的两侧点缀小鸟的图案，似乎也是远古"飞行"主题残留的遗意。

　　了解饕餮纹的来历，才能准确地理解它文化精神层面的含义。前面曾说过，大瞪双眼的饕餮纹神经质，指的就是它们制造的恐惧效果。有学者说这些狰狞的图案是统治者吓唬人的，张光直先生认为此等说法欠

---

① 宋建忠：《龙现中国》，太原，山西人民出版社，2006，第44页。

完备，他说这些器物都是埋在地下沟通神灵的，一般百姓很难见到。[1]
张说的可取之处在于调整对"人吓人"的理解："人吓人"的真实性在于先
吓自己再吓别人。饕餮纹的凶悍即其特有的畏怖效果，不是一些人为威
吓另一些人故意的制造物。饕餮纹的狰狞代表全体社会成员的恐惧心理。
因此，饕餮纹的特殊效果，才是一个时代的精神表征。它表明的是一个
时代的社会群体被鬼魅攫住了心灵。确如李泽厚先生所说，指向的是一
个深渊般的"超世间"的"神威权力的观念"。这个"神威权力"将整个社会
吓倒了。何以这样说？在饕餮纹流行的鼎盛时代，如下的现象是理解凶
暴的饕餮纹内涵的参照：殷墟遗址众多祭祀坑中被"人牲"了的骸骨，殷
墟大墓内被"人殉"了的数以百计的人头，以及在建筑基槽中、在房屋的
柱础和门下被埋葬的防范鬼怪侵害的性命，这些森森白骨数以万计。这
些被强行埋葬的人，真正属于殷商人群的极少，大部分是战争的俘虏。
强大于一时的殷商人群，自恃强大，四面树敌，与众多的"非我族群"存
在着征战、杀伐关系。这样的关系正深藏着社会集体恐惧的根源。人吓
人，吓死人。当殷商人以众多的冤魂怨鬼的尸体去讨好神灵，去防范各
种鬼魅的侵害时，不正是他们以戈矛血火处置异己人群的行为，给他们
自己心灵造成的扭曲结果吗？当他们以自身的强大把异族尸骨踩在脚下，
当他们挥着斧钺把别人的头颅砍到黑洞洞的大墓里给自己先人殉葬的时
候，他们不是正在越来越多地制造着鬼魅吗？鬼魅越多，心灵就越被恐
惧所攫取，以至于精神痉挛，嗜血好杀。杀戮一定会给他们造成某种满
足和快感，但这是一种被"死本能"控制的心理的和精神的状态。这是心
理和精神一种彻底的消极状态，它的起因为社会历史文化造成的积极交
流的匮乏，心灵丧失了体验真正而丰富情感的能力。心灵因杀伐而变得
僵硬枯干，必须用他人更多血来填补心理的空虚和恐惧。同时，可作为
和上述的白骨森森相并列的理解饕餮的另一种参照，就是饕餮之外，在
青铜器上多有出现的猛虎食人之类的图案。关于这些图案，从感觉上说，
笔者很不能以张光直先生的一个说法为然：他说这样的图景是表达着一
个有关升仙的主题，被猛虎吃掉可以升到仙界。这样的升仙，有哪个社
会的达官贵人愿意这样做？这样的解释，其实是"巫婆的道理"，是"西门
豹治邺"故事里的那个巫婆把别人家的女孩儿"嫁"到水底的道理。古人的
升仙，可以骑虎，能骑虎就是有超凡的本领，是仙人的能力，而被虎吃
掉，图案在贵重器物上出现，还是理解为那时代权贵阶层嗜杀好血、精

---

[1] 张光直：《中国青铜时代》，北京，生活·读书·新知三联书店，1999，第457页。

神上陷入"死本能"状态恐怕要更妥帖。

由神鸟携日飞翔到饕餮的狰狞，是一个大的时段的跨越，也是一个大的精神的扭曲和变异。其间有明显的遗落，也有重大的改造。饕餮纹传递的古代宗教的神秘和热烈，改变的是远古精神的集体表象形态：它将一种远古文化创生时代对人类共同福祉的宗教追求，扭曲为"人吓人"的怪诞凶魅之物。背后的历史，是由远古的人类群体关系，向古代阶层对立、人群冲突新状态的重大转变。当神权变成维系一部分人的利益之后，它必然要变得可怕。一般百姓怕它，就是那手握神权的权贵，也因自身心灵的陷溺魔道而怕它。所以，饕餮纹的所谓的"狞厉的美"，来自于它是一种象征，一种对人的心灵在恐惧和威吓两种强力之间挣扎的象征。由此而言，饕餮纹征显的是一段人类社会的悲剧，精神的悲剧。这样的威吓与恐惧的挣扎的悲剧局面，必定要克服，于是有"大凤纹时代"的来临。

第二节 "饕餮"的被取代和"窃取"化

商周青铜器的大凤纹，盛行于西周中期（图4-1）。"大凤"也是一种鸟，前面说过，鸟的纹饰在商代饕餮时期也有，应系远古飞翔主题的残留。而且，由于三星堆遗址的发现，它的那棵几米高的"扶桑树"以及树上的集落的神鸟，还可以使我们相信，远古时期神鸟携日飞行的主题，在中原地区是被取代了，在古代南方的长江流域上游地区，还是那样富于创造性地流行着。稍后，新的含义的飞鸟主题在西周时代出现了，那就是中期的长尾巴、大冠戴的凤凰图案的兴起。什么是它的"新含义"？回答是，它是有德者的象征。因此，它与远古以至殷商的小鸟图案的内涵发生了变化。在周人，长尾巴、大冠戴的大鸟纹的流行，与西周中期大祭周文王、大张"文王之德"息息相关。而文王之德与凤凰大鸟相连，可能与文王时期一次难得一见孔雀鸟飞临周室发祥地——岐山有关。《周易》有所谓"凤鸣岐山"，被视为周室获得"天命"的祥瑞，而西周中期铜器图案中的大鸟，羽毛上鲜明地画着孔雀的花纹，就是他们见孔雀飞临岐山的证据。而"凤凰"与文王之德相关，又可以得到诗篇的证明。《诗经·大雅》有《卷阿》一篇，其后半部分歌咏了凤凰。《卷阿》曰：

> 有卷者阿，飘风自南。岂弟君子，来游来歌，以矢其音。
> 伴奂尔游矣，优游尔休矣。岂弟君子，俾尔弥尔性，似先

公酋矣。

尔土宇昄章，亦孔之厚矣。岂弟君子，俾尔弥尔性，百神尔主矣。

尔受命长矣，茀禄尔康矣。岂弟君子，俾尔弥尔性，纯嘏尔常矣。

有冯有翼，有孝有德，以引以翼。岂弟君子，四方为则。

颙颙卬卬，如圭如璋，令闻令望。岂弟君子，四方为纲。

凤皇于飞，翙翙其羽，亦集爰止。蔼蔼王多吉士，维君子使，媚于天子。

凤皇于飞，翙翙其羽，亦傅于天。蔼蔼王多吉人，维君子命，媚于庶人。

凤皇鸣矣，于彼高冈。梧桐生矣，于彼朝阳。菶菶萋萋，雝雝喈喈。

君子之车，既庶且多。君子之马，既闲且驰。矢诗不多，维以遂歌。

诗篇中的王，从对他的"受命长"、"弥尔性（生）"赞美祝愿之词以及"有冯有翼，有孝有德，以引以翼"的描述看，写的都是一位年纪大的周王，实即周穆王。从诗篇的一些词语如"弥而性"、"茀禄"看，也是中期金文才有的现象。诗篇说周王"来游来歌"，又说"百神尔主"，明显与祭祀活动有关。因此，笔者判断，诗篇实际写的是周穆王在岐山大祭祖先之际，游历山间时臣民的歌唱。[1] 在岐山游历而歌唱凤凰，应该就是诗人想到周室当年获得天命、五彩神鸟飞临岐山的祥瑞的吉光。[2] 诗篇"亦集爰止"的"亦"字，正暗含这样的意思。由这首诗篇时代的参定，起码可以得出这样一点：西周中期铜器图案上夸张烂漫的大凤凰图案的流行，绝非孤立现象。它的出现，应与大祭周文王有关，与那个"凤鸣岐山"的周室受命传说有关。但是，看诗篇，就如同观看青铜器大凤纹的感受一样，给人的不是阴森可怖，而是烂漫的想象，祥和的观感，其实就是诗篇所歌唱的："凤皇鸣矣，于彼高冈。梧桐生矣，于彼朝阳。菶菶萋萋，

---

[1] 李山：《诗经析读》，海口，南海出版公司，2003，第385页。

[2] 20世纪曾在岐山之下陕西岐山京当贺家村出土的西周甲骨文中有"凤"、"巳（祀）凤"、"凤双"等字词，此地还发现了西周早期的大型宫殿遗址，亦可证明诗篇与岐山祭祖有关。参见刘亮：《凤雏村名探源——从甲骨文看周人对凤的崇拜》，《文博》1986年第1期。

雖雖喈喈。"把"凤皇"与"朝阳"对举，或许还有一点远古太阳鸟飞翔的遗意，但这已无关紧要，上升、明媚、繁盛、和谐，以及对生活"亦傅于天"的无限的祝愿，才是诗篇着意歌唱、祈福的内容。

这正是凤凰这一飞鸟现象在距离良渚、龙山文化千百年之后再次出现所达到的新的精神之境。大凤凰纹的兴盛，可从两个方面来理解：（1）它是对凶狠的饕餮的取代。长冠大羽的凤凰鸟纹，在器物中的形象，一般都是侧面的图景，而不是用猛鸷的双眼盯视着观者。对鸟的冠、羽夸张的刻画，表现神鸟的神圣性美丽，表现的是周人承天命的荣耀，观念上表达的是对吉祥如意的祈福，显示的是现实生活中心灵所获得的自由，以及这种自由表现在艺术上的烂漫。（2）它是对古来飞鸟

图 4-1　西周中期商尊上大尾长
冠的鸟形图案

形象的改造。前面说过，即使在饕餮纹盛行时期，鸟的图案也是存在的。而且，对鸟的崇拜、对鸟的形象的造型，良渚之外，在大汶口文化时期也曾达到过高潮。然而，良渚文化、河姆渡文化的飞鸟，如前所说，与太阳飞行有关。在后来的殷商甲骨文中，还有一种被称为"凤"——其实就是由对"风"的神化而来——的神鸟，它是上帝的"史"，可以传达上天的命令。① 它们共同特点都属于远古时代的自然崇拜，与周人将一种特殊的飞鸟与王朝之"德"联系在一起，有根本的区别。自然崇拜表明的是人作为一个类匍匐于神威之下，而周人的神化凤凰，则意在显扬自家的德性，意在宣扬获得了上天之德的周人所具有的统治天下的合法性。因此，大凤纹在西周中期盛行的意义，首先是一种超越，对饕餮形象所表现的对鬼魅世界恐惧的克服，同时也是一种接续，即对远古的时代自然崇拜所包含的追求与世界和谐从而创造生活的精神的扬弃性继承。凤凰

① 郭沫若《卜辞通纂·天象篇》引 398 片卜骨有"于帝史凤，二犬"句，见郭沫若：《卜辞通纂》，北京，科学出版社，1983，第 376 页。又，斯维至作《殷代风之神话》一文，考证殷代风神崇拜情况，认为"凤"为"帝使"，有号令天下之神能。见斯维至：《中国古代社会文化论稿》，台北，允晨文化实业股份有限公司，1997，第 15～33 页。

的"来仪"岐山，是周室之"德"被上天眷顾的象征。而"德"的观念在殷周之际的诞生，是人对超越的神灵、天帝在好恶上有把握的结果：掌握着世间大权的统治者，善待自己的民众就是"德"。远古时代，良渚、陶寺墓葬显示，社会虽有巫师权贵阶层出现，然尚能与小民维持一种非阶级对立关系，现在，周室强调"德"，以"德"来强调自己统治的合法性，实际是有意重新建立一种与小民的非对抗性关系。这样的建立，真实性极少，或者说这样的建立，不如说是一种意图，一种说服被统治者接受统治的精神意图。越是如此，就越是需要精神的符号象征，大凤纹就是这样的符号。但无论如何，将这样一种符号上升为一个时代重要礼器上的图案，都表达了一定程度的进步，一种人群摆脱集体恐惧、集体的鬼魅缠身的进步。长尾大冠的凤凰，象征的是周德，它所代表的追求是德被天下，它的基本意向不再是恐怖，而是祥和明媚的生活。

大凤图案在一个时期取代了饕餮纹。但是，与饕餮纹在此时的淡化、解体一样，大凤的图案也没有流行很久，就逐渐走向了过去时态。为什么会如此？回答是，它也面临了一种新的强劲的社会文化力量——精神意志向关注现实德性方向迈进的倾向，典型的历史之否定之否定。饕餮的令人恐惧出于鬼魅世界的神秘，大凤纹的华丽同样也在强调着某种上天的观念，它们都是宗教性的，超人世的。然而，与大凤纹相关的"德"的上天观念，既然承认并重视生民的福祉，那么，人世间对于生活的追求就是合理合法的。这势必允许那些对社会生活现实的关注，允许那些由无限丰富的社会生活所激发的观念、以及情趣的表现和表达；势必对高度意识形态化的独霸天下宗教观念形成巨大的冲击。于是，表现超验世界的一元化的符号体系就难以久长了，它们必然地被冲淡。这样的倾向实际从西周建立伊始，就在周人建构属于自己礼乐努力中有了苗头。只是当时形格势禁，条件不足，还不能一下子尽情展露。到中期条件成熟，向现实回归的倾向终于变得显著，变得引人注目。器物纹饰就是其中之一。饕餮纹、大凤纹在西周中期都开始向简化和抽象演变，就是所谓"窃取纹"化了（如图 4-2 所示）。它们从一个侧面表现出这样的现实：精神正在从宗教神权重压下走出来。饕餮和大凤纹的图案"窃取"化了，实际就是边缘化，就是从独占器物图案的霸气，退缩为一种装饰和点缀，变成生活从一个时代走向另一个时代的印记，变成新时代生活的衬地。器物的图案现在正形成一种新的丰富，窃取纹化了的饕餮、大凤纹与瓦纹、波浪纹、鳞纹和双头龙纹等多种纹是共存共处，共同构成富于变化的图景。饕餮图案的中心总是集中于两只圆睁的眼睛，现在，饕餮的眼一只一只的仍残留在窃取纹中，失去了往日的强悍，大凤纹也失去了它的夸张，它们作为构成一件器物图案的部分，散发着一种古旧独特的意味；营造着器物在这样的特殊时代特有的古典而新派的文化气息。由多重纹饰组成图案，平面地延展着，多样却不散乱，立体而不浮泛，繁多中见统一，沉着中有律动。这样的格局是由大波浪纹完成的，它把器物的画面富于韵律地联结为一个呼应的整体。这样的大波浪纹，它还时常形变为一条腾挪曲伸于图案的蛟龙。蛟龙的出现最有重蹈过去图案令人恐惧光景的危险了，但是蛟龙的身体并未被严重地变形，它还是一条蛇，整体形象并未向令人畏惧的方向夸张，所以它的促成图案韵律作用，还是大于它威慑的效果的。装饰化的各种图案的总体倾向，是理智的，崇尚和谐讲究富丽的，重视生活趣味的，表现出一种对生活的典雅、高贵的审美追求。

图 4-2　西周青铜器物上的两种窃取纹，多少保存着一些饕餮的意思

郭沫若在《青铜时代·彝器形象学试探》中说，在隋朝和金代，都曾有过毁坏上古彝器的事情发生，原因是以为那些器物的凶悍的图案作祟，不吉利。[①] 这样的不吉利之感，可能在西周的中晚期就已经有了。盨是一种西周中后期才出现的铜器种类。它一出现就是新风尚。器形大体呈长方形，但棱角转折处，都是浑圆的。最有特色的是它的纹饰，多以出棱的瓦纹和鳞纹组成，也有用窃取纹或凤纹与瓦纹相组合的，无论如何，其整体效果总是素淡中见高雅。当然这样的审美倾向，不仅在新种类的盨身上有，在鼎、簋、盘、壶等其他器物上也是如此。讨论器物纹饰的

---

① 参见郭沫若：《青铜时代·彝器形象学试探》注〔二〕，北京，科学出版社，1957，第325 页。

人间化特征，有一种现象无论如何不能忽略，那就是钟鼎铭文在西周所获得的巨大发展。

与新派的图案相伴成长的是铜器铭文。说起器物铭文，商代就有且有早晚差别。较早的铭记，多是标记器物的神灵归属，如"司母戊"等；到晚商时期，铭记器物因为什么而铸造的风尚出现了。前者重死者、神灵，后者则重生者、生活。周人开始就承继的是后者并发扬光大。图案不断发生变化，在器物上铸造文字的风尚始终不减，而且篇幅越来越长，内容、形式越来越多样，越来越讲究一件器物之作的社会背景交代，越来越讲究书法韵味。这些器物，它们的文字把它们与历史、与社会联结起来。铭文或记载一次重大的典礼，如《天亡簋》；或记载一次重大的战役勋绩，如《虢簋》；或是一次重大人事任命，如《作册令方彝、方尊》；或是家族在王朝生活经历及所获荣耀，如《史墙盘》及《痶钟》；或是一个家庭与其他家族之间利益纠葛的记录，如《曶鼎》《散盘》；或是一个人德行自励的箴言，如近年发现的《燹公盨》；等等。有人说一篇铭文，价值抵得上一篇《尚书》。就表现生活的广阔而言，这样说是没有太大问题的。一件器物就是随死者埋葬地下，它的制作，在很大程度上说，也不是在表示对鬼神的敬畏，甚至不是献给鬼神的；很大程度上，它们的制作，是表达生活的纪念和对德性生活的追求；与此同时，还有无意识间在字体章法上流露出来的情趣，在纹饰图案的构思上显示的意味，等等。器物铭文中，事功、勋绩、荣耀或者在利益纠葛中的获胜之外，祖先是经常被提及的，铭文最普通的现象，是称赞祖先懿德对后人的荫庇，叮咛子孙不忘祖德，是铭文的家常，两者相加就是周人的家族观念的重要内容。这样的家族意识是什么？是一种人间意识，也是一种历史意识。因此，一件器物制作的用意，是贮存凝固一个家族在社会生活之中所获得的成就和荣耀，以此来纪念往者，激励来者。这便是周人影响深远的观念，也是殷商铜器所没有的东西。也正因此，西周铜器不再是宗教的彝器，而是生活和历史的见证与纪念。不能说周人就没有天帝、鬼神信仰，当超验的信念与现实的向善努力可以结合时，宗教观念内容就必然向历史、向哲学方面迁延。在这样的情形下，一个必然的结果是，单一图案的时代——不论是饕餮，还是大凤——成为过去。西周中期开始，并且在不久之后就相当明显地窃取化及窃取纹与其他诸多纹饰共存现象，实际正适应的是这样的强烈的生活化倾向。这样的归向生活的洪流，不正是那个尚"德"观念的必然结果吗？

带动大凤纹走向装饰性存在的，正是大凤图案所表达的精神。

第五章　三星堆文化及其艺术精神

三星堆遗址是一个很古老，也很神秘的文化现象。三星堆文化遗址位于川西平原北部的广汉市三星堆村。遗址东西长约 3 公里，南北宽约 2 公里，是由三十多个零散遗址组成的古城遗址群落。城墙用斜坡堆土法修建，再进行夯筑，有些地方还使用了土坯城砖。古城中部以半月形的月亮湾台地为中心，南隔马牧河是三星堆遗址，北临鸭子河有西泉坎等遗址，西部横梁子遗址上有一条西南—东北走向的土埂，连接了马牧河和鸭子河。东部一道南北走向的土埂旁便是狮子闹遗址。这些陆续出土的遗址群，揭开了古蜀王国的神秘面纱，为川西大地增添了凝重深邃的历史感。

第一节　三星堆文化遗存

三星堆古城遗址的发现也充满了偶然性的因素。1929 年春，一位叫燕道诚的农民在马牧河北岸一处被称作月亮湾的月牙形台地上清理水沟时，从沟底偶然挖出一批玉器和石器，其中有玉圭、玉璋、玉琮、石斧、石璧等，总数达 400 余件。1933 年冬，由华西大学博物馆（今四川大学博物馆）两位资深学者——美国的葛维汉教授和林铭钧教授率领的考古队在月亮湾作了为期十天的考古探索。此次挖掘，出土了石器、陶片、玉器等文物 600 余件。新中国成立以后，经过数十年持续的挖掘整理，尤其是 1986 年夏天，在三星堆遗址发现并挖掘了两座祭祀坑遗迹。其规模之大、出土器物数量之多、种类之繁、品质之精，举世罕见。这两个长方形的祭祀坑，口大底小，坑内均用五花夯土回填，十分规整牢固。一号坑坑口长 4.5～4.64 米、宽 3.3～3.48 米，坑底长 4.1 米，宽 2.8 米，深 1.46～1.64 米。二号坑位于一号坑南面，相距约二三十米，坑口长 5.3 米，宽 2.2～2.3 米，坑底长 5 米，宽 2.2～2.3 米，坑深 1.4～1.68 米。一号坑出土的器物有金杖、金面罩、金箔虎形器、金料块等金器，青铜器有人头像、跪坐人像、人面像、龙柱形器、龙形饰、虎形器、龙虎尊、缶、盘、器盖、戈等，玉石器有璋、戈、剑、锄、佩、凿、斧、锛、斤、璧、瑗等。另有尖底盏、平底盘、器底座等陶器，海贝若干，象牙十余根。值得注意的是，坑中还发现了约 3 立方米的烧骨碎渣。二号坑所出器物比一号坑多，而尤以青铜器居多，比较引人注目的是出土了一尊高达 2.64 米的青铜立人像，高 3 米多的青铜神树。除一号坑也出土过的人头像、跪坐人像、人面像、尊、戈等外，新出土的器种还有青铜兽面像、罍、眼形器、眼泡、太阳形器、铃、挂饰龙、蛇、鸟、鸡等。另有金叶、金璋、金面罩、金箔带等金器，戈、璋、璧、环、瑗、凿、刀、斤、珠、管等玉器以及若干象牙和海贝。据观察，这些器物在入坑时，均是按照器种的材质依次入坑的，最上面的是象牙，其次是铜尊、铜罍、人头像、人面像、兽面像等，再其次是铜树、挂饰、眼形器、太阳形器、戈、瑗、兽面像等。海贝被装入铜尊内，玉凿、玉瑗等玉器装在铜罍内。值得注意的是，两个祭祀坑内的器物均经大火烧燎过，青铜立人像、人面像、兽面像、铜罍、铜尊等大型铜器，除经火烧过外，还曾被砸击过。而且这些器物大多数还有彩绘或者朱漆的痕迹，如铜头像、铜人面像等的眼眶、眉毛都被描成黑色或者蓝色，口、鼻、耳孔被涂成红色，眼球绘回字纹状，这大概是人类最早的"彩妆"。

《广汉三星堆遗址一号祭祀坑发掘简报》将三星堆遗址的文化堆积分为四个时期："第一期的年代在新石器时代晚期的年代范围内，第二期的年代大致在夏至商代早期，第三期的年代相当于商代中期或略晚，第四期的年代约在商代晚期至西周早期……一号祭祀坑的相对年代相当于殷墟文化第一期。"[①]二号坑出土的青铜头像比一号坑的种类增多，造型更加繁复，更为成熟深邃，其年代应该比一号坑较晚。二号坑出土的青铜尊多为侈口、高领、束颈、鼓腹，圈足上刻镂方形或长方形坑，这种形制的尊主要流行于商代晚期。许多器物饰有双层花纹和三层复合花纹，以云雷纹为衬，突出双夔组合成的饕餮纹。在饕餮纹的上方，还有饰目云纹。主体花纹带还有饰圆涡纹，间饰乳钉纹、蝉纹等。在大型青铜立人像的座上还有圆圈纹和三角形云纹。这些器物的器形和纹饰特征，均与晚商时期的文化特征相同。考古工作者推断："二号坑的时代大致相当于殷墟晚期。"[②]综上，三星堆遗址一号坑属于殷墟文化一期，相当于公元前 14 世纪末至公元前 13 世纪中叶，二号坑属于殷墟文化四期，相当于公元前 11 世纪中叶至公元前 10 世纪中叶。

---

① 四川省文物管理委员会、四川省文物考古研究所、四川省广汉县文化局：《广汉三星堆遗址一号祭祀坑发掘简报》，《文物》1987 年第 10 期。

② 四川省文物管理委员会、四川省文物考古研究所、广汉市文化局、文管所：《广汉三星堆遗址二号祭祀坑发掘简报》，《文物》1988 年第 5 期。

关于一号坑和二号坑的性质，考古学界主要有六种观点：

一是祭祀坑说。陈显丹认为"三星堆遗址一、二号坑极可能是祭（埋）祀坑"①。刚开始还仅仅是推测，后来他坚持此一看法，并进一步确认说："从上述的各种遗物现象结合文献记载分析表明，三星堆遗址一、二号坑应是祭（埋）祀坑。"②宋治民赞同此说："一、二号坑的性质，多认为是属于祭祀坑，笔者也认为是祭祀坑。这是因为，一、二号坑的形制都很规整，填土层层夯实，而不像彭县竹瓦街的窖藏那样。如果是仓促之间的埋藏，不可能有从容的时间挖成那样规整的长方形坑，有先后次序的放置器物，更无时间将填土层层夯实。再从出土器物看，也应为祭祀之后所埋。"③祭祀坑说影响较大，普遍为学界所接受。

二是墓葬坑说。张明华根据坑中器物有被焚烧过的痕迹，推断可能是"死于非命的蜀王的火葬墓"④。但此说对蜀人火葬及墓葬形制等具体制度方面的研究，尚缺乏足够的证据。也有学者提出"陪葬坑说"，但王燕芳、王家祐、李复华不同意此说，认为："先秦时期蜀地确有陪葬之俗，但是若要断定三星堆的两坑为陪葬坑，那就必须要在坑的附近有同一时期特大型墓葬的发现才足以证明，否则两坑为陪葬之说就会由于没有陪葬对象而难以成立。惜哉两坑的区域内至今尚无相应的大墓发现，致使陪葬说立论无据，故此说可暂时置而弗论。"⑤

三是"犁庭扫穴"毁其宗庙说。徐朝龙认为，这两个坑并不是祭祀坑，而是古蜀国大规模王朝更替的结果。坑内器物随鱼凫王朝的灭亡被砸碎烧毁埋于坑中。鱼凫王朝末期，杜宇这股新的政治力量崛起，推翻了鱼凫王朝。鱼凫宗族被杀，其铜器、王杖等财宝被烧毁葬于一号坑中。其宗庙被捣毁，那些一度被认为神圣不可侵犯的神像、礼器也被砸碎烧毁抛入坑中（二号坑）。"'祭祀坑'应该更名为'鱼凫灭国器物坑'。杜宇族取代鱼凫王朝在早蜀文化历史上是一个重大的转折点，而'鱼凫灭国器物

---

① 陈显丹：《广汉三星堆一、二号坑两个问题的探讨》，《文物》1989 年第 5 期。

② 陈显丹：《三星堆一、二号坑几个问题的研究》，《四川文物》1989 年"广汉三星堆遗址研究专辑"。

③ 宋治民：《广汉三星堆一号、二号祭祀坑几个问题的探讨》，见四川大学博物馆、中国古代铜鼓研究学会编：《南方民族考古》第三辑，成都，四川科学技术出版社，1991，第 79 页。

④ 张明华：《三星堆祭祀坑会否是墓葬》，《中国文物报》1989 年 6 月 2 日。

⑤ 王燕芳、王家祐、李复华：《论广汉三星堆两座窖葬坑的性质及其相关问题》，《四川文物》1996 年增刊。

坑'则是这一历史巨变的见证"。① 但是这种说法存在很大异议。在物质极度贫乏的远古时代，战胜国多半不会将战利品毁埋，取而宝之用之的可能性比较大。所以，王燕芳、王家祐、李复华说："三星堆两座窖藏坑为'犁庭扫穴'的可能性较小，故此说仅可备一说而有待证明。从战败国一方来看，败时将国之重器毁而窖之的可能性亦是比较小的。"②

四是窖藏说。王燕芳、王家祐、李复华认为，广汉三星堆遗址的两座遗存十分丰富的大型窖藏坑，很可能是某两位开国蜀王仿效中原举行告祭百神仪式后遗留的大批礼器坑。一号坑即可能是鱼凫氏称王告祭百神的遗存，自然其窖藏者是鱼凫了；二号坑很可能是开明一世为蜀王之初举行告祭百神大典的遗存，其窖藏者自然就是开明一世（鳖灵）了。③钱玉趾赞同此说，认为应该是因战争引起的窖藏。铜像、各种礼器在战争中被战火焚毁，战败者在逃亡前无力带走这些器物，所以挖坑将未烧毁的部分埋藏，也可能是胜利者在无法带走战利品的情况下将其挖坑埋于地下所形成的窖藏。④

五是不祥宝器掩藏坑说。孙华认为两坑所出器物多与原始宗教中的祭祀活动有关，但绝不是说这两个坑都是祭祀坑。坑中器物的性质与坑的性质并不完全一致，它们可能是古蜀国"亡国宝器掩埋坑"，是当时特殊宗教习俗的产物。⑤

六是盟誓遗迹说。王仁湘认为坑中兽骨在牺牲前都曾被放血，也就是歃血为盟的结果，而大量使用玉器也是古代盟誓的通例。不同类型的青铜偶像相对集中地出土，这种情况只有在盟誓时才有可能出现。所以这些器物不可能是宗庙祭器，而是盟器。⑥

综合来看，尽管考古简报所提出的"祭祀坑说"仍有进一步搜集论据的必要，但较诸他说，似乎更有说服力。赵殿增将论证三星堆器物坑为祭祀坑的理由总结为七点：第一，这些器物大都出自于一种规整的长方形土坑之中，均是有意所为，规范而整齐；第二，坑的方向比较一致，

---

① 徐朝龙：《三星堆"祭祀坑"唱异（续）——兼谈鱼凫与杜宇的关系》，《四川文物》1992 年第 6 期。
② 王燕芳、王家祐、李复华：《论广汉三星堆两座窖葬坑的性质及其相关问题》，《四川文物》1996 年增刊。
③ 王燕芳、王家祐、李复华：《论广汉三星堆两座窖葬坑的性质及其相关问题》，《四川文物》1996 年增刊。
④ 钱玉趾：《三星堆青铜立人像考》，《四川文物》1992 年"三星堆古蜀文化研究专辑"。
⑤ 孙华：《三星堆器物坑的年代及性质分析》，《文物》1993 年第 11 期。
⑥ 王仁湘：《从月亮湾到三星堆——葬物坑为盟誓遗迹说》，《文物天地》1994 年第 6 期。

已发现的几座长轴均呈东北—西南向，方位在北偏东 30 度至 35 度左右，这种取向规律可能有特定的意图；第三，坑中器物常常是摆放数层，布满全坑，不是偶然所为，或轻率埋弃的，而是一种有意制作，并为达到一定目的精心埋存下来的；第四，坑内器物均为宗教祭祀用的礼器、神器或牺牲供品，没有发现生活用具、生产工具、随身武器之类的器物；第五，这些器物和牺牲供品埋入土坑之前，还举行过一定的祭祀和宗教仪式，如杀牲放血的祼祭、焚烧损坏的燎祭等；第六，这些器物坑不是一个时期、一次活动或一个等级、一种仪式之后存埋下来的；第七，这些土坑的规格和等级也各不相同，表明大约是不同等级、不同规格、不同时期、也可能是为不同目的而举行的多种祭祀瘗埋活动。基于以上几点，三星堆两座器物坑为"祭祀坑"说是比较合理的。[1] 学界激烈的争论，反映出了三星堆文化的博大精深和扑朔迷离。它向世人展现了一个湮灭千年的古文明，为揭开古蜀历史文化之谜提供了一把钥匙。

三星堆祭祀坑出土的文物种类繁多，数量庞大，按照其具体功用主要可分为以下四类：

一是青铜人像类，包括青铜立人像、人头像、小人像、人形饰物及刻绘人像等，其大小与人类相仿，基本是采用写实手法完成的作品。此类器物共计百余件，包括大型青铜立人像 1 尊(二号坑出土)，小型人像 7 尊(二号坑出土)，人头像 57 尊(一号坑出土 13 尊，二号坑出土 44 尊)，神坛人头像饰物 24 件(二号坑出土)，神树人头饰物 3 件(二号坑出土)，刻绘于祭山图玉璋上的巫师图像 22 个(二号坑出土)。这些人像大多以现实中真人的大小、比例、装扮、仪态来塑造的。其仪态庄严肃穆，或伫立、或跪拜、或守护于神树、或配饰于神坛、或绘于山川之间、或被塑成独立的圆雕，总之是宗教仪式的庄严仪态。值得注意的是，这些人像的四肢比真人粗壮很多，手成握拳状，有的手里握有玉璋等祭祀神器，学者推断可能是正在操办宗教仪式。赵殿增推测这些人像"是一个巫师或祭师集团，是当时整个社会的主要统治者，是一代蜀王朝的政治基础"[2]。这些青铜人像大概都是宗教祭祀活动的主体。

二是青铜面具类。三星堆祭祀坑出土的人面具数量繁多，造型奇特，具有浓郁的神秘意蕴。其总数达百余件，包括巨型纵目面具 1 件(二号坑出土)，纵目勾云纹大面具 1 件(二号坑出土)，人面具 20 件(二号坑出

①　赵殿增：《三星堆文化与巴蜀文明》，南京，江苏教育出版社，2005，第 239～241 页。

②　赵殿增：《三星堆文化与巴蜀文明》，南京，江苏教育出版社，2005，第 243 页。

土），小人面具 1 件（一号坑出土），兽面具 9 件（二号坑出土），另有眼形饰物若干。巨型纵目面具的瞳孔被夸张成外凸状，其他面具的眼睛或被做成勾云状，或呈菱形、三角形、圆泡形，反映出当时古蜀人对眼睛的独特崇拜。三星堆青铜面具均成半圆形筒状，背面中空，呈圆柱形，两耳上下各有方形榫孔，表明它们可能是被悬挂起来供人朝拜的。小型面具和兽面具的四角也都有孔，可以被组装、悬挂或者佩戴用。赵殿增认为"这些面具是一批具有特殊地位的神像，是当时崇拜的主要神灵的化身……大面具是蜀祖'纵目'置身'蚕丛'的神像，是三星堆古人祖先崇拜的具体反映，具有特定的宗教含义"[①]，是很确切的。

三是动植物造型、饰物、图像类。三星堆祭祀坑中还有许多被塑造成动、植物形状的青铜制品。植物类以青铜神树为代表。神树共计 6 株，大小不等。最大的一株有 4 米多高，每一根主干有 9 条枝权，上又有神鸟、翔龙、人手、刀璋及各种植物造型挂饰。还有一棵大型神树高两米多，树座上有三个跪祭人像。小型神树高约一米左右，枝条变幻多姿，树上立有"人首鸟身"的精灵。动物类器物主要有鸟、龙、虎、蛇、鱼、鸡、牛、怪兽等。还有一个饰物也被塑造成动植物造型，如鹰形铃、鸟形饰、扇贝形挂饰、海贝形挂饰、龟背形挂饰、叶形挂饰、果形挂饰等。有些金器也被做成动植物造型，如金虎、金鱼、金叶形器、金璋形器等。这些造型、饰物和图像被塑造成自然界的动植物造型，可能与三星堆时代的图腾崇拜有关。这些器物可能就是祭祀过程中的图腾标志。

四是礼器仪仗类，包括铜罍、铜尊、壶、盘、器盖、玉戈、玉璋、玉琮、璧、瑗、石斧、金杖、象牙、海贝、珍珠、陶器等。最具特色的是金杖和神殿。金杖长 1.42 米，刻有两个人头像和四对鱼凫纹，学者推断可能是古蜀国王的权杖或者巫祭人员的法杖。青铜神坛下部是一对怪兽，承载整个坛座。中间是站立着的四个祭祀者雕像，上部是四座神山和正方形神殿，神殿四方各有五个跪祭人像。在三星堆数目繁多的礼器当中，有一部分与中原祭器相仿，可能是向中原文化学习借鉴的结果，如璋、璧、戈、矛等，表明了三星堆时代的古蜀国并不是一个封闭的国度。有些礼器是古蜀国所独有的，如象征王权或神权的金杖，结构复杂的神殿等，反映了古蜀文明的特异之处。

从三星堆出土的器物来看，古蜀国的繁荣辉煌持续了一千五百年之久，然后又突然地消失了。当历史的记载再一次衔接上时，中间已隔了

---

① 赵殿增：《三星堆文化与巴蜀文明》，南京，江苏教育出版社，2005，第 244 页。

两千多年的神秘空白。关于古蜀国的灭亡，学者们提出了种种猜测：一是水患说。三星堆遗址北临鸭子河，马牧河从城中穿过，因此有学者认为是洪水肆虐的结果。但考古学家并未在遗址中发现洪水留下的沉积层。二是战争说。遗址中发现的器具大多事先被烧灼或砸毁，似乎也印证了这一解释。但后来人们发现，这些器具的年代相差数百年，所以战争说似乎不能成立。三是迁徙说。由于某种灾难，三星堆人迁徙到了远方。这种说法比较空泛，缺乏足够的实证资料，未能从根本上解决问题。关于古蜀王国消失的种种说法，似乎都难以达成共识。古蜀国消失在历史长河的真正原因，直至今日依然如谜。

第二节 三星堆遗址与古蜀文明

三星堆是古蜀王国的都城遗址。关于古蜀国的历史，传世文献记载寥寥。东汉扬雄《蜀王本纪》载曰："蜀王之先名蚕丛、柏濩、鱼凫、蒲泽、开明，是时人萌椎髻左衽，言不晓文字，未有礼乐。从开明以上至蚕丛，积三万四千岁……蜀王之先名蚕丛，后代名曰柏濩，后者名曰鱼凫。此三代各数百岁，皆神化不死，其民亦颇随王化去。鱼凫田于湔山，得仙。今庙祀于湔，时蜀民稀少。"杜宇之后，又有鳖灵治水、禅让即位建立开明王朝的故事。这些记载约略告诉我们古蜀王国的朝代更替状况，但其都城旧址所在却无从知晓。三星堆遗址的发现为探索古蜀文明提供了强有力的线索。学者通过对三星堆器物的分析，认为"三星堆遗址发现的早商时期蜀都城墙，属于三星堆文化第2期，应是鱼凫王统一蜀国后所筑……三星堆文化2至4期出土有大量鸟头勺柄，长喙带钩，极似鱼鹰，一般认为与鱼凫氏有关。1号祭祀坑所出金杖上的图案，有人头、鸟、鱼，鸟的形象与勺柄上的鸟头一致。因此学术界普遍认为这是鱼凫氏的文化遗存。三星堆文化第2期约当夏商之际，第4期约当商周之际，2至4期一脉相传而又有所发展演进，正与鱼凫'数百岁'相合。因此，鱼凫氏的年代约相当于有商一代(公元前17世纪至公元前11世纪)"。[1]高大伦也认为三星堆器物与鱼凫王朝有某种联系："经过近十多年的考古发现和研究，古人感到茫然的鱼凫族历史，已渐渐浮出水面：鱼凫非人名而是族名，他们以一种善捕鱼的鸟为图腾，历数百年都沿用这一称呼不改。今天我们所能见到的鱼凫族遗物，最早可以上推到夏代。早在夏

---

① 段渝：《四川通史》第一册，成都，四川大学出版社，1993，第33~34页。

商时期的中国上古时代，鱼凫族在川西大地上建立了自己的国家，地域北达汉中、宝鸡，东到川东、鄂西，南到宜宾、乐山一代。至迟在商朝中期，已步入辉煌鼎盛阶段，修建了城市，能铸造大型的、成批的青铜器，琢制出精美的玉石器，有了成套成列的礼器，并与中原地区有了频繁和快捷的交流。至商中期偏晚，鱼凫灭国，其后一部分人辗转北上到达宝鸡，建了国，和中原周王朝关系密切，渐被中原文化所融合。也有一部分鱼凫族人在川西地区留了下来，相信晚期蜀地居民中有一部分属于鱼凫族后裔。"①三星堆古城址除是鱼凫王朝的故都外，其后的杜宇、开明朝，它也一直是都城所在地。黄剑华说："（三星堆）很可能营建于鱼凫时代，并成为杜宇时代的重要城邑，后来由于政权变更和都邑的迁徙而被开明时代所废弃。"②三星堆文化前后历时近两千年，在川西大地保持了几朝几代的辉煌灿烂。

从精神层面来看，三星堆文化无疑具有浓厚的宗教色彩。它反映了古蜀以宗教立国、宗教居于精神生活主导地位的特殊历史阶段。通过对出土器物的考察，我们总结出三星堆时代的宗教信仰主要有三种类型，即以神树、太阳、山灵为代表的自然崇拜，以鸟、龙、虎等为代表的图腾崇拜和以"纵目神"为代表的祖先崇拜。

一、自然崇拜

自然崇拜是最原始的宗教形式之一。它把自然物和自然力视作具有生命意志和超然能力的对象而加以崇拜，通常以人格化或神圣化的自然物和自然力为崇拜对象，如天、地、日、月、星、山、石、海、湖、河、水、火、风、雨、雷、雪、云、虹等。远古时代的人认为这些自然现象表现出的生命、意志、情感、灵性和奇特能力会对人的生存及命运产生各种影响，因此对之敬畏和祷告，希望能获其佑护降福消灾。自然崇拜与人的社会存在有着密切关系。人类原始部落群体因各自生活环境不同而具有不同的自然崇拜对象和宗教形式，一般都选取对本部落社会生产与生活影响最大或危害最大的自然物和自然力作为崇拜物，并且具有近山者拜山、靠水者敬水等地域及气候特色，反映出人们祈求风调雨顺、人畜平安、丰产富足的实际需要。自然崇拜是"万物有灵"信仰的体现。三星堆时代自然崇拜主要表现为对神树、太阳和山灵的崇拜。

---

①　高大伦：《古蜀国鱼凫世钩沉》，《四川文物》1998 年第 3 期。

②　黄剑华：《古蜀的辉煌》，成都，巴蜀书社，2002，第 61 页。

（一）神树崇拜

1986 年夏，在四川广汉三星堆遗址二号祭祀坑中，发现了大型青铜神树 2 件，考古简报称之为"Ⅰ号大型神树"和"Ⅱ号大型神树"。同时出土的，还有青铜小型神树残件 4 件。这些神树在入坑之前均被砸烂焚烧过。从复原部分看，它们的底部都有圆形托盘和三叉形的树座，主干上有若干条枝丫，上有立鸟、果实、挂饰、云纹等，有的还有巨龙盘旋或跪人像，显然是宗教祭祀器物。

"Ⅰ号大型神树"树高超过 4 米，树形庞大。底部为由圆环形底盘和三叉状支座组合成的基座。树的主干呈圆柱形，高大挺拔。主干上共有三截枝杈，每一截枝杈处各长出三根小的枝条，形成三层树冠。枝条轻柔如柳枝，随风舞动。枝条尖端皆有桃心形果实，果实外有蒂瓣包裹，瓣上有镂空的云纹饰物。果实上皆立有小鸟，长嘴卷钩，圆眼短项，张翅翘尾，双腿健硕，两爪尖锐。主干顶端有一个大型果托，其蒂瓣比枝头果实蒂瓣更大，枝端应该也有一只立鸟，在砸毁过程中丢失了。树干之上有巨龙盘旋而下，其前爪落于基座地盘，龙尾高至树梢。龙身有三处与神树主干相粘连。龙尾残断，现存仅有 1.8 米，估计原长足有 3 米以上。这棵三层九枝十二果、九鸟翔立、飞龙攀缘的高大神树，是中国乃至世界上最庞大的青铜器物之一，其造型、规模、装饰、神韵，都称得上是非凡之物。

"Ⅱ号大型神树"整体形态与"Ⅰ号大型神树"基本相同。最底部是圆环状的山形底座。树干分层，每层有三根枝条，枝端结有果实，枝头飞鸟挺立。"Ⅱ号大型神树"没有盘龙附缘，但是树座上有三个跪祭人像。人像高 19 厘米，方头阔面，颈短耳尖，大眼粗眉，蒜头阔鼻，头顶戴帽，身穿对襟长衣短裙，赤足跪于地上。双手作握状平举于胸前，左手在下，右手在上，像是祭祀过程中向神进贡的姿态。"Ⅱ号大型神树"残存仅 196 厘米，估计原高应在 3 米以上。

小型青铜神树的规模比两棵大神树小很多。总共有四棵，树高均在 1 米左右。树形各不相同。其基座形状多样，有多层云山状圆台式、三叉座式、细长辫索式等多种。枝干外形和断面有扁圆式、绳索式、"Ⅰ"字梁式、"Ⅴ"字梁式等。树枝分布、层数、形状也不相同。枝端鸟的形状也不尽相同，有的头上有三支孔雀翎状的顶冠，有一只立鸟甚至呈现为"人首鸟身的精灵"。鸟身刻有勾云纹，人首人面，其神情与青铜人像很相似。赵殿增认为："这种鸟的形象和位置，表明它们是具有人的气质的精灵和神怪，更突出了树上立鸟具有神秘的社会内涵。"①

　　青铜神树群的存在，反映了三星堆时代古蜀先民对树的崇拜习俗。传世文献中也有许多神树崇拜的神话传说与之相呼应，如东方的扶桑、西方的若木、中间的建木就是三棵具有神话色彩的神树。扶桑是传说中生长在世界东方的一棵太阳神树，是每天清晨太阳神鸟载日升起的出发之地。《山海经·海外东经》记载："汤谷上有扶桑，十日所浴，在黑齿北。居水中，有大木，九日居下枝，一日居上枝。"扶桑又名扶木，树形高大茂盛。《山海经·大荒东经》记载：柱三百里，其叶如芥，"汤谷上有扶木，一日方至，一日方出，皆载于乌。……"扶桑是太阳所居之地。远古传说天上有十个太阳，它们是帝俊与羲和之子。《山海经·大荒南经》记载："东南海之外，甘水之间，有羲和之国。有女子名曰羲和，方日浴于甘渊。羲和者，帝俊之妻，生十日。"十兄弟人值一日，轮流当班。当其中一个值班的时候，其余九个就栖居于扶桑树上。与东方的扶桑相对应，若木是世界西极的一棵太阳神树，为日入之处，是太阳下山的地方。《山海经·大荒北经》记载："大荒之中，有衡石山、九阴山、灰野之山，上有赤树，青叶、赤华，名曰若木。"《海内经》说："南海之外，黑水青水之间，有木名曰若木，若水出焉。"屈原《离骚》有"折若木以拂日兮"句，王逸《楚辞章句》注曰："若木在昆仑西极，其华照下地。"太阳每天从东方扶桑树上升起，晚上落于西方若木神树。萧兵说："东方有太阳神树扶桑，供太阳神鸟初翔时盘桓，西方也可以有太阳神树，供太阳神鸟降落时歇息。"这是先民们对太阳东升西落现象极富想象力的神话。与扶桑和若木为太阳的栖所不同，处于东西两极之间的建木则是一株通天的神树。《山海经·海内南经》说："有木，其状如牛，引之有皮，若缨、黄蛇。其叶如罗，其实如栾，其木若芘，其名曰建木。在窦窳西弱水之上。"《海内经》又载："南海之内，黑水青水之间……有九丘，以水络之，名曰陶唐之丘、有叔得之丘、孟盈之丘、昆吾之丘、黑白之丘、赤望之丘、参卫之丘、武夫之丘、神民之丘。有木，青叶，紫茎，玄华，黄实，名曰建木，百仞无枝，上有九欘，下有九枸，其实如麻，其叶如芒，大皞爰过，黄帝所为。"从《山海经》所记来看，建木是一株依山傍水、挺拔无比的大树。那么这株大树是用来干什么的呢？《淮南子·地形训》说："建木在都广，众帝所自上下。日中无景，呼而无响，盖天地之中也。"众帝也就是众神，"所自上下"就是来回上下于天庭的通道。众神以及身怀通天绝技

---

　　① 赵殿增：《三星堆文化与巴蜀文明》，南京，江苏教育出版社，2005，第341页。

的巫师，通过建木来往于俗世与天庭之间，建木就是一株通天的神树。赵殿增总结说："三星堆众多铜树的发现，表明当时蜀人的树崇拜已扩展成内涵极其丰富的一个信仰体系。神树既是上天的阶梯，又是太阳的居所、神灵使者的居住所，还是祭祀时的神坛、供台，同时又可能是被祭祀的社神、地母。从树的总体形态还可以看出，它下面的基座可能是代表高大的神山，与古代传说中建木生于昆仑之巅有相似之处。树上群鸟都与鱼凫族图腾的凫鸟相似，这些鸟也同时被作为本民族守护之神的化身。大铜树的体态远高于各种神器，可能是被放置于祭坛的中央，围绕它来进行宗教祭神活动的。神树此时就成为天国神界的代表，成为天堂的象征。在三星堆古蜀王国人们的信仰崇拜之中，'树崇拜'具有特别突出的地位，因此才会塑造出如此众多如此宏大的神树。这种树崇拜之俗，在东汉四川等地的铜质摇钱树上得到继承和发扬，形成了又一批具有优美华丽的艺术造型并反映了丰富思想内涵的文物珍品。"[①]

（二）太阳崇拜

远古时期，无论是东方还是西方，太阳崇拜都非常普遍。太阳向人间提供光明和热量，是万物之源，生命的主宰。古希腊神话中，太阳神被称为"阿波罗"。他右手握着七弦琴，左手托着象征太阳的金球，让光明普照大地，把温暖送到人间，是万民景仰的神灵。中国远古传说中"伏羲"、"太昊"、"帝俊"、"重华"、"黄帝"、"高阳"等实际上都是太阳神的化身。甲骨卜辞中有许多崇拜日神的记录，如《甲骨文合集》6572："戊戌卜，内，呼雀于出日于入日。"《怀特》1569："乙酉卜，又出日入日。"这些都是迎日送日仪式的记载。《礼记·祭义》记载："郊之祭，大报天而主日，配以月。夏后氏祭其暗，殷人祭其阳，周人祭日以朝及暗。"孔颖达疏曰："天之诸神，唯日为尊，故此祭也，日为诸神之主，故云主日也。"可见从夏至商周，日神是被作为主宰上天的神来崇拜的。考古挖掘中，经常会发现刻有太阳形图案或符号的考古材料，如黄河流域上游与中游的辛店文化和仰韶文化出土的彩陶，以及青海、广西、江苏、内蒙古等地远古时代遗留下来的岩画都有大量的太阳形图案或符号。这些都说明，在原始社会各地先民普遍的自然崇拜中，太阳崇拜极为重要。古蜀当然也有崇拜太阳的宗教情结。三星堆遗址出土了大量太阳形器和刻有太阳形图案的许多器物，包括太阳神树、青铜神殿、铜挂饰、玉璋、人面鸟身像等，都说明在三星堆文化中，古蜀人也是崇拜太阳的。

---

① 赵殿增：《三星堆文化与巴蜀文明》，南京，江苏教育出版社，2005，第344页。

青铜太阳形器大概是三星堆出土器物中最神秘的礼器,其用途和象征含义一直众说纷纭。有人释为车轮,但从复原之后的器物看,它并不能转动,显然不是车轮。有人释为盾牌,但有谁会用镂空的盾牌作为防身之具呢?比较合理的看法是表现太阳崇拜观念的一种装饰器物。在农耕部落中,太阳崇拜是一种必然现象,此太阳形器就是太阳崇拜观念的反映。三星堆遗址出土的太阳形器很多,但都被砸毁焚烧过,目前可分辨出的有六件,其中有两件得到较为完整的复原。太阳形器的中心部分为一个圆形乳泡,直径在 20～30 厘米,高 6.8 厘米,挖掘报告称之为"阳部",表示太阳本体。阳部外围有五道光芒,芒道内宽外窄,中央高起,呈放射状向外延伸,呈均匀分布状态。芒道外有一圈光晕,宽 6～8 厘米,成圆弧拱状。在阳部最中心以及光芒与光晕的交接处均有起组装固定作用的小孔。从复原的两件太阳形器来看,一件直径 84 厘米,阳部直径 28 厘米,高 6.5 厘米,芒宽 5.5～11 厘米,晕圈宽 6.4 厘米。另一件直径 85 厘米,阳部直径 28 厘米,高 5 厘米,芒宽 6～10 厘米,晕圈宽 6.3 厘米。此外,太阳形器有时候还以变异的形式出现。在兽首冠人像的高冠之上和眼睛前方各有一个与太阳形器形状完全相同的器物。它出现于图腾神器的最前方,暗示出太阳崇拜在宗教信仰体系中的崇高地位。

太阳崇拜和鸟崇拜常常是合而为一的。上文中我们谈到的青铜神树,其顶端有一枝条虽然残缺了,但上面应该有一只立鸟。下面有九枝分为三层,每层三枝,枝端各有一只立鸟。这十只鸟应该就是十只"太阳鸟",或者说是十只负日的金乌。由于三星堆文化中把"太阳崇拜"和"鸟崇拜"常常合二为一,鸟即是太阳,太阳就是鸟,因此,这十只鸟应该叫作"太阳鸟"。它们所反映的就是太阳神崇拜的信仰。此外,在一些神殿、神兽、神巫等具有神圣意义的器物和饰件上,还经常可以见到太阳形纹样或图案,这都是古蜀地区太阳神崇拜的体现。

(三)山灵崇拜

崇拜大山并对其进行祭祀是早期先民宗教信仰和行为的重要内容。古书中记载蜀人的祖先是蜀山氏。如《华阳国志·蜀志》记述了黄帝与蜀山氏联姻的故事,"黄帝为其子昌意娶蜀山氏之女,生子高阳,是为帝喾(颛顼),封其支庶于蜀,世为侯伯"。任乃强认为:"蜀山正是指的蜀山氏所居的岷山左右之山。"①而蜀国的开国之君蚕丛也有"始居岷山石室"

---

① 任乃强:《四川上古史新探》,成都,四川人民出版社,1986,第 49 页。

的说法，看来蜀人将岷山看作了本民族始祖所在之地，因此崇拜神山并举行山祭就在情理之中了。

刻有"祭山图"的玉璋，就是古蜀地区的先民们祭山仪式的生动写照。玉璋长约54厘米，宽6～7厘米，呈四边形，上宽下窄，底部有一个用来固定系挂的圆孔，大概此玉璋是挂在其他大型礼器某一部位的配饰。玉璋正反两面所刻绘图案基本相同，每一面图案又分上下两幅，呈反向对称分布。每幅画又分上下两组，中间以云纹隔开。云纹是云天的象征。每组上方是人，下方为山，中间以横线分开。整个玉璋共有22个人像，他们衣冠整齐，装扮华美，有跪、立两种姿态，手呈空心握状，大概是向山神进献的姿态。人像的身份应该都是祭祀活动的参与者巫师或祭司。整个玉璋共有16座相同的神山，两山之间还刻有船形图案，陈德安说："在两山谷之间的上方，有一船形物悬于空中，似作升腾状……似可释为船和船上站立的人……民俗学的资料中，亦有将舟船作为运载死者灵魂的交通工具……整个图案反映了蜀人把蜀山看成是自己祖先图腾起源的圣地、死后灵魂又必须回到祖先图腾起源的圣地去的宗教观念。"[1]可见此船形图案是人神交往的交通工具，是蜀人祭山活动的必备之物。

除刻有"祭山图"的玉璋之外，还有一些器物也表现了山神崇拜的迹象，如青铜神树底部的"山"形基座，一些神殿的屋顶被建造成"山"形，还有一些神器的底座也呈"山"形。另外，不少器物都刻有"山"形的纹饰，所有这些都是山神崇拜观念的体现。在古蜀人的观念中，为什么对山的崇拜如此盛行呢？学者总结说，山是"通天"的重要途径。在中国古代传说中，除了通过通天神树以外，高山是通天的另一个重要阶梯；而大山又往往是神仙的居所，是诸神的都邑；某些神山又被一些民族认为是本民族的起源之地，是本民族始祖所在的圣地；四方神灵通常是各方大神的代称，而这些神灵通常又是以大山来命名的，如中国古代传说中著名的"四岳"（东岳泰山、西岳华山、北岳恒山、南岳衡山）就是东南西北四座大山的主神。三星堆出土的文物中有不少"神山"的造型，甚至出现了完整的"祭山图"画面，都证明"山神崇拜"在当时十分盛行。[2]

①　陈德安：《浅释三星堆二号祭祀坑出土的"边璋"图案》，见四川大学博物馆、中国古代铜鼓研究学会编：《南方民族考古》第三辑，成都，四川科技出版社，1991，第87～88页。
②　赵殿增：《三星堆文化与巴蜀文明》，南京，江苏教育出版社，2005，第348页。

二、图腾崇拜

图腾崇拜也是最原始的宗教形式之一，是早期人类精神生活的重要组成部分。"图腾"一词来源于印第安语"totem"，意为"它的亲属"、"它的标记"。许多氏族社会的原始人认为本氏族人源于某种特定的物种，与某种特定的动、植物具有亲缘关系。从这个逻辑出发，图腾信仰便与祖先崇拜产生了关系。在许多图腾神话中，先民认为自己的祖先就来源于某种动物或植物，或是与某种动物或植物有过亲缘关系，于是这些动、植物便成了这个民族最古老的祖先。例如，"天命玄鸟，降而生商"，玄鸟便成为商族的图腾。另外，"totem"还有"标志"的意思，具有某种标志性作用。图腾标志在原始社会中起着至为重要的作用，它是最早的社会组织标志和象征，具有团结群体、密切血缘关系、维系社会组织和互相区别的职能。同时，通过图腾崇拜，族人就可以得到图腾的认同，受到图腾的保护。三星堆遗址中出土了大量形象逼真、神态各异、种类繁多的动物造型或图像，包括鸟、鱼、虎、龙、蛇、象、鸡、鹰、牛、羊、猪等十多种，代表着各部落各民族崇拜的图腾，它们是前来参加祭祀活动的各个氏族部落的标志物。多种图腾在此汇集，表明当年有许多民族参加了三星堆古城的祭祀集会，共同构成了三星堆庞大的民族集团。

（一）鸟图腾

在三星堆众多与图腾崇拜相关的器物中，以鸟图腾数量为最多，地位最显著，形态也最丰富。鸟有可能是当时众民族中最显要民族的图腾。三星堆遗址出土的鸟形器物有一百余件，如站在青铜神树上的立鸟、独立的圆雕立鸟、头上羽冠纹饰华美的铜鸟、背羽呈流苏状耸起的铜鸟、片状鸟形挂饰、鸟形铃、鸟头形器柄、金器上的鸟饰、玉器上的鸟形图案、人首鸟身像，等等。最突出的一种是青铜神树上的立鸟。每株神树9条树枝上各有一只立鸟，圆眼、短颈、尖喙，头顶饰有三瓣形花朵，均作展翅欲飞状。与神树上的立鸟相比，独立的圆雕立鸟体形更为丰盈庞大，装饰也更为精美。鸟喙尖直，顶端有用来挂饰的圆孔。鸟腿粗壮，立于圆柱形基座上，座端有四个孔作为固定之用。最奇特的是，鸟身背部长出三支类似于孔雀尾的细长翎羽，羽端有心形的镂空作为装饰，甚是华美。这件圆雕立鸟可能是固定在祭祀器物上的独立饰件。除此之外，鸟形器物还有大型鹰头状饰件、做成铃铛的鹰鸟，以及众多片状飞鸟饰件等。特别值得一提的是，在神坛方形顶部的四个立面正中，各有一只双翅展开的"人首鸟身"像，高居于神坛上方，其地位之显赫表明它可能是神坛上被着重祭祀的主神。

古蜀先民对鸟的崇拜和祭祀，有其客观现实原因。在渔猎文化向农耕文化转型的过程中，古蜀先民从不同种类候鸟的迁徙往返中，窥见了四季更替与鸟的来去出没之间的联系与同一性，由此认为鸟是天地之间的精灵，是传达上天旨意的使者，因而他们开始在大量的青铜器物上表现鸟的形象，以鸟为本民族的图腾，并祈求得到鸟图腾的护佑。《山海经》中用鸟来进行占卜的记录很多，以至于形成了这样一种表述公式："有鸟（或兽）焉，其状如……见则……"如《山海经·南次三经》："有鸟焉，其状如鸡……见则天下安宁。"《山海经·南次三经》："有鸟焉，其状如枭……见则天下大旱。"《山海经·西山经》："有鸟焉，其状如翟而五采文……见则天下安宁。"三星堆器物中众多的鸟神形象，作为人神之间的桥梁，传达神的旨意，代神向世俗人间发布祸福吉凶。它们身上被赋予了许多深沉的人间愿望，具有强烈的宗教内涵。而且在古蜀人的信仰中，"崇鸟"与"崇日"往往相互交融。在古代神话传说中，鸟通常是负日东升西落的精灵，所以又有"太阳鸟"之称。《山海经·大荒东经》说："汤谷上有扶木，一日方至，一日方出，皆载于乌。"鸟由于每天携日东升西落的特殊职守，它因此成了太阳的标志。在古人的观念里，鸟就是太阳，太阳就是鸟，对鸟的崇拜和对太阳的崇拜通常是同时出现的。

（二）龙图腾

龙是华夏民族共同的图腾信仰，对龙的崇拜一直延续至今。先民们在面对身边无以解释的自然现象时，无形中会在意念中创造出一股神秘力量，他们对这种力量既崇敬，又慑服，于是将这种神秘力量与诸多世间物象联系起来，便生成了龙。在中国神话中龙是一种擅变化、兴云雨、造福万物的神兽。许慎《说文解字》曰："龙，鳞虫之长，能幽能明，能细能巨，能短能长。春分而登天，秋分而潜渊。"《管子·水地篇》曰："龙生于水，被五色而游，故神。欲小则化为虫蠋，欲大则藏于天下；欲上则凌于云气，欲下则入于深泉。变化无日，上下无时。"龙能隐能显，春风时登天，秋风时潜渊。又能兴云致雨，为众鳞虫之长、四灵（龙、凤、麒麟、龟）之首。在后世的演变中，龙被赋予了更多的文化内涵。它成为皇权的象征，历代帝王都自命为"真龙天子"，专服龙袍，使用器物也以龙为装饰。《山海经》记载，夏后启、蓐收、句芒等都"乘雨龙"。另外，《大戴礼记·五帝德》记载"颛顼乘龙至四海"、"帝喾春夏乘龙"等，都与龙有关。对现代中国人来说，龙的形象更是一种文化符号、一种民族情感的凝结，我们常常也自诩为"龙的子孙"、"龙的传人"并深以之自豪。龙并不是实有的动物，而是由许多动物形象杂糅起来的虚拟物。东汉王充《论衡》说："龙之像，马首蛇尾。"龙最初的形象还比较简单，即马头蛇尾。到了后世就越来越复杂，明代朱国祯《涌幢小品》则说："鹿角、牛耳、驼首、兔目、蛇颈、蜃腹、鱼鳞、虎掌、鹰爪，龙之状也。"这显然是经过长时间加工演化过的龙形象。与最初的龙比较，它复杂很多，许多图腾形象被糅合了进去。前人把龙分为四种：有鳞者称蛟龙；有翼者称为应龙；有角者称虬龙；无角者称螭龙。关于龙的主体原型，学者们先后提出了许多看法，有鳄鱼说、蜥蜴说、马说等，但普遍认同龙的主体原型是蛇。闻一多先生在《伏羲考》中指出，龙即大蛇，蛇即小龙。他还指出，以蛇为图腾的氏族兼并别的氏族以后，"吸收了许多别的形形色色的图腾团族（氏族），大蛇这才接受了兽类的四脚、马的头、鬣的尾、鹿的角、狗的爪、鱼的鳞和须"，而成为后来的龙。此一观点得到了学术界的普遍认同。后人在闻一多研究的基础上，又作了许多补充，龙的形象由此得到广泛传播。

三星堆遗址中出土的青铜器物有许多龙的主题，如独立龙造型、龙形饰物以及刻绘在器物上的龙纹，表明古蜀国也有龙崇拜的习俗。龙也是古蜀先民的图腾之一。

三星堆一号祭祀坑出土的青铜爬龙柱形器，是典型的以龙图腾为主体的器物。器身呈圆柱形，上粗下细。器上有一龙昂首站于器顶，下身垂于器壁，两后爪紧抱器壁两侧。龙头呈方形，龙口大张，作啸吼状。大耳，镰刀状犄角，颌下有细长胡须，头部极像"羊"的造型，和尊、罍上所铸的羊有相似之处。龙身纤细，四肢粗短，龙爪肥大，龙尾上卷，整体形态与蜥蜴又极似。林向认为："这是一条长着羊头的神龙，龙的形象或说像猪、像鳄等。而此龙则像羊，透露出是与众不同的羊种民族的神龙传说。羌、姜均从'羊'，相传'禹兴于西羌'，如此看来，这正是兴于西羌的夏禹的亲族——蜀王所有的羊头龙金权杖。"[①]蜀人的一支源于西羌，这条羊首之龙正有其图腾的痕迹。我们从这条羊首之龙身上也看出了复合图腾的雏形，有明显的蜀地特色。屈小强指出："此乃集烛蛇、羊、蚕、虎等古羌——蜀族集团在长达一两千年乃至两三千年以上的发生发展史上曾拥有过的多种图腾于一体的复合图腾。"[②]这条集蛇、羊、蚕、虎为一体的复合图腾，明显不同于其他上古文化遗址中发现的"龙"

① 林向：《蜀与夏——从考古新发现看蜀与夏的关系》，《中华文化论坛》1998 年第 4 期。
② 屈小强：《三星伴明月：古蜀文明探源》，成都，四川教育出版社，1996，第 200 页。

的造型。它集多种蜀地不同种族的图腾于一身，是古蜀人由不同部族走向融合的形象写照。

青铜大神树的主干上有一身酷似绳索的残龙。龙头呈长方形，似马面。头上有犄角，长短不等。圆眼，每只眼有四个棱角。张口露齿，昂首触地。龙身细长，呈绳索状蜷曲而下，有三处与神树相接。五指龙爪，酷似人手。羽翼似刀，尾部朝天，似从天而降。这条攀缘于神树之上、从天而降的巨龙，具有极其重要的宗教内涵。赵殿增指出：“神树为上天的天梯通道，是社神的标志。巨龙盘于树上，首先具有护卫神树的意义。中国古代以龙护柱的习俗由来已久，从原始社会图腾柱到宋元明清一直盛行的华表，都有龙盘柱上守护神柱的意义。古代神树是首领帝王上天的道路，这些神人也常常变化为龙，以便往来于天地之间，所以龙又是古代巫师君王的化身。龙攀树而下，可能还是表现君王巫长从天上下到地上，代表上天把旨意传到人间。神树上的巨龙体形特殊，不同于其他龙的造型，应为本地信奉的某种龙神，可能是以这种龙为图腾的一些氏族部落的标志物。”①此外，祭祀坑中出土的大量龙体造型、龙形饰物以及器物上的龙形纹，如龙形杖头饰物、龙柱形器、龙虎尊、青铜立人像法衣上的飞龙，都说明对龙的崇拜是古蜀先民宗教信仰的重要内容。

（三）虎图腾

三星堆出土的虎形器物并不多，而且均出土于一号祭祀坑中。主要有虎形铜器、金虎、龙虎尊三件。

虎形铜器是一件独立的老虎造型，由一只猛虎站立于圆形基座组成。猛虎身长 11.4 厘米，高 10.8 厘米，圆形基座直径 7.8 厘米，虎头方阔，张口龇牙，虎牙紧密咬合，双目圆瞪，神态狰狞。虎身壮硕，四爪着地，虎尾向上直愣地翘起，作静态防守状，威风凛凛。

三星堆二号坑出土的铜虎，残长 43.4 厘米，宽 13.05 厘米。铜虎巨头立耳，张口露齿，昂首怒目，双耳竖立，虎尾下曳，尾尖翘卷，若咆哮状。虎身一面是凸起的高浮雕，光素无纹，另一面全身铸有虎斑纹凹槽，槽内由小方块绿松石镶嵌填充平整。铜虎前后腿部拱面有半环纽，应是用以套穿绳线或铜丝，以便悬挂。其造型以简驭繁，气韵生动，张力毕出，不仅说明蜀人对虎的观察细致入微，也表明虎的形象在其心目中有十分重要的地位。

金虎系用金箔捶拓而成，于 1986 年出土于三星堆遗址一号祭祀坑。

---

① 赵殿增：《三星堆文化与巴蜀文明》，南京，江苏教育出版社，2005，第 335 页。

长 12 厘米，高约有 7 厘米，重约 7.3 克。昂首卷尾，腰背部下陷，整体呈扑击状，力感和动感都显得很强烈。虎头硕大，虎口大开，作咆哮状。虎耳巨大，呈勾云状。眼部镂空。虎身较为细长，前爪伸举，后退屈蹬，虎尾卷曲，整个金虎呈奔跑状，也或许是正欲扑向猎物的伏击状，威武勇猛。饰片上还压印有"目"形斑纹。这不仅是一件珍贵的艺术品，也体现了三星堆时代人们的虎图腾崇拜观念。

三星堆一号祭祀坑出土的青铜龙虎尊，圈足高 12 厘米，残高 43.3 厘米。尊颈上有三周弦纹，肩上有一条高浮雕铸成的呈蠕动游弋状的游龙。龙头由器肩伸出，龙角为高柱状构型，龙眼浑圆，身饰菱形重环纹。器腹部主纹是高浮雕的上虎下人合构的图像：虎躯向两侧展开，尾下垂；人在虎颈下，手臂曲举齐肩，两腿分开下蹲，臀部下垂与脚平齐。虎身呈"门"字形，虎爪酷似人手握拳状，虎口衔住人头。这与商代人虎合体卣的图像很是相似。此虎也是三星堆时代某个部落民族的图腾崇拜物。该铜尊出土时，器内装有经火烧过的玉石器残片、海贝和铜箔饰件等，说明铜尊在入坑前曾是盛物献祭的用具。

虎在中国被视为百兽之王，是力量和威严的象征。三星堆遗址出土的这些虎造型和饰物，是以虎为图腾的民族的标志物，反映了该民族可能曾经是三星堆时代比较强大的一个部落氏族。与蜀地相邻而居的巴人就是一个崇虎的部落。唐代樊绰《蛮书》卷十有"巴氏祭其祖，击鼓而祭，白虎之后也"的说法，考古发现的巴人遗物中也有许多虎形纹饰。彝族也盛行虎崇拜。《山海经·海外北经》说："有青兽焉，状如虎，名曰罗罗。"彝族人称虎为"罗罗"，《山海经》中所说的青兽罗罗就是他们的图腾崇拜物——虎。而学者考证彝族的祖先之一即为蜀人，彝族人对虎的崇拜很多就是承继其蜀祖而来。虎之为图腾，在西南地区乃至整个华夏文化中，都是极其普遍的。

除了鸟、龙、虎外，三星堆祭祀坑中还有蛇、象、牛、羊、鸡、猪、狗、蝉等十几种动物造型、饰物或者纹饰，用金、石、玉、陶、铜等多种材料制成。这些动物造型、饰物和纹饰是三星堆时代各民族的图腾崇拜物，它们反映了当时民族构成的复杂状况，透露出三星堆可能是当时政治、经济和宗教活动的中心。众多器物的出现，可能就是古蜀国召集众民族集体举行盛大宗教祭祀活动的产物。各种图腾的汇集表明这些民族参加了三星堆古城的祭祀大典，它们共同构成了三星堆庞大的民族集团。

三、祖先崇拜

祖先崇拜是以祖先的亡灵为崇拜对象的宗教形式，即在亲缘意识中萌生衍化出对本族始祖先人的敬畏思想。祖先崇拜最初始于原始人对同族死者的某种追思和怀念，在母系氏族社会向父系氏族社会的发展过程中由图腾崇拜过渡而来。氏族社会的演进逐渐确立了父权制，原始家庭制度趋于明朗、稳定和完善，人们逐渐有了其父亲家长或氏族中前辈长者的灵魂可以庇佑本族成员并赐福子孙后代的观念，并开始祭拜其祖宗亡灵的宗教活动，从此形成了严格意义上的祖先崇拜。其崇拜的形式，首先是将本族的祖先神化并对其祭拜，具有本族认同性和异族排斥性；其次是相信其祖先神灵具有神奇超凡的威力，会庇佑后代族人并与之沟通互感。祖先崇拜超越了图腾崇拜和生殖崇拜的认识局限，不再用动、植物等图腾象征或生殖象征来作为其氏族部落的标志，而以其氏族祖先的名字取代，由此使古代宗教从自然崇拜上升为人文崇拜。祖先崇拜在整个中国古代社会的宗教传统中至为重要。

三星堆时代的祖先崇拜主要表现为对"眼睛"这一独特部位的崇拜。三星堆文化创造者以神秘而夸张的艺术手法创造出来的一些"眼睛"特别突出的面具、饰件和以"眼睛"为主题的纹饰图案，表现出了超凡脱俗的气质，令人触目惊心。

如青铜凸目大面具(二号坑出土)，眉宽接近 7 厘米，长 50 厘米。双眼斜长，眼角上挑，每只长达 45 厘米。而最奇妙的是瞳孔部分呈圆柱形向外突出，竟长达 16.5 厘米，直径也有 13.5 厘米之长。勾云纹青铜凸目面具整体造型与上面的大面具大体相仿。只是个体略微小些，高 82 厘米，宽 78 厘米，眉长而上挑，前额正中竖有一根高达 68 厘米的勾云纹饰件。而瞳孔部分也是呈圆柱形向外突出，长 9 厘米，直径达 10 厘米，中间还有一圈手镯状的箍纹。

古蜀人对眼睛的崇拜还体现在众多眼形饰件和纹饰上。三星堆祭祀坑中出土了数十对眼形饰件，有菱形、勾云形、凸泡形等。每件饰物的边角处均有两个或四个小孔，用来组装固定在神像、面具或其他大型祭祀器物上。"目"的形象还常常出现在人像和动物纹饰的醒目位置，如大型青铜立人像的龙纹法衣的双肩上各镶有巨大的"目"形纹饰，大铜人像华冠的两侧也各有一只椭圆形的巨眼。所有这些现象表明，三星堆时代古蜀人有着独特的"眼睛"崇拜信仰。古蜀人对眼睛的崇拜，实际上所代表的是对以"纵目"为特征的蜀人始祖蚕丛的崇拜。面具眼饰所具有的突出地位，说明当时这种祖先崇拜已成为一种主要崇拜习俗，这与各种史籍中一致认为蚕丛是"蜀"的创始者的记载相吻合。蚕丛被奉为祖先崇拜的主神，首先在于他"始称王"，成为第一个把蜀族凝聚在一起的公认的首领，即《蜀王本纪》所谓"蜀之先称王者曰蚕丛"；其次，传说他正是养蚕的发明人，曾"教民蚕桑"（冯坚《续事始》），被奉为"蚕神"、"青衣神"；他还曾聚民为市，"所止之处，民则成市"（冯坚《续事始》），发展贸易。蚕丛是一位亦人亦神的宗教首领，并且"神化不死"，后人为他建立的"祠庙遍于西土，罔不灵验"，因而被供奉为民族、国家的保护神。蜀人对"纵目之神"蚕丛的崇拜，比较典型地反映了原始崇拜中祖先崇拜所包含的始祖、领袖、英雄、护佑者等多方面的内涵。另外，也有学者从文字学角度论证古"蜀"字与祖先崇拜的关系。甲骨文"蜀"字最上面就是一个"目"字，这正是蜀民眼睛崇拜在文字上的映照。"三星堆出土的铜面具，均有一双大眼。除了凸目大面具外，一般的平目面具的眼睛也是大而斜翘。这些面具均无身体，目前尚不能确知其使用方法，但从面具半圆柱内空和四边的榫眼等情况看，推测是被组装在柱子或树干之类的长物之上的，以便将它们高悬起来，供人膜拜。也可能原来有木质或泥质的身躯，或者被戴在具有神灵之气质的禽兽头上……这些面具眼饰当时都是由一个长长的物体支撑起来的。这个长物或为身躯，或为神树、图腾柱之类的支柱，或为鸟蛇之类的动物形象。总体上看便呈现为上部大眼巨头，下部长身支撑的特定造型。用象形字把它记录下来就是甲骨文中的'蜀'字……甲骨文中的'蜀'字，起源于对蜀人主神——始祖神'纵目人'蚕丛图像的客观描绘与象形记录。"[1]对古蜀先民来说，对眼睛的崇拜实际上所代表的就是对先祖的崇拜，是祖先崇拜的独特体现。

　　通过以上的论述，我们看到，三星堆时代是原始宗教居于主导地位的特定历史阶段，宗教在先民的精神生活中起了至为重要的作用。从三星堆出土的众多器物、饰件以及纹饰来看，几乎原始社会所有的宗教信仰形式都有所体现，包括以树、山、太阳崇拜为代表的自然崇拜，以鸟、龙、虎崇拜为代表的图腾崇拜，以"纵目神"崇拜为代表的祖先崇拜等。这种宗教结构既具有原始社会普遍性的一面，又有古蜀地区的独特风格。它大大地开阔了我们研究早期先民精神发展状况的视野，也成为我们揭示古蜀国精神世界的枢纽。

---

　　① 赵殿增：《三星堆文化与巴蜀文明》，南京，江苏教育出版社，2005，第313～314页。

第三节 瑰丽之美与超越精神

三星堆艺术所达到的成就举世瞩目，令全世界人啧啧称奇，叹为观止。三星堆文物中既有独立的和作为配饰的青铜雕像，又有大量的线刻和纹饰图案。制作材料不仅有青铜，还有玉、石、陶、金等，可谓多种多样。在人类文明的最初阶段，艺术与宗教本来就有同根同源的连带关系。在政教合一、以宗教立国的神权社会里，艺术不可避免地带有浓郁的宗教气质。大批形制奇异、内涵深邃的人像造型、动植物造型的青铜塑像以及人兽形状的饰件和纹饰，在以三星堆为中心的古蜀王国的祭祀典礼中大量使用，成为特有的神权政治的产物。这些数量巨大、种类繁多、诡秘怪异的各类文物，证明了殷商中晚期至西周早期的古蜀国，正处于各种原始宗教观念杂存并茂的时代。在漫长而独立的发展历程中，三星堆古蜀文化孕育出了自己所独有的瑰丽奇伟的造型艺术。它那在奇伟瑰丽之中力图突破尘俗世界的超越精神，形成了中国艺术发展史上独具一格的美学传统。它是远古洪荒世界中开出的一朵绚丽多姿的奇葩。

一、瑰丽奇伟：三星堆艺术之美

三星堆器物艺术门类多姿多彩，艺术手法多种多样，其圆雕造型、浮雕造型以及线刻图案和纹饰都达到了精妙绝伦的程度，体现出同时代其他地域所不具有的瑰丽奇伟之美。

（一）圆雕造型

三星堆雕塑主要有圆雕和浮雕两种类型。圆雕又称立体雕，从前、后、左、右、上、中、下进行全方位的雕刻，是艺术在雕件上的整体表现，观赏者可以从不同角度对物体的各个侧面进行观赏。圆雕作品极富立体感，生动、逼真、传神。而浮雕则是在平面上雕刻出凹凸起伏形象的一种雕塑，是一种介于圆雕和绘画之间的艺术表现形式。三星堆圆雕造型有圆雕人像和圆雕动、植物，均表现出很高的艺术水准。圆雕人像有独立的青铜立人像、为数众多的青铜人头像以及形态各异的小型青铜人像，等等。

三星堆二号祭祀坑出土的大型青铜立人像，是中国发现的距今最久远也最高大的独立青铜人像。铜人连同底座高达 2.62 米，基座高 0.8 米，铜像中空，重约 180 千克。立人身高 1.70 米，与真人高矮相当。头戴莲花状(可能是日神的代表)兽面纹和回字纹高冠，后脑勺上铸有一凹痕，可能原有发簪之类的饰物嵌于此。立人像腰身细长，四肢粗壮。两臂一上一下举在胸前，双手各自握成空拳状，左右手中心轴不在一条直线上，手势十分夸张。铜像五官突出，棱角分明，耳垂上穿有圆形的耳洞。铜人身着窄袖与半臂式右衽套装，上衣三件，内层长至小腿，后摆开叉，衣服上刻有精美的花纹。最外一层为单袖半臂式连肩衣，衣上佩有方格状似乎是编织而成的绶带。绶带两端在背心处结襻，襻上饰物已脱失。衣左侧有两组相同的龙纹，每组为两条，呈"已"字相背状。衣服右衽前后两边各有竖行的两组纹饰图案，一组为横倒的蝉纹，另一组为虫纹和目纹相间的纹饰。中间一层为"V"形领口，短袖。衣左背后有一卷龙纹。最里一层深衣分前后裾，前裾短而平整，后裾长，两侧摆角下垂近于脚踝。在前后裾上有头戴锯齿形冠的兽面纹。脚踝处戴有脚镯，赤足立于兽面台座上。人像大眼廓耳，长嘴方鼻，表情庄严凝重，神态威仪高贵，学者推断可能是主祭的大巫师。这座青铜立人像，无论从高度规模、形体塑造还是从仪态神情、纹饰刻绘等各个角度来看，都是一件难得的艺术品，显示了三星堆青铜艺术的高超水准。

祭祀坑中还出土了不少小型青铜人像，它们形态各异，有独立的跪祭者像，有神坛上成排的小跪坐人像，有神殿中层的巫师，有跪在树上的祭祀者等。三星堆二号祭祀坑出土有一具喇叭座顶尊跪坐小型铜人像，底座直径 10 厘米，座高 5.3 厘米，通高 15.6 厘米。此器由喇叭形座和跪坐顶尊人像两部分组成。喇叭形座腰上铸饰扉棱，座上有婉曲朴雅的镂空花纹。人像上身裸露，乳头突出，下身着裙，腰间系带，腰带两端结纽于胸前，纽中插物。人像头顶一件铜尊，双手上举捧护圈足尊腹部，表现的应是古蜀国巫师在神山顶上跪坐顶尊以献祭神天的情景。因其胸部乳头显露突出，因此有学者认为该人像刻画的是古蜀国的女性巫师或女神。规模虽然小一些，却是极难求的珍品。这是一具极其完整的人物全身雕像，并为我们展示了"尊"这种器物在古代祭祀时的具体使用方式之一。其人像造型方面的细致刻画，展现出古蜀国工匠高超的造型能力。整个人像结构完美、比例匀称、美观耐看，具有很高的观赏性和艺术价值。

三星堆出土的青铜人头像数量众多，大概总共有 57 件，其中一号坑 13 件，二号坑 44 件。出土时人头像面部均有彩绘，而且耳垂上穿有耳洞，用以挂戴耳环耳饰，可以看出古蜀地区的先民们是极其爱美的。二号祭祀坑出土的盘辫青铜头像，是一具较有特色的人头像。头像通高 13.6 厘米，通宽 10.8 厘米。该人头像头顶较圆，面部戴有面罩，头顶盖和颅腔分铸。脸形瘦削，刀眉栗眼，蒜头鼻，耳形廓大。人像头顶的辫绳状装饰可能是头戴的帽箍或是将发辫绾在头顶上。该像造型简洁明快，线条分明，面容朴实敦厚，体现出浓郁的蜀地土著风格。再如二号坑出土的青铜金面罩平顶人头像，高42.5厘米，头像为平顶，头发向后梳理，发辫上端扎束垂于脑后。戴面具，立刀眉，杏眼，长直耳，耳垂穿孔，蒜头鼻，直鼻梁，阔口，闭唇。颈以下铸成倒三角形。金面罩用金箔制成，双眼双眉镂空，用大漆（土漆）和石灰作黏合剂，将金面罩粘贴于铜头像上。总体来说，这些人头像的面部特征较为一致，较少变化，但它们件件形象生动，栩栩如生。人头像五官都比现实中的真人凹凸有致，立体感更强，给人以威严醒目之感。这些声势浩大、数量众多的青铜人头像无疑是一批受人顶礼膜拜的偶像，代表的是统治集团的高级成员。他们秉承神的意志统驭下民，反映了古蜀社会人神互通、天人合一的原始宗教意识和"政教合一"的政权结构。

三星堆青铜人物雕像群中，既有祭祀者的形象塑造，又有被祭祀的祖先神祇和想象中救苦救难的神灵的写照。祭祀者中，既有雍容华贵、气度非凡的蜀王和大巫，也有数量众多的各部族首领和群巫。他们向神灵偶像进行虔诚的崇拜和祭祀以求得到祖先和众神的庇佑，加强神权和王权的统治。这些非凡神奇的青铜群像，向我们展现的不仅是一个令人叹为观止的祭祀场面，更是古蜀先民世俗愿望和神灵世界的生动的展示。

三星堆祭祀坑还有大量的圆雕动植物造型。这些动物雕像形象生动、活灵活现，而植物造型也被注入了想象和灵性。它们有的纯朴古拙，有的诡谲神秘，形神兼备，具有强烈的震撼力和感染力。

青铜鸡。三星堆二号坑出土。昂首引颈，躯身壮硕，尾羽丰满。颈部和胸脯分别刻有羽形纹和菱形纹，装饰细致，造型生动，写实性强，铸造工艺精美，可能是古代神话中呼唤日出的"天鸡"的形象写照。

三星堆二号祭祀坑出土的青铜大神树，前文中我们曾经介绍过。它通高接近4米，由于最上端的部件已经缺失，估计被毁损之前全部高度应该在5米左右。树的下部有一个圆形底座，三道如同根状的斜撑扶持着树干的底部。树干笔直，套有三层树枝，每一层有三根小的枝条，全树共有九根树枝。所有的树枝都柔和下垂，有随风舞动之感。枝条中部伸出短枝，短枝上有镂空花纹的小圆圈和花蕾，花蕾上各有一只昂首翘尾的立鸟。枝头有包裹在一长一短两个镂空树叶内的尖桃形果实。在每层三根枝条中，都有一根分出两条长枝。在树干的一侧有四个横向的短梁，将一条身体倒垂盘旋而下的巨龙固定在树干上。这株铸造于三千年前的青铜神树，极为壮观，真可谓是独领风骚，举世无双。

青铜花蕾状铃。三星堆二号坑出土。顶部是"门"形提纽，供提挂之用。铃身为喇叭花形，顶部为花托，萼片四瓣，铃舌做成花蕊形。铜铃整体造型如同一朵盛开的鲜花，整个铃身刻绘着不同的纹饰，优美无比。

三星堆出土的圆雕动植物造型还有很多，比如龙、虎、蛇、牛、羊、象等。制作素材也不止青铜一种，还有陶器。从功用上来说，这些圆雕动植物应该都是跟祭祀有关的祭器和礼器。它们栩栩如生，制作传神，不仅达到了很高的艺术水平，也具有深邃的宗教内涵。

（二）浮雕造型

三星堆浮雕造型主要是各种面具，包括人面具和兽面具。浮雕分深浮雕和浅浮雕两种。三星堆中的人面具多采用深浮雕的方式，面部五官凹凸有致，比较接近真人的凹凸程度。兽面具多采用浅浮雕方式，面部五官、衣饰的突起幅度较小。采用深浮雕还是浅浮雕，是根据面具所承担的具体功用来决定的。人面具大多是用来安装在圆柱形器物上供祭祀用的，因此宜做成圆柱形，相应地，五官的凹凸程度也就大些，适合做成深浮雕。而兽面具大多用来固定在平面器物上，凹凸程度受限，因此适合做成浅浮雕。

青铜人面具。三星堆遗址二号祭祀坑出土。额正中及耳上下各有一个穿孔，大概是用来固定或组装的配件。高 25.5 厘米，宽 42 厘米，脸形宽短，宽额，蒜头鼻，鼻梁短直，鼻头廓大，长方形耳廓，饰有云雷纹，耳垂穿孔。长刀眉，杏眼，方颐，阔口，闭唇，嘴角下钩，下颌向前斜伸。神情狰狞，大概是被祭祀的先祖神像。

青铜兽面具。二号祭祀坑出土。这件青铜兽面具是该类型兽面具中形制稍小的一件。兽面呈夔龙形向两面展开，龙尾上卷，长眉直鼻，夔龙形耳朵，双眼硕大，方颐阔口，龇牙咧嘴，形象狰狞诡谲。

由上可见，不管是人面具还是兽面具，都显然采用了夸饰的手法。人与兽的五官和神情都有超离现实的夸张变形，让观赏者不由得产生陌生感和敬畏之情。学者们曾把面具的发展划分为三个阶段："首先是动物的面具，而后是神的面具，最后是传说中英雄的面具。"[1]如果说三星堆青铜人面像展示的是神的面具，同时又保留了动物面具的一些特征，那么青铜立人像和众多的人头像显示的则大都是传说中英雄的面具特点了。这无疑说明了三星堆文明的发展程度，体现了三星堆文化的悠久。人类

---

[1]　朱狄：《原始文化研究》，北京，生活·读书·新知三联书店，1988，第 518 页。

学家指出:"原始人装束之所以显得怪诞,从本质上说并不是由所谓的'审美趣味'决定的,而是由他们希望与神灵交往决定的……面具所代表的不是人们通常所熟悉的面孔,它是一种常人没有的面孔,它要引起的是陌生感而不是亲切感,因为面具所代表的不是人的表情,而是神秘世界中某些神灵所可能有的表情。正因为它要引起陌生感甚至恐惧感,因此它是不受人脸五官比例的支配的。它可以按照它的创造者的意图任意夸大某一部分或缩小某一部分。只有这样它才像是另一个世界中的神灵。"[1]众多的青铜面具所力图表现的,可能正是古蜀人心目中神灵的表情。通过这些具有神圣意味的表情,使世俗中人产生恐惧感和敬畏感;再通过虔诚的祭祀仪式向神献飨,从而得到神的护佑。

(三)线刻图案与纹饰

三星堆器物上各式各样的线刻图案和纹饰也是使器物表现出高妙的美学内涵和丰富意蕴的原因之一。不管是青铜器、玉器、金器还是石器、陶器,都绘有线刻图案。一号祭祀坑出土的金杖上的人王、鱼、鸟、箭图案最具代表意义。

三星堆一号祭器坑出土的金杖。全长 1.42 米,直径 2.3 厘米,用捶打好的金箔包卷在一根木杆上,净重约 500 克。由于年代久远,木杆早已碳化,只剩完整的金箔。金杖的一端,刻有图案,共分三组:靠近端头的是两个前后对称、头戴五齿高冠、耳垂三角形耳坠、面带微笑的人头像。另两组图案完全相同:上方是两只头对头的鸟,下方是两条背靠背的鱼。它们的颈部,都叠压着一根似箭翎的图案。鱼鳞、鸟羽和箭翎的纹路清晰明了,构图精致,结构完美。

除了线刻图案以外,器物上的各种纹饰也具有很高的审美价值和象征意义。根据纹路的不同,可以分为兽面纹、太阳纹、云雷纹、火焰纹、圆涡纹、条带纹、乳钉纹、垂帘纹、弦纹、旋芒纹,等等。这些纹饰,各有不同的象征意义,如环形纹、旋芒纹等表现运动、运转之势,寄寓"生生不息"之意。青铜太阳形器、青铜神殿屋顶上平行的旋转状芒纹以及铜挂饰等其他器物上大量的太阳纹,均为表达动态,暗示"旋转",象征周而复始、永无穷尽的自然生命力量。此外,三星堆器物上有时也刻绘一些动植物纹样,如龙虎尊上的龙纹、双身虎纹,三牛六鸟尊上的立鸟纹,以及陶器上的大量动物形器纽,如鸡、羊、猪、狗、牛、蛇、鸱鸮,等等。相对于兽面纹、太阳纹、云雷纹、火焰纹、圆涡纹、条带纹、

①　朱狄:《原始文化研究》,北京,生活·读书·新知三联书店,1988,第 498~500 页。

乳钉纹等较为抽象的纹饰来说，这些动、植物纹饰更加直观明了，且能体现出古蜀地区的地域特色。

　　总之，三星堆艺术种类繁多，数量庞大，艺术手法多种多样，艺术风格多姿多彩。既有圆雕造型，又有浮雕和刻绘图案；既有写实主义的朴拙之美，又有在写实基础上夸张变形的狞厉张扬之美。三星堆艺术一方面充分显示了远古时代古蜀人对生活细致入微的观察和摸索；另一方面也淋漓尽致地体现出他们内心世界的浪漫奇思和宗教信仰，昭示出古蜀先民力图超越俗常生活、向往永恒的精神追求。

二、超越尘世：三星堆艺术精神

　　艺术与宗教之间存在着不可分割的内在联系，尤其在人类文明的初期，这种内在联系就更为紧密。从起源上看，原始宗教是艺术的摇篮，有些在今天看来纯粹属于艺术活动的歌舞、绘画、雕塑、建筑等，在人类社会的早期却主要是一种巫术或宗教活动，而不是单纯的审美活动。先民对原始巫术和宗教的信仰与崇拜，是原始艺术产生和发展的直接动因。人类最早出现的雕塑、刻绘艺术也与原始人的自然崇拜、图腾崇拜和祖先崇拜有关。原始巫术、原始宗教对原始艺术的产生和发展，起了巨大的催化和推动作用，成为艺术直接的、生生不息的源头活水。三星堆时代是一个政教合一、以宗教立国的时代，原始宗教和巫术在社会生活的各个方面都起着重要作用，是古蜀人精神生活的核心内容。而宗教是一种对社群所认知的主宰的崇拜，是对超自然力量、宇宙创造者和控制者的信仰和崇敬。在生产力极其低下的文明初期，人们希望通过对本族所共同信仰的神灵和祖先的膜拜与祭奠，来获得神的保佑。渴望超越日常生活的有限性，是人的天性追求。"生命像在非常严肃的场合的一场游戏，在所有生命都必将终结的阴影下，它顽强地生长，渴望着超越。"①"人类精神活动的超越性是从现实的实践活动中升华出来的，因为实践本身就具有自我超越的因子，这就是实践作为一种'有意识的生命活动'和'自由自觉的生命活动'，本身所固有的精神性要素。"②如果说一般的社会实践中就已经含有了追求超越的因子，那么在宗教中，这种超越尘俗的精神诉求就更为强烈。恩格斯说："一切宗教都不过是支配着人们日常生活的外部力量在人们头脑中的幻想的反映，在这种反映中，人间

---

　　①　〔德〕雅斯贝尔斯：《存在与超越——雅斯贝尔斯文集》，余灵灵、徐信华译，上海，上海三联书店，1988，第 44 页。

　　②　邓晓芒：《什么是新实践美学——兼与杨春时先生商讨》，《学术月刊》2002 年第 10 期。

的力量采取了超人间的力量的形式。"①宗教总是表现为高于人间的超越气质，"当人们把异己力量表象为超人间、超自然的力量的时候，也就伴生了对这种超人间、超自然力量的敬畏感、依赖感和神秘感。情动于中则形之于外，发之为崇拜、爱慕、畏怖、祈求、祷告的言辞，表现为相应的崇拜活动"②。基于原始宗教和巫术发展起来的三星堆艺术，必然也会带有宗教和巫术特有的神秘意味和力图超越尘俗、以求生生不息的精神气质。

三星堆器物创作者往往采用写实与夸张两相结合的艺术手法来表现复杂纠缠的精神世界。写实是其基本的表现手法，各种图腾崇拜物如虎、蛇、鸟、鸡、羊、牛等造型都与现实动物基本相同，人像和人面具五官的整体结构也与真人相仿，表现出一定的写实水准。但是，三星堆真正震撼人心的艺术，大概还是那些在写实基础上夸张、变形的作品。在写实的同时又不受制于现实，通过抽象的夸张和变形来表达复杂的内蕴。即使是在整体上属于写实主义的作品中，也不忘在某些特殊部位抽象夸张一番，如那座青铜大立人像，其身高、衣着、装扮都与真人无甚区别，但与颀长的身躯、纤细的腰肢相比较，其四肢之粗大不禁让人瞠目——这些粗大的肢体是力量的象征。创作者在这里所要表达的是作为世俗人王和群巫之长的蜀王在盛大的祭祀仪式中那绝地通天、驾驭神力的神奇力量。另一个典型的例子是青铜纵目人面具，那凸长的双眼，那嘴角直达耳际的阔嘴，那尖长的双耳，简直达到了怪诞又恐怖的地步，整个神态都洋溢着盛气凌人的气势，实际上，它象征的是方外世界神灵的威力和气质，显示出一种高绝于现实之上的狞厉之气。青铜纵目人面像作为古蜀地区共同敬仰的祖先神灵的象征，创造者们特意将其铸造成如此神异诡谲的形象，就是为了表现出祖先神祇那股超越于世俗常人的神奇力量和显赫气势，以引起祭祀者的敬畏之情，同时也增强了本民族的凝聚力和宗族自豪感。原始先民们相信，只要虔诚地对身怀神奇力量的祖先顶礼膜拜，子孙后代就能够得到祖先的庇佑，确保本宗族代代相传，生生不息。

三星堆二号祭祀坑出土的青铜神坛是一件独特的器物，它充分展示远古时代古蜀人的精神气质。神坛自下而上由兽形座、立人座、山形座及盝顶建筑四部分组成。兽形座底部由圈足及其上正反平行站立的两只

---

① 《马克思恩格斯选集》第三卷，北京，人民出版社，1995，第 2 版，第 666～667 页。

② 吕大吉：《宗教学通论新编》，北京，中国社会科学出版社，1998，第 75 页。

怪兽组成。怪兽蹄足、大眼、立耳，宽扁嘴，独角呈外卷状，羽翅呈飞扬状托起上面的立人座。立人座四方各有一个戴敞口高冠、着短袖对襟衣的立人，两臂平抬于胸前，双手呈抱握状，所握杖状物已残，其下端弯曲并有钩状分叉。立人冠饰扁平式侧面纵目神人头像，其头顶的山形座呈四山相连状。四山顶部为方斗形建筑，四面镂空，内有大小造型相同、四排二十位跪坐人像。人像顶承方斗形建筑上额，上额四面正中铸人首鸟身神像。方斗形建筑顶部正中有四方形凸起，似一座方台。顶部四维饰有立鸟，双翅上扬，其势欲飞。神坛具有丰富的象征意蕴，"神坛以下层圆盘和一对怪兽代表地下，中层以四个立人像代表人间，上层以四座高山代表通天之路，顶层则以有大量跪祭人像的圣殿代表天堂，以人首鸟身的精灵代表本族的主神，作为民族的标志。这座神坛象征着三星堆古国先民已经具有了天、地、人三界的相当完整的宇宙观"[①]。在天、地、人三界等级关系当中，最高的主宰者是天，人只是大自然中渺小卑微的一部分，但是人的天性当中又有恐惧死亡、向往永生的精神追求。"正是由于对'生'的信仰，先民把对生命和万物的主宰寄托在冥冥之中的'天命'上，通过对'以德配天'的感召之心，创造他们认为能'悦天'、'悦神'的各种工艺，用对天命运行规律的揣摩、效仿来开展各种神圣与世俗的行为仪式，使人产生生生不息的生命快意，信仰的情感也有了意味的情趣。"[②]青铜神坛就是这一精神理念的典型反映。神坛布局紧密，层次感很强。它以立体的实物模型遥拟天象、重构时空，充分显现了古蜀人的精神实质及神话宇宙观。神坛的结构布局及诸物像内涵暗合了《周易》"天行健，君子以自强不息"的文化精神：神坛地界的神兽在圆盘底座上呈顺时针动势，表天道旋转，其嘴两侧并饰两个太阳形符号，比喻日东升西落，神兽所托大地也表示旋动。呼应于此，其上次第布列的四方立人、四方山、四方神、四维神鸟等均在同一方位上下对应，形成同一轴心的整体回环动势并使神坛总体呈旋转运动态势，涵括了太阳东升西落、四季轮回等诸多含义，暗喻着生生不息、不断超越的精神追求，充分显示了古蜀人的精神世界。

　　"沉睡数千年，一醒惊天下"，三星堆的发现堪称中国文化史上的一声惊雷，其面目在整个艺术发展史上也的确显得有些突兀和灵异。它虽

---

① 赵殿增：《三星堆文化与巴蜀文明》，南京，江苏教育出版社，2005，第444页。
② 苏宁：《三星堆的审美阐释》，成都，巴蜀书社，2006，第145～146页。

然在某些方面明显受到中原文化及荆楚文化的影响①，保留了一些民族之间文化交往的痕迹，但其青铜神像、面具、神树以及各种动物造型和纹饰等又显现出古蜀人独特的宗教信仰和精神追求。三星堆瑰丽奇伟、精美绝伦的造型与刻绘艺术，既有写实主义的朴拙之美，又有夸张、变形的狞厉灵异之美，已经达到内容与形式、形与神的和谐统一，其造型手法的灵活和技术的高超，可以说已臻于完美纯熟的高妙境地。在中国艺术史上，三星堆艺术演绎出了一曲奔腾涌动、生生不息的雄浑乐章，体现出古蜀人叩问终极的伟大人文情怀，蕴含着古代中国人超越尘俗、追逐永恒的精神追求。三星堆也因此成为人们神往的文明圣地和艺术殿堂，成为人类艺术发展史上最灵光四射的篇章。

---

① 李学勤：《〈帝系〉传说与蜀文化》，《四川文物》1992 年"三星堆古蜀文化研究专辑"；《三星堆饕餮纹的分析》，见李绍明等主编：《三星堆与巴蜀文化》，成都，巴蜀书社，1993，第 76～80 页；《商文化怎样传入四川》，《中国文物报》1989 年 7 月 21 日。

第二编　神话传说中的艺术精神

第六章　先秦神话传说研究的一些关键问题

　　"Myth"（神话）概念已经成为 20 世纪以降的社会历史文化研究中，特别是文学分析中的最重要的术语和最热门的概念之一。① 现代人类学、民族学、考古学、历史学、经济学等一系列学科都已经在这片陌生的土地安营扎寨并种植着各自的庄稼，而追溯文学艺术起源的现代文艺批评家们，无论中国的或者异域的，所有轩昂奋发的归宿也都在此寝息。但是直到今天，还没有任何一门学科敢于宣称自己强大到足以能单独统治这片土地的程度。格罗塞说："艺术的起源，就在文化起源的地方。"② 故此，今天欲要探寻中国古代文明的起源，包括中国文学艺术精神的生成或者走向问题，我们必须向远古人思想与文化的诞生地挺进，而神话传说作为远古人最早用心智和行动锤炼而出的文化体系和文化符号，也就成为研究诸多问题的出发点了。

第一节　中国"神话"语源的生成与来源

　　在中国古典文献之中，没有"神话"一词的用语，中国人原本是把"神"与"话"分开来说的。"神"字，甲骨文未见，初见于金文，多见于战国以后。③《尚书》《诗经》中均亦有之，但并未多见。就"神"的字义言，

---

① 〔俄〕叶·莫·梅列金斯基：《神话的诗学》，魏庆征译，北京，商务印书馆，1990，第26～27 页；〔美〕艾布拉姆斯：《文学术语辞典》（中英对照），吴松江主译，北京，北京大学出版社，2009，第 343 页。

② 〔德〕格罗塞：《艺术的起源》，蔡慕晖译，北京，商务印书馆，1984，第 2 版，第 26 页。

③ 甲骨文有"申"字（ 佚一六三·四、 佚三二），有人认为即是"神"字，郭沫若释"申"字，认为象以一线联结二物之形，而古有重义。杨向奎认为这是正确的解释，并进一步指出所谓"一线联结二物"就是指天和人而言，"申"指的是一种媒介物而言。《尔雅·释诂》云："申……重也"，正是指人民不能和上帝直接交涉，必须经过"申"的一番手续而言。参见杨向奎：《中国古代社会与古代思想研究》上册，上海，上海人民出版社，1962，第 162 页。

汉许慎《说文解字·示部》说："神，天神，引出万物者也。从示，申声。"又："祇，地祇，提出万物者也。从示，氏声。"所以神、祇二字，在《说文》中是并列对举的。分而言之，天神谓之神，而地神谓之祇。合而言之，则神、祇二字皆可谓之神。徐灏《笺》云："天地生万物，物有主者曰神。"又《礼记·祭法》云："山林、川谷、丘陵，能出云，为风雨，见怪物，皆曰神。"显然又是就神祇二字合而诠释的。这样在中国传统的字书诠释上，天地万物之主宰者，也即谓之神。至于"话"字，《说文解字·言部》说："話（话之本字），会合善言也（按：善言，指贤智之人说的话，可以遗诫后人或著之竹帛），从言，昏声。传曰，告之话言。"而《尔雅·释诂》所释"言也"，也即今言"说话"之话。所以"话"用为动词就是说话，用为名词就是话语。"话"字与"话本""平话"中的"话"字，字义相近，即"故事"。"神话"二字用字义来解释，简单地说就是创造万物或各司其职的主宰；而"神话"一词，就是用语言来传述"神（天神、地祇）"的种种事情，神话也即是"神的故事"。[①] 有学者怀疑"神话"一词是从 19 世纪末明治维新时代的日文"ShinHwa"西渡而来的，[②] 至于历史上最早把"神"与"话"合为一个中文词来使用，马昌仪认为："西方神话学传入我国，主要通过两条途径：间接的通过日本；直接的来自欧洲。'神话'和'比较神话学'这两个词，最早于 1903 年出现在几部从日文翻译过来的文明史著作（如高山林次郎的《西洋文明史》，上海文明书局版；白河次郎、国府种德的《支那文明史》，竞化书局版；高山林次郎的《世界文明史》，作新社版）中。同年，留日学生蒋观云在《新民丛报》（梁启超于 1902 年在日本创办的杂志）上，发表了《神话历史养成之人物》一文。"[③] 这一说法得到了神话

① 可参见傅锡壬的考证。傅锡壬：《中国神话与类神话研究》，台北，文津出版社有限公司，2005，第 3~4 页。

② 柳存仁：《神话与中国神话接受外来因素的限度和理由》，见李亦园主编：《中国神话与传说学术研讨会文集》上册，台北，汉学研究中心，1996，第 1~2 页。叶舒宪：《中国神话的特性之新诠释》，《中国社会科学院研究生院学报》2005 年第 5 期。郭素绢：《论王孝廉的神话学研究》，佛光人文社会学院文学研究所，1993 年硕士论文，系统编号：093FGU0076003，第 25 页。

③ 马昌仪：《中国神话学发展的一个轮廓》，见马昌仪编：《中国神话学文论选萃》上编，北京，中国广播电视出版社，1994，第 9 页。

学界的普遍认同。①

　　考察中国"神话"语源的生成与来源，目的在于较为具体地展现中国早期神话研究开展的具体的历史情境，以及检视他们如何借取思想资源、如何构筑自己的研究方法和学术风格。当然做这项工作也包括复查神话传说研究在学术的现代性进程中一开始就沾染上的某些先天不足的因素，而这些思想基因却一直流淌在中国先秦神话传说的研究脉流之中。日本现代神话学研究起步较早，得西洋风气之先，并在理论、方法上启发和影响了一批中国学者，这些是无可争辩的事实。如王孝廉考察日本明治维新（1868 年始）以后当时的学术中心为东京大学和京都大学，而后来从事中国神话研究的学者都是直接或间接地出自这两个系统。② 众所周知，日本的现代学术研究是在美国殖民者用炮舰打开日本国门之后，相随日本积极开展明治维新的步伐，在政治和文化上"脱亚入欧"的思想大旗下进行的一种学术研究。关于中国的神话传说研究也不例外，如他们开始主张用西学的新泉源、新方法替代一脉相承的传统儒学研究，逐渐逸出了对儒家尊奉的道路并进行了初步的颠覆性的研究。就目前所知最早的一篇论文是井上圆了 1882 年（明治十五年）发表于《东洋学艺杂志》上的《论尧舜是孔孟之徒所创造的圣人》。1882～1904 年间，日本学界有多篇（部）相关论著问世，如《周易起源的传说》（赤松谦淳，1886）、《尧舜》和《续尧舜》（清野勉，1894）、《五帝论》（中村德五郎，1898）、《比较神话学》（高木敏雄，1904。该书被尊为"日本神话学的奠基性著作"）等，③ 这些著作都对中国古史提出了巨大的疑问。尤其等到日本中国神话研究的真正开拓者白鸟库吉问鼎学界，更以一种全新的历史观念考察神话，全

---

　① 　袁珂、陈建宪、叶舒宪等都认同这种观点。比如："1903 年留日学生蒋观云在《新民丛报》发表的《神话历史养成之人物》，是中国的第一篇神话学论文。"（陈建宪：《精神还乡的引魂之幡——20 世纪中国神话学回眸》，《河北师范大学学报（哲学社会科学版）》1998 年第 3 期）但据刘锡诚的考证，1903 年蒋氏一文是采用了梁启超在他之前已经用过的"神话"这一新词，从而证明梁启超是第一个使用"神话"一词的人。（刘锡诚：《梁启超是第一个使用"神话"一词的人》，《今晚报·副刊》（天津）2002 年 7 月 9 日）这是笔案，不敢奢谈，但是梁启超在 1922 年出版的《中国历史研究法》中，对于"神话"这一名词的运用的确非常娴熟。实际上梁启超也较早从日本明治维新时代的学者借助使用"宗教"一词。在中国古代典籍中也无"宗教"一词，原本也是"宗"与"教"分开来说的，日本明治维新时代的学者特别发明"宗教"一词来翻译西洋"Religion"。因为这是中文组合，中国学者就习惯地使用这个用词，梁启超便是最早的使用者之一。（庄道道：《〈史记〉对先民信仰与宗教意识之研究》，玄奘人文社会学院宗教学系，1993 年硕士论文，第 4～5 页）

　② 　王孝廉：《中国的神话与传说》，台北，联经出版事业公司，1977，第 296 页。

　③ 　贺学君：《中日中国神话研究百年比较》，《文学评论》2001 年第 5 期。

面洗涤儒家的旧尘。1909 年，他发表《中国古代传说研究》一文，大胆提出了尧、舜、禹非历史人物，而是神话传说中的英雄的新见解，随后进一步论证中国上古史所记载的人物都具有神话性。此即"尧舜禹抹杀论"，① 曾引发激烈论争，也有力地影响了日本汉学界中国神话研究的发展。再把目光转向大约同时期的晚清学术，此时清季的今文家为变法改制，采取极端的"尊孔卫道"态度，甚至不惜"强古人以就我"，借托儒家的经典并对儒家经书做了种种令人匪夷所思的新解释，比如廖平著《知圣篇》(1888)与《辟刘篇》(1897)、康有为著《新学伪经考》(1891)与《孔子改制考》(1898)等皆是如此。② 值得注意的是清季今文家采取的"尊孔卫道"态度与同时期日本学者的"反孔"立场大相径庭，但是这些本意在于"尊孔卫道"的"强古人以就我"的工作反而大开后世"疑古辨伪"之门。③ 时隔不久，1919 年 2 月，胡适半部《中国哲学史大纲》开始"截断众流"，撇开当时无人不尊崇的尧、舜、禹、汤、文、武、周公，挥舞强有力的亚历山大之剑从老子、孔子砍下去，抛舍前面的先秦神话传说和许多可信的材料，如此果敢的行为得到了当时大多数学者的喝彩。④ 到了 1923 年，顾颉刚抛出"层累地造成的中国古史"说，⑤ 遍疑诸经和先秦典籍，更对古史人物如大禹是否具有神性提出疑问，认为"禹或是九鼎上铸的一种动物"。⑥ 再以中国早期学者及民众接受井上圆了所著《妖怪学》一书为例。

---

① "尧舜禹抹杀论"是否对顾颉刚有影响，学界有争议，吴锐先生引用 20 世纪 30 年代贺昌群文章证明无影响，并认为他们有共同思想根源即白鸟库吉的老师那珂通世 1904 年刊校《崔东壁遗书》的启示，从而驳斥李学勤、廖名春师徒、何星亮诸人。吴锐：《中国思想的起源·前神守——神守时代》第一卷，济南，山东教育出版社，2003，第 35～66 页。

② 钱穆、高本汉批康有为立说本意在政治。参见顾颉刚编著：《古史辨》第五册，上海，上海古籍出版社，1982，影印本，第 251、309～310 页。

③ 清季今文家对儒家经典的历史新解释，其中"尊孔卫道"与"疑古辨伪"内在可能的关联的探讨，可参见王汎森：《古史辨运动的兴起》，台北，允晨文化实业公司，1987，第 63～74 页。

④ 梁启超当时批评道："这也不免让人觉得老子、孔子是'从天上掉下来的'，……不惟排斥《左传》《尚书》，连《尚书》也一字不提。殊不知讲古代史，若连《尚书》《左传》都一笔勾销，简直是把祖宗遗产荡去一大半，我以为总不是学者应采的态度。"参见梁启超：《评胡适之〈中国哲学史大纲〉》，见《饮冰室合集·文集之三十八》第三册，北京，中华书局，1989，第 52～53 页（据上海中华书局 1936 年排印本影印）。

⑤ "层累说"的正式表述是在 1923 年 2 月 25 日的《与钱玄同先生论古史书》，而其萌芽及类似的表述则多见于此前的书信之中。参见顾颉刚编著：《古史辨》第一册，上海，上海古籍出版社，1982，影印本，第 7 页。

⑥ 顾颉刚：《与钱玄同先生论古史书》，见顾颉刚编著：《古史辨》第一册，上海，上海古籍出版社，1982，影印本，第 63 页。

《妖怪学》是井上圆了留学德国归来后，在 1891 年创立"哲学馆妖怪学研究会"时用西方哲学观点撰写的一部提倡科学、消除迷信的启蒙哲学读物。① "鬼博士"谈这些"不可思议"的妖怪之说，目的是为了本于学术之道理，增进国民之福利，所谓"以其心中之迷云，隐智日之光，不去其迷心，则道德革新之功实无可期"。② 这样的意见完全"符合"清末民初不断追求新知、以救国为目的"翻译潮"之思想。因此，此种神话学思想传播进入中国后，很快地进入了这个"救亡图存"的场域。中国早期神话研究者对神话的认知也成为启迪民智的工具之一。当然在此阶段，中国的神话研究主要是从属于古史研究，通过改造或进行古史研究来达成某些政治夙愿。例如，蒋观云借用神话来"改进、教导国人民心"：③ 夏曾佑借助神话来谈"中国史前史"；④ 特别值得注意的是以顾颉刚开展"古史辨"研究所表达的隐微的政治心态：顾氏认为中国文化之所以会衰败，原因是由于"汉以后的君主专制和儒教垄断"，⑤ 于是作为体现这种精神的代表——儒家经典便成为顾颉刚的箭靶子。他认为汉代思想和文化是伪造"神话"的总根源，对《诗经》训解中的"政典"意味极其反感，因此"古史辨"运动一开始即向远古的先贤圣君举起了锋利的解剖刀，同时在其主编的《古史辨》第三册收录的有关《诗经》的 51 篇论文中，凝聚着反《诗》观点与歌谣观点，开新时代风气之先。然而待后人仔细加以审视与考究，却多为过强的政治信念和大胆的"学术假设"使然，给中国学术造成的某些

---

①　身为知名哲学家的井上圆了，以近代妖怪研究的创始者闻名。著有《妖怪学》和《妖怪学讲义》，也由于这样的研究，井上被誉为"鬼博士"、"妖怪博士"。

②　〔日〕井上圆了：《妖怪学·妖怪学讲义原序一（初版）》，蔡元培译，上海，上海文艺出版社出版，1992，第 1 页（据上海商务印书馆 1920 年第 7 版影印）。此书最早译名为《妖怪学讲义录总论》，井上圆了原书达 2058 页之多，蔡译是原书"总论"部分。

③　蒋观云认为："欲改进一国之人心者，必先改进其能教导一国人心之书始。"这种思考是利用神话或者历史来改革民心，对神话的研究而言，神话仅是工具。蒋观云：《神话历史养成之人物》，见马昌仪编：《中国神话学文论选萃》上编，北京，中国广播电视出版社，1994，第 18～19 页。

④　夏曾佑：《上古神话》，见马昌仪编：《中国神话学文论选萃》上编，北京，中国广播电视出版社，1994，第 21～27 页。该文是夏曾佑《中国历史教科书》第一篇第一章《传疑时代》的节选，文中提出中国的信史从黄帝开始。此书后更名为《中国古代史》，可见夏曾佑的观点仍非以神话为主体思考。

⑤　顾颉刚认为："……战国时，我国的文化固然为了许多民族的新的结合而非常壮健，但到了汉以后便因君主的专制和儒教的垄断，把它弄得死气沉沉了。"（顾颉刚：《自序》，见顾颉刚编著：《古史辨》第一册，上海，上海古籍出版社，1982，影印本，第 89 页）

负面影响也是不容忽视的。① 至于古史研究和神话研究的桴鼓相应的一面，常金仓指出："疑古论者将儒家盛赞的尧舜禹从历史传说驱逐到鬼神世界却使中国史前史变成一片空白，于是神话学家便乘虚而入，把这块历史学家的弃地变成原始神话花朵盛开的场所，许多产生甚晚的神话故事被移植进来填充空白。"②

中日早期神话研究在治学方法和学术取向上也有着惊人的相似。早期的日本汉学家都是对中国古籍钻研很深而且治学很广的学者，在治学方法上遵从文字、音韵、训诂的传统考据法，受到大多数的日本学者和中国学者的追捧，这也包括"古史辨"派的实践操作，③ 也即所谓"铢积黍累，乾嘉的蹊径"。④ 这都曾经甚至是目前还一直在使用的研究方法，这种考据法的优点是利用中国文字的特色，特别是一字多义、语音上的互通以及字义上的假借的这套系统，去考释古文献。但是优点也正是其缺失之处，如精通文字学和古文献学的神话研究大家丁山考证女娲的身份，得出如下结论："这位开天辟地孕毓人类的女神，在先秦以前的载记里，忽为舜妃，忽为禹妃，忽为炎帝少女，忽为炎帝母亲，忽为吴回之母，忽为老童之妻，这还不离其宗，知道女娲本是女性；等到蛲极、蛲牛名

---

① 顾颉刚认为假如能证明《诗经》中含有真正的歌谣，便能跨越贵族文化（或庙堂文化）的羁绊，直接追寻到大众文化的源头，如此便可确证大众的生命活力，也就有了唤醒民众的希望。但顾颉刚寻求的结果是不得不哀叹"我们固然知道《诗经》中有若干篇是富有歌谣成分的诗，但原始歌谣的本相如何，我们已见不到了，我们已无从把它理析出来了"。参见顾颉刚：《论〈诗经〉所录全为乐歌》，见顾颉刚编著：《古史辨》第三册，上海，上海古籍出版社，1982，第631页。

② 常金仓：《中国神话学的基本问题：神话的历史化还是历史的神话化?》，《陕西师范大学学报（哲学社会科学版）》2000年第3期。

③ 如杨宽认为神话演变为传说的经过，例如：商人有服象为虐东夷的记载，舜的弟弟名象，封地名有庳，又作有鼻，传说称其为虐，而舜又是商人的祖先神，商人有服象为虐就演化出舜服其弟象的神话，"大约在神话里，舜的弟弟就是一头象"。又如：商人有玄鸟生商的记载，玄鸟是商人东夷的祖先神，秦人的祖先名伯益，益又写作"嗌"，为燕鸣之声，又与"燕"古为一字，而秦人为嬴姓，也是东夷之族，由商人有玄鸟生商就演化出秦人祖先伯益的神话，伯益"原本也只是神话里的一只燕子"。他并举出使用神话演变分化说的学者，如毛宗澄、邹汉勋等之证骥兜即丹朱，崔适之证黄帝即皇帝，宋翔凤之证许由即伯夷，章炳麟之证许由即皋陶，苏时学、夏曾佑之证盘古即盘瓠等，盖无非以语音之讹转为传说分化之关键。参见杨宽：《中国上古史导论》，见吕思勉、童书业编著：《古史辨》第七册上编，上海，上海古籍出版社，1982，影印本，第421页。

④ 近代史家效法的这种清人注释经典常用的方法，也被余英时称之为"训诂治史"的路径。余英时：《犹记风吹水上鳞》，台北，三民书局，1991，第178页。

词发现，她就化身为男子了。"①杰克·彼得反思这种研究方法："文词的残缺不全所造成的困难，由于中国古代语言的特性所决定的语言学上的困难而大大加深……文献 A 中的象形文字 X，在文献 B 中，看起来像是象形文字 Y，而 Y 在文献 C 中看起来又像是象形文字 Z，那么 Y 和 Z 可以互相替代。许多中国学者用这种寻求方法，在解释古代文献方面创造了奇迹。但同时，这种方法的滥用，却使他们得出了完全不可靠的结论。"②日本学者池田末利晚年也反省这套研究方法，他认为："用并不明确的古代字音，过分容易地用假借和互通的方法去看问题，是危险而应该反省和自戒的。"③

　　中日早期神话学者研究方法的趋同化倾向，还表现在对当时称霸欧洲汉学界的以伯希和(Paul Pelliot)为首的巴黎学派和以高本汉(Bernhard Karlgren)为首的瑞典学派的共同推重上。欧洲汉学界惯用历史与语言相结合的传统语文学研究法，颇受日本学界推崇，更令中国学者神往。在当时西方汉学界属异类突起但成果丰硕的葛兰言(Marcel Granet)立志对正统的语文学方法纠偏，而采用一种宏阔的社会学与历史思维结合起来的方法。在上古神话传说或上古史研究缺乏可靠文献支撑的情况下，社会学方法和人类学实较传统语文学有优长之处，能为上古文化研究提供较大的回旋空间和弥补余地，也可以说葛兰言的研究方法能为研究中国古代神话传说与早期宗教思想开拓无限的可能性。但是当时的中国学界囿于既定的研究模式，缺乏对新生事物的敏锐洞察力，致使葛兰言的研究方法在中国学界的接受命运坎坷不平，遭到以丁文江为首的绝大多数学者从人文地理到古史研究上的质疑，日本学者也基本如此。④ 尽管东

---

① 丁山：《中国古代宗教与神话考》，上海，龙门联合书局，1961，第243页。
② 谢选骏：《神话与民族精神——几个文化圈的比较》，济南，山东文艺出版社，1986，第173页。
③ 王孝廉：《岭云关雪——民族神话学论集·自序》，北京，学苑出版社，2002，第3页。
④ 何炳棣曾谈到1938～1939年在北平燕京大学读书期间，在当时我国唯一具有国际学术水平的英文期刊《中国社会及政治科学学报》(The Chinese Social and Political Science Review)上读到丁文江批判葛兰言的《中国古代舞蹈与传说》中所描述的郁郁葱葱、池沼密布的黄土高原与平原，丁氏认为黄土高原其实是在长期的半干旱的情况下形成的。这篇极重要的书评对何炳棣日后研究中国农业的起源影响甚为深巨。可见丁文江的批判影响至深。何炳棣：《读史阅世六十年》，桂林，广西师范大学出版社，2009，第126页。

方学者之中也有人为之辩护，但均被时流所淹没。① 在这种学术气氛下，我们就看到顾颉刚对巴黎学派正统门人马伯乐（Henri Maspero）所著《书经中的神话》一书赞誉有加了。② 其实，根据李春青的分析，中日早期神话（古史）研究所实践的这种传统语文学或训诂治史的研究方法，是受一种内在的认知方式的规引，也就是那种旨在追问真相的求真求实的科学主义态度在暗地里驱使，他们试图借助对材料或知识的梳理从而复原历史真相。但是经过当代学人的研究，特别是后现代主义历史学的洗礼，③证实若按上述研究方法来进行研究无疑是走进了死胡同。不仅如此，李春青指出这种研究方法最大的弊端是忽视对历史或文本本身的意义和价值的建构与阐扬上。④ 在我们看来，中日早期学者所提倡的"资料主义式"的研究做法，对于本身以"神圣性或信仰性"为构筑特质的神话传说来说，尤其方枘圆凿。在上古史中，特别是在神话传说中，许多文化现象是神话优于事实，信仰优于事实，当学者们采用实证主义的态度拼命地想去搞个"水清米白"，无疑是痴人说梦。用现在的俗话说，"古史辨"派旨在学术上"打假"，搞神话传说是卖力"打鬼"，翻古人的旧账可以，但是其轻蔑古人的心态实不可取。实际上，上述研究方法及学术态度也在中国学界有了更多反思与检讨的声音。

另外，在具体的研究内容上，如中国神话的构成、神话与历史的关系、神话人物考辨、神话的文化内涵、上古神话过早消亡的原因等，一直为中日学者所共同关注。他们有时各自独立研究，却得出相似相近的结论。同时以顾颉刚、杨宽为代表的"古史辨"派关于神话研究的成果，对日本学者也影响甚巨。总之，在中日早期神话研究的学术现代性进程中，学者们相互依倚与交相互摄，开创基业之艰辛和业绩之辉煌均令人感佩，但是其自身研究所存在的某些先天不足之处更是值得今天加以痛彻地反思。

---

① 〔法〕葛兰言：《古代中国的节庆与歌谣》，赵丙祥、张宏明译，桂林，广西师范大学出版社，2006。另有张铭远译本：《中国古代的祭礼与歌谣》，上海，上海文艺出版社，1989。《古代中国的节庆与歌谣》原版1919年初版，1929、1977年再版。另有关于此处的汉学材料，特别是葛兰言的研究方法的得失及其研究方法在东方学者中的接受情况，可参见桑兵：《20世纪国际汉学的趋势与偏向》，2005，载中国大学生在线网，网址：http://www.univs.cn/univs/zzlm/edu_bbs/info_display.php? id=151692。

② 参见顾颉刚为该书中译本所作《序言》。〔法〕马伯乐：《书经中的神话》，冯沅君译，长沙，国立北平研究院史学研究会，1939。

③ 葛兆光：《中国思想史·导论：思想史的写法》，上海，复旦大学出版社，2001，第115～136页。

④ 李春青：《20世纪中国古代文论研究史》，济南，山东教育出版社，2008，第14～28页。或参见李春青：《中国古代文论两大基本研究路向之反思》，《思想战线》2009年第1期。

第二节　"神话"内涵的探讨与界定

对于研究神话的学者来说，首先要处理的问题就是神话的定义或内涵，日本学者大林太郎说："有多少个研究神话的学者，就有多少个神话的定义。"①到目前为止，对"神话"一词还未能取得一个令所有人满意的精准的定义。即从西方"神话"的语源来说，英语"Myth"一词至19世纪初才出现，② 但是18世纪意大利的维柯在《新科学》里就较有预见性地论述了现代神话观念，如他根据埃及人的观念提出并详尽论述了"三个时代"，即神的时代、英雄的时代、人的时代。另有对三种语言、三种政权、三种法律、诗性智慧、诗性玄学、诗性政治与诗性逻辑等概念的论述，令人耳目一新；③ 同时，维柯认为神话故事的起源都是些真实而严肃的叙述，因此mythos的定义就是"真实的叙述"。④ 王孝廉考证"神话"一词的英语是myth，法语是mythe，德语是mythos……这些语言都是源于希腊语mythos(或是muthos)。希腊语muthos语辞的根源是logos，如公元前8世纪或上溯于更早的前12世纪时的荷马，对muthos一词的定义是"话语"或"被说的一些故事"……由此，从muthos的语源上来看，可以推出神话就是"以神或英雄为内容的故事"。⑤ 关永中也从语言学角度引证古希腊语，分析隶属于"神话"一词的词汇意涵：Mythos，其表层意义指语言、文字、故事；它刚好相应了印欧语系中的Meudh一词，意味着"去反省、去思索、去考虑"；即有些语言文字蕴含着深奥的意义、值得我们去反思，以求体悟出其中的最终含义。为此，Mythos一词的深层意义乃意味着宣布最有决定性、最彻底、最终极的意蕴。Mythologia，意指讲述故事。而所讲的故事，在某种意义下是真实的、具权威性的、发人深省的、使人肃然起敬的。这一名词后演绎成为英文里的神话学(Mythology)。由此得出结论：Mythos与Mythologia等词都宣扬着庄严

---

① 〔英〕罗伯特·A. 西格尔：《神话理论》，刘象愚译，北京，外语教学与研究出版社，2008，第31页。

② 〔英〕雷蒙·威廉斯：《关键词：文化与社会的词汇》，刘建基译，北京，生活·读书·新知三联书店，2005，第313页。

③ 〔意〕维柯：《新科学》，朱光潜译，北京，人民文学出版社，1986，第44、52、53、74、96、173、206、290、445页等。

④ 〔意〕维柯：《新科学》，朱光潜译，北京，人民文学出版社，1986，第425页，相似的说法或论述见第60、105、177、179、221、366页等。

⑤ 王孝廉编译：《神话的定义问题》，《民俗曲艺》(台北)，第27期，1983年12月。

而具权威性的事理。① 结合前面关于"神话"语源的生成问题，可见各方对"神话"主要内容的框定基本一致。② 自 19 世纪以来，不断有西方学者间接或直接地指出神话具有"神圣性"或属于"神圣的叙事"，这种说法被国内大部分学人接受，逐渐成为了中国学界的主流性学术观点。③ 正是基于对这个现代神话学的基本观念的认同，尽管诸家对"神话"的较为准确的定义仍处于"各说各话"的状态，然"百家腾跃，终入环内"。

伊利亚德是 20 世纪对宗教进行科学研究的最有影响的学者之一，他详细地分析了神话在原始社会里的作用方式并对西方近 50 年的神话研究做了概括：

> 至少在过去的 50 年间，西方学者研究神话的观点同 19 世纪有着显著的不同。他们不像他们的前辈那样只把神话视为普通意义上的"寓言"、"虚构"、"故事"。相反，他们也如古代社会所理解的那样来看待神话，在古代社会里"神话"意味着"真实的故事"。不只如此，这些故事还是最为珍贵的财富，因为它是神圣的，规范性的，意义重大的。④

当代世界神话学研究的权威阿兰·邓迪斯给"神话"下了一个简明的定义：

> 神话是关于世界和人怎样产生并成为今天这个样子的神圣的叙事性解释。⑤

中国神话研究的先行者茅盾也指出：

> 神话是一种流行于上古时代的民间故事，所叙述的是超乎

---

① 关永中：《神话与时间》，台北，台湾书店，1997，第 9 页。
② 钟宗宪：《图腾与中国神话研究的迷思》，《民族文学研究》2004 年第 1 期。关于对西方神话的概念梳理，可参见〔美〕布鲁斯·林肯：《古希腊神话概念的诞生》，刘宗迪译，载 http://blog. tianya. cn/blogger/post _ show. asp? BlogID ＝ 279938&PostID ＝ 20564469&idWriter＝0&Key＝0。
③ 陈金文：《神话何时是"神圣的叙事"——与杨利慧博士商榷》，《社会科学评论》2007 年第 2 期。杨利慧：《神话一定是"神圣的叙事"吗？》，《民族文学研究》2006 年第 3 期。
④ 鲁刚：《文化神话学》，北京，社会科学文献出版社，2009，第 50 页。
⑤ 〔美〕阿兰·邓迪斯：《西方神话学读本·导言》，朝戈金等译，桂林，广西师范大学出版社，2006，第 1 页。

人类能力以上的神们的行事，虽然荒唐无稽，可是古代人民互相传述，却确信以为是真的。①

台湾神话学家王孝廉认为：

> 神话是持有非开化心意的古代民众，以与他们有共生关系的超自然威灵的意志活动为基底，而对周围自然界及人文界的诸现象所做的叙述或说明所产生的圣性或俗性的故事。②

现在值得反思的是袁珂所提出的"广义神话"的概念，这个概念从20世纪80年代以来，在神话学界广为人知，被称之为"具有中国特色的中国神话"概念，是和其他国家民族的神话概念不同的。袁珂认为不仅原始社会有神话，阶级社会的各个时期都有神话，在现代社会既有原始社会的神话继续流传，又会有新的神话产生。在这种理论指导下，袁珂将传说、仙话等带有神话色彩的东西统统纳入神话体系，进行全面考察研究。袁珂的观点，是把神话起源和神话思维的变化相混淆了，神话产生于远古，而神话思维却可以变化于任何时代。乌丙安比较中肯地指出，"广义神话"论的提出依然基于中国神话学当初面临的最大遗憾，即中国神话贫乏之说。为了打破这一定说，"广义神话"论将极为丰富的传说故事材料纳入神话，使本来不属于神话的材料改变了性质，同时也失去了神话的科学概念和范畴，导致20世纪80年代以后神话研究方面的许多不应有的偏离，同时也使中国的神话研究在很大程度上脱离了国际性的比较神话学的正常轨道，这自然又成为神话研究进入90年代以来不能不反思的重要问题。③ 按"广义神话"论的论断，无边地拓展神话的界限与研究空间，也即取消了神话自身，故遭到诸多学者的反对。陈金文认为如此可能对神话的"神圣性或真实性叙事"进行了否定性的回答。④ 王青认为该

---

① 茅盾：《中国神话研究初探》（插图本），上海，上海古籍出版社，2005，第118、152页。

② 这个定义不是王孝廉自己的创见，是参照松村武雄《神话学原论》中的神话定义。王孝廉编译：《神话的定义问题》，《民俗曲艺》（台北），第27期，1983年12月。

③ 关于袁珂"广义神话学"概念也可参见乌丙安：《中国神话学百年反思之三：关于中国"广义神话"论的提出》，载 http://www.chinesefolklore.org.cn/web/index.php? News-ID=3195。

④ 陈金文：《神话何时是"神圣的叙事"——与杨利慧博士商榷》，《社会科学评论》2007年第2期。

体系由于自身的不完善，仅仅是一个较粗糙的想法，所以学术界对此未能形成共识。① 吕微对此更是有许多精微的批判："我们一旦将神话最大限度地认同于文学的想象，而将神话疏离于历史、宗教甚至科学对于'真实性'的信仰，那么我们就将从根本上丧失神话学对于历史及社会文化现象的学科判断力……但我们须臾不可忘却的是：神话总是对某种自称是真实性的信仰。"②

确认远古神话中的"神圣性或真实性"的原则是理解神话传说所有问题的关键，也即是说神话传说自身具有典型的二重性的因素与功能：其一，具有解释的理解性因素及其功能；其二，信仰性因素及其文化功能结合在一起。英国学者劳埃德曾举霍布斯思考"上帝是三而一"的例证，对神话的思考极具启发性：

> 开始霍布斯对这个问题流露出相当的迷惑，然后提出三位一体的意思也许是指圣父、圣子和圣灵三者每一位都是同一个人的表现……不，神学家们坚持说，上帝不是有三种表现的同一个人，而是三个人——三个人但仍旧是一个人。事实上，在某些情形下，悖论不是拿来解决的，而是拿来坚持的：例如，它能够强调谈论上帝的那种非常特殊的性质。③

也就是说对各种不同的悖论和明显的非理性行为的模式，我们不应该低估它们的多样性和信仰性。比如古人相信灵魂不灭，死亡常被视为新生的开始，以为死与生有如一环的两端，循环不尽，没有什么值得悲哀的，甚至有时还认为是可喜的情况。因为通过死亡，可以用老弱之躯换来一个新生的身体与生命。④ 也许对于远古有神话信仰的人来说，坟墓是更光明的未知世界里更好更幸福的生活的开端。所以中国远古有把老人打死以便其超生的习俗，如杀死老人的习俗反映于甲骨文"微"字的字

---

① 王青：《汉朝的本土宗教与神话》，台北，洪叶文化事业公司，1998，第51页。

② 吕微：《神话何为——神圣叙事的传承与阐释》，北京，社会科学文献出版社，2001，第427页。

③ 〔英〕G. E. R. 劳埃德：《古代世界的现代思考：透视希腊、中国的科学与文化》，钮卫星译，上海，上海科技教育出版社，2008，第6页。

④ 许进雄：《中国古代社会：文字与人类学的透视》，北京，中国人民大学出版社，2008，第391页。

形"欸"。①《庄子·至乐》记载"庄子妻死，鼓盆而歌"的故事，庄子认为生与死是一种回归，本来没有生命，是杂草等物体衍生出了元气，而元气又化成形体，这样才成了一个生命。这就跟四季更迭一样，是自然而然的事情。庄子把存亡视为一体，实际上也是承认生死的连续性而解除了对生死观念的执着，从而安于自然化。从某一方面说，庄子受到神话思想的启发，是很顺理成章的。②《山海经·海外北经》说："夸父与日逐走……未至，道渴而死，弃其杖，化为邓林。"有学者认为夸父追日出自先民渴望认知太阳东起西落的关心真谛之企求。③ 但是神话中又提到其杖化成桃林，或许可以看成是古人在灵魂中的、在社会整体内用持续不断的"重复出生"的信念去克服不间断的死亡。④ 同理，女娲托体精卫与盘古化身万物等也可作如是观。古代中国把文字创造的知识产权，归于黄帝之史仓颉。从汉代石刻所绘的仓颉像来看，仓颉有四只眼睛，《春秋演孔图》云："仓颉四目，是为并明。"印度耆那教经典也谈到四眼佬，证实纬书上所说没有夸张之处。作为一位圣人，要具有耳目比人聪明的特异功能，中外的传说正是一样的。⑤ 另外古书《尸子》载孔子对"夔一足"与"黄帝四面"的解释，是在孔子不语"怪力乱神"的口号下被加以系统化与合理化的结果，或者说是孔子在新的历史条件下进行新阐释的结果。实际上，"夔一足"与"黄帝四面"也可能蕴含丰富的神话传说的资源，这样说即是为了突出圣人超出常人与本领非凡的一面。远古的知识多借口耳相传，太平凡的事物不但无法广被异域，也容易为人所遗忘。唯有"神奇"的事物才能越传越远，也越传越奇。今天我们研究神话传说（古史），倒应该感谢古人把某些历史事件"神奇化"，我们才得以知道它们的踪影。⑥

　　神话学界也常对神话（Myths）、传说（Legends）、民间故事（Folk-

---

① 许进雄：《中国古代社会：文字与人类学的透视》，北京，中国人民大学出版社，2008，第394页。
② 陈鼓应：《庄子今注今译》中册，北京，中华书局，1983，第450～452页。
③ 张步天：《山海经解》，香港，天马图书有限公司，2004，第382页。
④ 〔美〕约瑟夫·坎贝尔：《丁面英雄》，张承谟译，上海，上海文艺出版社，2000，第12页。
⑤ 饶宗颐：《符号·初文与字母——汉字树》，上海，上海书店出版社，2000，第34页。
⑥ 杜正胜：《古代社会与国家》，台北，允晨文化实业公司，1992，第67～68页。

tales)等形式进行某种程度的区分，① 正如吕微所说："国际民间文学界对叙事体裁神话、传说和（狭义）故事之间的区别早已约定俗成，就广义故事（包括神话、传说和狭义故事）的内容来说，神话是神圣的，传说是真实的，而故事是虚构的。"②也即是说神话与传说在流传的当时对讲述者和听闻者来说，都是"认真"对待的，也就是说神话和传说中的"叙事"内容被认为是真实可信的，关于神话的描述更是被当成神圣的事情看待。而民间故事的讲述主要是以消遣为主，参与民间故事讲述的人通常是怀着轻松的心态来娱乐大众，不可信仰与认知。在学理上再细分，神话与传说也有差别，比如鲁迅在《中国小说史略》说："神话大抵以一'神格'为中枢，又推演为叙说，而于所叙说之神，之事……迨神话演进，则为中枢者渐近于人性，凡所叙述，今谓之传说。传说之所道，或为神性之人，或为古英雄。"③杜正胜也表达了类似的看法：也就是说神话与传说分判的标准在一个"人"字，凡是人的成分重的，即比较合乎自然律、人性人情的，属于传说；反之属于神话。比如后羿，自天下凡，射九日，人间大旱乃解，这段故事是神话。后来射封豨长蛇就属于传说范围了。④ 但是茅盾也承认神话与传说不易区分，人们通常把传说并入神话里，混称神话。袁珂比较认同这个观点，并认为："在一个故事当中，总是互相交织在一起的，里面既有神的行事的描写，也有人间英雄的描绘，人神同台。"⑤袁珂实际认为神话与传说实在难以区分得开或者认为不易区分好，仔细读读有关三皇五帝的故事，"人神同台"的特征表现非常明显。

　　在神话研究中，神话与仪式之间的关系也常被探讨。大部分神话都与社会仪式——祭典中的固定的形式和程序有关，但社会学家在究竟是

---

① 邓迪斯的《西方神话学读本》首篇论文区分三者绝佳。〔美〕阿兰·邓迪斯：《西方神话学读本》，朝戈金等译，桂林，广西师范大学出版社，2006，第5～37页。马林诺夫斯基也较详细地探讨过几个概念的区别，见〔英〕马林诺夫斯基：《巫术科学宗教与神话》，李安宅编译，上海，上海文艺出版社，1987，第131页（据商务印书馆1936年初版影印）。

② 吕微：《神话何为——神圣叙事的传承与阐释》，北京，社会科学文献出版社，2001，第48页。

③ 鲁迅：《中国小说史略》，北京，东方出版社，1996，第7～8页。此说与其弟周作人和茅盾的说法基本相仿。周作人：《神话与传说》，见马昌仪编：《中国神话学文论选萃》上编，北京，中国广播电视出版社，1994，第71～72页。

④ 杜正胜：《古代社会与国家》，台北，允晨文化实业公司，1992，第68页。

⑤ 袁珂：《中国神话传说》上册，北京，人民文学出版社，1998，第45～46页。

宗教仪式产生了神话还是神话催生了宗教礼仪这一问题上还未达成一致。① 劳里·杭柯认可神话与仪式之直接相连："神话传达并认定社会的宗教价值，它提供应遵循的行为模式，确认宗教仪式及其实际结果的功效，为行为的神圣仪式提供意识内容，树立神圣物的崇拜。而神话的真正环境是在宗教仪式和礼仪之中，仪式通过不断地操演赋予了神话以生气，并使它们不断地在此时此地重现。"②神话—仪式理论的运用最为显著的例证也是在文学之中。例如，代表人物英国学者哈里森，她大胆地宣称不仅是文学，一切艺术均起源于仪式。③ 中国学者陈炳良、王昆吾（王小盾）、美籍华人学者王靖献等利用这种研究思路对中国文学的某些专题或个案有很好的解读。

综上所述，我们不妨在此给"远古神话传说"下一个描述性兼具操作性的定义：

> 远古神话传说是指在殷周礼乐文化产生之前的（也包括小部分同期产生的）一种占主导地位的文化系统，它是一种集中体现远古初民的心智活动与行动体系的各种文化形态的综合体，具体包括神话、传说、仪式、舞蹈、音乐等形式，在创作或者讲述它们的社会中，它们被认为是真实可信的事情。

对于上面的定义，必须有几点说明：

第一，我们所说的狭义"神话传说"的概念，近于徐炳昶（徐旭生）与苏秉琦所限定的原生性神话传说，④ 立足神话传说的狭义范围，深入分析神话传说的根源问题，才能逐步深入认识和清理出神话传说发展的脉

---

① 〔美〕艾布拉姆斯：《文学术语词典》（中英对照），吴松江主译，北京，北京大学出版社，2009，第 341 页。神话与仪式之间的关系论述，可参见〔英〕罗伯特·A. 西格尔：《神话理论》，刘象愚译，北京，外语教学与研究出版社，2008，第 228~246 页。实际上，神话、仪式何者居先的问题，在很大程度上就如"先有鸡还是先有蛋"一样毫无意义。

② 〔美〕阿兰·邓迪斯：《西方神话学读本》，朝戈金等译，桂林，广西师范大学出版社，2006，第 61~65 页。至于神话与仪式之间的微妙区别，可参〔美〕保罗·唐纳顿：《社会如何记忆》，纳日碧力戈译，上海，上海人民出版社，2001，第 63~65 页。

③ 〔英〕简·艾伦·哈里森：《古代艺术与仪式》，刘宗迪译，北京，生活·读书·新知三联书店，2008，第 1~14 页。

④ 徐炳昶与苏秉琦合撰的《试论传说材料的整理与传说时代的研究》一文，把这些材料分为原生和再生两类：原生的包括所有见于早期记载的传闻异说，再生的包括一切见于后期记载的、伪托的、滋生的传说故事。再生的部分基本发生在东汉以后，但其中并非完全没有原生的内容。徐炳昶、苏秉琦：《试论传说材料的整理与传说时代的研究》，见杜正胜编：《中国上古史论文选集》上册，台北，华世出版社，1979，第 95~124 页。

络。远古神话传说与后世的再生性神话的精神面貌差异很大，如即便是汉代的神话创作者或社会中的一部分人也并不一定相信制造出来的一些神话，因为这些神话往往利用这一时期流行的某种信仰或观念来供给一种实际的解释或例证。换言之，两汉时期的神话创作往往是受政治意图的促发，就像公孙卿为了让汉武帝接受其封禅、候神等建议，编造了"黄帝升仙"神话等。原生性神话传说强调的是"神圣性与真实性"。

第二，众所周知，古代世界神话的核心部分是创世神话，包括宇宙起源神话、人类起源神话、文化起源神话等所谓"本格神话"。以往宣称的"中国神话贫乏论"也主要指的是中国缺少创世神话（自然神话）。而记载在汉文籍中的创世神话如盘古开天辟地、女娲补天，另外一些自然神话如羲和驾日、烛龙、烛阴神话，月亮神话与星辰神话等，不仅较之西方神话少之又少，而且从文献记载的时间来看，中国的创世与自然神话都记载很晚。① 故此，以西方自然神话作为典型的形态，自然得出中国神话较为贫乏的结论。例如，黑格尔直接说中国"无神话"、"无民族史诗"。② 从西方学者涉及先秦神话传说的论著名称惯用"Legends"（传说）一词，也看得出他们是严格按照狭义的或西方的神话观念来进行的，如马伯乐（Henri Maspero）《〈书经〉里的神话和传说》（*Légendes mythologiques dans le Chou king*，1924）；葛兰言（Marcel Granet）《中国古代的舞蹈和传说》（*Danses et Légendes de la Chine ancienne*，1926）；高本汉（Bernhard Karlgren）《中国古代的传说和宗教》（*Legends and Cults in Ancient China*，1946)等。

---

① 中国早期仅有的盘古开天辟地神话见于唐代《艺文类聚》引三国吴人徐整《三五历纪》中的简单记述。女娲补天神话始见于《淮南子·览冥训》，也只是"二度创世"的断片故事。女娲抟土造人神话始见于《风俗通》的几句零散记载。另外，关于 20 世纪 80 年代中期到现在的中国多民族的创世神话的大发现的意义，特别是汉族神话史诗《黑暗传》及汉族中原神话群从神农架及河南盘古山、夸父山、女娲城等地采录成功并公开发表后，对神话学界狭隘的汉文古典正统观的纠正，乌丙安先生探讨颇详。见乌丙安：《中国神话学百年反思之四：中国创世神话的大发现》，载 http://www. chinesefolklore. org. cn/web/index. php? Page=4&NewsID=3196。论者有理由相信中国新挖掘的资料将会发挥如同西方早期人类学者引用原始资料的功效，能在材料整理与理论挖掘方面贡献于世，然而这需要一定的时间积累和历史沉淀，目前的神话研究主流仍在渐变之中，也仍然是以汉族文化为主导。

② 除了谢林之外，美国的杰克·波德认为"中国上古典籍中没有可以称作神话的专门体裁，也没有一部可以从中发现记叙连贯和完整的神话的文学作品"，伊藤清司则认为"中国原本就是神话的不毛之地"、"汉族是与神话无缘的民族"等。参见乌丙安：《中国神话学百年反思之一：关于零散、断片的中国古典神话》，载 http://www. chinesefolklore. org. cn/web/index. php? Page=2&NewsID=3193。

第三，借助于神话传说作为"神圣性叙事"的基本观念也可帮助我们校正"古史辨"派对历史与传说之间关联的误解。印顺认为"古史辨"派"求之过深，草木皆兵"，"'古史辨'证明为神话，就达成否定古代史主要是夏代史的目的。在我看来，恰好相反，古代史话是不离神话形式的；没有神话的古代史，才是经过改编的，不可轻易相信的"。① 徐旭生批评"古史辨"派："对于掺杂神话的传说和纯粹的神话的界限似乎不能分辨，或者是不愿意去分辨。在古帝的传说之中，除颛顼因为有特别的原因以外，炎帝、黄帝、蚩尤、尧、舜、禹的传说里面所掺杂的神话并不算太多，可是极端的疑古派都漫无别择，一股脑儿把他们送到神话的保险柜中锁起来，不许历史的工作人再去染指！"②顾颉刚提出的"古史层累说"认为传说既无历史源头又是出于有意造伪，而非自然累积。钱穆曾对伪造与传说有过精微的区分："伪造与传说，其间究是两样。传说是演进生长……而伪造是改换的。传说渐变，而伪造突异。"③传说往往是无意的积累而伪造是刻意造伪，这是两者之间根本的不同。说实话，针对"古史辨"学者"对于我国古代，倾向于年代越短越好，史实越少越好，区域又越小越好"的"怪事"，④ 印顺疑惑："战国时代不过两百年，这么多的古帝传说能在这么短的时间完成么？顾颉刚过分重视书面的记录——什么时间写在竹简上，而漠视了社会的广泛传说，想用原始手稿或最初版本考证那样的考辨方法，根本就是错误的。"⑤顾颉刚声称看到当时的考古文物"灿然陈列"，并对"周代以前的中国文化作了许多冥想"，又见到"器物的丰富，雕镂的精工，使我看了十分惊诧"，顾氏只是因为自己精力有限而放弃考古从事古史辨伪的研究。⑥ 但是顾氏身处如此好的学术气氛却犯了杜正胜所指出的几个失误："不理会卜辞金文等第一手文字资料；也不深究考古文物的意涵；不论殷周社会的来源。"⑦如此看来，尽

---

① 印顺：《中国古代民族神话与文化之研究·序》，台北，正闻出版社，1991，第 3 版，第 3 页。
② 徐旭生：《中国古史的传说时代》，北京，文物出版社，1985，第 28～29 页。
③ 钱穆：《评顾颉刚〈五德终始说下的政治与历史〉》，见顾颉刚编著：《古史辨》第五册，上海，上海古籍出版社，1982，影印本，第 620 页。
④ 印顺：《中国古代民族神话与文化之研究》，台北，正闻出版社，1991，第 3 版，第 136 页。
⑤ 印顺：《中国古代民族神话与文化之研究》，台北，正闻出版社，1991，第 3 版，第 6～7 页。
⑥ 顾颉刚：《自序》，见顾颉刚编著：《古史辨》第一册，上海，上海古籍出版社，1982，影印本，第 57 页。
⑦ 杜正胜：《古代社会与国家》，台北，允晨文化实业公司，1992，第 29 页。

管顾颉刚身处考古学横行的时代，所走的路真与康有为和晚年章太炎相似，重蹈传统学者只重"文"不重"献"的老路。三代历史长达数千百年，中国人在这漫长时间内所建立的社会，形成的国家，创造的文化，都落入了朦胧的虚无之中。远古传统时间已被"层累造成说"真空化了。

第三节　先秦神话传说的生与死

　　中国神话研究有两个核心的观念，几成学界共识。这两个观点是：第一，中国神话的"贫乏论"，即与世界其他国家相比，中国的神话显得零碎化、片段化而不成系统；第二，中国神话的"历史化"，即把造成中国神话贫乏的主要原因归结为中国神话在发展中经历了一个历史化的过程。① 到目前为止，诸家对上述两大基本观念的诠释可谓汗牛充栋、玉石俱陈。现在看来，也只有诸家说明了上述两大基本观念之间的历史疑难与文化关联，才等于初步地切入了中国神话传说的"研究瓶颈"。

　　上面论及中国神话的"贫乏论"，主要是根据西方神话的典型形态来规范中国神话的结果。现在一些中国神话学者对此表示异议并强调中国神话的独特性，比如认为中国创世神话（或自然神话）较西方为少，但是中国的人文神话却相对发达，现存文献的神话记载就恰如其分地反映了中国上古神话的构成情况，也体现了中国的文化特色。吕微认为神话的产生既以叙事的形态出现，也以观念的形式存在。如"天圆地方"就是一种中国本土的神话观念，② 它尽管需要借助一定的叙事形式才能表达出来，但观念并不是叙事本身。西方的史诗主要是一种叙事体裁，而中国采用西方以史诗为基准的叙事性技巧为主的神话概念，自然觉得"中国"不如"希腊"，这种看法无疑是忽视了中国十分发达的神话观念，无视了神话所表达的"意义层"。上古中国汉语神话之叙事简略反倒凸显了中国神话自身的特点。③ 常金仓认为："关于文化和历史的研究不能停留在一人一事的局部考证上，而要把局部考察与文化的整个背景：文化的精神主流统一起来。中西神话在肤浅者看来即使承认二者的差异，恐怕也只

　　① 参见乌丙安：《中国神话学百年反思之一：关于零散、断片的中国古典神话》，载 http://www.chinesefolklore.org.cn/web/index.php? Page＝2&NewsID＝3193。王青：《汉朝的本土宗教与神话》，台北，洪叶文化事业公司，1998，第54～69页。

　　② 葛兆光：《中国思想史：七世纪前中国的知识、思想与信仰世界》第一卷，上海，复旦大学出版社，2001，第17～18页。

　　③ 吕微：《神话何为——神圣叙事的传承与阐释》，北京，社会科学文献出版社，2001，第422～429页。

是系统与零星、生动与呆板的不同。我以为这两种神话最本质的差别是西方神话以自然神为中心展开它的故事，而中国神话的主体是文化英雄的崇拜。"①这是一种很有说服力的看法，但是常氏又疑惑："我们的学者总是这样思考问题，其实劳动的双手、聪明的头脑完全可以创造出别的什么东西来作那文化的嚆矢、先河，不必非创造出神话才是可以理解的……如果我们愿意稍许放弃一下单线进化论的信念，承认人类文化的多样性，中国原始神话的先天不足是很容易理解的。"②这样的论述显然又走向另一个极端了，连人类最早的文化源头根源于"神话"是否存在也岌岌可危了。闻一多曾推测："四个古老民族——中国、印度、以色列、希腊……约当纪元前一千年左右，在这四个国度里，人们都歌唱起来，并将他们的歌记录在文字里，给流传到后代，在中国，《三百篇》里最古部分——《周颂》和《大雅》。印度的《黎俱吠陀》，《旧约》里最早的《希伯来诗篇》，希腊的《伊利亚特》和《奥德赛》——都约略同时产生。"③王孝廉据此推测："认为如果上述事实不是偶然的话，那么由其他三个民族的诗是以他们的神话为母胎的事实来看，似乎没有理由说只有中国例外的没有神话。而中国神话之所以如此是因为中国神话产生了流变并且发生了神话的解消、纯化、变形与异质化等现象，如流入了社会组织与道德意识、流入了新起的宗教哲学、流入历史文学等各个领域。"④显然这种看法也代表着一种对中国神话传说具有独特人文风貌的解释。我们注意到，王青认同中国神话传说的人文特质并进而引用张光直的观点指出这种明显不同于西方的构成特征乃是基于中国在文明演进中采用的是一种不同于西方的方式。换言之，现存文献中的神话构成正好是与中国文化的独特类型相吻合的，即当时的政治秩序乃是以父系氏族为单位的社会组织确定的，也因而决定了中国古代的神话在根本上是以氏族团体为中心的人文神话。氏族祖先，同时又是政治首领及文化英雄，在中国神话中将占据主角的位置。⑤王青的借用与诠释都极具启发性，但是似乎没有将问题说通透，他没有指明或通盘考虑张光直的理论自身所存在的若干问题。

---

① 常金仓：《中国神话学的基本问题：神话的历史化还是历史的神话化?》，《陕西师范大学学报(哲学社会科学版)》2003年第3期。

② 常金仓：《中国神话学的基本问题：神话的历史化还是历史的神话化?》，《陕西师范大学学报(哲学社会科学版)》2003年第3期。

③ 闻一多：《神话与诗》，上海，上海世纪出版集团，2006，第164页。

④ 〔日〕御手洗胜等著，王孝廉主编：《神与神话》，台北，联经出版事业公司，1988，第250页。

⑤ 王青：《汉朝的本土宗教与神话》，台北，洪叶文化事业公司，1998，第56~58页。

　　众所周知，张光直提出连续性与破裂性的两种文明演进模式，认为就世界范围来看，文明的产生，即从原始社会向阶级社会的转变有两种方式：一种是以人与自然关系的改变为契机，通过技术的突破，借技术与商业贸易等程序，通过生产工具和生产手段的变化引起社会的质变，这以古代两河流域的苏美尔文明为代表；另一种则以人与人关系的改变为主要动力，它在技术上没有大的突破，以生态平衡的整体性与连续性的宇宙论为基础，主要通过政治权威的建立与维持，这以玛雅—中国文化连续体为代表。中国文明的起源，也就是夏商周三代文明的起源，关键是政治权威的兴起与发展，而政治权威的取得，主要依靠道德、宗教、垄断稀有资源等手段，其中最重要的是对天地人神沟通手段的独占，即采取"萨满政治"。由此，张氏强调夏商周三代统治具有极强烈的政教合一色彩和巫术氛围，但是这一切又都是着眼于政治，即通过巫师控制巫术手段来干预争夺政治权力。[①] 张氏是这样来解释"中国神话历史化"的：

　　　　绝大多数研究中国古代神话的学者，都同意下面这一种有力而合理的解释：中国古代神话之少与在这甚少的资料中英雄故事之多，主要的原因是商与西周时代的历史化……我想证明，中国古代的神话在根本上是以亲族团体为中心的，亲族团体不但决定个人在亲属制度上的地位，而且决定他在政治上的地位；从商到周末，亲属制度与政治制度之间的密切联系关系发生了剧烈的变化，而神话史上的演变是这种政治与亲属制度之演进所造成的。[②]

　　张光直是公认的考古学大家，但是在"神话历史化"的基本观念上与"古史辨"派一脉相承。如其早年所撰《商周神话之分类》，非常赞同顾颉刚、马伯乐、杨宽与孙作云等人提出的基本看法：古代的圣贤王臣都是那些神物变化出来的。[③] 而张氏之所以认同这种看法，主要原因还是因为经过一番考古学摸索之后，"绝大部分的神话先殷史，恐怕永远也不可能在考古学上找到证据的……也只能以现存的古文献为依据加以考

---

①　张光直：《美术、神话与祭祀》，郭净译，沈阳，辽宁教育出版社，2002，第72～83页。

②　张光直：《中国青铜时代》，北京，生活·读书·新知三联书店，1999，第392～393页。

③　张光直：《中国青铜时代》，北京，生活·读书·新知三联书店，1999，第388页。

察"。① 所以他将"中国神话历史化"形成的历史动因归结为各亲族群（氏族群），如子姓商族、姬姓周族（氏族群），为掌控政治权力从而把各自祖先的出生由神变人的结果。②

仔细考察张光直的论证，难免会生发诸多的学理疑问：

第一，张光直借取美国人类学家彼得·佛尔斯脱（Peter Furst）所提出的所谓"亚美式萨满教"的意识形态，③ 强调萨满教"迷魂失身"、精灵满天飞的原始宗教特质。他认为从新石器时代开始，特别是夏商周三代文明都是"萨满主义"，这样萨满式的巫术生活决定一切。但是张氏转而说三代统治者进行的艺术、文字、青铜器等种种巫术活动，只不过是用来达到巩固政治权力或获取财富的政治目的与手段，这样一来又揭示出三代政治上的极现实的理性主义特色，似乎又可以说明一切巫教是本着现实的政治动机出发。张氏用一言来蔽之为"政教合一"，但是宗教和政治究竟是如何巧妙接榫并进行运作的呢？ 许多人往往会陷入张说的"泥淖"之中难以自拔，而没有发现"萨满"作为巫术性文明与"政治"作为世俗性文明之间的冲突，这尤其表现在中国上古三代文化中氏族社会的根深蒂固的文化传统，以及这种文化传统所体现出来的血缘性文明与巫术力量的内在张力。

第二，张光直认为远古中国神话传说异常丰富，只是到了"氏族群"互相进行"权力争夺"时进行"历史化"运动而变质了。但是我们知道"氏族群"作为中国古史的典型社会结构是一直存在的，这种社会组织存在的历史时间越靠前就可能越盛行。如晁福林说："它（氏族）滥觞于旧石器时代晚期，经过新石器时代到夏商时期有了比较充分的发展，至西周春秋时期社会上大量涌现宗族，氏族时代进入了新阶段，氏族时代在战国时期临近尾声，秦王政统一六国标志着氏族时代的终结。"④张光直显然已经敏感地触摸到"氏族群"在形塑中国神话传说的"人文性"方面意义重大，但是这种中国神话传说人文性的"基色"不是在"氏族群"争夺现实权力中产生的，而恰恰是在"氏族群"根深蒂固的久远存在中形成的。我们不能

①　张光直：《中国青铜时代》，北京，生活·读书·新知三联书店，1999，第360页。
②　张光直：《中国青铜时代》，北京，生活·读书·新知三联书店，1999，第397～423页。
③　张光直：《中国青铜时代》，北京，生活·读书·新知三联书店，1999，第482页。
④　晁福林：《论中国古史的氏族时代——应用长时段理论的一个考察》，《历史研究》2001年第1期。

以三代社会生活中的"变态生活"来说明"常态生活"，① 也即是说三代文明中"氏族群"的广泛存在应该是"历史神话化"的天然沃壤，而不仅仅是商周政治演进期或变动期才"神话历史化"的产物。

第三，张光直"神话历史化"说仍然无法逃脱当代学者对"古史辨"派一样的责难：三代有悠久的历史、灿烂的文化、高明的政治运作，这些事实已达千年以上，是绝不会处在一片虚无的朦胧之中。这期间一定有伟大的人物与英雄出现，不必非由神变人，也可能是由人加上神性，进行所谓"历史的神话化"才对。故此，我们发现张光直用"亲族制度的变迁"来解释"神话历史化"现象，而王青反其意而用之来说明"历史神话化"，② 为什么会出现这种有趣的吊诡现象呢？于是，一些学者干脆直接宣称"神话历史化"与"历史神话化"是同时或双向进行的，但是说来说去总使人觉得好像是在无奈地打圆场。

可以说，有关中国神话传说命运的诸多的思考，常常使人觉得好像仅仅是出于直觉的推测，为了探明中国神话传说命运的真正秘密，我们必须再向前多走几步。19世纪英国人类学家泰勒（Edward Tylor）曾对"文化"下了一个经典的定义："文化，或文明，就其广泛的民族学意义来说，是包括全部的知识、信仰、艺术、道德、法律、风俗以及作为社会成员的人所掌握和接受的任何其他的才能和习惯的复合体。"③美国学者露丝·本尼迪克特（Ruth Benedict）认为文化又具有一种"整体属性"或"整体倾向性"，这种文化的"整体倾向性"也可称作文化的"主旋律"或"民族精神"，也即是人们"所共同具有的观念和准则"或"习俗"。本尼迪克特认为："真正把人们维系在一起的是他们的文化，即他们所共同具有的观念和准则。"所以，"至关重要的是，习俗在经验和信仰方面都起着一种主导性作用"。④ 这就突出了文化整体对民族精神的决定性作用。结合上面两位学者对文化特性的基本看法，我们可以认为中国神话传说作为在远古社会广泛存在的一种文化体系或文化现象，既容纳了先民的知识、信仰、

---

①　论者接受杜正胜的合理解释，杜正胜认为："古代的氏族关系，大抵和平相处是常态，战争攻伐是变态。文化交流，氏族融合端赖平时的交往，但在历史的记载中，这一方面失传，所以流传的却是触目惊心的事件。比如黄帝战蚩尤，夏禹伐三苗等。"杜正胜：《古代社会与国家》，台北，允晨文化实业公司，1992，第72页。

②　王青：《汉朝的本土宗教与神话》，台北，洪叶文化事业公司，1998，第58～69页。

③　〔英〕爱德华·泰勒：《原始文化》，连树声译，桂林，广西师范大学出版社，2005，第1页。

④　〔美〕露丝·本尼迪克特：《文化模式》，王炜等译，北京，生活·读书·新知三联书店，1988，第18、5页。本尼迪克特提出"文化模式"这一概念，是相对于个体行为来说的。论者是借取文化中所具有的"整体倾向性"特征。

法律、道德等文化复合体，也指引或塑造着华夏文明精神的萌芽、形成以至逐渐走向成熟。也正如布洛克所说："每一个社会共同体都有它的传说、智慧、知识、技术、教育……每一个社会都生活在一个完整的'世界'中。它并不像造一座房子——先是奠基，然后是基本框架的完成，直到很晚我们才说房子最终竣工。每一阶段都发展出关于人类社会潜力的一整套组织系统，它必须由它自身来判断。"① 总之，中国神话传说作为伴随远古社会共同体产生的一种自主的存在，只有把它放置到远古时代整个的文化长河之中才能分辨出一些清晰的发展轨迹，这当然不能局限于某一点甚至某一面的"盲人摸象"的做法。故此，借取 20 世纪法国年鉴学派的代表人物布罗代尔（Fernand Braudel）所提出的历史时段理论来分析中国神话传说的命运问题。布罗代尔的理论影响巨大，不仅仅在于它具有一种巨观的视野，更在于渗透着一种历史文明的穿透力，可以帮我们找到一些深具根源性与关键性的问题。②

　　布罗代尔将历史时间作了三种划分：一种是长时段或超长时间段（或译远程时间）的历史时间，③ 这是历史发展中的结构性因素（布罗代尔称之为"网状构造"），④ 是一种缓慢的层积的历史，包括地理、社会组织、经济、社会心理等因素，也就是在相当长的历史时段可能看不到有什么激动人心的事件，它迂缓而有序；一种是中时段（或译中程时间），指一些描述性的周期、局势，比如某时社会经济出现的局部情况；一种是短时段（或译短程时间），就是一般的历史事件，只是瞬间发生的事件，犹如流火飞萤一样，转瞬即逝。⑤ 在布罗代尔的著作中，"长时段"实际上是对于历史发展起着决定作用的、长时期有影响的因素。另外，布罗代尔运用这三种时间观念也主要是用来研究社会经济史的问题，但是这种"长时段"理论对于开展中国先秦神话传说的研究也很切题，因为中国神

---

① 〔美〕简·布洛克：《原始艺术哲学》，沈波、张安平译，上海：上海人民出版社，1991，第 48～49 页。

② 应用布罗代尔长时段理论的设想，与李春青教授的建议不谋而合。论者所见利用布罗代尔"长时段理论"分析较为成功的个案有晁福林：《论中国古史的氏族时代——应用长时段理论的一个考察》，《历史研究》2001 年第 1 期。另外葛兆光撰写思想史也是借鉴此种思路，葛兆光：《中国思想史·导论：思想史的写法》，上海，复旦大学出版社，2001，第 16、30 页。

③ 〔法〕费尔南·布罗代尔：《论历史》，刘北成、周立红译，北京，北京大学出版社，2008，第 30 页。

④ 〔法〕费尔南·布罗代尔：《论历史》，刘北成、周立红译，北京，北京大学出版社，2008，第 55 页。

⑤ 〔法〕费尔南·布罗代尔：《论历史》，刘北成、周立红译，北京，北京大学出版社，2008，第 27～60 页。

话传说的命运也正是在长期的多重的文化因素的支配与影响下构成了其历史的生命线。

以研究中国先秦神话传说问题为例，我们可以观察到一些长时段的结构性因素，比如人类在从自然文明走向人文文明过程中所体现的巫术性力量与人文文明之间的内在张力，这在中国的三代文化中突出地表现在巫术性力量(巫统)与血缘性文明(血统)之间的内在张力上。① 从这一根深蒂固的文化结构出发，我们可以看出上古三代在国家形态上从"前神守—神守—社稷守"依次演进，② 这也是巫统上的神权与血统上的王权相互角争的结果。同样我们也可以发现，从殷商后期大力开始的礼制改革也正是为解决巫统与血统的内在张力而发，而周代新的"天道观"的形成及周公制礼作乐也正是巫统与血统之间的互相角力的表现。故此，正是中国三代文明中的巫统力量与血统文明的文化结构规引着文化演进的方向，也可如是说，中国神话传说的"人文性"或说"历史的神话化"的形成根源正在于此。它既不在于单纯的"亲族制度"一极，也不在于单纯的所谓"萨满主义"的一极，而是充分体现了一种巫术力量与血缘力量的内在张力，即形成了一种互争也同谋的结构关系。这是一些缓慢的层积的文化因素，没有这个长久的结构性文化因素，中国神话传说的基本面貌也可能会凝固成西方神话那样的典型形态。③ 同样，如果没有从殷周时代逐渐开展和大兴礼乐文化的运动，没有从中发展出一套更好地去制御或改造巫术文明的人文力量的话，那么神话传说的巫术力量依然可以雄踞于文化的制高点上。再把目光放得稍近一些，如果没有礼崩乐坏之后的诸子时代的"告别神话运动"，也即此时中国"轴心时期"对神话传说的理

---

① "巫统"与"血统"原是陶磊借鉴萨满教中血统与巫统之分的基本框架。参见陶磊：《从巫术到数术——上古信仰的历史嬗变》，济南，山东人民出版社，2008，第 10、11、32～40 页等。陶磊主要以此概念分析所谓"巫术"与"数术"的，比如他认为中国巫术体现了巫统文明，以鬼神信仰为核心；而数术是通过数的排列组合来推求，以数的信仰为特质，体现了所谓"血统"文化的特色。

② "神守"与"社稷守"的概念的含义与来源，可参见吴锐：《中国思想的起源·前神守——神守时代》第一卷，济南，山东教育出版社，2003，第 161、170～176、184 页等。古代诸侯国分为神守与社稷守之国："神守"，指任、宿、颛臾等小诸侯国，可以忙于宗教、不设兵卫、不务农战、不守社稷等。反之，为社稷守之国。吴锐认为在旧石器时代，还没有形成政教合一的"神守"这种社会实体，尚处于"前神守"阶段，神守是新石器时代的社会形态(第 130 页)。

③ 张光直指出"亲族制度"或者说"血缘性的社会组织"造成了中国神话传说的"历史化"，可以说已经敏锐地捕捉到某种信息，不愧是卓识，虽失之片面，但是也极具启发性。参见张光直：《中国青铜时代》，北京，生活·读书·新知三联书店，1999，第 393 页。

性改造,① 那么神话传说依然可以在中国的历史文化舞台上苟延残喘。在此可以简单举几例说明。《论语·雍也》载孔子对子夏说:"汝为君子儒,无为小人儒。"杨向奎指出此处"小人儒"原指追逐饮食的俗儒,但他们也从事襄礼的事业,而襄礼本是以前巫祝的专职。② 孔子短短的一句话就揭示了在此时代神话传说(神话传说的言说主体是巫者)的命运。《大戴礼记·曾子立事》载:"君子乱言而弗殖,神言弗致也,道远日益云。"曾子对于扰乱人群的话,不去传播;对于鬼神无稽的话,不去接受;却因为喜欢道(真理)的微妙,就天天去增加他的解说而用来阐发它。③ 这种情况说明在当时的"君子世界"里,神话传说的位置已经被取缔了。《荀子·天论》云:"日月食而救之,天旱而雩,卜筮然后决大事,非以为得求也,以文之也。故君子以为文,而百姓以为神。以为文则吉,以为神则凶也。"实际上,这里所谓的"文",是"文饰"之意,是相对于"质朴"而言;"礼"为"文饰"之具,"文"为有礼的标志。荀子主要是强调应该把救蚀、雩雨、卜筮等带有原始巫术色彩的仪式作为一种具有人文精神的"礼仪"来看待,而不要把它作为一种求助于神灵的巫术仪式去看待。这种看法,显然与上古"神"在人间横行的情况相去甚远了。

社会结构中的巫术文化与血缘文化的精神之争、礼乐文化的强势推进、诸子时代的理性改造正好说明了长时段、中时段与短时段因素的重要性。由此,我们把中国神话传说的命运悬系在由这三股线拧成的绳子上,这种做法也许比搭载在任何一支单独的线上更安全。由这三个逐进的步骤,从三条时间的脉络出发,可以比较清晰而全面地呈现神话传说作为一个古老文化体系的发展情形。

---

① 德国哲学家雅斯贝斯提出所谓"轴心时期"的概念,指公元前800—前200年这一时期。在古希腊、以色列、印度和中国几乎同时出现了伟大的思想家,古希腊有苏格拉底、柏拉图,中国有老子、孔子,印度有释迦牟尼,以色列有犹太教的先知们,经由反思产生思想,并使思想成为自己的对象,他们都对人类终极关切的问题提出了独到的看法,形成了不同的文化传统。按照雅斯贝尔斯的说法,在人类历史上,轴心时期是一个非常独特的极其重要的时间段。因为差不多所有重要的文化选择,亦即差不多所有的文化传统都是在这个时期被确认和建立起来的,自那以后,人类文明虽然有了长足的进步,但是人类文化生活中却再也没有发生过任何类似的具有新的意义的事件。也就是说,各个民族或各个地域的文化传统基本上就是在这个时期奠定下来的,当然这也标志着人类神话时代的结束。参见〔德〕卡尔·雅斯贝斯:《历史的起源与目标》,魏楚雄、俞新天译,北京,华夏出版社,1989,第7、27、31、280、302页。论者留意到雅斯贝斯对"轴心时期"时间界定前后有不一致之处。

② 杨向奎:《宗周社会与礼乐文明》,北京,人民出版社,1992,第411~412页。

③ 高明注译:《大戴礼记今注今译》,台北,台湾"商务印书馆",1975,第149~150页。

第七章　远古神话世界的原始思维与艺术启示

前人追溯中国历史的起源，不外乎两种看法：一种是从盘古开天地开始，续接三皇，中国人有句家喻户晓的民谚："自从盘古开天地，三皇五帝到于今"；另一种是以黄帝为断，不说三皇，后人也常说"我们都是炎黄子孙"。仔细比较上述两种看法，发现两者的历史脉络有异、文化渊源也有别。盘古开天辟地神话和黄帝共祖传说至今在华夏大地还广为流传，并且相随有许多的文化遗迹、纪念仪式、庙宇祭拜、膜拜活动等，这些文化载体本身已带有强烈的历史意义，担当着文化记忆载体与媒体的功能。① 当然上述两种"文化记忆"的方式比较起来，其文化差异也相当明显：其一，战国秦汉以后华夏子民常说"我们都是炎黄子孙"，但是宣称自己是"盘古子孙"的比例甚少。其二，台湾学者王明珂认为以"黄帝"为起始的"历史"是凝聚华夏"同出一源"的"根基历史"的一种方案，② 在战国晚期的华夏认同中，"黄帝"已成为此一群体之共祖，并蕴含领域、政治权力与血缘之多重起源隐喻。透过"得姓"以及与姓相联结的祖源历史记忆，越来越多中国周边的非汉族的统治家族，以及国域内的社会中下层家族，得与"黄帝"（或炎黄）有血缘联系。也即是说所谓"华夏"并非由共同血缘、语言与文化播衍所形成的人群，而是由人们之"主观认同"所构成的群体。③ 由此说明，"黄帝共祖"现象是华夏正史文化的典范说法，一直流传在正统的历史叙事和历史心性之中；而现存可考的文献记载中盘古传说是出自纬书野史之类的典籍，只在民间广为流传，一直难登官方历史叙事的殿堂。把"黄帝共祖"现象称为正统的官方记忆，而把盘古传说称为典型的民间记忆似乎更为精当。令人感兴趣的是，在中国人的文化记忆中，能同时允许这两种不同风格的文化记忆方式存在，本身就是值得思索的问题。其三，尤为重要的是，"黄帝共祖"现象作为一种华夏意识的体现，后面续接了诸多帝王谱系和家族谱系，充分体现了

---

① 关于"盘古"神话的文化记忆及神话流变情况，可参见张振犁：《中原古典神话流变论考》，上海，上海文艺出版社，1991，第 23～42 页。

② 王明珂：《英雄祖先与弟兄民族——根基历史的文本与语境》，北京，中华书局，2009，第 27～30 页。

③ 王明珂：《英雄祖先与弟兄民族——根基历史的文本与语境》，北京，中华书局，2009，第 31 页。

华夏民族重视"血缘性文化"的生命力，由此成为中国传统史家和正统文化中最悠久、最漫长的历史记忆之一；而盘古神话和与之相仿的混沌神话却很少谈及血缘关系，可以说是比较纯粹的神话式的记忆方式，它们一直留存在民间的宗教信仰之中。在某种程度上，这也暗合了中国前人所具有的两种极端且模糊的概念："大始"与"大还"。"大始"一词指的是宇宙的初始，《周易·系辞上》说："乾知大始，坤作成物。"《礼记·乐记》注所说："大始，百物之始生也。""大还"则指人类重归一种神秘时刻的体验，即李白所描绘的"赫然称大还，与道本无隔"（《草创大还赠柳官迪》）的一种精神状态。前者为宇宙层面的，后者为心理层面的，实际上两者在中国人的思想中经常交织在一起。"大还"的渴望驱使着人们去做无限地接近文明和艺术原初状态的努力，然而与"大始"本身的接触，只能以有限的历史知识拓展自身，以当下的直觉在"大还"的理想状态中存在。让我们先分析盘古与混沌神话所蕴含的原始思维及艺术启示。

第一节　盘古与混沌神话的思想关联

盘古神话的研究已逾百年，茅盾、闻一多、吕思勉、张振犁、李福清、饶宗颐等诸多现当代学术名家都曾涉足，可谓成果丰硕，但也积案如山。不同的学者从不同的角度进行研究探讨，因而也得出不同的结论。[①] 如何劈开这些藤蔓缠绕的问题？正如侯红良所论，解决问题的关

---

① 总体上分为两派：其一，本土说，茅盾在《中国神话 ABC》（1929）中认为盘古神话来自南方两粤，现代学者如马卉欣，认为盘古神话产生于中国的中原地带，张振犁、李福清、饶宗颐等也认同此说。其二，外来说，由于盘古尸体化生宇宙的情节，与印度神话中梵天用感官化生的情节相近，而故事又晚出，故有许多近世学者对盘古的来历产生怀疑。最早提出盘古为印度之神的是明代的马欢，他在《瀛涯胜览·锡兰国》中将盘古等同于印度的创世大神阿达摩（Adam，亦有译为阿聃、安荼），他说："王居之侧，有一大山（Adam's Peak），侵云高耸，山顶有人脚迹一个，入石深二尺，长八尺余，云人祖阿聃（Adam）圣人，即盘古之足迹也。"（转引自杨宽：《中国上古史导论》，见吕思勉、童书业编著：《古史辨》第七册上编，上海，上海古籍出版社，1982，影印本，第 158 页）在《外道小乘涅槃论》中，有 Adam 神创世的神话："本无日月星辰，虚空及地，唯有人水。时大安荼（Adam）生，形如鸡子，金色周匝，时熟，石破为二段，一段在上作天，一段在下作地。"[（北魏）菩提流支译：《提婆菩萨释楞伽经中外道小乘涅槃论》，见《新编缩本乾隆大藏经》第 87 册，台北，新文丰出版公司，1991。]此外，还有另一种中国人种西来说的理论，则认为盘古乃巴比伦巴克族（Bak）之音转。这种理论曾经得到一些中国学者的支持，例如（清）丁谦《中国人种从来考》中就说："西史谓徙中国者为巴克民族，巴克乃盘古转音。中国人谓盘古氏开辟天地，未免失实，而盘古氏之为中国始迁祖，则固确有可考矣。"（转引自柳诒徵：《中国文化史》，台北，正中书局，1958，第 13 页）

键是如何论证盘古神话产生的时间问题。现在看来，进行所谓"文史考辨的路径"来加以研究，未解决的问题似乎还是永远会陷入泥淖之中而难以自拔。为此，冷静地去反思"为什么"会出现这种"研究困境"也许是最明智的做法，这样也许更有利于解决问题：其一，上古文献的遗失情况，正如李福清所说："根据传世史料作结论，但三国之前古籍无闻不代表民间没有盘古神话流传。古书一向保存不全，完整的记载还是我们从《艺文类聚》与《太平御览》两本书才知道的。"①其实，我们知道先秦的古书经秦汉以后，时移世易，其随世代改变而沉埋亡遗者，不可胜数，传世之书寥若晨星。就《汉书·艺文志》所载录文献的遗失情况而言，已经明见无疑。其二，经典文献的宰制力量，秦汉以后，中国原生性的神话传说作为旧文化传统逐渐受到新兴的文化理性主义传统的宰制，代表新兴文化方向的经典文献如《诗》《书》《礼》《易》《春秋》等经典或若干诸子子书逐渐凌驾于巫术、方技或野史等旧文化传统之上，从而使后者只是作为"异例边缘"而存在，像盘古之类的神话只能出现在《三五历纪》这类野史性质的书籍之中。精英和经典文献对边缘文本的遮蔽是一股不容忽视的重要力量，而同时作为"边缘异例"的文化成分倔强挣扎的生命行为也值得注意。比如《汉书·艺文志》作为一类体现秦汉新文化传统的典型文献，把当时的知识归为"六艺略"、"诸子略"、"诗赋略"、"兵书略"、"数术略"、"方技略"六类，根据后世知识界普遍的研究共识，通常只注意前三类而忽视后三类，但是后世出土的文献大部分却是"兵书"、"数术"、"方技"之类。②故此，盘古神话由于隶属于边缘异类，可能被忽略以致遗失不清也是可能的。也可以如是说，盘古与混沌神话自身的命运轨迹也恰好说明了整个先秦神话传说的文化命运。其三，思想与文字剥离的问题，台湾学者陈启云认为盘古与混沌神话存有所谓"时差"问题："一种思想的源起、发展，和它写成文字及记载在流传下来的文献之间，可能有很长的时差……神话传说，最初是口语相传，距写成文字时的时差可能更长。因此，盘古神话在汉代以后始见诸文字，不能断定这种神话必然晚出。至于从文字上把'盘古''盘瓠'连结起来，更是一'文字障碍'。"③其实"盘古"的名字和神话文字出现的时间可能比较晚，但神话中包含的"元义"

---

① 〔俄〕李福清著，李明滨编选：《古典小说与传说——李福清汉学论集》，北京，中华书局，2003，第191页。
② 葛兆光：《中国思想史·导论：思想史的写法》，上海，复旦大学出版社，2001，第102页。
③ 陈启云：《中国古代思想文化的历史论析》，北京，北京大学出版社，2001，第52页。

（开天辟地的元始、终极等主题意义）则可能源出得很早。① 也即是说，"盘古"的名字可能采自汉代或汉代以后边疆民族"盘瓠"的传说，但是其所包含的主题意义和所代表的文化心态，却是先秦所固有。② 和"盘古"神话关系最密切的是"混沌"宇宙的原始观和神话。如《淮南子·诠言训》开章明义便说："洞同天地，浑沌为朴。未造而成物，谓之太一。同出于一，所为各异，有鸟、有鱼、有兽，谓之分（方）物。"《淮南子·天文训》："天墜（地）未形，冯冯翼翼，洞洞漏漏，故曰：太昭（始）。"陈启云认为："从主题意义上说，'盘古'神话和《淮南子》'宇宙论'代表的都是：'最初一切（天、地、万物、人）大通混冥，后来才分裂剖判'的想法。从'名字称谓'上看，……在《淮南子》中，对'最初一切大通混冥'，也有'浑沌'、'太一'、'冯冯、翼翼、洞洞、漏漏'、'太始'……不同的称言。据罗梦册的研究，与'浑沌'主题意义相同，或相近、相关，但'名字称谓'不同的称言，不但有程瑶田《螺蠃转语记》所搜集了'螺蠃'、'蒲卢'等转语者三百事，并且有'混沦'、'昆仑'、'帝鸿'……称言……同一主题意义，以不同的称言散布在古代诸子经传各处。"③

在世界各民族的神话中，普遍存在一种英雄杀死混沌海怪的创世母题，英雄杀死象征前世无序状态的混沌海怪并用海怪的尸体创造大地同样意味着世界的开端（鲧正是此类混沌海怪——北冥之鲲），而杀死海怪的英雄在神话中则往往是具有创世能力的、黑暗之神的儿子太阳——光明之神。而在中国洪水神话中，鲧之窃息壤、堙洪水的失败与禹之卒布土、定九州的成功不过是前创世无序状态（违帝命创世）与创世后的有序状态（受帝命创世）的象征状态。禹最重要的历史业绩为治平洪水，而洪荒之后也标志着文化另一个阶段的开始。孟子说，洪水治平后，人们得以安居；然后后稷教人耕种，使人不虞饥渴；契教人以人伦，于是人类的文化再一次地灿烂成熟了。而这一切都是以禹的治水为契机。④ 所以在鲧、禹神话传说中，关键是禹治水成功后的象征意义。中国自古以来便拥有关于混沌的神话和思想，神话本身就是人类早期思想的混沌状态，

---

① 陈启云：《中国古代思想文化的历史论析》，北京，北京大学出版社，2001，第68页。
② 陈启云：《中国古代思想文化的历史论析》，北京，北京大学出版社，2001，第53页。现在诸家一般研究相当晚出的古典文献或事件，承认和其他许多古文献一样，可能吸收了来自更古老时期的历史资料，此即为古代文本分历史层次的问题。
③ 陈启云：《中国古代思想文化的历史论析》，北京，北京大学出版社，2001，第54页。
④ 《孟子·滕文公上》："当尧之时，天下犹未平，洪水横流，泛滥于天下，草木畅茂，禽兽繁殖……禹疏九河，瀹济、漯而注诸海，决汝、汉，排淮、泗而注之江，然后中国可得而食也。"

其中含有对自然和社会最初的疑问和解释。楚国屈原在《天问》中发问：

> 曰：遂古之初，谁传道之？上下未形，何由考之？冥昭瞢
> 暗，谁能极之？冯翼惟像，何以识之？明明暗暗，惟时何为？
> 阴阳三合，何本何化？

屈原还在此描述了宇宙创生之前，天地尚未分开，世界是一团"冥昭瞢暗"、"冯翼惟像"的混沌世界。

《山海经·西山经》云：

> 又西三百五十里，曰天山，多金、玉，有青雄黄。英水出
> 焉，而西南流注于汤谷。有神焉，其状如黄囊，赤如丹火，六
> 足四翼，浑敦无面目，是识歌舞，实为帝江也。①

这个叫帝江的混沌究竟是什么呢？"毕沅云：'江读如鸿，《春秋传》云：帝鸿氏有不才子，天下谓之混沌。此云帝江，犹言帝江氏子也。'珂案：经文实为帝江，宋本、毛扆本作实惟帝江，于义为长。毕说江读如鸿，是也；谓帝江犹言帝江氏子，则曲说也。古神话必以帝鸿即此'浑敦无面目'之怪兽也。帝鸿者何？《左传·文公十八年》杜预注：'帝鸿，黄帝。'《庄子·应帝王》：'中央之帝为浑沌。'正与黄帝在'五方帝'中为中央天帝符，以知此经帝江即帝鸿亦即黄帝也。"②这便是混沌神的名号了。从《山海经》对于混沌神的形象的描绘即可知道混沌神其形"状如黄囊"，其色"赤如丹火"，生有"六足四翼"，却"浑敦无面目"。③综合这些说法，最初的世界在原始初民的认知里是一个黑暗的、圆浑的、呈中空形式的幽暗物体，且象征着"原初的美妙"。可以看出上古时期人们曾将"混沌"

---

① 袁珂：《山海经校注》，成都，巴蜀书社，1993，第65～66页。
② 袁珂：《山海经校注》，成都，巴蜀书社，1993，第66页。
③ 叶舒宪等对《山海经》混沌诸相的解说为"混沌"是"昆仑"这一东方神话世界山的物化或物态形式，是"匏：葫芦"的对应物与存在的自然"实体"，是"混沌：宇宙"的缩微与"原初的美妙"。（叶舒宪、萧兵、〔韩〕郑在书：《山海经的文化寻踪》，武汉，湖北人民出版社，2004，第891页）从"混沌"二字的语符来看，吴泽顺认为："昆仑一名，语源于混沌……浑沦、混沦、昆仑并为混沌之转语形式，混沦与昆仑古音同。（转引自叶舒宪、萧兵、〔韩〕郑在书：《山海经的文化寻踪》，武汉，湖北人民出版社，2004，第892页）从语义来看，"混"为混茫，"浑"为圆浑，二者皆含封闭、黑暗之义，即混沌或浑沦、混沦、昆仑为一黑暗、圆形的实体，此为三说。（刘向政：《"混沌"创世神话的原始象征意义与宇宙观》，《求索》2007年第2期）

作为黄帝的形象之一。作为"人"的外貌，首先在于其有眼、耳、鼻、口等七窍，有了七窍才能与外界有所交流而聪明。此正如《庄子·应帝王》所载：

> 南海之帝为儵，北海之帝为忽，中央之帝为浑沌。儵与忽时相与遇于浑沌之地，浑沌待之甚善。儵与忽谋报浑沌之德，曰："人皆有七窍以视听食息，此独无有，尝试凿之。"日凿一窍，七日而浑沌死。

袁珂指出混沌与古人时空观念之产生的关系："这个有点滑稽意味的寓言，包含着开天辟地的神话的概念。混沌被儵忽——代表迅疾时间——凿了七窍，混沌本身虽然是死了，但是继混沌之后的整个宇宙世界却也因之而诞生了。"[1]而且，他在《中国神话通论》中进一步明确指出："儵、忽，譬喻的是一瞬间的时间，当宇宙还是混沌一团的时候，就连一瞬间的时间观念也不会产生；直要到混沌开辟，才有时间的观念产生。"[2]"人"的特征在于"皆有七窍以视听食息"，具备了这点才是能够正常生活的人，否则就不是人，而黄帝正是那个被开"七窍"者。浑沌（亦即黄帝）有了"七窍"，也就有了聪明。《史记·五帝本纪》谓，黄帝"生而神灵"、"成而聪明"，与这个说法多少有些相联系之处。后世曾将许多发明创造归于黄帝，以彰显其神灵，这正反映了在远古时代黄帝是最早的开了窍、有了"聪明"的"人"这一认识。就此而言，黄帝应当是传说时代"人"走出自然的标志。混沌被凿七窍而死，恰如凤凰涅槃，从而得到了新生。这里面其实也隐含了一个吊诡的事实：混沌之死，结束的是"无知无欲"的世界；混沌之后开展的是"有知有识"的世界，从某种意义上可以说，死不是生的终结而是新生的开始，后世人们说黄帝是"人文初祖"，这就意味着他是真正的大写的"人"。[3]故此，研究如"浑沌·盘古"神话这样晚出的记载于文献中的神话传说，最重要的是研究它所代表的主题含义和原始心态。[4]

---

① 袁珂：《中国古代神话》，北京，华夏出版社，2004，第17页。
② 袁珂：《中国神话通论》，成都，巴蜀书社，1993，第67～68页。
③ 此处解读参见晁福林：《认识"人"的历史——先秦时期"人"观念的萌生及其发展》，《学术月刊》2008年第5期。
④ 陈启云：《中国古代思想文化的历史论析》，北京，北京大学出版社，2001，第53～55页。

第二节　远古神话世界中的原始思维与神话产生的意义

法国人类学家列维-布留尔被公认为是研究原始思维的理论大家，布氏的名作《原始思维》主要是分析原始初民是如何思考的。作者吸取法国社会学家涂尔干的社会学研究思路，力求从集体表象入手来分析原始思维，他认为在自然民族中个体意识对集体意识绝对服从，以致意识不到个体意识的存在，这是一种"集体表象"："原始人的集体表象以其本质上神秘的性质有别于我们的表象"，"原始人的意识已经预先充满了大量的集体表象，靠了这些集体表象，一切客体、存在物或者人制作的物品总是被想象成拥有大量神秘属性的。"[①]原始人的智力活动是集体的智力活动，有它特有的规律，即"互渗律"。互渗是指原始人的一种信仰，认为在两件事物和两种现象之间存在着部分同一或相互之间有一种直接影响，尽管它们之间并无空间上的联系或明显的因果关系。如按照我们熟悉的逻辑——语言叙述逻辑——同时既认定自己是人类又认定自己是一种长着长长的红色羽毛的鸟类，这是自相矛盾的。但是对于受"互渗律"支配的思维来说，这样做丝毫不值得诧异："在原始人的思维的集体表象中，客体、存在物、现象能够以我们不可思议的方式同时是它们自身，又是其他什么东西。它们也以差不多同样不可思议的方式发出和接受那些在它们之外被感觉的、继续留在它们里面的神秘力量、能力、性质、作用。"[②]"互渗的实质恰恰在于任何两重性都被抹煞，在于主体违反着矛盾律，既是他自己，同时又是与他互渗的那个存在物。"[③]如波罗罗人硬要人相信他们现在就已经是真正的金刚鹦哥了，他们既可以是人，同时又可以是长着鲜红羽毛的鸟。也即是说原始思维根本不按照逻辑思维进行，不接受以逻辑思维的规则来评价他们的研究者所能接受的解释。[④] 布留尔的基本看法，与弗雷泽、卡西尔诸人的认识也有相似之处，如弗雷泽所说，"原始人并不受迂腐的逻辑推理的束缚"。[⑤] 卡西尔也反复阐明原

---

① 〔法〕列维-布留尔：《原始思维》，丁由译，北京，商务印书馆，1981，第62、69页。
② 〔法〕列维-布留尔：《原始思维》，丁由译，北京，商务印书馆，1981，第69～70页。
③ 〔法〕列维-布留尔：《原始思维》，丁由译，北京，商务印书馆，1981，第450页。
④ 〔法〕列维-布留尔：《原始思维》，丁由译，北京，商务印书馆，1981，第77页。
⑤ 〔英〕J.G.弗雷泽：《金枝》下册，徐育新、汪培基、张泽石译，北京，新世界出版社，2006，第659页。

始人的心智不是一开始就被赋予了种种逻辑范畴,①原始神话的真正基质不是思维的基质而是情感的基质,②也就是那种所谓一般生活的情调,从而原始社会的条理性更多地依赖于情感的统一性或者说一种"交感理论",而不是依赖于逻辑的法则:"有一种基本的不可磨灭的生命一体化沟通了多种多样形形色色的个别生命形式……所有生命形式都有亲族关系似乎是神话思维的一个普遍预设。"对神话和宗教感情来说,自然成了一个巨大的社会——生命的社会。透过这样的心灵所感受到的自然界中,人在这个社会中并没有被赋予突出的地位,生命在其最低级的形式和最高级的形式中都具有同样的宗教尊严或者说神圣性,人与动物、动物与植物全部处在同一个层次上。③从这一意义上延伸开去,我们可以发现庄子"万物一齐,孰短孰长"的齐物思想,虽然具有深奥的哲理,但是却跟这种原始心态有密切的思想关联。

借助于原始思维的观念来分析,似乎可以进一步估测图腾的文化意义,它应当是原始初民混沌不清的思维体现。"图腾"一词源于北美印第安人的土语,原意是"彼之血族"、"种族"、"家庭",④是他自己的"亲族",说明此前这些动物、植物或某种自然物就是他自己。⑤按照"互渗律",这种"亲族"观念已经是比较进步的混沌思维,这与纯粹的自然崇拜相比,应当可以看得更清楚。自然崇拜是人们对某一些自然现象的盲目崇拜,而图腾崇拜则是对某一种特定的动物或是植物及自然物有目的的崇拜。图腾崇拜是在自然崇拜的基础上发展起来的,由于人们仍然不能摆脱自然界的各种威胁,在饥寒交迫之下,正好有些动物为他们提供了生存的来源,从某种特定意义上来说,这些动物与人类在无形之中产生了一种特殊的相互依存体系。当然也不可否认的是在原始居民的狩猎活动中,遭到了一些猛兽的侵入威胁时,人们又不得不去畏惧它,于是又产生了另外一种以恐惧感受的体系,而人类也只能去寻找精神上的寄托,求助于另一种具有超自然的动物图腾来保护自己,这是以另一种克服对某种野兽的恐惧为体系的图腾,综合以上因素,所以就产生了以动物为图腾崇拜的现象,图腾信仰盛行于母权制度发展时期,通常所说的图腾时代,也就相当于原始人类的母权制度时代。在布留尔看来,互渗律起

---

① 〔德〕恩斯特·卡西尔:《语言与神话》,于晓等译,北京,生活·读书·新知三联书店,1988,第43页。

② 〔德〕恩斯特·卡西尔:《人论》,甘阳译,上海,上海译文出版社,1985,第105页。

③ 〔德〕恩斯特·卡西尔:《人论》,甘阳译,上海,上海译文出版社,1985,第106页。

④ 岑家梧:《图腾艺术史》,上海,学林出版社,1986,第1页。

⑤ 〔德〕恩斯特·卡西尔:《人论》,甘阳译,上海,上海译文出版社,1985,第106页。

作用操纵着原始人的信仰，互渗是图腾信仰的基础。《左传·昭公十七年》记载的少皞之国，就是鸟图腾的国度，其百官皆以鸟为名："昭子问焉，曰：'少皞氏鸟名官，何故也?'郯子曰：'吾祖也，我知之……'"再如，中国的社树也与祖先的灵魂联结在一起。按古代习俗，祭社之处必植树，"夏后氏以松，殷人以柏，周人以栗"（《论语·八佾》）。对社树，据《白虎通·社稷》所载，人们"尊而亲之，与先祖同也"。因为这些社树与祖先的灵魂互渗，所以"侮人之鬼者，过社而摇其枝"（《淮南子·说林训》）。其实，互渗律只能从属于万物有灵论，即灵魂观念的一种特殊形式。但"互渗律"在审美发生学上占有重要地位，因为万物有灵论是通向未来审美意识最直接的桥梁。这一点，只要我们把古代的"物化说"与"互渗律"作一比较，就可以清楚地看出来。如著名的庄周与蝴蝶的寓言故事，是这方面的生动说明：

> 昔者庄周梦为胡（蝴）蝶，栩栩然胡蝶也，自喻适志与，不知周也。俄然觉，则蘧蘧然周也。不知周之梦为胡蝶与？胡蝶之梦为周与？周与胡蝶，则必有分矣。此之谓物化。（《庄子·齐物论》）

庄周梦蝶主要是说明一种主客体由分离而合一的理想境地。庄周与蝴蝶必有分是在现象界的分，或者说是人主观意识下的分，由分而造成的对立。庄子正意图泯除这种分，所设的梦境实际上是超越的精神境界。梦为蝴蝶，则"栩栩然胡蝶"，这是思维（梦）掌握了客体；"自喻适志与，不知周也"，这是思维被客体掌握，最后达到连庄周与蝴蝶都分不清的程度。在这种境界中，庄周与蝴蝶可以互相变易，主体与客体之间也不再是对立的状态，化为一体。庄子称这种境界为"物化"。庄子这种"天地与我并生，万物与我为一"的物化境界，与布留尔强调的"互渗律"文化有相通之处："原始人的思维在把客体呈现给他自己时，它是呈现了比这客体更多的东西：他的思维掌握了客体，同时又被客体掌握。思维与客体交融，它不仅在意识形态的意义上而且也在物质的和神秘意义上与客体互渗。这个思维不仅想象着客体，而且还体验着它。"[①]

布留尔认为随着集体的每个成员的个人意识趋于确立，社会集体与

---

① 〔法〕列维-布留尔：《原始思维》，丁由译，北京，商务印书馆，1981，第429页。

周围的存在物和客体群体之间的神秘的共生关系就变得不太完全、不太直接、不太经常了，当已经不再真实地被体验但是仍然被感到迫切必要的互渗，可以借助一些中间环节来获得，[①] 而神话正是这个中间环节之一，它是确保那个已经不再是活生生的现实的互渗的时候才出现的。[②] 《竹书纪年·帝舜元年》云："击石拊石，以歌九韶，百兽率舞。"《拾遗记·炎帝神农》云："奏九天之和乐，百兽率舞，八音克谐。"这些神话仪式和舞蹈的目的，就是要通过神经兴奋和动作的忘形失神来复活并维持这样一种与实质的联系，在这种联系中汇合了实在的个体、在个体中体现出的祖先、作为该个体的图腾的植物或动物中，对于原始意识来说，是力求个体、祖先和图腾合而为一的。[③] 德国著名哲学家恩斯特·卡西尔提出"人为符号的动物"的著名观点，神话、语言、艺术、知识等是人类为其自身所创造出来的一些独特的介质（或符号），藉着这些介质，人类乃得以使其自身与世界相分离，而正因为这一种分离之缘故，人类反得以更为紧密地与世界联结在一起。[④] 因此，人实际上不是生活在单纯的物理宇宙之中，而是生活在一个自己创造的符号宇宙之中。从某种意义上讲，人是在不断地与自身打交道而不是应付事物本身。象征符号表现了人与动物的差异，人被定义为象征符号的创造者和使用者，动物可以理解信号，但只有人可以驾驭象征符号。人类处于自己编织的人类的经验之网之中，人类被包围在语言的形式、艺术的想象、神话的符号以及宗教的仪式之中，以致除非凭借这些人为媒介的中介，他就不可能看见或认识任何东西。即使在实践领域，人也并非生活在一个铁板事实的世界之中，并不是根据他的直接需要和意愿而生活，而是生活在想象的激情之中，生活在希望与恐惧、幻觉与醒悟、空想与梦境之中。[⑤] 而神话正是人类处于恋爱或处于仇恨中，是处于希望或处于畏惧中，是处于喜悦或处于怖栗中的感情。[⑥] 总之，神话本身即反映了人性的跃进和进步，正如王尔敏

---

① 〔法〕列维-布留尔：《原始思维》，丁由译，北京，商务印书馆，1981，第432～433页。
② 〔法〕列维-布留尔：《原始思维》，丁由译，北京，商务印书馆，1981，第435页。
③ 〔法〕列维-布留尔：《原始思维》，丁由译，北京，商务印书馆，1981，第85～86页。
④ 〔德〕恩斯特·卡西尔：《人文科学的逻辑》，关子尹译，上海，上海译文出版社，2004，第34页。
⑤ 〔德〕恩斯特·卡西尔：《人论》，甘阳译，上海，上海译文出版社，1985，第33～34页。
⑥ 〔德〕恩斯特·卡西尔：《人文科学的逻辑》，关子尹译，上海，上海译文出版社，2004，第66页。

所说："古人创造神话传说，宗旨原在人类地位之提升。不愿下侪于动物，往往自为族类附庸于天上神种，必须自命非凡，方能裁制万物。"①其实在中国人看来，也早知道人是来自于禽兽，《大戴礼记·易本命》将人作为五虫之一：

> 有羽之虫三百六十，而凤凰为之长；有毛之虫三百六十，而麒麟为之长；有甲之虫三百六十，而神龟为之长；有鳞之虫三百六十，而蛟龙为之长；倮之虫三百六十，而圣人为之长。此乾坤之美类，禽兽万物之数也。②

古人创造神话正在于提升人之地位。中国先民讲人的来历，绝对和禽兽划清界限，而要与天帝拉上正统血亲关系，全靠编织动人的神话故事，向本族外族不厌其烦地解析来历，而这种高度的智慧，只有人类才能创造。③借助神话等中介环节标志着人向更高思维形式的迈进，随着神话中神秘力量和情感因素的逐渐减少，智力的、认识的因素在这些表象中开始占着越来越重要的地位。当思维变得比较注意经验的时候，当我们注意事物之中客观因素超过了神秘和情感的力量，集体表象逐渐趋向于获得概念的形式。比如，当石头的本质特征记录和固定在"石头"的概念中时，再要想象石头说话、山岩随意移动、它们生出人来等，就成为不可能了。概念也就是具有某种形式之观念，文字或一形式之概念一旦在一形式关系之世界中被操作了，那么即刻它就被一切形式关系所捆绑（如因果、主客、时空、次序等）。④但是在我们的时代里，对互渗的需要扎根更深，它的来源更为久远。即便在今天都有神秘力量的残留。⑤

---

① 王尔敏：《先民的智慧：中国古代天人合一的经验》，桂林，广西师范大学出版社，2008，第 2 页。

② 郝懿行《尔雅义疏·释虫》云："《考工记·梓人》云：'外骨、内骨、却行、仄行、连行、纡行，以脰鸣者、以注鸣者、以旁鸣者、以翼鸣者、以股鸣者、以胸鸣者，谓之小虫之属。'《月令》：'鳞、毛、羽、介，通谓之虫。'《大戴礼记·易本命》篇又以人为倮虫，而圣人为之长。"

③ 王尔敏：《先民的智慧：中国古代天人合一的经验》，桂林，广西师范大学出版社，2008，第 78～79 页。

④ 史作柽：《二十一世纪宗教与文明新探》，北京，宗教文化出版社，2007，第 60～61 页。

⑤ 〔法〕列维-布留尔：《原始思维》，丁由译，北京，商务印书馆，1981，第 451、446 页。

第三节　原始艺术的精神呈现

古今中外的现代学者，关于原始艺术方方面面的研究成果很丰富，相对于其研究对象原始遗存的却屈指可数，用汗牛充栋来形容之，也非虚言。① 但客观地说，即便对原始艺术研究领域里的一些最基本的问题，也存在诸多争议之处，比如精研原始艺术美学的美国学者布洛克说：原始艺术"之所以是艺术，并非是因为那些制造和利用它的人说它是，令人啼笑皆非的是因为我们说它是，它是由于外来的宣判成了艺术"。② 将现代的艺术范畴，如审美、结构、对称、形式或内容等强加到所谓原始艺术的头上，很可能令远古人莫名其妙；再套用现代审美经验的"三 D"原则，即非功利性(disinterestedness)、超越性(detachment)、情感距离(e-motional distance)，③ 原始艺术尤显得格格不入。因为与现代审美观念的高度抽象化和沉思化相比，原始审美的力量在于能和神话、仪式一起促使观察者积极体验的那种完全情感化、审美化、宗教化或神秘化的力量，也就是一种共同参入的原则，如同上文所提到的所谓"百兽率舞"的热闹场景。这些是远非一位坐在电影院或艺术博物馆当一位超然的艺术欣赏者所能体会到的。④ 这样一来，我们刚踏入研究原始艺术的起点，就有可能陷入了布洛克所说的"一种尴尬的处境之中"：一方面，如果说原始艺术是艺术品，这就暗指它们在当时的社会中是被当作纯艺术品来制造或欣赏的，实际上并非如此。艺术在古代的确是公共事业，这与现代个人性的审美趣味差异甚大；另一方面，如果我们说它不是艺术品，就暗示制造和使用它们的人没有审美鉴赏力和优劣评判能力，这同样可能也是误解。⑤ 正如博厄斯所说："即使最贫穷的部落也会生产出自己的

---

① 对于西方现代学者开展原始艺术的研究进程、研究方法及研究成果等基本情况，可参见〔法〕埃马努埃尔·阿纳蒂：《艺术的起源》，刘建译，北京，中国人民大学出版社，2007。

② 〔美〕简·布洛克：《原始艺术哲学》，沈波、张安平译，上海，上海人民出版社，1991，第 3 页。

③ 用通俗的话说，如果人们看到的事物不是以它为手段去达到别的目的，不是为眼前的私利或功利性动机，这就是审美。即是说他是为这东西的本身去看，或者只是为看它的乐趣而去看。

④ 〔美〕简·布洛克：《原始艺术哲学》，沈波、张安平译，上海，上海人民出版社，1991，第 10 页。

⑤ 〔美〕简·布洛克：《原始艺术哲学》，沈波、张安平译，上海，上海人民出版社，1991，第 19 页。

工艺品，从中得到美的享受，自然资源丰富的部落则能有充裕的精力用以创造优美的作品。"①比如中国出土的新石器时代的石器用具，比如西安半坡村出土的骨器其形状、纹饰、图案等都呈鲜明的左右、上下对称；原始人注意线条，特别是色彩的运用，如在北京山顶洞发现的石珠、骨坠、兽齿等就有赤铁矿粉末涂染的红颜色，这或许是出于某些具体的宗教原因，但是利用选择过的色彩以掩盖原本的天然色泽，无疑就是一种审美价值观的体现。结构人类学的开创者列维-斯特劳斯研究土著人对周围的动植物几乎全部都有浓厚的兴趣，"不使任何一个生灵、物品或特征遗漏掉，要使它们在某个类别系统中都占有各自的位置"②。也就是原始人力求把周围的秩序都分配好它们各自的位置以维持一个秩序，这种追求秩序的冲动，就体现了原始人有显著的审美能力，体现了人类的审美追求。一堆乱石成不了建筑，除非按照一定的秩序排列起来才成为建筑。

现代原始艺术的大量遗存的确反映出原始人类不仅适应人类环境的要求而且有能力扩展自我的情感与精神空间。正如卡西尔指出的艺术、神话、仪式等无非是人类自身编造的符号之网，本身就反映了人性的觉醒和精神的跃进。③ 故此，对于原始人类来说，原始艺术与其说是一种艺术，不如说是一种蕴含着精神力量的文化载体。它往往能与神话仪式联系起来共同加强"互渗感"的神圣力量，并能强化一种原始初民集体力量的行动和愿望。至于中华原始艺术在华夏艺术史上的地位，编撰《中华艺术通史》的名家认为："中华原始艺术，不仅是中华艺术的源头，而且也是它的有机部分。在后来逐渐成熟并繁荣起来的中华艺术所具有的许多性质、品格和特征，都发轫于中华原始艺术。几乎可以说，在中华原始艺术中，可以直接或间接地找到中华艺术的主要因素，特别的母体或萌芽。"④关于中华原始艺术的若干基本特征和精神风貌，诸家常常以"混沌一体"、"天人相偕"、"写意"特征、"象征"特征等归纳概括之，这些研究结论也基本是学界的共识。⑤ 但当我们再立志向前跨一步的时候，顿时感到举步维艰，有时只能匍匐而行。因为当站在万年以后的土地上，

---

① 〔美〕弗朗兹·博厄斯：《原始艺术》，金辉译，上海，上海文艺出版社，1989，第1页。
② 〔法〕列维-斯特劳斯：《野性的思维》，李幼蒸译，北京，商务印书馆，1987，第14～15页。
③ 〔德〕恩斯特·卡西尔：《人论》，甘阳译，上海，上海译文出版社，1985，第87～91页。
④ 刘峻骧主编：《中华艺术通史·原始卷》，北京，北京师范大学出版社，2006，第298页。
⑤ 刘锡诚：《中国原始艺术》，上海，上海文艺出版社，1998，第43～54页。

那远古神话世界中稀薄而鲜活的文化空气反而令我们不知所措，凭借那高妙的想象力所达到的境界永远令今人感到苍茫得很。解决问题的办法也许有多种，但是有一种路径是值得尝试的，我们除了继续进行对原始艺术材料的发掘、整理与阐释的惯常路径之外，特别需要加大对原始艺术精神的研究、反思与理论建构。

在原始艺术的研究过程中，为了减少研究对象的不确定性和简化研究内容，学界常用的办法是将原始艺术进行"二分式"的研究：一是重其形式因素，认为原始艺术的形式特征是最富有特色的审美特征和最纯粹的艺术性因素，最不需要社会学的知识，我们可以不顾远古艺术创造的社会环境和社会关系，此条路径可以广泛研究各类艺术形式，甚至进行跨地区的研究，早年的中国考古学者常通过考察出土艺术品形式风格的变化判断各个原始文化遗址之间的递承关系。20 世纪早期美国学者博厄斯的《原始艺术》至今是这方面的典范之作；二是侧重艺术品内容方面的研究，或突出其象征因素或强调其社会条件或说明其文化功用，20 世纪早期德国学者格罗塞的《艺术的起源》是这方面的开山之作。① 二分式的研究进路，各显妙用，这种分离性的研究方法其弊端也是毋庸讳言的，但是面对原始艺术自身存在的无穷无尽的未知数来说，只能是一种明智的选择。如对于一位彩陶之图形表达者来说，他可能是一个纯粹形式意义上的艺术加工匠，也可能是一个艺术情感的表达者，甚至是一位当时当地的思想家。我们不得不选择一种身份来加以研究，尽管这种身份也是想象的产物。尽管这些远古的艺术作品已经被发掘了出来，而这些艺术的创作者则将永远掩埋在黄土之下。艺术作品的创作者的身份既已不可知，那么原始艺术产生的具体情境，特别是其背后存有的情感取向和价值取向更不可知。但原始艺术最令人感兴趣的恰恰就是背后的故事："艺术的关键并不在于艺术家们所表现的物品，而是通过他的艺术表现再创造的那个对象，因为真实的物品对他们来说是没有意义的，他们只是希望凭借种种的艺术表现手段，表达出他们更想表达的文化意义。"② 这艺术背后意义的不可重现性，令后来的研究者似乎永远感到是走在茫茫无知的原始丛林之中，甚至好像是一直在以自己可怜的智力玩猜谜的

---

① 中国学界比较有代表性的原始艺术研究方面的权威教材与著作，都深受格罗塞的影响。如刘锡诚《中华原始艺术》等，包括上文提及的大型艺术丛书的一部分《中华艺术通史·原始卷》，其基本思路也是类同格罗塞。

② 〔英〕罗伯特·莱顿：《艺术人类学》，李东晔、王红译，桂林，广西师范大学出版社，2009，第 130 页。此语为艺术史家冈布里奇的话。

游戏。

原始艺术的各种形式，无论是岩画、陶纹、雕塑、人体装饰、原始建筑、绘画、舞蹈、音乐，还是原始诗歌与神话，都主要以自然为底色，特别是彩陶象形纹饰，其数量不多，而且仅限于鱼、蛙、鸟、虫、人等有限的几种形象，但在中国原始美术乃至全部美术史中占有举足轻重的地位。① 彩陶象形纹饰体现着与人相近似的情感，促使人们在较为亲切和谐的关系中对世界与人类进行自身的认识，达到所谓"天人相偕"的理想状态。② 这些艺术形象的创造成为中华民族艺术精神的写照，也体现了中华民族艺术精神在原始时期的基本特征。在史前时期形成的人与自然的关系及相应的观念，在以后曲曲折折的历史长河中，一直有着深刻的影响。也可以说，在原始社会，艺术成为诠释自然的一种表达方式，中华远古人与自然相亲相近，充分体现了人类自身对天地万物及草木鸟兽的观察和体认。《周易·系辞下》："古者包牺氏之王天下也，仰则观象于天，俯则观法于地，观鸟兽之文，与地之宜，近取诸身，远取诸物，于是始作八卦，以通神明之德，以类万物之情。"在此不论包牺氏到底是上古何时何地的神话人物，但是这种"仰观俯察"的自然心态倒很符合原始时代的实践情形。从某种"仰观俯察"的原始心态出发，也产生了原始先民对"文"的观念，这都是与自然界的事物相联系的，如"物一无文"（《国语·郑语》）、"物相杂，故曰文"（《周易·系辞下》）诸说。"文"又泛指一切纹理、花纹，与"纹"相通，《说文》释云："错画也，象交文。"以许慎的推想，"错画"是由许多的线、色所构成的美丽花纹，这是人对于自然客观事物外部观察所获得的视觉印象，"文"正是对这种印象的直观描述。日本学者白川静受格罗塞研究思路的启发，③ 从"文"的甲骨文和金文的字形着手研究，从民俗学的研究视角出发修正了许慎的说法。"文"的甲骨文为"🧍"，金文为"🧍"，白川静认为"文"是文身说，是在胸部加上文身之人的正面形，文身原是具有加入与圣化礼仪的文身之意，也就是以一定的仪式形式目的而所加身体的装饰。文身似乎关联着一个文化的

---

① 据目前发掘的早期彩陶遗址和物品，彩陶数量不超过陶器总数的10%；在象形纹饰出现较多的遗址中，象形纹饰器物的数量不及彩陶的10%。而几何纹彩陶约占全部彩陶的90%以上。参见刘峻骧主编：《中华艺术通史·原始卷》，北京，北京师范大学出版社，2006，第222、302页。

② 刘峻骧主编：《中华艺术通史·原始卷》，北京，北京师范大学出版社，2006，第227页。

③ 〔日〕白川静：《中国古代文化》，〔日〕加地伸行、范月娇译，台北，文津出版社，1983，第179页。格罗塞把艺术的始源分成身体装饰、描写艺术、舞蹈等类别。

起点，而文身在东亚的文化圈中，系沿海民族几乎都有的习俗。人生于天地之间，长于天地之间，被自然的条件所制约。然而，在如此被制约的生活中，无本来意义的文化。一说"文化"本来就具有"栽培"的意义。人是由农耕生活而知道了自然的秩序，理解了自然的季节推移与地理的诸条件，于是发现了秩序，使之调和，因此人才能够安定、提高其生活，此乃"经天纬地"之事情。即文，人文也，就是人类所创造的秩序与价值，人也由此获得了其自主的方法。[①] 在古汉语中"艺术"之"艺"，[②] 原意是种植或栽培的技能，在先秦典籍里这个字的使用，也多是指人工技能。艺术最初是与生产技能融为一体的，这倒符合原始艺术与宗教、巫术活动"混生"的情形。[③]

---

① 〔日〕白川静：《中国古代文化》，〔日〕加地伸行、范月娇译，台北，文津出版社，1983，第1～26页。
② 在《后汉书·孝安帝纪》有"艺术"一词，中国古代有六艺。至于现代"美术"一词是出自日本明治维新时期的翻译。
③ 参见刘峻骧主编：《中华艺术通史·原始卷·总序》，北京，北京师范大学出版社，2006，第2页。

第八章　帝系神话传说的产生及文化意义

在华夏先民的原始心态中，混沌初开是以混沌与盘古元神的双双牺牲为代价的，即便造人补天的"女娲"神话其所表达的"死亡"意旨也非常明显，如在《山海经·大荒西经》中说："有神十人，名曰女娲之肠，化为神，处栗广之野，横道而处。"①中国创世神话的系列主神已死，这是与西方《圣经·旧约》中的《创世记》神话和古希腊神话中的主神最大的不同：《创世记》中的神（上帝）是永恒的，上帝存在于宇宙创造之前，上帝创造了宇宙万物和人以后继续存在，而在宇宙万物毁灭之后，上帝仍然永恒存在；②古希腊奥林匹斯山上万神殿中的众神跟大地上人类与动物分享的生存区分开的最基本的东西："是神不知有疾病、痛苦、衰老与死亡。他们不断地活着，不断地以他们看不见的辉煌存在着，就像天上闪亮的星辰，众神是永远年轻的幸运者、不朽者、长生不死者。"③因此，陈启云认为在中国神话中，"开天辟地"元神之死是一个极重要之"悲剧元义"，且认为产生这种极端激烈心态的原因可能来自于新石器文化后期或《路史》所谓"自剥林木以来，何日而无战"的情状之中④，积累下来的"元义"心态。⑤中国创世主神已死的悲剧心态，不排除有战乱因素激发的可能性，但是我们认为与其说来源于此，不如说更多地根源于远古神话世界在自身的实际发展进程中的具体呈现，也就是说"盘古·浑沌"神话在新的历史文化空间下出现了精神危机与发展困境，而原始初民又在新的历史时空中寻求到了突破危机与重建精神信仰的文化之途，总之，"盘古与

---

①　袁珂：《古神话选释》，北京，人民文学出版社，1979，第18页；杨利慧：《女娲的神话与信仰》，北京，中国社会科学出版社，1997，第169～171页；张步天：《山海经解》，香港，天马图书有限公司，2004，第496页。张氏认为《山海经》中只有女娲"造人"事，尚没有"补天"一事。

②　陈启云：《中国古代思想文化的历史论析》，北京，北京大学出版社，2001，第66页。

③　〔法〕让-皮埃尔·韦尔南：《神话与政治》，余中先译，北京，生活·读书·新知三联书店，2001，第271页。

④　（宋）罗泌《路史·前纪》（卷五）回顾古代"有巢氏"传说，不禁说："太古之民……（有巢氏以来）有剥林木而战者矣，胜者以长……自剥林木以来，何日而无战？太昊之难，七十战而后济。黄帝之难，五十二战而后济。少昊之难，四十八战而后济。"（转引自陈启云：《中国古代思想文化的历史论析》，北京，北京大学出版社，2001，第65页）

⑤　陈启云：《中国古代思想文化的历史论析》，北京，北京大学出版社，2001，第67页。

浑沌"之死不过是一个历史发展进程中的文化表征罢了。也可以如是说，中国创世主神已死或许并不是一种悲壮的宣告，而是预示着在一场危机产生之后孕育而出的新生机、新希望。上古传说中的一则经典个案——"绝地天通"神话正处在远古神话从危机到转型的十字路口上。故此，如果把"绝地天通"神话置放在一种文化变迁的视角之下加以分析，或许能说明一些问题。

第一节　绝地天通

重、黎绝地天通的事迹，见于《山海经·大荒西经》《尚书·吕刑》和《国语·楚语下》。其中《山海经》的描述富于神话色彩，一般的研究者很少注意，但是袁珂对"绝地天通"的一番推论却极具启发性：

> 天空和地面相距原本是比较近的，到颛顼派遣重黎去做"绝地天通"的工作，二神各伸出一双硕大无朋的手臂，一个仰身将天空尽力往上面举，一个俯身将地面尽力往下面按，这样就使本来接近的天地渐渐"相远"乃至于"不复通"了。因此颛顼"命重黎绝地天通"的神话，便忠实地反映了阶级社会形成之初的阶级划分的情景，这以后本来是人们的"教师和同事"的神，便随着奴隶主的愈有权威而在天空升得愈高了。①

---

① 袁珂：《古神话选释》，北京，人民文学出版社，1979，第183～184页。袁珂的此处论述是来源于对《山海经·大荒西经》中一则"绝地天通"神话的解释。《山海经·大荒西经》："颛顼生老童，老童生重及黎，帝令重献上天，令黎邛下地。"郭璞云："古者人神杂扰无别，颛顼乃命南正重司天以属神，命火正黎司地以属民。重寔上天，黎寔下地。献、邛，义未详也。"珂案：郭注此语，本于《国语·楚语》。《楚语下》云："昭王问于观射父曰：'《周书》所谓重、黎使天地不通者，何也？若无然，民将能登天乎？'对曰：'非此之谓也……是谓绝地天通。'"此社会发展，第一次阶级大划分在神话上之反映也。"古者民神不杂"，历史家之饰词也；"民神杂糅、不可方物"，原始时代人类群居之真实写照也；故昭王乃有"民能登天"之问……至于"使复旧常、无相侵渎"云云，则无非"绝地天通"后统治者建立之"新秩序"，非可以语于"旧"与"常"也。此经"帝（颛顼）令重献上天、令黎邛下地"，即《国语》之所谓"绝地天通"也；而郭璞注却云："献、邛，义未详。"……疑"邛"初本作"印"，印，甲骨文作 𝔞，像以手抑人而使之跽，义即训抑训按，此印之本义也。后假借为印信之印，渐成专用词，又造"归"字以替之，谓之为"抑"，云："按也，从反印。"（见《说文》九）其实抑、印古本一字，印即抑也。"帝令重献上天，令黎印下地"，韦昭所见《山海经》或即如此，义固朗如也。殆后"印"字一讹而为"卬"，再讹而为"邛""邛"，则晦昧难晓矣。参见袁珂：《山海经校注》，成都，巴蜀书社，1993，第461～462页。

　　袁珂认为"绝地天通"是为了建立新的社会秩序而产生的一个神话，帝颛顼是想通过"绝地天通"来整顿人神社会秩序、创造一个理想有秩序的社会状态。袁珂能把"绝地天通"传说的背景知识置放在一个新旧交替的文化氛围中加以审视，不愧为通达之见，在这里尚需对"绝地天通"传说所发生的文化根源和其中所包含的文化变迁抽绎一二。

　　在远古神话世界的早期，原始初民是处于"浑沌"互渗的阶段，人与自然浑成一体，初民是运用非逻辑与神秘的原始思维去认识与体验世界，甚至连神话、巫术、文字、艺术等中介手段也不需要。那时的原始人类，比起成年时期的人类，好像还是些儿童，相信天不过像山顶那样高，并且相信天神在地上对人类留下了许多重大福泽。荷马经常说到诸天神定居在奥林匹斯山峰，而地上最高的山峰就被看作支撑诸天的柱子。其实在整个希腊人的黄金时代，人们也相信天神们也是住在尘世间和英雄们结伴的，他们也确信自己在尘世间能看到天神们。① 翻检中国《山海经》里的众神的生活居处也是如此，众神似乎仅比凡人住得高了一些，如《五藏山经》中的群山到处都住满了精灵与神话人物，"长留之山，其神白帝少昊居之"（《西山经》）；"天山……有神焉，其状如黄囊，赤如丹火，六足四翼，浑敦无面目，是识歌舞，实为帝江也"（《西山经》）；"大荒之中，有山，名曰大荒之山，日月所入。有人焉三面，是颛顼之子，三面一臂，三面之人不死"（《大荒西经》）；"大荒之中，有山名成都载天。有人珥两黄蛇，把两黄蛇，名曰夸父"（《大荒北经》）。"高山"也成为"群巫所从上下"之天梯（《海外西经》），有一名巫师柏高能登肇山至于天（《海内经》）；如此等等，在先秦其他文献中类似的说法也比较常见。另外中国古人对"天"的认识是它既高高在上，又与人不远，这种观念表现在汉字"天"字的写法上。"天"在甲骨文和金文里分别写作大（甲三六九〇）、大（墙盘）等，这些都是在人的形象上有一个显著的头，"天"的形象就是人的头。天在人的头上，可以说很远，以致高不可攀；也可以说是很近，就在人的头上，甚至就是人的头顶。总之，在华夏远古人的心目中，神也住在人间且与凡人混然而处。如同前文所述，"盘古开天地"与"浑沌"初开的象征意义最直接的表达就是开启了原始心态的罅隙，推进了向人类知识进军的步伐，这也暗含了现代人类学家的研究共识——在原始初民的小规模社会中，"巫术宗教"与"前科学知识"也是双线平行发展的。② 巫术

---

① 〔意〕维柯：《新科学》，朱光潜译，北京，人民文学出版社，1986，第5页。
② 吴锐：《中国思想的起源·前神守——神守时代》第一卷，济南，山东教育出版社，2003，第193页。

促进了科学的萌芽，^① 人并非所有事情都依赖于巫术信仰，也并非都以巫术的方式去控制自然。在生产实践中，首先以所拥有的知识、经验和智慧作为指导，去理性地协调各种工作，只是在经验、理性不及的地方，在人类知识还没有把握的活动范围内才用巫术、宗教的方式。其实在整个人类历史的文化进程中来说，如此品格迥异的文化因素也时常巧妙地结合在一起。原始初民虽然运用人类的心智只有一种混沌而笨拙的本能，但是浑身洋溢出强烈的感觉力和广阔的想象力，无知是惊奇之母，使一切事物对于一无所知的人们都是新奇的，而好奇心是无知之女，知识之母，是开人心窍的。^② 故此，随着人类探求知识欲望的发展，促进了人类智力的发展，随着人类心灵的无限力量不断向前攀升，随着前科学知识如利用观天象来占卜的需要迫使各族人民不断地仰观俯察。随之，在各族人民的心目中，诸位天帝就日益升高，而神们和英雄们也就随着诸天而日益升高。东方人、埃及人、希腊人和拉丁人由于这种思想的一致性，虽然彼此各不相识，但是后来都把诸神分配到日月星辰上去了。^③

由此看来，《山海经·大荒西经》记载的这则重、黎"绝地天通"的故事，是把天与地逐渐分开以致隔离，这恰恰反映了人类智慧跃进的一例光辉的路标。但是尼采也说过："谁用知识把自然推向毁灭的深渊，他必身受自然的解体……智慧之锋芒反过来刺伤智者；智慧是一种危害自然的罪行。"^④与之相伴随的，也引发了人类在精神层面乃至社会运作等方方面面的问题。《国语·楚语下》所讲述的另一个版本的"绝地天通"传说就吐露出了这个信息。因为《国语·楚语下》的记载较为翔实，诸家颇爱征引。为后文讨论问题的方便，兹录《国语·楚语下》中的材料如下：

昭王问于观射父，曰："《周书》所谓重、黎寔使天地不通者，何也？若无然，民将能登天乎？"对曰："非此之谓也。古者

① 即便是鼓吹原始思维的布留尔也不像许多学者指出的那样认为整个原始人的心灵和本性都是无差别的互渗。参见卡西尔对布留尔的批判，〔德〕恩斯特·卡西尔：《人论》，甘阳译，上海，上海译文出版社，1985，102、105 页。马林诺夫斯基对此批判尤烈，见〔英〕马林诺夫斯基：《巫术科学宗教与神话》，李安宅编译，上海，上海文艺出版社，1987，第 13 页（据商务印书馆 1936 年初版影印）；布留尔也指出原始初民在实际生活中，比如雨来了也注意避雨、逃避野兽袭击等，〔法〕列维-布留尔：《原始思维》，丁由译，北京，商务印书馆，1981，第 93 页。
② 〔意〕维柯：《新科学》，朱光潜译，北京，人民文学出版社，1986，第 162～163 页。
③ 〔意〕维柯：《新科学》，朱光潜译，北京，人民文学出版社，1986，第 377 页。
④ 〔德〕尼采：《悲剧的诞生》（插图修订本），周国平译，桂林，广西师范大学出版社，2002，第 73 页。

民神不杂。民之精爽不携贰者，而又能齐肃衷正，其智能上下
比义，其圣能光远宣朗，其明能光照之，其聪能听彻之，如是
则明神降之，在男曰觋，在女曰巫。是使制神之处位次主，而
为之牲器时服，而后使先圣之后之有光烈，而能知山川之号、
高祖之主、宗庙之事、昭穆之世、齐敬之勤、礼节之宜、威仪
之则、容貌之崇、忠信之质、禋絜之服而敬恭明神者，以为之
祝。使名姓之后，能知四时之生、牺牲之物、玉帛之类、采服
之仪、彝器之量、次主之度、屏摄之位、坛场之所、上下之神、
氏姓之出，而心率旧典者为之宗。于是乎有天地神民类物之官，
是谓五官，各司其序，不相乱也。民是以能有忠信，神是以能
有明德，民神异业，敬而不渎，故神降之嘉生，民以物享，祸
灾不至，求用不匮。及少皞之衰也，九黎乱德，民神杂糅，不
可方物。夫人作享，家为巫史，无有要质。民匮于祀，而不知
其福。烝享无度，民神同位。民渎齐盟，无有严威。神狎民则，
不蠲其为。嘉生不降，无物以享。祸灾荐臻，莫尽其气。颛顼
受之，乃命南正重司天以属神，命火正黎司地以属民，使复旧
常，无相侵渎，是谓绝地天通。其后，三苗复九黎之德，尧复
育重、黎之后，不忘旧者，使复典之。以至于夏、商，故重、
黎氏世叙天地，而别其分主者也。其在周，程伯休父其后也，
当宣王时，失其官守，而为司马氏。宠神其祖，以取威于民，
曰：'重寔上天，黎寔下地。'遭世之乱，而莫之能御也。不然，
夫天地成而不变，何比之有？"①

观射父为楚国的第一国宝，② 上面所载的一大段宏论，主要是观射
父追忆早期宗教发展的历史。按其说法，古代的民神关系也经历了三个
阶段：

其一，少皞以前，民神不杂，巫、觋、祝、宗各司其职，民神异业，
天下太平；

其二，少皞以末，民神杂糅，人人作享，民神同位，天下大乱；

① 上海师范大学古籍整理组校点：《国语》，上海，上海古籍出版社，1978，第559～564
页。

② 楚大夫王孙圉出使晋国，赵简子问他："楚国把一块叫作'白珩'的玉佩当作国宝，有多
少世代了？"王孙圉说楚国从来不把白珩当作国宝。楚国的国宝第一是观射父，第二是
左史倚相……见上海师范大学古籍整理组校点：《国语》，上海，上海古籍出版社，
1978，第579～580页。

其三，颛顼时代，绝地天通，民神不杂，天下复归太平。

观射父"绝地天通"传说的议题似乎构建了一个历史发展阶段论或循环论，颇似维柯在其《新科学》中所表达的人类历史发展三阶段（或三种时代）的观点，[①] 也与中国传统史家所认为华夏历史发展的三阶段，即圣人作物时代、帝王创制时代与建立王朝的信史时代有相合之处。[②] 维柯基于古埃及人的历史观念，归纳了上古以来人类历史发展的三大进程，即"神的时代"、"英雄时代"、"人的时代"。观射父所说的"民神不杂"的时代，即中国古史的第一阶段，都是一些创造器物的半人半兽的神话人物，这些圣人次第发明各种改善人们生活的劳动方法和器物，人们只从自然界平等地撷取资源，此时都还没有触及政治设施所必需的人为制度，这时的圣人或领袖只是人们主动的依附，不具有王者的权威。这种情形可以相应于维柯所说的"神的时代"，在维柯看来，在那个时代，人们相信一切事物都是由天神所造成的或做出来的，一切都得听神谕或占卜来发号施令与安排人间事物的秩序。观射父认为"民神杂糅"的时代，大概相当于"绝地天通"传说发生的前后，也相当于中国古史中以黄帝为代表的"五帝时代"之前后。在此阶段，与圣人作物不同的是此时期开始加强社会的各种人为制度和设施，如黄帝被称为"人文初祖"，开始礼制的创建，国家形态的萌芽等，此时期最高的领袖称为"帝"。此时期对应于维柯所说的"英雄时代"，维柯认为这是阶级社会与早期国家逐渐产生的时代，也是贵族政体即将诞生的前夜，此时出现了若干强力人物并试图在宗教的约束力下寻求突破。按荷马的说法，阿喀琉斯的一贯做法就是先求神问卜然后再用自己的矛尖去决定一切权力。这种人宣称来源于神，生来就具有生性高贵的优越性，因此一切权力也都由这种人独占着。观射父所说的"绝地天通"传说之后的漫长时代，相当于中国建立王朝的信史时代，这以夏、商、周三代为代表，在此时期阶级已确立，国家制度化，个人对于社会的义务强化且已有文字记载，用维柯"人的时代"的说法，是已经开始极为充分地运用人类理性的时代。

根据现代人类学的常识，在阶级社会出现以前，即"神的时代"，也即是"以人事神"的时代，人人平等，人们的宗教权利也是平等的，任何人可以与神沟通，所谓"夫人作享，家为巫史"，即如龚自珍在《壬癸之际

---

① 〔意〕维柯：《新科学》，朱光潜译，北京，人民文学出版社，1986，第 33、327、395、465、540 页等。

② 许进雄：《中国古代社会：文字与人类学的透视》，北京，中国人民大学出版社，2008，第 26 页。

胎观第一》中所云:"人之初,天下通,人上通,旦上天,夕上天,天与人,旦有语,夕有语。"[1]这也就是弗雷泽所说的"个体巫术"阶段。[2] 观射父的"民神杂糅、家为巫史"说法的确是初民的实际情形,而他指出的信仰危机归结为"民神杂糅"的恶果,其实只是在"神的时代"晚期出现的文化弊端,也就是个体巫术发展到极端的时候呈现出的文化衰败的情形:

> 及少皞之衰也,九黎乱德,民神杂糅,不可方物。夫人作享,家为巫史,无有要质。民匮于祀,而不知其福。烝享无度,民神同位。民渎齐盟,无有严威。神狎民则,不蠲其为。嘉生不降,无物以享。祸灾荐臻,莫尽其气。(《国语·楚语下》)

以观射父的看法,等到少皞氏衰落,九黎族扰乱德政,民和神相混杂,不能分辨名实。每人都举行祭祀,各家都自设巫史,没有了相约诚信。百姓穷于祭祀,而得不到福泽。祭祀没有法度,民和神处于同等地位。百姓轻慢盟誓,没有敬畏之心。神对人的一套习以为常,也不求祭祀洁净。谷物不受神灵降福,没有食物来献祭。祸乱灾害频频到来,不能尽情发挥人的生机。总之,一切都似乎乱了套,什么人都可以祭祀,民与神之间的差异被逐渐抹平,神明被亵渎而失去了威严。祭神是当时社会最重要的大事,如果人人都可以同神,神还是神吗?不规范礼仪范式,不使神成为神,神还有什么意义?上述文化衰败的情形似乎直接宣告了主神"已死"的信息。所以我们可以大胆地估测,在"绝地天通"之前的漫漫长夜,原初先民是生活在极度的精神虚空与信仰失调的煎熬之中。帝颛顼实行"绝地天通"的新举措,首先就是要解决人的信仰缺空的问题。故此,也只有放在这个大的文化时空中才能深刻地理解帝颛顼"绝地天通"的意涵。

> 颛顼受之,乃命南正重司天以属神,命火正黎司地以属民,使复旧常,无相侵渎,是谓绝地天通。(《国语·楚语下》)

理解"绝地天通"的关键点在于如何理解这个"属"字。韦昭在《国语》注中将"属"释为"会",从训诂的角度看,并不确切。《说文解字》云:

---

[1] (清)龚自珍:《龚自珍全集》,上海,上海人民出版社,1975,第13页。

[2] 〔英〕J. G. 弗雷泽:《金枝》上册,徐育新、汪培基、张泽石译,北京,新世界出版社,2006,第64～65页。

"属，连也。"可知"属"的本义当为连续。由于事物相互连续就能会聚在一起，所以"属"字才会引申出"会"义来。因此，"属"虽有"会"义，但用于解释属神、属民却并不恰当。

许兆昌认为：

> 属神、属民的意义不应是会聚神、会聚民从而对他们进行管理——这一种解释显然把重、黎的职权想象得太大，而是连续神、连续民，从而使他们之间能相互沟通……因为"绝地天通"的目的和意义都并不在于断绝，而是在于连续，或者更可以说，是在于对"连续"的垄断。由于这种垄断改变了"夫人作享，家为巫史"的混乱局面，杜绝了神和民的随意直接沟通，所以也就成了"绝地天通"。因此，颛顼"乃命南正重司天以属神，命火正黎司地以属民"，只能作为一种宗教活动内部的分工来看，其具体操作过程就是由重负责联系神，将神的旨意通过黎传达给民众；由黎负责联系民，将民的祈求通过重上达给神祇，如此而已。①

故此，把许兆昌的解释放在"浑沌"主神已死的信仰缺空的时空背景之下加以考察当更加可信。"绝地天通"乃是重、黎作为神和民之间沟通的桥梁，并将此类工作纳为此二人所专有，其他人不再具有此能力。由于这种垄断改变了"夫人作享，家为巫史"的混乱局面，杜绝了神和民的随意直接沟通，所以也就成了"绝地天通"。在这新局面下，民、神重新各归各位，一个基于敬畏意识的等级秩序重新建立起来。以上举措恰好强化了"英雄时代"的礼制创建，此即为帝颛顼的宗教改革。帝颛顼通过"绝地天通"圈限了众多巫者的权力而规范了若干专业巫者的权限，防止了神话世界的彻底崩毁，也重新保证了神话传说世界的神圣性。在某种程度上可以说，这是以牺牲原始初民的宗教自由为代价的，也就是说帝颛顼用不平等的权利取代了过去社会的平等权利，老庄之学所深深眷恋的那种"过去的美好时光"真是一去不复返了。

第二节　从巫到帝

《史记·五帝本纪》述颛顼功绩："帝颛顼高阳者，黄帝之孙而昌意之

---

① 许兆昌：《重、黎绝地天通考辨二则》，《吉林大学社会科学学报》2001 年第 2 期。

子也。静渊以有谋，疏通而知事；养材以任地，载时以象天，依鬼神以制义，治气以教化，絜诚以祭祀。"古人认为颛顼的作为主要有两方面：一是上述所讲的"绝地天通"的宗教改革，使神、巫、人事几个范畴各得其序，许多学者认为这一"宗教改革"在信仰领域是将巫术文化发展为祭司文化，由巫掌管的神人之间的交通的本领为帝王所独占，由自然崇拜之下的多神信仰发展为祖先崇拜，从而导致了原初社会的精神生活由巫术而向国家宗教的递变，也预示着"由人事神"向"神道设教"的基本转型；二是帝颛顼懂得治理天下且致力于物质生产，开启宗教与政治分割而治明的思想，如《国语·楚语下》所谓"于是乎有天地神民类物之官，是谓五官，各司其序，不相乱也"。颛顼不重武功，却声名显赫，甚或超过黄帝，于是乎成为"五帝时代"承上启下的重要代表人物，这种卓越的地位的形成能得到传统史家的首肯，现代人也许不易理解，但是把他放在中国神话传说命运的大走向大格局中才能明晓其义。在"神的时代"，原始初民生活中的方方面面都得听从神话传说的力量或巫术的力量，而帝颛顼"绝地天通"传说作为"五帝时代"最具标志性的事件之一，开始合理地转化并制御了巫术的力量，并向现实的世俗政治之途推进，这一举措既突出了华夏初民开始重视人间现世的精神品格又充分彰显了中国神话传说中"英雄时代"的基本风貌，乃至奠定了中国古典世界的若干文化基调乃至秦汉以后传统世界的文化走向。总之，帝颛顼的作为对中国文化的走向产生的影响既深且巨，把帝颛顼的作为放进人类史上"从巫到王"的历史大脉络中去加以考察，当更会明白这一历史事件的独特风貌与价值。

中国远古占卜的事实，从发掘的材料来看，5400年前就有骨卜的习惯，但是直到七八百年后的龙山文化（黑陶时期）才较普遍，此时出现了以动物肩胛骨占卜的习俗。[①] 此后，用甲骨占卜的巫术极为盛行，借兽甲骨与龟甲为媒介，以求获得神明对于人类询问的解答。至于巫术的产生原因，[②] 一般人认为原始初民对于自然界的各种事物，颇觉某种神秘，欲对此加以解释，便来求助于自然对象。不仅如此，原始人亦在生产力极端低下且思维极为幼稚的情况下，对自然力软弱无力，又尽受沉重的压抑，自然力时常使得人类产生恐惧之感，因此人类对自然有所求。如

---

① 文物出版社编：《中国重大考古发现》，北京，文物出版社，1990，第52～57页。许进雄：《中国古代社会：文字与人类学的透视》，北京，中国人民大学出版社，2008，第560～561页。

② 梁钊韬对巫术起源的各派学说及评价有过简略的概括，可参见梁钊韬：《中国古代巫术——宗教的起源和发展》，广州，中山大学出版社，1992，第19～25页。

此一来，人类对于自然界的神秘感或冥冥可怖的恐惧感，基于人类自有好奇与征服自然的心理一面，希冀深层了解而影响或征服自然力。于是，根据自己的愿望，利用一定的方式，影响自然或其他人，以便使自然与他人的行为符合自己的愿望，从而产生巫术。① 巫术发展的最初阶段是在不同感知基础上的个体巫术，经过诸多个体巫术的积累，为着整个部落共同利益的目的而集中了这种积累中有普遍意义或被公认为可以广泛使用者，便能上升至所谓公众巫术（即普遍巫术）的地位。② 用列维-布留尔的观点，当在原始初民的社会集体中认为那些最重要的互渗需要借助中间环节或者"媒介"，如巫术、神话等来保持互渗的时候，可能就越来越集中在选定的某些特定的人身上，也逐渐地意味着要把神圣的人和物与世俗的人和物之间的越来越明确、越来越稳定的差别确定下来。③ 这样就为公共巫术的产生孕育了条件，也为王者的产生铺平了道路，如许进雄的论述：

> 在古代原始宗教迷信弥漫的时代，不论中外，能够与鬼神交通的人，是非常受尊敬，享有很高地位的。甚至文明发展的许多项目也得力于他们的努力。巫并不是远古蒙昧时代的产物。而是到了有原始的宗教概念的时候，即人们对于威力奇大而又不能理解的自然界开始有了疑惑与畏惧，才想象有了神灵以后的事物。神灵不会直接和我们说话，所以如何把愿望上达，如何得到神灵的指示，无疑是很重要的事。如果有人有能力与鬼神交通，肯定就会得到大家的信赖和尊敬。譬如说，一般人不晓得烧裂甲骨的诀窍，只有巫有办法在短时间内烧裂甲骨而问卜，故巫在古代的社会能享崇高的地位。但是早期的社会尚无等级，人人的社会地位平等，还没有神灵的世界是有组织的世界的观念。因此被认为有特别能力而能与鬼神交通的人，只是业余的接受别人的请托，没有特殊的社会地位，不成为一种专业。要等到社会有了等级，产生了对别人具有约束力的领袖后，鬼神的世界也才有等级，有了至高的上帝。那时宗教的活动也成了生活的重要内容，才有专业的神职人员，享有高出众人的

---

① 宋兆麟：《巫与巫术》，成都，四川民族出版社，1989，第 218 页。
② 张紫晨：《中国巫术》，上海，上海三联书店，1996，第 4 页。
③ 〔法〕列维-布留尔：《原始思维》，丁由译，北京，商务印书馆，1981，第 440～441 页。

社会地位和威望。①

做巫师是需要一定的技术手段的，比如用骨头占卜就不是一件简单的事。首先是材料的价格不菲，一只牛只有两块肩胛骨，并且牛也不是一般人能轻易宰杀的；占卜所用的骨头要经过很多修整的手续，包括锯、磋、挖、刻等，均需要专业人才，有时可能因为烧灼不得法，一天也难以显现一片兆纹。巫者在烧灼时控制兆纹的角度更是难度极大。巫者每次卜问都需要经过烦琐的手续，这都是相当费钱和费时的事情。所以巫术的技术不是一般人所能从事的，它不但增加了巫术的神秘性，也建立了巫者的权威性。② 另外在原始初民时代，巫师随时可能因为自己的一个错误被发现而付出生命的代价，这种尊贵而又冒险的职业使他们除了善于隐藏自己的无知而实行欺诈外，更多的则是提供了最为强大的思想动力，推动他们用真才实学来代替骗人的把戏。因此，巫师在治病、预告未来与调整气候等方面都积累了广博的知识。③ 在此时，巫术知识正是改善人的命运的最卓越、最有力的工具。④

中国先民从蒙昧进化到有组织的文明社会，是由无数人的劳力和经验逐渐累积发展起来的结果。一些智力较高的人，开了文明的端绪，激起文明的进一步提高。一些有特别贡献的人，后世以圣人视之。甲骨文的"圣"字（🔲林二·二五·一四），像一个有大耳朵的人在一张嘴之旁，表示此人有聪明的听力以聆听口所发出的声音。在以狩猎为生或野兽出没的时代，敏锐的听力是一种很重要的保命及猎取食物的技能，能有此特长，容易在同伴中取得信赖而被敬佩，成为众人所信服的领袖人物。但在较进化的时代，所聆听的就可能是神的指示，在到处充满神秘感的时代，自是被视为值得信赖的领袖人选。在中国古史的第一阶段，神话代表的人物是有巢氏、燧人氏、神农氏等制作器物的人，尚没有政治权威。⑤ 但是正如卡尔·雅斯贝斯说："作为统治者和圣贤而为大众仿效的

---

① 许进雄：《中国古代社会：文字与人类学的透视》，北京，中国人民大学出版社，2008，第505页。

② 许进雄：《中国古代社会：文字与人类学的透视》，北京，中国人民大学出版社，2008，第561～562页。

③ 〔英〕J. G. 弗雷泽：《金枝》上册，徐育新、汪培基、张泽石译，北京，新世界出版社，2006，第64～65页。

④ 〔英〕J. G. 弗雷泽：《金枝》上册，徐育新、汪培基、张泽石译，北京，新世界出版社，2006，第49～50页。

⑤ 许进雄：《中国古代社会：文字与人类学的透视》，北京，中国人民大学出版社，2008，第27～28页。

人物出现了，广大民众无不目睹了他们的行动、成就和命运。这是使人们走向自我意识和不害怕神灵的第一步。"①这种人文基调似乎在"绝地天通"之前引起的精神危机之中，古人就敲响了。比如与古希伯来文化相比，中华远古神话传说中的创世主神一开始就牺牲掉了，没有出现万能的上帝，也没有出现上帝恩赐的丰美的伊甸园。这"两个没有"决定了中华先贤的行为方式与思维方式一定不同于亚当与夏娃。人必须动手动脑，必须发明创造，才能过上好日子。没有神，只能依靠人，依靠善于动手、善于动脑的人，依靠理性而智慧的人。中华大地上的难题，都是由人来解答的。天上的天文由人来观测，地上的洪水由人来治理，火由人钻木制取，巢由人构木建造。伏羲氏发明捕鱼狩猎的网罟，神农氏发明农耕的耒耜等。甚至在后世的诸子百家记载中的中华先贤，个个都是用发明创造解答难题的典范。

当个体巫术发展到顶峰，迫切需要一定的举措进行管理与规划的时候，帝颛顼实行"绝地天通"，也就是强化了所谓"公众巫术"的地位。在观射父看来，巫者主持祭祀，是那个时代最有知识、技术和最具有文化意义的象征性人物，男的叫觋，女的叫巫，他们精通各种知识（知山川之号、高祖之主、宗庙之事、昭穆之世、齐敬之勤、礼节之宜、威仪之则、容貌之崇、忠信之质、禋絜之服），懂得各种仪式规范（知四时之生、牺牲之物、玉帛之类、采服之仪、彝器之量、次主之度、屏摄之位、坛场之所、上下之神、氏姓之出），渐渐地在这些巫师中就形成了种种"各司其序，不相乱"的官员，由他们负责降神，而民众就渐渐习惯与听从他们所转达的神的旨意，这样神灵能够有灵验也能够有德行（神是以能有明德），而民众则不再参与神灵世界，只是对神灵信任而且忠诚（民神异业，敬而不渎），于是，整个秩序非常安定。当巫术成为公共职务而影响了原始社会的素质而言，它趋向于将管理权集中在最能干的人手中。一旦一个特殊的巫师阶层已经从社会中被分离出来并被委以安邦治国的重任之后，这些人便获得日益增多的财富和权势，直到他们从领袖们中脱颖而出、发展成为神圣的国王。② 弗雷泽认为：

> 不论在什么地方，只要见到这类为了公共利益而举行的仪

---

① 〔德〕卡尔·雅斯贝斯：《历史的起源与目标》，魏楚雄、俞新天译，北京，华夏出版社，1989，第 58 页。
② 〔英〕J. G. 弗雷泽：《金枝》上册，徐育新、汪培基、张泽石译，北京，新世界出版社，2006，第 92 页。

式，即可明显地看出巫师已不再是一个个体巫术的执行者，而在某种程度上成了一个公务人员。这种官吏阶层的形成在人类社会政治与宗教发展史上具有重大意义。当部落的福利被认为是有赖于这些巫术仪式的履行时，巫师就上升到一种更有影响和声望的地位，而且可能很容易地取得一个首领或国王的身份和权势。①

华夏人在人类史上"从巫到王"的历史演进之中，也可就"巫"与"帝"的字源含义进行一番文化探究。中国汉字的起源虽已可追溯至史前陶文，但现今所发现的各期史前陶文数量极少（自一字以至六十六字不等），故欲探讨"巫"字之义，应自甲骨文起。甲骨文中有"✝（粹一〇三六）"、"✠（甲二三五六）"字是唐兰首先认出来的，他识字的线索是受罗振玉用隶书与古文字比较的启示，由于字形同于《诅楚文》中的"丕显大神巫咸"之"巫"（巫诅楚文）字。② 这一考释久已成为定论。另外根据目前所见的资料，最初对邦国首领的称谓，只称王，不称帝，"帝"是后来才出现的。商王武丁之后，所谓主宰宇宙的精灵——帝，才开始同王结合在一起。③由此可以推论，远古部落首领称为"帝"，是出于后人的追述。但是后人把这个"词"用在刻画上古王者的神圣性与文化性等方面的追溯倒是十分准确的称呼。"帝"是指父祖辈中最强悍有力或因其贡献巨大而受到全社会尊崇的人物。这些帝，由于其辈分上的原因以及孔武有力或才能出众而受到全体氏族成员的敬仰并被选举为氏族的领袖即人王。在氏族中，帝由于其人王地位而显得格外突出尊崇。人王是凝聚整个社会群体的核心，全体氏族成员都如众星捧月般地环绕在王的周围听从于他的命令。而每一代帝，为了强化其领袖地位及其权威，不断地突出其人王的形象并发挥其领导决断作用。一辈辈的帝，往往同时就是一代代的人王。随着世代的嬗递，帝原有的父祖的意义逐渐淡出，人王的意义逐渐突显并不断地得到强化。在一般社会成员中开始禁止使用帝的称号，帝逐渐成了人王的同义词。谁被推举到最高领袖的地位，谁才有资格被称为帝。于是，帝作为氏族群体的父祖辈称呼，终于演化嬗变为人王的同义词与

① 〔英〕J.G. 弗雷泽：《金枝》上册，徐育新、汪培基、张泽石译，北京，新世界出版社，2006，第48页。

② 唐兰：《古文字学导论》，济南，齐鲁书社，1981，第166～167页。

③ 高明：《从甲骨文中所见王与帝的实质看商代社会》，见《高明论著选集》，北京，科学出版社，2001，第78页。

专用称号。

　　总之，"帝"是作为对氏族群体的繁衍与增殖作出贡献的父祖辈人物的称号，这种文化定位与人类史上"从巫到王"的历史脉络遥相呼应。黄帝是这样的人物，帝颛顼、帝尧等五帝也都是这样的人物。按古史家的说法，"绝地天通"之后是由圣人作物的时代进入了帝王创制时代。"绝地天通"的故事说明帝颛顼不仅在宗教改革上大有作为，而且在现实的政治操作中也显示出了高瞻远瞩的政治智慧，开启了原始初民由"以人事神"向"神道设教"的迈进之途。现代诸家也基本认识到了这一点，他们常从重、黎分职"神、民说"来解释这段文字，几成学界的共识。如徐旭生在《中国古史的传说时代》中这样解释"绝地天通"：

　　　　帝颛顼出来，快刀斩乱麻，使少皞氏的大巫重为南正"司天以属神"，韦昭解"司"为主司，解"属"为"会"，当是。"司天以属神"是说只有他，或者说只有他同帝颛顼才管得天上的事情，把群神的命令会集起来，传达下来，此外无论何巫全不得升天，妄传群神的命令。又使"火正黎司地以属民"，就是说使他管理地上的群巫，使他们好好地给万民治病和祈福。①

　　由于将属神和属民理解成为分管神事和民事，所以徐旭生进一步认为，重、黎分属神、民，就是后世神职与民职分流的源头：

　　　　从帝颛顼看来，崇高神圣的事业，只能由他和南正重、火正黎参加，或者更可以说，只能由他和重参加，就是黎也无权干与，参加其他职位的人更不必说。他们因为无权参与神圣的事业，所以不能以神圣图腾所属的名字为名字。此后职位的名字大约就成了司徒(土)、司马、司空(工)一类民事的名字。②

　　显然，徐旭生在这里把"绝地天通"导致的对神人交通的垄断看成了是颛顼和重的专利，而黎作为治民之职则被排除在外，所以他才会接着说："把宗教的事业变成了限于少数人的事业，这也是一种进步的现象。"③可以如是说，帝颛顼"绝地天通"所开创的神事和民事分割而治的

---

　　①　徐旭生：《中国古史的传说时代》(增订本)，北京，文物出版社，1985，第83页。
　　②　徐旭生：《中国古史的传说时代》(增订本)，北京，文物出版社，1985，第84页。
　　③　徐旭生：《中国古史的传说时代》(增订本)，北京，文物出版社，1985，第84页。

举措最终巩固了并奠定了华夏初民重视人间世界与现世的文化风貌。从帝颛顼"绝地天通"传说中也可以看出，中国人敬神、祭神或拜神，却从来没有把神绝对化，当他们一走出原始宗教的懵懂时期，就有意识地使神为现世服务。这种观念显然与古希腊英雄神话所表达的主题大有出入：在古希腊英雄神话中，英雄在某些条件下，可以在人的世界和神的世界之间建立起一个通道，可以通过考验来显示神的威力就表现在他身上，也就是说英雄的业绩不是个人的德行造就的，它是神之恩典，是超自然力量协助人的表现。① 希腊人认为美、高贵、力量、灵活、优雅、魅力的光彩等形体的诸多价值，也只有神才能如此饱满地拥有它们。② 德尔斐神庙有句格言"认识你自身"，最初也并不是柏拉图笔下的苏格拉底所谓"认识心中的自身与灵魂"的意思，而是意味着：弄明白你的局限，要知道你是一个终有一死的凡人，不要逞能与神明去媲美。③ 这更不像后世基督教（或者早期的犹太教）都是从多神信仰走向一神信仰，把上帝绝对神化，所有的教民都匍匐在上帝的脚下。中国人在神化天帝、四方神祇的同时也使人间的王公大臣的地位权威合理化、自然化。这种文化精神在中国的"英雄时代"的表现，也只有放在上述巫术文化的大格局、大走向中才能明晓。

第三节　"五帝传说"的世界

华夏初民的混沌初开，由巫到王的文化演进，使初民由此迈入了"英雄时代"，这以古史家津津乐道的"五帝时代"为标志。到目前为止，关于"五帝时代"方方面面的研究，小及一个字词如"黄"字考、"帝"字考等都众说纷纭；大到"五帝"之中的任何一位帝王史实的推论也是扑朔迷离，更有甚者驰骋想象远至异域他乡去找寻"黄帝"诸人的来龙去脉。④ 诸多问题与争议产生的症结在于古典文献对于三代以前的历史记载渺茫难求。在西汉司马迁的时代还流传着许多远古的神话与传说，但据他自己说："其文不雅驯，荐绅先生难言之"，删除太半，只"择其言尤雅者"著为《史

---

① 〔法〕让-皮埃尔·韦尔南：《希腊人的神话和思想——历史心理分析研究》，黄艳红译，北京，中国人民大学出版社，2007，第 380 页。

② 〔法〕让-皮埃尔·韦尔南：《神话与政治之间》，余中先译，北京，生活·读书·新知三联书店，2001，第 377 页。

③ 〔法〕让-皮埃尔·韦尔南：《神话与政治之间》，余中先译，北京，生活·读书·新知三联书店，2001，第 204～205 页。

④ 此说与"中国人种西来说"紧密相连，关系复杂，诸家论述颇多，暂不赘述。

记》的书首，从《五帝本纪》谈起。到了近代富有怀疑精神的学者犹以为不足。20世纪初期，顾颉刚抛出"大禹是一条虫"的问题，[①] 不啻于在现代学术界的天空爆响了一阵惊天动地般的春雷，但是直到现在大禹的"真正面目"还没有谁能搞个水清米白。如此一来，连夏朝都不敢肯定，遑论更早的"五帝时代"？故此，"黄帝子孙""五千年文明史"等传统的基本历史观念也都发生了动摇，而中国文化的根源问题仍然陷入荒邈迷濛之中。[②] 近人童书业、徐旭生、顾颉刚、傅斯年、杨向奎诸人都对"五帝传说"的问题有所研究且多有心得，他们采用"文"与"献"结合考证的方法，这种功夫也正是司马迁早已做过的，而太史公所见的原始资料应该更多。以上诸家的研究旨趣都想去确立可信的史实。

一、问题与困境："五帝"与"黄帝"考论

在先秦典籍中，言"五帝"一词者，有《周礼》《庄子》《管子》《慎子》《鲁连子》《战国策》《韩非子》与《吕氏春秋》等。其中《大戴礼记》《礼记》虽为汉人所编，实出先秦所作。然《国语》《左传》纯为记载历史人物，均不见"五帝"合称之词。抄写于战国中期的郭店简本《唐虞之道》："尧舜之行，爱亲尊贤……六帝兴于古，皆由此也。"[③] 此"六帝"究竟所指何许人，"难以落实"。[④] 总之，一般学术界认为"五帝"一说，当出现在春秋以后，唯其

① 顾颉刚：《与钱玄同先生论古史书》，见顾颉刚编著：《古史辨》第一册，上海，上海古籍出版社，1982，影印本，第63页。在《讨论古史答刘胡二先生》一文中顾氏已改论，见顾颉刚编著：《古史辨》第一册，上海，上海古籍出版社，1982，影印本，第121页。1923年，顾颉刚根据《说文》"禹，虫也"，猜测"禹或是九鼎上铸的一种动物"，鲁迅于1935年在小说《理水》中将作为动物之名的"虫"偷换为蠕虫，顾颉刚的假说被讹传为"禹是一条虫"，极大地丑化了顾氏之说。吴锐先生多为之申辩，参见吴锐：《从鱼族、鼋族到夏族》，见《庆祝何炳棣先生九十华诞论文集》编辑委员会编：《庆祝何炳棣先生九十华诞论文集》，西安，三秦出版社，2008，第210~215页。另外见吴锐：《中国思想的起源·社稷守时代》第二卷，济南，山东教育出版社，2003，第490~512页。关于说禹的本义为虫，并不始于顾颉刚，是其老师崔适首先提出来的，见吴锐：《中国思想的起源·社稷守时代》第二卷，济南，山东教育出版社，2003，第500页。

② 吴锐猛烈抨击中国人"帝系情结"、"纯种情结"与"五千年情结"三大情结。吴锐：《中国思想的起源·前神守——神守时代》第一卷，济南，山东教育出版社，2003，第98、109页。

③ 裘锡圭认为"该文对禅让制的推崇到了无以复加的地步"，而前318年燕王哙效仿远古圣王禅让之制，把王位让给其相国子之，到前315年至前314年终于酿成国破君亡的悲剧。有学者指出，该文一定写成于这一事件之前，是很合理的。参见裘锡圭：《中国出土古文献十讲》，上海，复旦大学出版社，2004，第18~19页。

④ 裘锡圭：《中国出土古文献十讲》，上海，复旦大学出版社，2004，第32页；郭永秉：《帝系新研——楚地出土战国文献中的传说时代古帝王系统研究》，北京，北京大学出版社，2008，第149页。

个别人物则应早已存在。①《大戴礼记·武王践阼》有"黄帝、颛顼"说，《大戴礼记》《吕氏春秋》《国语》等连称黄帝、颛顼、尧、舜的事实，同样抄写于战国中期的楚简本《武王践阼》有"黄帝、颛顼、尧、舜"的称号，②证明这类古帝王的名号已存在且按连续性排列的事实至少在战国中期应该已经存在。"黄帝"传说见之于文献记载的最早年代比较难确定，春秋时期一些可靠的典籍，例如《论语》《诗经》《春秋》《墨子》均不提及黄帝。战国以后，黄帝传说开始出现，并且日渐丰富，大部分战国时期的典籍均提及黄帝，其中年代较早的应数《左传》《国语》。《左传·僖公二十五年》载秦晋交战，晋文公请卜官卜之曰："吉，遇黄帝战于阪泉之兆。"《昭公十七年》载："秋，郯子来朝，公与之宴。昭子问焉，曰：'少皞氏鸟名官，何故也？'郯子曰：'吾祖也，我知之。昔者黄帝氏以云纪，故为云师而云名；炎帝氏以火纪，故为火师而火名；共工氏以水纪，故为水师而水名；太皞氏以龙纪，故为龙师而龙名。我高祖少皞氏挚之立也，凤鸟适至，故纪于鸟，为鸟师而鸟名。凤鸟氏，历正也……'"就此处而言，黄帝只是许多部族首领之一，代表统治一个部族或一世代的帝王。而《国语·鲁语上》载："黄帝能成命百物，以明民共财，颛顼能修之，帝喾能序三辰以固民……故有虞氏禘黄帝而祖颛顼，郊尧而宗舜；夏后氏禘黄帝而祖颛顼，郊鲧而宗禹；商人禘舜而祖契，郊冥而宗汤；周人禘喾而郊稷，祖文王而宗武王。"这是直接以黄帝作为虞、夏、商、周祖先的祖先了。目前所见最早谈及"黄帝"的出土文献是战国中期的齐威王因脐（齐）所作的"陈侯因脐敦"铭中自述"高祖黄啻（帝）"。③ 由此也可以看出，从战国中期开始，已经把"黄帝"的名号排在颛顼之前，且颛顼比尧、舜的时代更早。黄帝的渐渐被广泛提及，逐渐成为古史传说中的重要人物甚至中心人物。黄帝如何在战国到汉初之间，由众帝王之间脱颖而出，是一个值得探究的问题。有学者认为，黄帝传说在春秋时期湮没无闻，主要原因在于一些直接祭祀黄帝的后代姓族在当时的政治舞台上并没有重要地位，其宗教文化不可能得到广泛的传播。战国中期之后，黄帝传说日渐丰富且有很多黄帝传说出自于齐国，这取决于陈氏在齐国的崛起。《国语·鲁语上》载有虞氏禘祭黄帝，陈氏是有虞氏之后，所以视黄帝为

---

① 王尔敏：《先民的智慧：中国古代天人合一的经验》，桂林，广西师范大学出版社，2008，第118页。

② 裘锡圭：《中国出土古文献十讲》，上海，复旦大学出版社，2004，第20页。

③ 郭永秉：《帝系新研——楚地出土战国文献中的传说时代古帝王系统研究》，北京，北京大学出版社，2008，第152页。

远祖。陈氏在取得齐国君主位置后，黄帝即代替姜姓祖先而成为齐国的远祖，并且在齐国享有至高无上的地位。随着齐国文化的日渐扩展与稷下黄老学说的流传并散布于全国各地，黄帝逐渐开始有了全国性的影响，而传说便也日渐繁盛起来。①

先秦典籍中关于"五帝说"的具体所指也都说法不一。刘起釪将中国自古以来的五帝说进行了六种编组，其中影响最久、传布最广且最有势力的五帝说有两组。第一种五帝说是：黄帝、颛顼、帝喾、尧、舜。其源出《五帝德》，载于《大戴礼记》。此说为司马迁所祖述，写入《史记》；另一种五帝说是：太昊、炎帝、黄帝、少昊、颛顼，其源出《吕氏春秋·十二纪》，又见之于《淮南子·天文训》及同书《时则训》。② 徐旭生对五帝说加以澄清，认为前说为东派五帝说，出于齐鲁儒家孔子门人所造，宰予一派所为。后一种是西派五帝说，以秦为主，完全创生于西方秦国的五方崇祀信仰。③ 印顺法师也有一个与之相似的说法可以对观：他认为五帝的叙列在一起是在春秋时代已经成立的传说，但是第一种说法是时间先后继起的五帝说，黄帝居首，是对华夏族有重要贡献的，成为崇功报德的祭祀对象，也因此阐明了"民族同源论"；后一说是空间的平面分布的五帝，主要是就方位而言的，在战国时代也可以说是各地区公认。所谓五方五帝说的真正意义，是为了实现多民族的互相尊重，平等融合的理想。④ 印顺的说法能兼顾时间与空间两个角度看"五帝说"，不啻为一种慧见与神悟，其高妙之处在现今考古资料的映照之下即可显现。弗雷泽对于"各不相同的神并列在全民族的众神殿"的情况进行过研究，倒与印顺的看法颇有几分相近。弗雷泽认为随着文化的慢慢进步，当长期的野蛮与互相隔绝的状态逐渐消失、单一的强大社会的新兴政治力量开始将其软弱的邻族吸引或强行融为一个民族的时候，那些融会在一起的各族人民便把自己的神祇，跟自己的方言一样，都融于一堂，于是就可

---

① 顾颉刚：《黄帝》，见《史林杂识初编》，北京，中华书局，1963，第 177～180 页。此说多为诸家认同，论者也无异议。

② 刘起釪：《古史续辨》，北京，中国社会科学出版社，1991，第 97～100 页。或参见王尔敏：《先民的智慧：中国古代天人合一的经验》，桂林，广西师范大学出版社，2008，第 122、139 页。

③ 徐旭生：《中国古史的传说时代》（增订本），北京，文物出版社，1985，第 204～208 页。

④ 印顺：《中国古代民族神话与文化之研究》，台北，正闻出版社，1975，第 3 版，第 237～251 页。

能出现各不相同的神并列在全民族的众神殿里。① 最早提到有血亲关系的五帝说是《大戴礼记·五帝德》，该篇假托宰我问五帝于孔子，孔子的答复是：

> 黄帝，少典之子也，曰轩辕……颛顼，黄帝之孙，昌意子也，曰高阳……（帝喾），玄嚣之孙，蟜极之子也，曰高辛……（帝尧），高辛之子也，曰放勋……（帝舜），蟜牛之孙，瞽叟之子也，曰重华……（禹），高阳之孙，鲧之子也，曰文命。

虽说五帝，实则六人，以黄帝为祖先，通过血缘纽带组合成黄帝、颛顼、帝喾、尧、舜、禹五帝谱。另外《大戴礼记·帝系》也有类似的说法：

> 黄帝产昌意，昌意产高阳，是为帝颛顼。颛顼产穷蝉，穷蝉产敬康，敬康产句芒，句芒产蟜牛，蟜牛产瞽叟，瞽叟产重华，是为帝舜。

又曰：
> 黄帝产玄嚣，玄嚣产蟜极，蟜极产高辛，是为帝喾，帝喾产放勋，是为帝尧。

展现在我们眼前的是排列紧密的血亲五帝谱。从上面的古籍内容可以看出，到战国后期五帝说已经形成，但是五帝的具体数目和名目还未能达成一致，五帝说还没有定型。到目前的研究阶段为止，仍然只能证明在先秦时代早期阶段，黄帝与伏羲、共工等一样，还仅仅是一位古帝王，并未有各个氏族或部族共同祖先之意。即便《国语·鲁语上》说及黄帝与夏、商、周三王的血脉关系，但是还没有形成如同《大戴礼记·五帝德》及《帝系》中硬将五帝和夏、商、周三代之王一起按血缘关系排列出一个源出黄帝的大一统世系来。② 再根据新出土的抄写于战国中期的《子羔》篇中子羔对于三王降生神话的怀疑，说明此时"五帝"与三王的血缘关系还没有形成，即"三王同出一源"的系统还没有形成，不然子羔不会在

---

① 〔英〕J. G. 弗雷泽：《金枝》上册，徐育新、汪培基、张泽石译，北京，新世界出版社，2006，第168页。
② 顾颉刚：《中国上古史讲义》，北京：中华书局，1963，第102～109页。

已有既定的血缘事实面前提出疑问。① 对于《五帝德》《帝系》篇中大一统帝王世系中的五帝系统的出现原因，顾颉刚认为这是"战国时代民族大团结运动与天帝降为人王运动下之产物，本不可信"。② 就目前的出土资料和古典文献的研究结论来说，一般学者公认顾说还是不易之论，也就是说"炎黄同源论"、"三代一元论"的传统史观的确发生了动摇，我们只能说"黄帝共祖"现象只能作为一种历史记忆，是后起的说法。③ 用王明珂的研究结论就是华夏人主观建构与民族认同的结果。④ 但是如此一来，也就给历史研究带来了无限的虚空："五帝"似乎真是"飘在云端"的众神了，那里似乎一片模糊。我们该从何处去认识"五帝传说"的真面目呢？

二、根与花：五帝传说的"文化之源"

传统史家和现代诸家都公认为"五帝时代"是处于从神话到信史的转折点上，徐旭生著《中国古史的传说时代》正是立足于此。所谓"传说时代"是指世界上任何一个民族最初的历史总是用"口耳相传"的方法流传下来，在古文献中保存有古代传说，而在当时尚未能用文字把它直接记录下来的史料，用这种史料所记述的时代，就叫作"传说时代"。⑤ 正是这种"传说时代"的文化特质，使我们具备了可以在某种具体的历史时空去理解五帝传说的"历史素地"的可能性。⑥ 借助于现代考古学的若干发现与研究结论，可以初步尝试着去加以辨识与论证。考古学家在墓葬和聚落遗址上复原原始氏族社会的努力曾给予历史学家极大的启示，而杰出的历史研究总是要从社会的表象穿透到社会的深层，他们认为社会发展

① 郭永秉：《帝系新研——楚地出土战国文献中的传说时代古帝王系统研究》，北京，北京大学出版社，2008，第113～114页。

② 顾颉刚：《顾颉刚读书笔记》第8册，台北，联经出版事业公司，1990，第5839页。或参顾颉刚：《答刘胡两先生书》，见顾颉刚编著：《古史辨》第一册，上海，上海古籍出版社，1982，影印本，第99～100页。顾氏认为："借了这种帝王系统的谎话来收拾人心，号召统一，确是一种极有力的政治作用。"顾颉刚：《顾序》，见罗根泽编著：《古史辨》第四册，上海，上海古籍出版社，1982，影印本，第4页。郭永秉认为大一统帝王世系的出现是基于对各族祖先降生神话的怀疑而产生的，可备一说。郭永秉：《帝系新研——楚地出土战国文献中的传说时代古帝王系统研究》，北京，北京大学出版社，2008，第122页。

③ 裘锡圭：《中国出土古文献十讲》，上海，复旦大学出版社，2004，第28～30页。

④ 王明珂：《英雄祖先与弟兄民族——根基历史的文本与语境》，北京，中华书局，2009，第224页；王明珂：《华夏边缘——历史记忆与族群认同》，北京，社会科学文献出版社，2006，第253页。

⑤ 徐旭生：《中国古史的传说时代》（增订本），北京，文物出版社，1985，第19～21页。

⑥ 杨向奎：《宗周社会与礼乐文明》，北京，人民出版社，1992，第29页。

具有遗传性，"后之视今，亦犹今之视昔"，根据去古未远的一些议论和传统文献，配合新出材料，古代社会史也许可能适度还原，这种方法被杜正胜称之为"历史学索隐"。[①] 今天，论者试着对"五帝时代"神话传说所展现出的文化风貌做若干切实性的考察和分析，主要从中原早期文明的产生、早期国家形态的萌芽、礼制文明的初建与血缘性文明的强固四个议题入手，打算对五帝时代进行适当的"历史还原"，当然进行这种工作的本旨除了找寻其"历史素地"之外，更重要的是充分地展现华夏初民的文化进程，以揭示出华夏初民走出远古神话世界的艰难步伐。

追溯的历史线索仍从司马迁的"五帝说"入手，司马迁著史将三代断自黄帝。根据传世世系《史记·五帝本纪》来推测：

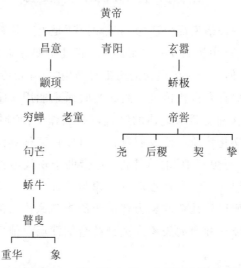

上谱与今本《大戴礼记·帝系》有异，而且系谱本身也有矛盾，尧与舜差四代，不可能相及。然而《帝系》太史公是看过的，他也读过《五帝谱牒》及其他牒记、历数之书，在没有更有力的新资料出土以前，我们只好暂时相信这是世界第一流史学家为我们删除百家言后，所整理出来的最合理的系谱。[②] 据最保守的估计，夏朝之开始约稍早于公元前 2000 年，夏之前有五帝。以每代 30 年计，黄帝至帝尧大概有 150 年以上，至禹约 300 年，那么黄帝的时代大约在公元前 2400 年左右。[③] 另外晋人皇甫谧《帝王世纪》记载，五帝及帝挚在位年数共 384 年，这种情况和以系谱估

① 杜正胜：《古代社会与国家》，台北，允晨文化实业公司，1992，第 15 页。
② 杜正胜：《古代社会与国家》，台北，允晨文化实业公司，1992，第 126 页。
③ 杜正胜：《古代社会与国家》，台北，允晨文化实业公司，1992，第 126 页。

计的年代差距不大，也和考古资料显示的社会演变颇能吻合。[①]

中国古代的全部思想，本质上都是农业文明的产物。英国著名考古学家柴尔德提出"新石器革命"（Neolithic Revolution）的文化命题，至今在学界影响深远。新石器时代以新石器为工具，以开始农业生产及出现农庄聚落为主要标志。据最近的考古学家发掘，在距今 13000～10000 年，山西下川文化已经从以细石器为特征的高级狩猎向中国农业的聚落文化过渡，这种生产状况直接启迪了北方原始农业的产生。继之而起的中国新石器时代的文化，学界一般把它分成早、中、晚三期，早期或称作"前仰韶"、中晚两期即习知的"仰韶"与"龙山"。目前关于"前仰韶文化"（距今 9000～8000 年）的资料不够细致，在此初级农业文化阶段，开始农业聚落文化时代，聚落规模小，人们处于松散的氏族群体中。早期氏族部落文化发展期为仰韶文化的半坡期（距今 8000～7000 年），聚落布局有规律和规划观念，根据某些墓葬和房屋架构，推知部落全为内聚式的布局，呈圆形向心分布，是氏族制下的家族集体所有制时代，家族有族长，氏族部落有酋长，按传统应是以中心氏族的首领为酋长，统率全部落。聚落中不论几个氏族，有一个权力中心，即酋长兼巫师，以协调生产、生活与宗教祭仪活动。到了聚落文化的繁荣阶段，即仰韶文化庙底沟类型时期（距今 6500～5500 年），形成了空前庞大的部落联盟。不仅出现了中心聚落，而且形成宗邑性的大聚落，有大的中心殿堂与祭祀性的建筑，甚至具有中国古代庙堂建筑的雏形。考古学家推测此种聚落应该是诸多同姓的"宗族"相聚的宗邑所在，应是"宗族"出现和萌发时期。宗族是近亲的联合组织，是由家族发展、氏族蜕化而形成的，血缘关系较氏族为亲密。庙底沟时代是仰韶文化之光的强辐射时代，相邻地区之间的氏族聚落相互接触、交往并伴随着融合的进程，也形成了较大的文化共同体。在所有的氏族部落文化中，仰韶文化以其历史悠久、幅员广袤及强固的凝聚模式，而成为中华原始共同体的主体和核心，也是后来产生文明的中枢部分。此即为中原地区的仰韶文化（彩陶）时期，时间为公元前 5000～前 3000 年；公元前 3000～前 2000 年是龙山文化（黑陶）时期，而传说中的"五帝"时代基本属于典型的龙山文化时期，此后即是三代文明的开始。

杜正胜将关于中国新石器时代文化的讨论大抵分成三个阶段：从 20

[①]　近来学者认为古史传说的时代大约距今 5500—4500 年，即仰韶文化晚期到龙山文化早期。参王明达的发言，见《中国文明起源研讨会纪要》，《考古》1992 年第 6 期。

世纪 30 年代开始根据彩陶与黑陶的文化样式推论东西二元对立，经 20
世纪中期前后论证"仰韶"与"龙山"一脉相承，到 20 世纪末期承认各有传
统的多元存在。多元说是现阶段比较有说服力的观点，也与传说中的史
料比较吻合。① 这其中以张光直的"相互作用圈"和苏秉琦"区系类型学
说"最为著名。② 上述的理论模式基本上都否定了传统史家对"中国"形成
模式中的中原—汉族中心一元论。权以苏秉琦的区系类型理论为例，他
将新石器考古文化分为六大区系：以燕山南北与长城地带为重心的北方
区系，以山东为中心的东方区系，以陕西、山西南部、河南西部为中心
的中原区系，以环太湖地区为中心的东南区系，以环洞庭湖与四川盆地
为中心的西南区系，以珠江三角洲一线为中轴的南方区系。③ 苏秉琦认
为这六大区系中的每一种，都经历了多种文化系统互动融合的过程，而
且各大区系之间也经历了互动融合的历程。从文化传统、民族融合、影
响社会进程的重大历史事件诸方面考察，应当说，从旧石器时代以来，
发展的重心常在北部。龙山时代是六大区系的一次重要重组。苏秉琦把
最初的"中国文化"的形成过程总结如下：

> 距今七千至五千年间，源于华山脚下的仰韶文化庙底沟类
> 型，通过一条呈"S"形的西南—东北向通道，沿黄河、汾河和太

---

① 中国国家的形成与孕育阶段和早期，相当于考古学上的仰韶文化末期到龙山文化晚期，
至于西方仰韶文化(彩陶)与东方龙山文化(黑陶)的关系，发现不久，梁思永、傅斯年、
刘燿等坚持"夷夏东西"二元论看法，随后诸家认为龙山文化承续仰韶文化并先后跟进，
现在看来两者并没有必然的关系，而是独立发展的多元论起源，多元说是现阶段比较
有说服力的观点，也与传说史料比较容易兜合。参见杜正胜：《古代社会与国家》，台
北，允晨文化实业公司，1992，第 63～65 页。

② 张光直：《中国相互作用圈与文明的形成》，见《庆祝苏秉琦考古五十五年论文集》编辑
组编：《庆祝苏秉琦考古五十五年论文集》，北京，文物出版社，1989，第 23 页。张光
直将龙山文化形成期的石器文化分成八个文化圈，见张光直：《新石器时代的台湾海
峡》，《考古》1992 年第 6 期；该文收录于张光直：《中国考古学论文集》，台北，联经出
版事业公司，1995，第 189～206 页。而张光直的"相互作用圈"是借取葛德伟的说法，
见张光直：《中国考古学论文集》，台北，联经出版事业公司，1995，第 132、282 页。
另外著名社会学家费孝通于 1988 年提出的"中华民族的多元一体格局"的说法其实与张
光直和苏秉琦的说法遥相呼应。参见费孝通：《中华民族的多元一体格局》，见《文化的
生与死》，上海，上海人民出版社，2009，第 285～315 页。

③ 苏秉琦：《中国文明起源新探》，沈阳，辽宁人民出版社，2009，第 29～30 页；苏秉
琦：《华人·龙的传人·中国人——考古寻根记》，沈阳，辽宁大学出版社，1994，第
6～10、15、114～123、206、209、252 页等；苏秉琦：《苏秉琦考古学论述选集》，北
京，文物出版社，1984，第 225～234、302 页。苏秉琦最早提出"区系类型学说"是在
1975 年非正式方式提出，见苏秉琦：《中国文明起源新探》，沈阳，辽宁人民出版社，
2009，第 32 页。

行山山麓上溯，在山西、河北北部桑干河上游至内蒙古河曲地带，同源于燕山北侧的大凌河的红山文化碰撞，实现了花与龙的结合，又同河曲文化结合产生三袋足器，这一系列新文化因素在距今五千至四千年间又沿汾河南下，在晋南同来自四方（主要是东方、东南方）的其他文化再次结合，这就是陶寺。或者说，华山一个根，泰山一个根，北方一个根，三个根在晋南结合。这很像车辐聚于车毂，而不像光、热等向四周放射。……（陶寺类型）已具备从燕山以北到长江以南广大地域的综合体性质。史书记载，夏代以前有尧舜禹，他们的活动中心在晋南一带。"中国"一词的出现也正在此时，所以称舜即位要"之（到）中国"。后人解释："帝王所都曰中，故曰中国"。由此可见，"中国"一词最初指的是"晋南"一块地方，即"帝王所都"……这样，我们讲晋南一带的"中国"一词就把"华、龙"等都包揽到一处了。①

他把此一最初"中国文化"的形成过程编为四句歌诀：

华山玫瑰燕山龙（指仰韶玫瑰花图案和红山文化龙纹的撞击），

大青山下斝与瓮（指仰韶文化尖底瓶和内蒙古地区三袋足器的融合），

汾河湾旁磬和鼓（指晋南陶寺遗址融合了各大区系的文化因素，是最初的"中国文化"），

夏商周及晋文公（指尧、舜、禹夏、商、周、春秋晋都以山西南部为中心，此一地区是"中华民族总根系"中非常重要的"直根系"）。②

苏秉琦表示，最初"中国文化"的形成过程，是在中原区系和北方区系之间的一个"Y字形文化带"（即从关中西部起，由渭河入黄河，经汾水

① 苏秉琦：《中国文明起源新探》，沈阳，辽宁人民出版社，2009，第135～137页。相近的提法同见于第11、22、23、107页。
② 此四句歌诀及"华与龙"的问题广见于苏秉琦各类著作，稍举几例：苏秉琦：《中国文明起源新探》，沈阳，辽宁人民出版社，2009，第22、23、81、107、136页；苏秉琦：《华人·龙的传人·中国人——考古寻根记》，沈阳，辽宁大学出版社，1994，第37、38、40、85、93、98、101页等。

通过山西全境，在晋北分叉，向西与内蒙古河曲地区连接，向东北与辽西老哈河、大凌河流域连接）中发生的。他认为此一地带在史前"曾是一个最活跃的民族大熔炉"。① 换言之，最初的"中国文化"，乃是在史前中原地区与北方地区之间的一个"Y字形文化带"（图 8-1），经由不同文化与族群的接触和融合而形成，而不是由中原区系的文化类型独立演化出来。

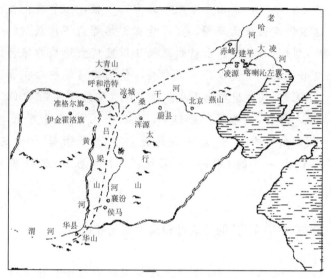

图 8-1　北方—中原文化连接示意图（Y 字形文化带）②

苏秉琦从不同角度论述了"五帝时代"的文化成因，强调了中原地区与各地区的影响是相互的，文化面貌中你中有我，我中有你。但是苏秉琦也特别强调在文明时期，黄河流域常常居于主导地位。至于中原文明后来居上的发展结果，近来有不少的学者都表示了他们的卓越之见。如严文明：

> 仰韶文化……它所占有的地理位置比较适中，使它得以同很多新石器文化发生这样或那样的关系；而它分布的主要区域，后来又成了中国古代文明的发祥地。③

如高炜：

---

①　苏秉琦：《中国文明起源新探》，沈阳，辽宁人民出版社，2009，第 53～54 页。

②　图摘自苏秉琦：《华人·龙的传人·中国人——考古寻根记》，沈阳，辽宁大学出版社，1994，第 85 页。

③　严文明：《仰韶文化研究》，北京，文物出版社，1989，第 161 页。

以华夏族为主体的中原地区，占有优越的地理位置和地理
环境，并且具有极强的开放性和凝聚力，能博采众长，纳四方
之精华，从而造就出蓬勃生机，并最后在公元前三千世纪后半
叶形成高于周邻的中心地位，奠定了三代文明的根基。形象地
说，陶寺是站在仰韶、红山、大汶口、良渚诸文化的肩膀上向
上攀登的，倘若没有红山、大汶口、良渚的成就，就难说有今
天看到的陶寺，也就难说有灿烂的三代文明。①

因为"地理位置比较适中"的看法，说明中原地区新石器时代的文化
是一直不断地吸收四周文化的精神而融合为一，从而奠定了中国古文明
的基础，这与苏秉琦的结论基本相似，现代考古学家也基本赞同此说。
有学者从生态学的交会带(ecotone)、边缘效应(edge effect)论史前中原
核心文明的形成，认为中原文化区系是处在各地文化的中心地带，能从
四面八方吸收各地优良文化因子与本身文化融合为一，从而产生了杂种
优势文化。这种优势首先出现于文化交汇区(交会带)并且渐渐推向中原
核心区。如中原文化区可能从长江中游和江浙文化区吸收水稻和玉器文
化，从甘青文化区引进大麦、小麦等。中原文化区系独占"杂种优势文
化"而脱颖而出，从某些方面说，红山、大汶口、良渚文化都是逐鹿中原
的光荣失败者。

汤因比曾提出过人类文明的发展是挑战与反应(challenge-and-re-
sponse)产生的结果，所以人类最早的文明，都出现在自然条件较差的地
区。② 华夏黄河流域与长江流域历史发展的实际情况是与这一推测略相
符合。就中国北方与南方的发展轨迹来说，当时黄河流域的气候比较干
旱寒冷，比之于南方动植物种类均较缺乏。较严酷的自然条件要求人们
致力于生产经济，主动地调整自己的社会组织，发展自己的文化以适应
生产的需要。根据考古资料的显示，中国史前人民缔造早期农业文明，
他们所拥有的只是极其简陋的木石工具和不屈不挠的意识，新石器时代
工具之简陋，使我们缅怀先人创造文明的艰辛，体验双手万能的道理。
因此，我们也可以理解"精卫填海"、"愚公移山"之类的神话是有现实基
础的。③ 就地表的天然生活资料而言，长江流域比黄河流域丰富，所以

---

① 高炜的发言，见《中国文明起源研讨会纪要》，《考古》1992 年第 6 期。
② 〔英〕阿诺德·汤因比：《历史研究》(插图本)，刘北成、郭小凌译，上海，上海人民出
版社，2005。参见第二部分"文明的起源"，特别是第十三、十四、十五章。
③ 杜正胜：《古代社会与国家》，台北，允晨文化实业公司，1992，第 121 页。

这地区的渔猎采集经济也维持得较久。晚至司马迁《史记·货殖列传》犹说:"楚越之地,地广人希,饭稻羹鱼,或火耕而水耨,果隋蠃蛤,不待贾而足……"正是由于生活资料的易得与太充足,使人不易进取,反而成为文明进步的阻力,引起了文化与社会发展的停滞,如司马迁所说:"地执饶食,无饥馑之患,以故呰窳偷生,无积聚而多贫。是故,江、淮以南,无冻饿之人,亦无千金之家。"(《史记·货殖列传》)中国农业文明的重心出现在黄河流域而不在长江流域,与长江流域地表生活资源丰富,使人不易进取,恐怕也是一大原因所在。另外华夏以仰韶农业为基础,并建筑在粟类粮食作物之上,而不是像若干热带地区的农业,最初是建立在芋薯这类根块植物和香蕉、面包果这类富于淀粉的果实之上。人类史上没有例外,唯有建筑在粮食作物基础上的农业才会产生高等文化。原因有二:其一,营养远较根块植物平衡完备;其二,粮食作物的播种、耕耘和收获都需要一定的时节,遵守一定的生活规律,不得不观察四季、气候、日月、星辰等自然现象。世界上天文、历法、算术、符号等发明无不由于粮食作物的耕种。[①] 人类只有种植粮食定居之后,食粮来源不断,才不必终日凄凄惶惶谋果实充饥,又时时担心饥饿。人类只有有了物质剩余和闲暇时间,才能产生高等的文化,社群乃扩大,而且趋于复杂,国家、城市才可能诞生。同样,中国先民丰富多彩的新石器时代艺术、思想的创造,正是以闲暇时间为前提的。[②]

三、衣服与礼制:黄帝的"垂衣而治"

史载黄帝时代的文物"鼎盛",如《周易·系辞传》曰:

> 黄帝尧舜垂衣裳而天下治……刳木为舟,剡木为楫,舟楫之利,以济不通,致远以利天下……服牛乘马,引重致远,以利天下……重门击柝,以待暴客……断木为杵,掘地为臼,臼杵之利,万民以济……弦木为弧,剡木为矢,弧矢之利,以威天下……

今天知道这些发明多在传说的黄帝以前。仰韶文化遗址经常发现石、陶制的纺轮和骨针,说明那时已从事纺织和缝纫了。裴李岗、磁山和半

---

①　何炳棣:《黄土与中国农业的起源》,香港,香港中文大学,1969,第122页。
②　杜正胜:《古代社会与国家》,台北,允晨文化实业公司,1992,第101页。

坡有石磨棒，用来加工谷物，似没有木杵地臼原始。独木舟也是很早就发明的，至于弓箭，人类先经过极其漫长的渔猎时代才开发农业，弓箭之作应该更早。正如杜正胜所说《周易·系辞传》作者罗列这些文明并不是说到黄帝时才有，而是强调这时候文物始臻完备。清人秦嘉谟辑补《世本·作篇》，属于黄帝时代的制作有火食、文字、图像、衣裳、服牛、乘马等。所谓"作"应是制作，而非发明。这些文物成为文明进展的表征，具有显明的统治意义，《系辞传》曰"治"、"利"、"济"、"威"，是很有见地的。① 而地下的发掘材料也证实，起码六千多年以前便已有麻布。所以黄帝的"垂衣裳而天下治，盖取诸乾坤"，其意义应不只是裁剪衣帛、缝制衣服以遮身。对于"垂衣而治"，古有两说：其一是说黄帝、尧、舜依照《周易》乾、坤两卦"乾尊坤卑之义"来区别贵贱，使社会等差有序；其二是说黄帝、尧、舜无为而治，那时民风淳正，只要"垂衣而治"就可以了。葛兆光认为古人的传说不必当真，但是这个传说中隐含的一层意义却很重要，就是古人相信，在象征的符号与被象征的事实之间，有某种神秘的联系使他们彼此感应，象征就是通过这种感应，可以起到整理秩序的作用。所谓"衣裳"即上衣下裳，象征的是男尊女卑，因为上下不同，就昭示着阳尊阴卑，这一蕴含着等级秩序的象征在人们的心目中被确认的心理过程，就是确认事实的天然合理性的过程。②《尚书·益稷》载："予欲观古人之象，日、月、星辰、山、龙、华虫、作会；宗彝、藻、火、粉、米、黼、黻、绤、绣。以五采彰施于五色，作服，汝明。"帝舜致力于要求大臣把古人所观察到的象服显示出来，用各种不同的物事、花纹与颜色做成衣服，把这些象征画在衣服上，就是对人一种暗示，暗示着秩序的存在，暗示着等级的存在。所以一般认为黄帝"垂衣而治"主要还是在规定不同形式的衣裳或服色去区分阶级，以达到政治上的目的。③ "垂衣而治"就充分体现了中国古代"贵贱之别，望而知之"④的政治文化内涵和等级社会的模式。《白虎通·衣裳》说："圣人所以制衣服何？

---

① 杜正胜：《古代社会与国家》，台北，允晨文化实业公司，1992，第124～125页。另参叶适批观象制器说，转引自顾颉刚：《顾序》，见罗根泽编著：《古史辨》第四册，上海，上海古籍出版社，1982，影印本，第20页。齐思和怀疑观象制器说，齐思和：《黄帝之制器故事》，见吕思勉、童书业编著：《古史辨》第七册中编，上海，上海古籍出版社，1982，影印本，第387页。

② 葛兆光：《中国思想史·七世纪前中国的知识、思想与信仰世界》第一卷，上海，复旦大学出版社，2001，第57～58页。

③ 许进雄：《中国古代社会：文字与人类学的透视》，北京，中国人民大学出版社，2008，第32页。

④ （清）叶梦珠：《阅世编》，卷八。

以为缔蔽形，表德劝善，别尊卑也。"中华衣冠文明从一开始就与道德、法权和政治联系在一起，社会各阶层成员服饰的色彩、质料、纹饰、形制、佩饰等无不成为政治、法权与道德、信念的象征。[1] 传说黄帝始作带以束紧衣服，并以之作为不同阶级的标记。《礼记·玉藻》说"凡带必有佩玉"，玉佩是带上的悬挂物，很可能黄帝所创的衣制就是以璜佩增饰、并用以表示阶级。悬挂贵重而成组的玉佩于腰际，显然会妨碍劳动的进行，也不利于激烈的军事行动，是只有不事劳动、悠闲的人才用得着的服饰。《孔子家语·五帝德》载："黄帝……与炎帝战……克之，始垂衣裳，作为黼黻。"即强调创制不便于作战跳跃的垂地长衣，以及表现高阶级的费工刺绣，其时机就是在战后。黄帝于战后创衣制，于带上悬吊玉佩增饰，以显示其悠闲与地位的举动，也符合那个时代阶级已经建立的背景。[2] 黄帝"垂衣裳而天下治"的问题，其实关涉中国礼乐制度的形成问题。《礼记·礼运》篇说"礼义以为纪"，作为甄别国家阶段的一项要素。芸芸之众要能分出尊卑轻重，便靠礼来运行，而其基础则在于身份。身份无形，须藉有形的媒介才能体现，这种媒介物即习称"礼器"。也许礼器之别于一般器物，除其物质方面的昂贵性外，更重要的是它能表现社会的价值，能标识个人的阶段与角色，也就是它能作为身份的象征。[3] 个人的威仪之礼多赖衣冠装饰以及其他排场而显现。而在考古学家看来，证据莫过于墓葬殉葬品。从随葬品来看由少而丰，由均平而悬殊，是一般的趋势。半坡期的墓葬一般随葬品甚少，质与量也相当平均。[4] 但到了龙山文化时期或稍早，殉葬品之差异就不可以道里计，社会发展进程改变的迹象相当明显。其中，大汶口晚期墓10随葬品之精美和丰富尤为龙山时期的墓葬之冠。[5] 山东诸呈子二期大型墓葬最显著的随葬品莫过于薄胎高柄杯，俗称"蛋壳陶"，其火候高，制作精细，色泽乌润，不是明器，也非日用器皿，当有特殊的目的和用途。蛋壳陶通常极少见于遗址，多在墓葬中发现，而且与丰富的随葬品并出，显然具有特殊身份意义，当系贵与富的象征，大概就是后世所谓的"礼器"。[6] 不过，"蛋壳

---

① 马福贞：《论中国古代"垂衣而治"的政治文化内涵》，《河南大学学报（社会科学版）》2006年第2期。

② 许进雄：《中国古代社会：文字与人类学的透视》，北京，中国人民大学出版社，2008，第31～33页。

③ 杜正胜：《古代社会与国家》，台北，允晨文化实业公司，1992，第732页。

④ 杜正胜：《古代社会与国家》，台北，允晨文化实业公司，1992，第121页。

⑤ 杜正胜：《古代社会与国家》，台北，允晨文化实业公司，1992，第122页。

⑥ 杜正胜：《古代社会与国家》，台北，允晨文化实业公司，1992，第187～188页。

陶"的盛行时间维持并不长久，新礼器就逐渐取代这种难制易碎的器皿，这就是"礼玉"文化的盛行。山西陶寺即是一个典型的例子，陶寺的大型墓葬不但随葬品数量多，还出土龙盘、鼍鼓、特磬、玉钺等礼乐之器。①以上诸多迹象表明个人或家族财富之分化，其背后当蕴含政治社会的身份意义。故此，中国礼乐制度的形成，则无疑是在龙山文化之中。这种财富分化与统治阶级确立的时间，与上文所讨论的城垣的起源时间虽略有先后，但大抵是相近的。这样的吻合绝非偶然，当是整体社会发生巨变的不同表现，此巨变就是早期国家的诞生。

司马迁《史记·五帝本纪》说黄帝："生而神灵，弱而能言，幼而徇齐，长而敦敏，成而聪明。"随之，被群民拥戴当上轩辕部落酋长；一生历经五十三战，打败了榆罔，降服了炎帝，诛杀蚩尤，结束了战争，象征着华夏文明的开始，后世人尊称轩辕黄帝是"人文初祖""文明之祖"。另外《大戴礼记·五帝德》说他："乘龙而至四海"，盘踞在空桑之丘，神通广大。帝舜在登上天子位之前也接受"纳于大麓，烈风雷雨弗迷"的考验。总之，在五帝身上都充满了各种各样的神性。至于为什么传统或传说喜欢把对社会造成冲击的卓越功绩和光辉行为都单独赋予类似"黄帝"这样的单独一个人？莫里斯·哈布瓦赫认为这是在宗教历史中经常出现的典型的历史心态：不管怎样，如果有多个创立者，最终都会落得这些人中每一位都只了解真理的一个方面。他们只会彼此消耗，相互限制，结果就不会把异常丰富的恩宠和超自然的美德都赋予单独一个人，从而也就不可能用一个无限超越一般人性的存在的理念去充分地启示人们。②这也正符合德国社会学家马克斯·韦伯所说的在中国远古的政治实体实行的是"卡理斯玛（Charisma）支配"。韦伯用"卡理斯玛"的概念表示某种人格特征：某种人因具有这个特质而被认为是超凡的，禀赋着超自然以及超人的，或至少是特殊的力量或品质，具有把一些人吸引在其周围成为追随者、信徒的能力，后者以赤诚的态度看待这些"领袖"人物。③韦伯认为在较为原始的社会，这些特质来自巫术，这正如五帝的一些超凡

---

① 杜正胜：《古代社会与国家》，台北，允晨文化实业公司，1992，第146～147、191～192页。钱锺书例举后来的先秦典籍中称"玉声"、"玉貌"，还有称尊汗脚为"玉趾"的，显然还保留着当时礼节套语的。见钱锺书：《管锥编》第一册，北京，生活·读书·新知三联书店，2001，第316页。

② 〔法〕莫里斯·哈布瓦赫：《论集体记忆》，毕然、郭金华译，上海，上海人民出版社，2002，第187～188页。

③ 〔德〕韦伯：《韦伯作品集Ⅱ·支配的类型》，康乐等译，桂林，广西师范大学出版社，2004，第353页。

的英雄壮举。以韦伯的说法，"五帝时代"还是以一个臣服于卡理斯玛的支配团体，或称之为"卡理斯玛共同体"，以感情性的"共同体关系"为基础。"卡理斯玛"完全是建立在个人的特殊禀赋上并且其个人的才能被跟随者和信徒承认"足堪重任"。① 这种类型的政治统治所依赖的权威是最高统治者的特殊魅力和超凡品质。其合法性来自于服从者作为信徒的虔诚态度或产生于激情、困顿和希望而致的信仰上的献身精神。因而，它是一种最不稳固的政治统治形态，往往随领袖人物生命的完结而终结，或者随最高统治者的改变而改变。故此，韦伯说："卡理斯玛支配只能存在于初始阶段，它无法长久维持稳定。"② 而改变这种情况的办法也有多种，如选择新的卡理斯玛领袖、指定继承人、世袭性卡理斯玛、职业性卡理斯玛等。③ 具体应用于说明尧舜禹"禅让制"的具体情形，可以说"禅让制"最符合如下的一种办法：由具有卡理斯玛特质的领袖推举继承者，并由共同体加以承认。在这种情况下，正当性容易具有"获得的权利"的特性，此种权利可以获得该地位的过程而得以合法化。④ "禅让制"是中国上古"大同时代"的一幅光辉的图景，也是最为后人所传诵的故事。回想大同世界，国君之位大家逊让，而今想不到还要制定法规防范别人觊觎僭越。其实从历史演化角度看，古代的天子生活很艰苦，无利可图，根本没有人想当天子，我们从《尚书·周诰》数篇反复叮嘱帝王修身行事的事情也可推知一二。故此，禅让只是把手中烫手的芋头扔掉，也不是什么大事，《庄子》中讲述的许多古帝王逊让帝位的故事也许不是空穴来风的说法。当然，在现代人看来，尧舜禅让只是古代部落联盟推选共主的办法，并不如儒家所说的那般圣德。如钱穆所说的"君位推选制"，⑤尧舜都是当时部落酋长，后来被推选为部落联盟的大酋长，当时大部落联盟叫"有虞氏"，尧舜分别属于这个大部落中的小部落，后被相续推选为共主即是。这也比较符合韦伯所说的那种替换"卡理斯玛"的办法。

传统史家所称的"五帝时代"，也被当今学者称之为"传说时代"。既

---

① 〔德〕韦伯：《韦伯作品集Ⅱ·支配的类型》，康乐等译，桂林，广西师范大学出版社，2004，第 353、361 页。

② 〔德〕韦伯：《韦伯作品集Ⅱ·支配的类型》，康乐等译，桂林，广西师范大学出版社，2004，第 363 页。

③ 〔德〕韦伯：《韦伯作品集Ⅱ·支配的类型》，康乐等译，桂林，广西师范大学出版社，2004，第 363～370 页。

④ 〔德〕韦伯：《韦伯作品集Ⅱ·支配的类型》，康乐等译，桂林，广西师范大学出版社，2004 年，第 366～367 页。

⑤ 钱穆：《国史大纲》，北京，商务印书馆，1994，修订本，第 11 页。

然是传说时代，就蕴含有一定的"历史素地"，本文主要想借用当今考古学家的一些研究材料和结论，对"五帝时代"的某些具体的历史时空进行"适度的历史还原"，以便给"五帝时代"型塑一个具体可感的文化世界。经过一番探索，我们大致得出若干结论：远古"神的时代"的精神危机促使了先秦"英雄时代"的文化诞生，此即中国古史家所津津乐道的"五帝时代"。在此，也不妨把"帝系传说"的产生当作先秦神话传说发展到一定历史阶段所作出的痛苦的抉择与转型。在此阶段，远古神话精神的遗留仍在"五帝时代"遍地开花，"以人事神"依然是其文化主调并且绵延了很长的时间；但在此时，五帝时代的圣君贤相们也在人间大地上开始播下了"立足现世"的精神种子，开启了政治与宗教分割而治的胎萌，也启迪了以王权政治制御或改造巫术力量的漫漫长路。这主要表现在早期国家形态的萌芽及现实政治的演进，礼制文明的创辟与氏族血缘力量的强化与转化等。上述精神集中表现在华夏文明起源的最初阶段中，远古文化中巫术力量的大幅度削弱，而政治生活中血缘性文明未曾随着国家形态的萌生而逐步消减，反而得到大幅度的强固，显示出氏族血缘的顽强性，这在三代文明的政治生活中表现尤其明显。"帝系神话"作为中国神话传说的新形态接替或改造了远古神话传说的文化使命并反映出了华夏人在新的历史时期的文化理念和历史经验。从远古原生性神话到帝系神话的转变是华夏历史文化的产物与人文理性的选择，远古原生性神话的消亡根源于此，而帝系神话的勃兴也根源于此，这是神话传说在文化精神上的大变迁、大走向。也可以如是说，也许在从"帝系传说"的转化之中，华夏初民孕育着痛彻地抗争与艰难地抉择。但是最终，中国神话传说又改头换面以另一种新形式新风貌注入了新历史与新文化的历史长河，继续向未来奔流而去。

第三编　礼乐制度与艺术精神

第九章　商周礼乐文化概览

　　中华民族经过了漫长的原始社会的摸索和积累阶段，大约在公元前21世纪进入中国历史上的夏、商、周"三代"时期。这一时期是中华文化和中华艺术确立基调、奠定根基，也是取得阶段性辉煌成就的时期，这一点尤为突出地表现在中国的礼乐文化取得的辉煌成就上。中国的礼乐文化早在原始初民社会就已萌芽，经过了夏、商二代的发展，特别是殷商时期以乐为治的发展阶段，到了周代，礼乐文化已经达到了鼎盛时期。从现存的历史典籍来看，周代是中国历史上礼乐文化最发达、最兴盛的时期，特别是西周时期，周人建立了以宗法制为依托的礼乐制度，使礼乐文化达到了鼎盛阶段，为后世中华民族的礼乐文化奠定了坚实基础。不过到了春秋战国时期，随着诸侯争霸，战争频仍，王室衰微，礼乐教化和礼乐制度难以继续实行下去，于是出现了所谓"礼崩乐坏"的局面。尽管如此，礼乐文化还是在各诸侯国继续存在着，只是到了战国末期才逐渐衰退。不过衰退的只是礼乐文化政治、制度层面上的规范仪制，礼乐文化的内在精神却得以长久地保存了下来，成为中华民族历史上永远长存的民族精神之一。所以，从狭义上说，礼乐文化是指宗周这一历史时期的礼乐文化；从广义上说，中华民族的文化就是礼乐文化，因为世界上没有哪个国家能够像中国这样称得上是"礼仪之邦"。周代的礼乐文化包括礼和乐两个方面，礼是指体现在周代的政治、经济、军事、外交、刑法、文化教育、人伦事物等方面的各种制度和仪式；乐是配合礼的，是指以音乐、诗歌、舞蹈三位一体的一种综合艺术。周代的礼乐文化内容丰富多彩，思想博大精深，是中华民族文化的元文化；周代的文化艺术绚丽多姿，辉煌灿烂，是中华文化艺术的元艺术。体现于周代礼乐文化和艺术中的早期艺术精神也是中国艺术精神的元艺术精神，是中国艺术精神的滥觞。这些早期的艺术精神为中国的艺术精神和艺术发展奠定了根基和走向，具有特别重要的意义和作用。发掘出蕴含于周代礼乐文化中的这些早期艺术精神，研究其特有的价值和意义，也就显得尤为重要了。近些年来，随着人们对中华传统文化的重新认识和回归，学界对先秦礼乐文化的研究和对中国艺术精神的研究，也形成了一股热潮，成果颇丰。不过在对先秦礼乐文化的研究中，大多数研究者是从宗教、政治、文化、社会、伦理、哲学等角度进行研究的；在对中国艺术精神的研究中，也较少关涉先秦礼乐文化。把先秦礼乐文化限定在周代礼乐文化范围内，并把它与中国艺术精神结合起来，进行周代礼乐文化中的中国早期艺术精神的研究，更是零星琐碎的。目前还没有人系统地这么研究过，这一领域还有许多学术空白点。

　　周代礼乐文化的思想内容博大精深，蕴含着丰富的审美艺术精神，这些审美艺术精神是典型的中国早期艺术精神，渗透或体现在周代礼乐文化的艺术本质观、艺术创作、艺术风格、艺术表现之中。在周代，周人承续了周代以前的先民们的思维方式，主体和客体观念在他们那里还没有发展到完全分离的地步，客体并没有独立地成为主体审美观照的对象。周人一方面认为艺术表达思想、情感，是主体心灵的一种表现和外化，而不是对客体的再现和模仿；另一方面，他们又认为艺术成其为艺术，不只在其外在的视、听形式，而是蕴含着或承载着精神性的内容，和伦理、道德、政治是相通的。周人把艺术作为心灵的主观表现，这种艺术本质观体现在艺术创作上，就会出现创作主体情感的强烈投入，这在周初的艺术创作中尤为明显；西周中期至春秋中后期，礼乐文化的文化精神深深地影响着其时的艺术精神，这一时期的艺术创作体现出一种情理相济和美善相乐的艺术精神；春秋末叶以后，周代礼乐文化赖以生存的政治文化土壤流失殆尽，出现"礼崩乐坏"的局面，情感进一步放纵和爱美风尚流行，在艺术创作上就体现出趋情至美的艺术精神。周代礼乐文化中的艺术创作上的特点影响着它的艺术风格特征。西周初期的艺术风格表现为一种神秘、狰狞之美；西周中期至春秋中后期的艺术风格又有所改变，中和之美和素朴之美是它的典型特征；春秋末叶至战国末期又表现出清新绚丽之美。在艺术表现上，由于周人受到象征性思维的影响，礼乐文化中表现出一种象征性文化精神，这种文化精神又深深地影响着这一时期的艺术精神，周代礼乐文化中的青铜艺术、乐舞艺术都表现为一种象征，象征性艺术精神也是一种典型的中国早期艺术精神。周代礼乐文化中蕴含着丰富的艺术精神，这些中国早期的艺术精神对后世的中国艺术精神的发展和文艺理论的发展及实际创作，都产生了重要影响。比如，中国的文学艺术与政治紧密地联系在一起，艺术政治化和政治艺术化，它的根源可以追溯到周代礼乐文化中的艺德合化的艺术观和艺术与政治密切联系的现象；象征性艺术精神对后来儒家的象征性艺术观的形成也产生重要的影响和作用；中国古代的文学艺术家表现为双重人格，一方面超脱于政治、社会之外，走艺术独立的道路。另一方面，又不得不依赖于政治、权势，走上艺术依附的道路，究其根源，这种现象的产生与周代礼乐文化中的艺术精神及周代的艺术与政治的密切联系不无关系。

第一节　多元起源说——礼乐文化的起源[①]

世界上每一个民族、每一个国家都有自己的礼乐文化，但是没有哪个民族能够像中华民族这样崇尚礼乐。从一定意义上说，中华民族就是礼乐的民族，中华的文化就是礼乐文化。中华民族历史上的礼乐文化源远流长，内容丰富，思想博大精深，要想全面深刻地了解它，首先就需要弄清楚它的起源问题。考古学资料表明，礼乐文化的起源时间大致可以追溯到原始先民社会。但究竟是如何起源的，历来说法不一。下面我们先对礼的起源做初步的探讨，然后再探讨乐的起源及礼乐文化的起源。关于礼的起源，比较有代表性的说法有以下几种。

（1）宗教祭祀说。这种观点认为礼起源于原始氏族社会的鬼神崇拜、巫术占卜、宗教祭祀等。首先，原始先民们对自然界和人类自身的认识极其有限和浅陋，他们的生产力水平极其低下，防范和抵御自然灾害的能力极弱，自然就会对自然力产生畏惧感和崇拜感；他们还对一些自然现象和自身的梦境不能做出合理的解释，只好将其归因于冥冥之中神灵的支配。他们置身于自己编织的神话世界中，认为万事万物都有神灵。其次，当原始先民们把自己以血缘关系为纽带组成的氏族和家庭区别于动物群体时，他们便朦胧地认识到每个氏族成员在这个氏族中的作用，因而在后人的观念中出现对死去祖先的崇拜感。于是对天地自然的崇拜和对祖先的崇拜结合起来，就会有神鬼和祖先神灵的意志左右着活着的生人的意志，因此祈求神鬼和祖先神灵的禳灾、庇佑和赐福的活动就产

① "起源"一词本来是用来描述河流形成之初的状态。将"起源"一词用于描述音乐的发生，是词语意义上的借用。所谓"起源"所描述的，就是"事物产生之前的某种相关状态"或是"直接孕育了某一新生事物或其构成要素特征的事物总和"。如果我们说"A 起源于 B"，则 B 事物应与 A 事物有着从形式到内容上的千丝万缕的联系，B 的进一步演变，或多种 B 的有机结合即成为 A。若 A 与 B 是两个风马牛不相及的、性质截然不同的事物，则二者之间就不能构成所谓的"起源"关系。参见江海燕：《对"音乐起源"问题的几点认识》，《中国音乐学》2006 年第 1 期。我们在这里使用"起源"一词来描述礼乐文化的发生，也是在这个意义上使用它。

生了，这就是宗教祭祀，而祭祀活动总伴有一套礼仪或仪式，这就产生了礼。据此人们认为礼起源于宗教祭祀。从考古材料来看，在辽宁喀左发现的距今约 5000 多年前的红山文化遗址中，就有大型的祭坛、神庙等，这些祭坛、神庙可能就是原始先民们举行宗教祭祀的地方。这就从实物上证明了中国远古时期就有宗教祭祀活动和相应的礼俗仪式，因此，礼乐活动很可能起源于此时。宗教祭祀活动与巫术活动常常紧密地联系在一起，原始先民们认识自然、征服自然的能力有限，出于对天地自然的敬畏、崇拜和占有的欲望，常举行巫术活动，而巫术活动常常有一定的仪式，并伴随有一定的乐舞表演，礼乐就在巫术活动中产生了。由于"宗教祭祀说"和"巫术活动说"属于类似的礼的起源说，在此就只对"宗教祭祀说"作讨论了。

礼起源于宗教祭祀，这种观点并非今有，早在汉代就已出现，许慎的《说文解字》就是持此观点，又经近现代学术大家王国维、刘师培、郭沫若等人的论证，在学术界影响颇大。许慎在《说文解字》示部中说："禮，履也，所以事神致福也。从示、从豊，豊亦声。"示，《说文》曰："示，天垂象见吉凶，所以示人也。从二、三，垂日月星也，观乎天文以察时变，示神事也。"豊，《说文》曰："豊，行礼之器也。从豆，象形。"可见，"禮（礼）"与事神致福密切相关。《荀子·大略》中说："禮者，人之所履也，失所履，必颠蹶陷溺。"段玉裁《说文解字注》云："'履，足所依也。'……又引申之训礼。"凡所依皆曰履，履者足所依，礼者，人之所履，为人所依也，可见，"禮"对人来说是多么的重要。不过甲骨文、金文中都没有"禮"字，但是有"豊"字。王国维在《观堂集林·释礼》中就他所看到的卜辞中的"豊"字作了如下分析：

> 《说文》示部云："禮，履也，所以事神致福也。从示、从豊，豊亦声。"又豊部："豊，行礼之器也。从豆，象形。"案：殷虚卜辞有豊字，其文曰："癸未卜贞醴豊。"……豊又其繁文，此诸字皆象二玉在器之形。古者行礼以玉，故《说文》曰："豊，行礼之器。"其说古矣……盛玉以奉神人之器谓之𧇄、若豊，推之而奉神人之酒醴亦谓之醴，又推之而奉神人之事通谓之禮。其初，当皆用𧇄若豊二字，其分化为醴、禮二字，盖稍后矣。[1]

---

[1]　王国维：《释礼》，见《观堂集林》卷六，北京，中华书局，1959，第 290～291 页。

王国维认为，"礼"字最初是指在器皿中盛放两串玉来敬献鬼神，后来也指以酒醴献祭鬼神，再后来指一切献祭鬼神之事。他的解释和许慎的解释基本一致。

许慎和王国维都是从字源学上推断出"礼"最初的意思是"奉神人之事"，这就说明了礼可能起源于宗教祭祀活动。对此，我们也能在《礼记·礼运》中找到佐证："夫礼之初，始诸饮食，其燔黍捭豚，污尊而抔饮，蒉桴而土鼓，犹若可以致其敬于鬼神。及其死也，升屋而号，告曰：'皋！某复。'然后饭腥而苴孰。故天望而地藏也，体魄则降，知气在上，故死者北首，生者南乡，皆从其初。"孔颖达《疏》云："……诸，于也。始于饮食者，欲行吉礼，先以饮食为本。"这就是说，礼是伴随着"燔黍捭豚""抔饮土鼓"等原始的生存活动而"致其敬于鬼神"的活动。就是在人死后，也还"升屋而号"，希望能把他的灵魂呼唤回来，以便能使他起死回生，直到确认这一切不能实现时，才按照习俗下葬，而后世之礼"皆从其初"。这一切都说明"礼"最初的起源与宗教祭祀一类的活动有着密切的关系。《大戴礼记·礼三本》中也有类似的观点："礼有三本：天地者，性之本也；先祖者，类之本也；君师者，治之本也。无天地焉生？无先祖焉出？无君师焉治？三者偏亡，无安之人。故礼，上事天，下事地，宗事先祖而宠君师，是礼之三本也。"《荀子·礼论》中也有与《大戴礼记·礼三本》几乎相同的论述①。这里的事天、事地、事先祖当然是出于宗教心理，"事"即祭祀之意。可见，《大戴礼记》和荀子都认为礼起源于宗教祭祀。郭沫若也持这样的观点，他说："禮是后来的字，在金文里面我们偶尔看见有用豊字的，从字的结构上来说，是在一个器皿里面盛两串玉具以奉事于神，《盘庚篇》里面所说的'具乃贝玉'，就是这个意思。大概礼之起于祀神，故其字后来从示，其后扩展而为对人，更其后扩展而为吉、凶、军、宾、嘉的各种仪制。这都是时代进展的成果。"②人类社会大概最初只有祭礼，而祭礼产生于宗教祭祀之中。不过随着原始社会的发展，母系氏族、父系氏族的产生，社会分工和交换的出现，礼的种类就会越来越多，不止一类祭礼了。

（2）抑制人欲说。这种观点认为礼起源于原始先民的主观欲望与客观环境的矛盾。在原始先民生活的洪荒时代，自然条件恶劣，生产力极其

---

① 《荀子·礼论》："礼有三本：天地者，生之本也；先祖者，类之本也；君师者，治之本也。无天地恶生？无先祖恶出？无君师恶治？三者偏亡焉，无安人。故礼上事天，下事地，尊先祖而隆君师，是礼之三本也。"

② 郭沫若：《十批判书》，北京，东方出版社，1996，第96页。

低下，人们过着群体的生活，一起劳作，一起休憩，平均分配生活资料，共同维持着生活。但是那时的人类刚刚从动物界脱离出来，必然带有动物的某些本能欲望，比如希图对食物的全部占有，对性事的强制进行等，然而这些本能欲望在那时不可能全部实现，人们并不能随心所欲。这就需要有一种特有的方式来节制人类的自然欲求，协调人与人之间的关系，否则人类生活就无法继续下去。这种特有的方式就是礼。于是人类开始有男女老幼的伦理秩序；有互尊互重的社会群体意识；有互相合作的协作精神，这就是礼的产生。

荀子即持这种观点。《荀子·礼论》说："礼起于何也？曰：人生而有欲，欲而不得，则不能无求；求而无度量分界，则不能不争；争则乱，乱则穷。先王恶其乱也，故制礼义以分之，以养人之欲，给人之求，使欲必不穷乎物，物必不屈于欲，两者相持而长，是礼之所起也。"荀子的这段话清楚地说明了，礼之所起是用来制约人的行为，礼可以调节原始先民们的主观欲求与当时现实环境不能满足人类的欲求之间的矛盾，从而维持着原始社会的存在和延续的平衡。因此，在那时，渐渐地生出一些人们彼此可以接受的规矩和仪节，那就是一些礼节的萌芽。不过荀子在这里却又把礼节的产生完全归为先王的制作，这是不正确的，虽然先王可能在礼节的产生中起过重要的作用。《礼记·乐记》和荀子几乎持相同的观点："人生而静，天之性也。感于物而动，性之欲也。物至知知，然后好恶形焉。好恶无节于内，知诱于外，不能反躬，天理灭矣。夫物之感人无穷，而人之好恶无节，则是物至而人化物也。人化物也者，灭天理而穷人欲者也。于是有悖逆诈伪之心，有淫泆作乱之事。是故强者胁弱，众者暴寡，知者诈愚，勇者苦怯，疾病不养，老幼孤独不得其所，此大乱之道也。是故先王之制礼乐，人为之节。"《乐记》作者认为，人的本性原是宁静的，但是受到外物的影响，就会产生欲求，欲求得不到节制，而又不能反躬自身，人就会被外物所化，天理就会泯灭，就会一味地对欲望进行追求，于是"悖逆诈伪之心"、"淫泆作乱之事"就会出现，社会上就会以大欺小，以众暴寡，出现混乱的局面。这时圣人就出来制礼作乐，用礼乐来节制人欲，维持社会的平衡和稳定，礼乐就是这样产生的。同样，这里也把礼乐的产生归为先王圣人的制作，当然这是不完全正确的，对此我们姑且不论。

（3）风俗习惯说。这种观点认为礼起源于原始氏族的风俗习惯。持这种观点的学者主要是杨宽。他在《古史新探》中说："'礼'的起源很早，远在原始氏族公社中，人们已惯于把重要行动加上特殊的礼仪。原始人常以具有象征意义的物品，连同一系列的象征性动作，构成种种仪式，用来表达自己的感情和愿望。这些礼仪，不仅长期成为社会生活的传统习惯，而且常被用作维护社会秩序、巩固社会组织和加强部落之间联系的手段。进入阶级社会后，许多礼仪还被大家沿用着，其中部分礼仪往往被统治阶级所利用和改变，作为巩固统治阶级内部组织和统治人民的一种手段。中国西周以后贵族所推行的'周礼'，就是属于这样的性质。"①杨宽认为，"礼仪起源于原始氏族社会末期的风俗习惯，这些风俗习惯在当时人们的生活、生产中成为全体氏族成员共同遵守的规范,② 等到阶级社会和国家产生后，贵族统治阶级就对其中的某些风俗习惯加以改造和发展，并逐渐形成各种礼仪，用它来维护整个统治秩序和社会稳定。杨宽还具体探讨了某些礼仪的起源和形成，如乡饮酒礼就是起源于原始氏族聚落的会食习惯，在这种会食活动中，长老者和有德者得到氏族成员的尊重和敬养，长老者享有的威信在活动中也得到显示。乡饮酒礼就是周族在氏族末期的这种会食风俗习惯基础上形成的，以显示长老者享有的威信和为人所尊重。到周王朝建立后，它也就成了贵族统治阶级礼治的一种方式。③ 再如，籍礼是源于氏族社会时期由族长或长老所组织的鼓励成员们进行集体劳动的仪式,④ 大蒐礼是源于军事民主制时期的武装'人民大会',⑤ 冠礼是源于氏族社会的成丁礼。"⑥

杨宽认为礼是由原始氏族末期的风俗习惯演变而来的，他主要是就周礼来探讨这一问题的。如果我们继续追问一下，这些氏族末期的风俗习惯又为什么会形成？它的作用又是什么？我们就会发现，这些风俗习惯在很大程度上是用来调节人们的行为、维护原始社会的稳定和平衡的。它们之所以会形成，也是由于节制人的欲望的需要。因此，认为礼起源于原始氏族的风俗习惯，归根到底还是可以追溯到礼起源于调节原始先民的主观欲望与客观环境的矛盾上来。

（4）礼尚往来说。这种观点认为礼起源于原始社会的物品交易行为。《礼记·曲礼上》中说："礼尚往来：往而不来，非礼也；来而不往，亦非

---

① 杨宽：《古史新探》，北京，中华书局，1965，第 234 页。

② 邹昌林也持此说，他认为，礼原本是人类原始时代的习俗体系，当时人们的生产、生活、习惯、信仰、经验、知识的积累，无不混而为一地保留在这个称为礼的文化体系中。邹昌林：《中国礼文化》，北京，社会科学文献出版社，2000，第 18 页。

③ 杨宽：《古史新探》，北京，中华书局，1965，第 291 页。

④ 杨宽：《古史新探》，北京，中华书局，1965，第 231 页。

⑤ 杨宽：《古史新探》，北京，中华书局，1965，第 268 页。

⑥ 杨宽：《古史新探》，北京，中华书局，1965，第 235 页。

礼也。"在原始社会，人们的生活资料和生产资料都非常匮乏，为了能继续生产、生活下去，物品必须互通有无，有赠有报，有来有往，否则人们就不能生存下去，社会就不能延续发展。所以说，"礼尚往来：往而不来，非礼也；来而不往，亦非礼也。"在这种带有商业性质的"礼尚往来"中，一些礼节也就应运而生了。杨向奎就是持这种观点的。他说："在生产领域内，自原始社会末到奴隶社会，封建社会都曾有过祭祀土、谷神的典礼。在交换领域内，更可以看出自奴隶社会到封建社会初期，许多人世间的礼仪交往都和原始社会的物品交易有关，在原始社会中所谓礼品交换实际是商业交易行为；或者我们说当时的交易行为是用礼品赠与和酬报的方式进行，即《礼记·曲礼》所谓：'礼尚往来，往而不来非礼也，来而不往亦非礼也。'其实这也可以追溯到物品交易的对等原则。这种交换的事实可以帮助我们理解中国古代礼仪的起源、演变和发展中的若干问题，礼品和商品在当时只是不同时间的不同称谓罢了。"①杨向奎认为，在原始社会中，本没有今天意义上的商品交易行为，当时的交易行为是用礼品赠与和酬报，或是一种强迫的赠给制度，他还引用了法国莫斯教授解释的"potlatch"现象来说明中国古人的"礼尚往来"的含义，并认为礼的起源可能追溯到此。杨向奎的观点在《礼记》中可以找到佐证。《礼记》中就有多处关于礼之往来必有"报"的论述，"报"就是有来有往的意思。《礼记·乐记》曰："乐也者，施也；礼也者，报也。"《礼记·祭义》曰："礼得其报则乐，乐得其反则安。礼之报，乐之反，其义一也。"《礼记·中庸》曰："体群臣则士之报礼重，子庶民则百姓劝，来百工则财用足，柔远人则四方归之，怀诸侯则天下畏之。"这些论述都是在强调有礼必有报，给予得越多，回报得也会越多，这就是"礼尚往来"，先民们在一来二往中，也就产生了礼。汪延也持类似的观点。他说："从历史上看，'礼'发源于原始部落社会，中外学者普遍认为，'礼'最初来自原始部落间的物质交换，所谓'来而不往，非礼也'，正是'礼'的初义。"②

　　以上所述是关于礼的起源较有代表性的四种说法，此外还有其他说法，如"礼以情起"说。《礼记·丧服四制》曰："凡礼之大体，体天地，法四时，则阴阳，顺人情，故谓之礼。訾之者，是不知礼之所由生也。"人们认为，原始人类从蒙昧、野蛮进入文明，慢慢地感情就会发生变化，丰富起来，最后情动于中而发于外，一些礼节就会自然产生。因此说，

<hr />

①　杨向奎：《宗周社会与礼乐文明》，北京，人民出版社，1997，第2版，第244页。
②　汪延：《先秦两汉文化传承述略》，西安，陕西人民教育出版社，1998，第79页。

礼是因情而起的。再如"礼以义起"说。《礼记·礼运》说："故礼也者，义之实也。协诸义而协，则礼虽先王未之有，可以义起也。"持这种观点的人就认为礼是因义而起的。

上述关于礼的起源的各种说法，从各自的角度来看，都有各自的道理，但是在探讨一般礼的起源时，往往又显得理论不足。比如，从"禮"字的字源学上探讨出礼起源于宗教祭祀，就有一定的问题。"禮"字取义于祭祀礼仪，只能说明"禮"字这种字体产生的当时所依据的情形，能否说在"禮"字字体产生之前，在更远古的时代就没有其他不同于祭祀礼仪的礼俗形式呢？这显然是有问题的。再如，礼起源于原始氏族的风俗习惯的观点，也是有一定问题的。因为由原始氏族社会的礼俗演变而来的礼仪，毕竟还是很小的一部分，除此之外，还有大量的其他礼仪并非由风俗习惯演变而来，对此我们又怎么能犯以偏概全的逻辑错误，笼统地说礼起源于原始氏族社会的习俗呢？这也是有问题的。总之，单说礼起源于如何如何，局限于某种狭隘的观点，这都是有一定问题的。如今，学术界从考古学、文化人类学、民俗学、语言学、历史学等多学科多角度考察礼的起源，发现礼的起源并不是单一的，而是多元的，礼的多元起源说已被学术界所赞同。其实，说礼的起源，我们不能武断地说凡礼都起源于某时、某种原因。我们更应该注意到各种礼是在不同时期、不同情况下产生的，它的意义也不尽相同，有祭祀礼仪意义上的礼；有生活行为规范意义上的礼；有习俗庆典意义上的礼；等等。礼也有一个逐渐繁富，逐渐复杂的过程。夏代的礼种类较多，殷代的礼门类繁杂，而周代的礼则"郁郁乎文哉"（《论语·八佾》）了。所以清人邵懿辰说："礼本非一时一世而成，积久服习，渐次修整而臻于大备。"①因此，笼统地说礼的起源如何如何，势必要遭到较大的困难。

以上我们就礼的起源作了一些论述。礼的产生，也就意味着礼文化的产生，或者说一个社会群体中产生了礼，也就产生了礼文化。我们追溯礼的起源，也可以说是在追溯礼文化的起源。至于乐的产生，从时间上来说，至少不迟于礼的产生，甚至早于礼的产生。殷墟出土的甲骨文字中已有"樂"（乐）字，是一个似木架上装有三面鼓的象形文字。许慎《说文解字》曰："樂，五声八音总名。象鼓鞞。木，虡也。""乐"这个字出现的时间很早，这从一个侧面说明了"乐"在人类生活的很早时期就产生了，到了殷代它已经相当成熟，在殷代先民们的生活中起着重要的作用，所

① （清）邵懿辰：《礼经通论·论孔子定礼乐》。

以甲骨文中就造有"乐"字①。那么"乐"是如何起源的呢？历来说法不一。就目前学界的观点来看，大致有以下几种：

（1）情感说。这种观点认为乐起源于人的情感表达。因为在所有的高级生命中，人是最富有感情的，而人又处于丰富多彩的大自然和纷繁复杂的社会关系中，难免会被深深触动，自然情感上要有所表达，而乐是最宜表情达意的，这样以乐来表达情感，乐也就产生了。《礼记·乐记》说："凡音之起，由人心生也。人心之动，物使之然也。……乐者，音之所由生也，其本在人心之感于物也。"就明确地说明了音乐是由于人心受到外物的触动而产生，并用它来表达感情的。《吕氏春秋·音初》中记载了"四音"（东音、南音、西音、北音）产生的传说，都说明了音乐是由于人要表达情感的需要而产生的。比如，"南音"是涂山氏之女因思念大禹而把她的情感表达出来产生的，"禹行功，见涂山之女，禹未之遇而巡省南土。涂山氏之女，乃令其妾，候禹于涂山之阳，女乃作歌，歌曰'候人兮猗'，实始作为南音"。荀子也肯定乐的产生是因人的感情而起，不过他是从另一个角度来说的。《荀子·乐论》说："夫乐者，乐也，人情之所必不免也，故人不能无乐。乐则必发于声音，形于动静，而人之道，声音、动静、性术之变尽是矣。故人不能不乐，乐则不能无形，形而不为道，则不能无乱。先王恶其乱也，故制《雅》《颂》之声以道之，使其声足以乐而不流，使其文足以辨而不谒。"和论礼的产生相类似，荀子也认为乐的产生是由于人的情感受外物的触动，会引起惑乱，从而圣王制乐以泄导人情的结果。荀子关于圣王制乐的观点正确与否，我们姑且不论，但他认为乐的产生与人的感情密不可分，这是有一定道理的。

（2）巫术说。又称"宗教说"、"魔法说"。这种观点认为音乐起源于原始人的巫术宗教活动。原始人类在生产力极其低下的情况下过着群居的生活，共同劳动，共同分配劳动果实。在极为恶劣的自然环境中，为了求得生存，他们同大自然作艰苦的斗争。在不能战胜大自然，也无法解释大自然的某些现象时，他们就需要精神力量的支持并把精神力量神秘化，久而久之就演变为巫术宗教活动。原始人在举行巫术宗教活动时，常常要取悦万物神灵，祈求神灵的庇佑，他们认为发出动听悦耳的声音，做出协调的肢体动作就可以达到这一目的，因此，就尽情地酣歌漫舞，这样乐舞艺术也就慢慢地产生了。法国考古学家雷纳克、英国人类学家

---

① 我们这里所说的"乐"并不是单指"音乐"，而是指诗、歌、舞三位一体的"乐"，因为在先秦时期，诗、歌、舞是紧密联系在一起的，还没有严格地区分开来。

爱德华都持这种观点。中国晚清学者王国维在《宋元戏曲史》中说:"歌舞之兴,其始于古之巫乎? 巫之兴也,盖在上古之世。"①也认为音乐舞蹈起源于远古时代的巫术宗教活动。

(3)模仿说。这种观点认为音乐起源于人类对大自然的模仿。大自然中有许许多多的声响,如风怒号、雨潇潇、虫鸣、鸟叫、流水叮咚等。原始人类从这些美妙的大自然的声响中得到启示,模仿它们,就创造了音乐。古希腊哲学家德谟克利特说:"在许多重要的事情上,我们是摹仿禽兽,作禽兽的小学生的。从蜘蛛我们学会了织布和缝补;从燕子学会了造房子;从天鹅和黄莺等歌唱的鸟学会了唱歌。"②他认为艺术就是起源于人类对自然的模仿,音乐就是人类从对天鹅和黄莺的歌声模仿中创造出来的。其后,亚里士多德继承了模仿说并作了进一步阐述和发挥,自此模仿说成了西方文艺理论史上经久不衰的艺术起源说理论。

(4)劳动说。马克思主义从历史唯物主义和辩证唯物主义观点出发,认为音乐艺术起源于人类的劳动实践。人类在生产劳动的过程中,创造了人类自身,也创造了音乐赖以产生的一切条件。一方面,劳动使人的手变成灵巧的能够演奏音乐的双手,使人的咽喉变成了能够唱出歌声的歌喉,使人的耳朵变成能够欣赏音乐的耳朵,使人的大脑变成了能够进行艺术思维的大脑;另一方面,在生产劳动过程中,远古时代的人们为了彼此协调劳动的动作,减轻劳动带来的疲劳,鼓舞劳动的热情,他们常常发出有节奏的劳动呼号声,久而久之,就产生了音乐。现代民歌中的打夯歌、船夫号子、秧歌等都还可以看到音乐产生之初的影子。

除此之外,还有人认为音乐起源于原始人在精力剩余时的游戏,或起源于异性之间的求爱和人的本能等③,在此不再作讨论。上述几种音乐起源说都各从一个侧面来说明音乐的起源问题,都各有一定的道理,但也有一定的局限性。如"宗教说"就是如此。巫术宗教活动在音乐艺术的发展中起着重要的作用,但它还不是音乐艺术真正的起源,因为,巫术宗教活动并不是人类最早的活动,它是在人类历史的一定阶段上才出

---

① 王国维:《宋元戏曲史》,天津,百花文艺出版社,2002,第1页。

② 〔希腊〕德谟克利特:《著作残篇》,见伍蠡甫主编:《西方文论选》上卷,上海,上海译文出版社,1988,第4～5页。

③ "游戏说"源于康德,代表人物有席勒、斯宾塞、谷鲁斯。席勒在其《审美教育书简》中认为:"艺术起源于游戏冲动,而游戏冲动是来源于人的过剩精力。""异性求爱说"是英国生物学家达尔文提出的,他认为音乐起源于鸟鸣声,史前动物往往以鸣声追求异性,声音越优美就越能吸引异性,于是争相发出动听悦耳的声音,原始人对其模仿来求爱,就产生了音乐。

现的，巫术宗教活动产生时，音乐艺术可能已经产生了。总之，从人类生理、心理特点以及劳动生活对人的影响等多方面、多层次地去考察，"乐"的起源并不是单一的，而是多元的，是多种因素促成了"乐"的产生。关于这些，学界已有文章论述，在此不再赘述。

上文我们对乐的起源进行了论述，和礼的产生意味着礼文化的产生一样，乐的产生也就意味着乐文化的产生。礼和乐的产生可能并不是同时出现的，乐的产生应该是人类历史上很早的事情，礼相对于乐来说，大概是后起的事情。但是礼在它产生之后，就与乐联系在一起，礼中有乐，乐中有礼，礼乐并存。上文中为了方便起见，分别对礼和乐进行论述。实际上，礼和乐一开始时就本能自然地联系在一起（当然，最初的礼乐关系不可能像后来三代时期那样联系紧密，礼乐的真正结合是在阶级社会产生之后，是统治阶级的有意为之）。那么为什么礼乐会联系和结合在一起，出现礼乐并存的现象呢？对此我们就两个方面来讨论：

第一，在原始初民社会，人们过着一种无阶级压制的诗性的生活，诗性的思维是他们主要的思维，[①] 乐无论是人们寄托着情感和理想，还是起着娱悦神灵、协调劳作的作用，都是人类生活中不可缺少的东西，是和谐人类生活的调节剂。而那时的礼还是初级形态的礼，还没有严格森严的等级秩序，礼和原始先民们的生活是浑融在一起的，礼也有着寄托人类情感、安顿人的灵魂的作用，甚至还可以起到传授知识和传递信息的作用，人们对礼是从内心深处的认同和遵从，礼和乐一样也是人们生活中不可缺少的调节剂，正是礼和乐具有这样的特点，礼和乐一开始就联系和结合起来，不过这种联系和结合是自发的，不自觉的。

第二，到了阶级社会，礼和乐开始自觉地联系和结合在一起，因为，在阶级社会，礼和乐具有强烈的现实功用性，统治阶级依靠和利用礼和乐来实行教化和统治。这时候的礼已经具有了严格森严的等级秩序，礼是作为一种对全体社会成员具有约束力和牵制力的礼法规定而存在，礼和人们的生活不再是浑融在一起的，因而人们对礼的遵从就不是从内心深处发出的。礼会使人们之间的关系出现疏离，如果"礼胜"，这种疏离就会加剧和紧张，势必给社会造成不稳定。[②] 因此就需要有一种缓解这种紧张关系的方式，乐恰好具有这种功能，它的亲和力能够解决这一问

---

① 〔意〕维柯：《新科学》第二卷，朱光潜译，北京，人民文学出版社，1986。

② 《礼记·乐记》曰："乐者为同，礼者为异。同则相亲，异则相敬。乐胜则流，礼胜则离。合情饰貌者，礼乐之事也。"即是说，乐强调过分会使人们过于随便而不知敬，礼强调过分会造成人与人之间隔阂而不相亲。

题。因此，在阶级社会中礼和乐也会自觉地联系和结合在一起，礼乐并存，相需为用。因此，无论是原始形态的礼和乐，还是阶级社会的礼和乐，都是人们社会生活中不可缺少的。礼和乐一开始就联系和结合在一起，只不过原始形态的礼和乐是自发地联系和结合在一起，而阶级社会中的礼和乐是自觉地联系和结合在一起。有的学者从巫术祭祀的角度探讨礼和乐的结合并认为："礼仪一开始就是以带有感官愉悦性的形式表现出来的，祭祀就是娱神、娱鬼，以求得神鬼的欢心。因此，礼与乐在它们的初始时期就结下了不解之缘。"[①]这是很有道理的。对此我们可以从远古时代的巫术宗教活动中得到见证。原始先民们常常举行宗教祭祀活动，在举行祭祀礼仪的形式时，常常伴随着原始的歌舞，他们或敲击着棍棒打出拍子，或应和着节奏做出各种肢体动作，或念着咒语和祷词。他们以此方式来取悦祖先神灵和上帝鬼神，希冀得到它们的庇佑和赐福。这点也可以从《说文解字》中对"巫"字的解释上得到佐证，"巫，祝也，女能事无形以舞降神者也，象人两袌舞形"。巫，是古代先民们在举行巫术活动或宗教祭祀活动时沟通人与神之间的媒灵，常为女性，巫常常伴随着巫术仪式而起舞，以祈求神灵的降临。所以，《说文解字》把"巫"和"舞"联系在一起，这是有一定道理的。巫术宗教祭祀活动的仪式中伴随有一定的乐舞，同样在其他的礼仪场合下，也必然有乐舞艺术的出现。因此，我们可以说，礼和乐一开始就自然地联系在一起，礼中有乐，乐中有礼，礼乐并存。

综上所述，礼和乐的产生，是由多种因素促成的，礼和乐的起源应该是多元的。又由于一个社会中礼的产生意味着礼文化的产生，乐的产生意味着乐文化的产生，而礼和乐一开始时就自然地联系和结合在一起，因此，礼文化的产生和乐文化的产生并结合起来也就意味着礼乐文化的产生。当然，这种礼乐文化还是一种原始形态的礼乐文化，是初级形态的礼乐文化。既然礼和乐的起源是多元的，那么礼乐文化的起源也就可以说是多元的。弄清了礼乐文化的起源问题，我们还要知道礼乐文化从产生到发展再到鼎盛，也有一个不断演变的过程，关于这一点我们将在下一节作进一步的论述。

第二节　从娱神、敬鬼到重人——先秦礼乐文化的演变

人类社会从原始公社制社会到奴隶制社会，再到封建制社会，其间

---

① 柳肃：《礼的精神——礼乐文化与中国政治》，长春，吉林教育出版社，1990，第7页。

经历了漫长的历史过程。在这漫长的历史过程中，人类从自由平等的无阶级社会过渡到阶级社会。礼乐文化从人类社会之初就产生一直到阶级社会这段时间里，经历了从萌芽到发展，从发展到鼎盛，又从鼎盛到衰退的变化过程；礼和乐也经历了从无到有，从分到合，又从合到分的变化过程。而礼乐文化的这一变化过程在时间上正处于中国历史上的远古时期到夏、商、周三代时期，即先秦时期①。纵观先秦礼乐文化的演变过程，我们可以粗略地认为，三代之前的原始社会时期是礼乐文化的发生时期；夏商时代是礼乐文化的发展时期；西周时代是礼乐文化的鼎盛时期；春秋战国是礼乐文化的衰亡时期。先秦礼乐文化从发生、发展到鼎盛再到衰亡，其演变过程有着自己内在的规律和特点，这个规律和特点就是作为娱神敬鬼的礼乐转变为重人娱人的礼乐，而这个转变时期在时间上处于商周之际。因此，要想更准确、更深入地理解先秦礼乐文化特别是周代的礼乐文化，我们有必要对其特点和规律及其演变过程进行一次梳理。

一、先秦礼乐文化的发生期

从时间上来说，先秦礼乐文化的发生期大概处于远古到三代之前的这一段历史时期（即传说中的三皇五帝的前后时期），这一时期的礼乐文化我们可以称其为原始礼乐文化。原始时代的人们生活在人类的童年时代，他们因生产力的不发达和文明的落后，在和变化莫测的自然现象和飞禽猛兽的斗争过程中，常常感到力不从心和困惑不解，从而感到神秘和恐惧，认为冥冥之中总有某种神秘的力量在主宰着自己的命运。于是他们就把自然万物和自然现象人格化为神灵进行顶礼膜拜②，并用音乐、舞蹈、咒语等手段来表达他们的敬畏和崇拜之情。当这些崇拜的仪式在特定的时间，用特定的方式反复举行，便被固定下来时，就成了原始先民们生活中的一种习俗和制度。《吕氏春秋·古乐》说："昔葛天氏之乐，三人操牛尾投足以歌八阕：一曰《载民》，二曰《玄鸟》，三曰《遂草木》，

---

① 李泽厚在《美的历程》中把"先秦"时期界定为"春秋战国"时期，他说："所谓'先秦'，一般均指春秋战国而言。"（李泽厚：《美学三书》，合肥，安徽文艺出版社，1999，第55页）我们这里所说的"先秦"时期并非仅指"春秋战国"，而是指广义上的"先秦"时期。

② 恩格斯："在远古时代，人们还完全不知道自己身体的构造，并且受梦中景象的影响，于是就产生一种观念：他们的思维和感觉不是他们身体的活动，而是一种独特的、寓于这个身体之中而在人死亡时就离开身体的灵魂的活动……同由于十分相似的原因，通过自然力的人格化，产生了最初的神。"（《马克思恩格斯选集》第4卷，北京，人民出版社，1995，第2版，第223～224页）

四曰《奋五谷》，五曰《敬天常》，六曰《建帝功》，七曰《依地德》，八曰《总万物之极》。"这里所说的"葛天氏之乐"，我们今天已无从知晓它的具体情况，但是从所记载的文字上看，它应该是远古时代的先民们在举行崇拜仪式时所表演的乐舞。从其歌颂的玄鸟、草木、五谷、天地等来看，先民们把这些自然物都当成了神灵，企图用崇拜仪式和歌舞表演来娱悦它们，以祈求年成的丰收等。① 这种现象在世界上各个民族的原始时期都曾出现过，只有在古老的中国，它才成了后来礼乐文化的萌芽。

原始礼乐文化中的礼和乐结合得还不是很紧密，在大多数情况下，是只见乐，不见礼。② 这时的礼乐还不具有等级色彩，它们是原始先民们表达理想和宣泄狂热激情的一种方式。因此，从严格意义上来说，它们还不是后来那种作为等级制度和等级体系的礼乐，只是一种社会成员约定俗成的、共同遵守的、没有等级观念的习俗习惯。这时期的礼乐也不具有礼法的实际效用，而主要是用来娱悦神灵，达到人和神的和谐，从而祈求神灵的保佑和赐福。《尚书·舜典》中说："帝曰：'夔！命汝典乐，教胄子，直而温，宽而栗，刚而无虐，简而无傲。诗言志，歌永言，声依永，律和声。八音克谐，无相夺伦，神人以和。'夔曰：'於！予击石拊石，百兽率舞。'"帝舜命令乐师夔去主管音乐，并要求八类乐器奏出和谐的声音，相互间不能乱了次序，其目的是娱悦神灵，让神灵高兴，从而使人与神和谐共乐，得到神的保佑和赐福。《吕氏春秋·古乐》中也有类似的记载："帝颛顼生自若水，实处空桑，乃登为帝。惟天之合，正风

---

①　内蒙古自治区碇口县西北托林沟畔北山后石壁上有一幅原始社会时期的岩画，画面中间有四个连臂顿足而舞的舞者，排列整齐，饰有长长的尾饰，富有韵律感；左上方不远处有一个舞者，双手叉腰，正在跳舞，另一个舞者扮成鸟形，似乎要振臂欲飞。这幅画似乎表现当时人们在巫术仪式中跳狩猎舞的情形，可以看出来，原始人企图用舞蹈来娱悦神灵，以便使自己获得好的狩猎成果。1984 年，民俗文化学者在吉林省长白山区原始森林中的一个小山村里，发现了一个完整的朝鲜原始舞蹈《手拍舞》。此舞的表演者赤身、裸脚，腰系兽皮，肩扛猎物，走到森林边，在乐师身旁放下猎物。乐师开始敲打乐器，发出有节奏的响声。舞蹈者开始耸动双肩，拍打身体跳起舞来。在打击自己身体的过程中，穿插再现狩猎的过程，并做出种种面部表情，发出震撼人心的叫声。和上例相比较而言，《手拍舞》的原始巫术意味减弱了，但还是可以看出，舞蹈者企图用这种方式来祈求狩猎的丰收。（刘锡诚：《中国原始艺术》，上海，上海文艺出版社，1998，第 374 页）

②　李壮鹰说："实际上，且不要说礼、乐这两种社会上层建筑与永恒的天地精神并不沾边，就是从发生过程来讲，它们也不是同一历史层次上的东西。'乐'产生并起作用于奴隶社会以前，而'礼'却是封建社会的政治形式，它是伴随着封建制的出现而产生的。"（李壮鹰：《"乐"与乐神》，见《覆瓿存稿》，天津，百花文艺出版社，1995，第 10 页）这里所说的不是一个历史层次上的礼和乐，是就严格意义上的礼和乐而言，但它也从一个侧面道出了原始礼乐结合不紧密的真实现象。

乃行，其音若熙熙凄凄锵锵。帝颛顼好其音，乃令飞龙作效八风之音，命之曰《承云》，以祭上帝……帝尧立，乃命质为乐。质乃效山林豀谷之音以歌，乃以麋輅置缶而鼓之，乃拊石击石，以象上帝玉磬之音，以致舞百兽。瞽叟乃拌五弦之瑟，作以为十五弦之瑟，命之曰《大章》，以祭上帝。"从这段文字记载来看，帝颛顼命令乐师飞龙作《承云》之乐，并不是给自己或群臣享受，而是用其祭祀上帝，从而取悦上帝，希冀得到上帝的保佑和恩赐。帝尧时代，帝尧命令乐师质作《大章》之乐，和帝颛顼的用意一样，也是用来祭祀上帝。远古先民们认为，祭帝祭神是为了表达对神的崇敬，而敬神最好的方式是娱神。敬神和娱神的终极目的都是为了求治，而乐正好能够承担这一神学政治的重任。所以司马迁《史记·乐书》说："夫上古明王举乐者，非以娱心自乐，快意恣欲，将欲为治也。"这就明确地说明了本是"娱心自乐"的乐在上古时期承担着娱神的功能和求治的目的。因此，原始时期的礼乐文化还没有尊卑贵贱的等级观念和仁孝亲敬的伦理观念，它主要是用来娱悦各种神灵，祈求神灵的保佑和赐福，从而使天下太平大治。当然原始先民们有时也试图通过礼乐的巫术效应来影响神灵，改善自然。如《礼记·郊特牲》曰："伊耆氏始为蜡。蜡也者，索也，岁十二月，合聚万物而索飨之也……（其蜡辞）曰：'土反其宅，水归其壑，昆虫毋作，草木归其泽。'"相传伊耆氏是上古时代的部落首领，在伊耆氏时代，先民们在礼飨百神的时候，希图利用咒语性的歌唱来影响神灵和控制自然。

对于原始礼乐文化，这里还想说两点：（1）无论是原始礼乐文化中的"礼"，还是"乐"，也各自有一个发展过程，这个过程应该是一个线性的逻辑发展过程。我们以"乐"的发展为例，原始的"乐"在其演变过程中，先后经历了萌发期、形成期、发展期、成熟期。在这个过程中，原始的"乐"发生了一些重要的变化。其一，原始乐器功能开始分化，出现乐器和礼器合二为一的现象；其二，"乐"的功能开始分化，乐与宗教紧密联系，出现以乐通神、以乐娱神的观念。这两点变化对原始礼乐文化的形成起着重要的作用。（2）就原始礼乐文化的发展来看，在其发展过程中，还有一个现象，就是在其发展进程中，形成了多个呈动态发展的"礼""乐"文化圈。如中原黄河流域主要形成了"乐"文化圈，东南太湖流域和东北辽河流域主要形成了"礼"文化圈。不同地区、不同性质的文化圈相互接触、相互渗透融合，终于形成了以中原礼乐文化圈为中心的华夏原始礼乐文化。①

二、先秦礼乐文化的发展期

从时间上来说，先秦礼乐文化的发展期大约在夏商二代。处于发展时期的礼乐文化，比之发生期的礼乐文化来说，礼和乐开始从分离走向结合，二者的联系比之以前明显地紧密了。

夏代是中国历史上第一个奴隶制社会。"禹传子，家天下"②，结束了原始社会的禅让制和全体氏族成员之间的平等关系，以父系家长制为社会基础的国家开始形成。夏代，阶级的产生和等级观念的出现使得原始意义上的"礼"、"乐"发生了嬗变，原有的建立在军事民主制基础上的部落联盟被一切以王权为中心的国家形式所替代，这时的"礼"和"乐"开始以王权为中心而建立，这点可以从帝禹命皋陶作乐之事上得到见证。《吕氏春秋·古乐》曰："禹立，勤劳天下，日夜不懈，通大川，决壅塞，凿龙门，降通漻水以导河，疏三江五湖，注之东海，以利黔首。于是命皋陶作为《夏籥》九成，以昭其功。"帝禹治水功成之后，命令皋陶作乐舞《夏籥》九成，是以帝王的个人英雄功绩为赞颂对象，作乐的目的是"以昭其功"，突出了为奴隶制王权服务的意识。《管子·轻重甲》曰："昔者桀之时，女乐三万人，端噪晨乐，闻于三衢，是无不服文绣衣裳者。"夏桀拥有三万女乐，乐舞表演的规模之大，大路上都能听到乐声。不管这是不是史实，但夏代的礼乐开始为王权服务，这却是事实。不过尽管夏代的礼乐文化突出了奴隶制王权意识，开始为王权和个人淫乐服务，但夏代礼乐是从原始礼乐蜕化而来，礼乐的根本性质并没有改变，礼乐的功能主要还是用来娱悦神灵。《礼记·表记》曰："夏道尊命，事鬼敬神而远之，近人而忠焉，先禄而后威，先赏而后罚，亲而不尊。其民之敝，惷

---

① 黄厚明：《原始礼乐文化：华夏文明形成研究的新视野》，《南通师范学院学报》2003 年第 2 期。

② 《史记·夏本纪》："十年，帝禹东巡狩，至于会稽而崩。以天下授益。三年之丧毕，益让帝禹之子启，而辟居箕山之阳。禹子启贤，天下属意焉。及禹崩，虽授益，益之佐禹日浅，天下未洽，故诸侯皆去益而朝启，曰'吾君帝禹之子也'。于是启遂即天子之位，是为夏后帝启。夏后帝启，禹之子……夏后帝启崩，子帝太康立……太康崩，弟中康立，是为帝中康……中康崩，子帝相立……"这就说明从夏代开始，我国已经进入了阶级社会，父死子继的家国天下业已形成。《战国策·燕策一》曰："禹授益而以启为吏，及老，而以启为不足任天下，传之益也。启与支党攻益而夺之天下。是禹名传天下于益，其实令启自取之。"战国时人认为禹行禅让制是精心设计的一个圈套，禅让制徒具虚名，在旧传统的范围里为世袭制替代禅让制解决了关键问题，把"家天下"的任务留给了儿子启去完成。（晁福林：《先秦社会形态研究》，北京，北京师范大学出版社，2003，第 99 页）

而愚，乔而野，朴而不文。"何谓"夏道尊命"？历来的注解多为：夏代的治国之道是尊崇政令①，其实，这种解释并不十分准确。如果从夏代人的神灵观念来理解的话，这里的"尊命"应当理解为"遵从神灵的旨意或遵从命运的安排"。正是因为夏人遵从神灵的旨意或命运的安排，觉得冥冥中有一种神秘的力量左右着自己，个人反抗是无效的，所以才遵从政令。"夏道尊命"是因为夏代的宗教观念还不发达，还没有从原始巫术活动中走出来，处于原始巫术观念的水平，其神灵观念不是很发达，于是事鬼敬神而远之。夏代治民的态度是"先禄"、"先赏"，人与人之间的伦理关系是"亲而不尊"。② 这说明夏代的社会矛盾、阶级对立还不像后代社会那样紧张尖锐，原始社会中那种互亲互爱、讲信修睦的习惯传统还在起着作用，这时的礼乐主要不是作用于人事，而是以神事为重，礼乐主要还是用来娱悦神灵，以讨得神灵的欢欣，乞得神灵的降福。

如果说夏代的礼乐可以称之为巫术性礼乐的话，那么殷代的礼乐则可以称之为宗教性礼乐。殷人的宗教意识极为浓厚，整个社会意识形态都笼罩在充满神秘气氛的原始宗教的阴影中，原始的神学观念在社会中占据着绝对统治地位，神权统治是其基本特征。殷人认为，神是至高无上的，人要受神的支配，完全听命于神的旨意和安排。基于这样的原始宗教思想，殷人建立了一套完备的神学政治体系。那就是殷人的一切活动都要以神为中心，其中最重要的神事活动就是祭祀典礼，祭祀鬼神成为一种制度并指导着国家所有的日常活动。③ 殷人尊神，以神为中心，还突出地表现在，殷人无论从事何事，事无大小巨细，都要进行占卜求问于神以定决疑。这可以从有关历史文献和大量的殷代甲骨卜辞记录上得到充分的证实。《尚书·洪范》曰："稽疑：择建立卜筮人，乃命卜筮：曰雨，曰霁，曰蒙，曰驿，曰克，曰贞，曰悔，凡七。卜五，占用二，衍忒，立时人作卜筮，三人占，则从二人之言。汝则有大疑，谋及乃心，谋及卿士，谋及庶人，谋及卜筮。汝则从，龟从，筮从，卿士从，庶民从，是之谓大同。身其康强，子孙其逢吉。汝则从，龟从，筮从，卿士逆，庶民逆，吉。卿士从，龟从，筮从，汝则逆，庶民逆，吉。庶民从，龟从，筮从，汝则逆，卿士逆，吉。汝则从，龟从，筮逆，卿士逆，庶

---

① 《纂图互注礼记》注释："命谓四时政令，所以教民四时勤也。"（见《四部丛刊》经部）《十三经译注·礼记译注》注释为："尊上之政教。"（杨天宇：《礼记译注》，上海，上海古籍出版社，2004，第724页）《礼记译解》注解为："尊崇政令。"（王文锦：《礼记译解》，北京，中华书局，2001，第813页）

② 李心峰：《中国三代艺术的历史文化语境》，《民族艺术研究》2003年第5期。

③ 王杰：《殷周至春秋时期神人关系之演进》，《中共中央党校学报》2000年第3期。

民逆，作内吉，作外凶。龟、筮共违于人，用静吉，用作凶。"这段文字虽为后人对殷代官方政治文化的追述，但大量的甲骨卜辞的出土，和它互相印证，肯定了它的真实性。在殷代，对一件事做出最终决定，国君、卿士、庶民、卜、筮五个方面因素中，国君、卿士、庶民的意见只起一定的参考作用，卜、筮的结果才具有最终决定权。

殷人占卜的频繁、占卜范围的无所不包以及占卜在国家生活中的重要地位是与殷人的神灵观念的发达有着密切的关系的。在夏人的神灵观念里，自然万物都被认为是有灵的，而且是平等的，还没有出现等级分化，所有的神灵不分孰重孰轻地成为崇拜和祭祀的对象。这种原始的、不发达的神灵观念到了殷人那里却发生了较大的变化。从殷人卜辞记载的占问内容、祭祀对象等来看，殷人的神灵观念可以分为三种：（1）天神：上帝、日、东母、西母、云、风、雨、雪；（2）地示：社、四方、四戈、四巫、山、川；（3）人鬼：先王、先公、先妣、诸子、诸母、旧臣。[1] "帝"是殷人信仰和崇拜的至上神，具有最高的权威，管理着自然并主宰着人间，其最重要的权力是管辖着天时而影响人间年成。"帝"的出现说明殷人已经有了至上神的观念，而且这个"帝"也不是原始部落的部族神。上帝有帝廷，还像人间帝王一样发号施令。[2] 这种作为至上神的"帝"在夏人神灵观念里还不曾出现，却出现在殷人的神灵观念里，足见殷人的神灵观念更为发达。夏人和殷人的神灵观念还有一个重大的区别，就是在殷人的神灵观念里，"人鬼"（即死去祖先化作的神灵）的观念更为发达。夏代以及更早的时代，先民们对生与死的认识还不甚清楚，生死观念不发达，"人鬼"的观念不突出。到了殷代，殷人的生死观发生了变化，他们认识到先王先公生前在社会生活中起过的重大作用，死后还化为"人鬼"，继续护佑着生人。因此，祖先的神灵和上帝（当然也包括其他诸神）一样，也成为殷人崇拜和祭祀的对象。需要说明的是，在殷人的神灵观念里，上帝虽主宰着人间，令风令雨，降福降祸，但生人不能直接向他祈求，上帝也不享受人间祭祀的牺牲，沟通生人和上帝之间的中介是祖先的神灵。去世祖先的神灵既可以上达于上帝之廷，转达人间对上帝的祈求，又可以下临凡界，把上帝对生人的降福降祸带到人间。

---

[1] 陈梦家：《殷虚卜辞综述》，北京，中华书局，1988，第 562 页。

[2] 张光直说："上帝至尊神的观念在商代已经充分发展，而商代及其子姓王朝之统治一定在这种观念的发展上起过很大的促进作用。商代的上帝不但是自然界的首脑，也是人间的主宰，对水旱灾害有收降的力量，影响人王祸福，并统辖一个自然界诸神与使者所组成的帝廷。"（张光直：《中国青铜时代》，北京，生活·读书·新知三联书店，1999，第 414 页）

对此用一个简单的图示来表示就是：生人→人鬼→上帝→人鬼→生人。既然人鬼在生人和上帝之间起着重要的桥梁沟通作用，殷人就极为重视和崇拜"人鬼"，祭祀活动中的主要对象也是"人鬼"。殷人认为，只要经常举行祭祀活动，用牺牲、乐舞等来娱悦人鬼，让他们高兴，人鬼就会乐意向上帝转达生人的祈求，从而使上帝降福于人间。《礼记·表记》说："殷人尊神，率民以事神，先鬼而后礼，先罚而后赏，尊而不亲。其民之敝，荡而不静，胜而无耻。""殷人尊神"，就是殷人极为尊崇神灵，所以"率民以事神"。与"夏代尊命"只尊崇天神不同，殷人除了尊崇天神外，还极为敬重人鬼，所以"先鬼而后礼"。可见，在殷人的文化体系中，占据着核心地位的是鬼神祭祀观念，① 而作为人文之道的"礼"虽已产生，但只处于次要地位，人与人之间的伦理关系是"尊而不亲"。

　　殷人基于这样的鬼神祭祀观念，殷代的礼乐文化必然表现出宗教性礼乐文化的特征。与夏人及更早的先民们用礼乐来娱悦神灵不完全相同，殷人主要用礼乐来娱悦人鬼。这点是先秦礼乐文化演变过程中的一个显著的变化。殷人常常举行大规模的宗教性祭祀祖先神灵的活动，几乎一年三百六十日每天都有。② 在祭祀仪式上，殷人主要用乐舞来娱悦祖先神灵，使祖先神灵高兴。因此，"乐"在殷代礼乐文化中占据着主要地位，而礼只起着辅助的作用。《礼记·郊特牲》说："殷人尚声，臭味未成，涤荡其声，乐三阕，然后出迎牲。声音之号，所以诏告于天地之间也。"殷人崇尚借助音乐来祭祀，在杀牲之前，先奏乐而飘荡起乐声，待音乐演奏三段后，才出庙迎牲。演奏起音乐，是用来报告天地间的鬼神，好让他们来享受牺牲。在举行正式祭祀仪式中，更是乐声飘飘，乐舞翩翩。可见，"乐"在殷人祭祀活动中起着重要作用，殷代的礼乐文化也以"乐"文化为主，礼乐的作用是娱悦神灵特别是祖先神灵。总之，在先秦礼乐文化的发展期，礼和乐初步结合，但还不是十分的密切。在礼和乐的结合中，乐占据着主要地位，礼起着辅助作用，礼乐结合共同为娱悦神灵服务。

---

① 《吕氏春秋·顺民》曰："昔者汤克夏而正天下，天大旱五年不收，汤乃以身祷于桑林，……剪其发，磨其手，以身为牺牲，用祈福于上帝。"商代最高统治者汤王亲自祷于桑林，并以自身作为牺牲，准备为此献身，这反映了天地鬼神在人们生活中占据着多么重要的地位。

② 据李亚农考证，殷王在一年三百六十日中几乎无日不举行祭祀，其中多数由殷王亲自祭祀，也有不少时候让别人代为举行祭祀。（李亚农：《殷代社会生活》，见《欣然斋史论集》，上海，上海人民出版社，1962，第416、436～437页）

三、先秦礼乐文化的鼎盛期

从时间上来说，先秦礼乐文化的鼎盛期大概在西周时期。西周时期的礼和乐已经完全结合起来，而且非常紧密，礼和乐相辅相成，共同为西周的大一统的贵族政治统治服务。

殷商灭亡后，周王朝统治者面对殷商政权的顷刻间土崩瓦解，不得不心有余悸地总结殷商灭亡的经验教训，他们在承袭了殷代的官方文化形态的同时，也对殷代的原始的宗教神学思想进行了改造，以适应新的统治需要。

小邦周为何一夜间取代了大邑商，发生了如此巨大的变化？周人需要找出一个合理的解答，为此他们提出了新的天命论思想。周人认为，"天"具有一种主持公道、明辨是非、垂青有德之人的品格；殷人暴虐而周人积德，周人取代殷人的地位，是"天"的旨意，是正义的。这种新的天命思想已经大大区别于殷人的天命思想了，它去掉了单纯的宗教迷信色彩，增加了伦理政治色彩。周人就是运用这种新的天命思想来加强其政治统治的。一方面，周族统治者面对殷商遗民，反复宣称自己取得政权是天意，一再强调"天命不易"、"天命不僭"①、"有命自天，命此文王"②、"昊天有成命，二后受之"③，肯定天命的不可动摇性和神圣性；另一方面，周族最高统治者对于周室内部，一再强调殷鉴不远，政权获得的不易，不断告诫周人，"惟命不于常"④、"天不可信"⑤、"天命靡常"、"上天之载，无声无臭"⑥，以引起周人珍惜来之不易的权力。周人对天命重新解释，在对天命予以肯定的同时，更多的是对天命的怀疑和警戒，这表明周人已经开始摆脱殷人那种依赖于宗教神权来统治的思想观念。传统的人神关系已经被打破，人开始从依附于神的地位上升到自我存在的地位，人和人事在周人的生活中越来越受到重视。这在中国人神关系发展史上，是一个重大的突破和转折，具有划时代的意义。⑦

西周时期，正是基于这样的人神关系的思想认识，周人开始认识到人具有的价值和力量，在其社会生活尤其是政治生活中，开始关注人和

---

① 《尚书·大诰》。
② 《诗·大雅·文王》。
③ 《诗·周颂·昊天有成命》。
④ 《尚书·康诰》。
⑤ 《尚书·君奭》。
⑥ 《诗·大雅·文王》。
⑦ 王杰：《殷周至春秋时期神人关系之演进》，《中共中央党校学报》2000 年第 3 期。

人事，提出了一套人治的治国的策略。首先，在政治上周王朝实行了分封制，以姬姓诸侯为主，再加以姻亲诸侯，试图用血亲关系来维护宗周的社会统治；其次，在意识形态领域，周朝统治者对夏、商以来的礼乐文化进行改造，使礼乐文化成为一个非常完备的体系。周代的礼乐文化以维护和巩固宗法等级制度，区别上下贵贱等级关系为目的，以君君、臣臣、父父、子子为核心内容，并适时调整严格的等级制度造成的紧张关系。① 因此，西周时期的礼乐文化已经从夏商时期用作娱悦神灵的礼乐文化转变为作为治人治国之道的礼乐文化，这是先秦礼乐文化的又一重要演变。《礼记·表记》说："周人尊礼尚施，事鬼敬神而远之，近人而忠焉，其赏罚用爵列，亲而不尊。其民之敝，利而巧，文而不惭，贼而蔽。"这就表明周人的文化已经由殷人的"尊神"文化转变为"尊礼"文化，进入了新的境界。"礼"的观念已经在文化体系中占据着主要地位，鬼神祭祀观念虽然还在延续，但已经退居到幕后，成为次要的角色。所以说，"周人尊礼尚施，事鬼敬神而远之"。统治阶级的治人方式也转变为"赏罚用爵列"，即用宗法等级秩序的礼制来统治；人与人之间的关系是"近人而忠"、"亲而不尊"。需要说明的是，周人"事鬼敬神而远之，近人而忠焉"，与夏人"事鬼敬神而远之，近人而忠焉"，表面看来似乎完全一样，但这绝不是一种历史发展水平上的简单重复，而是一种历史的否定之否定，是周文化在更高的历史发展水平上对夏文化的肯定。夏人远鬼神而近人，是由于对神灵世界的无能为力和畏惧后才感觉到现实世界的亲切；周人则是对神灵世界有了理性的认识后，扬弃了殷人那种占主导地位的鬼神祭祀观念后，才更关注和重视现实世界的。因此，二者之间表面上重复，实际上是有着本质的区别。② 总之，西周时期，周人摆脱了殷人那种宗教神权的桎梏，用理性精神来对待礼乐传统，把礼和乐紧密结合

---

① 这种礼是周人对宇宙万物、自然现象中的位置次序的模仿，也是人的行为观念的一种觉醒。《周易·序卦》说："有天地然后有万物，有万物然后有男女，有男女然后有夫妇，有夫妇然后有父子，有父子然后有君臣，有君臣然后有上下，有上下然后礼义有所错。"《礼记·丧服四制》中说："凡礼之大体，体天地，法四时，则阴阳，顺人情，故谓之礼。"《礼记·乐记》："天高地下，万物散殊，而礼制行矣。流而不息，合同而化，而乐兴焉……故圣人作乐以应天，制礼以配地……天尊地卑，君臣定矣。卑高已陈，贵贱位矣；动静有常，小大殊矣。方以类聚，物以群分，则性命不同矣。在天成象，在地成形，如此，则礼者天地之别也。"宇宙本身就有天然的等级秩序，人间的礼的秩序无非是宇宙秩序在人间的仿制和投射。"天尊地卑，君臣定矣"，"卑高已陈，贵贱位矣"。遵从人间的礼的秩序也就是遵从宇宙的秩序。人对礼的秩序的追究，也就成了对天命道常的追究。

② 陈来：《古代宗教与伦理——儒家思想的根源》，北京，生活·读书·新知三联书店，1996，第280页。

起来形成礼乐制度，并用它来控制与亲和统治阶级和被统治阶级以及统治阶级自身内部之间的关系，使礼乐文化达到了历史上的鼎盛时期。这是先秦礼乐文化的又一重要演变。

四、先秦礼乐文化的衰退期

从时间上来说，先秦礼乐文化的衰退期大概在春秋战国时期。在这一时期，西周时期建立的礼乐体系遭遇到空前的破坏，礼乐制度进一步瓦解，出现了所谓的"礼崩乐坏"的局面，礼乐文化由鼎盛期走向衰退期。

当历史进入到春秋战国时期，中国的政治、经济、文化发生了巨大的变化。随着春秋时期铁器在农业等生产领域中广泛使用，生产力大为提高，小农经济得到不断的发展，这就引起经济关系发生深刻的变化。经济关系的变化必然引起政治制度层面的变化以及整个社会思想观念、意识形态、精神文化的变革。西周以来苦心营建的宗法等级政治体制和上下尊卑贵贱等级制度遭到空前的怀疑、冲击和破坏。王权旁落，王室衰微，礼崩乐坏，诸侯崛起，战争频繁，土地私有。这种大变革的社会现实促进了当时人们的理性精神进一步解放，理性能力进一步增强和对社会现实进一步认识。这时的人们已经从殷周时期的原始神学观和天命观中挣脱出来，开始用理性的眼光去审视社会现实，原有的天命鬼神从至高无上的人格神地位跌落下来，成为永远的过去。

就人神关系来说，春秋时人否定了传统的神学思想体系，开始表现出无神论的思想倾向，重视人与人事，肯定人与人事，人本主义思潮开始出现。对此我们可以从先秦历史文献的记载中窥见一斑。《左传·桓公六年》曰："夫民，神之主也。是以圣王先成民而后致力于神。"就明确地把人的地位抬高到凌驾于神的地位之上，把颠倒了的人神关系再次颠倒过来，这简直是"惊世骇俗"的思想言论。《左传·庄公三十二年》曰："神居莘六月。虢公使祝应、宗区、史嚚享焉。神赐之土田。史嚚曰：'虢其亡乎！吾闻之，国将兴，听于民；将亡，听于神。神，聪明正直而壹者也，依人而行。虢多凉德，其何土之能得！'"虢国的史嚚认为，统治者若听信于人民，国家就会兴旺发达，若一味地听信于鬼神，国家就会衰亡；神是"聪明正直"的，要"依人而行"，立国要修政安民，以民为本，神才能降福于统治者。从史嚚的言论中，我们可以看到，春秋时人已经看到了人的力量和作用，并把听信于民作为统治阶级的立国之本。① 可见春秋战国时期，人的理性精神的觉醒与无神论思潮的出现，直接导致了人与神地位的重新倒置，这是人神关系的又一次重大突破。

就天命观念来说，春秋时期也有着重大的突破。春秋时人已经不再相信天命，对一些自然现象、社会现象也不再作神秘主义的解释，而是力求作出符合实际的解释。《左传·僖公十六年》曰："十六年，春，陨石于宋五，陨星也。六鹢退飞过宋都，风也。周内史叔兴聘于宋，宋襄公问焉，曰：'是何祥也？吉凶焉在？'对曰：'今兹鲁多大丧，明年齐有乱，君将得诸侯而不终。'退而告人曰：'君失问。是阴阳之事，非吉凶所生也。吉凶由人，吾不敢逆君故也。'"宋襄公对宋国出现陨石坠落、鹢鸟倒飞的现象感到不安，不知是凶是吉，便询问聘于宋的周内史叔兴，叔兴敷衍襄公后，对别人说这是一种自然现象，哪是什么吉凶所生。叔兴的回答透露出春秋时人普遍的天命观信息：自然界的阴阳变化与人事的吉凶祸福没有关联，人事的吉凶祸福要从人自身去寻找原因。这就排除了"天"对于人事的干预，也对自然现象作出了合理的解释。可见春秋时期，天人相分观念已经确立，这是中国古代天人观念发展史上的一个重大突破。

正是基于这样的社会现实和思想认识，春秋时人逐渐认识到人的力量和人的价值，随着人的理性精神的逐步觉醒，鬼神祭祀观念的日趋淡化，一股强劲的"民本思潮"逐渐形成，而西周以来所建立的礼乐制度正是对人的一种约束和钳制，忽视人的价值和作用。因此，随着王室的衰

---

① 春秋时期，人的地位与神的地位发生急剧的升降，并不是一蹴而就的，而是有着深刻的思想基础。早在原始宗教气息还很浓厚的殷商时期，人们就已经露出了对神灵怀疑的思想苗头。《尚书·高宗肜日》曰："惟天监下民，典厥义。降年有永有不永，非天夭民，民中绝命。民有不若德，不听罪，天既孚命正厥德，乃曰：'其如台。'呜呼！王司敬民，罔非天胤，典祀无丰于昵。"这段话是说，天神监视着下界的人民，看他们是否遵循义理。下民中若有不遵循义理，又不服罪的，上天就会下令惩罚，以端正他们的德行，而下民却有人说："上天又能把我怎么样呢？"下民的这一声细微的诘问，就已经透露出殷代后期人们开始对神灵怀疑的信息。《史记·殷本纪》记载了"武乙射天"的历史事件："帝武乙无道，为偶人，谓之天神。与之博，令人为行。天神不胜，乃僇辱之。为革囊，盛血，卬而射之，命曰'射天'。"商王武乙如此大胆地做出"射天"这种时人认为大逆不道的举动，是与他思想深处对于天命的怀疑有着深刻关系的。《尚书·微子》："今殷民，乃攘窃神祇之牺牷牲，用以容，将食无灾。"晚商时期人们敢于"攘窃"供给神享用的牺牲，可见已经失去了对神的敬畏之心了。到了西周时期，对神灵和天命的怀疑进一步加深。《尚书·君奭》记载了周公对召公的答辞："天不可信。我道惟宁王德延，天不庸释于文王受命。"这里，周公的答辞已经较清楚地表明了他对天命的不信任。因此，对神灵和天命的怀疑和不信任有一个发展的过程，从殷代后期的萌芽，到西周时期的进一步发展，再到春秋时期就会完全否定神灵和天命，把颠倒了的人神关系重新颠倒过来。

弱、诸侯的崛起，西周时代完善化、体制化的礼法秩序和礼乐制度受到冲击和破坏，"礼崩乐坏"已成定局①。《左传·庄公二十三年》曰："秋，丹桓宫楹。"就是说，用朱红色的漆把桓公庙涂成红色。而据《春秋榖梁传》，按周礼，天子诸侯之庙柱应涂成淡青黑色。可见，庄公命人用朱漆涂庙柱，显然是非礼的举措。如果这还不算太大的"非礼"事件，那么"初税亩"可不是一件小事了。《左传·宣公十五年》曰："初税亩，非礼也。"初税亩就是按照田亩征税，而在此之前，鲁国施行井田制，有公田，也有私田，施行初税亩就是废除了井田制，承认私田的合法化，所以说，"非礼也"。后来鲁国被大夫季孙、孟孙、叔孙三家分裂，更是一种无视周礼的举动。鲁定公五年（前505）大夫季平子还被家臣阳虎囚禁，孔子愤怒地称这种现象为"陪臣执国命"②。鲁国是西周开国功勋周公的封国，被赐予配享天子的礼乐，是保持周礼最完备的诸侯国。③ 可是春秋时期周礼在鲁国都遭到了破坏，可想而知在其他诸侯国的遭遇了。到了战国时期，晋国又出现三家分晋的事件，局势更为混乱了，所谓"政在家门，民无所依"④的现象也就不足为怪了。⑤

以孔子为代表的儒家，继承和发展了西周的礼乐思想，面对着"礼崩

---

① "礼崩乐坏"一词并不曾出现在先秦的典籍中，不过《春秋榖梁传》序中有"礼坏乐崩"一词，《汉书·艺文志》中也有此词："迄孝武世，书缺简脱，礼坏乐崩。圣上喟然而称曰：'朕甚闵焉！'"后来人们习惯上把西周后的春秋战国用"礼崩乐坏"来概括，当然这并不是说礼和乐到了春秋战国时期就完全消亡了，而是说作为制度层面的礼和乐已经遭到破坏，失去了其政治功能，但礼作为道德规范、伦理思想还继续存在，乐作为审美的艺术也长久存在。

② 《论语·季氏》。

③ 《左传·昭公二年》曰："二年，春，晋侯使韩宣子来聘，且告为政而来见，礼也。观书于大史氏，见《易象》与《鲁春秋》，曰：'周礼尽在鲁矣。吾乃今知周公之德，与周之所以王也。'公享之。"韩宣子来聘的时间是在公元前540年，这时鲁国已经开始出现"周礼"混乱的局面，数十年后，还出现了季平子被家臣阳虎囚禁的"陪臣执国命"的现象。不过韩宣子来聘时看到的"周礼"表面上还是完备的，所以说，"周礼尽在鲁矣"，这也从一个侧面说明，周礼确实在鲁国全面实行和非常完备。

④ 《左传·昭公三年》。

⑤ 春秋时期，礼乐虽然遭到严重的破坏，但礼乐还在一定程度上受到重视和运用。周天子和诸侯认识到礼乐在治理国家、巩固其统治方面的重要作用，就把礼乐作为"经国家，定社稷，序人民，利后嗣"的"君之大柄"，即使那些心存僭越的诸侯，也把礼乐作为稳固自己的根基、图谋发展的重要手段。《左传·僖公九年》载，齐桓公会盟诸侯于葵丘，周襄王使宰孔赐胙肉，并免去齐桓公降于阶下再拜稽首的"下拜"礼，而齐桓公却说："天威不违颜咫尺，小白余敢贪天子之命，无下拜？恐陨越于下，遗天子羞。敢不下拜？"于是"下、拜、登、受"，不顾年岁已高完成了受拜之礼。《左传·昭公七年》记载了一则重礼学礼的事件。鲁国贵族孟僖子深以自己不懂礼而羞愧和遗憾，并向他人学习，临终前还嘱咐其子向孔子学习礼，并说："礼，人之干也。无礼，无以立。"可见，春秋时期，礼乐文化也还在社会实践中发挥着一定的作用。

乐坏"的局面，表示出强烈的不满。孔子说："天下有道，则礼乐征伐自
天子出；天下无道，则礼乐征伐自诸侯出。"①但他毕竟不是政治家，不
能力挽礼乐制度大势已去的狂澜，只能用理性的思辨给传统礼乐注入新
的内容。为此，他提出了"克己复礼为仁"②的礼乐主张。"克己"就是约
束自己，这是内在的心性道德要求；"复礼"就是言行符合礼制，这是外
在行为的规范。约束自己的心性使自己的言行合乎礼，就是"仁"。"仁"
就是礼乐的内在精神实质，"仁"就是礼乐之道，礼乐就是"仁"之器。这
是孔子对礼乐作的进一步拓展，从而肯定了礼乐的精神价值。"仁"是礼
乐的根本，作为人要"仁"。"人而不仁，如礼何？人而不仁，如乐何？"③
"仁"就是仁爱之心，为君者要行仁德之政，为民者要行孝悌之情。整个
社会的和谐就是要通过人的道德内省来达到。实际上，孔子是把以"仁"
为核心的礼乐精神引向人的内心世界，用它来建构个人的崇高人格。这
样，就把本没有多少支撑点的礼乐制度合情合理化了，使礼乐在伦理价
值和道德规范的支持下获得普遍的社会意义④，"从而也就把原来是外在
的强制性的规范，改变而为主动性的内在欲求"⑤。总之，春秋战国时
期，由于人的觉醒和理性精神的进一步解放，作为治国之道的礼乐文化，
在现实洪流的冲击下，"礼崩乐坏"。但经过儒家的重新阐释和发扬，礼
乐文化却作为道德伦理思想的学说获得了"新生"，或者说礼乐文化"蜕脱
了其政治制度外壳而变成纯文化并流传千古"⑥。

综上所述，先秦礼乐文化从远古时代的原始形态，到夏商时代的发
展形态，再到西周时期的高级形态，直至春秋战国时期走向衰亡，这是
一个逐渐发展演变的过程。礼和乐，也有一个从无到有，从分离到结合，
再从结合到分离的演变过程。就礼乐文化的性质来说，从远古到夏代的
礼乐是巫觋性礼乐，这时的礼乐文化主要是用来娱神，礼乐的形式主要
是乐舞。殷商的神灵观念发生了变化，殷人除了继续娱神外，更重视敬
鬼，以祈求神鬼的保佑。殷人的礼乐是宗教性礼乐，这时的礼乐文化主
要是用来娱神和娱鬼。周代的鬼神观念发生了更大的变化，周人把娱神
敬鬼的礼乐转变到重人重事上来了，周代的礼乐文化也就是政教性礼乐

---

① 《论语·季氏》。
② 《论语·颜渊》。
③ 《论语·八佾》。
④ 薛艺兵：《在音乐表象的背后：薛艺兵音乐学术论文集》，上海，上海音乐学院出版社，
　　2004，第226页。
⑤ 李泽厚：《美学三书》，合肥，安徽文艺出版社，1999，第56页。
⑥ 聂振斌：《礼乐文化与儒学艺术精神》，《江海学刊》2005年第3期。

文化。周代礼乐在娱悦臣民的礼乐仪式中达到治理臣民、治理社会的目的。春秋战国时期，礼乐制度赖以存在的社会根基已经坍塌了，作为治国之道的礼乐文化也就逐渐衰亡，但是礼乐的精神还继续存在，并在后世发挥着重要作用。

第三节　殷人尚声——商代以乐为治的礼乐文化

历史进入到公元前 17 世纪，中国的古代社会进入到商代。"商"本是上古时代的地名，商人的始祖契因与大禹一同治水有功，被舜帝封于"商"，所以王国维说："商之国号，本于地名。"①这在《史记·殷本纪》中有记载："殷契，母曰简狄，有娀氏之女，为帝喾次妃。三人行浴，见玄鸟堕其卵，简狄取吞之，因孕，生契。契长而佐禹治水有功……封于商，赐姓子氏。"商族的历史几乎和夏朝的历史一样长久，它早就作为方国和部落存在着，但在未建立王朝之前，商是臣属于夏王朝的东方的一个小方国。商族的首领还曾担任过夏王朝的职官，如契之孙相土就曾担任过夏王朝的火正之官。不过在历史的进程中，商人不断地开拓进取，逐步兼并了周围的其他一些小方国，地盘逐渐扩大，势力逐渐增强。到商汤时期，汤对"放而不祀"的葛伯开征，随后连续征服了 11 国，最后借伐昆吾之际，遂伐夏桀，完成了灭夏的大业，建立了商王朝。商王朝在其后的五百多年的统治中，中国的奴隶制社会由发展走向了鼎盛时期。商代的生产力有了较大的提高，生产工具也有所改进，农业成为主要的生产部门，这就为商代社会的稳定和发展提供了有力的保证。商王朝的统治力量也大大加强，国家稳定，国力强盛，所辖方国数十个，王朝的统治大权也逐渐集中在作为最高奴隶主的商王一人手中。这一切都为商王朝的文化发展奠定了坚实的物质基础，商代也就成为中国古代文明走向成熟和辉煌时期的开端。

就商代的礼乐文化而言，在经过原始礼乐文化和夏代礼乐文化发生、发展的基础上，商代的礼乐文化有了更进一步的发展。这一时期礼乐文化中的礼和乐从分离走向结合，礼和乐联系在一起，但还不是十分的紧密。商代的"乐"特别发达，商代的礼乐文化也就以"乐"文化为主，"乐"占据着主导地位，"礼"处于辅助的地位，礼"淹没"在乐之中。商代的"乐"之所以发达，一方面是由于商以前就有较发达的"乐"，商代的"乐"

---

① 王国维：《说商》，见《观堂集林》卷十二，北京，中华书局，1959，第516页。

是在此基础上进一步发展而成。从历史文献来看，早在"三皇五帝"时期和夏代，先民们就发明了琴、瑟、土鼓、石磬等乐器，创制了《扶犁》《云门》《大卷》《大章》《大夏》等乐舞；到商代，乐器的种类进一步增多，有钟、鼓、磬、铙、埙、管箫、铜铃、编镛等，乐舞的种类也有增加，如著名的《桑林》和《大濩》之舞就是这时期产生的。汤伐桀功成之后，就"命伊尹作为《大濩》，歌《晨露》，修《九招》《六列》"[1]等。另一方面，商代"乐"的发达与商人重视乐、喜爱乐密不可分。《礼记·郊特牲》曰："殷人尚声。"就是说殷（商）人崇尚音乐。在商人的意识中，"乐"简直成为他们赖以立族的标志。被商人所崇拜和祭祀的祖先神——夔，据说就是舜帝的典乐官，他教导贵族子弟学习乐舞，使"八音克谐，无相夺伦，神人以和"[2]。夔不仅教人以乐舞，还亲自创制乐舞，《礼记·乐记》曰："夔始制乐，以赏诸侯。"就可为证。由此可见，商人的祖先神夔实际上就是一位教导和创制歌舞的乐神。[3] 商人重视乐，乐贯穿在商人的祭祀、朝聘、会盟、军事、丧葬、宴饮等活动中，这就促进了商代乐的进一步发展。《诗·商颂·那》就描绘了商人用"乐"来祭祀商的开国君主成汤的隆重场面：

> 猗与那与，置我鼗鼓。
> 奏鼓简简，衎我烈祖。
> 汤孙奏假，绥我思成。
> 鼗鼓渊渊，嘒嘒管声。
> 既和且平，依我磬声。
> 於赫汤孙，穆穆厥声。
> 庸鼓有斁，万舞有奕。
> 我有嘉客，亦不夷怿。

这里，各种乐器齐备，在祭祀仪式的举行过程中，奏乐起舞，鼗鼓咚咚，管声呜呜，磬声清脆，庸鼓洪亮，乐声飘飘，乐舞翩翩，表现出一片热烈隆重的景象，足见商人对"乐"的重视和"乐"在商人生活中的重

---

[1]　《吕氏春秋·古乐》。

[2]　《尚书·舜典》。

[3]　李壮鹰：《"乐"与乐神》，见《覆瓿存稿》，天津，百花文艺出版社，1995，第10页。

要作用。①

商代有着比此前任何时代都要发达的"乐"，乐不但渗透在商人的日常生活中，还渗透在商代的一切政治生活中，商代的一些地名都是以乐或者乐器名来命名的。如甲骨卜辞："王步于壴"，"壴"为地名，而"壴"即为乐器"鼓"。总之，"乐"在商代成为其政治形态，②"先王之为乐也，以法治也，善则行象德矣。"③即是说明，先王制乐的目的就是用它来作为治理人民的方法，而且"乐治"能起到很好的效果。"乐"在商人的政治生活中有着如此重要的地位和作用，在长期的实践过程中，乐器也就慢慢地成为商王朝政权和王权的象征，成为"不可示人"的"重器"和"神器"。商代贵族的身份、地位并不仅仅以拥有物质财富的多少来衡量，而是以拥有乐器的种类和数量的多少来作为一个重要的标志。权力越大、身份地位越高的贵族，其拥有的乐器种类就越齐全，乐器数量就越多。商代贵族即便死后也要用乐器来陪葬，而且乐器的种类和数量的多少与墓主的身份地位的高低成正比，考古工作者从殷墟墓葬中发掘出的乐器已经证实了这一点。殷人在投诚时，也是以怀抱乐器作为见面礼或作投诚的标志。《史记·殷本纪》曰："纣愈淫乱不止。微子数谏不听，乃与太师、少师谋，遂去……殷之太师、少师乃持其祭乐器奔周。"商纣王统治后期，荒淫暴虐，众叛亲离，其乐师（太师、少师）就抱着祭乐之器去奔周，而不是带上珍宝财富，可见乐器在商代的政治生活中的价值和意义非同寻常。④

"乐"在商代人的生活中占据着重要的地位，其实在商以前的时代也同样如此。在商代和商以前的时代，"乐"成为其时的政治形态，那么为什么会这样呢？这主要与那一时代的先民们对人类自身和大自然的独特认识有着密切的关系。在商代及商以前的远古洪荒的时代，人类还处于童年时期，对大自然变化莫测的现象和人类自身的本质还认识不清，认为冥冥之中总有一些神异的力量统辖或左右着自己。因此，在和大自然进行物质交换的过程中，先民们一方面通过一种方式来控制自然和神灵，对其施以影响，希图实现自己的某些欲望，实际上这是先民们在心理上实现自己现实生活中难以实现的某些欲求，这种方式就是巫术；另一方

---

① 《诗·商颂》的产生年代，历来说法不同。一说《商颂》是殷商时期的作品，一说《商颂》是周代宋国时的作品，笔者认为，《诗·商颂》的内容很可能在商代就已经产生，商代后裔宋国保存了先代颂祖的乐歌，宋人再在此基础上改写成颂诗的。

② 李壮鹰：《古代的"乐"》，见《逸园丛录》，济南，齐鲁书社，2005，第39～41页。

③ 《礼记·乐记》。

④ 李壮鹰：《古代的"乐"》，见《逸园丛录》，济南，齐鲁书社，2005，第42页。

面，先民们也希图通过一种方式来取悦神灵，使神灵高兴，从而禳除灾祸，降福于人间，这种方式就是宗教祭祀（当然有时巫术和祭祀并不是截然分开的）。因此，在商代及商以前的时代，举行巫术活动和宗教祭祀活动一直是那时先民们处理自身和大自然之间关系的主要方式和手段（这点可以从有关文献和甲骨卜辞得到证实，对此前文有论述），而举行巫术活动和宗教祭祀活动总是离不开歌乐和舞蹈。那时先民们认为，"乐"具有神奇的功能，是他们与大自然和神灵交通的唯一方式，"声音之号，所以诏告于天地之间也"[1]，要想满足或实现自己的某种愿望，那就要用"乐"来控制、命令神灵或者讨好、取悦神灵。正如柴勒在《音乐四万年》中所说："对原始人来说，音乐并不是一种艺术，而是一种力量。通过音乐，世界才被创造出来。音乐是人所能获得的唯一的一点神赐本质，使他们能通过音乐，去规定礼仪的方式，而把自己和神联系在一起，并通过音乐去控制各种神灵。"[2]这种认识是非常深刻的。《礼记·郊特牲》曰："伊耆氏始为蜡……（其蜡辞）曰：土反其宅，水归其壑，昆虫毋作，草木归其泽。"这句蜡辞是先民们在举行蜡祭（一种祭祀）时所致的祝词，祝词应该是边念边唱出来的，并伴有音乐和舞蹈，先民们真诚地相信通过这种方式就可以向各路神灵发出命令，施以影响，就会使人间风调雨顺，五谷丰收。先民们还认为，音乐具有神秘的力量，可以动天地，感鬼神，优美动听的音乐可以使神灵降祉降福，因此，他们除了用"乐"来控制、命令神灵外，还在举行宗教祭祀时用"乐"来娱神、乐（lè）神，使神灵高兴，人神以和，神灵就会降福，人间就会风调雨顺，天下太平。甲骨卜辞中就有许多用乐舞来祈雨的记录："舞，雨"、"舞，允从雨"、"甲午奏舞，雨"、"丁卯奏舞，屮雨"[3]，即是此事的明证。

　　商代先民们与大自然所处的独特关系决定了那时还处于巫术宗教的水平上，其时的巫术、宗教祭祀气息非常浓厚，"乐"是先民们用来控制、命令神灵或者讨好、取悦神灵的唯一方式和手段。那时的"音乐在人们的眼中并不是一种艺术，而是一种神赐的力量，一种此岸与彼岸、人与神交通的桥梁，人通过乐来乞告、控制神灵，神灵也通过乐来传达自己的意旨"[4]。实际上，"乐"不仅能交通人神，使神人以和，"乐"还在现实生

①　《礼记·郊特牲》。

②　转引自李壮鹰：《古代的"乐"》，见《逸园丛录》，济南，齐鲁书社，2005，第44～45页。

③　陈梦家：《殷虚卜辞综述》，北京，中华书局，1988，第599～600页。

④　李壮鹰：《诗歌与音乐》，见《覆瓿存稿》，天津，百花文艺出版社，1995，第38页。

活中起着重要的作用，它是使现实中的人们组成社会性群体的一条强有力的纽带，在巫术祭祀的乐声飘飘、乐舞翩翩中，人们的社会整体感被强烈地唤起，变得关系和谐，感情融洽。商代重视"乐"，"乐"在商代的社会生活和政治生活中起着重要的作用，甚至商代"以乐为治"①，商代的礼乐文化也就以乐文化为主，礼文化"淹没"在乐文化之中，但礼和乐总是相伴而存，在娱神、乐神的宗教祭祀乐舞表演中，必然伴有一定的礼仪形式，只不过这种仪式被乐舞表演的隆盛"遮蔽"和"淹没"了。不过总体来说，商代的巫术宗教气息浓厚，使它的礼乐文化主要用来娱神、乐神，"率民以事神，先鬼而后礼"，它的人文之"礼"也就不发达。到了周代，人神观和天命观发生了巨大的改变，周人建立了宗法制，实行了分封制，"尊礼尚施"，将"礼"进一步系统化和理论化，使"礼"最终取代了"乐"在社会政治生活中的主导地位。周人以"礼"为治取代了商人以"乐"为治，"乐"的地位下降，"礼"的地位上升，原先在商代有着显赫地位的巫祝舞师之流也沦为了乐工和史吏。商代的宗教性礼乐在周代转变为政教性礼乐，这是中国历史上第一次文化转型——从乐文化转为礼文化。② 从此，商代那种直接用作人、神之间虚幻交流的礼乐文化在周代回到了现实人间，成为人与人之间实际交流的礼乐文化。

西周时期，礼乐文化经过了转型之后，达到了鼎盛时期，礼和乐真正完全紧密地结合起来，相辅相成，相需为用，共同为西周的贵族统治服务。如果没有商代充分发展的礼乐文化（尤其是商代的乐文化），周代的礼乐文化就很难达到鼎盛。就商代和周代礼乐文化中的艺术精神而言，随着商代乐文化向周代礼文化的转型，艺术精神也产生了重大的变化。商代那种处于神坛之位的礼乐文化，其乐必然发达，乐成为神的专享品，乐舞艺术中必然充满着狂热、幻想和神秘，商代的其他艺术也是如此；而周代的礼乐文化回到了现实人间，重视现实的人伦物理，乐也回到现实中，转变为人的欣赏对象，乐舞艺术等也就浸透着理性和人性。商代和周代的礼乐文化不同，其蕴含的艺术精神也有所不同，因此，我们讨论周代的礼乐文化及其蕴含的艺术精神，就不得不先了解商代的礼乐文化。

① 《史记·乐书》："夫上古明王举乐者，非以娱心自乐，快意恣欲，将欲以治也。"也是在肯定上古时代"以乐为治"，乐具有重要的作用。
② 李壮鹰：《古代的"乐"》，见《逸园丛录》，济南，齐鲁书社，2005，第47页。

第四节 宗法制与周人制礼作乐——周代礼乐文化的鼎盛

小邦周本是"大国殷"西北边陲的一个听命于自己的小邦国，是殷人用来对付西方戎狄侵扰的主力军。据古本《竹书纪年》记载："（武乙）三十四年，周王季历来朝，武乙赐地三十里……三十五年，周王季伐西落鬼戎，俘二十翟王。"①从这些记载来看，武乙时代周公季历还曾朝见殷王并得到赏赐，并奉殷王之命去攻伐西落鬼戎。很显然，这时周人对殷王还是俯首称臣。但是，随着周族自身势力的不断扩大，周人并不甘心永远这样下去。实际上，周族至太王（古公亶父）、王季（季历）时，已经有了较大的发展，季历来朝，是在表面上和殷王搞好关系，暗中却在不断地扩大自己的实力；文王时，周族接连征服了昆夷、虞、芮、密、阮等氏族，实力大为增强，这就为武王灭商准备了内部力量。商纣王在位时期，荒淫残暴，杀王子比干，囚禁箕子，这些倒行逆施的举措使得举国上下人心思变，这就为武王灭商创造了极好的外部环境。有了这样的好时机，武王及时把握住，适时会师于商郊牧野，一场牧野之战，周人并没有付出多么大的代价，就成了中原大地的领主。

周人一举灭掉了殷商，建立了周王朝。殷周一夜之间就发生鼎革之变，使得周人不得不思考殷人失国、周人得国的原因所在。他们强烈地意识到发生如此巨变，就是因为殷人过分地依赖于"事神致福"，忽视人事，从而失去民心，结果反而得不到天神的青睐而造成的。在这场历史巨变中，周人看到了民心向背和统治阶级个人素质在殷周换代中的重大作用，殷人过分地依赖于上帝祖先鬼神的赐福，是难以持续立国的，人为的因素更为重要。因此，周人用天命观替代了殷人的上帝观，用"天"替代了"帝"。他们塑造出冥冥之中主宰着、关心着人间下民生活的"天"。"天"总是选派那些有德行的人作为自己在人世间的代理。周王就是因为有德行、有善心才得到"天"的恩赐，而商王则失去了人心，众叛亲离，也就失去了"天"的庇佑，从而失去了君王的宝座。周人用天命观替代了殷人的上帝观，看起来似乎没有什么不同，但实际上却发生了质的变化。在商王眼中，自己是主宰宇宙的上帝鬼神的后裔，只要用歌舞、牺牲去取悦上帝鬼神，对他们顶礼膜拜就会永远得到他们的护佑。而周人却认为，天是有理性和判断力的神明，它只垂青于人间那些有德行、有善心

① 方诗铭、王修龄：《古本竹书纪年辑证》，上海，上海古籍出版社，1981，第33页。

的人。天既然对人无所偏袒，只护佑有德之人，那就要努力修行自己的德行，尤其是君王更要积善积德，得到子民的拥护，才能永坐君王宝座。

周族原本的社会结构是以家族公社制为组织形式，在这种社会组织中，父权占据着绝对的统治地位，父系家长、族长支配着家内、族内的其他成员。面对着刚刚建立起来的新政权，如何加强王权、政权统治成了周族统治者的首要大事。他们以殷亡为鉴，在原有的父权制家族公社的组织形式上进行变革，通过大举分封，建立了一个以血缘关系为纽带的完备的宗法政治体系，以便"屏藩周室"，维护周天子的统治。这种宗法政治体系是把一整套家族关系体系搬到国家政治体系中来，它和殷代以血缘关系组织的政权形式有着质的区别。王国维考察了殷、周制度后，一语道破天机，他说："中国政治与文化之变革，莫剧于殷、周之际……欲观周之所以定天下，必自其制度始矣。周人制度之大异于商者，一曰立子立嫡之制，由是而生宗法及丧服之制，并由是而有封建子弟之制、君天子臣诸侯之制；二曰庙数之制；三曰同姓不婚之制。此数者，皆周之所以纲纪天下。其旨则在纳上下于道德，而合天子、诸侯、卿、大夫、士、庶民以成一道德之团体，周公制作之本意，实在于此。"①王氏所说的三点中，最重要的一点是周人实行嫡长子继承制和余子分封制。周天子承受着"天"的旨意，是为正宗，其嫡长子是王位的继承者，嫡长子所生的嫡长子也是王位的继承者，这样代代相承，是为大宗。嫡长子称为宗子或宗主，其他嫡子、庶子、家族成员和姻亲按照亲疏关系被分封到王畿以外的各地，并赐予土地和子民，成为诸侯，是为小宗。诸侯在自己的领地内又成为该诸侯国的大宗，实行嫡长子继承制和余子分封制，形同天子的继承制和分封制，诸侯之下为大夫、士，也如法炮制。这样周王朝就把天下所有人都置于一张宗法关系的巨网之中。周天子既是周王朝的君主，又是周族的最高的宗主、最大的家长。这样周天子只需牢牢地控制住这张网，就能永远稳坐天子的宝座。

那么周天子如何才能牢牢地控制住这张网呢？一是如上文所述的在上层建筑的政治层面上实行宗法制；二是在意识形态领域内强调尊祖敬宗的宗法观念，维护好亲疏远近、上下尊卑、长幼有序、男女有别的伦理等级体系，即用礼乐制度来建立和维持社会秩序，维护贵族阶级统治，这是周族统治者一项绝妙的发明。为此，周族统治者对夏、殷的礼乐加

---

① 王国维：《殷周制度论》，见《观堂集林》卷十，上海，上海古籍出版社，1959，第451～454页。

以损益，改变了殷人"事神致福"的宗教性礼乐仪式，由"事神致福"转变为"事鬼敬神而远之"，把鬼神"恭恭敬敬"地摆放在人的生活之外，强调礼乐节制在社会生活中的调节作用。这样周人制礼作乐，建立了宗法制和礼乐制度，礼乐制度成了社会生活的主宰。① 礼乐制度由各种典礼仪式构成，在长期的制度化、经常化的举行中，就形成了严格意义上的礼乐文化。自此，宗教性的礼乐文化让位于政教性的礼乐文化，礼乐文化由神坛走向了现实人间，达到了最鼎盛时期。

关于周人制礼作乐，中国古代就有"周公制礼作乐"的传说，认为周初的礼乐都是由周公制定而成的。如《左传·文公十八年》记载鲁国季文子派太史克回答鲁宣公的话："先大夫臧文仲教行父事君之礼……先君周公制周礼。"这是文献中关于周公制礼传说的最早记载，它出自春秋时鲁国的世家子季文子之口，而鲁国又为周公后人的封地，说此话的时间离西周也不远，因此较为可信。伏胜的《尚书大传》中也有记载："周公摄政，一年救乱，二年克殷，三年践奄，四年建侯卫，五年营成周，六年制礼作乐，七年致政成王。"②《逸周书·明堂解》记载得更为详细："大维商纣暴虐，脯鬼侯以享诸侯，天下患之。四海兆民欣戴文武，是以周公相武王以伐纣，夷定天下。既克纣六年而武王崩，成王嗣，幼弱，未能践天子之位。周公摄政君天下，弭乱六年而天下大治。乃会方国诸侯于宗周，大朝诸侯明堂之位……明堂，明诸侯之尊卑也，故周公建焉，而朝诸侯于明堂之位。制礼作乐，颁度、量，而天下大服，万国各致其方贿。七年，致政于成王。"这一记载与《礼记》中的记载极为相似，可以互证。《礼记·明堂位》曰："昔殷纣乱天下，脯鬼侯以飨诸侯，是以周公相武王以伐纣。武王崩，成王幼弱，周公践天子之位，以治天下。六年，朝诸侯于明堂，制礼作乐，颁度、量，而天下大服。七年，致政于成王。"

---

① 这里需要说明的是，礼乐文化和礼乐制度有一定的区别和联系。就礼乐文化来说，它是人类群体在社会实践活动中创造的，礼是指诉诸理智的行为规范，乐是在行为规范基础上的感情调适。礼乐文化的产生应该是很早的，在远古时代就有原始礼乐文化了，那时的礼和乐结合得还不是很紧密，但是只要有礼和乐的产生，就可以说礼乐文化产生了，不过严格意义上的礼乐文化却是指周代的礼乐制度形成后的礼乐文化。礼乐文化在周代达到鼎盛以后，逐渐衰退，但作为一种纯文化现象却流传千古。礼乐制度相对于礼乐文化来说，是后起的事，它是周人在因袭、损益夏商礼乐制基础上，建立的周王朝的礼乐制度。在礼乐制度中，礼是政治概念的典章制度，乐是政治活动的"音响"和形象的外壳，其基本精神是"尊尊""亲亲"，在区别尊卑贵贱等级差别的前提下纳天下于大一统，以便使建立在"封建"宗法制基础上的周王朝能够长治久安。礼乐制度既然是维护宗法等级制度，也就会随着"封建"社会的崩溃而消亡。

② （汉）伏胜：《尚书大传》卷二。

周公制礼作乐的传说也出现在汉代司马迁的《史记·周本纪》中："周公行政七年，成王长，周公反政成王，北面就群臣之位……召公为保，周公为师，东伐淮夷，残奄，迁其君薄姑。成王自奄归，在宗周，作《多方》。既绌殷命，袭淮夷，归在丰，作《周官》。兴正礼乐，度制于是改，而民和睦，颂声兴。"如果从这些典籍的记载来看，周公制礼作乐似成定论。周公是西周初期最大的开国元勋，曾经亲自参加过武王伐纣的伟大斗争，亲眼目睹了殷王朝覆灭的全过程。他作为周初最高的行政长官和政治家、思想家，能不思考殷亡周盛的原因吗？有鉴于殷亡于"失德"的教训，周公必然会提出一套"德政"的政治纲领，而要保证"德政"的顺利实行，还要有一套系统的行为规范准则，而这二者都可统称为"礼"。因此，我们可以断定周公在西周初年的建国过程中，参加过一些国家政治制度、社会秩序、礼仪规范的制定，这是没有问题的。但要说周公在周初就制定出系统周详的"周礼"来，则是值得怀疑的。因此，上引的材料也只能说明，周公为周代的礼乐文化作出了大的构想和方向，制定了一些粗略的条文，而周代礼乐文化的细部必然是后代执政者、史官和师儒等在西周乃至春秋数百年间逐渐累积而成的，最后才以体系完备的形式出现。

一、周代礼和乐的内容与类型

(一)礼和乐的内容

夏、商时代已有较发达的礼乐文化，尤其是商代重视乐，乐相当发达，这点可以从有关文献和大量出土的殷商时期的乐器得到证实。与周代的礼乐文化相比较，夏、商的礼乐文化具有浓厚的巫术、宗教祭祀的气息，而周代的礼乐文化则更重视人治。《礼记·表记》中有一段话可以清楚地说明三代礼乐文化之间的区别：

> 子曰："夏道尊命，事鬼敬神而远之，近人而忠焉，先禄而后威，先赏而后罚，亲而不尊。其民之敝，惷而愚，乔而野，朴而不文。殷人尊神，率民以事神，先鬼而后礼，先罚而后赏，尊而不亲。其民之敝，荡而不静，胜而无耻。周人尊礼尚施，事鬼敬神而远之，近人而忠焉，其赏罚用爵列，亲而不尊。其民之敝，利而巧，文而不渐，贼而蔽。"

《礼记·表记》中把三代文化区分为"夏道尊命"、"殷人尊神"、"周人尊礼"三种不同的文化模式。夏人(以及更古的人类)"尊命"，就是遵占卜之命、巫觋之行。① 那时的先民们无法理解大自然中变化莫测的现象和人类自身，从而产生畏惧感和神秘感，认为在他们周围的一切事物中都存在着能够主宰人类生活命运的神灵，因此"事鬼敬神而远之"，"近人而忠焉"。殷人"尊神"，就是尊重鬼神。他们"先鬼而后礼"，说明鬼神在殷人的生活中比人礼占据着更重要的位置。周人"尊礼"，说明周人懂得礼在社会生活中的重要作用，他们不再把希望寄托在鬼神身上，而是寄希望于人礼，不过仍保留着对鬼神的祭祀，却"事鬼敬神而远之"。

从上述三代礼乐文化的异同中，我们可以清楚地看到周代礼乐文化不再以宗教性的内容为主，而是转向了人际关系的一面。对此我们也可以从《礼记》和《仪礼》二者所载的内容上得到见证。《礼记》中对三代或四代（虞、夏、商、周）的礼乐进行追述，其中大部分内容都与宗教祭祀有关，而关于人际关系的礼仪规范却较少；而《仪礼》中记载的内容主要是周代的人际礼仪规范，这些礼仪规范在周代以前的礼乐文化中很难见到。这些都说明周代的礼乐文化已经发生了巨大的变化，大大不同于夏商以及更早时期的礼乐文化了。当然，这并不否认周代的礼乐文化有一部分来源于周以前的礼乐文化及其生活习俗。

既然周代礼乐文化把原本事鬼神的礼乐文化扩展到事人伦，把礼乐文化从虚幻的神鬼世界带到现实的人际关系之中，其礼和乐的内容必然发生深刻的变化。

下面我们先来讨论周代礼乐文化中的礼。《礼记·大传》说："圣人南面而治天下，必自人道始矣。立权度量，考文章，改正朔，易服色，殊徽号，异器械，别衣服，此其所得与民变革者也。其不可得变革者则有矣：亲亲也，尊尊也，长长也，男女有别，此其不可得与民变革者也。"从这段话中，我们可以清楚地看到，"亲亲"和"尊尊"，就是周礼的基本内容。② "亲亲"，就是亲其所亲，反映社会的家族血缘关系，即以自身为起点，上至高祖，下至曾孙，合为九代的亲属关系，以嫡长子为中心，亲其所亲，尊其所尊，由此发展为宗法制、分封制和继承制；③ "尊尊"，就是尊其所尊，反映社会的政治关系，即是说在政治关系方面要强调高下尊卑的等级秩序和规定。"亲亲"也好，"尊尊"也好，都贯彻着严格的等级秩序，同时"亲亲"的血缘关系还要服从于"尊尊"的政治关系。这就

①　陈来：《古代宗教与伦理——儒家思想的根源》，北京，生活·读书·新知三联书店，2009，第280页。
②　《礼记·丧服小记》中也说："亲亲，尊尊，长长，男女之有别，人道之大者也。"
③　汪延：《先秦两汉文化传承述略》，西安，陕西人民教育出版社，1998，第80页。

是周人的礼。"亲亲"和"尊尊"的要求是周代礼乐不同于夏商礼乐的一个显著特点。① 所以王国维说:"嫡庶者,尊尊之统也,由是而有宗法,有服术。其效及于政治者,则为天位之前定、同姓诸侯之封建、天子之尊严。然周之制度,亦有用亲亲之统者,则祭法是已……商人继统之法,不合尊尊之义,其祭法又无远迩尊卑之分,则于亲亲、尊尊二义,皆无当也。"②又说:"然尊尊、亲亲、贤贤,此三者治天下之通义也。周人以尊尊、亲亲二义,上治祖祢,下治子孙,旁治昆弟,而以贤贤之义治官。故天子、诸侯世,而天子、诸侯之卿、大夫、士皆不世。"③王国维对殷周的礼乐考察之深入,道出了二者之间的本质区别,确实抓住了周代礼乐的本质所在。

周代礼乐文化中的"乐"是指以音乐、诗歌、舞蹈三位一体的综合艺术。《礼记·乐记》说:"乐者,德之华也。金石丝竹,乐之器也。诗言其志也,歌咏其声也,舞动其容也,三者本于心,然后乐器从之。"就是在强调诗、歌、舞的紧密联系,三者都是乐的表现。所以,"古代所谓'乐'是指乐曲、舞蹈和歌词三者的统一整体而言"④。乐和礼相配合,培养人的内在感情,使人得以自律,以实现由礼的他律所要达到的效果。或者我们说,乐通过艺术化的形式使严肃性的礼在潜移默化中为人们所接受。《礼记·乐记》说:"乐在宗庙之中,君臣上下同听之,则莫不和敬;在族长乡里之中,长幼同听之,则莫不和顺……所以合和父子、君臣,附亲万民也。"这正说明乐的重要性。周代的礼和乐紧密结合,其目的就是为贵族阶级的统治服务。

周代的乐主要指宫廷雅乐,它有严格的规定和体制。第一,从乐器(钟、磬)悬挂的方式来看,天子享配"宫县(悬)",诸侯享配"轩县",卿大夫享配"判县",士享配"特县"。《周礼·春官·小胥》云:"小胥掌学士之征令而比之……正乐县之位。王宫县,诸侯轩县,卿大夫判县,士特县。"从这段话可知,小胥的职责之一就是端正贵族阶级所悬挂的乐器的

---

① 《淮南子·齐俗训》曰:"昔太公望、周公旦受封而相见,太公问周公曰:'何以治鲁?'周公曰:'尊尊亲亲。'太公曰:'鲁从此弱矣!'周公问太公曰:'何以治齐?'太公曰:'举贤而上功。'周公曰:'后世必有劫杀之君!'"这个记载未必是史实,但却从一个侧面说明了周代宗法社会和礼乐文化的核心内容是"尊尊、亲亲"。

② 王国维:《殷周制度论》,见《观堂集林》卷十,上海,上海古籍出版社,1959,第467～468页。

③ 王国维:《殷周制度论》,见《观堂集林》卷十,上海,上海古籍出版社,1959,第472页。

④ 阴法鲁:《诗经中的舞蹈形象》,《舞蹈论丛》1982年第4期。

位置。所谓"宫县"，就是钟、磬之类的乐器悬挂在宫室的东南西北四面，这是天子享配的乐器悬挂方式。所谓"轩县"，就是乐器悬挂在东西北三面，这是诸侯享配的乐器悬挂方式。"判县"，是卿大夫享配的乐器悬挂方式，乐器悬挂在东西两面。士一级的贵族只享配"特县"，乐器悬挂在东面。从考古发掘来看，战国早期的曾侯乙墓中编钟靠南面和西面墓壁立架放置，编磬靠北面墓壁立架放置。这种三面悬挂乐器的布置和上述的"诸侯轩县"的说法几乎一致。① 第二，从乐舞的人数来看，也有严格的规定。《左传·隐公五年》："九月，考仲子之宫，将《万》焉。公问羽数于众仲。对曰：'天子用八，诸侯用六，大夫四，士二。夫舞所以节八音而行八风，故自八以下。'公从之。于是初献六羽，始用六佾也。"天子的乐舞人数是六十四人，共八行，每行八人；诸侯乐舞用六行，每行六人；大夫和士再依次减少。季氏"八佾舞于庭"，享用着天子才能享用的乐舞，孔子对此深恶痛绝，咬牙切齿地说："是可忍也，孰不可忍也？"②据此可以推断，在西周礼乐等级制未被破坏时，周人是遵守乐舞等级制的。第三，以"六乐"配"六礼"。《周礼·春官·大司乐》云："乃奏黄钟，歌大吕，舞《云门》，以祀天神；乃奏大蔟，歌应钟，舞《咸池》，以祭地示；乃奏姑洗，歌南吕，舞《大磬》，以祀四望；乃奏蕤宾，歌函钟，舞《大夏》，以祭山川；乃奏夷则，歌小吕，舞《大濩》，以享先妣；乃奏无射，歌夹钟，舞《大武》，以享先祖。"《云门》是黄帝之舞；《咸池》是唐尧之舞；《大磬》是虞舜之舞；《大夏》是夏禹之舞；《大濩》是商汤之舞；《大武》是周武王之舞。这六种乐舞都是历史上的大乐舞，是周代贵族阶级祭祀天地先祖时用的乐舞，与六种祭礼相配合使用。"六乐"如此重要，周代贵族阶级要求他们的子弟自小就学习和熟悉它们。这在《周礼·春官·大司乐》中说得很清楚："以乐语教国子兴、道、讽、诵、言、语，以乐舞教国子舞《云门》《大卷》《大咸》《大磬》《大夏》《大濩》《大武》。"

总之，周代的礼乐文化包括礼和乐两个方面。周代礼乐文化中的"礼"以"尊尊、亲亲"为核心内容，周代礼乐文化中的"乐"是以诗、歌、舞三位一体的有着严格等级性的宫廷雅乐为主。周代礼乐文化中的礼和乐紧密结合，礼乐既是社会政治制度，又是道德规范。作为社会政治制度，礼乐是周代奴隶制社会的一项根本制度，承担着维护贵族等级制度和社会统一秩序的重任。作为道德规范，礼乐贯穿在周代的政治、外交、

---

① 湖北省博物馆编：《曾侯乙墓》上册，北京，文物出版社，1989，第75页。
② 《论语·八佾》。

祭祀、庆典、战争、居家生活等各个方面。礼乐互相配合，共同为周代贵族统治阶级服务，并取得良好的效果，所以古代史家称赞周代"成康之世"天下安宁，刑措数十年不用。

（二）礼和乐的类型

周代礼乐文化中具体的礼和乐的种类相当繁多。就礼来说，《礼记·礼器》曰："经礼三百，曲礼三千"，这里的"三百""三千"虽可能不是准确的数字，但却说明了周代具体的礼乐种类之多。① 考察"周礼"，从待宾嘉宾、预知吉凶、军事行动到日用起居、人际交往，莫不以礼的形式予以规定；或者说，大到周代国家的各项制度，小到民间的各种礼俗，也都是由礼作出具体而严格的规定。但是尽管如此，我们还是可以对其作大体上的分类。

《周礼·春官·大宗伯》中说："大宗伯之职，掌建邦之天神、人鬼、地示之礼，以佐王建保邦国。以吉礼事邦国之鬼神示……以凶礼哀邦国之忧……以宾礼亲邦国……以军礼同邦国……以嘉礼亲万民……"《大宗伯》中将周礼分为吉礼、凶礼、宾礼、军礼、嘉礼五大类，称为"五礼"。这五种礼是从大的方面来进行分类的，每类又可以再细分为若干种礼。(1)吉礼，"事邦国之鬼神示"，即祭祀之礼，又可以分为五小类：祀昊天上帝日月星辰、祀司中司命风师雨师、祭社稷五祀五岳山林川泽、祭四方百物、享先王。(2)凶礼，"哀邦国之忧"，即天子、诸侯、卿、大夫、士遭受凶丧祸患时哀悼吊唁、慰问救济的礼仪，又可以分为五种：丧礼、荒礼、吊礼、祫礼、恤礼。(3)宾礼，"亲邦国"，即诸侯朝见天子之礼，又可以分为两类：四季朝聘、时聘。(4)军礼，"同邦国"，即与军事行动、战争有关的礼制，可以分为五种：大师之礼、大均之礼、大田之礼、大役之礼、大封之礼。(5)嘉礼，"亲万民"，即亲睦父母、子女、兄弟、朋友、宾客与邦国万民，又可以分为六种：饮食之礼、昏冠之礼、宾射之礼、飨燕之礼、脤膰之礼、贺庆之礼。

上述"五礼"主要是着眼于国家制度之礼，侧重于国家的政治、军事、外交等方面，是统治者统治国家的有效手段，应该说是君王之礼。如祭祀天地日月礼、祭祀五祀五岳礼、大师之礼、大均之礼等都是君王之礼。而对于一般贵族来说，祭祀天地日月五祀五岳、大师大均之类的君王之礼并不是他们生活中的主要礼仪，而那些侧重于人伦道德规范的日常生

---

① 《汉书·礼乐志》曰："周监于二代，礼文尤具，事为之制，曲为之防，故称礼经三百，威仪三千。"《礼记·中庸》曰："优优大哉！礼仪三百，威仪三千，待其人然后行。"也都是说周代的礼乐种类之繁多，和《礼记·礼器》中所持的观点相似。

活礼仪才是他们生活中的主要礼仪。这些礼就是"八礼"。"五礼"是就王朝礼仪而言的，而"八礼"是就一般贵族、士人的礼仪而言的（当然，"五礼"和"八礼"之分，只是就分类而言，二者所包括的礼也有相同的部分）。《礼记·昏义》中说："夫礼始于冠，本于昏，重于丧、祭，尊于朝、聘，和于射、乡：此礼之大体也。"这里就把礼分为冠、昏、丧、祭、朝、聘、射、乡"八礼"。《礼记·礼运》中亦有类似的分类："是故夫礼，必本于天，殽于地，列于鬼神，达于丧、祭、射、御、冠、昏、朝、聘。故圣人以礼示之，故天下国家可得而正也。"从《昏义》《礼运》中对礼的分类可以看出周礼的主体部分已不是夏商时代那种祭祀鬼神的祭祀礼仪了，而是丧祭、冠礼、昏礼、朝聘、射御之礼等，这类礼较殷商时代明显地发达。对于一般贵族的礼仪生活来说，除了必要时参加天子君王举行的郊社五祀之礼外，冠礼、丧礼、昏礼、朝聘、射御之礼等才是他们生活中的"礼之大体"，这类礼在他们的生活中占据着重要的地位。可见，从周代对礼的分类来看，关于人际交往的礼仪较之以前多了起来，周代礼仪世俗化的倾向较为鲜明。

　　上文对礼的类型作了简要论述，下面简要讨论一下乐的类型。在周代礼乐文化中，乐和礼一样，也极为重要，乐与礼相辅相成，相需为用，言礼必言乐，言乐必言礼。乐有雅乐和俗乐之分。周代雅乐，主要指庙堂之乐，是周天子及其诸侯等在祭祀、朝觐、聘问、飨宴、军事、会盟等重大仪式上所演奏或表演的诗、乐、舞的总称。它是在前代祭祀礼仪乐舞基础上发展起来的，主要以"六代乐舞"为主体。"六代乐舞"简称"六乐"、"六舞"或"六大舞"。"六代乐舞"是指黄帝的乐舞《云门》《大卷》、唐尧的乐舞《大咸》、虞舜的乐舞《大磬》（即《大韶》）、夏禹的乐舞《大夏》、商汤的乐舞《大濩》、周武王的乐舞《大武》。其中除《大武》是周代自创外①，其余皆是此前五代的乐舞，不过这些乐舞在进入周代雅乐系统时，很可能经过周代乐师的改造、修订。"六乐"与"六礼"相配合，用来祭祀天地、四方山川和祖先，而且分工十分明确，表演者也只能是国子、世子。除了"六大舞"之外，周初的雅乐体系还包括"六小舞"。《周礼·春官·乐师》："乐师掌国学之政，以教国子小舞。凡舞，有帗舞，有羽舞，有皇舞，有旄舞，有干舞，有人舞。"帗舞，即持帗而舞。"帗"是指用五

---

① 《吕氏春秋·古乐》中说："武王即位，以六师伐殷，六师未至，以锐兵克之于牧野。归乃荐俘馘于京太室，乃命周公为作（作为）《大武》。"《周礼·春官·大司乐》郑注："《大武》，武王乐也，武王伐纣以除其害，言其德能成武功。"《左传·宣公十二年》："武王克商，作《颂》……又作《武》，其卒章曰：'耆定尔功'。"

色缯帛做成的舞具①，帗舞用以祭祀社稷②。羽舞，即持白羽而舞，用以祭祀四方名山大川。③ 皇舞，即持皇而舞。"皇"是用五彩羽毛制成的舞具，皇舞是为除旱求雨而举行的祭祀活动时使用的乐舞。④ 旄舞，即手执旄牛尾而舞，是规格较高的一种舞蹈，只有天子学宫辟雍里才可以用。干舞，即兵舞，手持兵器而舞，干舞用以祭祀山川之神。⑤ 人舞，即徒手而舞。《周礼·春官·乐师》郑注曰："人舞无所执，以手袖为威仪。""六大舞"和"六小舞"组成了西周初期完整的乐舞体系，这一体系虽然没有像后来雅乐发展得那样复杂丰富，但已基本确定了周代礼乐制度中的雅乐的构架和发展方向。随着周代礼乐制度的进一步发展和完善，雅乐的范围也随之扩大，周代诗歌中的大小《雅》诗和《颂》诗都属于雅乐。如在大夫士乡饮酒礼和诸侯燕礼中就频繁使用《小雅》中的《鹿鸣》《四牡》《皇皇者华》；在两君相见礼中使用《大雅》中的《文王》；在天子祭祀、大飨、大射之礼中使用《颂》诗中的《清庙》等。⑥ 这说明，周代的雅乐范围随着周代礼乐制度的发展也在发生变化，除了"六大舞"和"六小舞"之外，还包括《诗经》中的部分《雅》诗和《颂》诗。周代的雅乐与礼密切配合，通过艺术性的乐使等级森严的礼自觉地为人们所接受，从而更好地起到维护社会秩序的作用。

周代礼乐文化中的"乐"除了雅乐外，还包括俗乐。俗乐主要是指那些流行于民间里巷的劳动人民从生产和生活感受出发而创作出来的民歌民曲。俗乐较少受到周代礼乐规范的限制，形式与内容都比较自由活泼，在西周后期发展很快，成为周代礼乐文化中的乐的组成部分。⑦ 俗乐也同样受到统治者的重视，成为他们教育后代的内容之一。《周礼·春官·

---

① 周代王室雅乐中的舞具主要有两大类：兵器类和羽毛缯帛类。前者包括干、戈、戚、矛等，这些舞具为武舞所用；后者包括缯帛、全羽、散羽、牛尾等，这些舞具为文舞所用。

② 《周礼·地官·舞师》曰："教帗舞，帅而舞社稷之祭祀。"（阮元校刻：《十三经注疏·周礼注疏》第 721 页）。

③ 《周礼·地官·舞师》曰："教羽舞，帅而舞四方之祭祀。"

④ 《周礼·地官·舞师》曰："教皇舞，帅而舞旱暵之事。"

⑤ 《周礼·地官·舞师》曰："教兵舞，帅而舞山川之祭祀。"

⑥ 王国维在《观堂集林·艺林二·释乐次》中附有一表《天子诸侯大夫士用乐表》，详细地列出了上到天子大祭祀、视学养老的用乐，下到大夫士乡饮酒礼、乡射礼的用乐。（王国维：《释乐次》，见《观堂集林》卷二，上海，上海古籍出版社，1959，第 103～104 页）

⑦ 杨华也认为："即使是在作为制度形态的宗周礼乐文化中，在王宫雅乐之外，也还存在着十分丰富的民间俗乐，只不过是由于历史观的局限，致使文献材料极为有限而已。"（杨华：《先秦礼乐文化》，武汉，湖北教育出版社，1997，第 142 页）

旄人》："旄人掌教舞散乐，舞夷乐。凡四方之以舞仕者属焉。"这里所说的"散乐"即指民间音乐；所说的"夷乐"即指少数民族音乐。"旄人"的职责之一就是掌教民间音乐和少数民族音乐。《礼记·明堂位》还记载鲁国宫室用禘祭礼祭祀周公时，"纳蛮夷之乐于大庙，言广鲁于天下也"。就是使用"蛮夷之乐"来祭祀。周代俗乐除了一些边地蛮夷之乐外，大部分是来自王畿以外各诸侯国的地方民间音乐。今存《诗经》中的《风》诗本来基本上都是民间俗乐的歌诗的诗词，但是这些《风》诗在传入宫廷以后，在贵族的生活中也占据着重要的地位。如《仪礼》所载《乡饮酒礼》《乡射礼》《燕礼》中就频繁地使用《周南》中的《关雎》《葛覃》《卷耳》和《召南》中的《鹊巢》《采蘩》《采蘋》等。《左传·襄公二十九年》记载了"吴公子季札观乐"一事，鲁人请吴公子季札欣赏的奏乐表演除了《大武》《大夏》《韶濩》《大雅》《小雅》《颂》等"雅颂"之乐外，还有《周南》《召南》《邶风》《鄘风》《卫风》《齐风》《魏风》《唐风》《秦风》《陈风》等"风"诗。这就说明，在西周中期以后，部分"风"诗也进入了周人的雅乐系统，成为贵族生活中不可或缺的乐舞。① 当然，还有许多"风"诗还是属于民间俗乐的。因此，就周代礼乐文化中的"乐"的类型来看，主要包括宫廷雅乐和民间俗乐两种。

二、周代礼乐文化的功能和作用

上文我们对周代礼乐文化中的礼和乐的内容和类型作了初步的讨论，下面对周代礼乐文化的功能和作用再作一下讨论。先看《礼记·乐记》中的一段话："乐者为同，礼者为异。同则相亲，异则相敬。乐胜则流，礼胜则离。合情饰貌者，礼乐之事也。礼义立，则贵贱等矣。乐文同，则上下和矣。"这句话意思是说，"乐"起着合同的作用，"礼"起着区别的作用。② 合同能够使人相互亲近，别异能够使人相互尊敬。礼和乐互相配合，相辅相成，相需为用，如果乐被强调过分就会使人随便而不知尊敬；反之，礼被强调过分就会使人隔阂而不相亲。既能使人与人之间的感情相互融洽，而又能做到相互尊敬，这就是礼乐的功用。《荀子·乐论》中亦有类似的论述："且乐也者，和之不可变者也；礼也者，理之不可易者也。乐合同，礼别异。礼乐之统，管乎人心者矣。"可见，"乐合同"、"礼别异"就是对周代礼乐文化的功能和作用及其相互关系的最好说明。所谓

---

① 王秀臣：《周代礼制的嬗变与雅乐内涵的变化》，《社会科学辑刊》2005年第4期。
② 《礼记·乐记》中还有类似的话："乐也者，情之不可变者也；礼也者，理之不可易者也。乐统同，礼辨异，礼乐之说，管乎人情矣。""乐统同"就是乐合同人心；"礼辨异"就是礼区别尊卑。

"礼别异"，就是用等级森严的礼来区别上下、尊卑、贵贱、男女、长幼之间的等级秩序，以使社会有着严格的等级分别，彼此不相僭越，达到稳定社会的目的；所谓"乐合同"，就是运用包括音乐、诗歌、舞蹈在内的乐的形式来沟通与调适人们因礼的等级森严而造成的感情隔阂与疏离，使统治阶级内部及统治阶级与被统治阶级之间感情融和，达到和谐人际关系的目的。杜国庠说："礼既'别异'，则地位不同的人们中间自然免不了要郁积着不平之气吧，因此就必须用那有'合同'作用的乐，来调和或者宣泄一下。"①这种认识是深有道理的。对于上述周代礼乐的这种功能和作用，《礼记》中多有论述。如《礼记·曲礼上》说："夫礼者，所以定亲疏，决嫌疑，别同异，明是非也……道德仁义，非礼不成；教训正俗，非礼不备；分争辨讼，非礼不决；君臣、上下、父子、兄弟，非礼不定；宦学事师，非礼不亲；班朝治军，莅官行法，非礼威严不行；祷祠祭祀，供给鬼神，非礼不诚不庄。"就明确地说明了礼具有区别上下、尊卑、贵贱、长幼的"别异"的重要作用。《礼记·乐记》中说："是故乐在宗庙之中，君臣上下同听之，则莫不和敬；在族长乡里之中，长幼同听之，则莫不和顺；在闺门之内，父子兄弟同听之，则莫不和亲。故乐者，审一以定和，比物以饰节，节奏合以成文，所以合和父子、君臣，附亲万民也：是先王立乐之方也。"②就明确地说明了乐具有"合同"的作用。听乐可以使君臣、父子、兄弟、长幼和敬、和亲、和顺。乐既然具有这么重要的作用，也就难怪先王要"立乐"了。周代的"乐"具有合同的作用，"礼"具有别异的作用，所以"乐至则无怨，礼至则不争。揖让而治天下者"③。就会使社会既有森严可畏的等级秩序，而又充满和谐欢畅。自然，周代统治阶级就极为重视对贵族子弟进行礼和乐的教育和教化。《礼记·文王世子》说："凡三王教世子，必以礼乐。乐所以修内也，礼所以修外也。礼乐交错于中，发形于外，是故其成也怿，恭敬而温文。"这里的"世子"就是太子的意思，世子必须要教以礼乐，对于其他贵族阶级子弟来说，礼乐也是他们必须学习的内容。

总之，周代礼乐文化的功能和作用就是要使人们之间既等级分明，各有所敬，各有所尊，但又关系和顺，相亲相爱，使整个社会表现出一

---

① 杜国庠：《杜国庠文集》，北京，人民出版社，1962，第292页。

② 《荀子·乐论》中也有几乎与此相同的话："故乐在宗庙之中，君臣上下同听之，则莫不和敬；闺门之内，父子兄弟同听之，则莫不和亲；乡里族长之中，长少同听之，则莫不和顺。故乐者，审一以定和者也，比物以饰节者也，合奏以成文者也；足以率一道，足以治万变。是先王立乐之术也，而墨子非之，奈何！"

③ 《礼记·乐记》。

种既等级森严，秩序井然，彼此不相逾越，而人们又内心和谐安宁、相亲相爱的局面。这正是统治阶级借礼乐来维护社会和谐稳定，实行长久统治的最高目的。

第五节　周代礼乐文化和中国早期艺术精神的关系

康德曾依据传统的分类，把人的心理功能分为知、情、意三个方面，他的《纯粹理性批判》研究知的功能，推求人类知识在什么条件下才是可能的；《实践理性批判》研究意志的功能，研究人凭什么最高原则去指导道德行为；《判断力批判》研究情感的功能，寻求人心在什么条件下才感觉到万事万物的美与完善。人类的心理功能如此丰富，人类的精神生活也是如此，也包括知、情、意三个方面，知表现在人有认识事物的能力，即人拥有知识；情表现在人有抒发情感方面的需要，即通过艺术来实现；意表现在人有伦理规范的自为自觉，即人有道德羞耻感。宗白华也说：“人与世界接触，因关系的层次不同，可有五种境界：（1）为满足生理的物质的需要，而有功利境界；（2）因人群共存互爱的关系，而有伦理境界；（3）因人群组合互制的关系，而有政治境界；（4）因穷研物理，追求智慧，而有学术境界；（5）因欲返本归真，冥合天人，而有宗教境界。功利境界主于利，伦理境界主于爱，政治境界主于权，学术境界主于真，宗教境界主于神。但介乎后二者的中间，以宇宙人生的具体为对象，赏玩它的色相、秩序、节奏、和谐，借以窥见自我的最深心灵的反映；化实景而为虚境，创形象以为象征，使人类最高的心灵具体化、肉身化，这就是‘艺术境界’。”[①]可见艺术是人类精神生活中不可或缺的一个重要方面，是相对于哲学、宗教而言的意识形态的一个方面。

可是艺术何以成立？各种艺术门类发展的基础是什么？一种艺术思想、艺术形式、艺术内容的产生，究竟有哪些因素在背后推动着它前进？艺术作品的生命力来自何处？这些问题，要回答它们，我们绕不过一个名词，那就是“艺术精神”。艺术精神是什么？怎样去界说它？有人说：“艺术精神是指一种艺术独自具有的、内在的品质或气质。譬如，中国画不同于日本画，中国古诗不同于日本俳句，不是它们的物质媒介不同，而是内在的精神不同。西方艺术也是如此，近代的意大利、荷兰、俄罗

---

① 宗白华：《美学散步》，上海，上海人民出版社，1981，第59页。

斯的绘画，人们都可以看出具有不同的精神。"①也有人说："所谓艺术精神，也就是指的艺术的精神境界……艺术作品既不是纯主观的，也不是纯客观的。把主观生命的跃动投射到某一客观的事物上面去，借某一客观事物的形象把生命的跃动表现出来，形成晶莹朗澈的内在世界，这就是艺术的精神境界。"②徐复观在《中国艺术精神》中论述了儒家的艺术精神和道家的艺术精神，并认为儒家真正的艺术精神，自战国末期，已日归湮没了，能代表中国艺术精神的只有道家的艺术精神。他说："他们所说的道，若通过思辨去加以展开，以建立由宇宙落向人生的系统，它固然是理论的、形上学的意义，但若通过工夫在现实人生中加以体认，则将发现他们之所谓道，实际是一种最高的艺术精神。"③又说："所以老、庄的道，只是他们现实的、完整的人生，并不一定要落实而成为艺术品的创造。但此最高的艺术精神，实是艺术得以成立的最后根据。"④徐复观认为老庄的"道"就是最高的艺术精神，他把艺术精神等同于"道"了，把道家的艺术精神等同于中国艺术精神了。我们姑且不论他的观点正确与否，从实际上看，他并没有给艺术精神下一个准确的定义。《辞海》中也没有"艺术精神"这一概念，只有"精神"一词。《辞海》对"精神"一词的解释是："精神：①哲学名词。指人的意识、思维活动和一般心理状态。宗教信仰者和唯心主义者所讲的精神，是对意识的神化。唯物主义者常把精神当做和意识同一意义的概念来使用，认为它是物质的最高产物。②犹神态、心神。宋玉《神女赋》：'精神恍忽，若有所喜。'③犹精力、活力。李郢《上裴晋公》诗：'龙马精神海鹤姿。'④神采、韵味。方岳《雪梅》诗：'有梅无雪不精神。'⑤内容实质。如传达会议的精神。"⑤从这些解释来看，"精神"是无影无形的东西，艺术精神同样也是如此，我们很难用一些准确、恰当的概念把它明白、形象地表达出来。不过艺术精神虽然不能诉诸我们的触觉、视觉、听觉，但我们却可以感觉到它的真实存在。它存在于丰富多彩的艺术作品中；存在于艺术家独特的创作个性中；存在于运用各种手段的创作过程中；存在于不同体验的艺术欣赏中。总之，艺术精神在艺术的领域中几乎无处不在，但我们无法用准确的语言来定

---

① 章启群：《怎样探讨中国艺术精神？——评徐复观〈中国艺术精神〉的几个观点》，《北京大学学报》2000 年第 2 期。

② 李维武：《徐复观对中国艺术精神的阐释》，《福建论坛（人文社会科学版）》2001 年第 3期。

③ 徐复观：《中国艺术精神》，上海，华东师范大学出版社，2001，第 29 页。

④ 徐复观：《中国艺术精神》，上海，华东师范大学出版社，2001，第 30 页。

⑤ 辞海编辑委员会：《辞海》，上海，上海辞书出版社，1979，第 4432 页。

义它，否则就会有将活物说死的危险，凭我们的直觉和感悟，艺术精神只能大致地描述为："艺术精神是民族精神在艺术中的一般表现；它是特定历史条件下哲学思想与审美意识结合的产物，当它形成之后，便浓缩并积淀在民族文化心理结构中，长期地影响民族文化艺术的发展；它是艺术创造的动力，艺术作品的灵魂与生气，艺术形式受其制约，艺术风格是它的体现。"①"艺术精神"是极其复杂丰富的，它既是艺术问题，又是哲学问题，还与民族精神、民族心理和民族传统文化紧密相连，探讨它也就具有灵活性、多向度性和多维度性。

上文我们对艺术精神这一概念作了一个初步的论述，从深层次上看，艺术精神还与文化精神有着密切的关系。艺术在其独立于其他文化类型之前，是和哲学、宗教紧密结合在一起的，甚至可以说是三位一体的。德国哲人谢林曾把艺术看作是哲学的真正的和永恒的感官，哲学的自由王国里合规律性和合目的性的统一，是与艺术精神的自由性在最高境界中达到真善美的和谐统一是相通的；而宗教作用于人的心灵与艺术表现人的心灵深处最深刻的旨趣也是相通的。因此，黑格尔说："（美的艺术）只有在它和宗教与哲学处在统一境界，成为认识和表现神圣性、人类的最深刻的旨趣以及心灵的最深广的真理的一种方式和手段时，艺术才算尽了它的最高职责。在艺术作品中各民族留下了他们的最丰富的见解和思想；美的艺术对于理解哲理和宗教往往是一个钥匙，而且对于许多民族来说，是唯一的钥匙。"②黑格尔也认为艺术与宗教、哲学的关系密切。这点可以从许多艺术作品表现宗教性内容上来得到见证，如达·芬奇的绘画《最后的晚餐》《岩间圣母》等就是如此。难怪黑格尔说："艺术可以就神的显现方面向观照的意识提供一种如在目前的个别的实在的形象，还可以就基督的诞生、生活、受苦难、死亡、复活和升天成神这类事迹所涉及的外在细节提供一个生动鲜明的画面。"③艺术和哲学、宗教等其他类型文化的关系密切，艺术精神和文化精神自然也关系密切。当然艺术又毕竟不同于哲学和宗教，艺术的精神又不同于哲学和宗教的精神。艺术是以感性的方式进入对精神追求的表达，这种感性的方式是审美的。艺术精神是对世界所提出的问题的一种感性的把握，即用感性的方式所

---

① 赵明、薛敏珠编著：《道家文化及其艺术精神》，长春，吉林文史出版社，1991，第197页。

② 〔德〕黑格尔：《美学》第 1 卷，朱光潜译，北京，商务印书馆，1979，第 2 版，第 10页。

③ 〔德〕黑格尔：《美学》第 2 卷，朱光潜译，北京，商务印书馆，1979，第 2 版，第 296页。

做出的从自在到自为地对世界的把握。但不管怎么说艺术精神与文化精神是密切联系在一起的，艺术精神与文化精神之间呈现出多维取向形态，探讨艺术精神，就不仅要从艺术本身去考察，还要从艺术所生存的文化土壤来观照，尤其是关注其与哲学、宗教的联系。艺术精神虽然与文化精神关系密切，甚至还可以说艺术精神是文化精神的一部分，但它独具审美性，却又不同于文化精神，它的审美性使人能够摆脱现实世界的困扰，进入到艺术审美境界中，获得审美的享受和人格心灵的提升与净化。

艺术精神的形成和发展也有一个漫长的过程，它有待于哲学的发展与自觉和人类审美心理与审美意识的形成、发展和成熟，中国艺术精神也是如此。在春秋战国之前，中国哲学和艺术尚未发展到脱离宗教神学的地步，政治、哲学、艺术和宗教还是较紧密地联系在一起，但是在春秋战国之后，随着时代的发展和人的理性精神的觉醒与自觉，老庄哲学获得了空前的发展，中国哲学也进入了一个崭新的时期，伴随着哲学的发展，民族的审美心理慢慢地走向成熟，审美意识慢慢地丰富起来，审美理想慢慢地形成，艺术也开始逐渐地脱离于其他意识形态门类而走向独立。自然，艺术精神也在这个过程中发育、形成。所以徐复观说："老、庄思想当下所成就的人生，实际是艺术的人生；而中国的纯艺术精神，实际系由此一思想系统所导出。"①中国艺术真正独立于其他意识形态门类，是在魏晋南北朝时期，玄学思潮带来人的觉醒，也促成了艺术的真正自觉，从此艺术从其他意识形态门类中分离出来，走向自己独立发展的道路。

那么这样说来，魏晋之前，中国艺术还没有走上自为自觉的道路，是不是就没有艺术精神的存在呢？当然不是，理由有两点：

其一，中国的艺术源远流长，早在公元前 5000 年至公元前 3000 年左右，中国的黄河流域就出现了仰韶文化，在这一时期，就有大量丰富多彩的彩陶艺术。与此差不多时期，在中国的长江流域出现了河姆渡文化，其艺术上的成就除了彩陶外，还有生动形象的雕塑艺术。其后还有许许多多璀璨的文化留下的精美的艺术。它们是中国艺术童年时期灿烂的花朵，以其永久的艺术魅力一直受后人的赞叹和欣赏。周代的艺术在史前艺术和夏、商两代艺术发展的基础上，更是取得了极大的成就。周代是中国历史上礼乐文化最鼎盛的时代，周人制礼作乐，建立了宗法制和礼乐制度，礼乐制度成了社会生活的主宰。礼乐制度重视礼和乐，促

---

① 徐复观：《中国艺术精神》，上海，华东师范大学出版社，2001，28 页。

使了"乐"艺术的发展。而"中国旧时的所谓'乐',它的内容包含得很广。音乐、舞蹈、诗歌,本是三位一体可不用说,绘画、雕镂、建筑等造型美术也被包含着,甚至于连仪仗、田猎、肴馔等都可以涵盖"①。这就说明,那时的诗歌、舞蹈、音乐、绘画和雕刻等艺术都取得了极大的发展和成就。比如,我们前文中讨论的周代礼乐文化中的乐舞艺术就非常发达,不仅有"六大舞"、"六小舞"等雅颂之乐,还有许许多多民间俗乐等。《墨子·公孟》曰:"或以不丧之间,诵《诗》三百,弦《诗》三百,歌《诗》三百,舞《诗》三百。若用子之言,则君子何日以听治?庶人何日以从事?"墨子极力批评当时社会上人们普遍地纵情于声色的审美享受以给国家带来危害的现象,这就恰从反面说明了墨子生活时代的诗歌、音乐、舞蹈等艺术之繁荣和发达。周代还建立了采诗制度,有专人负责民间歌谣的收集、整理和加工。《汉书·艺文志》曰:"故古有采诗之官,王者所以观风俗,知得失,自考正也。"不仅周代礼乐文化中的诗、乐、舞等艺术取得了巨大的成就,周代的青铜艺术也同样取得了巨大的成就,其在中国文明史上甚至在世界文明史上都是辉煌绝伦的。可见,周代的艺术虽然没有走上独立的道路,但却取得了辉煌的成就,能说贯穿于其中的艺术精神不存在吗?

其二,艺术是文化的一部分,艺术精神广义上也可以说是一种文化精神,而且是文化精神中最活跃的部分。周代的礼乐文化是中国历史上最发达的礼乐文化,其体现出的文化精神中必然蕴含着丰富的审美的艺术精神。或者说,在周代礼乐文化如此详尽、如此完美的礼仪规定和乐舞表演中必然蕴含着丰富的审美的艺术精神。正如有的学者所说:"在中国古代礼仪制度如此详尽的形式规定中,蕴含着一种审美的艺术精神。在隆重的祭祀,盛大的朝会,哀戚的丧葬,庄重而欢快的婚冠等仪式中,无不带有某种艺术审美的气氛。"②这种审美的艺术精神正是中国早期的艺术精神的体现。比如,周代的礼和乐在形式上以其特殊的象征方式暗示着某种内在的观念和意义,就是中国早期的象征性艺术精神的典型体现。因此,对周代礼乐文化中的中国早期艺术精神进行发掘、研究是可行的,也是具有重要意义和价值的。

---

① 郭沫若:《青铜时代》,北京,中国人民大学出版社,2005,第141页。
② 柳肃:《礼的精神——礼乐文化与中国政治》,长春,吉林教育出版社,1990,第7页。

第十章　周代礼乐文化中表现出的艺术追求

当中国历史进入到周代时期，中国古典艺术在其发展史上也进入到了一个高峰阶段，周代的青铜艺术、乐舞艺术、建筑艺术、雕刻艺术和绘画艺术等都开出了灿烂绚丽的花朵。尽管周代的各种艺术门类都被纳入到"礼乐文化"统绪之中，发挥着国家意识形态的政治功能，但是艺术本身固有的诸种特性毕竟是无法遮蔽的，后世艺术所具有的全部审美特征几乎都在这里萌芽了。

第一节　感于物而动——艺术是心灵化的表现

宗白华在《美学散步》中说："中国古代思想家对于音乐，特别对于音乐的社会作用、政治作用，向来是十分重视的。早在先秦，就产生了一部在音乐美学方面带来总结性的著作，就是有名的《乐记》。《乐记》提供了一个相当完整的体系，对后世影响极大。"[1]而在先秦时期，"诗歌与音乐、舞蹈是同源的，而且在最初是一种三位一体的混合艺术"。[2] 这样看来，《乐记》就不仅是音乐美学著作了，也可以说是一部艺术美学著作[3]。《乐记》作为《礼记》的一篇，而《礼记》则是关于周代礼乐文化的记载，因此在《乐记》中保留了大量周人对艺术的观点和看法，例如著名的"感物说"：

> 凡音之起，由人心生也。人心之动，物使之然也。感于物而动，故形于声。声相应，故生变。变成方谓之音。比音而乐之，及干戚羽旄，谓之乐。乐者，音之所由生也，其本在人心之感于物也。

---

[1]　宗白华：《美学散步》，上海，上海人民出版社，1981，第49页。
[2]　朱光潜：《诗论》，合肥，安徽教育出版社，1997，第7页。
[3]　李泽厚在引述郭沫若关于音乐、诗歌、舞蹈三位一体的思想后，也说："《乐记》所总结提出的便不只是音乐理论而已，而是以音乐为代表关于整个艺术领域的美学思想。"（李泽厚：《美学三书》，合肥，安徽文艺出版社，1999，第58页）

这段话对音乐艺术的生成过程作了"声""音""乐"三个阶段的区分，这一观点正确与否我们不论。重要的是这里两次强调音乐是从"人心"中产生的，而"人心"的活动是由外界事物的触动引发的。人的内心感受了外界事物，外因作用于内因，内因作出反应，内心活动起来，并把产生的结果"声"组织成相互应和、有旋律、有组织的"音"，构成曲调，并用乐器演奏表演出来，再配以舞蹈动作，这就形成了"乐"。我们也可以把"乐"的产生分为两个过程：一是人心感于外物形成"志"。人是处于自然万物之中的，"物"的变化必然引起人的内心世界的变化，人的内心世界发生变化就会形成"志"；二是"志"的外化过程。内在的"志"需要借助于艺术媒介表现出来，就是"乐"。如果用图示来表示就是："物"（外界事物）触发"心"（人的内心世界）产生"乐"（文学艺术作品）。这就说明"乐"虽然产生于心，但却非"心"独尊，它只是由"心"出而已，没有外界事物的触发，"心"是不能产生"乐"的；同时，外界事物对"心"的触发，"心"也不是作机械被动的反应，而是"心"与"物"进行互动，互相感应，互相影响。或者说，这是一个"心"与"物"交融的过程，从客体方面来说是"物感"，从主体方面来说是"感物"，而心、物交融正是审美活动赖以产生的基础。我们很难说，一个走在森林里的艺术家，因突遇一只猛虎而会立即去讴歌它。因为，他此时不能与猛虎进行"心物交融"，自然不能产生审美情感或进行审美活动。可见，感物说已经带有一种朴素唯物论的色彩，因而这一理论具有坚实的正确性，它对后世的文学理论产生直接的影响。刘勰在《文心雕龙·物色》篇中说："春秋代序，阴阳惨舒，物色之动，心亦摇焉。盖阳气萌而玄驹步……若夫圭璋挺其惠心，英华秀其清气，物色相召，人谁获安？……岁有其物，物有其容，情以物迁，辞以情发。一叶且或迎意，虫声有足引心。况清风与明月同夜，白日与春林共朝哉！是以诗人感物，联类不穷，流连万象之际，沈吟视听之区，写气图貌，既随物以宛转，属采附声，亦与心而徘徊。"钟嵘在《诗品序》中也说："若乃春风春鸟，秋月秋蝉，夏云暑雨，冬月祁寒，斯四候之感诸诗者也。嘉会寄诗以亲，离群托诗以怨。至于楚臣去境，汉妾辞宫，或骨横朔野，魂逐飞蓬；或负戈外戍，杀气雄边；塞客衣单，孀闺泪尽；或士有解佩出朝，一去忘返；女有扬蛾入宠，再盼倾国；凡斯种种，感荡心灵，非陈诗何以展其义？非长歌何以骋其情？"这里，刘勰所说的"情以物迁，辞以情发"，钟嵘所说的"展其义""骋其情"都是在说诗歌的言志抒情的作用，而情志的产生，都是由于客观现实的"物""感荡心灵"所致。不过这里所说的客观现实的"物"，在刘勰看来，主要还是指自然景物，但是在钟嵘眼里，不仅自然景物触动人的情怀，社会人事也会感召人，尽管"物"的内容多种多样，"但是，在这种观念的引示下所形成的审美心态，不是神秘的不可知的心理活动，而是一种理智的、社会的认知活动。所以，中国古代诗歌的'言志''抒情'的传统，从一开始就与'感物'说结合起来，并赋予社会的内容"。① 总之，感物说一开始就具有理性主义的因素，对后世的诗论、文论、乐论等产生深远的影响。

弄清楚了艺术是因外界事物触动人的内心而产生的这一问题，我们还要追问为什么人的内心会受到外界事物的触动？其心理机制又是什么？对于这些问题，我们先来看《礼记·乐记》中的一段话：

> 夫民有血气心知之性，而无哀乐喜怒之常，应感起物而动，然后心术形焉。

这句话是说，人有血气和用心智感知外在事物的本性，而喜怒哀乐等感情却没有一定，都是因为受到外在事物的影响，各种感情才表现出来。这里明确地把"人心"分为"血气"和"心知"两个方面。有"血气"就能产生"情"，有"心知"就会产生"智"，就能主动感知外物，这两方面相互结合起来，人心就会感受外物而产生情感。没有"血气"，人就没有生命，就不能产生情感；有"血气"而没有"心知"，只能产生那种动物式的低级本能的情感。人心正因为具有"血气"和"心知"，人心受到外物的触动时，内在的感情才会激动起来；② 而且不同的外物会触发不同的情感，不同的情感会产生不同的"声"。所以《礼记·乐记》说："是故其哀心感者，其声噍以杀；其乐心感者，其声啴以缓；其喜心感者，其声发以散；其怒心感者，其声粗以厉；其敬心感者，其声直以廉；其爱心感者，其声和以柔。六者非性也，感于物而后动。"这就是说，有感而产生悲哀之心的，发出的声音就急促低沉；有感而产生快乐之心的，发出的声音就宽广舒缓；有感而产生喜悦之心的，发出的声音就悠扬舒畅……有感而产生爱恋之心的，发出的声音就和悦温柔。不同的外界事物会使人的内心固有的喜怒、哀乐、爱恨等情感受到感染而激动起来，"情动于中，故形于声"，从而产生不同的"声"。对此，我们也可以用一个图示来表示："外

---

① 张文勋：《华夏文化与审美意识》，昆明，云南人民出版社，1992，第209页。
② 《礼记·乐记》说："人生而静，天之性也。感于物而动，性之欲也。"也是在说，人的本性中的欲望和情感在没有外物影响的情况下，是处于宁静状态中的，但是受到外物的影响后，就会激发出来，产生情欲。

境"（物）触发"哀心"（情）产生"噍以杀"（声）。不同的情感产生不同的"音声"，这是从顺向来说的，那么从逆向来看，"音声"也会影响人的情感。《礼记·乐记》说："是故，志微、噍杀之音作，而民思忧；啴谐、慢易、繁文、简节之音作，而民康乐；粗厉、猛起、奋末、广贲之音作，而民刚毅；廉直、劲正、庄诚之音作，而民肃静；宽裕、肉好、顺成、和动之音作，而民慈爱；流辟、邪散、狄成、涤滥之音作，而民淫乱。"从这段话可以看到，那些细小、急促而又衰微的乐曲会引起人的忧思之情；宽舒和谐、缓慢平易、形式虽繁却节奏宽简的乐曲会使人产生快乐之情；粗厉、开头刚猛、结尾亢奋、广大而愤怒的乐曲会使人产生刚毅之情；廉洁直率、刚劲正直、庄重真诚的乐曲会使人产生肃敬之情；宽畅、圆润、和顺的乐曲会使人产生慈爱之情；怪癖、邪恶散乱、滥长放浪的乐曲会使人产生淫乱之情。[①] 这就是说，不同的"音声"也会使人产生不同的情感，或者说，"音声"作为一种外界的"物"也会感人如此。正如马克思所说："艺术对象创造出懂得艺术和具有审美能力的大众，——任何其他产品也都是这样。因此，生产不仅为主体生产对象，而且也为对象生产主体。"[②]因此，"音声"和"情感"是双向互动的，这正是我们说感物说具有辩证思想、朴素唯物论因素的所在，也是这一理论正确性的所在。

以上主要是从艺术心理的角度来讨论"艺术是心灵化的表现"这一论题的。先秦时期，人们认为艺术是心灵化的表现还与当时人们的思维方式有着密切的关系。下面就来谈谈这一点。中华民族的古代文明主要发祥于黄河流域和长江流域，这两大流域土地肥沃、地广物博，很适宜于农业耕作，古代中国很早就进入了农业文明时代。在那时，由于人口稀少，物产丰富，人们只要劳作，就能获得大自然丰厚的回报，因此人与自然之间就不会产生激烈的冲突，而是亲密和谐，相处与共。物质决定意识，这样的生活方式必然会影响到先民们的思维方式。在先民们看来，世界是主客一体，融而为一的，而不是分离对立的。《周易·系辞上》说："一阴一阳之谓道"，何谓"阴阳"呢？"阴阳"是指万事万物相互对立、相互统一的两个方面因素。如乾坤、天地、男女、寒暑、动静、刚柔、贵贱、善恶等。何谓"道"呢？"道"是阴阳之合体，即本体与现象的合一不二，是生活之自然、本然的状态。阴与阳"是一种彼此依存不可分割的自然而必然的关系，分则两失，合则两生，整个宇宙的生命存在都根源于

---

① 译文参见杨天宇：《礼记译注》，上海，上海古籍出版社，1997，第483页。
② 《马克思恩格斯选集》第2卷，北京，人民出版社，1995，第2版，第10页。

这两极之间的神秘结合"。① 世界就是由阴与阳构成的生生之易，这种宇宙论思想必然影响着先民们对于人与自然关系的看法。在他们看来，人与自然本来就是一体的，人是自然的一部分，自然是人的根本，二者之间是亲和、亲子的关系，而不是主体与客体之间的对立。而在西方世界，由于受海洋文明的影响，西方人认为世界是主客分离的，甚至是严重对立的。毕达哥拉斯就认为，灵魂要倾听世界的谐音却要受到肉体的干扰，必须要用音乐等手段来唤回灵魂，摆脱肉体的羁绊，使灵魂与肉体分开。他把灵魂与肉体对立起来，实际上，就开启了主客二分思想的先河；柏拉图却把主客分离变成了精神与物质的分离，他把精神夸大，发展成一种绝对的精神，即理念，并认为理念绝对地统治着其他一切，不再与万物同构。到了亚里士多德那里，则把"绝对"变成更加不依赖精神世界的客观的"逻各斯"，它不再和人心有任何共存关系，与人心也没有任何情感交流，人的心灵只能对它进行模仿。② 这就更加大了主客体之间的分离和对立。对于中西方人们对世界的不同看法，张世英把它概括为人生在世的"在世结构"问题，并认为在中西哲学史上，可以分成两个结构："人——世界"的结构和"主体——客体"的结构。"人——世界"的结构主要体现在中国传统哲学中，这种在世结构把人与世界万物看成是息息相通、融为一体的关系，人所生活于其中的世界是人与世界万物交融的结果，人因世界万物而获得自身的内容，世界万物因人而获得自身的意义。这种关系又叫"万物一体"或"天人合一"。而"主体——客体"的结构主要体现在西方哲学中，这种在世结构把人与世界万物看成是主体与客体分离的关系，人是主体，世界万物是客体，世界万物在人之外，二者是分离的、对立的。只有通过人的主动性、主体性对客体进行认识、征服，才能达到主体与客体的统一。③

从张世英概括的两种"在世结构"上来看，二者在思维方式上表现出明显的差异。"主体——客体"结构要求人们把观察的对象作为外在于主体的客体进行冷静客观地剖析，而"人——世界"结构则要求人们把观察对象作为内在于主体之中的"自身"去全身心地体悟。④ 而后者正是中国古人的最主要的思维方式，这种思维方式必然会影响到中国传统艺术的

---

① 韩经太：《中国诗学与传统文化精神》，成都，四川人民出版社，1990，第7页。
② 白寅：《心灵化批评——中国古代文学批评的思维特征》，北京，中国社会科学出版社，2005，第4～5页。
③ 张世英：《新哲学讲演录·自序》，桂林，广西师范大学出版社，2004，第2～3页。
④ 白寅：《心灵化批评——中国古代文学批评的思维特征》，北京，中国社会科学出版社，2005，第5页。

生成和发展。因此，在周代的艺术中，就会强调人心的作用，重视用主体的心灵去全身心地体悟宇宙自然、社会人生，实现主体心灵与宇宙自然的相互激发和融会合一。艺术不是对客观事物的直观模仿或摹拟，而是发自人的心灵世界，表现人的思想情感。正如宗白华在评述中西绘画的不同美学特征时指出："一为写实的，一为虚灵的；一为物我对立的，一为物我浑融的。"①中国传统艺术中，诗、画本是一体的，绘画艺术上表现的"虚灵"、"物我浑融"的美学特征，也是中国其他传统艺术表现出的美学特征，周代礼乐文化中的艺术也表现出同样的特征。

上文对先秦时期（主要指周代）人们把艺术看成是心灵化的表现作了论述，并探讨了形成这种艺术观的主要原因。在周代的艺术中，创作主体的主观意志和自然万物是融为一体的，主客同构，心物相应，而不是分离的。强调心与物的交融和艺术是心灵的表现，实际上就体现出一种中国早期的艺术精神。这种艺术精神贯穿在先秦时期特别是周代的艺术创作中。《吕氏春秋·音初》中记载的"四音"的发生，就体现出这一点：

　　夏后氏孔甲田于东阳萯山，天大风晦盲，孔甲迷惑，入于民室，主人方乳，或曰"后来是良日也，之子是必大吉"，或曰"不胜也，之子是必有殃"。后乃取其子而归，曰："以为余子，谁敢殃之？"子长成人，幕动坼橑，斧斫斩其足，遂为守门者。孔甲曰："呜呼！有疾，命矣夫！"乃作为《破斧》之歌，实始为东音。

　　禹行功，见涂山之女，禹未之遇而巡省南土。涂山氏之女，乃令其妾，候禹于涂山之阳，女乃作歌，歌曰"候人兮猗"，实始作为南音。周公及召公取风焉，以为《周南》《召南》。

　　周昭王亲将征荆，辛余靡长且多力，为王右。还反涉汉，梁败，王及蔡公，抎于汉中，辛余靡振王北济，又反振蔡公。周公乃侯之于西翟，实为长公。殷整甲徙宅西河，犹思故处，实始作为西音，长公继是音以处西山，秦缪公取风焉，实始作为秦音。

　　有娀氏有二佚女，为之九成之台，饮食必以鼓。帝令燕往视之，鸣若谥隘。二女爱而争搏之，覆之玉筐，少选，发而视之，燕遗二卵，北飞，遂不反，二女作歌，一终日"燕燕往飞"，

---

① 宗白华：《美学散步》，上海，上海人民出版社，1981，第102页。

实始作为北音。

夏后氏有感于人的祸福生死由命中注定，作《破斧》之歌以咏之，始为"东音"；大禹之妻子涂山氏之女因思念大禹，在涂山之南久久地等候，因而作《候人歌》，这是最早的南音；殷整甲迁徙到西河居住，因思念故土，创作了西音，辛余靡封侯后住在西翟之山，继承了这一音乐，是为"西音"；有娀氏有两个女儿，喜爱燕子，与之戏耍，作歌唱道："燕燕往飞"，是为"北音"。这里东、南、西、北"四音"的发生带有明显的神话色彩，各音产生的缘由和时间也各不相同，各自带有地域上的特色。撇开这些，我们发现它们有一个共同的特点，即"四音"的出现都与创作者个人的遭遇密切相关，都是作者有所思，有所感，有所怨，有所爱，不得不把个人内心的情感表现出来的结果，亦是心灵化的表现。所以，《吕氏春秋·音初》就在这四个传说之后紧接着说：

> 凡音者产乎人心者也。感于心则荡乎音，音成于外而化乎内。

即是说，大凡音声都是自人的内心中产生，内心有所感受，就在音声中表现出来，音声表现于外而化育于内。这就说明《吕氏春秋》对音乐（艺术）是心灵化的表现的认识，是相当深刻的。《礼记·檀弓下》中说："人喜则斯陶，陶斯咏，咏斯犹，犹斯舞，舞斯愠，愠斯戚，戚斯叹，叹斯辟，辟斯踊矣。"《礼记·乐记》中亦说："故歌之为言也，长言之也。说之故言之；言之不足，故长言之；长言之不足，故嗟叹之；嗟叹之不足，故不知手之舞之，足之蹈之也。"都是在强调诗、乐、舞的产生，是人们把自己的喜怒哀乐的情感表现出来的结果。① 比如，《诗经》中的许多诗歌都陈述了创作者自己歌咏的缘由，那就是创作者的强烈的喜怒哀乐之情要得到倾诉：

> 心之忧矣，我歌且谣。(《魏风·园有桃》)
> 君子作歌，维以告哀！(《小雅·四月》)
> 作此好歌，以极反侧。(《小雅·何人斯》)

---

① 《淮南子·本经训》中也有类似的说法："凡人之性，心和欲得则乐；乐斯动，动斯蹈，蹈斯荡，荡斯歌，歌斯舞，歌舞节则禽兽跳矣。"

啸歌伤怀，念彼硕人。（《小雅·白华》）

这些诗歌尽管具体内容不同，表达的情感也不同，但是作者歌咏的缘由都是与他要向他人倾诉内心的情感密不可分。他们或诉说心中的忧伤；或倾诉内心的愁苦；或抒发心中的忧愤；或表达心中的怀念。可以说这些诗歌都是从创作者的心底流淌出的歌声，饱含着创作者的深情，是心灵的真实袒露。

总之，先秦时期提出的"诗言志"说是中国诗论的"开山纲领"①，尽管历代人们对其理解不同，有所差异，但就其实质来说，它是把文艺看作人的心灵的表现，这是大多数人能够认同的。这与西方古代把文艺看作对现实的模仿和再现，有着本质的不同。与西方模仿说相比较，它把客观世界的存在与活动和主观世界的存在与活动统一了起来，突出了审美主体和审美客体之间的互动性。它比西方仅仅把文艺作为客观世界的真实投影，忽视创作者的主观能动性，要更符合艺术创作的规律。西方直到 19 世纪，黑格尔才把握到这一艺术的真谛。他说："在艺术里，这些感性的形状和声音之所以呈现出来，并不只是为着它们本身或是它们直接现于感官的那种模样、形状，而是为着要用那种模样去满足更高的心灵的旨趣，因为它们有力量从人的心灵深处唤起反应和回响。这样，在艺术里，感性的东西是经过心灵化了，而心灵的东西也借感性化而显现出来了。"②又说："只有通过心灵而且由心灵的创造活动产生出来，艺术作品才成其为艺术作品。"③这就有力地证明了"艺术是心灵化的表现"这一中国古老的艺术观（主要是指周代的艺术观）的正确性。这一艺术观对后代的艺术理论和艺术创作产生了深远的影响。

第二节　乐者，德之华也——艺德合化的艺术追求

上文我们说周代的音乐等艺术是心灵化的产物，绝不是说周代的艺术是纯粹的情感表现。周代的艺术从来不是纯粹的艺术。周代是礼乐文化鼎盛的时代，其"乐"及其他艺术始终都笼罩在礼乐文化的氛围中，染

---

① 朱自清：《诗言志辨·序》，桂林，广西师范大学出版社，2004，第 3 页。

② 〔德〕黑格尔：《美学》第 1 卷，朱光潜译，北京，商务印书馆，1979，第 2 版，第 49 页。

③ 〔德〕黑格尔：《美学》第 1 卷，朱光潜译，北京，商务印书馆，1979，第 2 版，第 49 页。

有浓重的政治伦理道德化的色彩。因此,周代礼乐文化中的艺术始终都是被作为政治伦理道德的载体,其最终目的就是为了政治伦理道德。其实,周代礼乐文化中的艺术"本于心",突出地强调情感的表现,但它也重视伦理道德在艺术中的地位,情感和伦理道德在艺术表现中不曾以冲突的形式存在,也不曾以二元对立的态势并存,而是有机地融合在一起,伦理道德所具有的形式、秩序,始终是情感表现所遵循的规范。或者说周代礼乐文化中的艺术,其本质中就包含着伦理道德,其目的也是为了政治伦理道德。《礼记·乐记》说:

> 德者,性之端也。乐者,德之华也。金石丝竹,乐之器也。

又说:

> 乐者,非谓黄钟、大吕、弦歌、干扬也,乐之末节也,故
> 童者舞之。

这就是说,"乐"并非只是金石、丝竹、弦歌、干扬等乐器的演奏或歌舞的表演①;"乐"是德行的花朵,是表现"德"的;"乐"必须要注入"德"的内涵,成为"德之华",才能成其为"乐"。或者说,艺术成其为艺术,并不仅仅在其外在的视听形式,除却形式外,还要有内在的精神性的内涵,即"德"。《乐记》中把"乐"这种艺术的生成过程,分成三个不同的阶段:声、音、乐,并多次予以强调。"声"是原始的声响,具有了文采节奏的形式美,才能称之为"音",而"音"只有注入"德"的内涵,才能上升为艺术层面上的"乐",即所谓"德音之谓乐"②。所以当魏文侯问子夏,说他听古乐就容易疲倦打瞌睡,而听郑卫的音乐就不会如此,这是为什么呢?子夏明确地告诉他,他所喜欢的只是徒具文采节奏形式美的"音",而非

---

① 在周代,周人连乐器发出的音也区分它们是否是"德音",如《礼记·乐记》说:"圣人作为鼗,鼓,椌,楬,埙,篪,此六者,德音之音也。"这里就把鼗、鼓、椌、楬、埙、篪等乐器演奏的声音称为"德音"。《礼记·乐记》又说:"钟声铿,铿以立号,号以立横,横以立武,君子听钟声,则思武臣。石声磬,磬以立辨,辨以致死,君子听磬声,则思死封疆之臣。丝声哀,哀以立廉,廉以立志,君子听琴瑟之声,则思志义之臣。竹声滥,滥以立会,会以聚众,君子听竽笙箫管之声,则思畜聚之臣。鼓鼙之声谨,谨以立动,动以进众,君子听鼓鼙之声,则思将帅之臣。君子之听音,非听其铿枪而已也,彼亦有所合之也。"这里也把各种乐器的声音和各种道德情感联系起来。

② 《礼记·乐记》。

"乐"，"音"和"乐"相近但不相同。那么什么才是"乐"呢？子夏说：

> 夫古者天地顺而四时当，民有德而五谷昌，疾疢不作，而无妖祥，此之谓"大当"，然后圣人作，为父子君臣，以为纪纲。纪纲既正，天下大定。天下大定，然后正六律，和五声，弦歌诗颂，此之谓德音，德音之谓乐。①

在子夏看来，天地和顺，四季运行正常，五谷丰登，人民有德，圣人就出来制定纲纪，使人民共同遵守，这样天下就会大定，然后制律作乐来颂扬，这就叫作"德音"，德音才叫"乐"。所以，真正的"乐"是内含有伦理道德的精神。《礼记·乐记》还说："乐者，通伦理者也。"也明确指出，乐和伦理道德是相通的②。所以周代礼乐文化中的艺术，在其产生之初，伦理道德的汁液就已经被注入其肌体之中，艺术和伦理道德深层地化合在一起。因此，"艺德合化"是周代礼乐文化中体现的艺术本质观。在周代，艺术既被作为一种审美，重视其形式美的创造；又被作为一种承载伦理道德的载体，重视其内容的充实。这种艺术精神正是周代礼乐文化中的中国早期的一种艺术精神，它一直贯穿在周代的艺术创作中。

周代的乐舞艺术中符合"德音"标准的有许多，我们仅举《韶》《武》为例。《周礼·春官·大司乐》中说："乃奏姑洗，歌南吕，舞《大磬》，以祀四望……乃奏无射，歌夹钟，舞《大武》，以享先祖。"《大磬》是虞舜时代的乐舞，"磬"与"韶"同，盖为"韶"之古文假借字，舜乐《大磬》即为通常所说的《大韶》（或《韶》）；《大武》（或《武》）是周武王时的乐舞。《韶》和《武》都为周人祭祀天地先祖时所用。《武》是周人为表现武王征伐的伟大功绩所创作的，《韶》虽是虞舜之舞，但毕竟为周人所用，肯定经过周人的再创作。这两种乐舞一直到春秋时期还存在，孔子大概欣赏过，所以评价《韶》曰："尽美矣，又尽善也。"评价《武》曰："尽美矣，未尽善也。"③从孔子的评价中，我们可以知道，《韶》乐作为艺术的一面，具有美感，给人以感官上、情感上的愉悦，但它又是一种"德音"，给人以道

---

① 《礼记·乐记》。

② 在周代，人们不仅认为乐和伦理道德是相通的，而且还把"五音"比附为"五事"。《礼记·乐记》说："宫为君，商为臣，角为民，徵为事，羽为物，五者不乱，则无怗懘之音矣。宫乱则荒，其君骄。商乱则陂，其官坏。角乱则忧，其民怨。徵乱则哀，其事勤。羽乱则危，其财匮。五者皆乱，迭相陵，谓之'慢'，如此则国之灭亡无日矣。"当然这种比附是荒谬的，但也见出周人重视乐与人事伦理相通的一面。

③ 《论语·八佾》。

德精神的熏染。《左传·襄公二十九年》亦载，吴国公子季札在鲁观周乐，也评价《韶》为"德音"："德至矣哉！大矣……虽甚盛德，其蔑以加于此矣。"所以《韶》乐是"尽美矣，又尽善也"。而《武》乐虽和《韶》乐一样也具有美感，但它以征伐大业为主，缺乏"仁"的道德精神，不过它也还具有一定的"善"，所以是"尽美矣，未尽善也"，[1] 否则它就和"郑声"没有多少差别了，也就不可能作为周代祭祀大典中的用乐了。因此，周代艺术既重视艺术中的美感因素，又不忽视艺术中的道德追求，唯有尽善尽美，才是周代艺术最完美的形态，《韶》乐正是如此，孔子才"在齐闻《韶》，三月不知肉味，曰：'不图为乐之至于斯也。'"[2]对于有些郑卫之音，由于它们只能给人以纯肉体感官上、情感上的愉悦，而不能给人以道德精神上的熏陶，正如《礼记·乐记》所说："郑音好滥淫志，宋音燕女溺志，卫音趋数烦志，齐音敖辟乔志。此四者，皆淫于色而害于德，是以祭祀弗用也。"所以它们不但"祭祀弗用"，而且还成了被批判的对象。

　　弄清了艺德合化是周代礼乐文化中体现的艺术本质观，我们就要追问为什么会形成这样的艺术本质观呢？对此我们主要认为这与有周一代重德敬德的思想有着密切的关系。殷周鼎革之际，周人在没有遇到多大阻力的情况下，就以摧枯拉朽之势，一举夺取了殷商的政权，其速度之快，令周统治者不得不思考和总结其中的经验教训。他们逐渐认识到人民力量的重要性，民心向背是政权能否稳定和长久的根本保证，他们强烈地意识到再也不能像商纣王那样暴虐百姓了，暴虐百姓只会死路一条。那么该如何去做呢？那就是要重德敬德。为此，周人首先提出"以德配天"的思想。周人认为，天命权威的存在是有条件的，不是永恒的。上天是明智的，它只垂青于有德之人，周人之所以能够取得天下，是因为周人重德敬德，得到上天护佑的结果，而夏人和殷人正是由于"惟不敬厥德"，所以才"早坠厥命"。[3] 周人以德配天，正是重视人间的"德"。其次，周人提出"敬德保民"的思想。"敬德"的思想早在殷人那里就已经存在，但是真正落到实处的还是在周代。"敬德"的目的是要使周王朝的统治永存下去，除去统治者要注重自己的德行外，还要施恩于人民，那就是"保民"。敬德和保民是紧密联系的，或者说保民是敬德的一个方面。

---

①　宗白华说："关于音乐表现德的形象，《乐记》上记载有关于大武的乐舞的一段，很详细，可以令人想见古代乐舞的'容'，这是表现周武王的武功。"这就是说《大武》也具有内含着道德的内容，只不过是"未尽善也"。（宗白华：《美学散步》，上海，上海人民出版社，1981，第 168 页）

②　《论语·述而》。

③　《尚书·召诰》。

如何保民呢？这就要求周朝统治者知晓民生疾苦，体察民情，重视民言和民意，以便施行德政。德政是周人"以德配天"和"敬德保民"的结果，也是周人理想的施政准则，其最终目的是获得王朝统治的长治久安。总之，重德敬德的思想是周人思想领域的突出的特征，而任何时代，艺术总是与时代的思想关系密切。因此，周人的这一思想必然会在艺术领域内泛起波澜，他们也乐于利用"乐"这种最具有真情实感，能全面作用于人的身心、情感的综合艺术，来宣扬人伦道德。在他们看来，音乐艺术不仅是表达情感，给人以审美的享受，更是一种伦理道德的载体，给人以道德精神的熏陶，艺术和道德是深层化合在一起的。

那么，我们说周代礼乐文化中的艺术既具有伦理道德的内涵，而又是"本于心"，是一种心灵化的表现，那么，二者是不是矛盾的呢？我们的回答是否定的。在上一节内容中，我们谈到音乐（艺术）是由人心受到外在事物的触动，有感而发产生的，即"凡音之起，由人心生也。人心之动，物使之然也"。① 关键就在这里，是"物"使人心触动。什么是"物"呢？可以用一句话来概括，就是心之外都是物。因此，这个"物"既可以是自然之物，又可以是社会之物。自然之物可以是春风秋雨、明月朝阳等；社会之物可以是政治人事、道德人伦等。当然，这里并没有明确指出或区分自然之物和社会之物，后来在钟嵘《诗品序》所论之"物"中，已经明确作出区分了。他把春风春鸟、秋月秋蝉、夏云暑雨、冬月祁寒等归入自然之物；把楚臣去境、汉妾辞宫、骨横朔野、魂逐飞蓬、塞客衣单、孀闺泪尽、扬蛾入宠等归入社会人事。"凡斯种种，感荡心灵"。因此，就"人心之感于物"的"物"来说，社会之物也同样触动人心，政治人事、道德人伦等也就必然会在音乐及其他艺术中得到反映，而音乐（艺术）也必然受到政治人事、道德伦理的制约，所以《礼记·乐记》说：

> 乐者，通伦理者也。

又说：

> 声音之道，与政通矣。

当然，"乐"与政通，"乐"通伦理，还是一个"通"字，而不是"同"字，音

---

① 《礼记·乐记》。

乐等艺术毕竟是艺术，不是政治、伦理，乐与政治伦理相通还要用"心"作媒介。总之，周代礼乐文化中的音乐等艺术既具有伦理道德的内涵，而又是"本于心"，是一种心灵化的表现，二者是不矛盾的。周代的艺术表现出艺术与政治、伦理的密切关系，一直是中国古代艺术史、美学史上的重要内容。后来刘勰说："文变染乎世情，兴废系乎时序。"①就是这一思想的延续和发展。

由上文可知，音乐艺术是人心感于物而动的结果，而这个"物"又可能是特定社会的政治人事、道德伦理等，那么在音乐艺术中这些内容必然得到一定的反映。因此，通过音乐艺术，我们也能反观特定社会的政治人事、道德伦理等。所以《礼记·乐记》说：

> 乐者，通伦理者也。是故知声而不知音者，禽兽是也。知音而不知乐者，众庶是也。唯君子为能知乐，是故审声以知音，审音以知乐，审乐以知政，而治道备矣。

这里有两层意思：其一，从接受主体方面再次强调"声""音""乐"的不同，禽兽只能听懂一般的声音，普通百姓只能听懂有节奏旋律的歌曲，对于那些与伦理道德相通的乐，只有君子才能懂得它的深意（当然这种说法是有问题的，我们姑且不论）；其二，强调通过音乐可以"知政"，辨别一般声音进而懂得有节奏旋律的歌曲，辨别有节奏旋律的歌曲进而懂得反映道德伦理的乐，辨别反映道德伦理的乐进而知晓国政民风。能从乐中知晓国政民风，就具有了完备的治国之道。因此，通过音乐我们可以认识特定社会的政治人事、伦理道德的状况。这一思想还被多次强调，如《礼记·乐记》说：

> 是故治世之音，安以乐，其政和。乱世之音，怨以怒，其政乖。亡国之音，哀以思，其民困。声音之道，与政通矣。

这就是说，通过音乐表现出来的是安详，还是怨恨，或是哀伤的特征，我们可以知道其政治是平和，还是混乱，或是民困的状况。《孟子·公孙丑上》引子贡的话说："见其礼而知其政，闻其乐而知其德，由百世之后等百世之王，莫之能违也。"也是在说，音乐是伦理道德的显现，由一个

---

① （南朝梁）刘勰：《文心雕龙·时序》。

国家的音乐状况，就可以推知一个国家的道德伦理的实施状况。《汉书·艺文志》说："古有采诗官，王者所以观风俗，知得失，自考正也。"这里所说的"古有采诗官"，就是指周代设有采诗官，这些采诗官把从民间采集上来的诗歌进行加工配乐，以献给统治者观察时政，正是因为诗乐和政治伦理关系密切，周王朝才这么做。《国语·周语上》直接道明了这一目的："故天子听政，使公卿至于列士献诗，瞽献曲，史献书……近臣尽规，亲戚补察，瞽史教诲，耆艾修之，而后王斟酌焉，是以事行而不悖。"今天，从《诗经》的许多"风"诗中，确实可以窥见周代的民风民意之一斑。《诗·邶风·北风》描写了一群男女老少在北风呼啸、大雪纷飞之日携手逃离家乡的场面，从他们发出"莫赤匪狐，莫黑匪乌"、"其虚其邪？既亟只且！"的悲怆的哀号声中，可以窥见民不聊生的黑暗的社会现实；从《诗·鄘风·鹑之奔奔》描写的人民讽刺怒骂声中，可以窥见卫国君主过着荒淫无耻的乱伦生活。正如白居易在《策林·采诗》中所说："闻《蓼萧》之诗，则知泽及四海也；闻《禾黍》之咏，则知时和岁丰也；闻《北风》之言，则知威虐及人也；闻《硕鼠》之刺，则知重敛于下也。闻'广袖高髻'之谣，则知风俗之奢荡也；闻'谁其获者妇与姑'之言，则知征役之废业也。故国风之盛衰，由斯而见也；王政之得失，由斯而闻也。"①周代的诗乐和政治道德关系如此密切，以致周人特别重视诗乐的作用，在他们看来，"乐"简直可以和刑、政等上层建筑一样起着治理国家的作用，所以《礼记·乐记》说：

> 故礼以道其志，乐以和其声，政以一其行，刑以防其奸。礼乐刑政，其极一也，所以同民心而出治道也。
>
> 礼节民心，乐和民声，政以行之，刑以防之。礼乐刑政，四达而不悖，则王道备矣。
>
> 是故先王之制礼乐也，非以极口腹耳目之欲也，将以教民平好恶，而反人道之正也。

当然这些言论自有夸大"乐"的作用的一面，但也足以见出"乐"与政治人事、伦理道德关系密切的一面，不过在礼乐文化鼎盛的周代社会，乐也确实在治国安民中起过重要的作用，这点我们不能否认。

通过音乐艺术，我们不但可以"知政"，而且还可以"致乐"以"治心"。

---

① 周祖譔编选：《隋唐五代文论选》，北京，人民文学出版社，1990，第 243 页。

《礼记·乐记》说：

> 君子曰："礼乐不可斯须去身。"致乐以治心，则易直子谅之
> 心，油然生矣。易直子谅之心生则乐，乐则安，安则久，久则
> 天，天则神。天则不言而信，神则不怒而威：致乐以治心者也。

这句话最主要的意思是说，致力于音乐，就可以用它来提高内心的修养，那么平易、正直、慈爱、诚信之心，就会自然而然地产生。音乐艺术是表达人的情感的，给人以审美的享受，但在这里却使人提高道德修养，产生高尚的精神道德。这是为什么呢？因为，在周人看来，音乐艺术自身就内含着道德精神的力量，当它作用于人心时，就会使人心中的道德精神激发起来，两者产生共鸣，这样平易、正直、慈爱、诚信等道德精神就会表现出来。《礼记·乐记》中还说："乐者，所以象德也……乐也者，圣人之所乐也，而可以善民心，其感人深，其移风易俗，故先王著其教焉。"也是在说，"乐"是情感世界，引起接受者的感情共鸣，但它又具有内在的道德精神力量，可以感动人心，使人心向善。

乐既然具有如此重要的作用，周代贵族就自然重视乐，重视乐的教育，乐教也就成了贵族子弟必学的科目之一。西周时期，贵族教育子弟的学校就很完备，有所谓小学和大学之分，孩童十岁时入小学学习书记、音乐等，十五岁时入大学学习乐舞、射御等。[①]《礼记·内则》说："……十年，出就外傅，居宿于外，学书记……十有三年，学乐，诵诗，舞《勺》。成童，舞《象》，学射、御。"说的就是乐教在贵族子弟生活中的重要地位[②]。

总之，周代礼乐文化中的音乐及其他艺术渗透着伦理道德教化的汁液，"德"借"艺"的审美形式来彰显自己，"艺"又以"德"为自己的深层内涵。当然"德"和"艺"属于两个不同的范畴，"德"向"艺"的渗透，不能简单地将"德"视为"艺"的内容，"艺"对"德"的彰显，也不能将"德"披上"艺"的形式的外衣。"德"和"艺"之间表面上是一种内容和形式的关系，实际上是深层化合，浸融在一起的，"德"向"艺"的渗透，并没有以牺牲

---

① 杨宽：《古史新探》，北京，中华书局，1965，第 198 页。

② 《周礼·春官·大司乐》中也有关于周代乐教的记载：大司乐的职责之一就是，"以乐德教国子中、和、祗、庸、孝、友，以乐语教国子兴、道、讽、诵、言、语，以乐舞教国子舞《云门》《大卷》《大咸》《大磬》《大夏》《大濩》《大武》"。这一记载可以和《礼记·内则》的记载互相印证。

"艺"的自身法则为代价。因此，艺德合化是周代礼乐文化中体现的艺术本质观，从"艺"的角度看，它重视艺术表现人的情感，给人以审美享受，但又不忘情感经过伦理道德的净滤、规范与提升；从"德"的角度看，它又重视艺术所承载的道德内涵，给人以精神道德的熏陶，但又不忘伦理道德获得情感化的表现形式。这实际上也是周代礼乐文化中体现的一种中国早期的艺术精神。它对后世的艺术理论和艺术创作产生重要的影响。刘勰《文心雕龙·原道》说："原道心以敷章……道沿圣以垂文，圣因文以明道。"就将"道"和"文"联系起来，视"道"为"文"的根本，视"文"为"道"的表现形式；周敦颐也提出"文，所以载道也"的观点①；朱熹也说："道者，文之根本；文者，道之枝叶。惟其根本乎道，所以发之于文，皆道也。三代圣贤文章，皆从此心写出，文便是道。"②更是明确主张以"道"贯"文"，这些观点明显的是受到周代礼乐文化中的艺德合化的艺术精神的影响。③ 当然，周代的艺德合化的艺术精神重视伦理道德的一面，在客观上也是对艺术的一种束缚，自发的艺术审美活动因而被阻断，不能健康独立地成长，因而有其消极的一面，但是在周代那个特定的历史时代和文化语境中，它还是产生了积极的作用，表现出勃勃的生机，对此我们要有清醒的认识和认真的清理，并给以正确的对待和评价。

---

① （宋）周敦颐：《通书·文辞》，见《周敦颐集》，长沙，岳麓书社，2002，第46页。
② （宋）黎靖德编：《朱子语类》卷一三九，北京，中华书局，1986，第3319页。
③ 沈仕海：《由艺术的伦理化谈及伦理的艺术化——关于儒家"艺—德"学说的初步探讨》，《甘肃理论学刊》1996年第4期。

第十一章　周代礼乐文化中的艺术创作

　　上文我们主要是从周代礼乐文化中体现的艺术观这一角度，探讨了体现在周代礼乐文化中的中国早期艺术精神，在这一章里我们主要从艺术创作的角度来继续深入地讨论这一问题。

第一节　质野情浓——西周初期的艺术创作

　　艺术恰似一坛陈年老酒，越是陈放得时间久远，它就越是能散发出浓郁的醇香。当我们今天隔着久远的历史重新欣赏那些从悠远的历史上流传下来的艺术作品时，越是发觉它们具有巨大的艺术价值和永久的艺术魅力。就原始艺术和夏、商二代的艺术而言，由于那时人们的思维还不很发达，认识世界的水平有限，还不能自如准确地把握客观世界。因此，那时的艺术创作技巧的成熟性、艺术表现的形象性、艺术表现心灵的复杂程度等，都还远远没有达到今天艺术所能达到的程度。但是它们却似陈年老酒，醇香、甘甜，具有巨大的艺术价值和永久的艺术魅力。为什么呢？因为艺术是想象和激情的结晶，越是充满着想象和激情，就越是具有永久的艺术魅力。西周之前的艺术，从其创作来看，"此时的人虽然技巧差，却有着丰富的想象和激情，越是难以表达，就越倾注了全部心血和精力；愈是不了解世界，就愈是按幻想去图画世界。所以，原始时代，青铜时代的艺术都刻满了生命的野性与活力。像原始彩陶，那种火焰般跳动的旋律至今依旧能使人感到那种图腾的艺术如火如荼，如痴如狂的气势"。[①] 因此，西周之前的艺术在创作上充满着激情、想象和野性的质朴，原始时期的彩陶艺术、图腾艺术和夏商时期的青铜艺术、乐舞艺术等都是如此，这就使得它们具有巨大的艺术价值和永久的艺术魅力。由于文化艺术具有较强的传承性，到了西周初期，虽然历史进入了一个新的时期，从商王朝"易鼎"为周王朝，政治、经济都发生了剧烈的变化，但是表现在艺术上的变化并不是很大，艺术创作上还延续着先

[①]　张蓉、韩鹏杰：《中国文化的艺术精神》，西安，西安交通大学出版社，2001，第11页。

周前的创作特点。这一点我们可以从西周初期的乐舞艺术和青铜艺术上得到见证。从艺术创作上看，西周初期的乐舞艺术和青铜艺术无不充满着生命的激情、丰富的想象和野性的质朴，表现出一种"质野情浓"的特点。西周初期这种艺术创作上的"质野情浓"的特点，实际上就是周初艺术创作上体现出的一种艺术精神，也即是周代礼乐文化兴起初期艺术上体现出来的一种中国早期艺术精神，随着周代礼乐文化的兴盛，这种"质野情浓"的艺术精神也随之衰退。

那么为什么先周艺术和周初艺术在创作上表现出"质野情浓"的艺术精神呢？这种艺术精神产生的深层原因又是什么呢？对此我们认为主要有两个方面原因。

第一，这是与中国历史上原始社会和三代时期那种刀光剑影、血与火熔铸的深沉的历史有着密切的关系。人类历史的发展，文明的进步不是温情脉脉的人道牧歌，而是伴随着野蛮的战争和凶残的杀戮。自从原始人猿时起，人类就使用最野蛮的手段来摆脱动物的状态，在随后的历史进程中，掠夺、残杀、战争是他们惯用的手段。历史的进步和文明的产生常常是以野蛮和残酷为代价的，这是不容否认的历史事实。[①] 在人们的意识中原始社会常常是一个大同的社会，人人平等，人人劳动，平均分配，和乐融融，但我们说这种"大同社会"的"和谐"是极其有限的，它可能只是在一个氏族或部落的内部产生，在氏族与氏族（或部落与部落）之间可能并不是如此。在原始生产力还不发达，大自然恩赐给人类的物质财富还远远不能满足于人类的需求时，这些氏族（或部落）为了求得生存，他们之间就会不可避免地发生冲突，并且常常诉诸武力来解决利益纷争。因此，战争在原始社会并不少见，可以说，原始社会的历史就是一部充满血和泪的战争史。我们仅以"三皇五帝"时期的黄帝与蚩尤之间的战争为例，就可以窥见这一历史之斑。关于黄帝与蚩尤之间的战争，中国古代文献中有许多记载：

> 蚩尤作兵伐黄帝，黄帝乃令应龙攻之冀州之野。应龙畜水，蚩尤请风伯雨师，从大风雨。黄帝乃下天女曰"魃"，雨止，遂杀蚩尤。（《山海经·大荒北经》）
>
> 黄帝不能致德，与蚩尤战于涿鹿之野，流血百里！（《庄子·盗跖》）

---

① 李泽厚：《美学三书》，合肥，安徽文艺出版社，1999，第44页。

　　蚩尤作乱，不用帝命。于是黄帝乃征师诸侯，与蚩尤战于
涿鹿之野，遂禽杀蚩尤。(《史记·五帝本纪》)

　　黄帝与蚩尤九战九不胜。(《太平御览》卷十五)

　　黄帝与蚩尤战于涿鹿之野，蚩尤作大雾弥三日，军人皆惑。
黄帝乃令风后，法斗机作指南车，以别四方，遂擒蚩尤。(《太
平御览》卷十五)

　　这些关于"黄帝战蚩尤"的文献记载，带有浓重的神话色彩，历史真
实和神话传说交织在一起。从这些文献上看，黄帝与蚩尤之间的这场战
争规模空前，动用的武器和法术也是令人惊异的，而且战争持续的时间
是漫长的，战争的进行也是异常的艰苦和残酷，"九战九不胜"，"血流百
里"即是最好的说明。[①] 当然对于这些文献记载，我们不能把它们完全当
成历史事实，但它们反映出原始社会末期随着生产力的发展，原始社会
即将进入奴隶制阶级社会时期的一种大动荡的社会状况，这是没有问
题的。

　　原始社会的历史是一部充满血腥和暴力的历史，人类阶级社会的历
史更是如此。在阶级社会中，统治阶级为了自身统治的长治久安，一方
面，对内实行残酷的阶级压迫和阶级统治；另一方面，对外实行疯狂的
掠夺和侵占。因此，战争是不可避免的。从夏代开始，中国就进入了奴
隶制阶级社会，夏代的历史同样充满着血腥和暴力。《史记·夏本纪》说：
"夏后帝启，禹之子……有扈氏不服，启伐之，大战于甘。将战，作《甘
誓》……遂灭有扈氏。"又说："自孔甲以来而诸侯多畔夏""夏后氏德衰，
诸侯畔之。"帝启时代，有扈氏不服，夏启征伐灭掉了有扈氏。孔甲以后，
一些氏族和诸侯不服从，发生叛乱，既然有不服从和叛乱，为了稳固统
治，夏王朝必然要对其进行残酷的征伐和镇压。因此，战争在夏代的历
史上从来没有停止过。商代的历史上，战争更是频繁不断。这一点我们
可以从有关文献和大量的甲骨卜辞记录中得到证实。比如，商王朝就是
靠不断的兼并和征伐一些弱小方国和部族来增强实力，最后完成灭夏大
业而建立的。《孟子·滕文公下》载："汤居亳，与葛为邻，葛伯放而不
祀。"汤便送之牛羊，后又使亳地的民众对其助耕馈食，葛伯竟杀而夺之，
于是"汤始征自葛载，十一征而无敌于天下"，自征服了葛以后，汤如法

――――――――――

　　①　顾祖钊：《华夏原始文化与三元文学观念》，北京，北京大学出版社，2005，第54~55
　　页。

炮制，连征 11 国。①《竹书纪年》曰："汤有七名而九征。"②《帝王世纪》曰："诸侯有不义者，汤从而征之，诛其君，吊其民，天下咸悦……凡二十七征而德施于诸侯焉。"③这些文献虽然记载汤征伐异己力量的次数不尽一致，但是无论是九征、十一征，还是二十七征，都足以说明汤征伐异己力量的频繁。汤以后的历代殷王也有不断的征伐，文献中关于武丁、高宗伐鬼方的记载就有很多，如《易·既济·九三》："高宗伐鬼方，三年克之。"《易·未济·九四》："震用伐鬼方，三年有赏于大国。"等等。甲骨卜辞中也有许多关于殷王征伐异己方国和部族的记录。比如，"伐戉方"、"征人方"、"令伐人方"的卜辞记录就是如此④。这些卜辞记录可以和文献记载互相印证，足以说明整个殷代的征伐战争前后不断，而这正好反映出殷代处于中国古代奴隶制社会上升时期，需要依靠残酷的、野蛮的手段来积蓄力量以求得发展的史实。

　　周王朝的建立也不是依靠和平的手段进行的，而是一路征伐、杀戮过来的。周族早在太王、王季统治的时期，就在暗中不断地积蓄着力量，到了文王统治时期，周族先后征服了犬戎、密须、耆、邘、崇等方国或部族，力量已经大为增强，为灭商准备了内部力量。武王时期，"（商纣王）昏乱暴虐滋甚，杀王子比干，囚箕子……于是武王遍告诸侯……遂率戎车三百乘，虎贲三千人，甲士四万五千人，以东伐纣……二月甲子昧爽，武王朝至于商郊牧野，乃誓……帝纣闻武王来，亦发兵七十万人距武王……（武王）以大卒驰帝纣师。纣师虽众，皆无战之心，心欲武王亟入。纣师皆倒兵以战，以开武王。武王驰之，纣兵皆崩畔纣。纣走……自燔于火而死"。⑤ 1976 年，陕西省临潼县（现为西安市临潼区）出土了一件目前已知最早的西周铜器——利簋。此器内底镌刻着周武王伐纣克商的史实的铭文，共有 32 字。大意是：武王伐纣是在甲子黎明，就在当天周师打败了商军。到了辛未这天，武王赐青铜给一个跟随武王伐商的名叫"利"的人，"利"便用此铜铸成方座簋，以作纪念。⑥ 考察此铭文，其内容几乎与《尚书》等文献记载完全一致。利簋的出土以铁一般的证据证

---

① 《史记·殷本纪》中也有类似的记载："汤始居亳，从先王居，作《帝诰》。汤征诸侯。葛伯不祀，汤始伐之。"
② 《竹书纪年》，见（宋）李昉：《太平御览》卷八十三。
③ 《帝王世纪》，见（宋）李昉：《太平御览》卷八十三。
④ 陈梦家：《殷虚卜辞综述》，北京，中华书局，1988，第 310、305、304 页。
⑤ 《史记·周本纪》。
⑥ 李泽奉、刘如仲主编：《铜器鉴赏与收藏》，长春，吉林科学技术出版社，1994，第 19~20 页。

实了武王伐纣史实的真实性。可见，西周王朝也是通过武力来推翻商王朝而建立的。

由此可见，中国古代社会，不管是原始社会，还是夏、商、周三代奴隶制社会，无不充满着血腥和暴力。罗泌《路史》曰："自剥林木而来，何日而无战？大昊之难，七十战而后济；黄帝之难，五十二战而后济；少昊之难，四十八战而后济；昆吾之难，五十战而后济；牧野之师，血流漂杵。"①这话正切中了中国古代历史的要害。毛泽东在《贺新郎·读史》中也对那段充满血腥的漫长的历史时代作了生动的描述：

> 人猿相揖别。只几个石头磨过，小儿时节。铜铁炉中翻火焰，为问何时猜得，不过（是）几千寒热。人世难逢开口笑，上疆场彼此弯弓月。流遍了，郊原血！②

在那个"有虔秉钺，如火烈烈"③的血与火的时代，正是残酷的、沉重的社会现实投射到艺术之中，使得艺术领域也充满着"血与火"的气息。因为，现实生活是艺术的源泉，任何时代的艺术都是对现实生活的一种能动的反映，是现实生活在艺术领域中的一个投射或缩影，身处社会现实生活中的艺术家会把他对现实生活的真实感受、真切体验倾注于艺术世界中，西周初期及其之前时期的艺术创作自然也不例外。所以，那流遍了郊原的战血，那响透天空的呐喊，那令人炫目的刀光剑影，一起伴着那个时代的艺术家的翻腾着的情感烈焰熔铸进艺术世界，这就使得西周初期及其之前的艺术充满着烈焰般的情感、丰富的想象与野性的质朴，表现出"质野情浓"的艺术创作精神。总之，西周初期礼乐文化兴起之时，艺术创作上表现出的"质野情浓"的艺术精神与中国古代历史上沉重的社会现实是密切相关的。

第二，西周初期及其之前的艺术创作上表现出的"质野情浓"的艺术精神，也是与中国古代历史上发达的巫术文化和狂热的宗教崇拜有着密切的关系。中国古代的巫术文化极为发达。就时间上来说，巫术文化最发达的阶段大概处于原始社会末期与奴隶制形成和发展的夏、商二代时期。至于中国古代的巫术起源于何时，这是很难断定的。张光直说："在

---

① （宋）罗泌：《路史》，北京，中华书局，1985，新1版，第24页。

② 毛泽东：《毛泽东诗词选》，北京，人民文学出版社，1986，第127页。

③ 《诗·商颂·长发》。

《山海经》这部公元前 1000 年的'巫觋之书'里有一些巫师样的人物，他们的耳朵、双手和脚踝上都缠着蛇和龙。半坡出土陶盆的红底子上，常见有用黑色和黑褐色画的一个装饰母题：人面的两耳边各有一条鱼。玛瑞林·傅认为：他们可能是巫师的面孔，两耳珥鱼可与《山海经》里两耳珥蛇的巫师相比较。如果此说为实，中国的巫师如没有更早的渊源，便可能出现于仰韶时期。"①张光直认为，中国古代的巫师可能出现于新石器时代前期的仰韶文化时期，那么我们认为巫术的出现应当比巫师的出现更加遥远。② 正是由于中国古代巫术出现的时间之早，历史之长久，又经过充分的发展，到了原始社会末期和夏商时期，巫术的发展达到了鼎盛时期。而巫术又几乎与宗教是孪生姐妹，发达的巫术必然促进宗教的产生和发展。原始社会末期和夏商时期的宗教虽还属于原始宗教和自然宗教阶段，但也相当发达和成熟。今天，夏商时代发达的巫术文化和狂热的宗教活动已经成为遥远的记忆，但我们还是能够从现有的文献中窥见其历史的一斑。下面我们先来看看原始社会末期发达的巫术文化。

　　原始社会末期，原始公社制度开始解体，原始社会逐渐向奴隶制阶级社会过渡，整个社会处于一种大动荡的状态。战争显得尤其频繁，战争的胜败对于参战双方来说也显得特别重要，而战争的胜败在很大程度上取决于参战双方能否运用更高的巫术手段来克制对方。因此，巫术活动在当时的战争中表现得特别重要和明显。我们仅以前文中提到的"黄帝战蚩尤"为例来说明。《山海经·大荒北经》中说，黄帝和蚩尤之战，双方都动用了巫术。蚩尤会呼风唤雨，请来风伯雨师，刮起狂风，下起暴雨；而黄帝的巫术法力更高一筹，他能命令天女来止住风雨，最后擒杀蚩尤。《太平御览》卷十五引晋人虞喜的《志林》也说，黄帝和蚩尤大战时，蚩尤作法，大雾弥漫，使黄帝的士兵陷于困境之中，黄帝就命令风后施以法术，造出指南车，辨清了方向，最后擒杀了蚩尤。这两则文献记载尽管不尽一致，但都说明了黄帝和蚩尤都是法术通天的大巫师，这场大战中双方都使用了巫术，而且在请法斗法。虽然我们不能把它完全当作史实来看，但它至少能说明巫术活动在原始社会末期的战争活动中很盛行。不仅如此，原始社会尤其是末期的社会生活中巫术宗教活动也很盛

---

① 张光直：《美术、神话与祭祀》，郭净译，沈阳，辽宁教育出版社，2002，第 90 页。

② 马林诺夫斯基说："巫术永远没有'起源'，永远不是发明的，编造的，一切巫术简单地说都是'存在'，古已有之的存在。"〔〔英〕马林诺夫斯基：《巫术科学宗教与神话》，李安宅编译，上海，上海文艺出版社，1987，第 82 页（据商务印书馆 1936 年初版影印）〕

行。《国语·楚语下》中记载了观射父和楚昭王关于"绝地天通"由来的一段对话，也说明了原始社会末期巫术、宗教活动极为盛行：

> 及少皞之衰也，九黎乱德，民神杂糅，不可方物。夫人作享，家为巫史，无有要质。民匮于祀，而不知其福，烝享无度，民神同位。民渎齐盟，无有严威。神狎民则，不蠲其为。嘉生不降，无物以享。祸灾荐臻，莫尽其气。

从这段话中可知，少皞（传说是黄帝的儿子青阳）时代，巫术、宗教盛行，家家都有巫史，人人都祭祀。由于祭祀没有控制，过于频繁，使得人与神位置不分，人们的滥祀甚至亵渎了神灵，反而得不到神的恩赐和保佑。

三代时期，尤其是夏商二代的巫术、宗教极为盛行。张光直说，从三代王朝创立者的功德来看，他们的所有行为都带有巫术和超自然的色彩，三代帝王自己就是众巫的首领。①《山海经·海外西经》：

> 大乐之野，夏后启于此儛九代；乘两龙，云盖三层。左手操翳，右手操环，佩玉璜。在大运山北。

《太平御览》卷八十二：

> 昔夏后启筮，乘龙以登于天，枚占于皋陶，皋陶曰：吉而必同，与神交通。

从这两段文字来看，夏后启手操翳、环，身佩玉璜，驾乘飞龙，与神交通，确实是一个巫师的形象。夏代人们主要希冀用巫术来控制和战胜自然，这时的人们对大自然的认识还不深入，万物有灵的思想还占据着主要地位，对万物的崇拜成为主流意识。就宗教而言，夏代的宗教还是一种原始宗教。到了商代，巫术和宗教有了进一步的发展。在商代人的观念里，神灵观念远比夏人发达，有天神、地示、人鬼，而且形成了一个统领其他诸神，具有最高权威的最高神"帝"的观念。商人的宗教也就主要包括上帝崇拜、图腾崇拜、祖先崇拜和自然神崇拜等。《礼记·表记》

---

① 张光直：《美术、神话与祭祀》，郭净译，沈阳，辽宁教育出版社，2002，第29页。

说："殷人尊神，率民以事神，先鬼而后礼。"就指明了当时人们把侍奉鬼神作为头等大事，祭祀成为人们生活中最重要的活动。李亚农考证说，殷王在一年三百六十日无日不举行祭祀，大多还由殷王亲自主持举行。[1]据此，陈来把夏代及以前的时代称为"巫觋时代"，称其文化为"巫觋文化"，而把商代称为"祭祀时代"，称其文化为"祭祀文化"。[2] 商代的宗教祭祀气息很浓厚，它的巫术文化也同样很发达。《尚书·君奭》："我闻在昔成汤既受命，时则有若伊尹，格于皇天。在太甲，时则有若保衡。在太戊，时则有若伊陟、臣扈，格于上帝。巫咸乂王家。在祖乙，时则有若巫贤。在武丁，时则有若甘盘。"从这段文字看，各个朝代的殷王都有自己的得力辅臣，无论伊尹、保衡，还是伊陟、臣扈、巫咸、巫贤等，他们既是王朝重要的史官大臣，又充当着王朝巫师的角色。正因为殷商的巫术气息十分浓厚，殷王和大臣才担当起众巫的首领。这一点已经从出土的甲骨卜辞中得到了证实。西周初年，夏商时代的巫术、宗教气息还继续残留着。据《史记·周本纪》和《尚书·泰誓》记载，武王伐纣，其中最重要的理由就是，纣王"侮蔑神祇不祀"，"弗事上帝神祇，遗厥先宗庙弗祀，牺牲粢盛，既于凶盗"，"郊社不修，宗庙不享"。纣王头上的这些罪名在当时来说，可谓罪大恶极。这就从侧面反映出当时的宗教祭祀气息还很浓厚，人们对巫术宗教祭祀活动还很重视。

　　西周初期及夏商时期的巫术宗教活动如此盛行，整个时代的政治、思想意识都笼罩于浓厚的巫术宗教的气息中，有的学者就把这一时期的政治称为"巫觋政治"。[3] 而艺术与巫术宗教的关系极为密切，这一时期的艺术自然也笼罩于巫术宗教的气息中，深受其影响。所以，我们把这一时期的艺术称为"巫觋艺术"或"宗教艺术"也未尝不可。在这一时期，巫术宗教活动极为盛行，巫术宗教是艺术的母体，艺术成为巫术宗教的附庸，艺术还没有从巫术宗教活动中独立出来。巫术宗教利用艺术来强化人们的宗教信念和宗教情感，而艺术在宗教中获得至高地位，成为人们情感满足的有效形式。[4] 正因为艺术与巫术宗教活动关系如此密切，那个时代的巫术宗教浓厚的气息就渗透在艺术领域中，其中最突出的一

---

① 李亚农：《殷代社会生活》，见《欣然斋史论集》，上海，上海人民出版社，1962，第436页。

② 陈来：《古代宗教与伦理——儒家思想的根源》，北京，生活·读书·新知三联书店，1996，第10～11页。

③ 张光直：《美术、神话与祭祀》，郭净译，沈阳，辽宁教育出版社，2002，第88页。

④ 罗坚：《从"神人以和"到"礼乐之和"》，《民族艺术》2001年第2期。

点就是，那个时代的人们对巫术宗教的狂热的激情也渗透在艺术创作或艺术表演中。比如，在巫术宗教活动中，乐舞是巫术、宗教祭祀活动的重要组成部分，人们通过歌舞表演来娱神和媚神，达到人神共乐的和融状态。在乐舞表演过程中，人们涌动着生命的激情，忘乎所以地酣歌漫舞，如醉如狂地宣泄着内心的情感，表达着对神灵的崇拜之情，狂热的激情、质朴的形式是其表现出来的典型特征。在歌舞艺术创作或表演中是如此，在其他的艺术中也同样如此。因此，在夏商时代浓厚的巫术、宗教气息笼罩下，这一时期的艺术充满着生命的律动、狂热的激情、野性的质朴。可以说，"质野情浓"是其表现出来的典型特征，也是这一时期艺术创作中体现出来的典型的艺术精神。到了西周初期，这种艺术精神没有很快消失，而是延续了下来，在西周初期的艺术创作中，这种艺术精神还表现得很明显。可见，西周初期艺术创作上表现出的"质野情浓"的艺术精神与夏商及周初时期发达的巫术文化活动和充满狂热激情的宗教崇拜有着密切的关系。

了解了西周初期礼乐文化中的艺术创作上具有一种"质野情浓"的艺术精神，我们再来看看这种艺术精神在西周初期的乐舞艺术和青铜艺术中的具体体现。

首先，我们来看看西周初期的乐舞艺术的代表——《大武》，在创作上所体现的"质野情浓"的艺术精神。《大武》是周代王室的宫廷雅乐——"六代乐舞"之一，是周代王室祭祀先公、先王所用的乐舞，"乃奏无射，歌夹钟，舞《大武》，以享先祖"[①]；《礼记·祭统》也说："夫大尝、禘……朱干玉戚以舞《大武》。"即说明这一事实。《周礼·春官·大司乐》中说："以乐舞教国子舞《云门》《大卷》《大咸》《大磬》《大夏》《大濩》《大武》。"其中《云门》《大卷》是黄帝时代的乐舞，其他分别是尧、舜、夏、商时代的乐舞。只有《大武》是西周建立之初所新制的乐舞。这一点我们可以从许多文献中得到证实。《吕氏春秋·古乐》说："武王即位，以六师伐殷，六师未至，以锐兵克之于牧野。归乃荐俘馘于京太室，乃命周公为作（作为）《大武》。"郑玄注《大武》曰："《大武》，武王乐也，武王伐纣以除其害，言其德能成武功。"《左传·宣公十二年》记载了楚庄王的一段话："武王克商，作《颂》……又作《武》，其卒章曰：'耆定尔功。'"从这些史料和经书的注疏可以看出，《大武》确是西周初期所作，是用来表现武王伐

纣克商的丰功伟绩，这是史实。实际上，在中国古代社会，对于一个新的王朝、国家的建立或重大事件诸如战争的胜利等，统治者常常要创制大型乐舞来表现这一过程，借以颂扬英雄或先祖的功绩。这种现象不仅为西周初期所具有，而且在西周前后的许多朝代都曾出现过。比如，《大濩》是再现与颂扬商汤伐桀伟大功业的史诗性歌舞①；《大夏》是歌颂夏代的开国君主大禹治水丰功伟绩的乐舞②；《武德舞》是汉初新作的歌颂汉高祖以武力平定天下的历史功绩的乐舞③。这些事例进一步从侧面证实了《大武》是西周初期为歌颂武王伐纣克商的英雄伟绩所作。

关于《大武》的记载较多，《礼记·乐记》中托名孔子和宾牟贾的对话，详细地讨论了《大武》，其中一段说：

> 宾牟贾起，免席而请曰："夫《武》之备戒之已久，则既闻命矣。敢问迟之迟而又久，何也？"子曰："居，吾语汝。夫乐者，象成者也。揔干而山立，武王之事也。发扬蹈厉，大公之志也。《武》乱皆坐，周、召之治也。且夫《武》始而北出；再成而灭商；三成而南；四成而南国是疆；五成而分，周公左，召公右；六成复缀以崇。天子夹振之，而驷伐，盛威于中国也。分夹而进，事蚤济也。久立于缀，以待诸侯之至也。"

从这段文字中，我们可以知道《大武》共有"六成"，每一"成"相当于现代歌舞剧中的一幕。下面我们以第一、二幕为例来说明《大武》在创作或表演上体现的"质野情浓"的艺术精神。第一幕是"北出"，象征着武王联合诸侯大军讨伐商纣王前做的准备。这一幕起始时，击鼓手用激烈、粗重的动作连续地、长时间地敲击着战鼓，鼓声激越，如雷声轰鸣，震天动地，充满着一种豪情。这是在号召诸侯大军快快地参加伐纣的战争，也表达出战士们对伐纣战争的渴望和激情。如此激情澎湃的场面在其他舞蹈中很少见到。第二幕时，音乐的节奏加快，变得急促起来，人数众多

---

① 《吕氏春秋·古乐》："殷汤即位，夏为无道，暴虐万民，侵削诸侯，不用轨度，天下患之。汤于是率六州以讨桀罪，功名大成，黔首安宁。汤乃命伊尹作为《大濩》，歌《晨露》，修《九招》《六列》，以见其善。"

② 《吕氏春秋·古乐》："禹立，勤劳天下，日夜不懈，通大川，决壅塞，凿龙门，降通漯水以导河，疏三江五湖，注之东海，以利黔首。于是命皋陶作为《夏籥》九成，以昭其功。"

③ 《汉书·礼乐志》："《武德舞》者，高祖四年作，以象天下乐己行武以除乱也。"

的舞蹈人员一下子全身心地投入舞蹈中，迅速地舞动起来。舞蹈过程中，舞队排列成方阵，手执盾牌和大斧等武器作冲杀刺伐的舞姿，① 象征着周师灭商的进程。伴随着舞蹈动作，战鼓声也激烈昂扬，整个场面上鼓声、人声与斧光盾影交相辉映，场面宏大，气势恢宏，激情澎湃，景象壮观。其实，《大武》中的前两幕在相当大的程度上是对当时武王伐纣时的情景的模拟。《太平御览》卷十一曰："武王兵入商都，前歌后舞，甲子进兵，乙丑而雨。"结果"纣师虽众，皆无战之心，心欲武王亟入。纣师皆倒兵以战，以开武王。武王驰之，纣兵皆崩畔纣"。②《尚书大传》曰："武王伐纣，至于商郊，停止宿夜，士卒皆欢乐歌舞以待旦。"③战争前后表演歌舞，这在中国古代的战争生活中是常有的现象。武王进兵商都时，出现"前歌后舞""欢乐歌舞"的热烈景象和激越的场面，这是对古老的战争舞蹈的再现和模拟。④ 周族在灭商建国的大功告成之后，这种情景很自然地被统治阶级以艺术的形式再现出来，借以歌颂统治阶级立邦开国的丰功伟绩。

以上对《大武》的音乐节奏和舞蹈动作中体现出的"质野情浓"的艺术精神进行了讨论。根据中国古代乐舞艺术是诗歌、音乐、舞蹈三位一体的特征进行推测，《大武》中也应该有诗歌的颂唱。从现有的文献，特别是《左传·宣公十二年》的记载来看⑤，我们大体上可以推测出《大武》"六成"中每一"成"所用的颂诗名称及其顺序，不过目前学界对此意见并没有

---

① 据《春秋公羊传·昭公二十五年》载，子家驹曰："八佾以舞《大武》"，可以知道，《大武》表演的列队为八人一排的方阵，共有 64 人舞蹈。《礼记·明堂位》曰："朱干玉戚，冕而舞《大武》"，"干"和"戚"是指盾牌和大斧，都是武器。可见，其舞蹈人数之众多，场面之宏大，情景之热烈，这正是天子才能享受的乐舞。

② 《史记·周本纪》。

③ （汉）伏胜撰：《尚书大传》卷二。

④ 在我国原始社会末期，大规模的兼并战争不断进行，强大的氏族集团以"执干戚舞"来模拟战争的动作，训练战斗人员，提高和充实战斗力，预示实战的到来，从而起到对将被征伐的氏族威慑的作用。在战斗之后，举行这种舞蹈又可以作为庆祝或重温战斗过程之用。《韩非子·五蠹》说："当舜之时，有苗不服，禹将伐之，舜曰：'不可，上德不厚而行武，非道也。'乃修教三年，执干戚舞，有苗乃服。"就是这种情况最好的说明。武王伐纣之时，周族还刚刚是从氏族末期转变而来，战争之舞中还带有原始战争舞蹈的性质是很有可能的。（参见于民：《春秋前审美观念的发展》，北京，中华书局，1984，第 47 页）

⑤ 《左传·宣公十二年》载："丙辰，楚重至于邲，遂次于衡雍。潘党曰：'君盍筑武军，而收晋尸，以为京观？臣闻克敌，必示子孙，以无忘武功。'楚子曰：'非尔所知也。夫文，止戈为武。'"武王克商，作《颂》曰："载戢干戈，载櫜弓矢。我求懿德，肆于时夏，允王保之。"又作《武》，其卒章曰："耆定尔功。"其三曰："铺时绎思，我徂惟求定。"其六曰："'绥万邦，屡丰年。'夫武，禁暴、戢兵、保大、定功、安民、和众、丰财者也。故使子孙无忘其章。"

完全统一。① 我们认为《大武》中每一"成"所用颂诗及其顺序是：《酌》《武》《赉》《般》《时迈》《桓》。从《大武》所用的这些颂诗来看，其歌词也激扬豪迈，充满着激情，体现出"质野情浓"的艺术精神。比如，其一"成"所用之歌《诗·周颂·酌》："於铄王师，遵养时晦。时纯熙矣，是用大介。我龙受之，蹻蹻王之造。载用有嗣，实维尔公允师。"大意是，王师的战绩多么辉煌啊！挥师东征去灭商，局势多么明朗，国运多么昌盛啊！上天降下了好吉祥……后世子孙要记牢啊！先祖先公是你们的好榜样！② 就是用昂扬的激情歌颂王师的强盛和武王伐纣的功绩。其二"成"所用之歌《诗·周颂·武》："於皇武王，无竞维烈。允文文王，克开厥后。嗣武受之，胜殷遏刘，耆定尔功。"多么伟大的武王啊！您的功业举世无双；多么诚信有德的文王啊！您为了子孙把业创；武王啊！您秉承先业，克敌灭商，巩固政权功辉煌！③ 则热情地褒扬武王的武功、文王的文德。其三"成"所用之歌《诗·周颂·般》："於皇时周，陟其高山，嶞山乔岳，允犹翕河。敷天之下，裒时之对，时周之命。"则热情地颂扬周代河山的壮丽，抒写天下归周的喜悦。

　　《大武》之乐，无论其舞蹈动作、音乐节奏，还是颂唱歌词，都体现出一种"质野情浓"的特点，而《大武》又是西周初期乐舞艺术的代表，因此它最能体现出当时艺术创作上的"质野情浓"的艺术精神。

　　其次，我们来看看西周初期礼乐文化中的青铜艺术在创作上所体现的"质野情浓"的艺术精神。西周初期的青铜器除武王时期的较少外，成康之世流传的较多，我们今天已经确认为成王时期的青铜器有何尊、保卣、保尊、德方鼎、献侯鼎、康侯鼎等；确认为康王时期的青铜器有大盂鼎、小盂鼎、旅鼎等。这些青铜器艺术承续了商末青铜艺术在创作上的特点，体现出"质野情浓"的艺术精神。下面我们来看看西周初期的青

---

① 关于《大武》"六成"中每一"成"所配乐的颂诗名称及其顺序，有许多不同的说法。王国维在《观堂集林·艺林·周〈大武〉乐章考》中认为《大武》所用颂诗及其顺序是：《武宿夜》《武》《酌》《桓》《赉》《般》。（王国维：《观堂集林》卷二，上海，上海古籍出版社，1959，第 106 页）孙作云认为《大武》所用颂诗及其顺序是：《酌》《武》《般》《赉》（缺第五）《桓》。（孙作云：《诗经与周代社会研究》，北京，中华书局，1979）阴法鲁认为《大武》所用颂诗及其顺序是：《酌》《武》《赉》《般》（缺第五）《桓》。（阴法鲁：《诗经中的舞蹈形象》，《舞蹈论丛》1982 年第 4 期）王耕夫认为《大武》所用颂诗及其顺序是：《酌》《武》《赉》《般》《时迈》《桓》。（王耕夫：《〈大武〉颂诗考证》，《舞蹈论丛》1986 年第 3 期）杨向奎认为《大武》所用颂诗及其顺序是：《武》《时迈》《赉》《酌》《般》《桓》。（杨向奎：《宗周社会与礼乐文明》，北京，人民出版社，1997，第 2 版，第 345～346 页）

② 译文参见程俊英：《诗经译注》，上海，上海古籍出版社，2004，第 542 页。

③ 译文参见程俊英：《诗经译注》，上海，上海古籍出版社，2004，第 532 页。

铜礼器——何尊，在艺术创作上体现的"质野情浓"的艺术精神。何尊是1963 年中国考古界在陕西宝鸡发现的。从其内部的铭文得知，这是周成王五年营建成周时，在京室对宗小子"何"的一次诰命后，"何"铸造此尊以作纪念的，因而可以确定它是西周初期的青铜器皿。何尊高度为38.8厘米，口径为28.6 厘米，重量为14.6 千克。它的形状特别怪异，既似圆形又不是圆形，既似方形又不是方形。其尊口内是圆形，向外敞开，而尊口外是方形。尊器的表面上扉棱高低不平，兽角嶙峋。最能体现其独特之处的是尊器中部的饕餮纹，饕餮的长角呈卷曲状，角尖高高翘起；其眉毛竖立，显得粗壮；其眼目突出，露出凶光。① 像何尊这样造型奇异、姿态横生的青铜器在西周初期还有很多，这里不再列举。从创作上来说，这些青铜器艺术饱含着艺术家们如火如荼、奔迈豪放的热情。那些怪异奇特的动物形象中，透射出一股原始的、冲动的生命力，就是那些纹饰的线条也往往用具有强烈节奏感的直线条来构成，像刀剑所刻，具有力度。人与动物、幻想与现实的界限在这里都被打破，这里有的是尽情的幻想，任情的创造。而这正是在那种血与火的野蛮年代里，残酷的社会现实、狂热的宗教崇拜在艺术领域里的最直接、最显露的体现。李泽厚说："它们（青铜饕餮纹）之所以美……在于以这些怪异形象的雄健线条，深沉凸出的铸造刻饰，恰到好处地体现了一种无限的、原始的、还不能用概念语言来表达的原始宗教的情感、观念和理想，配上那沉着、坚实、稳定的器物造型，极为成功地反映了'有虔秉钺，如火烈烈'那进入文明时代所必经的血与火的野蛮年代。"② 而我们说，这些怪异的形象、深沉凸出的刻饰，哪一样不是创作者用火热的生命和奔放的激情创造出来的呢？

　　不但西周初期青铜器艺术的纹饰和造型上体现出"质野情浓"的艺术精神，就是铸刻其上的铭文也同样体现出这种艺术精神。从西周初期青铜器的铭文上看，其创作上还明显地遗留有商末金文的特点。这些金文的用笔好用直线条，状如刀破斧劈，显露出尖锐的锋芒。大盂鼎是周康王三十九年周王册命"盂"以后，"盂"铸造此鼎以记其事的，其铭文共19行，291 字，是青铜器铭文中较著名的一篇。大盂鼎的铭文，笔势凌厉，笔力雄劲，仿佛充满着生命的律动，燃烧着火热的激情，特别是每一个字的收尾之笔，如同一把修长的青铜利剑。这种金文创作上的特点在西

① 参见李泽奉、刘如仲主编：《铜器鉴赏与收藏》，长春，吉林科学技术出版社，1994，第110 页。

② 李泽厚：《美学三书》，合肥，安徽文艺出版社，1999，第44 页。

周中后期的青铜器铭文中很少见了。中后期的金文用笔使用圆笔较多，笔法婉转活泼，圆润流畅，一改西周初期的创作特点。[1]

总之，中国原始社会末期以及三代时期，是由野蛮走向文明的历史转型时期。在这一历史时期，一方面，社会是用"血与火"来为自己的前进开辟道路；另一方面，早期先民们对原始的生命力和万物的神灵充满着崇拜之情，狂热的图腾崇拜和巫术宗教的激情充斥着他们的情感世界。因此，这种"血与火"的社会现实和狂热的巫术宗教激情必然渗透进艺术领域，在艺术创作上体现出一种"质野情浓"的艺术精神。而这种艺术精神一直延续到西周初期礼乐文化中的艺术创作上，体现在西周初期的乐舞艺术和青铜艺术中。这也是周代礼乐文化兴起之初时体现出来的一种中国早期艺术精神，随着周代礼乐文化的兴盛，这种"质野情浓"的艺术精神也随之衰退了。

第二节　情理相济——西周中期至春秋中后期的艺术创作（上）

上文我们主要就西周初期礼乐文化中的艺术创作上的"质野情浓"的艺术精神进行了探讨，而西周中期至春秋中后期这一历史时期，是周代礼乐文化处于鼎盛并由鼎盛走向衰退的时期，这一历史时期的艺术创作体现出一种"情理相济"的艺术精神。而艺术精神总是与文化精神紧密相连的，对艺术精神进行探讨，必须要把它放在文化精神的语境中来进行。因此，我们先从周代这一历史时期的礼乐文化及其文化精神谈起。

西周初期，经过周人"制礼作乐"，礼乐作为一种制度开始实行于周代的政治、经济、法律、外交、祭祀、战争、习俗等各个方面。礼乐制度由各种典礼构成，这些典礼并不是一两次举行，而是经常化、制度化，从而发展成为礼乐文化（这里指的是严格意义上的礼乐文化）。到成康时期，西周礼乐文化开始形成并逐渐走向鼎盛，这种鼎盛一直持续到西周末期。但是由于直接记载西周时期的历史文献资料较为贫乏，对西周时期的礼乐文化的原貌，我们不能十分准确地了解，不过我们从后人对"周礼"的追述中还是能够了解个大概。比如，"会盟"之礼就在西周实行过。《左传·昭公四年》记载楚椒举向楚灵王陈述会盟之礼的重要意义时，就追述了西周诸王的几次大会盟："周武有孟津之誓，成有岐阳之搜，康有酆宫之朝，穆有涂山之会。"《逸周书·王会解》也记载成王时的一次大会

---

① 参见韩鹏杰等主编：《华夏艺术历程》，西安，西安交通大学出版社，2003，第50页。

盟:"成周之会,埠上张赤弈阴羽。天子南面立,绕无繁露,朝服八十物,搢挺。唐叔、荀叔、周公在左,太公望在右,皆绕,亦无繁露,朝服七十物,搢笏,旁天子而立于堂上。堂下之右,唐公、虞公南面立焉。堂下之左,殷公、夏公立焉,皆南面……"这些文献资料说明,西周时期周王室的统治力量比较强大,支配着各个诸侯,天子与诸侯之间还常举行会盟之礼。西周时期,礼乐作为制度实行于周代的国家生活、社会生活等方方面面,周代的礼乐文化达到了鼎盛时期,对此毋庸多说。

需要说明的是春秋时期礼乐文化的情况。春秋时期的历史起点是以周王室的东迁为标志,周王室东迁之后,其王权统治和王室势力虽然不及西周时期,但是在两个姬姓诸侯晋国和郑国的支持下,依然维持着王室表面的稳定和各个诸侯国之间力量的平衡。从西周到东周,周王室政权的延续保持了其政治和文化的延续,这就使得西周礼乐文化虽已走向衰落,但还继续在东周以一定程度上被僭越和被破坏的形式存在着并产生广泛的影响。所以人们习惯上用"礼崩乐坏"来笼统地概括春秋时期的礼乐文化,实际上这是不准确的。就事实而言,春秋时期礼乐文化的"礼崩乐坏"只是就政治制度方面的礼乐而言,如果从整个春秋时期的思想观念、理性思维导向和社会风气来说,用"礼崩乐坏"来概括是不对的。春秋时期,西周传统的礼乐虽然遭到破坏,原有的一些礼乐规定和制度被改造和僭越,但是西周礼乐的社会功能和作用并没有随着周王室的衰落而减弱,传统的礼乐在新的历史时期更加受到重视并得到更广泛的应用。实际上,春秋时期是礼乐文化更加成熟并在社会实践中发挥着巨大作用的历史时期,只可惜这一点被人们所忽视。[1] 比如,《左传·僖公三十三年》记载:鲁僖公晚年时期,鲁国与齐国之间有矛盾,齐国派使者国庄子(国归父)来聘问:

> 齐国庄子来聘,自郊劳至于赠贿,礼成而加之以敏。臧文仲言于公曰:"国子为政,齐犹有礼,君其朝焉。臣闻之,服于有礼,社稷之卫也。"

齐国大夫国归父聘问鲁国,从郊外迎接送礼慰劳,一直到郊外赠礼送行,都表现得"有礼"。鲁大夫臧文仲就在僖公面前大为称赞,并声称尊礼服礼是"社稷之卫也",鲁僖公就入齐聘问,从而缓和了两国之间的矛盾,

---

[1] 参见时中:《春秋时期对西周传统礼乐的重视与运用》,《社会科学战线》2003 年第 4 期。

改善了两国之间的关系。郑国是个并不强大的国家，之所以能够处于强国之间而不灭，是由于它重视礼乐和运用礼乐的缘故。卫国的文子路过郑国时，亲身感受到郑国的礼仪周全，就对卫襄公说："郑有礼，其数世之福也，其无大国之讨乎！《诗》云：'谁能执热，逝不以濯。'礼之于政，如热之有濯也。濯以救热，何患之有？"①就明确说明，郑国有礼，才免于"大国之讨"等祸患。再如，"周礼"所重的嫡长子继承制在春秋时期虽遭破坏但还继续存在。《左传·成公十三年》记载，曹宣公死后，其庶子负刍杀死太子，自立为君，其他诸侯认为这有违"周礼"，立即讨伐他，最后迫使他交出君位。《左传·襄公十四年》也载有类似事件：吴王寿梦死后，其长子诸樊服丧期满后，打算把王位让给贤明的弟弟季札，季札辞让说："曹宣公之卒也，诸侯与曹人不义曹君，将立子臧。子臧去之，遂弗为也，以成曹君。君子曰：'能守节。'君，义嗣也，谁敢奸君？有国，非吾节也。札虽不才，愿附于子臧，以无失节。"季札坚决辞让，一再声称长哥诸樊才是吴国合法的国君继承人，当诸樊坚持要立他为君时，他就离开家室去种地了。像上述这样重视和运用礼乐的事例在春秋时期还有很多，在此不再赘述。春秋时期之所以重视和运用礼乐，这与春秋时期的诸侯争霸有着密切关系。当时的诸侯争霸，除了以武力争夺外，还需要通过尊礼尚德来获得其他诸侯国的支持和信任。齐桓公尊礼襄王，以德服众，并借此来协调各国之间的关系，维系着周王室的表面和平，也成就了自己的一代霸业。各个诸侯国在处理与他国关系和解决国际纠纷时也据"礼"力争，以此来保全自己。这就促使"周礼"在春秋时期时再次发挥着重要的作用。从西周至春秋时期，礼乐文化达到鼎盛并由鼎盛走向衰退，礼乐贯穿在社会生活实践的各个方面，礼乐相互配合，共同为周代贵族阶级统治服务。就艺术而言，这一时期的礼乐文化中的艺术也取得了极大的成就，在艺术创作上体现出一种"情理相济"的艺术精神。

那么，为什么在艺术创作上体现出一种"情理相济"的艺术精神呢？这当然与西周至春秋时期礼乐文化的文化精神密切相关。周人"制礼作乐"，力求构建人与社会、人与自然、人与鬼神的和谐关系，建立以周天子为至尊的严格的宗法等级秩序，其最终目的是依靠强化礼乐文化来巩固其宗法等级制度。《礼记·乐记》说：

> 乐者为同，礼者为异。同则相亲，异则相敬。

---

① 《左传·襄公三十一年》。

乐起着合同的作用，使人们能够互相亲近；礼起着区别的作用，又使人们相互尊敬。这样就使整个社会既有严格的等级秩序、等级分别，彼此不相僭越，又能使统治阶级内部或统治阶级与被统治阶级之间的感情隔阂得到调适，彼此感情和谐，从而达到社会和谐稳定的目的。乐以礼为之节制，礼须以乐为之调和。礼是外在的"理"（即人伦物理），制约人具有强制性；乐是内在的"情"（即主体的情感），感化人具有自然性、心悦诚服性。礼和乐密切配合，通过艺术性的乐在潜移默化中感染人，使强制性的礼自觉地为人们所接受。因此，乐和礼，两个方面紧密结合，相辅相成，相互补充，相需为用。所谓"钟鸣鼎食"，钟鸣指祭乐而言，鼎食指祭礼而言，祭乐和祭礼两者配合，不可或缺。在周代的各种祭祀典礼中，都必然伴随着乐舞的表演。所以说，"乃奏黄钟，歌大吕，舞《云门》，以祀天神；乃奏大蔟，歌应钟，舞《咸池》，以祭地示……乃奏无射，歌夹钟，舞《大武》，以享先祖"。① 在其他典礼仪式中，也必然伴随着乐舞的表演，如"两君相见，揖让而入门，入门而县兴。揖让而升堂，升堂而乐阕。下管《象》《武》，《夏》《籥》序兴"。② 就是说，两君相见时，揖礼谦让而入门，入门时钟磬就开始演奏，揖礼相让而登堂，钟磬停止演奏，乐工上堂歌唱《清庙》，宾主下堂时，管乐伴奏下乐工跳起《象》舞、《武》舞，接着又跳《大夏》和《籥》等乐舞。周代的"礼"和"乐"相需为用，同等重要，"礼"和"乐"共同为贵族阶级服务，也共同为他们所有。《礼记·仲尼燕居》说：

> 子张问政。子曰："师乎，前，吾语女乎。君子明于礼乐，举而错之而已。"子张复问。子曰："师，尔以为必铺几筵，升降酬献酬酢，然后谓之礼乎？尔以为必行缀兆，兴羽籥，作钟鼓，然后谓之乐乎？言而履之，礼也。行而乐之，乐也。君子力此二者，以南面而立，夫是以天下大平也。"

这就是说，礼并非仅仅是铺设桌几和坐席，上堂、下堂、酌酒献宾、回酒敬酒等；乐也并非仅仅是排列舞队，执羽跳舞，击鼓鸣钟等。礼必须要去实行，乐要使天下人高兴，作为君子，必须既要做到"礼"，又要做

---

① 《周礼·春官·大司乐》。
② 《礼记·仲尼燕居》。

到"乐"，两个方面都做到，才能使"天下大平"。"乐胜则流，礼胜则离"①，乐强调过分就会使人过于随便而不知敬，礼强调过分就会使人有距离而不相亲。礼和乐，偏离任何一方，就会出现社会的混乱与不稳定，所以统治阶级尤为强调礼乐和谐并重。《礼记·文王世子》说："乐所以修内也，礼所以修外也。礼乐交错于中，发形于外，是故其成也怿，恭敬而温文。"他们还把礼和乐作为贵族子弟必须学习的内容。"凡学世子，及学士，必时……春诵，夏弦，大师诏之。瞽宗秋学礼，执礼者诏之。"②《周礼·地官·保氏》也说："保氏掌谏王恶。而养国子以道。乃教之六艺：一曰五礼，二曰六乐，三曰五射，四曰五驭……"保氏掌教国子六艺，就既有礼又有乐。总之，周代贵族统治阶级礼乐并重，借礼和乐共同来维护其统治的稳定。

正是西周中期至春秋中后期礼乐文化中的礼乐并重、礼乐互补、礼与乐合的文化精神深深地影响着这一时期的艺术精神，才使得这一时期艺术创作上体现出一种"情理相济"的艺术精神。乐是以感性的形式、内在的"情"来打动人、感染人，但是乐不能漫无节制地宣泄感情，而是要受到礼的规范，礼是以理性的形式、外在的"理"来约束人。《礼记·仲尼燕居》曰："礼也者，理也。"但又不能过于严肃。礼乐要互相配合，相辅相成，把感性和理性协调、统一起来，使情不至于膨胀泛滥，使理不至于严肃刻板。西周中期至春秋时中后期礼乐文化中这种既重视"情"，又重视"理"的文化精神，在艺术创作上就表现出一种"情理相济"的艺术精神。就是说在艺术创作中既重视艺术主体的内在情感的自由抒发，又对情感的抒发有所节制，把感性与理性、欲望与道德、情感与理智很好地结合起来。下文就对这种"情理相济"的艺术精神作些探讨。

首先我们来看看有关对"乐"（艺术）如何产生的论述。《礼记·乐记》说：

> 凡音之起，由人心生也。人心之动，物使之然也。感于物而动，故形于声。声相应，故生变。变成方谓之音。比音而乐之，及干戚羽旄，谓之乐。乐者，音之所由生也，其本在人心之感于物也。

---

① 《礼记·乐记》。
② 《礼记·文王世子》。

又说：

> 诗，言其志也，歌，咏其声也，舞，动其容也，三者本于
> 心，然后乐器从之。

这就是说，"乐"（包括诗、歌、舞）是由人心受到外物的触动，有所感发
而产生的。"乐"本于人"心"，是人"心"的产物。何谓"心"？"心"即"性"，
"心"感于外物而生之"动"，即"情"。乐本于"心"，实际上就是本于"情"。
这就说明艺术是"情"的产物。《礼记·乐记》在另一段文字中甚至直接把
艺术的产生归结为情感的萌动，并且是情感表达不可避免的产物：

> 凡音者，生人心者也。情动于中，故形于声。
> 夫乐者，乐也，人情之所不能免也。乐必发于声音，形于
> 动静，人之道也。

情感越是强烈而深刻，艺术的表现和艺术的形象就越是鲜明而动人，"是
故情深而文明，气盛而化神，和顺积中，而英华发外，唯乐不可以为
伪"。[1] 当然，这种情感必须以真实为前提，"不可以为伪"，是真实自然
的流露。宗白华说："'乐'的表现人生是'不可以为伪'，就像数学能够表
示自然规律里的真那样，音乐表现生活里的真。"[2]"乐"是情感的产物，
乐"不可以为伪"，"表现生活里的真"，实际上，也是在要求情感要真挚、
自然。总之，在西周至春秋时期礼乐文化的文化精神的影响下，重视情
感表现在艺术创作中的重要作用，是这一时期艺术创作上的一个重要特
点。李泽厚说："中国美学所强调的则首先是艺术的情感方面，它总是从
情感的表现和感染作用去说明艺术的起源和本质。"[3]这话是非常准确精
当的。不过人的情感虽不可免，却不能放纵，不能任其自流，还要用道
德理智来约束和节制它。因此，重视理性的节制也是这一时期礼乐文化
中艺术创作上的一个重要特点。

周代礼乐文化中的艺术创作上重视理性的约束和节制，这在《礼记·
乐记》中有非常明确的表达：

---

[1]　《礼记·乐记》。

[2]　宗白华：《美学散步》，上海，上海人民出版社，1981，第168页。

[3]　李泽厚、刘纲纪：《中国美学史（先秦两汉编）》，合肥，安徽文艺出版社，1999，第24～
25页。

> 是故情见而义立，乐终而德尊，君子以好善，小人以听过。

"情见而义立"，何谓"情"？"情"就是"情感"的意思；何谓"义"？"义"就是"理"、"道义"的意思。"情见而义立"，就是说乐要使情感得到表达而又使道义（理）得到确立。乐（艺术）在表现人的情感，使人得到快乐的同时，还要受到"理"的约束，不忘伦理道德教化。"理"，一方面，内化于艺术创作活动中成为艺术创作活动内在的动力；另一方面，又指导着艺术创作活动走向真与善，因此，"理"在艺术创作中起着重要的作用。当艺术创作中情感的宣泄超过情与理的平衡度时，就要"反情以和其志"。《礼记·乐记》说：

> 是故君子反情以和其志，比类以成其行，奸声乱色不留聪明……然后发以声音，而文以琴瑟，动以干戚，饰以羽旄，从以箫管，奋至德之光，动四气之和，以著万物之理。

所谓"反情以和其志"，就是指反情以适道（志），即用"志"来调适情感，使情感限定在"志"的范畴之内。也就是说，要使过度宣泄的情感重新回到理性允许的范围之内，从而符合统治者要求的伦理道德规范，使情感的表达和理性的节制得到协调和统一，即"情理相济"。只有做到"反情以和其志"，才能"发以声音，而文以琴瑟，动以干戚，饰以羽旄，从以箫管"，这样创作出来的艺术作品才符合统治阶级的要求。"反情以和其志"的实现，就是艺术创造的完成。

其实，我们在第十一章第二节中就已讨论过周代礼乐文化中的艺术观就是"艺德合化"的艺术观，其艺术本体中就包含着"理"与"德"的因素，艺术创作的使命也在于表现"理"与"德"。在周代统治者看来，艺术是情感的表现，但是这种情感是经过伦理道德的规范、净滤和制约了的。在情与理的交融中，情感已经转化为伦理性情感，伦理道德也获得了情感化的表现形式。周代统治者也正是通过艺术形式来进行伦理道德教化，使外在的、强制性的伦理道德规范不再和个体的内在情感相抵制，从而成为个体自觉地对伦理道德理性进行接受。他们在进行艺术教育的同时，始终不忘伦理道德的熏陶。《周礼·春官·大师》中说："教六诗：曰风，曰赋……以六德为之本，以六律为之音。"《周礼·春官·大司乐》中也说："以乐德教国子中、和、祗、庸、孝、友……以乐舞教国子舞《云门》《大卷》《大咸》……"艺术和伦理道德始终是处于同等并重的地位，是周代贵族子弟学习的重要内容。

西周中期至春秋中后期礼乐文化的文化精神深深地影响着这一时期的艺术精神，使得这一时期的艺术创作上体现出一种"情理相济"的艺术精神。这种"情理相济"的艺术精神贯穿在西周中期至春秋中后期的艺术创作中，它既重视创作主体的内在情感的抒发，满足其情感表达上的欲求，但是又要用理性来对情感的抒发进行规范和节制，禁止一切与宗法伦理道德相违背的激烈情感的流露，从而使感性与理性、情感与理智、欲望与道德完美地结合起来。李泽厚说："中国重视的是情、理结合，以理节情的平衡，是社会性、伦理性的心理感受和满足，而不是禁欲性的官能压抑，也不是理智性的认识愉快，更不是具有神秘性的情感迷狂（柏拉图）或心灵净化（亚里士多德）。"①"中国美学强调情感的表现，但同时它又十分强调'情'必须与'理'相统一……'理'与'情'不能互相外在、分离，而应当融为一体。"②李泽厚的这段话深深地切中了中国美学精神的要害，而这种"情与理相统一"的中国美学精神，它的根源却可以追溯到西周至春秋时期。正是西周至春秋时期礼乐文化的文化精神孕育了这种"情理相济"的美学精神和艺术精神。

西周中期至春秋中后期礼乐文化中的这种"情理相济"的艺术精神在周代的各种艺术创作中都有表现，尤其在诗歌上表现得较为明显。《诗经》中的许多诗章反映了周代贵族阶级统治下人民的艰辛生活和悲苦命运及统治阶级的荒淫暴虐，这些诗歌是诗人们最真实情感的表达和流露，但是总体上却"哀而不愁，乐而不荒""思而不贰，怨而不言"③，既情感爱憎分明，又有所节制。《诗·王风·黍离》的作者目睹故宫的黍离而生无限的哀愁，又加上在朝中受人诽谤，以致他心生哀怨，发出"悠悠苍天，彼何人哉！"的呼号，但是他没有指出这是周王导致的祸患，在情感宣泄上还是有所节制。《诗·邶风·旄丘》是一首描写逃亡的贵族盼望得到贵族亲戚的救济却得不到的诗歌。诗中三次发出"叔兮伯兮！"的呼喊，表达了贵族阶级的人情冷漠和傲慢，但是诗中并没有过分地怨恨和斥责贵族亲戚。而这正是"情理相济"的艺术创作精神使然。以孔子为代表的儒家就用"思无邪"来概括评价《诗》三百的思想内容。《论语·为政》曰：

---

①　李泽厚：《美学三书》，合肥，安徽文艺出版社，1999，第57页。

②　李泽厚、刘纲纪：《中国美学史·先秦两汉编》，合肥，安徽文艺出版社，1999，第24～25页。

③　《左传·襄公二十九年》。

《诗》三百，一言以蔽之，曰'思无邪'。"所谓"思无邪"，就是思想纯正，符合儒家的伦理道德规范，而"思无邪"正是创作上"情理相济"的艺术精神使然的结果。孔子高度评价《诗·周南》中《关雎》一诗，称它"乐而不淫，哀而不伤"①，就是因为它既抒发了感情，但又有所节制，表达情感恰如其分，没有放纵无度。孔子之所以这样评价，实际上是以孔子为代表的儒家深受这种"情理相济"的艺术精神影响的结果。汉代罢黜百家，独尊儒术，儒家思想占据着统治地位。儒家文艺思想的代表《毛诗大序》继承了这一思想，提出了诗歌创作要合乎"发乎情，止乎礼义"的原则。它要求艺术表现情感要合乎伦理道德规范，而且要表达的情感应是理性的、善的情感，而不是非理性的、宣泄的情感。魏晋时期，随着人们思想的进一步解放，人的情感得到进一步的张扬，在这种环境影响下的艺术，表现情感才成为艺术的首要目的，艺术不再作为儒家思想的附庸，而是作为表现个体情感的产物。

第三节 美善相乐——西周中期至春秋中后期的艺术创作(下)

由上文可知，西周中期至春秋中后期礼乐文化中的艺术创作上体现出一种"情理相济"的艺术精神。这种艺术精神，一方面，重视艺术表现情感，在艺术中体验情感和抒发情感，强调它的审美愉悦性，即美；另一方面，又重视情感的节制，通过理智规范约束情感，强调它的道德教化性，即善，这种既求美又求善的艺术追求结果，是在艺术创作上导向一种"美善相乐"的艺术精神。李泽厚说："中国艺术历来强调艺术在伦理道德上的感染作用，表现在美学上，便是高度强调美与善的统一。这成为中国美学的一个十分显著的特征。"②"尽管中国美学一开始就十分注意美同感官愉快、情感满足的重要联系，并不否定这种联系的合理性和重要性，但它同时强调这种联系必须符合于伦理道德的善。"李泽厚所说的中国美学上的"美善统一"的美学精神，体现在艺术创作上实际上就是一种"美善相乐"的艺术精神，而这种艺术精神在西周中期至春秋中后期礼乐文化中的艺术创作上体现得最为明显。当然，这种艺术精神也是与这一时期礼乐文化的文化精神密切相关，它是这一时期礼乐文化的文化精神在艺术领域中的体现。

---

① 《论语·八佾》。

② 李泽厚、刘纲纪：《中国美学史·先秦两汉编》，合肥，安徽文艺出版社，1999，第22页。

中国的美学精神和艺术精神，从其萌芽之初时起，就带有强烈的现实功利性。许慎《说文解字》曰：

> 美，甘也，从羊从大。羊在六畜主给膳也，美与善同意。

从许慎对"美"字的解释来看，"美"，从羊从大，即羊大为美①；"善"字，也从羊从口，羊肉甘美可口，也就是善，后来人们凡把进饮食都称为膳。这是因为在上古社会，羊是先民们最早饲养的动物，那时的物质生活资料还很匮乏，肥美硕大的羊自然是满足人们膳食需要的主要食源和举行祭祀所用的牺牲。王献唐说："上古游牧时期，炎族之在西方者，地多产羊，以牧羊为生，食肉寝皮，最为大宗。"②《孟子·滕文公下》亦记载："汤居亳，与葛为邻，葛伯放而不祀。汤使人问之曰：'何为不祀？'曰：'无以供牺牲也。'汤使遗之牛羊。"上古时期人们食羊肉寝羊皮，到了商代，人们还用它来做祭祀用牺牲。可见，羊在先民们的生活中占据着多么重要的地位，对于那些肥美的大羊更是人们所渴求的。因此，羊大就是美的，也是善的。"美"与"善"从字体起源上来说就是同义的。可见，"善"以它的现实的功利性自古以来就存在于中华民族的深层的心理结构中，成为一种集体无意识。所以中华民族的先民们总是以现实功利的理性观念来看待一切事物，艺术和现实的美自然也不例外。善成了美的不可分割的一部分，善也成为美的艺术所追求的最高理念。

周族原本的社会结构是一种家族公社式的组织形式，周人建立了新政权后，为了加强王权、政权统治，通过大举分封，在宗法血缘关系的基础之上，建立了一个以伦理道德为纽带的政治体系和制度。这"对于一个贫困的、文化不发达、不普及以及缺乏理性精神的民族来说，普遍而牢固地确立共同的道德规范意识是维持社会秩序、维护社会安定、制约

---

① 对于"羊大为美"的观点，有的学者对此持不同的看法，认为"美"字，不是"羊大为美"，而是"羊人为美"，"美"字的原初含义是一个人头戴羊形或羊头的装饰物，它可能是原始先民的图腾标志或者是图腾舞蹈的表现。（参见张文勋：《华夏文化与审美意识》，昆明，云南人民出版社，1992，第125页）笔者认为，这些观点本质上并不是矛盾的，都有其合理性。"羊大为美"突出了美字的直接现实功利性，"羊人为美"则是间接地表达现实功利性。头戴羊形或羊头的装饰物，无论作为图腾标志，还是表现图腾舞蹈（陈梦家认为炎帝时代的姜族和羌族都是以羊为图腾的部落，见陈梦家：《殷虚卜辞综述》，北京，中华书局，1988，第282页），都是在祈求祖先神灵的赐福或是表达对畜牧丰收的庆祝和祈求。因此，"羊大为美"或"羊人为美"，都是一种现实功利性的表现，与"善"密切相关。

② 王献唐：《炎黄氏族文化考》，济南，齐鲁书社，1985，第223页。

人的言行和整饬人际关系的最佳机制。"①周代礼乐制度和礼乐文化就是建立了这种以伦理道德为核心内容的文化。《周礼·地官·师氏》说：

> 师氏掌以媺诏王，以三德教国子：一曰至德，以为道本；二曰敏德，以为行本；三曰孝德，以知逆恶。

师氏负责以美善（媺，美也）的道理告诉君王，以"三德"来教育国子。所谓"三德"，是指中庸之德、行仁义之德、行孝敬之德，即是周代礼乐文化所宣扬的伦理道德规范，它是贵族子弟必须学习的内容。"至德"是用作道德的根本；"敏德"是及时行仁义之德；"孝德"是能有制止犯上作恶之德。周代礼乐文化强调个体的伦理道德修养，重视对贵族子弟伦理道德规范的熏陶，在对待审美艺术的态度上，自然留下深深的伦理道德的烙印。周人认为，一种艺术是否为美，不在于它的外在形式具有多少美感，而要看它是否是伦理道德（即善）的一种表现形式。敏泽说："我国古代美学思想在进入文明时期，特别是在周之礼乐制时期，本来就与宗法制的道德伦理关系（'善'）紧密相联系，不可分割。如前所述。这是中国美学思想发展的一个最根本的特点和规律。"②这是非常准确的论断。当然，周代礼乐文化中也并没有认为美和善是同一的东西，否则就不会把它们对举了。善是一种内在的理性的伦理道德，具有现实功利性，但美还是要具有外在的感性形式和感官愉悦性，二者是不同的。西周中期至春秋中后期的礼乐文化，既强调美，又重视善，在美学上就表现出一种"美善统一"的美学精神，而这种美学精神在艺术创作上就体现为一种"美善相乐"的艺术精神。

《左传·襄公二十九年》记载，吴国公子季札聘问鲁国，请求观赏周乐，主人让乐工为其演奏各地的"风"诗及大小"雅"诗和"颂"诗：

> 请观于周乐。使工为之歌《周南》《召南》，曰："美哉！始基之矣，犹未也。然勤而不怨矣。"为之歌《邶》《鄘》《卫》，曰："美哉，渊乎！忧而不困者也。吾闻卫康叔、武公之德如是，是其《卫风》乎？"为之歌《王》，曰："美哉！思而不惧，其周之东乎？"为之歌《郑》，曰："美哉！其细已甚，民弗堪也，是其先亡乎！"

---

① 彭亚非：《华夏审美风尚史》第 2 卷，郑州，河南人民出版社，2000，第 116 页。
② 敏泽：《中国美学思想史》第 1 卷，济南，齐鲁书社，1987，第 150 页。

为之歌《齐》，曰："美哉，泱泱乎，大风也哉！表东海者，其大公乎！国未可量也。"为之歌《豳》，曰："美哉，荡乎！乐而不淫，其周公之东乎？"为之歌《秦》，曰："此之谓夏声。夫能夏则大，大之至也，其周之旧乎？"为之歌《魏》，曰："美哉！沨沨乎！大而婉，险而易，行以德辅，此则明主也。"……为之歌《小雅》，曰："美哉！思而不贰，怨而不言，其周德之衰乎？犹有先王之遗民焉。"为之歌《大雅》，曰："广哉，熙熙乎！曲而有直体，其文王之德乎？"……见舞《象箾》《南籥》者，曰："美哉！犹有憾。"见舞《大武》者，曰："美哉！周之盛也，其若此乎？"见舞《韶濩》者，曰："圣人之弘也，而犹有惭德，圣人之难也。"见舞《大夏》者，曰："美哉！勤而不德，非禹其谁能修之？"见舞《韶箾》者，曰："德至矣哉！大矣，如天之无不帱也，如地之无不载也，虽甚盛德，其蔑以加于此矣。观止矣！若有他乐，吾不敢请已！"

鲁国乐工在这里给季札演奏和表演的周乐，主要有"二南"、《邶风》《鄘风》《卫风》《郑风》《齐风》《大雅》《小雅》《大武》《大夏》《韶濩》，等等。这些周乐都是周代礼乐文化中的雅乐①。周代的雅乐虽然包含审美的成分，也能给人以审美的享受，但是大多数雅乐旋律平直简单，节奏舒缓散漫，音调和谐优柔。因为对于周代统治者来说，雅乐的重要性并不在于它具有多少审美愉悦性，而是要作为统治者的统治工具，是用来作为教化人民、驯服人民的手段。因此，季札在观赏周乐时，虽然多次发出"美哉"的赞叹，但他始终不忘用道德评判的尺度来牵制美。他所认为的美或赞同的美，并不是纯审美意义上的美，而是一种与国事、盛德密切相关的美。"乐"不仅仅是作为纯艺术观赏的对象，而是带有浓厚的政治、伦理、道德的气息，既是美的，也是善的。因此，在季札看来，某些周乐尽管能够尽美，但往往不能尽善，比如，《周南》《召南》"美哉！始基之矣，犹未也"，就是说《周南》《召南》二者已经"尽美"了，但未"尽善"，当然它也表现"善"了，只是未"尽善"；《象箾》《南籥》是"美哉！犹有憾"，也是未

---

① 周初的雅乐体系主要以"六代舞"为主体，随着周代礼乐制度的进一步发展，雅乐的范围也扩大到包括所有周代诗歌在内的大、小"雅"诗和"颂"诗，到了西周中后期，周代的雅乐范围进一步扩大，十五国风也进入了雅乐系统。《周礼·春官·太师》记载太师教国子"风、赋、比、兴、雅、颂"等。《仪礼·乡饮酒礼》中使用"二南"频繁。这也说明部分"国风"进入了周代的雅乐系统。（参见王秀臣：《周代礼制的嬗变与雅乐内涵的变化》，《社会科学辑刊》2005 年第 4 期。

能"尽善"。只有既"尽善"又"尽美"的"乐"（艺术）才能达到完美的境地，才是周代礼乐文化所推崇的最高艺术形态。季札认为《韶箾》"德至矣哉"，就达到了这种美善统一的境地，所以他说："观止矣！若有他乐，吾不敢请已！"季札对周乐作出"美善统一"的评价，这是周乐表现出来的一种美学精神，而这种美学精神正是西周至春秋时期礼乐文化中艺术创作上的"美善相乐"的艺术精神在艺术作品中的一种美学体现。

《国语·楚语上》也记载了一段楚大夫伍举和楚灵王论美善的文字：

> 灵王为章华之台，与伍举升焉，曰："台美夫！"对曰："臣闻国君服宠以为美，安民以为乐，听德以为聪，致远以为明，不闻其以土木之崇高彤镂为美，而以金石匏竹之昌大嚣庶为乐；不闻其以观大、视侈、淫色以为明，而以察清浊为聪也。先君庄王为匏居之台，高不过望国氛，大不过容宴豆，木不妨守备，用不烦官府，民不废时务，官不易朝常……今君为此台也，国民罢焉，财用尽焉，年谷败焉，百官烦焉，举国留之，数年乃成。愿得诸侯与始升焉，诸侯皆距，无有至者。而后使大宰启疆请于鲁侯，惧之以蜀之役，而仅得以来。使富都那竖赞焉，而使长鬣之士相焉，臣不知其美也。夫美也者，上下、内外、小大、远近皆无害焉，故曰美。若周于目观则美，缩于财用则匮，是聚民利以自封而瘠民也，胡美之为？夫君国者，将民之与处；民实瘠矣，君安得肥？且夫私欲弘侈，则德义鲜少，德义不行，则迩者骚离，而远者距违。天子之贵也，唯其以公侯为官正，而以伯子男为师旅。其有美名也，唯其施令德于远近，而小大安之也。若敛民利以成其私欲，使民蒿焉忘其安乐，而有远心，其为恶也甚矣，安用目观？"

楚国地处汉水流域，是个远离宗周的南方国家，但它也是宗周的一个地方诸侯国。《史记·周本纪》说："昭王之时，王道微缺，昭王南巡狩不返，卒于江上。其卒不赴告，讳之也。"古本《竹书纪年》中亦载："昭王十六年，伐楚荆，涉汉，遇大兕。"经过周王朝数次的大规模征伐，楚国最终也臣属于周王朝，成为周王朝统治时期南方最强大的诸侯国。楚国的文化具有地方特色，但它在政治上臣属于周王朝，其文化形态势必受到影响，特别是楚国的官方文化深受周代礼乐文化的影响。周代礼乐文化的文化精神和艺术精神也深深地影响着楚国的文化艺术的精神。当楚灵王在章华建成了雄伟华丽的灵台，并登台大加称颂"台美"时，他的大臣伍举就此发表了一通议论。这是中国历史上最早的、最著名的关于美与善之关系的论述。在伍举看来，美不仅仅是形式上的"土木之崇高彤镂"，"金石匏竹之昌大嚣庶"；也不仅是审美个体感官上得到的"观大、视侈、淫色"，更主要的是其形式中要具有道德内容，要"服宠""安民""听德""致远"；等等。一句话，"夫美也者，上下、内外、小大、远近皆无害焉，故曰美。""美"是什么？"美"就是"无害"，而"无害"就是"善"。因此，美不是纯自然的形态，不是纯感官的享受，而是与善密切相关。总之，伍举认为，美与伦理道德相关，美要与善统一，要"美善相乐"。而这种美学精神正是周代礼乐文化中艺术创作上的"美善相乐"的艺术精神在作品上最直接的体现。

西周中期至春秋中后期的礼乐文化中，美与善紧密地联系在一起，美善统一，在美学上表现出"美善统一"的美学精神，在艺术创作上体现为"美善相乐"的艺术精神。所以《礼记·乐记》说："乐者，非谓黄钟、大吕、弦歌、干扬也，乐之末节也，故童者舞之。铺筵席，陈尊俎，列笾豆，以升降为礼者，礼之末节也。"就批判那种认为礼和乐只徒具外在形式美，而不需要内在善的观点。只有那种具有内在的善与外在的美相统一的礼乐才是完美的，这样的礼乐才具有既有内美又有外美的美。《论语·八佾》曰："子谓《韶》：'尽美矣，又尽善也。'谓《武》：'尽美矣，未尽善也'。"《武》乐是歌颂周武王伐纣灭商之战功的乐舞。这种乐舞场面阔大宏伟，气势磅礴雄壮，艺术形式上给人以审美感性的愉快和享受，但是它表现的内容却是周武王依靠武功得天下，尽管他是以有道伐无道，但毕竟充满着浓重的血腥味，未能达到至善至美的境地。因此，《武》乐是"尽美矣，未尽善也"。显然，这与《武》乐的创作时间和创作目的有关。《武》乐是在西周初期，为表现周武王伐纣灭商的武功而创作的，因此，乐舞中充满着狂热的战争激情和对武王战功的崇拜，未能在内容上"尽善"，明显地体现出西周初期艺术创作上那种"质野情浓"的艺术精神。《韶》乐是歌颂舜帝德昭天下的乐舞。《礼记·乐记》曰："韶，继也。""继"，即继承之意，舜帝继承尧志，以禅让得天下，又以禅让传天下，以美德服人，是至善的也是至美的。《韶》乐的乐舞场面宏大，钟鼓齐鸣，动作舒缓，声调平和，内容与形式完美统一，令人陶醉，因此是尽美的，也是尽善的，可谓"美善相乐"。需要说明的是，《韶》乐虽然是虞舜时代的乐舞，但在进入周代雅乐系统时，可能经过周代乐师的改造，无论是其内容还是其形式，都完全符合周代的礼乐规范和周代贵族统治者的审美要求。

正因为如此，季札在观赏《韶》乐后赞美道："德至矣哉！""观止矣！若有他乐，吾不敢请已！"孔子在欣赏到《韶》乐后，竟如痴如醉，"三月不知肉味"①，全身心地沉浸在美的享受中。当然，在西周至春秋时期的礼乐文化中，在美学上重视内容和形式的完美统一，在艺术创作上强调美善相乐，这是符合艺术的规律的。但是过度地强调美善相乐或美善统一，就会出现以善作为美的根本标准甚至唯一标准的绝对现象，其极端化的结果就是：只要是善的，就是美的；美就是善，善就是美，美与善同一了。比如，《礼记·学记》说："君子知至学之难易而知其美恶，然后能博喻。"《礼记·大学》亦说："故好而知其恶，恶而知其美者，天下鲜矣。"都是直接把美与恶对举，实际上应是善与恶对举，这就相当于把美与善等同了。这种极端化的美善同一的观点，过分强调善，那么审美作为艺术的本质属性这一点，就会被泯灭掉，而这是不符合艺术规律的。

综上所述，在西周中期至春秋中后期的礼乐文化中，在艺术创作上体现出一种"美善相乐"的艺术精神，这种艺术精神是中国早期的典型的艺术精神之一。就对待美与善的关系的态度上，它与西方古代的艺术精神表现出巨大的差异。西方艺术精神侧重于追求外在的真、形式的和、色彩的美，如对雕像维纳斯纯粹肉体线条美的崇拜，对自然情爱的讴歌，对特洛伊战争中英雄人物的歌颂，则是不带有任何道德理想和社会意义的审美追求。而中国艺术精神则与此不同，它表现出对内在的善、情理的和、人格的美的强烈追求，哪怕是一首山水诗，一幅花鸟画，一支小乐曲都传递着一定的社会情感和道德意志。艺术不仅仅只是具有表达情感、愉悦情怀的形式美，更主要的是"声音之道与政通矣"，功利性或善成了衡量艺术价值的准绳。② 周来祥说："古典和谐理想，总是要求真善美和谐、匀衡地整合在一起，但由于中西艺术的侧重点不同，偏于表现的艺术，强调美善结合，偏于再现的艺术，强调美真统一。中国古典艺术是偏于表现的，中国古典美学也是偏于伦理学和心理学的美学。它总是把美同人、社会、伦理道德联系起来，强调美善结合。"③正道出了中西艺术精神对美善关系的本质区别。"美善相乐"的艺术精神一直是中国古代审美艺术显现的一个极为显著的特点，究其根源则最早可以追溯到

---

① 《论语·述而》。

② 参见柳肃：《礼的精神——礼乐文化与中国政治》，长春，吉林教育出版社，1990，第146页。

③ 周来祥：《古代的美　近代的美　现代的美》，长春，东北师范大学出版社，1996，第113~114页。

周代礼乐文化中艺术创作上的"美善相乐"的艺术精神上。

第四节　趋情致美——春秋末期至战国末叶的艺术创作

春秋末期至战国末叶，是中国历史上自夏代就开始的奴隶制社会，经过漫长的历史发展向封建制社会转型的大变革时期。在这一时期，由于铁器的广泛使用和农业上牛耕的大量普及，生产力大幅度提高，社会迅速发展，文明大步跨越。奴隶制社会体制结构开始解体，封建制生产关系取代奴隶制生产关系将成为历史的必然。激烈的转化过程，狂风暴雨般地席卷着整个中原大地，引起整个社会的大动荡。诸侯大国的争霸战争，愈演愈烈，处于大国夹缝中生存的一些小国朝不保夕，随时可能被兼并。攻城略地，战火连年，伏尸百万。司马迁在《史记·六国年表》中说，战国时代是"海内争于战功矣……务在强兵并敌，谋诈用而从衡短长之说起。矫称蜂出，誓盟不信，虽置质剖符犹不能约束也"。《庄子·在宥》说："今世殊死者相枕也，桁杨者相推也，刑戮者相望也。"《孟子·离娄上》说："争地以战，杀人盈野；争城以战，杀人盈城，此所谓率土地而食人肉，罪不容于死。"等等，正是当时社会现实的真实写照。

在这样的社会转型时期，激烈的社会动荡必然促使意识形态内思想解放潮流的兴起。这一思想解放潮流非常突出地表现在理性精神、无神论思想和怀疑论思想的兴起和发展上。过去西周时期和春秋初期对天命的遵从和对至高无上的鬼神的崇拜，初露出动摇的苗头，现在则已发生了根本的动摇。人的自我意识逐渐地从原始宗教束缚中觉醒，人的理性精神日益凸显出来，人的自我价值日益得到尊重和实现。《左传·昭公十八年》记载：夏五月，有大火星出现在黄昏时的天空中，后来刮起了大风，宋、卫、陈、郑四国都发生了火灾。郑国人请求听从大夫裨灶用玉器来祭祀以避灾的意见，郑大夫子产对此不以为然，说："天道远，人道迩，非所及也，何以知之？灶焉知天道？是亦多言矣，岂不或信？"子产认为，天道远，人道近，两者不相关，怎能由天道而知人道呢？他把裨灶说中火灾的原因归结为裨灶说多了，偶然说中罢了，结果郑国没再祭祀，也没再发生火灾。这一时期，不仅神的地位发生了根本性的动摇，君民关系也发生深刻的变化，民的地位大大提高，甚至提高到至上的地位。《孟子·尽心下》说："民为贵，社稷次之，君为轻。"就把历来处于社会最下层的民众地位提高到社会的最上层，甚至超过了君王的地位，这是史无前例的。墨家代表人物墨子也提出"兼相爱，交相利"①的人与人之间相处的原则。他反对屠杀奴隶，对奴隶主杀殉提起强烈的控诉："天子杀殉，众者数百，寡者数十。将军大夫杀殉，众者数十，寡者数人。"②总之，春秋末期至战国末叶，随着社会的迅速发展和思想解放潮流的兴起，人的自我意识逐渐觉醒，人的地位和价值日益提高和凸显。

在这样的一种社会环境中，周代礼乐文化和礼乐制度赖以生存的文化土壤业已流失殆尽，礼乐文化和礼乐制度的政治文化精神逐渐丧失，在复杂的"国际纷争"中和思想解放的潮流中，周代礼乐制度已然全面走向崩溃。在科学文化领域，由于当时社会生产力的迅猛发展和社会分工带来手工业和商业的进一步发展，科学、文化、艺术的发展和繁荣有了更坚实的物质基础。过去贵族统治阶级垄断的教育也被私学教育部分地取代，越来越多的社会下层人民获得了教育机会，因而产生了一大批专门进行精神生产的知识分子。因此，思想解放潮流的兴起，周代礼乐文化的衰退，社会发展的迅猛进步，知识分子的大量涌现，这一切都为春秋末期至战国末叶的审美思潮的发展带来新的变化。

首先，在这一时期，审美的道德化束缚被全面突破，爱美之风大为盛行，人们极力追求感官上的审美享受和个人消遣娱乐的快适，这比以往任何时期都要表现得更为突出和普遍。这时期人们的道德观念日益浅薄，那些严守传统道德的人反而显得迂腐和过时。而上述现象早在春秋后期就已产生，孔子曾深有感触地说："吾未见好德如好色者也。"③孔子为什么这么说呢？我们只要联系他言说此话的背景，就会深知其中的原因。《史记·孔子世家》记载：

> 灵公夫人有南子者，使人谓孔子曰："四方之君子不辱欲与寡君为兄弟者，必见寡小君。寡小君愿见。"孔子辞谢，不得已而见之。夫人在绨帷中。孔子入门，北面稽首。夫人自帷中再拜，环佩玉声璆然……居卫月馀，灵公与夫人同车，宦者雍渠参乘，出，使孔子为次乘，招摇市过之。孔子曰："吾未见好德如好色者也。"于是丑之，去卫，过曹。

南子是卫灵公夫人，有淫名，以美貌名闻天下。孔子拜见她时，她在细

---

① 《墨子·兼爱中》。
② 《墨子·节葬下》。
③ 《论语·子罕》。

葛布做的帷帐之中，影影绰绰；南子还礼时，身上的玉佩也发出丁丁零零的清脆悦耳的声音，结果弄得孔子不能自若。后来"灵公与夫人同车"出行，又让"孔子为次乘"，"招摇市过之"。这一切都说明春秋后期，周代的礼乐制度丧失殆尽，一些违"礼"现象大量出现，人们完全突破了伦理道德的束缚，去追求官能上的审美享受，爱美（包括美色）之心远远胜过了修德之心。孔子正是在这种复杂的心情下，站在维护和恢复"周礼"、修德修心的立场上，才发出这样的无可奈何的感叹："吾未见好德如好色者也。"（我从没见过喜爱德行如同喜爱美色一样的人呢！）《论语·微子》曰："齐人归女乐，季桓子受之，三日不朝，孔子行。"齐国人赠送善歌舞的美女给季桓子，季桓子沉迷于女乐的表演中，一连几天都不上朝，孔子为此而辞行。这些都说明了春秋战国之际审美思潮发展的新变化，西周和春秋时期的"美善相乐"的审美观念，现在已经被"唯美"、"至美"的审美观念所取代。战国时期，这种爱美之风更为盛行，《荀子·非相》说：

> 今世俗之乱君，乡曲之儇子，莫不美丽姚冶，奇衣妇饰，血气态度拟于女子；妇人莫不愿得以为夫，处女莫不愿得以为士，弃其亲家而欲奔之者，比肩并起。

在战国这个混乱的时代，扰乱社会秩序的男子，乡野里的轻薄男子，打扮得漂亮妖艳，奇装异服，神情态度像女子；而这样的人，妇人愿意他成为自己的丈夫，少女希望他成为自己的未婚夫，想跟他私奔的人，比比皆是。这正是战国时期的爱美之风盛行的真实写照。《荀子·乐论》也有类似的描述："乱世之征，其服组，其容妇，其俗淫，其志利，其行杂，其声乐险，其文章匿而采……治世反是也。"也准确地说明了战国这个混乱时代的审美特征：人们服饰艳丽，打扮妖艳，女人是如此，连男人也跟着如此；社会风俗淫乱，人们唯利是图，行为恶劣，音乐上表现出喜欢邪僻，文章上表现出内容邪恶、辞采华丽，总之，各个方面都表现出新奇艳丽之美来。这些都说明，战国时代的审美风尚的主流是"唯美"、"至美"。

　　其次，与爱美之风盛行相联系的是这一时期的审美思潮中还出现纵情的现象。在这一时期，由于长期以来人们一直在情感表达上受到周代传统礼乐文化的道德伦理束缚和压制，现在一旦突破，不再受到或较少受到这种束缚，在情感表达上就更为自由和放达。人们通过情感上的自由宣泄和抒发，获得心理上的平衡，并从中得到愉快和美的享受。《荀子·

非十二子》中说：

> 纵情性，安恣睢，禽兽行，不足以合文通治；然而其持之
> 有故，其言之成理，足以欺惑愚众，是它嚣、魏牟也。

荀子站在儒家的伦理道德立场上，对战国时人它嚣和魏牟等人的纵情态度进行严厉的非难。这就可以从侧面了解到，战国时人确实张扬和放纵情感，这是春秋前期和西周时期所无法比拟的。但是，战国时代儒家节情的思想始终对纵情派进行排斥和打压。因此，战国时代的纵情现象并没有在社会上大肆盛行，直到魏晋时期，纵情观才盛行于世，不过战国时代的纵情现象表现得还是相当突出。《列子·杨朱》说："杨朱曰：百年，寿之大齐。得百年者千无一焉。设有一者，孩抱以逮昏老，几居其半矣。夜眠之所弭，昼觉之所遗，又几居其半矣。痛疾哀苦，亡失忧惧，又几居其半矣。量十数年之中，逌然而自得亡介焉之虑者，亦亡一时之中尔。则人之生也奚为哉？奚乐哉？为美厚尔，为声色尔。"又说："恣耳之所欲听，恣目之所欲视，恣鼻之所欲向，恣口之所欲言，恣体之所欲安，恣意之所欲行。"这里，列子借杨朱之口说，人的一生是短暂的，除去婴儿、睡眠、老年和痛疾哀苦、亡失忧惧，真正欢乐的日子并不多，所以人生要尽情地满足"恣耳"、"恣目"、"恣鼻"、"恣口"等各种情欲要求。显然，这是典型的纵情论思想。列子是战国时代的人，《庄子》中多次提到他，还有专篇《列御寇》。《吕氏春秋·不二》称"子列子贵虚"。《汉书·艺文志》著录《列子》8篇。据有的学者考证，今本《列子》是后人伪作，其《杨朱》篇也是魏晋时人的伪作。我们姑且这么认为。那么，我们要问，为什么以追求纵情适意的生活而著称的魏晋人，要伪托战国时人来作这篇文章呢？对此我们认为，这是因为战国时代和魏晋时代在纵情这一点上颇为相似。这就从一个侧面恰好说明，战国时代也是一个解放情感、张扬情感的时代。彭亚非说："周人重视情，并不等于主张情感的放纵，可是春秋之后，这种现象确实是存在的……我们从春秋以后周人在饮酒上的失控也可感觉到这一点。我们知道，周立国时禁酒，可至春秋时酒禁实际上已除。战国时人更是好狂饮，常纵酒，以至于不得不以号令为禁。"①这是对春秋后期和战国时期的时代特征很深刻的认识。《列子·杨朱》中就记有这样的事例：郑大夫子产有两个兄弟，其兄名朝，其

---

① 彭亚非：《华夏审美风尚史》第2卷，郑州，河南人民出版社，2000，第317页。

弟名穆，"朝好酒，穆好色。朝之室也聚酒千钟，积麴成封，望门百步糟浆之气逆于人鼻。方其荒于酒也，不知世道之安危……穆之后庭比房数十，皆择稚齿婑媠者以盈之。方其耽于色也，屏亲昵，绝交游，逃于后庭，以昼足夜；三月一出，意犹未惬"。这就说明，春秋后期以降，贵族阶级沉溺于酒色之中，对情感的放纵达到了相当严重的程度。总之，春秋末期至战国时期，由于周代礼乐制度的衰退，人的自我意识的觉醒，理性精神的进一步解放，这一切使得这一时期个体的情感得到解放和放纵。与此之前的时代相比，这是一个"主情"、"纵情"的时代。

既然春秋末期至战国时期的审美思潮发生巨大的变化，"纵情""爱美"成为审美意识的主流，那么这一变化必然给这一时期的文学艺术的发展带来新的变化。这种新的变化体现在这一时期的艺术创作上，就是审美的伦理道德化被全面突破，创作主体的情感更加能够自由抒发，艺术创作更趋向于一种纯审美性，不再受道德伦理的牵制。艺术作品更能表情达意，更具有艺术感染力。《庄子·田子方》中记载了一则"宋元君画史"的故事。那位画史为宋元君作画，姗姗来迟，不拘礼法，领旨受命后就返回自己的处所，袒胸露体，率性而作，尽情地挥毫泼墨。宋元君称他为"真画者"。可以说，"趋情致美"是这一时期艺术创作上的一个显著特点，也是春秋末期至战国末叶艺术创作中体现出的一种艺术精神。这种艺术精神尤其体现在春秋末期至战国末叶的新声、新乐的创作上。由于这些新声的创作摆脱了传统礼乐思想的束缚，抛弃了伦理道德对乐舞的制约和规定，以追求耳目视听享受为目的，因此极具有艺术感染力。从上层的奴隶主国君到下层的新兴的封建主，都对传统的中正平和的雅乐感到厌烦，而对悦耳悦目的新声、新乐表示极大的兴趣。《韩非子·十过》中就有这样的记载：

> 昔者，卫灵公将之晋，至濮水之上，税车而放马，设舍以宿，夜分，而闻鼓新声者而说之，使人问左右，尽报弗闻。乃召师涓而告之曰："有鼓新声者，使人问左右，尽报弗闻，其状似鬼神，子为我听而写之。"师涓曰："诺。"因静坐抚琴而写之。师涓明日报曰："臣得之矣，而未习也，请复一宿习之。"灵公曰："诺。"因复留宿，明日而习之，遂去之晋。晋平公觞之于施夷之台，酒酣，灵公起曰："有新声，愿请以示。"平公曰："善。"乃召师涓，令坐师旷之旁，援琴鼓之。未终，师旷抚止之，曰："此亡国之声，不可遂也。"平公曰："此道奚出？"师旷

曰："此师延之所作，与纣为靡靡之乐也，及武王伐纣，师延东走，至于濮水而自投，故闻此声者必于濮水之上。先闻此声者其国必削，不可遂。"平公曰："寡人所好者音也，子其使遂之。"师涓鼓究之。平公问师旷曰："此所谓何声也?"师旷曰："此所谓清商也。"公曰："清商固最悲乎?"师旷曰："不若清徵。"公曰："清徵可得而闻乎?"师旷曰："不可，古之听清徵者，皆有德义之君也，今吾君德薄，不足以听。"平公曰："寡人之所好者音也，愿试听之。"师旷不得已，援琴而鼓。一奏之，有玄鹤二八道南方来，集于郎门之垝；再奏之，而列；三奏之，延颈而鸣，舒翼而舞，音中宫商之声，声闻于天。平公大说，坐者皆喜。平公提觞而起，为师旷寿。反坐而问曰："音莫悲于清徵乎?"师旷曰："不若清角。"平公曰："清角可得而闻乎?"师旷曰："不可，昔者黄帝合鬼神于西泰山之上，驾象车而六蛟龙，毕方并辖……凤皇覆上，大合鬼神，作为清角。今主君德薄，不足听之，听之，将恐有败。"平公曰："寡人老矣，所好者音也，愿遂听之。"师旷不得已而鼓之。一奏之，有玄云从西北方起；再奏之，大风至，大雨随之，裂帷幕……晋国大旱，赤地三年。平公之身遂癃病。

卫灵公和晋平公都是春秋末期的奴隶主君主。这段文字对他们"好音"的描述披上了一层神秘的神话传说的面纱，撩开这层神秘的面纱，从他们对新声的欣赏态度中，我们可以看出当时人们已经不满足于对传统雅乐的欣赏，而追求一种与雅乐中正平和的情感和美感不同的曲调。卫灵公在濮水之上"闻新声而说之"，召师涓"听而写之"，并"愿请以示"晋平公。晋平公一再声称"寡人所好者音也"，越是悲的曲调，越是不顾乐师的竭力劝谏，几次三番地坚持要求乐师为他演奏，哪怕"听之将恐有败"，付出巨大的代价，也"愿遂听之"。为什么他们如此喜爱和痴迷于这些新声和悲曲呢? 就是因为这些新声和悲曲是创作者把自己的真切情感、人生体验和审美感受渗透在作品之中，因而能感人至深，给人以审美的享受。西周时期和春秋前期的雅乐(艺术)也渗透有作者的情感，但是这种情感受到节制，是"哀而不伤"，"哀"的情感还没有到"伤"的程度，这是符合中正平和的原则的。过去被排斥在美感之外的"伤"的情感，现在却极具感染力。悲伤的情感越是渗透到曲调中，曲调越是显得悲哀；曲调愈是悲哀，越是感人至深，这是与人的心理感受有关，而悲到极点，也就美到了极点。可见，从春秋末期起，直到战国末叶，艺术创作上就注重创作者的情感的渗入和艺术的审美性。"趋情致美"是这一时期艺术创作上体现出的一种典型的艺术精神。

春秋末期至战国末叶，不仅在艺术创作上体现出"趋情致美"的艺术精神，而且在乐器的制造上，也体现出这种艺术精神。《国语·周语下》中说：

> （周景王）二十三年，王将铸无射，而为之大林。单穆公曰："不可……且夫钟不过以动声，若无射有林，耳弗及也。夫钟声以为耳也，耳所不及，非钟声也……是故先王之制钟也，大不出钧，重不过石。律度量衡于是乎生，小大器用于是乎出，故圣人慎之。今王作钟也，听之弗及，比之不度，钟声不可以知和，制度不可以出节，无益于乐，而鲜民财，将焉用之！夫乐不过以听耳，而美不过以观目，若听乐而震，观美而眩，患莫甚焉……"王弗听，问之伶州鸠。对曰："……臣闻之，琴瑟尚宫，钟尚羽，石尚角，匏竹利制，大不逾宫，细不过羽。夫宫，音之主也，第以及羽。圣人保乐而爱财，财以备器，乐以殖财，故乐器重者从细，轻者从大。是以金尚羽，石尚角，瓦、丝尚宫，匏、竹尚议，革、木一声……今细过其主，妨于正；用物过度，妨于财；正害财匮，妨于乐。细抑大陵，不容于耳，非和也。听声越远，非平也。妨正匮财，声不和平，非宗官之所司也。"……王不听，卒铸大钟。二十四年，钟成，伶人告和。王谓伶州鸠曰："钟果和矣。"对曰："未可知也。"……二十五年，王崩，钟不和。

周景王是春秋末期的周天子，景王时期的东周王室已经很衰微，内忧外患，王朝统治的大厦摇摇欲坠，但是贵族统治阶级的享受要求却有增无减。景王二十三年时，他打算铸造合于"无射"音律的乐器，建成一套八枚以上具有八度以上音域的编钟，[1] 以满足自己的奢听新乐的审美欲求，结果遭到大臣单穆公和乐官伶州鸠的反对。单穆公认为，"乐不过以听耳，而美不过以观目"，先王制钟"大不出钧，重不过石"，符合中正平和的律度要求；而今王制钟"听之弗及，比之不度，钟声不可以知和"，已

---

① 参见于民：《春秋前审美观念的发展》，北京，中华书局，1984，第156页。

经和先王制钟的标准和要求不同了。实际上，周景王和先王制钟出现不同，其原因是周景王制钟的目的完全是满足自己的审美需求，"致美"是制钟的最高原则，而不管它是否符合中正平和的律度等。一套八枚以上具有八度以上音域的编钟演奏起来，其乐调更具有美感和艺术感染力，更能给人以美的享受。1978 年 3 月，战国初期的曾侯乙墓在湖北省随县城关镇被发现，在随后的发掘中，出土了大量的乐器。这些乐器分为打击乐器、弹拨乐器和吹奏乐器三类，有编钟、编磬、鼓、瑟、琴、笙、排箫、篪等共 100 多件，其中尤以编钟、编磬的数量较多。编钟一架，有钟 65 件，分上、中、下三层八组，演奏工具 8 件；编磬一架，有磬 32 件，分上、下两层悬挂，每层 16 件。[①] 如此数量众多、种类繁多的乐器说明春秋战国时期，中国的音乐艺术已经达到很高的水平，那时就已经具有了旋宫转调的十二半音及八度音程、七声音阶，能够演奏复杂的和声和复调乐曲了。春秋战国时期的演奏乐曲曲调优美，节奏和谐，具有极强的美感和艺术感染力。这当然与这一时代摆脱传统的礼乐制度和礼乐思想的束缚，对艺术的审美性的追求密切相关。

《礼记·乐记》中也载有一段魏文侯"听乐"及他和子夏论乐的文字：

> 魏文侯问于子夏曰："吾端冕而听古乐，则唯恐卧。听郑卫之音，则不知倦。敢问古乐之如彼，何也？新乐之如此，何也？"子夏对曰："今夫古乐，进旅退旅，和正以广，弦匏笙簧，会守拊鼓，始奏以文，复乱以武，治乱以相，讯疾以雅，君子于是语，于是道古，修身及家，平均天下，此古乐之发也。今夫新乐，进俯退俯，奸声以滥，溺而不止，及优、侏儒，獶杂子女，不知父子，乐终不可以语，不可以道古，此新乐之发也。今君之所问者乐也，所好者音也。夫乐者，与音相近而不同。"

魏文侯是战国初期魏国的创始人，在位 51 年，他曾尊孔子的学生子夏为师。这里，魏文侯说他穿着玄端服，戴着官冕恭敬地听古乐，生怕打瞌睡，而听郑卫的音乐，却不知疲倦。为什么会这样呢？魏文侯不解个中缘由，子夏给他作了解释。从子夏的解释中，我们可以看到：古乐的舞蹈动作整齐划一，缺少变化；古乐演奏时使用各种乐器有严格的顺序，以击鼓开始，以击铙结束，千篇一律，情感表达也适中平和，没有高昂

---

① 湖北省博物馆编：《曾侯乙墓》上册，北京，文物出版社，1989，第 75 页。

和低落。因此，古乐形式上，缺少变化，容易使人产生厌倦的情绪，不能给人以美感；在内容上，古乐要"道古，修身及家，平均天下"，要承载一定的伦理道德内涵。而新乐（郑卫之音）的舞蹈动作、舞蹈姿势却没有一定的规定，弯腰屈体，可以根据情感的需要任由表演者自由变化和发挥，因而极富有美感；新乐的歌和曲也充满情感，自由抒唱，极具艺术感染力。这是因为新乐不是以"道古"为目的，新乐的创作就是为了宣泄情感，给人以纯审美的享受。"郑音好滥淫志，宋音燕女溺志，卫音趋数烦志，齐音敖辟乔志。此四者，皆淫于色而害于德。"郑卫之音创作的目的就是为了满足人们对声色的享受欲求，使人获得情感上的愉悦。这就难怪魏文侯"端冕而听古乐，则唯恐卧。听郑卫之音，则不知倦"。可见，新乐（郑卫之音）在艺术创作时，更注重创作主体情感的表达，在艺术形式上更趋向于审美性，因而极具有艺术感染力，使人欣赏时感觉耳目一新，获得审美的享受。①

　　总之，春秋末期至战国末叶，是中国奴隶制崩溃瓦解，逐步向封建制过渡的时期。由于生产工具的改进，尤其是铁器的广泛使用，社会生产力大为发展。旧有的生产关系不能再适应新生产力的发展要求，但又不愿立即退出历史的舞台，这就产生激烈的冲突。激烈的社会动荡是这一时期最典型的时代特征。在这种社会政治形势中，周代的礼乐制度和礼乐文化已经失去了它生存的土壤环境，雅乐（艺术）的衰退也就成了历史的必然。人的意识也逐渐觉醒，一股新的思想解放潮流蓬勃兴起。这一切必然给春秋末期至战国末叶的审美思潮的发展带来新的变化，"纵情"和"爱美"是这一时期审美意识的主流，审美不再作为伦理道德的附庸和工具，感官上的审美享受和快适成为人们的审美追求。这就必然给这一时期的艺术创作带来新的变化，表现出一些新特点，它明显地不同于此前艺术创作上的特点。对此，我们可以用"趋情致美"一词来概括。总之，"趋情致美"是这一时期艺术创作上的特点，也是这一时期艺术创作上体现的典型的艺术精神。

---

① 《孟子·梁惠王下》："庄暴见孟子，曰：'暴见于王，王语暴以好乐，暴未有以对也。'曰：'好乐何如？'孟子曰：'王之好乐甚，则齐国其庶几乎！'他日见于王曰：'王尝语庄子以好乐，有诸？'王变乎色，曰：'寡人非能好先王之乐也，直好世俗之乐耳。'"这里，齐宣王也说："非能好先王之乐也，直好世俗之乐耳。"可见，春秋战国时期，爱好"新声"（世俗之乐）不是个别的现象，而是普遍的现象，这也足见"新声"确实能满足人们审美的需要，使人获得情感上的愉悦。

第十二章　周代礼乐文化中的艺术风格

以上我们从艺术创作角度考察了周代礼乐文化中的艺术精神，勾勒了从西周到战国末叶不同时期艺术创作的特点。在这一章里，我们将探讨周代礼乐文化中的艺术风格问题，探求周代艺术不同时期的风格特征及其形成原因。从狞厉之美到中和之美，再到素朴、清新之美，周代艺术精神随着时间的推移，展现出自己多彩的风姿。

第一节　神秘、狰狞之美——西周初期的艺术风格

我们在第十一章第一节中讨论过西周初期礼乐文化中艺术创作上体现的艺术精神。在这一时期的艺术创作上，充满着生命的激情、丰富的想象和野性的质朴，我们用"质野情浓"一词来概括这一特点。"质野情浓"也是这一时期艺术创作上体现出来的艺术精神。正是西周初期这种"质野情浓"的艺术创作精神，渗透在艺术创作中，在其艺术作品中就表现出一种独特的艺术风格。这是西周初期艺术上具有独特风格的直接原因，其深层原因我们后文再论述。那么，西周初期的艺术上有什么样的独特风格呢？我们认为，这一时期的艺术总体上体现出一种庄严神秘、狰狞崇高之美。这种狰狞神秘之美也是西周初期礼乐文化中的艺术上体现的一种艺术精神。不过我们讨论这种艺术风格，还得从西周之前时代的艺术风格说起，尤其是商代的艺术风格，因为西周初期艺术上体现的庄严神秘、狰狞崇高之美，实际上是承续了商代艺术上的庄严神秘、狰狞崇高的风格特征。（当然，商代艺术上的这种风格也是其艺术创作上"质野情浓"的艺术精神在创作中体现的结果，商代艺术创作上"质野情浓"的艺术精神，我们在第十一章第一节中已经讨论过）。从商代到周代，虽然进入了一个新的历史时期，王权、政权发生了嬗递。但是，西周初期，周代在短时期内还不能形成自己的文化艺术体系，而且文化艺术也具有较强的传承性、延续性。因而，西周初期的文化艺术承续了商代的文化艺术，商代的某些艺术风格在西周初期还在延续着，特别是商代艺术上表现的庄严神秘、狰狞崇高的风格，在西周初期的艺术上表现得还很明显。

商代艺术上的庄严神秘、狰狞崇高的风格主要表现在商代的乐舞艺术和造型艺术上。在商代的乐舞艺术中，最能体现这种风格的是当时占主导地位的各种祭祀乐舞，如《桑林》《大濩》之舞等。① 《桑林》是商汤时期商族后人祭祀其先妣简狄和玄鸟图腾的乐舞。《左传·襄公十年》载，殷商后裔宋平公在楚丘设享礼招待晋悼公，并请求表演《桑林》之舞。乐舞开始时，乐师举着旌旗入场，晋悼公竟被吓得退入厢房，待撤去旌旗后，才勉强参加完享礼，后来为此还大病一场。从《左传》记载的这件事来看，《桑林》之舞可能具有一种阴森、神秘和恐怖的风格特征，以致表演时使晋悼公感到恐惧害怕。这种乐舞很可能春秋时还在宋国的燕享、祭祀等活动中经常表演。《大濩》是歌颂商代开国君主汤王伐桀的功绩的乐舞，商代重大祭祀活动中常用这种乐舞，甲骨卜辞中多次提到它。进入西周时期，它还成为周代贵族举行祭祀、庆典、朝聘等活动时所用的"六大舞"之一。但是，这些乐舞艺术由于其自身的非物质性，不易留存，关于它的文献资料又很缺少，它的庄严、神秘的艺术风格，我们今天就很难确切地知晓了。除却乐舞艺术，商代的造型艺术，如青铜艺术、玉器艺术、雕刻艺术、建筑艺术等，也都体现出庄严神秘、狰狞崇高的艺术风格。值得庆幸的是这些造型艺术，如青铜礼器、青铜兵器等，今天还部分保存了下来，成为我们了解商代艺术风格的宝贵的实物资料。下面我们先来认识一下商代青铜艺术的庄严神秘、狰狞崇高的风格特征。

1976年，在河南安阳殷墟妇好墓中出土了一件晚商时期的青铜兵器——"妇好"铜钺。这件铜钺呈斧形，钺刃为弧形，铜钺庞大而威武。钺身两面上部都饰有浮雕的虎扑人头纹，人头处在两虎口中间。人头呈圆脸尖颌，大鼻小嘴，双眼稍陷，两耳朝前。虎侧身而扑，两眼圆睁，大口猛张，作欲吞噬状。铜钺中部刻有"妇好"的铭文。② 像这样铸有狰狞可怖纹饰的铜钺，还有1965年山东益都苏埠屯1号商墓出土的"亚醜"铜钺。此钺体积庞大。钺面用镂空和浮雕的技法铸出狰狞的人面形象，弯眉，圆眼，长鼻，小耳，大扁嘴，张口露齿。钺身一面有"亚醜"二字铭文。③ 商代是个纵酒的朝代，在商代的青铜礼器中，酒器最多，这可以从商王和贵族陪葬品中酒器居多上得到见证。其中最著名的是现藏于

---

① 李心峰：《从艺术种类与艺术风格看中国三代艺术的发展轨迹与辉煌成就——中国三代艺术的意义再论》，《云南艺术学院学报》2003年第1期。

② 李泽奉、刘如仲主编：《铜器鉴赏与收藏》，长春，吉林科学技术出版社，1994，第95页。

③ 李泽奉、刘如仲主编：《铜器鉴赏与收藏》，长春，吉林科学技术出版社，1994，第97页。

国外博物馆的"虎食人卣"。此卣通高 35.7 厘米，重 5.09 千克。卣身呈一虎形，虎肩端有一提梁，以云雷纹衬地，上饰长形夔纹。在提梁两端，还有伸出的浮雕兽首。虎头宽大，尖耳竖起，圆目弯眉，大鼻翘起，巨齿獠牙，张口欲食人状，显得极为凶狠。虎的前爪抱持一小人，虎口下的小人与虎相对而抱，手扶虎肩，脚踏虎的后爪之上。小人长发披肩，双眉紧锁，目瞪口呆。在其人肩部饰有菱形纹，背部饰有兽面纹。虎背上部有一椭圆形的器口，上面附盖，盖面以云雷纹为地，上饰卷曲夔纹，盖上立以小鹿为钮。[①] 此卣造型奇特，形象怪诞，虎欲食人头，令人触目惊心，给人以一种恐怖感，又使人觉得异常神秘。商代的盉，也是一种酒器，主要作调节酒的浓淡或酒的温度之用。在安阳殷墟中曾出土一件晚商方盉。此盉有四足，盖顶上有一个开口，一端有一斜伸出去的管形流。盉盖上饰有饕餮纹，管流上饰有夔龙纹，提梁做成虎头形，大耳竖立，圆眼大睁，獠牙巨齿，其势凶狠。[②]

　　从商代的这些青铜艺术来看，在其造型上，显出怪诞奇特的特征，如"虎食人卣"，大张其口的虎形兽欲吞食人头，令人感到恐怖神秘；晚商的方盉，其提梁也是做成一形象凶狠的虎头形状。在其纹饰上，主要以形象怪诞的饕餮纹（兽面纹）为主，如"妇好"铜钺上就饰有虎扑人头纹，两虎口欲吞噬一人头，其状狰狞可怖。"亚醜"铜钺上的纹饰也是一个狰狞的人面形象。晚商的方盉的盖顶上饰有饕餮纹。饕餮纹，是自宋代以来金石学上对商周青铜器上的怪异兽面纹饰的统称。

　　商代先民们铸造众多如此怪异的青铜器，当然有它的实用目的，它并不是作为纯粹的审美对象，而是作为诚惶诚恐顶礼膜拜的宗教礼器。但是这些在动辄就进行凶残杀戮的奴隶制时代产生的，凝聚着那一时代凶残、恐怖的历史本性的青铜艺术，今天看来却具有很高的艺术审美价值。它们是人类艺术史上绝无仅有的最伟大的艺术杰作，是那一时代的人们丰富的艺术想象和高超的艺术技巧凝聚的结晶。这些青铜艺术品以其奇特怪诞的艺术造型、狰狞可怖的饕餮纹饰，给人以恐怖、神秘、震撼之感，却具有一种狰狞、神秘之美，从而具有永久的艺术魅力。李泽厚在论及青铜饕餮纹饰之美时说："各式各样的饕餮纹样及以它为主体的整个青铜器其他纹饰和造型，特征都在突出这种指向一种无限深渊的原

---

①　李泽奉、刘如仲主编：《铜器鉴赏与收藏》，长春，吉林科学技术出版社，1994，第 86～87 页。

②　李泽奉、刘如仲主编：《铜器鉴赏与收藏》，长春，吉林科学技术出版社，1994，第 46 页。

始力量，突出在这种神秘威吓面前的畏怖、恐惧、残酷和凶狠。你看那些著名的商鼎和周初鼎，你看那个兽（人?）面大钺，你看那满身布满了的雷纹，你看那与饕餮纠缠在一起的夔龙夔凤，你看那各种变异了的、并不存在于现实世界的各种动物形象，例如那神秘的夜的使者——鸱枭，你看那可怖的人面鼎……它们远不再是仰韶彩陶纹饰中的那些生动活泼愉快写实的形象了，也不同于尽管神秘毕竟抽象的陶器的几何纹样了。它们完全是变形了的、风格化了的、幻想的、可怖的动物形象。它们呈现给你的感受是一种神秘的威力和狞厉的美。"①总之，商代的艺术体现出一种庄严神秘、狞厉崇高的艺术风格。

到了周初，商代艺术上的这种风格还在延续着，尤其在西周初的青铜艺术和乐舞艺术中，这种狞厉、神秘之美还体现得很明显。② 这在周代礼乐文化兴起之时，这种狞厉、神秘之美也是其艺术上体现的一种典型的艺术精神。下面我们来看看西周初年的青铜艺术品中体现出的这种狞厉、神秘之美。1976 年，陕西扶风出土了一件西周昭王时的青铜器——折觥。此觥（酒器）通高 28.7 厘米，长 38 厘米，重 6.7 千克。折觥造型诡异，样式奇特，集多种神兽于一身，觥盖的前端是一曲角鼓目、口露利齿的羊头状怪兽，兽额上立着一小兽，兽首后面有一条紧紧相随的伏龙。觥盖上面正中间有一条若断若续的扉棱，恰似时隐时现的龙脊。龙脊之后是上翘卷曲的龙尾，伏龙两旁还各有一条回首卷尾的夔。盖后部是一具巨角竖立的饕餮。此觥的流部及口沿下是两只身体扭曲的顾首夔纹，腹部被一匹硕大的饕餮整个布满，圈足上是瘦长的顾夔。觥体后部有提梁，提梁是由怪兽、鸷鸟、象鼻组成的。此觥的内壁上刻有铭文，表明是周昭王时的铜器。③ 折觥的造型奇特，纹样怪诞，整体看上去，很像一头蹲伏欲扑的怪兽。还有一件西周早期的青铜器——毁古尊，也有着怪异的造型和纹饰。此尊为圆口方尊，圆口大敞，方腹方足，器形偏低，四角出扉棱。颈饰蕉叶纹，叶内填刻变形饕餮，蕉叶之下为鸟纹。肩饰夔纹，夔回首顾盼，四角突出一象头，长鼻高卷，利齿上翘，令人感到惊异的是，象头上赫然长着兽角。尊腹上铸有饕餮纹。圈足上饰有

---

① 李泽厚：《美学三书》，合肥，安徽文艺出版社，1999，第 43～44 页。
② 于民说："青铜饕餮自周初以后，随着殷代统治氏族的统治地位的转化，在审美特性上也发生了变化，但整个兽形图饰及其神秘色彩依然存在，因为产生它的经济政治条件基本上还存在。"（于民：《春秋前审美观念的发展》，北京，中华书局，1984，第 105 页）这也说明，周代的青铜艺术承续了商代青铜艺术的风格特点。
③ 李泽奉、刘如仲主编：《铜器鉴赏与收藏》，长春，吉林科学技术出版社，1994，第 120 页。

相对的两鸟，鸟昂首曳尾。此尊内壁刻有"叡古作旅"四字铭文。① 叡古尊造型奇异，纹饰怪诞，它将饕餮、夒、鸟、象等多种神异动物集于一身，这在西周初期的青铜器中，很是怪异独特。利簋是目前已知最早的西周重器，是武王伐纣克商历史事件的见证物。利簋的主体装饰也以兽面纹为主，口沿下还饰有半浮雕的兽首，两只器耳也是兽首装饰。整个器形总体上给人以一种神秘、恐怖之感。② 西周初期的何尊、象耳夒纹罍、令方彝、鸟纹卣等青铜艺术品也是以造型奇特、纹饰怪异而著名。总之，从西周初期的这些青铜艺术品来看，其形制怪诞奇特，像"折觥"和"叡古尊"都是集多种神兽动物于一身，"叡古尊"的象头上还赫然长着兽角，这些动物面目可憎，看上去恐怖而神秘；其纹饰也怪异可怖，多以饕餮纹和夒纹为主，还间以其他奇异的纹饰，令人感到惊异而畏惧。敏泽说："这种森严、神秘、恐吓性的造型艺术及其纹饰，正是商周青铜器和建筑艺术的最基本的特征。"③正是这些青铜艺术具有这种森严、神秘、恐怖性的造型和纹饰，使其自身具有一种狰狞、神秘之美。④ 可见，西周初期礼乐文化中的艺术上体现出一种庄严神秘、狰狞崇高的艺术风格。

　　西周初期艺术上的庄严神秘、狰狞崇高的艺术风格还体现在乐舞艺术上。可惜这些乐舞艺术不能像青铜艺术那样以实物的形式保存下来，对其庄严神秘、狰狞崇高的艺术风格，我们今天只能从有关文献资料中略窥一斑。周代的乐舞艺术以雅乐为主，雅乐为周天子及诸侯等在举行祭祀、朝觐、军事、会盟、聘问、飨宴等重大仪式活动中所用。雅乐体系中又以"六代乐舞"（六大舞）为主，其中《大咸》是唐尧时代的乐舞。《大咸》又称《咸池》，最初是黄帝时代的乐舞，在唐尧时代经过乐师的改造，成了唐尧的乐舞。《咸池》之乐就具有这种神秘、恐怖之美，体现出一种

①　李泽奉、刘如仲主编：《铜器鉴赏与收藏》，长春，吉林科学技术出版社，1994，第111 页。

②　李泽奉、刘如仲主编：《铜器鉴赏与收藏》，长春，吉林科学技术出版社，1994，第19页。

③　敏泽：《中国美学思想史》第1 卷，上海，复旦大学出版社，2010，第28 页。

④　郭沫若曾把中国青铜器时代分成四个时期：滥觞期（大率当于殷商前期）、勃古期（殷商后期及周初成、康、昭、穆之世）、开放期（恭、懿以后至春秋中叶）和新式期（春秋中叶至战国末年）。他所说的中国青铜器的勃古期正处在殷代至西周初期。这一时期的青铜器"为向来嗜古者所宝重。其器多鼎而鬲罕见，多'方彝'……形制率重。其有纹缋者，刻镂率深沉，多于全身雷纹之中施以饕餮纹，夒凤、夒龙、象纹等次之……饕餮、夒龙、夒凤，均想象中之奇异动物……彝器上之象纹，率经幻想化而非写实。故此时期之器物，美言之，可云古味盎然，恶言之，则未脱野蛮畛域……旧时有谓钟鼎为祟而毁器之事，盖即缘于此等形象之可骇怪而致。"（郭沫若：《青铜时代·彝器形象学试探》，北京，科学出版社，1957，第319～320 页）

庄严神秘、狰狞崇高的艺术风格。当然，对此我们不可能通过实物资料来获证，不过从《庄子·天运》篇中黄帝和其大臣讨论《咸池》之乐的神话传说中，我们还是约略窥见一斑。《庄子·天运》中说：

> 北门成问于黄帝曰："帝张《咸池》之乐于洞庭之野，吾始闻之惧，复闻之怠，卒闻之而惑；荡荡默默，乃不自得。"
>
> 帝曰："汝殆其然哉！吾奏之以人，徵之以天，行之以礼义，建之以太清。……四时迭起，万物循生；一盛一衰，文武伦经；一清一浊，阴阳调和，流光其声；蛰虫始作，吾惊之以雷霆；其卒无尾，其始无首；一死一生，一偾一起；所常无穷，而一不可待。汝故惧也。"
>
> "吾又奏之以阴阳之和，烛之以日月之明；其声能短能长，能柔能刚，变化齐一，不主故常；在谷满谷，在阬满阬；涂郤守神，以物为量。其声挥绰，其名高明。是故鬼神守其幽，日月星辰行其纪。吾止之于有穷，流之于无止。子欲虑之而不能知也，望之而不能见也，逐之而不能及也；傥然立于四虚之道，倚于槁梧而吟。心穷乎所欲知，目穷乎所欲见，力屈乎所欲逐，吾既不及已夫！形充空虚，乃至委蛇。汝委蛇，故怠。"
>
> "吾又奏之以无怠之声，调之以自然之命，故若混逐丛生，林乐而无形；布挥而不曳，幽昏而无声。动于无方，居于窈冥；或谓之死，或谓之生；或谓之实，或谓之荣；行流散徙，不主常声。世疑之，稽于圣人。圣也者，达于情而遂于命也，天机不张而五官皆备，无言而心说，此之谓天乐。故有焱氏为之颂曰：'听之不闻其声，视之不见其形，充满天地，苞裹六极。'汝欲听之而无接焉，而故惑也。"
>
> "乐也者，始于惧，惧故祟；吾又次之以怠，怠故遁；卒之于惑，惑故愚；愚故道，道可载而与之俱也。"

从这段文字来看，《咸池》之乐初听令人感到恐惧害怕，再听又使人觉得缓怠，最后听完之后，又使人心荡神怡，陷入一片迷茫之中。为什么会有这样的感受呢？因为《咸池》之乐是"奏之以人，徵之以天，行之以礼义，建之以太清"，具有一种崇高的艺术风格。"从音乐上讲，是以惊雷般的鼓声开始，无头无尾，一生一死，一起一伏，无常无穷，所以令人'惧'。再继之以刚柔相济变化无极的乐曲，表现鬼神幽冥、日月行纪，高不可及，满坑满谷，乃至委蛇，所以令人'怠'。第三段的音乐则是无形而昏幽、无声而窈冥的表现大化流行，天道刚健的宇宙情怀的内容，充满天地，包裹六极，所以令人'惑'。"①《庄子·至乐》也说《咸池》之乐，"张之洞庭之野，鸟闻之而飞，兽闻之而走，鱼闻之而下，人卒闻之，相与还而观之。"可见，《咸池》之乐，神乎其神，玄而又玄，使人听起来感到恐惧、缓怠和迷惑，但却具有一种神秘、恐怖之美，体现出一种庄严神秘、狰狞崇高的艺术风格。

《咸池》虽然是黄帝或唐尧时代的乐舞，但是在西周初年，周人制礼作乐，进入周代雅乐系统时，很可能经过周代乐师的改造，而且成了周代贵族子弟必修的科目之一。《周礼·春官·大司乐》中说："大司乐掌成均之法，以治建国之学政，而合国之子弟焉……以乐舞教国子舞《云门》《大卷》《大咸》《大磬》《大夏》《大濩》《大武》。"因此，《咸池》（或《大咸》）必定符合周代贵族统治阶级的要求，它在一定程度上也是周初乐舞艺术的一个代表。《咸池》之乐体现出一种庄严神秘、狰狞崇高的艺术风格，这也就说明周初艺术具有一种庄严神秘、狰狞崇高的艺术风格。

如果《咸池》之乐还不足以说明周初的艺术具有一种庄严神秘、狰狞崇高的艺术风格的话，那么我们再来看看"六代乐舞"中的《大武》之乐吧！因为《大武》是周初创制的歌颂周武王伐纣之丰功伟绩的乐舞，最能代表周初乐舞艺术的艺术风格。《礼记·乐记》中载有一段托名孔子和宾牟贾关于《大武》的论述：

> 子曰："居，吾语汝。夫乐者，象成者也。揔干而山立，武王之事也。发扬蹈厉，大公之志也。《武》乱皆坐，周、召之治也。且夫《武》始而北出；再成而灭商；三成而南；四成而南国是疆；五成而分，周公左，召公右；六成复缀以崇。天子夹振之，而驷伐，盛威于中国也。分夹而进，事蚤济也。久立于缀，以待诸侯之至也。"

从孔子和宾牟贾关于《大武》的讨论中，我们可以知晓《大武》共有"六成"，"六成"相当于今天歌舞剧的"六幕"。第一幕"始而北出"，象征着武王联合诸侯大军讨伐商纣王前做的准备；第二幕"再成而灭商"，象征着周人

---

① 罗艺峰：《礼乐精神发凡并及礼乐的现代重建问题》，《中央音乐学院学报》1997年第2期。

用武力灭商的进程；第三幕"三成而南"，象征着周人灭商后又向南积极用兵；第四幕"四成而南国是疆"，象征着南方各国都归入周朝；第五幕"五成而分，周公左，召公右"，象征着周公、召公辅助周武王分陕而治；第六幕"六成复缀以崇"，舞队重新排列，舞者重新回到原来的位置上。在这六幕中，第一、二、六幕明显地表现出一种神秘崇高之美。第一幕起始时，击鼓手用激烈的、粗重的动作连续地长时间地敲击战鼓，鼓点密集，鼓声震天动地，给人以一种壮烈崇高之感。长鼓敲击之后，却不见一个舞者出现于舞场中，又使人感到一种神秘。直到很长时间后，舞队才从北面徐徐而出，之后又"揔干而山立"，即舞者手持盾牌，巍然不动地静立在舞位上，更让人觉得庄严神秘。第二幕，"发扬蹈厉"，舞者以迅猛的舞蹈动作开始，全身心地投入到舞队表演中去。舞蹈过程中，舞队排列成方阵，舞者手执武器作冲杀刺伐的舞姿动作。音乐的节奏加快，变得急促，尤其是战鼓声震天动地，人声鼓声相杂，斧光盾影交相辉映。整个舞蹈场面宏大，气势恢宏，给人一种振奋崇高之感。第六幕，一切又恢复到原初的状态，舞者又回到原初的舞位上，巍然不动，神情肃穆，以示对周天子的崇敬。因此，整个场面使人感到庄严、肃穆和神秘。可见，《大武》之乐确实给人一种崇高、庄严、神秘的审美感受，这就说明周初艺术具有一种庄严神秘、狰狞崇高的艺术风格。这种狰狞、神秘之美也是周初艺术中体现出的一种典型的艺术精神。

了解了周初艺术具有这种庄严神秘、狰狞崇高的艺术风格，那么我们要追问，周初艺术为什么会具有这种艺术风格呢？对此，我们认为有两个方面原因使周初艺术形成这种艺术风格。

其一，这与夏商时代及西周初期宗教的神秘有着密切的关系。宗教是人类社会特有的现象，它产生的绝对确切的年代，我们已经无从知晓，但它是在原始社会的一定阶段上才出现的，这却是肯定的。恩格斯在《自然辩证法》中说："我们只能在我们时代的条件下去认识，而且这些条件达到什么程度，我们才能认识到什么程度。"[①]原始社会的生产力极其低下，思维水平不发达。原始先民们在面对大自然的狂风暴雨、电闪雷鸣、山呼海啸、天崩地裂、月转星移、晦明交替等自然现象时，常常感到困惑和迷茫，在和大自然的斗争中也感到自身力量的渺小，从而对大自然产生一种依赖感、恐惧感和神秘感。因此，原始先民们对大自然顶礼膜拜，充满着崇敬之情，常常举行一定的仪式，祈求大自然给予人类以恩

---

① 《马克思恩格斯选集》第 4 卷，北京，人民出版社，1995，第 2 版，第 337～338 页。

惠，这样原始宗教就慢慢地产生了。马林诺夫斯基说："对于蛮野人，一切都是宗教，因为蛮野人恒常都是生活在神秘主义与仪式主义的世界里面。"①所以从原始宗教产生的那一刻起，恐惧感、神秘感就伴随着它而产生，成为它的一个显著的特征。

　　夏、商二代的巫术、宗教气息特别浓厚，巫术、宗教活动在人们的生活中占据着重要的地位，巫师还担任王朝命官，享有很高的政治地位和经济待遇。到了西周初期，夏商时代的巫术、宗教气息还继续残留着（关于这一点，我们在第十二章第一节里已作过论述，这里不再赘述）。而艺术与巫术、宗教的关系颇为密切，自始就是同胎共育，共生共长的。艺术和宗教的本质都是为了表达人类情感的需要而产生的。正是这种共同的情感纽带使二者自诞生之时起，就紧密地联系在一起。宗教想象和幻想为艺术提供发生发展的肥沃土壤，宗教情感使艺术有了个体的感性生命并赋予其具体内容；而艺术又为宗教情感的表达提供了一个最好的载体和途径。② 三代时期的巫术、宗教气息特别浓厚，致使当时的整个政治、思想和艺术都笼罩于其中，政治、宗教和艺术是密切联系的。马承源说："在商、周时代，政治、宗教和艺术是结合在一起的。在青铜礼器上施以各种怪诞的图像，当然有利于神权的统治，有助于天命论的宣扬。"③这句话准确地说明了这一时期的政治、宗教和艺术之间的密切关系。张光直也说："商周青铜器上的动物纹样，实际上是当时巫觋通天的一项工具。这里我们不妨把这个主张更加扩张，把它当作商周艺术的一般特征，并且指出这种为通天工具的商周艺术品，也正因此而是商周统治阶级的一项政治工具。"④这实际上也在说明，商周时期的艺术、宗教与政治是"三位一体"的。商周青铜器上的纹饰大多由抽象的图腾纹饰、饕餮纹、夔纹、龙纹、凤纹等构成，"既体现了形式美的规律性，又是特殊理念与宗教情感的混合体，成为融巫术、审美为一体的文化符号。"⑤商周的乐舞艺术是举行巫术活动和宗教仪式的重要组成部分，乐舞是沟通人神，营造人神共乐气氛的重要媒介。周代的雅乐"六大舞"无一不是为祭祀所用，"乃奏黄钟，歌大吕，舞《云门》，以祀天神；乃奏大蔟，歌应钟，舞《咸池》，以祭地示；乃奏姑洗，歌南吕，舞《大磬》，以祀四望……

　① 〔英〕马林诺夫斯基：《巫术科学宗教与神话》，李安宅编译，上海，上海文艺出版社，1987，第10页（据商务印书馆1936年初版影印）。
　② 陈荣富：《宗教礼仪与古代艺术》，南昌，江西高校出版社，1994，第14～15页
　③ 马承源：《中国古代青铜器》，上海，上海人民出版社，1982，第33～34页。
　④ 张光直：《中国青铜时代》，北京，生活·读书·新知三联书店，1999，第457页。
　⑤ 罗坚：《从"神人以和"到"礼乐之和"》，《民族艺术》2001年第2期。

乃奏无射,歌夹钟,舞《大武》,以享先祖"。① 可见,商周时期的青铜艺术和乐舞艺术与巫术、宗教的关系密切。

既然宗教从它产生的那时起,恐惧感、神秘感就伴随着它而同时产生,而三代时期(周代指周初)的巫术、宗教气息又如此浓厚,艺术与巫术、宗教的关系又如此密切,那么巫术、宗教的神秘感、恐惧感必然会对艺术产生深远的影响,使这一时期的艺术也带有一种神秘、恐怖的气息。因此,西周初期的艺术具有一种庄严神秘、狰狞崇高的艺术风格,其中一点正是巫术、宗教具有的神秘性、恐怖性投注于艺术之中的结果。

其二,周初礼乐文化中艺术上的庄严神秘、狰狞崇高的艺术风格的形成,还与三代时期君主专制下王权、神权统治的需要密切相关。我们知道,随着人类社会的发展和进步,原始社会解体,"大同世界"瓦解,人类开始步入充满血腥、暴力和杀戮的阶级社会,而三代时期是中国历史上最野蛮、最残酷、最充满血腥的时期。我们仅以商代杀殉为例,就能说明这一点。殷墟的发掘表明,不仅墓道墓室内有人殉和人祭,墓室周围及附近地区也有大量的人殉和人祭。侯家庄的殷陵主要分东、西两区,西区六大墓便有殉葬者两千四百多人,东区三座大墓也有殉葬者一千多人,除此之外,在主墓西侧还有数十排"员"字形辅墓,计有殉葬者数千人。所以,侯家庄的殷陵殉葬者合起来,共有四五千人左右,这可是个庞大的数字。它与公元前3500年的巴比伦王乌尔墓中只有五十九位殉葬者相比,真是具有天壤之别。② 人类就是这样踩着自己同类的头颅和血迹继续向前迈进。正如恩格斯所说:"人类是从野兽开始的,因此,为了摆脱野蛮状态,他们必须使用野蛮的、几乎是野兽般的手段,这毕竟是事实。"③三代时期的统治就是这种野蛮的、血腥的统治,那时摆在统治阶级面前的最主要的矛盾,就是奴隶主贵族阶级与奴隶阶级之间的矛盾。如何去解决这种矛盾,统治阶级找到了两种最好的方法和手段,一种硬的,一种软的。硬的方法和手段便是实行武力的镇压和杀戮,软的方法和手段便是实行精神上的恐吓和威慑。而当时最先进的质料——青铜在这里担当了重要的作用。一方面,青铜可以制造青铜兵器进行武力镇压和杀戮,这点我们暂不讨论;另一方面,青铜可以铸造青铜礼器进行思想意识统治,即进行精神上的恐吓和威慑。

那么统治阶级如何利用青铜礼器对被统治阶级进行思想意识统治,

实行精神上的恐吓和威慑呢？首先，他们把青铜礼器与宗教祭祀联系起来，青铜礼器最初是作为祭器来使用的，这样，宗教的神秘和威严自然使得青铜礼器也同样具有神圣性和威严性，具有威慑人心的作用。后来青铜礼器慢慢成为奴隶主贵族身份的象征，有着强烈的阶级等级性。从商周墓葬出土的青铜礼器的数量、质量来看，它是与奴隶主贵族的身份地位成正比的。因此，青铜礼器无论作为宗教祭器，还是作为贵族权力和地位的象征物，都不是卜层奴隶阶级所能拥有的，对他们来说，青铜礼器始终都具有一种威慑人心的神圣性和神秘性。其次，统治阶级在青铜礼器的造型上和纹饰上大做文章。在造型上，青铜器常常采用极度夸张、变形的手法，集多种神异动物于一身，人头与兽口结合在一起，使人一触目，就会惊心，产生一种恐惧感和阴森感。这是因为对异己力量进行精神控制，若采用人们习以为常的、写实的动物造型，就难以达到良好的威慑效果；在纹饰上，青铜器的主题纹饰常采用与祖先崇拜和图腾崇拜密切相关的图案纹饰。这些图案纹饰经过极度的抽象变形，与现实产生一定的距离，但是又充满着幻想和想象，指向现实中某种威猛凶残、令人恐惧的实物。如青铜器上的饕餮纹，就突出它的面部特征：圆睁的怒目，张开的大口，竖立的尖耳，令人畏惧的犄角。[①]　这样就能给人以一种神秘感、恐怖感。统治阶级正是以此来威慑、恐吓奴隶及其他被统治阶级，达到稳固统治的目的。马承源说："商和周初青铜器动物纹饰都是采取夸张而神秘的风格。即使是驯服的牛、羊之类的图像，也多是塑造得狰狞可怕。这些动物纹饰巨睛凝视，阔口怒张，在静止状态中积聚着紧张的力，好像在一瞬间就会迸发出凶野的咆哮。在祭祀的烟火缭绕之中，这些青铜图像当然有助于造成一种严肃、静穆和神秘的气氛。奴隶主对此尚且作出一副恭恭敬敬的样子，当然更能以此来吓唬奴隶了。"[②]这是非常深刻的看法。李泽厚也说："它（饕餮形象）一方面是恐怖的化身，另一方面又是保护的神祇，它对异氏族、部落是畏惧恐吓的符号；对本氏族、部落则又具有保护的神力。这种双重性的宗教观念、情感和想象便凝聚在此怪异狞厉的形象之中。"[③]这就说明，青铜饕餮对商

---

①　《周礼·冬官·梓人》："凡攫杀援噬之类，必深其爪，出其目，作其鳞之而。深其爪，出其目，作其鳞之而，则于视必拨尔而怒。苟拨尔而怒，则于任重宜，且其匪色必似鸣矣。爪不深，目不出，鳞之而不作，则必颓尔如委矣。苟颓尔如委，则加任焉，则必如将废措，其匪色必似不鸣矣。"可见，那时人们已经掌握了如何突出飞禽走兽的凶猛可怖的特征了，饕餮纹就是凶禽猛兽的凶猛、残酷特征的进一步简化和集中的结果。

②　马承源：《中国古代青铜器》，上海，上海人民出版社，1982，第34～35页。

③　李泽厚：《美学三书》，合肥，安徽文艺出版社，1999，第45页。

代及周初时人有着重要的意义。商周青铜饕餮，一方面使人联想到至高无上的统治者——神以及神的威严、神秘，从而产生一种恐惧感和敬畏感；另一方面，它表现出的恐怖性、神秘性对奴隶和统治阶级内部的下层具有一种巨大的威慑力量，从而起到确定严格的等级秩序和稳固统治的目的。商周青铜饕餮是商周奴隶社会的产物，是商周王朝奴隶主贵族王权、神权统治的需要而产生的。商周的乐舞艺术规模宏大、场面壮观，也充满着神秘性、威严性，给人以神秘、崇高之感，它也是与商周王朝奴隶主贵族王权、神权统治的需要密切相关。一句话，商代及周初礼乐文化中庄严神秘、狰狞崇高的艺术风格的形成，与商周时期君主专制下王权、神权统治的需要密切相关。

总之，人类从充满和谐、平等的原始社会迈进充满血腥暴力的阶级社会，在艺术上，过去彩陶文化中那种生动、和谐、开朗的艺术风格，消失殆尽，并完全被一种森严、恐怖和神秘的艺术风格所取代。在商代，这种艺术风格表现得特别明显，到了周初，虽然王权、政权发生了剧烈的变化，但是这种庄严神秘、狰狞崇高的艺术风格还是承续了下来。它一方面是那个野蛮时代的宗教的神秘性在艺术中的直接体现；另一方面又是商周奴隶主专制下王权、政权、神权统治发展的需要，是奴隶主贵族阶级精神意识的集中反映与阶级本性的本质表现。因此，在周初礼乐文化兴起之时，其乐舞艺术显得威严、神秘；其青铜艺术造型奇特，纹饰怪异。总体上来说，这些艺术都表现出一种狰狞、神秘之美，这种以狰狞、神秘为美也是周初礼乐文化兴起时艺术上体现的一种典型的艺术精神。

第二节　中和之美——西周中期至春秋中后期的艺术风格（上）

中华民族有着悠久的历史、灿烂的文化，中国古典艺术也取得举世瞩目的成就。中国古典艺术种类繁多，风格流派各异，表现出来的美学精神和艺术精神也异彩纷呈，但是总体上看，它却呈现出一种中正平和、温润含蓄的艺术风貌。这种中正平和、温润含蓄的艺术风貌体现出来的艺术精神和美学精神就是一种"中和之美"。"中和之美"也一直在中国艺术史和美学史上占据着主流的地位。那么，这种中和之美的根源又在何处呢？我们认为，它最早可以追溯到周代礼乐文化盛极时期的艺术上以"中和"为美的艺术精神上。西周中期至春秋中后期，是周代礼乐文化最鼎盛及由盛而衰的时期。在这一时期的艺术创作上，体现出一种美善相乐、情理相济的艺术创作精神。正是这种艺术创作精神渗透在艺术创作之中，使得这一时期的艺术表现出一种独特的艺术风格，即这一时期的艺术总体上体现出一种"中和之美"。以"中和"为美也是西周中期至春秋中后期礼乐文化中的艺术上体现出的一种艺术精神。那么这一时期的艺术为什么会体现出这种艺术精神呢？其直接的原因当然是这一时期的艺术上美善相乐、情理相济的艺术创作精神使然；其深层的原因就要追溯到产生这种艺术精神的社会根源、时代氛围和文化精神了。

我们知道，中华民族是个历史悠久的古老的民族，其古代文明发祥于黄河流域和长江流域。这里土地肥沃，物产丰富，适宜于农耕，基本上能够满足人们的生产生活需要。但是，这里也常发生各种各样的自然灾害，尤其是旱涝灾害，这一点我们可以从女娲补天、夸父追日、鲧禹治水等上古时代的神话传说中得到见证。汤因比就认为，黄河流域是古代中国文明的起源地，"人类在这里所要应付的自然环境的挑战要比两河流域和尼罗河的挑战严重得多"。[①]　因此，那时的先民们需要同各种自然灾害作艰苦的斗争，他们必须依靠集体的力量共同去抵御才能继续生存下去。因此，中华民族的先民们很早就懂得群体和谐、共同合作对于民族生存的重要作用。他们在和大自然作不断的物质交换的过程中，也懂得人类必须要与大自然和谐相处，才能获得大自然的回报，因此，也渴望着能和大自然有一种和谐的关系。中华民族的先民们懂得人与自然、人与社会之间关系和谐的重要意义，也渴望着能有这种和谐关系。这一点我们可以从"和"字的本义上得到见证。"和"在甲骨文中就曾出现，历来人们对它的解释并不一致。"和"字在甲骨文中写作"龢"，许慎在《说文解字》中释"和（龢）"为"调也，从龠，禾声。读与和同。"罗振玉持许慎观点，认为"和（龢）"为"调和"之意。汉初的《尔雅·释乐》说："大笙谓之巢，小者谓之和。"这里"大笙"与"小者"相对，郭沫若据此认为"和（龢）"为小笙，即为一种编管乐器的称谓。如果这两种解释可靠的话，那么"和（龢）"当与音乐有关。当代学者修海林认为，汉人对"和（龢）"字所作的解释，估计是衍化、引申了的含义而不是原初本义；郭沫若释"和（龢）"为编管乐器的说法，也缺乏文献和文物的实证。那么，"和（龢）"字本义到底是什么呢？修海林认为，从甲骨文"龢"字的文化原型来看，恰似一幅早期农业社会中氏族村落生活的景观图：典型的坡型屋顶（"A"）代表相

---

① 〔英〕阿诺德·汤因比：《历史研究》，曹未风等译，上海，上海人民出版社，1997，第92页。

对固定的居住点；人们以耕植劳动（"𣎃"）为主要生产方式与生存手段；篱栅（"𬮿"）恰是居民安居乐业生活状况的象征。因此，从"和（龢）"字的文化内涵上说，它意味着人与自然、人与社会之间关系的谐和，其中浸染着原始先民居于篱栅之内安居乐业、怡然自乐的心理谐和感。① 对于修海林的这种解释，我们认为它有一定的道理。这里想要补充的一点是，"和（龢）"字的甲骨文不仅是早期农业社会中氏族村落生活的景观图，更主要的是体现了原始先民们对和谐、安定生活的向往。他们渴望着有一间草房、一个篱栅，过上安居乐业的耕植生活，渴望着人与人、人与社会、人与自然之间能够和谐相处。在这种观念支配下，就产生了"和谐"的思想。因此，"和谐"的思想自古以来就根植在中华民族的深层的心理结构中，成为一种历史的积淀，后代哲学上的"中和"思想的产生就是以此为思想渊源的。"致中和，天地位焉，万物育焉。"② 就是说，如果达到了中和的境界，天地万物的位置就摆正了，就可以各安其位，各得其所，繁荣昌盛，兴旺发达。

那么原始先民群体如何和谐相处，建立秩序稳定的社会关系呢？这要依赖于原始"礼乐文化"。原始"礼乐文化"是在原始先民们长期的社会生活实践中逐渐产生的，它规范着、维护着社会群体的和谐稳定的关系。到了夏商时期，"礼乐文化"已经初具规模。周人建国以后，在继承前代礼乐文化的基础上，有所损益，建立了一套系统的礼乐制度，礼和乐自此渗透到周人社会生活的方方面面。大到国家大事，小到日常生活，礼乐几乎无处不在。周人就是依靠强化礼乐文化来巩固其宗法等级秩序，维护其阶级统治的，周代的礼乐文化也因此达到最鼎盛。无疑，礼乐文化是周统治者找到的维护其"和谐"统治的最好的方法和手段。但是我们说，"礼"作为一种约束性的外在行为规范，常常与人的内在自然本性处于一种对峙的状态，特别是当礼逐渐演变为一种森严、冷漠的礼规制度而对人性进行压制时，这种对峙就会被激发，甚至会产生混乱，这就与统治阶级的求"和"的初衷相背离了。而"乐"正好可以弥补"礼"的这一缺陷。正如陈来所说："中国古人早就意识到必须有一种方式缓解等级制度的内在紧张，这样一种方式必须以与'礼'不同的特性来补充礼，必须是一种能够增益亲和关系的东西，他们认为这个东西就是'乐'。"③ 乐不是

---

① 修海林：《中国古代音乐美学》，福州，福建教育出版社，2004，第91～96页。

② 《礼记·中庸》。

③ 陈来：《古代宗教与伦理——儒家思想的根源》，北京，生活·读书·新知三联书店，1996，第276页。

外在的强制，而是内在的导引，它是以感性的艺术形式作用于人的内在情感，实现社会群体情感上的交流与和谐。由于它不与人的自然性和本性相对峙，因而最具有"合同"的实效。礼和乐相需为用，密切配合，在优美动人的乐舞艺术表演中，森严冷漠的礼规在潜移默化中最终被人们自觉地接受，因此能够建立一个和谐稳定的统治秩序。所以《礼记·乐记》说："是故乐在宗庙之中，君臣上下同听之，则莫不和敬；在族长乡里之中，长幼同听之，则莫不和顺；在闺门之内，父子兄弟同听之，则莫不和亲。"同听"和乐"，就会产生"和敬""和顺""和亲"的良好效果，这正是统治阶级所希求的。

　　周代礼乐文化特别是西周中期至春秋时期的礼乐文化注重礼乐并重，相需为用，贯穿于其中的是一种"致中和"的文化精神。所谓"中"就是不偏不倚，无过之也无不及，恰到好处，即朱熹所说："中者，不偏不倚、无过不及之名。"①所谓"和"，就是事物之间、人际之间关系和谐融洽。冯友兰说："'和'便是协调分歧，达成和睦一致。"②简而言之，"中和"就是适度、协调、和谐，就是后来儒家所说的"中庸"。这种文化精神和"乐"本身具有"和"的精神深深地影响着这一时期的艺术精神，③"中和之美"成为这一时期艺术上的审美追求，也是这一时期艺术上体现的风格特征。

　　从现存典籍来看，关于"中和之美"最早的阐述是《尚书·舜典》中帝舜和乐官夔的一段对话：

　　　　帝曰："夔！命汝典乐，教胄子，直而温，宽而栗，刚而无虐，简而无傲。诗言志，歌永言，声依永，律和声。八音克谐，无相夺伦，神人以和。"夔曰："於！予击石拊石，百兽率舞。"

在这段话中，首先，"律和声"、"神人以和"两次提到"和"，"八音克谐"一次提到"谐"。"律和声"和"八音克谐"是"典乐"时要使音乐舞蹈的音调

----

① （宋）朱熹：《四书章句集注》，北京，中华书局，1983，第17页。
② 冯友兰：《中国哲学简史》，北京，新世界出版社，2004，第152页。
③ 周人认为"乐"本身就具有"和"的精神，因为"乐"是效法宇宙自然而生的，体现了自然的和谐精神。《礼记·乐记》说："地气上齐，天气下降，阴阳相摩，天地相荡。鼓之以雷霆，奋之以风雨，动之以四时，煖之以日月，而百化兴焉。如此，则乐者天地之和也。"宇宙万物生生不息，井然有序，和谐运转。"大乐与天地同和"，乐之"和"正是宇宙自然和谐运转的表现。因此，"和，乐之本也"（《吕氏春秋·察传》），"乐"本身就具有"和"的精神。

节奏配合和谐；"神人以和"是利用歌舞营造一种人神共娱共乐的气氛，从而使人和神能够沟通自由和谐。其次，帝舜要求夔教导贵族子弟要"直而温，宽而栗，刚而无虐，简而无傲"，即"为人正直而温和；处事宽厚而明辨；情性刚毅而不暴虐；态度宽简而不傲慢"，也表现出中正和谐的意识。可见，"中和之美"的审美意识产生的时间很早，但是这时它还处于一种感性化的层面，先民们只是本能地意识到和谐的乐律是美的，并起到和谐人神的作用，但还没有上升到理性的高度。只有到周代礼乐文化鼎盛的时期，"致中和"的文化精神深刻影响着艺术精神，"中和之美"才成为艺术上的自觉的审美追求。这一时期的艺术才表现出"中和之美"的风格特征。

《左传·襄公二十九年》记载，吴国公子季札聘问鲁国，请求观赏"周乐"，因为这时周代的礼乐制度在其他许多诸侯国已经遭到破坏，只有鲁国还完整地保存有"周乐"，于是主人让乐工为季札演奏各国的"风"乐、"雅"乐和"颂"乐：

> 请观于周乐。使工为之歌《周南》《召南》，曰："美哉！始基之矣，犹未也。然勤而不怨矣。"……为之歌《小雅》，曰："美哉！思而不贰，怨而不言，其周德之衰乎？犹有先王之遗民焉。"为之歌《大雅》，曰："广哉，熙熙乎！曲而有直体，其文王之德乎？"为之歌《颂》，曰："至矣哉！直而不倨，曲而不屈，迩而不逼，远而不携，迁而不淫，复而不厌，哀而不愁，乐而不荒，用而不匮，广而不宣，施而不费，取而不贪，处而不底，行而不流。五声和，八风平，节有度，守有序，盛德之所同也。"

从这段文字来看，乐工每奏一曲，季札都要作出评价。对于"风"乐和"雅"乐，季札主要从"美"和"善"的角度来评价，不同程度地肯定其"美善统一"，而对于"颂"乐，则主要肯定其具有"中和之美"。他说"颂"乐刚劲而不放肆，柔曲而不卑弱；紧密而不局促，悠远而不散漫；变化多端而不过多，反复重叠而不厌倦；哀伤而不忧愁，欢乐而不过度；使用而不匮乏，宽广而不显露；施给而不减少，收取而不增多；静止而不留滞，流动而不泛滥。[1] 他连用了数对平行的、具有对立关系的句子来称赞

---

① 译文参见李梦生：《左传译注》，上海，上海古籍出版社，2004，第874页。

"颂"乐。这种"A而非A±"的句式，依据的是一种"中庸"的哲学尺度，强调的是"温柔敦厚""中和之美"。① 就"哀而不愁，乐而不荒"来说，"哀"和"乐"是对立的情感关系，"颂"乐在表达"哀"、"乐"的情感时，恰到好处。"哀"用"不愁"来制约；"乐"用"不荒"来制约。因此，"哀"和"乐"都成了适度中节的情感，既没有过分的哀伤，也没有过分的淫乐。正如李泽厚所说："从一开始，华夏美学便排斥了各种过分强烈的哀伤、愤怒、忧愁、欢悦和种种反理性的情欲的展现，甚至也没有像亚里士多德那种具有宗教性的情感洗涤特点的宣泄——净化理论。中国古代所追求的是情感符合现实身心和社会群体的和谐协同，排斥偏离和破坏这一标准的任何情感（快乐）和艺术（乐曲）。②"颂"乐在处理各种对立关系时，无过之也无不及，恰到好处，而且"五声和，八风平，节有度，守有序"，即五声和谐，八音协调，节奏有度，鸣奏有序。因此，季札称其美是"至矣哉"！而这种美正是一种"中和之美"。周乐中的"雅颂"之乐也确实具有一种"中和之美"，节奏适中，音调和谐，旋律柔和。《礼记·乐记》就说："故听其《雅》《颂》之声，志意得广焉；执其干戚，习其俯仰诎伸，容貌得庄焉；行其缀兆，要其节奏，行列得正焉，进退得齐焉。故乐者，天地之命，中和之纪，人情之所不能免也。"《诗·周颂·有瞽》是一首合乐祭祖的"颂"乐："有瞽有瞽，在周之庭。设业设虡，崇牙树羽。应田县鼓。鞉磬柷圉。既备乃奏，箫管备举。喤喤厥声，肃雝和鸣，先祖是听。我客戾止，永观厥成。"就描写了一个钟鼓齐鸣、箫管合奏、肃雝和鸣的合乐场面。而周乐对于那些狂放、刺激、大喜大悲之类的声乐和歌舞都是禁止的。《周礼·春官·大司乐》曰："凡建国，禁其淫声、过声、凶声、慢声。"即是此意。总之，西周中期至春秋中后期礼乐文化中的艺术上体现出一种"中和之美"的风格特征。

《左传·昭公元年》记载一段晋侯与医和的对话，也论及到"中和之美"：

晋侯求医于秦。秦伯使医和视之，曰："疾不可为也。是谓：'近女室，疾如蛊。非鬼非食，惑以丧志。良臣将死，天命不佑。'"公曰："女不可近乎？"对曰："节之。先王之乐，所以节百事也，故有五节，迟速本末以相及，中声以降，五降之后，

---

① 李泽厚：《美学三书》，合肥，安徽文艺出版社，1999，第238页。
② 李泽厚：《美学三书》，合肥，安徽文艺出版社，1999，第239页。

> 不容弹矣。于是有烦手淫声，慆堙心耳，乃忘平和，君子弗听
> 也。物亦如之，至于烦，乃舍也已，无以生疾。君子之近琴瑟，
> 以仪节也，非以慆心也。"

晋侯身体生病了，求医于秦伯，秦伯便派来医和给他看病。医和诊断后指出晋侯生病，乃是沉迷于声色所致，并就先王之乐发表了一通议论。医和认为，先王之乐是用来节制百事的，有五声作为节制，有快慢本末来调节，从中和之声下降，降于五声就不再弹了。再弹就会"烦手淫声，慆堙心耳，乃忘平和"，最后导致"生疾"。"夫乐者，乐也，人情之所不能免也。乐必发于声音，形于动静，人之道也……故人不耐无乐。"①"乐"是人情获得快乐所不可缺少的，但是"乐"要"节之"，"先王之乐，所以节百事也。"先王之乐追求的是五声的和谐、节奏的快慢适度，使人的心理平衡和平和，而不是使人心志佚荡。先王之乐实际上是既满足人的情感快乐的需要，但又节制它，从而保持在"中和"的状态。《礼记·乐记》中也说：

> 是故先王本之情性，稽之度数，制之礼义。合生气之和，
> 道五常之行，使之阳而不散，阴而不密，刚气不怒，柔气不慑。
> 四畅交于中而发作于外，皆安其位而不相夺也。

就是说，先王制乐是根据人的性情，考察音律的度数，并以礼义来节制。这样的乐就能合乎阴阳二气的和谐，遵循五行运转的规律；乐作时声音飞扬但不散漫，乐结时声音沉静但不郁结，有阳刚之气但不粗暴，有阴柔之气但不畏惧。这样的四种精神融会于乐中而演奏出来，宫、商、角、徵、羽五声，就能各得其所而互不侵夺。可见，先王之乐具有一种"中和之美"，而这里的"先王之乐"主要指周乐，即是说周乐具有一种"中和之美"。如备受孔子称赞的《韶》乐，是"尽美矣，又尽善也"②，就具有一种"中和之美"。再如《关雎》《卷耳》《葛覃》等这些进入周乐的诗歌也具有"中和之美"。《仪礼·乡饮酒礼》说："乃合乐：《周南》，《关雎》《葛覃》《卷耳》；《召南》，《鹊巢》《采蘩》《采蘋》。工告乐正曰：'正歌备。'乐正告于宾，乃降。"从这段文字来看，周代贵族在举行"乡饮酒礼"时要演奏《关

---

① 《礼记·乐记》。
② 《论语·八佾》。

雎》《卷耳》等诗乐，据《仪礼》记载，这些诗乐也在举行"燕礼""乡射礼"上演奏。可惜这些诗歌的曲调没有保存下来，我们今天已无法确切地知晓其原初的风貌，但是从这些诗歌的歌词来看，它们确实具有一种"中和之美"。如《关雎》是一首爱情诗，描写一个贵族青年热恋着一个采集荇菜的女子。当那位青年求爱不成时，情绪低落，感到悲伤，但没有过度，成为无限的哀伤；当他求爱成功时，情绪高涨，感到欢乐，但是没有欢乐过度，成为放纵的淫乐。可见，《关雎》无论表达"哀情"还是"乐情"都很适度，符合"中和"的原则，它也就具有一种"中和之美"，像《葛覃》《卷耳》《鹊巢》等诗也是如此。

西周中期至春秋中后期周代礼乐文化中体现的"中和"思想以及这一时期艺术上体现的"中和之美"，对后来儒家的审美思想产生了深远的影响。以孔子为代表的儒家所推崇的"温柔敦厚""广博易良"的行为风格正是"中和之美"的具体体现。《礼记·经解》中记有一段传说是孔子所说的话：

> 孔子曰："入其国，其教可知也。其为人也，温柔敦厚，《诗》教也；疏通知远，《书》教也；广博易良，《乐》教也。絜静精微，《易》教也；恭俭庄敬，《礼》教也；属辞比事，《春秋》教也……其为人也，温柔敦厚而不愚，则深于《诗》者也。"

依照孔子所说，进入一个国家，可以看出这个国家对国民的教化情况怎样，如果民风民情（包括为人）温和淳厚，那是《诗》教的结果。可见"温柔敦厚"本是指儒家的行为风格和人格理想，要求君子要性情柔顺、和颜悦色、温文尔雅。这其实也是周代统治阶级对贵族子弟的教育要求。《周礼·春官·大司乐》曰："以乐德教国子中、和、祗、庸、孝、友，以乐语教国子兴、道、讽、诵、言、语，以乐舞教国子舞《云门》《大卷》……"就是说，要用乐德教育贵族子弟具备忠诚、刚柔得当、恭敬、有原则、孝顺父母、友爱兄弟等良好德行。在孔子看来，君子的"温柔敦厚"的德行是《诗》教的结果，那么，反过来，教育君子的《诗》也就必然要求有"温柔敦厚"的品质。这就要求诗（艺术）要用含蓄蕴藉的言辞和比兴寄托的方法来委婉曲折地表达思想情感，无论是吟咏情性，还是怨刺朝政，都要在统治阶级能够接受和允许的范围内进行，要合乎中正平和的原则。后来的儒家对"温柔敦厚"的解释都是把它当成作诗的原则了。如孔颖达《礼记正义》释该句云："温谓颜色温润，柔谓情性和柔。《诗》依违讽谏，不指切事情，故云温柔敦厚是《诗》教也。"就是如此。儒家要求诗歌（艺术）要具有"温柔敦厚"之美，实际上也就是要求艺术要具有一种"中和之美"。这正是周代礼乐文化体现的"中和"文化精神和"中和之美"的艺术精神对儒家艺术精神产生影响的结果。

总之，西周中期至春秋中后期是周代礼乐文化最鼎盛并由鼎盛走向衰退的时期。这一时期的礼乐，作为礼乐制度，是周代奴隶社会的一项根本制度，担负着维护周代社会等级制度和社会稳定的重任；作为道德规范，贯穿在周代社会生活的方方面面。周代礼乐文化非常强调礼和乐相需为用，礼和乐互补互重。这就使得周代礼乐文化突出地表现出一种"致中和"的文化精神。这种文化精神深深地影响着周代礼乐文化中的艺术精神。周初艺术中那种狰狞、神秘的风格特征在这一时期的艺术中慢慢消失褪去，代之而起的是一种"中和之美"的风格特征。谢崇安说："西周中期以后的艺术风格就是追求中庸平淡的和谐，它既体现了周人敬德重民的守成思想，同时也是过去的神秘宗教和神圣王权衰落的表现。"①这是符合事实的论断，他所说的"中庸平淡的和谐"就是"中和之美"。这种"中和之美"，既是伦理的，又是审美的，是"至善"与"至美"的统一。它被后来的儒家所继承，并具体化为"温柔敦厚"的诗教观。中国数千年来的古典艺术尽管有过千姿百态的风格流派，但主流艺术始终在这种诗教观的规范下生长和发展，"中和之美"始终是中国古典艺术的审美理想。因此，中国的古典艺术总体上表现出一种中正平和、含蓄蕴藉、委婉圆润的风格特征，成为世界文化艺术宝库中一颗具有东方民族艺术特色和艺术魅力的璀璨的明珠。童庆炳从文论的角度也说："如果说西方文论主要根植于冲突情境，以冲突的解决为美的话，那么中国的古典文论就根植于中和情境。以中和为美，是中国文论的一大民族文化个性。"②这是非常深刻的认识。的确，就审美欣赏来说，具有"中和之美"的艺术也确实能够给人的心理和生理上带来愉悦，得到美的享受；失去"中和之美"的艺术，可能会造成人的心理上和生理上的损害，更谈不上具有美了。如20世纪80年代中期，西方国家流行的节奏强烈和宣泄情感的迪斯科舞、摇摆舞和霹雳舞等传入中国，一时在年轻人中大为盛行，但这种所谓的"现代舞"是西方后工业社会快节奏生活的产物，是空虚、压抑和焦虑的后现代生活的一种歇斯底里式的宣泄。从艺术审美角度来看，它只

① 谢崇安：《商周艺术》，成都，巴蜀书社，1997，第242页。
② 童庆炳：《中国古代文论的现代意义》，北京，北京师范大学出版社，2001，第53页。

是给人以一时感官上的刺激，可能暂时迎合一部分人的审美趣味，也许一时火爆流行，但它不符合审美欣赏应有的要求，最终会随着时间的推移，遭到历史无情的淘汰。但是，我们也应该看到，"中和之美"的艺术精神和审美理想也有它的局限性：（1）如过分强调艺术的"温柔敦厚"的一面，就会使艺术成为道德教化的附庸，削弱了艺术自身的独特魅力，艺术家的情感活动也受到伦理道德的束缚，不能自由发挥和尽情表达，这就可能为了追求"善"，而失去了"美"和"真"；（2）过分强调艺术的"中和之美"，也会忽视艺术的"偏至之美"，中国古典艺术中很少有大喜大悲、震撼人心的作品出现，与此不无关系。这也是中国艺术缺少像古希腊悲剧和喜剧那样作品的原因之一，中国的戏剧艺术总是遵循着善有善报、恶有恶报的人生哲学原则，故事虽曲折离奇，结局终归要人为地团圆美满，这就会显得做作、欠真实；（3）过分强调艺术要具有"中和之美"，也会使原本丰富多彩的艺术种类和风格流派变得单一，就会使原本琳琅满目的艺术宝库变得单调乏味。因此，对于周代礼乐文化中艺术上体现的以"中和"为美的艺术精神及其对后代艺术的深远影响，我们在充分肯定它的基础上，也要认识到它的不足和局限。

第三节　素朴之美——西周中期至春秋中后期的艺术风格（下）

上文我们就西周中期至春秋中后期礼乐文化中艺术上体现的"中和之美"的风格特征进行了论述。除了这种"中和之美"的风格特征外，这一时期的艺术还体现出一种"素朴之美"，这点无论在其乐舞艺术，还是在其造型艺术中，都有较明显的体现。这种"素朴之美"也是这一时期礼乐文化中艺术上体现的一种艺术精神。那么为什么这一时期的艺术上会体现出一种素朴之美呢？这当然与周代礼乐文化的"致中和"的文化精神密切相关，也与这一时期艺术上以"中和"为美的艺术精神有关。不过，笔者认为，最为重要的还是与周代礼乐文化中尚质贵朴的文化现象和文化精神有密切关系。正因为周代礼乐文化中尚质贵朴的文化现象和文化精神深深地影响着这一时期的艺术精神，使得这一时期的艺术上体现出一种素朴之美。下面我们先来谈谈周代礼乐文化中尚质贵朴的文化现象和文化精神。

周代礼乐文化中尚质贵朴的文化精神，首先在其祭祀制度中体现出来。因为祭祀是周代礼乐文化的核心内容之一，自然最能体现尚质贵朴的文化精神。《礼记·郊特牲》中有一段对祭祀所用之物的描述：

恒豆之菹，水草之和气也；其醢，陆产之物也。加豆，陆产也；其醢，水物也。笾豆之荐，水土之品也，不敢用常亵味而贵多品，所以交于神明之义也，非食味之道也。先王之荐可食也，而不可着也。卷冕路车，可陈也，而不可好也。《武》壮，而不可乐也；宗庙之威，而不可安也；宗庙之器可用也，而不可便其利也。所以交于神明者，不可以同于所安乐之义也。酒醴之美，玄酒明水之尚，贵五味之本也；黼黻文绣之美，疏布之尚，反女功之始也；莞簟之安，而蒲越、稿鞂之尚，明之也；大羹不和，贵其质也；大圭不琢，美其质也；丹漆雕几之美，素车之乘，尊其朴也，贵其质而已矣。所以交于神明者，不可同于所安亵之甚也，如是而后宜。鼎俎奇而笾豆偶，阴阳之义也。黄目，郁气之上尊也，黄者中也，目者，气之清明者也，言酌于中而清明于外也。祭天扫地而祭焉，于其质而已矣。醴醯之美，而煎盐之尚，贵天产也。割刀之用，而鸾刀之贵，贵其义也；声和而后断也。

这段话主要对周代礼乐文化的祭祀制度中所用的祭祀之物进行描述，内容很丰富，涉及的祭祀所用之物也很多。但是从所描述的祭祀用物来看，很容易发现周代的祭祀制度中贯穿着一种尚质贵朴的文化精神。"大羹不和，贵其质也；大圭不琢，美其质也；丹漆雕几之美，素车之乘，尊其朴也，贵其质而已矣。"祭祀用的羹汤是用不加任何调料、白水煮的肉汤，这是珍视其本质；天子祭祀所用的圭玉并不细加雕琢，这是喜爱其宝质；天子所坐之车既有涂饰丹漆、雕刻华美之车，也有装饰素朴之车，而天子去郊祭时却常常乘坐素车，这是以素朴为尊，以俭质为贵。《礼记·礼器》中也有类似的表达①。可见，周代祭祀制度中确实以质朴为尊为贵，具有一种崇尚质朴的精神。

周代祭祀制度中，祭祀用酒的排列位次也体现出这种尚质贵朴的文化精神。"酒醴之美，玄酒明水之尚，贵五味之本也。"《礼记·礼器》中也说："醴酒之用，玄酒之尚。""酒醴"（或"醴酒"）自然指甘醇美味的好酒，

---

① 《礼记·礼器》说："有以素为贵者，至敬无文，父党无容，大圭不琢，大羹不和，大路素而越席，牺尊疏布幂，樿勺，此以素为贵也。"

那么"玄酒""明水"是指什么呢？实际上，二者称谓不同，实指一物，均指清淡之水。人们在饮用时以酿造的甘醇美味的好酒为美，但在祭祀时却以清水为贵，把清水摆放在好酒之上，"玄酒"的地位反而比"醴酒"的地位高。这是周礼祭祀制度中强调"贵本""贵质朴"的精神使然。"玄酒"是"五味之本"，是最为"质朴"的，自然最为尊贵。因为在没有"五味"（五种酒）之初，先有水，水是"五味之本"，最为"贵"。因此，在周礼祭祀中，清水的地位反而比好酒的地位高。那些酒味越浓的好酒越是处在次等的地位，酒味越淡的次酒越是处在至尊的地位。《礼记·礼运》曰："故玄酒在室，醴、盏在户，粢醍在堂，澄酒在下。"《礼记·坊记》亦曰："醴酒在室，醍酒在堂，澄酒在下。"玄酒没有酒味，最淡薄，却处于室中。从醴酒开始，到盏、粢醍、澄酒，酒味由淡而浓，反而它们所处的位次却由高而下。澄酒是一种红赤色而清澄的酒，最为醇美，却放置在远离祭祀中心的堂下。这正是周代祭祀制度中"尚质贵朴"的文化精神在祭祀用酒上的反映。周代祭礼中"玄酒"的地位最高，这在周初的祭祀中就已经出现。《史记·周本纪》中记有武王伐纣克商后举行社祭的一段文字："……（武王）既入，立于社南大卒之左，〔左〕右毕从。毛叔郑奉明水，卫康叔封布兹，召公奭赞采，师尚父牵牲……武王又再拜稽首，乃出。"武王克商后要举行盛大隆重的社祭，"毛叔郑奉明水"以祭，这就说明"明水"（清水）在祭祀中处于最尊贵的地位。

　　周代祭祀制度中还崇尚"天产"的祭品。"醯醢之美，而煎盐之尚，贵天产也。"醯醢是指醋和肉酱，是根据人的口味人为制成的，自然美味可口，而煎盐是海水自然晒成的天然盐块，谈不上美味可口。人们在宴飨时以"醯醢"为美，但在祭祀时却以"煎盐"为贵，把煎盐摆放在"醯醢"之上。这是为什么呢？因为周礼"贵天产"，而"煎盐"是"天产"的，自然地位比"醯醢"高。周礼祭祀中所用的"天产"的祭品种类很多，如菹菜之类就是如此。"恒豆之菹，水草之和气也；其醢，陆产之物也。加豆，陆产也；其醢，水物也。"祭祀所用的菹菜之类都是水中得到和美之气自然生长的菜蔬制成的；与之相配的肉酱都是陆地上自然生长的野兽的肉调配的，甚至直接采集来的野菜也可以作祭祀先公先王之用。《左传·襄公二十八年》说："济泽之阿，行潦之蘋藻，寘诸宗室，季兰尸之，敬也。"就是把从野外采集来的蘋、藻之类的野菜，放在宗庙中作为祭品，季兰作为尸祭接受了它，而这却被认为是很恭敬的事。《诗·召南·采蘋》更是用形象、生动的语言描述了这一过程："于以采蘋？南涧之滨。于以采藻？于彼行潦。于以盛之？维筐及筥。于以湘之？维锜及釜。于以奠之？宗室牖下？谁其尸之？有齐季女。"一位年轻的女子从南山的溪水边、路边的沟水间采来蘋菜、水藻，用筐盛，用锅煮，送到宗庙天窗下，作为祭祀先祖的祭品。《礼记·昏义》中也说："是以古者，妇人先嫁三月……教以妇德、妇言、妇容、妇功。教成祭之，牲用鱼，芼之以蘋藻，所以成妇顺也。"古代女子出嫁前三月，要在祖庙或宗庙中接受各种教育，学成后还要向祖先报告而举行祭礼，用鱼做祭祀用牲，用蘋菜、藻菜做祭祀用的菜羹。周代祭祀中频繁地使用"天然"的祭品，这就说明了周礼中"贵天产"，其实质是周代祭祀制度中"尚质贵朴"的文化精神在周礼祭品上的反映。

周代的祭祀制度中，尚玄酒，贵天产，还尚腥血，贵气臭。《礼记·郊特牲》曰：

> 郊血，大飨腥，三献爓，一献孰，至敬不飨味，而贵气臭也。

郊祭是祭天，用牺牲的鲜血；宗庙中合祭祖先用牺牲的鲜肉；祭祀社稷神、五祀神要行三献之礼，使用开水煮过的半生半熟的牲肉；祭祀各路小神要行一献之礼，使用熟透的牲肉。从祭天到祭祖先、祭社稷、祭五祀，再到祭各路小神，祭祀对象的地位越来越低，而祭品从腥血到鲜肉、半生半熟肉，再到熟肉，却越来越美味。为什么会这样呢？这是因为越是受人尊敬崇拜的神灵，其享用的祭品越是远离人间的美味美食，至尊至敬的神灵不以人间的美味美食为贵，而以牺牲的鲜血、鲜肉为贵。可见，周代祭祀中"贵气臭"、贵生肉，这正是周礼中"尚质贵朴"的文化精神的典型体现。《礼记·乐记》曰："大飨之礼尚玄酒而俎腥鱼。大羹不和，有遗味者矣。"《礼记·礼运》亦曰："作其祝号，玄酒以祭，荐其血毛，腥其俎，孰其殽，与其越席，疏其布幂，衣其澣帛，醴、醆以献，荐其燔炙。"都是在说明腥鱼、毛血等作为祭品在祭祀中的重要地位。《诗·小雅·信南山》对此有生动形象的描述：

> 祭以清酒，从以骍牡，享于祖考，执其鸾刀，以启其毛，取其血膋。
>
> 是烝是享，苾苾芬芬，祀事孔明，先祖是皇，报以介福，

万寿无疆！①

意思是说，在神灵面前斟上酒，再献上赤黄大公牛，以供祖先来享受，操起锋利的金鸾刀，割开公牛颈下毛，取其牛血与脂膏……周代祭祀制度不但祭品尚质贵朴，就是祭祀所用的祭器也是如此。"割刀之用，而鸾刀之贵，贵其义也""黼黻文绣之美，疏布之尚，反女功之始也""莞簟之安，而蒲越、稿鞂之尚，明之也。"就是说，割刀锋利，便于切割，但在祭祀中却用古朴的鸾刀；绘绣黼黻纹饰的布帛虽然很美，但在祭祀中却使用粗布；莞草、细竹编制的席子便于安卧，但在祭祀中还是使用蒲草和禾秆编制的粗席。可见，周代的祭器也崇尚和珍重古朴、简陋的器物。这正是周代祭祀制度中尚质贵朴的文化精神在祭器上的反映。

周代礼乐文化（主要指西周中期至春秋中后期的礼乐文化）中的尚质贵朴的文化精神还很明显地体现在周代的用乐制度中。《礼记·乐记》中说：

> 是故乐之隆，非极音也。食飨之礼，非致味也。《清庙》之瑟，朱弦而疏越，壹倡而三叹，有遗音者矣。

《荀子·礼论》也说：

> 《清庙》之歌，一倡而三叹也，县一钟，尚拊之膈，朱弦而通越也，一也。

《清庙》是《诗·周颂》中的一篇，是周代后人祭祀文王于宗庙的乐章。②据王国维《天子诸侯士大夫用乐表》考证，《清庙》不仅是天子举行祭祀时的用乐，还是天子视学养老礼、天子大飨礼、天子大射礼、鲁禘、两君相见礼的用乐。③ 如《礼记·祭统》中说："夫大尝、禘，升歌《清庙》，下而管《象》，朱干玉戚以舞《大武》，八佾以舞《大夏》。"《礼记·文王世子》说："天子视学，大昕鼓征……登歌《清庙》，既歌而语。"《礼记·仲尼燕

---

① 《诗·小雅·楚茨》中也有这样的描述："济济跄跄，絜尔牛羊，以往烝尝。或剥或亨，或肆或将。祝祭于祊，祀事孔明。先祖是皇，神保是飨。'孝孙有庆，报以介福，万寿无疆！'"

② 《诗·周颂·清庙》："於穆清庙，肃雝显相。济济多士，秉文之德。对越在天，骏奔走在庙。不显不承，无射于人斯。"

③ 王国维：《释乐次》，见《观堂集林》卷二，北京，中华书局，1959，第 104 页。

居》中也说："两君相见……揖让而升堂，升堂而乐阕（《清庙》）。下管
《象》《武》……升歌《清庙》，示德也。"可见，《清庙》之乐被广泛地用于周
代礼乐制度的许多礼仪场合。那么，《清庙》之乐是什么样的乐曲呢？从
上面引文中可知，《清庙》之乐是用"朱弦而疏越"的瑟来演奏的。"朱弦"，
是指用水煮过并染成红色的熟丝制成的琴弦，据说这样的琴弦弹奏的声
音较低沉；"疏越"，是指瑟的底部小孔稀疏（越：瑟底的小孔），瑟底的
小孔稀疏，发出的声音就迟缓。既然演奏《清庙》之瑟是"朱弦而疏越"，
演唱又"壹倡而三叹"，那么《清庙》之类的古乐声音必定低沉而迟缓，节
奏平和而缓慢，歌唱悠扬而舒缓，这与当时那些节奏轻快、曲调动听的
"新声"、"俗乐"相比较，就显得古老而又质朴。从欣赏的角度来看，它
往往不如"新声"、"俗乐"吸引听众，甚至使人听时昏昏欲睡。这就难怪
魏文侯"端冕而听古乐，则唯恐卧"了。但是《清庙》之类的古乐却被广泛
地用于周代的祭祀、朝会、宴飨等许多重要场合。这就充分说明周代的
用乐制度也尚质贵朴。

由此可见，周代的祭祀制度和用乐制度都体现出一种尚质贵朴的文
化精神。那么为什么会出现这种情况呢？我们认为至少有两个方面原因。

其一，周代祭祀制度和用乐制度中尚质贵朴的文化精神与周礼不忘
本、报本的精神有关。

> 礼也者，报也。（《礼记·乐记》）
>
> 君子反古复始，不忘其所由生也。（《礼记·祭义》）
>
> （社祭）大本反始也。（《礼记·郊特牲》）
>
> 礼也者，反本修古，不忘其初也……是故先王之制礼也，
> 必有主也。（《礼记·礼器》）

《礼记·礼器》孔颖达疏曰："主谓本与古也。即初不可忘，故先王制礼，
必有反本修古之法也。"这些都很清楚地说明周礼具有贵本、不忘本、反
本的文化精神。所以邹昌林说："古礼自身内在地包含有'本'和'古'的根
源，古人制礼的目的，就是为了通过'本'与'古'的根源，使后人不忘其
初始的情况。"[1]我们知道，周族在伐纣灭商之前，还是一个以家族公社
为组织形式的氏族社会，在建邦立国进入奴隶制阶级社会以后，过去那
种原始社会的生活离他们并不遥远，远古时代的生活还记忆犹新：没有

---

[1] 邹昌林：《中国礼文化》，北京，社会科学文献出版社，2000，第72页。

宫室，冬天就住在洞穴里，夏天就住在窝巢里；饿了就采集野果野菜或猎狩鸟兽来充饥；没有丝麻布帛，就用羽毛或兽皮来遮挡身体；敬献鬼神时也只是敲打着简陋的土鼓，用清水、野菜、鲜血和生肉当祭品。因此，当周人建立起自己的政权，过上"幸福"、"美满"的生活后，他们仍"不忘其初"，"报本反始"，就在祭祀活动中继承了远古先民们的饮食生活方式，沿袭了他们敬献鬼神的祭祀方式，并以此来表达对过去生活的怀念和对上帝祖先神灵的崇敬之情。因此，在周礼中就出现了崇尚质朴的现象。

其二，这种尚质贵朴的文化精神还与周礼祭祀对自身的要求有着密切关系。周人在现实生活中可以享有"优裕"的生活条件，畅饮美酒，饱食佳肴，奢听新乐，但在各种祭祀活动中却不能这样做。因为，祭祀的对象是远离世俗、不食人间烟火、高高在上的上帝和祖先神灵等。因此，不能把人间现实生活中凡人享受的物品用来敬献神灵，否则即为不恭不敬，就不能得到上帝和祖先的保佑。《礼记·祭义》说："齐齐乎其敬也，愉愉乎其忠也，勿勿诸其欲其飨之也！"《礼记·礼器》也说："洞洞乎其敬也！属属乎其忠也！勿勿乎其欲其飨之也！"为了表示对神灵的恭敬和虔诚，就需要用天然的、最初的饮食做祭品；用简陋的、粗糙的器具做祭器；用古老质朴的古乐做祭祀用乐。同时这样做也能把神灵和凡人的区别加以扩大和强调，从而更增加神灵的神秘性、威严性和神圣性。因此，周礼祭祀对自身的要求就决定其具有尚质贵朴的精神。

周代礼乐文化（主要指西周中期至春秋中后期的礼乐文化）中突出地表现出尚质贵朴的文化现象，体现出尚质贵朴的文化精神。正是这种尚质贵朴的文化现象和文化精神深深地影响着周人的审美意识和审美观念，使得周人重视事物的本质美、素朴美，因而也深深地影响着这一时期的艺术精神。"素朴之美"成为这一时期艺术上的审美追求，也是这一时期艺术上体现的风格特征。比如，这一时期的乐舞艺术和青铜艺术就具有一种素朴之美。在乐舞艺术中，大多数天子诸侯士大夫的所用之乐都如同《清庙》之类的古乐一样，声音低沉而迟缓，节奏平和而缓慢，歌唱悠扬而舒缓，具有一种素朴之美。像用于周礼中许多重要礼仪场合的《鹿鸣》《四牡》《皇皇者华》《鱼丽》《南有嘉鱼》《南山有台》等诗乐也是如此。

这一时期的青铜艺术也体现出这种素朴之美。从出土的周代的青铜礼器来看，到了西周中期以后，其风格特征发生了明显的变化。青铜器的造型与花纹，均趋向简单素朴。像过去那种怪异可怖的造型和纹饰的青铜器明显减少，青铜饕餮纹饰在铜器上已经不再占主要位置，慢慢地下降为铜器的柱脚、底座的纹饰。铜器上主要位置的纹饰变成了重环纹、瓦纹、鳞纹等几何纹饰，甚至素面无纹。铜器上长篇铭文增多，其内容有纪念先祖先宗、赏赐奴隶土地、征伐纪功、官职任命等。因此，这一时期的青铜器整体风格上显得简朴凝重、素朴无华。①郭沫若归纳中国青铜器时代的第三个时期——开放期（恭、懿以后至春秋中叶）的青铜器的特征时说：

> 　　开放期之器物，鼎鬲簠簋多有之……形制率较前期简便。有纹绘者，刻镂渐浮浅，多粗花。前期盛极一时之雷纹，几至绝迹。饕餮失其权威，多缩小而降低于附庸部位，如鼎簋等之足。夔龙夔凤等，化为变相夔纹，盘夔纹，变相盘夔纹，而有穷曲纹起而为本期纹绘之领袖。②

郭沫若认为，开放期的青铜器形制简单，纹饰也单纯，过去那种繁冗复杂的饕餮纹下降为附庸的地位，代之以变相夔纹、盘夔纹、穷曲纹等。这是非常深刻的认识。彭亚非也说："到西周中期（大约自周穆王以后），周朝的青铜礼器发生了明显的变化。整体风格变得简朴凝重，具体表现则是花纹简省，工艺粗糙，多有记述事功、祖先福泽或王室恩典的长篇铭文。"③我们以这一时期著名的铜器毛公鼎和矢人盘为例来说明这一问题。毛公鼎是西周宣王时的铜器，现藏于台北"故宫博物院"，清道光年间出土于陕西省岐山县周原。此鼎通高 53.8 厘米。从形制上看，此鼎器形作大开口，半球状深腹，三只蹄形足，口沿上竖立形制高大的双耳。从纹饰上看，此鼎不再以狰狞可怖的饕餮纹作主要装饰，除了鼎腹上部饰以重环纹带，环大小相间，圆椭相随，其余皆素面无纹。全器表面装饰十分整洁，显出整齐肃穆、朴实无华的风格特点。腹内上自口沿，下至腹底，有铭文 32 行，497 字，是目前所见青铜器上最长的铭文。铭文书体严谨、匀称，内容是关于周王对毛公册命的记录。④ 再来看矢人盘，矢人盘，又称散氏盘，是西周后期的青铜器。盘高 21.5 厘米，口径 56 厘米。矢人盘形制为圆形，浅腹，圈足较高。腹上有两耳，腹足饰有夔

①　杜迺松、杜洁珣：《步入青铜艺术宫殿》，北京，人民教育出版社，1989，第 37 页。

②　郭沫若：《青铜时代·彝器形象学试探》，北京，科学出版社，1957，320 页。

③　彭亚非：《华夏审美风尚史》第 2 卷，郑州，河南人民出版社，2000，第 450 页。

④　李泽奉、刘如仲主编：《铜器鉴赏与收藏》，长春，吉林科学技术出版社，1994，第 104 页。

纹和饕餮纹形象。整个盘体显得典雅素朴，优美自然。盘内底铸有铭文19行，300余字。铭文内容是关于贵族矢划田给贵族散氏情况的记录。①可见，西周中期以后，青铜艺术总体上体现出一种整洁肃穆、素朴无华的风格特征。

总之，西周中期至春秋中后期的礼乐文化中，祭祀是其核心内容之一。在这一时期的祭祀制度和用乐制度中都表现出一种尚质贵朴的文化现象，贯穿于其中的是一种尚质贵朴的文化精神。这种尚质贵朴的文化现象和文化精神深深地影响着这一时期的艺术精神。从乐舞艺术和青铜艺术来看，"素朴之美"是这一时期艺术上表现出来的总体风格特征，以素朴为美也是这一时期艺术上体现的艺术精神。当然，我们说这一时期的艺术上具有一种"素朴之美"，只是就总体上而言，并不是说这一时期的艺术就没有"繁饰美"。实际上，周代礼乐文化中的艺术也具有"繁饰美"，只是不占主流地位而已。《礼记·礼器》说："礼有以文为贵者。天子龙衮，诸侯黼，大夫黻，士玄衣纁裳；天子之冕，朱绿藻十有二旒，诸侯九，上大夫七，下大夫五，士三：此以文为贵也。"天子、诸侯、大夫、士的衣服上都绣着色彩各异、精美绝伦的图案，他们戴的冕上也悬佩有红绿色丝绳穿的玉串。这里就明显地表现出一种"繁饰美"（当然，这只是就广义上的艺术而言）。周代礼乐文化中尚质贵朴的文化精神和这一时期艺术上体现的以素朴为美的艺术精神，对后世的艺术精神和美学精神产生了深远的影响。我们常常把后世艺术上追求的"素朴之美"的精神根源追溯到道家那儿，其实，真正的根源可以追溯到周代礼乐文化尚质贵朴的文化精神和这一时期艺术上体现的以素朴为美的艺术精神之上。因为，我们总是认为道家反对礼乐文化，其"素朴之美"的思想根本不会根源于周代礼乐文化了。其实，这种认识是有问题的。实际上，道家与周代的礼乐文化有着一定的渊源关系。道家的创始人老子不就是周朝的"守藏室之史"吗，据说孔子还向他问礼②。周代的礼乐文化的精神能不对道家的思想产生影响吗？老子幻想人类要回到"小国寡民"的原始状态中去③，不是与周代礼乐文化尚质贵朴，追怀过去的精神很相似吗？对此我们回答是肯定的。只不过道家（尤其是庄子）认识到周代礼乐文化有

① 杜迺松、杜洁珣：《步入青铜艺术宫殿》，北京，人民教育出版社，1989，第104～105页。

② 《史记·老子韩非列传》曰："孔子适周，将问礼于老子。"

③ 《老子·八十章》："小国寡民：使有什伯之器而不用，使民重死而不远徙。虽有舟车，无所乘之；虽有甲兵，无所陈之。使民复结绳而用之。甘其食，美其服，安其居，乐其俗。邻国相望，鸡犬之声相闻，民至老死，不相往来。"

着束缚人性的弊端的一面，从而反对和摒弃周代的礼乐文化，但道家骨子里还是深受周代礼乐文化尚质贵朴精神的影响，从而发扬了其"素朴美"的思想；而儒家则继承了周代的礼乐文化传统，但在艺术思想上却用"繁饰美"来调和"素朴之美"，提出"文质彬彬"①的美学思想，再到后来（如战国后期、特别是汉代）则推崇"繁饰美"了。因此，我们说后代艺术上追求的"素朴美"，其最终根源可以追溯到周代的礼乐文化上。这需要专文讨论，在此不再赘述。

第四节　清新、绚丽之美——春秋末期至战国末叶的艺术风格

当历史的车轮驶进春秋末期至战国时期，中国的历史也进入一个崭新的时期。在这一时期，中国古代社会开始由奴隶制社会向封建制社会转型，而这是一个艰难的过程，因为旧的奴隶主贵族阶级并不心甘情愿地退出历史的舞台，而新兴的封建地主阶级又迫不及待地渴求登上历史的舞台，二者之间必然产生激烈的冲突，这就势必引起整个社会的大动荡。而社会存在决定社会意识，激烈的社会动荡必然促使意识形态领域内发生剧烈的变化。因此，在这样的社会背景和时代氛围中，无神论思想、怀疑论思想蓬勃兴起和发展，人的自我意识也逐渐地从宗教束缚中觉醒，人的理性精神和自我价值也日益凸显。思想意识领域的新变化，必然使这一时期的审美意识和审美风尚也产生新的变化。纵情和爱美之风的盛行就是这种新变化的最突出的表现。因此，这一时期的审美完全突破了周代礼乐制度的束缚，不再作为道德伦理的附庸，追求个人情感上的愉悦和感官上的快适成为审美的主要目的。这种审美上的变化必然影响到艺术创作上的变化。"趋情致美"是这一时期艺术创作上的特点，也是体现在艺术创作中的一种艺术精神。正是这种"趋情致美"的艺术精神渗透在这一时期的艺术创作上，使艺术创作突破过去那种伦理道德的束缚，更加注重创作主体的情感抒发，创作过程更趋向于一种纯审美性的表达。这就使得这一时期的艺术作品，完全从过去那种雍容典雅、温柔敦厚的中和美和古朴美中摆脱出来，表现出一种清新活泼、绚丽多姿之美，给人以一种不同于过去的全新的审美感受。因此，我们可以说，春秋末期至战国时期的艺术总体上表现出一种清新活泼、绚丽多姿的艺术风格。而以清新活泼、绚丽多姿为美，也是这一时期艺术上体现的一

---

①　《论语·雍也》。

种艺术精神。当然，我们这样来说，只是就这一时期总体艺术风格而言，如果细加区分，这一时期的艺术风格又有前后两个不同的阶段，春秋末期至战国前期的艺术更倾向于表现出清新活泼的风格特征，而战国中晚期的艺术则更倾向于表现出绚丽多姿的风格特征。下面我们分别予以论述。

一、清新活泼的艺术风格（春秋末期至战国前期）

春秋末期至战国前期的艺术，总体上表现出一种清新活泼的艺术风格，① 这一点我们可以从这一时期的乐舞艺术和造型艺术上得到见证。在这一时期的乐舞艺术中，古老的宫廷雅乐已经变得僵化，并随着周代礼乐文化的衰退，逐渐退出历史的舞台，取而代之的是俗乐或新声的兴起。修海林说："春秋战国时期，音乐生活发生的重大变化是，相对于过去的乐在宫廷，现在是乐在民间；相对于过去行乐在礼，现在是行乐在情；相对于过去乐从雅声，现在是乐从'新声'（即以郑卫之音为代表的民间音乐甚至包括夷俗之乐）。"②这是很精当的概括。那些内容上多为男女恋歌的俗乐或新声突破了周代礼乐思想体系的束缚，以轻快活泼的节奏旋律，表达一种自由热烈的情感，体现出一种清新活泼的艺术风格。《诗经》"国风"中就有一部分"风"诗，与"雅""颂"诗的缓慢、平和、肃穆的风格迥然有别，往往表现出一种清新、活泼、生动的风格特征。而《诗经》中的"风"诗大多产生于东周初至春秋中期，那么在此之后的春秋末期至战国时期，各地产生的大量民歌俗曲岂不是更具有一种清新活泼的风格，给人以耳目一新的审美享受吗？春秋末年，民间俗乐不仅盛行于民间，而且还逐渐地进入宫廷，取代了宫廷雅乐的地位，成为贵族阶级乐于审美欣赏的对象。晋平公是春秋末期的奴隶主君主，他一再声称自己"好音"。所谓"好音"，就是爱好新声俗曲。《国语·晋语八》："平公说新声"，"说"通"悦"，就是说晋平公喜欢听以郑卫之音为代表的"新声"。《吕氏春秋·遇合》中记有这样一件事："客有以吹籁见越王者，羽角宫徵商不谬，越王不善，为野音而反善之。"越王是春秋末期时人，特别爱好音乐，客人就为他吹奏符合律吕的雅乐，他觉得不好听，客人为他吹奏乡调野曲，他反而非常喜欢。为什么会出现这种情况呢？这当然与新声、

---

① 李心峰：《从艺术种类与艺术风格看中国三代艺术的发展轨迹与辉煌成就——中国三代艺术的意义再论》，《云南艺术学院学报》2003 年第 1 期。

② 修海林：《古乐的沉浮——中国古代音乐文化的历史考察》，济南，山东文艺出版社，1989，第 31 页。

俗曲具有清新活泼的艺术风格，给人以一种全新的审美享受密切相关。这里顺便提一下，春秋后期的新声或俗乐的兴起，除了与适宜于产生它的民间世俗的文化土壤关系密切外，还与这一时期的许多宫廷乐师流落民间有关。《论语·微子》说："大师挚适齐，亚饭干适楚，三饭缭适蔡，四饭缺适秦，鼓方叔入于河，播鼗武入于汉，少阳师、击磬襄入于海。"从这段话里可知，鲁国的宫廷乐师在国家朝政和礼乐制度遭到破坏的情况下，纷纷逃离鲁国，流落到各地，这就为乐舞艺术的传播起到一定的促进作用。这些宫廷乐师精通乐律，熟谙乐艺，流落到民间期间，很有可能对民间俗乐进行选择、加工和改造，从而促进民间俗乐的兴起和发展，当他们再次回到宫廷时，又可能把俗乐新声带回宫廷和贵族家庭，扩大俗乐新声的传播。鲁国的宫廷乐师是如此，其他国家的乐师很有可能也是如此。因此，我们说春秋中后期的新声或俗乐的兴起和发展，与各国的宫廷乐师流落到民间不无关系。

春秋末期至战国前期的造型艺术也表现出一种清新活泼的风格，尤其在这一时期的青铜器艺术中体现得很明显。春秋末期的青铜器莲鹤方壶就是其中最著名的一例。莲鹤方壶 1923 年出土于河南新郑李家楼。此壶高 118 厘米，口长 30.5 厘米，整体呈椭方形，有盖。壶耳为两条伏龙，爬伏于陡立的壶壁上。壶体上的纹饰和前期的纹饰相差不大，似盘结纠缠的龙螭纹，龙螭浮凸，连绵不绝。最妙的是盖顶的装饰，与前期很不相同。盖顶如一朵盛开的莲花，有两重花瓣，向四面张开，瓣叶镂空，莲瓣正中铸有一只婷婷玉立的仙鹤，展其双翅，引颈欲鸣，冲天而立，姿态婀娜。① 从壶盖顶端的这只清新俊逸、展翅欲飞的白鹤来看，它正是春秋晚期的青铜艺术从商周时代那种原始宗教、半神话状态、礼器艺术中脱颖而出的一个标志，体现出这一时期青铜艺术的灵巧多变、生动活泼的风格。郭沫若说："（此壶）而于莲瓣之中央复立一清新俊逸之白鹤，翔其双翅，单其一足，微隙其喙作欲鸣之状，余谓此乃时代精神之一象征也。"② 马承源也说："……尤其是壶顶莲瓣中立鹤展翅欲飞的姿态，颇为生动和写实，这和商、周青铜器的装饰花纹基本上是静态的肃穆的格调，形成鲜明的对比。春秋晚期社会变动相当剧烈，莲鹤方壶体现了新时期的艺术构思。"③ 这就说明春秋末期的艺术趣味、艺术理想、

---

① 李泽奉、刘如仲主编：《铜器鉴赏与收藏》，长春，吉林科学技术出版社，1994，第131～132 页。

② 郭沫若：《殷周青铜器铭文研究》，北京，科学出版社，1961，第115～116 页。

③ 马承源：《中国古代青铜器》，上海，上海人民出版社，1982，第114 页。

艺术风格出现了一个崭新的面貌。下面我们再来看一例。1963 年，湖南衡山出土了一件春秋晚期时的青铜器——蚕桑纹尊。此尊通高 21 厘米，口径 15.5 厘米。尊呈圆形，侈口，短颈，鼓腹，圈足。此尊的表面饰有桑叶和春蚕纹，这种纹饰在此前的青铜器中很少见到。在几片阔大的桑叶上布满了许多滚圆可爱的春蚕，它们正在蠕动着，吞噬着桑叶。这些春蚕姿态各异，很是独特。更让人叫绝的是，在此尊的口沿上群蚕涌动，蚕头高昂，嗷嗷待哺，充满着一片生机。[①] 可见，这件蚕桑纹尊的造型单纯、轻灵，不再如此前的铜器那样怪异，也没有采用神异的动物造型；其纹饰也不再是饕餮纹、夔纹、龙纹，而是采用春蚕食桑纹。蚕纹在此前的青铜纹饰中也出现过，但像这样的生动活泼，给人以全新感觉的蚕纹，却不曾出现过。郭沫若在《彝器形象学试探》一文中曾把中国青铜器时代分成四个时期，他所说的"新式期"在时间上就相当于春秋中叶至战国时期。他描述"新式期"的青铜器特征时说：

> 新式期之器物，于前期所有者中，鬲甗之类罕见，须亦绝迹，有敦簋诸器新出，而编钟之制盛行。形式可分为堕落式和精进式两种……精进式，则轻灵而多奇构，纹缋刻镂更浅细，前期之粗花一变而为极工整之细花……附丽于器体之动物，多用写实形，而呈生动之气韵。古器至此期，俨若荒废之园林，一经精灵之吹嘘而突见奇花怒放。[②]

郭沫若所说的"新式期"的铜器特征完全可以在蚕桑纹尊身上得到印证。蚕桑纹尊形制"轻灵而多奇构"，"附丽于器体之动物"——春蚕，也"多用写实形，而呈生动之气韵"，蚕桑纹尊的纹饰也"纹缋刻镂更浅细"。因此，蚕桑纹尊无论在造型上还是在纹饰上，都体现出一种清新活泼、轻灵奇巧之美。这种清新活泼、轻灵奇巧之美，正是春秋末期至战国初期的艺术体现出的一种风格特征，以清新活泼、轻灵奇巧为美也是这一时期艺术上体现的一种典型的艺术精神。

那么为什么春秋末期以后的青铜器艺术体现出这种清新活泼的艺术风格呢？我们认为主要有三点原因。

其一，春秋时期，由于社会政治经济发生剧烈的变革，奴隶制解体，

① 李泽奉、刘如仲主编：《铜器鉴赏与收藏》，长春，吉林科学技术出版社，1994，第135 页。

② 郭沫若：《青铜时代·彝器形象学试探》，北京，科学出版社，1957，321 页。

平民的力量开始兴起，尤其是春秋末期，民本思想进一步发展，人的理性精神得到进一步高扬，人们要求打破传统的呼声日益高涨，商周时期的那种笼罩在人们心灵上的宗教神秘主义气息逐渐消散。正如李泽厚所说："怀疑论、无神论思潮在春秋已蔚为风气，殷周以来的远古巫术宗教传统在迅速褪色，失去其神圣的地位和纹饰的位置。再也无法用原始的、非理性的、不可言说的狞厉神秘来威吓、管辖和统治人们的身心了。所以，作为那个时代精神的艺术符号的青铜饕餮也'失其权威，多缩小而降低于附庸地位'了。"①因此，青铜饕餮纹也就慢慢地完成了它的历史使命，消失褪尽，代之而起的是与时代精神相一致的轻松活泼的纹饰和造型。

其二，春秋中后期，尤其在春秋末期，由于周代礼乐文化的衰退，礼乐制度再也不能继续实行下去。原本作为宗庙重器和象征着统治阶级身份地位的青铜器，是不允许私自铸造的，必须由王室赐给王臣青铜并得到准许后才能铸造。但是此时，铸器情况发生了极大的变化，许多诸侯国打破传统的铸器规范，都私自铸造了大量的青铜器。从出土的青铜器来看，不仅有诸侯、卿大夫所铸的青铜器，连卿大夫的家臣也铸有青铜器。②当然，这也与春秋中后期的金属冶炼技术的提高有关。春秋以前，青铜冶炼技术不高，产量有限，只有王室才能拥有青铜。而这一时期不但青铜的产量增加了，而且铁器取代了一部分青铜制品，如兵器，如此便有更多的青铜用来铸造过去只有王室才能拥有的青铜礼器。因此，春秋末期，青铜器得到前所未有的普及，进入了普通贵族的家庭生活中，恰如"旧时王谢堂前燕，飞入寻常百姓家"，各诸侯贵族在青铜器的制造和使用上，极其放纵和奢华。青铜器不再作为王权的象征和恐吓被统治者的手段，它也失去了它的神秘性、威严性和可怖性。因此，青铜器的造型和纹饰也就必然不同于过去了。

其三，商周时期的青铜器主要是王室所铸，其目的是借助青铜器来显示王权的威严、稳固，是作为王权、政权的象征，所以无论其造型还是纹饰都显得森严、可怖、神秘。即使是王室赐青铜给某个王臣铸器，王臣铸器也必须按照礼制的要求，不能随心所欲地铸造。但是春秋中后期，礼制的突破，青铜器的普及，各贵族可以按照自己的嗜好要求和目的来铸器。青铜器原先作为礼器的特性慢慢消失，最终转变为生活用器

---

① 李泽厚：《美学三书》，合肥，安徽文艺出版社，1999，第 52 页。

② 彭亚非：《华夏审美风尚史》第 2 卷，郑州，河南人民出版社，2000，第 450 页。

和工艺品。"而日用化和工艺品化的结果，是一方面其实用性增强，而同时其工艺上也趋于更加考究和精致，更加重视其审美装饰性。"①工艺审美成了铸造铜器的主要追求，这就必然使青铜器的造型和纹饰发生根本性的改变，一种与过去铜器所具有的凝重、庄严、单调迥然有异的清新、活泼、开放的风格，也就必然形成了。

二、绚丽多姿的艺术风格(战国中后期)

战国中后期的社会变革更加剧烈，民本思潮、思想解放潮流更加高涨，艺术得到进一步的发展。这一时期的艺术在春秋末期至战国初期的清新开放的艺术的基础上进一步发展，总体上表现出一种绚丽多姿的艺术风格，② 当然这一时期具有清新活泼之美的艺术还是不在少数，甚至有些艺术既具有一种清新俊逸之美，又具有一种绚丽多姿之美。1977年，在河北平山出土了一件战国中晚期青铜器——树形灯。此器就具有一种清新活泼之美。树形灯，顾名思义器形呈树形，其伸出的枝端与树干顶端共有灯盘十五盏。此器既具有实用性，又具有装饰美。灯树上饰有数种动物：树干上端有一条螭龙盘缠，枝间有两只啁啾小鸟，还有八只正在戏耍的顽猴，树下有两个赤膊男子正在仰头抛食喂猴。最为有趣的是，树上两只小猴单臂悬挂，伸手乞讨，情态甚是滑稽可爱。③ 从此器的造型和装饰来看，它充分体现了战国时期清新、生动、写实的艺术风格。树上小鸟在啁啾，顽猴在戏耍，还有那树下饲者在抛食，无不充满了生活的情趣和气息，表现出一种清新活泼的美来。而这在商周时代的铜器中几乎是不可能有的。

战国中后期的艺术，总体上体现出一种绚丽多姿的艺术风格。对此我们还是从这一时期的乐舞艺术和造型艺术上来讨论。从乐舞艺术来看，战国中后期人们更加放纵于乐舞艺术的审美享受中，这一时期的乐器和乐舞种类大为增加，如过去的乐器主要是钟、鼓、磬等，此时出现新的丝弦和吹管乐器。由于"丝竹之声"婉转清亮，细腻柔和，所以很受人们欢迎。《商君书·画策》说："是以人主处匡床之上，听丝竹之声，而天下治。"人主听丝竹之声而治天下，可能夸大了丝竹的功能作用，但它说明

---

① 彭亚非：《华夏审美风尚史》第 2 卷，郑州，河南人民出版社，2000，第 451 页。
② 李心峰：《从艺术种类与艺术风格看中国三代艺术的发展轨迹与辉煌成就——中国三代艺术的意义再论》，《云南艺术学院学报》2003 年第 1 期。
③ 李泽奉、刘如仲主编：《铜器鉴赏与收藏》，长春，吉林科学技术出版社，1994，第141～142 页。

"丝竹之声"在时人生活中的重要作用；金石之乐也竞相成为各国宫廷王侯和达官贵族的奢华追求。如大型打击乐器——编钟，在西周时期，为3件一肆；在西周后期至春秋时期，发展为8至9件一肆；而在战国时期，竟然发展为13至14件一肆。①《墨子·公孟》说："或以不丧之间，诵《诗》三百，弦《诗》三百，歌《诗》三百，舞《诗》三百。若用子之言，则君子何日以听治？庶人何日以从事？"墨子所说的在"不丧之间"，人们就弦诗舞乐，并非夸大其词。春秋战国时期，贵族阶级只有在遇有丧事和重大灾变时，才会"彻乐"、"去乐"。《礼记·曲礼下》说："大夫无故不彻县。士无故不彻琴瑟。"为此，墨子对当时人们普遍地纵情于弦诗舞乐之中深感忧虑，以至于发出"君子何日以听治？庶人何日以从事？"的质问，并提出"非乐"的主张，反对纵情于声乐之中。战国时期人们普遍地纵情于歌儿舞乐的审美享受之中，这就深深地影响着当时的乐舞艺术的发展。战国中后期的俗乐、新声更加繁荣，表现出绚丽多姿之美。《吕氏春秋·侈乐》说："乱世之乐与此同。为木革之声则若雷，为金石之声则若霆，为丝竹歌舞之声则若噪。以此骇心气、动耳目、摇荡生则可矣，以此为乐则不乐。"这些若雷若霆若噪的木革金石丝竹之声，骇人心气，动人耳目，若从周代礼制的要求来看，则完全不符合其"中和之美""温柔敦厚"的审美要求，但是它却给战国时期的乐舞艺术带来新的生气和活力，表现出一种绚丽多姿之美。战国中后期的民间乐舞也取得极大的成就，尤其是楚国的民间乐舞更是表现出繁荣的局面。楚国由于它独特的地理位置和文化氛围，它的宗教、艺术和风俗都表现出自己独特的风格特征。楚国巫风盛行，乡野民间在举行祭祀仪式时，总是伴以乐舞来娱悦诸神。这些乐舞多以优美的神话为背景，充满着浪漫、神奇的情调，从而具有一种绚丽多姿之美。而这种绚丽多姿之美正是战国中后期的乐舞艺术体现出的风格特征。

战国中后期的造型艺术也体现出一种绚丽多姿的风格，甚至有些艺术既体现出一种清新俊逸的风格，又体现出一种绚丽多姿的风格。这在战国中后期的青铜艺术中体现得最为明显。于民说："（青铜纹饰）到了春秋末年之后，便一反过去，发生了巨大的变化，以人物为主代替了以兽形为主，写实代替了虚构，生动活泼的图景代替了呆滞僵化的形式，人间平易的气味代替了天上神秘的严威，瑰丽精巧的造型代替了单调的纹

---

① 杜迺松、杜洁珂：《步入青铜艺术宫殿》，北京，人民教育出版社，1989，第139页。

色。"①于民这里所说的，春秋末年之后青铜纹饰上所发生了这些巨大的变化特征，准确来说，是在战国时期发生的。战国中后期的青铜纹饰，确如于民所说，以写实性的镶嵌装饰图案描绘了宴乐、射箭、采桑、攻战、狩猎等场面，真实、形象、生动地再现了战国时期贵族阶级的现实生活情景。如现藏于故宫博物院的"水陆攻战纹铜壶"就是这样的一件青铜器。这件铜壶上的画面分成三个层次。上层为竞射图和采桑图。竞射图上的人物正在表演射箭，这大概是君王贵族在举行射礼；采桑图上的妇女正在采桑，大概是贵族妇女在举行蚕桑之礼；中间层是宴乐武舞和弋射的图景。宴乐武舞图表现的是贵族在举行宴乐的情景，图中人或敲击钟磬、或擂鼓、或拿着矛起舞。弋射图表现的是人们在举行弋射练习的情景，那些持弓弋射的人姿态各异，神情毕现；下层是陆上和水上的攻战图，它可能表现的是进行军事演练的情景。② 总之，在当时"礼崩乐坏"的历史大变革时期，诸侯权贵们不再受礼乐制度的约束，从而僭越了天子的礼制，享受着天子的礼乐生活。他们追求奢靡铺张的生活，相互夸富斗奢，炫耀攀比。这件铜壶上的图案纹饰就是对当时宫苑生活的真实写照，表现的内容和场面在《仪礼》和《礼记》中可以见到。画面的构图精巧，内容丰富多彩。画面中的人物形象生动，衣着华丽，体态婀娜多姿。因此，"水陆攻战纹铜壶"既体现出一种清新生动之美，又体现出一种绚丽多姿之美。李泽厚说："这种美在于，宗教束缚的解除，使现实生活和人间趣味更自由地进入作为传统礼器的青铜领域。手法由象征而写实，器形由厚重而轻灵，造型由严正而'奇巧'，刻镂由深沉而浮浅，纹饰由简体、定式、神秘而繁复、多变、理性化。到战国，世间的征战，车马、戈戟等等，统统以接近生活的写实面貌和比较自由生动、不受拘束的新形式上了青铜器……你看那夔纹玉佩饰，你看那些浮雕石板，你看那颀长秀丽的长篇铭文，尽管它们仍属祭祀礼器之类，但已毫不令人惧畏、惶恐或崇拜，而只能使人惊讶、赞赏和抚爱。那四鹿四龙四凤铜方案、十五连盏铜灯，制作是何等精巧奇异，真不愧为'奇构'，美得很。"③这段话深刻而准确地概括了战国时期青铜艺术的全新的变化和特点。

战国中后期的绘画艺术也体现出这种绚丽多姿的风格特征。我们知道，战国时期的绘画艺术取得了较高的艺术成就。从《庄子·田子方》中的"宋元君画史"的故事可知，这一时期已经有了专门的画史或画师。专

---

① 于民：《春秋前审美观念的发展》，北京，中华书局，1984，第 105 页。
② 谢崇安：《商周艺术》，成都，巴蜀书社，1997，第 137 页。
③ 李泽厚：《美学三书》，合肥，安徽文艺出版社，1999，第 53 页。

业的画师促进了这一时期绘画艺术的发展。因此，绘画艺术表现在许多方面，如诸侯权贵的宫廷庙宇绘有壁画，青铜器和漆器上绘有精美的装饰性图案，最让后人惊叹的是这一时期的帛画达到了很高的艺术水准。1949 年，长沙陈家大山楚墓出土了一幅《人物龙凤帛画》。此帛画描绘了一身着锦绣袍的贵妇人，在龙和凤的引领下欲升仙离去的情景。那妇人细腰、舒袖、长裙拖地，双手合掌作祈祷的姿势，面部表情恬静安详，似乎在想象着天国的美好，希冀着离去。1973 年，长沙子弹库楚墓也出土一幅主题与前幅画相类似的帛画——《人物御龙帛画》。此帛画上描绘着一个戴高冠、挂长剑、神态自若的男子，以龙作舟向太空遨游，龙身底下还有缭绕的云气和自在的游鱼，画面大概表现的是墓主在神灵引导下登天升仙的情景。① 这两幅帛画既用写实的、流畅的线条勾勒出生动逼真的人物形象，又用浪漫的、充满想象的手法营造了一个神奇的、缥缈的神话世界。神话与现实、浪漫与写实在这里交织融会于一个神奇浪漫的艺术世界里，自然具有一种绚丽多姿之美。战国中后期的丝织品和丝绣品的彩饰图案也体现出这种绚丽多姿的风格特征。1982 年，湖北江陵城西北郊的战国中晚期的楚墓出土了大量的丝织品和丝绣品。丝织品的种类繁多，有绢、纱、绨、锦、绦、素罗、彩条纹绮等。丝织品上的图案丰富多彩，精美绝伦，既有各种变化多端的几何纹饰，也有姿态万千的动物纹饰，而且色彩繁多，五彩缤纷，令人目不暇接。丝绣品上的图案主要为龙和凤鸟，有蟠龙飞凤纹、对龙对凤纹、舞凤逐龙纹、龙凤相搏纹等。这些龙凤纹饰形态各异，变化万千，图案构图紧凑、充实，绣线颜色多样，配置协调，给人以富贵华丽之感。② 可见，这些丝织品和丝绣品的纹饰图案也具有一种绚丽多姿的风格。

总之，春秋末期至战国时期是中国历史上比之先前更加动荡的历史时期，社会制度和意识形态领域都发生了深刻的变化。各诸侯间激烈的兼并战争带来了一个自由竞争的社会环境，诸子百家的自由争鸣也使人们更多地关注和思考现实世界和人类自身，这一切促进了当时社会的发展和繁荣，也促进了艺术领域的百花齐放。这一时期的艺术一扫此前商周艺术的宗教神秘气息和礼乐文化盛极时艺术上受到的种种伦理道德的束缚，艺术家的个性情感和自由创造的精神得到前所未有的抒发。更多的现实生活内容进入艺术创作的领域，艺术的世俗化倾向越来越明显。

---

① 谢崇安：《商周艺术》，成都，巴蜀书社，1997，第 111 页。

② 湖北省荆州地区博物馆编：《江陵马山一号楚墓》，北京，文物出版社，1985，第 57 页。

艺术不再作为宗教和伦理道德的附庸，而是越来越成为纯粹的审美活动。因此，较之以前，这一时期的艺术也发生了深刻的变化，尤其在艺术风格上，体现出一种清新活泼、绚丽多姿的风格特征，商周艺术的狰狞、神秘之美和周代礼乐文化盛极时艺术上的中和、素朴之美，也消失殆尽。以清新、绚丽为美也是春秋末期至战国时期礼乐文化衰落时期的艺术上体现的一种艺术精神。对此我们可以从这一时期的青铜艺术、乐舞艺术、绘画艺术和丝绣艺术上得到很明确的见证。

第十三章　周代礼乐文化中的艺术表现

在周代礼乐文化系统中，诗歌、音乐、舞蹈固然是艺术精神的主要承担者，然而在其他种种仪式、器物、文化符号之中也同样浸透了礼乐文化的艺术精神。从某种意义上说，周代的礼乐文化就是政治、伦理、艺术三位一体的独特文化形式。

第一节　祭祀与象征

一、"观物取象"与"意从象出"

黑格尔曾把艺术分成象征型艺术、古典型艺术和浪漫型艺术三种类型，并认为几乎世界上一切民族最古老的艺术都是象征艺术，象征是一切艺术的开始。他说："'象征'无论就它的概念来说，还是就它在历史上出现的次第来说，都是艺术的开始，因此，它只应看作艺术前的艺术，主要起源于东方。"①黑格尔认为象征是一切艺术的开始，这种观点并不是十分准确。从世界上许多地区发现的原始岩画和少数原始民族还留存的原始歌谣来看，用象征艺术来概括它们并不准确，反而用写实艺术来概括却更为恰当。因此，象征艺术并不是人类艺术史上最早的艺术，它是人类历史发展到一定程度时才出现的艺术类型。不过，黑格尔认为象征艺术主要起源于东方，大致来说确是如此，但遗憾的是他把古代的埃及、波斯和印度作为象征艺术的发源地，而没有把眼光投向古老的东方大国——中国，去考察中国古代的灿烂的艺术文化，从而使他的象征理论失去了不少光彩。因为上古时代中国的艺术文化也具有典型的象征性，却被他忽视了。所以陈良运说："黑格尔把他的视线投向古代的埃及、波斯和印度，发现这些国家存在的是'不自觉'的象征。当他论及'自觉的象征'时，目光便转回了欧洲，在《伊索寓言》《圣经》以及奥维德、莎士比亚、歌德等人的著作中援引例证。很可惜，这位伟大哲人的目光，被巍峨的喜马拉雅山挡住了，他不知道上古时代的中国，已有一部运用'象

---

① 〔德〕黑格尔：《美学》第 2 卷，朱光潜译，北京，商务印书馆，1979，第 2 版，第 9 页。

征'方法来阐释宇宙和人生的经典，那就是《周易》。"①《周易》是中国上古时代灿烂文化的结晶，其具有象征性已是学界共识，同样中国上古时代的艺术也是典型的象征性艺术。

当然，黑格尔关于象征艺术的某些论断值得商榷，但他认为象征艺术产生的时间非常之早，而且主要起源于东方，这一观点却是千真万确的。比如，中国上古时代的商周艺术就是典型的象征艺术，是这一观点最好的注脚和证明。

那么中国商周时代为什么会形成象征型艺术呢？我们认为，这与商周时代的象征性思维密切相关。我们知道，夏商二代是巫术文化盛行的时代，到了周代，虽然巫术活动明显地减少了，但是巫术活动的思维方式还继续存留。而巫术活动的思维方式最主要的就是象征性思维方式。比如，古代先民们在举行巫术或图腾活动时，常常跳起原始舞蹈，他们头戴一定的装饰，作出一定的动作以象征和模仿祖先神灵或图腾物，并举行许多象征性仪式来沟通人神，通过巫术象征来表达对神灵的崇敬和其他特定的观念。我们今天在《周易》这部记录上古时代巫术文化思想的卜筮之书中，还很明显地看到这种象征性思维方式。可以说，《周易》的思维方式就是象征性思维方式。《周易·系辞下》说：

> 古者包牺氏之王天下也，仰则观象于天，俯则观法于地，观鸟兽之文，与地之宜，近取诸身，远取诸物，于是始作八卦，以通神明之德，以类万物之情。

《周易·系辞上》又说：

> 圣人有以见天下之赜，而拟诸其形容，象其物宜，是故谓之象。

古代先民们直观天地自然万物，"近取诸身，远取诸物"、"拟诸其形容，象其物宜"，从自然万物中抽取出"物象"，这就是"观物取象"。"观物取象"的"象"不是对自然万物的直接模仿，而是在直观中进行概括出来的，具有象征性、暗示性的象征性符号。"观物取象"的目的是洞察和领悟大自然的深微之理，并把它抽象成具有普遍性的价值和意义。对于这些深

---

① 陈良运：《〈周易〉与中国文学》，南昌，百花洲文艺出版社，1999，第36页。

微之理和意义，难以用语言或其他手段准确地表达出来，还要借助于"观物取象"得来的"象"来把它们表达出来，这就是"意从象出"。这个思维过程可以简要地概括为一个图示：自然万物之象→普遍抽象之意→符号化之象→具体形象之意。很显然，这种思维方式就是象征性思维方式。因此，包牺氏制作八卦就是以自然界中的具体事物来作为"神明之德""万物之情""天下之赜"的象征。八卦的乾、坤、震、巽、坎、离、艮、兑等卦象，也就是天、地、雷、风、水、火、山、泽等自然物象的象征。所以，唐代孔颖达《周易正义·坤·初六》疏曰："凡《易》者，象也，以物象而明人事，若《诗》之比喻也。或取天地阴阳之象以明义者，若《乾》之'潜龙''见龙'，《坤》之'履霜''坚冰''龙战'之属是也。如此之类，《易》中多矣。"孔颖达强调的"明义"中的"义"是一种对事物本质的抽象和概括出来的东西，但是要"明义"，即把这种对事物的本质抽象和概括出来的"义"表达出来，不是用概念的形式来说明，而是借助"象"来显现或暗示，很显然这是一种象征。王弼在《周易略例·明象》中更是作了简明的概括："触类可为其象，合义可为其征。"几乎用了"象征"一词。总之，《周易》的思维方式就是象征性思维方式。《周易》借助八经卦和各爻组成了各种卦象，这些卦象都是由象征性符号组成。可以说，《周易》所展示的体系就是一个象征性体系。

　　《周易》分为《易经》和《易传》两个部分。《易经》纯属卜筮之书，《汉书·艺文志》说："及秦燔书，而《易》为筮卜之事，传者不绝。"它形成于殷末周初。而《易传》是对《易经》的解释和发挥，主要形成于战国后期或更晚时期。《周易》的产生和发展贯穿于整个有周一代，自然，《周易》对周代的社会生活产生很大的影响。在周代，《周易》颇为流行，周人用它来占卜，预知未来的吉凶。《国语·晋语四》记载的"重耳亲筮"一事就是如此。晋公子重耳在秦国准备回国时，亲自卜筮看能否"尚有晋国"，卜筮得到的结果是屯卦，变至豫卦。筮人据此解释说"不吉利"。而重耳随从司空季子根据《周易》解释说："吉。是在《周易》，皆利建侯。"意思是说，这是一个吉卦，卦象显示出"利于封建诸侯"的好兆头，这是"得国"的象征。司空季子的解释打消了重耳回国的顾虑，增强了他建功立业的决心，最终成就了一代春秋霸主。可见，《周易》在周人的生活中占有多么重要的地位和作用。既是如此，《周易》的象征性思维方式和象征性文化精神也就必然对周代的文化产生影响，而周代是礼乐文化的盛世，因此，《周易》的象征性思维方式和文化精神也就渗透在周代的礼乐文化之中。《礼记·乡饮酒义》说：

> 宾主，象天地也，介僎，象阴阳也，三宾，象三光也。让
> 之三也，象月之三日而成魄也。四面之坐，象四时也。

又说：

> 乡饮酒之义：立宾以象天，立主以象地，设介僎以象日月，
> 立三宾以象三光。古之制礼也，经之以天地，纪之以日月，参
> 之以三光，政教之本也。

在乡饮酒礼上，举行隆重的饮酒礼仪式，通过设立宾、主、介、僎、三宾来象征性地表达乡饮酒礼的意义：设立宾主以象征天地；设立介、僎以象征阴阳或日月；设立三位宾长以象征三光（指天上的三颗大星星）。迎宾上堂时，宾主要相互谦让三次，以象征月亮在月末或月初前后三日而出现魄。宾主四面而坐，还象征着四时季节的变化。日、月、三星、四季运转遵时有规律，设立宾、主、介、僎、三宾来象征它们，也就是要效法它们，通过举行礼仪仪式，在全体成员中进一步增强遵时守纪、尊老养老的意识，使社会风气进一步淳化。《礼记·射义》中说："故男子生，桑弧蓬矢六，以射天地四方，天地四方者，男子之所有事也，故必先有志于其所有事，然后敢用谷也，饭食之谓也。"[①]男孩新生下来，主家就要用桑木做的弓，蓬梗做的六支箭，分别射向天地和四方。因为，天地和四方是男子建功立业的地方，通过这种向天地四方射矢的仪式，象征着男孩将来长大成人后会立志于天地四方，取得巨大的功业和成就。可见，周代的礼乐文化中充满着象征性文化精神，在某种程度上甚至可以说，周代的礼乐文化就是一种象征性文化。所以陈来说："周代的'礼乐文化'的特色不在于周代是否有政治、职官、土地、经济等制度，在于周代是以礼仪即一套象征意义的行为及程序结构来规范、调整个人与他人、宗族、群体的关系，并由此使得交往关系'文'化，和社会生活高度仪式化。"[②]这是很正确的论断。既然周代礼乐文化中充满着象征性文化

---

① 《礼记·内则》说："子生，男子设弧于门左，女子设帨于门右。"也是具有象征意义。"设弧"（悬挂弓矢）是象征男子将来能建功立业；"设帨"（悬挂佩巾）是象征女子将来能善做女活。

② 陈来：《古代宗教与伦理——儒家思想的根源》，北京，生活·读书·新知三联书店，1996，第 249 页。

精神，那么象征性文化精神必然对其艺术精神产生深刻的影响。考察周代礼乐文化中的艺术，我们发现它是一种典型的象征性艺术，其体现出来的艺术精神就是一种象征性艺术精神。这种象征性艺术精神明显地体现在周代的青铜艺术和乐舞艺术中。对此我们将在后文中分别予以论述。

二、祭祀——周代礼乐文化的核心

我们知道，商代是中国历史上巫术宗教最为发达的时代，宗教祭祀活动在这一时期也达到了历史上的顶峰。商代的祭祀对象从天神到地示再到人鬼，非常之多，祭祀的次数之频繁、名类之繁多也是令人惊异的。从甲骨卜辞和有关文献来看，商代人几乎一年三百六十多日每天都有祭祀活动，特别是对先祖先妣实行轮番的周而复始的"周祭"制度，更是虔诚而又殷勤。所以有的学者将商代的文化称为"祭祀文化"，这是很有道理的。到了周代，周人从维护自己的政治统治需要出发，改变了商人那种极度尊神重鬼的态度，转而重视人事，建立了周人的礼乐文化。但这并不是说周代就没有宗教祭祀活动，相反宗教祭祀活动在周代的政治制度层面还是处于核心地位。因为"周因于殷礼，所损益可知也"。① 周礼中很大一部分沿袭了商代的礼制，而商代的文化是"祭祀文化"，自然在周代的礼乐文化中，祭祀也占据着重要的地位。所以陈来说："虽然周代的文化总体上是属于'礼乐文化'，而与殷商的'祭祀文化'有所区别，但礼乐文化本来源自祭祀文化，而且正如殷商的祭祀文化将以往的巫觋文化包容为自己的一部分，周代的礼乐文化也是将以往的祭祀文化包容为自己的一部分……从西周初到孔子前，祭祀文化是周代礼乐文化的重要部分，只是其社会功能的意义超过了其宗教信仰的意义。"② 在《周礼》的"五礼"之说中，"吉礼"（即祭礼）就处在"五礼"之首位置。《礼记·祭统》说：

> 凡治人之道，莫急于礼。礼有五经，莫重于祭。

治理人事的方法没有什么比礼更紧要的了，而"五礼"之中，祭礼又最为重要。《礼记·礼器》也说："礼也者，合于天时，设于地财，顺于鬼神，合于人心，理万物者也。"也在强调祭祀（或祭礼）在周代礼乐文化中的重

---

①　《论语·为政》。

②　陈来：《古代宗教与伦理——儒家思想的根源》，北京，生活·读书·新知三联书店，1996，第119页。

要地位。既然如此，那么"君子将营宫室，宗庙为先，厩库为次，居室为后。凡家造，祭器为先，牺赋为次，养器为后。无田禄者，不设祭器。有田禄者，先为祭服。君子虽贫，不粥祭器；虽寒，不衣祭服。为宫室，不斩于丘木。"①可见，周人生活中一切都以先满足祭祀活动所需为前提或为中心，然后再满足其他生活需求。

　　总之，由上文可见，祭祀活动在周代仍然是国家政治生活中的头等大事，是周代礼乐文化的一个核心。《左传·成公十三年》曰："国之大事，在祀与戎。"就明确地把"祭祀"和"战争"作为国家的头等"大事"，其他一切活动都围绕着这两件"大事"进行。所以，当楚昭王打算废止祭祀时，他的大臣观射父明确地表示反对，这件事在《国语·楚语下》中有明确的记载：

　　　　王曰："祀不可以已乎？"对曰："祀所以昭孝息民，抚国家，定百姓也，不可以已……天子遍祀群神品物，诸侯祀天地三辰及其土之山川，卿、大夫祀其礼，士、庶人不过其祖……天子亲春禘郊之盛，王后亲缫其服，自公以下至于庶人，其谁敢不齐肃恭敬致力于神！民所以摄固者也，若之何其舍之也！"

观射父认为，祭祀在国家生活中起着重要的作用，祭祀可以"昭孝息民，抚国家，定百姓"，因此，"不可以已"，上自天子、诸侯，下至士、庶人都要恭恭敬敬地祭祀其应该祭祀的天神、地祇和人鬼等。可见，祭祀仍是周代社会生活中的头等"大事"，这点不必多说。那么作为"国之大事"的战争中，是否也有祭祀活动呢？对此我们从有关文献和金文来看，答案是肯定的。事实上，周人在进行战争的前后都要举行祭祀活动，而且相当隆重盛大。比如，周武王在伐纣克商后，随即举行大规模的献俘、祭祀活动，告祭先祖先公、上帝众神等。《史记·周本纪》曰："……（武王）既入，立于社南大卒之左，〔左〕右毕从。毛叔郑奉明水，卫康叔封布兹，召公奭赞采，师尚父牵牲……武王又再拜稽首，乃出。"《礼记·大传》中也说："牧之野，武王之大事也。既事而退，柴于上帝，祈于社，设奠于牧室，遂率天下诸侯，执豆笾，逡奔走。追王大王亶父，王季历，文王昌，不以卑临尊也。"②在周代的金文中，也有关于战争前后举行祭

①　《礼记·曲礼下》。
②　《尚书·武成》中亦有类似记载："丁未，（武王）祀于周庙，邦甸、侯卫骏奔走，执豆笾。越三日庚戌，柴望，大告武成。"

祀活动的记载。西周初年的塑方鼎铸有铭文："隹（惟）周公于伐东夷，丰伯、専古咸戈，公归，礻于周庙，戊辰，饮秦饮，赏塑贝百朋，用作尊鼎。"就是说周公在伐攻东夷归来以后举行了告庙献俘的祭祀仪式。① 《左传·桓公二年》曰："凡公行，告于宗庙。反行，饮至、舍爵、策勋焉。"意思是说，凡是诸公、诸侯出行和返国都要到宗庙进行告祭，出行和返国自当包括征伐和战争这样的大事，因此，这也是在说征伐和战争前后也要告庙祭祀。可见，周代的战争也离不开祭祀活动。总之，在周代的整个社会、政治生活中，祭祀活动占据着重要的地位，祭祀成为周代礼乐文化的核心内容。

　　既然周代的礼乐文化中祭祀活动也处于核心地位，那么周代的祭祀与商代的祭祀是不是就没有区别了呢？对此我们认为，二者是有本质区别的。商代的祭祀主要是商人出于对上帝祖先神灵的强烈畏惧，惧怕他们对生人作祟或降祸，因而举行祭祀活动来祭享他们，使他们愉悦，从而庇佑和降福于生人，因而商人的祭祀具有一定的宗教迷信性和虚幻性。而周人的祭祀和商人的祭祀不能等同而论。随着殷商被宗周代替，殷商的宗教性祭祀及祭祀仪式被改造成与宗周宗法制相一致的祭祀仪式，因而周人的祭祀具有一定的理性精神和现实精神。周人举行祭祀活动，一方面是出于对先祖先公功德的敬重，从而对祖先神灵产生崇敬之情并效法他们；另一方面，是借此来巩固周代的君臣等级关系和宗族的团结统一，加强贵族统治的力量，也就是说宗教祭祀活动是服务于周代的宗法体制，维护周人的统治的需要。② 因此，周代的祭祀是"非纯粹的宗教性祭享祈福"，"周代以后祖先祭祀越来越突出并且社会化，其主要功能为维系族群的团结，其信仰的意义逐渐淡化。"③可见，周代的祭祀和商代的祭祀是有本质区别的。

　　弄清了祭祀是周代礼乐文化的核心内容，我们还知道，周人的祭祀活动和商人实行"周祭"制度一样反复举行，并在长期的实行过程中形成一套特定的仪式，这种仪式及其内在意义在程序化过程中逐渐成为一种象征。正如葛兆光所说，祭祀活动周而复始就会程式化，"这种程式化也是秩序化，祭祀及其内在意义就在这种程式化过程中，逐渐沉淀为一些

　① 刘源：《商周祭祖礼研究》，北京，商务印书馆，2004，第83页。

　② 刘源：《商周祭祖礼研究》，北京，商务印书馆，2004，第362~363页。

　③ 陈来：《古代宗教与伦理——儒家思想的根源》，北京，生活·读书·新知三联书店，1996，第130页。

象征，而象征则总是向人们暗示着某种观念。"①因此，周代的祭祀活动中充满着象征的意味。《仪礼》中记载的《特牲馈食礼》《少牢馈食礼》和《有司》关于祭祀的程序，就充满着象征性意味和精神。主人和主妇向尸（即祖先神灵的象征）献酒以后，宾三献尸，尸奠爵后，主人、主妇相互致爵（主人主妇互相献酒），尸举爵饮酒后，宾致爵主人、主妇，这样在室中的人——尸、祝、佐食、主人、主妇都得献，这就象征着祖先的恩泽遍布室中了，即"神惠均于室"。三献后，主人遍献众宾、兄弟，长兄弟加爵献尸，众宾长（次宾）献尸，尸又止爵，待众宾、兄弟旅酬，尸举爵饮酒，而后行无算爵。经过这一番活动，象征着祖先的恩泽遍布庭中了，即"神惠均于庭"。② 不仅祭祀的程序中充满着象征的意味，就是祭祀的用器（祭器）也是一种象征。《礼记·郊特牲》说：

> 扫地而祭，于其质也。器用陶匏，以象天地之性也。

举行祭礼时，扫干净一块地来祭祀，这是体现崇尚质朴，使用陶匏做祭器，这是以陶匏来象征天地的本性，这就说明祭器也具有象征性。《礼记·郊特牲》又说："祭之日王被衮以象天；戴冕，璪十有二旒，则天数也；乘素车，贵其质也；旗十有二旒，龙章而设日月，以象天也。天垂象，圣人则之，郊所以明天道也。"祭祀那天，天子穿着绘有日月星辰的衮服以象征天，戴的冕上悬有十二旒，以象征一年中的十二个月之数，举的旗上也绘刺有龙和日月的图案，以象征着天。《礼记·曲礼下》说："凡执主器，执轻如不克。"捧执祭器的人，即使祭器很轻，也要做出一副不堪其重的姿势，因为，用这种姿势就可以象征着祭器之"重"和礼仪的隆重。③总之，"不仅祭祀中的用牲（如太牢、少牢、鱼）、舞蹈（如八佾、六佾）、服饰（如天子冕旒衮服）、对象（如天地、祖先、山川）等是人间秩序的象征，而且仪式上的陈列、行为、场所，也处处是象征。"④张光直也认为

---

① 葛兆光：《中国思想史·七世纪前中国的知识、思想与信仰世界》第1卷，上海，复旦大学出版社，2001，第27页。

② 刘源：《商周祭祖礼研究》，北京，商务印书馆，2004，第163页。

③ 《论语·乡党》曰："执圭，鞠躬如也，如不胜。上如揖，下如授。勃如战色，足蹜蹜，如有循。"是记载孔子出使时的仪容，手执玉圭，像鞠躬似的弯着腰，如同拿不动一样，上举玉圭时如同作揖，放下时如同授物，神色谨慎小心，脚步匆匆，如同沿着什么急走。就是以此仪容来象征着礼仪的隆重。

④ 葛兆光：《中国思想史·七世纪前中国的知识、思想与信仰世界》第1卷，上海，复旦大学出版社，2001，第58页。

祖先祭祀及其有关的事物如祖庙、牌位等都是象征。他说："同一父系宗族的成员都视自己归同一男性祖先的后裔，祖先祭祀就象征着这个事实，并将其具体化了……首先是祖庙，它不仅充作祭祀的活动场所，而且本身就成为一个象征，既为仪式的中心，也是国家事物的中心……祭祀及有关的物事如祖庙、牌位和礼器有约束与警示的作用，并作为氏族凝聚的象征。"①可见，周代的祭祀活动（祭礼）中充满着象征的意味，不仅如此，在周代的乡饮酒礼、射礼等活动中也是如此。

周代的礼乐文化是以祭祀为核心内容，而祭祀是以象征性的仪式来向人们传达或暗示某种观念。因此，周代的祭祀活动中充满着象征的意味，周代的礼乐文化也是一种仪式性文化或象征性文化，体现于其中的是一种象征性文化精神。这种象征性文化精神深深地影响着其时的艺术精神。而且周代礼乐文化中的艺术本身也与祭祀活动密切相关，周代的乐舞艺术大部分都是祭祀乐舞，如"六大舞"就是如此：《云门》祀天神；《咸池》祀地祇；《大磬》祀四望；《大夏》祭山川；《大濩》享先妣；《大武》享先祖。② 周代的"六小舞"中的"帔舞""羽舞""皇舞""干舞"等也是祭祀乐舞。③ 周代的青铜艺术大多是青铜礼器，为祭祀所用，青铜艺术也与祭祀关系密切。总之，这些乐舞艺术、青铜艺术自身就充满着象征的意味，无不体现出一种象征性艺术精神。

三、"佩玉"与"尸"

由前文可知，周代的礼乐文化在一定程度上可以说是一种仪式性文化或象征性文化，象征性文化精神几乎无处不在，体现在许多的层面上。因此，周代礼乐文化中的许多礼器自身及其使用都具有象征性。比如说，"礼玉"的使用就具有象征性，祭祀时充当祖先神灵受祭拜的"尸"也充满着象征的意味。下面我们先来讨论周代礼乐生活中所使用"礼玉"中的"佩玉"的象征意义。

《礼记·玉藻》说："古之君子必佩玉，右徵角，左宫羽，趋以《采齐》，行以《肆夏》，周还中规，折还中距，进则揖之，退则扬之，然后玉锵鸣也。"又说："凡带必有佩玉，唯丧否。""古之君子"，当然主要指周代的贵族阶级。君子只要在不服丧期间，就要随身悬挂佩玉，而且左边悬挂能发出宫声和羽声的佩玉，右边悬挂能发出徵声和角声的佩玉。佩玉

---

① 张光直：《美术、神话与祭祀》，沈阳，辽宁教育出版社，2002，第21~25页。

② 《周礼·春官·大司乐》。

③ 《周礼·春官·乐师》。

发出的悦耳之音与君子规矩中节的举手投足相一致，也与君子的风度翩翩的仪表美相一致，从而构成一种和谐美。可见，佩玉在这里不仅仅是作为君子服饰上的一种装饰品，更重要的是作为君子温文尔雅、纯洁温润的良好品德的象征。佩玉简直成了君子的化身，所以《诗·秦风·小戎》说："言念君子，温如其玉。"很显然，佩玉具有象征意义。

　　其实，早在原始社会，原始先民们就开始用小物件（当然包括玉器在内）装饰自己，那时的装饰就已经具有了象征意义。美国学者弗朗兹·博厄斯曾转述恩斯特·格罗塞关于艺术装饰的观点说："原始装饰的起源和它的根本性质不是为了装饰，而是作为一种有实际意义的标记或象征，即为了表达一定的内容。"①近些年来，中国考古学界发现的四五千年前的辽宁红山文化和浙江良渚文化，都曾出土大量的玉器，其中就有许多装饰性的玉器——环、玦、镯等。这些玉器在原始人看来，绝不仅仅是一种装饰品，而是承载着许多意义，是一种象征。不仅这些装饰性的玉器具有象征性，其他玉器也同样具有一定的象征意义，良渚文化中的玉琮尤为典型。良渚文化中的玉琮形制上内圆外方，中间贯通，呈筒状，器表刻有动物纹样的图徽。玉琮的这种形制，实际上就是一种象征。原始初民认为，天圆地方，天笼盖于上，地承载于下。玉琮内圆外方就是象征着天圆地方且天包容于大地之中并被大地所承载；玉琮中间贯通，表面刻有动物纹样的图徽，实际上也是象征着人借助于动物与天地相交通。玉琮正是具有这样的象征性，先民们用它来作为祭祀的礼器，通过它来祈求与天地相交通、相融合，从而获得天地神灵的护佑与赐福。

　　随着历史的发展，玉器在人们的生活中越来越占据着重要的地位，并逐渐形成了崇玉的观念和习俗，玉器具有的象征意义也有增无减。到了周代，周人承袭了前人的崇玉观念和习俗，并有意识地赋予佩玉以丰富的精神意义和深刻的道德内涵。《逸周书·玉佩解》曰："玉者所佩在德，德在利民，利民在顺上。"就强调佩玉"在德"，佩玉只是"德"的一种载体，是"德"的象征。《说文解字》曰："玉，石之美有五德。"也把玉和"德"紧密联系，释"玉"有五德。《诗·小雅·斯干》曰："乃生男子……载弄之璋。"璋是一种长条板状的美玉，生下男儿，给他玩弄或佩戴玉璋，就是象征他日后长大成人具有良好的"德"。当然，佩玉象征的"德"，其内涵是丰富的。《礼记·聘义》说：

---

①　〔美〕弗朗兹·博厄斯：《原始艺术》，金辉译，上海，上海译文出版社，1989，第6页。其内容又见〔德〕格罗塞：《艺术的起源》，蔡慕晖译，北京，商务印书馆，1984，第2版，第80页。

　　子贡问于孔子曰："敢问君子贵玉而贱珉者，何也？为玉之寡而珉之多与？"孔子曰："非为珉之多，故贱之也，玉之寡，故贵之也。夫昔者，君子比德于玉焉：温润而泽，仁也；缜密以栗，知也；廉而不刿，义也；垂之如队，礼也；叩之其声清越以长，其终诎然，乐也；瑕不掩瑜，瑜不掩瑕，忠也；孚尹旁达，信也；气如白虹，天也；精神见于山川，地也；圭璋特达，德也；天下莫不贵者，道也。《诗》云：'言念君子，温其如玉。'故君子贵之也。"①

　　子贡询问孔子为什么"君子贵玉而贱珉"，是否因为"玉之寡而珉之多"？孔子明确地告诉他并非如此，而是因为玉器的自然属性和物理属性所具有的良好品质象征着君子"仁""知""义""忠""信"等品德。玉温润有光泽，象征君子的仁；玉质地缜密而纹理有条，象征君子的智；玉有棱角但不伤他人他物，象征君子的义；玉垂挂时如同下坠，象征着君子的有礼……因此，君子必然"贵玉"，"君子比德于玉"。既然君子"贵玉"和"比德于玉"，就会对玉珍爱有加，随身佩玉，无故玉不去身。所以《礼记·玉藻》说："君子无故，玉不去身。君子于玉，比德焉。"《礼记·曲礼下》也说："君无故玉不去身。"这些都说明"玉"对于君子的重要意义。其实，早在周族先人那里，玉就成为他们随身必佩的饰物。《诗·大雅·公刘》："何以舟之？维玉及瑶，鞞琫容刀。"就是明证。对于周代贵族统治阶级来说，佩戴玉饰成为他们日常生活中的必要举动。佩玉时刻提醒他们注意自己的德和行要符合周礼的礼仪规定和宗法制度的要求，从而约束自己，具有"君子"应有的形象和风度。

　　周代礼乐文化中，佩玉被赋予德行化、人格化的内涵，佩玉成了君子的化身和象征，在长期的实行过程中，佩玉也就成了贵族阶级的身份和地位的象征。当然，不仅佩玉如此，其他玉器也是如此。比如，周代不同身份、不同地位的贵族阶级所执的玉器就不一样。《周礼·春官·大宗伯》："以玉作六瑞，以等邦国。王执镇圭，公执桓圭，侯执信圭，伯

---

　　①　《荀子·法行》亦有类似的表述："子贡问于孔子曰：'君子之所以贵玉而贱珉者，何也？为夫玉之少而珉之多邪？'孔子曰：'恶！赐！是何言也？夫君子岂多而贱之，少而贵之哉！夫玉者，君子比德焉。温润而泽，仁也；栗而理，知也；坚刚而不屈，义也；廉而不刿，行也；折而不挠，勇也；瑕适并见，情也，扣之，其声清扬而远闻，其止辍然，辞也。故虽有珉之雕雕，不若玉之章章。'《诗》曰：'言念君子，温其如玉。'此之谓也。"

执躬圭，子执谷璧，男执蒲璧。"天子君王手执镇圭；诸公手执桓圭；诸侯手执信圭；伯执躬圭；子执谷璧。可见，上自王公，下到子男，手执玉器都不一样。镇圭为天子所有，是天子君王身份和地位的象征；桓圭为诸公所有，是诸公身份和地位的象征，其他各种玉器也分别是不同的贵族阶级身份和地位的象征。可见，玉器的使用具有明显的"贵族化"倾向。那么，这些玉器依靠什么来区别和作象征呢？从《周礼·冬官·玉人》来看，它们主要靠玉器尺寸的大小来实现："玉人之事：镇圭尺有二寸，天子守之；命圭九寸，谓之桓圭，公守之；命圭七寸，谓之信圭，侯守之；命圭七寸，谓之躬圭，伯守之。"镇圭长一尺二寸；桓圭长九寸；信圭和躬圭都是长七寸。镇圭的尺寸最长，是最大权力和最高身份地位的象征，桓圭、信圭、躬圭等也分别是不同权力和身份地位的象征。可见，这些玉器主要是从尺寸长短上来赋予玉器以丰富的象征意义的。不仅如此，在周代，玉器的形状、颜色、大小以及贵族阶级拥有玉器的多与寡也承载着丰富的象征意义。如《礼记·玉藻》说："天子佩白玉而玄组绶。公侯佩山玄玉而朱组绶。大夫佩水苍玉而纯组绶。"就是以佩玉的色泽不同来象征身份和地位的不同。再如，从周代墓葬中出土的玉器来看，小型墓葬中较少有玉器，大多玉器集中在大中型墓葬中，且墓主的地位越高，身份越显贵，其墓葬中的玉器数量和种类也就越多。这也就是以玉器的多寡来象征墓主的身份和地位的高与低。

那么玉器为什么被赋予如此丰富的象征意义呢？这当然与"玉"自身的优良品质有关。在史前时期，人类在生产生活中普遍使用石器，石器的制造是人们生活中最重要的活动，那时的制造水平相对来说也很高。原始先民们总是选取大自然中那些质地坚硬，耐敲击的石料进行打制、琢磨，制成生产生活用具。而玉正是具有这些特性的石料，自然也就成为被加工的对象。玉最初也是作为生产生活工具使用的，如大汶口文化、良渚文化遗址中曾出土过玉斧、玉凿等。但是，玉又具有其他石料不具有的优良特性，这就使它不仅仅是作为生产生活的用具。它不但质地坚硬，而且稀少，其采集和磨制都非常困难，再加上它又具有其他石料很少有的柔和的光泽、丰富的色泽、光滑温润的触觉，自然是石料中的佼佼者。所以，人类从开始使用石器之初就尤为珍视它，器重它，并在长期的实践过程中，在它身上凝聚着越来越多的精神观念内容，最终玉器被赋予丰富的象征意义和内涵。人们以是否拥有它以及拥有的种类、数量等作为身份地位以及财富的象征,① 并赋予其道德和人格内涵,使之成为道德品德的标志和象征。

在周代礼乐文化中,不仅"佩玉"(玉器)充满着象征的意味,充当祖先神灵的"尸"也是典型的象征。"尸",《说文解字》曰:"尸,陈也,象卧之形。"原指人死后的躯体,即一般所说的尸体或死尸。如《仪礼·士丧礼》曰:"奠脯醢醴酒,升自阼阶,奠于尸东。""主人拜于位,委衣于尸东床上。"所说的"尸"即是此意。除此之外,"尸"还有另一种含义,即指宗庙祭祀时替代祖先神灵受祭拜之人,往往以受祭祀的祖先的孙辈或同姓人中的孙辈来充当。"尸"装扮成祖先的模样身处宗庙受后人祭拜,是活的神像。从《仪礼》来看,有数篇记载了宗庙祭祀中用"尸"、立"尸"的详细过程。如《特牲馈食礼》是对士举行宗庙祭祀用"尸"、立"尸"过程的详细描述。《诗经》中也有关于宗庙祭祀用"尸"、立"尸"的生动描述。如《诗·小雅·楚茨》曰:"……我仓既盈,我庾维亿。以为酒食,以享以祀。以妥以侑,以介景福。济济跄跄,絜尔牛羊,以往烝尝。或剥或亨,或肆或将。祝祭于祊,祀事孔明。先祖是皇,神保是飨……礼仪既备,钟鼓既戒。孝孙徂位,工祝致告:'神具醉止。'皇尸载起,鼓钟送尸,神保聿归……"就是关于周王在祖庙中请"尸"、享"尸"和送"尸"的生动描述。其他诸篇如《小雅·信南山》《大雅·既醉》中也有类似的描述。当然,"尸"主要用于宗庙祭祀,但并不是说其他祭祀中就无"尸",实际上,在其他祭祀中,"尸"也扮演着重要的角色。王国维说:"古之祭也必有尸。宗庙尸之,以子弟为之。至天地百神之祀,用尸与否,虽不可考,然《晋语》载:'晋祀夏郊,以董伯为尸。'则非宗庙之祀,固亦用之。"②不但宗庙祭祀中用"尸",而且郊祭(祭天之礼)中也用"尸",这就说明用"尸"制度实行于周代的各种祭祀典礼中。如《礼记·曾子问》中就有曾子和孔子关于丧葬之祭中要不要用"尸"的讨论:"曾子问曰:'祭必有尸乎? 若厌祭,亦可乎?'孔子曰:'祭成丧者必有尸,尸必以孙,孙幼则使人抱之。无孙则取于同姓可也。祭殇必厌,盖弗成也,祭成丧而无尸,是殇之也。'"曾子向孔子讨教祭礼是否可以用"厌祭"(即无"尸"而祭),孔子认为,成人死后的祭礼一定要用"尸","尸"由孙子或同姓人孙来充当,只有"祭殇(祭祀未成年人)"才用"厌祭";否则,祭祀成年人用"厌祭",是把死者当成未成年人了,那是不符合礼制的。可见,丧葬之祭中,也一定要

① 廖群:《中国审美文化史·先秦卷》,济南,山东画报出版社,2000,第204页。
② 王国维:《宋元戏曲史》,天津,百花文艺出版社,2002,第2页。

用"尸"。

周代的宗庙天地社稷等许多祭祀礼仪中都用"尸"，那么为什么会出现这种情况呢？这是因为在夏商周三代时期，人们的鬼神观念较为发达，人们认为鬼神是真实存在的，不过鬼神是无影无形、无声无息的，不能亲眼所见，亲耳所闻；但是鬼神可以凭依在"人"身上及其他有形之物上。于是人们在对鬼神特别是对祖先神灵的祭祀仪式中，就用真实的活人装扮成"尸"来作为鬼神或祖先神灵的替身，以作为受祭拜的对象。"尸"也作为鬼神的替身享用人间的一切祭品并为鬼神传言或上传人意，起着沟通人与神的桥梁中介作用。《仪礼·士虞礼》郑玄注云："孝子之祭，不见亲之形象，心无所系，立尸而主意焉。"正是对立"尸"原由最好的说明。当然，"尸"作为鬼神或祖先神灵的替身并不是真实的鬼神或祖先神灵，实际上，它只是鬼神或祖先神灵的一种象征。《礼记·郊特牲》说：

> 举斝角，诏妥尸。古者尸无事则立，有事而后坐也。尸，
> 神象也。祝将命也。

这段话意思是说：宗庙祭祀中，迎"尸"入室就席后，"尸"就举起席前的酒器斝或角，然后主人告请"尸"坐下；行礼过程中，"尸"无事时就站着，有了饮食之事，就坐在席上；"尸"是神的象征，是活的神像；人和神之间不能直接交流对话，需要由祝来传达。可见，"尸"是"神象也"，"尸"是一种象征，是神灵的象征。《礼记·祭统》说："尸在庙门外则疑于臣，在庙中则全于君。君在庙门外则疑于君，入庙门则全于臣，全于子。"宗庙祭祀时，"尸"未进庙门，在庙门外，还是作为国君的臣子，可是一进入庙门之内，"尸"就完全成了先君神灵的象征。在"尸"面前，国君也完全作为臣子的身份，对"尸"恭敬虔诚地祭拜。举行祭礼时，先要迎"尸"，这是象征着迎接或降请祖先神灵的到来；祭礼过程中要请"尸"、劝"尸"享用酒食，这是象征着祖先神灵在享用；祭礼完毕后，要送"尸"，即象征着送走祖先神灵离开人间。总之，周代祭礼用"尸"、立"尸"中充满着浓厚的象征意味。究其实质，是周代礼乐文化中的象征性文化精神在"尸"祭制度中的体现。周代礼乐文化鼎盛时期，用"尸"、立"尸"制度也最为盛行，随着周代礼乐文化的衰退，用"尸"、立"尸"制度也随之衰退。大致来说，西周前，已有尸祭现象；西周时期，祭祀仪式中用"尸"、立"尸"做法最为盛行，并形成尸祭制度；春秋时期，尸祭现象渐渐减少，到了战国时期，用"尸"、立"尸"制度逐渐被废除。秦汉以降，用活人充

当"尸"的做法，已改为用"木主"象征祖先神灵了。当然，这并不是说后世的祭祀仪式中就没有用"尸"、立"尸"现象，而是说作为用"尸"、立"尸"制度已不复存在了。实际上，在民间的祭祀活动中，立"尸"的遗风还有留存。

第二节　象征性艺术的表现

由上文可知，周代礼乐文化的核心内容之一是祭祀。祭祀在长期的实行过程中，逐渐形成一些象征。象征性文化精神也就成为周代礼乐文化中体现的典型的文化精神。这种文化精神渗透在周代礼乐文化的方方面面。如上文所说的周代贵族阶级悬挂的"佩玉"和祭礼中的用"尸"就充满着象征意味。那么周代礼乐文化中的艺术是否也受到象征性文化精神的影响呢？回答是肯定的。从周代的乐舞艺术和青铜艺术来看，就很明显地体现出一种象征性艺术精神。可以说，象征性艺术精神是周代礼乐文化中艺术上体现的典型的艺术精神，也是中国早期的艺术精神之一。下文我们就从周代的乐舞艺术和青铜艺术来讨论这种象征性艺术精神。

一、乐舞艺术的象征

我们在前文中多次论及周代礼乐文化中的艺术从来就不是纯粹意义上的艺术，它总是与社会政治联系在一起，承载着较多的社会意义，乐舞艺术自然也不例外。在周代礼乐文化中，乐和礼总是密切联系，相需为用，共同为贵族阶级的统治需要服务的。因此，"乐"并没有获得独立的地位，总是受制于"礼"的约束，自然与政治伦理道德密切相关。它不仅仅是人们用于表达情感的需要，更主要的是承载着巨大的社会意义，是社会政治伦理道德的象征。正如《礼记·乐记》所说："乐者，通伦理者也。""先王之为乐也，以法治也，善则行象德矣。"正是"乐"具有这样的特点，萧涤非说："乐在先秦，乃所以为治，而非以为娱。乃将以启发人之善心，使百姓同归于和，而非以满足个人耳目之欲望。"[1]周代礼乐文化中的乐舞艺术充满着象征的意味，体现出的艺术精神就是一种象征性艺术精神。

我们且先看《礼记·乐记》中对"五音"的象征性比附：

---

① 萧涤非：《汉魏六朝乐府文学史》，北京，人民文学出版社，1984，第 4 页。

宫为君，商为臣，角为民，徵为事，羽为物。五者不乱，则无怗懘之音矣。

"宫、商、角、徵、羽"五音本纯属音乐问题，但这里却赋予它象征性，用"五音"来比附和象征君臣等级关系。"五音"中"宫"音是主音，《国语·周语下》中载伶州鸠言："夫宫，音之主也。"《礼记·礼运》说："五声、六律、十二管，还相为宫也。""宫"音是"五音"之主，其他四音为从音，且"五音"和谐相从，不失其序。"五音"象征着君臣关系，"宫"音为主音，最为重要，"宫"音也就成为"君"的象征，其他四音也分别成为不同的身份地位或事物的象征。"五音"不乱，和谐相从，则象征着君臣等级关系和谐相处。可见，周代礼乐文化中，"五音"具有浓厚的象征意味。

周代礼乐文化中的乐舞艺术具有象征性，我们且以《大武》乐舞来说明这一问题。《大武》是周代雅乐中的"六大舞"之一，关于它的文献记载较多，所以它的情况后人也就了解甚多。《礼记·乐记》中载有宾牟贾和孔子关于《大武》之乐的讨论。从他们二人的讨论中，我们可以得知，《大武》之乐是表现武王伐纣克商的经过，象征着武王的武功业绩。"夫乐者，象成者也。"就明确地说明"乐"是象征事业功成的。《大武》共有六成，每一成、每一个舞蹈动作都是一定意义的象征。《礼记正义》郑玄注《大武》曰：

成，犹奏也，每奏武曲，一终为一成。始奏，象观兵盟津时也。再奏，象克殷时也。三奏，象克殷有余力而返也。四奏，象南方荆蛮之国侵畔者服也。五奏，象周公召公分职而治也。六奏，象兵还振旅也。复缀，反位止也……舞者各有部曲之列，又夹振之者，象用兵务于早成也。久立于缀，象武王伐纣待诸侯也。

《大武》的每一成都是作为一种象征。乐舞起始时，象征着武王在等候诸侯会盟；第二成象征着武王克商成功；第三成象征着武王克商后返国；第四成象征着武王收服南方各国；第五成象征着周公和召公分陕而治；第六成象征着用兵后返还。《大武》是具有强烈象征意味的武舞，后世中也有类似于《大武》的武舞。如唐代著名的战争舞《秦王破阵乐》和《兰陵王入阵曲》即是如此。前者是唐太宗李世民时代的武舞。此舞队列模拟战争的队式，中间展开，两翼迂回，屈伸交错。表演者多达120余人，皆执戟披甲。表演时气震山河，恢宏阔大，舞蹈动作和场景皆虚拟而设，象征性地再现了战争的场面。后者是颂扬南北朝时北齐大将军高长恭即兰陵王的战争舞。兰陵王高长恭英勇善战，与士兵同甘共苦，他的美德和精神深受广大士兵的爱戴。此舞模拟兰陵王入阵破敌，指挥作战，杀敌立功的战争动作，舞者的每一舞姿和动作都具有象征意义。① 不仅《大武》之乐充满着象征的意味，其他"六大舞"也是如此。《庄子·天运》中载有"北门成问乐"而关于黄帝乐舞《咸池》的一段精彩文字，就是对古人在庭院、庙堂或旷野之中，运用象征性的手法搬演那种"宇宙之乐"的精彩描绘。② 宗白华说，乐舞"不仅是一切艺术表现的究竟状态，且是宇宙创化过程的象征……这最紧密的律法和最热烈的旋动，能使这深不可测的玄冥的境界具象化、肉身化。"③充分肯定乐舞艺术的象征性。《咸池》之乐中充满着象征的意味，而《咸池》（或《大咸》）之乐在周代经过乐师的改造，是周乐"六大舞"之一。

周代礼乐文化中的"小舞"也具有象征性。《象》舞是"小舞"之一。《象》舞用于两君相见、鲁禘、天子大射、天子大飨、天子大祭祀等礼仪场合。如《礼记·祭统》中说："夫大尝、禘，升歌《清庙》，下而管《象》。"《象》舞的具体内容我们今天不甚了解，但其充满象征的意味，却是肯定的。《礼记·仲尼燕居》：

> 两君相见，揖让而入门……升歌《清庙》，示德也；下而管《象》，示事也。是故古之君子，不必亲相与言也，以礼乐相示而已。

两君相见时，互行揖礼互相谦让走入大门，这时乐工登堂而歌《清庙》乐章，这是在"示德也"，所谓"示德"，就是象征着国君景仰文王的美德；下堂乐工用管乐伴奏表演《象》舞，这是在"示事也"，象征国君崇敬文王的功业。"示德"、"示事"就是明确地说明《清庙》和《象》舞具有象征性。文王在位时，重德敬德，文治武功，先后灭掉了一些周边属国，为武王伐纣建国奠定了坚实的基础，周之后人以歌舞纪念他，《清庙》和《象》舞

---

① 居阅时、瞿明安主编：《中国象征文化》，上海，上海人民出版社，2001，第451～452页。

② 罗艺峰：《礼乐精神发凡并及礼乐的现代重建问题》，《中央音乐学院学报》1997年第2期。

③ 宗白华：《美学散步》，上海，上海人民出版社，1981，第67页。

即是如此。这些乐舞就是象征着他的征伐和功德。正是由于《清庙》和《象》等乐舞具有象征性的精神内涵，所以在各种礼仪场合中表演它们，"不必亲相与言也，以礼乐相示"，就可以使人心领神会，传情达意。不仅《清庙》和《象》等乐舞如此，其他一些乐舞也是如此。如《诗·小雅·鹿鸣》多用于"大夫士乡饮酒礼"、"诸侯燕礼"等礼仪场合。其歌曰："呦呦鹿鸣，食野之苹。我有嘉宾，鼓瑟吹笙。吹笙鼓簧，承筐是将。人之好我，示我周行。呦呦鹿鸣，食野之蒿，我有嘉宾，德音孔昭。视民不恌，君子是则是效。我有旨酒，嘉宾式燕以敖……"在饮酒礼或燕礼宴会上登堂歌唱《鹿鸣》诗章，根本无需言语，就能象征性地表达主人对嘉宾的敬意和对宾客美好懿德的称赏。周代礼乐文化中的乐舞艺术充满着象征性意味，这与音乐的表达方式有关，音乐的表达方式具有一种隐喻性或象征性，音乐的思维也是一种隐喻性或象征性思维。音乐艺术与其他艺术有所不同，需要依靠抽象的声音来表现对象，它诉诸人的听觉，听者必须超越音乐的声响结构去把握和体味其背后所隐含和象征的意味。因此，音乐自身的特点使其自然具有象征性。而在周代，人们的思维方式也主要是隐喻性或象征性思维，音乐自然就成为他们交流和表达的重要方式，其乐舞艺术中也就充满着象征性。[①]

由上文可见，周代礼乐文化中的乐舞艺术充满着象征的意味。同样周代礼乐文化中的用乐制度如乐舞的队列、乐器的配制、诗乐的选用等，也都具有象征性。从乐舞的队列和执羽人数来看，天子乐舞为"八佾"，诸侯为"六佾"，大夫为"四佾"，士为"二佾"。《左传·隐公五年》曰："九月，考仲子之宫，将《万》焉。公问羽数于众仲。对曰：'天子用八，诸侯用六，大夫四，士二。夫舞所以节八音而行八风，故自八以下。'公从之。"天子乐舞中执羽人数为"八佾"，共六十四人，诸侯执羽人数为三十六人，大夫为十六人，士为四人。[②] 天子、诸侯、大夫、士所享用的乐舞规模和队列人数有着严格的等级区别，不得乱用，否则就是僭越行为。这正是周代礼乐文化的用乐制度中充满着象征性使然。乐舞的规模大小和乐舞队列及执羽人数的多少象征着贵族统治阶级社会等级地位的高低、

---

① 李壮鹰：《诗歌与音乐》，见《覆瓿存稿》，天津，百花文艺出版社，1995，第42页。

② 周代礼乐文化中的乐舞队列和执羽人数有不同的说法。《春秋公羊传·隐公五年》曰："天子八佾，诸公六，诸侯四。"《春秋谷梁传·隐公五年》曰："舞夏，天子八佾，诸公六佾，诸侯四佾。"对于执羽人数，一种观点认为，八佾为六十四人，六佾为三十六人，四佾为十六人，二佾为四人；另一种观点认为，每佾为八人，八佾即为六十四人，六佾为四十八人，四佾为三十二人，二佾为十六人。但不管哪种说法正确，周代礼乐文化中乐舞队列数和执羽人数都充满着象征的意味，这是肯定的。

身份的贵贱、权力的大小等。天子用"八佾","八佾"之舞就是天子的权力、身份和地位的象征。"八佾以舞《大夏》,此天子之乐也。"①任何他人享用"八佾"之舞,都是僭越天子之乐的违礼行为,都是对天子王权、身份和地位的严重挑战,是要受到谴责和讨伐的。所以,春秋后期,在礼崩乐坏的情况下,掌管鲁国执政大权的大夫季孙氏在自家厅堂上表演"八佾"之舞,孔子站在维护"周礼"的立场上对此僭越行为表示强烈的谴责和愤慨,"八佾舞于庭,是可忍也,孰不可忍也?"②也就可以理解了。

从周代乐器的享配上看,乐器也是贵族统治阶级的社会等级、身份和地位的象征。不同身份、不同地位的人享有的乐器种类和乐器数量不一样。如金石之类的乐器使用就是如此。"金石"主要指钟磬之类的乐器,金石之类的乐器表演叫"金奏",金奏就是身份地位的象征。天子诸侯迎宾和送宾时都要用金奏,而大夫和士却只有在送宾时才可以用金奏,而且一般只使用磬奏,而不能使用钟奏。《仪礼·乡饮酒礼》曰:"磬阶间缩溜,北面鼓之。"因为钟奏为天子诸侯所享用,郑玄注《乡饮酒礼》句"宾出,奏《陔》",曰:"钟鼓者,天子、诸侯备用之。"可见,金奏的使用充满着浓厚的象征意味。再如,天子、诸侯、大夫等悬挂钟磬之类乐器的方式也具有象征性。《周礼·春官·小胥》:"(小胥)正乐县之位。王宫县,诸侯轩县,卿大夫判县,士特县。"郑司农注曰:"宫县四面县,轩县去其一面,判县又去其一面,特县又去其一面。四面象宫室四面有墙,故谓之宫县。轩县三面,其形曲。"按照郑司农的注解,"宫县"是钟磬等乐器悬挂于宫室四面,是天子享配的乐器悬挂方式;"轩县"是三面悬挂乐器,是诸侯享配的乐器悬挂方式;"判县"是二面悬挂乐器,是大夫享配的乐器悬挂方式;"特县"是士享配的乐器悬挂方式,乐器一面悬挂。1978 年,湖北随县曾侯乙墓出土了大量的乐器,其钟磬之类乐器的悬挂方式基本上证实了文献中所说的诸侯所享配的"轩县"的正确性。可见,周代贵族阶级身份地位不同,乐器的悬挂方式也就不同,因此,宫县、轩县、判县、特县也就分别成了不同身份地位的象征。《左传·成公二年》载:"新筑人仲叔于奚救孙桓子,桓子是以免。既,卫人赏之以邑,辞。请曲县、繁缨以朝,许之。仲尼闻之曰:'惜也,不如多与之邑。唯器与名,不可以假人,君之所司也⋯⋯若以假人,与人政也。政亡,则国家从之,弗可止也已。"仲叔于奚救援了孙桓子后,卫国人要赏赐他土

---

① 《礼记·祭统》。

② 《论语·八佾》。

地城邑，结果他谢绝了，请求得到曲县，卫穆公竟然同意了，孔子对此感到很遗憾。为什么仲叔于奚"请曲县"，而孔子感到"惜也"呢？因为曲县是诸侯享配的乐器悬挂方式，作为大夫的仲叔于奚是不能够享配的。"唯器与名，不可以假人。"倘若把名号和器具（包括乐器）假借给他人，也就是把权力、地位借给他人了。因此，孔子对此感到很遗憾。

　　周代礼乐文化中的乐舞的选用也具有象征性。按照周礼规定，祭礼、燕礼、射礼、迎送宾客都要奏乐或表演乐舞。但是，不同的礼仪场合，其所用乐舞也各不相同。天子举行大祭大射礼时用"六大舞"，诸侯只能用"六小舞"，而大夫士则不用乐舞。在升歌上，大夫士乡饮酒礼用《小雅》；诸侯燕享其臣和他国来臣也用《小雅》；两君相见礼则用《大雅》，有时也用《颂》；而天子大祭大射大飨礼上则必须用《颂》。在金奏上，天子诸侯迎宾和送宾都奏《肆夏》，而大夫士则奏《陔夏》。[①]　射礼是一种以表演射箭为主要内容的礼节仪式，射礼的用乐也充满着象征的意味。《周礼·春官·乐师》："凡射，王以《驺虞》为节，诸侯以《狸首》为节，大夫以《采蘋》为节，士以《采蘩》为节。"射礼有"天子大射礼"、"乡射礼"不同的等级，举行射礼时要伴以一定的音乐节奏。天子、诸侯、大夫、士的身份不同，等级不同，所用的音乐节奏也就不同。《驺虞》是天子举行射礼时的用乐，其他人不能僭越而用，《驺虞》即成为天子身份地位的象征。《狸首》《采蘋》《采蘩》也分别是诸侯、大夫、士身份和地位的象征。总之，周代礼乐文化中的用乐有严格的规定性，不同场合、不同等级的仪式中所用之乐都不同，周人正是以此来象征贵族阶级不同的等级地位和权力大小等。《左传·襄公四年》记载，穆叔为了回报知武子的聘问而回聘晋国，晋悼公燕享他。"金奏《肆夏》之三，不拜。工歌《文王》之三，又不拜。歌《鹿鸣》之三，三拜。"为什么晋悼公如此热情地待宾，而鲁大夫穆叔却起始时不予答谢呢？因为，按照周代的乐制，《肆夏》是天子用来燕享诸侯之乐，《文王》是两君相见时的用乐。春秋时，周代的礼乐制度走向崩溃，出现僭越礼乐的现象，晋悼公用天子诸侯之乐来燕享大夫身份的穆叔，自然遭到还在维护周代礼乐制度的穆叔的反对，所以，只有当工歌《鹿鸣》诗章时，穆叔才觉得符合自己大夫的身份，才予以答拜。可见，在穆叔的眼里，不同的乐是不同身份地位的象征，不能随意僭越。《论语·八佾》曾记载，"三家者以《雍》彻"，孔子对此很不满，曰："'相维辟公，天子穆穆'，奚取于三家之堂？"《雍》是《诗·周颂》中的诗篇，它是天子举行

---

① 　杨华：《先秦礼乐文化》，武汉，湖北教育出版社，1997，第 111 页。

宗庙祭祀撤除祭品时所用的乐歌，是天子身份地位的象征。而作为大夫身份的季孙氏、叔孙氏、孟孙氏竟然在祭完自家的宗庙后用它来撤除祭品，这明显是僭越天子用乐的行为，所以自然受到还保有周代传统礼乐思想的孔子的强烈批判。以上这些都说明，周代礼乐文化中的用乐充满着浓厚的象征意味。

周代的诗、乐、舞三位一体，诗歌也包括在"乐"之中，《诗》三百中的许多诗用于周代礼乐文化中的各种礼仪场合，诗和乐舞艺术一样也具有象征性。《周礼·春官·大师》有"六诗"说：

> 教六诗：曰风，曰赋，曰比，曰兴，曰雅，曰颂。以六德为之本，以六律为之音。①

汉代《毛诗序》把"六诗"说发展为"六义"说：

> 故诗有六义焉，一曰风，二曰赋，三曰比，四曰兴，五曰雅，六曰颂。

风、雅、颂是根据音乐和内容来对《诗经》的分类，而赋、比、兴则是对《诗经》创作方法的概括。《毛诗序》对风、雅、颂作了具体解释，但《毛诗序》和《周礼》都没有对赋、比、兴作解释，这就给后人的阐释增加了许多空间。"赋"，是铺陈直言之意，历来注家对此阐释基本一致，对"比、兴"的阐释却不尽一致。孔颖达《毛诗正义》引郑众言，"比者，比方于物"；"兴者，托事于物"。又引郑玄注"六诗"言，"赋之言铺，直铺陈今之政教善恶。比，见今之失，不敢斥言，取比类以言之。兴，见今之美，嫌于媚谀，取善事以喻劝之。"郑玄站在汉儒的立场上，从政教得失的角度来解释"赋、比、兴"，显得牵强附会。朱熹《诗集传》释"赋比兴"："兴者，先言它物以引起所咏之词也。赋者，敷陈其事而直言之也。比者，以彼物比此物也。"则撇开汉儒的"美刺"说，释"比兴"为修辞手法。其实，"比"也好，"兴"也好，都是"取譬引类"，从深层次上来说，都是一种象征。诗歌中往往通过创造一个象征性意象来喻志、托情。正如孔颖达《毛诗·周南·樛木》小序疏云："兴必取象。"明代郝敬《毛诗原解》亦云："比

---

① 《周礼·春官·大司乐》曰："以乐德教国子中、和、祇、庸、孝、友，以乐语教国子兴、道、讽、诵、言、语……"也把"兴"作为乐语之一来教育贵族子弟。

者意之象……意象附合曰比。"①《周南·樛木》是一首祝贺新婚男子美满幸福的赞歌：

> 南有樛木，葛藟累之。乐只君子，福履绥之。
> 南有樛木，葛藟荒之。乐只君子，福履将之。
> 南有樛木，葛藟萦之。乐只君子，福履成之。

诗人用重章叠咏的手法，兴而兼比，创造了葛藤或攀缘，或荫盖，或缠绕樛木的意象，来象征新婚夫妻之间亲密无间的关系。《周南·桃夭》也用"桃之夭夭，灼灼其华"等来起兴，通过对春天盛开的火红热烈鲜艳的桃花的描写来象征新嫁娘的青春和美丽。《诗经》中用"兴"来象征，还有许多例子，不再赘述。"比"也可以象征，《豳风·鸱鸮》通篇用"比"来象征：

> 鸱鸮鸱鸮！既取我子，无毁我室。恩斯勤斯，鬻子之闵斯！
> 　迨天之未阴雨，彻彼桑土，绸缪牖户。今女下民，或敢
> 侮予！
> 　予手拮据，予所捋荼，予所蓄租，予口卒瘏，曰予未有
> 室家！
> 　予羽谯谯，予尾翛翛。予室翘翘，风雨所漂摇。予维音
> 哓哓！

这首诗托一只母鸟之口，诉说它过去被鸱鸮（猫头鹰）掳走子女，仍经营窝巢、抵御外辱及养育子女的艰辛和处境的危险。诗人用母鸟来自比，用母鸟的不幸遭遇和处境的危险来象征自己的不幸和处境困厄。在这里，"比"实际上就是一种象征。《诗·小雅·鹤鸣》通篇用象征的手法，抒发招贤纳良为国所用的主张，诗中的"鹤"就象征着贤良之士。王夫之《夕堂永日绪论》说此诗"全用比体，不道破一句，三百篇中创调也。要以俯仰物理而咏叹之，用见理随物显，惟人所感，皆可类通。"对诗中用象征来表达道理可谓认识深刻。

《诗经》中的许多诗歌具有象征意蕴，在周代的各种礼仪场合，配乐表演它们就可以用来传达一定的情感和旨意。在"乡饮酒礼"或"燕礼"等

---

①　吴建民：《中国古代诗学原理》，北京，人民文学出版社，2001，第 176 页。

宴会上登堂歌唱《小雅·鹿鸣》诗章，就能象征性地表达主人对嘉宾的敬意和对宾客美好懿德的称赏。西周时期的各种礼仪场合中歌"诗"，还带有较强的仪式性和音乐性，到了春秋时期，随着周代礼乐文化的衰退，这种仪式性和音乐性就慢慢地衰弱。春秋时期，"赋诗言志"之风大为流行，它实际上是对西周时期的歌"诗"的继承（当然春秋时期的礼仪场合中也有歌"诗"）。"赋诗"对仪式性和音乐性的要求不高，但是对"赋诗"的意义却要求较高。"赋诗言志"在诸侯国之间的外交聘问场合中颇为重要，成功的"赋诗言志"可以起到传达意旨，沟通交流，化解敌意，甚至避免战争可能的重大作用。① 《左传》和《国语》中记载"赋诗言志"的事例很多，现略举几例说明。《左传·襄公八年》载：

> 晋范宣子来聘，且拜公之辱，告将用师于郑。公享之，宣子赋《摽有梅》。季武子曰："谁敢哉！今譬于草木，寡君在君，君之臭味也。欢以承命，何时之有？"武子赋《角弓》。宾将出，武子赋《彤弓》。

晋国范宣子聘问鲁国，并告之将出兵伐郑，希望鲁国能帮助，但又不便明言。范宣子便赋《召南·摽有梅》，借梅花盛极就会衰谢之理，来暗示鲁国应该趁现在的好时机一起去伐郑。鲁国的季武子心领神会，赋《小雅·角弓》来表示兄弟之国的忙不可不帮，从而通过"赋诗"，晋鲁两国顺利地完成了一场外交使命。《左传·襄公二十七年》载，郑简公宴飨晋卿赵文子（赵孟），赵文子请郑大夫赋诗以观其志：

> 子展赋《草虫》，赵孟曰："善哉！民之主也。抑武也不足以当之。"伯有赋《鹑之贲贲》，赵孟曰："床笫之言不逾阈，况在野乎？非使人之所得闻也。"子西赋《黍苗》之四章，赵孟曰："寡君在，武何能焉？"子产赋《隰桑》，赵孟曰："武请受其卒章。"子大叔赋《野有蔓草》，赵孟曰："吾子之惠也。"印段赋《蟋蟀》，赵孟曰："善哉！保家之主也。吾有望矣。"公孙段赋《桑扈》，赵孟曰："'匪交匪敖'，福将焉往？若保是言也，欲辞福禄，得乎？"卒享，文子告叔向曰："伯有将为戮矣！《诗》以言志，志诬其

---

① 《论语·子路》："子曰：'诵《诗》三百，授之以政，不达；使于四方，不能专对；虽多，亦奚以为？'"强调《诗》在外交政治场合中的重要作用。

上，而公怨之，以为宾荣，其能久乎？幸而后亡。"

晋卿赵文子通过郑国七位大夫的赋诗，了解了他们各自的心志，"《诗》以言志"，各人所赋的诗恰是他们心志的展示。伯有赋《鹑之贲贲》，赵文子说他"将为戮"，后来伯有果然被郑人所杀。春秋时期除了赋诗以外，在各种场合还常常引诗。《左传·宣公十七年》载："范武子将老，召文子曰：'燮乎！吾闻之，喜怒以类者鲜，易者实多。《诗》曰：君子如怒，乱庶遄沮；君子如祉，乱庶遄已。君子之喜怒，以已乱也。弗已者，必益之……'乃请老，郤献子为政。"范武子就引《诗·小雅·巧言》中的诗意来帮助说明自己将退的缘由。一般来说，赋诗时常常赋引全诗或诗中的某一章，而引诗时只引用诗中的某几句，但它们都是"赋诗断章，余取所求"①，即所谓"断章取义"。赋诗人或引诗人往往根据自己的需要断取《诗》的一部分，"断章"所取之义正是"余取"所求之义，所求之义也不是"诗"的原有之义，而是它的引申义或象征义。通俗地说，赋诗人或引诗人在各种场合为了表达自己的心志、意愿，往往用"诗"来予以象征或暗示，以期达到效果。上文中子展所赋的《召南·草虫》本是一首男女相恋的情歌，子展断取诗句"未见君子，忧心忡忡，亦既见止，亦既觏见，我心则降"，来表达见到赵文子后的欢乐之情，所取之义与诗歌原意是毫不相干的。子大叔赋的《郑风·野有蔓草》也是一首恋歌，子大叔断取"邂逅相遇，适我愿兮"诗句，来象征性地表达和赵文子相见很愉快，也是所取之义与诗歌原意不相干。因此，春秋时期，赋诗和引诗实际上是用"诗"来作为一种象征，而且就赋诗或引诗的行为本身来说，它也充满着象征性，具有象征性艺术精神。

周代礼乐文化中的乐舞和诗歌从来就不仅仅是单纯的艺术问题，而是包含着丰富的意义和内容。乐舞的使用有着严格的等级规定性，充满着浓厚的象征意味。不同地位、不同身份的贵族享用不同的乐舞，乐舞成为不同等级地位和身份的象征。就具体的乐舞来说，也具有象征性。周代的诗歌中也充满着象征意味，赋诗和引诗都是一种象征。因此，周代礼乐文化中的乐舞和诗歌体现出的艺术精神就是一种象征性艺术精神。

---

① "赋诗断章，余取所求"语出《左传·襄公二十八年》："齐庆丰好田而耆酒，与庆舍政，则以其内实迁于卢蒲嫳氏，易内而饮酒。数日，国迁朝焉。使诸亡人得贼者，以告而反之，故反卢蒲癸。癸臣子之，有宠，妻之。庆舍之士谓卢蒲癸曰：'男女辨姓。子不辟宗，何也？'曰：'宗不余辟，余独焉辟之？赋诗断章，余取所求焉，恶识宗？'癸言王何而反之，二人皆嬖，使执寝戈而先后之。"

当然，究其根源，这种象征性艺术精神主要是周代礼乐文化中的象征性文化精神渗透在艺术中的结果。

二、青铜艺术的象征

上文就周代礼乐文化中的乐舞艺术的象征性艺术精神进行了讨论，周代礼乐文化中的青铜艺术也同样体现出这种象征性艺术精神。对此，我们再作讨论。

张光直认为，考古发现的大量青铜器证明了在中国古人的生活中青铜器的铸造和使用占据着中心地位，正是由于此点，这段历史甚至可以用"中国青铜时代"来概括和称谓。张光直还认为，中国青铜时代开始时间大约为公元前 2000 年，结束时间大约为公元前 500 年，中国青铜时代大约持续了 1500 年之久。① 张光直所说的中国青铜时代在时间上来说，正好是中国商周两代时期，考察这一时期大量出土的青铜器，可以发现这一时期的青铜器的铸造规模、数量和质量都是其他时期所无法比拟的，它在中国文明史上甚至在世界文明史上都是辉煌绝伦的。世界著名科学史家李约瑟博士说："没有任何的西方人能够超过商、周两代的青铜器铸造"②的。这是丝毫没有夸大的准确论断。

周代的青铜和商代一样，也主要用于铸造青铜兵器和青铜礼器，当时的生产工具仍然是以石器为主，直到春秋战国时期才逐渐以铁器代替石器。周王朝把当时最先进质料的青铜大量地用于铸造兵器和祭器，这与周代处于中国历史上野蛮的奴隶制社会的阶级需要有着密切关系。众所周知，周代是中国奴隶制社会野蛮的、血腥的和暴力的时代，奴隶主贵族阶级和奴隶阶级之间有着不可调和的矛盾。奴隶主贵族阶级要想得到稳固长久的阶级统治，就得设法缓和这种矛盾，那就要在肉体上进行武力杀戮，在精神上进行心理恐吓。而青铜正好可以满足这种需要，既可以制造用于武力杀戮的青铜兵器，又可以制造进行精神统治的青铜礼器。当时的青铜又恰好掌握在奴隶主贵族阶级的手中，因为青铜的开采、冶炼需要大量的人力、物力和财力，非一般奴隶个人所能完成。因此，无论是青铜礼器，还是青铜兵器都是为周代奴隶主贵族阶级所有，与奴隶阶级无缘。自然青铜器也就成为周代奴隶主贵族阶级的身份地位和等级权势的象征，青铜器的造型和纹饰也就是周代奴隶主贵族阶级的精神

---

① 张光直：《中国青铜时代》，北京，生活·读书·新知三联书店，1999，第 2 页。
② 转引自吕涛总纂：《中华文明史》第 2 卷，石家庄，河北教育出版社，1992，第 192 页。

意志和情感意愿的集中体现。体现在这些青铜艺术上的艺术精神就是象征性艺术精神。下面我们主要以周代礼乐文化中的青铜礼器为例来讨论这一问题。

第一，从青铜礼器的体积上看，有一类礼器相当的庞大，很有气势，比如说青铜鼎类就是如此。1939 年，在河南殷墟出土的"司母戊"大方鼎在体积上是青铜礼器之最。此鼎通高 133 厘米，口径 110 厘米×79 厘米，底径 100 厘米×72 厘米，足高 46 厘米，重达 875 千克。整个器形庞大端正，雄浑凝重。① 商代贵族统治阶级正是以此稳固的方形和庞大的体势来象征统治阶级统治的稳固和长久。到了周代，青铜鼎的这种象征性还延续了下来。周代的青铜鼎及其他礼器同样体积庞大，气势非凡。比如，西周康王时期的大盂鼎就是如此。大盂鼎 1821 年出土于陕西郿县。此鼎通高 101.9 厘米，口径 77.8 厘米，重 153.5 千克，也是个"庞然大物"。周代贵族统治阶级也是以此鼎的庞大体势来作为贵族阶级的浩瀚的权力和高贵的地位的象征。与"司母戊"大方鼎不同的是此鼎为两耳三足圆鼎。《淮南子·天文训》曰："天道曰圆，地道曰方。方者主幽，圆者主明。"古人认为，天是圆的，地是方的，方的主宰幽暗，圆的主宰光明。"方"即象征着地之主，"圆"即象征着天之主。因此，无论是方鼎还是圆鼎，都是作为大地和上天的象征，统治阶级拥有铜鼎，也就意味着拥有权力和疆土。

第二，从青铜礼器的形制上看，这些青铜器的形制特别怪异。比如，人与兽或数种神异的兽结合在一起，商代的"虎食人卣"就是如此。此卣造型为踞坐的虎形，虎的前爪牢牢地抓持着一个人，人头已入虎口，令人触目惊心。为什么会出现这样的造型呢？很可能它反映的是原始战争的史实——杀俘以祭先祖或图腾。如此令人恐怖的造型是作为对异族部落威慑、恐吓的象征性符号，也是对本族保护神力的崇拜，② 此外它还作为统治阶级王权威严的象征。③ 周代的青铜器在造型上继承了此前的

---

① 李泽奉、刘如仲主编：《铜器鉴赏与收藏》，长春，吉林科学技术出版社，1994，第 73 页。

② 李泽厚：《美学三书》，合肥，安徽文艺出版社，1999，第 45 页。

③ 关于"虎食人卣"的解释，历来说法不一。张光直认为，张开的兽口可能是把彼岸（如死者的世界）同此岸（如生者的世界）分隔开来的最初象征，铜器上已入兽口的人非巫师莫属，他正在动物的帮助下升天，以便沟通天人。（张光直：《中国青铜时代》，北京，生活·读书·新知三联书店，1999，第 444 页；又见张光直：《美术、神话与祭祀》，沈阳，辽宁教育出版社，2002，第 53 页）尽管人们对此解释不一，但其作为一种象征，体现出一种象征性艺术精神，却是肯定无疑的。

形制，也是以怪异、奇特的青铜造型来象征周代贵族阶级王权的神圣和威严。比如，1963年，在陕西宝鸡出土了一件周成王时期的青铜器——何尊。何尊的器形尤为奇异，似圆非圆，似方非方，内呈圆形而外又呈方形，敞口外侈，器表扉棱高低不平，兽角嶙峋。① 类似何尊这样造型怪异的青铜器在周代还有很多。

第三，从青铜礼器的纹饰上看，周代礼乐文化中的青铜礼器的纹饰多以饕餮纹（兽面纹）为主，特别是在西周时期的青铜器上，饕餮纹饰占据着主要位置，成为青铜器的主流纹饰。青铜饕餮纹饰一直贯穿着整个西周时期，即使在春秋战国时期，饕餮纹饰还留存在青铜器的柱脚上。饕餮纹饰主要由夸张和变形的动物面部正面形象构成，总体上表现为一种巨目、咧口、獠牙、立耳、犄角的形象特征。如上文中提到的何尊的器表纹饰就是饕餮纹。此饕餮纹有一个呈卷曲状的长角，角节毕现，角尖高高翘起；其眉目粗壮，眉毛直立，怒睁着圆目，露出精光。大盂鼎的口沿下也有六个饕餮纹组成的纹饰带，同样显得神秘、森严和恐怖。饕餮纹饰结构繁冗复杂，带有阴森神秘的气氛，这与掌握着生杀予夺大权的统治阶级要利用上帝和鬼神崇拜及神秘的手段，以欺骗和威吓下层人民的需要相合拍。周代铜器上的纹饰也以饕餮纹饰为主，周代贵族统治阶级正是以此来象征王权的威严和统治阶级的可畏，兽面纹也就成了神圣王权的象征。谢崇安认为，"且甲鼎"上的徽号标识上的兽面纹中轴部分被"王"字所取代，就正是证明了这一点。②

周代青铜礼器造型上奇异怪诞，纹饰上以狰狞可畏的饕餮纹饰为主。它们并不是作为被欣赏的对象，而是作为宗教机器，用于祭祀上帝先祖或铭记功绩。它们的审美所在不在于它所诉诸的视觉形式美因素，而在于这种形式成为一种象征性符号，寄托着或暗示着某种深沉的人类精神内涵或超人间的神力观念。这是由周代礼乐文化中的青铜艺术的本质特征决定的。那就是这些青铜艺术具有一种象征性，它以形式服从于内容主题的需要，是将意念凌驾于形式之上。因而它不同于古希腊的形式美与内容美是统一的，形体美与精神美是和谐的。③ 因此，要透过这些青铜艺术的外在的形式，才能发掘出其所象征的深刻内涵。黑格尔说："象征一般是直接呈现于感性观照的一种现成的外在事物，对这种外在事物

---

① 李泽奉、刘如仲主编：《铜器鉴赏与收藏》，长春，吉林科学技术出版社，1994，第110页。

② 谢崇安：《商周艺术》，成都，巴蜀书社，1997，第34页。

③ 谢崇安：《商周艺术》，成都，巴蜀书社，1997，第266页。

并不直接就它本身来看，而是就它所暗示的一种较广泛较普遍的意义来看。"①考察周代的这些青铜艺术，其"各式各样的饕餮纹样以及以它为主体的整个青铜器其他纹饰和造型，特征都在突出这种指向一种无限深渊的原始力量。"②这种原始力量可能是一种情感，也可能是一种观念，但都是作为一种象征来表现的。因此，周代的青铜礼器具有浓厚的象征意味，体现于其中的是一种象征性艺术精神。

正是由于周代的青铜艺术具有一种象征性，象征着王权的威严和神圣。它在周人长期的礼乐生活中自然成为周代奴隶主贵族阶级的身份地位和等级权势的象征，因此，青铜器在周人的生活中占据着重要的地位，谁拥有的青铜器数量和种类越多，就意味着谁拥有的权力越大、地位越高。比如，青铜鼎类就是作为周代奴隶主贵族身份地位的象征。从周代墓葬出土的大量的青铜鼎器来看，身份地位越高的墓主，其陪葬的青铜鼎的数量越多，质量越高。这基本上证实了文献中记载的周代曾有列鼎制度。甚至像"九鼎"这样的青铜器直接就是王权和政权的象征。因此当楚庄王觊觎周之政权时，难怪他要"问鼎"了。《左传·宣公三年》记载：

> 楚子伐陆浑之戎，遂至于雒，观兵于周疆。定王使王孙满劳楚子。楚子问鼎之大小轻重焉。对曰："在德不在鼎。昔夏之方有德也，远方图物，贡金九牧，铸鼎象物，百物而为之备，使民知神奸……用能协于上下，以承天休。桀有昏德，鼎迁于商，载祀六百。商纣暴虐，鼎迁于周……周德虽衰，天命未改，鼎之轻重，未可问也。"

楚庄王在位时，国力强大，先后对周边国家用兵，趁伐攻陆浑之戎的机会，陈兵东周边境，炫耀武力，并对周王派来的大夫王孙满询问起周王朝的"九鼎"来。王孙满追溯"九鼎"的历史，并拒斥楚庄王"鼎之轻重，未可问也"。为什么楚庄王要"问鼎"呢？而周大夫又拒绝回答呢？因为这里所说的"九鼎"已经不再是一种炊器或盛器，而是一种礼器，被赋予了神圣的色彩，是王权和政权的象征。《周易·下经·鼎》孔颖达疏曰："鼎者，器之名也。"又曰："然则鼎之为器，且有二义：一有亨饪之用，二有物象之法，故象曰：鼎，象也，明其有法象也。"《释文》曰："鼎，法象

---

① 〔德〕黑格尔：《美学》第 2 卷，朱光潜译，北京，商务印书馆，1979，第 2 版，第 10 页。

② 李泽厚：《美学三书》，合肥，安徽文艺出版社，1999，第 43 页。

也，即鼎器也。"也明确地指出"鼎"是"法象"，是统治阶级用来象征权力的"法象"器。因此，谁拥有"九鼎"，谁就拥有统治的权力，失去了"九鼎"，也就意味着失去了统治的权力。九鼎是夏王所铸，夏桀暴虐"有昏德，鼎迁于商"，后来"商纣暴虐，鼎迁于周"。夏商周三代王权、政权的更替，就是以夺取和占有前代的"九鼎"作为象征的。所以张光直说："九鼎神话直接而有力地宣称：占据这些神圣的青铜礼器，就是为了使帝王的统治合法化。青铜礼器是明确而强有力的象征物：它们象征着财富，因为它们自身就是财富，并显示了财富的荣耀；它们象征着盛大的仪式，让其所有者能与祖先沟通；它们象征着对金属资源的控制，这意味着对与祖先沟通的独占和对政治权力的独占。"①因此，当楚庄王觊觎周王的政权，自然问起"九鼎"来，而周大夫则站在维护周王室统治的立场上，自然要警告楚庄王不要随意"问鼎"，实际上这是警告楚庄王不要觊觎周王的权力和王朝的政权。②

不仅周代的青铜礼器具有象征性，周代的青铜兵器同样也具有强烈的象征意味。如青铜斧钺就是商周王权、军权的象征。青铜斧钺为青铜所铸，自然结实耐用，作为武器，有很大的威力和杀伤力，所向无敌。《释名》："钺，豁也，所向莫敢当前，豁然破散也。"《诗·商颂·长发》："武王载旆，有虔秉钺，如火烈烈，则莫我敢曷。"就是说明青铜斧钺具有巨大的威力。青铜斧钺上也常常饰以饕餮，以此来增强斧钺的神圣性和威严性，帝王的威势也需要这样的斧钺来加以衬托。如河南安阳殷墟妇好墓出土的"妇好"铜钺就是如此。此铜钺呈斧形，斧钺身上饰有两虎食人图。两虎侧身而扑，露出凶相，人头则处于虎口之间，整个纹饰显得狰狞可怖。青铜斧钺既有肃杀之威，又是王权、军权的象征，只有天子和大奴隶主贵族才有使用铜钺的特权。《史记·周本纪》："周公旦把大钺，毕公把小钺，以夹武王。"就说明了只有周公、毕公这样的周之重臣、大贵族才能拥有铜钺这样的武器。天子也常常将铜钺赐给下臣，实际上

---

① 张光直：《美术、神话与祭祀》，沈阳，辽宁教育出版社，2002，第74页。

② 侯外庐说："这种'尊'、'彝'、'爵'、'鼎'在原来仅表示所获物如黍稷与酒食的盛器，后来由于超社会成员的权利逐渐集中在个人身上，它们便象征着神圣的政权，因而尊爵之称，转化为贵者的尊称，所谓'天之尊爵'（《孟子·公孙丑》）。'尊'、'彝'只有贵族专享，故尊爵成了政权的代数符号……换言之，尊爵就是富贵不分的公室子孙的专政形式，过去很少人把礼器的意思明白地指出来，著者认为礼器也者，是周代氏族贵族专政的成文法，后来争夺礼器与争夺政权同等看待，所谓'问鼎'即抢政权之谓。"（侯外庐等：《中国思想通史》第1卷，北京，人民出版社，1957，第15页）

就是授予下臣进行征伐攻战的军事权力，以代天子进行军事行动。①

不仅周天子赐钺是授予权力的象征，就是天子赐金（青铜）给下臣，也是具有多重象征意义，其中就包含赐给权力、地位等。所以，我们常常在周代铜器的铭文上看到铸器者无限荣耀地将周王赐金（赏赐青铜）之事大书特书，并以所赐之金铸成铜器作为纪念。赐金铸器的现象在周代很是普遍，我们今天还能见到许多这样的铜器，这也为我们研究周代的历史、文化和艺术等提供了最好的实物资料。前文中提到的青铜器——何尊，就是周成王五年周天子对宗小子何的一次诰命并赐金铸器；利簋是周武王伐纣克商后赐金给一个名叫"利"的随从铸器而成。从商周考古发现来看，在黄河和长江流域的广大地区，同一时代的青铜艺术的风格特征几乎差不多，正是因为商周时王通过赐土、赐金、赐民，即授予权力、地位、财富的方式，把王朝的法统和文化推广到王朝各地，从而在艺术上的一种反映。②

周代礼乐文化中的青铜艺术达到了中国青铜艺术史上的最高峰，这些青铜艺术集中体现了周代的王权、政权意识，是周代王权、政权和周代贵族身份、地位的最突出的象征，青铜艺术体现的艺术精神就是一种象征性艺术精神。而我们在前文中又探讨了周代礼乐文化中的乐舞艺术，也同样充满着象征性，体现出象征性艺术精神。因此，我们说，象征性艺术精神是周代礼乐文化中艺术上体现出的典型的艺术精神，也是中国早期的典型的艺术精神之一。当然，我们这样说，只是就周代礼乐文化中的艺术总体上体现出的艺术精神而言，实际上，这种象征性艺术精神主要集中体现在周代前期的艺术上，到了春秋战国时期，随着周代礼乐文化的"礼崩乐坏"，艺术越来越与政治、教化分离，向独立自觉的路上前行，艺术精神也随之发生变化，周代前期那种象征性艺术精神也转变为一种写实性艺术精神，这点可以从春秋战国时期的青铜艺术、乐舞艺术和绘画等艺术上得到明显的见证。对此，我们需要辨识清楚。

---

① 杜迺松、杜洁珣：《步入青铜艺术宫殿》，北京，人民教育出版社，1989，第48页。

② 谢崇安：《商周艺术》，成都，巴蜀书社，1997，第181页。

第十四章　周代礼乐文化中的中国早期
艺术精神对后世的影响

　　周代的礼乐文化是其后中国三千年灿烂文化之源头。中国之所以被称为"礼仪之邦"正是由于这种礼乐文化传统之故。儒家是中国文化的主流，而儒家文化乃是对西周礼乐文化的直接继承与发展。礼乐文化奠定了中国传统文化之基础，也奠定了中国古代艺术精神之基础。

第一节　周代礼乐文化对于中国文化伟大的奠基作用

　　中华民族有着悠久的历史，灿烂的文化。大约在公元前 11 世纪，中国历史进入到周代，在随后周代的约八百年的统治时间里，中国的奴隶制社会达到了鼎盛并由鼎盛走向衰落，由奴隶制开始转向封建制，这是中国古代社会的一次重要转型。赫赫宗周，辉煌文明，最为后人称道的是其礼乐文化。周代的礼乐文化渗透在周代的国家政治和社会生活中，礼乐既是社会制度，又是道德规范，作为社会制度，礼乐承担着维护周代贵族统治和社会稳定的重任；作为道德规范，礼乐约束着全体社会成员，渗透在周代的政治、外交、祭祀、丧葬、庆典、宴饮等各方面活动中，周代的礼乐文化达到了中国历史上的最鼎盛时期。当然，这是与周以前的礼乐文化的充分发展是分不开的。在原始社会的早期，非严格意义上的礼乐文化就已经产生，那时的礼和乐是和原始先民们的诗性生活混融在一起的，不是外在的，不管是礼还是乐，都有着寄托人类情感、安顿人的灵魂、协调社会生活的作用。夏商时代的礼乐文化有了进一步的发展，特别是商代的乐非常发达，那时的乐简直是商代的政治形式，商代的国号、商代君主的名号以及商代的地名都与乐和乐器名有关，乐在商人的生活中占据着主导地位，而礼"淹没"在乐之中，商代的礼乐文化也就以乐文化为主。实际上，商代以前的礼乐文化也是以乐文化为主。究其原因，这主要是与商代及商以前的先民们与大自然所处的独特关系所决定的。那时先民们普遍认为，乐具有一种神奇的功能，可以交通人神，乐是控制、命令神灵或讨好、取悦神灵的唯一方式和手段。商代及商以前的乐文化非常发达，礼乐文化也以娱悦神灵为主要目的。有了商代及商以前充分发展的礼乐文化，周代的礼乐文化在此基础上再发展，也就达到了鼎盛。

周代的社会生产力进一步发展，社会进步，思想领域内也发生变化，尤其是周人的人神观、天命观发生巨大改变。周人不再相信天命，不再认为仅仅依靠鬼神的庇佑和赐福就可以持久立国，人事作为可能更为重要。因此，周人对以前的社会组织形式进行变革，通过大举分封，建立了以血缘关系为纽带的宗法政治体系来维护其统治，人文之"礼"就变得非常发达和突出，周人将其系统化、理论化，使其最终取代了"乐"的主导地位。这是中国历史上第一次文化转型，即由事鬼神的礼乐文化转向重人伦的礼乐文化，或者说由乐文化转为礼文化。当然，说周代的礼乐文化为礼文化，主要是为区别于商代的乐文化来说的，实际上，周代的礼乐文化并不偏废于礼文化，乐文化也很重要，礼和乐相辅相成，相需为用，共同为周代的贵族统治服务，达到了历史上的鼎盛。

周代的礼乐文化内容丰富，思想博大精深；周代的艺术也绚丽多姿、辉煌灿烂。周代礼乐文化中的乐舞艺术、青铜艺术、建筑艺术、绘画艺术等都开出了灿烂绚丽的花朵。当然，这与周代以前的审美艺术的发生、发展密不可分。人类的审美意识产生时间非常之早，早在旧石器时代非严格意义上的审美艺术就已产生，经过漫长的原始社会和夏商时代的充分发展，审美艺术至周代已经取得了辉煌的成就。比如，就乐舞艺术来说，"乐"经过漫长时代的充分发展（特别是商代人重视"乐"，甚至以"乐"为治），至西周时已经达到了辉煌的阶段，在周代的各种礼仪场合中，必伴有隆盛的乐舞表演，乐声飘飘，乐舞翩翩。就青铜艺术来说，早在夏代甚至更早时期就已产生，在商代巫术宗教浓厚的气息中，作为宗教祭祀礼器的青铜器得到空前的发展，商周之际，青铜艺术达到了中国青铜艺术史上最辉煌的阶段。周代礼乐文化中的艺术取得如此辉煌的成就，其中必然蕴含着丰富的审美艺术精神，这些审美艺术精神是典型的中国早期艺术精神，渗透或体现在周代礼乐文化中的艺术本质观、艺术创作、艺术风格和艺术表现中。

中国古代文明主要发祥于黄河流域和长江流域，这两大流域土地肥沃，物产丰富，先民们在这里长期地劳作，安然地生活，繁衍着后代，与大自然和谐相处。受这种大陆文明的影响，先民们形成了自己独特的宇宙观和思维方式。在他们看来，整个宇宙的生命存在是由彼此依存、不可分割的"阴""阳"两极神秘结合而成的，世界就是由阴与阳构成的生生之易，因此，人是自然的一部分，与自然一体，世界是主客一体，融而为一的。这种宇宙观和思维方式影响到中国传统艺术的生成和发展。在周代，主体和客体观念在周人那里还没有发展到完全分离的程度，客体还没有独立地成为主体审美观照的对象，因此，周代艺术强调人心的作用，重视主体心灵全身心地感悟和体味宇宙人生，实现主体心灵与客体事物的融合为一。艺术不是对客观事物的直观模仿，而是发自人的心灵深处，是表现人的思想情感的，"诗，言其志也"①，艺术是心灵化的表现。这是周人对艺术本质的看法。强调心与物的交融和艺术是心灵的表现，这实际上就是一种中国早期的艺术精神。周代的艺术虽然强调艺术是主体情感的表现，是心灵化的产物，但它从来没有纯粹过，没有作为独立的审美价值而存在。因为周代的艺术始终笼罩在周代礼乐文化的氛围中，我们说周代的艺术实际上就是指周代礼乐文化中的艺术。受礼乐文化的浓重的政治伦理道德色彩的影响，周代礼乐文化中的艺术不仅仅是外在的视、听形式，而是始终被作为政治伦理道德的载体，它是表现"德"的，"乐者，德之华也"②，"德"借"艺"的审美形式来彰显自己，"艺"又以"德"来作为自己的深层内涵，"艺"和"德"是深层化合在一起的。艺德合化也就是周代礼乐文化中体现的艺术本质观。周代礼乐文化中的艺术既具有艺术形式美，给人以审美享受，又承载着伦理道德内涵，给人以精神道德熏陶，这实际上就是周代礼乐文化中体现的一种中国早期的艺术精神。

　　周代艺术强调艺术是心灵化的表现，在艺术创作上注重创作主体情感的强烈投入，这在周初的艺术创作中体现得较为明显。西周初期礼乐文化中的乐舞艺术和青铜艺术等在艺术创作上充满着生命的激情、丰富的想象和野性的质朴，体现出一种"质野情浓"的艺术精神（当然，这种艺术精神在周以前的艺术创作中就已存在，西周初期的艺术也在一定程度上承续了这种艺术精神）。而艺术创作上的精神特点又往往影响着其艺术风格上的特点，从周初乐舞艺术和青铜艺术来看，狰狞、神秘之美是西周初期艺术风格上表现出来的典型特征。西周中期至春秋中后期，是周代礼乐文化达到鼎盛并由鼎盛走向衰退时期，这一时期的礼乐全面实行于周代生活的方方面面，礼和乐紧密结合，相互补充，相需为用。礼乐文化的文化精神深深地影响着这一时期的艺术精神，因此，在艺术创作上体现出情理相济和美善相乐的艺术精神，在艺术风格上也改变周初那

---

① 《礼记·乐记》。
② 《礼记·乐记》。

种狰狞、神秘的风格特征，表现出一种中和之美和素朴之美，这在西周中期至春秋中后期的乐舞艺术和青铜艺术上可以得到证实；春秋末叶至战国末叶，是中国历史上由奴隶制社会向封建制社会转型的大变革时期，社会大转型，思想解放潮流迅速兴起，周代礼乐文化赖以生存的环境遭到破坏，"礼崩乐坏"已成定局，审美的道德化束缚被全面突破，爱美之风大为盛行，与之相联系的是审美思潮中情感进一步放纵，因此，这一时期的艺术在创作上体现出一种"趋情致美"的艺术精神，在艺术风格上又表现出清新绚丽之美。周代礼乐文化中的艺术精神还受到周代礼乐文化的象征性文化精神的影响颇深，在艺术表现上，周代礼乐文化中的青铜艺术、乐舞艺术都表现为一种象征，象征性艺术精神也是一种典型的中国早期艺术精神。周代礼乐文化中的中国早期艺术精神是中国艺术精神的元艺术精神，它对后世的中国艺术精神的发展和艺术理论的发展及艺术实践产生深远的影响。

周代礼乐文化中蕴含着丰富的审美艺术精神，这些审美艺术精神是典型的中国早期艺术精神，对它们进行研究和梳理，我们得出以下几点结论：（1）先秦礼乐文化是一个不断演变的过程，经历了从萌芽到发展，从发展到鼎盛，从鼎盛到衰退的变化过程。在这个过程中，礼乐文化进行了一次重要的转型，即由商代及商以前时代的事鬼神的乐文化转变为周代重人事的礼文化，这是中国历史上的第一次文化转型，文化的转型必然带来艺术精神的重大变化。商代及商以前时代以乐文化为主，其乐舞等艺术中倾注了浓烈的情感，充满着狂热、幻想和神秘；而周代的礼乐文化是礼文化（实际上是礼乐并重），乐舞等艺术转变为现实中人的审美欣赏对象，因而其中减少了此前时代艺术中那种狂热激情、幻想和神秘，更多的是充满着理性和人性。商周时代由乐文化转变为礼文化，礼乐文化中蕴含的艺术精神也产生了重大变化。（2）艺术精神与文化精神有着密切的关系，文化精神深深地影响着艺术精神的发生发展。商周二代的礼乐文化不同，其文化精神也就不同，其影响下的艺术精神也有所不同。就周代礼乐文化而言，周人"制礼作乐"，依靠强化礼乐文化来巩固其宗法等级制度和贵族统治。礼起着"别异"的作用，乐起着"合同"的作用，使整个社会既有严格的等级秩序，彼此不相僭越，又能感情和谐，彼此相亲近。周代礼乐文化中的这种礼乐并重、礼乐互补、礼与乐合的文化精神对其时的艺术精神产生重要影响。比如，西周中期至春秋中后期的艺术创作上的"情理相济"的艺术精神即是深受其时文化精神的影响。（3）周代礼乐文化中的中国早期艺术精神是一个不断变化的过程。西周初期的艺术精神深受商代及商以前时代的艺术精神的影响，基本上是承续了此前的艺术精神；西周中期至春秋中后期的艺术精神与西周初期的艺术精神又有所不同；到了春秋末叶至战国时期，艺术精神又发生了变化。因此，周代礼乐文化中的艺术精神并不是单一的、单层次的、静态不变的，而是丰富的、多层次的、动态变化的，因而在对其分析研究时要有发展、辩证的观点和方法，才能全面把握住周代礼乐文化中的艺术精神的实质。

　　周代的礼乐文化内容丰富，思想博大精深，是中华民族文化的元文化，周代的艺术辉煌灿烂，绚丽多姿，是中华艺术的元艺术，周代礼乐文化和艺术中蕴含着丰富的审美艺术精神，这些中国早期的艺术精神为后世的中国艺术精神和艺术发展奠定了基本走向，对其产生重要影响。比如，后世儒家形成象征性艺术观；艺术与政治紧密联系，艺术政治化和政治艺术化；中国古代文学艺术家形成既独立又依附的双重人格等，都与中国早期的艺术精神有着密切的关系。

第二节　舞意天道兼——儒家象征艺术观

　　我们在前文中已经讨论过周代的礼乐文化实际上是一种象征性文化，贯穿于其中的是一种象征性文化精神，这种象征性文化精神渗透在周代的艺术中，影响着周代礼乐文化中艺术精神的形成，周代的乐舞艺术、青铜艺术等都体现出一种象征性艺术精神。以孔子为代表的先秦儒家象征艺术观的形成，就是深受这种象征性艺术精神的影响。孔子生活在春秋末期，是时已经"礼崩乐坏"，但是周代礼乐文化的鼎盛和辉煌相去并不遥远，礼乐文化也还以被僭越的形式存在。孔子推崇从尧舜到周公时代的礼乐之治，是周代礼乐文化的崇拜者，"周监于二代，郁郁乎文哉！吾从周。"①他一生中孜孜以求的是问礼、学礼、复礼、传礼，以恢复周礼和改造周礼为己任。孔子不仅熟悉周礼，而且在自己的生活中还践行周礼。《论语·乡党》就记载了孔子朝见君主、接待宾客、出使他国、日常穿着和饮食、家庭起居等严格遵礼的行为：

　　　　君召使摈，色勃如也，足躩如也。揖所与立，左右手，衣前后，襜如也。趋进，翼如也。宾退，必复命曰："宾不顾矣"。

---

① 《论语·八佾》。

孔子被国君召去接待宾客，神色立即矜持庄重，合着礼仪快步疾走，向左右两边的人或拱手或作揖，衣服俯仰都很整齐。快步行走时，如同鸟儿展翅。宾客告退，必定回报国君说："宾客已经走了。""君赐食，必正席先尝之；君赐腥，必熟而荐之；君赐生，必畜之。侍食于君，君祭，先饭。疾，君视之，东首，加朝服，拖绅。君命召，不俟驾行矣。"①国君赐给熟食，孔子必定要端正坐席品尝一点，国君赐给生食，必定要煮熟了才荐供，国君赐给活物，必定要畜养起来。陪同国君吃饭，国君行祭祀礼，孔子就先吃饭，为国君尝食。孔子生病了，国君来看望，他就卧床头向东，盖上朝服，放上绅带，以示尊敬。国君有命令，不等驾好车就前去。孔子推崇"周礼"，维护"周礼"，传授"周礼"，对"周礼"身体力行，对"周礼"的体认也是非常深刻的，自然周代礼乐文化的文化精神特别是象征性文化精神对他及其弟子的影响也就颇深。

在孔子师徒眼中，万事万物都具有象征性，他们所理解的世界是一个象征的世界。松柏之类的针叶树木在寒冬季节不改原有的绿色，这本是自然现象，但在孔子看来，"岁寒，然后知松柏之后凋也"②，却把松柏作为君子的象征，赞赏松柏不畏严寒的特征所象征的君子坚强不屈的高尚精神品格。"子在川上曰：'逝者如斯夫！不舍昼夜。'"③江河中的流水自然流淌，本是自然而然的现象，孔子却从中体悟出真理，即宇宙万物、天地自然就像这流水自然运行，不舍昼夜，逝去的一旦逝去，就不再复返。孔子师徒把万事万物看成是一种象征，是因为他们的思维方式原本就是象征性思维方式，先秦后来的儒家继承了这一思维方式，在看待万事万物上表现出与孔子相类似的特征。《孟子·尽心下》曰：

> 孟子谓高子曰："山径之蹊间，介然用之而成路，为间不用，则茅塞之矣。今茅塞子之心矣。"

山间的小径很窄，要常走才能成为路，隔些时候不走就会被茅草堵塞，用心和求道也是如此。孟子正是根据象征性思维方式，才从山间小径上体悟到用心与求道的规律。荀子也从蚕的吃叶、吐丝、结蛹、成蛾的生命过程联想到圣人君子的功德覆被天下。《荀子·赋》曰："有物于此，儵

---

① 《论语·乡党》。
② 《论语·子罕》。
③ 《论语·子罕》。

儵兮其状，屡化如神，功被天下，为万世文。礼乐以成，贵贱以分。养老长幼，待之而后存。名号不美，与暴为邻。功立而身废，事成而家败，弃其耆老……"蚕生命短暂，吐丝结茧后即"身废""家败"，但它却"功被天下，为万世文"，礼乐要靠它来完成，贵贱要靠它来区分，赡养老人、抚养孩子都要靠它来进行。这里荀子分明用蚕只求奉给、不求名利、功被天下的高尚品格来象征那些圣人君子功被天下、德耀万物的光辉品德，对蚕的赞赏，也就是对圣人君子的赞赏，而这正是荀子的象征性思维使然。

先秦儒家把万事万物都看成是一种象征，赋予自然物以人的属性和道德品德，就形成了一种"比德思维"或"比德观"。"它是以一种拟人化眼光去看待自然事物的某种属性和结构与人的道德属性之间的对应关系，再从对自然事物主观的臆猜和诗意的联想中引申出仁人君子所应有的人伦道德的价值取向。"①在先秦儒家眼里，山不是山，水不是水，自然山水、花草树木都成了有着高尚品德和崇高精神的君子志士的象征。孔子把后凋的松柏作为君子的象征，把流水和高山作为智者和仁者的象征，"知者乐水，仁者乐山"②。孟子则把流水作为有着高尚人格美的君子仁人的象征，"原泉混混，不舍昼夜，盈科而后进，放乎四海。有本者如是，是之取尔。"③"原泉"即是"源泉"之意。有本源之水，可以源源不断地流出，它不舍昼夜地进取，注满了低洼后又流向大海。这分明是把有源之水作为有着努力进取精神的君子的象征。到了荀子时代，荀子更是自觉地用象征思维或比德思维来看待万物，他总是借孔子之口来发挥他的思想，一方面可能是在标榜自己继承的是儒家传统，另一方面也是在发扬儒家传统。《荀子·宥坐》就对以水比德的思想进行了尽情地发挥：

> 孔子观于东流之水。子贡问于孔子曰："君子之所以见大水必观焉者，是何？"孔子曰："夫水，大遍与诸生而无为也，似德。其流也埤下，裾拘必循其理，似义。其洸洸乎不淈尽，似道。若有决行之，其应佚若声响，其赴百仞之谷不惧，似勇。主量必平，似法。盈不求概，似正。淖约微达，似察。以出以入，以就鲜絜，似善化。其万折也必东，似志。是故君子见大水必观焉。"

①　顾祖钊：《华夏原始文化与三元文学观念》，北京，北京大学出版社，2005，第113页。
②　《论语·雍也》。
③　《孟子·离娄下》。

水，普育万物却不为自己的目的，这像君子的美德；水向下流淌，迂回曲折，这像君子的大义凛然；水汹涌澎湃，奔流不尽，这像君子坚持根本原则……水盛满了就自然平坦，不必用"概"去刮平，这像君子的公平正直；水纤弱细小无所不至，这像君子的明察；万物经过水的冲洗后，新鲜洁净，这像君子善于教化。总之，水的某些自然属性在这里被荀子借孔子之口发挥成具有君子的某些品德，水的自然属性成了仁人君子高尚品德、完美人格的象征。荀子还正式提出了"比德"这一概念。《荀子·法行》曰：

> 子贡问于孔子曰："君子之所以贵玉而贱珉者，何也？为夫玉少而珉之多邪？"孔子曰："恶！赐！是何言也？夫君子岂多而贱之，少而贵之哉！夫玉者，君子比德焉。温润而泽，仁也；栗而理，知也；坚刚而不屈，义也；廉而不刿，行也；折而不挠，勇也；瑕适并见，情也，扣之，其声清扬而远闻，其止辍然，辞也。故虽有珉之雕雕，不若玉之章章。《诗》曰：'言念君子，温其如玉。'此之谓也。"

这里，玉的某些自然属性和物理属性具有的良好品质，恰似君子志士的良好品德，如玉的温润有光泽就像君子的仁慈；玉的坚实有纹理就像君子的智慧；玉的坚固不弯曲就像君子的道义等，所以君子"贵玉"，"以玉比德"。先秦儒家的"比德思维"或"比德观"在汉代的儒家学者那里还很流行，限于篇幅，在此不再赘述。

　　以孔子为代表的先秦儒家正是继承了周代的礼乐文化传统，周代礼乐文化的象征性文化精神深深地影响着他们，使他们形成了象征性思维方式或比德思维方式，而这种思维方式又深深地影响着他们对文学艺术的看法，最终促使先秦儒家象征艺术观的形成。儒家象征艺术观首先在孔子身上表现明显。比如，乐舞艺术本来是表达个体的情感，它给人的是一种审美享受，但在孔子看来，"乐"承载着巨大的社会意义，是政治伦理道德的象征，"乐"的艺术品性并不仅仅在于其外在的视、听形式，而要在外在的视、听形式中蕴含着深刻的精神内涵，这种精神内涵就是儒家所宣扬的伦理道德。所以，他说："礼云礼云，玉帛云乎哉？乐云乐

云，钟鼓云乎哉？"①礼呀！礼呀！难道仅仅是用玉帛等去举行礼仪形式
吗？乐呀！乐呀！难道仅仅是用钟鼓等去演奏吗？正是"乐"具有巨大的
社会意义和深刻的象征内涵，乐舞的表演或欣赏就有着严格的规定性，
所以，孔子对季氏"八佾舞于庭"和"三家者以《雍》彻"，表示强烈的不满
和愤怒。孔子的象征艺术观还表现在对《诗》的解读上。《论语·为政》曰：

> 子曰："《诗》三百，一言以蔽之，曰'思无邪'。"

孔子用"思无邪"来评价《诗》，认为《诗》三百篇皆思想纯正，没有邪念。
其实，"思无邪"本是《诗·鲁颂·駉》中的诗句，"思无邪，思马斯徂。"
"思无邪"原指鲁君重视治国之道，养了许多马来加强国防边备，而不考
虑其他。孔子却只取"思无邪"的字面意思，赋予其道德内涵来概括《诗》
的内容。《论语·学而》中也载有孔子师徒对《诗》的解读的对话："子贡
曰：'贫而无谄，富而无骄，何如？'子曰：'可也，未若贫而乐，富而好
礼者也。'子贡曰：'《诗》云：如切如磋，如琢如磨，其斯之谓与！'子曰：
'赐也，始可与言《诗》已矣，告诸往而知来者。'"子贡问孔子，一个人贫
穷却不谄媚，富裕却不骄横，怎么样？孔子说，当然不错，但不如贫穷
还能葆有快乐心态，富有还能爱好礼义更好。子贡领悟说，《诗》所说的
"如切如磋，如琢如磨"，大概就是这种境界吧！孔子很高兴，称赞子贡
说可以和他言谈《诗》了。孔子师徒用"如切如磋，如琢如磨"来说明君子
努力进行自我修养，达到理想的境界，其实是他们全然不顾诗句原有的
意义，有意断取其字面意义来作象征用的。"如切如磋，如琢如磨"句出
《诗·卫风·淇奥》："瞻彼淇奥，绿竹猗猗。有匪君子，如切如磋，如琢
如磨……"这是赞美卫国国君卫武公的诗歌。大意是说，在那绿竹葱郁的
淇水湾头，有位文采焕然的美男子，他的体格如雕刻的塑像一般完美，
他的肌肤如琢磨过的美玉一样白皙。孔子师徒抽取诗句单独引用，任意
"曲解"诗意，赋予其象征内涵，并不是他们真的不理解原意，而是他们
的象征艺术观使然。孟子继承了孔子的象征艺术观，对《诗》的解释表现
出同样的特征。《孟子》中共有数十处引《诗》，大多数解诗方式是"断章自
取"，"曲解"其义。《孟子·万章下》："（万章曰：）'敢问招虞人何以？'曰：
'以皮冠。庶人以旃，士以旂，大夫以旌。以大夫之招招虞人，虞人死不
敢往，以士之招招庶人，庶人岂敢往哉？况乎以不贤人之招招贤人乎？

---

① 《论语·阳货》。

欲见贤人而不以其道，犹欲其入而闭门也。'夫义，路也，礼，门也，惟君子能由是路，出入是门也。《诗》云：'周道如砥，其直如矢。君子所履，小人所视。'"万章问孟子用何种礼来传唤虞人，孟子说用皮冠，并述说不同的人要用不同的礼仪来传唤，对于贤者君子必须待之以礼，并引《诗》说，"大道平如磨石，直如箭杆，君子在上面走，小人在旁边看。"孟子在这里引《诗》是意在说明君子走大道，他的正直贤良的一言一行都对小人产生影响，是小人学习效仿的榜样。而此处被引的诗句出自《诗·小雅·大东》："有饛簋飧，有捄棘匕。周道如砥，其直如矢。君子所履，小人所视。眷言顾之，潸焉出涕……"意思是说，那盒中装满了食物，那枣木勺柄儿弯又弯，大道平坦如磨石，笔直如箭杆，贵人们在上面走，而小民们干瞪眼，回头再望时，伤心泪满眼。这首诗本是周朝东方诸侯国的臣民对周王室只知搜刮财物，奴役人民，却不能解除人民困苦的讽刺诗和怨愤诗。孟子引诗时所指意思已经完全不同于原诗的意思了，这正是孟子的象征思维方式和象征艺术观在引诗和解诗上的表现。

荀子时代，儒家象征思维方式和象征艺术观得到了进一步的发展，荀子的文章中也有许多引诗和解诗的事例，其引诗和解诗方式和前儒如出一辙，荀子甚至还对儒家象征艺术观作了清楚明确的阐述。《荀子·乐论》说：

> 声乐之象：鼓大丽，钟统实，磬廉制，竽笙肃和，筦籥发猛，埙篪翁博，瑟易良，琴妇好，歌清尽，舞意天道兼。鼓，其乐之君邪！故鼓似天，钟似地，磬似水，竽笙、箫和、筦籥似星辰日月，鼗、柷、拊、鞷、椌、楬似万物。曷以知舞之意？曰：目不自见，耳不自闻也，然而治俯仰、诎信、进退、迟速莫不廉制，尽筋骨之力以要钟鼓俯会之节，而靡有悖逆者，众积意誊誊乎！

荀子认为，音乐就是一种象征。就乐器来说，每一种乐器都有它的象征意义，鼓象征天，钟象征地，磬象征流水，竽、笙、筦、籥象征日月星辰，鼗、柷、拊、鞷、椌、楬象征自然万物。就乐舞来说，乐舞艺术也是一种象征，即所谓"舞意天道兼"。"天道"即指天意，天的旨意。"兼"是"兼含"、"兼备"的意思。乐舞艺术兼含着"天道（天意）"，它要表达的是"天道"，乐舞艺术也就是"天道"的象征。"舞意天道兼"，就明确地说明了荀子的艺术观是象征艺术观，至此，儒家象征艺术观也就得到了最清楚明确的表达。荀子对先秦儒家的象征艺术观进行了系统的总结和发挥，使象征艺术观成为那个时代自觉的艺术观。①

先秦儒家的象征艺术观在秦以后并没有消失，而是靠着它的惯性在后世与其他艺术观一道彼此消长，对后世产生深远影响。汉代统治者罢黜百家，独尊儒术，儒学复兴，先秦儒家象征艺术观也得到复兴并发展。这点最明显地体现在汉儒对《诗经》所作的象征性解释上。《诗经》中的许多诗篇或是描写青年男女自由热烈的爱情，或是表达征夫久戍在外的思乡之情，或是描写劳动人民的生活，或是抒发对统治者的怨愤，但在汉儒的眼中，这些原本无关政治伦理道德的诗歌却带上浓重的伦理道德的色彩，具有浓厚的象征意味。比如，《诗·郑风·子衿》：

> 青青子衿，悠悠我心。纵我不往，子宁不嗣音？
> 青青子佩，悠悠我思。纵我不往，子宁不来？
> 挑兮达兮，在城阙兮。一日不见，如三月兮！

这是一首女子思念情人的情诗。对于此诗，《毛诗序》解释为："子衿，刺学校废也。乱世则学校不修也。""一日不见，如三月兮"句被解释为"言礼乐不可一日而废"，这就把一首纯粹的爱情诗解释成一首规劝学子不可荒废礼乐的政治教化诗。《诗·召南·小星》："嘒彼小星，三五在东。肃肃宵征，夙夜在公。寔命不同！嘒彼小星，维参与昴。肃肃宵征，抱衾与裯。寔命不犹！"这是一首描写一个小臣出差赶路在外，怨恨自己不幸命运的诗。《毛诗序》解释为："小星，惠及下也。夫人无妒忌之行，惠及贱妾，进御于君，知其命有贵贱，能尽其心矣。"硬是把它解释成赞颂妇人美德之诗。汉儒之所以这样解诗，正是他们的象征艺术观使然。汉代的诗歌创作中，也有许多带有象征意味和哲理意味的诗歌。如《古诗十九首·青青陵上柏》："青青陵上柏，磊磊涧中石；人生天地间，忽如远行客。斗酒相娱乐，聊厚不为薄。驱车策驽马，游戏宛与洛……"诗人看到那山冈上的松柏，四季常青，经岁不凋，溪涧的坚石，经岁不朽，想到人生在世，寿不如松柏，坚不如众石，譬如远客，匆匆离去，因而思考着生命存在的意义，"人生天地间，忽如远行客"，既然生如匆匆过客，聊且"斗酒娱乐"，"驱车策马"，"游戏宛洛"吧！这实际上是东汉末年大动乱时期诗人对现实处境的绝望和人生价值意义的思考，蕴含着丰富的象征

---

① 顾祖钊：《华夏原始文化与三元文学观念》，北京，北京大学出版社，2005，第 140 页。

性和哲理性。像《今日良宴会》《回车驾言迈》等也都充满着浓烈的象征意味和哲理意味。汉代的古诗是如此，汉代的大赋也是如此。魏晋时期，玄学思想突出，在一百多年时间中，玄言诗成就卓著，进一步把象征艺术观或哲理艺术观推进一步。在随后的朝代里，象征艺术观或哲理艺术观和其他艺术观彼此消长，成为艺术理论史上的多种艺术观之一。限于篇幅，在此不再赘述。

总之，周代礼乐文化中的象征性文化精神和象征性艺术精神对先秦儒家的象征艺术观的形成产生深远的影响，而先秦儒家象征艺术观对后世的艺术观也产生深远的影响，后世文艺理论史上的象征艺术观或哲理艺术观，其根源可以追溯到先秦儒家的象征艺术观和周代礼乐文化的象征性文化精神与艺术精神。

第三节　现实主义艺术精神与艺术政治化、政治艺术化

周人建立了自己的政权后，以殷亡为鉴，在原有的以家族公社制为组织形式的社会结构上进行变革，通过大举分封，建立了以血缘关系为纽带的宗法政治体系，以维护周代的贵族统治。从此宗法伦理道德在周代的治国安民中起着举足轻重的作用，周代的礼乐文化自然也就强调伦理道德的重要作用，"乐"也被提高到治国安民的重要地位。"礼以道其志，乐以和其声，政以一其行，刑以防其奸。礼乐刑政，其极一也，所以同民心而出治道也。"①礼乐刑政的最终目的都是为治国安民服务。因此，周代礼乐文化中的文学艺术与现实政治、伦理道德的关系极为密切。刘纲纪说："自古以来，中国思想家始终把审美与艺术问题同宇宙、社会、人生的一系列根本问题联系起来加以思考，提到了历史哲学和自然哲学的高度。"②正道出了中国古代社会中文学艺术与政治、社会、人生的紧密联系的现象。《左传·襄公二十九年》载，吴国公子季札聘问鲁国，请观"周乐"，对所观的"周乐"进行评价，就是把它与所在国的国风民情和德政紧密联系起来，表现了"陈诗观风"的特色。他评价邶、鄘、卫之乐说："美哉，渊乎！忧而不困者也。吾闻卫康叔、武公之德如是，是其《卫风》乎？"评价郑国之乐说："美哉！其细已甚，民弗堪也，是其先亡乎！"《诗经》中的许多诗篇都关涉现实政治，怨刺当朝上政，表现民生疾

---

① 《礼记·乐记》。
② 刘纲纪：《美学与哲学》，武汉，湖北人民出版社，1986，第290页。

苦。比如,《诗·豳风·七月》:"七月流火,九月授衣。一之日觱发,二之日栗烈,无衣无褐,何以卒岁?三之日于耜,四之日举趾。同我妇子,馌彼南亩;田畯至喜……"就叙述了周之农民一年四季忙于劳动的过程和他们的衣食住行的生活情况。《诗·魏风·伐檀》就是一首描写一群伐木工匠在河边伐木,给剥削者造车,唱起了对剥削者强烈不满的歌,表现了人民对剥削阶级不劳而获的讥刺和反抗。这些诗歌都是劳动人民的心声,是他们真实情感的表达,具有强烈的现实主义精神。《诗经》中有些诗歌直接就是政治抒情诗,这些诗歌在《风》《雅》《颂》中都有,尤以二《雅》中最多,二《雅》105 篇中竟超过三分之一诗篇为政治抒情诗。有些诗歌在卒章中甚至直接道明了写作此诗的目的就是或刺或讽现实政治。比如,《诗·大雅·桑柔》:"菀彼桑柔,其下侯旬,捋采其刘。瘼此下民,不殄心忧,仓兄填兮,倬彼昊天,宁不我矜!……凉曰不可,覆背善詈,虽曰匪予,既作尔歌。"这首诗是周厉王的大臣芮良夫讥刺厉王而作。周厉王统治期间,王朝多事,国政昏乱,奸臣当道,自然灾害严重,内忧外患使得人民处在水深火热中,自然那些怀有忧国忧民之心的周臣就会"虽曰匪予,既作尔歌",以刺现实。《诗·陈风·墓门》:"墓门有棘,斧以斯之。夫也不良,国人知之。知而不已,谁昔然矣。墓门有梅,有鸮萃止。夫也不良,歌以讯之。讯予不顾,颠倒思予。"这是人民讽刺、反抗不良统治者的诗歌。据《左传·桓公五年》载,陈桓公生病时,陈佗杀死太子免。桓公死后,陈佗自立为君,陈国一片混乱,后在蔡国的帮助下,才杀死陈佗,平息祸乱。人民作此歌来讥刺上层不良统治者,"夫也不良,歌以讯之"。可见,周代的诗乐等艺术与现实政治、伦理道德关系密切,诗乐的意义并不局限于诗乐自身,而是具有艺术和政治的双重身份。正因为如此,周代统治者也就尤为重视采风采诗活动,从民间诗歌、音乐中考察民风民情,以观政效。《礼记·王制》:"天子五年一巡狩。岁二月,东巡守,至于岱宗,柴而望祀山川。觐诸侯。问百年者就见之。命大师陈诗,以观民风。""陈诗观风"也就成为周代统治者治国安民的重要辅助手段,反之,"陈诗观风"也加强了诗乐艺术与政治、道德的密切联系。

周代礼乐文化中的艺术与现实政治、伦理道德的关系密切,具有强烈的现实主义艺术精神,在艺术上就会出现艺术政治化,政治上则出现政治艺术化的现象。它对中国古代的文艺创作和文艺理论产生深远的影响,在此后的两千多年时间中,艺术和政治的关系一直密切相连,具有鲜明的民族特色,正是对此继承和发展的结果。先秦儒家首扬其波,《论语·阳货》曰："小子何莫学夫诗。诗可以兴，可以观，可以群，可以怨。迩之事父，远之事君……"孔子认为诗歌除了愉悦人情外，还可以观察风俗民情，合群团结，干预现实，怨刺上政，具有重要的社会政治作用，从而强调了艺术为宗法社会的政治和伦理秩序服务。荀子也重视礼乐的教化作用和移风易俗作用，《荀子·乐论》："故乐者，所以道乐也。金石丝竹，所以道德也。乐行而民乡方矣。故乐者，治人之盛者也。"把"乐"和政治教化紧密联系起来。汉儒也深受这一思想的影响，倡导"风教"说。《毛诗序》曰："上以风化下，下以风刺上，主文而谲谏，言之者无罪，闻之者足以戒。"这样以"诗"作媒介，来沟通上下，互相影响，以便实现清明的政治，因此，"诗"具有强烈的政治色彩。汉代设立乐府机构，乐府机关除令文人创作诗歌外，还广泛采集各地的歌谣，以观民风民情。这些乐府诗"皆感于哀乐，缘事而发"，与现实政治联系紧密，受到后人的重视和效仿。

魏晋时期，艺术开始独立，走上艺术自觉的道路，艺术的审美因素受到重视，但是艺术和政治的紧密关系依然被强调。"三曹"的诗文创作就是他们政治心声的表达，艺术和政治密切相关在他们的艺术理论和实践中表现得很明显。魏文帝曹丕甚至在《典论·论文》中说："盖文章经国之大业，不朽之盛事。"明确地把"文章"提高到经世治国的地位，充分肯定"文章"与政治的重要关系。刘勰在《文心雕龙·时序》中也历述前代的文学艺术与政治风化的密切联系："大禹敷土，九序咏功，成汤圣敬，'猗欤'作颂。逮姬文之德盛，《周南》勤而不怨；大王之化淳，《邠风》乐而不淫。幽厉昏而《板》《荡》怒，平王微而《黍离》哀。故知歌谣文理，与世推移，风动于上，而波震于下者也。"历代君王功成之时，都要借助文学艺术来歌颂盛德，美化政绩。大禹时有九序咏功，作有乐舞《大夏》；成汤时有"猗欤"作颂，作有乐舞《大濩》；武王功成，作有乐舞《大武》；汉初有《武德舞》；唐代太宗朝有《秦王破阵曲》。这些都说明艺术与政治的关系密切。有唐一代，艺术与政治的关系再次被强调。李白《古风（其一）》说："大雅久不作，吾衰竟谁陈？"主张继承和恢复风雅之诗的传统。唐人的诗文创作与现实政治紧密联系。杜甫的诗歌被称为"诗史"，是盛唐转衰时期的政治和历史的真实反映。乐府诗还在唐代复兴和发展，这得力于白居易的倡导和实践。白居易认识到诗歌与政治的密切关系，继承了周、汉以来的"风教"传统。他在《策林·采诗》中说："今欲立采诗之官，开讽刺之道，察其得失之政，通其上下之情……故闻《蓼萧》之诗，则知泽及四海也；闻《禾黍》之咏，则知时和岁丰也；闻《北风》之言，则知威虐及人也；闻《硕鼠》之刺，则知重敛于下也。闻'广袖高髻'之谣，则知风俗之奢荡也；闻'谁其获者妇与姑'之言，则知征役之废业也。故国风之盛衰，由斯而见也；王政之得失，由斯而闻也；人情之哀乐，由斯而知也。"①明确地主张设立采诗之官，开讽刺之道，以诗歌来沟通上下，达到观政、知政的实效。他还在《与元九书》中说："始知文章合为时而著，歌诗合为事而作……可以救济人病，裨补时阙，而难于指言者，辄咏歌之。"②充分肯定诗歌在现实政治中的作用，把诗歌艺术和政治紧密联系起来。白居易不仅在理论上倡导"风教"传统，而且在实际创作中亲身实践。他创作了大量的乐府诗，称为新乐府。他在《新乐府序》中说这些新乐府诗是，"为君、为臣、为民、为物、为事而作，不为文而作也。"③宋明时期，儒学得到进一步发展，在艺术领域，"风教"传统的影响还存在着。周敦颐、朱熹等理学家提出"文以载道"说、"文道统一"说，其实质就是强调文艺要和政治、教化协调统一起来。晚清时期的梁启超倡导"小说界革命"，从小说可以兴国亡国的角度，将艺术和政治的密切关系推向无与伦比的高度。他在《小说与群治之关系》中说："欲新一国之民，不可不先新一国之小说。故欲新道德，必新小说；欲新宗教，必新小说；欲新政治，必新小说；欲新风俗，必新小说……故今日欲改良群治，必自小说界革命始；欲新民，必自新小说始。"④就非常明确地主张艺术的政治化和政治的艺术化。

　　周代礼乐文化中的艺术具有强烈的现实主义艺术精神，艺术与政治关系密切，艺术政治化，政治艺术化。它对中国古代的文艺创作和文艺理论产生了深远的影响，在中国古代的音乐、诗歌、绘画、书法、戏曲等艺术的创作和理论上都有明显的表现。一方面，它强调艺术与现实紧密联系，要关心国家大事，反映民生疾苦，批判社会丑恶、黑暗，具有积极的作用；另一方面，它又强调艺术要为统治阶级的政治服务，其社会功能被无限夸大，艺术就很容易成为政治的单纯的传声筒，失去自己的独立品格，具有消极的一面。因此，对于这种现象我们要予以辨析和清醒的认识，在艺术实践中，要调整艺术和政治之间的关系，使其合适得当。

① 周祖譔编选：《隋唐五代文论选》，北京，北京大学出版社，2005，第243页。
② 周祖譔编选：《隋唐五代文论选》，北京，北京大学出版社，2005，第237页。
③ 周祖譔编选：《隋唐五代文论选》，北京，北京大学出版社，2005，第244页。
④ 舒芜等编选：《近代文论选》，北京，人民文学出版社，1959，第157～161页。

第四节　艺政合化与文学艺术家的双重人格

　　周代礼乐文化中的艺术与政治关系极为密切，政治艺术化，艺术政治化，就艺术创作的主体来说，周代的艺术家大多由王朝的官吏或由王朝委任的人员担任，很少有独立的艺术家存在（除民间诗人、艺人外）。从《周礼·春官》和《周礼·地官》来看，周代设有许多艺术机构和艺术职务，分别承担着艺术创作和艺术表演等任务，为王朝统治的需要服务。周代的艺术与政治关系密切，周代的艺术家与统治阶级有着斩不断的联系，这种现象对后代产生了深远的影响，其影响结果就是使中国古代的文学艺术家形成一种双重人格——既独立又依附的人格。

　　中国古代的文人士子遵循的是"读书—致仕"的人生模式和价值实现模式，社会衡量他们的价值也往往以仕宦沉浮作为标准，作为社会群体，他们未能完全形成自己的独立性。中国古代的文学艺术也始终与政治密切联系，成为政治的附庸，即便在魏晋时期，文学艺术走上自觉的道路后，艺术与政治也是紧密联系的。文学艺术真正解放和以独立的姿态出现是在明清时期，明清时期社会进一步发展，市民阶层逐渐壮大，对文学艺术的需求也日益高涨，一大批以文学艺术为职业的文人出现，标志着文学艺术的独立。因此，中国古代这种"致仕"一元化的出路和文学艺术自身的"附庸性"，使文人士子中少有专门以文学艺术为生和以其来实现自己价值理想的现象出现。文学艺术家要想得到社会的承认和实现自己的价值和理想，必须依附于统治阶级，得到统治阶级的认可，而且文学艺术家的生活物质需求和生命保障也离不开统治阶级的宠幸。因此，文学艺术家的理想价值的实现与统治阶级的宠幸关系密切，这就决定了他们对统治阶级具有很深的依附性，走上艺术依附于政治的道路。但是，另一方面，文学艺术家作为知识分子，具有强烈的个体意识，有着自己的人格，重视"致知""修身"，加强个体的品德修养。他们处在社会的底层，对民生疾苦有着深切的体验和对统治阶级有着清醒的认识，因而，又具有强烈的忧患意识。因此，文学艺术家的独特个性和艺术良心就决定了他们走上文学艺术独立的道路，他们在作品中一方面抒写自己的心灵，无关世俗；另一方面，又敢于表达自己的心声，甚至以超常的胆识和勇气冒犯统治阶级，针砭时弊。中国古代文学艺术家既依附于统治阶级又独立于统治阶级之外，其结果就形成了文学艺术家的双重人格，这在许多文学艺术家的身上都有明显的表现。

屈原身上就表现出明显的双重人格，其突出地表现在他的"恋君"和"自恋"上。中国士人往往信奉"达则兼济天下"的古训，肩负历史使命感和责任感，具有振济天下的热情和功名欲望，深信自己的振社稷、济苍生的才能，具有强烈的参政意识。屈原自然也是如此，但他深深地知道，要想实现自己的"美政"理想，就必须依附于楚王的支持和宠幸才能成功，这使他对楚王产生了深深的依恋，"思君其莫我忠兮，忽忘身之贱贫。事君而不贰兮，迷不知宠之门。"①在诗中，他用"香草""美人"来拟喻自己对楚王的依恋，"恋君"的情结在屈原身上表现得很明显。但是统治者狭隘的功利观和多变的政治态度，使士人的理想往往会被彻底击碎。屈原的"美政"理想很难在当时的现实环境下实现，而士人的独特个性和节操品性又使他从对楚王的依恋转而退回到自己内心，不倦地追求着自己完美无瑕的道德修养和高尚人格，"纷吾既有此内美兮，又重之以修能。扈江离与辟芷兮，纫秋兰以为佩。"②这就使他产生深深的"自恋"情结，在诗歌中抒发着自己的痛苦、惶惑和怨愤。"恋君"和"自恋"始终是屈原一生中的主旋律，他的人格也就具有依附与独立的双重性。

依附与独立的双重人格是中国古代文学艺术家主要的人格特征，"屈原情结"存在于他们的内心深处。唐代大诗人杜甫就具有典型的双重人格。杜甫深受传统士人精神的影响，积极入世，参政议政是他始终追求的理想，"致君尧舜上，再使风俗淳"③，但贫寒的家庭出身和京城应举的落第，使他深知要实现心中的理想必须求仕于统治阶级，依附于上流社会。长安游历期间，杜甫首先求仕于和自己有旧的河南尹、尚书左丞韦济，向其表白仕进无门、奔走颠沛的心酸与坎坷，"江湖漂短褐，霜雪满飞蓬。牢落乾坤大，周流道术空。"④希望能够得到韦济的鼎力举荐，"老骥思千里，饥鹰待一呼，君能微感激，亦足慰榛芜。"⑤他在另一首赠给韦济的诗《奉赠韦左丞丈二十二韵》中表达了他的崇高理想和求仕的艰辛："甫昔少年日，早充观国宾。读书破万卷，下笔如有神……致君尧舜上，再使风俗淳。此意竟萧条，行歌非隐沦。骑驴十三载，旅食京华春，朝扣富儿门，暮逐肥马尘，残羹与冷炙，到处潜悲辛。"杜甫在长安期间还干谒京兆尹鲜于仲通、哥舒翰等人。他在投赠哥舒翰的诗作《投赠哥舒

---

① （战国）屈原：《九章·惜诵》。

② （战国）屈原：《离骚》。

③ （唐）杜甫：《奉赠韦左丞丈二十二韵》。

④ （唐）杜甫：《奉寄河南韦尹丈人》。

⑤ （唐）杜甫：《赠韦左丞丈济》。

开府翰二十韵》中已近乎阿谀哥舒氏："今代麒麟阁，何人第一功？君王自神武，驾驭必英雄。开府当朝杰，论兵迈古风。先锋百胜在，略地两隅空。青海无传箭，天山早挂弓。廉颇仍走敌，魏绛已和戎。"安史之乱后，杜甫抛妻别子，只身奔赴灵武投奔唐肃宗，在《兵车行》中，更是对当朝的皇上大加称颂与褒扬。杜甫之所以这样做，目的就是要依附于统治阶级来实现自己的理想和抱负，但是在那个时代他的理想只会落空。另一方面，杜甫又清醒地认识到统治阶级的荒淫误国和人民的艰难为生，知识分子的品性节操和责任良心又使他叛离统治阶级，不与统治阶级同流合污，从而独立于政治与统治阶级之外，走艺术自觉的道路，创作出许多反映民生疾苦，揭露统治阶级荒淫残暴的诗篇，"朱门酒肉臭，路有冻死骨"①便是他们的千古罪证。因此，依附与独立的人格在杜甫身上并存，而李白又何尝不是这样呢？他素有雄心壮志，既有那种"安能摧眉折腰事权贵，使我不得开心颜"②，与统治阶级势不两立的豪情壮志，又不能忘怀于政治和理想。42 岁那年，他得到唐玄宗召他入京的诏书，简直受宠若惊，喜形于色，满以为实现自己理想抱负的机会到了，于是立即回到家中，与妻子儿女告别，写下了《南陵别儿童入京》，其诗句"会稽愚妇轻买臣，余亦辞家西入秦。仰天大笑出门去，我辈岂是蓬蒿人。"是何等的自负！又是何等的踌躇满志！安史之乱后，年逾半百的他不顾家人的反对，又积极投奔于起兵讨贼的永王李璘，希望能够实现多年未遂的理想和抱负。古代文学艺术家的双重人格在李白身上得到真切地体现。在中国古代文学艺术史上，具有依附与独立的双重人格的文学艺术家还有很多，这是普遍的现象，在此不再赘述。

　　总之，中国古代文学艺术家作为士人阶层的一部分，处于居上不上、居下不下的中间阶层的社会地位，他们既要屈从和依附于统治阶级来实现自己的理想和价值，走艺术依附的道路；又因士人那种深受传统的节操品行的影响而保持自己的独立性，走艺术独立的道路，表现在人格上，就具有二重性。依附与独立的双重人格是他们典型的人格特征。当然，这种双重人格并不是以对立的方式存在，并非舍此取彼，而是亦此亦彼，只不过在不同时期所突出不同而已。而这种现象的出现，究其根源则可追溯到周代礼乐文化中艺术与政治的密切联系和艺术政治化、政治艺术化的现象。

---

① （唐）杜甫：《自京赴奉先县咏怀五百字》。
② （唐）李白：《梦游天姥吟留别》。

第四编 贵族生活方式与艺术精神

第十五章 周代贵族的生活方式及其艺术精神

对于一个时代的艺术精神我们可以从不同角度、不同层面予以阐释。在"第三编"中我们主要从礼乐制度层面探讨了周代艺术精神的特点，在"第四编"中我们将深入到周代贵族的具体生活方式中来阐释这种艺术精神之显现。

周代贵族的生活中有着独特的艺术气质，从雕饰精美的青铜器，到小巧精致的车马饰，甚至包括周代贵族的言谈举止本身都具体显示着高贵典雅的艺术气质。每一个时代的精神气质的形成都不是空穴来风，它们的形成都有着深厚的社会生活基础。粗略来看，周代贵族艺术精神的形成与周代的天神观念、等级体制、宗法制、礼乐文化等有着密切的关系。

第一节 周代贵族地位的确立与艺术精神的形成

一、天神观念与西周贵族的精神生活空间

殷商时期就有着浓厚的宗教迷信思想，认为在人之上有着无形的统治力量，因而殷商时代重祭祀和占卜。西周以后天命思想受到周人的怀疑。但人类思想的发展有一定的延续性，不可能发生思想文化上的突变，加之周承商制，因而天命观念还是影响周代思想文化的重要因素。

在周人的生活中天和其他神灵都有着重要的地位。天是周人进行统治的形而上根据。武王伐纣，建立了周王朝，但周人对意想不到的巨大成功诚惶诚恐，不断对周战胜殷商的史实进行反思。《史记·鲁周公世家》记载，周公"一沐三捉发，一饭三吐哺"，每天都生活在若有所思之中。《史记·周本纪》记载，武王在伐纣胜利后依然"自夜不寐"，表现出了寝食不安的生活状态。当周公旦询问武王时，武王说："我未定天保，何暇寐！"从武王和周公的对话可知，令武王惴惴不安的是，他还不能明确周的统治是否有着牢靠的理论根据。周以蕞尔小国推翻泱泱大国，这

是否是对天意的违背，是否会受到天的惩罚。最后周人还是从天那里找到了根据。周人指出，商王不敬上天，所以，上天降灾给殷商，而周人具有德行并能奉行上天的威命，所以能替天行罚，摧毁殷商的统治。因而建立周朝是上天旨意的体现。周的统治是对天的权威性和神圣性的体认。

贵族的宗法制是天意的体现。嫡与庶的结果不是人力所能决定的，嫡长子的继承权是遵循天意安排的结果。建立在天意基础之上的贵族特权，就具有神圣不可侵犯性，即具有先验性，是不可证明、无可怀疑的。同时，各级贵族的特权也是秉承天意的结果。周王对贵族的分封和策命，一般都要在祖庙举行隆重的仪式。《礼记·祭统》载："古者明君爵有德而禄有功，必赐爵禄于太庙，示不敢专也。"在神前策命，表示各级贵族的统治都是神意的体现。同时，也希望君臣间的权利义务关系受到神的监督。天命观成为贵族统治合法性的理论根据。

天神观念也是周人时刻约束自己行为的内在根据。天神的存在使周人具有浓重的敬畏意识。在这种无形的神灵的统治下，周人对人、对事、对自然界的变化都充满敬畏之情。如日食、地震会引起周人的惊惧，会促使他们反省自己的行为。再如殷纣王是在甲子那一天自杀的，夏桀是在乙卯那天被流放的，这些特殊的日子在周王生活中都具有引以为戒的警示作用，都能引起周王的警惕和敬畏之情。因为时刻受到一种无形的力量的监督，所以周人的行为就分外谨慎。这一方面形成了周代贵族谨慎小心的人格特征，同时也使周代贵族将更多的注意力集中在对自我行为的调整方面。这是周代贵族行为举止符合规范，从而具有审美价值的内在促进因素。

天命观念的存在不仅使贵族具有敬畏意识，更重要的是，天命观念的存在，在贵族物质生活层面之上，建构了一个更为丰富和广阔的精神存在空间，使周代贵族拥有物质生活和精神存在两个层面，从而使他们的生活成为立体化的生活结构图式，使他们的生活具有一定的深度。这种生活的深度模式是周代贵族生活具有艺术精神的条件。艺术精神就是在平面的、物质的生活层面之上还拥有深层的精神追求和意义生成空间，就是在追求口腹之欲、田产官爵的同时，还拥有超功利的审美追求。天神观念是周代贵族独特的精神生存空间的基础。周平王的东迁，诸侯势力的发展使天神观念发生动摇，整个春秋时期，周人生活在对天神观念的犹豫和怀疑之中，也生活在对自身统治合法性的困惑和思考之中，直到战国时期，科技、经济和商业的发展进一步摧毁天神观念，也摧毁了周人生活的精神空间。天神观念衰落了，贵族精神以及周代贵族生活所特有的艺术精神也就衰落了。

二、等级分封与周代贵族审美权利的等级划分

西周建立初期，周代统治阶级实行了分封制。据《史记·周本纪》记载，周代从武王到成、康之世相继进行了大规模的分封，包括分封的同姓诸侯、异姓诸侯、功臣和殷商后裔等，而所分封的诸侯王就是周代贵族阶层的主体。诸侯王又将土地和人口分封给下面的卿大夫，这样就形成了田产的层层分封以及与此相应的封建等级制度。贵族的层级主要包括天子、诸侯、卿大夫、士等。

周代的分封制规定了各级贵族在经济、政治、生活等各个方面的权利，成为维护周代统治秩序的重要原则，也成为周代贵族存在的社会基础。周代统治者通过等级的划分，使各级贵族都有了明确和固定的社会地位。这一方面使贵族社会具有了上下贵贱的等级秩序，同时又使各级贵族的既得利益得到制度上的保障和巩固。与中国历史上其他朝代的分封制度相比，周代贵族拥有土地、人口并掌握着对诸侯国独立的治理权。汉初刘邦封七个异姓王和九个同姓王。开始分封过宽，后来又裁撤过激，酿成后来的七国之乱，之后，诸侯王不能自己治民补吏，诸侯已名存实亡。明朱元璋定天下，封诸子三十九人，但诸王不得干预政事，封建实已成强弩之末。而清初之封三藩，只能算是权宜之计。至于历代其他时期的封建子弟，则大都不过是以爵名受廪禄而已。魏文帝时，虽然分封了诸王，但实际上等于禁锢，诸王行动都不自由，连衣食也受到监视。相对而言周代的贵族不但拥有田产还拥有较多的自由，是中国历史上最优越的一个贵族阶级，西周贵族的心态最为平和，也创造了最为辉煌的贵族文化。

等级礼制不仅体现在各种祭祀和典礼中，还体现在日常生活的方方面面，包括城庙、器用、衣食住行、穿戴配饰、举手投足、交游嬉戏等都表现出明显的等级特征。这就形成了周代贵族文化的等级制特征。等级制对贵族文化的影响主要表现在：将审美对象也进行了等级划分，使各级贵族都心安理得地享受属于自己的审美权利和审美对象。同时由于很多审美对象本身就是等级的标志，所以等级的划分从一个侧面也使美作为等级标志的地位得到了彰显，使美的价值得到了更大地凸显。总体来讲，等级划分使美的发展得到钳制，同时，又使美在等级的框架中得到了强化。

三、宗法贵族地位的确立与悠闲审美心境的形成

与分封制相伴而存在的是周代的宗法血缘关系。可以说宗法制是维护封建制度的产物，封建制度依靠宗法制得以存在。宗法制的核心是嫡长子具有对田产和爵位的继承权。贵族统治的稳固性还有赖于血缘的纽带。周王分封的多数都是姬姓公族，即使是异姓诸侯，也都与王室有婚姻方面的姻亲关系。这样以血缘关系为基础的周王朝就结成了一个庞大的亲情关系网。周王室与各诸侯国有"伯父"、"叔父"、"伯舅"、"叔舅"等关系。这样周代就具有了以宗法血缘关系为内在构架，以嫡庶关系为根据的统治网络。周王朝通过宗法关系来控制各诸侯国，就像家庭成员必须服从家长的支配一样，各诸侯国又都从亲情关系出发服从周王的统治。周代统治者以亲亲原则形成统治集团内部的有序状态，贵族的统治就建立在相对稳定、牢靠的基础之上了。崇拜先王，崇拜上帝二者的结合，既为王权涂上一层神秘的色彩，建立了一个形而上的根据，又为贵族的统治笼罩上一层温情脉脉的血缘亲情的面纱。

建立在宗法血缘关系基础之上的世袭贵族，不用担心自己的前途和命运，他们没有衣食之忧，不用拼命地跻身官场，因为身份的"贵"与"贱"，不在于是否当官，而在于出身和血统（一般来讲，贵族的嫡长子如果没有残疾痴呆等毛病，都会世袭长辈的官职）。贵族一出生就天然地拥有高贵的社会地位，就具有执掌政治、军事、文化特权的可能。对社会地位、土地和人口的拥有使贵族有较稳定的社会地位和生活保障，能过上衣食无忧的日子。有了这些保障，他们才能有着悠然、娴静的心境。这给他们进行精神性的思考和在实用功利目的之上追求事物的审美价值提供了一定的条件。所以说宗法制是周代贵族优雅生活方式的基础。

四、礼乐文化与贵族的诗意生存

周代贵族统治地位的确立不仅要依靠天神观念、宗法血缘关系和等级制，还依赖于礼乐文化。礼乐制度既是国家的统治大法，也是规范贵族行为的较为细致的行为准则。周人认识到商的灭国是因为纣好酒纵乐，不顾忌百姓的怨恨，致使上帝在殷邦降下了暴虐，所以周人应该借鉴商亡的教训。正是在借鉴商亡教训的基础之上，为了配合宗法孝顺观念和强化君臣上下的等级意识，周代统治者推出了礼乐制度，从祭祀到庆典再到日常行为都要遵循种种礼节规定。礼乐制度是维持贵族地位的手段，礼乐制度也是周代贵族的人生脚镣，束缚和限制了人的许多生存自由。

但是，周代贵族正是戴着礼乐制度的脚镣跳出了那个时代最为美丽的舞蹈。

礼乐文化成为贵族生活的艺术化的底蕴。首先，周礼规定了贵族的行为方式，要求贵族的举手投足都要合乎一定的规范。所以贵族的举止之间能显示出内在的修养，透显出一种温文尔雅的艺术气质。尤其是在仪式化的生活中，在典雅的礼乐的伴奏下，贵族的行为显得是那样的庄重和典雅。这就使周代贵族的行为本身具有了审美意味。其次，在周代贵族的礼仪和日常生活中，常常要演奏礼乐，这就使贵族生活笼罩在诗意的氛围中。礼乐文化是周代贵族文化最突出的特征。在礼乐文化中周代统治阶级将等级政治的维持纳入到美的形式之中，使直接的政治意识形态隐含在礼乐文化的背后，从而使周代贵族的生活呈现为富有诗意性的审美文化。

综上所述，我们认为在周代贵族的统治地位和身份得到有力保障的同时，他们也为创造出具有审美价值的文化创造了条件。首先，是天神观念的存在，使周代贵族的生活有了精神纵深度；其次，在等级礼制和宗法血缘关系的保障下，贵族拥有进行审美鉴赏活动的悠闲心境；再次，在礼乐文化的背景下，他们力求使自己的言谈举止、形容仪态都符合一定的规范。这些规范又是时人的审美标准，所以周代贵族的行为举止本身成为具有审美价值的观赏对象。正如《礼记·少仪》中所讲的："言语之美，穆穆皇皇。朝廷之美，济济翔翔。祭祀之美，齐齐皇皇。车马之美，匪匪翼翼。鸾和之美，肃肃雍雍。"这正是在周代贵族统治体制下所形成的审美境界。

第二节 肃雍和鸣的礼乐仪式与雍容典雅的贵族生活艺术

西周政权刚刚建立，天子和各等诸侯都能够小心谨慎地反思和吸取殷商覆亡的教训，采取各种措施巩固刚建立起来的政权，礼乐制度就是周初统治者巩固政权的主要举措。礼既是西周初年的各项典章制度，又是具体的行为准则和规范，还是种种民风民俗，而礼乐仪式是周礼最为典型的表现形式。按《周礼》的说法，礼分为吉、凶、军、宾、嘉五类，称为"五礼"。周代贵族的一生中要经历无数次礼仪，从出生仪式到丧祭仪式，从冠礼到昏（婚）礼，从乡饮酒礼到诸侯国之间的朝聘礼仪。任何一次礼仪几乎都在传播着意识形态观念，也都在强化着贵族周旋揖让的行为规范。仪式在周代贵族的生活中占有很重要的位置，周人生活的意义是通过一系列仪式建构起来的。我们将这种通过多种仪式来确定生命意义的生活方式称为仪式化的生活方式。换句话说，仪式化的生活方式指的就是周代贵族通过一定的仪式和程序来确立生命阶段、确立夫妻关系、确立诸侯国以及贵族之间交往关系的生存方式。

生活的艺术就是在实用功利目的之上，对生活进行加工和改造，使生活本身具有了一定程度的艺术性。生活的艺术使人的自然生存状态具有了一定的超越性。正是在这一点上，礼仪化的生活方式与艺术是相通的，具有丰富的美学价值。在周代贵族仪式化的生活方式中蕴含着浓厚的艺术性，体现着周人的艺术精神。

礼仪的社会价值已经非常明确，如《礼记·经解》中所讲的："故朝觐之礼，所以明君臣之义也。聘问之礼，所以使诸侯相尊敬也。丧祭之礼，所以明臣子之恩也。乡饮酒之礼，所以明长幼之序也。昏姻之礼，所以明男女之别也。夫礼，禁乱之所由生，犹坊止水之所自来也。"由此可见，各种礼仪所要达到的意识形态目的是较为明确的。但是时隔几千年，我们看周代贵族的生活方式，不仅看到其中的意识形态蕴含，而且更多地看到这种生活方式中所包含的审美意义和美学价值。所以，我们的论述要点不再是对礼仪程序的整理，也不再是对礼仪的意识形态意义的挖掘，而是通过几种具有代表性的仪式的梳理来对周代贵族仪式化生活方式中所蕴含的艺术精神进行挖掘。

一、出生礼——人生礼仪的开端

周代贵族子弟生在浓厚的礼乐文化氛围之中，他们的仪式化生活从出生的那一刻就开始了。一系列的出生礼仪首先要确定和强化的就是周代贵族儿童的性别意识和社会角色。《礼记·内则》记载："子生，男子设弧于门左，女子设帨于门右。"意思是男孩子一出生就要在门的左边挂一张弓，表示这个孩子的生活将与弓联系在一起。女孩子出生后就要在门的右边挂一条帨巾，帨巾是用来擦拭不洁的生活用品，表示女孩子的生活将与帨巾联系在一起。在家时挂在门右，外出时系在身左。古代女子出嫁时，母亲授以帨巾。后世遂称女子的生辰为帨辰。通过这一文献记载，我们可以想见在两千多年前的周代贵族社会中，一个孩子出生了，长辈是怎样忙碌着，以怎样兴奋和喜悦的心情将帨巾挂在门右，将弓挂在门左。这些小小的举动中就已经蕴含着诗的意味。仪式使平淡的人生开始具有了意义。

贵族子弟出生后还要举行一系列的礼仪。据《礼记·内则》记载，在太子出生三天后，要举行接子礼。即太子出生以后，报告国君，国君设太牢礼以迎接太子的出生，即在孩子出生的那个房间陈设馔具，摆一桌酒席来迎接孩子的降临。准备馔具的事情，一般由宰夫来完成。礼制规定：如果是国君的世子出生了，就要接以大宴，如果是其他级别的贵族子弟出生，接子礼所陈设的牺牲就要依照等级而减轻。

除了接子礼外，还要举行射礼。不仅太子出生要举行射礼，一般贵族子弟出生也要举行射礼。《礼记·内则》载："三日，始负子，男射女否。"意思是，如果是男孩子出生，三天后，就举行射礼，如果是女孩子，就不举行了。在射礼之前，要通过占卜选择一名士来抱太子。被选中的士要提前一天斋戒，然后身穿朝服等候在路寝门外，从保姆手中接过孩子来抱着。举行射礼时，用桑木弓将蓬草茎制作的六枝箭，分别射向天地和四方。射完这六枝箭，保姆又从士的手中接过太子抱着。宰夫再负责向抱太子的士献醴，并赐给他一束帛。这时，射礼结束。天地四方，是男子有所作为的广阔空间，射箭是古代男子英武之气的体现。当用桑木弓将蓬草茎制作的六枝箭分别射向这六个方位时，人就成为天地四方所形成的空间中的一个有机组成部分。

孩子出生满三个月，要举行命名礼。据《礼记·内则》记载，在孩子出生满三个月时，选择吉祥的日子为孩子理发，一般男孩留下头顶两旁的头发，好像牛角一样。女孩则在头顶上纵横各留一道，呈十字相交形。或者是男孩在头顶的左边留下一块胎毛，女孩在头顶右边留下一块胎毛。如果是太子出生，行命名礼那天，国君就要沐浴，穿朝服。夫人也是这样。父亲如果是卿大夫以上的贵族，行命名时，就穿着新制的衣服，如果是命士以下的人家也要穿着洗涤干净的衣服。行命名礼那天，无论男女都早早起床，并准备好夫妻共同进餐的食物。

命名礼的具体的礼节是，丈夫入门从阼阶升堂，在阼阶上面向西而立。妻子抱着孩子从房间出来，面朝东，在西阶之上当屋楣的地方站立。保姆站在妻侧稍靠前一些的地方向丈夫传辞说："孩子的母亲某谨在今天这个时候，让孩子恭见父亲。"丈夫回答说："教孩子懂得恭敬，凡事都遵循礼仪。"然后父亲一只手握着孩子的右手，另一只手托着孩子的小下巴为孩子取名。母亲说，记下这个名字吧，希望他将来会有出息。之后妻子把孩子的名字告诉妇人和各位庶母，丈夫把孩子的名字告诉家宰，家宰再把孩子的名字告诉同宗的男子。并且要郑重地记下孩子的名字，然后收藏起来。

通过孩子出生时的各种礼仪，个体出生的偶然现象就成为整个社会都要加以关注的事件，自然的个体生命从此开始得到社会群体的认同，个体从出生开始就进入了社会群体之中，成为其中的一员。周代贵族子弟生于礼仪文化的氛围之中，他们的仪式化的生活从出生的那一刻就开始了。

二、冠礼与人生意义的设定

（一）冠礼的主要仪程及冠礼中的艺术精神分析

周礼中的冠礼标志着社会成员开始独立承担社会事务，是人生的转折点。有关冠礼的资料主要记载于《礼记·冠义》和《仪礼·士冠礼》之中。在《仪礼》中，士冠礼被列为贵族礼仪的第一种，可见其重要性不容忽视。《礼记·冠义》载："凡人之所以为人者，礼义也。礼义之始，在于正容体，齐颜色，顺辞令……故冠而后服备，服备而后容体正，颜色齐，辞令顺。故曰：'冠者，礼之始也。'是故古者圣王重冠。"《礼记·内则》曰："二十而冠，始学礼，可以衣裘帛，舞《大夏》，惇行孝弟，博学不教，内而不出。"意思是，到了20岁的时候，贵族子弟已经学习了礼、乐、射、御、书、数"六艺"，知识结构大致完备，身体也已经发育成熟，可以独立承担社会事务了，所以应当在适当的时候举行加冠礼。一般来说，贵族子弟平时不能穿裘皮衣，但是冠礼之后就可以脱去童子衣，而穿上裘帛之衣。古人很看重冠礼，天子、诸侯的嫡长子，如果没有举行过冠礼，就没有资格亲政。比如周武王死后，成王年幼，还没有举行过冠礼，还不能亲政，所以由周公来摄政。加冠的最终目的在于维护贵族的宗法礼制，但就加冠的仪式本身来讲，其中也不乏艺术性和审美性。

冠礼对贵族具有重要的意义，所以要在宗庙中由父亲主持举行，冠礼之前要非常谨慎地筮日、筮宾。筮日时，将加冠者的父兄身着玄冠、朝服、缁带、素韠，在门的东边，面朝西站立。而参与加冠仪式的其他人员，包括宰、筮人、宗人和摈者、赞者等也要身穿和主人一样的服饰，面朝东，恭敬地站立在门的西边。

筮日、筮宾的仪节中贵族的服饰色调和站立位置，一方面营造了冠礼的隆重和严肃气氛，烘托出了冠礼郑重严肃的氛围。在这种氛围中，个体从思想上不敢将之苟同于日常生活，从而在心中升起恭敬之感；另一方面占筮时隆重的氛围和参与者的服饰、站位、庄重的表情等也构成了一个具有艺术性的场域。

冠礼之日，正宾必须到场，否则不能成礼。所以，人选一旦确定，主人首先要前往宾的家中邀请宾，并告诉宾自己的孩子将要举行加冠的仪式。正宾一般由德高望重的人担当。举行仪式的前一天，主人还要再次去宾家邀请宾。主人拜见正宾时，宾出门左，西面拜主人；主人站在门的西边，面朝东答拜，并说："我将给孩子举行加冠礼，特前来邀请您去主持。"宾回答说："这么重要的事情，我哪敢不早早地准备去参加啊。"主宾之间的对话，体现了贵族之间的谦和和礼让作风。这样的对话，已不具有实用目的性，它的意义，就在这些语言本身。当语言本身成为一种具有表演性质的形式时，它就演化为具有观赏性的对象，这时的语言就具有了超越传达实用信息的诗性特征，虽然它并不是诗。

到加冠的当日，一大早起，就要将冠礼中所要用的服装以及各种礼器都布置好。行加冠礼时所要穿的服装陈设在东房的西墙下，衣领朝东，其次序是最尊贵的服装放在最北边。其中有爵弁服一套，包括纁裳、丝衣、缁带和赤黄色的蔽膝等；皮弁服一套，包括白鹿皮制作的冠、一种白色而腰间有褶皱的裙子、缁带、白色的蔽膝、白色的鞋子等，其中鞋子的绚、繶、纯都是黑色的；玄端服一套，包括缁布冠、玄色、黄色或杂色的裳一件、缁带、赤而微黑色的蔽膝、黑色的鞋子等，其中鞋子的绚、繶、纯都是青色的。此外还有用来固定缁布冠的附属物缺项，有连缀在缺项上的青色的丝带做的缨，有缠发用的黑色缯，有戴皮弁和爵弁后用来固定冠的笄，有系弁用的浅绛色镶边的黑色组纮。这些东西都放在同一个箱子中以备用。梳发用的栉放在一个竹制的圆形箪之中。放衣服的箱子、放栉的箪以及两张蒲席都放在服饰的南边。加冠前，三种冠各放在一个竹器中，由三位有司捧着，面朝南，依次站在西坫南边堂下以待用，以站在东边为上位。当宾到来升堂后，三位捧冠的有司又面朝东而站。

这里所罗列的服饰中包含着周代贵族对服饰美学的理解。第一，冠礼中所要加的冠服从形制、质地到色彩都有严格的礼制规定。对衣冠的礼制规定使衣冠开始神圣化，从而使冠礼神圣化；第二，三套服饰都注重色调的配套和协调。如皮弁冠主要以白色为主色调，这样上衣和下裳之间就比较协调，具有整体性的审美效果；第三，为冠礼准备的服饰按照一定的顺序依次排列，这一排列方式体现出了秩序美。秩序美这一概念还没有引起人们的重视，事实上，很多时候审美感受恰恰是来源于一种有条不紊的形式和井井有条的秩序。如各国的升旗仪式、阅兵仪式等所能给人带来的美感效应，正是由于严肃的秩序所带来的震撼感而形成的。在冠礼中的服饰排列就体现了这种秩序美。

举行冠礼的当日，将冠者身着用缁布做成而镶以朱锦边的采（彩）衣，用朱锦束着发髻站在房中，面朝南而立等待具有人生转折意义的加冠仪式。等待是漫长的，但漫长的过程也进一步增强了冠礼的重要性和神圣性。

宾和协助加冠的人来到后，将冠者走出房，面朝南而立。协助宾加冠的赞者将缠发用的黑色缯、笄、栉放在席的南端。宾揖请将冠者就席，将冠者就席坐下。首先由赞者坐下为将冠者梳好头发，并用黑色的缯束住头发。为了表示圣洁，宾加冠前要下堂盥洗，主人也跟随下堂。宾向主人辞降。宾盥洗后，与主人行一揖一让之礼，然后升堂来到将冠者的席前坐下，为将冠者扶正一下缠发用的缯，然后起身，走到西阶，下阶一级，准备从执缁布冠的有司手中接过冠。此时，执缁布冠的有司升阶一级，面朝东将冠郑重交给宾。宾右手拿着冠的后项，左手拿着冠的前部，走到将加冠者的席前，端正自己的仪容，向将冠者致辞："令月吉日，始加元服。弃尔幼志，顺尔成德。寿考惟祺，介而景福。"①宾致辞完后坐下，给将加冠者戴上缁布冠。加冠毕，宾起身回到西序南端。最后由赞者为其系好冠。宾揖请冠者回房脱去儿时的彩衣，换上与缁布冠配套的玄端服，系上赤而微黑色的蔽膝。加冠者换好衣服，走出房门，面朝南而立，向来宾展示。完成第一次加冠的礼仪。

加皮弁和爵弁的仪节与加缁布冠基本相同，只是每次加冠的祝辞都有所变化。加皮弁冠时，宾致辞说："吉月令辰，再次给你加冠，希望你保持成人的威仪，谨慎自己的德行而不懈怠，这样你就可以长寿万年，永享无穷之福。"加爵弁冠时，宾致辞："在这美好的岁月里，三种冠都依次给你加上了，兄弟们都来参加冠礼，以成就你的成人之德。祝你长寿无疆，享受天赐之福。"除了这些祝辞之外，宾还要向加冠者致以醮辞。醮辞就是古代举行冠礼时，长辈酌酒给加冠者饮用时所念的祝辞。醮辞反复三遍，大意都是美酒多么芬芳，笾豆陈列多么整齐。给你加冠后，你就要孝敬父母，友善兄弟，用这美酒祭先人，承受天赐之福。这些致辞使冠礼的意义得到升华，它既是对加冠者的祝福，又是对加冠者的告诫和教育。而且，冠礼中的这些程式化的致辞，本身就是诗化的语言，它们的反复唱叹使冠礼具有了节奏韵律，也加强了冠礼的诗意性。

加完冠，宾还要向加冠者授醴。宾接过协助者寄过来的觯，来到冠者的席前，面朝北向冠者授觯。冠者在席西端行拜礼，而后从宾手中接过觯。协助加冠的赞者进上脯醢。冠者就席中间的位置坐下，左手拿觯，

① 《仪礼·士冠礼》。

右手取脯醢祭先人，又用柶从觯中舀取醴祭先人三次，祭毕起身，在席西端坐下，尝醴。然后把觯放在地上，向宾行拜礼致谢，宾答拜。

三加之礼完毕后，冠者要以成年人的身份去拜见母亲。行礼完毕，冠者再次上堂，由宾为他取字。古人除了姓和名外，还有字和号。小孩生下来三个月时，由父亲给他取名，到了成年之后，周围的人就不能直呼其名了，而要为其取字。取字时，宾再次祝福和告诫："在这良月吉日，为你取字。这个字很美好，正是俊士所宜。字取得适宜，就是福，你要永远保持，你的字就叫做伯某甫。"取字以后，加冠者去见兄弟姑姊。之后还要换上玄端服，拿上挚去见国君、卿大夫以及乡先生。冠者的父兄这时也醴宾以一献之礼，并酬宾和赞者以束帛、两张鹿皮，送宾于门外，向宾行再拜礼。之后主人派人把醴宾用的牲肉送到宾家。冠礼的仪程就算结束了。

在周代也要为女孩子举办类似于男孩子的成年礼。只是女孩所加的不是冠，而是笄。一般是 15 岁时，为其举行加笄仪式。加笄仪式时，如果女孩已经许嫁，就为其取字。如果还没有许嫁，就不取字。

（二）冠礼的历史文化语境及现代意义

随着人类生活节奏的加快，冠礼就逐渐衰落了。唐代以后，很多人已经不知道什么叫冠礼了。生存于现代化工业社会的人们越来越趋向于简化生活中各种没有直接经济效益的程式，如周代贵族生活中这般烦琐的礼仪，在现代人的生活中存在的空间是非常有限的。但是正因为缺乏一定的仪式使生活的意义和价值得到提炼和升华，生活变得过于简单和直接，所以现代人时常深感无聊和平淡。鉴于此，我们对于贵族的冠礼更多的不是去挑剔它的烦琐和呆板，而是去反思与周代贵族充满意义的生活相比，我们的生活缺少了一些什么，从而更多地汲取冠礼的精神价值，并对周代的冠礼有一个正确的认识。

在烦琐的仪程和缓慢的节奏中实现加冠的意义。纵观贵族的加冠礼仪，可以感到这一礼仪是非常漫长和烦琐的。但是可以说冠礼的重要性和冠礼的意义正是在这些细碎和漫长的仪程中得以实现的。如果说，现代电子传媒以其快速和便捷的特点而使信息在极短的时间内在最为宽广的空间中得到传播，但却不能在时间上给人留下深刻和长久的印象的话，那么，三千年前的冠礼则恰恰相反，通过缓慢和稳重的节奏在以宗族为核心的较小的范围内存在，但它正是通过时间上的长久刺激和其中传播的信息的单一性给人留下较为深刻的印象。所以说，周礼中每一个仪程都包含着许多需要慢慢去体悟的人生意义，简化和省略将会使礼的意义不能得到充分地传达。

　　具体来讲，冠礼的意义在于使成人的意识在漫长的仪程中得以强化。在柔婉、绵长的礼节中，周人以冠为中心，开辟出了特定的时间和空间，使加冠者思考着如何做人的问题，也思考着生命的意义问题。正如玛丽·道格拉斯和贝伦·伊舍伍德在《物品的用途》中所说的"社会生活当中要解决的主要问题是限定意义，使之暂时定格。如果没有一些常规办法筛选、确定大众公认的意义，那么，要在社会中达成共识，就不具备最起码的条件。部落社会和我们一样：两者都有运用仪式来控制意义的趋向。举行仪式是设定明确的公共定义的常规手法……有一些仪式纯属言辞上的仪式，这些仪式有声音没有记录，最后消失在空气中，无助于限定阐释范围。较为有效的仪式是使用有形物品的仪式，可以断定，仪式包装越奢华，想通过仪式把意义固定下来的意图就越强烈。"①周代贵族的冠礼正是要通过冠这一物品以及烦琐的仪式，使加冠者意识到自己的社会地位和角色身份的改变，从而建立起明确的社会责任意识。如初加冠的缁布冠就是使加冠者记住古礼；再加冠的皮弁使加冠者明白自己作为一个男人应该具有打猎和战斗的本领；三加冠的爵弁，是一种祭服，它和冕冠的作用基本相同，意在提醒加冠者从此具有了参加宗庙祭祀的权利。三次加冠使冠礼的意义得到三次提升，也使加冠者的责任意识逐步明确，并得到加强。应该说生命的意义是自己设定的，如果没有意义的设定，那么，任何事情都不会使人打起精神地生活下去。生活的意义正来源于这些明确的社会责任意识。

　　要更好地认识周代贵族的冠礼，就应当将加冠的仪式放回到它所存在的历史文化语境中进行分析。周代贵族所生活的时代，物质条件极其简陋，精神生活也较为单调。在这种状况下，礼仪完成的就不仅仅是意识形态统治的目的，应当说，礼仪的意义还在于使周代贵族的生活变得丰富多彩。各种礼仪都是生活的点缀，是周人生命中的亮丽色彩。对周代贵族而言，生活的节奏和生命的意义需要靠这些仪式来调节和确定，所以，他们欣欣然投入到各种礼仪程式之中。正因为以这样的心态来看待仪式，所以，我们在《诗经》中所看到的描写仪式的诗篇，都充满了节日庆典般的喜庆色彩，几乎没有一篇在抱怨仪式的烦琐。周代贵族的这些礼仪仪程，对社会事务繁多的后人来说，显然是烦琐和令人难以忍受

①　〔英〕玛丽·道格拉斯、〔英〕贝伦·伊舍伍德：《物品的用途》，萧莎译，见罗钢、王中忱主编：《消费文化读本》，北京，中国社会科学出版社，2003，第60～61页。

的，但是将礼仪放回到它所产生和存在的历史文化语境中，就会明白正是在这一漫长的仪式之中，周人生活的意义得到了彰显，人生的价值和意义赖以得到确定。

冠礼具有明显的程式化的特点。冠礼中的几乎所有仪节都超越了实际功利目的，而具有程式化表演的性质，也都在张扬着一种贵族生活的艺术性特质。贵族的加冠礼仪是按照一种有条不紊的仪程进行的，仪程中的每一个环节都有固定的行为举止。从一个角度来看冠礼是刻板、烦琐的，但从另一个角度来看，整个加冠仪程也正因为具有固定的程序，而具有表演性和艺术性。如三次加冠时的祝辞，如果从实用的目的来讲，它们都没有什么实际的意义，但如果从冠礼所传达的谦和精神和诗性特质来讲，正是这些看起来多余的、烦琐的语言，使贵族的生活具有了艺术性。我们在这里指出它具有艺术性，一方面是因为冠礼中的行为和祝辞充满了贵族的儒雅、谦让精神，另一方面也是因为这些举止和言辞使整个加冠的过程具有不同于日常生活的表演性质。日常生活中的举止和言谈都具有散漫性，但是经过浓缩化的加冠祝辞和举止是精粹的，甚至成为具有意味的诗化形式。我们认为艺术性在一定程度上说，就是不同于日常生活散漫状态的、具有表演性的行为模式。

综上所述，我们可以看到冠礼在周代贵族的生活中有着重要的意义，它是社会成员独立承担社会事务的开端。加冠仪式是漫长而烦琐的，但是正是在这漫长而烦琐的仪程中，加冠者的社会责任感和成人意识一点点得到了强化。加冠是贵族素质教育的一个重要环节，它所要明确的不仅是贵族的成人意识，而且要使其行为规范化，使其保持沉稳、庄重的心性。在加冠的仪式中，有许多举止和话语并没有直接的指令性，并不传达实用的信息，所以这些言谈举止具有了一定程度的表演性。正是在这一点上，我们认为冠礼具有了一定的艺术性。

三、婚礼中的象征艺术精神

周代的婚礼主要包括纳采、问名、纳吉、纳征、请期、亲迎六个仪程。婚礼是继冠礼之后周代贵族人生的第二个里程碑，是贵族生命中的重要礼仪之一。《礼记·郊特牲》记载："天地合，而后万物兴焉。夫昏礼，万世之始也。取于异姓，所以附远厚别也。"婚礼与贵族的宗庙祭祀、传宗接代有着直接联系，又关系着两姓之好，是贵族之间建立联系的重要渠道，所以历来颇受关注。

婚礼中的许多仪程都具有象征性。如纳采是男家看中了某家女孩，派使者到女方家里去提亲。使者以雁作见面礼，来到女方家里，说明来意，并征求女方家长的意见。行纳采礼时，女方家长出门迎接使者，并与其行三揖三让之礼。使者站在西阶上，说明来意。主人站在阼阶上，面向北行再拜礼。然后，于两楹之间，使者将雁授给主人。在纳采的仪程之中，以雁作为见面礼具有丰富的象征意义。大雁是候鸟，秋天飞往南方，来年冰消雪化之时，又飞回来。这里取雁为挚，就是取其顺阴阳往来的意义；大雁一配而终，春天北去，秋天南往，来去有时，从不失时节；以雁为挚，也取其忠贞守信的特点，以喻夫妻之间要相伴永远，信守不渝；夫为阳，妻为阴，以雁为挚，还象征着妇对夫的顺从。此外，以雁为挚，还象征着男子具有善射的英武之气。

在亲迎仪式中，新婿头戴爵弁，穿着下缘镶有黑边的纁裳。在黄昏时分，新婿与身穿玄端服的随从一起，点着火把照亮前面的路，乘坐着墨车一起到女家迎亲。男到女家亲迎，这象征着男先女后、刚柔相济。新婿来到女方家里时，将会看到待嫁女的头上装饰着假发，穿着下缘有纁边的玄色丝衣。其傅母头上用缁䍁缠着发髻，发髻中插着笄，穿着黑色生丝缯制作的衣服站在新娘的右边。随嫁者都穿着黑色的衣裳，头上用缁䍁缠发髻，发髻中插着笄，披着绣有黼纹的衣服站在新娘的后面。由这些记载可见，周代贵族婚礼中的服饰以黑色为主色调，虽然在婿和妇的衣服下缘上都有镶边，在衣服上会有黼纹，但总体来看，周代贵族婚礼，除了温暖的火光外，整个呈现出幽暗的色调和氛围。

新婿上堂给岳父母行过跪拜礼，感谢他们对新妇的养育之恩，并感谢他们将女儿交给他。在新妇离别家人的时候，父亲送女的戒辞是"戒之敬之，夙夜毋违命"。接着是母亲为女儿束好衣带，结上帨巾，告诫女儿说："勉之敬之，夙夜无违宫事。"[1]帨巾是未婚女儿的佩巾，在婚礼中，由母亲将其系在即将出嫁的女儿身上，称为"结缡"。《诗·豳风·东山》中"亲结其缡，九十其仪"就是对离别之际，母亲为女儿系帨巾情形的描写。然后是庶母送女儿到庙门口，并为女儿系上鞶囊，重申父母之命。临别的赠物帨巾和鞶囊既是情感的纽带，又是凝结着父母婚前训诫的象征符号。

新妇下堂后，女方家长不下堂相送。新妇踏几上车时，由随从者为她披上一件御尘的罩衣。新妇上车后，婿御妇车，将车上的绥授给妇人，待车轮转过三圈后才由御者为妇驾车。这一仪程表示夫妻之间的相亲相

---

① 《仪礼·士昏礼》。

爱，象征着婿从此后将与妇同舟共济。正如《礼记·郊特牲》所解释的，"婿亲御授绥，亲之也。亲之也者，亲之也。敬而亲之，先王之所以得天下也。"敬而亲之，这是夫妻之间相亲相爱的表示，也是先王之所以得天下的途径。看来夫婿授绥的意义是很深远的。从女家返回男家时，新婿换乘自己的马车，行驶在前，先期到达，在大门外等候新妇的到来。这一仪程的含义是"男帅女，女从男，夫妇之义由此始也"①。即婿车走在前面，妇车跟在后面，象征着刚柔相济之意，以及新妇对婿的顺从。

新妇到了婿家，踏几下车。婿对妇行一揖之礼，请她进门。到寝门前，婿还要向妇行揖让之礼请妇进入。新妇进入婿家后要盥洗。由媵为新婿浇水盥洗，由御为新妇浇水盥洗。接着是"共牢而食"。一般情况下，周人饮食时，都是分餐制，即每人一份饭，各吃各的，不公用同一餐具。但是在婚礼中却有共牢而食的仪程，即在婿和妇的席前，主食黍和稷，以及调味用的酱醢等各有一份，但鱼俎、豚俎、腊俎只有一份，供两个人共享。进食时，婿对妇作揖请她入对面筵席。夫妇一起坐下祭黍、稷和肺，然后饮食。婚礼中的饮食，只具有象征性，并不是为了吃饱，所以夫妇取食三次，进食便告结束。

在举行婚礼的那天黄昏，婿家除了要在三个鼎中盛放猪、举肺、脊骨、祭肺以及鱼、全兔、葵菹等祭品之外，还要准备四只酒爵和两只合在一起的卺。卺是将一个葫芦分为两半，成为两个瓢，是古代婚礼中所用的酒器。合卺，是指剖为两半的葫芦还可以合而为一。合卺在这里的象征意义是：夫妻是独立的，又是可以合二为一的一个整体，也是天地合的意思。在进食结束后，赞者斟酒请夫妇祭酒，共三番祭。到第三次祭酒时，就以卺酌酒。卺以红丝线相牵相连，饮半卺后，换杯而饮，称为"合卺而饮"，象征着夫妻的合二为一。

婚礼的第二天一大早新妇沐浴后，用缅缠发髻，然后插上发笄，穿上黑色的丝缯制的衣服来见舅姑(舅，即公公。姑，即婆婆)。妇以枣栗一篮为见舅之礼，以腵修一篮为见姑之礼，赞者以醴与妇。此后妇馈食于舅姑，舅姑共享妇以一献之礼。接着舅姑从西阶下堂，新妇从阼阶下堂。在这个仪程中包含着一系列象征意义，如妇见舅以枣栗为挚，象征着早自谨敬。妇人见姑以腵修为挚，象征着断自修正。阼阶是尊者和主人之位，西阶是客位。舅姑从西阶下堂，妇从阼阶下堂，这象征着将由妇代替舅姑主持家务，管理室事。

---

① 《礼记·郊特牲》。

　　婚礼中的其他仪节也都有着丰富的象征意义。如但凡有关婚姻的礼节，如纳采、问名、纳吉、纳征、请期等都要在黎明时分进行，亲迎则要在黄昏时进行，选择这样的时段取其阳往阴来、天人合一的象征意义。纳采的仪式设置在祢庙进行，女方家长在祢庙的西边为神布上席，席上放上供神依凭的几。亲迎仪式中，女家还是在祢庙为神布席。凡事都要先在祢庙中通过占卜向先父请示、接受了先父的命令后才敢去做。这些都表示要让先祖也知道这桩婚姻的存在。在纳征的仪程中，男家派使者到女方家里去致送聘礼，即送玄色的和纁色的丝帛共五匹，幅宽要二尺二寸，另外还有两张鹿皮。关于致送的礼物，礼制规定：“挚不用死。皮帛必可制。腊必用鲜，鱼用鲋，必肴全。”①意思是作为礼物用的束帛和俪皮，一定是已经加工过并足够制作衣服的，这其中包含着教妇以诚信的意义。用作挚的雁不能用死雁，腊必用鲜，象征着夫妇日新之义。鱼必用鲋，取意于夫妇相依附的含义。豚俎的骨体必须全而不折，象征着夫妇全节无亏之理。

　　当一个行为的目的不单纯是为了追求实际的功用目的，当一个物品不仅仅具有实用价值时，我们认为，这一行为和物品中就具有了丰富的象征意义和审美价值。周代贵族的婚礼因为具有丰富的象征性而成为诗意化的行为。它通过有限的形式包蕴着无限的内容，并且随着时间的演进，许多形式中所蕴含的深层内涵有可能被遗忘，这时仪式逐渐成为只具有形式美的有意味的形式。这就使贵族的行为举止中积淀着深厚的文化蕴含。可以说包含着越多的文化蕴含，举止和行为就越具有审美性。如舞蹈动作，就是因为具有象征意义，浓缩了许多文化意义，所以具有高度的审美价值。周代贵族有许多象征意味很浓厚的仪节，我们这里只就婚礼作为一个例证来进行了一些分析，虽然这些仪节不是专门的艺术行为，但这些仪节中包蕴着很高的审美价值和艺术精神。

四、燕饮礼仪的艺术性

　　周代贵族的燕饮礼仪主要有乡饮酒礼和燕礼。这两种礼仪中有很多仪节是一致的，我们就以乡饮酒礼为主要讨论对象，选取其中有代表性的仪节来探讨蕴含在周代贵族燕饮礼仪程式中的美学精神。

　　（一）程式化的迎宾礼节

　　乡饮酒礼和燕礼与贵族生活中的其他礼仪一样，具有程式化的特点。

────────────

　　① 《仪礼·士昏礼》。

如在乡饮酒礼的迎宾仪节中，主人迎宾于门外，再拜宾，宾答拜。拜介，介答拜。揖众宾。值得注意的是，这里主人向宾行的是再拜礼，向介行的是拜礼，向众宾行的是揖礼。拜礼是古代表示敬意的一种礼节。两手合于胸前，头低到手。揖礼是古代的拱手礼。在这细小的迎宾仪节中，通过再拜、拜礼和揖礼，就将宾、介和众宾的主从关系分开了。

经过一系列的互拜之后，主人先进门做前导，揖请众宾进门。宾对介作厌礼，示意介从庠门左侧进入。介向众宾行厌礼，示意他们也依次进入。来宾都从庠门左侧进入，在庭西面朝东而立，以北边为上位。主人与宾进门后，先后行了三次揖礼，来到堂阶前。升阶前，主人与宾又互相谦让三次，然后主人升堂，宾也升堂。主人站在阼阶上当屋楣的地方，面朝北行拜之礼。宾站在西阶上当屋楣的地方，面朝北回礼答拜。

从迎宾的仪节中可以看到，每一个仪节都有固定的行为和举止，如宾主要行三揖三让之礼；每登一级台阶都要前脚登上第一级，后脚随上来，与前脚并聚一起；主人上东阶时要先迈右脚，客人上西阶时要先迈左脚等。这些都是非常固定和程式化的动作。程式化的缺点是对人的行为有所禁锢，但程式化的礼节有章可循，每一个动作都有固定的模式，就像事先已经编排好的节目一样，只需要按着顺序进行演出就行，所以在程式化的礼节之中，贵族的行为和举止稳重沉着而不散乱慌张，贵族的优雅气质得到了很好的呈现。这就是说，在程式化的迎宾仪节中，周代贵族的行为也具有了一种特殊的艺术性，能给观看者带来观赏价值。

（二）进酒礼节中的节奏美

周人建国之初借鉴殷商覆亡的教训，发布了戒酒令，但整个周代社会，并不是没有酒，而是用礼节对饮酒进行了限制，并使饮酒的过程审美化、诗意化。乡饮酒礼和燕礼都是围绕着饮酒的过程进行的，但是在这些礼仪中，饮酒都超越于满足口腹之欲的直接目的之上，而成为蕴含着内在节奏之美的仪程。在觥筹交错之际，在浅斟慢吟之时，酒的醇香和酒器的精致讲述着周代贵族乡饮酒礼文明的点点滴滴。

在感受乡饮酒礼的仪式之前，有必要先来看看乡饮酒礼上各种器物的方位。古人都是席地而坐，所以堂上有为主人和众宾布置的席，这些席之间互不连接。在东房门与室门之间放着两个酒樽。其中西边的一个樽中装的不是酒，而是清水，周人称之为玄酒。因为水早于酒，设置玄酒是为了表示对水的原始性和质朴性的尊崇。两个酒樽上分别放着两把舀酒的勺。并且两个酒樽都放在斯禁上。禁是古时承放酒樽的器具，青铜制作，形如方箱。斯禁又叫椝禁，是一种没有足的禁。篚放在禁的南边。筐是一种圆形的盛物竹器。在堂下阼阶的东南边放着洗。洗是古代盥洗用的器皿，形似浅盆。一般用青铜铸造，也有陶质的。供盥洗用的水放在洗的东边。又一只筐放在洗的西边，筐的首端朝北而尾向南陈放。

进酒的礼节包括献、酢、酬三个仪节，像音乐的三个乐章一样具有回环往复的内在节奏之美。这里我们仅就主人献宾的仪节来感受一下进酒礼节中的内在节奏。

在献宾的礼节中，主人就席而坐，从筐中拿出酒爵，下堂准备去洗。为了表示客气，宾也随着下堂。主人看到宾下堂，赶快跪坐下把爵放在阶前，起身向宾辞降。这一仪程就称为辞降。

辞降之后主人又跪坐下取爵，走到堂下洗的北边，将爵放到筐下，起身准备盥手洗爵。宾看到主人准备洗爵，为了表示客气，下堂表示不需要洗了。主人坐下来放下爵，对宾的辞洗表示推让，宾复位。这一仪程称为辞洗。

主人洗完酒爵后与宾行一揖一让之礼，然后升堂。宾拜谢主人洗爵的行为，主人将爵放在地上，向宾回礼答拜，拜完后又一次下堂洗手。宾同样要跟随主人下堂，主人辞降后宾站到原来的位置。主人洗完后，又与宾行一揖一让之礼登阶升堂。这期间还是一次拜洗和再次下堂洗手，以及再次相互揖让升堂的仪节。它们穿插在洗爵和酬宾的仪节之间，就像一个小小的过渡曲。之后才是主人取爵酌酒献宾。

主人献宾时，宾拿到爵，要向主人行拜受礼，主人向宾行拜送礼。接着进脯醢设折俎，宾就席而坐，左手举爵，右手取脯醢祭先人，祭完后放下爵和脯醢，用肺祭祀，即尝一尝肺，又把它放在俎上，坐下擦擦手，接着用酒祭先人。祭完后向主人行礼，感谢主人的美酒，主人阼阶上答拜，宾西阶上饮完爵中酒，跪坐放下爵，起身向主人行拜礼，然后拿起爵。主人阼阶上回礼答拜。主人献宾的礼节结束。很显然，饮酒礼是舞蹈表演，它已经超越了饮酒的直接目的。

主人向宾的进酒礼节像一首舒缓的抒情诗。辞降、辞洗、酌酒、互拜、祭酒、再互拜等礼节构成了这首诗的主旋律，每一个仪节又由更细微的仪节组成。所以，整体看来主旋律是清晰明确的，而整首乐曲又是丰富多彩的，构成一支柔婉又耐人寻味的乐曲。这乐曲成为周人进酒仪节的内在旋律。很显然，进酒仪节的目的并不在于饮酒本身，而在于通过饮酒传达群体生活所必要的谦让、恭敬观念。这是饮酒礼的节奏，也是诗和音乐的节奏，还是周代贵族的生活基调。正是因为这一乐曲的婉转与和缓，才显示出贵族雍容华贵、礼节有序的气度。

从主人献宾的礼节中，我们还可以看出，周人的礼仪行为是有意味的形式，它所关注的不是行为的目的性，而是行为本身的价值。进酒的仪式就是一个塑造贵族行为仪态，从而使其行为具有观赏性的过程。这些行为本身具有极强的观赏价值。事实上，周人的群体生活中，这些行为也的确是做给别人看的。每一个举止是否到位，是否符合一定的规范，这是周代贵族评价一个人的重要标准。正如波德里亚论述脱衣舞时所说的"脱衣舞很慢：假如说它的目的是暴露性器官，那它就应该尽可能地快速进行，但它很慢，因为它是话语，是符号的建构，是延宕的意义的精心制造。""动作的缓慢是诗化的，就像电影慢镜头中的爆炸或坠落也是诗化的一样，因为此时，某种东西在完成之前有时间让你想念……"①同样，周人的进酒仪式也在舒缓的节奏中具有了艺术性。

（三）燕饮礼仪中的礼乐之美

诗乐在周代贵族的生活中占有重要地位，各种各样的场合都需要音乐伴奏，用音乐来烘托气氛。诗乐烘托出一种异于日常生活的氛围，使仪式显得严肃、隆重。诗乐在各种礼仪中还有调节贵族行为节奏的作用。音乐使周代贵族的礼仪活动分出步骤，划出阶段，从而产生仪式感，礼仪、诗歌和音乐成为不可分割的一体。

在燕饮礼仪中，从宾进门到燕饮礼仪结束，宾离开，都有固定的礼乐。如在燕礼中，如果有异国之宾进入，就要演奏音乐，甚至有舞蹈。演奏迎宾礼乐的一般情况是，当宾进门走到庭前时，开始演奏《肆夏》。宾尝酒后向主人拜酒，主人答拜时，音乐停止。当主人向君献酒，君行拜受礼时，又开始演奏《肆夏》。当君饮干爵中酒时，音乐停止。如果表演舞蹈的话，就表演《勺》舞。可以说，礼乐是一道无形的屏障，它将散漫的日常生活与贵族的礼仪生活区分开来，烘托和渲染了一种不同于日常生活的燕饮气氛。作为个体的人不由自主就受到了这种氛围的感染，从而使参与者得到精神的陶冶，乃至得到灵魂的净化。

在燕饮礼仪中，当主人与宾及众宾的献、酢、酬仪节都丝毫不含糊地举行完之后，开始为乐工在堂前铺设席位。乐工四人来到堂前，其中瑟工二人由协助者引领升席就座。等坐定后，协助者将瑟交给瑟工。瑟工就演唱《鹿鸣》《四牡》《皇皇者华》三首乐曲。"呦呦鹿鸣，食野之苹。我有嘉宾，鼓瑟吹笙。吹笙鼓簧，承筐是将。人之好我，示我周行。"一群

---

① 〔法〕让·波德里亚：《象征交换与死亡》，车槿山译，南京，译林出版社，2006，第164、162页。

神态悠闲的麋鹿在不远处吃着野地里的蒿草，我迎来了自己的嘉宾……诗中所唱的情景与眼前的饮酒礼交相辉映，诗就是生活的写照，生活是正在进行的诗。宾主都沉浸在优美的歌声中，思绪随着呦呦的鹿鸣声飘到很远很远的地方……演唱完毕，主人向乐工献酒，乐工用酒和脯醢祭祀先人。堂上以歌唱为主，是为了表示对人声的尊崇。古人认为声之出于人者精，寓于物者粗。

堂上唱毕，接着是笙入堂下，磬南北而立。笙工吹奏《南陔》《白华》《华黍》三首曲子。吹奏完后，主人给笙工献酒。接着是堂上弹瑟歌唱与堂下笙乐吹奏交替进行。堂上歌《鱼丽》、堂下笙奏《由庚》；堂上歌《南有嘉鱼》，堂下笙奏《崇丘》；堂上歌《南山有台》，堂下笙奏《由仪》。演唱和笙奏交替表演结束后，是堂上和堂下一起演奏《周南》中的《关雎》《葛覃》《卷耳》三首曲子，以及《召南》中的《鹊巢》《采蘩》《采蘋》三首曲子。当这六首诗乐演奏完毕，乐工之长向乐正报告说："规定的乐歌均已演奏完毕。"乐正也向宾这样报告，然后下堂。至此，贵族乡饮酒礼中的此起彼伏、热闹欢庆的乐曲演奏就暂时算告一段落。

但音乐的旋律还要在乡饮酒礼中继续蔓延。在互相饮酬的仪节中，宾主之间可以不计杯数地随意饮酒，然后彻俎，脱屦升堂，坐宴进馔，这时的音乐就改为比较随意的无算乐。宾主尽欢之后，宾开始离开，当宾退席走到西阶时，乐工开始演奏《陔夏》，主人送于门外，再拜。在微弱的火把之光的烛照下，宾已经走远，但是，音乐似乎还在辽远的夜空中吹奏着，觥筹交错的热闹气氛似乎还在夜空中弥散。

仪式化的生活是周代贵族生活方式的一个重要特征。周代贵族的生活离不开温文尔雅的礼仪形式。礼乐在礼仪化生活方式中的最初作用在于协调贵族上下贵贱尊卑之间的关系，同时使贵族礼仪中的行为符合一定的节奏。礼乐在完成这一实用目的的同时，也起到了营造交往气氛和使交往和乐有序的作用。正因为音乐的存在，贵族的交往礼仪拥有了诗性的浪漫气质。乡饮酒礼为我们呈现的是周代贵族富有诗意的生活场景。升歌三终，笙奏三终，间歌三终，合乐三终达到高潮然后戛然而止。礼乐演奏实际上是在贵族的燕饮礼仪中专门开辟出一定的时空举行一个音乐会，从而使人们都沉浸在艺术的氛围之中。这是有闲阶层与平民百姓的不同。作为有闲阶层，贵族有经济实力去享受音乐，有条件生活在一种超越实际功用目的之外的诗意境界之中，同时也是因为他们所受的教育使他们具备了享受音乐的素养。音乐不仅仅存在于乡饮酒礼之中，而且还存在于乡射礼、燕礼等各种礼仪之中，音乐生活是贵族生活的一个标志，音乐使贵族沉浸在诗意的氛围之中，也使贵族的生活富有艺术韵味。

（四）燕饮礼仪中的超功利性与意识形态蕴含

通过以上有关乡饮酒礼和燕饮礼仪中的主要仪节的分析，我们可以深感贵族交往内在节奏和诗性气质。可能也只有在生产力有了一定发展，而社会事务还比较单纯的西周时代才有可能推崇这样的礼仪规范。然而正是这些礼仪形式使贵族的行为在直接的目的性之外有所延宕，使其行为具有超越于直接功利性之外的艺术气质。

酒在周代贵族生活中占有举足轻重的地位。酒本是一种使人精神松弛的东西，但通过各种仪式，周代贵族将对酒的自然欲求规训成一种自我行为的约束和遵循群体生活规范的素养。周人在进酒的仪节中所要传达的信息是，通过饮酒的礼节，来表现周人对酒的欲望的节制。正如《礼记·乐记》中所讲的："是故先王因为酒礼。壹献之礼，宾主百拜，终日饮酒而不得醉焉，此先王之所以备酒祸也。"酒食之乐、口腹之欲曾经造成了殷商的灭亡，周人对此须臾不忘，所以将饮酒纳入到礼乐仪式之中，通过这种仪式，使个体对耳目口腹之欲有所超越，这就是乡饮酒礼的精神所在。在这里欲望幻化为举止有度的礼节，成为一种行为艺术。

燕饮礼仪中包含着明确的意识形态目的，通过这些仪式化的行动，贵贱尊卑和等级秩序等意识形态目的就蕴含在诗意的形式之中了。正如《礼记·乡饮酒义》中所总结的："主人拜迎宾于庠门之外，入，三揖而后至阶，三让而后升，所以致尊让也。盥、洗、扬觯，所以致絜也。拜至、拜洗、拜受、拜送、拜既，所以致敬也。"主人迎宾于门外，并行三揖三让之礼，这是为了宣扬敬让之道。盥、洗、扬觯，这是为了推行洁净的生活习惯。拜洗、拜受等礼节，是为了表达对对方的敬意。所以说，燕饮礼仪中的每一个仪节都寄寓着意识形态蕴含，都是希望通过艺术的形式达到社会治理的目的，都在宣扬着敬让之道，但是直接呈现在人们眼前的却是诗意化的生活艺术，这就是审美意识形态的特征。将意识形态灌输到典雅的生活艺术之中，使政治与艺术合二为一，这是周代统治者的高明之处，也是社会文明进步的表现。数千年过去了，乡饮酒礼中所蕴含的政治功用性已经淡化，直接呈现在我们面前的是具有抒情意味的敬酒过程和令人神往的礼乐精神。

五、乡射礼中的艺术精神

在周代贵族的乡射礼中，射箭已经不是一种生产形式而是一种展现贵族素养的艺术。当射箭从一种为了捕获猎物而进行的生产行为变成一种艺术行为时，射箭就超越了外在实用功利性，而成为具有超越性的审美行为。但是与纯粹非功利性的审美活动不同的是，射箭之中又蕴含着一种政治功利性。乡射礼所体现的正是周代贵族审美超功利性和功利性交织的特点，即将一种功利行为进行艺术处理，使政治的实用目的不知不觉地镶嵌在艺术性的行为之中，反过来看，又可以说是一种功利性行为中隐含着艺术性。

射礼之前基本都要先举行饮酒礼。乡射礼和燕礼是整个乡射礼和大射礼的序曲。举行射礼前首先是主人戒宾；然后是铺席和布置各种器物；等到牲肉煮熟时，主人迎宾，进门时主人与宾也是行三揖三让之礼；接着还是主人与宾行献、酢、酬的进酒礼节；直到瑟工和笙工合奏《周南》和《召南》中的六首曲子，算是享礼的结束。

从立司正开始，乡射礼进入了另一个环节。首先是请射，即司射脱去左臂的衣服，在右手大拇指上戴上扳指，在左臂上套上遂，拿着四支箭来到宾的面前说："弓矢既具，有司请射。"①宾回答说："我不善射，既然他们几位提出请求，那就开始比赛吧。"司射又来到位于阼阶的主人面前把宾同意比赛的信息传达给主人。这就等于宣布射箭开始。乡射礼中的这个礼节基本不是为了实用的目的，而是为了完成一种艺术的表演过程。因为如果仅仅是为了传达一种实用的信息，这个礼节整个都是完全不必要的。

接着是纳射器，比三耦，以及司射诱射。司射诱射的实质是对射箭行为之美的一次展示过程，司射的每一个举止都是为被观看而做的带有演示性和表演性的动作。他在进行射箭姿势的演示，同时也是在展示射箭的礼节。射箭前，司射目视侯中，然后低头俯视自己的两脚，以摆正脚步。这个举动就比较夸张，完全是一种艺术表演的性质。另外值得注意的是，司射在诱射的时候要揖好多次，拿了箭后揖进，快到阶时揖，当阶揖，升堂揖，当物揖，及物揖，射完四支箭后，又面向南揖，下堂时和上堂时一样，每到一处都要行揖礼。与其说司射在这里完成的是诱射的任务，不如说，他在表演揖的规范和艺术。在这种规范化的行为举止中，贵族的行为举止具有表演的性质。而其他礼节中也点缀着许多揖的动作。揖让的姿势成为展示贵族仪态美的一个典型动作。

在射礼中，上射射过第一矢之后，接着将一支矢附在弓上，做出待

①　《仪礼·乡射礼》。

射的姿势，这就像一个舞蹈造型一样，暂时定格在那里，然后等待下射
射。唱获者这时也要唱出一种滋味，"获者坐而获，举旌以宫，偃旌以
商。"①即唱获之声随着举旌而声音高亢，与宫声相应，又随着偃旌而声
音渐小，与商声相应。周代贵族仪礼行为艺术性的表现也许正在于动作
的夸张性和非目的性。这样的行为之所以琐碎但不令人厌烦，也许正是
因为当时的人并没有从实际功用的角度去看待这些举止，而是用艺术的
眼光来看待这些行为和举止的。这就像我们对待戏剧动作一样，如果用
生活真实和实际效用的标准来衡量戏剧动作，毫无疑问，那些动作都是
做作和夸张的，有些甚至是变态的，但是如果在具有艺术修养的人看来，
就能领会其中的韵味。所以说，对周代贵族礼仪行为只有将其放置到它
所产生的历史语境中，以一种诗意的眼光来审视才能领会其中的艺术性，
也才能体悟到周代贵族的艺术精神。

　　此外，就射礼来说，其诗意性还表现在整个射礼的仪节虽有重复，
但绝不是简单的重复。如司射诱射完了之后，是初射，即第一番射。初
射是不计算胜负的，这样射者就可以更多地关注每一个礼节的艺术性，
争取每一个动作都做得符合礼仪；接着是再射，再射就要计算射中的多
寡，而且，射完后还要行饮酒礼。与初射相比，仪节有重复的地方，但
是，又有新的内容；然后是三射。不同于前两番射的是，三射时，以鼓
乐为节奏，乐工演奏《驺虞》，间隔如一地助射，射箭的节奏须与鼓声配
合。礼仪中有三次射，但射的形式是不一样的，使射礼的节奏在重复中
又有变化，三次射逐渐将射礼推向高潮，参与射礼的人情绪也高涨起来。
三次射，同中有异，寓变化于不变之中。三射都进行完之后，彻掉俎，
脱屦升堂，人们的心情开始放松下来，从宾和大夫开始不计数地依次交
错酬酒，受酬酒后也不行拜受礼。音乐也不计数地一遍一遍地演奏，直
到尽欢而止。像乡饮酒礼一样，宾离开时，乐工演奏《陔夏》送宾。

　　整个乡射礼中都是通过有板有眼的举止传达着礼的信息。这就像部
队的立正和稍息之类的训练一样，它的意义是给军人灌输必须遵守纪律、
听从命令的信息。乡射礼中的每一个仪节的意义也是这样，它的意义和
价值不在于其本身，而在于它所传达的礼的精神。而礼的精神的灌输又
是通过具有审美性的举止和行为来传达的。与乡射礼一样，周代贵族的
许多其他礼仪都首先呈现为一种具有审美价值的仪态美，对仪态美的追
求使贵族的生活具有超越于实际功利目的之上的诗意化特征。

---

　　①　《仪礼·乡射礼》。

六、朝聘礼仪中的艺术精神

贵族之间交往的礼仪主要包括诸侯朝觐天子，天子招待诸侯和各邦国使臣的礼仪。朝聘的仪式有使介、具币、释币、过邦、入境、郊劳、赐舍、戒觐、日享、告听事、赐车服等礼节。朝聘不仅时间上有规定，随行人员的多少也有定制，朝聘的主要使臣称为"宾"，随行人员称为"介"，介的多少取决于宾的爵位之高低。《礼记·聘义》记载："上公七介，侯伯五介，子男三介。"朝聘的礼物称为"币"，常用的币包括玉石器、丝帛、马匹、兽皮等物品。使臣出国要乘车，车后载旜（赤色曲柄旗），到达要朝聘的国家边境和近郊时要"张旜"，以示使节身份。如果要借道经过其他国家，需行"过邦假道"之礼，以示尊重别国领土的主权。诸侯之间相互朝聘也是朝聘制度的一个组成部分。凡是诸侯即位，则小国朝之，大国聘之，以继好、结信。新君即位后也要派遣卿出聘各国。朝聘的目的是搞好诸侯国之间的关系，以保卫社稷，同时也是周代贵族礼尚往来精神的体现。

西周和春秋时期，诸侯贵族之间的交往是相当频繁的。只是西周时期，主要是各诸侯国与周天子之间的来往，而春秋时期，主要是霸主国和各诸侯国之间，以及各个诸侯国之间的往来。西周时期，诸侯国对周王的朝聘，是周天子用以维护其核心统治地位的手段；春秋时期，各诸侯国之间的聘问是寻求和谐发展的渠道。无论何时的聘问都具有一定的功利目的，但是，诸侯贵族之间的相互聘问礼仪却常常以艺术的形式表现出来，具有较高的审美价值。这里我们就几个小的礼节来对朝聘礼仪中所蕴含的艺术精神性予以分析。

（一）传递圭璋的艺术性

周人总是能够用具有艺术性的举止来超越对直接功利目的的追求。正如《左传·昭公五年》所记载的："朝聘有珪，享颊有璋，小有述职，大有巡功。设几而不倚，爵盈而不饮；宴有好货，飨有陪鼎，入有郊劳，出有赠贿，礼之至也。"这段话的意思是在朝聘享颊之中圭（珪）璋很美，却没有实用价值；设有雕花的玉几，却不是为了倚靠；将酒爵斟得满满的，却不是为了口腹之欲的满足。朝聘礼仪之中的美都是为了张扬礼的精神而存在的。但是，在我们看来，朝聘礼仪的目的恰恰被掩饰在审美追求的背后，朝聘礼仪具有了一种超越实用功利之上的审美价值。

圭璋是诸侯贵族出使他国的信物。圭和璋本身都是珍贵的玉器，而且还点缀着美丽的饰物，具有玩赏价值。如《仪礼·聘礼》中对圭璧的形制和装饰物都给予了特别的关注，指出："朝天子，圭与缫皆九寸，剡上寸半。厚半寸，博三寸。缫三采六等，朱白苍。问诸侯，朱绿缫八寸。皆玄纁系，长尺，绚组。"朝天子所用的圭和缫都长九寸，圭的上段削去一寸半，厚半寸，宽三寸。缫上装饰着朱、白、苍三色花纹。聘问诸侯的圭，圭垫上装饰着用朱、绿两种颜色组成的花纹，圭和缫都长八寸、厚半寸、宽三寸。在所有的圭垫上都点缀着长一尺、色彩绚烂的丝带。在色彩较为单调的周代，圭之美显然是引人注目的。

使者出发前要到朝廷去拿出使他国作为信物的圭璋等器物，据《仪礼·聘礼》记载，从国君处领取圭璋的礼仪是：贾人面朝西而坐，打开装着圭的木匣子，把里面的圭以及圭垫一起拿出来，交给宰，在这一交接的过程中要使圭垫末端的装饰丝带垂着。宰接过圭，要将圭垫上的丝带屈握在手中，交给使者。使者奉着圭听君之使命时，要使圭垫上的五彩丝带下垂。使者听完使命后将君的使命转达给上介，然后再将圭交给上介。上介将圭垫的丝带握在手里，出雉门，把圭授给等待在门外的贾人。从这一段记载可以看出，受圭璋的仪节态度非常谨慎，充满了对这一器物的珍视。在接受玉圭听取使命的过程中，美丽的丝带是否下垂都成为周代贵族审美关注的焦点。在圭的装饰丝带垂下或握在手中的小小礼节中，体现了周人细腻的审美心性。垂与握的举止成为有意味的艺术形式。与此不同的是，现代人的生活中虽然也有着丰富的审美对象，但是这些审美对象时常被人们忽视，甚至是熟视无睹，而周代贵族的生活中虽然审美对象比较少，但是他们对其表现出凝神关注的态度，并且他们要通过一系列仪节将器物之美淋漓尽致地表现出来。在这里圭的授受仪节，就超越了实用目的性。所有的举止都不是为了实用目的性，而是为了显示圭的重要性。而圭之美要通过圭垫上美丽的五彩丝线来衬托，五彩丝线的不容忽视，要通过其不同情况下的下垂或收起来强化。所以说，对器物之美丽，周人时常要通过仪式去定格、去关注。在仪式中美丽器物的审美价值就被凸显出来，在仪式中器物就焕发出耀眼和迷人的光彩。同样，使者接受作为享礼而将加放在玄纁束帛上献给主君的璧和聘问夫人时的璋，以及作为享礼而加放在玄纁束帛上献给主君夫人的琮时，都要像接受圭时的礼仪一样，去强化它的审美价值和作为信物的价值，而对它的实用价值予以超越。

到了要拜访的诸侯国后，授玉的仪式是又一次对器物审美价值的张扬。在接受使者的拜访时，主国的国君穿着皮弁服迎宾于大门内。当主国在庙堂上为神设置好几筵之后，上摈便出来请宾行正聘礼。贾人就打开装圭的木匣，取出圭，使圭垫的丝带垂着，不起身将其授给上介。《仪礼·聘礼》中记载着到达要拜访国时的授玉礼仪："上介不袭，执圭屈缫授宾。宾袭执圭。摈者入告，出辞玉，纳宾。宾入门左。介皆入门左，北面，西上。三揖至于阶，三让……公侧袭，受玉于中堂与东楹之间。摈者退，负东塾而立。宾降阶，逆出。宾出，公侧授宰玉，裼降阶。摈者出请。宾裼，奉束帛加璧享。"在这一段记载中，我们同样可以看到在聘礼中，使装饰圭垫的丝带下垂还是将其握在手中的细节成为贵族们关注的行为细节和审美焦点。而且，还值得注意的是，在聘礼中，衣服的裼与袭也表现了周代贵族对服饰之美的关注。一般来说，古人冬衣裘，夏衣葛，在裘葛之上有罩衣，叫做裼。裼衣的外面再加朝服或皮弁服。系上朝服的前襟叫袭，敞开朝服的前襟露出美丽的裼衣，叫做裼。而在聘礼的授玉礼节中，正是通过服装的裼与袭来强化服饰的等级和裼衣的美丽的。如上介从贾人的手中接过圭的时候不袭，使裼衣的美丽呈现在人们眼前。而公受玉时则袭，将内服之美遮掩起来，追求质朴庄重的风格，表示受玉的礼仪隆重。

使者回到自己的国家要将圭璧等信物返还给朝廷。返还时"使者执圭垂缫，北面。上介执璋屈缫立于其左"。[①] 丝带在传递的过程中的一垂一握，又突出表现了周代贵族行为的艺术性。圭璧的五彩丝带在垂与握的多次反复中也变得异彩纷呈，成为贵族眼中受到特别关注的审美现象。也正是在这个过程之中，诸侯国之间行聘礼的直接功利性就得到了掩饰。

此外，我们在这里指出聘礼具有超越实用目的的审美价值，还是因为在聘礼中要互相赠送的礼物很多，如宾要向主国赠送虎豹皮、马匹等，主国也要向宾回赠许多礼物，这些物品都比玉更加具有实用价值，但是在聘礼中玉却受到特别关注。对圭璧的重视这一行为本身也是周代贵族对物质实用价值的有意轻视和对信物价值的有意提升。并且到聘礼将要结束时，主国国君还要使卿身着皮弁服将圭璧还给宾，表示轻财重礼之义，进一步强化了玉超越于实用功利价值之上的精神价值和审美价值。

（二）隆重而宏大的觐礼场面

如果说聘礼主要是诸侯国之间的交往礼仪，其礼节主要是围绕着圭璧以及进献和馈赠的礼物而进行的，突出的是圭璧的审美价值，那么，觐礼则主要是诸侯见天子的礼仪，诸侯在不同的季节和不同的情况下觐见天子有不同的名称：春天朝见天子叫"朝"，夏天叫"宗"，秋天叫"觐"，

---

① 《仪礼·聘礼》。

冬天叫"遇"，因大事召见诸侯叫"会"，天子十二年不巡狩，诸侯来朝见天子叫"同"，诸侯有事临时派遣臣下来聘问叫"问"。所以说觐礼是诸侯秋天觐见天子的礼仪。

在觐礼中具有突出审美价值的是诸侯朝见天子时的气氛。《仪礼·觐礼》中记载诸侯身穿裨服头戴冕冠，先在祢庙释束帛告祭祖先神，然后才乘坐墨车，去觐见天子。墨车上载着龙旗，张龙旗的竹弓上套着衣套。去觐见天子时诸侯拿着的圭带有缫垫。在觐礼中，天子在庙的户牖之间设斧依，左右设几，穿着衮服，头上戴着冕，背靠着斧依，南向而立。

《礼记·明堂位》记载觐礼中各等诸侯的立位是，天子站在堂上，其余的人都站在堂下。臣属中地位最高的是三公，他们面朝北，站在天子正对面的堂下。诸侯站在庭的东边，面朝西。伯站在庭的西边，面朝东。子站在靠门的地方，面朝北。此外，还有九夷、八蛮、六戎、五狄、九采等站在门外。这就是天子明堂各等诸侯国的朝位，按照与天子关系的亲疏，以及公、侯、伯、子、男、九夷、八蛮、六戎、五狄的等级高低，形成了重叠而具有对称性的治朝位置。这种位置的排列显得紧凑而井然有序，烘托了天子明堂的威严和气势。通过这样的仪式，天子的神圣性和诸侯之尊卑无形中就得到了强化。

如果是天子因事召见诸侯，就要在都城外用土围宫，在宫中筑坛，坛上放置方明。"方明者，木也，方四尺，设六色：东方青，南方赤，西方白，北方黑，上玄，下黄。设六玉：上圭，下璧，南方璋，西方琥，北方璜，东方圭。"①方明象征着天地和四方之神。除了这种浓厚的意识形态象征意义之外，方明也是一件不可多得的艺术品。它将青、赤、白、黑以及玄、黄六种色彩集于一体，同时将圭、璧、璋、琥、璜等几种美玉集于一体。

各级诸侯在郊外觐见天子时，都在各自的旗位下站立。与诸侯觐见天子的明堂位相一致，"诸公的旗设在中阶之前，北面，东上；诸侯的旗设在东阶之东，西面，北上；诸伯的旗设在西阶之西，东面，北上；诸子的旗设在门东，北面，东上；诸男的旗设在门西，北面，东上。"②不同等级贵族的旗位不同，旗帜的图案装饰不同，旗子上飘带的数目也不同，据《礼记·乐记》载："龙旗九旒，天子之旌也。"即天子的龙旗点缀着九条飘带。这些旗帜点缀和烘托出诸侯向天子行觐礼时的宏大场面和隆

① 《仪礼·觐礼》。
② 杨天宇：《仪礼译注》，上海，上海古籍出版社，2004，第294页。

重气氛，而各种色彩和形制的旗帜又成为具有观赏价值的审美对象。

天子在行觐礼时，乘坐着龙马驾的车，车上竖着大旗，旗上画着日月和升龙、降龙图案，出宫，到东门外拜祀日神，返回来再祭祀宫坛上的方明。可以想象天子的旗帜上的旒如何飘动在由各种旗帜和整齐的贵族方队构成的盛大场面之中，天子先到东方祭拜日神，再返回来祭拜宫坛上的方明，天子的视野从辽远的东方日神再返回到位于宫坛的、美丽而神圣的方明，这其中蕴含着宏大的气势，而且整个过程都具有震撼和提升人的灵魂和内在精神的作用，使人不得不折服于这样的宏大场面和天子神圣的统治。这是诸侯觐见天子的礼仪，同时又是值得体味的审美氛围。

《诗·大雅·韩奕》中就描写了韩侯觐见周王的情景，使我们从另一个角度领会到诸侯觐见天子的礼仪的宏大气势。在觐礼中首先引人注目的就是来朝诸侯那旗帜鲜明的车马。韩侯乘坐着四匹马拉的路车，四匹马都健壮修长。接着是觐礼的生动场面。诗中写到韩侯献上大圭，然后天子赐韩侯旗章、车马饰以及服饰等。天子赐给韩侯的黑袍红鞋，显得富丽堂皇；天子赐给韩侯的旗子上画着有蛟龙，旗杆上饰以染色的鸟羽或旄牛尾，马额前的金属装饰物，色彩格外鲜亮，所有器物都金光闪闪，发出耀眼的光芒。颁赐和册封之后还有盛大的燕礼。燕礼中有清酒百壶，炰鳖鲜鱼无所不有。足见觐礼中器物之豪华、气氛之热烈、场面之宏大。《诗经》通过韩侯朝觐周天子时所穿着的服饰的华贵，周天子赐韩侯赏赐物的光彩照人，以及燕礼中食物的丰富，使我们深感觐礼的盛大和觐礼场面的热烈。

觐礼的美来自于富有气势的朝觐队列，来自于朝觐时，天子和诸侯耀眼的服饰和随风飞扬的旗饰。朝觐礼仪在传达了各级贵族服从天子统治的同时，也在展示着周代贵族礼仪的盛大之美，是一次视觉的盛筵。

七、丧礼中的艺术精神

丧葬礼仪是周代贵族处理死亡事件的特殊方式，体现了周人的文明程度。丧葬礼仪一方面使死亡的事件能够得到很好的处理，另一方面，丧葬礼仪又很好地传达了礼乐文化精神，使社会等级秩序和家庭伦理秩序得到加强，使尊尊亲亲的观念得到强化。关于周代贵族丧葬的基本仪程和丧服的定制，前人已经进行了详细的整理。因而我们不准备对这些知识性的内容进行赘述，而只就周代丧葬礼仪中具有审美内涵的文化精神进行粗浅梳理，其中包括对仪式与情感的关系、丧葬仪式中的诗意情怀、丧葬礼仪中的美饰等几个问题的分析。

（一）丧葬仪式与情感的关系

丧礼的本义是用仪式来肯定情感和节制情感，因而情感是丧葬仪式的基础。

第一，丧葬仪式中的一系列规定都建立在尊重情感的基础之上。始丧时，要哭泣无数。《礼记·檀弓上》记载："父母之丧，哭无时，使必知其反也。"即父母死后，停柩期间，孝子悲恸异常，没完没了地哭，希望这样能使父母或许飘游在外的灵魂闻声而返回。这种无望之中的希望，表达了对亲人无以言说的深挚情感。《礼记·问丧》记载父母去世后，孝子因为悲伤要匍匐于地而哭，痛不欲生地呼唤着亲人，总觉得他的离去是不可能的，三天以后才会从情感上逐渐接受这样不幸的事实。因而死后三天而葬，这是根据人的感情而定的礼规。设置丧杖，是因为孝子丧亲，哭泣无数，服丧忧劳三年身体病弱，用丧杖是为了支撑病体。所以丧杖的礼规的内在根据也在于人的情感。

在送亲人下葬时，"其往送也，望望然，汲汲然，如有追而弗及也。其反哭也，皇皇然，若有求而弗得也。故其往送也如慕，其反也如疑。求而无所得之也。入门而弗见也，上堂又弗见也，入室又弗见也，亡矣丧矣。不可复见矣！故哭泣辟踊，尽哀而止矣。心怅焉怆焉，惚焉忾焉，心绝志悲而已矣。"①去送葬时，望望然，汲汲然，好像在追赶着什么不可得的东西。返回时，皇皇然，惘惘然，似乎遗忘了什么东西，这里所描述的与其说是礼的规定，还不如说是对失去亲人的悲哀心情的深情描写。从中可见情感原本是丧葬仪式中各种规定的基础。

送葬回来后的返哭礼，也渊源于人的本真情感。《礼记·檀弓下》记载，送葬后回到家里，主人升堂哭，这是因为回到了亲人在世时行礼的地方；主妇进入室内哭，这是因为回到了老人在世时，她待候奉养老人的地方。送葬回来，在这些熟悉的地方，再也看不到亲人的影子，所以这时是丧家最悲伤的时候，亲友就应该前来慰问。返哭礼，是一种仪式，但是其中的每一个仪节又都与人的情感紧密相连。

第二，丧礼中的情感还包括他人对丧家心情的理解。《礼记·檀弓上》指出，作为旁观者，应当体谅丧家的心情，所以，在丧者之侧进食，就不要大吃大喝。这是渊源于真挚情感的一种礼制规定。还有"吊于人，

---

① 《礼记·问丧》。

是日不乐"，"行吊之日，不饮酒食肉焉"①等礼规，也是建立在对丧家心情体谅的基础之上。《礼记·曲礼上》中还规定，到了墓地，不要登上坟头。前来助葬，就要手执牵引棺车的绳索。临丧不笑。向人作揖，一定要离开原位。在路上看到有棺柩，不要唱歌，进入丧所去吊丧，就不要大大咧咧的。邻里有丧事，舂米时，不要大声吆喝，不要在巷道大声唱歌。这些行为都是建立在对他人情感理解的基础之上的。

不仅是对邻家和乡党之丧应当如此，在自己家里，当父母有丧时，虽然自己可能不会像父母那样悲伤，但也要注意照顾父母的情绪，《礼记·杂记》指出，父亲有丧服在身，做儿子的就不要参与娱乐活动；母亲有丧服在身，在她能听到的范围内，就应当不弹琴鼓瑟；妻子有丧服在身，不要在她的身边奏乐；有大功之丧的人将至，避琴瑟；有小功之丧的人将至，就不用避乐了。这些举动都是处在服丧人的位置，对他人的心情予以理解。

第三，礼在肯定情感的基础之上，又是对情的调节和约束。《礼记·檀弓下》记载："丧礼，哀戚之至也。节哀，顺变也，君子念始之者也。"父母的丧礼，孝子悲恸到了极点，节制悲哀，是为了顺应生活的剧变，是君子考虑到先人的初衷才这样做的。所以，"辟踊，哀之至也。有算，为之节文也"。② 跳着脚痛哭，这是悲哀到了极点的表现，但是，礼对此有次数的规定，就是为了对这种极其悲恸的动作，做节制性的文饰，以防悲伤过度而发生意外。丧礼中还有终止丧家无时无刻哭泣的卒哭祭，其目的也是提供礼节使他们不要过于悲哀，以免过分悲伤损坏了身体。

礼对情感的节制和约束，一方面使情感得到适度的节制，另一方面也使自然的情感成为社会性的情感。在后人看来，这种情感表达的方式带有艺术的性质。正如苏珊·朗格在《艺术问题》中所说的"一个艺术家表现的是情感，但并不像一个大发牢骚的政治家或是像一个正在大哭或大笑的儿童所表现出来的情感"③，因为艺术不仅仅需要真挚的情感，还需要外在的形式和主观情感的客观化处理。从这个角度来看周代贵族的丧葬仪式，丧礼中的哭就带有几分艺术性。首先，哭的时间、地点都有一定的限制；其次，各等亲疏关系的人要有不同的哭法。礼制规定："斩衰之哭若往而不反，齐衰之哭若往而反，大功之哭三曲而偯，小功、缌麻

---

① 《礼记·檀弓下》。
② 《礼记·檀弓下》。
③ 〔美〕苏珊·朗格：《艺术问题》，滕守尧等译，北京，中国社会科学出版社，1993，第25页。

哀容可也。"①"往而不返"，是因为气绝而不续；"往而返"，是气绝而勉强能够继续；"三曲而偯"，是声音不质直而稍文也，即要哭得余音袅袅。如此这般的规定，使哭丧实在像是一首合奏曲，并且是将情感一定程度地悬置起来以后的理性化演奏，所以艺术的意味相当浓厚。

但是礼在节制情感的同时，就有对情感进行钳制的弊端。如礼制规定丧容：服斩衰之人的面色就像雌麻的颜色，苍黑而粗恶。服齐衰之人的面色就像雄麻一样呈浅黑色，服大功丧服之人的容貌枯寂静止，服小功和服缌麻之人的面色保持平时的容貌就可以了。这些容貌特征最初可能都是情之所至，但凝固为礼制规定之后，丧家的容貌非要做出如此这般的样子，就具有一些做作和扮演的性质了。过多的、过度的礼制限制使丧礼走向了情感表达的反面。所以丧葬礼仪从肯定人的情感出发，最后又成为自然情感的约束，从而使丧葬中的情感成为被窒息的情感。

（二）丧葬礼仪中的诗意态度

丧礼有一个重要的特点是，将死人当活人来看待和侍奉。正如李安宅在《〈仪礼〉与〈礼记〉之社会学的研究》中所说："……兼顾感情和理智两方面的，明知其非而姑且为之，便是诗的态度——姑且信之，以济眼前之穷罢了，换句话说，就是自己故意欺骗自己。如艺术家粉墨登场，本非所拟之人，然犹揣摩化身，姑且拟之。"②可以说，周人丧葬礼仪中的许多行为都体现了这种诗意的生活态度，明明知道亲人的离去已是不可挽回的事实，但是还要欺骗自己，像敬仰活着的亲人一样地敬仰死去的亲人。

这种诗意的态度体现在丧礼中的许多方面。如活人的冕上有缀在耳边的玉珠，叫做瑱，人君用玉，臣用象牙质地的材料。死人的耳边也要有瑱。还有往死去的亲人的嘴里填米放贝，是不忍心让死去的亲人口内空虚。不用熟食填放，是由于自然天成之物更为美好。再如在堂上停枢期间，丧家早晚都要在灵枢东边摆放一些酒食供奉。遇到新熟的五谷或其他鲜果也供奉一些。一般是"朝奠日出，夕奠逮日"③。即每日太阳刚刚出来的时候以及太阳刚刚下山的时候，都要为死者奠放食物，称为朝夕奠，这是设想死去的亲人也像活着时一样早晚都要用餐。这些都是用对待生时的态度来对待死去的亲人，这是周人在虚幻的境界中的一种诗

① 《礼记·间传》。
② 李安宅：《〈仪礼〉与〈礼记〉之社会学的研究》，上海，上海人民出版社，2005，第14页。
③ 《礼记·檀弓上》。

意的生活态度的表现。

明器是知道亲人已经死去，但是还坚信其有知觉，所以供奉给死去的亲人一些生前就用着的器皿，或生前喜爱的器皿。较常见的随葬品有陶器、玉器、车马等。但这些器皿又与活人的器皿不同，据《礼记·檀弓上》所载："竹不成用，瓦不成味，木不成斲，琴瑟张而不平，竽笙备而不和，有钟磬而无簨虡，其曰明器，神明之也。"《礼记·檀弓下》也记载了孔子对明器的认识："'其曰明器，神明之也。'涂车、刍灵，自古有之，明器之道也。"知其已死，但不将他看作死者，心中也知道其不可再生，所以随葬品就是一些表达丧家迷离恍惚情感的东西，随葬的竹器不编织边缘，瓦器不加光泽，木器不加雕饰，琴瑟张弦而不能弹奏，竽瑟外形具备而不能吹奏，有钟磬却没有悬挂钟磬的簨虡。换个角度说，这些没有美饰的器物也表达了失去亲人时的哀痛心情，正如《礼记·檀弓下》中所载："奠以素器，以生者有哀素之心也。"以这些没有装饰的素器来给亲人陪葬，表达了人们认识到亲人已经死去，已经没有知觉了，但冥冥之中又觉得他们的生命还依然存在着，所以宁可固执地认为他们还有知觉，还需要人间的一切的矛盾心态。反过来，一旦做得实在，反倒失去了诗意。正如《礼记·檀弓上》所载，宋襄公葬其夫人，给陪葬的瓮中装满了可以食用的醯醢。子思反而批评说，既然是明器，就不应该当真。这是一种对生死的诗意理解，假的器物中饱含着真实的感情，同时，不能将假的做成了真的。在假假真真之间透显出周代贵族对待丧礼的诗意情怀。

（三）哀素之心与丧礼中的美饰

追求美饰是周代贵族文化的一个重要方面。这种美饰化的艺术精神在丧礼中是通过两个方面体现出来的。

首先，是以去除美饰表达心中的悲哀。因为重视美饰，所以在丧礼中才特别地提出去除美饰来表达悲哀的情怀。如斩衰是礼节最重的丧服，同时，又是一种最粗糙的服饰，加工极简单，甚至不缝边，颜色也很粗恶。因为孝子骤然遭逢大丧，哀痛欲绝，无心修饰，所以，斩衰恰好能够表现孝子内心的悲哀之情。《礼记·檀弓下》中也讲到逢丧时去美的情况："袒、括发，变也。愠，哀之变也。去饰，去美也。袒、括发，去饰之甚也。有所袒，有所袭，哀之节也。"袒衣、括发是孝子悲哀心情的体现，是去其华美也。丧礼中的主要装扮是袒露左肩，摘去包发巾，用麻缕绾住发髻。除去身上的美饰，就是除去华美，以表达心中的悲伤。随着亲人离去的日子渐长，悲哀的心情渐淡，逐渐除去丧服，服饰上开始有一些装饰。一般是小祥之后戴练冠，中衣也可以变成练衣，领口可以镶嵌红色的边。大祥之后，服饰基本恢复正常，可以戴缟冠，冠边镶以白绫。禫祭是大祥之后的除服之祭，从此正式脱丧，不再有禁忌。这也意味着可以对美饰有正常的追求了。

周人日常生活中追求美饰，但是丧礼的器皿都没有过多的美饰，以表达去美尽哀之情。《礼记·檀弓下》记载："奠以素器，以生者有哀素之心也。唯祭祀之礼，主人自尽焉尔，岂知神之所飨，亦主人有斋敬之心也！"供奉死者的酒食，用质朴的器皿盛放，因为生者的心绪悲哀灰冷。只有埋葬以后的种种祭礼，主人才用有纹饰的器皿，这也是自尽敬爱之心罢了。丧礼中对哀素风格的重视，从反面表现了美饰对周人的意义。

其次，丧礼中的美饰，表现在对死者的尸体、棺椁等的纹饰方面。虽然周人有事死如事生的对待死者的主观愿望，但是人死后毕竟会变得令人感到可怕。即便是人们主观上希望能以对待生者的态度来对待死去的亲人，还是排除不了对尸体的厌恶和恐惧心理，所以对尸体进行美饰，以达到使人不致于厌恶和恐惧的目的就成为丧礼中的重要环节，也成为周代贵族审美追求的一个重要方面。

丧礼中的美饰还表现为对尸体进行美饰，包括为之洗浴、着装等环节。《周礼·春官·鬯人》记载，王及王后死后，要为其沐洗尸体。这时鬯人就要设置斗，提供涂抹尸体用的秬鬯。沐洗尸体的目的就是使其香美而不致使人厌恶。

沐浴之后为尸穿衣也是对尸进行美饰的重要环节。对尸体和送葬的一系列器物都进行美饰正是为了不使人对死尸过分厌恶。关于给尸所穿的衣服，《礼记·杂记上》有记载："公袭：卷衣一，玄端一，朝服一，素积一，纁裳一，爵弁二，玄冕一，褒衣一，朱绿带，申加大带于上。"即国君死后所穿的衣服有绣着滚龙图案的礼服；有玄衣朱裳的燕居服装；有缁衣素裳的朝服；有皮弁礼服；有玄色上衣，赤黄色下裳，并绣着鸟兽图案的丝质礼服，有玄衣赤裳，绣着青黑相间花纹的礼服。还有腰间束着的带子，缠腰部分用朱色布镶边，下垂部分用绿色布镶边，另外还要加束一条五彩大带。最美丽的服装，最高贵的图案设计，最讲究的滚边装饰，这就是天子在另一个世界对美的霸权式拥有。这是从着装的角度对尸体的美饰。

《礼记·丧大记》记载着棺椁内部的美饰情况：国君的内棺用朱色和绿色绸衬里，钉上各色金属钉，色彩富丽，装饰精美；大夫的内棺用玄色和绿色绸子衬里，钉子用牛骨钉，这样的内棺装饰也相当的富贵华丽；士的里棺只用玄色的缯做衬里，不用绿色的缯。这是各等贵族棺椁内部的美饰。

棺椁外部的美饰。《礼记·檀弓上》记载："孔子之丧，公西赤为志焉。饰棺墙，置翣，设披，周也；设崇，殷也；绸练设旐，夏也。"公西赤，孔子的弟子，字子华。志，谓章识。披，是装饰在枢的两侧，行进中由人牵持着以防倾斜的长带。崇，即崇牙，是装饰在旌旗边缘的饰物。绸练设旐，指的是用练绸装饰旐的旗杆。这段话的意思是，孔子死后，学生们尊崇孔子，所以综合运用了三代的礼仪来为孔子送葬。按照周礼装饰了遮挡灵柩的布帷，置办了障棺的翣扇，安装了分披灵车左右的长带；按照殷礼，在旗上装饰了齿牙形的边饰；按照夏礼，以素练缠束旗杆，上面高挑八尺长的魂幡。《礼记·檀弓上》中还记载着子张丧事中棺椁的美饰情况："褚幕丹质，蚁结于四隅，殷士也。"褚，是覆棺之物，其形似幄。即以丹质之布为褚，并在褚的四角画蚍蜉之形来装饰。这是殷礼的规定。无论孔子的丧事还是子张的丧事都说明在春秋时期，人们对棺椁的美饰还依然存在。

载尸之车的美饰。据《礼记·檀弓上》记载：天子出殡要用辒车，在辒车的辕上画着龙形图案，棺材上铺着一块刺绣着黑白分明的斧形图案的绣幕，在棺椁上还有四面带斜坡的屋顶。如果诸侯出行国外，死于道，"其辒有裧，缁布裳帷，素锦以为屋而行。"[1]辒者，载尸车饰之总名。就要用缁布做成车帷，用素锦做成帷幄罩在尸上，然后载尸往回运。如果是大夫死于道，其载尸的车的装饰是，用白布做顶盖、车帷、载尸往本国运行。如果是士死于国外，其运尸车的装饰是，以苇席做里面的帷幄，以蒲席做外面的车帷。从这些文献记载可见周代贵族丧葬礼仪中对载尸之车的装饰。

贵族出葬时的棺罩是非常讲究的，要装点得色彩缤纷。如《周礼·天官·缝人》中记载："缝人掌王宫之缝线之事……丧，缝棺饰焉，衣翣柳之材。""缝人"的职责就是在丧事中专门缝制棺饰和美饰棺椁。翣之上有木框，下有木柄，都要用彩缯缠饰，叫做衣翣。柳是出殡的枢车上，在棺椁周围用木框架支撑而用布张起的帐篷形的装饰物，形同生前的宫室。柳上也要用彩缯缠饰，即衣柳。在翣和柳上用彩缯装饰的活都由"缝人"来完成。从"缝人"的职责可以推断周人棺椁的装饰分工是很细致的，由此也可以推断出整个棺椁装饰是很精细、考究的。《礼记·丧大记》载有送葬时棺罩的美饰状况：

---

① 《礼记·杂记上》。

饰棺，君龙帷，三池，振容，黼荒，火三列，黻三列，素
锦褚，加伪荒，纁纽六，齐，五采，五贝，黼翣二，黻翣二，
画翣二，皆戴圭，鱼跃拂池。君纁戴六，纁披六。大夫画帷，
二池，不振容，画荒，火三列，黻三列，素锦褚，纁纽二，玄
纽二，齐，三采，三贝，黻翣二，画翣二，皆戴绥，鱼跃拂池。
大夫戴前纁后玄，披亦如之。士布帷，布荒，一池，揄绞，纁
纽二，缁纽二，齐，三采，一贝，画翣二，皆戴绥。士戴前纁
后缁，二披，用纁。

棺罩的上顶叫做荒，四周叫做帷。荒中央安装一个彩绸缝合的瓜形
圆顶，叫做齐。荒的周围悬着承接雨水的池。池是半筒形的长槽，用竹
条编架，外面附上青布。池下悬挂着画有山鸡图案的幡状丝帛，长丈余，
叫做振容，灵车行走时，振容就随风飘动起来。出葬时，诸侯的棺罩四
周挂有龙形图案的帷幕，前、左、右三面悬挂有池，池下有振容飘拂。
池下还悬挂着铜鱼。棺罩行进时铜鱼就上下跳动，上拂于池。[①] 上面盖
着边缘绣有斧纹的帷顶，帷顶上中间绣有三行火和三行"弓"字形的花纹
图案。用白锦做齐，用六只红黄色的组来连接。四周围着五彩的缯，挂
五串贝壳。边上用两把画有斧纹的障扇遮着，障扇的角都装饰着圭。此
外，用六条赤黄色的帛带捆着棺材，绑在车架上。再用两条同色的帛带
伸出帷外，让送葬的人牵引。这就是为国君送葬的灵车，其装饰的精致、
鲜艳和繁复都令人叹为观止。这些经过精心装饰的丧葬器物自然烘托出
了一种浓烈的丧葬氛围。大夫级贵族的棺罩也很精致考究，但比起国君
的，其美饰程度就要略逊一筹。至于士比起大夫就更逊一筹，其华丽的
程度大大降低。

关于椁的美饰，在出土实物资料中，还可看到河南浚县辛村出土的
椁顶饰，如 M21：11、12 号墓出土有象首饰，为两个左右对称的象首形
饰物，长鼻的特征甚显。还有 M1：81 号墓中出土的卷曲作云纹形的椁
顶铜饰。[②] 从中依稀可辨西周丧葬礼仪的美饰化特征。

此外，丧礼中的美饰化特征还体现在祖庙中各种器物的布置和美饰

---

① 在河南浚县辛村的多处墓葬中都出土有扁平状铜鱼，有头有尾有鳍，以眼为穿，可以
　绳串之。如 M21：8 号墓出土铜鱼 69 枚；M18：16 号墓出土铜鱼 22 枚，M1：93 号墓
　出土铜鱼 2 枚。三处共出土铜鱼 93 枚，应该与棺罩外的铜鱼不无关系。
② 郭宝钧：《浚县辛村》，北京，科学出版社，1964，第 59 页。

方面。《尚书·顾命》记载了成王去世后祖庙的布置。掌管宗庙的官员摆设好饰有斧形花纹的屏风和先王的礼服。然后在祖庙门窗间朝南的位置，铺设几重镶着黑白色丝边的篾席，未加装饰的五色玉摆在几案上；在西墙朝东的位置，铺设几重镶着有图画花边的竹席，带有花纹的贝壳放在几案上；在东墙朝西的位置，铺设有几重镶着云气花边的莞席，未加装饰和雕刻的玉器摆在几案上；在西墙朝南的位置，铺设着几重青竹席，席子镶着黑色丝边，未加装饰的漆器摆在几案上。摆放出来的器物还有越地进献的玉、红色的大刀，华山进献的玉器，雍州进献的美玉、河图洛书，胤制作的舞衣、大贝壳、大鼓，兑制作的戈、弓等。这些各地进献的宝物和质地、色彩各异的席子，以及摆放在几案上的五色玉、贝壳、雕刻的玉器、漆器等显示着丧礼的考究和贵族审美趣味的细腻。戴着黑色礼帽的卫士分别站在祖庙大门的里面、堂外台阶的两边、堂前、堂外、台阶下层等位置，使丧礼的气氛隆重又森严。从成王的丧礼来看，祖庙的布置富贵而不华丽，体现了周代丧礼重视美饰，但在丧礼中又要体现丧葬哀素气氛的特点。

丧礼是周代贵族等级礼制思想的集中体现，也是等级美学思想的集中体现。最悲哀的心情却衬以最烦琐的礼仪、最精致的美饰，这是自古至今中国丧葬文化的一个共同特点。

八、祭祀礼仪的美学价值

祭祀是人类对超自然的神灵崇拜之风俗的继续，周人的祭祀之风有增无减。粗略地讲，周代的祭祀对象主要包括祭祀天神、地示、人鬼等几个方面。祭祀表达了人与天地自然神灵的沟通感应关系。祭祀也具有维护等级体制，维护和凝聚血缘宗族关系的意义。对天地和四方之神的祭祀还在提请人们关注自己的行为，以免受到惩罚，并以谨慎的行为报答神灵的恩赐。祭祀在周人的生活中具有这样重要的意义，所以受到很高的重视。在我们看来，周代贵族的祭祀礼仪中有很多方面具有艺术性，是周代贵族生活艺术的集中体现。

（一）祭祀方式的艺术性

祭祀是周人生活中的重大仪式，不论是祭祀天地，还是进行宗庙祭祀，几乎都有众多的人来参加。庞大的祭祀人群、隆重的祭祀礼乐，精致的祭器，精美的祭品，繁复而有序的祭祀程序，这一切无不透露出一种浓浓的艺术韵味。

周人的祭祀礼仪繁多，每一种祭祀仪式都具有艺术表演的性质。如天子祭天一般是在春耕之前，祭时要以赤色的小公牛作祭品，演奏黄钟之乐。天子祭天，是相信天命的存在，祈求天赐福人间，也是希望能够秉承天命，给自己的统治披上神秘的合法外衣。在天神中还要祭祀日月星辰，以及风师、雨师等。祭祀天界的神灵都要燃烧堆积的柴薪，使烟气上闻于天神。祭地的方式是用祭牲的血浇灌于地，使其气下达，及于地神。祭祀山林是将玉币、牲体等埋于地下，以达到与幽明之神相沟通的目的；祭祀川泽是将牺牲、玉帛沉入川泽，以表示对川泽之神的祭奠。周代贵族在祖庙中祭祀祖先之神。禴（或曰礿）、祠（或曰禘）、尝、烝分别是春、夏、秋、冬四时之祭的祭名。对祖先神的四时祭，就是每逢季节转换，子女都要用时令蔬果供奉在父母的灵前，请他们享用。每到岁末，举家欢庆之时，也要请父母的在天之灵回家，接受子女的祭飨。各级贵族出行前都要到祢庙行告祭礼，即到祢庙行释币礼，将准备出行的事告诉先父的神灵，之后还要到庙门外告祭行神。

每一种祭祀仪式都像一场话剧表演一样，丰富着周人的生活。难怪文献中多处记载着周人像等待隆重的节日一样，等待着祭祀仪式的到来。《国语·楚语下》描述了祭祀的盛况："百姓夫妇，择其令辰，奉其牺牲，敬其粢盛，絜其粪除，慎其采服，禋其酒醴，帅其子姓，从其时享，虔其宗祝，道其顺辞，以昭祀其先祖，肃肃济济，如或临之。"从这一段文字可以看出，祭祀前人们像迎接重大的节日一样，忙碌地进行各种准备。而祭祀的场面既丰盛、热闹又虔诚、肃穆，蕴含着艺术的意味。《诗经》中有关祭祀场面的描写大多都从人们祭祀前准备阶段匆忙的身影、欢庆的气氛写起。如《小雅·信南山》通过优美的语言将生活中的丰收与和谐状态展示给祖先神，使他们在阴间或天堂能够看到子孙后代的生活状态，从而能继续赐福人间。

在祭祀的场合中，人们暂时抛弃了生活琐事的烦扰而进入到一种超现实的境界，而这一境界又不同于后世宗教对人的现世存在和现世欢乐的极度压抑。周代贵族的祭祀中有对神的敬畏，但不是对神的恐惧，更多的是对神的感激，并希望神继续赐予庄稼的丰收和人间的和谐。

在周代贵族的祭祀礼仪中，诗有着重要的作用，同时，诗也使贵族的祭祀仪式具有艺术性。在祭祀中，诗是沟通天地神人的媒介。在周代贵族的观念中，语言具有神秘的力量，生活中重大的事件都应该通过语言向神灵禀告，或问卜于神灵。诗就是一种伴着音乐和舞蹈讲给神灵听的语言。在伴随着音乐和舞蹈的反复演唱中，就可以使神灵得到感应，从而使神灵现身、到场。

尤其是在对祖先神的祭祀中，周人通常是通过追述和颂扬祖先的丰功伟绩，从而与神灵相沟通，获得神的护佑。如《大雅·绵》写了公刘迁都于豳，古公亶父又迁都于岐的历史，歌颂了古公亶父迁国开基的功业，是周人在神前咏唱的诗歌，也是周人将现实世界的功绩唱给神灵倾听的诗歌。《周颂·思文》是周王祭祀上帝和后稷、祈祷年谷丰收所唱的乐歌。《周颂·执敬》是周王合祭武王、成王、康王时所唱的乐歌。《周颂·时迈》是周王望祭山川时所唱的乐歌。《周颂·载芟》是周王在秋收以后，用新谷祭祀宗庙时所唱的乐歌。《周颂·维天之命》是告祝之辞。《周颂·维清》是仪式最后的舞诗。

周王朝的祭祀就是在这样一种由诗、乐、舞共同组成的复杂而微妙的氛围中进行的，不可大悲也不能大喜。这种祭祀时的唱词，可以使人神沟通，还具有符咒的性质。正是在诗使一切不可见的东西现身在场，并且对每一个观赏它的人现身在场，在这样的氛围中每一个人无形中都会以庄重肃穆的心情来感受天地、鬼神的到场，从而获得灵魂的升华。这就是祭祀场合所蕴含的天地神人相融合的艺术精神。

还应该注意的是，由于是作为仪式的组成部分与乐舞紧密联系在一起，要符合一定的韵律和节奏，诗虽然不是专门的艺术品，但是诗也具有了审美的功能。所以说，诗在周人的生活中是为意识形态服务的，但是在肃穆的神圣性的背后也潜存着审美价值和艺术性。

面对着西方工业文明的长足发展，许多哲学家和诗人深深地慨叹世界的贫乏，慨叹诸神远去，存在晦暗不明，人处于一种非本真的生存之中。然而，在周代的祭祀诗中，正是诗使神灵现身。祭祀体现了人类对神灵的敬畏意识，这是周代贵族生活中的精神层面。由于有这个层面的存在，周代贵族的生活就有了纵深感。

（二）祭祀中的灵魂净化和情感沟通

祭祀前要静心养性，剔除私心杂念。即剔除自己的各种欲望，内敛自己的情感，做到心平气和。《礼记·郊特牲》中讲："齐（斋）之玄也，以阴幽思也。故君子三日齐，必见其所祭者。"就是说，为了能够达到心志的专一，斋戒时要穿着玄冠、玄衣、玄裳，这是因为玄色为幽阴之色，利于凝神静思。穿着这样的服饰，专心致志斋戒三日，就能涤除心中杂念。

涤除心中的杂念，纯净心神，使人归于最素朴的状态，这既是祭祀的心境，也是有意营造一种无功利的审美心境。祭祀就是要用心去感应神灵的存在。因为斋戒时已经对心境进行了一番调整，所以，祭之日，常常能感受到神灵的现身，"入室，僾然必有见乎其位；周还出户，肃然必有闻乎其容声；出户而听，忾然必有闻乎其叹息之声。"①家里的角角落落似乎都有着逝去亲人的影子，冥冥之中，祭祀者已经进入了一种虚幻的生活空间。所以"祭之日，乐与哀半，飨之必乐，已至必哀。"②祭之日，欢乐和忧戚参半，恍惚中，能与双亲交互感通，使人欢乐，但是这种短暂而虚幻的欢乐很快就要消失，所以又令人备感忧伤。

因为恍惚中能与神明交通感应，所以，孝子真诚地对着这虚幻的神灵表达敬仰和思念之情。孝子的一举一动、一进一退都毕恭毕敬，就如同亲人就在眼前。神灵看不见，听不见，但是只要以真诚的心去祈祷和感知它的存在，用真诚的心去感受神灵的显现，神灵似乎就能时时瞩目和保佑着后代。既然相信神灵的存在，人们就把对生活的期望诉说给神灵听。也是因为相信神灵的存在，人们把最美的食物献给神灵来享用。

祭祀时，在想象的虚幻境界中与祭祀对象的情感沟通，这种想象中的情感沟通无疑是具有艺术性的。《礼记·祭义》中记载："君子合诸天道，春禘秋尝。秋，霜露既降，君子履之，必有凄怆之心，非其寒之谓也。春，雨露既濡，君子履之，必有怵惕之心，如将见之。乐以迎来，哀以送往，故禘有乐，而尝无乐。"这里讲的是春季举行禘礼和秋季举行尝礼的状况。春天，春雨滋润着大地，万物复苏，在这样的场景中，好像将要见到失去的亲人，所以春禘以乐迎接着亲人的到来。秋天霜露降临大地，走在上面心中难免会升起一股寒意，所以秋尝以悲哀的心情送走亲人，因而秋尝时没有音乐。在祭祀时，由于外在环境的影响，也是由于祭祀者通过斋戒有意调节自己的心境，所以在祭祀中，与所祭祀的对象之间能够有很好的情感沟通。

周代贵族的祭祀心境具有超越功利的诗性特征。通过涤除私心杂念，祭祀者的心境变得澄明、纯净，从而获得一种超然物质欲念之外的艺术心境，并且在这种恬淡的心境中，人与各种神灵时常能够达到冥冥之中的交感呼应，这又为人开辟了一个虚幻的情感世界，类似于艺术创作中的审美想象。艺术在一定程度上就是对现实生活的超越，是创作一方精神存在的虚幻空间。在这一点上，周人的祭祀仪式和艺术有相通之处，即祭祀为周人开辟了一个精神生活的空间，将人们从日常生活引导到与神沟通的幻影世界。如《礼记·祭义》记载："齐之日，思其居处，思其笑

---

① 《礼记·祭义》。
② 《礼记·祭义》。

语，思其志意，思其所乐，思其所嗜。齐三日，乃见其所为齐者。"即在一片恬淡的心境中，就有可能与已经失去的亲人在想象世界中相沟通，这虽不是审美想象，但在内在精神上与艺术想象是相通的。所以说，祭祀虽不是专门的艺术创造，但是其中蕴含着艺术的灵性。

（三）祭礼中的素朴美

追求文饰是周代贵族艺术精神的一个特征，但是周人在祭祀礼仪中却追求素朴美。正如《礼记·礼器》篇所说"至敬无文"，最虔诚恭敬的心情要通过最质朴的形式来表达。

就天子所乘的车马来看，天子祭天时所乘的车，最为尊贵却相当质朴。周王祭天时用的车，叫大路，也叫木路。木路是木头制作的车，该车只刷漆，不加雕饰，也不覆革，上面铺着蒲席，非常素朴。天子祭天时用的就是这朴素的木路。天子乘坐的其他车马的装饰，就繁缨而言，"大路繁缨一就，先路三就，次路五就"①，即马颈上的装饰繁缨，有三股丝线编织的，有五股丝线编织的。天子用来祭天所用车的马颈上，只有一股五彩丝线编织的缨来作为装饰。相对而言，祭天的车马的装饰就是最简单朴素的了。

天子所居住的殿堂的堂基高九尺，体现了高门大宅的气魄。天子祭天是最隆重、最诚敬的大祭，却只是扫地为坛，在坛上燔柴告祭天神。周代有茅草屋，有瓦屋。天子用来祭祀的太庙，却是覆盖着茅草的茅屋。用最质朴的形式表达了最虔敬的心理。周人认为只有这样才能与神灵相沟通。

周代贵族已经有了非常考究的饮食文化，但是祭祀时却用最为素朴的食物和食具。《礼记·礼器》篇记载，天子祭天大典不讲求纹饰，祭天时所设的肉汤，不加任何调料。祭天礼中的牺牛形的酒樽，用粗麻布覆盖樽口，用白理木做的勺来酌酒。这些都体现了对素朴之美的追求。

这种贵质尚本的审美追求还表现在酒和酒器的陈列方面。在祭祀时"玄酒在室，醴、盏在户，粢醍在堂，澄酒在下。陈其牺牲，备其鼎、俎，列其琴瑟管磬钟鼓，修其祝、嘏，以降上神与其先祖，以正君臣，以笃父子，以睦兄弟，以齐上下，夫妇有所。是谓承天之祜。"②玄酒，即清水。在祭祀中，要将玄酒放在室中北墙下，以示尊崇。将盛放麹少米多的甜醴酒的酒樽和盛着白色糟滓很多的盏酒的酒樽放在室内靠近室

---

①　《礼记·郊特牲》。

②　《礼记·礼运》。

户的地方，将盛放着红色糟滓很多的粢醍放在堂上接近室户的地方，将糟滓下沉、酒色稍清的澄酒放在堂下。酒味越薄，发明的年代越古，陈列的位置越尊贵，正所谓"酒醴之美，玄酒、明水之尚，贵五味之本也"。① 通过这些质素古朴的物品以及庄严肃穆的祭礼，可以端正君臣的身份，增厚父子之间的恩情，和睦兄弟之间的情谊，整齐上下之间的心志，使夫妇各得其所。达到这样的效果，就可以交于神明，从而承受上天的赐福。

祭祀中返璞归真的审美追求表现了对事物初始状态的崇敬之情。《礼记·礼器》指出，礼就是为了使人返其本性，遵循古制，不忘其最初的渊源，尤其在祭天大礼中，从祭祀的方式到祭器、祭品的选用都充分体现了对古朴艺术精神的追求。《礼记·郊特牲》中也指出，南郊祭天的目的在于报本返始，在于使人回归最原初的状态，因而祭祀时：

> 黼黻、文绣之美，疏布之尚，反女功之始也。莞簟之安，而蒲越、稿鞂之尚，明之也。大羹不和，贵其质也。大圭不琢，美其质也。丹漆雕几之美，素车之乘，尊其朴也。贵其质而已矣……祭天，扫地而祭焉，于其质而已矣。醯醢之美，而煎盐之尚，贵天产也。割刀之用，而鸾刀之贵，贵其义也，声和而后断也。

这一段文字集中论述了周人祭天仪式中对古朴美的追求，以及追求古朴之美的意义：刺绣着各种花纹的丝绸是很华美的，但祭祀中却崇尚用粗麻布覆盖酒樽，这是为了追念女工之始；日常生活中所用的莞蒲席，上面铺着竹席，坐着很舒适，而在祭天礼中却使用谷秆编制的粗席，在宗庙祭祀中为神铺设蒲草垫，这是为了表明祭祀的对象是神灵；祭祀的大羹是不加调料的肉汤，这是为了珍视它的本质。天子用的大圭，并没有雕琢精美的花纹，这表示对本质之美的推崇；天子平常所坐的车，既有丹漆涂饰又雕刻着花纹，非常华美，但是去祭天时，天子却乘坐着素车，这也是对素朴之美的尊崇；醯醢虽美，但祭礼中却将放盐块的竹筵置放在上位，这是珍视天然物产的意思；日常生活中所用的割刀方便好使，而祭礼中却用带着铃的鸾刀来切割，那是因为鸾铃随着手的切割会发出悦耳的声音，铃声和谐而牲肉应声而断开，这也是追求古朴之美

---

① 《礼记·郊特牲》。

的表现。

祭礼中的质朴之美，从另一个角度说，表现了对神明的崇敬和对个体欲望的超越。正如《礼记·郊特牲》中所言：

> 笾豆之荐，水土之品也，不敢用常亵味而贵多品，所以交于神明之义也，非食味之道也。先王之荐，可食也，而不可耆也。卷冕、路车，可陈也，而不可好也。《武》壮，而不可乐也。宗庙之威，而不可安也。宗庙之器，可用也，而不可便其利也。所以交于神明者，不可以同于所安乐之义也。

祭器中陈列的各种祭品，不敢用精意烹调的美味，而以品类众多为贵，因为这些食品是敬奉神明的，而不是为了食用。衮冕、路车尊贵，虽可陈列，但不可时常穿着、乘用，或者说衮冕、路车不是为了实用的目的而制作的。《大武》之舞，发扬蹈厉，阵容壮勇，但不可常奏之以为娱乐。宗庙之中，庄严肃静，但不可常处之以为安好。宗庙之器，供事神明，但不是为了方便利用。祭祀之物，不同于寻常安乐之义，这是对质朴之美的追求，也是为了对个体自我欲望予以限制。

（四）祭品的审美价值

祭祀是人们对神灵敬仰之情的体现，祭品是奉献给神灵享用的天地之精华，所以在祭礼中也受到特别的关注。从《周礼》中的有关记载可知，膳夫在各种祭祀中专门为天子提供祭品；甸师在祭祀时，主要提供萧茅和野果蓏之类的祭品；笾人负责各种不同场合中笾中所盛放的祭品；醢人提供各种祭祀中豆中所荐献的各种祭品。

祭品是神灵恩泽的凝聚物，所以选择祭品要谨慎而小心。在祭天大典中要选用没有交配过的健壮的、毛色纯正的小牛犊来作为牺牲，这是因为牛犊纯真诚朴，还不懂得牝牡之情。祭天只用一头牛来祭，这是因为郊天之祭，贵在内心的恭敬笃诚，而不需要繁多的牲体。不同的祭祀要选择不同的祭品，而且不同等级的贵族用于祭祀的祭品也不同。据《礼记·王制》篇记载，祭天时所用的牛的品级最高，是牛角只有茧栗般大小的牛犊；宗庙祭祀卑于天地之祭，故可用角长到用手能握住的牛；宾客燕饮置放在俎上的牛就更大一些。这是以小为贵，而不求丰大。《国语·楚语》也记载了不同等级的贵族所用的祭品，认为牛最尊贵，是国君的祭品，羊是大夫的祭品，猪是士以下人的祭品，庶人只能用鱼来荐。

祭品包蕴着天地四时之和气。除了牛、羊、猪等牲畜以外，作为祭品的还有谷物、果蔬乃至虫草等。祭祀时所用的食物讲究顺应自然天时，据《礼记·祭统》载："水草之菹，陆产之醢，小物备矣。三牲之俎，八簋之实，美物备矣。昆虫之异，草木之实，阴阳之物备矣。凡天之所生，地之所长，苟可荐者，莫不咸在，示尽物也。"天之所生，地之所长，水草之菹，陆产之醢，无不可以成为祭品，而且祭品中还秉承了天地间之和气，《礼记·郊特牲》载："恒豆之菹，水草之和气也；其醢，陆产之物也。加豆，陆产也；其醢，水物也。笾豆之荐，水土之品也。"笾豆中所盛放的各种干、湿食品都是水中、土里生长的各种食物，它们是四时之和气所生，将这些包蕴着天地四时和气的物产供奉给神灵，是对神灵能给予人间美好之物的感谢。《礼记·祭统》中也对天子大飨时的食品之美进行了由衷地赞美，认为三牲、鱼、腊是四海九州之美味。笾、豆中荐献的祭品，凝聚着四时之和气。这里虽然讲的是天子举行飨礼时的美味佳肴，其实在祭礼中为神所供的祭品也是这样的。祭品中凝聚着四时之和气，汇聚着天地间之精华，怎能不使人发出由衷的赞叹呢。

《诗·小雅·鱼丽》就是一首赞美祭品的诗歌。诗人通过重章叠句的手法，让我们看到鲿鲨鳏鲤等各种各样的鱼都被捕鱼的竹篓子捕住，成为祭祀时的祭品。"物其多矣，维其嘉矣。物其旨矣，维其偕矣。物其有矣，维其时矣。"表达了诗人对丰盛、繁多的祭品的欣赏，也表达了周代贵族对祭品美味的欣赏，以及对适合时令祭品的感叹，因为在祭品与节令的配合中隐含着自然界生命周流不息的精神。

关于祭品的美学意义，《左传·隐公三年》也有记载："苟有明信，涧、溪、沼、沚之毛，蘋、蘩、薀藻之菜，筐、筥、锜、釜之器，潢、污、行潦之水，可荐于鬼神，可羞于王公……"意思是如果有着诚信的心，那么，即使是山涧、水边的茅草，蘋蘩之类的野菜都可以达到祭祀的目的，祭祀的意义不在于祭品本身有多少实用价值，而在于它所传达的精神价值。对个体欲望的超越和对质朴之美的敬仰，这是周代贵族祭祀中的美学精神之所在。

（五）祭祀礼仪中天地神人合一、阴阳和谐的美学追求

周代贵族的祭祀礼仪中体现着对天人合一、阴阳和谐美学境界的追求。《礼记·祭统》记载，祭祀时夫妇要一起参与。在太庙举行祭祀时，国君头戴冕冠站在阼阶上，夫人头戴副、身穿袆衣站在东房中。国君拿着以圭为柄的玉勺酌酒供尸行裸祭礼，大宗拿着以璋为柄的玉勺酌酒，在国君之后，供尸行裸祭礼。到迎牲入庙的时候，君牵着拉牛的纼，卿大夫跟从在后面，士抱着喂牛用的刍草。同宗的妇人端着盎齐，跟从在

夫人后面。夫人将涗水掺入盎齐中，向尸进献。国君用鸾刀割取牲肉进献给尸尝，夫人则进献上盛在豆中的食物。这是一幅庙祭中夫妇男女之间和谐与默契的生动图景，体现了夫唱妇随，阴阳和谐的美学原则。"升歌《清庙》，下管《象》；朱干玉戚，冕而舞《大武》，皮弁素积，裼而舞《大夏》。《昧》，东夷之乐也。《任》，南蛮之乐也……君卷冕立于阼，夫人副袆立于房中。君肉袒迎牲于门，夫人荐豆、笾，卿大夫赞君，命妇赞夫人，各扬其职。"①这是天子祭祀祖先神的盛况，其中所张扬的也是夫唱妇随、阴阳和谐的观念。同样，也是为了达到阴阳的和谐与平衡，春天的时候，天子头戴系着朱红组带的冠冕，亲自在千亩籍田上耕种。诸侯头戴系着青色组带的冠冕，亲自在百亩之田上耕种。这是男耕女织的古代社会生活理想的体现，是日月轮回、阴阳平衡的哲学精神的体现。

周代贵族宗庙祭祀中的阴阳是具有互动性的。"庙堂之上，罍尊在阼，牺尊在西；庙堂之下，悬鼓在西，应鼓在东。君在阼，夫人在房，大明生于东，月生于西，此阴阳之分，夫妇之位也。君西酌牺象，夫人东酌罍尊，礼交动乎上，乐交应乎下，和之至也。"②意思是在庙堂上进行祭祀时，君的位置在东边，却到庙堂西边的牺尊中去酌酒，象征着太阳出于东而向西运行。夫人的位置在西边，却要走到东边酌取罍尊中的酒，象征着月出于西而东行。君与夫人交献，是礼交动于上；悬鼓与应鼓合鸣，是乐交应乎下。礼乐相应，使祭祀达到阴阳和谐的极致。因为周人重视天地、阴阳的平衡，所以，在一个男权社会中，女性的地位，表现为对男子的顺从，承接着生儿育女、繁衍后代的角色，这是对一个宗族而言，女性处于较为被动的地位。但是在周代贵族社会中，女性的地位也是不可忽略的，因为她们在祭祀仪式中是作为平衡阴阳的另一极而存在的。女性在周代贵族的精神世界中有着更为重要的地位。

阴阳之间的平衡也要通过人为的努力才能达到。《左传》记载，昭公四年，天下冰雹，季武子问申丰冰雹能否防御。申丰回答季武子时，谈到了古代藏冰和出冰时的祭祀活动。即在寒冷的冬天于深山穷谷中取冰藏之。在贮藏冰的时候，用黑色的公牛及黑色的黍米祭祀司寒之神，亦即冬神玄冥。在取冰的时候，以桃木为弓，以棘为箭，置于冰窖口以禳灾。桃木具有避邪的作用，属阳。藏冰之所属阴，一旦取冰时泄露阴气，就会造成危害，所以用桃木弓来除灾避邪。取意于以阳治阴，使其伏而

①　《礼记·明堂位》。
②　《礼记·礼器》。

不出，藏而不泄，用以保持阴阳的平衡。

祭祀中的阴阳和谐观念也体现在祭器和祭品中。在周人的观念中，食物也有阴阳之分，饮是阳，食是阴。用火烹熟的肉属阳，而谷类作物制作的食物多半属阴。金属器皿属阳，陶瓠则属阴。什么食物置于什么样的器皿中要符合阴阳平衡的原则。祭品和祭器之间也要体现阴阳和谐的美学思想。《礼记·郊特牲》记载："鼎俎奇而笾豆偶，阴阳之义也。"奇数为阳数，偶数为阴数，鼎俎中盛放着动物类的牲肉也属阳，笾豆中盛放的基本上是菜果之类，植物属阴，这样就达到了奇偶阴阳和谐的美学境界。还有各种祭祀之间的阴阳和谐问题，如"飨、禘有乐，而食、尝无乐，阴阳之义也。凡饮，养阳气也；凡食，养阴气也。故春禘而秋尝，春飨孤子，秋食耆老，其义一也，而食、尝无乐。饮，养阳气也，故有乐；食，养阴气也，故无声。凡声，阳也。"[①]春属阳，秋属阴。凡是声乐都是属阳的。饮酒属于保养阳气，故有音乐伴奏；进食，属于保养阴气，故无音乐伴奏。飨禘有乐，食、尝无乐，都是为了达到阴阳之间的和谐。

到此为止，我们对出生礼仪、冠礼、婚礼、燕饮礼仪、朝聘礼仪、丧礼、祭礼等几种主要礼仪中的艺术精神进行了梳理。对周代贵族而言，他们的生活中有着丰富多彩的仪式，这就是他们独特的生活方式的体现。时隔千年，我们站在旁观者的角度来观照周代贵族的生活方式，就会发现这些生活方式本身具有丰富的艺术性，体现了周人的诗性气质。各种礼仪的艺术性主要表现为：第一，仪式是对日常生活的提炼，它不同于日常生活；第二，仪式中的言谈举止都具有程式化的特点，可以在多次仪式中反复出现，具有戏剧表演的性质；第三，仪式中的举手投足具有表演性，很大程度上是做给别人看的，具有艺术的观赏性。这与艺术表演也是相近似的；第四，各种仪式中的行为都具有繁复、缓慢的特点。更多的时候，这些行为和言语定格在那里，传达着内在的精神蕴含，却不具有直接的目的性，这就使这些仪式化的举动有了观赏效果和艺术性；第五，与艺术表演一样，仪式也要传达和承载深厚的意识形态蕴含，发挥丰富的社会功能，给人生设定意义。可以说，生活世界本身是没有意义的，所谓的意义都要靠人自己来设定，周代贵族的生活意义就是在仪式中得到设定和升华的。但是，仪式毕竟不是艺术，因为艺术是在生活之外开辟出来的一个虚幻的表演空间，而仪式就是鲜活的生活本身。

---

① 《礼记·郊特牲》。

因而，我们说周代贵族的生活方式中具有一定的艺术性，周代贵族生活方式本身就是一首意蕴丰富的诗，周代贵族的艺术精神就集中体现在这些诗意化的行为方式中。

第三节　周代贵族日常生活中的艺术精神

为了维护以血缘关系为纽带、以封建等级制为核心的统治秩序，周代统治者制定了一系列的礼，从言谈举止、吃饭穿衣到车马器用、咳唾应答等各个方面对贵族的行为和思想予以规训，使其有别于普通劳动者，从而使贵族的特权地位和贵族的内部等级秩序得到维护。这就是周代贵族生活中的等级礼制。礼不仅仅体现在各种重大的仪式中，也渗透在贵族日常生活的方方面面，在日常行为和举止中得到传播和强化。周代贵族之所以在历史上留下令人难忘的记忆，其中一个重要原因就在于他们的日常行为方式包括他们的日常餐饮、揖让周旋、俯仰进退也都呈现出一种特别的精神和气质。而他们的车马器用、被服装饰也折射着他们优雅、别致的审美趣味。这一节我们对周代贵族日常行为方式中的艺术精神予以探讨。

日常生活是一个包罗万象的概念，在这里我们不可能面面俱到地对其进行论述，而且并不是周代贵族日常生活的所有方面都具有艺术精神，甚至可以说，有许多礼的规定是违背人性发展的。这里我们主要选择具有艺术性的日常生活行为如洗浴、进食、穿衣、穿鞋、侍坐、郊游等几个具体生活细节来探讨贵族日常生活中所蕴含的艺术精神。

一、周代贵族沐浴中的艺术气质

（一）清晨的盥洗、美饰

黎明即起，是周代贵族遵循的生活方式。起床之后的盥洗、洒扫表达了他们对生活的热爱，对自我形象的关注。

《礼记·内则》较为详细地记述了周代贵族每日清晨对自我的美饰过程："鸡初鸣，咸盥、漱，衣服，敛枕、簟，洒扫室堂及庭，布席，各从其事。"即鸡叫头遍时，就开始洗漱，穿衣，把晚上睡觉时用的枕头和卧席收拾起来，然后洒扫房间、厅堂和庭院，铺好坐席，各执其事。

关于洗漱的过程，《礼记·内则》中也有较为详细的记载："鸡初鸣，咸盥、漱，栉、縰、笄、总、拂髦、冠、绂、缨、端、韠、绅、搢笏，左右佩用：左佩纷帨、刀、砺、小觿、金燧；右佩玦、捍、管、遰、大觿、木燧。偪、屦著綦。"縰，指的是用黑缯缠发髻。大觿，是古代用骨头制的解绳结的锥子。小觿，是古代解衣结的用具，形如锥。金燧和木燧，都是古代的取火工具。玦，是古代射箭时套在右手大拇指上的象骨套子，钩弦时可保护拇指。捍，亦名"拾"，皮制的臂衣，射箭时套在左臂上，以免发矢时左臂衣袖碍弦。管，即今天的钥匙。遰，即刀鞘。綦，即鞋带。这里为我们展示的是周代贵族早晨的洗漱过程及佩饰情况，即他们每天早晨鸡叫头遍就起来洗脸，漱口，梳头，包上头巾，插上发笄，系上发带，梳理齐眉的刘海，戴上帽子，系好带穗的冠缨，穿上玄端服，系上皮蔽膝，腰上加上大带，再插上笏。贵族身上还要佩戴许多佩件，左边有拭手擦物的佩巾、小刀、磨石、解小结用的骨锥、打火用的燧；右边佩的物件有射箭时套在手指头上的玉扳指、射箭时用来保护左臂的皮套、笔管、刀鞘、解大结用的大锥、钻木取火用的木燧。

贵族妇女的日常生活也是这样的："鸡初鸣，咸盥、漱、栉、縰、笄、总、衣绅。左佩纷帨、刀、砺、小觿、金燧；右佩箴、管、线、纩，施繁袠，大觿、木燧。衿缨、綦屦。"①可以看到贵族妇女早晨生活顺序与男子差不多，只是妇女身上所佩戴的主要是用来做针线活的用具，并且要将针、钥匙、线、丝棉等四件较小的物件一起装进随身携带的精致小绣囊之中，最后系上香囊，穿好鞋子，系好鞋带。

即使是未成年人也非常注重自己的形象。"男女未冠笄者，鸡初鸣，咸盥、漱、栉、縰、拂髦、总角，衿缨，皆佩容臭。"②即未成年的贵族少年每天也要鸡刚刚叫，就起床洗脸漱口，梳头，梳理刘海。其发型是在头顶左右两边各绾起一个小髻。身上还要佩系绣囊，绣囊中装上香料。

周代贵族不但自己每天要将自己收拾得干净整洁，还要为父母洗漱，而且平时"父母唾洟不见。冠带垢，和灰请漱；衣裳垢，和灰请澣；衣裳绽裂，纫箴请补缀。五日，则燂汤请浴，三日具沐。其间面垢，燂潘请靧；足垢，燂汤请洗"。③即平时生活中老人的唾液、鼻涕要随时为其打扫干净。老人冠带脏了，要调和草木灰，请其脱下来为其洗涤，衣裳开了线，要为其缝补好。五天为老人洗一次澡，三天洗一次头。其间老人若脸面和脚脏了，则要热一些淘米水（潘）请其洗干净。这是为老人所做的清洁工作。

从这些文献记载中，可看到周代贵族是非常注重自己形象的，每一

---

① 《礼记·内则》。
② 《礼记·内则》。
③ 《礼记·内则》。

天他们都要将自己收拾得干净、整洁。并且可以看到，即使是一些日常生活用品，他们也将其非常仔细地佩挂在身上，甚至这些日常生活用具也成为美饰自己的佩件，成为具有观赏价值的物品。

（二）其他时间的洗浴方式

周人非常注意卫生，将盥手、洗爵作为各种礼仪中重要的环节，反复予以强化，在日常生活中，他们也有良好的卫生习惯。如怎样洗澡、洗头、洗完后如何梳理、怎样保养等都受到他们的关注。甚至于他们还追求将洗浴的过程艺术化和诗意化，从这些细微之处可以看到周人心性的细腻和雅致。

周人的梳洗是非常细致和考究的。《礼记·玉藻》详细记载了贵族的洗浴过程："日五盥，沐稷而靧粱，栉用樿栉，发晞用象栉，进机进羞，工乃升歌。浴用二巾，上绤下绤。出杅，履蒯席，连用汤，履蒲席，衣布晞身，乃屦，进饮。"沐为洗发，浴为洗身。君子每天要洗五次手，洗头要用糜子米汤，洗脸要用黄粱米汤。洗头后用樿木梳子梳头，头发干了后就要换用象牙梳子来梳理头发。洗浴时，用两条浴巾，一条是细葛布的，用来擦洗上身，一条粗葛布的，用来擦洗下身。洗完后，迈出洗浴盆，站在蒯草编织的席子上用水冲洗全身，然后站在蒲草编织的席子上，擦干身子，穿上浴衣，穿上鞋子。梳洗完后，向鬼神求福、进献，然后乐工升堂奏乐，开始饮酒听音乐。洗浴的每一个步骤都不急不躁，绝不匆忙慌乱，带有程式化的特点，甚至洗浴之后还要向鬼神求福、进献，还有乐工升堂奏乐，还要饮酒听乐。这实在不仅仅是简单的洗浴，而是意蕴丰厚的洗浴文化，是周代贵族考究、细致的生活方式的集中体现。洗得如此仔细已令人叹为观止了，竟然在洗浴结束后，还有饮酒、听音乐，这其中的悠闲和优雅更令人惊异。

考察贵族的清晨梳洗和其他时间的洗浴过程可以深刻体会到：第一，周代贵族对自身形象非常关注。他们追求美好的生活，是从美饰自身形象开始的。同时，梳洗和沐浴使他们精神饱满、意气风发，表现了他们积极的生活态度；第二，从盥洗和沐浴过程也可以感受到，周代贵族的生活中有着浓郁的文化氛围。洗浴成为一种有文化底蕴的行为，并且他们做得那样讲究、细致，使这一行为本身成为具有观赏价值的艺术过程。同时，洗浴之后的听乐养性，也表现了他们对待生活的一种艺术心态。

二、贵族日常饮食的艺术性

从茹毛饮血到满汉全席、从手抓羊肉到竹筒粽子，不同的餐饮方式中隐含着不同民族和不同阶层对食物的理解，也正是不同的饮食方式，以及对待饮食的不同态度，使不同的民族、不同的人群有了属于自己的文化。周代贵族的饮食方式中不仅体现着周人的精神追求，而且也体现着他们的艺术追求。除了宴享仪式中的盛大餐饮场面外，周人日常生活中的饮食方式也别具特色。关于周人饮食文化的文献记载比较丰富，这里我们只就能够体现出贵族审美情趣的方面予以梳理。

（一）食物中的天人合一理念

周代贵族的饮食讲究场面的宏大、气氛的和谐。《周礼·天官·膳夫》记载："凡王之馈，食用六谷，膳用六牲，饮用六清，馐用百二十品，珍用八物，酱用百有二十瓮。"即周王每天饮食都要杀牲、备有十二鼎，从这些数字中可以想见周王饮食的规模和考究程度，同时六谷、六牲、六清等无一不是天然的物产。

周代贵族的食物种类非常丰富。从《礼记·内则》所载可以看出，他们的主要食物有"馓（稠粥）、醴（古代一种用黍米酿成的酒）、酒、醴、芼羹、菽、麦、蒉（大麻；大麻籽）、稻、黍、粱、秫"，以及用来使饭食味道甘美的"枣、栗、饴、蜜"和使食物柔滑和滋润的"堇、苣（堇菜一类的植物，古时用来调味）、枌（一种榆树）、榆、免、薧（调味品）、滫、瀡"等。此外还有菱、棋、榛、柿、瓜、桃、李、梅、杏、楂、梨、姜、桂等都是周人的食物，这些食物集四时之灵气，蕴天地之精华，不仅是果腹之物，也体现了周人对世界的理解，体现了天人和谐的生活状态。

周代贵族注重食物的搭配。据《礼记·内则》记载，贵族的食物搭配观念是："春多酸，夏多苦，秋多辛，冬多咸，调以滑甘。牛宜稌，羊宜黍，豕宜稷，犬宜粱，雁宜麦，鱼宜苽。春宜羔、豚，膳膏芗；夏宜腒、鱐，膳膏臊；秋宜犊、麛，膳膏腥；冬宜鲜、羽，膳膏膻。""脍，春用葱，秋用芥。豚，春用韭，秋用蓼。脂用葱，膏用薤，三牲用藙，和用醯，兽用梅。"从所列举的食物与季节之间的搭配原则，以及食物之间的搭配方式来看，周代贵族的饮食是非常考究的。并且，饮食中考虑到四时的变迁，在饮食中蕴含着天人合一的哲学精神。

周人有一定的食物禁忌，如不吃小甲鱼，不吃狼肺，不吃狗肾，不食兔臀等。发现牛夜里鸣叫、羊的毛稀稀零零等状况，这表明它们的肉都有了腥臊味，不可再食用。周人的这些食物禁忌说明他们已经摆脱了茹毛饮血的时代，有了一定的饮食文化。此外，周代贵族的饮食禁忌还有一重含义，即表达对灾难的警惕，如"子卯稷食菜羹"①。因为商纣死于甲子日，夏桀死于乙卯日，这些日子对周人来说都带有警示意义。日食月食，以及国有灾难在贵族的饮食中也要有所反映。在这些日子里，要吃素食，以便反思。事实上，前车之鉴，在周人的记忆里，留下的印象是颇深刻的，这使他们的生活中具有敬畏情怀。

（二）优雅的进食文化

饮前祭是周代贵族独特饮食方式的体现。饭前祭，即为了报答最先创造此食物的祖先，举起食物，象征性地荐祭先民，称为泛祭，或周祭、遍祭。《周礼·天官·膳夫》记载："膳夫授祭品，尝食，王乃食。"又《礼记·玉藻》记载国君："又朝服以食，特牲，三俎，祭肺，夕深衣，祭牢肉。"从这些记载都可推知国君吃饭前要进行祭祀。《礼记·玉藻》："客祭，主人辞曰：'不足祭也。'"表明有客人时的饭前祭祀还要有一番主客之间的谦让。《论语·乡党》中也讲道："食不语，寝不言。虽疏食菜羹，必祭，必齐如也。"这些文献记载表明，在周代贵族的生活中饭前祭祀已经成为一种生活方式。饭前祭的饮食方式显示了周代贵族对神灵和祖先的敬畏情怀和感恩意识。饮食既是物质生活层面，同时又蕴含着精神生活的内容。

以乐侑食，即在吃饭时用音乐来伴奏，营造出一种温馨舒适和愉快的饮食气氛，体现了贵族生活中对食物的物质需求的超越和对精神生活的追求。《礼记·王制》中记载："天子食，日举以乐。"《周礼·天官·膳夫》中也记载着天子每天"以乐侑食"，当王饮食完毕之后，还要奏乐撤膳。《周礼·春官·大司乐》还记载："王大食，三宥，皆令奏钟鼓。"可见，周王的日常饮食程序大致是，饭前行祭，吃饭时以乐侑食，食终，奏乐撤膳。音乐为周王营造了优雅的进食环境，使周王的饮食具有艺术性。

周代贵族的饮食还要追求举止的文雅。如《礼记·玉藻》篇记载："食枣、桃、李，弗致于核。瓜祭上环，食中，弃所操。"即吃桃子、枣子、李子等带核的水果时，吃前要用最上段祭一下，然后吃中段，吃到手拿过的那一部分就不吃了。这是周代贵族吃水果的方式。集中体现了周代贵族生活方式的文雅和考究。吃东西之前先祭一下，这表明贵族的生活中神灵的存在，表明贵族的生活中具有敬畏意识。不吃最后一段，说明贵族的生活中物质产品已经比较丰富，在物质文明具备的基础上，已经

① 《礼记·玉藻》。

开始追求饮食文明，注意不再狼吞虎咽地去吃东西，而是力求树立一种温文尔雅的形象。这样，周代贵族吃桃、枣的方式就具有了一定的表演性和观赏性。《礼记·曲礼上》中还记载："为天子削瓜者副之，巾以绤；为国君者华之，巾以绤；为大夫累之，士疐之，庶人龁之。"意思是为天子削瓜，要去皮，切成四瓣，再横切一刀，用细葛布盖上。为国君削瓜，去皮，切成两瓣，再横切一刀，用粗葛布盖上。为大夫削瓜，只去皮，不盖葛巾。为士削瓜只去掉瓜蒂。庶人则直接咬着吃。这一方面表现出贵族生活的奢华，另一方面也表现了贵族饮食的细致和文雅。甚至文雅和考究的程度与贵族地位的尊贵是成正比的。

由于有一定的田产和社会地位，贵族有条件追求细致、考究的饮食方式，以及追求饮食中举止的文雅。同时，饭前祭、以乐侑食和文雅的饮食形象也成为贵族身份的标志。钟鸣鼎食成为贵族生活方式的集中体现。这既是生活化的艺术，又是艺术化的生活。

（三）尊重他人存在的饮食礼节

贵族优雅的精神气质还来自于对他人存在的关注。贵族吃饭时，有许多礼节就是建立在对他人尊重和照顾的基础之上的。《礼记·曲礼上》对此有较为细致的记载：

> 客若降等，执食兴辞，主人兴，辞于客，然后客坐……主人未辩，客不虚口……侍食于长者，主人亲馈，则拜而食。主人不亲馈，则不拜而食。共食不饱，共饭不泽手。毋抟饭，毋放饭，毋流歠（羹汤），毋咤（诧异、惊异）食，毋啮骨，毋反鱼肉，毋投与狗骨，毋固获，毋扬饭，饭黍毋以箸，毋嚃（退）羹，毋絮（调）羹，毋刺齿，毋歠醢。客絮羹，主人辞不能亨；客歠醢，主人辞以窭。濡肉齿决，干肉不齿决，毋嘬（吮吸）炙。

这里所记载的是主客共同进食时的饮食礼节，非常具体，具有很强的操作性。也许贵族的日常生活中不一定完全能够做得到这些，但是否具备这些饮食的观念和意识是一个人是否有教养的标志。这一段话包含着这样三重意思：第一，贵族的饮食中以谦让为美。客人的级别如果比主人低，客人就要手执食物起立致谢，主人对客人说不必客气之类的话后，客人坐下；第二，在贵族交往中的饮食，已经超越了满足基本生存需要的层次，而成为展示贵族修养的一个重要环节。在这些饮食的基本原则中，明确地规定，"共食不饱""凡侑食，不尽食。食于人不饱。"①即饮食的目的不在于吃饱，而在于人与人之间的交往，以及传达上下尊卑的观念；第三，在贵族的饮食中还具有很强的他人意识，甚至他人的存在成为决定自我行为的出发点，如对客人的关照、对长者以及国君的尊敬等都体现在饮食的过程之中。并且，有许多饮食禁忌都是考虑到有他人在关注着自己，所以才反过来更加注意自己行为举止是否合适，如饮食的过程中，不搓饭团、不要把手里的饭再放回盛饭的器皿、不要吃得满嘴带响、不要啃骨头、不在有客人的情况下叱责狗、不在有他人在的场合将食物扔给狗等，这些行为都是预设有一双时刻关注自己的眼睛，都是将他人的存在看成左右自己行为的根据。对他人的关注使周代贵族的行为谨小慎微，唯唯诺诺，但是，从另一个角度看，也正是因为具有关注他人存在的意识，周代贵族的行为才更加优雅文明。他人的存在是塑造自我、完善自我的动力。

《礼记·曲礼上》记载着陪长辈进食的规矩："侍饮于长者，酒进则起，拜受于尊所。长者辞，少者反席而饮；长者举未釂（尽），少者不敢饮。长者赐，少者贱者不敢辞。赐果于君前，其有核者怀其核。"即陪伴长辈饮酒，看到长辈为自己斟酒，晚辈就要赶快站起来，走到设酒樽的地方，拜后双手接杯。长者说不必这样，晚辈才敢执杯返回自己的席位。长者还没有饮完杯中酒，晚辈不敢饮。长辈赐给晚辈食物，晚辈不能推辞。国君赐给带核的水果，吃完后，要悄悄地把核放在自己的怀里，不能乱扔。

纵观周代贵族的饮食方式，可以看到，贵族的食物已经相当丰富，食物的制作过程已经比较精细，贵族的饮食要遵循一定的礼节，要表达对神灵的感恩和敬畏，所以要行饭前祭祀之礼，吃饭时要伴着音乐，创造一种轻松愉悦的饮食氛围，表现了贵族对食物果腹价值的超越。在贵族的生活中，对食物的消费，还具有表现其优雅举止和传达谦让孝敬精神的意义。周代贵族的饮食行为是优雅的，处在一种无形眼光的关注之下，因而一举一动都具有观赏价值，显示出温文尔雅的贵族气质。

三、周代贵族日常生活中的仪态美

周代贵族生活的艺术性还体现在对礼容的关注方面。礼容包括仪容和仪态。仪容主要指人的面部神情。仪态主要指人的身体姿态。对礼容

---

① 《礼记·玉藻》。

的关注，表现了周代贵族对自我内在精神气质的关注。

眼睛是心灵的窗户，眼神是内在精神的无言表达，是一个人精神气质的外在表露，因而周代贵族对视线有许多规定。"凡与大人言，始视面，中视抱，卒视面。毋改，众皆若是。若父则游目，毋上于面，毋下于带。若不言，立则视足，坐则视膝。"①即平时与长者说话，首先要看长者的脸色，看其脸色是否可以传言；说完话后，看着长辈的怀抱处，容对方思索并作出反应；最后再观察长辈的脸色，看其反应。在等待长辈作出回应的过程中，始终应当安静和耐心，而不要左顾右盼，也不要动来动去，显得懈怠、不虚心。如果是向父亲进言，目光可以比较随意，但是目光上不可及面部，下不可超过衣带。如果侍候在父亲身边站着不说话，眼睛就要看着父亲的脚；坐着，就应当看着父亲的膝。《礼记·曲礼下》记载看各种人时应有不同的视阈范围："天子视，不上于袷，不下于带。国君绥视，大夫衡视，士视五步。凡视，上于面则敖，下于带则忧，倾则奸。"袷，交领。天子至尊，臣视之，视线不可高于衣领，不可低于腰带；臣子看国君，视线可稍高于衣领；看大夫，可以平视；和士在一起，不仅可以平视，视野还可以稍宽一些，但不能超过五步。视线过高会显得傲慢，过低将显得忧愁，这些都不是一个贵族所应当有的表情。这是周礼中对视线的规定。

君子行走坐卧都要在仪容上显示出不同一般的气质。《礼记·玉藻》记载："君子之容舒迟，见所尊者齐遫。足容重，手容恭，目容端，口容止，声容静，头容直，气容肃，立容德，色容庄，坐如尸。燕居告温温。"这里讲了君子日常生活中的仪容和姿态。其容貌是从容娴静的，遇到所尊敬的人，就特别谦恭谨慎。日常生活中，走路时，脚步要稳重，不要懈怠；手的仪态要恭慎，不可妄加比划；目光要端正，不要斜视；嘴不要总是动来动去；声音要平静和缓；头要端正，不要缩着脖子；气度要严肃；站立时要微微向前俯身，像恭候对方授物的样子；面色要庄重；坐时要像祭礼中接受祭祀的尸一样敬慎庄严。使唤别人时，态度要和善。《礼记·曲礼上》记载贵族的仪态应当是："坐如尸，立如齐。"坐就应当像祭祀中扮演受祭的祖先的尸一样坐得端端正正，立就应当像祭祀前斋戒时那样恭敬、端庄。

行走时的仪容仪态应该是："凡行，容惕惕，庙中齐齐，朝廷济济翔

---

① 《仪礼·士相见礼》。

翔。"①这是行走时的面部表情。从行走的姿态来说，一般情况下，贵族在路上行走，步态要直而且快；在宗庙，步态要端庄虔诚；在朝廷，步态要庄敬安详。如果手执神龟、玉器，走时要更加谨慎小心。

坐立行走的位置是否恰当也是关乎仪态美的重要因素。周代礼制中对贵族行走坐卧的位置和处所都有较为详细的规定："为人子者，居不主奥，坐不中席，行不中道，立不中门。"②意思是，做儿子的平时在家里，不要居住在屋子西南角的位置。一张席子独坐时，以中为尊，为人子者，即使独坐也要靠边，不要坐在席的当中。不要走在道路的中间，不要站在门的当中。反过来说，日常生活中不但坐卧立站姿势要端正，还要处于合适的位置，不要坐在本该长辈坐的位置，不要站在道路中间或门中间妨碍了他人。

一个具有涵养的人，他的举手投足之间就透露出一种值得人欣赏的艺术气质。贵族的等级不同，所展示出的精神气度也应该不同。《礼记·曲礼下》记载："天子穆穆，诸侯皇皇，大夫济济，士跄跄（翔举舒扬），庶人僬僬（不谨饬）。"天子要深沉肃穆、诸侯要显赫轩昂、大夫要端庄稳重、士要容貌舒畅、庶人要急促慌张，不同的人其仪容神态就要显示出不同的精神特征。所以说，贵族之贵，并不仅仅表现为拥有田产和爵位，他们看人的眼神，坐立的神态和位置等日常生活中的点点滴滴，都要透露出贵族的气质。这种精神气质需要几代人的积淀才可以形成，那些暴发户是不可能在短时间内具备这种内在的精神气质的。

四、周代贵族的行为举止之美

举止美，指的是一个人的举手投足、言语行动要适度、优美。当然，这是一个具有时代性的概念，在一个时代视为优美的举止，在另一个时代，就有可能显得迂腐、造作和烦琐。因而，我们只有将问题置于它所赖以存在的历史文化语境之中进行讨论，才能是一个有意义的问题。周代贵族的行为举止，首先建立在对他人存在的关注的基础之上；其次，贵族的举止大多符合一定的行为规范，要显出温文尔雅、不急不躁的气度。

周礼的目的就是维护上下尊卑的等级秩序，而周礼的中心内容就是对人的行为进行规范，因而行为的规范化是周代贵族生活方式的又一特

---

① 《礼记·玉藻》。
② 《礼记·曲礼上》。

征。就算平时在家里起居也是要符合一定的行为规范，据《礼记·玉藻》篇记载："君子之居恒当户，寝恒东首。若有疾风、迅雷、甚雨，则必变，虽夜必兴，衣服冠而坐。"即贵族平时在家里生活要面向门坐着，睡觉的时候头要朝东。如果夜晚突然刮风下雨打雷闪电，就应当穿好衣服，戴好帽子，端端正正地坐起来。贵族的这一行为不仅表现了他们对日常起居规范的遵循，而且，表现出对自然界的变化的敬畏意识，足见贵族的行为不是随便和散漫的，而是充满了警惕和对生活原则、自然变化的畏惧情怀。

《礼记·玉藻》篇记载了应答父亲呼唤的规则："父命呼，唯而不诺，手执业则投之，食在口则吐之，走而不趋。"就是说应答父亲的呼唤要符合一定的规范。当听到父亲在召唤时，如果正在看书，就应该立即放下手中的书，回应父亲的召唤，而且声音应是响亮而恭敬的唯，而不是怠慢的诺。父亲呼唤时，即使是正在吃东西，也应该立即将食物从口中吐出来，快步跑向父亲，而不是磨磨蹭蹭。应对父亲呼唤的小小举动中，所体现的不仅仅是对外在行为规范的遵循，更重要的是它展现了贵族子弟内在的精神气质。因为只有具备了一种做人的精神和气质的人才能有这样干脆利索的举止。

再如幼子平时的行为规范还有："立必正方，不倾听。长者与之提携，则两手奉长者之手。负、剑，辟咡诏之，则掩口而对。从于先生，不越路而与人言。遭先生于道，趋而进，正立拱手。先生与之言则对，不与之言则趋而退。从长者而上丘陵，则必乡长者所视。登城不指，城上不呼。"①即贵族儿童的站立应当姿态端正，不能歪头侧耳听大人说话。长者要牵他的手时，就应当伸出双手捧着长辈的手。当长辈回过头或侧身给孩子说话时，孩子就应当以手掩口来回答，以免口气触着尊长。平时和先生一起在路上走，不要横越道路去和别人说话。在路上遇到先生，就要快步走向先生，正立拱手。先生跟自己说话，就对答。先生不跟自己说话就快速退下。跟从长辈登上丘陵，就一定要看着长辈所看的方向。登上城墙，不要指手画脚，也不要大声呼喊。

平时在父母的居所，不仅老人有什么吩咐要细声地答应，恭敬地回答，进退、转身都要敬慎端庄，升降、出入都要俯身行走，而且不敢随意地干咳、打饱嗝、打喷嚏、咳嗽、打哈欠、伸懒腰、单腿支撑着站立、依靠门墙、斜视、吐唾沫、流鼻涕等。甚至于当着老人的面，冷了也不

---

① 《礼记·曲礼上》。

敢去加衣服，痒了也不敢随意去搔，贴身穿的衣服的里子不能显露出来。这些要求虽然有些过分，但是排除那些过分的要求，我们还是可以看到，这些要求的出发点是要求贵族即使在父母面前也要站有站相，卧有卧相，行为举止要有精神。说白了，就是作为贵族其行为举止，在任何情况下都要符合一定的规范，行为要庄重、和谐、有涵养。再如，为长辈扫除时，要有扫除的规矩。《礼记·曲礼上》记载，为长辈清扫卫生，一定要用笤帚遮住簸箕，然后用衣袖遮挡着笤帚边扫边退，使灰尘不要飞向长辈，并将簸箕朝向自己收拾垃圾。这些动作是何等地谨慎和恭敬。

《礼记·玉藻》记载周代大夫将要去宫里朝君时，不但要提前一天斋戒，静心养性，还要"既服，习容观玉声"，即临出发前还要在家里穿好朝服，先检查一下自己的仪容和举止是否得当，走动一下，听听佩玉所发出的声音是否与步伐协调。《礼记·玉藻》篇还记载着："古之君子必佩玉，右徵、角，左宫、羽，趋以《采齐》，行以《肆夏》，周还中规，折还中矩，进则揖之，退则扬之，然后玉锵鸣也。故君子在车则闻鸾、和之声，行则鸣佩玉，是以非辟之心无自入也。"佩着玉的贵族行走的时候，玉佩上的玉也随着走路的节奏而发出悦耳的声音，右边的玉佩发出徵声、角声，左边的则发出宫声、羽声。贵族们向前走的时候，玉佩发出的声音与乐曲《采齐》的乐调相似，向后退的时候，玉佩发出的声音与《肆夏》的乐调相似。贵族返转回身，要走出似弧线的样子，拐弯则要走得像直角一样。贵族车子行进时鸾、和发出悦耳的声音，行走时玉佩又发出美妙的声音。周代贵族生活在一个创造美、又欣赏美的艺术氛围之中。

就是穿鞋子这一日常生活细节，在有修养的贵族做来也要显出温文尔雅的气度，也要考虑到不要让别人看着不舒服。《礼记·玉藻》篇记载着君子穿鞋的规范："退则坐取屦，隐辟而后屦，坐左纳右，坐右纳左。"即穿鞋子的时候不当着别人的面，要退到避人的地方，跪坐着拿起鞋子，跪左腿穿右脚的鞋，跪右腿穿左脚的鞋。《礼记·曲礼上》记载："侍坐于长者，屦不上于堂，解屦不敢当阶。"意思是侍坐于长者，侍坐于长辈，不穿鞋上堂，要将鞋子脱于堂下，解系鞋的带子也不敢正对着台阶。下堂穿鞋的时候，跪着拿起鞋来，到侧阶去穿。如果在长辈面前穿鞋就要跪下，挪开鞋子，然后背着长辈弯腰穿鞋。穿鞋的细节显示着周代贵族稳重从容的气质和对他人存在的关注。他人既是自己行为的监督者，同时又是自己行为的鉴赏者，正是因为心中有他人的存在，所以周代贵族才能在他人这面镜子中更好地审视自己的行为，使自己的行为具有审美性。他人不是地狱，不是魔鬼，而是促使自己向善向美的力量，这是周代贵族和谐人际关系的出发点。

　　周代贵族的行为要遵循一定的规矩，这使他们成为举止有涵养的族群。这一点还较为突出地表现在男女关系的处理之中。贵族男子主外，不过问家庭琐事；女子操持家务，不过问家庭以外的事务。即使是一家人，男女之间的行为也要检点，除了祭事、丧事，男女之间不能亲手传递器物。在递交器物的时候，女人就用竹筐来接。没有筐的话，就要跪坐着将器物放在地上，然后对方也跪坐下来从地上去取。男女之间不同用一口井打水，不同用一个浴室，不混用寝席，不混穿衣服。闺门内的话，不传出门外，外面的话，也不传入闺中。男子进入内宅，行为要庄重，不能大声叫唤，不能指指点点，夜晚的时候要有烛光，没有烛光的话，就不要出门。女子出门必须遮掩着面庞，夜里出门也要有火炬，没有的话，就不能出门。男女之间在道路上相见要互相回避，男子由路的右边走，女子由路的左边走。

　　这就是我们比较熟悉的古代男女之间授受不亲的原则，相对于现代生活中男女之间的自由交往来说，它的确是一种约束，但是，当我们看到现代生活和现代传媒中，男女之间旁若无人的过分亲密举止时，我们应当认识到，适当的行为约束，在生活中是必要的。反过来讲，如果我们对人的行为的场合性没有任何约束和限制，我们的生活将变得平面化，整个生活将因过分放任而没有了属于男女之间的私人生活空间。因为失去私人空间的概念，所以整个社会生活中就充满了散漫、甚至无聊的气息。因而，从这个角度说，关注男女交往的度，使自我行为具有一定的约束，注意生活的场合性，这是人与动物的主要区别之一，也是周代贵族行为具有高贵性的表现。

　　乘车马的规矩也有很多，如："车上不广咳，不妄指。立视五巂，式视马尾，顾不过毂。国中以策彗恤勿驱，尘不出轨。""入国不驰，入里必式。"①车上大声咳嗽会显得自矜。车上乱指，容易引起他人的迷惑。所以一个行为端正的贵族，坐在车上不会大声地咳嗽，不会随意地妄指。站立在车上，向前看车轮转五周远的距离，凭轼俯身的时候，眼睛看到马尾，回头看时，视线不要超过车轴两端。在城里行车，要用马鞭轻轻地赶马，不要让马跑得太快，以致尘土到处飞扬。

　　在周代贵族的眼中，举止符合规范，就具有审美价值。没有规矩不成方圆，行为的规范化使贵族的一举一动都优雅、得体，使贵族的仪容

----

　　①　《礼记·曲礼上》。

仪态中显示出一股特别的精神气质，也使日常生活中的一招一式都成为具有可观赏性的行为。佩着玉的贵族把周人的行为美和身体节奏的音乐美发挥得淋漓尽致。甚至穿鞋的细节中都体现着一个人的教养，都能体现出贵族的举止之美。

五、日常交往的艺术性

周代贵族之间除了在重大仪式中互相走访之外，日常生活中也相互来往。我们这里对日常生活中的贵族交往所遵循的原则和行为举止进行分析。周代贵族非常关注与他人相处。而如何与他人和谐相处，关注他人的存在，这是周代贵族礼仪文化中很重要的一环。这里我们从如何到他人处进行拜访，拜访时，如何谈吐、坐卧等几个方面探讨贵族日常交往方式中的艺术气质。

（一）日常交往的礼仪

周代贵族的交往，一般来说，两个人相见，必先有介绍人，然后还要拿着挚去相见。《礼记·曲礼下》记载："凡挚，天子鬯。诸侯圭，卿羔，大夫雁，士雉，庶人之挚匹，童子委挚而退。野外军中无挚，以缨、拾、矢可也。妇人之挚椇、榛、脯、脩、枣、栗。"意思是说，天子用黑黍米酒作见面礼，诸侯用圭，卿用羔羊，大夫用雁，士用野鸡，庶人用鸭子。妇人用枣、榛等作见面礼。在野外驻军时，彼此相见，可以更随便一些，用军中能找到的物品缨、拾、矢等都可作见面礼。

拿着这些见面的礼物，见面以后要说某某让他来见，主人推辞说请他回去，他随着访他去。宾说"某不足以辱命，请赐见"，经过几番谦让之后，主人才同意相见。对于宾拿来的见面礼，主宾之间同样要几番谦让之后，主人这才收下。即使是日常生活中的走访，进门时，也要与客人行揖让之礼，主人从门右而入，客人从门左而入，每门让于客，客到了寝门前，就要客气地请求先进去为客人铺席。礼毕，宾出门后，主人让人转达希望再叙谈之意。宾于是又一次返回，与主人相见，叙毕退出。主人送宾到大门外，行再拜之礼。宾回家后的第二天，主人要回拜宾，且奉雉而还曰："曩者吾子辱使见，请还雉于将命者。"经过几番推让后，雉仍然归还原主。仪式化的生活方式渗透在周人生活的方方面面。

仪式化的日常交往方式，在现代人看来极为烦琐，但在社会事务较为单一的周代社会，却有其存在的合理性。程式化的礼仪，表达着宾主之间交往的严肃性和对彼此的诚敬情怀，也使贵族的行为散发着典雅的气息。

除了必要的礼仪环节外，贵族在社会交往中还要遵循一些基本的礼貌原则。这一点《礼记·曲礼上》中有相应的记载："将适舍，求毋固。将上堂，声必扬。户外有二屦，言闻则入，言不闻则不入。将入户，视必下。入户奉扃，视瞻毋回。户开亦开，户阖亦阖。有后入者，阖而勿遂。勿践屦，勿踏席，抠衣趋隅，必慎唯诺。"这是到他人处所时所要遵循的基本规则。要去他人的处所，必须得到同意方可进入，不能强行进入他人的家。将上堂，必须大声招呼，使主人知道有人来了。户外如果有两双鞋子，就表示里面有人正在交谈，因而大声询问一下，使里面的人知道有人要来，得到允许再进，没有得到允许，就不要擅自进入。在堂下脱鞋的时候，要注意不要践踏到别人的鞋子上了。将进屋门，视线一定要向下。进了屋门，恭敬地奉着扃，不要回头瞻望。屋门原来开着，就依然让它继续开着，如果原来门关着，就让它仍然关着。如果后面还有人来，就不要将门关紧。就座时，提起衣服走向席的下端，然后升席就座。答话时，用"诺"还是用"唯"，一定要谨慎。

如果是与父辈交往，言谈举止要更加谨慎。"见父之执，不谓之进不敢进，不谓之退不敢退，不问不敢对，此孝子之行也。"[1]见到父亲的同志好友，长辈不叫就不敢进前，不让退下，就不敢退下，不问话，就不能随便多言。《礼记·曲礼上》记载："谋于长者，必操几杖以从之。长者问，不辞让而对，非礼也。"与长辈商议事情，必须替老人拿着几杖跟从在老人的后面。长者问话，要谦让之后再回答。这两点都说明，在与长辈的交往中，言语要谨慎，最好不要多嘴多舌。

贵族的交往，非常重视语言艺术。如果要见的是等级、年龄相当的人，就说："某固愿见。"如果见到一个不太熟悉的人，就说："闻名。"见到盲人，也说："闻名。"问某人的道艺，就说："子习于某乎？子善于某乎？"问国君之子的年龄，根据年龄的大小，要分别回答"能从社稷之事矣"，或者回答"能御"与"未能御"。问大夫之子的年龄，回答分别是"能从乐人之事矣"，"能正于乐人"，"未能正于乐人"。[2] 程式化的交往辞令，表现了周代贵族恭顺、含蓄的处世风范，也体现了贵族谦和文雅的精神气质。

看来贵族之间的日常交往也很讲究，包括用什么东西作为见面礼，相见时应该说什么话，如何行礼，如何招待，如何送客等，都有一套程

---

[1] 《礼记·曲礼上》。
[2] 《礼记·少仪》。

序。日常生活中的礼节是判断一个贵族是否具有修养的重要标志，是判断一个人是否懂规矩的标准。交往时的谦和、交往时语言的文雅使周代贵族远离粗野的状态，也使他们的交往成为一门艺术。

（二）侍坐

周代贵族的日常生活主要是在室内进行的，而室内的主要行为方式就是坐，在贵族日常交往中侍坐又是交往中的重要环节，坐的姿势和礼节是周代贵族精神气质和艺术精神的重要体现。

古人坐时两膝着地，两脚的脚背朝下，臀部落在脚踵上。如果将臀部抬起，上身挺直，就叫长跪，也叫跽，是将要站起身的准备姿势，也是对别人尊敬的表示。将两腿平伸，上身与腿成直角，形成簸箕状的一种坐法，叫做箕或踞。古人认为箕踞是对他人的不敬，所以，《礼记·曲礼上》规定："坐毋箕。"

周代贵族坐时常常是坐在席上，因而坐席也有一定的行为规范。"群居五人，则长者必异席。"[①]即一张席子只能坐四个人，四个人中的长者应坐席端（合坐以端为上），多了一个人，不能尊卑挤在一起，于是请其中的尊者到另外一张席子上去独坐。已经坐在席上，如果有尊者离席或走到跟前来，就用"避席"的办法自表谦卑。席子在堂屋中要放正。《论语·乡党》中讲道："席不正，不坐。"因为席子正了，心情也就郑重严肃了。古人室内的座次也是很重要的，《礼记·曲礼上》记载："席南乡北乡，以西方为上；东乡西乡，以南方为上。"如果席子是南北向的，就以西为上位；如果是东西向的，则以南为上位。

侍坐于国君的坐席规范是："侍坐则必退席，不退则必引而去君之党。登席不由前，为踖席。徒坐不尽席尺。读书。食，则齐，豆去席尺。"[②]即士大夫奉陪国君而坐时，为了表示地位低下，不敢与国君同起同坐，必须先向后移一移席子，如果国君不让移动席子的话，那么入坐时也要尽量坐得靠后一些，尽量离国君所坐之处远一些。升席时，要由席的下端，不能从席的前端径直进入。由席前径自升席，叫做踖席，是失礼的行为。无事而坐的时候，双膝要距离席的边缘有一些距离。只有在读书、吃饭的时候，为了让国君听清楚、为了不把席子弄脏，才使双膝与席边一样齐。放食物的器皿也要离席子有一尺远的距离。这是周代贵族关于坐的规矩。

---

① 《礼记·曲礼上》。

② 《礼记·玉藻》。

侍坐于客人时，要与客人相互谦让之后才能就座。《礼记·曲礼上》记载："若非饮食之客，则布席，席间函丈。主人跪正席，客跪抚席而辞。客彻重席，主人固辞。客践席，乃坐。"如果来的不是饮酒吃饭的客人，就将宾主的坐席对铺，两席之间相距一丈远。主人跪坐下来替客人整理席位，客人跪下来按住席子婉言推辞。主人为客人铺设两重席，客人要请求撤去一层席，主人一再请他别撤，客人这才上席就座。

侍坐于尊长，将要上席就座，容颜不要羞惭拘谨，两手提起衣服，使底边离地一尺来高，不要大幅度地扇动衣服，脚步不要慌张。如果先生的书策琴瑟在前面，就跪下将其移开，不能从上面跨过去。不吃饭时，坐在席子上，尽量往后坐，这是谦恭的表现。吃饭时，尽量往前坐，是为了不污染席子。坐时一定要坐安稳，容颜庄敬。侍坐于长者，长者没有提到的，就不要插嘴乱说。侍坐于君子，如果君子打哈欠、伸腰，问日之早晚，就告诉他晚饭是否做好。如果君子变动坐的姿势，那就表示他已有倦意，这时就应当请求退下。这些都是侍坐时的行为规范。再比如说，侍坐于所尊敬的人，就尽量靠近尊者，而不要留出很多余席。见到同辈的人，不用起身。烛火端来了，要起立；食物上来了，要起身；贵客来了，要起身示意。关于侍坐的规矩还有，"侍坐，弗使不执琴瑟，不画地，手无容，不翣也。"[1]这是侍坐于长者应当注意的又一原则。如果尊长者没有让弹琴瑟，就不要自作主张地弹琴瑟。侍坐于长者时，手不要在地上乱画，不要弄手，也不要漫不经心地为自己扇着扇子。《礼记·曲礼下》还记载："侍于君子，不顾望而对，非礼也。"即奉陪君子时，如果君子有所问，不看看还有没有其他人要回答，就率然相对，这是不礼貌的行为。

侍坐是贵族交往中的重要环节，从这些有关侍坐的文献记载来看，贵族的侍坐要遵循较为严格的行为规范。一方面要对客人、长辈、国君等表示谦让和恭顺；另一方面侍坐时要安静，手不能乱动，眼睛不能随意乱看，即使是看到长辈的琴瑟、扇子之类的器物，也不要随意拿过来弹奏和扇动。从侍坐的主要特征来看，周代贵族是比较喜欢安静的生活格调的。安静而不浮躁是贵族性情的一个重要方面。

从以上分析可以看到，贵族之间的日常交往虽然没有场面宏大的仪式，但也很讲究，一言一行、一举一动都要遵循一定的礼仪程序。侍坐，更是在轻松的氛围中传达着行为规范、体现着仪态之美。可谓站有站相，

---

[1] 《礼记·少仪》。

坐有坐相。规范化的日常举止使贵族的行为高贵优雅，富于艺术性。日常生活中的礼节也是判断一个贵族是否具有修养的重要标志。

第四节　周代贵族教育与贵族艺术气质的养成

贵族品格的养成在很大程度上有赖于周代的教育制度。周代贵族教育的目的不只在于知识的传输，还在于对言谈举止进行规范化的训练。在贵族的教育体制之中，艺术素养的培养占有很大比重，这种教育的结果无疑会使贵族子弟具有独特的艺术气质。所以说，周代贵族的教育是一个塑造人的过程，是一个从各个方面培养贵族的过程。

一、贵族教育

周代贵族对子弟的教育非常重视，认为"玉不琢，不成器，人不学，不知道"①。力求通过教育将子弟都塑造成举止适度又有涵养的贵族。

受教育是贵族儿童生活中的重要内容，贵族教育与贵族行为的规范性和审美性正是通过教育得到了传承。就家庭教育而言，可以说，从孩子刚刚出生就开始了。周代贵族儿童的抚养有专门的育儿室，还要在诸母及其他妇人中，选择"宽裕、慈惠、温良、恭敬、慎而寡言者，使为子师，其次为慈母，其次为保母，皆居子室"②。宽裕、慈惠又寡言的老师，以及慈母、保姆等人环绕在婴儿的身边，形成了一个慈爱、温厚的教育氛围。

到了幼儿阶段，贵族子弟的教育就有了较为明确的教学内容。一般十岁以前学习日常生活礼仪和幼仪。《礼记·内则》记述了贵族子弟受教育的阶段和主要内容。小孩能独立吃饭时，就教其用右手吃饭。等到能说话时，教男童回答大人的问话用唯，女孩用俞。在穿着方面，要体现男女性别的差异，男孩的鞶囊用革制成，女孩的鞶囊用缯制成。六岁时，开始学数数。七岁时男女孩不同席，不同食。男孩教以阳刚之气，女孩教以阴柔之美。八岁教导其礼让长者，九岁教以干支节令。十岁时就要出外跟老师学习。应当说到十岁时学前教育就结束了。

男孩子十岁以后就要接受学校教育。在入学之前，要举行释奠礼和释菜礼。释奠礼，就是陈设酒食用以祭祀先圣先师。释菜礼，就是用蘋

---

① 《礼记·学记》。

② 《礼记·内则》。

蘩等菜蔬祭奠先圣先师，用以表达对他们的崇敬之心。有了这样的仪式，正规的学校教育阶段就开始了。周代的学校教育较夏商更为完善，学校的结构也更为完备。大体来说，西周的学校分为"国学"和"乡学"两种。国学是中央设立的学校，有"大学"和"小学"之分。小学设在王宫南边左侧，大学设在国都的南郊。周天子的大学叫"辟雍"，诸侯国的大学叫"泮宫"。《礼记·王制》中记载："小学在公宫南之左，大学在郊。天子曰辟雍，诸侯曰泮宫。"这些学习的场所，一般都是三面环水，一面留有通道。中间是高地，高地上设有厅堂（明堂），附近广植林木。树林中鸟兽群居以供习射。山水宜人的自然景观造就了贵族子弟一种诗化的观照世界的视角，陶冶了他们的性情。

女孩子十岁以后，就不能随便出门了，要待在家里，由傅母教她如何做一个温婉柔顺的人。女孩子还要学习纺麻织布、煮茧缲丝、纺织缯帛丝绦、制作衣服等活计。如果到了祭祀时，则要观察和学习如何捧酒、浆、笾、豆、菹、醢等祭品和祭器，按照祭礼的要求帮助大人放置祭品和祭器。

从十岁以后贵族子弟的教育内容来看，既有知识的培养，也包括言谈举止的规范化教育，同时还颇重男女性别意识和社会责任意识的教育。教育的目的是使贵族儿童的行为优雅、具有礼节。如教女孩说话做事要柔婉，就是要使女孩的声音情态符合当时社会的审美标准。

除了学前教育和学校教育之外，教育贯穿在贵族的整个生命过程之中。如周代贵族妇女的教育，并不是终止于儿童阶段的"姆教婉、娩、听从""学女事"的阶段，而是存在于整个生命过程。如将要出嫁前，父母以及庶母的训导，也属于教育内容。在王宫中，还有专门的官吏教妇女在生活中应当遵循的礼法。据《周礼·天官·内宰》记载内宰的职责就是："以阴礼教六宫，以阴礼教九嫔，以妇职之法教九御，使各有属，以作二事，正其服，禁其奇邪，展其功绪。""二事"，指的是编织丝、枲二事。枲是大麻的雄株，只开雄花，不结果实，可用来织布。在周代贵族妇女的生活中，内宰充当着教育者的角色。同时在礼仪中内宰又是协助妇女行礼的赞和对妇女服饰进行监督的管理者。《周礼·天官·内宰》记载："大祭祀，后裸献，则赞。瑶爵，亦如之。正后之服位，而诏其礼乐之仪。赞九嫔之礼事。"九嫔的职责是"掌妇学之法，以教九御妇德、妇言、妇容、妇功"。[①] 从这些文献记载可见，贵族妇女虽然不用专门到学校去

---

① 《周礼·天官·九嫔》。

学习，但是其所受的教育也是相当全面的，并且教育贯穿了整个生命过程。

通过以上分析可见，贵族教育就是培养贵族的教育。周代贵族教育从言行举止等各个方面对贵族进行全方位训练，最终使贵族子弟成为一个一颦一笑都适度、合礼的人。贵族教育是一个培养和塑造贵族的过程。

二、贵族教育与贵族艺术气质的养成

周代贵族文化是礼乐文化，周代贵族有着浓厚的艺术气质，这种气质的养成与贵族的教育方式和教育内容有着密切的联系。在贵族的教育中，不仅要进行举止言谈以及文化知识等方面的教育，还有着丰富的艺术素养的训练。

周代贵族子弟教育要遵循时令，"春夏学干戈，秋冬学羽籥"，"春诵夏弦，大师诏之；瞽宗秋学礼，执礼者诏之；冬读书，典书者诏之。礼在瞽宗，书在上庠。"①春天诵读《诗经》，夏天用弦乐伴奏，秋天在瞽宗学礼，冬天在上庠读书，都有专门的教师指导，这就是贵族的教育。在学习的过程中伴随着对季节变换的体认，也许周代贵族自己并没有意识到这其中的诗性成分，但是我们时隔千年的时空再看古人的这一教学方式，就深感这种教学方式可以使学生更多地去感受自然的变换。这种感受本身就是一种诗意的生存态度，体现了天人合一的美学思想。

从教学内容看，周代贵族的教育也有助于诗性气质的培养。《周礼·地官·保氏》中讲到了贵族子弟学习的主要内容："乃教之六艺：一曰五礼，二曰六乐，三曰五射，四曰五驭，五曰六书，六曰九数。乃教之六仪：一曰祭祀之容，二曰宾客之容，三曰朝廷之容，四曰丧纪之容，五曰军旅之容，六曰车马之容。"可见周代贵族教育内容是相当宽泛的，既包括贵族子弟必备的六种技艺的教育，也包括六种礼仪中的仪容教育。六艺主要指的是礼（规章仪式）、乐（音乐舞蹈）、射（射箭）、御（驾车）、书（历史）、数（数学）等。六艺中的礼又包括吉、凶、宾、军、嘉五礼。御包括鸣和鸾、逐水曲、过君表、舞交衢、逐禽左五种驾驭技巧和方法。礼乐射御的学习是有一定难度的，所以，大学以诗、书、礼、乐为重点，小学则以书、数为重点。《礼记·内则》记载："十有三年，学乐，诵诗，舞《勺》。成童舞《象》，学射御。"即十三岁才可以学习礼乐、学习诵诗，学习《勺》舞。到了十五岁以后才可以学习舞《象》和射御。二十岁行冠礼，

---

① 《礼记·文王世子》。

才开始学习各种重大的礼仪，也才可以穿皮裘和丝帛，学习名叫《大夏》的大型舞蹈，笃行孝悌之道。经过了六艺的学习和训练，贵族子弟就成为一个拥有各种技能和艺术气质的人。

仪容和仪态是贵族气质的外在显现，所有贵族教育中对子弟在何种场合应当有何种仪容都有严格的规定，在贵族的教育中，仪容也就成为重要的教育内容。《周礼》记载，对国子的教育有六仪，即祭祀之容、宾客之容、朝廷之容、丧纪之容、军旅之容、车马之容。可以说，不同的场合应当有怎样的仪容、仪态是很讲究的。从仪容的教育可以看出，贵族教育的目的不仅是从技能方面培养人才，还要从仪容神态方面将贵族子弟培养得有不同于一般人的高贵气质。也可以说，贵族的高贵，不仅仅表现在他们具有田产和爵位，还在于他们有着高贵的内在精神和气质。内在的高贵气质需要长期的训练，它不是一朝一夕可以形成的。宁静的面部表情、端庄的举止使贵族成为令人赏心悦目的审美形象。

周代贵族的艺术气质还集中体现在音乐的素养方面，而在贵族的教育中，音乐教育是其中很重要的一个方面。王室中的几乎每一个乐师都身兼二任，既要负责在各种仪式中演奏不同的乐器，也要负责对贵族子弟进行某一方面的音乐训练，如小师的职责是"掌教鼓、鼗、柷、敔、埙、箫、管、弦、歌"①，即给贵族子弟教授各种乐器的演奏方法以及歌唱的方法。磬师的职责是"掌教击磬、击编钟、教缦乐、燕乐之钟磬"②，即教授子弟如何敲击编磬、编钟，教授配合缦乐、燕乐演奏钟磬。笙师掌管着教授子弟吹奏竽、笙、埙、龠、箫、篪、篴、管、舂、牍、应、雅等乐器的方法。龠师掌管教国子手执羽毛吹龠而舞蹈。乐师的职责是"掌国学之政，以教国子小舞。凡舞，有帗舞，有羽舞，有皇舞，有旄舞，有干舞，有人舞。教乐仪：行以《肆夏》，趋以《采齐》，车亦如之。环拜以钟鼓为节。"③这就意味着各种乐师的职责不仅要教授各种乐舞，而且要将贵族子弟的行为本身培养得具有音乐性，行走的时候，其节拍要符合《肆夏》，快步小跑的节奏要符合《采齐》之节奏，环拜的节奏要符合钟鼓的节奏。大胥的职责也是教会贵族子弟的行为具有一定的音乐性，"春入学，舍采，合舞。秋颁学，合声。以六乐之会正舞位，以序出入舞者。"④古时，士见君以雉作为见面礼，见师以菜作为见面礼。春天，贵

---

① 《周礼·春官·小师》。
② 《周礼·春官·磬师》。
③ 《周礼·春官·乐师》。
④ 《周礼·春官·大胥》。

族子弟入学，大胥就教他们合舞，使他们的进退符合节奏；秋天，颁其才艺，也要使他们的进退符合一定的节奏。用六乐与舞蹈相配合并端正舞者的位置，根据年龄的大小排列舞者出入的顺序。可以说，音乐的作用就在于通过协调人的行为，进而形成一种温和的性情，同时，也是通过音乐的训练，贵族的行为举止中就具有了一种音乐的节奏，行为本身也就具有了艺术的意味。这就是音乐教育，是一个塑造贵族和培养贵族艺术精神的过程。

　　古人认为声音与人的心理之间有着异质同构的关系，长期受到和谐乐曲的熏陶，就会建立起一种温和平稳的心理结构图式。仪式中的各种礼乐都在不断强化着贵族行为的节奏，也都在建构着贵族的心理结构。相反，如果长期受到淫邪之声的熏染，也会形成一种浮躁纵欲的心性，所以周王朝严禁乐官们演奏过分哀伤的、轻慢不经的、声情险厉的乐曲。在周代的文化建构中，特别重视通过庄严肃穆的礼乐来培养贵族的性情。

　　教育的目的在于使贵族子弟全面发展，把他们培养成一个知书达理、温文尔雅的人。贵族的行为举止、谈吐具有高贵的气质，这与贵族全方位的教育理念是分不开的。直到春秋后期，私学兴起，尤其是孔子兴办私学，实行"有教无类"的教育原则，一方面使贵族的教育理念普及到平民中，同时，也对贵族教育体制形成冲击，使周代贵族的教育体制开始走向衰微，贵族独特的生活方式和精神修养也就开始消失或民间化。所以说贵族教育在贵族的存在和发展中起着很重要的作用。贵族教育的解体意味着贵族艺术精神的衰微。

　　以上我们分析了周代贵族的礼仪生活及日常生活中的几个具有代表性的方面，可以看到周代贵族生活方式主要有以下特征：第一，周代贵族的行为举止大都符合一定的规范。由于西周政权刚刚建立，所以这一时期的贵族生活能够吸取殷商覆亡的教训，表现出谨慎和规范化的特点。西周时期贵族生活的总体特点是个体基本上与社会整体的价值观念相一致。这一时期的美学观念也表现为对等级礼制之中的美的认可和追求。认同生活中的各种礼仪，遵循生活中的各种行为规范，因而周代贵族与整个社会体制是谐调一致的。在这样的历史文化语境中，周代贵族的行为举止虽然谨慎小心、遵循规范，但绝无萎缩、颓靡和过分压抑之感。总体上来看，在各种礼仪中都充满了贵族诗化的情调，生活就是诗；第二，周代贵族的举止具有文雅的特征。周代贵族的行为举止中要尽量避免粗疏和草率，要在非常细微的地方见出贵族的修养和沉稳的心性。正如《国语·周语下》中所说，要"立无跛，视无还，听无耸，言无远。言敬必及天，言忠必及意，言信必及身，言仁必及人……"这才是一个君子的风范。举止的文雅化是遵循行为规范的必然结果。如穿鞋，先穿哪一只鞋，再穿哪一只鞋，在什么位置穿都是有章可循的。正是在这些符合规范的行为中体现了贵族温文尔雅的精神气度，使贵族的行为举止具有了艺术性；第三，生活的精细和考究。这一点突出地表现在贵族的饮食、洗浴等方面。食物要切得细致，做得精细；洗浴的方式要非常讲究，洗完之后还要饮酒听乐，这些都是有闲阶层的生活状况。衣食无忧为贵族超越直接功用目的之上、追求考究化的生活提供了条件。正是在这样的生活方式中表现了贵族对行为举止之美的追求；第四，周代贵族的日常生活虽然不像仪式生活一样，具有隆重的仪程，但是仪式性和规范化的特征是周代贵族日常生活的一个重要特点，也可以说仪式的观念渗透到了贵族生活的方方面面，而且，程序化的行为方式也是使周代贵族的日常行为具有艺术性的一个重要原因；第五，周代贵族的行为中有着深厚的文化蕴含。这主要表现为对神灵存在的敬畏和对他人存在的关注。如在尊贵的客人面前不要呵斥狗，不在主人让食的时候吐唾沫，以免他人产生误解等。这些都是与人相处的一些基本行为规范。如果说这些行为规范在汉代以后被经学化，被僵化，那么，这些行为规范和做人的一些基本原则在周代还具有鲜活的生命力，具有社会契约的性质。正是因为遵循了这些礼仪规范，所以，贵族的行为才独具一种迷人的魅力，这种魅力来源于对他人存在的关注。如果说存在主义者所说的他人就是地狱，就是限制主体自由的障碍，那么，在中国古代社会生活中，建立的则是一种祥和与互让的人际关系。人与人的关系是从正视他人的存在开始的，只有坦然地将他人的存在当成自己生命中无法逾越的一个因素来考虑的时候，才能具有平和的心态，建立一种和谐的人际关系。并且，周代贵族不仅正视他人的存在，而且，将他人理解成自己行为的欣赏者、关注者和评判者，因而，在他人的眼光中，举止都要做得优雅和具有可观赏性。而周代贵族诗性气质的养成与周代的贵族教育理念有一定的关系。

国家社科基金
后期资助项目
GUOJIA SHEKE JIJIN HOUQI ZIZHU XIANGMU

中国文学艺术思想通史

总主编　童庆炳　李春青

先秦文艺思想史

下册

The History of Literary Theory in Pre-Qin Period

李春青　主　编

李　山　过常宝　刘绍瑾　副主编

北京师范大学出版集团
BEIJING NORMAL UNIVERSITY PUBLISHING GROUP
北京师范大学出版社

目 录

下 册

第七编　老庄的艺术精神

第十六章　蕴含在器物中的审美追求

周代贵族的物质财富并不是非常丰富，但是在生活的各个领域中，都贯穿着他们对器物之美的鉴赏和追求。器物在周代贵族的生活中既是实用的器具，又是等级身份的标志，还是周代贵族艺术精神的集中体现。器物既有实用价值，又富于装饰功能，还凝结着周代贵族对美的理解和追求。

第一节　周代贵族的服饰审美

可以说人类在史前时期就形成了对服饰的朴素的审美意识。考古工作者在山顶洞人的遗址中发现了白色带孔的小石珠、黄绿色的钻孔砾石和穿孔的兽牙等物。还发掘出不少用天然美石、兽齿、鱼骨、河蚌和海蚶壳等打磨而成的发饰、颈饰和腕饰等装饰品。到了仰韶文化中期，人们不仅大量地制造和使用石制的农业生产工具，同时也制造了相当精巧的工艺品。大汶口和姜寨发现的玉手镯、玉指环和绿松石串饰等，可称作这个阶段装饰工艺品的代表作。由此可见，服饰审美的历史源远流长。服饰发展到周代已远远超出避寒、遮体的实用功能，而具有高度的审美价值。但是服饰在周代并不是独立存在的审美体系，而是被纳入到等级体制之中作为等级标志的一个方面而存在着。本文力求从有关周代服饰的文献资料整理入手，对周代服饰美学的主要特征进行一个粗浅的梳理和总结，并进而对服饰中所蕴含的周代贵族的艺术精神进行挖掘。

一、周代贵族服饰中的意识形态蕴含

周代贵族对服饰非常重视，认为"不学杂服，不能安礼"[①]。衣冠整洁而符合礼仪，这在周代是人际交往中应当遵循的基本原则。《礼记·檀弓下》记载季孙之母死，曾子和子贡去吊丧，看门人看到他们两个人服饰不整，就不让他们进去。等到他们在马厩中收拾了一番后，这才允许他们进去。宾客看见他们衣冠整洁也对他们大加礼敬。可见服饰在周代贵

---

① 《礼记·学记》。

族交往中的重要性。从服饰体制来说，周代贵族的服饰具有以下两个
特征：

（一）服饰的场合性

周代贵族的服饰大多数情况下是上衣下裳，身穿右衽交领衣，下穿
裙裳，腰间束带，腹前系韨，裹脚，着翘尖鞋。但是不同的身份和不同
的场合，服饰的形制和花纹有较为明显的区别。

根据《周礼·春官·司服》的记载，天子的礼服主要有大裘冕、衮冕、
鷩冕、毳冕、希冕、玄冕、韦弁、皮弁、冠弁等。天子在不同的场合要
穿不同的礼服。大裘冕是用小黑羔羊皮制作的礼服，天子穿着大裘冕以
祀昊天上帝；衮冕上绘刺着日、月、星辰、龙等十二种图案，以龙纹居
首，是天子享先王时的服饰；鷩冕即绘着赤腹雉的礼服，天子祭祀先公、
举行飨礼、射礼时就穿着鷩冕；毳冕是天子祭祀四方名山大川和一般山
川时所穿的礼服；希冕是天子祭祀社稷时的服饰；玄冕，衣无纹，裳刺
绣黻，是天子祭祀各种小神时的祭服；军事活动时天子穿着韦弁服；处
理朝政时穿着皮弁服；田猎时穿缁布衣，着白裳，戴玄冠。可见，天子
在不同的场合，有不同的服饰。

《礼记·玉藻》记载，天子春分行朝日礼和每月初一听朔时的服饰是
玄冕、玄衣。天子每天听朝时的服饰是白鹿皮弁、白色丝衣。天子燕居
时的服饰是玄冠、玄衣。晚上穿着深衣。遇到年成不顺，或日食月食时，
为了表示对神灵和灾难的敬畏，天子穿素服。《礼记·玉藻》篇的记载是对《周
礼·春官·司服》篇的补充。将两篇文献的记载放在一起，就可以对周天
子不同场合所穿的服饰有一个更全面的了解。

据《周礼·天官·内司服》记载，王后的服饰有袆衣、揄翟、阙翟、
鞠衣、展衣、褖衣六种，都属于衣裳相连的服制。前三种是王后伴随帝
王参加各种祭祀大典时所穿的礼服，上面均有翟（长尾雉鸡）作为图案，
但颜色有玄、青、赤之别。鞠衣是王后在养蚕的季节到来时，用以祭告
先帝所穿的黄绿色（如初生桑叶的颜色）礼服。在礼服中，亲蚕之服仅次
于祭祀之服。展衣，又名襢衣，是王后礼见帝王、宴见宾客时所穿的白
色礼服。褖衣是平日所穿的黑色便服。在穿着这些衣服时为了显示它们
的色彩，还要衬以素纱。此外，王后还要在最隆重的场合以副为首服，
足着黑色舄。由此可见，王后的着装也根据场合而变化。

丧葬场合有专门的服饰。按亲疏关系、服丧期限的不同，丧服可分
为五种：斩衰之服，用极粗的生麻布制成，不缝衣旁及下边；齐衰之服，
用次等粗生麻布制成，缝旁及下边；大功之服，用粗熟布制成；小功

之服，用稍粗熟布为丧服；缌麻，用稍细熟布为丧服。用粗糙的生麻布制作的斩衰之服，是丧服中最重的，一般是子女为父母之丧所穿戴。缌麻是最轻的丧服，是关系疏远的亲属为死者所服。随着时间的推移，丧葬的悲伤心情会减弱一些，所以服丧三年以后，就要除服，但是即使是除丧后的服饰也要有所不同。《礼记·曲礼上》记载："为人子者，父母存，冠衣不纯素。孤子当室，冠衣不纯采。"意思是做儿子的，父母都在世，冠服不能用素色镶边。失去父母的儿子，即使做了家里的主人，除丧后的冠服也不要用彩色镶边。

周人穿衣服时，服之裼与袭，也跟场合有关。"裘之裼也，见美也。吊则袭，不尽饰也。君在则裼，尽饰也。服之袭也，充美也。是故尸袭，执玉、龟袭。无事则裼，弗敢充也。"①裼是为了显露礼服的美丽，袭则为了表达庄重之情。所以君子去吊丧，就要袭裘而往。去国君的处所，就要裼，以显示文采。祭礼中象征祭享对象的尸，要袭，表示庄重。聘礼中聘使执玉致辞时，卜人执龟甲占卜时，也要袭，表示严肃庄重。事毕则要裼，表示在国君的面前不敢藏美。

服饰的场合性将周代贵族的生活分为不同的层面。不同的层面使贵族的生活呈现出立体化的特征。服饰的变化就成为周代贵族立体化生活的不同侧面的标志。我们多次讲到生活意义的设定问题，事实上，服饰的场合性不但使生活丰富多彩，使生活有了节奏和变化，而且，生活的意义也就在服饰的不断更替中建立起来了。

（二）服饰的等级性

在周代贵族的生活中，衣食住行、言谈举止等各个方面都表现出明显的等级特征。城之广狭、宫之大小是贵族身份最显著、最直观的标志。从田产的面积来说："天子之田方千里，公侯田方百里，伯七十里，子男五十里。"②从房屋的高低来看，"天子之堂九尺，诸侯七尺，大夫五尺，士三尺"。③级别越高的贵族其殿堂越高大。贵族的等级制还表现在其他许多方面："天子七庙，诸侯五，大夫三……天子崩，七月而葬，五重八翣；诸侯五月而葬，三重六翣；大夫三月而葬，再重四翣。"④即天子有七所祖庙，诸侯五庙，大夫三庙，士一庙。天子驾崩，七个月后埋葬，垫棺椁的茵、抗席、抗木五层，遮挡棺椁的障扇八个。诸侯死后五个月

①　《礼记·玉藻》。
②　《礼记·王制》。
③　《礼记·礼器》。
④　《礼记·礼器》。

埋葬，三重垫席六个障扇。大夫死后三个月埋葬，两重垫席四个障扇。

周代贵族的等级制在服饰的形制和图案之中也得到了集中的体现。天子拥有至高无上的权力，同时也拥有最高层次的审美特权。冕冠是天子和百官参加祭祀典礼时所戴最尊贵的礼冠。周代贵族的冕冠前后垂有旒，用五彩丝条作绳，上穿五彩圆珠，一串为一旒。据《礼记·玉藻》记载："天子玉藻，十有二旒，前后邃延，龙卷以祭。"即天子的冕冠前后各十二旒，用玉二百八十八颗，而其他层级的贵族则根据爵位的等级，冠冕上的旒数依次递减，分别为诸侯九，上大夫七，下大夫五，士三。这是对审美权力的等级划分。

此外，只有天子可以拥有集十二种美丽图案于一身的服饰。天子的上衣绘有日、月、星辰、山、龙、华虫六种图案，下裳绣有宗彝、藻、火、粉米、黼、黻六种图案，合称十二章纹。天子穿有十二种图案的冕服，表示他对美有着绝对的拥有权。而其他级别的贵族的礼服不能用日、月、星辰来装饰，只能用山、龙以下的图案，所以公爵穿有九种图案的衮服，侯伯穿有七种图案的鷩服，子男的毳服上绘着五种图案。可以看出，随着贵族爵位的降低，服饰上图案的数量也在递减。

在周代贵族的审美观念中色彩既能使生活绚烂而多彩，而且色彩还与贵族地位的高低有着密切关系，色彩时常是贵族等级的标志，因而周代贵族对身边事物的色彩之美，尤其是服饰的色彩搭配非常关注。如冠的颜色和冠所配的丝带的颜色都被纳入到贵族的等级体制之中。"玄冠朱组缨，天子之冠也。缁布冠缋緌，诸侯之冠也。玄冠丹组缨，诸侯之齐冠也。玄冠綦组缨，士之齐冠也。"①这是说，天子的冠是玄冠配上朱红色的丝织冠带；诸侯的冠是缁布冠配上加穗的丝织冠带；诸侯的斋冠是玄冠配上丹红色的丝织冠带；士的斋冠以玄冠配上青黑色丝织冠带。在这里色彩之美与贵族的等级融为一体，成了区别等级的标志。

不仅冠和冠带的色彩美被做了等级划分，而且从蔽膝到绅带等都被纳入到等级体制之中。《礼记·玉藻》载："韠，君朱，大夫素，士爵韦。"意思是国君一级的贵族其蔽膝应是朱红色的，大夫素白色，士是赤而微黑色。蔽膝本是原始社会人类用来遮蔽下身的兽皮，到了周代它的实用价值就被它的装饰价值以及它作为等级标志的价值所代替。

(三)服饰图案及形制中的象征意义

周代贵族服饰的意识形态蕴含，往往是通过服饰的象征性来完成的。

---

① 《礼记·玉藻》。

周代贵族的服饰中充满了意识形态象征意味。如冕延是一块后高前底的木板，上面是黑色，下面是赤色，象征着天玄地黄。延的前后垂有组缨，其上穿有玉珠，叫做旒，因为一串串透明的玉珠似繁多的露水珠，所以也叫繁露。周天子的冕有十二旒，象征着一年有十二个月。冕服上的图案中日、月、星辰象征照临无私；山，象征镇定；龙，象征神气变化，善于适应；华虫，象征文采华美；宗彝（祭器）象征着孝；藻虎、蜼象征威猛；火象征光辉照耀；粉米象征着养民；黼（斧形）象征决断；黻，象征着臣民背恶向善。祭服的裳一般是前三幅，象征阳；后四幅，象征阴。

正如《礼记·郊特牲》所说："祭之日，王被衮以象天。戴冕璪十有二旒，则天数也。乘素车，贵其质也。旂十有二旒，龙章而设日月，以象天也。天垂象，圣人则之，郊所以明天道也。"天子祭祀时所着的服饰，被衮以象天；十二旒以象天数；龙章而设日月，以象天。天为人类展示了这样的景象，人类进行郊祭时只是彰明了天道而已。这就是周代贵族服饰的象征意义。

周代贵族的冠象征着贵族的尊严。《国语·晋语》记载："人之有冠，犹宫墙之有屋也。"即人要戴冠，就像宫墙必须有屋顶一样。所以，哀公十五年卫国发生内乱时，子路被砍断了系冠的缨，冠掉到了地上。在为肉身而战，还是保持自己的贵族身份的抉择中，他选择了后者。在生死存亡的关键时刻，子路停下战斗整好衣冠，绑好系冠的缨，结果被对方杀死了。可见当时的贵族把自己的身份的确看得比生命还要重要。在当时的贵族社会中，当冠而不冠是"非礼"的行为。

深衣的形制也有丰富的象征意义。"制十有二幅以应十有二月，袂圜以应规，曲袷如矩以应方，负绳及踝以应直，下齐如权衡以应平。故规者，行举手以为容；负绳抱方者，以直其政、方其义也。"①意思是深衣用布十二幅，以象征一年十二个月。袖底裁圆，以应合规范。领下方如矩尺，以应合方正。背后衣缝以直线贯通，以应合正直。下摆平如秤杆，象征着公平。一件深衣简直就不是为了御寒和遮体而制作的，而是君子的座右铭。正是通过象征的途径，服饰的意义得到了升华，服饰成为超越实用目的之上、实现统治有序化的桥梁。这就是周代贵族服饰中的意识形态蕴含和象征意义。

二、周代贵族服饰的审美特征

毫无疑问，在礼乐文化体制之中，服饰首先被当成贵族等级的标志，

---

① 《礼记·深衣》。

传达着丰富的意识形态蕴含，但是在意识形态的背景下，服饰依然表现出了周代贵族的审美追求和艺术精神。从服饰的审美特征来讲，周代贵族的服饰具有以下几个特征。

（一）色彩搭配

除了祭祀天地等重大的祭祀活动，诸侯朝见天子时都要敞开外面的衣服，露出里面的裳衣，显露出服饰的美丽。可见周代贵族对色彩美的关注。从文献记载可以看出，周代时色彩还不是非常丰富，但是，周代贵族非常重视有限的几种色彩的搭配。通过色彩的搭配，以及对所搭配出来的色彩的关注使简单的生活充满了意义。

周代贵族对色彩充满了敬畏的情怀。《礼记·祭义》记载，制作祭服时："夫人缫，三盆手，遂布于三宫夫人、世妇之吉者，使缫。遂朱、绿之，玄、黄之，以为黼黻、文章。"即制作祭服时，夫人要在盆中洗三次手之后开始缫丝。将丝染成朱色、绿色、玄色、黄色等，然后将各种不同颜色的丝搭配、编织成黼、黻、文、章等不同的花纹。

《周礼·冬官·画缋》记载着周代贵族的色彩与色彩搭配美学：

> 画缋之事，杂五色，东方谓之青，南方谓之赤，西方谓之白，北方谓之黑，天谓之玄，地谓之黄。青与白相次也，赤与黑相次也，玄与黄相次也。青与赤谓之文，赤与白谓之章，白与黑谓之黼，黑与青谓之黻，五采备谓之绣。

周人的色彩与方位有着密切的关系，分别是东青，南赤，西白，北黑，天玄，地黄。其中暗含着太阳在不同的位置给人的不同的感觉。所以说，周人的色彩也来源于人的感觉与天地四时的变化，蕴含着天人合一的观念。从色彩搭配来讲，虽然当时的色彩比较单一，但是人们对色彩寄予了极大的兴趣，因而工匠如何上色，色彩如何搭配都受到了人们的关注。色彩搭配的原则主要有两种，一种是相对的方位的两种颜色相互配合，叫做"次"，即东方之青与西方之白相次；南方之赤与北方之黑相次；天之玄与地之黄相次。另一种搭配法是按照顺时针方向，将相邻的两种色彩进行搭配，即东方之青与南方之赤搭配，谓之文；南方之赤与西方之白搭配，谓之章；西方之白与北方之黑搭配，叫做黼；北方之黑与东方之青搭配，叫做黻。综合五种颜色叫做绣。这就是周人的色彩美学，简单而充满神秘感。周人的服饰美学思想就是建立在这种色彩搭配美学基础之上的。

周人还讲究上衣与下裳之间的色彩搭配，认为青、黄、赤、白、黑（即玄）五种色彩是正色，而用其中两种颜色混杂而成的颜色就是间色。贵族的礼服，上衣必须穿正色，下裳可以用间色。即遵循"衣正色，裳间色"①的搭配原则。天色为玄，玄色也是正色。所以，上衣可以是玄色。赤黄相杂为缥，缥色为间色，又是地色，所以可以为下裳之色。还有一种说法是，正色指的是青、赤、黄、白、黑五方之色，故为正色，衣在上为阳，故用正色。裳在下，为阴，用间色。无论哪一种说法，都体现了周代贵族上衣与下裳的色彩搭配中对上衣之色的重视。

裘与裼衣的色彩搭配。《礼记·玉藻》篇载："君子狐青裘豹褎，玄绡衣以裼之；麛裘青犴褎，绞衣以裼之；羔裘豹饰，缁衣以裼之；狐裘，黄衣以裼之。锦衣狐裘，诸侯之服也。"这一段话主要谈到了贵族上衣袖口的装饰以及裘衣和裼衣的色彩如何搭配的问题。意思是如果国君穿着狐青裘衣，就要用豹皮来装饰袖口，外面要穿玄色绡制的裼衣；而小麛鹿皮做的裘衣，就要用青色野狗皮来装饰袖口，外穿苍黄色的裼衣；羔裘衣就用豹皮来装饰袖口，再配缁衣作为裼衣；狐裘衣，就要配黄色裼衣。从中可见，周代贵族很关注一套服饰中的色彩和质地是否谐调。

贵族儿童所穿的衣服也体现了贵族的色彩美学思想。"童子之节也，缁布衣，锦缘，锦绅并纽，锦束发，皆朱锦也。"②镶边是周人服饰中重要的装饰之一。在周代贵族的服饰中，常常用锦来镶嵌服饰的边缘。锦镶边在周代也发展到非常富丽精细的程度。贵族儿童的服饰以黑青色为主色调。但是在这一略显灰暗的色调的基础上却镶以朱红色的边，这样周代贵族儿童上身穿着缁布衣，镶着朱红色的锦边，衣带、纽扣以及发饰都是朱红色的锦做的。缁布与朱红锦的搭配，显出贵族儿童华贵而不浮躁的气质，是别具一格的色彩搭配美学思想的体现。

(二)服饰的装饰效果

注重服饰的装饰效果，是周代贵族注重文饰美的表现。《周礼·天官·典丝》中记载，在周王的官制中有典丝之官，专门提供祭祀和丧事中装饰器物所用的丝，可见周人非常重视服饰器物的装饰，需专人负责。

周代贵族对服饰的装饰表现在各个方面，如首服中的弁是贵族比较尊贵的帽子，有皮弁、爵弁等。皮弁是用鹿皮做的，由几块鹿皮拼接而成，缝接处缀以一行一行的五彩玉石，称为琪(或綦)。《诗·卫风·淇

---

①　《礼记·玉藻》。

②　《礼记·玉藻》。

奥》就曾说贵族的皮弁"琀弁如星"，意思是贵族皮帽帽缝的缝合处缀有一行行闪闪的玉石，亮晶晶的，看起来就像天上的星星一样美丽。

带是周代贵族服饰中的重要组成部分。带的作用，一方面是为了将衣服系紧，同时在带上可系挂日常生活中所用的一些小型的工具，如锥子、针线等；另一方面，带也具有较强的装饰作用。《礼记·杂记》记载："率带，诸侯大夫皆五采，士二采。"意思是诸侯大夫的带都是五彩来装饰，士的带以二彩装饰。带的绲边也是比较讲究的，天子的带，绕腰的部分上侧是朱色镶边，下侧是绿色镶边。带下垂的部分叫做绅，绅的外侧绲边是朱色，内侧绲边是绿色。这是细微的审美装饰风格的体现。

还有深衣的边缘装饰也是很细致的，《礼记·深衣》记载："具父母大父母，衣纯以缋。具父母，衣纯以青。如孤子，衣纯以素。纯袂、缘，纯边，广各寸半。"缋，画文也。纯，指的是衣服的镶边。这段话的意思是父母和祖父母都健在的人所穿深衣用有彩色的布条来镶边。只有父母健在，而无祖父母的人，所穿深衣以青色布条来镶边。父母祖父母都不在的人，所穿深衣用白色布条来镶边。一般来讲，袖口、下摆、衣边的镶边宽度都是半寸。

重视装饰，尤其是重视服饰的镶边艺术成为周代贵族服饰审美的一个突出特征。这一方面表明周代贵族的服饰比较精致，已经达到了一定的美学高度；另一方面也表明周代贵族是以一种审美的眼光和审美的心态来对待服饰的。

（三）服饰的精细化

与生活的精细和考究相一致，周代贵族的审美情趣还表现在对细微装饰之美的鉴赏方面。在礼乐文化的大背景下，周代贵族的审美追求不是长江黄河塞外风光之类的崇高美，而是礼制生活中的一举一动、一事一物之中所蕴含的美。周代贵族的审美是与细微的日常生活密切相关的，而且在他们的眼里，生活中到处都充满诗意。这种对细微之美的鉴赏主要表现在贵族对服饰和车马饰等细微之处的关注上。如前所述周代贵族对冠的带子也要进行美化，用五彩丝线编织而成，使其具有审美价值。再如衣服袖口的装饰也集中体现了贵族细腻的审美追求。《礼记·玉藻》篇还讲道："凡带，有率，无箴功。"箴，通"针"。意思是周代贵族的绅带非常讲究审美效果，要用暗线缝制，使人从外面看不出针脚。之所以具有这样的审美追求，可能与贵族受礼制的约束，行为和思想都比较谨慎、细腻有关。

周代贵族服饰的精细化特征随处可见。如冠的装饰就非常精细，甚至有些繁复。其中纩是系在冠圈上，垂在耳孔外的小圆玉，也叫瑱。天子的瑱以玉石为质地，臣的瑱以美石或象牙为质地。纮，是系玉的丝绳。人君用五种颜色的丝绳，臣用三色的丝绳。这里的玉石和缀玉的丝绳都可谓精美的艺术品。在首服中，还有笄和纮也是很讲究的装饰品。笄主要是用来固定冠的，但是事实上，它的装饰效果更加吸引人。笄首通常是雕刻精巧的装饰品。在各地出土的文物中也常见到笄，如陕西宝鸡竹园沟西周墓地出土的八件铜发笄，呈"干"字形。宝鸡茹家庄墓地出土一组（二十四件）铜发笄，形制相同，笄身呈圆锥状，细长，笄顶饰立鸟，高冠，作展翅腾飞状，形象十分生动。① 另外，河南浚县辛村西周末至东周初的卫国贵族墓葬发掘出一对鸳鸯笄首，用骨料雕着羽毛细致、昂首翘尾的鸳鸯。在鸳鸯的腹下有一个小孔，刚好可以把锥形的笄杆插进孔洞。② 在考古发掘资料中还有沣西张家坡西周墓地出土的笄 700 多件，大都磨得很细。"有少数还雕刻着鸟形花纹或镶嵌绿松石，制作十分精致，是很好的艺术品"。③ 可以想象这种鸟的眼睛和胸部都镶有绿松石的笄是何等精细的审美趣味的表现。纮的用法是用一端系在笄的一端，另一端绕过下颌，再系在另一个笄上（据王宇清《周礼六冕考辨》，一般要用两个笄）。天子朱纮，诸侯青纮，以纮两端下垂的丝组为装饰，体现了贵族服饰的精细化特征。

这种细腻的审美追求还表现在鞋子的装饰上。周人的鞋子除了鞋帮、鞋底之外，还有綦、絇、繶、纯等集实用与装饰于一体的部件。綦是鞋带；絇是鞋头上的一种装饰，其形状像翘起的鼻子，有孔，可穿系鞋带；繶是鞋牙（即今之鞋帮）与鞋底相连接处的缝里装饰的丝缘；沿着鞋口的镶边叫纯。据《仪礼·士冠礼》记载："爵弁繅屦，黑絇、繶、纯，纯博寸。"意思是爵弁服的鞋子是黑色的鞋头饰，鞋底与鞋帮相接处的丝缘，以及鞋口的边都是宽一寸的黑色镶边。

在周天子的生活中，屦人要为王及后提供各种各样的鞋子和鞋上的装饰品。《周礼·天官·屦人》记载："屦人掌王及后之服屦。为赤舄、黑舄，赤繶、黄繶，青絇，素屦，葛屦。"屦指的是单底的鞋，舄指的是复底的鞋。从有关屦人职责的记载中可以推知，周王和王后的鞋子主要有红色、黑色的复底鞋，鞋底和鞋帮之间装饰着红色和黄色的绦子，鞋头

① 卢连成、胡智生：《宝鸡强国墓地》，北京，文物出版社，1988，第 315 页。

② 郭宝钧：《浚县辛村》，北京，科学出版社，1964，第 68 页。

③ 中国科学院考古研究所编著：《沣西发掘报告——1955—1957 年陕西长安县沣西乡考古发掘资料》，北京，文物出版社，1963，第 106 页。

是青色的装饰。此外，还有素色的单底鞋和葛质的单底鞋。

周代贵族讲究鞋子与衣服相搭配，即讲究穿颜色与衣服相近的鞋子。《仪礼·士冠礼》中记载着衣服和鞋子以及鞋子上的装饰的搭配原则，即周代贵族夏天穿的鞋子用葛麻布制成，如果穿玄色祭服就要配黑色的鞋子，鞋头的装饰绚要用青色，鞋牙与鞋底相接处的装饰缫也要是青色的。鞋口的镶边纯宽约一寸；如果穿素色的裳，要配白色的鞋，鞋的绚、缫、纯都要是缤色的，鞋口的装饰宽也是一寸；如果穿爵弁服，就要穿缫色的屦，屦的绚、缫、纯，都是黑色，鞋口的装饰宽一寸。贵族冬天穿用革制作的鞋。从鞋子的这些装饰和色彩搭配，都可以看出周代贵族的服装装饰非常细致，甚至有些繁复。其风格与青铜器的纹饰图案的繁复和细致是一脉相承的，体现了周代贵族的审美趣味和审美追求。

周代贵族的审美对象是非常有限的，与我们今天这个五彩纷呈的世界相比，周代贵族的服饰色彩还是显得比较单调，但是他们却能够对极细微的衣服镶边和色彩以及系冠的带子都表现出强烈的审美关注，从而使最不起眼的审美对象，如鞋子的绚、缫、纯等都成为审美观照的对象，都引起了人们的审美兴趣。这使我们认识到，一个时代有没有美，有没有审美的心态和审美追求，这与审美对象是否丰富并没有绝对的关系，对一个没有审美情趣的时代和阶层来说，再繁华、惹眼的审美对象都有可能引不起欣赏的兴趣，而对追求美、热爱美的时代和阶层来说，即使是最微不足道的美，也能定格在他们的视野中，成为他们玩味的审美对象。周代贵族对细微之美的看重，表明他们有着敏感的审美心性。

第二节　礼器的审美价值

因为周代贵族的礼器与食器常常是合而为一的，所以，我们这里就综合论述礼器（玉器将在后面独立论述）和食器中所蕴含的审美价值，而侧重于礼器。礼器是周人进行祭祀、宴飨、丧葬等礼仪活动时使用的器物，如周代贵族祭祀时所用的鼎、簋、爵、觯、角、散、斝、瓠、樽、笾、豆等。其中青铜礼器又泛称彝器。礼器首先是作为贵族身份、等级、权力的象征而存在的，是传达礼制思想的外在形式。然而，礼器那庄重的色彩、稳重的造型、精美的纹饰，又使它在传达意识形态蕴含的同时，成为周代贵族欣赏的艺术品，虽然它们不是为艺术的目的而制造的，在这些器物中却蕴含着周代贵族的审美趣味。

一、礼器中的意识形态蕴含

礼器在周代贵族的生活中，首先是身份和权力的象征，具有浓厚的意识形态蕴含。一般来说，天子、诸侯在宗庙举行祭礼时，身份尊贵者用爵盛酒献尸，身份较卑微的就用散酌酒献尸。《礼记·礼器》就有"宗庙之祭，贵者献以爵，贱者献以散；尊者举觯，卑者举角"的记载，表明爵、散、觯、角与贵族的贵贱尊卑之间的关系。《礼记·祭统》中还记载："尸饮五，君洗玉爵献卿；尸饮七，以瑶爵献大夫；尸饮九，以散爵献士及群有司。"这是天子宗庙大祭时的用爵情况。可以看出，酒爵中的玉爵、瑶爵、散爵分别代表了贵族的三个档次和等级，即卿以玉爵，大夫以瑶爵，士以散爵，形成了身份与不同的爵之间的对应关系。

鼎是青铜礼器中的重要食器，在祭祀和宴飨礼仪中主要用来盛放牲。鼎更是贵族等级的最典型的标志。九鼎就是天子身份和权力的象征。簋是祭祀时盛放煮熟的黍、稷、稻、粱等饭食的器皿，是商周时代重要的礼器。簋在祭祀和宴飨时与列鼎以偶数组合和奇数组合配合使用。一般来说，天子九鼎八簋，诸侯七鼎六簋，大夫五鼎四簋，士三鼎二簋。贵族拥有鼎的多少就表明其地位的尊卑。一系列出土的鼎也为我们默默地讲述着周代贵族贵贱尊卑的关系。

笾与豆的形状相似，但质地不同。笾是竹子制作的，用来盛放脯、枣、栗等干燥食物。豆多为木制，是贵族祭祀和宴飨时专门盛放腌菜、肉酱和调味品的食器，同时也是重要的礼器。笾、豆通常也是配合使用的。豆也具有身份标志的意义。豆的多少也是贵族地位高下的表现和权力大小的象征。《礼记·礼器》记载："天子之豆二十有六，诸公十有六，诸侯十有二，上大夫八，下大夫六。"体现了周代贵族社会重视等级的社会风尚。礼器对周代贵族而言首先是作为等级和身份的标志而存在的。

二、礼器的形制和纹饰之美

意识形态的目的并没有遮蔽住礼器的美学价值。正是在等级礼制的背景下，礼器的美学价值得到了凸显。就青铜器来看，商代的青铜器纹饰以饕餮纹为代表，饕餮形象往往占据器物的主体位置，表现出强烈的统治感。周代的礼器上也有非常丰富的纹饰图案，但宗教的意义逐渐减弱，更多地表现出周代贵族的等级制特征和对现实生活美的追求。礼器的形制纹饰是周代贵族追求纹饰的审美趣味的体现。

周代贵族对礼器的纹饰化审美风格的追求在先秦文献记载中可以得

到充分的证明。《周礼·春官·司尊彝》记载了各种精美的酒器的形状及其用途：

> 春祠夏禴，裸用鸡彝、鸟彝，皆有舟；其朝践用两献尊，其再献用两象尊，皆有罍，诸臣之所酢也。秋尝冬烝，裸用斝彝、黄彝，皆有舟；其朝献用两著尊，其馈献用两壶尊，皆有罍，诸臣之所酢也。凡四时之间祀追享朝享，裸用虎彝、蜼彝，皆有舟；其朝践用两大尊，其再献用两山尊，皆有罍，诸臣之所酢也。

从《周礼·春官·司尊彝》所载可以看出，周代有一系列制作精美、纹饰别致的酒器，如鸟彝、鸡彝、象彝、虎彝、黄彝等，这些酒器或者在器物上画着鸟或者别的动物的形象，抑或是将器物的盖子或整个酒器制成各种动物的形象。鸡彝、鸟彝指的是在彝上刻画鸡和凤凰之形。象尊，是用象骨装饰的尊。山尊，指的是一种器体刻画有山云之形的尊。舟，指的是酒器的托盘。整段话的意思是：周王春天举行祠祭，夏天举行禴祭时，行裸礼用有托盘的鸡彝、鸟彝。行朝践礼用两牺尊，行再献礼用两象尊，都设有罍，供诸臣酌酒行自酢礼用。秋天举行尝祭，冬天举行烝祭时，行裸礼用斝彝、黄彝，都有托盘；行朝献礼用两著尊，行馈食礼用两壶尊，也都备有罍，供诸臣酌酒行自酢礼时用。凡四季之间的祭祀，如追享、朝享，行裸礼用虎彝、蜼彝，都有托盘。行朝践礼用两大尊，行再献礼用两山尊，都备有罍。从《周礼》所记录的情况来看，周王举行祭祀时的酒器名目种类相当繁多，纹饰、形制也非常考究。

周代贵族的酒器中还有一种叫黄目，其设计和造型也非常特别，值得一提。黄目的外面镂刻成眼目之形，是贮存郁鬯的酒器。黄色居五行之中，目是眼睛，是人精气中清明的器官，酒樽之所以称作黄目，意思是酌酒于其中而清明洁净露于外。正如《礼记·郊特牲》中所讲："黄目，郁气之上尊也。黄者，中也；目者，气之清明者也，言酌于中而清明于外也。"黄目的构思，表现了周代贵族奇巧、细腻的审美趣味。

不仅礼器的造型和纹饰美丽，就是覆盖礼器的布也非常讲究。《周礼·天官·幂人》记载："祭祀以疏布巾幂八尊，以画布巾幂六彝。凡王巾皆黼。"祭天尚质朴，所以覆盖八尊用的是粗疏的布巾，而宗庙祭祀尚纹饰，所以用的是画有云气的布巾覆盖六彝。这一细节表现了周人对器物装饰的重视，也表现了周人器物装饰细致化的审美追求，细致到连器物上的覆盖物都有专门的幂人来掌管的程度。

那些沉睡在地下的历史遗存再次为我们讲述着三千多年前贵族的生活和他们追求美饰生活的艺术精神。出土的实物可以使我们对周代酒器的纹饰、形状之美有一个更加直观的印象。陕西扶风庄白一号青铜窖藏出土的酒器折觥，造型精美，纹饰华丽，主体呈绵羊形，在羊身的各个部位又有鸟、龙、蛇、怪兽、象鼻等三十多种动物造型和图案，纹饰繁复，造型奇特，体现了周代礼器浓重的装饰风格。从出土的饰物资料看，鸟兽尊也很多，如陕西宝鸡茹家庄墓地就出土有象尊，"象体肥硕、丰满。象鼻高挑，鼻头翻卷，中有圆孔，与体腔相通为流。象口微张，齿牙外露，两圆目突出，圆耳耸起。背部坦阔，中空，上有长方孔，方形器盖扣伏尊口，盖中部隆起，上有两圆环。方盖与象体环接。四柱足较短、粗壮，象尾自然下垂。器盖饰四组卷体蛇纹。通体饰四组凤鸟纹，用粗线条阳线勾勒，凤鸟垂冠，卷体呈圆涡形。中间对峙两组三角形几何纹，每组四个三角形套连。云雷纹衬地。纹饰布局至为巧妙奇特"。①从茹家庄所出土的这一象尊来看，可以感到西周时期的器物特别讲究纹饰之美，不但器物要造成动物的形象，甚至动物全身也要布满纹饰，突出体现了周代贵族所用的酒器追求饰的特点。1967年扶风贺家村挖掘出一件铜牛尊，是西周初期之器。该尊造型生动，比例匀称。牛做翘首伸颈作吼叫状，两眼圆瞪。整体造型浑圆精美，全器饰云纹，夔纹。四腿粗壮结实。嘴作流，尾巴卷作环把，背上有方口置盖，盖上饰虎纽。盖与器有铜环相连接。虎细腰长脊，大头，昂首翘尾，四腿粗壮有力，作前扑状。整个牛尊在敦厚沉重中又有牛背上的小老虎的点缀，寓厚实、灵巧于一体，显示着西周青铜礼器的另一种审美风格。

能代表周代礼器风格的还有北京琉璃河西周燕国墓地出土的一系列器物。如M253：13出土的兽面蕉叶纹簋，其腹之两侧附接大耳高鼻的兽头形半耳环，全器饰满花纹，口沿下饰一周用雷纹组成的蕉叶纹。又如M253：2出土的作宝尊，为喇叭口，鼓腹、高足，颈之上部饰以兽面组成的蕉叶纹，颈下部饰四只鸟头两两相对的长尾大鸟，圈足饰四只垂尾大鸟。

这一件件出土的实物，用无声的语言为我们讲述着周人祭祀礼仪的辉煌，祭祀时酒器的精美。它们表明周代贵族的饮食和祭祀器具，不仅有器之用，还有器之美。出土实物资料给我们的启示是，《周礼》《仪礼》

① 卢连成、胡智生：《宝鸡强国墓地》，北京，文物出版社，1988，第293页。

以及《礼记》等文献中对礼器之美的记载，还远远没有这些实物资料丰富多彩。可以说，"三礼"中所反映的周代贵族对礼器的审美追求并不是后世审美想象的结果，而是历史事实的部分记录。

三、礼器所点缀的审美世界

礼器所点缀的周代贵族的审美世界，文献中有多处记载，如《礼记·明堂位》就记载了天子祭祀时，礼器如何点缀着祭祀的盛况："季夏六月，以禘礼祀周公于大庙，牲用白牡，尊用牺、象、山罍，郁尊用黄目，灌用玉瓒大圭，荐用玉豆、雕篹（籑），爵用玉琖（盏）仍雕，加以璧散、璧角，俎用梡、嶡。"这是天子祭祀时的盛况，丰富多样的酒器使人感到目不暇接。有牛形的牺尊、象形的象尊、刻有山形图纹的山罍。郁金香与黍米合酿的香酒盛放在刻有黄目的酒樽里。祭礼中酌酒灌地用的是玉制的酌酒斗。荐献食品用的是玉制的豆，以及加雕饰的篹。国君献酒用的是雕刻着图纹的玉盏，诸臣加爵时使用的是用璧玉饰杯口的璧散和璧角，盛放肉的俎案用的是带有梡、嶡的木几。精美的礼器是周代贵族精细和考究生活方式的集中体现，折射出周代贵族生活艺术化的精神追求。

《国语·周语中》记载着各种精美的器物将贵族朝聘礼仪点缀得何等富丽而热闹的状况。晋国是王室的兄弟之国，临时来拜访，周王室就要举行表示和谐友好关系的燕礼，举行燕礼时"择其柔嘉，选其馨香，洁其酒醴，品其百笾，修其簠簋，奉其牺象，出其尊彝，陈其鼎俎，净其巾幂，敬其祓除，体解节折而共饮食之。于是乎有折俎加豆，酬币宴货，以示容合好……服物昭庸，采饰显明，文章比象，周旋序顺，容貌有崇，威仪有则，五味实气，五色精心，五声昭德，五义纪宜，饮食可飨，和同可观，财用可嘉，则顺而德建。"即在燕礼中要选用肥美、馨香的肉食来招待来宾。要清洁酒器，准备盛放干果的笾豆，修理好盛放黍稷的簠簋，奉出尊贵的象骨尊和其他彝器，摆放好鼎俎，洗干净覆盖尊彝的幂布，心怀敬畏地祓除。然后共同享用解成块的牲体。既食之后还要加俎豆，表示友好亲切。在燕礼中，充满了热闹和繁忙的气氛。各种各样的酒器和美好艳丽的服饰，以及兄弟亲朋之间的揖让周旋共同组成了一个和乐、可嘉的燕礼图。

器物点缀着周人的祭祀礼仪和燕饮礼仪。酒器的纹饰和形制之美，表现了周人对生活的文饰化追求。但是，这些丰富的食物与精美的酒器、食器并不是仅仅为了口腹之欲而设，其精致繁复的背后蕴含着无形的礼制内涵。同时，对祭器的重视，也反映了周人对精神生活的重视，正如

《礼记·王制》中讲："大夫祭器不假；祭器未成，不造燕器。"祭器是不能随便给别人的，在祭器没有制成的情况下，大夫是不会造燕饮的器皿的。周代贵族将精神的安顿看得比肉身的生存更加重要，但是精神世界又不是抽象的、空洞的，而是集中体现在这些精美的器物之中。

第三节　晶莹剔透的玉世界

在中华文明史上，玉文化源远流长。最早的玉器发现于浙江余姚河姆渡文化遗址中，距今已有七千年的历史。并且从已经发掘的实物资料观察，玉石最初基本是比较纯粹的装饰品，即玉最初是以它的审美价值为人们所关注的，只是后来才被赋予了多种复杂的社会观念。殷商时期，玉主要是作为通神的礼器而存在，到了周代，玉不仅具有通神的作用，而且也是重要的装饰品和等级的标志，以及贵族之间往来的信物。玉在周代贵族的生活中扮演着多种角色，有着广泛的运用，周代贵族生活在一个琳琅满目的玉石世界之中。

在周代贵族的社会体制中，玉府、典瑞和大宗伯等都是掌管周王之玉的专门机构。其中玉府是专门负责周王的金玉、玩好、兵器，以及其他珍贵器物的机构。典瑞是专门掌管玉瑞、玉器的收藏，辨别它们的名称和种类，并为它们设置装饰物的官，与玉府的职能相比，典瑞更侧重于掌管周王及各等贵族用玉的法度。玉人是专门制作各种玉器的工匠。

关于玉的主要用途，从《周礼·天官·大宰》中所载大宰之职责中可略见一斑。在祭祀天神、地示以及先王时，大宰要帮助周王拿玉器、币帛和爵；大朝觐、大会同时，大宰要协助周王接受诸侯进献的玉币和其他玉器玩好，协助周王设置玉几，协助周王接受诸侯向周王进酢酒的玉爵；大丧时，大宰要协助周王行赠玉、含玉之礼。关于玉在周人生活中的应用，《周礼·天官·玉府》也有所记载："玉府掌王之金玉、玩好、兵器，凡良货贿之藏。共王之服玉、佩玉、珠玉。王齐，则共食玉。大丧，共含玉、复衣裳、角枕、角栖。"从这段文献可知，玉府主要掌管着周王的服玉、佩玉、珠玉、食玉、含玉、玩好之玉，以及献给王的金玉等。综合以上文献，我们可以看出，周礼中的玉，第一，作为祭祀用玉；第二，作为礼宾客之玉；第三，作为丧礼中的含玉。我们拟将周代贵族生活中常见玉分为祭玉、瑞玉、佩玉、含玉等几个方面来进行分析，力求通过这几种玉器的分析来透视玉器中所蕴含的艺术精神。

祭玉主要指的是各种祭祀礼仪中所用的玉。《周礼·春官·大宗伯》

记载："以玉做六器，以礼天地四方。以苍璧礼天，以黄琮礼地，以青圭礼东方，以赤璋礼南方，以白琥礼西方，以玄璜礼北方。皆有牲币，各放其器之色。"周人冬至礼天，夏至礼地，立春礼东方，立夏礼南方，立秋礼西方，立冬礼北方。从颜色来说，所选择的玉器要分别与六个方位的神的颜色一致，天为苍，地为黄，春为苍，夏为赤，秋为白，冬为黑。牲币也根据六方之色，礼天用苍币、苍牲；礼地以缥币、黄牲；礼东方的牲币与礼天相同；礼南方以朱币、骍牲；礼西方以素币、白牲；礼北方以玄币、黝牲。进行祭祀的玉，其形状也要和祭祀的对象相对应：璧圆，象天；琮八方，象地；圭锐，象春物初生；半圭曰璋，象夏物半死；琥猛象严秋；半璧曰璜，象冬闭藏，地上无物，唯天半见。所以这几种玉分别被用来礼天地和四方。

除了祭祀天地四方之神外，玉还较为广泛地被运用在其他祭祀场合。如《左传·僖公二十四年》记载，公子重耳为了表白自己与子犯的同心一意，将玉璧沉到河里。《左传·文公十二年》记载，秦伯将玉璧沉到河里，乞求战争的胜利。《左传·襄公十八年》也记载，晋侯伐齐，将济河，献子用朱丝系着玉，进行祈祷。《左传·昭公二十四年》记载，王子朝将成周之宝珪沉于河。从这些文献记载可以看出，祭祀河神时，基本上都是将玉器沉到河水中。

瑞玉指的是人际交往中使用的玉器。瑞玉主要有三种类型：一是四方之国来献的玉；二是出使四方之国的使者所奉的玉；三是王赏赐给诸侯的玉。如在觐礼、盟誓、诸侯之间往来等场合都要用玉礼器。诸侯国之间往来，要行束帛加璧之礼。

天子于分封建国之后，要赐以命圭作为诸侯守国的符信。《周礼·春官·大宗伯》载："以玉作六瑞，以等邦国。王执镇圭，公执桓圭，侯执信圭，伯执躬圭，子执谷璧，男执蒲璧。"即天子用长一尺二寸的镇圭；公用长九寸的桓圭；侯用长七寸的信圭；伯用长七寸的躬圭；子爵用谷璧；男爵用蒲璧。不同等级的贵族用的圭形制不同，是为了区别诸侯贵族的等级。这就是命圭的等级制度。

《周礼·春官·典瑞》也记载了不同场合中圭的运用情况："王晋大圭，执镇圭，缫藉五采五就，以朝日。公执桓圭，侯执信圭，伯执躬圭，缫皆三采三就；子执谷璧，男执蒲璧，缫皆二采再就：以朝、觐、宗、遇、会、同于王。诸侯相见，亦如之。瑑圭、璋、璧、琮，缫皆二采一就，以覜聘。"这一段讲各等贵族用玉的情况。周王行拜日礼时，插着大圭，手执镇圭，圭垫上以玄、黄、朱、白、苍五色为装饰。桓圭、信圭、躬圭的圭垫都用朱、白、苍三种颜色作为装饰。谷璧、蒲璧，其圭垫都用朱、绿两色来装饰。公侯伯子男分别执着这样的圭来向王行春朝、秋觐、夏宗、冬遇和临时会同之礼。诸侯之间相见也要用同样装饰的瑞玉。大夫众来曰觐，寡来曰聘。诸侯向王行觐聘之礼要执有隆起刻纹的圭、璋、璧、琮等瑞玉，它们都有朱、绿两种颜色绘饰一匝的衬垫。

作为瑞玉的圭，在贵族的生活世界中扮演着非常重要的角色。《礼记·礼器》记载："圭、璋特，琥、璜爵。"意思是圭、璋是玉中的贵重者，在贵族的朝聘礼仪中，可以单独作为信玉使用，不需要加币帛。琥、璜的重要性次于圭、璋，在天子飨诸侯，或诸侯相飨、举爵相酬的时候，要同时进献虎形的琥、半璧形的璜才行。

作为瑞玉的玉笏在周代贵族的生活中也很重要。关于笏的形制《礼记·玉藻》中记载："笏，天子以球玉，诸侯以象。大夫以鱼须文竹，士竹，本，象可也。"周代的社会生活中以玉为贵，所以天子的笏板以玉为材料做成；诸侯的笏是用象牙做成的；大夫和士的笏则是用较为常见的竹子制作，以鲛鱼的胡须装饰在笏的侧面，只有手持的部分可以用象牙制作。不仅笏的质地要有等级的区别，而且笏的名称和形状也因等级的不同而有所变化。只有天子才有资格拥有玉质的笏。从笏的形制说，"天子搢珽，方正于天下也。诸侯荼，前诎后直，让于天子也。大夫前诎后诎，无所不让也。"①天子的笏叫珽，四角方正；诸侯的笏叫荼，前圆后直；大夫的笏前后都是圆的。不同的等级只能用不同的笏，这就是周代贵族等级制的体现。

佩玉，指的是身上所佩戴的玉，如珩、璜、琚、瑀等玉石，以及一些动物形的玉佩。服饰的佩件中以玉为最贵。玉佩在周人的生活中不仅是点缀品和奢侈品，还传递着丰富的文化信息。《礼记·月令》记载天子四季所佩的玉：春服苍玉，夏服赤玉，秋服白玉，冬服玄玉。天地四时的变化就蕴含在各色的佩玉之中了。

周代贵族很重视玉本身的色泽和缀玉所用的绳子的色彩的搭配，但玉佩的美依然要遵循着等级的规定。"天子佩白玉而玄组绶，公侯佩山玄玉而朱组绶，大夫佩水苍玉而纯组绶，世子佩瑜玉而綦组绶，士佩瓀玟而缊组绶。"②这里体现了玉的等级和贵族等级的关系。天子佩戴白色的玉，用的是天青色的丝带；诸侯佩的是山青色的玉，配以朱红色的丝带；

①　《礼记·玉藻》。
②　《礼记·玉藻》。

大夫佩的是水苍色的玉，配以黑色丝带；天子和诸侯的太子所佩玉的丝带是彩色的；士佩着美丽的石头，用赤黄色的丝带。温润的玉再配以不同色彩的丝带使玉的色彩美更加突出，表现出了周代贵族在等级体制之中对玉石和色彩之美的特殊爱好。

在佩玉中，不同级别贵族命服上的蔽膝和珩的色彩搭配也是很讲究的："一命缊韨幽衡，再命赤韨幽衡，三命赤韨葱衡。"①命是贵族的官级。衡即珩，是贵族佩玉上端一块形状似磬的玉。赤黄间色的蔽膝和黑色的珩是国君赏赐给一级命官的服饰；赤色的蔽膝和黑色的珩是国君赏给二级命官的服饰；赤色的蔽膝佩青色的玉珩，这是最高贵的命服，是国君赏赐给三级命官的佩饰。在这里蔽膝和玉珩之美是贵族等级的标志。《诗·小雅·采芑》曾对命服上的装饰之美进行了描述："服其命服，朱芾斯皇，有玱葱珩。"朱红色的蔽膝配上天青色的玉珩，而且佩玉在行走的时候还发出悦耳的玱玱声，这是多么令人神往的审美境界。由此可见，等级之中并不是没有审美空间的存在，相反，周代贵族戴着等级的脚镣跳舞，同时也在等级脚镣的伴奏下，跳出那个历史时期最为精美的审美之舞。

考古发现的实物中有许多串饰，使周代贵族的佩玉制度得到了实物的证实。扶风云塘、丰镐遗址、战国中山王墓等都曾出土过精致的玉串饰，以实物的形式为我们展示了周代礼仪文化框架中的审美追求。这些串饰大多由玉璜和玛瑙珠、玛瑙管、绿松石、水晶等组合在一起，绮错相间，形成长长的一串。玉璜是半圆形的玉，在古人的观念中，璜就是天上的彩虹，并且古人常将虹想象为两个饮水于河的龙。山西天马——曲村遗址的北赵晋侯墓地曾发现了惊人的组玉佩。其中晋侯苏夫人墓出土的玉佩有 400 多颗料珠、玛瑙串珠、六枚玉璜，整个玉佩跳珠、红艳明灭，从墓主人的颈项直到膝前。宝鸡茹家庄墓地出土的装饰玉器也非常丰富。标本 BRM1 甲：82 是一件由玛瑙珠、玛瑙管、玉管、菱形料管、料珠、料管、圆形饰物等共计 245 件组成的串饰。在同一墓葬中还发掘出一串由 311 件玛瑙珠和两件圆形饰物组成的串饰。可见西周到春秋早期贵族已经拥有了非常丰富多彩的玉石饰物，也可见当时玉饰物在贵族服饰中占有怎样突出的位置，贵族们又是怎样浓墨重彩地展示它所蕴含的身份价值和审美价值。

在出土的实物资料中，有许多地方都出土过动物形的小型玉佩。如

---

① 《礼记·玉藻》。

琉璃河西周燕国墓地出土有虎形、凤形、鱼形、蚕形、马形、龟形等佩件。尤其引人注目的是在宝鸡茹家庄墓地出土了各种玉雕动物形象一百一十三件。这些动物形象造型生动优美，在写实的基础上，加以艺术的夸张，充分显示了当时玉、石雕琢的工艺水平，具有较高的艺术价值。如标本 BRM1 甲：14 和标本 BRM1 甲：15 都是作站立回首张望状的玉石小鹿，晶莹剔透，造型非常可爱。除玉鹿之外，还有玉虎、玉牛、玉兔、玉鸟、玉鱼等饰物。扶风贺家村西周墓出土的玉器九十多件，有不少是精雕细琢的工艺品。如其中的玉鱼、玉贝、玉串饰等都很别致。编号为 M7：27 的玉鱼，长 7.2 厘米，宽 1.9 厘米，张嘴，头部有一小圆孔，以便串连，尾上翘，鳍、眼布于两侧，全为线雕，给人以栩栩如生之感。在河南浚县辛村卫康叔后裔的墓葬中也出土有许多精美的动物形佩件。如 M1：59 号为卧状玉鸟圆雕，玉色碧绿。M17：128 号为一立状玉鸟，体扁平，冻脂色。二鸟均有孔可穿绳佩戴。M1：60 号为一卧状玉兔，耳特长，特点突出，体扁平，灰白玉。M1：61 号为一玉鱼，鱼质碧绿透明，扁平，两面雕纹，以目为系孔，姿态平直。[①]

　　这些考古资料足以为我们展示出西周贵族的审美情趣，使我们认识到周代贵族的玉佩中动物形象很多，折射出周人对小动物的喜爱之情，也反映出他们对生活的美饰化的追求。更为重要的是，我们认为，这些丰富多彩的出土遗存使我们认识到在森严的等级礼制社会中，美并不是停滞不前的。可以说，无论在什么样的时代，人们的爱美之心都会隐隐流露。这些小巧精美的动物形装饰品，虽然时隔几千年依然能默默地为我们讲述着贵族的审美情趣在礼制的制约下是如何存在和发展的。

　　含玉指的是人死后口中所含之玉。在饭含中，可以是贝壳、玉石和谷物，最好的当然还是含玉。在大丧礼中，含玉主要由典瑞来负责提供。《周礼·春官·典瑞》记载典瑞："共饭玉、含玉、赠玉。"《礼记·杂记下》记载："诸侯使人吊，其次含、襚、赗、临，皆同日而毕事者也。"即诸侯国之间往来的一个重要内容是当某一诸侯国有丧事时，首先派人去吊唁，然后送去含玉、襚、赗等物，同时要参与丧事。所以赠饭含的玉是贵族交往中重要的礼仪。在出土的文物中，琉璃河发掘的二号墓墓主人的口中就含有三件玉器，一件是淡绿色玉环，一件是深绿色玉鸟，一件是黄绿色管状玉。这些小型玉器精巧细致的程度令人叹为观止。此外，在周人的含玉中，蝉形的含玉也较为盛行，与蝉鸣叫时的持久有力有关，它

---

　　①　郭宝钧：《浚县辛村》，北京，科学出版社，1964，第 64 页。

象征着生命的永恒。在丧礼中玉除了作为含玉而运用外，敛尸用的玉也值得一提。敛尸所用的玉主要有圭、璋、璧、琮、琥、璜六种玉器，但也有根据个人爱好选择其他玉器作为敛尸之玉的，如《左传·襄公二年》记载，季平子卒，阳虎用玙与璠两种美玉为季平子敛尸。

周代贵族生活在一个晶莹璀璨的玉的世界之中，对玉的喜好，既是中华审美文化的延续，又有着周代的时代特色。周人爱玉，首先是因为玉石美丽而丰富的色彩使人喜欢，玉石细腻的质地能给人温润的感觉；其次是因为玉的质地的优劣已被纳入到贵族的等级体制之中，所以人们时常将玉的尊贵与人的尊贵联系在一起。如前所述，各种色彩和形制的玉都被纳入到周王的等级体制之中，所以，人们对玉的追求和尊重也隐含着对等级尊卑的认可；最后也是因为玉石温润的质地，常常令人联想到君子谦逊的为人处世态度。周代贵族玉不离身，表现了他们对玉石之美的追求。

第四节　乐器——静静地诉说

周代贵族对音乐美的理解，不仅在于乐器所发出的声音之美，还在于乐器的纹饰之美。辉煌典雅的礼乐随着时间的流逝消失在久远的历史长河之中，但各地不断出土的周代乐器，以及文献中对乐器的记载，却为我们再现着静态的乐器之美，为我们再现着三千年前贵族对器物纹饰之美的追求。

《礼记·乐记》中记载，圣人制作了鼗、鼓、椌、楬、埙、箎六种基本乐器，然后又以钟、磬、竽、瑟等华美之音与之相和，从而形成文质相杂的音乐，并且又伴以干（盾）、戚（斧）、旄、狄（羽）为道具的舞蹈，这就是祭祀先王时，在太庙中演奏的乐舞。

在《诗经》中我们能看到对乐器之美的赞叹。周天子每年三月要举行盛大的音乐会祭祀宗庙，《周颂·有瞽》就是天子大合乐于宗庙时所唱的乐歌。大合乐于宗庙就是将各种乐器汇合在一起演奏给祖先听。诗中写道："有瞽有瞽，在周之庭。设业设虡，崇牙树羽，应田悬鼓，鼗磬柷圉，既备乃奏，箫管备举。喤喤厥声，肃雝和鸣，先祖是听。我客戾止，永观厥成。"瞽，指的是朝廷的盲乐师。业，是悬鼓的木架。虡，是悬编钟编磬的木架。在天子的宗庙中，放置着悬挂鼓的木架和悬挂编钟编磬的木架。在悬挂乐器的横木上有着锯齿状的崇牙，用以悬挂一排大小不等的钟磬。崇牙上插着五彩羽毛作为装饰。此外还有可以手摇的鼗鼓，有玉石制成的乐器磬，有形似方斗的木制乐器柷，有形似伏虎的木制乐器敔（又称为敔），还有箫管等。这些乐器一起演奏，它们的喤喤声，肃雝和鸣，先祖听到后一定会很愉快。那辉煌的大合乐我们虽然不能再听到，但是这些文字中不朽的乐器组合，还依然在为我们展示着周人的音乐美学思想。音乐的美不仅在于声音之美，还在于乐器之美，乐器的美既体现在不同乐器的陈列，还表现为乐器本身的装饰之美。

乐器之美中最为突出地表现在悬挂编钟的簨虡的美饰之中。簨虡多为木制，从曾侯乙墓出土的实物看，簨上的纹饰精巧而繁复，虡则是两个双手上举的人，举起的双手正好托着簨，似乎那簨完全是依赖那两个人才得以被举起。各地出土的瑟上也有非常细腻的装饰。曾侯乙墓出土的瑟就有十二件。瑟身用彩绘和彩雕的方式，装饰着各种各样的图案，有盘旋的龙，有飞翔的凤。这些出土乐器，以及文献中的有关记载，为我们提供了一个静态的音乐美学世界，可以使我们透过这些有形的音乐世界去感受周代贵族的生活。隔着广袤的时空，用心灵和心灵对话就能领会周人乐器中所寄予的艺术精神。

关于静态的音乐美学的思想最为集中地体现在《周礼·冬官·梓人》中："梓人为簨虡，天下之大兽五：脂者，膏者，臝者，羽者，鳞者。宗庙之事，脂者、膏者以为牲；臝者、羽者、鳞者以为簨虡。外骨、内骨、却行，仄行，连行，纡行，以脰鸣者，以注鸣者，以旁鸣者，以翼鸣者，以股鸣者，以胸鸣者，谓之小虫之属，以为雕琢。"这一段讲了各种动物形象在周代贵族文饰化生活中的意义。宗庙祭祀用牛羊猪之类的动物做牺牲，而用臝类、羽类、鳞类的动物形象来作为簨虡上的刻饰。而将小虫类的动物形象雕琢在祭器上作为装饰。

就装饰钟虡的动物来讲，它的特点是"厚唇弇口，出目短耳，大胸燿后，大体短脰，若是者谓之臝属，恒有力而不能走，其声大而宏。有力而不能走，则于任重宜；大声而宏，则于钟宜。若是者以为钟虡，是故击其所悬，而由其虡鸣"[①]。虡是悬挂钟的木架的立柱。在周人的审美观念中钟虡应当用那些厚唇、深口、突眼、短耳、胸部阔大、后体较小、身体大，但颈项短的臝类动物来装饰。因为这样的动物总是很有力而不能跑，发出的声音大而洪亮。有力而不能跑，适宜于负重。声音大而洪亮，就同钟声相宜。这样的动物形象做钟虡上的装饰的话，敲击悬挂的钟的时候，钟声就好像从钟虡中发出来的一样。

---

① 《周礼·冬官·梓人》。

装饰磬虡的动物的特点是"锐喙决吻，数目顾脰，小体骞腹，若是者谓之羽属，恒无力而轻，其声清扬而远闻。无力而轻，则于任轻宜；其声清阳而远闻，则于磬宜。若是者以为磬虡，故击其所悬，而由其虡鸣。"①即作为磬虡的动物的特点是嘴巴尖利，嘴唇张开，眼睛细小，颈较长，身体较小，腹部低陷，像这样的动物属于羽类动物。因为其总是无力而轻盈，所以适宜于负载轻物。又因为其鸣声清阳而远播，所以与磬声相宜。这样的动物装饰在磬虡上，敲击所悬挂的磬时，声音就好像从磬虡中发出来的一样。

装饰在挂钟磬的木架的横木上的动物一般是鳞类动物，这类动物"小首而长，抟身而鸿，若是者谓之鳞属，以为簨"②。即这类动物头小而身长，抟起身就显得肥大。可能像龙、蛇这样的动物具有长的特点，所以适合装饰在钟磬的横木上。

就簨虡上装饰的动物来讲，周人认为如果刻画的是捕杀抓咬的兽类，就一定要"深其爪，出其目，作其鳞之而"③。因为深藏它的爪子，突出刻画它的眼睛，张起它的鳞与颊毛，看它的人就能感觉到它好像已经勃然大怒。再加上它的色彩鲜明而有力，让这样有气势的动物负重，观看者就能以为它一定能发出宏大的声音。反过来说，如果不深藏它的爪子，不突出它的眼睛，也不使它的鳞与颊毛都张起来，而且色彩也灰暗不鲜明，那么，观看者就会感觉到它颓丧不振。如果它显得这样无精打采，那么，使它负载重物，就让人感觉到它好像将要把重物废弃，而它的色彩也不能让人联想到宏大昂扬的声音。

可以看出，一方面，周代贵族不仅注重瞬间即逝的流动的音乐，而且也关注乐器的美饰。钟磬的簨虡之美表达了周人对音乐的另一种理解；另一方面，也可以看出，周人非常讲究和谐搭配的美学思想，这不仅体现在服饰的搭配方面，也集中体现在簨虡装饰的布置方面。他们认为能够负重的裸类动物就应该装饰在钟虡上，轻盈的羽类动物就应当装饰在磬虡上。因为钟显得更加沉重，而磬相对来说就显得轻一点。此外，可以明显地感觉到周人已经注意到了从接受美学的角度来思考簨虡的装饰问题。他们认为簨虡上装饰的各种动物都应当让人有能负重的感觉，让人感到有气势，能够与该种乐器所发出的声音具有异质同构的美感效应。乐器有着这样精美的装饰，乐器本身甚至可以成为脱离音乐独立存在的

① 《周礼·冬官·梓人》。
② 《周礼·冬官·梓人》。
③ 《周礼·冬官·梓人》。

艺术品。

第五节　车马和旗的纹饰

在生产力落后的周代，车是人们最主要的交通工具，是贵族财富的象征。因而，车在贵族的生活中具有举足轻重的地位。一般来说，古代的达官贵人都要乘车。该乘车而未乘车是违礼的。郭宝钧《殷周车器研究》、朱凤瀚《古代中国青铜器》等著作结合出土实物和文献，对先秦时期车的结构、马的佩件等问题进行了细致和深入的论述。本文的着力点不再是对车马和旗的历史研究，而是对车马和旗中所蕴含的贵族艺术精神进行分析。

一、精美的车马饰

（一）车饰与车马的等级性及场合性

从文献记载可知，周代贵族的车马具有严格的等级性和场合性。而车马的等级性和场合性又是通过车马上饰物的细微差别来决定的。

如周王的车有五种："一曰玉路，锡，樊缨十有再就，建大常，十有二斿，以祀；金路，钩，樊缨九就，建大旂，以宾，同姓以封；象路，朱，樊缨七就，建大赤，以朝，异姓以封；革路，龙勒，条缨五就，建大白，以即戎，以封四卫；木路，前樊鹄缨，建大麾，以田，以封蕃国。"①从这一段文献可知，周王的车分为玉路、金路、象路、革路、木路五个等次。每一种车都有固定的美饰原则。锡指的是马额上的装饰物，形如半月，以熟牛皮为之，而饰以金。樊，即鞶，指的是马的大带。斿，指的是旗正幅旁边的饰物，形如飘带。王的玉路即以玉饰诸末，马的当卢点缀着金片，马的大带上装饰着用五彩靧装饰的十二圈彩线，车上建的是画有日月的大常旗，旗有十二条飘带。玉路是周王祭祀时乘坐的车；周王之金路，以金饰其末，有金饰的钩，其樊及缨以五彩靧缠绕九圈作为装饰，车上所建的大旗画着蛟龙。它是王会宾客、封同姓时用的车子；周王的象路，配有朱饰的笼头，樊和缨以五彩靧缠绕七圈作为装饰。车上建有赤旗。这是周王上朝，封赐异姓诸侯的车；革路，配有白黑两色相交的笼头，用丝编织的带子绕缨五匝作为装饰，车上竖有大白旗，用于军事以及封赐守卫四方的诸侯；木路的马饰有浅黑色的樊和白色的缨，

———————

① 《周礼·春官·巾车》。

车上树有大麾旗，用于田猎和封赐九州之外的藩国。可以看到，各种车的结构和基本功能都是一样的，不同的是不同用途的车有不同的装饰，运用在不同的场合。车的档次就是由车上的装饰物的档次所决定的。

王后的车也有五种"重翟，锡面，朱总；厌翟，勒面，缋总；安车，雕面，鹥总，皆有容盖；翟车，贝面，组总，有握；辇车，组挽，有翣，羽盖"①。翟，指的是野鸡，在此指的是野鸡的雉羽。这一段是关于王后的车马的装饰的记载。大意是王后的车也有五种。重翟，在马额上饰有缀金的当卢，马笼头的两侧缀饰着红色的缯带；厌翟，指的是车两侧的用作屏蔽的雉羽，上一排的羽压着下一排的羽根，下一排的羽毛又压着再下一排的羽根。厌翟的马额上饰着杂有黑白两色的当卢，马的两侧缀饰着青黑色的缯带；安车的马额上当卢画着色彩作为点缀。以上三种车都设有容盖。翟车，马额上饰有用贝壳装饰的当卢，马笼头两旁点缀着丝带，车上设有幄；辇车，有供人牵引用的丝带，车的两旁设有翣扇，车上有用羽毛做的、用来遮蔽阳光的小盖。王后的车也体现着场合性和以装饰物作为车的等级标志的特点。

执行公务的车叫服车，服车也有五种："孤乘夏篆，卿乘夏缦，大夫乘墨车，士乘栈车，庶人乘役车。"②毂，在车轮的正中，中空贯轴，周围为车辐条。车毂的周围刻成如竹节般凸起的篆。夏篆即以五彩画毂周围凸起的部分；夏缦亦指的是在车毂的周围画以五彩画；墨车不画；栈车不挽革而漆成黑色。役车上设有方箱，可载兵器以供役事。可以看到即便是执行公务的服车，也是将车上的装饰作为各种车的标志。

此外，王还有丧车五种，分别为木车、素车、藻车、駹车和漆车。《周礼·春官·巾车》对王的丧车有较为详细的记载。王的各种丧车上也有各种不同的装饰，如木车，用蒲草做车上的藩蔽，车轼上盖着用白狗皮做的幦，车上设有用白狗尾做的放兵器的囊，幦和囊都用粗布饰边，小兵器袋也用粗布饰边。其他几种车上的饰物也都体现着丧事的节俭，同时又体现出周代贵族器物装饰小巧和细致的风格。

《礼记·玉藻》也记载着周代贵族精美的车马饰："君羔幦虎犆，大夫齐车；鹿幦豹犆，朝车；士齐车鹿幦豹犆。"意思是国君所乘的车上的帘子是用羔羊皮做的，并用虎皮镶边。大夫的斋车也是这种装饰。国君朝车的帘子是用鹿皮做的，用豹皮镶着边，士的斋车，也是这种装饰。看

---

① 《周礼·春官·巾车》。
② 《周礼·春官·巾车》。

看这些车马饰就会明白，周代贵族对生活中最细微的地方，都能够成为他们审美关注的焦点，都能够引起他们特别的关注。

通过以上分析可以看出，周代贵族的生活中从生到死都离不开车。而从车的分类和用途可以看出，周代贵族的器物不但有较为细致的装饰，而且场合和等级性非常明确。车是财富和身份的象征，车的尊贵来源于车上的装饰物的尊贵。

（二）出土实物中的车马饰

在出土的文物中，我们已经无法分辨车的场合和贵族用车的等级，但是这些出土的实物，却明确地为我们讲述着周代贵族的车饰文化。在周人的车上有轴饰、轨饰、踵饰、衡饰、鸾铃、和铃，马首又有当卢、钩形饰、马鼻形饰、马冠等装饰。可以说，周代贵族的车无处没有装饰，无处不留存着周人审美的信息。

辖是车轴上的销子，上粗下细，顶端一般有兽头装饰，插入轴末端的方孔内，以防止车轮脱落。车辖虽是车中的一个很小的零件，却是行车的关键。周人的审美领域也包括这非常细小的辖的装饰。洛阳北窑村出土的辖，辖首坐着一个小铜人。山西天马——曲村遗址出土的辖，则做成一个小人儿骑在虎背上。琉璃河西周燕国墓地 M253：35 号出土的辖首为兽头形，两侧有穿孔。M105：12 号的辖首上装饰的兽头阔鼻、圆眼、卷眉，鼻上有一菱形凸饰，双眉间有半环状鼻。

辕首饰，是装饰在车辕头的铜件。陕西宝鸡茹家庄出土的一件辕首饰造型非常别致，一侧饰浮雕兽面，一侧是一个下体仅穿短裤，披发文身，双手搂抱兽面的男子。男子的背部刻有两只相背回首的小鹿，小鹿双角分枝，似回首鸣叫，形象十分生动。[①] 琉璃河西周燕国墓地 M202CH：31 号为一辕首饰，形状为虎头形，作为装饰的小老虎竖着耳朵，高鼻，张口獠牙，作吼状，造型颇为生动。

周代贵族的车饰还有鸾铃、马轭等。鸾铃是插在车衡和马轭上的部件，车行进时，铃则发出动听的声音。在各地出土的实物资料中非常常见。它既是车上的部件，也是车的重要装饰品。马轭呈人字形，夹于马颈上以便挽车。在西周时期的马轭外侧常常用铜片镶包起来，也叫"金轭"。当卢是以皮条连系在马笼头上，置于马额前的装饰物。西周时期的当卢一般呈丫字形，上面常有兽面装饰，且多为铜当卢。马冠是马额上的装饰，呈扇面，上面也有兽面图案。

---

① 卢连成、胡智生：《宝鸡𢎖国墓地》，北京，文物出版社，1988，第 401 页。

从这一系列出土的实物资料和文献资料可以看出，周代的车马文化丰富多彩，周人对车马寄予了无限的珍视和喜爱之情，表现为对车马上最精致细微之处都要进行装饰和美化。周人的车上、马上几乎无处没有装饰物，有时候在装饰物上还有装饰绘画，如前面提到的出土于宝鸡茹家庄的人形辕首饰，就是在作为装饰品的小人的背上又装饰以两只回头张望的小鹿，这是装饰中的装饰了。这种非常细腻的装饰风格是周代贵族审美趣味的典型代表。更值得关注的是，车马饰的审美趣味表现了周代贵族美饰生活，在现实生活之中创造美和欣赏美的艺术精神，以及对待生活的诗意心态。

（三）意蕴深远的车马文化

在周代贵族的生活中，车马不仅仅只是一种简单的交通工具，更是贵族文化精神的载体。如车的形制中蕴含着法天则地、天人合一的审美观念。周人认为，"轸之方也，以象地也。盖之圜也，以象天也。轮辐三十，以象日月也。盖弓二十有八，以象星也。龙旂九斿，以象大火也。鸟旟七斿，以象鹑火也。熊旗六斿，以象伐也。龟蛇四斿，以象营室也。弧旌枉矢，以象弧也。"① 在周代贵族的器物观念中，一个车就是一个世界的缩影，就是一个异质同构的微型世界。车轸的方形象征着大地，车盖的圆形象征着天空。轮辐三十，象征着二十八星宿和日月共同组成的天空。龙旂九斿和鸟旟七斿，以及熊旗六斿，龟旐四斿都对应着天上的星宿。连弧旌上画着的枉矢也都象征着形如张弓发矢的弧星。这样车的美饰中就融入了与天合一的哲学观念。车成了周代贵族对宇宙的理解。

周代贵族的车子行进时要符合一定的音乐节奏，《周礼·夏官·大驭》记载："凡驭路，行以《肆夏》，趋以《采齐》。凡驭路仪，以鸾和为节。"意思是王之五路在行进时，缓行，其节拍要符合《肆夏》之节奏；疾行，其节拍与《采齐》之节拍要相一致。鸾是车衡上的铃，和是车轼上的铃。凡驾驭五路的舒疾之节，要与鸾铃之声相一致。这种行进之中的节奏之美，使周代贵族的生活呈现出韵味悠长的艺术性。

车马是周代贵族出行的主要交通工具，车马的形制、色彩以及车马的饰物，一定程度上，都体现着贵族的美学观念。在各种现代化的交通工具挤满我们生活空间的时代，再去想象几千年前悠悠的车马节奏，想象那和谐的鸾铃声，那宁静的辕头饰，就会深深地感觉到那是一首优美的诗，那是一支悠远的歌，它细细地唱着周代贵族精致化、审美化的生

---

① 《周礼·冬官·辀人》。

活追求。

二、色彩纷呈的旗文化

在周代贵族的器物中，旗也是引人注目的审美对象之一。据《周礼·春官·司常》记载："司常掌九旗之物名，各有属，以待国事。日月为常，交龙为旂，通帛为旜，杂帛为物，熊虎为旗，鸟隼为旟，龟蛇为旐，全羽为旞，析羽为旌。"即司常掌管着王的九种旗帜的名称，以及旗帜上所画的章物。画着日月的旗帜为常，画着蛟龙的旗帜叫做旂。旗的正幅和正幅旁的饰物斿用同一色的帛制成的旗帜叫做旜。正幅与斿以不同色的帛制成的旗帜叫做物。画有熊虎的旗子叫做旗，画有鸟隼的旗帜叫做旟，画有龟蛇的旗帜叫做旐，将每根羽毛都染为五彩，用来装饰旗杆的旗帜叫做旞，将每个羽毛染成一种颜色，用不同色彩的羽毛装饰的旗帜叫做旌。这真是一个令人眼花缭乱的旗的世界。

在周人生活世界中，旗也是贵族等级和身份的标记，在不同的场合，不同身份的贵族因为要区别等级，因而要有不同的旗。也是因为有不同装饰和图案，所以，旗在周人的审美世界中，绝不是一件单纯的标志物，还是一种审美对象。周人对旗有着浓厚的兴趣。

旗的应用范围较广，不只用在车上，但是旗更多的时候的确与车联系在一起。旗是标志，也是周人艺术精神的展现。《礼记·曲礼上》记载："前有水则载青旌，前有尘埃则载鸣鸢，前有车骑则载飞鸿，前有士师则载虎皮，前有挚兽则载貔貅。行，前朱雀而后玄武，左青龙而右白虎，招摇在上，急缮其怒。进退有度，左右有局，各司其局。"即在行军途中，发现前面有水，就竖起画有青雀的旌旗；发现前面有扬起的尘土，就竖起画有张嘴鸣叫的老鹰形象的旗帜；发现前面有军队车马，就竖起画有大雁的旗帜；发现前面有步兵队伍，就竖起画有虎皮的旗帜；发现前面有怪兽，就竖起画有貔貅的大旗。行军时前面的部队高举画有朱雀的旗帜，后面的部队高举画有龟蛇的旗帜，左边的部队高举画有青龙的旗帜，右边的部队高举画有白虎的旗帜。既有整体的调度，又有各部分的职责。周人行军中的旗帜体现了周代贵族将美饰和实用目的结合在一起的美学精神。

在《国语》中，我们还可以在吴国和晋国的战争中看到车旗将战争的场面点缀得何等壮观。《国语·吴语》中写到吴军的阵势是：

万人以为方阵，皆白常、白旗、素甲、白羽之矰，望之如

茶。王亲秉钺，载白旗以中陈而立。左军亦如之，皆赤常、赤
旂、丹甲、朱羽之矰，望之如火。右军亦如之，皆玄常、玄旗、
黑甲、乌羽之矰，望之如墨。为带甲三万，以势攻，鸡鸣乃定。
既陈，去晋军一里。昧明，王乃秉枹，亲就鸣钟鼓、丁宁、錞
于、振铎，勇怯尽应，三军皆哗扣（欢呼）以振旅，其声动天地。

整段话的意思是，吴军整编了军队，万人一方阵，分为左中右三军，
中军以白色的旗帜为标志，赫赫的阵势如白色的旗帜的海洋；左军以红
色的旗帜为标志，其威武的阵势有如同红色的火海；右军以黑色的旗帜
为标志，其壮观的气势又望之如墨。黎明时分，三军将士整装待发，各
种军乐齐鸣，中间夹杂着官兵的欢呼声，这样如火如荼的阵势和声势使
晋军大骇。在这里我们可以看到吴军的阵势由于军营的庞大以及车旗色
彩的壮观和军乐的作用而显得非常具有气势，具有审美性。时隔几千年，
战争中的胜负输赢都已烟消云散，留在我们眼前的是一幅壮观的车旗文
化图式，部队的行军作战最终积淀为关于车旗文化的审美想象。

综上所述，我们认为：首先，周人的车的用途和分工是较为明确和
细致的，体现了场合性的特点；其次，各种车都有非常精致的装饰。尤
其是在细微的地方有精致的装饰，这是周代贵族器物之美，尤其是车马
装饰的一个特征。旗帜文化也很丰富，旗既是战争中各军的标志，又点
染了战场的艺术氛围。可以想象周代贵族的审美品位是非常细腻的，他
们的心性也应当是非常宁静而充满了和谐的，否则他们不会对细微之处
进行这样细致的装饰，又对细微之处的美饰予以如此的关注。

第六节　席以及其他器物中的审美蕴含

一、席的美饰

周人一般都是坐在席上的。席地而坐的时代，不仅坐席的方式有许
多礼仪规范，体现着贵族行为中温文尔雅的艺术气质，而且，席作为室
内重要的陈设，也是贵族审美的焦点之一，体现着主人的身份和等级，
也体现着周代贵族的审美情趣。

周代贵族所用的席子花色和品种已经相当丰富。《周礼·春官·司几
筵》记载司几筵的职责是："掌五几五席之名物，辨其用与其位。"这里的
五几，指的是左右玉几、雕几、彤几、漆几、素几。五席，指的是莞席、

藻席、次席、蒲席、熊席。五几五席的划分，足见席文化的丰富多样。《司几筵》还记载着天子朝觐、大射等重大场合的铺席状况："凡大朝觐、大飨射，凡封国、命诸侯，王位设黼依，依前南乡设莞席纷纯，加缫席画纯，加次席黼纯，左右玉几。祀先王昨席亦如之。"黼，以绛帛为质，绣着黑白相间的花纹。依，其制如屏风。纯，指的是镶边。这段的意思是在大朝觐、大飨食、大射礼以及封建国家和策命诸侯的重大场合，天子的堂中都要布置上绣有黑白两色斧形图案的屏风。在屏风的前面，面向南铺设着黑丝带镶边的莞席，莞席的上面铺着边缘饰有云气图案的五彩蒲席，蒲席的上面还加有绣着黑白花纹镶边的竹席，屏风左右设有玉几。由此看来，周天子盛大场合的席和几都是非常讲究的，席子的花色图案和作为装饰的镶边都具有高度的审美价值。

一般诸侯的席子铺设情况，《周礼·春官·司几筵》也有相关记载："诸侯祭祀席，蒲筵缋纯，加莞席纷纯，右雕几；昨席莞筵纷纯，加缫席画纯。筵国宾于牖前亦如之，左彤几。"诸侯祭祀宗庙时，为神铺设边缘绘有花纹的蒲席，上加黑色丝带镶边的莞席，席右端放着雕刻着花纹的几。诸侯为接受酢酒铺设有黑色丝带镶边的莞席，上加边缘绘有花纹的五彩蒲席。在天子的宗庙里为国宾布置的席子也是这样，在室窗前布席，席的左端设红漆几。

各级贵族其他场合的席子的规定还有："甸役则设熊席，右漆几。凡丧事，设苇席，右素几，其柏席用萑黼纯，诸侯则纷纯，每敦一几。"[1]天子田猎时，铺设用熊皮制作的席子，席的右端设漆几。丧事用芦苇编织成的席子，席的右端设有素几。设奠祭的席是边缘饰有黑白两色花纹的萑席，诸侯的奠祭之席则是黑色丝带镶边的萑席，每只敦都放在一张几上。由此可见周代贵族在不同的场合铺设不同质地和纹饰的席子，同时，不同等级的贵族所铺席子也要依循等级的规定。

从有关席子的文献记载来看，在席地而坐的周代贵族生活中，席子是令人关注的等级标志，又是引人注目的审美对象。席的美是席子的质料、边缘饰的有机结合，尤其是在现代人看来微不足道的席子的边缘饰却引起了周代贵族浓厚的审美兴趣，足见周人细腻的审美心性。席子的美饰化追求，也表现了周代贵族对待生活的艺术态度。

二、射侯的美饰

前文我们分析了乡射礼中的行为举止之美，这里，我们再对乡射礼

---

① 《周礼·春官·司几筵》。

中的器物之美予以分析。

举行射礼时，射侯的美饰是："凡侯：天子熊侯，白质；诸侯麋侯，赤质；大夫布侯，画以虎豹；士布侯，画以鹿豕。凡画者丹质。"①意思是，天子的射侯正中画着熊首，底色是白色；诸侯的射侯正中画着麋鹿首，底色是红色；大夫的射侯是红底色布上画着虎或豹；士的射侯是红底色布上画着鹿或猪。在这里，射侯的质地、色彩以及各种作为装饰的动物的形象都成为射礼中备受关注的审美对象。侯的质地是不同的，据《周礼·天官·司裘》记载，王举行大射礼时，司裘提供"虎侯、熊侯、豹侯、设其鹄"，即诸侯举行大射礼时，司裘负责提供"熊侯、豹侯"，卿大夫举行射礼时，司裘提供"麋侯"。射侯是美丽的，但是射侯之美是建立在等级体制之中的。随着等级地位的降低，司裘所提供的侯就越少，档次也就越低。所以说，美丽的射侯不仅是备受关注的审美对象，同时，也都被纳入到等级体制之中，作为贵族等级的标志。

此外，贵族举行射礼时用来放置算筹的用具"鹿中"，也是值得关注的精致艺术品。《仪礼·乡射礼》中记载："鹿中，髤，前足跪，凿背，容八筹，释获者奉之先首。"即"鹿中"用红黑漆漆成，鹿的前腿跪下，作伏地状，鹿背上凿着可放八支筹码的洞，也许这八个小洞点缀在鹿的背上，正像梅花鹿背上的斑点。举行射礼时，放筹码的人拿着"鹿中"，使鹿头朝前。在射礼中"鹿中"既是一件器具，又是引人注目的审美对象。"鹿中"放置的位置也非常讲究。据《仪礼·乡射礼》记载："释获者执鹿中，一人执筹以从之。释获者坐设中，南当福，西当西序，东面。"释获者捧着"鹿中"，另一个人跟随着他。释获者谨慎地坐下将"鹿中"放在南北位置与福相应、东西位置与序相应的地方，并且要使"鹿中"的面朝东。这一精美的器具以及对这一器具的关注，表明周人对非常细微的审美对象都投入了足够的关注。关注自己的举止仪态以及关注生活中几乎所有的器物的审美价值，这是周人诗意化生存态度的体现。周人的艺术精神就表现在对器物的美饰和对器物的审美关注之中。

三、美丽的烛光

在周人的生活中，还没有现代化的蜡烛，他们用以照明的只是火把而已。即便是这不起眼的照明方式，这忽明忽暗的火光也成为周代贵族文化生活中的一个亮点，成为周代贵族的审美对象。同时，像其他器物

---

① 《仪礼·乡射礼》。

一样，火炬的多少也是贵族身份和等级的标志。

火光闪耀在贵族生活的多种场合，起着照明的作用，同时，也烘托出了一种诗化的氛围，表达着贵族不同场合的审美心境。如婚礼中前去迎亲的队伍要点着火光，照亮前方的路。嫁女之家，在女儿离开娘家之后，要三日不灭烛火。《礼记·曾子问》记载："嫁女之家，三夜不熄烛，思相离也。取妇之家，三日不举乐，思嗣亲也。"在这里深夜还燃着的烛光不只是烘托着一种诗意氛围，也表达了对出嫁的女儿无尽的惦念之情。娶妇之家将因娶到新妇而代替年老的母亲在家中的地位，不免哀戚，所以也无心举乐。

如果说在享礼中体现出的是贵族举止的温文尔雅、是贵族举手投足中所呈现出的仪节之美，那么，在燕礼中，气氛相对和缓。尤其是进入夜晚的燕饮场合中，火炬点缀着燕饮和乐的气氛，使燕饮呈现出不同于一般的贵族气派。《仪礼·燕礼》中记载了贵族举行燕礼时，灯火辉煌的情景："宵则庶子执烛于阼阶上，司宫执烛于西阶上，甸人执大烛于庭，阍人为大烛于门外。"在载歌载舞、觥筹交错、食物丰盛的贵族燕饮中，在阼阶上、在西阶上、在庭中、在门外分别有专门的人举着火把，这是何等气派的燕饮场面。在这些火把的照耀下，贵族的燕饮充满了温暖祥和的气氛。《礼记·少仪》中也记载："凡饮酒，为献主者执烛抱燋，客作而辞，然后以授人。执烛，不让，不辞，不歌。"是说为了谨慎，在燕礼中执烛火的人要不让、不辞、不歌。这一段记载也从另一个层面展示了燕礼中用烛的情况。

烛光在丧礼中也有很重要的地位。丧礼中要在堂上、堂下、庭中都点上火把来照明。丧礼中烛的定制是："君堂上二烛，下二烛。大夫堂上一烛，下二烛。士堂上一烛，下一烛。"[1]丧礼中，无论国君还是士死了，都要"终夜燎"[2]，即出葬前夕整夜在中庭燃烧火炬。

这就是周代贵族丰富的烛光文化。烛光使周人的生活有了光明，有了温暖，同时烛光又成为周人生活的点缀和美饰物，烛光成为周人审美世界中的一个亮点。难怪《诗·小雅·庭燎》以诗化的笔触对贵族燕饮中的烛光进行了描述："夜如何其？夜未央，庭燎之光。君子至止，鸾声将将。"夜还没有尽，夜烛还没有熄灭，贵族上朝的鸾铃声就由远而近地在朦胧的晨光中响起来了。烛光使周代贵族的生活平添了几分诗意。

---

① 《礼记·丧大记》。

② 《礼记·杂记上》。

　　通过以上有关器物之美的分析，我们认为，周代贵族的审美具有实用功利化的特征，是在实用的、功利的生活之中的审美追求，这集中体现在服饰、音乐、车马等器物之中。同时，在周人的生活世界中，这些美好的器物也都被纳入到等级礼制之中，成为贵族身份和等级的标志。在政治意识形态中进行审美，这是周代贵族美学精神的重要特征。从美学角度来看，这些器物中，第一，反映了周代贵族非常精细的审美追求。周人总是对生活中最微不足道的地方进行美饰，而且，审美修饰的风格是非常细腻的；第二，周代贵族不仅在生活中创造着美，而且，还能够以诗化的眼光来审视生活中的这些审美对象。古往今来，人们的生活中不是缺少美，而是缺少对美的关注。麻木的心，即使对最美丽的景致也会无动于衷。周代贵族在意识形态背景下对美进行等级划分，又能够积极追求美饰生活和欣赏美，这是周代贵族艺术精神的集中体现。这种对生活本身进行积极鉴赏的态度，与老庄所开创的超越现实功利目的的审美境界是不同的审美路向。这条美的路向是儒家美学思想的基础，它启迪人们积极入世，以审美的眼光看待现实生活，在现实生活中创造美、发现美，同时美化生活、热爱生活。

第十七章　从《诗经》看贵族生活方式及其审美追求

诗是周代贵族生活中的重要组成部分，它既是虔诚的祭祀礼仪中的宗庙乐歌，又是贵族抒发情怀的方式。《诗经》已经拥有了相当成熟的写作手法和技巧，因而它又是贵族生活中精心雕琢和打磨的艺术品。如果说《周礼》《仪礼》和《礼记》中所描述的是贵族生活的一般状态，是抽象化的贵族生活模式记录，那么，《诗经》则为我们展示了一幅幅生动真切的贵族生活画卷。如果说"三礼"是对贵族生活状态的客观书写，那么，《诗经》则为我们揭示了贵族的情感生活层面。我们在《诗经》中不仅能够看到贵族生活方式的诗意化描写，而且可以从中感受到贵族诗人对生活的审美评价，以及他们的审美情趣之所在。诗像一颗晶莹剔透的宝石，折射着贵族生活的方方面面；诗又像一泓清泉，贵族生活的各个方面就像倒影一样投射到这泓清泉之中。通过诗，我们可以更为深切地感受到贵族生活中的欢乐和忧愁。

《诗经》是周代贵族礼乐文化生活的反映，仔细品味，就会发现诗人所描述的礼仪生活画卷是贵族诗人眼中的审美世界，蕴含着诗人的情感，充满了活泼泼的生趣，与其他文献资料中所记载的礼仪形式有很大不同。《诗经》不仅把周代贵族仪式化的生活方式更加真实生动地展示给我们，而且使我们能更加真切地理解周代贵族的审美情趣。

第一节　仪式化生活方式的诗意书写

一、礼仪诗中的贵族生活状况和诗意情怀

（一）祭祀诗中生动活泼的生活场景

《诗经》中的礼仪程式与有关礼仪的种种文献记载的一个突出的不同点在于，《诗经》不是烦琐的礼仪程式的记录，而是一个更为广阔的生活空间的诗意描写。

祭祀是贵族通过一定的礼仪程式向神灵进行祈祷的活动。祭祀是农业社会人们生活中很重要的一个方面，在严肃庄重的礼仪程式中，统治

者力求营造一种神秘的氛围，造成震慑心魄的效果，从而使统治蒙上一层神秘色彩。但是在有关祭祀的诗中，我们感受到的却不只是单一的祭祀仪程，也不是平面的、僵化的礼制规范的刻板记录，而是丰富多彩的人的活动和广阔的生活画面。诗人总是能将诗意的眼光投向更为广阔的生活空间，给祭祀的场面设置一个富有诗意的背景，使祭祀诗在凝重、庄严之中浸透着周代贵族对现世生活的歌唱，对生活的热爱和感激。体悟周代贵族有关祭祀的描述，我们能感受到天地神人同乐的气氛和周代贵族的审美趣味之所在。

《大雅·旱麓》写一个贵族在旱山山麓下祭神祈求保佑的情景。但是诗人并不只是局限于对祭祀过程的描述。诗中既写了这个贵族准备好了红色的公牛，用精致的玉瓒舀郁酒倒在神位前的白茅上进行祭祀的情景，也写了在他的周围鸢飞于天，鱼跃于渊，榛楛、葛藤都长得很茂盛的情景。仔细体味就能感受得到，诗人的视阈是非常宽广的，他是站在祭祀场面之外全局性地把握这一祭祀过程和祭祀场面的，同时，诗人的心性又是非常细腻的。诗中既有对远处"榛楛济济"景象的描写，又有对祭祀仪式中酒器之美的赞叹。诗人关注到了祭祀时，舀酒的玉瓒上的花纹。关注到了舀上酒之后的玉瓒之美。玉瓒内镶黄金，舀上酒之后，盈盈的黄色就显得溢光流彩。在这里，凝重的祭祀仪式就是诗人笔下活泼泼的审美对象。诗人的兴趣既在于祭祀的仪程，又在于那精美的酒器，以及祭祀场面之外葱郁茂盛的树木。而且在这些有着灵性的审美意象的描述中，我们依然能感受得到神的到场，这是一个神人与共，充满虔诚与神秘气息的艺术氛围。

《小雅·楚茨》写祭祀祖先的经过以及祭祀时的虔诚态度。诗人将祭祀的整个过程和场面置放在一个丰收的、欢庆的背景下来描写。"楚楚者茨，言抽其棘。自昔何为？我蓺黍稷。我黍与与，我稷翼翼。我仓既盈，我庾维亿。"这是祭祀的背景。诗中写到的物象都是肥美、丰满的。"楚楚"是指蒺藜的丛生和丰茂；"与与"、"翼翼"是指黍稷的茂盛、整齐；仓庾的状态是"既盈"与"维亿"。一切都是那样的丰盛和茂硕，呈现出一派丰收的景象。接下来诗人还是没有直接写到祭祀，而是又宕开一笔对祭祀准备过程进行描述。为了即将到来的祭祀，人们忙碌着，有的在洁净牛羊，有的在剥皮，有的在准备俎案，有的在陈列祭器。一切准备就绪后，这才是对神灵的祭祀，请神灵品尝馨香的祭品，请神灵赐福给贤子孝孙。礼仪完备后，在鼓钟声中送神灵。飨神灵的礼仪结束后，是客人们的燕礼，燕礼中人们畅饮着甘甜的美酒，人人流露出满足的神情。可以看到，诗人对祭祀的描写，视野是非常广阔的，从丰收的自然景观，到祭祀的准备阶段，都受到了诗人的关注。在诗人的眼中祭祀是充满了人情味的鲜活景象。

《小雅·信南山》描写了对祖先神进行祭祀的情景。诗人通过优美的语言将生活中的丰收与和谐状态展示给祖先神，使他们在阴间或天堂能够感受到子孙后代的生活状态。但是诗中并没有人在神灵面前惶恐的紧张感，而是一派和乐、愉悦的生活景象。诗中写道，霂霂的小雨，使人间雨水充足，土地湿润，庄稼得到灌溉，百谷得以生长。人们将打谷场收拾得整整齐齐，黍稷呈现出一片茂盛的景象。人们收割了庄稼，制作了祭祀祖先、招待宾客用的酒食。田野中有着看护庄稼的房舍，疆场上种满了瓜果。将这些瓜果切开摆在祭器中，献给祖先神来品尝，因为子孙的富足和丰收都源于祖先神的佑护。就这样，具体的祭祀活动就展开了，进献清酒以及红色的小公牛，拿起刀把上雕有花纹的鸾刀切割小牛，将牛的鲜血献给祖先。接着开始忙忙碌碌地蒸煮牛肉，不多时浓郁的香气就冒了上来。这馨香的气息，一定能使祖先神得到感应，从而知道子孙们感谢他们恩赐了风调雨顺的生活。我们似乎也隐约闻到了食物的馨香，感受到了祭祀礼仪所带来的快乐。可以看到，诗人的审美眼光集中在整饬的打谷场、田野中生长的瓜果和祭祀时毛色纯正的牡牛，以及切割祭肉的鸾刀等物象之上。《诗经》中的礼仪过程充实而令人欢快。

《诗经》中有很多有关礼仪生活的描写是从礼仪准备阶段的采摘、田猎以及捕鱼活动开始的，这样就将更为广阔的生产生活画面展现在我们面前，也表达了诗人的审美趣味。如《诗·召南·采蘩》写祭祀之前宫女们采蘩的情景："于以采蘩？于沼于沚。于以用之？公侯之事。"一问一答的对话，似乎是劳动时两拨人之间的对唱。在这对唱之中，隐含着企盼祭祀到来时的喜悦之情。《诗·召南·采蘋》也具有同样的问答方式，问：在什么地方采浮蘋？答：在南涧之滨；问：在什么地方采浮藻？答：在那流水的沟边；问：用什么东西来装所采的祭品？答：用方的筐和圆的筥；问：用什么器具来煮它？答：用三足的锜和釜。一问一答像此起彼伏的歌声。之所以对祭祀之前的采摘这样关注，这与当时农业社会，蚕桑的采摘以及菜蔬的采摘在生活中占有较为重要的地位有一定关系，同时也是因为在祭礼中有很多祭品都是要提前采摘的。对祭祀前采摘的关注，使祭祀的神圣性蔓延到了祭品的采摘过程之中。可以说，只有诗这一艺术形式才会使我们有机会感受到如此广泛的祭祀生活场面。

从以上分析可以看出，祭祀诗反映了周人与自然和神灵和谐相处的状态。祭祀是人神共欢同乐的场合。在各种祭祀礼仪中，诗人并没有只关注祭礼的仪节本身，而是将人间忙碌的场面和祭祀场面之外的自然景观尽收眼底，甚至，诗人眼中的祭礼是从祭祀之前的采摘活动开始的，似乎人间的一切都被笼罩在祭祀的隆重氛围之中。生活中的一事一物也因为围绕着祭祀的目的而富有了深层的含义。诗人将这些富有生活气息的场景写进祭祀诗中，使祭祀呈现出欢快的节奏和浓厚的诗意。从这样的祭祀诗中，我们领略到祭祀仪式中贵族的生活状况和贵族的生活乐趣之所在。

（二）贵族燕饮礼仪的诗意描写

贵族交往礼仪最为集中地体现在燕饮礼仪中。《诗经》中有关贵族交往仪式的诗歌主要集中在《大雅》和《小雅》中，但是与"三礼"中的有关记载相比，诗中的贵族交往礼仪活泼生动得多。诗人往往是将镜头拉长，将燕饮之礼置于一个更为广阔美好的背景中进行书写。这表明在周代贵族的生活世界中，礼仪活动虽然是严肃庄重的，但它并没有遮蔽人们观察和感受生活的视野。

《大雅·行苇》写贵族兄弟宴会、举行射礼、祭神的情况，表现了等级礼制中人的活动，是对礼制生活方式的诗意表达。诗人一开始就为我们呈现出一幅非常富有诗意的图景："敦彼行苇，牛羊勿践履，方苞方体，维叶泥泥。"敦，是草丛聚的样子。行，即道路。苞，是茂盛的意思。泥泥，也是枝叶茂盛的样子。整句诗的意思是，路边丛聚的芦苇正长得茂盛，每一片叶子都充满了茂盛的生命力，牛羊啊，不要践踏了它们。诗人的情感非常细腻，对自然界中的一切充满了爱怜之情。人间的交往就在这浓浓的爱的氛围中徐徐展开，"或肆之筵，或授之几"，这是燕饮的准备阶段，在准备阶段人们有的忙着陈列筵席，有的忙着布置席上的几案。接着是燕饮中的献酢酬等仪节，"或献或酢，洗爵奠斝。醓醢以荐，或燔或炙。嘉肴脾臄，或歌或咢。"在这一段诗中，我们可以看到在燕饮阶段，要献酒致敬，要用酒回敬，要洗爵奠斝，要进献多汁的肉酱。燕礼时，有的是好菜好酒，人们有的在唱歌，有的在击鼓，好不热闹繁忙。从诗人的描述中，我们能感受到，对周代贵族而言，将要进行的并不是不近人情的外在的礼仪，不是让人厌烦的刻板程式，而是人间友好的会晤，是值得企盼的节日。

周代贵族文化是礼乐文化，虽然燕礼中的礼乐是规定的曲目，但是诗人写到燕饮礼仪中的音乐时，无不带有欣赏的口吻。琴瑟之音细润、清越，常与歌声相配，设在堂上。《小雅·鹿鸣》中"呦呦鹿鸣，食野之苹。我有嘉宾，鼓瑟吹笙。吹笙鼓簧，承筐是将"的诗句就写出了堂上燕饮时，在鼓、瑟、笙、琴等乐器所演奏的音乐中，人与人、人与自然之间欢乐和睦的景象。生活优雅舒适的贵族们一边饮酒，一边听音乐，一边看着不远处的麋鹿在悠闲地吃着野草。这就是贵族的生活，优雅而富有情调。诗人所撷取的景致，不论是呦呦的鹿鸣，宾主的欢饮，还是鼓瑟操琴，都是能体现贵族审美情趣的景物。贵族温文尔雅的气度与细润的琴瑟之音以及呦呦鹿鸣又构成了儒雅、融洽的生活境界。钟鼓之音高扬、响亮，多设在堂下。《小雅·彤弓》就反复唱叹天子赐诸侯彤弓时，钟鼓所衬托出的欢庆气氛。诗中写道："我有嘉宾，中心贶之。钟鼓既设，一朝飨之。""我有嘉宾，中心喜之。钟鼓既设，一朝右之。"在乐曲的反复之中，诗人对嘉宾和钟鼓之音的喜好之情溢于言表。在这里天子赐彤弓的礼仪过程，直接展示为对嘉宾的反复咏叹和对钟鼓之音的反复描写。音乐带给贵族悠闲典雅的生活，诗人又将这种对音乐的审美感受描述出来，呈现给我们，使我们也深受周代贵族富有艺术气质的生活情调的感染。从这些流露着诗人情感的描写中，我们也认识到，礼乐在当时带给人们的并不全是昏昏欲睡的感觉，相反，人们在礼乐的背景下，享受着欢快的生活。

从以上分析可以看出，周代贵族诗人所关注的是仪式中的和乐气氛，是仪式进行时的周边环境，是仪式中的琴瑟之音。他们并没有认为礼仪是对生命的束缚，相反，在他们看来礼仪是生命的欢歌，是生命价值得以体现的渠道。《诗经》中的这些诗篇为我们了解周代贵族生活的真实状况提供了非常有价值的资料，至少使我们认识到贵族诗人看待生活的着眼点。可能各种仪式对于生活在周代的贵族而言就像后世人的看戏一样，在固定的、程式化的演出中，却有着年年岁岁都看不腻也看不完的滋味。因为，可看的不仅仅是戏的情节，还有对每一个唱腔的玩味。不同的是，在周代贵族的各种礼仪之中，每一个人都既是演出者又是观看者，这里演出的是人生大戏，是没有舞台的戏。戏中的每个人认为生活理应如此，所以也都没有作假的感觉。这就是人生的艺术化。

二、从外在的仪式到内心感受

除了祭祀天地山川鬼神以及贵族交往礼仪中固定的诗歌之外，还有很多诗是贵族对生活的感受和思考。思考生活、抒发自己内心的情感，是贵族生活的一个很重要的方面。反思生活的诗，为我们提供了周代贵族情感和精神世界的真实记录，使我们在这些宁静的文字中依然可以真切地感受到周人的喜怒哀乐。与各种有关礼仪规范和原则的文献记载相比，《诗经》为我们呈现了周代贵族非常细腻的情感世界和审美体悟的精神空间，使我们能够真切地触摸到礼仪背后贵族的心灵世界，了解到贵族生活的另一个层面。

《小雅·鼓钟》就在镗镗礼乐声的衬托之下，写出了礼乐背景中人的情感活动，同时还将音乐的画面与礼乐场景之外的景物组接在一起，使礼乐场景富有诗情画意。诗中写道："鼓钟将将，淮水汤汤，忧心且伤。淑人君子，怀允不忘。鼓钟喈喈，淮水湝湝，忧心且悲。淑人君子，其德不回。鼓钟伐鼛，淮有三洲，忧心且妯。淑人君子，其德不犹。钟鼓钦钦，鼓瑟鼓琴，笙磬同音。以雅以南，以籥不僭。"诗中将各种乐器发出的声音都做了形象的描摹，将将、喈喈、钦钦的声响在诗中回还往复，烘托了诗的热闹气氛，但在各种乐器发出的热闹的音乐中，诗人却是不开心的，这时的音乐与诗人的心境恰成对比，更反衬出诗人的不快乐。"忧心且伤"的反复咏叹，使这一份忧伤的情怀绵远流长。这就是诗中的礼乐文化，在外在的礼乐仪式中深深地蕴含着诗人的喜乐和忧愁。

饮酒之礼，主人向宾客进酒，谓之献；宾客还敬主人酒，谓之酢；主人先自饮，然后劝宾客饮酒，谓之酬。但在诗人的眼中，这一切并不是烦琐的和多余的，相反，在这些仪程之中蕴含着诗人的欣喜和快乐。《小雅·瓠叶》以诗的语言记叙了贵族之间的饮酒之礼，写了贵族烧柴、烤肉、摆酒请客人吃，宾主酬酢的情景。在诗人的笔下，翩翩翻动的葫芦叶是充满诗意的景致。头上长着白毛的兔子，不仅具有食用价值，还具有观赏价值，而且，兔子的食用方法也很丰富，可以炮、燔、炙。献、酢、酬的礼仪不再是古板的规定，相反在献、酢、酬的过程中，更显出了生活的温馨。诗中写出了人在饮酒礼过程中的快乐感受，使仪式化的生活状态更加真切地展现在我们面前。

《小雅·车辖》以诗的形式为我们展示了贵族婚礼的过程。这里的婚礼没有烦琐的礼仪，而是从作者的感受出发书写了诗人眼中所见、心中所感的婚礼。"间关车之辖兮"是接新娘的车行走时发出的声音，也是诗人心中的车发出的快乐的声音和节奏。"式燕且喜"直接点出诗人的心情。接着写到，即使没有旨酒，也要饮一点，即使没有佳肴，也要吃一点。这似乎是新婿的喃喃自语，又似乎是婿对新妇的体贴关爱之语。心中默默祈祷新的婚姻生活就像四匹马拉的车一样不断地前进，祝愿新的婚姻生活就像六条马缰绳以及琴弦一样和谐有序。这是对婚礼的生动描写。这里没有对纳采、问名等烦琐礼仪的呆板记录，而是选取婿亲迎新妇行进在回家路上的情景和心理感受进行描写。这是作为诗的婚礼与作为一般礼仪规范的婚礼的不同。

由此可见，《诗经》中对礼仪场面的描写多了一些发自内心的感动，少了一些繁文缛节的刻板仪程。可以说《诗经》是以诗化的眼光去观照周代贵族仪式化生活的。《诗经》中透露出周代贵族对待生活的态度，折射着周代贵族丰富的内心世界，使周代贵族的生活状态更加真切地展现在我们面前。

三、从烦琐呆板的仪程到对和谐氛围的关注

在《诗经》中不论是有关祭祀的诗，还是有关贵族之间交往的诗歌，有一个共同点是多了一些人与人之间的亲密关系的描写，少了一些礼仪的烦琐和刻板。在诗人的眼中，礼仪不是多余的和烦琐的，相反，礼仪是人与人之间建立友好关系的渠道，礼仪是人间欢乐的源泉，所以诗人似乎特别关注礼仪中的和乐氛围。

礼仪文化本来就是一种团结宗族、加强君臣联系的和乐文化。诗人更是被燕饮中的和乐氛围所吸引，将更多的笔墨用于描写贵族礼乐仪式中的和乐气氛。如《甫田》《鹿鸣》等赞美贵族的生活，形象生动地表现了周代贵族在礼仪背景下，拥有着其乐融融的生活与和乐温馨的人际关系。《小雅·鹿鸣》中贵族燕饮的场面描写中，不仅燕饮的贵族之间悠闲和乐，甚至整个自然和人都沉浸在和乐的氛围之中，连麋鹿呦呦的叫声和吃草的神态都包含着和乐的艺术精神。礼乐在当时带给人们的并不是压抑的感觉，而是愉悦的精神享受。

礼仪中的和乐气氛尤其表现在享礼之后的无算爵阶段。在享礼之后往往是气氛较为缓和的燕礼，在燕礼的各种礼节结束之后，就是无算爵与无算乐，即在威仪棣棣之后，有抑制不住的狂欢色彩溢漫在贵族的交往礼仪之中，这就形成了周代贵族礼仪中，有限度地超越礼制束缚的放纵时空，形成了周代贵族生活的另一个层面，体现了贵族文化中的"乐"。如《小雅·湛露》写出了贵族们在礼仪之后"厌厌夜饮，不醉无归"的畅饮豪情，《小雅·宾之初筵》描写了西周幽王宴会大臣贵族的情形。诗人把宾客出场、礼仪形式、筵席食物、食器的陈列、音乐侑食和射箭比赛写得清楚有序、生动鲜明，宴会的气氛显得热闹而活跃。尤其是经过郑重庄严的射礼之后的自由射、无算乐、无算爵阶段，礼仪开始时"温温其恭"的氛围就开始变为"载号载呶"的开怀畅饮；礼仪开始时的严谨恭敬变为较为任情的"屡舞僛僛"、"屡舞傞傞"，诗人捕捉到的就是这和乐的畅

饮场面，笾豆被打翻了，帽子也歪了，这是严肃的礼仪规范边缘的另外一个生活空间，是属于周代贵族的特有的狂欢场面。最庄严、肃穆的仪式莫过于祭祀，但在正式礼仪结束之后，也有族人的欢宴，祭祀的性质就由肃雍庄严而至于轻松热烈。《小雅·楚茨》和《小雅·既醉》都写了祭祀后燕饮的情景，这时"既醉既饱"的放松就代替了礼制的刻板和严肃，礼制对人的约束有所放松，这就形成了礼仪和超越礼仪之间的张力状态。诗人正好为我们捕捉到了礼仪中的这种宽松的氛围，并集中笔力进行了描写，使我们可以看到贵族礼仪生活的全貌。

这种其乐融融的生活氛围和温文尔雅的贵族气度，一方面是因为它产生于西周前期社会较为安定的年代，贵族的行为普遍遵循着礼制的约束，礼乐文化与贵族的生存之间基本上还没有相互背离；另一方面还是因为在西周前期血缘宗法制是周人的基本社会组织结构，贵族的交往礼仪也主要以血缘宗法家族为基础，是有着亲缘关系的叔伯兄弟之间的往来。如《小雅·頍弁》"尔酒既旨，尔肴既嘉。岂伊异人，兄弟匪他"，《小雅·楚茨》"诸父兄弟，备言燕私。乐具入奏，以绥后禄"，《小雅·斯干》"兄及弟矣，式相好矣，无相犹矣"等，都明确指出前来燕饮的是同族的兄弟。宗族血缘关系，是一种宗法制国家的结构模式，是国家进行统治的内在血缘纽带。宗族亲缘关系隐现在周代贵族生活的各个方面。如果说祭祀祖先的仪式展现的是贵族宗族嫡庶之间的等差和级别，那么，燕饮则体现出贵族之间的兄弟亲情。诗恰切地为我们呈现出燕饮礼仪中宗族成员之间的和谐气氛，诗是这种和谐气氛的生动记录。

通过以上几个方面的分析，我们可以看到，《诗经》中对于礼仪生活的描写，大多不是对礼仪程式的刻板记录，相反，沿着诗人的视线，我们所看到的礼仪场面是丰富多彩的，人们享受着礼仪之中的欢乐气氛，关注着礼仪之中人们繁忙有序的身影，欣赏着礼仪中的各种礼器，甚至礼仪场合周边的各种树木、虫草都能引起观赏的兴趣。在各种礼仪中，人们看到的是富有情趣的采摘、捕鱼活动，是祭祀场合周边晶莹的露珠、鲜艳的花朵，整个礼仪活动充满了生命的活力，呈现出一股活泼泼的生趣。礼仪活动简直就是族人的欢乐聚会，是令人心向往之的隆重节日。我们从诗中所描述的贵族礼仪生活还可以看到，即便是那些在后人看来烦琐的礼仪，在当时，贵族们也是以一种诗意的态度去观照它的，在祭祀礼仪中，在燕射之礼中，周代贵族都能体会到人生的美。我们还可以感受到，即使是在各种礼仪之中，也还有着人性自由发挥的空间，周代贵族的礼仪生活是欢乐和愉快的，是充满诗情画意的。他们用审美的视野打量着礼仪活动中的一切，用敏感的心体味着人间的欢乐和忧愁。在仪式化的生活中，周代贵族戴着脚镣跳出了人生最美妙的旋律。

第二节　情意绵绵的贵族日常生活画卷

《诗经》是周代贵族生活的生动写照，它从衣食住行等各个方面为我们展示了贵族生活的立体画卷。《诗经》中除了告神和颂祷，以及描写贵族交往礼仪的诗歌外，还有大量的诗歌是对贵族日常生活状况的描写。贵族的生活充满了诗情画意。他们关注的不仅仅是事物的实用价值，而且还关注日常生活的审美化。他们赋予日常生活的一举一动、一事一物以诗性的意味，使生活充满了丰富的内涵。在《诗经》中，我们可以读到周代贵族丰富的日常生活画面，可以体味他们对生活的诗意态度。

一、诗意地栖居

周代贵族有着优越的社会地位，有着丰厚的田产，这就决定了他们可以有着较为悠闲的心境来看待生活，也决定了他们可以以审美的眼光来看待生活。我们可以随意在《诗经》中撷取几个富有诗意的生活画面。

贵族的音乐生活。音乐不仅在贵族的祭祀礼仪和交往礼仪中有着重要意义，就是在周代贵族的日常生活中也占有很重要的地位。天子每日饮食必有音乐伴奏。大夫也时常鼓琴操瑟，琴瑟之声几乎是贵族有闲生活的一个标志。如《周南·关雎》写道："参差荇菜，左右采之。窈窕淑女，琴瑟友之。参差荇菜，左右芼之。窈窕淑女，钟鼓乐之。"作为《诗经》的开篇，《关雎》写到了贵族的情感世界，展示了一个为情而苦恼的贵族青年的生活。他愿以琴瑟、钟鼓给所爱的人带来快乐。这里也为我们提供了贵族日常生活的一个侧面，说明周代贵族的日常生活中琴瑟之声占有很重要的地位。这种优雅的生活方式还体现在《诗经》中一系列其他诗篇中。《小雅·何人斯》虽然总体来说主要写两个关系亲近的贵族的分裂，但也回顾了两个人关系好的时候的情形："伯氏吹埙，仲氏吹篪。"埙是古代的一种吹奏乐器，陶制，大如鹅卵，锐上平底，音孔一至三五个不等。篪是古代的一种管乐器，竹制，单管横吹。这一句诗给我们的信息是，他们两个关系好的时候，就像伯仲兄弟一样，你吹埙，我吹篪。可见在贵族的日常生活中，时常有着相互之间吹奏乐器娱乐的风尚。还有《秦风·车邻》也写到了两个贵族之间的琴瑟之乐。诗中写到，山坡上有着漆树和桑树，低洼处有着栗树和杨树，两个贵族并坐在一起，鼓瑟、鼓簧，享受着人生中的美好时光。《王风·君子阳阳》则为我们展现了一幅贵族奏乐跳舞的生活画面。诗中写道："君子阳阳，左执簧，右招我由房。其乐只且。君子陶陶，左执翿，右招我由敖。其乐只且。"拿着簧、拿着翿舞蹈的君子满脸洋溢着陶陶的喜悦之情，他一边舞蹈，一遍招呼我一起加入。这和乐喜庆的乐舞气氛使每个人都禁不住深受感染。从《诗经》点点滴滴的记载中，我们对周代贵族如诗如画的日常生活状态可略见一斑，可以知道贵族的生活之中时常点缀着琴瑟之声。

周人的日常生活丰富多彩，除了琴瑟之声对生活的点染之外，《诗经》中还有许许多多的描写为我们呈现出周人对日常生活的诗意观照。如《小雅·庭燎》用诗意的语言描述了诸侯贵族上早朝的情景。首先是黎明前的一问一答打破了夜的寂静。一个声音问："夜如何其?"另一个声音回答："夜未央!"接着是庭燎之光给黎明的朦胧色调中添上了暖色和诗意，然后是诸侯上朝的鸾铃声为朦胧清晨画面点缀上清脆悦耳的声音之美，使这一幅黎明前的优美画卷富有声光相融相荡的魅力。这就是贵族日常生活的写照。没有对生活的诗意领悟和对生活的深深感触，就不会有这样细腻的对生活的观察和抒写。《小雅·采绿》想象了一幅贵族夫妻之间和谐悠闲的日常生活画卷。诗中写道，你狩猎时，我就将弓装入弓袋；你钓鱼时，我就缠好钓鱼的绳子；你钓出鲂或鲈，我就来看。这是对生活最美好的诗意想象，表现了诗人对幸福生活的渴望。

生活中缺少的不是美，而是对美的领悟。对于一双没有诗意的眼睛，再美的生活都不会令他驻足，再美的景观也都不会引起他的注意。而周代贵族生活中这些点点滴滴的诗情画意，一方面来自贵族自己的审美态度；另一方面也来自于诗人的审美眼光，只有富有诗意的心才可以捕捉到这些美好的生活情景。

二、悠悠我心——诗中的贵族情感世界

纵观《诗经》中有关周代贵族日常生活的描写，给人印象颇深的还在于《诗经》中那浓浓的人间情意。《诗经》中有很多篇章都是对人间和谐关系的书写。如《小雅·白驹》叙写了一个贵族挽留客人的整个过程。这个贵族热情好客，让客人的马吃自己园圃中的苗和藿，并且为了让客人打消要走的念头，把客人的马绑住。他认为系住客人的马，就能系住客人的心，就能使美好的夜晚得以延长，这种想法和做法显示了主人的真诚和憨厚，甚至还显示出主人的天真和幼稚，然而也正是因为这一点点的幼稚，使这个贵族显得非常可爱。这首诗显示出人与人之间质朴的友情，

把挽留者的真诚和憨态以及被挽留者的人格魅力都活脱脱展现出来。

　　《诗经》中有一系列篇章是关于渴念君子、感激君子之恩的，写出了人世间的情感和人对人的依赖、依恋之情。如《秦风·晨风》就写道："鴥彼晨风，郁彼北林。未见君子，忧心钦钦。如何如何，忘我实多。"第一句是起兴，为情感的抒发创造了诗意的背景。接着写出思念君子的忧愁情怀。"如何如何，忘我实多"一句包含了丰富的内容。字面意思是猜测君子忘却了自己，但深深隐含在文字背后的情感却是无限的担心，担心君子忘记了自己，多么希望昔日的情感还依然如故！这种委曲愁肠让我们见识到周代贵族的情感世界是多么细腻和丰富。《小雅·蓼萧》写见到君子后的欢声笑语，诗中写道："蓼彼萧斯，零露湑兮。既见君子，我心写兮。燕笑语兮，是以有誉处兮。"表现了人与人之间的亲切友好关系。《小雅·隰桑》叙写见到一个贵族之后的愉快心情，并为贵族颂德，表示愿为他效力，诗中写道："隰桑有阿，其叶有难。既见君子，其乐如何！"在婀娜的桑树旁见到君子，真是喜出望外。同类的诗歌还有《小雅·裳裳者华》《召南·草虫》以及《郑风·风雨》等，尤其是《风雨》描写在一个风雨凄凄的早晨与自己思念的人久别重逢，喜悦和欢快的心情真是难以用语言表达。这些诗歌为我们展示了仪式化的生活空间之外，人与人之间的情感世界，让我们感到贵族的生活中除了三揖三让的礼节之外，还有着这样丰富的人间真情的流露。

　　在《诗经》中有一组诗描写了贵族之间相互赠送礼物的情景。如《秦风·渭阳》，据说是晋公子重耳离开秦国时，秦太子罃送自己的舅舅重耳时所作。诗中写道："我送舅氏，曰至渭阳。何以赠之？路车乘黄。我送舅氏，悠悠我思。何以赠之？琼瑰玉佩。"太子罃赠送舅氏的是四匹黄马拉的路车和琼瑰色的玉佩，这既是诸侯之间的礼仪，更是人与人之间的情感表达。《卫风·木瓜》也写赠送的礼物凝聚着人与人之间的情感。诗中写道："投我以木瓜，报之以琼琚。匪报也，永以为好也。"这就是感动千古的投桃报李情结。人与人之间，你投我以木瓜、木桃、木李，我就会报之以更珍贵的琼琚、琼瑶、琼玖。这不是物和物之间的交换关系，而是人与人之间永恒的、超越于物的价值之上的情谊。像这样通过赠送礼物表达情感的诗歌还有《王风·丘中有麻》《陈风·东门之枌》《邶风·静女》等，这些诗使我们深深体悟到周代贵族的情感生活境界。

　　在《诗经》中还有一组诗写出了睹物思人的情怀，揭示了物中所蕴含的人与人之间的浓厚情感。《邶风·绿衣》写一位丈夫悼念亡妻。他选择的描写对象是妻子生前制作的一套衣服。这套衣服是绿色的面，黄色的衬里，黄色的裳。从这首诗可以看出作者所看重的已不是一件衣服的实用价值，而是超越实用价值之上的情感寄托。这种睹物思人的情怀表现了周代贵族丰富的精神生活境界。同类的诗歌还有《唐风·葛生》，写一个男子追悼亡妻。诗中写到，蔓延的葛藤和荆棘，以及蔹草覆盖了妻子的坟墓，妻子孤独地躺在里面，更为孤独的是守在外面的丈夫，在夏之日、冬之夜寄予着无尽又无望的思念。这种深挚的思念，使地老，使天荒，读来真是令人肝肠寸断。《郑风·子衿》中"青青子衿，悠悠我心""青青子佩，悠悠我思"，你那青青的衣服，你那青青的玉佩，不时地浮现在我的心头，勾起我对你的深深思念之情。《召南·甘棠》写召伯虎曾在自己的住处栽下一棵甘棠树，如今这棵树已经长成枝叶茂盛的大树，后人看见这棵树，甚是珍惜，不舍得砍伐它，不舍得毁坏它，也不舍得折它的枝叶，因为看见这棵树就像看到召伯虎一样，因为召伯虎曾经在这棵树下居住过、休息过。甘棠树寄予了人们对召伯虎深厚的怀恋之情。人间的情感牵挂使贵族的生活多了几分剪不断的绵绵情谊。

生活境域的变迁，在诗人的心中也留下了深深的印痕。如《王风·黍离》中诗人看到昔日的都城如今只剩下满眼的黍稷在随风起伏，禁不住步履迟缓，慨叹"知我者，谓我心忧；不知我者，谓我何求。悠悠苍天，此何人哉？"如果说《黍离》是家国之叹，那么，《秦风·权舆》就是对自身命运变迁的自悲自叹的哀歌："於我乎，夏屋渠渠。今也每食无余。""於我乎，每食四簋。今也每食不饱。"昨日是拥有四簋的贵族，今天连饭也吃不饱，人世的变迁真是难以预料，怎能不引起诗人的仰天长叹。《王风·兔爰》也是强烈的身世之叹："我生之初尚无为，我生之后逢此百罹。"生活境域的变迁在诗人的心灵深处留下了深深的创伤，成为无法排遣的忧愁。

通过以上几类诗歌的分析，可以看到，周代贵族绝对不是无时无刻都生活在仪式之中，相反，他们还有着多姿多彩的日常生活。他们的日常生活中有着琴瑟之乐，有着人和人之间的是是非非、恩恩怨怨，有着对君子的怀恋，有着睹物思人的情怀，有着对生活的种种感触，有着真挚细腻的情感生活。这是一个充满着情感的世界，是一个人与人之间相互牵挂的世界。《诗经》为我们展现了周代贵族的情感生活世界，让我们看到了周代贵族生活的另一个侧面。

第三节 《诗经》中的审美对象及贵族的审美趣味

对周代贵族而言，也许他们还没有成熟的审美理论，但这不等于他们没有自己的审美活动和独特的审美眼光。《诗经》中的许多诗篇以贵族的视角观察生活，为我们提供了一幅幅贵族生活的画卷，直至今天，我们沿着诗人的视角看去，还可以看到他们眼中的审美世界，也看到他们心中的审美境界。下面，我们将对《诗经》中的审美对象进行分析，并进一步探讨这些审美对象中所包含着的周代贵族的审美趣味。

一、《诗经》中的审美对象

《诗经》展现的是一个充满诗情画意的世界，桃花鲜艳地盛开着，成群的牛羊在吃着草，谷风习习地吹着，草虫喓喓地叫着，美女如云，君子乘着矫健的马。关注什么样的审美对象，选择什么样的审美对象，就表现了什么样的审美追求和审美趣味。大致说来，《诗经》中的审美对象有以下几类。

（一）光彩奕奕、神采飞扬的贵族形象

贵族是《诗经》描写的主要对象，贵族的生活和情感在《诗经》中得到了广泛的刻画，即便是《硕鼠》《伐檀》等几首是对贵族的讽刺和批评，也从一个侧面反映了贵族的生活，更何况在《诗经》中随处可见的是诗人对贵族的举止情态、服饰、气质的赞美，诗人眼中的贵族形象光彩奕奕、神采飞扬。

《诗经》中有多处写到周王的光辉形象。《大雅·棫朴》一开始就赋予周王一个具有神秘气息的背景："芃芃棫朴，薪之槱之。"这是写文王出师前烧柴祭祀司命、风神、雨神的情景。在这样一个火光照耀、具有神秘气氛的背景下，文王的形象也具有了一个灵光圈。如果说这一句将文王置于一个火光和神灵的背景之下，那么，"济济辟王，左右趣之""济济辟王，左右奉璋。奉璋峨峨，髦士攸宜"。则又将文王置于众人敬仰和簇拥的中心。一个有着神秘气息、又有着凝聚力的文王形象就跃然纸上。《大雅·思齐》也写到了文王的光辉形象："雝雝在宫，肃肃在庙。不显亦临，无射亦保。"文王在宫中态度和蔼可亲，在宗庙里神情庄重，态度严肃恭敬。因此，神灵赐福给文王，在最为隐幽的地方也会显灵，永无厌倦地保佑着文王及其臣民。《周颂·丝衣》是周王举行养老之礼时所唱的乐歌。诗中写周王穿着色彩鲜艳又洁净的丝制祭服，戴着圆顶的弁帽，恭顺地对整个宴会所要用的物品都细细地检查了一遍，从堂上到台基，从羊到牛，从大鼎到小鼎，从兕牛形的饮酒器到兕角弯曲的酒杯，无一遗漏。从这些关于周王的描写中，可以看出，在诗人的眼中，周王的形象是光辉的、亲切的。诗人是以崇敬乃至崇拜的情感来塑造周王的形象的。

《诗经》中其他贵族的形象也都光彩照人。如《小雅·采芑》塑造了贵族首领方叔的光辉形象。方叔率领的兵车多达三千，方叔所乘的四匹马，排列得整整齐齐，镶嵌着铜片的马笼头在闪闪发光。车旗上画着蛟龙龟蛇的图案，色彩鲜艳的旗子在空中随风飘扬。车上的鸾铃与身上的玉佩相互谐和发出玱玱的声音。在渊渊的鼓声中，士兵们精神振奋。戎车行进中发出的啴啴焞焞声，如霆如雷。方叔率领军队就像鹰隼在天空中高飞。方叔气宇轩昂、骁勇善战的形象就展现在我们眼前。

《齐风·猗嗟》将鲁庄公置于射礼的背景中，刻画了庄公非凡的气质。诗中赞叹鲁庄公面色清净，眼睛黑白分明。射箭水平高超。古代贵族举行射礼时，立一木架，架上一块方形兽皮，叫做侯。侯上有一小块圆形的白布，叫做正或的。射者向正发箭，箭穿正上，叫做中。鲁庄公整天射侯，箭没有离开正的时候，都射中了。可见鲁庄公是何等的英姿飒爽。

《诗经》中还有许多丰满、高大的贵族妇女形象。如《卫风·硕人》描写和夸赞了卫庄公的夫人庄姜的美丽华贵。写庄姜身材高大，身穿锦制的褧衣。尤其通过一个个特写镜头将她的手指、肌肤、颈项、牙齿等都分别予以展示。"手如柔荑，肤如凝脂。领如蝤蛴，齿如瓠犀"，是说她纤细的手像初生的柔荑一样娇嫩，她的皮肤像凝结的白脂一样温润，她的头颈像白而长的蝤蛴，她的牙齿洁白如瓠瓜籽。另外她的额头宽广而方正，像蟓一样。她的眉毛细长而弯曲，像蚕蛾一样。她顾盼之间，美目含情。在诗人的眼中庄姜简直就是美的化身。

从以上分析可以看出，诗人眼中的贵族体魄健康，富有生命活力，是那样亲切，那样风光。言语之间，我们可以感受得到诗人对贵族的由衷赞叹之情，也可以深深体会到，诗人欣赏的不是那种怪异的、病态的，甚至是变态的美，而是有生命活力的、健康正常的、富贵的美。

（二）黻衣绣裳、佩玉将将——贵族诗人审美视野中的服饰之美

诗人的审美趣味不仅在于贵族的形象气质，还在于贵族的衣着打扮。衣着打扮是贵族文化的集中体现。而将服饰、首饰作为描写的对象，这表明服饰、首饰也是诗人关注的审美焦点。

《鄘风·君子偕老》写到贵族妇女的服饰之美。诗人首先写到贵族妇女的首饰，"副笄六珈""委委佗佗，如山如河"。副，指的是贵族妇女头上的假发。笄，是固定头发的簪子。珈，加在笄下，垂以玉，走路时会摇动，汉代称为步摇，其垂珠有六，故称为六珈。贵族妇女美丽的假发上簪着工艺考究的发笄，她的头发高高地耸起，走动的时候头发颤颤巍巍，显得是那样的高贵美丽。关于这个贵族妇女的发饰，诗中还写道：

"鬒发如云，不屑髢也。玉之瑱也，象之揥也。"这应是这个妇女另一个场合的梳妆打扮。她的秀发如云，她戴着玉制的耳饰，用象牙制的揥绾着头发，同样给人雍容华贵的感觉。"象服是宜"，是对贵族妇女服饰的描写。象，是"襐"的假借字，即镶嵌的镶。这句是说贵族的衣服周边和领袖都镶嵌着花边。"玼兮玼兮，其之翟也""瑳兮瑳兮，其之展也。蒙彼绉绤，是绁袢也。之子清扬，扬且之颜也。展如之人兮，邦之媛也。"玼是玉色鲜明貌。瑳也是玉色鲜明洁白的样子。这两句是说这个贵族妇女绣着雉鸡图案的翟衣和细纱制成的展衣都像玉色一样鲜明动人。她内着细葛，外服展衣，显得清扬舒展。严格说来这首诗并不是对一个贵族妇女形象的如实刻画，而是将诗人认为美丽的服饰都一一赋予他所喜爱的主人公，所以诗人既写了这个贵族妇女戴着假发走动时，颤颤巍巍的样子，又写了她的真发如云；既写了她的翟衣如玼，又不忘记写她的展衣如瑳。在这些审美对象中可以看出贵族妇女的审美趣味以及诗人的审美趣味。

《秦风·终南》塑造了秦君的形象。诗中写到，终南山上长着楸树、杞树、红梅和赤棠等树木。在这样的背景下，秦君出现了，他穿着袍和锦衣，脸色红得像渥丹。秦君的衣服上有着黑青相间的黻纹，秦君的身上佩着当当作响的玉。当看到秦君穿着质地高贵、花纹美丽的礼服，脸上呈现出健康的丹红色，听到他所佩的玉石发出将将当当的声音时，作为观赏者的诗人，不由自主地发出由衷地赞叹：这就是真正的君子吧！《周颂·有客》是来朝诸侯将要回国，周王设宴饯行时所唱的乐歌。其中写到诸侯的服饰"有萋有且，敦琢其旅"。萋，是绸缎上的花纹。且，是五彩鲜明的样子。敦，是雕刻的意思。整句的意思是，客人绸缎衣服上的花纹，美丽鲜艳，他的随从衣服上也都绣着似雕似琢的花纹。考究华贵的服饰衬托着贵族的精神面貌，表现出诗中的贵族和作为写作者的贵族诗人对服饰之美的鉴赏之情。

《小雅·都人士》比较集中地表现了诗人对服饰和首饰的审美趣味。诗人以敬仰、羡慕的眼光打量着来自国都的贵族及其女儿的形象。诗中首先写到都人士的服饰和仪容"狐裘黄黄，其容不改"。黄黄的狐裘和庄重从容的仪态是时人的审美时尚，因而都人士的这一形象引起了诗人的仰慕。紧接着是从更细致的地方着眼来写都人士的高贵，他戴着臺草做成的帽子、黑色绸布做成的撮结扎着头发，并垂于颈后，他的充耳是坚硬美丽的琇玉，他青丝绶带也轻轻地垂在身后。他的女儿也很漂亮，美丽卷曲的头发，用黑色的绸带将美丽的黑发梳成撮垂于脑后，又自然地卷起，就像蝎子的尾巴一样在风中飘扬。都人士既有端庄的仪态，又有尊贵的服饰，从里到外透显出非同一般的人格魅力。

在《齐风·著》中，诗人将眼光投向贵族首饰中的充耳，并对其进行了反复的咏叹，"充耳以素乎而，尚之以琼华乎而"。"充耳以青乎而，尚之以琼莹乎而"。"充耳以黄乎而，尚之以琼英乎而。"用来系充耳的丝绳的色彩有素色的，有青色的，有黄色的，这三种颜色的丝绳又分别搭配着琼华、琼莹、琼英三种宝石。不同色彩的丝绳与不同质地的玉石搭配在一起，使得玉石之美更加光彩夺目，表达了贵族们的服饰色彩搭配观念。

服饰是人类文化的重要组成部分。古今中外几乎所有的贵族都很讲究服饰之美。通过以上对《诗经》中贵族服饰、首饰描写的点滴梳理，我们可以看到，不论对贵族而言，还是对诗人而言，这些华贵的服饰都是他们关注的审美焦点。而且从以上有关贵族服饰的分析还可以看到，诗人所关注的是服饰中非常细微的装饰特征。由此可见，周代贵族有着非常细腻的审美心性。同时，我们还可以看到，在服饰之美的描写中，服饰的等级特征似乎不是那么突出和明显，看来，诗人更加关注服饰本身的审美特征。

（三）肃雍和鸣、鞗革冲冲的车马形象

周代贵族凡会同、朝觐、田猎、出征等都乘车，凡乘车，必建旗。于是车、马、旗成为贵族生活的标志，因而也成为贵族诗人关注的审美对象。在《诗经》中大凡刻画贵族形象的时候，几乎没有不以车马和旗子来衬托的。如《大雅·烝民》塑造了仲山甫的形象，就是以车马来衬托仲山甫的。诗中写道："四牡业业，征夫捷捷""四牡彭彭，八鸾锵锵""四牡骙骙，八鸾喈喈"。仲山甫的出征及归来都是在强健的马的衬托之下，以及鸾铃的和谐声中完成的。"四牡业业"、"四牡彭彭"，"八鸾锵锵"、"八鸾喈喈"的声势衬出了仲山甫的英雄气度。诗中写马的精神也是写人的精神。

《小雅·采菽》描写了周天子欢迎来朝诸侯的状况。诗中通过诸侯的命服和车旗衬托出贵族的富贵之气。开篇就写繁忙的采菽场面，有的用筐盛菽，有的用筥盛菽。而天子正忙于想着赐予诸侯什么东西。天子将赐予诸侯"路车乘马""玄衮及黼"。玄衮，是绣有盘龙的礼服。黼，是绣有黑白相间的斧形花纹的礼服。看来，天子想赐给来朝的诸侯贵族四匹马拉的路车。"其旂淠淠，鸾声嘒嘒。载骖载驷，君子所届"，这又是关于来朝贵族的车马的描写。"载骖载驷"，是君子所乘的车的档次和气势。"其旂淠淠，鸾声嘒嘒"，是对于画有蛟龙的旗帜和车铃的声音的审美描写。这两句的意思是，远远地看去，诸侯贵族车上的旗帜在风中摇曳着，已经能听到他们马车上的鸾铃发出的嘤嘤声，隐约可见拉车的马匹了。诸侯们就要来到了。等到来朝的贵族走近了，诗人进一步看到来朝的诸侯红色的蔽膝系在腰间，邪幅裹着腿，这些都是天子赐予的象征着尊贵的服饰。诸侯的神情从容舒缓，不急不躁。他们是辅佐天子、治国安邦的显要人物。在这样的美好时刻，天子和诸侯同乐，享受着天赐的优厚福禄。这首诗写出了天子和诸侯之间相辅相成的关系，也写出了天子诸侯之间的和谐，真是其乐融融、一片祥和的景象。在这首诗中车马彩旗是诸侯贵族身份的标志，也是具有审美价值的观赏对象。

《周颂·载见》是诸侯来朝、并致祭周武王庙时所唱的乐歌，也写出了诸侯贵族来朝时华贵、热闹的场面。其中有对来朝贵族车旗之美的集中描写："龙旂阳阳，和铃央央，鞗革有鸧，休有烈光。"诸侯们车上绣着蟠龙的旗帜在风中飘扬，散发着耀眼的光彩。车上的鸾铃发出悦耳的央央声。缰绳上的玉饰发出玱玱的声响。精致考究的车马饰衬托着君子的威仪和精神风貌。看来诸侯来朝几乎就是贵族车马文化的展示舞台，是耐人寻味的审美景观。

贵族诗人眼中的车马溢光流彩。《鄘风·干旄》写卫国一个贵族乘车去看望他的情人。看望是郑重和充满期待的。诗中写到贵族所乘车子的旗杆上装饰着牦牛尾，旗子上或者绣着鹰雕，或者用美丽的五色鸟毛为装饰。而用来作马缰绳的也是用料考究的白色丝线。贵族的生活是非常考究的，连车上的旗杆和牵马的缰绳都是具有审美价值的杰作，都是审美对象。再如《小雅·蓼萧》写到贵族的车马鞗革闪闪发光，系在车前横木上的与挂在车架上的鸾，此起彼伏，发出和谐悦耳的声音。这是周代贵族溢光流彩的车马文化。

《小雅·六月》则写了戎车之美。诗中写道"四牡骙骙，载是常服"，骙骙，指马强壮。常服，指旗帜上绘制着日月图案。这一句是说四匹战马非常健壮，战车的旗帜上绘制着日月图案。诗中"比物四骊，闲之维则""四牡修广，其大有颙""织文鸟章，白旆央央""四牡既佶，既佶且闲"等都是关于四匹马的健壮和战车上的旗帜的描写，充分刻画了车马之美，表达了诗人对旗帜和马的审美关注。

《小雅·车攻》描写的是周王到东方去狩猎的情况，审美的焦点集中在车马的装饰和马的精神方面。诗中写道"建旐设旄""萧萧马鸣，悠悠旆旌"。旐，是画有龟蛇的旗子。旄，是饰有牦牛尾的旗子。悠悠，是旗帜摇摆的样子。周王的猎车上树着画有龟蛇的旗子和饰有牦牛尾的旗子。

健壮的马高声地鸣叫，旆旌悠然地飘荡着。这首诗突出了贵族用来打猎的马的高大和健壮，突出描写了随风飘荡的车旗的美丽。

通过以上分析可以看出，《诗经》中对贵族朝觐和田猎时的车马器物之美颇为关注，车旗是贵族审美关注的焦点，也是诗人着力描写的审美对象。

(四)草木茂盛、鸟鸣嘤嘤的自然审美对象

1. 草木作为审美对象

《小雅·蓼萧》反复咏叹高大的艾蒿，描摹艾蒿上晶莹的露珠濡湿的样子，诗人分别用了"零露湑兮""零露瀼瀼""零露泥泥""零露浓浓"等词语，反复描述了对草木的细腻观察和感受。《小雅·菁菁者莪》也表现出对高大茂密的萝蒿的关注。莪，是蒿的一种，又名萝蒿。菁菁，茂盛貌。高大茂密的萝蒿"在彼中阿""在彼中沚""在彼中陵"等不同的地点闪现，既是诗人"泛泛杨舟，载沉载浮"的行进中之所见，也像诗人快乐的心情的外在展现一样，诗人即将见到君子的快乐心情不时地溢于言表，幻化成为一路行进中随处可见的自然景物，自然景物中也染上了一层喜悦之情。《小雅·黍苗》"芃芃黍苗，阴雨膏之"，是召伯虎在申地所见到的草木茂盛、雨水充沛的富足景象。《小雅·隰桑》叙写作者见到一个贵族的喜悦心情。诗中是通过长在湿地婀娜、柔美的桑树来衬托这种喜悦心情的。诗中写道"隰桑有阿，其叶有难""隰桑有阿，其叶有沃""隰桑有阿，其叶有幽"。阿，通"婀"，柔美的样子。难(nuó)，茂盛的样子。沃，肥厚、滋润。幽，墨绿色。这三句写的是桑叶的茂盛、肥厚和墨绿，写出了桑树的生命力，也预示着召伯虎所建设的申地具有广阔的发展前途。《诗经》中还有许多诗篇对草木之美进行了描述。甚至《秦风·蒹葭》《王风·葛藟》《卫风·芄兰》《小雅·杕杜》等，就直接以草木之名作为篇名，可见草木之美已经引起了诗人的特别关注，草木之美是周代贵族诗人眼中典型的审美对象。

2. 鸟儿作为审美对象

《诗经》中常描写的鸟儿有鸿雁、仓庚等。如《小雅·鸿雁》中写道"鸿雁于飞，肃肃其羽""鸿雁于飞，集于中泽""鸿雁于飞，哀鸣嗷嗷"，从鸿雁振翅飞翔，到鸿雁飞至泽中，再到鸿雁嗷嗷地哀鸣，写出了鸿雁的几种典型的神态。《小雅·沔水》将汤汤的流水作为疾飞的隼的背景，描绘出一幅水天相接处，鸟儿奋飞的图画。然而令人心情不能随鸟儿的高飞畅游的是，这疾驰的鹰隼，并没有义无反顾地翱翔于天空，而是"载飞载止""载飞载扬"，在忽飞忽止之间，形成了鸟儿飞行的节奏感，同时也形

成了诗的节奏，而这外在的节奏却来自于诗人内心的郁结和忧郁。在这里鸟儿的飞翔既是诗背景，又是诗人心境的外在写照。《小雅·桑扈》写了青雀交交的鸣叫声，写了鸟儿身上的羽毛和颈上的美丽花纹。《豳风·东山》中"仓庚于飞，熠耀其羽"，将仓庚飞翔时，毛色的光亮鲜明作为描写的对象。《大雅·凫鹥》以野鸭和鸥鸟起兴，写它们在泾水里嬉戏，在沙滩上晒太阳，在水中小洲上，在两水相会处，在水边等各种不同的神态。《周颂·振鹭》也将群飞的白鹭作为歌咏的对象。可见在周人的眼中鸟儿的存在是何等重要，鸟儿有着能与人的情感相通的灵性，因为鸟儿的点缀，整部《诗经》也具有了令人感动的灵性。

3. 其他类别的审美对象

除了草木和鸟儿之外，《诗经》中还有很多审美对象，如鱼、蟋蟀等。《诗经》中多次描写鱼安闲自在的样子以及宴会上鱼的繁多和丰盛，以及捕鱼的情景。《小雅·鱼藻》将鱼儿在水藻之间游动的神态作为特写镜头反复叙写，"鱼在在藻，有颁其首""鱼在在藻，有莘其尾""鱼在在藻，依于其蒲"，以鱼的安闲、愉悦衬托出贵族生活的安逸、富足。《唐风·蟋蟀》在"蟋蟀在堂，岁聿其莫""蟋蟀在堂，岁聿其逝""蟋蟀在堂，役车其休"的描写中，人们深深地感到蟋蟀的鸣叫声中岁月的流逝和秋天的到来。

此外较多为诗人作为歌咏对象的还有流水，如《郑风·溱洧》赞叹道"溱与洧，方涣涣兮""溱与洧，浏其清矣"。《曹风·下泉》写道"冽彼下泉，浸彼苞稂""冽彼下泉，浸彼苞萧""冽彼下泉，浸彼苞蓍"，这些都是对水的歌咏。

通过以上分析可见，《诗经》中有着丰富多彩的审美对象，从光彩奕奕的贵族，到贵族精致的服饰、发式，从车马的铃声到身边的草木鱼虫等，周人用审美的眼光打量着身边的一切，在他们所关注的审美对象中寄予着他们的审美趣味。《诗经》中的这些美好景致，表现了诗人对生活环境的关注，也使我们认识到，周代贵族除了谨慎严肃的礼乐文化之外，还有着自然审美空间，诗人对自然之美已经有了一定的认识。

二、审美对象中隐含着的美学思想

两千多年前的周代，人们虽然没有明确的、成系统的美学思想，但这不等于他们没有自己的审美活动和独特的审美眼光，也不等于他们没有自己的审美追求和处于朦胧状态的审美意识。审美意识指的是一种分析美和鉴赏美的能力，它常表现在具体的审美对象的选择上，有怎样的审美意识，就可能选择怎样的审美对象。所选择的诸多审美对象呈现出一种总体性的风格，其中隐含着审美主体的内在艺术精神和美学思想。从《诗经》中所选择的审美对象中可以看到周代贵族的美学思想包含以下几个方面。

（一）以生命力为美的审美意识

《诗经》中的大多数诗篇以贵族的视角观察生活，为我们提供了一幅幅贵族生活的画卷，也将周代贵族的审美情趣和审美意识展示给我们。纵观《诗经》中的篇章，我们发现，《诗经》中的审美对象大多都具有活泼泼的生命色彩。这股强烈的生命力崇拜意识弥漫在字里行间，凝结为周代贵族特有的生命美学思想。生命哲学和生命美学在中国文化中有着源远流长的发展历程。张岱年在《中国哲学大纲》中指出中国哲学是生命的哲学。宗白华说中国艺术是生命的艺术。20 世纪 90 年代，中国又出现了以潘知常等为代表的生命美学思潮。但是，生命美学的渊源应该在更为悠远的年代，至少，在中国最早的诗歌总集《诗经》中就已隐含着处于朦胧状态的生命美学的影子。在《诗经》所展示的世界中，鱼儿在水中欢快地游动着，桃花灿烂地盛开着，肥美的牛羊在吃着草。在这些审美对象中隐含着周人素朴的审美观念，表现了周代贵族对旺盛生命力由衷的赞叹之情。

具体说来，这种鲜活的生命色彩首先表现为对人的顽强生命力的敬仰和尊崇。《大雅·生民》是一首叙述周人始祖后稷传说的史诗。诗中写到后稷生下来以后，被弃置在窄巷里，但是牛羊围绕着他，保护着他。后稷被放在树林里，刚好遇到砍伐树木，被人发现了而得救。后稷被放在寒冰上，翻飞的鸟儿张开双翼温暖着他。鸟儿飞走了，后稷呱呱地大声啼哭，哭声又长又洪亮，在很远的路上都能听到。这就是周民族的始祖后稷的传奇故事，是对生命奇迹的慨叹。在各种各样的艰苦环境下，后稷都能顽强地生存下来，这种强大的生命力成为周民族顽强生命力的象征，也一直影响和感召着周民族的审美意识的形成和发展。

在周代贵族诗人眼中，精神饱满、意气风发、服饰艳丽的贵族，以及丰满、健壮的贵族妇女都充满了生命活力，是美的化身。《诗经》中所塑造的贵族形象都神采奕奕，他们的服饰都有着耀眼的光彩和精美的装饰。每一个社会衡量女性之美的标准都是不同的。如果说唐代以肥为美，宋代以瘦为美，那么，周代衡量女性美的标准就是健壮。《诗经》中所描写的贵族妇女大多丰满、高大，有着强健的体魄。《陈风·泽陂》中"有美一人，硕大且卷""有美一人，硕大且俨"等诗句反复唱叹的也是女性健康丰满的美。

周人对生命力之美的认识还集中体现在对茂盛的植物的歌颂方面。尤其是那些高大茂密、富有生命活力的花草、树木、庄稼更是贵族诗人讴歌的对象。《大雅·生民》写到后稷种植的大豆长势茂盛。后稷培植的谷物，谷穗沉甸甸地下垂着。后稷种植的麻麦瓜果都长势良好，呈现出喜人的丰收景象。后稷所种的各种庄稼都具有良好的长势和极强的生命力。繁茂的庄稼，饱满的果实是周人眼中的一道亮丽风景。

《唐风·椒聊》是对繁盛之美的最典型歌颂，诗中写道："椒聊之实，蕃衍盈升。彼其之子，硕大无朋。椒聊且，远条且。椒聊之实，蕃衍盈匊。彼其之子，硕大且笃。椒聊且，远条且。"椒聊，是一种丛木，即今天的花椒。花椒树的枝干细长，叶为绿色，开小白花，结暗红色小球状的果实，有香味。《椒聊》一诗为我们呈现了花椒树繁盛众多的果实之美，也对像花椒一样硕大无朋的"彼其之子"予以由衷的赞叹。整首诗表现出对繁盛的生命力的崇拜之情。

《小雅·采菽》写到的柞树同样是"维柞之枝，其叶蓬蓬"，呈现出的也是一派茂盛的景象。《大雅·棫朴》是歌颂周文王及其大臣的诗。诗中也写道"芃芃棫朴，薪之槱之。济济辟王，左右趣之。"茂盛的棫树、朴树是文王出师的背景。也许只有诗人的眼光才会赋予出师这样满目苍翠的背景。

尤其值得一提的是《诗经》中还有一类诗歌，即使是写忧伤的心情，但是用来起兴的植物依然有着鲜艳的色彩和旺盛的生命力。如《唐风·杕杜》写的是"独行踽踽"的感伤心情，诗中所写的景物却呈现出盎然的生机。诗中写道："有杕之杜，其叶湑湑""有杕之杜，其叶菁菁"，这两句所表达的意思都是独立的赤色甘棠，有着茂盛的叶子。甘棠茂盛的叶子是周人对自然环境的描写，也是周人眼中独有的审美对象。《小雅·裳裳者华》是对贵族之间情谊的讴歌，诗歌将人的活动置于一个鲜花盛开的诗化背景之下，"裳裳者华，其叶湑矣""裳裳者华，芸其黄矣""裳裳者华，或黄或白"。几个反复的咏叹，写出了在茂盛的枝叶衬托下，黄色和白色的花鲜艳盛开的景象。即便是内心充满了忧伤也要用这些有着饱满生命力的鲜花来反衬。由以上分析可以看出，《诗经》中的花草树木都焕发着盎然的生机，呈现出蓬勃的生命色彩。

健壮、饱满的生命力之美还集中表现在描写动物的诗句中。《诗经》中写到马的时候，几乎没有不写到马的肥大和健壮的，如《小雅·北山》所描述的战马"四牡彭彭"，突出强调战马的强壮有力。《秦风·驷骥》中

"驷骥孔阜"，为我们呈现的也是四匹铁黑色的健壮有力的马跑在去打猎的路上的形象。以前人们多认为《周南·螽斯》是以蝗虫来讽刺统治阶级，这其实是对《螽斯》的误读。事实上，诗人的眼中所看重的并不是蝗虫对庄稼和人的危害性，相反，诗人的着眼点在于对蝗虫极强的繁殖能力的赞叹。诗中写道："螽斯羽，诜诜兮。宜尔子孙，振振兮。螽斯羽，薨薨兮，宜尔子孙，绳绳兮。螽斯羽，揖揖兮，宜尔子孙，蛰蛰兮。"螽，是蝗虫的一种。羽，即翅膀。诜诜，是蝗虫翅膀振动时发出的声音；薨薨，是蝗虫众多的样子；揖揖，是蝗虫众多聚积的样子。这首诗的意思是，祝愿您的子孙能像蝗虫一样多，像蝗虫一样有生命力。可见繁殖能力强、生命力旺盛的蝗虫也是周人所颂赞的审美对象。《小雅·无羊》是对人丁兴旺的繁多审美观念的集中体现。诗中写到，谁说你没有羊，你的羊三百成群，谁说你没有牛，你膘肥体壮的牛多达九十多头。你的羊，有的在山坡上吃草，有的在池中饮水，有的在休息，有的在走动。你的羊，有着各色各样色彩丰富的毛。在这首诗里，还写到牧人做了一个梦，梦见有许许多多的鱼以及画着龟蛇和鹰隼的旗子。经过占卜知道这样的梦预示着丰年和家室的兴旺。全诗表达了对肥美健壮的羊群的羡慕，以及对贵族人丁兴旺、吉祥如意生活的赞叹之情。这是周代贵族繁盛、肥美的审美观念的体现。

审视和关注生命力之美还表现为对生命动态过程的关注。《小雅·绵蛮》以黄鸟起兴。诗中的黄鸟不是静止不动的、没有生命力的鸟儿，而是鸣叫着，飞到丘阿上的鸟儿。《大雅·卷阿》写奋飞的凤凰忽然之间停下来聚集在一起，然后又翙翙地鸣叫着飞向天空。《大雅·凫鹥》以野鸭和鸥鸟起兴，写它们在泾水里嬉戏，在沙滩上晒太阳的不同情态。诗中为我们展示的都是生机盎然的美，是动态的美。就算写瓜，《诗经》也要写出瓜不断生长的态势。《大雅·绵》"绵绵瓜瓞"，就给接连不断生长的大瓜、小瓜一个特写，将周王朝不断强壮的生命力特征书写出来了。有了运动，就有了活力。对植物和动物的动态的描写，表现出诗人对生命活力的关注。

《诗经》以丰收的景象为美。在《诗经》中对丰收的景象有多处描述。如《周颂·良耜》写出了一派丰收、富足的场面。诗中写道"获之挃挃，积之栗栗。其崇如墉，其比如栉，以开百室。百室盈之，妇子宁止。"挃挃的收获声中充满了丰收的喜悦，堆积成墙一样高的谷物排列得整整齐齐，仓库装满了黍稷，这是秋收的热闹和喜庆氛围。诗中表达了对丰饶、富足之美的追求。这是一首秋收之后，用新谷祭祀土神和谷神时所唱的乐歌，人们认为人间丰收的景象是应该向神灵禀告的，神灵对丰收的景象也会感到欣慰。

当我们将隐含在《诗经》中的美学精神予以梳理和勾勒时，就可以清楚地看到，从光彩奕奕的贵族形象，到茂盛的草木、成群的牛羊，都充满了生命的活力，寄予着周代贵族诗人朦胧的生命美学思想。周代贵族崇尚繁茂、健壮、有光彩、有生命活力的审美对象。这种对生命活力的歌颂成为流动在《诗经》各篇章之间的内在旋律。

之所以将有生命力的事物作为歌咏的对象，一方面是因为周人所生活的中原地区当时以农业生产为主，农作物的长势直接影响着人们的生活，田野肥沃，才能作物丰收，才能衣食丰足，才能有安静、祥和的日子。所以，周人的农事诗和祭祀诗中，几乎无一例外地都有着对茂盛的植物的描写，有着对农作物丰收的企盼。换句话说，那些病态的景象中所预示着的一定不是丰收的兆头。

另一方面，因为只有极有生命力的事物才能在当时比较艰苦的条件下存活，所以《诗经》中对生命力的强大、茂盛等特征给予了热情的歌颂。周人相信语言有着神奇的魔力，反复地赞叹生命力的旺盛，神灵一定会听到人间的声音，从而使所祈祷和向往的丰收、繁茂景象，在反复的咏叹中不断变成现实。

将富有生命活力的意象作为审美对象，这与周人认为万物谐和感应的思想有一定的关系。在周人的思维中大自然中的一事一物都有着神秘的气息，都具有某种冥冥之中的征兆性。健壮丰满的马，就与它的主人的精神有着内在的一致性，所以，写人时就用马的精神来衬托。《鲁颂·驹》写的是公家的马，然而，这又不仅仅只是马而已，而是预示着鲁国的国势是否昌盛，所以，诗中极力唱叹的是那些膘肥体壮的牡马，并且，诗中在"驹驹牡马，在坰之野"的四次反复，和"有骓有皇""有骊有黄"等的罗列中，将成千上万匹马都呈现在我们眼前，预示着鲁国的繁荣昌盛。作物的长势与家族的兴旺之间也有某种内在的感应关系，所以，写宗族的祭祀时，时常要写到作物的茂盛长势和丰收的景象。人与自然之间这种冥冥之中的契合和内在感应，是《诗经》时代天人合一思想的特殊内涵的体现。

此外，较为宁静的生活状态和相对富足的良田，不仅给周代贵族提供了充足的生活资源，也为他们提供了丰富的精神资源，这是《诗经》中以茂盛生命力为美的审美意识赖以产生的自然环境。周代贵族生活在周原的时期，周原的气候温和、雨量充沛，当时的沮水和漆水两条河流的水量丰沛，渭河流域则有着桑树、漆树、杞树等各种各样的树木，有着广阔的土地。可以想见周人生活在一个农田肥美、草木茂盛的自然环境之中。农业的发展使生活相对安定，美好和谐的自然又陶冶了周代贵族的情怀，使他们具有平和、健康的审美心性。周人生活在一个有着葱郁树木和广阔土地的世界中，他们也以诗意的眼光和诗意的心态感悟着大自然赋予人类的审美世界。相对和谐的生态环境为周人提供了生殖和繁衍的空间，也涵养了周人的诗性情怀。茂密的树木既是周代贵族维持自然生命的资源，又是养育他们精神生命的源泉，所以在《诗经》中高大的树木、潺潺的流水、呦呦鸣叫的小鹿成为诗人歌唱的对象，也成为周代贵族健康活泼的审美追求的写照。

　　周代贵族诗人选择繁茂、鲜活、有生命力的景物、事物作为歌咏的对象，反映了他们的审美趣味是正常的、健康的，是积极向上的，也表明周民族是一个方兴未艾的民族，有着昂扬向上的精神气质。对生命价值的肯定，是隐含在《诗经》中的贵族审美思想的一个重要方面。

　　（二）对现世人生的珍爱

　　与殷人尊神的思想观念相比，周人虽然依然对神有着无限的敬畏之情，但是到了周代，人的存在受到了较多的关注。人的存在是《诗经》中所描写的一切景物、建筑和活动的中心。对人的存在的关注，使《诗经》成为具有生命律动的诗歌。纵观整部《诗经》就会发现，周代贵族诗人无论写草木虫鱼还是建筑庙宇，抑或一次狩猎活动，都会以人为核心，也都会渗透着诗人的情感。《小雅·斯干》最集中地体现了建筑中人的存在。贵族的房屋建造在潺潺的流水旁，幽幽的南山下。在刚刚建好的房屋里，"兄及弟矣，式相好矣""爰居爰处，爰笑爰语"，呈现出的是宗族之间融洽相处的和乐氛围。关于建筑的叙写最终落脚到对建筑中的人的生存和对生命绵延的关注。《小雅·楚茨》是周代贵族祭祀祖先的乐歌。但是在这首祭祀的诗歌中，我们读到的更多的不是圣灵的威严可怖，而是人间祭祀的繁忙和喜庆气氛。诗中祭祀的时间背景是在黍稷丰收、蒺藜丰茂的季节，充满了对神灵赐予幸福和丰收的感激，也有着对神灵继续赐予福祉的期望，最后的落脚点依然在人间"既醉既饱，小大稽首"的富足与和乐场面。可以说，几乎周代贵族的所有祭祀乐歌中对神灵的敬畏之情到最终都会演变为人间的欢乐场面。而且，在《诗经》中我们更多的时候所读到的并不是礼仪的刻板程式，而是礼仪中人们忙碌、欢快的身影，似乎大大小小的礼仪都不过是人间的一次次欢宴而已。在礼仪中，人不是可有可无的背景，相反，人的存在以及人对礼仪的感受才是诗人描写的侧重点，对人间生活的关注使诗充满了生命气息。

　　《诗经》中所写到的这些自然景致，无一不在周人的生活之中，而不是幻想中的虚拟境界，表现了周代贵族对现世生活的珍爱之情。屈原《离骚》中也有许多对美丽花草的歌咏，但诗人更关注花草所蕴含的象征意义，而《诗经》中的花草虫鱼就是周代贵族身边的景物，就是生活的一部分。如《小雅·出车》中写道："昔我往矣，黍稷方华。今我来思，雨雪载途。"黍稷方华正茂和雨雪载途既是周人生活中的场景，又是季节变换、时空转移的标志，一草一木本身就是意味深长的审美对象。而且，在《诗经》中诗人并不需要用这些花草树木营造一个虚幻的境界，从而形成一个精神的栖息地与逃避所，以排遣悒郁不快的心怀。相反，不管诗人的心境是快乐还是悒郁，飞翔的鸟儿，跃动的鱼儿，盛开的花儿，茂盛的树木本身都是鲜活的审美对象。在诗人喜悦的心境中，桃花鲜艳地盛开着，即便是诗人心情忧伤，杕杜之实依然浑圆鲜明，燕子依然在上下颉颃。周人不会写出韩愈生涩寒冷的美，不会写出李贺阴森森的美，不会写出张爱玲阴冷凄清的美，更不会写出现代派作家笔下那种怪异的美。这与周人相对平和的心态和相对和谐的社会生活有着密切的联系。大自然如同周人的孩子，无论生活境遇顺与不顺，孩子在母亲的眼里都是可爱的。这种健康的情感令人感叹。

第四节　兴与周代贵族的生活方式

　　兴的表现手法将花草茂盛、鸟儿飞翔的生活世界转换为诗的境界。兴的表现手法的运用，体现着周代贵族对待自然的审美态度。兴的运用是周代贵族文饰化审美追求的典型体现。兴的运用又是贵族委婉儒雅的言说方式的代表形态。兴，是周代贵族文化的一个缩影。

一、兴是对待自然的审美态度

　　兴是先言他物以引起所咏之辞的表现手法，是中国诗歌最为特别的表现手法，因为有兴，所以中国的诗歌才显得色彩斑斓、瑰丽多姿。因而历来研究《诗经》的，几乎没有不对兴进行探讨的。就我们所见到的材料来看，研究者基本偏重于探讨兴与原始意象思维的关系。如袁济喜指出："'兴'作为中华民族独特的艺术思维方式，其最早的原始蕴含乃是先民们的宗教活动与天人一体的思维模块中发生的，在其后来的发展演化中，也未能完全脱离这一痕迹。"①认为兴缘于原始生命活动及其意识冲动。叶舒宪在《诗经的文化阐释》一书中也辟出专章来探讨兴与引譬连类的神化思维的内在关系。赵沛霖在《兴的起源——历史积淀与诗歌艺术》中指出《诗经》中鸟类兴象的起源与古人对鸟的崇拜有关，鱼类兴象中隐含着人类的生殖崇拜观念等。

我们认为从人类学的角度探讨兴与原始神化思维或意象思维的内在关系，或探讨兴与原始先民的生命冲动之间的关系，都有其合理之处，但是这些研究有一个共同的问题是，过分强调兴与原始思维之间的关系。此外，这些研究者都过多地将产生于周代的、已经较为成熟的诗歌与原始先民的生活联系在一起。事实上，周人的生活早已超越了原始人茹毛饮血的阶段。周代已经达到较高的文明程度，虽然有原始思维的成分在内，但原始思维已经不能占主导地位。而且，从《左传》《国语》等一系列文化典籍来看，到《诗经》的时代，人们已经具有了相当成熟的理性思维能力，不论对待各国之间的交往，还是对待战争，都以较为严格地分析论证为行动的前提。虽然《诗经》中有明显的原始意象思维的成分，但我们还应该更广泛地探讨兴的运用与周代文化其他层面的关系。

我们认为，兴这种表现手法所涉及的不仅仅是一个写作学的课题，更是一个关于生活态度的问题。确切地说，是一个以什么样的态度对待自然的问题。

大自然为人类提供了各种生活资料，人们的吃穿用度无不与自然有着密切的联系。如衣服的原料无不来自自然。《诗经》中涉及采葛、种葛和纺葛的有四十多处。染色的原料也来源于大自然，《诗经》中记载了以植物作染料来染色的情况。《小雅·采绿》叙述人们采摘绿草、蓝草的情景。《郑风·东门之墠》描写可染红色的茜草布满山坡。自然与人之间有着这样密切的关系，所以周人对自然生出了无限的感激之情。《诗经》中的许多祭祀乐歌，就表达了对神赐予人间风调雨顺年景的感激之情。

因为深知自然对人的重要性，所以，当时的贵族已经具有保护自然的明确意识。据《礼记·月令》记载，西周时已经有管理山川河泽的官职，国家规定，春、夏时不许捣鸟巢，捣鸟蛋，捕杀幼小的鸟、兽等，不可用渔网在河中捕鱼，不可用火烧山林，砍伐大树，不可大规模田猎等，这些措施都表现出西周、春秋时期人们对生态平衡的重视。有了这样的具体措施，人们对自然的珍爱之情就落到了实处。

---

① 袁济喜：《兴：艺术生命的激活》，南昌，百花洲文艺出版社，2001，第138页。

从《诗经》描写的生活场景可以深刻地体会到，那是一种人与自然融合无间的生存状态。在周人的生活中有着呦呦鸣叫的小鹿，有着一望无际的田野，有着不同叫声的鸟儿在空中飞翔，有着茂密的树林，人们生活在一个鸟语花香的生存空间中，生活在一个与自然十分亲近的世界之中。

《诗经》是对人和自然和谐生存状态的记录，它是周代贵族以一种诗意的态度对待生活的艺术精神的体现。如《大雅·灵台》写周王建筑灵台，在辟雍奏乐自娱的情景。周王建造灵台，庶民都积极地来参与，而且工程很快就完成了，并没有给庶民带来负担。在周王的灵囿里，洁白的鸟儿在空中飞翔，鱼儿在水里跳跃，麀鹿也潜伏在那里，一派人与自然和乐的场面。周王悬挂编钟、编磬的木架都是用枞木做成的，大鼓、大钟悬挂其上，鼓钟按秩序演奏，周王在辟雍里享受着音乐。盲人乐手在奏着音乐，鼍鼓嘭嘭地响着，这是一种天人和乐的艺术化的生活。

对周代贵族而言，一棵结满果实的花椒树，一对翻飞的燕子，雨雪的霏霏等，都能引起他们的关注，甚至能引起他们的情绪波动，引起他们对自身生活状况的反思，对生命的感悟。这是极具灵性的审美心性。人与自然之间有着内心的契合和沟通。如《小雅·蓼萧》中"蓼彼萧斯，零露湑兮"一句，就包含着耐人寻味的审美景象：白蒿枝叶上的晶莹露珠。难以想象，在遥远的周代，路边的白蒿，以及白蒿上晶莹清亮的露珠能成为诗人关注的审美对象。这需要何等细腻敏感的审美心性！《小雅·湛露》也写道"湛湛露斯，匪阳不晞""湛湛露斯，在彼丰草""湛湛露斯，在彼杞棘"，意思是浓重的露珠，在阳光下闪耀，在丰茂的草叶上滚动，浓重的露珠静静地落在枸杞和酸枣树上。诗之为诗，不在于外在的形式，而在于诗化的心境，这样细小的露珠能够成为诗人观照的审美现象，可见诗人的心性是何等细腻！换句话说，诗人的视角能够聚焦在这样细小的露珠上面，足见其有怎样的诗心。

兴是一个从自然美到艺术美的桥梁，它的一端是对自然美的审视和关注，另一端是对艺术美的独特领悟。没有对自然的审美感悟，就不会用兴的表现手法。

二、用美丽的大自然编织语言的花环——兴对语言的美饰化作用

周代贵族是一个注重美饰生活的群体，他们的生活中审美装饰的风格非常明显，从青铜器到服饰，从射侯到席子，都要用花纹、色彩等进行精心地装点。他们的言说方式和行为也追求文饰化风格。行为的礼节

化实际上是对行为的美化，语言礼仪化和文雅化，也是对言说方式的美化。《诗经》集中体现了周代贵族语言的文饰化特征。在很大程度上，是兴的艺术手法在生活与诗之间架起了桥梁，使诗具有了审美性。也是兴的艺术手法，将《诗经》的语言编织成美丽的语言花环。

兴不仅表现了周代贵族对自然审美价值的认识，也体现了周代贵族诗化语言的审美追求。诗人常常是用身边的事物起兴的。如《郑风·野有蔓草》以清晨沾满露珠的青草起兴。清晨的阳光下清新、晶莹的露珠就像诗人遇到清扬婉转的美人时快乐的心情。《大雅·卷阿》则用兴的手法将和乐悠闲的贵族生活编织成富有魅力的语言花环，"凤皇鸣矣，于彼高冈。梧桐生矣，于彼朝阳。菶菶萋萋，雝雝喈喈。君子之车，既庶且多。君子之马，既闲且驰"。高冈上的凤凰在翙翙地鸣叫，朝阳中的梧桐在生长。茂盛的青草衬着凤凰和谐的鸣叫声。君子的车马富庶而多，君子的马熟练地在路上驰骋。人融于美好的大自然之中，感悟着自然的美丽、和谐，享受着生活。这美丽的语言使诗成之为诗，它既是用来起兴的诗句，又成就了诗的境界之美。

兴往往使所吟咏的对象不再孤立，而赋予所吟咏的对象一个诗意的背景。所以说兴是最能体现作者诗性情怀的表现手法。如《陈风·泽陂》写一个男子暗恋一个美女。诗中写道："彼泽之陂，有蒲与兰。有美一人，硕大且卷。""彼泽之陂，有蒲菡萏。有美一人，硕大且俨。"作者以湖泽边的蒲草与荷花起兴，使爱恋之情在随风摇曳的蒲草和菡萏开放的荷花的背景下徐徐展开，体现了作者对生活的诗性感受。《小雅·湛露》写举行宗庙落成仪式时宴请宾客的盛况。诗以"湛湛露斯，匪阳不晞""湛湛露斯，在彼丰草""湛湛露斯，在彼杞棘""其桐其椅，其实离离"来起兴，将贵族宴请宾客的场面置于一个非常诗意化的背景之下。这里已渐渐进入夜晚，无数颗晶莹的露珠在草丛、枸杞和野酸枣树的叶子上摇摇欲坠。梧桐和山桐子的树上正结满了累累的果实。自然界的美好景致与人间的"厌厌夜饮"融为一体。"湛湛露斯"的变化，既是烘托贵族诗意化夜饮的背景，也是时间变化的物候标志，又是诗人随意拈来的起兴诗句。

通过以上分析可以看到，随风摇曳的蒲草、含苞待放的荷花、晶莹的露珠、累累的果实、翻飞的燕子都因为兴的手法的运用，而被编织进周人的语言体系，使《诗经》的语言成为散射着花草芬芳的、璀璨鲜艳的美丽语言花环。能写出这样诗情画意的句子，表现了周代贵族的一种诗意的生活态度。一个利欲熏心的人，或是一个为生计忧心忡忡的人，都不会拥有这样的言说兴趣。周代贵族诗人能以这样一份诗心撷取自然中富有灵性的景致来作为诗歌的起兴对象，这一方面是因为大自然与周人的生活有着那样密切的关系，所以，才会促使诗人通过兴的表现手法将自然融进诗歌中；另一方面与周代贵族的审美素养不无关系，体现了他们优雅的性情和独到的审美眼光以及高超的语言技巧。

三、兴与贵族委婉的表达方式

兴的运用也是贵族生活中委婉含蓄表达方式在诗中的体现。《诗经》中有很多诗歌都是在将要表述一个思想或将要展现的人物形象之前先宕开一笔，先言他物，使言说显得委婉含蓄。如《小雅·鹤鸣》将"他山之石，可以为错""他山之石，可以攻玉"的生活哲理远远地宕开，先勾画出一幅"鹤鸣九皋，声闻于天。鱼潜在渊，或在于渚"的视阈广阔的画卷，使哲理的阐说隐含在鹤鸣鱼跃的诗情画意之中。《小雅·苕之华》写生活的艰辛，但依然保持着贵族的持重和沉稳，而不是歇斯底里地发作。诗从美丽的凌霄花写起，"苕之华，芸其黄矣""苕之华，其叶青青"，黄色深浓的凌霄花，衬着青青的叶子，代替了一种对情感直白式的表述。即使是要表达"知我如此，不如无生"的感慨，也会在无意识间选择一个富有诗意的言说开端，这就是周代贵族言说委婉性的表现。一种经过诗意化处理的情感本身就是一首诗。因而，我们说周代贵族的生活是富有诗性的生活。再如《小雅·瞻彼洛矣》塑造了一个带兵东征的贵族形象。诗人在没有直接写到贵族的光辉形象之前，先通过"瞻彼洛矣，维水泱泱"的三次唱叹，将人物置放到一个阔大而有气势的背景之中，接着才勾画"君子"服饰的细节特征，体现了言说的委婉含蓄特征。

在兴和所要表达的情感之间主要有两种情况：一种是用来起兴的景物与所要表现的心情具有异质同构关系。如《周南·桃夭》，诗中用桃的生命发展历程来比拟女子的青春历程。从"桃之夭夭，灼灼其华"到"桃之夭夭，有蕡其实"再到"桃之夭夭，其叶蓁蓁"，桃从开出鲜艳的花朵，到结出饱满的桃子，再到桃叶的茂盛，这一过程正与女子从成熟到健壮的生长阶段相一致。诗是写花也是写人，花与人的内在生命律动在这里是同构的。再有《邶风·北风》"北风其凉，雨雪其雱""北风其喈，雨雪其霏"的起兴景物，既是现实中雨雪纷飞的景象，又是诗人心中悲凉的风雪景象。

还有一种是通过景物反衬人的心境。《小雅·杕杜》通过几次眼中景物的转移，表现出诗人深沉的、无法排遣的忧愁。杕杜之果实浑圆鲜明，诗人的心境却忧伤无望。果实之浑圆与诗人伤感的心绪正成为反衬，进

一步加深了诗人心情的落寞。等到夏季，"有杕之杜，其叶萋萋"，卉木
茂盛，呈现出一派盛夏的浓密景色之时，诗人的心境依然忧伤不止。可
见其伤感之持久和难以排解。诗人登上北山，希望通过采杞活动和放眼
四顾来排解心中的忧愁，但"王事靡盬，忧我父母"的哀伤又悄悄爬上心
头，这时破败的檀车和疲惫的马车的现实景象又出现在眼前，使诗人的
忧伤郁结难以排解。整首诗借助景物来衬托心境，也通过景物的转换来
传达心境的变化。再如《邶风·燕燕》中那一对上下翻飞的燕子，既是诗
人眼中所见的燕子，更是诗人心中的燕子。所惦念的人已经远远地消失
在天地相接的地方了，已经看不见了，这时禁不住泪如雨下。在泪眼模
糊之中，一对燕子颉之颃之，相互鸣叫着，此情此景寄予着诗人对生活
无言的渴望，燕子尚且能成双成对地一起飞翔，人与人之间却面临着生
离死别。《小雅·白华》以一系列景物描写写出了诗人落寞的心情。外在
景物中所寄托的心境与内心的直白交相出现，形成了一首心境抒写的二
重奏。首先是开着白花的白菅，"白华菅兮，白茅束兮"，用白茅绑起来
的白花映衬出诗人的心境。接着是对心境的直接抒写，"之子之远，俾我
独兮"，原来落寞的心境来源于离开了所爱的人。接着又是将视线从心境
的实写移开，展现在读者眼前的是又一幅诗意化的景致，"英英白云，露
彼菅茅"，天上飘着白云，地上的露水滋润着菅茅。诗人了无兴致地看着
这些自然界的云起云落。真是才下眉头又上心头，视线的转移无法排遣
心中的郁闷，紧接着又回到纠缠不清的心事，"天步艰难，之子不犹"又
是一句心的独语。"滮池北流，浸彼稻田"是外在的景物描写，"啸歌伤
怀，念彼硕人"又是对心境的直白。"鼓钟于宫，声闻于外"写景，"念子
懆懆，视我迈迈"抒情。"有鹙在梁，有鹤在林"写景，"维彼硕人，实劳
我心"抒情。就这样，整个诗篇在外在的景物描写和内在的心境描写之间
形成了一首婉转的乐曲。

　　兴的运用使情感的表达婉转多姿。兴的运用给诗歌艺术带来了重大
的变化，使情感的表达含蓄隽永，从而使贵族的言说成为有意味的形式。
正如赵沛霖在《兴的起源——历史积淀与诗歌艺术》一书中所说："兴出现
以后，客观物象与主观思想感情被集于一首诗中，欲言情而先及物，从
而改变了那种同一言辞无限重复的简单抒情方式。诗歌就是这样走上了
把主观思想感情客观化、物象化的物我同一、情景结合的道路，并逐渐

形成了含蓄隽永的品格，具备了诗歌艺术所特用的审美特征——诗味。"①

　　通过以上分析可以看出，周代贵族生活在一个诗的世界中，诗是周代贵族仪式化生活中不可或缺的一部分，是沟通天地神人的纽带，也是贵族交往礼仪中的固定用语。更值得人关注的是，诗还是贵族反思生活、抒发个人情感的方式和途径。诗使贵族的生活具有了艺术性。礼乐文化是贵族生活的主旋律，它所张扬的谨慎、严肃、庄重、规范化、等级化的生活方式渗透在生活的方方面面，但是礼仪并不能涵盖贵族生活的全部。仪式是排除情感的、集体的、群体的，或使情感僵化、规范化、固定化，但是《诗经》却通过对贵族生活状态和心态的真实描写告诉我们，在礼仪生活的背景下，周代贵族还有着广阔而丰富的审美空间。周代贵族的日常生活是多姿多彩的，人与人之间有着浓重的情感牵挂。从《诗经》的审美对象中可以看到周代贵族的审美趣味在于那些硕大的、繁盛的、富有生命力的审美对象。这表明周代贵族有着积极健康的审美追求。兴的表现手法表明周代贵族已具有相当成熟的审美眼光。没有一种诗意的眼光，没有对生活的审美感受，没有对功利的超越是不会有这样的审美情怀和这样委婉含蓄的言说方式的。《诗经》告诉我们，在礼制生活之中，人们还有着以审美的眼光来打量生命存在的可能。

①　赵沛霖：《兴的起源——历史积淀与诗歌艺术》，北京，中国社会科学出版社，1987，第2页。

第十八章　仪式化生活方式的衰微与
贵族艺术精神的嬗变

　　春秋时期是贵族文化的成熟期、繁盛期，同时也是贵族的社会地位从盛到衰的转折期，所以在贵族的生活中，一方面是贵族的社会地位以及贵族的生活方式不断受到冲击；另一方面是贵族对等级礼制、贵族文化和贵族的生活方式的积极维持和张扬。几乎春秋时期所有的文化现象中都隐含着来自这两个方面的张力。

　　春秋时期的贵族生活状况集中体现在《左传》《国语》以及《论语》等典籍中。从这些文献中，我们可以感受到等级礼制依然是春秋时期贵族生活的大背景，但是春秋时期的礼乐氛围，已没有西周时期钟鼓齐鸣的喧闹和热烈，《左传》《国语》中的礼乐之声渐渐失去昔日的和谐。礼制虽然存在着，但礼制的内涵和礼制所维护的社会关系已经悄悄发生了变化。《左传》《国语》中的历史主角已不是戴着灵光圈受到神灵呵护的天子和诸侯贵族，而是那些去掉了灵光圈的诸侯贵族和卿大夫，在《左传》《国语》中记载着这些没有神化色彩的贵族在礼仪活动、日常生活中的种种样态。从《左传》《国语》中，我们可以真切地感受到贵族生活方式在春秋时期的发展演变情况，也可以感受到贵族艺术精神的发展演变轨迹。

第一节　春秋时期贵族生活方式发生演变的文化背景

一、贵族统治的危机

　　春秋时期，铁器和青铜农具逐渐代替以石、木为主的农具，开始使用牛来耕作，水利灌溉有所改进，农业技术开始全面发展，大面积的荒田得到了开垦。生产力的发展最终导致了井田制的瓦解，原先公田上繁忙的劳动场面不见了，原先公田里庄稼一片丰收的景象衰落了。各国赋税制度的改革，进一步促进了井田制的崩溃。井田制是西周贵族体制存在的基础，当土地成为可以自由买卖和赠送的私有物品时，这就直接影响到贵族的统治基础。

　　首先是王室的统治出现危机。迁都洛阳后的东周王室逐渐失去了对土地的控制权，只剩下王畿周围很少一部分土地，王室的衰落成为不可挽回的历史趋势。在统治权力方面，周平王东迁后，周王室失去天下共主的资格，而降到了一般诸侯的地位。周桓王时周、郑不和，周桓王组织和率领周、虢、蔡、卫、陈五国联军讨伐郑国，与郑战于繻葛。郑大夫祝聃射中桓王肩。桓王伐郑，不但没有能显示出王权的威力，反而使天子的名誉和威信受到进一步地损害。周王室从此威风扫地，不再能号令诸侯。周惠王死后，襄王继位，襄王有异母弟王子带（叔带），他的生母惠后阴谋废弃襄王改立叔带。在平定王子带叛乱的过程中，周王室的力量进一步被削弱，而晋国为平定王子带之乱，速战速决，在诸侯中引起极大震动，在春秋时期最初一百年中默默无闻的晋国，从此活跃在政治舞台上，成为新时期的诸侯们的领袖。神圣的王权统治开始让位于具有明确利益关系的诸侯联盟，霸主实际上代替了天子的统治地位。

周代等级制的危机、贵族统治的危机从天子到诸侯呈现出层层渗透的趋势。在各诸侯国内部，也程度不同地出现了诸侯统治的危机。各诸侯国公室逐渐失去土地和特权。并且无视天赋嫡子的神圣性和统治权，也无视血缘亲情，相互残杀的现象在春秋时期比比皆是。就鲁国的情况而言，公元前608年，鲁文公死，大夫东门遂杀嫡长子而立宣公，掌握了鲁国政权。宣公死后，政权实际落在季氏手中。到鲁定公时，三桓势力一度衰弱，鲁国又出现了陪臣执国命的局面。齐国也存在着贵族统治的危机，在春秋中期以前，齐国的私家势力多为公族，执政的卿大夫主要出自国氏、高氏等世家大族。春秋中期以后，异性贵族田氏崛起，逐渐取代公族而主国政，并最终夺取了齐国的政权，变姜齐为田齐。而晋国的公族势力在春秋前期已退出了历史舞台，卿大夫多是异姓贵族，他们逐渐掌握了国家政权，并最终瓜分了晋国。其他诸侯国也不同程度地出现统治的危机。春秋时期处于统治地位的虽然仍是贵族势力，但是这些发生在诸侯国中的政争，极大地削弱了贵族的统治。

二、贵族文化的社会转型期特征

贵族统治的衰微与贵族文化统治的衰微是相辅相成的关系。春秋时期，周天子以及各级诸侯贵族的统治基础受到了很大冲击，但是贵族的统治体制还没有发生根本的变化。社会矛盾还掩盖在礼乐体制之中。所以说春秋时期的文化，往往是两种相互矛盾的思想观念交织在一起，体现出明显的社会转型的特征，这主要表现在以下几个方面。

（一）对神秘统治意志的怀疑和敬畏意识同在

生产力的发展动摇了原有的田产制度，使贵族统治的经济基础发生了动摇，更重要的是，生产力的进步也冲击了贵族统治的形而上根据，也可以说科学实证观念对神秘的统治意志产生了巨大的冲击力。天神观念是科学技术不发达，人对自然的变化怀着一种敬畏意识的情形下产生的。在生产力不发达，人们愚昧无知的历史条件下，对人格神的崇拜对于巩固贵族阶级的统治是极其有效的。但是，随着科学技术的发展，随着人们对自然规律的掌握，自然界的神秘感也就淡化了。《诗经》中就一直隐现着人们对天的存在和其权威性的怀疑。如《大雅·云汉》是一首向上天祈雨的诗歌。但是上帝、百神都祭祀了，圭璧牺牲都用完了，却没有一个神灵予以佑助，也没有一个神灵予以同情、可怜，天下依然是大旱不止，人们禁不住要发出无望的哀叹，昊天上帝什么时候才能赐福给人间！天庇护人类的承诺并没有实现，因而，在实证思维的萌动中，天的神圣性受到质疑和拷问。到春秋时期，随着科学技术的进步和生产力的发展，人们进一步认识到有许多事情的成败得失都是天无法控制的。这种科学实证的思维模式使人们对祭祀的态度和处理问题的方式发生了很大变化。公元前524年，天空出现彗星，有人建议子产用瓘斝玉瓒祭神以免除灾难，子产认为天道遥远，是不可实证的对象，所以不必相信天的存在。子产的观点正是科学技术有一定发展的背景下的必然产物。可见自然科学的发展，以及人们思维能力的加强，减弱了天的神秘色彩。

天的神圣性是周天子进行统治的形而上依据，是宗法社会结构存在的理论基础。人们对天的存在的怀疑也促成了对天子存在的先验性、合法性的怀疑。从春秋时期开始，随着科学知识的增长，人们对天的自然属性有了进一步的认识，天逐渐从存在的形而上根据而变为对象化的实体。伴随着天的地位的动摇和下降，王权的神圣性渐渐失去内在根据，礼仪规范和人伦秩序也受到一定程度的冲击。西周时期普遍存在的对礼仪规范的遵循到春秋时期开始有所动摇，一系列违背礼制的行为引起人们的思想震动和反思。

但是，生产力的发展使人们对天和神灵的存在产生怀疑，这并不等于人们完全抛弃了对神秘力量的敬畏心理，事实是神秘统治力量的存在与人们对天的观念的解构同时并存。如《左传·僖公四年》记载："初，晋献公欲以骊姬为夫人，卜之，不吉；筮之，吉。公曰：'从筮。'"晋献公用卜筮的方式来决定行为的取向，这是对神灵的认可，但是他又不完全认可神灵的意志。这表现了春秋时期人们对天神观念的认可与否弃并存的状况。

《左传·成公五年》记载，晋国的梁山崩塌，晋侯使人召伯宗，伯宗在赶往晋国朝廷的途中遇到一个拉载重车的绛地人，这个人告诉伯宗，梁山崩不过是山朽坏而崩而已。这是对山崩的自然规律的认识，但是，绛地的拉车人还指出，国君应当为之不杀牲，减膳撤乐，穿素服，乘坐没有彩绘的车子，离开寝宫。可见，春秋时期虽然对自然界的变化已经具有一定的科学认识，但依然笼罩着浓厚的神秘色彩。

就算是讲出了"天道远，人道迩"之类警世话语的子产，也不是一个纯粹的唯物主义者。《左传·昭公十八年》记载："七月，郑子产为火故，大为社，祓禳于四方，振除火灾，礼也。"由此可见子产并不是完全无视神秘力量的存在的。

再如《左传·哀公六年》载，楚王得了重病，当时天上的云彩像赤鸟一样围绕着太阳飞翔了三天。楚王就派人询问成周的太史。从这一事例可以看出，春秋时期史官依然是处于天地之间，能够感天通地的角色，人们还是希望在自然界发生变化或出现天灾人祸等现象时，神职人员能够起到沟通天地神人的作用，将天的意志告诉给人类。

祖先神对人间的统治也依然存在着。《左传·桓公二年》记载："凡公行，告于宗庙；反行，饮至、舍爵、策勋焉，礼也。"这里记载的是国君外出前后的礼仪。凡诸侯朝天子、朝诸侯，或与诸侯盟会，或出师攻伐，临行前都要到宗庙中去告庙，即告诉祖先自己的行踪。返回时，同样要到宗庙祭告祖先自己的归来。祭告后，还要和群臣一起设爵饮酒，谓之饮至。并将重要的事情书于简策。可见，在贵族的生活中，祖先神的位置是很重要的，死去的祖先一直存活在生者的心中，形成左右人间生活的另一种神秘力量。

这种敬畏意识还表现在其他方面。《左传·文公四年》记载，楚人灭了江国，秦伯为了哀悼江国被灭，着素服，避开正寝不居，去盛馔而撤乐，其哀悼他国之灭的礼数甚至超过了礼制的规定。秦伯对灭国绝嗣的事情具有一定的恐惧感，也担心这样的事情落在自己头上。行为的小心谨慎，礼仪的周到，这是贵族还具有一定畏惧意识的表现。

对神灵的敬畏还表现在盟誓过程之中。诸侯会盟时，常举行一些仪式，先凿地为坎，杀牲于坎上，割牲左耳，盛以盘，又取血，盛以玉敦，用以为盟。写成盟辞之后，乃歃血而读所书内容。在盟誓中，神灵是无形的见证者。神秘的外在力量是维系着周代贵族的精神存在的重要因素。如《左传·成公十二年》记载，晋、楚癸亥之盟。盟辞中写道："有渝此盟，明神殛之。"表明在盟誓中神灵是见证者和监督者。可见春秋时期贵族之间的交往既有对强权的顺服，另一方面诸侯之间关系的巩固也来自于神灵的监督。

从以上分析可以看到，随着生产力的发展，神秘统治力量受到一定的怀疑，但是在春秋时期，人们的生活中依然有着浓厚的神秘文化色彩。春秋时期贵族的生活中，既有着科学实证的理性思维，又有着神秘的非理性思维的存在。

（二）亲情观念与对亲情的漠视同在

社会的转型期特征还表现在人们的亲情观念中。可以说，西周是一个依靠亲情血缘关系构建起来的社会组织。但是到了春秋时期，人们的生活中一方面继续表现出对亲情的认可；另一方面利益的冲突又常常使亲缘关系被悬置起来。楚邓关系最能说明春秋时期贵族亲缘关系的这一特征。《左传·庄公六年》记载，楚文王伐申时路过邓国。骓甥、聃甥和养甥请求杀掉楚文王，并指出将来灭亡邓国的肯定是楚国，但是邓祁侯并没有采纳三甥的建议，他说，楚文王是我的外甥，我怎么可以杀掉他呢。邓祁侯不但没有杀掉楚文王，而且还设宴招待楚文王。其结果是，楚文王伐申回来时，就对邓国进行了征伐，庄公十六年再次对邓国进行征伐，最后灭掉了邓国。这是一个重视亲族血缘关系与无视血缘亲情同在的典型事例。《左传·僖公五年》也记载着类似的事件。当晋侯要假道虞国而伐虢国时，虞国的大臣宫之奇指出不可使晋的野心扩张。虞公却说，晋国是我们的同宗，难道还会加害于我们？其结果是，晋国灭虢国后，返回的途中就灭掉了虞国。从以上史实可见，亲缘关系在春秋时期虽然还存在着，但是春秋时期的利益之争对亲族血缘关系形成了巨大的冲击。

（三）温文尔雅的燕享之礼与残酷的厮杀同在

燕饮和杀伐同在，这是春秋时期诸侯之间交往的又一个特征。《左传·桓公十八年》记载，鲁桓公为了修旧好，偕夫人到齐国。桓公夫人与齐襄公私通，受到桓公的指责，桓公夫人将这一情况告诉齐襄公。其结果是，齐襄公先宴享鲁桓公，然后让公子彭生将鲁桓公杀死在车中。一代君主就这样在表示友好的燕饮之礼后死于非命，甚至可以说，燕享之礼掩盖着残酷的杀害目的。再说晋国，晋灵公年幼时，赵盾把持了晋国的政权。灵公长大以后，就想去除赵氏的势力夺回政权，但是赵氏的势力盘根错节，布满朝廷。晋灵公派力士钼麑行刺赵盾于私第，但钼麑失败。公元前607年9月，灵公伏甲于宫中，召赵盾入宫饮酒，欲在宴前擒杀赵盾。晋国的这次君臣政变也是以燕饮之礼为幌子的。再如《左传·昭公十一年》记载，楚王伏甲而宴享蔡侯，并执而杀之，这又是一起暗藏着杀机的宴享事件。《左传·定公八年》记载，阳虎"将享季氏于朴圃而杀之"，依然是在燕享之礼的遮掩下进行的厮杀。从这些史实可以看出，春秋时期的贵族生活中，杀机就暗藏在觥筹交错的燕饮之中。揖让周旋的礼乐文化与杀伐同在，这是春秋时期贵族文化交融性的又一体现。

通过以上几个方面，可以深感春秋时期各种观念交织并存的时代特征，贵族的等级制和礼乐文化依然具有一定的势力，但受到一定的冲击。社会表现出明显的转型期特征，这是贵族生活方式发生演变的文化背景。

第二节　礼仪化生活方式的维持与衰微

周代贵族创造了辉煌的礼乐文化，这一文化形态发展到春秋时期走向成熟，同时也呈现出衰微的趋势。这一节我们对贵族生活方式中的礼仪之美与违背礼仪的行为方式进行论述。贵族文化在春秋时期的交融性的一个典型表现就是贵族行为方式中有着符合礼仪规范的从容和优雅，又有着对礼仪的无知和僭越。

一、礼仪化行为方式的维持

春秋 242 年的历史中，贵族文化的确面临着种种危机，但总体来说，这一历史时期的主流文化还是贵族文化。这一方面是贵族文化经过了长期积淀后的一种必然结果；另一方面也是因为，贵族在文化危机面前表现出一种抗争之势，使贵族文化反而更加典型和突出。贵族文化到春秋时期发展到它的最高点。春秋时代常为后世所仰慕与敬重。正如钱穆所说："春秋时代，实可说是中国古代贵族文化已发展到一种极优美、极高尚、极细腻雅致的时代。"[①]春秋时期贵族的礼仪美主要表现在以下两个方面。

（一）贵族生活中的礼仪美

春秋时期，周天子失去天下共主的权威性，各诸侯国之间的关系，就要靠不断地征战、朝聘与会盟来维系。列国之间的战争时有发生，但是列国之间的礼尚往来、交际酬酢也非常频繁。并且在朝聘、会盟与征战中，遵循礼仪的行为依然广泛存在。这些符合礼仪的举止中显示着贵族的精神气质。时隔千年，在一些文献记载中，透过字里行间，我们还能真切地体会到贵族交往仪式的考究，以及各种仪式中贵族的仪态之美，

---

① 钱穆：《国史大纲》(修订本)，北京，商务印书馆，1994，第71页。

还能体会到贵族生活的礼仪化特征。

《左传·襄公二十四年》记载："穆叔如晋，范宣子逆之。"即鲁国的大夫穆叔到晋国去朝聘，在聘礼中，晋国首先派国卿范宣子穿着朝服拿着束帛到郊外慰问。《左传·桓公九年》记载，鲁国享曹太子时，行初献礼，并奏乐。《左传·襄公二十九年》记载，范宣子来聘，鲁国还以较为完整和隆重的礼仪来接待范宣子。展庄叔按礼制规定在主人劝宾客饮酒时送以束帛作为酬币。享礼之后，鲁国还举行了射礼，尽管射者中公臣不足，还需要取于家臣，但至少说明当时贵族之间的朝聘还有较为完整的礼仪。还有《左传·僖公三十年》记载，"冬，王使周公阅来聘，飨有昌歜、白、黑、形盐。辞曰：'国君，文足昭也，武可畏也，则有备物之飨，以象其德；荐五味，羞嘉谷，盐虎形，以献其功。吾何以堪之？'"从此段记载可以看出春秋时期诸侯之间的聘问和宴享还是很讲究的。从食物来看，有菖蒲根制作的腌菜，有稻米和黑黍米熬的饭，并且还有非常讲究的虎形盐。在宴享开始前，周公阅非常委婉地推辞，说自己不堪如此贵重之宴享。虽然《左传》的记载比较简略，但通过这只言片语还是可以想见贵族交往礼仪中言辞的委婉和举止的文雅，以及食物的精美。

这些文献记载都说明，虽然礼乐文化在春秋时期发生了很大变化，但是一些主要的礼仪形式依然在诸侯国之间长久地存在着。对贵族而言，虽然礼仪的社会基础发生了动摇，但是他们依然坚持着，维护着，希望通过行为上的符合礼仪来表明自己的贵族身份；另一方面，传统文化具有一定的延续性，贵族社会还以是否符合礼制规范作为衡量一个人是否具有修养的标准。朝聘和会盟活动中，贵族的言谈和举止两方面符合礼仪规范依然是那个时代独具特色的审美追求。

在贵族的交往仪式中，文雅、谦和以及程式化是礼仪用语的主要特色。当语言具有程式化的特征时，它就在一定程度上超越了传达实用信息的作用，而成为一种具有表演性和可欣赏性的艺术化语言。即礼仪程式中的语言具有一定的艺术韵味，人们在这种外交套语中传达的主要不是实用的信息，而关注的是操作这种语言的人的神情、声腔和仪态之美。《左传·文公十二年》记载，秦伯使西乞术来聘鲁，同时商量伐晋的有关事宜。《左传》着重记载了这一次聘问仪式中的辞玉仪式。当西乞术带着圭、璋之类的礼器来到鲁国时，襄仲作为主国的傧，到庙门之外辞玉。襄仲说："君不忘先君之好，照临鲁国，镇抚其社稷，重之以大器，寡君敢辞玉。"襄仲的欢迎词是一段客套话，但是这一套语使欢迎仪式显得庄重、文雅。秦使者对曰："不腆敝器，不足辞也。"秦使者的回答也是礼仪中的套语，但回答得非常恰当、稳妥，符合礼仪规范。于是主人三辞，宾答拜，然后又是一番谦和的辞让和美好的祝愿，辞玉仪式才算完成。这一辞玉的仪式，具有典型的程式化特征，襄仲和秦使者西乞术的对话基本都是礼仪中的套语，但是正像诗歌中的重章叠句或像戏剧中的程式化表演一样，程式化重复的语言也具有一定的艺术韵味。贵族的客套之中，同样包含着值得人细细品味的内蕴，反过来讲，如果去掉这些重复和客套，生活变得简洁了，但人的生活也将变得干枯没有滋味。还有《左传·昭公二年》记载鲁叔弓到晋国去聘问，晋侯按照礼制规定派人到郊外慰劳鲁使者，叔弓辞谢道："寡君使弓来继旧好，固曰：'女无敢为宾'，彻命于执事，敝邑弘矣，敢辱郊使？请辞。"晋臣请叔弓入住宾馆，叔弓又按礼辞谢曰："寡君命下臣来继旧好，好合使成，臣之禄也。敢辱大馆！"这次聘问的郊劳双方都表现出了贵族外交中的谦让和翩翩君子风度，呈现出春秋贵族行为的礼仪美。礼节中的言辞同样是礼仪中具有程式化性质的套语，但是正是在这程式化的语言中，贵族的谦和以及外交礼节的严肃和郑重得到了体现。反过来讲，如果去掉这些看起来多余的外交语言直奔主题，那么，外交活动也就少了一些直接功利目的之外的含蓄和委婉，少了一些具有艺术气质的东西。

除了贵族外交语言的程式化审美特性之外，贵族交往礼仪中的行为也表现出一种耐人寻味的仪态之美。如《国语·周语》记载："晋羊舌肸聘于周，发币于大夫，及单靖公。靖公享之，俭而敬，宾礼赠饯，视其上而从之，燕无私，送不过郊。语说《昊天有成命》。"单靖公的行为俭而敬，在享礼中的一举一动、一言一行都符合礼仪规范，这引起了叔向的感慨和称赞。《左传·僖公九年》记载，周王使宰孔赐齐侯祭祀完宗庙的祭肉，齐侯将下阶答拜。宰孔说，天子有命，你作为天子的伯舅，又到了耄耋之年，就不必为接受祭肉而行下拜之礼。即使这样，已经耄耋之年的齐桓公还是先降于两阶之间，北面再拜稽首。然后升堂，又再拜稽首，再受赐。可以想见已经行动不便的齐桓公是怎样动作缓慢而恭敬地完成了这一系列下阶、稽首，然后又登阶、稽首、受赐的礼节的。正是在这缓慢而恭敬的一举一动之中，贵族行为的礼仪之美呈现于我们面前。

在春秋时期人们的内心深处，遵循礼仪规范是天经地义的事情，如果对礼仪有所违背，自己会深深感到不安。如《左传·僖公三十三年》记载，在文嬴的请求下，晋襄公放掉了秦国的三个将帅孟明、西乞术和白乙丙。晋大臣先轸朝见，问到秦囚的情况，当得知襄公已经放走秦囚时，非常气愤，甚至在国君的面前，"不顾而唾"。在尊长之前吐痰、擤鼻涕，这在当时是严重的违礼行为。这一情急之下的行为也给先轸带来了沉重的精神负担，以至于在狄人人侵时，先轸说："匹夫逞志于君，而无讨，敢不自讨乎？"于是，脱掉头盔，进入狄师，最后战死。可以想见，一次违礼的行为给先轸造成了多么大的精神痛苦，以至于他要用放弃生命来取得心理的平衡。也可见礼的约束力在当时还是相当强大的，先轸用自己的生命维护了礼的尊严和神圣。

从以上分析可以看出，春秋时期贵族的交往中还有着较为完备的外交礼仪活动，贵族外交礼仪中的行为举止基本都符合一定的礼仪规范，具有程式化的艺术表演性质。在这些礼仪中，贵族的言辞基本都是外交礼仪中的套语，但是这种套语对于外交礼仪来说，不是多余的，相反，这些外交辞令使外交礼仪具有不同于日常交往的庄重性和严肃性，并且，外交辞令也成为一种可以欣赏的艺术化语言。符合礼仪规范的行为是人们追求的行为风范，外交礼仪是展示贵族礼仪之美和维护各诸侯国之间友好关系的基础。

(二)贵族战争中的行为美学及其艺术精神

古往今来人间有无数次战争，但是不同的历史时期，不同的人，其战争的方式也是不同的。春秋时期的战争常常是为礼而战，在战场上贵族们也遵循着礼仪规范。礼仪的存在使春秋时期的战争多少带有审美超越性，似乎所进行的不是刀光剑影的厮杀，而是温文尔雅的行为艺术。并且，战争中的贵族还追求着具有审美性的活动，如外交中的赋诗言志、弹琴唱歌等。下面，我们对春秋贵族战争中的艺术精神进行简单的梳理。

1. 贵族战争中的礼仪之美

周代贵族的战争都遵循着一定的礼仪规范。如出师前要到太庙举行祭祀和占卜，用牲、币祭祀祖先，告知将要出兵之事，祈求祖先的佑护。《左传·闵公二年》记载："帅师者，受命于庙，受脤于社。"《礼记·王制》记载："天子将出征，类乎上帝，宜乎社，造乎祢，祃(祭祀)于所征之地。受命于祖，受成于学。"说的都是出征前的告庙活动。在决定进行战争后，军士在太庙接受出征的盔甲和武器也要举行一定的仪式。《左传·庄公四年》就记载了楚武王在太庙授师孑以伐随的情况。

天子诸侯不仅出征前要告庙，还要"迁祖"，即将祖先的牌位奉祀于军中。"必以币、帛、皮、圭，告于祖、祢，遂奉以出，载于齐车以行，每舍，奠焉而后就舍。"①就是对贵族奉着祖先的牌位行军的状况的记录。

---

① 《礼记·曾子问》。

《左传·定公四年》也记载："君以军行，被社、衅鼓，祝奉以从，于是乎出竟。"可见春秋时期贵族出师时依然在军中供奉着祖先的牌位。

在战前的准备工作中，还要准备鼓乐。《国语》记载，宋人弑其君，晋国作为霸主要对宋国进行讨伐，在战前就准备战乐，召军吏而戒乐正，令三军之钟鼓必备。并且指出，鼓乐在战争中的作用是声彰其罪，镈于、丁宁等乐器的作用是警诫其民。

战争生活是西周乃至春秋时期贵族生活的一个缩影，它表明了贵族的生活始终具有形而上的精神层面，战争不是纯粹的物质利益之争。从这些出征前的仪式，可以看出周人的战争中始终有着神灵的陪伴，充满对神灵的敬畏，具有神秘色彩。

到了战场上，在开战前还有一系列的仪式。如晋与楚、郑的鄢陵之战中，楚共王站在巢车上望见晋军战前举行的一系列仪式。首先看到的是晋国兵车向左右两方驰骋，然后聚集于中军共同谋议的情景，又看到晋军帐幕张开，在先君主位之前虔诚地问卜的情景，接着又看到晋军将帐幕撤除，发布命令，且晋军在一片喧哗和尘土上扬的气氛中塞井夷灶，然后兵士们又拿起武器先上车，后又下车听从命令。接着又看到晋军进行战前祈祷。与其说，楚子所看到的是晋军的战前的准备，不如说《左传》的作者通过楚子的视角为我们展示了一幅贵族战前生活的画面，也像出征前的仪式一样，战前的各种仪式不仅达到了蓄势的目的，也充满了神秘文化色彩。

由于遵循着一定的礼仪规范，所以即使在刀光剑影的战场上，贵族们的行为还是表现出了难得的艺术气质和贵族所特有的儒雅之气。《左传·成公十六年》记载，鄢陵之战中，郤至三次遇到楚共王都下车，脱下头盔，向前快走，以表示恭敬。楚共王使臣下工尹襄以弓作为礼物送给郤至，并且询问这个身着浅红色牛皮制作的军衣的君子是否受伤。楚共王的举止也表现出贵族的礼仪之美。郤至的回答是非常委婉且符合礼仪的，他说："君之外臣至从寡君之戎事，以君之灵，间蒙甲胄，不敢拜命。敢告不宁，君命之辱。敢肃使者。"接着郤至对楚共王的使者行三次肃拜之礼。楚共王和郤至的言谈举止、举手投足都为我们展示着春秋贵族和缓、宁静的风采，常使人怀疑这是战场还是表示友好的外交活动。

贵族战争中还遵循着不辱国君的礼仪规范。国君是一个国家社稷的代表，在等级制下，不仅平时要受到尊敬，在战场上也要礼遇，不可轻易伤害。如繻葛之战，郑祝聃"射王中肩"，并欲乘势俘获周桓王。郑庄公坚决反对，他说："君子不欲多上人，况敢陵天子乎！"①对天子的礼让，表现出郑庄公的贵族涵养。又如成公二年鞌之战中，齐国大败。齐顷公的车右逢丑夫为了保护国君，与齐侯换了位置，而韩厥没有看清，当齐侯的战车被树木挂住时，韩厥误把逢丑夫当成齐侯，对他再拜稽首，献上酒杯玉璧。在战争中，即使对待敌国的君主也会毕恭毕敬地献上酒杯玉璧，表现出了贵族的教养和礼仪风范。在你死我活的战场上，双方竟如此彬彬有礼，这是春秋时期贵族战争的特点。也正是不伤天子和国君的礼仪规范使春秋贵族的行为表现出温和的礼仪之美。

春秋时期作为讲求礼仪的贵族社会，对德才兼备、敬奉礼仪的君子也是尊而敬之、礼遇有加的。《左传·成公二年》记载，晋齐鞌之战中，晋韩厥虽处于御者的位置，但齐国的邴夏从韩厥的仪态一眼就看出韩厥是贵族，邴夏说："射其御者，君子也。"齐侯说："谓之君子而射之，非礼也。"射其左，越于车下，射其右，毙于车中。从这一段文献来看，就会发现，第一，贵族即使是处于御者的位置，也能被人一眼就认出是贵族；第二，齐侯说谓之君子不射，表明在战争中，贵族的精神不仅表现为一种仪态上的与众不同，而且，还表现为对一定礼仪规范的遵循。

春秋时期的战争不伐有丧之国，不乘人之危，这也是贵族涵养的体现。《左传·僖公二十七年》记载："夏，齐孝公卒，有齐怨，不废丧纪，礼也。"即当齐孝公死后，即使齐国曾两次伐鲁，鲁国也不会乘人之危攻打齐国，甚至还会去齐国吊生送死。《左传·襄公四年》记载："三月，陈成公卒。楚人将伐陈，闻丧乃至。"《左传·襄公十九年》记载："晋士匄侵齐，及穀，闻丧而还，礼也。"这些记载都说明贵族战争具有人文精神，他们认为战争是为礼而战，而不是要放任自己的杀伐欲望。

春秋时期战争常常是为了对礼的维护，而不是为了灭掉他人。因而不灭国绝祀是贵族战争的又一个特征。《左传·宣公十二年》记载，楚国打败了郑国，郑襄公肉袒牵羊前来表示臣服，楚国就不再灭掉郑国，而是与之讲和。可见当时的战争目的并不以斩祀杀厉、置人于死地为快。甚至在战场上杀人后也要掩其目。《礼记·檀弓下》记载楚国的工尹商阳"每毙一人，掩其目"，难怪孔子慨叹："杀人之中，又有礼焉。"从这些文献记载可见，春秋时期的贵族战争中道义礼信有着重要的地位，贵族战争具有超功利性的成分。

战争结束后，还有一系列的礼仪活动。一般来讲，军队打仗班师回

---

① 《左传·桓公五年》。

国，还要祭告宗庙和社神，并举行献捷、献俘等仪式。如《礼记·曾子问》中记载着战争结束后告庙的情况："反必告，设奠，卒，敛币、玉，藏诸两阶之间。"《左传·僖公二十八年》记载了城濮之战后，晋将楚国的驷介百乘和徒兵千人献给周王的情景。春秋以后更多的是向诸侯霸主献捷。但就是向霸王献捷、献俘时，军队也要排成长队，年长者在前，年幼者在后，高奏军乐进入太庙，报告俘虏和杀死敌人的数目，并置酒犒赏。

礼仪活动伴随着战争的始终，战争中的双方都基本遵循着一定的行为规范，这使春秋时期的战争具有一定的儒雅文化色彩，战争中有着贵族的礼仪之美。而神灵在战争中的存在，又为贵族战争添上了神秘的文化氛围。

2. 贵族战争中的诗情画意

春秋时期的战争中更令人惊叹的是，贵族们在战场上竟然还会表现出赋诗、论理甚至是弹琴、献糜这样的儒雅举止。在有关春秋时期战争的记载中，有不少赋诗言志的记载。如在诸侯联盟跟从晋国伐秦的战争中，晋侯待于境，使六卿率诸侯之师到达泾阳，诸侯之师不肯渡泾河。鲁国的大臣叔孙豹为晋的叔向赋了《诗·邶风·匏有枯叶》，叔向就退而准备过河的船，鲁人、莒人就先渡河。在伐秦的战争中，这一段外交辞令，简直就像打哑谜。其实，这是因为他们都具有共同的文化背景，都知道在这种语境中赋《匏有枯叶》，就暗示将要渡河。因为古人渡水，常把大葫芦拴在腰间，作为渡河的辅助工具。叔孙豹赋这首诗取其渡河这一含义，双方都能够心领神会。看来战争中既要有运筹帷幄的胆识和魄力，还要具备一定的文化修养。

从《左传》记录的战争情况来看，贵族的战争常常富有戏剧性。《左传·宣公十二年》记载，在楚国和晋国的战争中，楚王让许伯、乐伯、摄叔去向晋军挑战。这三个人一路走，一路说着各自对挑战方式的理解。许伯说，致师就是要疾驰至敌军阵营而后快速返回，并且车上的旗帜以及车辕都要倾斜，以示所向披靡；乐伯说，致师就是当车左和车右都入敌军阵营后，作为御者，等待在敌军阵营外，非常悠闲地将两匹服马与两匹骖马排列好，使它们之间不致参差不齐；而摄叔说，他所理解的致师就是，车右进入敌军阵营杀死敌军，取其左耳，生俘敌人，然后返回。到了晋军阵营，三个人果真都实践了自己对致师的理解，然后返回。许伯、乐伯、摄叔三人似乎不是在参战，而是在进行一场游戏，并且三人的确也是以游戏的心态来完成任务、履行职责的。

在许伯等三人返回的途中，晋军兵分三路对楚国的挑战者进行左右夹攻。这时，乐伯左射马而右射人，使晋军不能逼近，最后剩下一支矢时，乐伯看见一只麋鹿出现在前面，一矢射中麋鹿，使摄叔奉麋鹿献给正当其后的晋军将帅鲍癸，并说："以岁之非时，献禽之未至，敢膳诸从者。"楚国挑战者的行为使晋军将帅鲍癸佩服，因而鲍癸使左右停止追击，并说，楚军的车左善射，车右言辞彬彬有礼，他们是真正的君子。楚军挑战者的行为举止所赢得的是晋军将领的欣赏，并且认为这是君子的举止而不予以追击。献麋的行为使贵族的战争充满了戏剧性，耐人寻味。晋军将领对楚军行为举止的鉴赏心态，更是令人慨叹不已。

同样，当楚国的潘党追赶晋国的挑战者魏锜到荥泽时，魏锜看到六只麋，就射一麋而回头献给潘党，并委婉地说，您有军事行动，兽人不可能不供给足够的鲜禽兽，那么就将这只麋鹿献给您的从属吧。潘党听了这话也就不再追击了。这是春秋战争中的一个个小插曲，不过，从中我们也可对春秋时期贵族在战争中所表现出的从容和优雅气质略知一二。

《左传·襄公二十四年》所记载的战争状况，为我们展示了贵族性情的另一侧面。襄公二十四年的冬天，楚国伐郑以救齐，军队先攻打了郑国的东门，然后驻扎在棘泽，这时诸侯联军就准备救郑。晋侯使张骼、辅跞向楚国挑战，让熟悉郑国地形的郑人宛射犬作为二位的御师。但是，作为大国的晋国人自以为是，对郑国联军有些瞧不起，所以，大叔对宛射犬说，你可不能与大国的人平起平坐，就像小土山上生不出大树一样，小国是不能与大国平等的。宛射犬说，国与国之间不在于兵的多少，我为御，自然在车右，车右之上各国平等。宛射犬表现出不亢不卑的精神。但这也改变不了晋国将领对郑国的轻视。张骼、辅跞坐在帐幕中时，就使宛射犬坐在帐幕之外。进餐时，张骼、辅跞食毕，才能轮到宛射犬用餐。去楚国军营的途中，张骼、辅跞让宛射犬独自驾驭着进攻敌人的广车，而他们自己则乘坐着平日所乘的战车。将近楚兵营时，二位才舍弃自己的车子而乘坐宛射犬所驾驭的广车。这一系列举动都表现出了作为大国将士对弱小国家的轻视。尤其是在广车上，张骼和辅跞更是表现出了大国人的优越和优雅。他们一路上都蹲在车后的横木上弹着琴。在临近楚兵营时，宛射犬没有提前告知二位，忽然加快速度，驱车而入，使二位优雅的将领急忙从囊中取出头盔戴上，在没有思想准备的情况下就进入楚营展开搏斗，还没等二位反应过来是怎么回事，宛射犬又独自驰车冲出敌人兵营，二位措手不及赶紧追了出来，跳上车，并抽出弓箭射击追上来的敌人。脱险后，二位又开始蹲在车后的横木上弹琴，并且幽默地对宛射犬说：咱们是一伙的，怎么你行动的时候也不跟我们商量一下？宛射犬既已捉弄了二位，加之都是诸侯同盟，所以也悠然地回答说，第一次不告而驰，是因为一心想着怎样突袭敌营，第二次不告而驰，是因为害怕敌军追上来了。这是多么无懈可击的回答。但是，大家彼此心里都很清楚这不过是一个漂亮的托词而已，所以相视而笑，说公孙的性子好急呀！这一段关于战争的描写，将贵族的优雅、从容、幽默以及对地位不如自己的人的不带恶意的轻视写得淋漓尽致，将春秋贵族在战争背景下的举手投足中的艺术气质活脱脱地呈现了出来。

还有《左传·襄公十八年》记载楚师伐郑，晋人知道有楚师。师旷说，大家不要怕，我屡次唱北方的曲调，又唱南方的曲调。南方的曲调比较微弱，多死声，楚人听了一定会失去战斗力而失败。这又是一次在战场上高歌的事件。弹琴、高歌使春秋时期的战争富有一种耐人寻味的艺术气质。

由此可见，贵族的儒雅精神贯穿于整个战争之中，但是列国之间越来越激烈的战争，毕竟不是展示贵族修养的舞台，也不是诸侯贵族的殿堂，而是两军厮杀的角斗场，因而贵族的行为方式越来越与打着礼的幌子而进行的利益之争的战场背景不相协调。于是在诸侯相互兼并的战场上，春秋时期贵族的谦谦君子之气就逐渐显得不合时宜。如前所述成公二年晋齐鞌之战中，齐顷公不让邴夏射韩厥，最后被韩厥追上，差点被俘。这就是齐顷公遵循礼仪规范的结果。还有楚与宋之间的泓之战简直就成为千古笑柄。《左传·僖公二十二年》记载，宋伐郑，楚救郑攻宋，在楚宋之间摆开阵势，宋人既已成列，楚人还没有完全渡过泓水。宋司马说，敌众我寡，不如趁敌军还没有渡过河，我们就开始攻击。宋襄公说，不行。等到楚军渡过了河水，还没有成列，司马又请求出击，宋襄公还说不行。直等到楚军整好了军队，宋国才出击，其结果是被楚军打了个大败。宋人和楚人的战争，宋襄公在楚军还没有渡河时，不愿意出击，是因为坚持不能乘人之危的原则。在楚军已经渡河，但还没摆好阵势时，也不出击，是因为要遵循不打不仁义之仗的原则。当国人责备宋襄公时，宋襄公说："君子不重伤，不禽二毛。古之为军也，不以阻隘也。寡人虽亡国之余，不鼓不成列。"宋襄公的确讲出了贵族战争的规范，但这样的行为规范，在你死我活的战争面前只能成为千古笑谈，并且宋襄公次年也因伤于泓之战的缘故而殒命。这些事件都说明贵族的礼仪规范和贵族原有的谦让精神在越来越激烈的诸侯国之间的利益冲突中失去实际的价值，温文尔雅的贵族行为将被列国的纷争击得粉碎，贵族的行为方式必将失去现实意义而成为历史。

（三）社会舆论对礼仪化生活方式的维护

春秋时期，礼在人们的生活中占有重要位置，而且，人们时常以礼作为标准评论一个贵族的行为，预测他的前途和命运。如《礼记·檀弓上》记载：将军文子之丧，已经除丧了，越人因为路途遥远，消息闭塞，这才前来吊丧。文子的儿子作为孝主穿着深衣，戴着练冠，流着眼泪在家庙中等待。子游看了之后，说将军文氏的儿子的做法接近完美了吧！这是不在常礼中的礼了，他的举动却是那样恰当。从这则记载中我们可以看出周人的举止和言谈都是受到他人关注的，同时，也是大家批评或者欣赏的对象。

春秋时期，人们常常根据一个人的行为是否符合礼仪，来推断他是否有前途。据《国语》记载，柯陵之会，单襄公看到晋厉公"视远步高"，听到晋三郤言语盛气凌人，就断定晋国将有祸乱。《左传·僖公三十三年》记载："秦师过周北门，左右免胄而下，超乘者三百乘。"王孙满当时尚幼，就能够从秦师无礼的表现中看出秦师必败的结果。《左传·昭公二十五年》记载，叔孙昭子聘于宋，宋公享之，赋《新宫》，叔孙昭子赋《车辖》。第二天宴礼中饮酒正当高兴处，宋公使昭子坐在自己的右边，以便于交谈。在交谈中两个人相对而泣。乐祁相礼，看到这种情形，出来以后告诉别人说，这两个人可能都离死不远了，听说，哀乐而乐哀，都是丧心的表现。心之精爽，是人的魂魄。魂魄已经离开了，怎么能长久呢？乐祁就是通过观察宋君与叔孙昭子的行为而推断这两个人内心都没有了昂扬的魂魄，认为这是一种行将死亡的征兆。《左传·定公十五年》记载，邾隐公来朝。子贡就观察道："邾子执玉高，其容仰；公受玉卑，其容俯。"子贡由此推断，邾隐公和鲁定公都要死亡。因为"夫礼，死生存亡之体也，将左右周旋，进退俯仰，于是乎取之；朝祀丧戎，于是乎观之。今正月相朝，而皆不度，心已亡矣。嘉事不体，何以能久？高仰，骄也；卑俯，替也。骄近乱，替近疾，君为主，其先亡乎！"通过仪容举止来观察和透视一个人的内在精神世界，并予以评论，体现了社会舆论对礼仪生活方式的维护。

比较典型的事例，还有虢之盟时对楚公子穿着华丽一事的观察和评论。《左传·昭公元年》记载虢之盟时，楚公子衣着华贵，装扮得像国君一样，还带着执戈的卫兵。看到这种现象，叔孙穆子说："楚公子美矣，君哉！"郑子皮说："二执戈者前矣。"蔡子家说："蒲宫有前，不亦可乎？"楚公子不合身份的华丽服饰，引起了各位的纷纷议论，体现了社会舆论对礼仪规范的维护。

春秋时期，观察和评论一个贵族的行为是否符合礼仪，这表明礼依然是人们遵循和追求的行为美学标准，也体现了礼的衰微与对礼的维护同时存在的时代特点。

二、礼仪化生活方式的衰微

礼的观念的演变深深地影响着春秋时期贵族的生活方式和价值观念的选择。礼既是人们力求抛弃的精神枷锁，又是贵族证明自己身份和修养的途径。春秋时期的贵族在礼的是是非非中艰难地摸索着、痛苦地思索着。

（一）礼与仪的分离

礼与人的隔膜是从礼的内涵的改变开始的。礼的含义非常宽泛，既是国家的法令制度，又是人们遵循的行为规范，还是社会风俗习惯。总体来讲，在西周时期，礼维护的是以周天子为核心的贵族的等级体制，礼的精神集中体现为各种礼仪中人们举手投足、周旋揖让的气质和风度。到了春秋时期，礼成为维护诸侯国的存在和诸侯霸主地位的砝码。与天子的天赋权力不同，霸主的地位是需要积极争取的，是需要不断加以维护的，礼在维护诸侯霸主和各诸侯国利益的过程中，就逐渐演变为一种带有契约性质的理和信。如诸侯会盟时约定，大国要庇护小国、小国要侍奉大国，如果违背了这一原则，就会引起诸侯国之间的征战。《左传·僖公元年》记载："凡侯伯，救患、分灾、讨罪，礼也。"就是约定诸侯国之间要救患、分灾、讨罪。由此可见，礼在新的历史时期是和信誉联系在一起的，具有诸侯国之间为维护共同利益而形成的契约的性质。《左传·成公十五年》记载，楚准备攻打晋国，出使的大夫子囊说，刚刚与晋结盟，就违背盟约，这样做合适吗？子反说，对自己有利就进攻，不利就后退，和盟约有什么关系。申叔时听后说，子反可能要倒霉了。诚信才能守礼，礼才能维护自己的利益，现在诚信和礼都没有了，想免于灾难，能行吗？从子囊、子反和申叔时三人的态度中，我们可以看出：第一，礼在春秋时期具有契约性质，信就是礼，失信，就是无礼；第二，这种契约关系也时常被利益关系所毁坏；第三，作为信的礼的毁坏经常是引起诸侯国之间战争的原因。总体来说，礼在春秋时期的侧重点已经不是贵族应当如何举手投足、有怎样的仪容、在具体的礼仪中如何去做的行为规范等，而成了诸侯国之间协调关系的契约。礼就是理、就是信，是在盟会中制定的协约。

但是礼作为仪式的意义还存在着，于是礼在春秋时期渐渐分裂为两套礼的观念，即仪式化的礼和作为诸侯之间契约的礼。礼与仪的分离成为影响春秋时期贵族生活的一个重要因素，也成为人们讨论、思索的重要内容。《左传·昭公五年》就有关于礼与仪的讨论。鲁昭公到晋国去，从郊劳到赠贿，没有失礼的行为。但女叔齐却指出，鲁哪里知道礼，鲁君所践行的只是仪式而已，而不是礼。在女叔齐看来，礼，就是能保守住自己的国家，推行政令，从而获得人民的拥护，这就是礼。至于从郊劳到赠贿的所有活动，都是礼仪而已，而不是礼。由此也可见举止行为上的符合礼仪的价值已不受时人重视。《左传·昭公二十五年》还有关于礼与仪的讨论。当赵简子向子大叔问揖让、周旋之礼时，子大叔说，这是仪也，非礼也。接着子大叔大谈礼即顺乎天地自然的观点。由此可见礼与仪的分离已经引起了人们的广泛关注。

礼与仪的讨论意味着，一直为贵族所重视的行为的规范性和仪式化的生活方式在春秋时期逐渐不为人们所看重。仪式化是周代贵族生活方式的重要特征，当礼与仪式不再是一回事时，当礼与一定的仪式相脱离，礼侧重于理和信时，由礼乐所烘托的贵族交往氛围逐渐失去诗化的境界之美，礼仪中的诗性精神就逐渐衰落，周代贵族的生活方式和思想观念也将发生较大的变化。

（二）礼仪与人的隔膜

虽然在贵族的生活中有对礼仪规范的积极维护，但是随着列国之间冲突的加剧，社会生活的进步，以及礼与仪的分离，礼仪不再是人的必然的生存模式，甚至渐渐成为人与人的生存相隔膜的外在约束，于是大量出现无视礼仪或僭越礼制的行为。仪式化生活方式的衰微最终将成为不可挽回的历史趋势。礼仪与人的生存的背离主要表现为以下几种情况。

1. 礼仪的陌生化

当列国之间的矛盾越来越激烈时，面临着生死存亡的斗争，人们就无法过多地顾及礼仪规范的问题，同时也是因为生产力的发展，生活节奏加快，礼的繁文缛节越来越不适合时代发展的需要了，礼仪渐渐不为人们所熟悉。宣公十六年冬，晋侯使士会调和周王室诸卿士间的矛盾，周定王享士会，周大夫原襄公相礼。士会不懂折俎之礼，私下问这样做的缘故。周王听到后说，季氏，你没有听说过吗？天子享礼有将半个牲体置于俎的礼节，这叫做房烝，也叫体荐。周天子宴礼有折俎，即将牲体开解，连肉带骨置之于俎。天子招待诸侯则设享礼，招待诸侯之卿，则设宴礼。这是王室的礼制。士会听后颇受启发，回到晋国开始请求修晋国的礼法。可见，在春秋时期，贵族对礼制的规定已经相当陌生。

《左传·昭公七年》记载鲁昭公入楚，过郑境时，郑伯劳师于郊外，孟僖子作为鲁君的介，不能辅佐鲁君行礼，到楚国后，又不能辅佐鲁君行答郊劳之礼。可见，到春秋后期，礼仪依然存在着，但是人们对礼仪已经开始感到陌生。

由于对礼的无知，在礼仪活动中，人的行为就显得不再从容和协调。《左传·昭公十六年》记载，晋韩起聘于郑，郑伯举行享礼。郑国的大臣子张按礼本应先到场，他不但后于主宾到场，而且站到了宾客的位置上，受到阻拦后，不得已只好站在客人的位置之后，然而又被执政推到一边，最后被挤到放置钟磬等乐器的悬间。子张不懂礼仪的尴尬引起客人的嘲笑。子张失位是贵族礼仪活动中的一个不和谐的音符，它意味着贵族的生活中还有着一定的礼仪秩序，但是也有一些人不懂礼仪，不能非常自然地融于贵族社会之中，而显得委琐和卑微。

礼仪在春秋时期的陌生化，使贵族的行为逐渐不再具有举手投足之间的优雅。这意味着贵族的礼乐文化在新的历史时期渐渐退出人们的审美视野。

2. 强权使礼仪变形，使仪式之中的人变得委琐

春秋时期礼仪虽然还依然存在着，但是，礼仪时常被强权所扭曲，礼仪维护贵族等级的作用遭到一定的破坏，说到底，强权几乎成为了礼。如晋国为霸主，齐国害怕晋国，所以嫁少姜于晋时，慑于强权，使上大夫陈无宇送少姜入晋。即使这样晋还嫌不是卿来送少姜，即晋国甚至要求齐国用送夫人的方式来送姬妾。而当少姜不幸死后，按礼应当是大夫来送葬，但是郑国慑于强权，竟使郑卿来送葬。可见在春秋时期，礼制常常为强权而改变。礼仪中的人也常常表现得猥琐，秩序井然的贵族交往状况不复存在，人们得看着强者的脸色行事。

周代诸侯相见有"授玉"与"受玉"之礼，即来拜访的诸侯国的使者拿着作为信物的玉来到要拜访的国家，通过一定的仪式将玉交给主国，等到拜访完毕，主国又要通过一定的仪式，将玉还给来宾，表示重礼轻财。古代堂上有东西两大柱，叫东楹、西楹。两楹之中曰"中堂"。如宾主身份相当，授玉应在两楹之间。如宾身份低于主人，授玉在中堂与东楹之间，即在东楹之西。但这一礼仪在春秋时期也因为强者的存在而被破坏。《左传·成公六年》记载："郑伯如晋拜成，子游相，授玉于东楹之东……士贞伯曰：'郑伯其死乎！自弃也已。视流而行速，不安其位，宜不能久。'"晋景公与郑悼公都是一国之君，依当时常理，授受玉应在两楹之

间。郑悼公以晋景公为霸主，不敢行平等身份之礼。郑悼公授玉不仅位置谦卑过度（至少应在东楹以西，而他竟至于跑到东楹之东），而且行为上也表现出卑微之态，不敢正视晋景公，眼神顾盼不定，并且是快步走向东楹之东，表现出内心的极度紧张和不安。这一授玉仪式体现了诸侯之间因为国家势力的不平等而引起的人的精神状态的卑微和礼仪化生活方式的衰微。

当贵族失去了一定的权力时，尊贵的社会地位和身份就无法维持，礼仪中的举止就不再舒展。如鲁昭公被驱逐到齐国后，齐侯以享礼招待鲁昭公。享礼是古代礼制中最隆重的礼仪，诸侯间相互聘问时行之。此时，鲁昭公失去了作为一国之君的尊贵地位，寄居在齐国，齐景公也就渐渐不再尊重他。齐侯所请的享礼也只是以享礼的名誉招待鲁昭公饮酒而已。根据古礼，诸侯之间饮酒，如果身份相等，则自献，即酌酒饮客。如果是君燕臣，则让宰夫向宾敬酒。在齐侯宴请鲁昭公的享礼之中，齐侯竟让宰夫向鲁昭公献酒，这就等于将昭公当成臣来对待。在这次燕饮的过程中，鲁昭公的尊贵荡然无存。同样，当鲁襄公到晋国去朝聘时，因为慑于晋国的霸主地位，竟然对晋悼公行稽首大礼（这是诸侯对天子行的礼），表现出鲁君的卑微和软弱。

从以上史料可以看出，在强权的压力下，展现贵族精神气度的礼仪已经被压缩变形，在一定程度上已经不能展现出贵族的仪态之美，相反，在礼仪中人被衬得更加卑微，显得缩手缩脚。

3. 许多贵族无视礼制的存在

春秋时期，有许多贵族开始无视礼制的存在，行为不再遵循礼的约束。如丧礼中要表现出悲哀的仪容并撤乐，这是礼仪中的基本行为规范，但是《左传·成公十四年》记载，当卫侯死后，新立的太子衎，既无悲伤的表情，也没有疏食水饮。晋国的大夫荀盈死后，按礼是不能再继续奏乐的，但是荀盈还没有下葬，晋平公又是饮酒，又是鼓钟，根本无视礼的存在。

盟誓仪式是贵族生活中的一种重要的仪式，它以神秘的外在力量和相互的信任为基础，协商制定双方都互相遵守的契约。盟誓仪式应当是虔诚的和严肃的，隆重的盟会还要宰牛，割其左耳，取其血，以敦盛之。参与盟会的双方微饮其血，称之为歃血。但是，春秋时期的盟誓却常常成为一纸空文，失去约束力，盟誓中的严肃性也逐渐衰落。《左传·隐公元年》记载，陈国与郑国讲和以后，陈桓公派五父到郑国参加结盟活动。但是在结盟时五父心不在焉，竟然在歃血时忘记了盟誓之辞，这真是对盟誓神圣性的亵渎。

《左传·僖公二十八年》记载，蔡侯聘问晋国来回都要经过郑国。蔡侯去晋国时，过郑境，郑君使子展在国都东门外进行慰问，蔡侯的行为举止傲慢。蔡侯返回时，郑伯享之，蔡侯不但没有斧正自己的行为，而且在享礼中神情慵惰、心性怠惰。子产说，看来蔡侯是免不了祸患了，灾难将要降临到他的儿子身上。蔡侯的傲慢和慵惰的神情都是对贵族谦和恭敬的交往礼仪的践踏和无视。

通过以上分析可以看到，春秋时期礼仪之美的成熟与衰微是同时并存的文化现象。随着社会的发展，烦琐的礼仪程式逐渐失去存在的意义，这就导致了礼仪的衰微。春秋时期的贵族对礼仪规范也开始陌生了，但是礼的规范不是荡然无存了，它依然存在于一些贵族的思想深处，诸侯贵族也在极力维护礼的存在，因为，礼是文化积淀的产物，即便是它面临着衰微的趋势，但是，贵族还是饱含着对旧的礼制的眷念，以及对自身文化身份的深沉留恋，所以春秋时期礼仪之美也得到了最广泛的体现。但无论如何礼的衰落和贵族文化的逐渐衰微都成为不可挽回的历史趋势。

第十九章　等级礼制的危机与春秋时期贵族的审美活动

春秋时期贵族等级制受到冲击，出现了大量下级贵族超越礼制等级规定享受本应属于上层贵族才有资格享受的审美权利的现象，这一方面是春秋时期社会结构发生变动的结果；另一方面也可以理解为是美的发展规律使然。

第一节　僭越等级审美

一、美的发展规律与周代等级审美的危机

等级审美被僭越，被毁坏的原因是多方面的，首先，美的发展规律是等级审美被毁坏的重要原因。在美的发展历程中，一直伴随着这样一个规律，即美不断地作为各种观念的附庸而存在，同时，又不断努力摆脱这种附庸地位。可以说人类在史前时期就形成了朴素的审美意识。如浙江河姆渡文化遗址中的椭圆形盘，盘沿上装饰着连续的树叶纹图案，这样的审美造型亲切质朴而自然，装饰图案纯真，贴近原始人的生活，没有任何神秘感，表现了人类对美的认识。由此可见，即使在生活状况极其艰苦的条件下，人们的爱美之心也依然会隐隐流露，这种质朴中传递出的美的追求，在人们脑海中留下了深深的时代印记，成为后世审美发展的源头。但是，随着人类思维能力的加强，这种简单素朴的审美感受就被纳入到外在的功利体系之中，成为达到某种外在目的的手段。夏商以及周代前期，器物上的审美图案主要是作为原始图腾的象征符号或某一家族的族徽，具有浓厚的宗教崇拜功能。如商代的青铜器，器物造型庄重，装饰繁缛而充满神秘感，在这里美充任的是宗教崇拜的对象。美的发展必然要努力突破这种附庸地位而趋于独立。到了周代，生产力和人类思维能力得到一定的提高，审美就逐渐摆脱了对宗教的附庸地位，美渐渐失去灵光圈，成为现世生活中带给人愉悦的美好景致。但是，随着贵族等级制的确立，美的事物，以及对美进行享受的权利被纳入到等级礼制之中，美又成为等级礼制的附庸，成为贵族等级和身份的标志。

如白玉、山玄玉、水苍玉、瑜玉、瓀珉玉等玉石本身的美已与等级的贵贱交融在一起，玉的等级价值在一定程度上遮蔽了玉原初的审美价值。非功利化的审美与功利化的政治等级意识混为一体。美的发展必然伴随着对美所依附的外在价值的不断超越，作为等级标志的美必然要力图超越等级的限制而突出美的独立价值。所以，僭越等级礼制而追求美的享受，是有一定的必然性的。

其次，周代审美的等级僭越也是社会结构发生演变的必然结果。周代统治阶级对美进行等级划分，其目的在于稳定社会秩序，维持贵族对精神财富和物质财富的统治地位，但是随着社会的发展，贵族的统治出现了危机。从春秋中后期开始，周王室衰微而失去控制能力，各诸侯国争相扩大财产、权力，互相攻伐不断，灭国绝祀的事件接连发生，西周分封的100多个诸侯国，到春秋末至战国初大部分都已不存在。从经济上来讲，铁器的出现大大推动了农业的发展，私田被大量开垦，贵族的公田却逐渐荒芜，贵族赖以存在的经济基础出现了危机。贵族的等级体制也无法正常存在，依附于等级礼制的审美划分也受到一定的冲击。随着宗族政治的日趋瓦解，传统的礼乐制度难以继续维持，出现了"礼崩乐坏"的局面。在各国的政治舞台上，以下克上的夺权事件层出不穷；与此同时，不循旧礼的现象亦屡见不鲜。一些从国君手中夺取政权的卿大夫，不但僭用诸侯之礼，甚至僭用天子之礼。如按礼只有天子和诸侯才有资格祭祀名山大川，位于鲁国境内的泰山为天下名山，理应由周天子或鲁君祭祀，这时实际情形却是"季氏旅于泰山"，僭用天子诸侯之祭礼。同样按照礼制规定，天有日食时，只有天子可以击鼓救日，诸侯只能鼓于朝，但到了春秋时期，诸侯也开始僭用天子的礼仪，击鼓救日。

同样，随着贵族等级地位的动摇，僭越等级的审美享受也不断出现。如《左传·襄公十一年》记载，诸侯联军要伐郑，郑国为了社稷的安全，只好顺服于晋国，并贿赂晋国大量的乐师、乐器、车马和玉帛结好于晋。"郑人赂晋侯师悝、师触、师蠲；广车、軘车淳十五乘，甲兵备，凡兵车百乘；歌钟二肆，及其镈、磬；女乐二八。"乐器和乐师成为诸侯国之间交换的物品。晋大夫魏绛因帮助晋侯和诸戎狄，八年之中，九合诸侯，晋侯将郑国所赠乐之一半赐给魏绛，所以大夫也拥有了"金石之乐"。可见列国的征战之中，由于对战功的奖赏，一些下层贵族也有机会享用高级贵族的礼乐。在战争的背景下，对军功的奖赏是原有审美等级遭到毁坏的一个原因。

所以说，突破美的等级限制，既是社会结构发生变化的结果，同时，也是审美意识发展的必然规律，在美过多地依附于外在等级价值而存在时，美会努力突破外在等级的束缚。这样就会出现低等级的贵族对审美权利的僭越行为，使依附于贵族等级制而存在的美的等级划分趋于衰微。

二、僭越等级的审美追求

周代文化是礼乐文化，春秋时期在审美领域中，对等级礼制的冲击就首先表现为对音乐等级的僭越。"金奏"，就是钟、鼓、磬的合奏。"金奏"规格很高，只有天子、诸侯可以享用，大夫和士只能用鼓。钟和磬以其宏大的音量和特有的音色交织成肃穆壮丽的音响效果，再加上鼓的配合，确实能烘托出天子、诸侯至尊、威严、高贵的政治地位。如"金奏"《肆夏》本来是天子用乐的标准。《左传·成公十二年》记载，晋国大臣郤至到楚国聘问，楚王设享礼招待他，在地下室悬挂了乐器，郤至登堂时，下面击钟奏乐，吓得郤至不敢进去。因为这里使用的乐是"金奏"，即先击钟镈，后击鼓磬之乐，用于演奏九种夏乐。按照礼制规定，只有天子招待元侯时，才可以有"金奏"，楚国招待使者竟然也用了这样隆重的礼乐，所以郤至不敢接受。

《左传·襄公四年》记载，鲁国的穆叔到晋国去，晋侯设享礼招待他，宴会上竟也僭用天子用来招待诸侯的音乐《肆夏》。不仅诸侯国君僭越礼制僭用《肆夏》，大夫一级的贵族也敢僭用《肆夏》之乐。《礼记·郊特牲》记载："大夫之奏《肆夏》，由赵文子始也。"看来"金奏"《肆夏》不再是天子的特权，审美的等级界线越来越模糊了。

僭越音乐等级的事件还有很多。如按照西周的礼制，贵族乐舞，依主人身份的高低确定舞蹈者的人数，八人为一列，称为"佾"。天子用八佾，诸侯用六佾，大夫用四佾。身为鲁国大夫的季氏依其名分只能用四佾，居然敢于享用"八佾"之舞，公然僭用天子之乐。并且在祭祀结束时，演奏只有天子才有资格享用的《雍》乐来撤俎。

本是作为宗法等级载体和等级标志的礼乐，到春秋时期被普遍僭越，那些暴发崛起的中下层贵族竭力僭越等级享受本应属于上级贵族才有资格享有的礼乐，以炫耀自己的地位。《左传·哀公十四年》载："（宋）左师每食，击钟。闻钟声，公曰：'夫子将食'，既食，又奏。"作为宋大夫的向巢竟然每次饭前饭后都要奏钟乐，这是下级贵族对钟乐僭用的典型事例。钟鸣鼎食已经不是上层贵族身份的特殊标志，而成为人们僭越等级、展示个人财富的标志。至此钟鸣鼎食终于从祭神娱神的祭坛上下来，转而成为新兴贵族们娱己娱人的享乐手段。钟鸣鼎食的祭祀宗教意义和意识形态蕴含开始衰弱，礼乐逐步世俗化，成为新兴贵族现世享乐生活的一个必不可少的部分。

在楚国，贵族个人竟然能演奏大型军乐。据《左传》记载，息妫本为陈国之女，嫁给息侯。但是由于息妫有着异乎寻常的容颜，所以引起了蔡哀侯以及楚文王的垂涎，几经周折，楚文王灭了息国，并将息妫带到楚国，将其纳为夫人。楚文王死后，息妫还在中年，风韵犹存，令楚文王之弟令尹子元想入非非，魂不守舍。楚成王六年（前 666），子元为了诱惑息妫便在她的宫室近旁建造了自己的新邸，并在房内摇铃演出《万》舞，以便息妫能够听见，从而达到取悦息妫的目的。《万》舞的节奏强烈，乐声嘹亮，息妫自然能够听到，但出乎意料的是，息妫听了《万》舞的乐声之后，非常气愤，哭着说，先君演习《万》舞，是为了展示军队的装备，练习参战的本领。今天令尹在我这没有跟着丈夫一起死掉的人跟前演奏《万》舞，这不是有点奇怪了吗！从这件事可以看出，春秋时期，人们的日常审美可以随便用宫廷乐舞，甚至表达爱情的方式也是用乐舞。这应该是春秋时期审美活动的一个特例，虽不具有普遍性，但也可对当时人的审美活动脱离等级规范的状况略知一二。

僭越等级礼制的审美享受也表现在其他方面。如《礼记·礼器》篇记载齐国的大夫管仲在盛饭的器皿上雕镂花纹，用红色的组带作为冕带，将宫室的斗拱雕刻成山形花纹，在短柱上绘水藻作为装饰。管仲的这些行为都是对天子审美特权的僭用。还有"诸侯之宫悬，而祭以白牡，击玉磬，朱干（盾）设钖（斧钺），冕而舞《大武》，乘大路，诸侯之僭礼也。台门而旅树（屏风），反坫，绣黼丹朱中衣，大夫之僭礼也。"①宫悬、白牡、玉磬、盾钺、大舞、大路等都是天子才有资格拥有的审美对象。到春秋时期被诸侯所僭用。礼制规定，天子设外屏，诸侯设内屏，大夫以帘，士以帷。但到春秋时期，大夫也开始门而设屏。坫本是诸侯举行燕享之礼时，放酒爵的土台子，春秋时期，大夫也为自己设坫了。"绣黼丹朱中衣"指的是以丹朱为中衣之领缘，又于其上绣黼纹。按礼这是诸侯的服饰，但春秋时期大夫也开始僭用这种服饰。同类的事例在《左传·哀公五年》中也有记载，郑国的驷秦富贵而奢侈，自己仅仅是一个下大夫而已，却经常将卿大夫的车服用陈列在自己的家中。这是对审美等级的僭越。

对椽子进行打磨是天子的特权，在春秋时期，却成为诸侯贵族的审美追求。《左传·庄公二十四年》记载，庄公不仅将桓公之庙的柱子漆成

---

① 《礼记·郊特牲》。

红色，而且将其进行了细细的打磨。同类性质的事件在《国语·晋语》中也有记载："赵文子为室，斲其椽而砻之……"赵文子斲椽而砻也是对天子特权的僭越，可见，当时人们对于审美权利的等级划分已经不甚清楚。

关于旗的等级制，《周礼·春官·司常》中有较为详细的规定，天子之旗十二旒，常九仞，插于田车；诸侯九旒七仞；卿大夫七旒五仞。但是楚国的令尹，却"为王旌以田"。①旌是一种用五色羽毛装饰的旗子。按礼令尹只能用七旒五仞的旌旗，楚灵王为令尹时却用十二旒九仞的旗子。这显然是对旗等级规定的僭越。

《左传·成公二年》记载，齐人攻打卫国时，卫大夫叔孙于奚在这一次战争中立有功劳，卫人准备赏赐给叔孙于奚封地，但是，叔孙于奚不要封邑，而要曲悬和繁缨，这实际上是作为大夫的贵族想僭越等级享受只有诸侯才有资格享受的音乐和车马。叔孙于奚请曲悬，是以大夫而僭用诸侯之礼。卫人竟也同意了叔孙于奚的请求。孔子对此叹息道："惜也，不如多与之邑。唯器与名，不可以假人，君子所司也。"从卫大夫叔孙于奚的追求可以看到：第一，在春秋时期，贵族的审美标志，对处于下级的贵族还具有相当的吸引力，以至卫大夫叔孙于奚宁可不要封地，也要只具有标志性的曲悬和繁缨；第二，这也意味着，在春秋时期标志着贵族等级的器物已经可以随便赏赐，等级审美已经开始衰落，礼器的神圣性已经趋于崩坏。

通过以上分析可见，按照礼制规定本应是上级贵族才有资格享受的审美特权，在礼崩乐坏的春秋时期对崛起的下层贵族具有一定的诱惑力，因而僭越等级享受本该由上级贵族才有资格享受的美，就成为春秋时期普遍存在的社会现象。下级贵族僭越等级审美活动，虽然也是对美的观念的发展，但是，还没有脱离周礼所规定的审美范畴，换句话说，审美追求的目标没有变，只是享受这种美的人发生了变化。人们还将传统的等级礼制之中的审美对象作为追求的目标。

第二节　等级礼制之外的审美活动

随着等级礼制的衰落，越来越多的贵族开始将审美的眼光投向等级之外的审美空间。但是在等级礼制的大背景还没有被完全摧垮的情况下，这些等级礼制之外的审美活动时常显得苍白、没有色彩，甚至被扭曲变

①　《左传·昭公七年》。

形。本节拟对等级礼制之外的审美活动及其产生的原因进行分析。

一、在等级礼制之外开辟新的审美空间

对美的享受权利进行等级划分，将美作为等级的标志，这是周代美学的主要特征，但是，即便是在等级森严的周代社会，也不是所有的审美现象都能够被纳入到等级的体系之中。春秋时期随着等级礼制的松动，开辟等级礼制之外的审美空间就成为更加具有吸引力的事情。

（一）开辟等级礼制之外审美空间的原因

春秋时期贵族之所以要在等级礼制之外开辟审美空间，这首先是因为，在等级审美之外，本来就存在着非等级审美的空间。在等级森严的周代礼乐文化体制中，人的审美视野被局限于标志等级的一些事物之中，主流美学思想纠缠于等级和礼乐仪式的框架之内，然而美的观念的发展却不是等级和礼仪仪式可以完全涵盖得了的，比如对玉石的形制、大小和色彩的拥有是贵族等级化的标志，但是对玉的温润质感的体认却不是等级划分可以左右和硬性规定的。因而在等级的背景下，潜滋暗长着非等级体制的审美意识。换句话说，即使是在等级森严的周代社会，也并不是所有的审美范畴都能够被纳入到等级礼制之中，人类多姿多彩的审美活动并不是等级的概念所能涵盖得了的。只是到了春秋时期，这些存在于等级礼制之外的审美领域得到了更多的关注，甚至贵族们还不断地在等级礼制规定的审美范畴之外开掘新的审美空间，从而对等级礼制形成冲击。

其次，在等级社会中人的自然情感时常受到等级礼制的规训，很多人间的真情实感和自然愿望或被过多的限制，或在等级体制之中变得僵化，失去生命力。如《左传·隐公五年》记载，在一个春光明媚的日子里，鲁隐公离开国都去位于鲁、宋两国交界处的棠地观看渔人捕鱼为乐。如果是一个普通人能对捕鱼这样的日常生产劳作产生兴趣，那可能就是一个具有审美情趣的人了。问题是身为一国之君，承担着国家社稷兴衰存亡的重任，鲁隐公的审美举止在当时就受到臧僖伯的批评。臧僖伯说与祭祀戎兵无关的事物，国君是不应该去参与的。国君应该整顿军旅，使国家强盛。一切行为和举止都应围绕着礼制的需要，使贵贱、等级、少长各就其位。鸟的羽毛固然美丽、牦牛的尾巴固然美丽，但是如果不是作为祭祀来用，国君就没有理由去射杀和拥有。至于山林、川泽中虽有丰富物产，但是这些事情都应有专门的人去管理。鲁隐公所热心的捕鱼之事，按礼就应该由卑贱的人去做，而不应该由国君来插手。但是臧僖

伯的等级之论也无法阻拦鲁隐公如棠观渔者的闲情雅趣。对自然人性的过多限制，最终导致了等级审美原则的崩溃，导致了审美追求与等级观念的冲突。

最后，贵族等级制的衰微使原有的等级审美失去吸引力，这也是人们在等级礼制之外开辟审美空间的一个原因。如《左传·昭公元年》记载，郑国大夫徐吾犯的妹妹长得很漂亮，公孙楚已经与之确定了婚姻关系，这时公孙黑又执意要来纳采。徐吾犯就将抉择权交给他的妹妹。于是两个男子在徐吾犯之妹的面前分别进行了一场才艺表演。"子晢盛饰入，布币而出。子南戎服入，左右射，超乘而出。女自房观之，曰：'子晢信美矣，抑子南，夫也。夫夫妇妇，所谓顺也。'适子南氏。"子晢的服饰华贵，举止得体，恪守礼仪。子南戎服入，左右射，超乘而出，显得更加潇洒。在子晢和子南两人之间，子晢是上大夫，子南是嬖大夫。从爵位来说，子晢的爵位更高，子南次之。但是徐吾犯之妹选择了动作潇洒有着武士气质而爵位较低的子南。可见在春秋时期，人们已经不再完全以爵位为贵，不再一味欣赏具有传统贵族风范的子晢，而崇尚英武潇洒的子南。一个时代的婚姻标准往往是这个时代审美理想的集中体现，徐吾犯之妹的择婿标准，深刻地体现了春秋时期审美标准的变化，表现出对适合时代需要的审美对象的偏好。

（二）在等级礼制之外开辟新的审美空间

春秋时期，贵族不断在等级礼制规定的审美范畴之外开辟新的审美空间。这些新的审美范畴使作为等级标志的美受到冲击。比如"玄冠紫緌，自鲁桓公始也"①，讲的就是春秋时期审美观念的变化。紫色的穗带本是等级礼制中所没有的，而鲁桓公却以玄冠配上紫色的穗带，形成一种等级礼制之外的审美范畴。这种新的审美范畴就对原有的等级审美形成冲击。再如《左传·庄公二十三年》记载："秋，丹桓公之楹。"按照礼制规定，天子诸侯宫殿墙壁应是白色，柱子应是青黑色，大夫之柱子应用青色，士应用黄色，那么桓公的庙宇之柱漆成红色，这虽然使整个建筑显得醒目和耀眼，但是这是在等级规定的几种色彩之外，另外开辟出一种柱子的色彩来。可以说这是等级礼制之外的审美追求。

《左传·僖公三年》还记载着一件颇有趣的事情："齐侯与蔡姬乘舟于囿，荡公。公惧，变色；禁之，不可。公怒，归之，未之绝也。"春秋时期的苑囿有山有水，可以打猎，可以荡舟。难得这位齐桓公夫人蔡姬有

---

① 《礼记·玉藻》。

兴致坐在小船上与君取乐，游山玩水，想来这该是一件非常惬意的事情，不凑巧的是齐桓公是那样胆小，也不具有游戏的心态。夫人荡舟，他竟吓得脸上颜色都变了，对夫人予以禁止，但是，蔡姬似乎比较任性，没有把齐桓公的命令当回事。齐桓公甚至为这事休了蔡姬。《左传》中这一段记载使我们对等级礼制之外的贵族生活有了些微了解，使我们认识到等级政治之外贵族还有丰富多彩的审美娱乐活动。

《国语·晋语》记载，晋平公好新声。师旷劝谏说："公室其将卑乎！君之萌兆衰矣。夫乐以开山川之风也，以耀德于广远也。风德以广之，风山川以远之，风物以听之，修诗以咏之，修礼以节之。夫德广远而有时节，是以远服而迩不迁。"师旷认为，音乐应当具有耀德而服远的功能。但是，晋平公的音乐爱好逐渐溢出了音乐的这种社会功能，成为纯粹的个人兴趣和爱好。晋平公的个人爱好超出了等级礼制所允许的范围，这一方面表明审美逐渐摆脱等级礼制的束缚，表明音乐背后的意识形态功能正在衰落；另一方面也表明个体的欲望和情感正在觉醒。

春秋后期到战国时期，周人的等级审美观念进一步遭到破坏。在人们的审美视野中愈来愈多地出现了对个体主观感受的关注。魏文侯就曾问子夏曰："吾端冕而听古乐，则唯恐卧；听郑卫之音，则不知倦。敢问古乐之如彼何也？新乐之如此何也？"[①]肃穆庄重的古乐使人神情宁静，但在春秋时期已经失去存在的社会现实基础，而徒具形式，所以显得古板，也使人厌倦，新兴的郑卫淫声作用于人的感官，使人亢奋，因而使人不知疲倦。

随着西周礼乐体制的衰落，礼乐对人的精神约束力逐渐减弱，所以春秋时期蓄养女乐的风气在各国宫廷中十分流行。正如子夏回答魏文侯的，与古乐相伴的和正文雅的贵族精神已经消失了，而历史舞台上逐渐兴起的风气是演奏放荡而淫邪的乐曲，是优伶、侏儒所带来的娱乐效果，是男女混杂不知父子尊卑的新派娱乐。新声作用于人的感官，形成强烈的感官刺激，乐曲不再倾向于引导人的精神生活。至此，精神世界趋于萎缩，有着丰富精神世界的贵族阶层也就让位于另一些新的历史主角。等级体制内的审美观念走向了衰落。

二、个人审美趣味在贵族文化语境中显得苍白无力

追求美是人的天性，美的发展最终会突破等级的束缚，但是在等级

---

① 《礼记·乐记》。

礼制依然主导社会体制的时代，等级礼制之外的审美范畴，存在于诸侯争霸以及各诸侯国内部争权夺利斗争的夹缝之中，显得是那样的苍白。

《国语·楚语上》记载，楚国有个大臣屈到非常喜欢一种叫做芰的植物，在自己病重将要死去的时候，甚至嘱咐其家臣说，他死以后，就用芰来祭他。等到屈到死后祥祭之时，宗老根据屈到的遗愿将要用芰来祭祀，却遭到了屈到的儿子屈建的反对。屈建命令去掉用来祭祀的芰。宗老解释说，这是夫子的遗愿。屈建说：“不然。夫子承楚国之政，其法刑在民心，而藏在王府，上之可以比先王，下之可以训后世，虽微楚国，诸侯莫不誉。其祭典有之曰：‘国君有牛享，大夫有羊馈，士有豚犬之奠，庶人有鱼炙之荐，笾豆脯醢则上下共之。’不羞珍异，不陈庶侈，夫子不以其私欲干国之典。”最后只好不用芰来祭祀。屈建否定了父亲的个人爱好，用礼仪规范来代替了父亲的临终遗言，可见在贵族文化语境中个人审美趣味的无力。

春秋时期各国社祭活动很热闹，尤其是齐国的民间社祭活动最为热闹，齐国的社祭活动就像宋国的桑林一样，男女都可以结伴来游玩观看，甚至鲁庄公也亲自到齐国民间去观社祭。但是鲁庄公去齐国观社的行为却遭到了大夫曹刿的委婉批评。曹刿的意思是，先王制诸侯的目的是正班爵，使长幼有序。现在齐君抛弃太公之法而观民于社，您也跑去凑热闹，这不是先王之训啊！曹刿指出鲁庄公的入齐观社是先王礼制之外的行动，是不应该的。虽然鲁庄公最终还是不听劝谏而执意到齐国观社，但是在等级礼制的背景之下，鲁庄公的自然天性还是受到了社会舆论的限制，从而形成了春秋时期自然审美天性与礼制约束之间的矛盾和冲突。

在贵族等级社会之中，那些不符合等级规定的行为，不仅要受到一定的束缚，甚至会因为短暂的审美享受而引起尖锐的矛盾冲突和灭顶之灾。

春秋时期，贵族普遍追求对苑囿的建设。《左传·庄公三十一年》记载，鲁筑有郎台、薛台、秦台。《左传·僖公三十三年》记载，皇武子说：“郑之有原圃，犹秦之有具囿也，吾子取其麋鹿……”可见当时秦、郑两国都有有名的苑囿。《左传·成公十八年》记载，鲁筑鹿囿。这些建筑既是贵族的审美空间，又时常是引起争端，导致贵族灾难的导火索。《左传·庄公十九年》记载，惠王曾将蒍国用篱笆围起来做种菜蔬瓜果的菜园子，变成自己的囿，这件事竟然成为五大夫叛乱，最终推翻惠王而立王子颓的直接导火索。

《左传·庄公二十年》记载，王子颓在五大夫的支持下作乱，赶走了周王。为了庆祝胜利，王子颓宴请五大夫，并让他们欣赏王室的各种乐舞。郑厉公知道此事后，就对虢叔说："寡人闻之：哀乐失时，殃咎必至。今王子颓歌舞不倦，乐祸也。夫司寇行戮，君为之不举，而况敢乐祸乎？奸王之位，祸孰大焉？临祸忘忧，忧必及之。盍纳王乎？"果真，在第二年的春天，郑厉公和虢公攻入王城，杀了王子颓及五大夫，恢复了王位。但郑厉公同样在宴请周王时僭用了天子的音乐。原伯评价说，郑伯效尤，也将同样引起杀身之祸。可见在等级礼制的背景下，忘乎所以的审美追求表现出审美享受者已经忘掉了自己的身份地位和危险处境，其结果往往是招致杀身之祸。审美在斗争的背景下显得如此的脆弱和苍白无力。

古人看到鹬鸟夏季在北方繁殖，冬季则南渡，认为鹬鸟知天文，所以也认为知天文者才可以戴鹬冠。《左传·僖公二十四年》记载："郑子华之弟子臧出奔宋。好聚鹬冠。郑伯闻而恶之，使盗诱之。八月，盗杀之于陈、宋之间。君子曰：'服之不衷，身之灾也。《诗》曰："彼己之子，不称其服。"子臧之服，不称也夫……'"这一段话的意思是，郑子华的弟弟子臧不懂天文，却"好聚鹬冠"。郑伯认为子臧出奔到宋尚且不知韬晦，竟然还追新猎奇，所以知道子臧的这一嗜好后很不高兴，使人诱杀之于陈、宋之间。看来子臧的服饰追求最终成为导致其灭顶之灾的导火索。

综上所述，可以看出：第一，人类的审美追求即使在纷乱的、动荡的时代也会潜滋暗长，即使是在等级礼制的夹缝中，也会存在。但是，在礼仪背景的衬托和政治斗争的左右下，这些礼制之外的审美活动不是社会的主流文化，而且在等级的夹缝中，这些审美追求显得是那样的柔弱和苍白，甚至有可能因为一些异想天开的审美行为而为自己招来杀身之祸；第二，春秋时期贵族于等级礼制之外的审美活动，在一定程度上是对个体欲望的放纵，然而这一来自等级之外的审美追求将最终对等级审美形成强大的解构作用。

第三节　等级礼制的衰落与器物价值的变迁

在周代贵族的生活中，器物几乎都被纳入到等级礼制之中，但是春秋时期随着贵族等级制的衰微，器物的审美价值、玩赏价值和交换价值就开始突显出来。所以研究春秋时期贵族活动中器物价值的演变，可以从另一个侧面体会贵族生活方式和审美追求的变迁。

一、从赏赐和供奉之物到成为交换的条件

西周时期天子分封诸侯，同时也对珍宝器物进行封赐。《左传·定公四年》记载子鱼追忆周初分封的情况："分鲁公以大路、大旂，夏后氏之璜，封父之繁弱(古之良弓)；分康叔以大路、少帛、大赤色的旗、旃旌(用布帛制而无装饰者为旃旗，用析羽为饰者为旌旗)、大吕(钟名)；分唐叔以大路、密须之鼓、阙巩(铠甲名)、沽洗(钟名)。"《国语·齐语》记载了葵丘之会后，周襄王赐齐桓公胙肉，以及大辂、龙旗九旒、渠门赤旂的情况。

器物分封的目的是为了维持周王室与各诸侯国之间的关系，正像孔子所说："古者分同姓以珍玉，展亲也，分异姓以远方之职贡，使无忘服也。"[①]天子的赏赐是维持等级秩序，加强对诸侯统治的手段，是天子和诸侯之间权利和义务关系的象征符号。

在西周时期，器物还具有表示诸侯国之间友好关系和作为诸侯国之间友好往来信物的作用。《国语·鲁语上》记载，鲁国有了饥荒，臧文仲对鲁庄公说："夫为四邻之援，结诸侯之信，重之以婚姻，申之以盟誓，固国之艰急是为。铸名器，藏宝财，固民之珍病是待。今国病矣，君盍以名器请籴于齐？"在这里臧文仲向鲁庄公讲了名器在诸侯交往礼仪中的重要性。最后，鲁庄公同意臧文仲拿着鬯圭与玉磬到齐国告籴。

据《仪礼·聘礼》记载，使者受命出国聘问时，要拿着表示国家级别的玉圭，同时还要为拜访国的国君、卿大夫以及夫人分别准备"束帛加璧""束帛加璋""束帛加琮"等礼物，称为币。到达他国行聘礼时，使者要执圭往见，由傧者入告主人，再出来辞玉，请使者升堂，主人受玉。接着举行享礼，使者将"束帛加璧"赠送给主国国君。随后聘问夫人和卿大夫，分别赠送礼物。但是，贵重的玉圭最后由受聘国的国君派卿给使者送回宾馆，表示所看重的是两国之间的友好往来，而不是具体的物质利益。实际上，是通过玉的授受以及归还仪式，达到轻视器物的实用价值而使其蕴含的精神价值得到升华的目的。如庄公二十八年，鲁国闹饥荒，臧文仲代表鲁国，"以鬯圭与玉磬如齐告籴"，齐国"归其玉而予之籴"[②]。可见当时鬯圭和玉磬还具有诸侯国往来信物的作用，表达着诸侯贵族对物质功利性的超越。

①　《国语·鲁语下》。
②　《国语·鲁语上》。

　　但是器物作为等级标志的价值很快就被推翻。《左传·庄公十八年》记载，虢公、晋侯朝王时，王飨礼，赐给虢公、晋侯同等数量的玉珏和马匹。赐给名分和等级不同的诸侯国同等数量的器物，这就等于是对等级礼制的自我否定和瓦解。《左传·昭公十二年》记载，随着楚国的强大，楚国开始提出这样的问题："昔我先王熊绎与吕伋、王孙牟、燮父、禽父并事康王，四国皆有分，我独无有。今吾使人于周，求鼎以为分，王其与我乎？"这是诸侯势力强大以后，对周王室分封体制的质疑，也意味着器物所象征的周初的社会关系面临着危机。

　　周初的这种周王分封和赏赐诸侯器物，诸侯上贡周王器物的关系，以及以器物作为诸侯国之间友好往来信物的状况，在春秋时期逐渐发生了变化，器物逐渐成为巧取豪夺的对象和诸侯之间换得和平的交换条件。如《左传·昭公十五年》记载，晋大夫荀跞到周王室参加完穆后的葬礼，并除丧以后，周王为荀跞举办宴礼，用的是鲁国所献的壶樽。周王看着鲁壶樽对晋大夫说，别的诸侯国都有贡献给王室的器物，晋国怎么没有献给王室的器物？言外之意，你们晋国该向周王室进贡了。这就把一种自觉的进献行为，变成了周王室向诸侯国的索要行为。晋国的大臣籍谈回答说："诸侯之封也，皆受明器于王室，以镇抚其社稷，故能荐彝器于王。晋居深山，戎狄之与邻，而远于王室，王灵不及，拜戎不暇，其何以献器？"籍谈的回答包含着两重含义：其一，周初分封诸侯，诸侯国受到周王的器物赏赐，各诸侯国对周王室也要供奉彝器；其二，晋国远于王室，没有受到过周王的器物之赐。籍谈的回答，也确实属无稽之谈，因而令周王很不满意。周王说，你忘了当年周公分给唐叔密须之鼓、大路以及阙巩之甲，后来周襄王又分赐给晋文公大路、戎路、铖钺、秬鬯，彤弓、虎贲。周王对有功勋的诸侯加以重赏，书功于策，抚之以彝器，旌之以车服，明之以文章。周景王的话使籍谈哑口无言。籍谈回到晋国将这件事告诉叔向，叔向对这件事评论说：周王一年之中有太子寿和穆后两件丧事，却以丧宴宾，并向诸侯国索求彝器，这都是非礼的行为。从《左传》所载这一件事可以看出，周初王室确曾分封诸侯彝器，同时诸侯国也要向周王室供奉器物。但这样的时代已经过去了。现在不是诸侯国向周王室供奉器物，而是王室向诸侯国索要器物。事实上，周襄王策命晋侯为侯伯，并赐晋文公大路之服、戎路之服、彤弓、彤矢、秬鬯等物，距籍谈说此话时，也不过一百年左右的时间，但器物所维系的周王室和诸侯国之间的关系已经发生了很大变化。而且，周初器物是礼制观念的物质载体，现在连王室对器物的享用也是非礼的，竟在丧事之后不久就用尊贵的鲁壶与宾行宴礼。看来，器物所蕴含的礼制含义正在全面崩坏，周王室和诸侯国都不再恪守礼制规定了。

器物传达诸侯国之间诚信友好关系的作用，在春秋时期演变为各诸侯国之间寻求和平的交换条件。如《左传·成公二年》记载，晋打败齐国，并进入齐国境内后，"齐侯使宾媚人赂以纪甗、玉磬与地"。《左传·成公十年》记载，晋国欲伐郑国，"郑子罕赂以襄钟"，齐国的车服器物和郑襄公庙之钟都成了换取和平的交换条件。《左传·襄公二十五年》记载，齐国"赂晋侯以宗器、乐器。自六正、五吏、三十帅、三军之大夫、百官之正长、师旅及处守者皆有赂"。《左传·昭公七年》记载，齐国准备攻打北燕国，燕人嫁女于齐侯，并"赂以瑶甕、玉椟、斝耳"。玉甕是盛酒的陶器，以美玉为饰。玉椟是饰着美玉的柜子。斝耳，是带耳的玉斝。齐国拿到了几样宝物就放弃攻打北燕国了。在这里"先君之敝器"的确可以起到谢罪的目的。

但并不是所有的时候器物都能收到息事宁人的目的，如《左传·僖公二年》记载，晋荀息想用屈地所产的车和垂棘所产的璧作为信物假道于虞国去征伐虢国。虞公贪恋宝物，让晋国经过虞国攻打虢国，结果晋国假道伐了虢国，归来的途中就灭掉了虞国。看来宝物未必都能换来国家的安全。还有吴国和越国的斗争中，首先是吴国打败越国，越国通过金玉、美女，换得了与吴讲和的机会，后来，越王勾践卧薪尝胆，打败吴国，吴王夫差也想以金玉、子女贿赂越国，以换得平安，但是越国吸取了吴国的教训没有答应。最后越国灭了吴国。看来到春秋后期，通过器物交换以得到和平已经不可能了。

二、从等级的标志到贵族追求和占有的对象

西周分封诸侯，对贵族生活的各个方面都进行了等级性的规定。正如《左传·桓公二年》所记载的："衮、冕、黻、珽，带、裳、幅、舄，衡、纮、紞、綎，昭其度也。藻、率、鞞、鞛，鞶、厉、游、缨，昭其数也。火、龙、黼、黻，昭其文也。五色比象，昭其物也。锡、鸾、和、铃，昭其声也。三辰旂旗，昭其明也。"这里列举的是周人服饰和车旗的装饰，这些美丽的饰物，几乎全都被纳入到等级体制之中，成为彰明等级的标志。《国语·周语上》也指出先王"为车服旗章以旌之，为贽币瑞节以镇之"，即车服旗章、贽币瑞节等器物都是为了起到分别贵贱等级的作用，成为等级的标志和强化等级观念的手段。

并且，西周时期的各种礼仪几乎都是对器物的实用价值和对器物占

有心理的限制。如前所述，文公十二年秦伯使西乞术来鲁国聘问。襄仲要对秦国的礼玉进行三番辞让，在相互辞让的礼节中，诸侯国之间的谦让精神得到了升华，同时也是为了达到对器物占有欲望的悬置和有意忽略的目的。《左传·昭公五年》记载，楚大臣蘧启强说："朝聘有珪，享颊有璋，小有述职，大有巡功。设机而不倚，爵盈而不饮；宴有好货，飧有陪鼎，入有郊劳，出有赠贿，礼之至也。"蘧启强指出器物在诸侯外交礼仪中的意义不在于器物本身的使用价值，而在于器物中传达的友好协作关系。珪、璋之属没有实用价值，但却传达着礼制观念；厅堂中摆设着美丽的雕几，但不是为了倚靠在上面使自己舒舒服服；将酒爵斟得满满的，但不是为了饮用，器物之设，不是为了满足个体的口腹之欲。周代贵族对器物实用功利性的超越使他们对待器物的态度带有几分艺术性。

但是当贵族文化的等级性开始紊乱之后，器物的玩赏价值、收藏和占有价值大大提高。"君子小人，物有服章，贵有常尊，贱有等威"①的礼制意义逐渐为器物的其他价值所代替。

如《左传·昭公十六年》记载，晋韩宣子有一对玉环中的一个，而另外一个在郑国的商人手中。韩宣子拜见郑伯，希望通过官方的渠道获得郑商人手中的那个玉环。子产不给并说，不是官府的守器，我们不了解情况啊。晋韩宣子所寻求的玉环就属于珍玩之玉。韩宣子想得到这块玉，子产以非官府所有不好强行从商人手中攫取为由拒绝了韩宣子的要求。由此可见，当时的玉已经不是官方的礼器，而成为商人可以自由买卖的玩物。

《左传·僖公二十八年》记载城濮之战前，"楚子玉自为琼弁、玉缨，未之服也。先战，梦河神谓己曰：'畀余，余赐汝孟诸之麋。'弗致也。"据杨伯峻注，"琼弁，马冠，在马鬣毛前，其弁饰之以琼玉，故谓之琼弁；缨，即马鞅，马颈之革，饰之以玉，故谓之玉缨。"②战前子玉梦见河神对自己说，以这两物祭祀河神的话，就可以获得战争的胜利，但是，子玉不舍得用美丽的琼弁玉缨祭河神。最后楚国大败。从这件事可以看出，子玉将拥有琼弁、玉缨看得比祭祀和战争取胜更加重要。春秋时期器物在祭祀中的重要性逐渐轻于它的玩赏价值由此可略见一斑。

《左传·定公三年》载，蔡昭侯到楚国去时，制作了两套佩和两套裘衣，献一佩一裘于楚昭王。当昭王、蔡昭侯分别穿上这两套新衣服时，

---

① 《左传·宣公十二年》。
② 杨伯峻：《春秋左传注》，北京，中华书局，1990，第467页。

楚国的令尹子常看到了也想要一套，但蔡昭侯没有给，令尹就将蔡昭侯扣留在楚国三年之久。唐成公到楚国，带了两匹名为肃爽的骏马，子常又想要，在得不到的情况下，也将唐成公扣留在楚三年。蔡昭侯一从楚国脱身，就请求晋国攻打楚国。晋国的大臣荀寅借机向蔡侯索要东西，但却没有得到。荀寅没有得到好处，竟然挑拨范宣子，最后放弃帮助蔡国攻打楚国。从这一系列事件中可以深深地体会到，在春秋晚期，诸侯贵族对器物的疯狂追求。这时的器物已经不能使诸侯之间建立友好的关系，已经不再是诸侯之间往来的信物，而成为诸侯贵族之间争夺的对象和相互索要的条件。

《左传·桓公十年》记载，虞叔有宝玉，虞公索要，虞叔没有给。过后虞叔想，周代谚语有："匹夫无罪，怀璧其罪。"于是后悔自己没有将宝玉献出，而自己给自己找麻烦，所以，又将宝玉献给虞公。后来虞公又索要宝剑，这次虞叔认识到虞公贪得无厌的本性，认识到不除掉虞公祸难就有可能殃及自己，所以，虞叔先下手为强，对虞公进行讨伐，迫使虞公出奔。从这件事也可以看出，器物只是诸侯贵族之间玩赏的珍宝而已，基本与礼制无关，并且对器物贪得无厌的追求也表明贵族已经不再对个体行为和欲望进行适当的约束。

更有甚者，如《左传·襄公二十八年》记载，崔杼之臣为了得到崔杼的拱璧，竟以献出崔杼的尸体为交换条件，足见春秋时期贵族对器物急功近利地追求的状况。《左传·昭公二十九年》记载："（鲁昭公）赐公衍狐裘，使献龙辅（玉名）于齐侯，遂入羔裘，齐侯喜，与之阳谷。"齐侯因得一件羔裘而把阳谷邑给了公衍。可见时人对器物的追求已经到了不择手段的地步。

综上所述，我们认为，西周时期，贵族重视的是通过器物协调群体之间的关系，有着对器物实用价值的超越，并通过各种仪式，对器物的实用价值有意予以淡化。但到了春秋后期，贵族对物质利益的有意回避和谦让的精神已经过时，贵族开始重视个体欲望的满足，表现出对物质的强烈占有心理。

第四节　春秋时期美学理论的萌芽

西周时期以行为举止符合礼仪规范为美，贵族们遵循的是等级审美的原则，追求的是纹饰化的审美趣味。这些美学精神在春秋时期都受到了一定的冲击。面临着社会的转型，面临着礼乐文化的崩坏，人们开始更敏锐地观察和思考。春秋时期没有关于美的专门论述，但是纵观《左传》《国语》，我们还是能够深切地感受得到春秋时期正处于一个旧有的审美观念动摇，新的审美观念正在形成的历史时期。对生活的观察、讨论和反思成为春秋时期贵族生活的一个重要内容，正是在观察和讨论的过程中，逐步形成了春秋时期贵族趋于理性化、体系化的审美观念。许多朦胧的美学理论的雏形就是在对生活的观察和思考中形成的。春秋时期贵族所讨论和思考的美学问题主要有以下几个方面。

一、有关"度"的美学

之所以有对"度"的强调，是因为随着礼乐文化在春秋后期的动摇，天神观念和等级礼制对人的约束力逐渐淡化，行为无度的事件屡屡发生，人们越来越大胆地放纵自己的欲望为所欲为。如周代贵族有着浓厚的敬畏意识，如果遇到丧事和天灾时，在行为举止和着装方面都要谨慎，一般要着素服。而且，"君子不履丝屦"①，即不以丝帛制作鞋子。但到了春秋时期，一些贵族开始追求无度的享受。据《晏子春秋·内篇谏下》记载，齐景公制作了一尺多长的鞋子，以黄金做鞋带，装饰以银，上面缀着珠子，并以上好的玉做鞋头上的装饰物。这对周代贵族服饰礼制规定进行了极大地僭越，服饰中所蕴含的等级伦理观念和敬畏意识都渐渐没有了。《国语·楚语下》记载，楚国的令尹子常，"问蓄聚积宝，如饿豺狼焉"，是说子常对财富如狼似虎般地进行聚积。春秋时期，贵族不仅表现出对财富横征暴敛的趋势，也表现出对娱乐过度享受的趋势，《左传·昭公二十年》记载，晏子批评无德之君，"从欲厌私，高台深池，撞钟舞女，斩刈民力，输掠其聚，以成其违，不恤后人。暴虐淫从，肆行非度，无所还忌，不思谤讟，不惮鬼神"。是说无德之君的行为表现出无所顾忌的放纵态势。

周景王铸造"无射"钟就是审美发展史上过度追求声音之美的典型事件。《国语·周语下》记载，春秋末年，东周王室已经非常衰微，但君主的享乐要求有增无减。为了满足个人听觉上的审美欲求，周景王便打算铸造一个合于"无射"音律的乐器，建成一套八枚以上具有八度以上音域的编钟。当周景王把这个打算对大臣单穆公说了之后，单穆公就说：

> 且夫钟不过以动声，若无射有林，耳弗及也。夫钟声以为

---

① 《礼记·少仪》。

耳也，耳所不及，非钟声也。犹目所不见，不可以为目也。夫
目之察度也，不过步武尺寸之间，其察色也，不过墨丈寻常之
间。耳之察和也，在清浊之间，其察清浊也，不过一人之所胜。
是故先王之制钟也，大不出钧，重不过石，律度量衡于是乎生，
小大器用于是乎出，故圣人慎之。今王作钟也，听之弗及，比
之不度，钟声不可以知和，制度不可以出节，无益于乐，而鲜
民财，将焉用！夫乐不过以听耳，而美不过以观目。若听乐
而震，观美而眩，患莫甚焉。夫耳目，心之枢机也，故必听和
而视正……

单穆公对音乐之美的认识包含了两个要点：第一，音乐应该在一定
的度之内，不可超过度的限制。而景王的无射钟已经超过"度"的界限；
第二，在一定的"度"的范围内的乐曲，才能带给人们五声相和的审美感
受。单穆公的劝谏表明周人做事和进行审美鉴赏都在遵循和维护的一个
美学原则，即对事物发生的"度"应予以很好的把握，过犹不及。但是在
春秋晚期，因为人们行为的形而上的约束力和来自礼乐制度的约束力都
已经衰微，所以开始出现了过度放纵自己欲望的行为。

在单穆公之后，负责音乐的官吏伶州鸠也通过对周景王铸钟一事的
评论而发表了对音乐美的认识。他说："臣闻之，琴瑟尚宫，钟尚羽，石
尚角。匏竹利制，大不逾宫，细不过羽。""金尚羽，石尚角，瓦、丝尚
宫，匏、竹尚议，革、木一声。""声以和乐，律以平声。""声应相保曰和，
细大不逾曰平。""细抑大陵，不容于耳，非和也，听声越远，非平也。"[1]
即高低清浊不同的声音应当相谐和，无论"细"的羽声，还是"大"的宫声，
都要平和有度，不能越出五声音阶的范围。

就周景王铸钟一事的议论，单穆公和伶州鸠从不同的角度出发，都
表达了追求声音之度以及五音相互和谐的美学思想。单穆公侧重于从接
受者的感受出发，而伶州鸠更侧重于从五声相谐和的音律规律出发提出
问题。从有关无射钟的议论中，可见周人关于音乐的美学思想并没有专
门的论述，即没有将其抽象化为一种空洞的理论，而是隐含在对具体的
事件的评论之中。这是整个周代美学的一个特征。换句话说，周代美学
中有着抽象理论的思考，但没有对美学规律的抽象概括和总结，而是表
现为对具体事件和现象的深刻思考和分析。

---

[1] 《国语·周语下》。

把握"度"的关键就在于对行为和欲望有所节制。《左传·昭公元年》记载，晋侯求医于秦，秦伯使医和视之。医和从阴阳五行相生相克以及身体保养的角度提出了"乐节百事"的美学思想。医和对过多地近于女色的晋侯说：

> 节之。先王之乐，所以节百事也，故有五节；迟速本末以相及，中声以降。五降之后，不容弹矣。于是有烦手淫声，慆堙心耳，乃忘平和，君子弗听也。物亦如之。至于烦，乃舍也已，无以生疾。君子之近琴瑟，以仪节也，非以慆心也。天有六气，降生五味，发为五色，徵为五声。淫生六疾。六气曰阴、阳、风、雨、晦、明也，分为四时，序为五节，过则为灾：阴淫寒疾，阳淫热疾，风淫末疾，雨淫腹疾，晦淫惑疾，明淫心疾……

医和认为晋侯的病症在于礼乐文化失去了对人的约束力，从而出现了过度淫乐的行为，导致了和谐生活秩序的紊乱，所以应当对行为有所节制，节制女色与节制音乐的道理是一样的。宫商角徵羽五声有缓有急，有本有末，彼此调和相融，而得中和之声，然后止息。五声止息之后，不可再弹奏。如果再弹奏就会出现繁复、过度的手法和过度的靡靡之音。所以应当对音乐有所节制。同样，对于女色也应当有所节制。正如吴公子季札观乐时所提出的，要"乐而不淫""忧而不困""勤而不怨""曲而有直""直而不倨""哀而不愁""愁而不怨"，事物只有在一定的"度"的范围内，才能和谐发展，也才能产生美感。这是后世"中庸"美学观念和伦理道德观念的前奏。从以上分析也可以看出，西周，乃至春秋时期贵族的美学思想来源于他们对自身生活状况的思考。当礼仪和伦理道德以及神秘的外在统治力量对周人的约束力逐渐在新的时代衰微的时候，也是人们开始思考生存之"度"的美学的时候。

二、"和而不同"的美学思想

"和而不同"美学思想的提出，与以等级礼制来维系的社会的和谐稳定结构发生动摇有一定的关系。春秋时期诸侯贵族力求使各诸侯国之间的关系重新得到协调，所以希望在君臣之间、各诸侯国之间能够建立一种新的和谐秩序。在君臣关系中、在诸侯霸主和同盟国的关系中，一方面要有独立的生存空间，要有独立性；另一方面也有认同感，有追求统一的意识。这就是"和而不同"美学思想提出的理论背景。

春秋时期，在统治阶级的审美观念中，影响最为深刻，也最为普遍的理论就是对立面之间和谐的思想。假如说鲁大夫臧哀伯对鲁桓公谈"文物昭德"体现了周代贵族审美的等级化特色①，那么，《国语·郑语》中郑国的史伯和郑桓公在谈论当时国际形势时提出的就是适应时代需要的"和而不同"的美学观点：

> 　　夫和实生物，同则不继。以他平他谓之和，故能丰长而物归之，若以同裨同，尽乃弃矣。故先王以土与金木水火杂，以成百物。是以和五味以调口，刚四肢以卫体，和六律以聪耳，正七体以役心，平八索以成人，建九纪以立纯德，合十数以训百体。出千品，具万方，计亿事，材兆物，收经入，形姟极。故王者居九畡之田，收经入以食兆民，周训而能用之，和乐如一。夫如是，和之至也。于是乎先王聘后于异姓，求财于有方，择臣取谏工，而讲以多物，务和同也。声一无听，色一无文，味一无果，物一不讲。

史伯认为，阴阳相生，异味相和，万物才能生长，所以先王以土与金木水火相杂，聘任异姓女子为后等，使世间万物能够在对立中相互协调。五声相杂，然后才有美妙的乐音，但是只有一种声音，就成不了音乐；五色相杂，能够形成美丽的文采，但是单一的色彩不成为文；五味和合，可以成为美味，但是只有一种味道则不成味矣。史伯表述了对立面和谐的思想。当然史伯和郑桓公谈论和而不同的美学思想，绝不是凭空而论，而是看到周王弃高明昭显，而好谗慝暗昧，恶角犀丰盈，而近顽童穷固，去和而取同，所以才有感而发，所以说，"和而不同"的美学思想是周代贵族面对生活进行观察和思考的结果。

在人间的和谐秩序被毁坏的情况下，"和而不同"就成为贵族的一个带有普遍性的呼声。《左传·昭公二十五年》记载，子大叔回忆子产关于礼的思想，也涉及社会生活中各种因素相互协调的美学思想：

> 　　则天之明，因地之性，生其六气，用其五行，气为五味，发为五色，章为五声。淫则昏乱，民失其性。是故为礼以奉之，

---

　① 《左传·桓公二年》。

为六畜、五牲、三牺，以奉五味；为九文、六采、五章，以奉
五色；为九歌、八风、七音、六律，以奉五声；为君臣上下，
以则地义；为夫妇外内，以经二物；为父子、兄弟、姑姊、甥
舅、昏媾、姻亚，以象天明；为政事、庸力、行务，以从四时；
为刑罚、威狱，使民畏忌……哀有哭泣，乐有歌舞，喜有施舍，
怒有战斗；喜生于好，怒生于恶。是故审行信令，祸福赏罚，
以制死生。生，好物也；死，恶物也。好物，乐也；恶物，哀
也。哀乐不失，乃能协于天地之性，是以长久。

子大叔转述子产的这段话，使赵简子颇受启发，赵简子愿终身守此
言。这段话的精神实质是将整个社会看作一个有机的整体，认为天地自
然、五章、五色、四时等各种因素之间相互影响，只有彼此之间和谐有
序，社会才能向前发展。子产认为礼就是能起到协调作用的关键因素，
有了礼，整个社会君臣、父子、夫妇之间就能上下有序。这一思想是针
对当时社会的失序状态而言的，但隐含着对和谐美学思想的思考，并且
指出只有各种因素和谐有序地发展，整个社会才能天长地久。天长地久
的愿望是春秋时期提出和谐美学思想的最根本动机。这是注重族群利益、
注重社会长久发展的贵族精神的体现。

晏子在谈论大臣与齐侯的关系时，也论述了"和"与"同"的关系。晏
子说：

和如羹焉，水、火、醯、醢、盐、梅，以烹鱼肉，燀之以
薪，宰夫和之，齐之以味，济其不及，以泄其过。君子食之，
以平其心。君臣亦然……声亦如味，一气，二体，三类，四物，
五声，六律，七音，八风，九歌，以相成也；清浊、大小、短
长、疾徐、哀乐、刚柔、迟速、高下、出入、周疏，以相济也。
君子听之，以平其心……若以水济水，谁能食之？若琴瑟之专
一，谁能听之？同之不可也如是。①

晏子以味道和音乐的和谐为喻，说明君臣之间的关系应当是"和而不
同"，而不是一味附和，这与子产以及史伯的讨论如出一辙。从多人在不
同的场合面对不同的事件不约而同地提出"和而不同"的思想，可见在一

① 《左传·昭公二十年》。

个失去和谐的时代，人们对和谐的人际关系的呼声是多么强烈。但是，从史伯、子产以及晏子的谈论中，我们可以看到，第一，"和而不同"美学思想的提出都来源于对生活中出现的具体问题的思考和讨论；第二，史伯、子产和晏子几乎无一例外地都从滋味、音乐等角度来比拟"和而不同"的社会关系，都是用日常生活中的简单事例作比喻，阐明抽象的哲理。这些都是周代美学的特征。

三、以外在纹饰为美还是以具有实际功用价值为美的思考

（一）外在纹饰之美与实际功用之美的抉择

当等级礼制发生动摇时，当贵族的世袭统治地位发生危机时，贵族所追求的言谈举止的审美风范，贵族所崇尚的仪式之中的仪态之美，贵族所追求的对器物符合等级的纹饰之美，就受到了质疑。什么是美就成为春秋时期贵族思考和讨论的美学焦点。

《国语·楚语下》记载，楚王孙圉出使晋国，晋定公设宴招待他，赵简子穿戴着华贵的衣服相礼。赵简子身上的佩玉发出优雅的碰击声，表现出贵族特有的高傲神情，并问王孙圉有关楚国之宝物白珩的情况。王孙圉的回答表明了一种审美观念。他说：

> 楚之所宝者曰观射父，能作训辞，以行事于诸侯，使无以寡君为口实。又有左史倚相，能道训典以叙百物……龟、珠、角、齿、皮、革、羽、毛，所以备赋以戒不虞者也，所以供币帛，以宾享于诸侯者也。若诸侯之好币具，而导之以训辞，有不虞之备，而皇神相之，寡君其可以免罪于诸侯，而国民保焉。此楚国之宝也。若夫白珩，先王之玩也，何宝焉？圉闻国之宝六而已。圣能制议百物，以辅相国家，则宝之；玉足以庇荫嘉谷，使无水旱之灾，则宝之；龟足以宪臧否，则宝之；珠足以御火灾，则宝之；金足以御兵乱，则宝之；山林薮泽足以备材用，则宝之。若夫哗嚣之美，楚虽蛮夷，不能宝也。

王孙圉的回答包含着这样几重意思：第一，明王圣人能治理百物，能辅佐国家，可为国宝；玉能庇荫谷物生长，使其不遭受水旱灾害，龟能辨别好坏，珠能防备火灾，金能防备战争兵乱，山川湖泽能产百物以备财用等，这些东西都是因为具有实际的功用，所以可以视为宝物；第二，至于白珩，只不过是先王的玩物而已，因为不能带来实际的社会效

益，所以不算什么宝物；第三，至于赵简子所自以为是的佩玉之和谐的碰击声，那只不过是华而不实、哗众取宠之物。即使楚国为蛮夷之国，也不会将其当做宝物。王孙圉的话虽是外交辞令，但从中也可以看出，在当时，人们认为具有实用性的事物，才具有审美价值。

王孙圉所讲的是一种实用主义的美学观，并且，这种实用性的美学观念与以赵简子为代表的旧贵族注重纹饰和玩赏之物的有闲阶级的审美观念是针锋相对的。时代语境发生了变化，贵族那将将的佩玉之声，贵族那慢条斯理的仪式化举止，贵族那诗化的语言都不能适应时代发展的需要了，人们逐渐去掉没有直接社会效益的繁文缛节，而追求当下的实用目的。这种实用主义的美学观念，对贵族艺术化的生活方式形成了巨大的冲击。

（二）追求奢华之美还是以德行为美

春秋时期许多贵族僭越等级礼制表现出对个体欲望的放纵和对感官享乐的过度追求。在这种时代背景下，追求节俭有度之美，还是追求感官刺激之美，成为人们关注和讨论的又一美学问题。

庄公不仅将桓公之庙的柱子漆成红色，也对桓公庙的椽子进行了细细的打磨。针对这件事情，匠师庆对庄公说，我听说汤、武、周公等圣王先公之先封者，给后世留下可以遵循的法度，使后人不致陷于迷惘无度的境地。作为后世人，就应该对圣王先公的训导发扬光大，使它能长期地对后世人的行为起到监督的作用，使后世的统治能够长久。但是，现在的状况是先君节俭而您奢侈，先君的德行在今天开始衰败了。庄公听了匠师庆的劝谏之后，不仅没有对自己的行为进行反思，反而说，他就是要追求美。不顾礼制规范而追求美成为庄公最为明确的行为根据。匠师庆和庄公的对话中就存在着两种审美观念的冲突：一个是圣王先公节俭有德的风范，另一个是庄公所追求的外在感观之美。两种美学观念的冲突也是两种时代精神的冲突，它反映了一种摆脱外在约束、放任个体欲望的历史趋势正在蔓延。

关于台榭之美的讨论中也存在着追求奢华之美，还是追求节俭、有德之美的思考。台榭作为古代建筑的一种，最初是军事防守和观天象的高台。《国语·楚语上》记载伍举讨论台榭的作用说："先君庄王为匏居之台，高不过望国氛，大不过容宴豆，木不妨守备，用不烦官府，民不费时务，官不易朝常。""先王之为台榭也，榭不过讲军实，台不过望氛祥。"伍举指出庄王为匏居之台是为了望国氛，台的高度和规模要符合礼制的规定。但是进入春秋时期，追求台榭之高大华丽成为诸侯贵族审美享受的重要内容。各地的台榭不断涌现，台榭建筑大有蓬勃发展之势，如齐国有歇马台、雪台，楚国有章华台、荆台，晋国有九重台等。灵王修建了章华之台，与伍举登高远望时，慨叹说，台美吗？伍举回答说："臣闻国君服宠以为美，安民以为乐，听德以为聪，致远以为明。不闻其以土木之崇高彤镂为美，而以金石匏竹之昌大嚣庶为乐。不闻其以观大、视侈、淫色以为明，而以察清浊为聪也。"①伍举的这一段话，突出地反映了春秋时期贵族对美的思考，也反映出春秋时期正经历着一个美的转型阶段，存在着重视感官刺激的视觉之美，如器物的雕琢和宫殿台榭的高大、色彩的绚丽等，与政治上的清明、道德上的完美两种美的交融与冲突。接着伍举对美下了一个定义："夫美也者，上下、内外、大小、远近皆无害焉，故曰美，若周于目观则美，缩于财用则匮，是聚民利以自封而瘠民也，胡美之为？"②这是一个以德行为美的定义，它反映了以礼仪规范为行为标准的美学观念发生动摇以后，人们寻找新的行为规范和新的审美价值的努力。

西周贵族虽然也有对德性的关注，但直接呈现出来的却是对器物服饰的华美和人的行为的文雅之美的关注。进入春秋时期，贵族无可置疑的统治地位受到了冲击，这就使原有的以重视纹饰美为特征的审美观念受到冲击。因而整个春秋时期审美讨论的一个焦点就是，发展外在的纹饰之美还是发展事关贵族存亡的德性和政治之美的思考。讨论的结果是人们逐渐认识到旧贵族所追求的举止言谈之美和纹饰之美已经过时，在新的时代，应当将德性和才能以及人品之美作为根本。因为在西周时期事关贵族的尊贵与否的标准在于他们的行为举止是否谨慎适度，在于他们是否拥有周王赐予的华贵服饰和车马，以及在礼制的范围内所能建造的宫殿的高度和田产土地的多寡，但是到了春秋时期，这些都成为动态的东西，甚至是随时都有可能在激烈的争夺中失去的身外之物，于是人们将审美的焦点放在如何能在内在行为和精神上还具备统治阶级的素质上。

四、顺应自然的美学思想

顺应自然是天人合一思想的体现。《礼记·月令》记载，春季，冰河融化，桃花盛开，黄莺鸣唱，阳气上升。天子居青阳之屋，乘着设有鸾铃、饰以青色的车，驾的是青苍色的大马，车上插着青色的大旗，身上

---

① 《国语·楚语上》。
② 《国语·楚语上》。

穿着青色的衣服，佩戴着青苍色的玉，食品主要是小麦与羊肉，使用粗疏而有孔的器皿。天子举行籍礼，开始春耕；夏季，青蛙鸣叫。为了顺应季节，天子居住在明堂之屋，乘着红色的车，驾着枣红色的大马，车上插着红色的大旗，身上穿着红青色的衣服，佩戴着红色的玉，食品主要是豆饭与鸡肉，使用高而粗的器皿；相应的，秋季，凉风开始吹来，植物叶上集结了露水，寒蝉开始鸣唱。天子就居住在名叫总章的房室里。为了顺应季节，天子乘的是白色的兵车，驾的是白马，车上插的是白旗，身上穿的是白色的衣，佩戴的是白色的玉。食品主要是麻子饭和狗肉。使用的是有棱有角而较深的器皿；冬季，大地开始冻结。冬季属水，色调是黑色。天子乘的是黑色的车，驾的是黑色的马，车上插着黑色的旗，身上穿着黑色的衣服，佩戴着黑色的玉。食品以黍米和猪肉为主。使用的是肚大口小的器皿。这是一个玉石之美的季节变换图，这是一个车旗之美的季节变换图，也是一个器皿与色彩的季节变换图。这些器物之美使周人的生活富有诗意。也许这只是一幅周人理想中的四季生活图景，但是它也反映出周人顺应自然、遵循自然的观念意识。对自然的遵循和顺应，对器物用度的重视和欣赏使周人的生活中充满艺术的气息。

顺应自然的美学思想还表现为对自然生命的尊重。据《礼记·王制》记载："天子不合围，诸侯不掩群……獭祭鱼，然后虞人入泽梁；豺祭兽，然后田猎；鸠化为鹰，然后设罻罗；草木零落，然后入山林。昆虫未蛰，不以火田。不麛，不卵，不杀胎，不殀夭，不覆巢。"天子打猎不合围，诸侯打猎不掩群，都是为了给生物留一条生路。不会为了一时的欲求而将野兽赶尽杀绝。并且打猎、取材要顺应自然界的变化。在所有物种的繁殖季节，都不应该进行捕杀和射猎。如当鸠化为鹰的时候，人们才可以布下罗网捕鸟；当草木零落的时候，人们才可以进入山林砍伐树木。如果昆虫尚未蛰居地下，就不能放火田猎。打猎时，不要捕杀幼兽，不要探取鸟卵，不要杀害怀胎的母兽，不要杀害刚出生的鸟兽，不要拆毁鸟窝等。

春秋时期，天神观念以及礼仪对人的约束都有所淡化，人们开始趋于放纵自己的行为，开始张扬自我的欲望，并对自然规律有一定程度的破坏，顺应自然的美学思想的提出，就来源于对春秋时期出现的一系列社会问题的反思。《国语·鲁语》记述了鲁宣公夏天在泗水之渊设网捕鱼，下臣里革当即断其网，并说，古代大寒降，土蛰发，渔师开始置网捕鱼，当鸟兽孕育之时，掌管鸟兽的官吏就开始禁止捕杀鸟兽虫鱼，只有这样才能使万物蕃育。鲁宣公在夏天鱼大量繁殖的季节设网捕鱼，这是违背自然发展规律的。可以说，之所以在春秋晚期，顺应自然的审美观念被提上议事日程，受到重视和讨论，这是因为此时有许多行为是违背自然发展规律的。如《国语·周语下》记载，周灵王二十二年，榖水和洛水泛滥，威胁到王宫，王欲壅防洛水。太子晋窦谏说："不可，晋闻古之长民者，不堕山，不崇薮，不防川，不窦泽。夫山，土之聚也。薮，物之归也。川，气之导也。泽，水之钟也。夫天地成而聚于高，归物于下。疏为川谷，以导其气。陂塘污庳，以钟其美……象物天地，比类百则，仪之于民，而度之于群生。"太子晋在这里所表述的是一种顺应自然、象物天地的美学思想。顺应自然是在人的行为具有一定礼乐规范约束的背景下才能实现的。在春秋时期当人的行为越来越多地不遵循约束，有越来越多的事情违背了自然发展的规律时，作为一种生活原则，顺应自然的美学观念引起了人们的思考，并得到了强调。

综合以上关于美的思考和讨论，我们可以看出，春秋时期关于美的讨论无不涉及以下几个问题：个体欲望的放纵与约束；个体存在的价值与群体的和谐发展关系；当下感受与人类的长久发展。春秋时期对个体行为进行约束，注重宗族长远地、理性地发展的理念受到一定冲击，关注个体享受、个人情感欲望等成为时代的新声。在这样的社会转型期，美学思想就是对这些社会问题的反思和思考。

周代贵族的生活方式以等级礼制为其总体特征，在这样的生活方式中蕴含着贵族阶级的审美追求。周代贵族小心翼翼地遵循着等级的规定，他们的审美视阈也集中在对等级体系中的美的事物的欣赏方面。他们的生活充满诗情画意，言谈举止温文尔雅，具有可观赏性。但是当这样的美的服饰和举止被外在的规定钳制而成为外在于人的规范和程序的时候，美就趋于僵化，这也意味着贵族的生活从生命本真情感的流露到了遵循外在礼仪规范而生活的程度，尤其是有很多礼仪规范过于烦琐和细碎，使人的存在失去个性。社会的进步、生产力的发展使一些新的审美领域进入人们的视野，对过于僵化的等级美的僭越就成为历史发展的必然趋势。但是春秋时期贵族文化还是主流文化形态，所以那些僭越于等级礼制之外的审美活动在等级礼制和政治斗争的夹缝中显得非常苍白和脆弱。面对着一系列时代问题，贵族展开了审美大讨论。在讨论中，春秋时期个体欲望与群体和谐发展的问题，当下感官享受与长久理性发展的问题在讨论中逐渐明晰化，而行为之"度"的提出，"和而不同"美学观念的强调，顺应自然美学原则的提出等，都是在新的时代背景下，对贵族文化精神的进一步完善。但是，贵族精神即使是在努力和完善中也表现出颓废之势。

第二十章 贵族的没落与世俗艺术精神的兴起

战国时期，随着各诸侯国之间争霸战争的愈演愈烈，春秋时期在尊王攘夷的旗号掩盖下已经岌岌可危的贵族统治就不可能存在了，用以掩饰贵族衰落和极力张扬贵族存在的礼乐文化，在各国的征战中被彻底击碎，代之而起的，不再是春秋时期对礼制统治合理性的矛盾而痛苦的思索，而是对礼制的破除，是对个性的张扬。并且生活节奏的加快也使人们没有更多的时间去进行繁复的礼仪活动，给政治意识形态包装上温文尔雅的礼乐文化形式的周代贵族艺术精神已经不能适应时代发展的需要了，对直接功利目的的追求成为战国时期文化的一个特征。

第一节 贵族精神和贵族文化的衰亡

一、历史舞台换了主角

可以说在贵族衰亡之前，贵族的精神和贵族的文化就已经表现出衰亡之势。在人们的思想观念中，以出身为贵、以世袭贵族为荣耀的时代逐渐远去。据《左传·襄公二十四年》记载，这一年，鲁国的叔孙豹出使晋国，晋国的范宣子接待了他。范宣子问，听说古人有"死而不朽"的话，请问是什么意思？叔孙豹没有回答他。范宣子又说，我的祖先，在虞舜以前是陶唐氏，在夏朝是御龙氏，在商朝是豕韦氏，在周朝是唐、杜氏，在当今作为华夏盟主的晋国是范氏，代代相传为国之重臣，是不是这就算不朽呢？叔孙豹说，以我所见，这只能叫世禄，算不上不朽。我们鲁国从前有个大夫叫臧文仲，虽然已经去世，但是他的名言却流传下来了，这大概才算是不朽。我听说，最上等的是立德，其次是立功，再次是立言。至于保住姓氏，守住宗庙，代代不绝，哪个国家都有这样的人。即使是职位再高，也不能算不朽。从这段话我们可以认识到在春秋时期根基深厚的世袭贵族的荣耀开始受到怀疑，新的衡量人的标准正在逐渐形成。

由于经济地位的衰落，大宗的统治地位势必发生动摇，因而也就冲击了传统的宗法血缘关系。大批宗族的消亡使宗族统治土崩瓦解，失去了宗族依托的贵族大批地沦落，新型的官僚政治体制应运而生。新型官僚和国卿及士大夫之间没有任何血缘关系，不是凭身份高贵而是凭其才学入仕，凭才干换取俸禄，而不拥有禄邑；君臣之间没有依附性，合则留，不合则去，而不是终身制或世袭制。进入战国时代，随着生产力的进步，社会分工的发展，军事活动的频繁，国家的内政和外交事务剧增，官僚队伍迅速壮大并逐渐取代了宗族势力。

随着官僚等级制的确立与巩固，出身卑微的人晋升机会大增。一个凭个人功绩获得官职的政治制度建立起来了。个人的功绩，而不是世袭的权力，才是取得官职的必要条件。在这样的时代背景下，历史舞台上的主角就发生了变化。春秋时期活跃在历史舞台上的还是出身贵族世家的子产、季氏等，战国时期的历史舞台就交给了出身于下层的纵横家，这说明贵族政治已经结束。在春秋时期的外交活动中，还遵循着贵族的礼仪规范，到了战国时期崇尚的则是权谋之术。"战国纵横家的言行决没有春秋行人那样光明磊落，雍容典雅。"①所以说，在春秋时期虽然有周王室和诸侯贵族衰落的趋势，但是，在历史舞台上活跃着的仍然是贵族阶层。而到了战国时期，随着贵族的进一步衰落，活跃于政治舞台的已不是贵族，而是出身较为低贱的士人。出身的富贵和荣耀成为历史，历史舞台换了主角。

二、贵族精神的衰亡

贵族精神表现为对神灵的敬畏、对自我行为的克制和约束、对精神价值的追求等，但是这几个方面在战国时期都不同程度地被抛弃了。

首先，出身低贱的人成为历史舞台的主角，这表明天赋神权的神话已经被打破，人从外在的神秘力量和等级禁锢的束缚中得到了解脱，也表明原有的宗族血缘关系已经解体。周代贵族赖以存在的形而上根据是天神观念，是亲族血缘关系和现实生活中的等级礼制。到了战国时期，建立在神圣的天的护佑和血缘纽带维系的基础上，充满了敬畏感与和乐精神的贵族文化就大面积衰落了。个体的人的存在和人的价值实现成为这个时代的中心议题。比如《左传·桓公六年》记载，随国大臣季梁谈到祭品的时候，就说："夫民，神之主也，是以圣王先成民而后致力于神。故奉牲以告曰'博硕肥腯'，谓民力之普存也，谓其畜之硕大蕃滋也，谓

---

① 赵敏俐：《先秦君子风范——中华民族文化人格的历史探源》，北京，东方出版社，1999，第241页。

其不疾瘯蠡也，谓其备腯咸有也；奉牲以告曰'粢粢丰盛'，谓其三时不
害而民和年丰也；奉酒醴以告曰'嘉栗旨酒'，谓其上下皆有嘉德而无违
心也。所谓馨香，无谗慝也。"从季梁对祭品价值的解释可以看出，春秋
时期，人们已经不太看重神的存在而看重祭品中所包含的人的生活状态。
战国时期，神权进一步从神秘走向开放，从贵族走向民间，祭祀权开始
普及。人的存在获得了自由，个体的情感和欲望也得到重视。关注个体
存在的价值，尽情地享受生活，成为战国时代的时代精神。这是社会进
步的体现。

　　但是，当人的存在价值备受关注时，不仅控制人的行为的外在神秘
力量逐渐消失，具有社会契约性质的礼乐规范也失去了对人的约束力。
正如顾炎武所总结的："春秋时犹尊礼重信，而七国则绝不言礼与信矣；
春秋时犹宗周王，而七国则绝不言王矣；春秋时犹严祭祀重聘享，而七
国则无其事矣；春秋时犹论宗姓氏族，而七国则无一言及之矣；春秋时
犹宴会赋诗，而七国则不闻矣；春秋时犹有赴告策书，而七国则无有
矣。"①顾炎武的这段话，不仅指出春秋时期贵族的衰落，而且指出贵族
的文化也衰落了。贵族文化对个体自由钳制的一面被抛弃了，贵族文化
中温文尔雅的精神，以及对行为的必要限制也被抛弃了。

　　当人成为世界的主宰，人的行为又没有外在约束的文化背景下，人
的欲望就开始膨胀，人的占有欲就得到了极大的放纵，这就导致了战国
时期的巧取豪夺和激烈的兼并战争。春秋时期虽然各诸侯国之间互相抑
制，但伴随战争的还有频繁的朝聘与会盟，而且，在贵族的观念中，更
多的时候，战争是为了维护一种相互和平共处的社会秩序，因而各诸侯
国之间很少灭国绝祀。如《左传·文公七年》记载，晋郤缺对赵宣子说：
"日卫不睦，故取其地。今已睦矣，可以归之。叛而不讨，何以示威？服
而不柔，何以示怀？非威非怀，何以示德？无德，何以主盟……"郤缺的
话代表了春秋时期贵族处理国际关系的基本原则：既有讨伐，同时，也
有怀柔。但是从战国时期开始，这种情况开始发生变化，各诸侯国之间
展开了激烈的兼并战争，社会处于一个剧变的历史阶段。

　　当个体的行为失去了外在的约束之后，各种欲望开始膨胀，屡屡出
现过度享乐的行为。如前述晋侯生病求医于医和。诊断的结果就是晋侯
淫逸过度。《左传·哀公元年》记载吴王夫差"次有台榭陂池焉，宿有妃

①　（清）顾炎武著，黄汝成集释：《日知录集释》卷十三《周末风俗》，上海，上海古籍出版
　　社，1985，第1005页。

嫱、嫔御焉；一日之行，所欲必成，玩好必从；珍异是聚，观乐是务"。吴王夫差过着奢侈浮华的生活，放纵着自己的各种欲望。再如按礼诸侯国之间往来款待上公用九牢之礼，款待侯伯以七牢，款待子男以五牢。但《左传·哀公七年》记载，吴国竟然向鲁国征百牢。子服景伯说先王没有这样的礼制规定。吴人说，鲁国曾牢晋国大夫士鞅超过十牢，怎么不可以给吴国百牢呢？景伯说，晋范鞅贪而弃礼，以大国威慑我国，所以我们为其准备了十一牢。你们如果能以礼命于诸侯，就应当有个礼数。如果放弃礼仪，那就是在放纵自己的行为。周王制礼，上物不过十二，因为十二是天的大数。今天违背周礼，竟然要百牢，也太过分了。从这一件事可以看到，春秋末期，人们已经完全无视礼制的约束，开始放纵自己的欲望，贪得无厌地追求物质财富，礼对欲望的节制作用荡然无存。

　　虽然在西周贵族的文化生活中也有无算爵、无算乐与郑卫淫声的存在，但是，从整体上说，西周至春秋时期的享乐还基本保持在礼制的"度"之内，而战国时期对个体情感和欲望的放纵的结果是，人的行为超越了一定的"度"的界限。人性从周代的繁文缛节中解放出来以后，却走向另一个极端，人的本能和低俗的欲望大开其门，贵族精神衰亡。

第二节　贵族艺术的衰亡和新的审美趣味的出现

　　周代贵族对等级范畴中的审美对象的追求，经过春秋时期的动摇和犹豫，终于在战国时期走向了全面的瓦解。贵族艺术精神衰亡，新的艺术精神兴起。但是贵族艺术的没落不是突然之间发生的事情，可以说，贵族艺术精神的衰落是从春秋时期就已经开始了。春秋时期的引诗、赋诗以及孔子对曾点之志的赞叹中就已经蕴蓄着贵族艺术精神衰亡的趋势，就已经具备了战国艺术精神的因素和特质。再如青铜器作为贵族文明的象征形态更是从春秋时期就体现了衰变的趋势，就已经具备了战国新的艺术精神的因素。所以，本节对贵族艺术的衰落从春秋时期文化的演变说起。

一、贵族生活方式的演变与春秋时期艺术的发展

　　春秋时期具有两大特征，一是诸侯国称霸的战争越演越烈，礼乐体制发生了动摇，诸侯及卿大夫僭越礼制之事屡屡发生；二是生产力进一步发展，铁器开始使用。社会生活中的这些变化直接影响到春秋后期乃至战国初期的艺术风格。反过来讲，艺术风格是春秋时期贵族生活状况

的无意识反映。通过一系列出土的实物资料，我们可以透视春秋时期贵族的艺术精神发展演变的轨迹。

（一）技术的进步使青铜器审美逐渐突破传统的礼制观念

春秋时期艺术精神发生转向的一个重要原因来自于技术上的进步。春秋时期的青铜器制造比较普遍运用了"分铸法"。有的青铜器先铸附件，再将器身与附件接合；有的先铸器身，再与附件相接合。"分铸法"的普遍采用，使春秋时期的青铜器形制开始复杂、多样。

在青铜装饰技术上，镶嵌法、失蜡法和线刻纹饰三种工艺得到了长足发展。如镶嵌技术是将绿松石、红铜和金、银丝等不同颜色的矿物质嵌在已铸成的青铜器表面的青铜装饰技法。通过镶嵌法可以使镶嵌物与青铜器形成颜色的对比，从而获得强烈的视觉反差，达到增强艺术效果的目的。正如于民在《春秋前审美观念的发展》一书中所讲到的："镶嵌红铜的技法，使得艺术形象突出，轮廓鲜明，红白相映，光辉照人。它适于表现丰富的生活内容、生动活泼的形态和瑰丽多彩的图景。"[①]镶嵌法的使用打破了青铜器色调单一的局限，各种镶嵌物使青铜器显得十分华丽。

错金法是把金片、铜片或银片嵌入凹槽，然后敲打固定，再打磨光滑。这样的技法使青铜器的表面呈现出金光灿灿或是银光闪闪的精美图案。山西赵卿墓出土的两件错金几何纹铜带钩，就采用这种技法，使器物显得富丽堂皇。但是这种富丽已不是西周和春秋早期贵族含蓄深沉内敛精神的写照，而是一种张扬的、外显的、过分炫耀的时代精神的体现。

线刻艺术在春秋时期也有所发展。线刻技法是用坚硬的工具在铜器上线刻禽兽、人物、树木、台阁等图案。线刻法使装饰工艺打破了以往神秘、呆板、格调一律的风格，有利于表现现世生活中的燕饮、乐舞、射侯、舟旅等生动活泼、富有朝气的贵族生活画面。在赵卿墓出土的一个铜匜的器壁内侧、底部、流等处都刻有图案。其中流部刻有三条约3厘米长张口游动的鱼，形态甚是活泼可爱。器壁和器底上的图案分层刻绘，表现的是贵族从事射礼祭祀活动的场面。图案中共有19个人物，高冠宽袍，腰佩宝剑，俨然是上层贵族的形象。线刻法将通神的礼器的威严、神秘的气息为人间生活的景象所代替。

技术的进步必然带来人的审美观念的变化。作为礼器的器物也就逐渐被作为欣赏和把玩的艺术品所代替。技术进步改变了贵族的生活观念，

---

① 于民：《春秋前审美观念的发展》，北京，中华书局，1984，第113页。

生活观念的改变又进一步促使贵族的艺术追求倾向于等级礼制之外的审美领域。

（二）生动活泼的器物造型是对传统礼制观念的冲击

生产力的进步使人们有条件在原有的等级礼制所规定的审美范畴之外开拓更为广阔的审美空间。如春秋后期出现的红铜镶嵌的《镶嵌狩猎纹豆》，对贵族狩猎者的勇猛和禽兽飞奔的图景作了生动地描绘，开创了新的审美领域。而且随着生产力的继续发展，越来越多超越于等级规定之外的美出现在人们的生活之中，使西周初期所形成的对美的享受的等级划分失去现实意义。

可以说，由庄严肃穆到欢乐明快，由凝重古朴而轻浮华丽，这是各种艺术从西周、春秋到战国时期风格变化的总体特征。如出土于山西太原金胜村251号春秋大墓的铜匏壶，壶身整体成葫芦形，已不是方正古板的造型，而是呈现扭动、倾斜之势，打破了西周青铜器追求对称的审美追求。壶盖是一只张喙瞪目的鸟，鸟的羽毛层次分明，鸟的空腹与壶口衔接。使用时倾斜壶身，酒就从鸟嘴里流出。鸟腹下有一对利爪，分别紧抓小蛇一条，小蛇身躯扭动，蛇口大张，似痛苦地在拼命挣扎。壶的鋬手是一只昂首张口正在努力向壶盖方向攀爬的老虎，虎的前肢微伏，后肢直立，长身躬曲，尾巴卷如S形。虎口衔着从壶盖上的鸟尾部垂下的铰链。整个造型精巧美妙，可谓巧夺天工。显然，青铜器庄重、肃穆的礼器风格正在减弱，而它作为艺术品的功能正在增强。

山西太原金胜村赵卿墓出土的一个三足虎头提梁匜，提梁为虎形，虎伏首躬身卷尾，四足牢牢攀抓住匜的口沿。匜下为两只鸟形足，但为了使匜更加稳当，在匜的后下方又铸有一个面向匜直立的小老虎。小老虎的头和上肢紧紧地贴着器身，后肢撑地。从小老虎的神态来看，既像是在努力地支撑着整个匜器，又像在努力地往上爬，在静态的形象中蕴含着一种动的趋势。这比起周代早期那些呆板和沉重的青铜器来，显得轻松活泼得多，并且能隐约感受得到有一种不可遏制的生命气息正在悄悄地萌动着。

1923年河南新郑出土的莲荷方壶，全器从造型到装饰均充满灵动的生气。器盖上铸镂空莲瓣两层，荷花瓣中间站着一只展翅欲飞的仙鹤，神态逼真。壶身布满蟠龙纹，腹旁以两龙为耳，腹上部各有一组相互缠绕的兽，四偶用飞兽为扉棱，圈足下静卧的四足怪兽与轻盈欲飞的仙鹤形成了一静一动的对比。莲鹤方壶造型精美，花纹雕刻细腻，也是春秋时期青铜制作工艺的代表作品。商代铜器的神秘威严和西周铜器的典雅规整风格转变为一种自由舒展、活泼灵动的新风格。这反映了青铜礼器功能的萎缩与鉴赏价值的提升。它无声地诉说着贵族生活从礼制化、规范化向自由化、无规范化转变的历史。

玉器在春秋时期也有较大的发展，具有较强的时代过渡特征，既有作为礼器的玉，又有较多作为装饰品的玉。玉器的雕琢已经有了高超的钻孔抛光技术，可谓精雕细刻，纹饰多见龙纹、凤纹、虎纹、谷纹、水波纹、竹节纹以及几何形纹饰。顾德融、朱顺龙在《春秋史》一书中指出，春秋时期玉、石器复杂多样，制作随意性加强，改变了西周造型单调、性质雷同的特点，玉、石器中玉佩、串饰盛行，标志着玉、石器的人格化。如陕西凤翔秦公一号大墓出土玉佩、玉璧、玉璜等上千件，有的形同活鱼，有的形似灯笼，有的刻出特有的图案，形象逼真，色彩斑斓。[1]故宫博物院珍藏的一件白玉蟠夔玉佩，其夔龙作回首张口弓背卷尾状，尾上立着一只小鸟，其造型的精巧令人叹为观止。这既是工艺技术水平的提高的结果，也是春秋时期王权衰落、礼乐体制衰落的表现。

另外，作为装饰品的器物更加多样。如山西太原金胜村赵卿墓出土的装饰品绿松石串珠，有 46 枚是戴在手腕或脚腕上的晶莹透亮的水晶珠。还有 13 枚蜻蜓眼饰料珠，在淡绿色的玻璃质地上镶嵌白边的深蓝色蜻蜓眼，色彩绚丽，图案鲜明，显然也是装饰品。

从这些实物资料可以看出，春秋到战国时期，器物的造型打破了古朴庄重的造型风格，开始变得灵动和多样，体现了审美风格的变化，打破了等级礼制对审美天性的束缚。

二、传统的礼乐价值丧失，音乐成为娱乐方式

在周代贵族的生活中，音乐不仅是沟通神人的媒介，在宴射礼仪中，还具有烘托和乐气氛，协调人们动作的作用。但到了春秋时期，音乐作为礼乐文化组成部分的功能就开始衰微，以钟磬为主的雅乐体系走向衰落。从考古发掘的乐器来看，在打击乐器如钮钟、甬钟、编钟、编镈、编磬等之外，较多地出现了排箫、瑟、笙等吹奏、管弦乐器。随着乐器组合的改变，庄重严肃的宫廷礼乐体系开始走向衰落，郑卫新声，以及民间乐曲逐步兴起。《礼记·乐记》记载："今夫古乐：进旅退旅，和正以广，弦、匏、笙、簧，会守拊、鼓，始奏以文，复乱以武，治乱以相，讯（迅）疾以雅。君子于是语，于是道古，修身及家，平均天下，此古乐

---

① 顾德融、朱顺龙：《春秋史》，上海，上海人民出版社，2001，第 194 页。

之发也。今夫新乐：进俯退俯，奸声以滥，溺而不止，及优、侏儒，獶杂子女，不知父子。乐终不可以语，不可以道古。此新乐之发也。"古乐主要以打击乐器为主，崇尚循规蹈矩、整齐有序的节奏。而新声则摆脱了音乐的礼教意义，以取悦于人为尚。

《韩非子·十过》中师旷和平王的一段对话，不仅反映了春秋晚期对音乐神秘咒语意义的忽视，也反映了春秋晚期人们对个体欲望的极度张扬。卫灵公经过濮水之上时，晚上听到有人鼓新声，于是令师涓记下，到晋国后给晋平公演奏。晋国的乐师师旷听了后，知道这是师延所作的靡靡之音，闻此声者其国必削，所以建议不要继续演奏这一乐曲了。但到了春秋时期那种咒语性质的行为约束力已经淡化，晋平公表明自己只关注音乐的声音之美，而不在乎音乐中所包含的神秘约束力，更不在乎音乐的政治功用性，所以要求继续演奏更悲伤的清商之音和清徵之音。师旷不得已，援琴而为平公演奏清徵之音，结果"一奏之，有玄鹤二八，道南方来，集于郎门之危。再奏之，而列；三奏之，延颈而鸣，舒翼而舞。音中宫商之声，声闻于天。平公大悦，坐者皆喜。"音乐带给个体以无限的欢乐，即便是如此，还不能满足平公的欲望。当平公知道还有比这更加悲伤的清角之音时，不顾师旷的劝告要求继续演奏。其结果是，一奏之，有玄云从西北方起，再奏之，大风至，大雨随之，裂帷幕，破俎豆，隳廊瓦，坐者皆走，平公吓得伏于廊室之间。之后晋国大旱，赤地三年，平公之身遂癃病。当然《韩非子》中所说的情况带有夸张的成分，但从《韩非子》中的这一记载可以看出当时人们的观念中，音乐沟通神灵世界的作用，以及音乐的符咒作用已经为人们所忽视，音乐成为纯粹的感官刺激之物。平王对音乐的态度表明，春秋晚期的审美活动中，人们对外在的约束力已经无所顾忌，其行为表现出极端化的倾向。对音乐的无限追求也表现了春秋晚期贵族对个体欲望的放纵。

综上所述，春秋时期青铜器、玉器和音乐等艺术已经开始摆脱了等级礼制的约束，呈现出艺术自由发展的趋势，一股清新的生命律动正悄悄地萌动于春秋晚期的艺术品之中。同时，对个体欲望的过分张扬也蕴含在春秋时期的艺术活动之中。

三、战国时期不受礼制约束的艺术形式进一步得到发展

春秋晚期到战国时期的艺术具有一定的延续性，其中并无质的差别，只是，战国时期的艺术中更少了对礼制的顾忌，表现出对现世生活的更多关注，以及对人的更多关注。艺术的发展摆脱礼制约束之后，表现出

更为丰富的审美趣味，甚至也出现了对艺术的极端追求的现象。

（一）表现人的生活状态的艺术品增多

西周和春秋早期的青铜器纹饰以繁复和具有神秘色彩的装饰性图案为特征，后来也逐渐过渡到以装饰性的雷纹、云纹以及温驯的鹿、写实性的凤鸟为主，但总体来说整个西周乃至春秋时期的青铜器纹饰还是以厚重威严为主要特征。到了战国时期，青铜纹饰一方面向简练的几何纹饰发展，另一方面向描绘现实生活的场景发展。有许多青铜器的纹饰就由装饰性图案转变为具有写实倾向的绘画。这些绘画表现出来的主导倾向是更加关注人间的生活和人间的快乐。如河南汲县山彪镇战国墓葬出土一对铜鉴，外壁嵌错纹饰，内容为"水陆攻战"，几乎是东周战争的实况记录，"如徒卒战、舟师战、短兵交手战、长枪大戟战、仰攻战、飞梯战、投石战、旗鼓相当的阵地战，在图中都有具体的表象。而战士们人人短装佩剑，或有帻巾；射者的支左屈右，张弓搭矢；持戟者的前握后运，两足稳插；仰攻者的鼓胸挺身，迈步跃进；受伤者的足上躯下，首级落地；荡桨者的前屈后跷，倾身摇荡；驾梯者的双手擎举，大步跑进，处处都表现出各人岗位上的应有动作，给人以生动有力的感觉"。[1] 这些形象逼真、情节连贯而富于变化的图景，与布满饕餮纹的青铜礼器绝不是同一风格。它表明商周以来那种神秘恐怖、注重礼仪规范的严肃庄重的生活方式已经离人们渐去渐远。人的存在，以及人间的战争和厮杀引起人们的更大兴趣。

辉县琉璃阁出土的刻纹奁也是战国时期难得的器物纹饰代表作。此奁壁纹分三层，第一层为鸟树相间纹，第二层为复线垂花纹，第三层为乐舞狩猎纹。三层之间以绳纹为界。在乐舞狩猎纹中，可以看到有手执长管葫芦笙吹奏者，有双手执双桴，立鼓镎前者，表现了人间生活的欢乐，也可见战国时期对人的存在的关注，对人的情感神态的关注。

战国时期艺术与神秘的外在力量的联系越来越少，与人的现实生活的联系越来越多。这也表现在其他艺术中，如陕西咸阳秦古城遗址出土的瓦当有各种动物图案，如鹿、鸟、葵花、太阳等都是表现现世生活的图案。纵观从西周到战国时期的绘画艺术品，就会发现西周和春秋时期的作品注重神秘力量的存在，注重作品的礼仪价值，战国时期的作品逐渐成为现世人间生活的记录，它们作为礼器的价值大大减弱。这从一个侧面为我们展示了生活方式的变化。

---

① 郭宝钧：《山彪镇与琉璃阁》，北京，科学出版社，1959，第 23 页。

（二）从精巧、富丽到追求极端的审美趣味

没有了外在等级制对艺术美的限制，艺术可以自由地发展了，因而出现了许多造型极为精巧的艺术珍品。如战国中山国国王墓出土的十五连盏铜灯，令人叹为观止。灯座平面圆形，下由三只等距环布的双身虎承驮。虎的头部向外，口衔圆环，双身分成左右两边，尾部上卷，颈部和虎身的后部支撑灯座。座面饰有三条透空卷曲成 S 形的龙。更为惊奇的是座上立有形态相同的两个人，上身袒衣裸露，下穿短裳，短裳有花边饰，仰面上视。他们左手于胸前捧食，右手前伸向上抛食。树形灯架上的猿猴一手抓枝，一手下伸讨食。枝上有立鸟一对，张嘴鸣啼。此外树形灯架上还有攀枝上爬的猿猴等。十五盏灯错落有致，无一重叠，仿佛一株大树，繁茂生华。灯架设计奇特，造型新颖，呈现出一派繁荣昌盛的景象，全无西周春秋时期的压抑和肃穆之气，代表了一个全新时代的到来。十五连盏铜灯所追求的已不是等级制中的美，而是一种具有灵动性的新的审美风格。

但是随着工艺技术的进步，春秋到战国时期的艺术品也不同程度地表现出对技巧极端炫耀的趋势。这首先表现为器物纹饰繁复风格的一度昌盛。春秋晚期素朴的窃曲纹、瓦纹急剧衰落，细密的蟠纹及蛇纹开始风行，精细、繁缛的蛇纹甚至细腻到不凝神而不能分辨清楚的程度。曾侯乙墓出土的尊盘为无数极为细小的小龙蛇的穿插，整个造型纤细、繁复到令人叹为观止。这与商周时期青铜器上布满饕餮纹和夔纹的繁复已经不是同一文化语境，前者是为了追求威严和神性，后者是为了展示技艺的精湛，展示美轮美奂的装饰风彩。这时的繁复也逐渐脱离了等级礼制的规定，成为独立艺术审美精神的体现。从这些过分精细的装饰风格中，可以深切地体会到这是一个失去外在行为约束的时代，这是一个追求极端审美趣味的时代。

琉璃阁出土的狩猎纹壶从另一个角度为我们展示了艺术风格上的繁复和极度的炫技倾向。这个狩猎纹壶，上下分为七层，"第一层二鸟衔蛇对立，足踏一蛇，尾后一小鸟亦踏一蛇；第二层一怪人中立，有角有翼，殆亦猎人伪装，两旁二鸟，有冠，足各踏蛇；第三层一人持剑、矛，作刺猛兽状，兽后另有小鹿奔跳；第四层二猎人持剑攻兕，兕低头抵拒，一鸟高飞；第五层云纹，几何形图案；第六层猎人射飞兽，下有四足蛇三，上有一鸟，猎人亦鸟冠；第七层长腿涉禽群立，足各踏蛇作张口欲食状。"①从这一狩猎纹壶足见战国时期器物装饰繁复和极端细腻的审美风格。趋于繁缛的纹饰风格是周代贵族一贯的追求，只是此时繁复纹饰的出现，一方面是科技进步的体现，另一方面也是失去礼制约束后，艺术极度发展的体现。一个纹壶竟然能分七层刻绘纹饰，这是对美的极端追求的体现。同时，从所刻绘的内容来看，可以感觉得到战国时期，富有阶层的生活场所从西周时期的庙宇转移到广阔的室外，少了压抑和神秘的感觉，多了轻松和闲淡的气息。

此外曾侯乙墓出土的乐器之多，也令人惊奇。其中的一套编钟，合重竟然超过 2500 千克。繁多的乐器种类和庞大的乐器重量，为我们从不同的角度展示了战国时期追求极端的艺术倾向。

这种极端的艺术追求还表现在对器物的态度上面。西周时期，借助于器物所传达的克制、礼让的贵族精神，在春秋时期变成了对器物僭越等级的追求，在战国时期，就进一步变成了没有等级礼制观念的对器物的疯狂追求。如对于和氏之璧、隋侯之珠的追求成了整个时代奢靡审美风气的典型事例。

（三）从礼乐文化到感官文化

礼乐曾经作为维系宗法等级社会的精神纽带，在周代文化发展史上起着重要作用。但是随着春秋战国之际周礼的松弛和崩坏，礼乐也失去了昔日的辉煌。它不再是贵族身份的标志和贵族文化的典型代表。随着社会的发展，西周礼乐显然已不能适应新的社会节奏。它过于缓慢、典雅、严肃和庄重，与人们获得解放了的各种欲望和个性的表达不相协调。于是，战国时期开始流行的不再是宫廷礼乐，而是来自民间的"新声"。这种音乐突破了雅乐的种种限制，情感上不再像西周雅乐那样平和，音调上打破了原有的谐调。可以说从平和走向感官刺激，这是音乐在社会转型期的变化。《礼记·乐记》记载了战国初年魏文侯听古乐正襟危坐，只担心睡着，而听郑卫之音，则是不知疲倦的事。这一方面说明，随着时代的变化，古乐确实缺乏生命力；另一方面也说明，伴随着古乐而存在的人们对精神境界的追求以及对个人行为的谨慎约束也随之消失了。感官的刺激和世俗生活享受的追求是战国时代的一个特征。应该说行为有没有约束性、有没有一定的文化底蕴，这是旧贵族与新贵族的不同。行为规范的缺失从人的品格方面标志着贵族精神的衰微。

春秋战国时期，贵族的文化生活中还包括收养大批歌工乐师供他们

---

① 郭宝钧：《山彪镇与琉璃阁》，北京，科学出版社，1959，第 66 页。

宴前朝后的娱乐，并在宫廷中供养供国君娱乐的艺人，即"优"。如晋献公有优人名施，专门靠调笑戏谑取悦于主人。优施为了帮助骊姬策立奚齐为嗣君，专门去拜访中大夫里克。宴间，优施起舞，并唱道："暇豫之吾吾，不如鸟鸟；人皆集于苑，己独集于枯。"[①]优施以此暗示里克，别人都慑服于骊姬，你却像小鸟栖息于枯树枝上一样不合群。再如齐国在太公庙举行尝礼，有以活人代受祭者的尸，也有表演节目的优，《左传·襄公二十八年》记载，"陈氏、鲍氏之圉人为优"。这说明在尝礼中，已经有了搞笑节目表演。到了战国时期，这些优人更是以表演滑稽、丑怪博取君主欢笑为生。这与西周以来所追求的温文尔雅的君子气度是大相径庭的。

再如现藏于美国弗利尔美术馆的"耍动物的艺人"青铜雕像，为我们了解当时的娱乐文化提供了很好的实物资料。这尊青铜雕像塑造了一个正在耍动物的艺人，他的面部表情恣意活泼，右手拿着一根木杆，木杆的顶端有一只小熊。为了保持平衡艺人呈微蹲状。从这尊青铜雕像可见当时娱乐风气的盛行，也可以看出人们追求的已经不是温文尔雅的、符合一定节奏的进退揖让之美，而是追求轻松开心和娱乐。

四、贵族文化的影子

时代变迁了，昔日的贵族纷纷衰落，兴起的士阶层取代了贵族的文化地位，贵族温文尔雅、揖让有度的举止，慢条斯理的言说方式，注重纹饰的审美追求，都不能适应列国之间激烈的竞争环境。但是，是不是西周以来的贵族文化和贵族精神就截然中断了呢？这个问题应当从两个方面进行辩证地分析。

从总体来说，随着贵族社会地位的衰微，确实出现了贵族艺术的衰落和新的艺术精神兴起的现象。艺术的发展突出体现在以下两个层面：①艺术品作为精神统治和等级标志的价值逐渐减弱，表现人的存在的艺术形式逐渐增多。这类艺术品中体现了人的解放的痕迹，是人作为主体对世俗生活的真切感受，充满了艺术的灵动之气。如从春秋后期开始，在绘画方面出现了以人物为主代替以兽形为主的绘画趋势。同时写实代替了虚构，生动活泼的图景代替了呆板僵化的形式，人间平易的气息代替了天上神秘的威严气息，瑰丽精巧的造型代替了单调的纹饰。相对于西周青铜纹饰色调的简单和低沉，春秋晚期至战国时期的艺术品呈现出

---

① 《国语·晋语》。

更加明丽的色调。如从河南信阳楚墓出土的实物中可以看到，内棺壁板上的金银彩绘图案，由于金银线的装点，整个画面显得富丽华贵。错金嵌玉铁带钩也因为金和玉的点缀，显得非常华贵；① ②艺术品中出现了对感官刺激的强烈追求。假如说西周时期的贵族所追求的纹饰之美具有统一的规范，天子之冕的旒数与一般贵族之冕的旒数的递减等都表明了周代贵族纹饰之美的追求还处于有统一规定的时代，那么到了春秋后期乃至战国时期，纹饰已突破了周代贵族的纹饰规范，一变而为注重感官刺激的纹饰之美。由于新的镶嵌技术的运用，各种色彩斑斓的艺术品就呈现在人们眼前，一改殷商西周以来古朴肃穆的艺术风格，使人的感官欲望得到了满足。尤其是礼乐文化的衰微，使新声和女乐大肆流行，极大地满足了人们的感官欲求。

　　但是，在文化的种种发展演变之中，有一点是需要特别注意的，即贵族文化并不是在战国的战争烈火中消失殆尽了，并不是随着时代的变化，贵族文化就戛然中断了，恰恰相反，贵族文化成为影响后世文化发展的一个重要因素，永远地留存在中华文明之中。一方面，随着下级贵族对文化的僭越和士阶层的兴起，尤其是私学的兴起，文化不再是贵族的专利，贵族文化平民化和大众化，贵族文化在消亡的同时，部分地也得到了传承；另一方面，战国时期的文化就是以贵族文化为参照而发展的，如儒家极力继承贵族文化中的礼乐文化；道家极力超越和否定贵族文化；法家极力毁坏贵族社会的上下秩序。无论是肯定还是否定，在战国文化的发展中，都有着贵族文化的影子；此外，贵族的生活方式和审美情趣成为其他阶层追求和仿效的对象。如战国时期出现的许多瓦器都是对青铜礼器形状和纹饰的模仿，并且是作为平民的陪葬品而存在的。正如钱穆所说："所谓中国学术之黄金时代者，其大体还是沿袭春秋时代贵族阶级之一分旧生计。精神命脉，一气相通。因此战国新兴的一派平民学，并不是由他们起来而推翻了古代的贵族学，他们其实只是古代贵族学之异样翻新与迁地为良。此是中国文化一脉相承之渊深博大之处。"②这种文化的延续形象，表现在战国时期的绘画艺术中，就是战国时期绘画的内容实际上还是贵族生活的写照，如出土于河南辉县的铜鉴就隐约可见贵族射礼从请射到射后燕饮的全过程，表现出后世人对贵族

---

① 河南省文物研究所：《信阳楚墓》彩版六、七，北京，文物出版社，1986。

② 钱穆：《国史大纲》（修订本），北京，商务印书馆，1994，第72页。

生活方式的向往和模仿。战国时期的青铜器中也还隐约可见周文化繁复雕饰风格的遗存。即便是在对和氏之璧、隋侯之珠的极端化追求中，也积淀着古玉文化的影子。尤其是将意识形态的建构纳入到文化艺术之中，这种做法千古流传。现在每年农历三月三在河南新郑举行的祭拜轩辕黄帝的大典中也都有着周代贵族礼乐文化的影子。仪式对人的意识的强化作用在今天也越来越得到人们的认同。在战国时期抛掉的周代贵族文化的烦琐礼仪，在后世的文化发展中又被多次捡起，重新得到利用。

第五编　儒家文艺思想

第二十一章　从礼乐文化到儒家学说

儒家思想毫无疑问是从周人的礼乐文化发展而来。礼乐文化是中国古代贵族的伟大创造，这种文化形态是政治制度和意识形态的完美结合，是道德观念与艺术形式的完美结合。其功能是政治性的，而其方式是艺术的。它一方面严格地"区隔"着人们，使贵族等级制合法化；一方面又处处显示着温文尔雅、温情脉脉。这种集政治制度与意识形态于一体的文化形态的确是后来儒学的主要思想来源，但如果认为礼乐文化与儒学是一而二、二而一的事情，那又大错而特错了。儒学绝不是对以往文化遗存的简单传承，而是一种系统的、整体性的话语建构。儒家的文艺思想是其整体性话语建构的组成部分，故而欲深入了解这一文艺思想，就不能不从儒家思想之整体性入手。

第一节　礼乐文化的形态与功能

周公"制礼作乐"史有明文，乃是不争的事实。《左传·文公十八年》载鲁宗室季文子之言云：

> 先君周公制《周礼》曰："则以观德，德以处事，事以度功，功以食民。"作《誓命》曰："毁则为贼，掩贼为藏，窃贿为盗，盗器为奸……"

《礼记·明堂位》亦云：

> 武王崩，成王幼，周公践天子之位，以治天下。六年，朝诸侯于明堂，制礼作乐，颁度量，而天下大服。

尽管史籍的记载只是寥寥数语，看上去似乎"制礼作乐"是一件很简单的事情，而实际上我们可以想见，这肯定是一项十分艰难、十分浩大的工程，因为它涉及一个国家政治体制的根本性变革。那么所谓"礼""乐"究竟有哪些内容呢？

从广义上来看，"礼"主要包括三个方面：一是官制。《史记·周本纪》中关于"制礼作乐"的史实是这样记载的：

> 既绌殷命，袭淮夷，归在丰，作《周官》。兴正礼乐，度制于是改，而民和睦，颂声兴。

《史记·鲁周公世家》则说：

> 成王在丰，天下已安，周之官政未次序，于是周公作《周官》，官别其宜。作《立政》，以便百姓。百姓说。

这里的《立政》乃是《尚书》篇目，今古文皆有，肯定是先秦旧籍，其中也包含了许多周代官制内容。《周官》则是梅赜《伪古文尚书》篇目，所记与今传《周礼》多不合，古人对此颇为疑惑，然只能曲为之解。[①] 自清初阎百诗考定《伪古文尚书》之后，这个问题才算解决了——司马迁所言之《周官》并非指《尚书》的篇目，而是指《周礼》而言。这部书以前称为《周官》，到刘歆之后方称为《周礼》。当然，今存之《周礼》未必就与周公所作之《周礼》完全一致，在千百年的传承中很可能会有增删改动。但是今存《周礼》保存了当时周公对于官制的基本构想应该是无可怀疑的。[②] 不管《周礼》记载的官制是如何庞杂细微，就西周官制的核心而言无疑是宗法制与世卿世禄之制——这是保证贵族阶层形成并居于统治地位的最重要的制度，也是各种礼仪规范产生的基础。

二是礼仪制度。官制是根本性的政治制度，是社会政治结构的骨架。礼仪制度则是各种政治、外交、宗教、军事、民俗等活动的仪式。用之于朝会、聘问、丧葬、庆典、祭祀、祝捷、迎送、嫁娶等场合之中。礼作为一种仪式起源甚早，在人类初民的原始宗教活动中就已广泛存在。从文化人类学的研究成果来看，原始人的各种巫术仪式毫无疑问就是后

---

① 例如，宋人蔡沈《书集传》论《周官》篇云："此篇与今《周礼》不同。如三公、三孤，《周礼》皆不载……是固可疑，然《周礼》非圣人不能作也。意周公方条治事之官，而未及师保之职……要之，《周礼》首尾未备，周公未成之书也。"

② 有关专家早就指出，《周礼》所记与周代铭文所载官制多有不合。这一方面说明此书的确经过后人改写；另一方面也说明《周礼》所记与实际实施的官制是不能等同的，仅仅是一种构想而已。

来种种礼仪形式的最初来源。当然，不同的是巫术仪式具有直接的功利目的，例如现在在某些偏远地区甚至还存在的求雨仪式，而礼仪活动则没有这种直接的功利目的。据史籍载，周代礼仪极为繁杂细微，有所谓"礼仪三百，威仪三千"或"经礼三百，曲礼三千"之说。[①] 今存《仪礼》一书所记仅仅是"士礼"，即士阶层所遵行的礼仪而已，已然可以看出当时礼仪在贵族生活中占有何等重要的地位。可以说，礼最基本的作用乃是使人们的行为形式化、规范化，从而将人们的生活纳入一个统一的系统规则之中。因此在西周的礼乐社会中，作为一个贵族如果不懂得礼仪制度，那真是寸步难行。

三是道德规范。《周礼·地官·师氏》云：

> 以三德教国子：一曰至德以为道本，二曰敏德以为行本，三曰孝德以知逆恶。教三行：一曰孝行以亲父母，二曰友行以尊贤良，三曰顺行以事师长。

可知周人的道德规范就是以"孝"及服从师长为核心的。这是宗法制社会结构的必然结果。只有"孝"——自觉地敬爱长上——成为核心的价值规范，以血缘关系来维系的宗法制政治体制方能得以运作。另外还有一系列其他的道德规范。

周公所制之"礼"大体上就是上述三个方面。可见这既是政治制度的确立，同时也是国家意识形态的建构。在这里关于"礼"的意识形态内涵我们有必要稍稍加以阐述。

目前学术界对"意识形态"这个概念的使用常常有不同的含义。而事实上这个概念在其历史的演变中也的确曾经拥有各种各样的理解。笔者在这里不准备对这个概念意义演变的历史进行描述，而只想指出，在我们的语境中，"意识形态"是指那种居于主导地位的，以为之提供合法性的方式来维护现存秩序的观念体系。这样我们就没有必要检讨意识形态是真实的还是虚假的这类问题，因为它作为一个观念体系本来就不是要反映什么现实的，它是功能性的，目的在于让人们相信现存的一切都是应该如此的。这个概念是与"乌托邦"概念相对立的，后者指那种处于边缘地位的，旨在颠覆现存秩序而指向未来的观念体系。从历史实际的角度看，"意识形态"大致有三种情形：一是制度化的意识形态，其特征是

---

① （元）陈澔：《礼记集说》卷一。

不以纯粹观念形态存在，而是融于政治制度之中，借助于某种仪式的力量来实现其功能。二是半制度化的意识形态，特点是部分地融于政治制度之中，同时保持自己独立的观念形态，二者相互为用。三是纯粹观念形态的意识形态，特点是与政治制度没有直接的联系，而是以各种看上去远离政治利益的各种文化形式存在。现代资本主义社会的意识形态基本上属于第三种情形，中产阶级是其主要承担者；① 自两汉以降的中国古代社会以及西方的中世纪的意识形态基本上属于第二种情形，士大夫阶层是其主要承担者；我们所要探讨的西周以礼乐文化的形式存在的意识形态则属于第一种情形，贵族阶层是其主要承担者。

第一，从功能论的角度来看，我们可以说"礼"就是行为规范。然而这并不是一个确切的定义，因为法律条文也同样是一种行为规范。那么"礼"和"法"的区别何在呢？我们知道，"法"是关于人们应该享受的权利与必须遵循的规则的种种规定。它告诉人们什么是你的责任，什么是你的义务，如果违反了规定你将受到什么惩罚等。"礼"也同样告诉人们应该怎样做，不应该怎样做，否则你也会受到指责甚至惩罚。但是"法"的任何规定都直接与人们（个人的和他人的）政治的或经济的利益挂钩，本质上是在某种利益面前人们应该如何有序地分配它。而"礼"则看上去似乎永远远离利益，它只是和人们的身份、尊严直接挂钩，本质上是人的社会地位在没有直接功利性的情况下的自我确认。"礼"的仪式看上去似乎是在做一种可有可无的游戏，但是在这种游戏中人们真实地找到了自己在社会中的确切位置并对它产生深刻的认同感。"法"只是令人知道什么可以做，什么不可以做；"礼"除此之外还让每个人都感受到自己在社会中能够享受到的尊严和归属。所以，"法"是建立在人的畏惧心理的基础上的；"礼"则是建立在人的自尊心理和归属需要的基础上的；"法"在对人进行规范的过程中是依靠时时提醒你不如此就会失去什么，"礼"在对人进行规范的过程中是依靠时时告诉你如此做就会实现什么或成为什么。前者是抑制，后者是鼓励。我们当然可以说"礼"和"法"本质上都是一种社会对于个体的"暴力"，因为实际上个体都是被规范和受压制的。但是不同的是，对于"法"这种"暴力"人们非常清楚，因而时时怀着畏惧心理而避免触犯它；但对于"礼"这种"暴力"人们在心理上却不认为它是一种"暴力"，并且心安理得地遵循它。《礼记·曲礼上》说：

---

① 现代西方学界，例如法兰克福学派有一种观点认为科技就是一种意识形态或者说大众文化也具有意识形态的性质，这种见解是很有道理的。所以我们所说的"纯粹的观念形态"主要是指其在与政治制度的关系上保持相对独立性的意义上而言的。

> 人有礼则安，无礼则危。故曰，礼者不可不学也。夫礼者，
> 自卑而尊人。虽负贩者，必有尊也，而况富贵乎？富贵而知好
> 礼，则不骄不淫；贫贱而知好礼，则志不慑。

这是说，"礼"可以令人感到受尊重，产生做人的尊严感。这显然是"法"所无法达到的效果。在"礼"中如果人人做到"自卑而尊人"，则人人都会受到尊重了。孔子说"君使臣以礼，臣事君以忠"①，也是要求君主尊重臣下之意。所以"礼"可以让人人都感受到自己的价值。

第二，我们可以说"礼"是关于社会等级的规定。为什么必须用"礼"的方式来规定社会等级呢？社会等级的本质乃是关于人在社会中的地位与权利的秩序，这完全可以通过政治和法律的种种制度和规定来确定。甚至动物世界中也有社会等级，那是靠直接的力量来维系的。那么"礼"的必要性何在呢？事实上，周人在制礼作乐之时，通过分封与任官等政治措施已经划分出了社会等级，因此"礼"并不是关于社会等级的原初规定，而是在业已存在的社会等级的基础上对这种既定事实的确认。所以"礼"的作用主要不是直接的政治制度层面的，而是意识形态层面的，就是说"礼"的根本功能是使已经存在的社会等级获得确认，即获得合法性。《荀子·乐论》说"乐合同，礼别异"，正是指礼的这种使社会等级合法化的功能。《礼记·礼器》云：

> 先王之立礼也，有本有文。忠信，礼之本也；义理，礼之
> 文也。无本不立，无文不行。

《礼记·郊特牲》云：

> 礼之所尊，尊其义也。失其义，陈其数，祝史之事也。故
> 其数可陈也，其义难知也。知其义而敬守之，天子之所以治天
> 下也。

这些话都是对孔子"人而不仁，如礼何"以及"礼云礼云，玉帛云乎哉"的发挥，是说"礼"的真正意义不在于形式本身，而在于其所蕴含的意

---

① 《论语·八佾》。

义。用我们今天的话来说就是意识形态话语功能。当然这里又不可以用内容与形式二分法为之分类。因为礼的意义虽然不等于礼仪形式，例如钟鼓玉帛之类，但它又离不开这形式。意义不是礼仪形式的内容而是它的功能。这里的关键在于礼仪形式存在的历史条件：在人们还相信它存在的合理性的时候，例如西周时期，它的形式本身就蕴含着意义，这时仪式本身就是意识形态性的；当人们普遍认为这种仪式已是过时之物时，例如战国时代，它即使被使用着，也仅仅是一种纯粹的形式，已不复有昔日的意识形态功能。因此，"礼"的意识形态性是一种历史性的功能，只有在特定的历史条件下才会具有现实性。事实上，任何仪式无不如此。例如"早请示，晚汇报"在"文化大革命"时期是一种极为严肃认真的仪式，具有丰富的政治意义，现在如果有人进行这种活动，就完全失去了当时的意义而成为一种"戏拟"了。"礼"作为一种仪式实际上乃是政治、经济等级关系的象征形式，而在人们习惯了这种象征形式之后，也就对其所象征的东西视为理所当然了。这恰恰是"礼"的意识形态功能之根本所在。应该说以礼这种形式化的、没有直接功利性的方式作为主要统治手段实在是周人的一大发明，是极为高明的政治策略。其高明之处就在于从表面上看它既非政治性的，亦非意识形态性的，而在实际上却无处不是政治性的，无处不浸透着意识形态因素。我们并不认为离开了"礼"的意识形态，西周时期那种通过封建和其他政治手段确立起来的等级秩序就会土崩瓦解，但是我们可以说，有了这种意识形态的确使这种等级秩序大大巩固了。应该承认，意识形态的功能从来都是有一定限度的。

第三，"礼"是使贵族成为贵族的方式。这话听上去有些奇怪，因为谁都知道，贵族作为一个社会阶层根本上是政治经济地位决定的，而不是"礼"决定的。但是政治经济的地位可以使人成为实际上的贵族，却不能使之在精神上确认自己的身份，所以这种实际上的贵族就像尚未确立自我意识的孩童一样，处于拉康所谓的"前镜像阶段"。西周的"礼"本质上乃是贵族的身份性标志，是将在政治经济上获得统治地位的那个社会阶层塑造成在行为方式、文化观念、道德修养甚至一举手、一投足都不同于其他社会阶层的特殊人的最佳方式。"礼"使政治经济上居于优势地位阶层在一切人的行为中都显现这种优势地位，"礼"通过使这种优势地位形式化、感性化以及无处不得到显现而大大强化了它。所以"礼"也是贵族们对贵族身份进行确认的最佳方式。《礼记·曲礼上》云：

国君抚式，大夫下之。大夫抚式，士下之。礼不下庶人，刑不上大夫。

陈澔注云：

> 君与大夫或同途而出，君过宗庙而式，则大夫下车；士于
> 大夫，犹大夫于君也。庶人卑贱，且贫富不同，故经不言庶人
> 之礼。古之制礼者，皆自士而起也……一说，此为相遇于途，
> 君抚式以礼大夫，则大夫下车；大夫抚式以礼士，则士下车。
> 庶人则否。①

此二说无论哪种都是说"礼"为士以上阶层所遵，无涉于庶人。"礼"
的作用正是要将人的贵贱高下分清楚。《荀子·乐论》云：

> 乐合同，礼别异。礼乐之统，管乎人心矣。穷本极变，乐
> 之情也；著诚去伪，礼之经也。

荀子又回答"曷谓别"的问题说：

> 贵贱有等，长幼有差，贫富轻重皆有称者也。②

这里"礼别异"值得细究：既然曰"异"，就是说已然是有差别的了，
为什么还要"别"呢？对此可以这样来理解："异"是指自然的差异，例如
君臣、父子、长幼之类；"别"则是使这种自然的差异固定化、合法化。
那么"礼"如何做到这一点呢？这就要借助仪式的作用了——在那种庄严
的、集体性的、有严格程序规定的活动中，任何一个个体都要受到一种
"场力"的压迫，并因此而产生某种敬畏感与认同感。这种活动的最主要
的特征就是严格的等级性。每个参加者都根据自己的身份地位而在整个
程序中获得相应的位置。即使是衣、食、住、行之类纯粹私人性的活动，
由于处于"礼"的文化"场"中，也都进行极为严格的规定。在"礼"的秩序
中，没有人是完全自由的，即使是天子也首先要受到限制，然后才得到
尊崇。所以每个人都同时得到两个方面的感受，一方面是受到限制，时

---

① （元）陈澔：《礼记集说》卷一。
② 《荀子·礼论》。

时处处都在提醒着他关注自己的身份，不能有丝毫越礼行为，这时"礼"就近于法律；另一方面是得到肯定，使他时时刻刻感到自己属于一个受到尊重的社会阶层，在社会序列中有自己不可动摇的优势地位。这时"礼"象征着特权。简言之，"礼别异"的含义是：使人们在政治、经济、辈分、年龄、性别上存在的差异形式化，并贯穿于人们的一切行为方式之中。其意识形态意义在于：由于"礼"的作用，人们误以为社会等级是天经地义的，是从来就有的。在仪式的独特作用下人们会忘记对原因的追问，他的主体性被同化于仪式营造的"场力"之中了。如此看来，"礼"亦与其他的意识形态一样，对于现实的实际情况有某种"遮蔽"作用。

由于"礼"的作用，社会的统治阶层就不仅仅是在政治经济上占有优势地位的一群了，他们成了在任何方面都不同于被统治者的特殊人群，任何人所必需的事情，哪怕仅仅是满足生理需要的活动，也无不带有身份性标志。结果这个特殊的阶层成了符号化的人，他们的一言一行都被符号包裹了。正是在这个意义上，我们说"礼"使贵族成为贵族。

第二节　儒家学说形成的逻辑轨迹

儒家士人是春秋之末战国之初以破落贵族和受过教育的"国人"为主体而形成的民间知识阶层的一部分。在先秦古籍中这个民间知识阶层被称为"士"、"布衣之士"、"处士"等。这个阶层是西周文化传统与社会转型的现实两种因素碰撞、激荡的产物。他们的唯一共同特征就是都从西周文化传统那里汲取营养。也可以这样来表述：原有的文化资源为他们提供了言说的基础，处于转型中的社会现实为他们提供了言说的冲动；原有文化资源为他们提供了他们建构新的话语系统的基本材料，而社会需求则决定着他们处理这些材料的设计方案。这个新产生的社会阶层由于出身、经历的不同，所吸取的西周文化资源的侧重点的不同，因此就成为不同社会需求的言说者。所以士人阶层在思想学术上就分为"诸子百家"。如果我们不像以前的学者那样根据诸子百家所代表的社会集团来为他们分类，而是以他们对西周文化的态度，即接受或疏离的程度来为之分类，对他们就可以有新的认识和评价。总体上看，士人思想家虽然都是秉承了西周文化资源，但是他们并不是简单地继承，而是通过革新与改造，从而使之成为一种具有现实批判性的、在本质上与西周文化迥然有别的文化观念系统。

西周文化有一个很明显的特征，就是文化与政治、话语与仪式、观念与行为浑然一体，难以区别。文化就实际地存在于典章制度之中。并不存在一种与实际的政治制度相游离的独立观念系统。"制礼作乐"既是确立文化系统，更是制定政治制度。同理，"礼崩乐坏"既是文化系统的破坏，更是政治体制的崩溃。士人思想家所做的事情就是将西周这种与国家机器浑然一体的文化剥离开来，使之变为纯粹的话语系统。从而完成了从物质存在到精神存在的话语转换。那么，这种转换有什么意义呢？

第一，在中国历史上第一次出现了与现实的政治体制拉开一定距离的文化话语系统，这是具有划时代意义的伟大事件。在人类历史上，精神文化与政治制度、经济制度拉开距离乃是它得以蓬勃发展的关键点。在物质的沉重拉扯下精神永远不会腾飞。实现为政治制度与经济制度固然应该是精神文化的最高追求，但是在某一个历史时期，精神文化只有疏离于政治和经济制度才能飞速发展。将来总有一天人们的物质生活方式与精神生活方式会重新融合为一，但这是以二者的长期分离为条件的。以儒家为主的士人阶层最伟大的历史贡献就是完成了文化系统与政治系统的分离。孟子说："世衰道微，邪说暴行有作，臣弑其君者有之，子弑其父者有之。孔子惧，作《春秋》。《春秋》，天子之事也。"①孟子为什么说"《春秋》，天子之事也"呢？所谓"天子之事"是指礼乐征伐、赏善罚恶的举措，是实实在在的政治活动；而《春秋》却是地地道道的历史叙事，属于话语系统。二者如何是一回事呢？孟子的意思是想说，儒家的话语行为目的就是起到政治行为的作用，但是这句话实际上却是恰恰证明了西周实际的政治行为到了儒家士人这里已经蜕变为一种文化的话语行为。原先的典章制度成为话语，国家的上层建筑变为民间的文化观念；失去了话语权力的现实的政治家依然拥有政治权力，而没有政治权力的布衣之士却拥有着话语权力——这种文化话语权与政治权力相分离的情况真是中国古代少有的、难能可贵的现象，它使人们在没有外在压力与诱导的条件下纯粹依据自己的意愿任意言说，因而春秋战国之际是中国人文化原创力发挥得最为充分的时期，是中国人的想象力最为张扬的时期，也是中国文化最为光辉灿烂的时期。自此之后就很少再见到这样适合于文化发展的社会条件了。②

第二，这种话语转换奠定了中国古代文化的基本格局。西周时期文

---

① 《孟子·滕文公下》。

② 六朝时期在某些方面与春秋战国之际的情况庶几近之，其根本不同乃在于先秦士人言说的指向在于重新安排社会秩序，而六朝士族文人的言说指向却是远离社会现实而回到纯粹私人性的精神空间之中。

化的主体是属于"体制内"的"巫、史、祝、卜、乐师"之类的人物，他们的一切文化活动都是剔除了个人的意志和情感的集体主义精神的表现；春秋战国之际的儒家士人则是"体制之外"的在野人物，所以他们的文化创造活动就更多地具有个性特征。也就是说，在"政文合一"的西周时期，文化系统仅仅附着于政治系统，没有丝毫独立性，故而也没有个性。士人思想家所进行的话语转换工作不仅仅是将文化系统与政治系统剥离开来，而且还通过选择、改造、创新赋予文化系统以种种不同的价值取向与文化个性。于是就形成面目各异，甚至相互对立的诸子百家之学。

关于诸子之学产生的根源问题，历来有两种不同观点。汉儒刘歆、班固以为诸子俱出于王官[①]。《淮南子·要略》认为诸子之学都是针对各诸侯国的具体政治需要而生。后代学者常各持一说而相互攻讦。在我们看来这两种观点其实并不矛盾。刘歆《七略》与《汉书·艺文志》之说具体观之不免有胶柱鼓瑟之嫌，谓某一学说必出于某一职守，并无有力证据，给人以凭空猜度的感觉，难以令人信服。但如果总体言之，则此说实不可动摇。道理很简单，既然西周文化与政治制度不可分拆，礼乐书数、史祝占卜诸种文化形式均有相应的官守，那么说以西周文化为主要学术资源的诸子之学"出于王官"当然是无可怀疑之论。诸子所做的正是从"王官之学"中剥离出独立的学说来，即所谓话语转换。

《淮南子》之说同样有它的道理：士人思想家进行话语转换时并不是简单继承，而是根据自己的需要对先在的文化资源进行了选择、加工和创新。在这个过程中忧世救弊之情自然渗透其中，故而这一话语转换的结果——诸子之学就自然是针对时势而立言了。胡适尝批驳自汉儒以至章太炎等人的"诸子出于王官"之说云："吾意以为，诸子自老聃、孔丘至于韩非，皆忧世之乱而思有以拯济之，故其学皆应时而生，与王官无涉。"[②]胡适对刘歆、班固之说的批驳是有力的，但诸子"与王官无涉"的结论却是过于武断。因为他看到了诸子之学与时势的密切关系，却忘记了任何一种学说都不可能是凭空杜撰的，先在的思想资料总是发挥着极为重要的作用。尽管"纵横家者流，出于行人之官"之类的说法委实荒谬之极，但是却不能因此而否定"王官之学"对于诸子之学的重要作用。正是先在的思想资料与现实社会需求的共同作用才导致了任何一种学术的

①　《汉书·艺文志·诸子略》认为：儒家出于"司徒之官"；道家出于"史官"；阴阳家出于"羲和之官"；法家出于"理官"；名家出于"礼官"；墨家出于"清庙之守"；纵横家出于"行人之官"；杂家出于"议官"；农家出于"农稷之官"；小说家出于"稗官"。

②　胡适：《诸子不出王官论》，见《胡适学术文集》，北京，中华书局，1991，第596页。

产生与兴盛。实际上，先秦士人思想家中有人对西周文化之于诸子之学的渊源关系已然有清醒认识。如《庄子·天下》篇说："天下大乱，贤圣不明，道德不一。天下多得一察焉以自好。譬如耳目口鼻，皆有所明，不能相通。犹百家众技也，皆有所长，时有所用。虽然，不该不遍，一曲之士也。"观其文义，显然是说原本有全面完整、无所不包的文化学术，只是由于天下大乱而遭到了破坏，诸子都是"一曲之士"，他们各自继承了原来文化学术的一个方面，都是偏而不全的。那种"古之人其备乎"的"配神明、醇天地，育万物，和天下，泽及百姓……"的完美文化是指什么而言呢？显然是在"天下大乱"之前的周文化。

诸子将那在西周之时与国家制度融合无间的文化剥离为种种话语系统，从而导致中国古代第一次文化学术的大繁荣，形成"百家争鸣"的恢弘局面，这是无论如何形容都不算过分的伟大功绩。更为重要的是，他们的创造奠定了此后二千余年的中国文化之基本格局，即使在今天也依然影响着人们的思想。在中国文化史上诸子之学之所以具有无可比拟的崇高地位，主要原因就在这里。

第三，诸子的话语转换还确定了士人阶层欲以文化学术的形式达到政治目的的干预策略，这一干预策略一产生就延续了二千余年，成了古代知识阶层最基本的政治权利与行使这一权利的主要有效方式。从暂时的历史语境看，士人的这种干预策略或许会显得迂腐可笑，缺乏有效性，但是如果从长期来看，其效果是极为深远巨大的。例如，孔子和子路谈及治理国家时，孔子提出著名的"正名"思想，认为这是为政的首要任务。子路则嘲笑老师迂腐，孔子于是教导他说：

> 野哉由也！君子于其所不知，盖阙如也。名不正，则言不顺；言不顺，则事不成；事不成，则礼乐不兴；礼乐不兴，则刑罚不中；刑罚不中，则民无所措手足。故君子名之必可言也，言之必可行也。君子于其言，无所苟而已矣。[①]

这里孔子明显地是把话语的言说当做首要的政治行为了。在他看来，只有先在名——话语层面上安排好秩序，才有可能在现实层面上安排好秩序。这里的逻辑是所谓"循名责实"——先确立"名"的合法性，再根据"名"来确定实际的社会秩序的合法性。言说于是具有了根本的性质。孔

---

① 《论语·子路》。

子最后说道"君子于其言，无所苟而已矣"，文义与前面并不贯通，犯了逻辑上的错误，但是在意义上却是紧密相连的：言说要实现为现实的价值，首先要变为个体的行动。所以"正名"首先要落实为君子对言说的充分尊重与实践，否则就是毫无用处的空话。这里也就预示着此后二千余年间知识阶层的困惑与无奈：对于藐视其言说者无法可施。考之中国历史，知识阶层的确是通过话语建构来为天下制定价值标准与行为规范的，这些标准与规范对于包括君主在内的统治阶层和平民百姓都是非常有效的，无效的只是个别的、反常的情况。

中国古代的这种情况与西方迥然不同。例如，古希腊的知识阶层就不是靠话语建构来实现政治理想的。在他们那里，政治性的言说与文化性的言说是截然分开的，前者就是直接的政治活动，不用丝毫伪装迂回；后者则是纯粹的文化活动，并不包含政治的目的。而在我们的诸子时代，政治的目的往往掩藏在伦理的、认知的、宗教的目的后面，与之浑然一体，难以分辨。这也正是中国几千年中政治和道德、法规与人情、集体与个人、公与私、责任与义务始终纠缠不清的原因。

试图用话语建构的方式来影响政治的干预策略可以说并不是士人阶层自觉的主体选择，而是必然如此的历史选择：先秦知识阶层没有古希腊民主制度那样的政治公共空间来直接地、顺畅地、充分地满足自己的政治冲动，只好采取迂回战术：从根本上规定人们所思所想的方式，为社会制定普遍的价值准则。孔子对此有极为清醒的认识。他在回答有人提出的"子奚不为政"的问题时说：

> 《书》云："孝乎！惟孝，友于兄弟，施于有政。"是亦为政，奚其为为政？[①]

此即所谓"出为帝王师，处为万世师"——总之无论出处进退都是扮演师的身份，绞尽脑汁建构种种话语体系，使之影响人心，主要是执政者之心，从而间接地决定政治的格局。由于包括君主在内的统治阶层较之其他社会阶层更需要受教育，而教育方针与教育内容都是士人阶层的专利，故而君主常常是首先被士人阶层的话语霸权所控制的对象。士人阶层掌握着教育领域的话语权，他们因此而成为上至君主、下至黎庶的名副其实的"师"。

---

① 《论语·为政》。

第三节　儒家对"礼乐文化"的改造

我们知道，在诸子之学中儒家是以直接宣称继承弘扬西周文化为特征的。孔子明确指出："周监于二代，郁郁乎文哉，吾从周。"①并毕生以"克己复礼"②为己任。而且儒家将周代遗存的典籍作为修习的经典。所以在诸子之学中儒家可以说是对周代文化继承得最多的。但是如果我们稍加分析就不难发现，在孔孟等大儒那里，西周文化之基本价值精神的许多因素还是都被暗中置换了。这表现在如下几个方面。

第一，理想化。西周的礼乐制度被儒家士人大大理想化了。在政治制度方面，西周以礼乐文化为主要意识形态的宗法制与殷商以鬼神祭祀为主要意识形态的部落联盟制有着根本的区别，故而王国维在《殷周制度论》开篇即云："中国政治与文化之变革，莫剧于殷、周之际。"③据王国维的研究，西周的政治制度不同于殷商之处有三：一是嫡长之制，二是庙数之制，三是同姓不婚之制。④ 西周制度的这三个特点的根本之处就是完整的宗法制。这是殷商制度所不具备的。⑤ 西周宗法制与殷商制度的根本区别在于：在国家体制上，西周是以血亲分封为主干的严密等级制；殷商却是以部落（诸侯）联盟为形式的政治联合体。就文化观念而言，殷商的贵族事事请示鬼神，所谓"殷人尊神，率民以事神"⑥。所以求神问卜就成了彼时文化活动。相对而言，西周贵族文化就复杂多了。他们眼见殷商统治者由于过分的荒淫无道而导致灭亡，深知"天命靡常"⑦的道理，所以就以宗法制为核心建构起一整套极为细密、极为严格的人际伦理价值规范。按王国维的观点，嫡庶之制（周代继统之法）乃是宗法制的核心，有嫡庶之制而后有丧服之制，有丧服之制而后有"亲亲、尊尊、长长、男女有别"之观念。他说：

---

① 《论语·八佾》。

② 《论语·颜渊》。

③ 王国维：《殷周制度论》，见《王国维论学集》，北京，中国社会科学出版社，1997，第1页。

④ 王国维：《殷周制度论》，见《王国维论学集》，北京，中国社会科学出版社，1997，第2页。

⑤ 近年来史学界也有人认为殷商同样是宗法制社会，不够确当，我们认为，殷商虽有宗法制的某些特征，但还不是完整的宗法制度。

⑥ 《礼记·表记》。

⑦ 《诗·大雅·文王》。

　　　　商人继统之法，不合尊尊之义，其祭法又无远迩尊卑之分，
　　则于亲亲、尊尊二义，皆无当也。周人以尊尊之义经亲亲之义
　　而立嫡庶之制，又以亲亲之义经尊尊之义而立庙制，此其所以
　　为文也。①

　　如此看来周人的文化较之商人的文化更为成熟，更为有效了。但是
这只能说明周代的统治者更加精明，更善于统治而已，并没有什么高尚
的道德价值。然而儒家士人却将周代的这套礼乐制度进行了理想化的重
构，用"仁、义、礼、智""文、行、忠、信""温、良、恭、俭、让""忠恕
之道""仁政""王道"等道德价值规范来重新赋予礼乐制度以崇高的道德伦
理价值，从而将宗法制度描述为一种温情脉脉、充满仁爱的理想的社会
制度。

　　实际上西周的宗法制度在压抑个性、束缚人性方面比殷商时代绝不
逊色，甚至更有过之。因为它是以与生俱来的自然关系作为基本准则来
安排既定社会秩序的。孔子将其概括为"君君，臣臣，父父，子子"②。
按照这样的制度，一个人生下来，他一生的前途就已经被决定了。整个
社会就像由条条道路构成的网络，任何人一生将走哪条路都是事先规定
好的。实际上这并不是个人出于道德的自觉而做出的选择，而是严厉的
外在强力规定的。在这样的制度之下，个人有什么自由可言呢？但是在
儒家的心目中西周社会简直就是人间的天堂一般，充满了"父慈子孝，兄
良弟悌，夫义妇听，长惠幼顺，君仁臣忠"③的和睦与友爱。而我们只要
看看周公平三监之乱，杀武庚、管叔，放蔡叔以及周昭王（前977）"南征
不复"（有史书载昭王渡汉水时船人进胶船，故没于水中）的史实，看看周
穆王时制定的《吕刑》关于肉刑的记载④，以及《诗经》中那些愤懑怨刺之
作，就不难知道，西周的宗法制社会绝对也是血雨腥风，靠强力的杀戮
来维持的。那种温情脉脉的道德规范不过是儒家的理想而已。

　　第二，内在化。即将西周文化系统中的社会价值规范转换为个人的
内在价值规范。也可以说是将政治话语伦理化。关于这一点我们可以从

────────────

① 王国维：《殷周制度论》，见《王国维论学集》，北京，中国社会科学出版社，1997，第
　9页。
② 《论语·颜渊》。
③ 《礼记·礼运》。
④ 据《尚书·吕刑》载，"五刑"为墨、劓、剕、宫、大辟五种刑法。而且，"墨罚之属千，
　劓罚之属千，剕罚之属五百，宫罚之属三百，大辟之罚其属二百，五刑之属三千"。可
　见当时刑罚的严密和残酷。

孔子将道德的自觉性当作"礼"得以实现的前提条件这一观点中看出来。如前所述，"礼"在西周之时既是官方意识形态，又是政治制度本身，完全是外在的强制性规范。《诗·大雅·烝民》云："天生烝民，有物有则。民之秉彝，好是懿德。"《诗·大雅·皇矣》更说"不识不知，顺帝之则"。意思是，上天让万民生于世上，同时也就为他们制定了行为的规则，百姓无须知道其中的道理，只是按照规则办事就行了。孔子也说过"民可使由之，不可使知之"①的话，这无疑是西周统治者思想的遗留。但是，对于自己所代表的士人阶层来说，孔子却绞尽脑汁要为"礼"找到自然的、合乎人性的根据，试图将这种外在的强制性规范改造为主体自觉的价值追求。他说："不学礼，无以立。"②又说："兴于诗，立于礼，成于乐。"③什么是"立"？包咸、刘宝楠等人都认为"立"即是立身之意。立身也就是修身。朱熹则注云："礼以恭敬辞逊为本，而有节文度数之详，可以固人肌肤之会、筋骸之束。故学者之中，所以能卓然自立，而不为事物之所摇夺者，必于此而得之。"④意思是"礼"的强制性可以转化为人们的道德自觉性，使人成为卓然自立的人。究其旨，也还是修身之意。这就是说，孔子是将"礼"作为个人修身的准则来理解的，这显然与其本来意义有着根本性区别。在他看来，"礼"是最为合理的价值秩序，"礼"的实现就意味着天下太平。那么"礼"为什么会遭到破坏呢？主要原因就是自君主而下的贵族阶层放纵了自己的私欲而忘记了公德。所以孔子认为，要想"复礼"必先"克己"——个人的道德自觉性乃是实现社会价值秩序的前提条件。这样一来，"礼"也就不再是强制性规范，而成了个人修养所达到的结果。

人们都很清楚，"礼"这个字从字源学角度看，是与宗教祭祀活动密切相关的。这意味着，最初"礼"成为社会规范带有某种信仰的性质——人们相信这样做是神明的意旨（当然，这本质上乃是统治者利益的表现，是使统治获得合法性的手段）。这说明，在西周之时，"礼"制的推行除了武力的（例如刑罚）强制之外，还要靠神明的召唤——"礼"最初具有他律的性质。而到了孔子和儒家士人这里，"礼"完全是依据个人的道德良心来实现了。孔子说："礼云礼云，玉帛云乎哉？乐云乐云，钟鼓云乎

---

① 《论语·泰伯》。
② 《论语·季氏》。
③ 《论语·泰伯》。
④ （宋）朱熹：《四书章句集注·论语集注·泰伯第八》。

哉?"①又说:"人而不仁,如礼何?人而不仁,如乐何?"②这意思是:钟鼓玉帛等外在的形式并不是"礼"的真谛所在,只有在"仁",即在自觉的道德理性的指导下,作为仪式的"礼"才具备现实的意义。在西周之时,"礼"作为强制性规范,只要它的仪式存在着,就说明它是有效的,社会就是有序的;而在孔子之时,只有人们具有道德的自觉性(道德自律),具有内在的道德理性(自己所认同的道德意识),"礼"才是有意义的。这种内在的道德理性就是"仁"。在孔子看来,只有以"仁"为内在价值依据的"礼"才是有效的。而"仁"则是纯粹的道德自觉。所以孔子说:"为仁由己,而由乎人哉!"③换言之,在西周之时只要"礼"存在着,它就是有效的,因为它就是社会秩序本身;而在孔子之时,"礼"只有在人们从心里相信它的时候它才具有现实的意义,因为此时它已经不再是社会秩序本身,而沦落为一种形式,诸侯贵族们常常用以炫耀、娱乐的纯形式。

这样一来,西周的礼乐文化就被以孔子所代表的儒家士人内在化了:从物质性的现实社会制度变为精神性的道德价值观念。将物质的变为精神的,现实的变为理想的,外在的变为内在的——这就是儒家对先在的西周思想资源所进行的继承和改造。于是作为国家制度的礼乐文化变为儒家之学,外在的强制规范变为内在的自我修养。

第三,确立了人格境界这样一种独特的精神价值。西周的礼乐文化歌颂祖先与歌颂上帝义近,都是对神明的赞扬,并含有祈福之意,儒家士人对先王的赞扬却有了新的含义:塑造一种人人可以朝之努力的人格理想。《诗经》中那些颂诗当然也描写先王的美好品德,但往往具有某种神性,是常人不可企及的。如《大雅·生民》描写周人先祖后稷的诞生乃是姜嫄"履帝武敏歆"的结果,是神而不是人,至少是在神的庇佑下的人。《文王》《大明》都是如此。这类诗与其说是歌颂先王的功业,不如说是歌颂上帝的降福。而有时又完全用纪实的笔法描写先人实实在在的活动,并不标榜其人格的高尚,如《公刘》《绵》都是如此。主人公基本上就是一个任劳任怨的族长或家长,是个地地道道的凡人。而在儒家士人这里,既不歌颂高远难及的上帝,也不歌颂身边比比皆是的凡人,他们赞扬的是圣贤之人:是人不是神,却又不是一般的人。他们是由一般的人经过自我修养和人格的提升而达到的一种高尚境界。在孔子和孟子那里,这种人格境界基本上分为两个层面:一是君子或贤人,二是圣人。处于这

---

① 《论语·阳货》。

② 《论语·八佾》。

③ 《论语·颜渊》。

两种人格境界之下的则是小人，即作为芸芸众生的庶民。

君子或贤人是指那些通过个人的修养而具有"仁义礼智信"等品格的人。他们善于处理各种人际关系（和而不同；己所不欲勿施于人），乐于帮助别人（仁者，爱人；己欲立而立人，己欲达而达人；老吾老以及人之老；幼吾幼以及人之幼），立身行事有自己不可逾越的原则，什么事情可以做，什么事情不可以做都是有一定之规的（大丈夫有所不为，有所必为；行己有耻；富贵不能淫，贫贱不能移，威武不能屈）；尤为难能可贵的是他们还能够始终保持心中的坦荡诚实与平和愉悦（君子坦荡荡，小人常戚戚；贫而乐，富而好礼；回也不改其乐；吾与点也）。此外他们还有许多美好的品质如孝、忠、敬、谦、博学、慎思、明辨、笃行等，总之这是一种既能承担对天下的责任，又能保持个人心灵和乐的理想的人格境界。

圣人是儒家最高的人格理想，较之君子贤人更高一层。[①] 孔子本人被后来的儒家如孟子、荀子等人尊为圣人，但他自己并不敢有此奢望，在他的心目中圣人是极不容易达到的崇高的理想境界。例如，孔子与弟子子贡之间的一段对话："子贡曰：'如有博施于民而能济众，何如？可谓仁乎？'子曰：'何事于仁，必也圣乎！尧、舜其犹病诸！'"朱熹注云："病，心有所不足也。言此何止于仁，必也圣人能之乎！则虽尧、舜之圣，其心犹有所不足于此也。"[②]即使是尧舜这样被儒家奉为偶像的古代君主对于圣人的称号也还有所欠缺，可见这是一种"虽不能至，而心向往之"的崇高的理想。

对于儒家士人来说，这种圣贤人格为什么具有绝对的重要性，或者说，儒家士人为什么会建构这样一种人格境界来作为自己学说的核心内容。在笔者看来，原因有四：

第一，将社会政治价值变为个体的人格价值这是彼时知识阶层不得已的选择。春秋战国之际形成的这个知识阶层有一个很明显的特征，那就是游离于任何一个有政治地位或经济地位的社会阶级，所以既不属于统治阶级，又不属于劳动大众；既没有可靠的政治地位，又没有稳定的经济来源；既没有任何人赋予他们任何具体的社会责任，他们却又有着最强的社会责任心与历史使命感。这样一个由于特殊的社会地位而惶惶不可终日、急欲有所作为、急欲借改造社会现实来改变自己的社会境遇（以救世的方式来自救）的阶层，处于一方面拥有着当时最先进的文化知

---

① 在人格境界上的圣人、君子、小人之分恰恰是西周宗法制社会等级制的政治观念的变相形式。儒家将西周的典章制度转化为伦理价值系统的同时，也就将政治上的等级制转换为价值观念上的等级制了。骨子里是一样的。

② （宋）朱熹：《四书章句集注·论语集注·雍也第六》。

识因而也有最美好的社会理想，一方面又没有任何物质力量的尴尬境地，唯一的办法就是通过改造人心，也就是用文化宣传、文化教育的方式来实现改造社会的目的，所以他们不遗余力地建构指涉人格境界的话语系统，其实是实现社会理想的一种手段而已。对此儒家士人从不讳言。孔子关于"为政"的论述、孟子关于"仁政"的观点、荀子对于"修身"的专章论述等都说明这一点。而最为集中的表述则是《礼记·大学》中宋儒所谓"八条目"的论述：

> 古之欲明明德于天下者，先治其国。欲治其国者，先齐其家。欲齐其家者，先修其身。欲修其身者，先正其心。欲正其心者，先诚其意。欲诚其意者，先致其知。致知在格物。

由个人的心性存养而至于治国平天下——这就是儒家的逻辑，呼唤人格境界，号召人人成圣成贤，实际上也就是呼唤风清弊绝的太平盛世。

儒家是如此，其他的士人思想家也都是如此，只不过由于种种原因九流十家各自开出的人格境界各不相同罢了。在通过改造人的心灵来重新安排社会秩序这一点上大家都是一样的。道家有道家的至上人格，墨家有墨家的至上人格，即使法家和纵横家这样极重功利的学派也有自己的人格理想——这正是中国古代文化生活、政治生活始终难以严格分开的原因，是中国古代社会的长处所在，更是其短处所在。

第二，士人们需要一种理想的人格境界来寄托自己的心灵。春秋战国之际的诸子百家之学光辉灿烂，令后世乃至今日之中国知识阶层艳羡不已，但实际上彼时的士人阶层并非处于轻松愉快的精神体验之中，恰恰相反，他们时时被普遍的心理焦虑困扰着。这种挥之不去的心理焦虑来自于他们那种漂泊无依的社会境遇以及无休止的战乱与动荡。理想的人格境界在这时可以起到心理调节、自我安慰的重要作用。在某种意义上这也是很有效的一种精神胜利法。

第三，儒家士人的人格理想还具有一种否定性的意义——对现实的执政者的批判。儒家士人出于对现实的深恶痛绝而将古代君主塑造成圣人，正如在现实统治者面前树立一面镜子，将他们的卑微无耻暴露无遗。后世历代的士大夫们欲对其君主进行批评时，每每要将古代圣王的嘉言懿行大加描述，其作用正与先秦儒家士人同。

第四，将"道"推崇到至高无上的地位。在西周的礼乐文化中，最高的价值范畴是"天""天命""上帝"等，都是至上之神的代名词。并没有一个形而上的抽象概念作为一切价值的本原，到了儒家这里就高扬一个"道"来作为最高价值本原和万事万物之本体。在孔子那里，"道"大体有三层含义，一是指万事万物贯穿的根本法则，是天地之间的最大奥秘所在。他说："朝闻道，夕死可矣。"①朱熹认为这个"道"是事物当然之理。"苟得闻之，则生顺死安，无复遗恨"。② 二是指具有合理性与合法性的国家政治制度和政策。他说："天下有道则见，无道则隐。邦有道，贫且贱焉，耻也。邦无道，富且贵焉，耻也。"③（《论语·公冶长》之"子谓南容，'邦有道，不废；邦无道，免于刑戮'"及"宁武子邦有道则智，邦无道则愚。其知可及也，其愚不可及也"均同）这个"道"就是指国家政治状况而言的。三是君子立身行事的准则。他说："参乎！吾道一以贯之。"曾参说："夫子之道，忠恕而已矣。"④这个"忠恕之道"是一种人格修养。

儒家提出一个"道"来作为最高价值本原，其意义实在非同小可。这至少表现在三个方面：

第一，建构了一个与现实的物质力量，即君权相对的权威话语作为士人阶层向统治者分权的合法性依据，并以此为现实权力立法。有了这个"道"，士人阶层在君主和官吏面前就不再自卑，而是带着十足的自信和勇气向着这些当权者指指点点：告诉他们怎样做才是合理的，怎样做才符合做官的准则，甚至是做人的准则。

"道"使这些布衣之士坚信自己是为全社会制定行为规范的人，是立法者。鲁缪公听说孔子的孙子子思是一位有学问的人，就派人去请他，并且许以朋友之道待之，子思却很不以为然，他说："古之人有言曰：'事之云乎？'岂曰'友之云乎？'"孟子还觉得子思说得不够有力，替他说道："以位，则子，君也；我，臣也，何敢与君友也？以德，则子，事我者也，奚可以与我友？"孟子总结说："为其多闻也，则天子不召师，而况诸侯乎？为其贤也，则吾未闻欲见贤而召之也。"⑤这说明，自以为承担着"道"的士人就会感到自己拥有比君权更加可贵的价值。创造出一个"道"来作为权威话语，并试图依据这个没有任何物质力量依托的话语来重新安排社会秩序、平定天下——这就是儒家士人的宏图大略，也是士人乌托邦精神的最充分的体现。

---

① 《论语·里仁》。
② （宋）朱熹：《四书章句集注·论语集注·里仁第四》。
③ 《论语·泰伯》。
④ 《论语·里仁》。
⑤ 《孟子·万章下》。

第二，找到了士人阶层共同遵守的最高价值准则，可以在这个旗帜下将士人阶层有效地团结起来，形成一种具有内部凝聚力的社会力量。有人问孟子："士何事？"孟子回答说："尚志。"并解释"尚志"之义说："仁义而已矣。杀一无罪，非仁也。非其有而取之，非义也。居恶在？仁是也。路恶在？义是也。居仁由义，大人之事备矣。"[①]士人不同于他人之处就在于他们有自觉的做人准则，而且这种准则不是别人强迫遵守的，而是他们自己为自己制定的，是一种自由的选择。所谓"居仁由义"就是说处身行事按照自己选择的原则来，而不是蝇营狗苟、唯利是图。

第三，以"道"为核心建构士人价值观统序，使之成为根深蒂固的文化传统。如前所述，"道"是士人阶层的社会理想与人生理想，是社会上一切事物最终的合法性依据，是衡量一个社会或一个人价值的最高尺度。可以说是先秦士人阶层留给后世的最丰厚的遗产。孟子第一次建立了从尧舜禹、汤文武到孔子的所谓"道统"，这个统序后经由韩愈的阐扬，最终成为宋以后士人阶层普遍认可的中华文化的精神命脉，对塑造中国人的精神品格起到了至关重要的作用。"道统"使士人阶层成为一个有自己一以贯之的价值规范的独特的社会阶层，这个阶层在精神价值层面的共同性甚至可以超越时间与空间的限制而长存。任何统治者（无论汉族还是外族）只要希望得到士人阶层的支持与合作，就必须接受（至少是部分接受）他们世代恪守的价值准则。正如孔子所认为的：即使夷狄之人，只要用了华夏之礼，就是华夏之人；即使华夏之人，用了夷狄之礼，也就是夷狄之人。这是一种文化决定论，而这种文化的传承者正是士人阶层，所以士人阶层实际上是将自己当成了承担着中华民族历史使命的人，这也就是曾子的"士不可不弘毅，任重而道远"[②]的真正含义。

士人阶层通过话语转换与价值转换将王官文化即作为官方意识形态的礼乐文化变为民间文化，准确地说是变为士人乌托邦精神。这样就为一种僵化的文化系统贯注了生气，使之成为活泼泼的、富有人性特征、有超越精神和批判精神的新型话语系统，完成了中国古代文化的一次重大的历史性转变，并从而奠定了此后两千余年间中国古代文化发展演变的基础。其意义是无比重大的。

---

① 《孟子·尽心上》。
② 《论语·泰伯》。

第二十二章　"诗言志"与"赋诗"、"引诗"的文化意蕴

传统的《诗经》研究比较关注"诗何为而作"的问题，故而"诗言志"之说被视为中国古代诗学的"开山的纲领"。但是"诗言志"之说究竟何义？究竟何时提出？都是没有解决的问题。《左传》《国语》等先秦典籍中有大量关于"赋诗"、"引诗"的记载，这种文化现象说明什么？这都是值得研究的。严格说来，"诗言志"之说以及春秋时期的"赋诗""引诗"都还不是儒家直接的话语建构，但是它们与儒家文艺思想的形成无疑有着极为密切的关联。

第一节　"诗言志"的含义与意义

《诗经》中的确有不少抒怀之作，但这些基本都是周王室东迁之后的作品。被学界认定是周初之作的都不是书写个人情怀的，并不符合后人所理解的"诗言志"的含义。所以，这里存在两种可能，一是"诗言志"之说晚出，即不会早于变风变雅产生的时代，也就是西周末年。因为这时大量表现个人情怀的诗才涌现出来。二是"志"不是后人理解的意思，即不是个体性的思想情感之义。闻一多在《歌与诗》一文中就提出过诗的"记忆、记录、怀抱"三义说。清代著名文字训诂学家王念孙注《汉书·司马相如传》"诗大泽之博"句云："诗者，志也。志者，记也。谓作此颂以记大泽之溥博……"①以"志"训"诗"本是汉儒的共识。《说文解字》的解释是有代表性的："诗，志也。志发于言，从言，寺声。"但是"志"是什么呢？汉儒大都主张"在心为志"②，这或许是从《荀子·解蔽》"志也者，藏也"之说而来。但是藏在心里的未必就是"情"，所以汉儒的进一步解释，即"情动于中而形于言"之说就离"志"的本义甚远了。如果"诗言志"之说是西周前期的说法成立，那么这个"志"就不应该理解为情怀，而只能理解为记忆或记录。也就是说，诗最初是为了记录某些有意义的东西，后来

---

① （清）王念孙：《读书杂志·汉书十》。
② 《毛诗序》云："诗者，志之所之也，在心为志，发言为诗。情动于中而形于言。"

才发展为抒怀的。在上古时期，记录本身就是一件极为重要的事情。人类初民为生计所困，无暇顾及许多无直接功用之事，其所记者，必为有重大意义者。故而无论是记录于口头，还是记录于文字，都又使记录的内容增加了神秘性与神圣性，这就是话语的力量。

"诗言志"无疑是先秦时期关于诗歌本体和功能最为普遍也最为概括的认识，同时也是中国古代最具有影响力的诗学命题。朱自清将其理解为中国古代诗学方面"开山的纲领"是不无道理的。尽管这个提法究竟起于何时已经难以确知，但是由于它的产生年代与其所蕴含的意义有着直接关联，所以又是一个无法回避的问题。这里的关键是如何认识记载这句话的《尧典》的产生年代。对于汉初伏生所传《今文尚书》中的《尧典》一篇的产生年代，现代以来比较有影响的有两种说法：一是战国说，以顾颉刚等"古史辨派"为代表；二是周初说，为近年来许多论者所持。如果信从顾说，则"诗言志"之说应是在春秋时期"赋诗言志"之普遍社会现象的背景下提出的，因此，其所谓"志"即应理解为赋诗者所欲表达的言外之意，与诗歌本身的蕴含根本无关。例如，《左传·襄公二十七年》载，郑伯率七位大夫宴请晋国的上卿赵孟一行，席间赵孟请七大夫赋诗以观其志。其中伯有赋《鹑之奔奔》。这是《鄘风》中的一篇。其原文为："鹑之奔奔，鹊之彊彊。人之无良，我以为兄。鹊之彊彊，鹑之奔奔。人之无良，我以为君。"毛序云："刺卫宣姜也。"郑笺："刺宣姜者，刺其与公子顽为淫乱。"对于毛、郑的这种解释，历代注家均无异辞。至少我们可以肯定这是一首卫国的卿大夫或国人讽刺其君的诗。宴会之后，赵孟对他的助手晋国大夫叔向说："伯有将为戮矣！诗以言志，志诬其上，而公怨之，以为宾荣，其能久乎？"这里的"诗以言志"之志显然是指赋诗者所欲表达的意思而非作诗者之原意。所以，如果可以确定《尧典》为战国时所作，则对"诗言志"之说的解释就不能不考虑到春秋时在贵族阶层中普遍存在的赋诗言志的风气，也就是说，《尧典》的"诗言志"与《左传》的"赋诗言志"含义相同。然而如果从现代诗学的角度看，"赋诗言志"与"作诗言志"是完全不同的两回事。自朱自清等人以来，今人对"诗言志"的理解大多是从现代诗学角度出发的，即将"诗言志"理解为"作诗言志"，而非"赋诗言志"。

如果可以确定"诗言志"之说为西周初期所提出，则"诗言志"之"志"即可理解为"记录"之义。因为当时并没有出现春秋时那种在贵族政治生活中普遍存在的"赋诗"风气，也没有借作诗来抒发个人情怀的习惯，故对于"志"就只能像闻一多那样从文字意义的演变角度进行理解了。这样一来，"诗言志"之说就可以有两种迥然不同的解释：一是对诗歌创作普遍原理的概括，二是对诗歌在特定时期独特功能的认定，所以说这里的关键在于记载这种说法的《尧典》产生的年代。

徐复观曾以为，对于《今文尚书》的文章宜分三类观之：一是根据口头传说整理、记录的，如《尧典》《皋陶谟》等；二是经整理过的典籍，如《甘誓》《汤誓》等；三是传下来的原始材料，如《商书》中的《盘庚》及《周书》等。并认为第一类文章必定成于孔子之前。① 这应该是比较合理的看法。我们看在《论语》中孔子那样称赞尧的丰功伟绩和个人品格，即可断定他必然掌握关于帝尧事迹的大量记载。因此即使传世的《尧典》或许经过后人改写删撺，但其基本面貌应该是在孔子之前即已成型。如果徐复观此说成立，再联系我们前面的观点，则"诗言志"之说无疑应该产生于孔子之前。近年的考古成果也为此种说法提供了依据。上海博物馆藏战国楚竹书首批资料于 2001 年 11 月整理出版，其中《孔子诗论》是一篇《诗经》研究和孔子诗学思想研究方面极为珍贵的原始文献。其中有"孔子曰：'诗亡隐志，乐亡隐情，文亡隐意。'"②之句。"诗亡隐志"的意思是诗歌应充分地表达心意。李学勤认为《孔子诗论》的作者很可能是孔子的弟子子夏，如此说成立，就足以证明孔子是认同"诗言志"的说法的，如此，则说孔子之前已经有了"诗言志"的说法或者观念，就具备了充分的理由。

这样一来，对于先秦"诗"与"志"之关系的看法就必须做一个清晰的区分：在诗歌本体论和创作论的意义上的"诗言志"和在工具论意义上的"诗以言志"。前者具有真正的诗学意义，是中国古人对于诗歌最本真的意义的理解；后者则仅仅是关于诗歌在特定时期所获得的某种独特功用的概括，并无普遍的诗学意义。就前者而言，"诗言志"是对诗歌本体和功能的双重认定：从本体角度看，其说明确指出诗歌的基本构成或曰根本之处在于"志"。从功能角度看，"诗言志"等于说"诗是用来抒发怀抱的"，或者说"诗可以用来抒发怀抱"。这种具有原则性的诗学观点在理论的深刻和精确方面丝毫也不逊于柏拉图诗的奥秘在于"回忆"或"神的凭附"之说以及亚里士多德在《诗学》中为悲剧下的定义。

当然我们也不能完全排除另一种可能，即"诗言志"之说实际上就是

---

① 徐复观：《中国人性论史·先秦篇》，台北，台湾"商务印书馆"，1969，第 589~590 页。

② 此据李学勤释文，参见李学勤：《〈诗论〉的体裁和作者》，见上海大学古代文明研究中心、清华大学思想文化研究所编：《上博馆藏战国楚竹书研究》，上海，上海书店出版社，2002，51~61 页。其中"隐"字竹简作"𢓊"，饶宗颐释为"吝"，参见饶宗颐：《竹书〈诗序〉小议》，见上海大学古代文明研究中心、清华大学思想文化研究所编：《上博馆藏战国楚竹书研究》，上海，上海书店出版社，2002，第 228~232 页。

"诗以言志"的意思，是春秋时某位好事者在整理、修订《尧典》时依据普遍的"赋诗"现象添加进去的。换言之，在春秋之前并没有关于诗歌本体与功能的根本性认知，"诗言志"之说只是对春秋时期普遍的"赋诗"活动的概括总结。如按此逻辑，则《孔子诗论》的"诗无隐志"之说也是"赋诗言志"之义。然而即使如此，"诗言志"的提法后来毕竟还是被阐释为关于诗歌本体的理论话语，从而成为真正的诗学观念。那么这种转换是如何发生的呢？

这首先是以"志"这个语词的多义性为前提的。如前所述，闻一多认为"志"与"诗"原是一个字，本义是"记忆"、"记录"和"怀抱"的意思，但这只是一家之言，虽然影响很大，却并没有得到普遍的承认。事实上在先秦典籍里，很难找到"志"与"诗"可以互通的例子。① 而"志"的含义则是十分丰富的。这里我们随意举几个例子来大略梳理一下"志"在先秦典籍中的各种义项。

在《左传》中"志"是一个使用广泛的语词。《襄公十六年》荀偃谓"诸侯有异志矣"，此"志"是打算、图谋之意；《襄公二十五年》载孔子之言："《志》有之，'言以足志，文以足言。'不言，谁知其志？"前一个"志"是史书之名，后一个则泛指心意、想法；《昭公九年》载晋屠蒯之言曰："味以行气，气以实志，志以定言，言以出令。"这个"志"是指意志而言；又《昭公十六年》载韩宣子言"二三君子请皆赋，起亦以知郑志"。这个"志"与《论语·公冶长》中"盍各言尔志"之"志"相近，盖指志向而言，只是一指国家的志向，一指个人的志向而已。此外，《墨子》有《天志》之篇，是指天之意愿。《庄子·达生》有"用志不分，乃凝于神"之说，是指心意、心思而言。《孟子·公孙丑上》说："夫志，气之帅也；气，体之充也。夫志至焉，气次焉；故曰'持其志，无暴其气'。"这里的"志"实际上乃是指一种道德意识，可以说是"志"最为晚出的义项。

"志"的这种多义性就使其发生意义转换不仅是可能的，而且是必然的。

在先秦典籍中将"志"与"诗"相联系的提法除了前面提到的《尧典》"诗言志"之说与《左传·襄公二十七年》的"诗以言志"之说以及《孔子诗论》中的"诗亡隐志"外，还有三处：一是《庄子·天下》，其云："《诗》以道志，《书》以道事，《礼》以道行，《乐》以道和，《易》以道阴阳，《春秋》以道名

---

① 《左传·昭公十六年》有"赋不出郑志"之谓，有学者认为这里的"志"即与"诗"相通。此外再无例证可言，所以这种说法似很难成立。

分。"这里的"道"既可以理解为"言说"，亦可理解为"导向"或"引导"。而这个"志"也不同于《左传》中"诗以言志"的"志"——不再是指某种意见、观点，而是泛指人的精神活动，当然可以理解为思想和情感。二是《孟子·万章上》所云："故说《诗》者，不以文害辞，不以辞害志。以意逆志，是为得之。"这个"志"与《庄子》意近，乃指作诗者的思想感情。三是《荀子·儒效》中所云："圣人也者，道之管也。天下之道管是矣，百王之道一是矣。故《诗》《书》《礼》《乐》之归是矣。《诗》言是，其志也；《书》言是，其事也；《礼》言是，其行也；《乐》言是，其和也；《春秋》言是，其微也。"这里的"志"与《孟子》已大不相同，是指圣人的思想意趣，或曰儒家的精神。

通过了解先秦典籍中有关"志"的使用以及"志"与"诗"连用情形，我们不难看出，无论"诗言志"的提法究竟如何形成以及它原本的含义究竟怎样，都不影响这样一个事实：它至迟在战国中期已经被理解为一种具有普遍意义的诗学原理了。汉儒的所谓"诗者，志之所之也。在心为志，发言为诗，情动于中而形于言"云云，乃是对《孔子诗论》《孟子》《庄子》有关诗与志关系之观点的具体发挥。

总结上面充满矛盾的说法可以得出下列结论：第一，"诗言志"之说的本来含义可能有三：一是"诗"与"志"或"识"通，是指"记忆"或"记录"。如果"诗言志"之说产生于西周之初甚至更早，就只能是这种含义；二是"赋诗"意义上"诗以言志"之义，如果"诗言志"之说产生于春秋战国之时，就极有可能是这种含义；三是后人通常的理解，如果此说产生于西周后期到春秋"赋诗"普遍出现之前这段时间，则很有可能是这种含义。第二，无论"诗言志"原本的含义如何，至迟到了战国中叶这种说法已经被普遍理解为今天我们所理解的那种含义，即诗是用来表达思想或抒发情感的。这是现代诗学意义上的原理性的诗学命题。第三，不论"诗言志"的本来含义究竟如何，这种说法的提出和意义演变都是特定文化空间的产物，离开了对特定文化空间的把握就不可能正确理解"诗言志"的含义与意义。

从以上分析我们不难看出，诗的产生与发展，特别是诗学观念的生成与演变决非诗人或言说者个人之事，而是某种独特的文化空间之"结构性因果关系"的产物。如果我们不把诗看成像穿衣吃饭那样的自然存在，而是看成一种人们有意为之的意义建构，那么，我们也就必须承认最初诗不可能是纯粹的主观宣泄或自言自语。诗能够成为具有普遍性的言说方式需要有言说者、听者、传播方式与渠道以及评价系统等。也就是说，需要形成一种以诗为核心的特殊文化空间或者特殊"场域"。离开了这样的文化空间或场域，诗就没有任何可以确定的意义①，绝对不会成为普遍的言说方式。下面我们就试图通过对西周至春秋时代文化空间的考察，梳理出诗作为一种特殊的言说方式形成与演变的历史轨迹。

第二节　"赋诗"、"引诗"的文化意蕴

《左传》《国语》里记载的那些春秋"赋诗"、"引诗"的史实真是令人艳羡不已——"赋诗"、"引诗"者那种温文尔雅、彬彬有礼的风度与含蓄委婉、高雅脱俗的言谈方式都是后世所没有的。但是为什么在那个时候会出现这种"赋诗"和"引诗"的普遍现象？在这样的现象背后隐含着怎样的文化的和历史的意蕴？这些都是从来没有得到过很好解决的问题。下面我们就对这些问题做一些初步的思考。

一、关于"赋诗"

据《左传》和《国语》等史籍的记载，春秋时在重要的外交和交际场合贵族们常常要以赋诗的形式表达自己的意思，让我们先看一个例子：

卫侯如晋，为晋侯所执。齐侯、郑伯连袂如晋为卫侯求情。齐相国景子赋《蓼萧》，郑相子展赋《缁衣》。前者出自《小雅》，本是诸侯赞颂周王之诗，这里借以赞扬晋君泽及诸侯；后者出自《郑风》，本是写赠衣之事，这里取其"适子之馆兮，还予授子之粲兮"之句，表示"不敢违远于晋"（据杜预注）之意，均与诗之本意不相类。之后，晋侯数卫侯之罪，国景子又赋《辔之柔矣》，子展赋《将仲子》。前者为逸诗，见于《周书》，"义取宽政以安诸侯，若柔辔以御刚马"；后者出于《郑风》，"义取人言可畏"（均取杜预注）。于是晋侯放还卫侯。

《将仲子》乃是年轻女子拒绝情人纠缠之诗，有"人之多言，亦可畏也"之句，这里被用来劝诫晋侯，亦为纯粹的"断章取义"。这个例子说明，"赋诗"在春秋之时是一种非常有效的、在比较重要的场合方始采用的言说方式。

那么究竟如何赋诗呢？古人说："不歌而诵谓之赋，登高能赋可以为大夫。"②这是说赋诗是指朗诵诗之辞，并无乐曲，也不歌唱。我们看史书中记载的赋诗情形，这种"不歌而诵"的说法似乎是不错的。那么是谁

来"诵"呢？当然应该是赋诗者本人。孔子的"不学《诗》，无以言"①以及"使于四方，不能专对"②之谓似乎可以证明这一点。但是对此后人有不同看法。顾颉刚说：

> 春秋时的"赋诗"等于现在的"点戏"。那时的贵族（王，侯，卿，大夫）家里都有一班乐工……贵族宴客的时候，他们在旁边侍候着，贵族点赋什么诗，他们就唱起什么诗来。③

这里有两点不同于古人的理解：一是认为赋诗的主体实际上只是点出诗名，真正的"赋"者乃是旁边侍候的乐工们。二是说"赋诗"并不是"不歌而诵"，而是要"歌"的。关于第一点似乎很难在史籍中找到证据，不知顾颉刚何所据而云然。尽管《左传》有主人令乐工歌诗和诵诗的例子④，但这并不能证明凡是赋诗都是请乐工来唱。关于第二点，大约顾颉刚的观点是比较合理的，这是有证据的。《国语·鲁语下》：

> 公父文伯之母欲室文伯，飨其宗老，而为赋《绿衣》之三章。老请守龟卜室之族。师亥闻之曰："善哉！男女之飨，不及宗臣；宗室之谋，不过宗人。谋而不犯，微而昭矣。诗所以合意，歌所以咏诗也。今诗以合室，歌以咏之，度于法矣。"

这里师亥说公父文伯之母的"赋《绿衣》之三章"是"歌以咏之"，可以说明"赋诗"即是"歌诗"。"不歌而诵谓之赋"之说不能成立。但这里的"歌诗"又不能等于"乐歌"，因为"歌诗"大约是类似今日之"清唱"，是没有器乐伴奏的，或许接近古人所说的"徒歌"⑤。这也就是先秦史书都称之为"赋"而不直接称之为"歌"的原因。礼书中所说的"歌"或"间歌"云云都是指有管弦伴奏的歌唱。总之，所谓"赋诗"大约是交接应对之际主客双方吟唱诗歌来表达意思。这种吟唱并不一定完全同于一般意义的唱歌，也许只是拉长声音，略有一些曲调而已。赋诗的目的是并没有娱乐或者

---

① 《论语·季氏》。
② 《论语·子路》。
③ 顾颉刚：《论〈诗经〉所录全为乐歌》，见顾颉刚编著：《古史辨》第三册，上海，上海古籍出版社，1982，影印本，第 649 页。
④ 《左传·襄公十四年》："卫献公……使大师歌《巧言》之卒章，大师辞，师曹请为之。"《襄公二十八年》："叔孙穆子食庆封……使工为之诵《茅鸱》，亦不知。"
⑤ 《毛传》："曲合乐曰歌，徒歌曰谣。"（《毛诗正义》卷五）

仪式之意义，完全是为了传达意思，故而孔子才会有"不学《诗》，无以言"的说法。

从《左传》《国语》等史籍所记载的"赋诗"情况来看，这种独特的言说方式主要有如下几个方面具体的交往功能：

第一，表达友好的意思，如歌颂、赞美、支持、友谊等，这类赋诗的作用是增进感情、强化关系。我们知道，《左传》记载的第一例赋诗的事件是僖公二十三年秦伯接待出奔的晋公子重耳时发生的：秦伯设宴招待重耳，重耳在宴会上赋《河水》一诗，秦伯赋《六月》相答。晋大夫赵衰赶紧请重耳降阶而拜，并说："君称所以佐天子者命重耳，重耳敢不拜？"这里重耳赋的那首《河水》，有人说是逸诗，也有人说是《沔水》之误。如从后者，则重耳赋这首诗所取义在其首二句："沔彼流水，朝宗于海。"其本义是诸侯朝见天子，这里以海喻秦，自比为水，当然是奉承秦伯之意。秦伯所赋的《六月》本是歌颂尹吉甫辅佐宣王征伐的，这里比喻重耳还晋定能振兴晋国，并像尹吉甫那样辅佐天子，这是十分隆重的祝福了。所以赵衰请重耳拜谢秦伯之赐。

文公三年，鲁文公到晋国与之结盟。晋侯设享礼款待文公，席间晋侯赋《菁菁者莪》。义取诗中"既见君子，乐且有仪"之句，表达真诚欢迎的意思。文公赋《假乐》，义取"假乐君子，显显令德。宜民宜人，受禄于天"是表达衷心祝福的意思。这里所举的两个例子都是诸侯君主之间会见时的赋诗，这似乎是当时两君相见必有的节目。

第二，表达请求或建议的意思。文公七年晋国的先蔑要出使秦国，他的同僚荀林父劝他不要去，先蔑没有听从。于是荀林父赋《板》的第三章，先蔑还是没有接受他的劝告。《板》第三章："我虽异事，及尔同僚。我即尔谋，听我嚣嚣。我言维服，勿以为笑。先民有言，询于刍荛。"意思极为明显：希望对方听自己的劝告。

文公十四年冬，鲁文公由晋返鲁途经郑国。郑伯与之相见。宴饮之际，郑大夫子家赋《鸿雁》，取诗中"爰及矜人，哀此鳏寡"之义，隐含的意思是请求文公返回晋国，为郑国说情。鲁大夫季文子赋《四月》，取其"乱离瘼矣，爰其适归"句，借以表达离家已久，备受辛劳，希望早日回归的意思，这是对郑大夫之请求的委婉回绝。接着子家又赋《载驰》之四章表达小国有急，希望大国帮助之义。于是文子赋《采薇》第四章，取其"岂敢定居，一月三捷"句义，表示答应为郑国返回晋国说情。

襄公二十九年，鲁襄公到楚国访问，返回的路上听说季武子借口有人要叛乱而占据了卞这个地方，并派公冶向襄公报告。襄公心存疑虑，不想进入国都。于是随行的荣成伯就赋了《式微》这首诗，襄公才下定决心回到国都。这首诗中不过是有"式微式微，胡不归"之句，也就是表达应该回去的意思，但是用赋诗的方式说出，似乎就更有力量了。

这三个例子都是以赋诗的形式表达请求、建议的，前者发生在同僚之间，说明春秋时的赋诗范围极广，并不仅限于聘问朝觐的外交场合。第二个例子则是用赋诗的方式解决重大外交问题最成功的事例之一，说明赋诗作为一种独特的外交辞令具有一般言说方式所无法比拟的作用。第三个例子是臣子向君主的建言，应该属于"谏"的范围。说明汉儒的"谏书"之论在先秦时期是有一定事实根据的。

第三，表达讽刺、警告或批评的意思。襄公十四年卫献公因失礼惹恼了卫大夫孙文子，文子出走到戚这个地方，派儿子孙蒯入朝请命。献公命太师唱《巧言》之卒章。此章有"彼何人斯？居河之麋，无拳无勇，职为乱阶"之句，献公借此喻孙文子意欲作乱。所以太师认为不妥，就推辞不唱。这时对献公一直怀恨在心的师曹（乐人）自告奋勇地要唱。献公同意他唱，而他却诵了一遍（按：这个师曹用心险恶，希望孙文子造反，唯恐孙蒯不明白诗的讽刺义，所以才改唱为诵的）。

襄公二十七年，齐国执政的大夫庆封到鲁国聘问，鲁国大夫叔孙宴请他。席间庆封表现不够恭敬，于是叔孙就赋了《相鼠》，取其"相鼠有皮，人而无仪；人而无仪，不死何为？"这是极为明显，也极为尖刻的讥刺了，可怪的是庆封居然浑然不觉，可见此时某些贵族已经对诗书之类的典籍很生疏了。这也是"礼崩乐坏"的表现之一。襄公二十八年庆封再一次到鲁国，叔孙招待他时又请乐工诵《茅鸱》之诗（按：请乐工诵是为了让庆封听清楚词义）。这首诗是逸诗，据说是"刺不敬"[1]，庆封听了依然无动于衷。

襄公二十七年晋国大夫赵文子路过郑国，郑伯以享礼招待他，席间郑国大夫子展、伯有、子西、子产等七人相陪。赵文子请郑国七位大夫赋诗以观其志。其中伯有赋《鹑之奔奔》。这首诗本来是卫国人讽刺其君主的，其中有"人之无良，我以为君"之句，明显的是表达对自己国君的不满。所以宴会之后赵文子对同行的晋国大夫叔向说"伯有将为戮乎！"这位伯有早有不臣之心，故而借机讥刺其君。

这几个赋诗的例子说明春秋时君臣之间、外交场合都可以借赋诗来表达某种否定性的意见，诗于是成为打击对方的有力武器。

---

[1] （晋）杜预：《春秋经传集解》第十八，上海，上海古籍出版社，1988，第1105页。

　　从以上分析可以看出，春秋时期的赋诗活动完全不具有现代意义上的审美功能。由于"诗"在贵族社会中成了一种通行的、具有固定"交往意义"的话语系统，因而也就失去了它本来应该具有的个体情感宣泄与审美体验的性质（就诗的发生而言，它应该具有这种性质，即使是"劳者歌其事、饥者歌其食"的"里巷歌谣"也是如此）。具有审美愉悦性质的诗歌创作与欣赏，是个体性精神活动，而贵族的"赋诗"却是纯粹的"公共活动"，二者判然有别。

　　明白了诗在社会交往领域这种重要作用，我们就不会惊诧于后来的儒家何以会将先秦那些极为朴素、纯真，有的甚至颇有些"放荡"的诗歌当做神圣的经典了。从作为民歌（或作为贵族们祭祀仪式的乐章，或作为破落贵族的怨恨之作）的"诗"，到作为贵族交往话语的"诗"，再到作为儒家至高无上之经典的"诗"，这是一个"三级跳"的过程。作为贵族主要教育内容与交往话语的"诗"是对作为民歌的"诗"的"误读"（当然还有在收集、整理过程的选择与修改），而作为儒家经典的"诗"又是对作为贵族交往话语的"诗"的"误读"——儒家，特别是汉儒在解诗上多有"发明"。

　　从以上所举数例不难看出，对于《左传》的时代而言，"诗"作为一种特殊的话语系统具有如下两个特点：

　　第一，与西周时期相比，诗的功能发生了重要变化。春秋时"诗"在贵族社会已成为人人熟悉的通行话语。据《周礼》《礼记》及其他史籍记载，在西周的贵族教育中，"诗"是主要内容之一。春秋之时王室虽已衰微，但在各诸侯国大体上仍依周制。例如，孔子教授弟子的功课即从西周的教育演化而来。可见"诗"在当时不是作为创作与欣赏的特殊精神产品，而是作为一种贵族文化修养而获得价值的。在西周之时，"诗"本来是在祭祀典礼等重要仪式中一种独特的言说方式，开始时是人向神的言说（告庙、告神明），后来演变为臣下向君主的言说（讽谏）。由于这些诗都是作为礼乐仪式的组成部分而得到保存的，所以在无数次的重复之后，诗歌本身也就渐渐失去了言说的意义而演化为一种纯粹的形式。作为仪式的一部分，诗的意义不在于其言辞中蕴含了什么，而在于它是仪式的一部分这一事实本身；也就是说诗歌不是作为言说而获得意义，而是作为修辞而获得意义的。即使那些鲜活灵动的民歌民谣一旦经过仪式化的过程也就失去了个性与生命活力，被仪式的沉重肃穆所同化。而在春秋之时，诗歌从庙堂仪式的组成部分演变为一种独特的外交辞令，这是诗歌功能的重要变化。从根本上而言，诗被俗世化了。诗作为在外交场合被普遍使用的工具，当然是以其原有的那种仪式的神圣性和权威性为前提的，但是一旦它成为工具，其神圣性就荡然无存了，其权威性也打了折扣。因为与诗歌相伴随的不再是庄严的乐舞，其所面对的不再是至高无上的天地之主宰与先祖的神明，而是政治层面的朋友或对手。于是诗歌就从高高在上的仪式跌落为实用性的委婉的言说。这种诗歌功能的变化所隐含的意义是：西周以来居于统治地位三百余年的官方意识形态开始崩溃了。原本铁板一块的宗法制社会结构出现了裂隙。原来作为"制度化的意识形态"而存在的诗歌变成了贵族们在各种场合表达意见的工具，这表明诗歌原来所依附的那种制度已经开始动摇了。

第二，"赋诗"是贵族文化最后的存留。钱穆曾盛赞春秋时期贵族文化的灿烂，主要原因之一正是这种外交场合的赋诗活动。他说："当时的国际间，虽则不断以兵戎相见，而大体上一般趋势，则均重和平，守信义。外交上的文雅风流，足以说明当时一般贵族文化上之修养与了解（当时往往有赋一首诗，写一封信，而解决了政治上之绝大纠纷问题者。《左传》所载列国交涉辞令之妙，更为后世艳称。——自注）。即在战争中，犹能不失他们重人道、讲礼貌、守信让之素养，而有时则成为一种当时独有的幽默。道义礼信，在当时的地位，显见超出富强攻取之上（此乃春秋史与战国史绝然不同处。——自注）。《左传》对当时各国的国内政治，虽记载较少，而各国贵族之私生活之记载，则流传甚富。他们识解之渊博，人格之完备，嘉言懿行，可资后代敬慕者，到处可见。春秋时代，实可说是中国古代贵族文化已发展到一种极优美、极高尚、极细腻雅致的时代。"[1]在这里钱穆对古人或许有过誉之处，《左传》的记载本身或许就已经有誉美之处，但是春秋时代贵族的行为方式与人生价值准则与战国之后的中国人有极大的区别当是不容怀疑的事实。战国的政治家奉行实用主义策略，只看结果，不论手段，所以鸡鸣狗盗、朝秦暮楚之士每每得势。春秋时的政治家是真正的贵族，他们有所不为，有所必为，讲信义、重荣誉，有一套自觉恪守的行为准则。赋诗之举在后人看来是那样迂腐幼稚，但在当时却是真正的贵族精神的展现。在这个意义上说，孟子的"诗亡"之说实在具有重要的象征意味：它象征着贵族阶层的灭亡，此后作为中国社会统治者的，基本上都是流氓加政客式的人物了。

春秋赋诗这种独特文化现象的主要功能即如上述。面对这种现象人们难免要产生这样的疑问：彼时的贵族们何以如此喜欢"掉书袋"呢？现在看来似乎是很迂腐，很幼稚，而其温文儒雅的风度又令人心向往之。

---

① 钱穆：《国史大纲》（修订本），北京，商务印书馆，1994，第71页。

我们从文化历史语境的阐释角度来审视这种现象大致可以得出如下几点结论：

第一，春秋赋诗是西周礼仪形式的遗留或变体。西周时是否有赋诗这回事呢？由于史料缺乏，现在已经找不到其存在与否的直接证据。但是我们从礼乐文化演变的内在逻辑来看，在西周初期诗歌作为乐章乃是礼乐仪式的重要组成部分，不可能存在随意赋诗明志的事。但是随着诗歌功能的演变，在正式的礼仪节目之后的"无算乐"渐渐发展起来，并因此而导致了"变风"、"变雅"的勃兴，这恐怕才是春秋赋诗的主要来源。"无算乐"如何进行？当然不会是乐工自作主张随便演奏歌唱，而应该是宴享的参加者们随意指定的，也就是顾颉刚说的"点戏"。既然是出于个人意愿的行为，在所"点"之乐歌中就必然体现了个人的兴趣、爱好乃至某种意图，也许正是由于这个原因，这种最初出于娱乐目的而发展开来的"点戏"行为，在西周之末、春秋之时渐渐脱离宴享娱乐的范围，而演变为一种借诗歌之意来表达意见或情绪的方法。"点戏"的形式也由乐工奏唱变为点戏者自己来"赋"了。由于受过同样的教育的贵族们绝大多数都对那些诗歌文本极为熟悉，故而渐渐形成了一套"赋诗明志"的通则，即使赋诗者要表达的意思比较隐晦，听之者也一样可以迅即理解其意而绝不会出现误解。《左传》中所记载的六十余次赋诗活动中，除了有齐大夫庆封的茫然不知以及卫国的宁武子、鲁国的穆叔曾因主人的赋诗不合礼制而不拜谢外，并无一次理解有误的情况。这说明在当时的贵族生活的文化空间中，诗歌真的成了一种特殊的言说方式，成了人们彼此沟通的重要交往方式。

第二，赋诗之所以能够成为贵族生活中一种具有普遍性的言说方式，还在于诗歌原来所具有的那种庄严性、高贵性恰好符合了贵族作为一个社会阶层的自我认同需求。我们曾经说过，西周的礼仪制度具有确定贵族身份的政治意义。贵族之所以是贵族，除了政治上、经济上的特权地位之外，还必须有着日常生活方式上的特殊性。就是说他的一言一行都要透出神圣与高贵。否则即使他政治上、经济上高高在上，也会受到民众的蔑视——就像今天的老百姓看不起那些腰缠万贯却言谈乏味、举止粗俗的暴发户一样。贵族之为贵族必须有文化上、生活习俗上不同于常人而又为常人所认同、所羡慕的地方，否则他们就只能是暴发户或者已经堕落的旧贵族。周公的制礼作乐使西周的统治阶层成为真正的贵族。这个贵族阶层直到春秋中叶之前一直是社会主流文化的承担者。诗歌本来是礼乐文化的重要组成部分，即使它的功能发生了重要变化，从仪式化的歌舞乐章成了一种言说方式，但它依然具有某种神圣的色彩，正是这种神圣色彩使它作为言说方式依然可以成为贵族的身份性标志，也使贵族在用这种方式进行交流的过程中感到自己的高贵身份得到了确证。庆封之类的贵族因不懂得这种交往方式而受到轻蔑，就是因为他有损于这种贵族的身份性。因此赋诗只能是中国古代贵族文化发展到一个特定时期才会出现的现象，正如两晋、六朝的清谈只能是士族文化发展到一定时期的产物一样。

"诗"具有身份性标志的意义，同时也就在一定程度上决定着人们的身份。孔子说"不学《诗》，无以言"，朱熹解释说："事理通达，而心气平和，故能言。"①这是宋儒的臆断之辞。联系《左传》所记载的种种"赋诗"史实，我们可以断定孔子此言与"诵《诗》三百，授之以政，不达；使于四方，不能专对。虽多，亦奚以为？"②文义相通，都是指在外交和交际场合借助于诗来表达自己的意思。"不歌而诵谓之赋，登高能赋可以为大夫"的说法至少意味着精《诗》乃是承担重要政治职责的前提条件。这与前引孔子之言是一致的。何以会如此呢？这是因为西周以来的官方学校都以诗教作为主要教育内容之一，因此精通《诗》就意味着受过良好教育。而受过良好教育、精通西周以来的文化则是一个诸侯国不可战胜的标志。班固说："古者诸侯卿大夫交接邻国，以微言相感，当揖让之时，必称《诗》以谕其志。盖以别贤不肖而观盛衰焉。"③这里的"别贤不肖"和"观盛衰"主要不是从诗的内容来看，而是从赋诗者对诗的熟悉程度和借诗来表达意愿的准确程度来看的。如果一位大夫不能迅速领会别人赋诗的含义，或者不能恰当地赋诗来表达本人的意愿，就会被对方轻视。所以并不是说诗这种言说方式在表达自己的意愿方面有什么突出的优势，而是这种言说方式在当时的具体语境中凑巧成为显示文化修养与实力的身份性标志。于是赋诗成为一种特殊的游戏规则，要进入贵族社会的游戏中就要遵守这种规则。就如同两晋的名士们见面时常常要说一些玄远深奥的话题以显示身份一样。

但是，"诗"作为贵族文化修养的主要内容之一而受到人们的高度重视，并不意味着它仅仅是贵族身份的标志，对于贵族阶层而言，"诗"的确具有极为具体的实用价值：在日常交往中，特别是在政治、军事、外交等场合，"诗"是表达意见、表明态度、传达信息的一种特有的方式。

---

① 朱熹：《四书章句集注·论语集注·季氏第十六》。
② 《论语·子路》。
③ 《汉书·艺文志》。

观《左传》等史籍引诗，尽管引者所要表达的意思与诗句本身固有的意义往往风马牛不相及，往往极为隐晦难测，但听者却从不错会其意，而是立即就能准确地明白赋诗者所要表达的意念。这说明"诗"在当时的确是一种在贵族社会中具有普遍性的交往话语系统，每首诗，甚至每句诗都有某种不同于其原本意义，但又较为固定的"交往意义"。是贵族教育和具体的文化语境赋予了"诗"这种特殊的交往功能。

第三，赋诗之所以成为那个时期具有普遍性的言说方式还与诗歌所独有的含蓄、委婉特性有关。无论是请求别人如何，还是拒绝别人的请求，用赋诗来表达意思都比直接说出来委婉一些。这样至少不会令对方觉得过于难堪。《诗大序》说风诗"主文而谲谏，言之者无罪，闻之者足以戒"，郑玄《六艺论》说诗可以对君主"诵其美而讥其过"。可以说准确地指出了用诗歌表情达意这一含蓄的特征。用这种方式来"美"，不能算是阿谀奉承；用这种方式来"刺"，也不能算是恶意诽谤。郑国的大夫伯有之所以敢于赋《鹑之奔奔》来讥刺自己的国君，也正是基于这种特殊言说方式所具有的委婉性。

从功能的历时性演变角度看，周代的诗歌经历了从祭祀乐歌、庆典礼仪之乐章、"无算乐"、"房中之乐"等审美娱乐之乐歌、为表达愤懑不平情感而专门制作的政治性言说方式等阶段。在春秋时期，这些诗歌还渐渐获得一种新的功能——交往沟通的特殊方式，也就是普遍存在于两君相见、行人聘问、同侪交往等外交、"内交"场合的赋诗活动。对于这种现象历来为史学家、文化史家津津乐道，人们无不为春秋贵族们在交际场合表现出的那种温文尔雅、彬彬有礼的儒雅风度所倾倒。但是对于这样一种现象的功能意义和文化意蕴却鲜有全面深入的发掘，这不能不说是一件可怪之事。我们试图在这方面做一些努力，以期引起学界更深入的研究。

总之，春秋的赋诗是中国文化史乃至人类文化史上一件很独特的、有意味的现象。从中我们可以看出古代贵族阶层在生活方式、交往方式上的雅化追求。从文学史的角度看，这种赋诗现象也是文学作品在特定时期所具有的极为特殊的功能。可以说这是古代诗歌由政治性的歌舞乐章向纯粹个人性的表情达意方式转换的一个中介。我们从后世文人雅士饮酒高会时的即席酬唱中还可以看到古代贵族的风范。

二、关于"引诗"

在有关《左传》引诗和赋诗现象的研究中，许多研究者都是将这两者放在一起进行论述的，我们认为赋诗和引诗在春秋时期贵族生活中的意义是不一样的，赋诗更多的时候与外交活动、宴飨礼仪有关，而引诗则大量地存在于贵族的日常交谈之中。如果说，赋诗是春秋时期贵族的一种外交辞令的话，引诗更多的是贵族的日常交谈方式。含蓄有致、委婉曲折的言说方式中折射着贵族深厚的文化素养，使贵族功利性的言说目的掩盖在诗化的言说方式之中。但是时代毕竟已经发生了变化，引诗的言谈方式，成为贵族文化衰落前夕的最后亮光。

（一）引诗是一种委婉文雅的言说艺术

"引诗"指的是春秋时期贵族在说话中随口引用《诗经》中的诗句的言说方式。引诗使语言表达文雅、高贵，体现了贵族追求文饰美的艺术精神；引诗使语言表达委婉、含蓄，体现了贵族彬彬有礼的人格风范；引诗是贵族特有的言说方式，它显示出贵族的文化底蕴，表明贵族的文化地位和身份。《左传》中广泛存在的引诗现象也表明贵族还生活在一个诗乐文化相当浓厚的氛围之中。

委婉、文雅的言说方式是贵族之尊贵性的一个表现，也是贵族精神的一个标志。如《左传·襄公七年》记载，卫国的孙文子来鲁国聘问，在行聘礼时，"公登亦登"，即鲁襄公登一级台阶，孙文子也登一级。按照礼制规定，受聘国之君立于中庭，请贵宾入内。宾入后，行三揖之礼到阶前，然后，主客相让。依礼，国君先登两级台阶，然后宾才能登一级，即臣应后于国君一级台阶而登。但是，孙文子却与鲁襄公同时登阶。这种行为引起了鲁国大臣的恐慌，面对这样的失礼行为，鲁国的贵族叔孙穆子急忙走向前，委婉地说，诸侯国之间相会，鲁君与卫君地位相当，所以登阶时应同行，而孙林父应视鲁君如视卫君。言外之意，孙林父在本国登阶时，后于卫君，在鲁国也应当后于鲁君而登。而与鲁君同时登阶，这会使鲁君不知自己犯了什么过失而被轻视。所以，建议孙文子脚步应稍停一下。遗憾的是，孙文子没有什么解释，也没有任何悔改的意思。在这里我们看到当叔孙穆子看到孙文子的失礼行为时，叔孙穆子是"趋进"而告，同时，以非常委婉的方式予以建议，表现了贵族言说委婉、含蓄的特征。

引诗是贵族特有的言说方式，是贵族委婉、含蓄言说方式的集中体现。作为贵族，他们不会像下层人那样粗喉咙、大嗓门地说话，更不会像下层人那样言语粗俗，而是特别注意使自己的语言文雅、委婉。引诗是使言谈文雅化的一个重要途径。如《国语·周语下》记载，叔向对单靖公节俭恭敬的品格感慨万分，他说："单子俭敬让咨，以应成德。单若不兴，子孙必蕃，后世不忘。《诗》曰：'其类维何？室家之壶。君子万年，永赐祚胤。'类也者，不忝前哲之谓也。壶也者，广裕民人之谓也。万年也者，令闻不忘之谓也。胤也者，子孙蕃育之谓也……"叔向评论和称赞单靖公时引用了《诗经》中的诗句，其言说方式显得很文雅。再如《左传·襄公七年》记载，晋韩献子告老后，欲使公族穆子为卿，但是穆子身体欠佳。所以穆子婉言推辞说："《诗》曰：'岂不夙夜？谓行多露。'又曰：'弗躬弗亲，庶民弗信。'无忌不才，让其可乎？请立起也。"穆子通过两句诗表达了自己也想为卿，但自身有疾，不能躬亲办事，则不能取信于众的意思。谦让、柔和的姿态以及诗的引用使穆子的言谈举止文雅、含蓄。

贵族对他人的行为提出异议时，总是很谦虚、温和。《左传·成公四年》记载，鲁成公到晋国，晋侯不敬。季文子说："晋侯必不免。《诗》曰：'敬之敬之！天惟显思，命不易哉！'夫晋侯之命在诸侯矣，可不敬乎？"在这里，季文子引《周颂·敬之》中的话来批评晋景公的非礼行为。《左传·成公八年》记载，晋侯使韩穿来商议汶阳之田的事情，欲把汶阳之田让给齐国。季文子设酒食为韩穿送行，私下交谈说，汶阳之田本来是属于鲁国的，鞌之战后归于鲁，现在又说归之于齐，这样没有信义，诸侯怎能不涣散呢？季文子引《卫风·氓》中"女也不爽，士贰其行。士也罔极，二三其德"来批评晋侯的不讲信义的行为。《左传·襄公二十九年》记载，晋平公帮助杞国理地、修城，朝臣对此不满。子大叔引诗《小雅·正月》中的诗句"协比其邻，昏姻孔云"批评晋平公亲近夏代的后裔杞国，并指出这样会使晋国弃同姓而亲异姓，最终会导致其他国家不再归顺晋国。这些批评都不是锋芒毕露的激烈言辞，而是委婉温和的批评。这种委婉的批评方式成为也许正是后世"主文而谲谏"诗文美学风格的滥觞。

贵族对他人的劝谏也很客气、温和，不强求他人，或声嘶力竭地宣告自己的主张，而指责他人的做法。如《左传·僖公二十二年》记载，周大夫富辰建议周襄王召王子带，引用《小雅·正月》"协比其邻，昏姻孔云"一句对周王进行劝谏。富辰的意思是，先与婚姻亲戚团结亲附，然后才能与左右临近之人和谐相处，建议周襄王先与自己的兄弟处好关系，才能与其他诸侯国和谐相处。再如《左传·僖公二十二年》记载，鲁僖公因邾国小，而轻视邾国，欲不做准备而抵御邾国的侵略。鲁大臣臧文仲说，国家没有大小之分，不可轻视看起来小的国家，没有备战措施，再大的国家也有可能被打败。臧文仲引《小雅·小旻》中的诗句"战战兢兢，如临深渊，如履薄冰"，以及《周颂·敬之》中的诗句"敬之敬之！天惟显思，命不易哉"来劝谏鲁侯，指出先王如此明德，尚且谨慎小心地对待任何事情，何况我们鲁国，更不可小视邾国，大黄蜂虽小尚且能蜇人，何况作为一个国家的邾国呢！臧文仲对鲁君的建议方式非常委婉，既引用《诗经》中的话，又用生活中黄蜂蜇人的比喻进行劝谏。文绉绉的引诗言说是贵族特有的表达方式。这是周代贵族注重文饰的美学精神的延续。追求言谈举止的文雅与追求器物的文饰是一脉相承的。引诗是对语言的文饰，它的一个重要目的是使语言显得高雅。正如《左传·襄公二十五年》载孔子语："言之无文，行而不远。"只有文雅的语言才能更加具有吸引力和说服力。这种言辞之间闪耀着诗的精华的言谈方式，表现了周代贵族独特的精神气质和审美追求。

在日常闲谈时，也能够随时随地想到诗，能自由地运用诗表达自己的思想，这是贵族们具有深厚的诗学修养的体现。如《左传·昭公七年》记载，夏四月，天空出现了日食现象。晋侯与士文伯谈论此事，晋侯问谁将受其祸。士文伯说，鲁卫两国将受其祸，其中卫受祸大，鲁受祸小。晋侯颇为感慨，就问道："诗所谓'彼日而食，于何不臧'者，何也？"晋侯所引的诗出自《小雅·十月之交》。意思是《诗经》中说日食是不吉祥的，这话怎么理解？士文伯说，这句话的意思是，不善政者将自取咎于日月之灾，所以行为不可不谨慎。昭公七年十一月，鲁国的卿大夫季武子卒，日食的灾害果真应验。晋侯对士文伯说，这是否能说明日食预示着灾难是一种普遍规律？士文伯说不可下如此结论，因为各国的情况不同，所以最终的结果也会不同。士文伯在谈话中，也是很随意地就想到《小雅·北山》中的诗句"或燕燕居息，或尽瘁事国"来说明各国情况不同，不可一概而论的道理。可见，贵族之间的日常聊天会不经意地想到《诗经》，并自如地引用其中的诗句。日常语言的诗化特征是贵族文饰化审美追求的体现，也是贵族标明自己文化身份的一个途径。能在日常用语中引诗使言谈更加典雅，这表明诗文化已经积淀为贵族生活中的无意识存在。

（二）引诗是贵族具有历史意识的表现

借鉴历史是贵族拥有历史意识和文化修养的一个表现。在《左传》《国语》中时时可以看到贵族处理事务时的历史意识。如宣公三年，当楚君问鼎之大小、轻重时，王孙满就讲了九鼎的历史渊源，指出鼎的意义在于有德，不在于鼎之轻重，而且，鼎之中蕴含着天命，楚是没有资格问鼎的。拥有历史就拥有了深厚的文化底蕴。《左传·昭公六年》记载，郑子产铸刑书，晋叔向对这种做法不能认同，他在给子产的信中回顾了三代治理的措施。这是贵族文化具有历史继承性的表现，是引诗现象的时代背景。

《左传》中引诗为鉴、引诗为证的事例比比皆是。如《左传·僖公十九年》记载，宋人欲讨伐曹国，子鱼劝宋公说，当年文王讨伐崇侯虎，攻打了三个月而不能攻克，于是文王退而修德而重伐之，结果使其临垒而降。子鱼引《大雅·思齐》"刑于寡妻，至于兄弟，以御于家邦"，委婉地劝告宋君应当像文王那样退而修德。子鱼是将诗当做历史经验来借鉴的。《左传·宣公十二年》记载，在楚与晋的战争中，楚国取得了胜利，楚臣潘党建议楚王，收集晋军的尸体而封土，并于其上建木而书写楚军的功勋。楚庄王说，武王克商后作《周颂·时迈》，有"载戢干戈，载櫜弓矢"之语，意思是要收起干戈和弓矢，从此以德治理天下。这里楚王也是将《诗经》中的话当做可资借鉴的历史经验来学习的。《左传·成公二年》记载，楚令尹子重为阳桥之役以救齐。将起师，子重认为楚王年龄小，要想显得有军威，就应当多带人马，因为，《诗》曰："济济多士，文王以宁。"子重认为文王尚且以众多的从者来显示自身的威武，何况楚国呢？在这里子重将《大雅·文王》中的描写当成一种历史经验。

从以上所举的引诗现象中可以看到，《诗经》在春秋时期具有历史教科书的性质。熟稔诗歌是贵族有着浓厚的历史意识的表现。在为人处世中是否有历史意识，这是贵族和暴发户的区别之一。引诗为鉴的现象说明贵族拥有着深厚的文化积淀。

（三）引诗体现了贵族的文化底蕴

引诗为鉴在春秋时期绝不是一种孤立的文化现象。事实上，在引诗的同时，贵族还时常引《尚书》、童谣、歌谣等为证。如《左传·僖公五年》，晋侯欲假道虞国伐虢国时，虞国的大臣宫之奇认为，不能让晋国假道伐虢国，并引用一个谚语"辅车相依，唇亡齿寒"来说明虞国与虢国的关系。在这里，引用谚语的目的是为了说明事理。《左传·文公七年》，郤缺劝赵宣子对卫国实行怀柔政策，建议归还晋所侵卫国的土地，就引用了《夏书》中的一段话："戒之用休，董之用威，劝之以九歌，勿使坏。"郤缺的建议有理有据，因而赵宣子很高兴地接受了郤缺的建议，归还了原属于卫国的匡、戚之田。《左传·僖公三十三年》记载，胥臣曾经经过冀地时，看到冀缺与妻子相敬如宾，于是向晋文公推荐冀缺。但是，冀缺的父亲冀芮曾经是惠公之党，曾欲加害文公。所以对胥臣的引荐，文公比较犹豫。胥臣就举出历史上的事例来说服文公，并引《尚书·康诰》中"父不慈，子不祗，兄不友，弟不共，不相及也"和《邶风·谷风》中的诗句"采葑采菲，无以下体"来劝谏晋文公。最终使晋文公接受了自己的建议。从以上所列举的文献记载可知，引诗并不是春秋时期的一种孤立的文化现象，它与引用各种文献典籍的现象同时存在。引用各种典籍文献的现象说明贵族文化具有一定的继承性，说明贵族的行为还有一定的依据。引诗和引用《尚书》等文献一样，体现了贵族深厚的文化底蕴。

不论是引诗委婉地批评他人，还是对他人进行劝谏，抑或是为自己寻找行为根据，在各种目的和场合的引诗现象中，都显示着贵族的诗学修养。贵族的尊贵不仅表现在外在的爵位和田产的多少上，还表现为一种言语之间所流露出的内在精神和文化底蕴。引诗就是贵族雅化的言说方式的体现。当贵族存在的合法性受到冲击时，他们就开始极力在衣着装饰和诗乐修养等各个方面极力突出自己身份的特殊性，表明他们不同于他人的独特精神境界。引诗以及对礼仪程序化的遵循，就是春秋时期贵族通过独特的言说方式和举止对自我身份的确证。这是在他人视阈中寻求自我确证的过程。

三、《左传》与《战国策》所载"引诗"的情况的差异

从《左传》《国语》《战国策》记载看，引诗与赋诗的区别在于：赋诗是为着表达某种完整的意思而专门诵唱一首完整的诗，带有某种程式化色彩；引诗则是在言谈过程为了加强言说的说服力或增强效果而随机引用诗句。赋诗的风气随着贵族阶层的消失而在战国时代就基本上不存在了；引诗则不仅战国时期仍极为普遍，而且直到两汉时期在士大夫们正式言说中依然是随处可见的。正如赋诗常常能够起到意想不到效果一样，引诗也的确可以大大增强言说的说服力，从而达到自己的目的。这里我们可以随便举一个《左传·昭公七年》中记载的引诗之例：

> 楚子之为令尹也，为王旌以田。芋尹无宇断之，曰："一国两君，其谁堪之？"及即位，为章华之宫，纳亡人以实之，无宇之阍入焉。无宇执之，有司弗与，曰："执人于王宫，其罪大矣！"执而谒诸王。王将饮酒。无宇辞曰："天子经略，诸侯正封，古之制也。封略之内，何非王土？食土之毛，谁非君臣？故《诗》曰：'普天之下，莫非王土；率土之滨，莫非王臣'。天有十日，人有十等，下所以事上，上所以共神也。故王臣公，公臣大夫，大夫臣士……"王曰："取而臣以往，盗有宠，未可得也。"遂赦之。

由此可见引诗对于增强言说的有效性是非常重要的。除了《左传》等

史书的记载，先秦儒家，如孔子、孟子、荀子等在自己的言语或著述中也大量引诗，目的同样是借以证明自己言说的合理性从而增强说服力。联系具体历史语境，有两点值得注意：

第一，《左传》《国语》所记载的春秋时代贵族们的引诗是一种普遍现象，凡是贵族，从诸侯君主到卿大夫，都有可能引诗。而在诸子之中却只有儒家大量引诗（墨家也有引诗，但远不如儒家那样多），而老庄为代表的道家，商鞅、韩非为代表的法家，孙子代表的兵家等均不引诗。这是何故呢？这说明在春秋之时《诗》是贵族阶层的通行话语，熟稔诗歌乃是贵族的基本修养，是一种身份性标志。而在春秋末期开始的"子学时代"，《诗》成了一种可供选择的文化遗产——你可以选择它，也可以不选择它。所以有人将其视为金玉瑰宝，有人则对之不屑一顾。从更深一层来看，在贵族时代《诗》代表着一种统一的价值观念和意识形态，人们通过赋诗、引诗来表达意愿是以共同的评价尺度为依据的。而在"子学时代"统一的价值观念和意识形态已然不复存在，人人都有自己的思想，意识形态多元化了，因此《诗》所代表的意识形态或许正是言说者否定的东西，他当然不会引诗来作为自己的论据了。儒家以恢复周礼为己任，将那伴随着贵族制度合法性的丧失也已经失去合法性的西周的礼乐文化视为最高价值准则，故而时时要引诗来证明自己的观点。《庄子·天下》篇指出："古之人其备乎！配神明，醇天地，育万物，和天下，泽及百姓，明于本数，系于末度，六通四辟，小大精粗，其运无乎不在。其明而在数度者，旧法世传之史，尚多有之。其在于《诗》《书》《礼》《乐》者，邹鲁之士、缙绅先生，多能明之……其数散于天下而设于中国者，百家之学时或称而道之。"这里所说的"古之人"即使不完全是指西周之人，也必定包括他们在内，因为很显然这里所讲的是具有一以贯之的价值观念的整体性意识形态，是理想化了的古代文明。在《天下》篇的作者看来，儒家所尊奉的西周礼乐文化只是这种古代文明的一部分而已。观此篇下文的"天下大乱，贤圣不明，道德不一，天下多得一察焉以自好。譬如耳目鼻口，皆有所明，不能相通"之论，是说包括儒家在内的诸子百家都不过拈取了古代文化的一个方面而已。也就是说，虽然诸子百家都是继承古代文明而来，但在此时已经成为仅得一孔之见的"一曲之士"了。总体来看，《天下》篇所见甚明，百家之学虽然纷纭复杂，但究其本都是从往代的文化分化而来。不过由于大家所取不同，创新程度有异，故而全然彼疆此界，扞格不入了。诸子对《诗》的不同态度正说明这种价值观念的多元化格局业已形成。

第二，同为史书，《左传》《国语》记载的引诗与《战国策》记载的引诗有着重要的差异。现各举二例如下：

先看《国语》和《左传》的引诗二例，其一：晋公子重耳出逃至齐，齐桓公以女妻之，重耳有终齐之志，其从者子犯等人密谋挟持重耳离齐，被姜氏知晓。姜氏劝重耳听从从者意见离齐而谋国。其云："子必从之，不可以贰，贰无成命。《诗》云：'上帝临女，无贰尔心。'先王其知之矣，贰将可乎？子去晋难而极于此。自子之行，晋无宁岁，民无成君。天未丧晋，无异公子，有晋国者，非子而谁？子其勉之！上帝临子，贰必有咎。"重耳表示要终老于齐，姜氏又说："不然。《周诗》曰：'莘莘征夫，每怀靡及。'夙夜征行，不遑启处，犹惧无及。况其顺身纵欲怀安……西方之书有之曰：'怀与安，实疚大事。'《郑诗》云：'仲可怀也，人之多言，亦可畏也。'"①（前引见《大雅·大明》；次引为逸诗；后引为《郑风·将仲子》）其二：晋灵公不君。飞弹射人取乐，厨师炖熊掌不熟而杀之。忠臣赵盾数谏不入，及见之，灵公先言："吾知所过矣，将改之。"赵盾回答说："人谁无过？过而能改，善莫大焉。《诗》曰：'靡不有初，鲜克有终。'夫如是，则能补过者鲜矣。君能有终，则社稷之固也，岂惟群臣赖之。又曰：'衮职有缺，惟仲山甫补之。'能补过也。君能补过，衮不废矣。"②（前引为《大雅·荡》之句；后引为《大雅·烝民》之句）

再看《战国策》引诗二例，其一：温人之周，周不纳客。即对曰："主人也。"问其巷而不知也，吏因囚之。君使人问之曰："子非周人，而自谓非客，何也？"对曰："臣少而诵《诗》，《诗》曰：'普天之下，莫非王土。率土之滨，莫非王臣。'今周君天下，则我天子之臣，而又为客哉？故曰'主人'。君乃使吏出之。"③其二：秦国有意伐楚，楚春申君黄歇使于秦说秦昭王曰："《诗》云：'靡不有初，鲜克有终。'《易》曰：'狐濡其尾。'此言始之易，终之难也。何以知其然也？智氏见伐赵之利，而不知榆次之祸也；吴见伐齐之便，而不知干隧之败也。此二国者，非无大功，设利于前，而易患于后也。吴之信越也，从而伐齐，既胜齐人于艾陵，还为越王擒于三江之浦……《诗》云：'大武远宅不涉。'从此观之，楚国，援也；邻国，敌也。《诗》云：'他人有心，予忖度之，跃跃毚兔，遇犬获之。'今王中道而信韩魏之善王也，此正吴信越也。"④（此处引诗三例，第一见《小

① 《国语·晋语四》。
② 《左传·宣公二年》。
③ 《战国策·东周》。
④ 《战国策·秦四》。

雅·北山》；第二见《大雅·荡》；第三为逸诗；第四见《小雅·巧言》）

无可否认，无论是《国语》《左传》还是《战国策》，其所引诗都是本着"断章取义"的原则来进行的。然而正是这样，我们才可以更加清楚地看到它们之间的重要差异。看《国语》《左传》引诗，姜氏所引三诗都是旨在强调一种责任感，隐隐含有某种神圣的意味；赵盾所引旨在说明改过、补过的不易，从而指出惟其不易，故而弥足珍贵。二者虽然所指不同，但是都是用诗来标举某种精神价值。就是说，《诗》之所以能够借以增加言说的说服力，是因为它负载着神圣的价值依据，具有不容怀疑的权威性。《战国策》引诗的情况就大不相同了。"温人"引《小雅·北山》之句，并非要强调周王室的权威，而纯粹是一种狡辩。其目的只有一个，就是确保自己不受责罚并为周所纳。楚人黄歇的引诗也同样没有任何道德或精神价值方面的含义，而只是想令秦王明白一件事：伐楚是愚蠢的，肯定会吃大亏。对于《战国策》中的引诗者来说，《诗》不是精神价值的资源，而是机巧权变的渊薮。

那么，这两种引诗的情况说明什么问题呢？这充分地说明了诗的功能的变化。在春秋时期，诗作为贵族社会独特的交往方式，是以诗所蕴含的价值为前提的。诗的价值不是某个人赋予的，甚至不是作诗者本人所赋予的，它是特定的政治状况以及由其所决定的文化空间的产物。从人神关系上的言说到君臣关系上的言说，再到贵族社会不同个人、不同集团之间，甚至不同诸侯国之间的言说，诗经历了由神圣性的话语向政治性话语，再向标志着身份、尊严与智慧的修辞性话语的演变过程。在这一过程中，诗的功能是在不断变化的，但是它始终指涉某种精神价值，是作为这种与贵族的生活方式密切相关的精神价值的"能指"而存在的。然而随着贵族社会的分崩离析，社会开始重新组织自己的秩序，诗所指涉的那种精神价值已经被当做愚蠢的象征时，诗的功能就进一步发生了根本性的变化：失去了价值内涵，成为一种纯粹的语言修辞术。引诗不再是张扬或标榜某种精神性的价值或意义，而是直接指向功利的目的。诗之所以还被引用，是由于文化惯习使得诗还残存着一点影响力，可以增强言说的效果。用韩非子的话来说，战国是"争于气力"的时代。那些游说诸侯、追逐富贵的纵横策士根本没有任何人生的价值准则，人人都是唯利是图之辈。他们也都是博古通今、满腹经纶，但这不是为了道德和人生价值上的追求，而是求富贵，求飞黄腾达的资本。所以春秋时期的贵族们引诗的"断章取义"是以"误读"的方式来赋予那些本来没有价值的诗以价值；战国的策士们的"断章取义"则是改变诗的原有之意而使之符合自己言说的需要。例如"靡不有初，鲜克有终"这两句诗，本义乃是讽刺周厉王暴虐昏聩，使周王室由盛而衰的。赵盾引之，是要说明人改过从善之难，而正因为难，故而更显得可贵这样一个道理；而在黄歇那里则是要说明出于获得利益的目的而与他国结盟，结果却受到损失这样一个道理。着眼点是大不相同的。

诗的功能的这种变化，标志着诗作为具有神圣性、权威性、身份性的言说方式已经成为明日黄花。对于整个文化领域来说，贵族文化意义上的诗已经走向消亡。这也就是孟子"王者之迹熄而诗亡"的真正含义。"诗亡"绝非仅仅是一种文化现象而已，它是一种象征，暗含着社会结构的根本性变化，也标志着中国古代真正意义上的贵族阶层的永远消失。此后代替这个阶层而成为中国社会之中坚的，就是那个进而为官、退而为民，因而介乎于统治者与被统治者之间的士人阶层了。

从西周、春秋而至于战国，诗走过了由盛而衰的历程。但是在一个独特的文化空间之中，诗却始终受到尊崇而毫无衰微迹象，这就是儒家士人集团。春秋时已经被官方文化教育机构编定的《诗三百》在儒家士人构成的文化圈内被当做基本教科书来传授、研究和征引。随着儒家士人社会地位的提高、干预政治的能力的增强，《诗三百》也日益受到重视，到了汉武帝时代终于成为整个社会文化空间中的经典而重新获得权威性与神圣性。

第二十三章　孔子的文艺思想

　　孔子是儒家学说的创始人，也是中国古代文艺思想的主要奠基者之一。孔子一生致力于"克己复礼"——通过倡导修身而达到重新恢复社会价值秩序的目的。尽管他及其追随者们的努力并没有现实的实际功效，但对于后世中国主流文化，特别是官方意识形态的建设却具有决定性意义，而中国古代重视社会教化一派的文学艺术思想均可溯源于孔子。

第一节　孔子人格理想的诗性意味

　　儒家学说本是源于西周典章制度的话语形式，所以有僵化死板甚至压制人性的一面，这是毫无疑问的。一般说来，儒家士人只要一涉及人与人之间社会关系的问题，就往往显得比较保守。但是另一方面儒家学说还带有明显的诗性特征，对此许多前辈学人如钱穆、贺麟、方东美等人均曾有过很好的论述①。概括前人见解，我们可以从下列几个方面来看儒学中的这种诗性：

　　第一，孔子的"吾与点也"之志。在《论语·先进》著名的"侍坐章"中，孔子高度赞扬曾皙之志。其志曰："莫春者，春服既成。冠者五六人，童子六七人，浴乎沂，风乎舞雩，咏而归。"朱熹阐述这种"曾点之志"说："曾点之学，盖有以见夫人欲尽处，天理流行，随处充满，无少欠阙，故其动静之际，从容如此。而其言志，则又不过即其所居之位，乐其日用之常，初无舍己为人之意。而其胸次悠然，直与天地万物上下同流，各得其所之妙，隐然自见于言外。视三子之规规于事为之末者，其气象不侔矣，故夫子叹息而深许之。"②又据《论语·述而》载，"子之燕居，申申如也，夭夭如也。"对此二程说："今人燕居之时，不怠惰放肆，必太严厉。严厉时著此四字不得，怠惰放肆时亦著此四字不得，惟圣人便自有

────────────

　　①　钱穆：《中国文化与中国文学》，见《中国文学论丛》，北京，生活·读书·新知三联书店，2002；贺麟：《儒家思想之开展》，见罗义俊编著：《评新儒家》，上海，上海人民出版社，1989；方东美：《中国哲学精神》，见《生命理想与文化类型——方东美新儒学论著辑要》，北京，中国广播电视出版社，1992。

　　②　(宋)朱熹：《四书章句集注·论语集注·先进第十一》。

中和之气。"①后世儒者将孔子这种志向与风度称为"圣贤气象"。这说明
孔子追求一种潇洒闲适的生活方式，其主要特征是没有任何内在与外在
的强制，人的心灵完全处于一种平和、自由的状态之中。这种生活方式
本质上乃是一种自由自觉的、艺术化的人生境界，是令人向往的生存
状态。

　　第二，"和"的精神。孔子主张"君子和而不同"②、"群而不党"③，以
及"礼之用，和为贵"④。这是讲人与人之间那种既和谐友好又独立自主
的关系。就整个儒家体系来看，追求"和"的境界可谓随处可见——在人
与人、人与社会、人与自然、人与万物的关系中，儒家都要求着这种
"和"的关系。这种无处不在的"和"实际上是一种精神乌托邦，是一种诗
意化的人生理想，在现实社会中是不可能存在的。儒家之所以提倡这种
"和"的精神，正是因为现实的生活中处处充满了对立冲突与不和谐，所
以在"和"的理想背后隐含着对现实的超越与批判。后来这种精神乌托邦
渐渐渗透在乐论、诗论之中，成了一种重要的审美价值。《礼记·乐记》
云："大乐与天地同和。"又说："乐者，天地之和也。"《礼记·经解》云：
"温柔敦厚，诗教也。"韩昌黎也说："仁义之人，其言蔼如也。"⑤这都是
"和"的精神之表现。

　　第三，乐。《论语·雍也》载孔子称赞颜回云："贤哉，回也！一箪
食，一瓢饮，在陋巷。人不堪其忧，回也不改其乐，贤哉，回也！"二程
说："颜子之乐，非乐箪瓢、陋巷也，不以贫窭累其心而改其所乐也，故
夫子称其贤。"又说："箪瓢陋巷非可乐，盖自有其乐尔。'其'字当玩味，
自有深意。"⑥那么这个"其"字究竟有何深意呢？颜回究竟所乐者何事？
有人说他"所乐者道"，二程却说："若说有道可乐，便不是颜子。"⑦这是
什么意思呢？二程论乐的地方很多，我们不妨再看几则："觉物于静中皆
有春意"，又"贤者安履其素，其处也乐"，又"学至涵养其所得而至于乐，
则清明高远矣"。⑧又"中心斯须不和不乐，则鄙诈之心入之矣。此与敬

---

① （宋）朱熹：《四书章句集注·论语集注·述而第七》。
② 《论语·子路》。
③ 《论语·卫灵公》。
④ 《论语·学而》。
⑤ （唐）韩愈：《韩昌黎文集·答李翊书》。
⑥ （宋）朱熹：《四书章句集注·论语集注·雍也第六》。
⑦ （宋）朱熹：《伊洛渊源录·伊川先生》。
⑧ 均见（清）张伯行编：《濂洛关闽书》卷八、卷九、卷四。

以直内同理。谓敬为和乐则不可，然敬须和乐，只是心中没事也。"①从几则引文中不难看出，这里的"乐"不是由具体对象引起的，也就是说并没有直接的原因。这个"乐"乃是人心本来所应有的状态，只要"心中没事"——无功名利禄的关心与机诈阴险的图谋，人就可以保持心中的自然状态，这就是"颜回之乐"。所以说这里孔子所赞扬的是一种无论在怎样的情况下都平和愉悦的精神状态。后来宋儒极其看重"孔颜乐处，所乐何事"的问题，也特别重视修炼内心的宁静与和乐。这种心境无疑是具有诗意性。

总之，先秦儒学的诗性特征主要来自于其超越现实，指向未来；超越利益关怀，指向精神关怀；超越肉体，指向心灵；超越凡俗，指向高雅；超越一己之私，指向天下众生的价值取向。这一价值取向乃取决于士人身份的两重性：既有可能成为社会管理者，又常常是远离权力中心的平民百姓。这种身份与角色的变动不居就使得儒家士人有可能同时超越这两种身份，从而指向更高的精神境界。

第二节　孔子话语系统中的"文"与"艺"

在孔子的话语系统中，"文"是一个很重要的概念，这个概念的多重义项及各义项之间的关联都有着很大的意义阐释的空间。通过这种意义阐释，我们可以更深刻地揭示儒家思想的悖论性存在并从一个侧面对儒家文艺思想有更进一步的了解。

一、"文"在孔子话语系统中的主要义项

"儒家的文艺思想"这一称谓大抵上可以为"儒家的诗乐思想"所置换——在先秦时代，诗和乐乃是按今天的分类标准被视为文学艺术这一文化门类的主要形式。而按彼时儒家的标准，诗和乐则是被称为"文"的符号系统的重要组成部分。在孔子那里，"文"是一个非常重要的概念，欲真正了解孔子文艺思想的含义与意义就必须了解"文"的含义与意义。但"文"的含义又比较复杂，即使在同一部《论语》中，在不同的语境中，其含义也不尽相同，下面我们就对这个语词的主要义项分别加以考察，以期从不同角度窥见孔子文艺思想的丰富内容。

---

① （宋）程颢、（宋）程颐撰，（宋）朱熹辑：《河南程氏遗书》卷第二上《二先生语二上》。

　　子曰：弟子，入则孝，出则悌，谨而信，泛爱众，而亲仁。行有余力，则以学文。(《学而》)

　　子以四教：文、行、忠、信。(《述而》)

　　子曰："文，莫吾犹人也。躬行君子，则吾未之有得。"(《述而》)

　　看此三条引文我们可以知道，"文"是与"行"相对而言的一个概念。在这里，"行"是指具体行为，包括孝、悌、爱众、亲仁等，不是单纯的道德观念，而是观念与行为相统一的道德实践。对这个"文"，邢昺、朱熹等古代儒者皆注为"先王之遗文"，即《诗》《书》等六艺之文。今人则多注为"古代文献"，基本上是一致的。综合古今注家的观点，我们可以说，在这个意义上的"文"，乃是指被文字记载下来的古代知识系统。书本上的知识自然是重要的，因为它们承载着古代圣贤们的思想主张，但相对于躬行践履而言则是次要的。这就是孔子主张"行有余力，则以学文"的原因。在这里隐含着一个悖论："文"与"行"相比应该居于次要地位，这看上去似乎没有问题，但是，如果在没有"学文"的情况下，人们是依靠怎样的观念指导自己的"行"呢？譬如人们根据什么去躬行"孝""悌""爱众""亲仁"呢？究竟是先"学文"还是先"行"呢？这些在孔子这里的确是个问题，后世儒者关于"知"与"行"孰先孰后的讨论，本质上也是试图解决这个问题。

　　然而，在孔子这里"文"却又不仅仅是指"文献"或"知识系统"，它还有更重要的义项，请看下面的引文：

　　　子畏于匡，曰："文王既没，文不在兹乎？天之将丧斯文也，后死者不得与于斯文也；天之未丧斯文也，匡人其如予何？"(《子罕》)

　　　子曰："周监于二代，郁郁乎文哉！吾从周。"(《八佾》)

　　这两条引文中的"文"显然不能仅仅理解为"古代文献"或"知识系统"。朱熹注"文不在兹"之"文"云："道之显者谓之文，盖礼乐制度之谓。不曰道而曰文，亦谦辞也。"[1]这是很准确的理解。这两条引文中的"文"不是指书本记载的知识系统，而是指西周时期的礼乐制度——以贵族等级制

---

　　① (宋)朱熹：《四书章句集注·论语集注·子罕第九》。

为核心的政治制度及其相配套的礼仪形式。用马克思的话说就是包括意识形态在内的整个上层建筑。这样一来，"文"这个概念在孔子的话语系统中就非常重要了，因为孔子一生的最高社会理想便是恢复西周的礼乐制度，使社会按照严格的贵族等级制以及相应的价值秩序重新组织起来，此所谓"克己复礼"。在这个意义上说，"文"也就是儒家之"道"的别称。前引朱注"道之显者谓之文，盖礼乐制度之谓。不曰道而曰文，亦谦辞也"。可谓知言之论。唯曰"谦辞"则未必然，盖语境使然也。

　　那么孔子为什么把社会上层建筑称之为"文"呢？这就与这个字的字义生成与演变相关了。"文"字的本义是指驳杂交错的色彩，所谓"物相杂，故曰文"①。又引申为花纹、纹理，所谓"仲子生而有文在其手"②；又引申为文采，所谓"黄裳元吉，文在其中"③。盖文字出现之初，并无命名，后来因其形与物之纹理、花纹近，故以"文"名之。于是"文"又专指文字言，所谓"书同文，车同轨"。《易传》的作者以"易简之理"解释天地万物，凸现一种空前的抽象性，表现在对"文"的理解与使用上，则是进一步扩大这个概念的外延，用以解释天地及人类社会的普遍存在，从而有"天文"之说：

　　　《易》与天地准，故能弥纶天地之道。仰以观于天文，俯以察于地理，是故知幽冥之故。（《系辞上》）
　　　参伍以变，错综其数。通其变，遂成天下之文；极其数，遂定天下之象。非天下之至变，其孰能与于此。《易》无思也，无为也，寂然不动，感而遂通天下之故。（《系辞上》）

　　"天文""地理"为互文，乃指"在天成象，在地成形"的一切存在物的现象样态。可以说，那些人的耳目所能及的、色彩斑斓、千姿百态的物象通称为"文"。《易传》的作者认为《周易》之卦象与卦辞是对天地之文的概括，其目的乃在于为"人文"——上层建筑，或人类社会的政治制度与文化系统——提供可资借鉴的范本。即所谓"天生神物，圣人则之。天地变化，圣人效之。天垂象，见吉凶，圣人象之。河出图，洛出书，圣人则之"④。这样一来，"文"就上升为一个高度抽象的概念，与"道"、"理"

---

①　《周易·系辞下》。
②　《左传·隐公元年》。
③　《周易·坤·象传》。
④　《周易·系辞上》。

属于同一层级，被用来指称建基于物质存在之上的人类整个政治制度与文化系统。后来刘勰在《文心雕龙·原道》篇中对《易传》的这一思想有所发挥，其云：

> 文之为德也大矣，与天地并生者何哉？夫玄黄色杂，方圆体分，日月叠璧，以垂丽天之象；山川焕绮，以铺理地之形：此盖道之文也。仰观吐曜，俯察含章，高卑定位，故两仪既生矣。惟人参之，性灵所钟，是谓三才；为五行之秀，实天地之心。心生而言立，言立而文明，自然之道也。

日月星辰为天之文，山川湖海为地之文，人的精神显现为言语则为人之文。天文、地文、人文均为"道之文"，是自然而然地产生的，具有某种不言自明的必然性。在这里刘勰道出了《易传》在与天地之文的比较中谈论人文的奥妙所在——为人文，即社会制度与文化系统寻找最终的合法性依据。在古人心目中，"文"是"道"的显现形式，是看得见、摸得着的"道"。《易》是人的创造，是文化形态，自然是属于"人文"，它之所以能够"弥纶天地之道"，乃是因为"仰以观于天文，俯以察于地理"，可知"天文"、"地理"即"天地之道"在自然界的外在显现，人通过对天地的观察即可以窥见大道。"人文"是由仰观俯察而来，故而根本上乃是"道"在人世间之显现。因此无论在自然界还是在人世间，"文"实际上都是"道"的可见形式。"天地之道"显现于人世间便是作为政治制度与文化系统之总名的"文"。如此看来，后世儒家文人有"文以明道"、"文以载道"、"文以贯道"、"文与道俱"等说法，不约而同地坚持"文"和"道"之间的紧密联系，可以说是渊源有自的。进一步来看，儒家对"文"的语义的空前扩展为统治阶层的政治制度建设和文化建设提供了合法性依据，因为这种建设并非纯粹的人为，实为法天之举，故不唯重要，而且神圣。从这个角度说，儒家思想从骨子里就是为统治者服务的，并不为过。当然，统治阶层的制度建设与文化建设必须符合儒家的标准才会被归之于"文"的范畴。

《易传》的作者未必真像古人认为的那样是孔子本人，据许多学者的观点，应是战国时期的儒家学者。但我们依然有理由认为在上述引文中孔子对"文"这个概念的理解与前面分析的《易传》的观点是一致的。当然，作为一个有着强烈现实关怀与政治理想的思想家，孔子并不是从认识论或客观知识论的意义上来使用"文"这个概念的，或者说，它并不是要在纯粹的学理层面弄清楚"天文"、"人文"之间的关系，而是要为西周的礼乐文化寻找某种最终的合法性，使之具有某种神圣色彩。因此孔子的"文"就不是一个抽象的哲学概括，而是有着明确的价值指向的：这个"文"乃是以儒家之道为内涵的，具体言之，就是指尧、舜、禹、汤、文、武及周公等古代圣王建立的礼乐制度与相应的文化观念系统。其核心便是严格的贵族等级制以及与之相应的、为确证这种等级制而制定的繁文缛礼。孔子本人出身于古老的贵族家族，受到过系统的贵族教育，尽管他本人事实上已经不再具有真正的贵族身份，但是从骨子里他是以贵族自居的，他所确立的人格理想与道德原则从根本上说乃是从贵族文化中获得资源的。西周确立并一直延续到春秋时期的那套贵族等级制与礼乐文化在孔子的心目中一直具有某种神圣性质。

儒家的文艺思想，确切说是关于诗与乐的思想，无疑是隶属于"文"的系统的，因此儒家对于文艺的要求，从孔子到康有为，本质上都是一种政治性的，是工具主义的，他们赋予了文艺过多的责任与使命。

二、从"文"看孔子思想的悖论性存在

然而那种曾经是（至少儒家如此认为）活生生的、令人神往的政治制度与文化系统的"文"，在孔子的时代却仅仅剩下古代文献了，成了少有人问津的书本知识。这是孔子所痛心疾首的。他一生的追求就是要沿波讨源——把书本知识还原为现实存在，因此从作为文献资料和书本知识的"文"入手，最终建立起作为礼乐制度的"文"，乃是孔子思想的基本逻辑。

在这里孔子一开始就陷入一个明显的悖论之中，这是他一生的悲剧之根本原因：作为知识系统的"文"是对作为现实制度之"文"的记录或反映，换言之，离开了现实的礼乐制度，那套知识系统就成了无根之物。孔子的目的是重建现实的社会秩序，而他所采取的手段却是作为这种现实秩序之派生物的文化系统，这种倒因为果的路数是注定难以奏效的。孔子的悖论并非个别现象，而是反映出先秦士人阶层的悖论性境遇：他们被抛入到春秋战国之际的乱世之中，既没有昔日贵族们的政治、经济特权，又没有庶民们世代相袭的谋生本领（所谓"农之子恒为农、工之子恒为工、商之子恒为商"），他们唯一拥有的就是一些文化知识。这种古代流传下来的文化知识赋予了这个阶层远大的理想和反思的精神，使他们对价值失范、动荡不宁的现实状况极为不满，亟欲变之而后快。这就形成了他们"以天下为己任"的社会责任感和历史使命感。同样，拥有文

化知识这唯一的特长也决定了他们改造社会的方式与手段——试图通过文化建构来实现政治变革。于是他们阐述经典、著书立说、授徒讲学、奔走游说，不遗余力地兜售自己的思想学说，希望从教育人、改造人（当然主要是君主和执政者）入手进而改造社会。这也就是以孔子为代表的儒家试图凭借道德伦理教化的手段来达到政治目的的原因。手段是道德伦理的、温情脉脉的，目的是政治的、冰冷严酷的，换言之，试图通过宣扬作为文化符号或知识形态的"文"，来实现作为礼乐制度的"文"，这就是孔子的逻辑。这里的问题在于：这两个"文"原本是紧密融合在一起，不可分拆的，到了孔子这里却要把其符号系统当做手段，而把价值内涵作为目的，希望从前者推衍出后者，这当然是不可能的。

孔子当然也意识到了这种悖论性，于是他试图在这两个"文"——作为书本知识的"文"与作为政治制度和文化系统的"文"——之间找到一个中介，从而解决手段与目的的断裂问题。这个中介就是"行"——对书本上记载的古代思想道德观念的自觉恪守与践行。这个"行"主要有两层含义：

第一，君主和执政者们要以身作则，把自己改造为一个像古代的尧、舜、禹、汤、文、武那样的圣贤之人。孔子深信"正己"方能"正人"的道理，认为天下百姓们的所作所为都是看着上面的，所谓"上行下效"。只要最高统治者做到了"为政以德"，能够真正严于律己，臣民们就会像众星拱月一样跟随他、效法他，于是一切问题都会迎刃而解了。因此一部《论语》有相当大的篇幅是教执政者如何做人与为政的。

第二，士人们要自我修养，努力成为躬行君子，即所谓"先行其言而后从之"①。这就是说，士人们肩负着向上匡正执政者的责任，承担着向下教化庶民百姓的义务，但他们要实现这样的责任和义务不能仅仅靠"说"，而更要靠"行"。也就是说，自己要先做到，然后再去说服别人。一部《论语》有相当大的篇幅是教士人们如何自我砥砺，自我提升，去争做君子的，但在孔子的文化逻辑链条中，做君子并不是最终目的，而同样是手段——改造君主、教化百姓，最终达到改造社会政治之理想的手段。

悖论性的社会境遇导致了以孔子为代表的士人阶层在手段和目的之间的错位，于是作为他们思想代表的诸子百家大都不可避免地成为乌托邦主义者（只有法家和纵横家例外）。具有目的与手段双重身份的"文"也

① 《论语·为政》。

就自然而然地带上了乌托邦的性质。在中国古代，特别是儒家那里，"文"始终都是具有强烈乌托邦色彩的话语形态。

孔子的文艺思想——主要是关于诗歌和音乐的思想——只有在这个"文"的系统中才是可以被理解的。诗乐在孔子心目中从来就不是作为审美对象而存在的，它们始终是工具——实现政治目的的工具。我们知道，孔子对诗乐的这种工具主义的而不是审美主义的定位并不是他的独创，事实上，被孔子赞为"郁郁乎文哉"的西周礼乐文化中的诗歌和音乐原本就不是作为审美对象而存在的。孔子对这种"文"——西周的制度与文化——充满无限向往之情，故而自然而然也就继承了对于诗乐的这种工具主义理解。但是二者的情况又不尽一致：由于时代文化历史语境的差异以及言说者身份的差异，这种对诗乐的工具主义理解也就有所不同。据现在可信的文献资料记载，西周的政治制度是贵族等级制，其核心之点是建立在分封制度基础上的"世卿世禄"之制，也就是贵族们在经济、政治上拥有合法的特权地位。与这种制度相应的礼乐文化的主要内容是一套又一套形式繁复的仪式，这种仪式表现于大到祭祀天地、先祖、朝会宴飨，小到日常交接乃至家庭生活的方方面面。由于诗和乐在这种仪式中占有重要位置，所以可以说礼乐仪式本身在今天看来具有很强的审美的性质，或者干脆说这种仪式就是一种审美形式。但是其功能却是直接的政治性的——它时时刻刻提醒着人们注意自己的身份，不要弄错了自己在贵族等级序列中的位置，从而使这种等级制得到确认和强化。周公"制礼作乐"（根据传统的说法）是一项十分成功的文化建设工程，同时也是十分成功的政治制度建设工程。作为文化建设，其深层意义和价值指向都是政治性的；作为制度建设，其表现形式又是艺术的或者审美的。通过审美的方式——雍容典雅的仪式场景、华丽妙曼的音乐和歌舞——来达到确证贵族等级制这一赤裸裸的政治目的，这就是西周礼乐文化的奥妙所在。

孔子的情况则有所不同。毫无疑问，对西周礼乐文化顶礼膜拜的孔子当然非常希望自己也可以建构起一套融合审美形式与政治内容的制度文化，使天下从无序归于有序。但是他所见到的礼乐文化毕竟已经不是西周那种与政治制度密切融合的政治性的、制度化的国家意识形态了，在他这里礼乐文化仅仅是一套符号系统而已，是缺乏生命活力的知识形态。他的传承者与倡导者也不再是周公那样的执政者，而是无拳无勇的布衣之士。于是孔子不得不调整策略：弱化了对诗乐等文艺形式直接的政治功用的要求，突出了对其伦理教化意义的强调。在以孔子为代表的儒家看来，诗乐等首先是用来感化人、教育人，引人向善的。通过诗乐的熏陶教育，培养起人们的君子人格，然后再由这些人格高尚的君子来实现政治上的社会改造。于是在儒家这里就形成了这样一条路线：以诗乐等艺术形式为主要手段的人格教育——君子人格的形成——实现改造社会的政治目的。这就是所谓"克己复礼"的过程。"克己"是自我改造，是人格提升，是"达己达人"的过程，此为手段；"复礼"是全面恢复西周时期的政治制度从而实现社会的有序化，此为目的。诗乐等艺术形式被孔子安排为这一过程的一个不可或缺的环节，从而被赋予了极为重要的政治伦理功能。

通过以上分析我们看到，"文"在孔子的话语系统中绝不是一个可有可无的东西，它表征着儒家治国平天下的理想与策略。但是无论孔子和其他儒家们如何凸现"文"的价值，其居于"次要"地位的实际都是无法否认的：作为手段，"文"在孔子话语系统中的地位永远不可能超越目的。例如与"行"相比，"文"就是居于第二位的，只有"行有余力"才会去学文。由于在孔子的时代"文"不是作为实际的社会意识形态存在的，而只是一套离开了现实依傍的符号系统，故而无论孔子如何强调它的意义，都不能掩盖其外在性、形式性的事实，也就是说，孔子也非常清楚"文"的虚幻性质。正是由于这个原因，在孔子的观念里又有着"文"与"质"的分别。他说：

> 质胜文则野，文胜质则史。文质彬彬，然后君子。(《雍也》)
>
> 棘子成曰："君子质而已矣，何以文为？"子贡曰："惜乎！夫子之说君子也，驷不及舌。文犹质也。质犹文也。虎豹之鞟犹犬羊之鞟。"(《颜渊》)

从这两条引文可见，在孔子和他的弟子们的观念中，"文"除了作为"书本上的"、"知识形态的"而与"行"相比处于次要地位之外，还因为作为"外在的"、"表面的"而与"质"相比也处于次要地位。这与"巧言令色，鲜矣仁"之说、"刚毅、木讷，近仁"之说，都有着相通之处，表达一种重实际而轻形式的价值标准。在这里有一点需要说明：严格说来"文、行、忠、信"之"文"与"文不在兹"之"文"、"文质彬彬"之"文"三者并不是同一个概念，它们各自有着不同的内涵与外延，但是，毫无疑问，这三个"文"又有着极为密切的关联性，它们在意义的生成过程中彼此之间是相互渗透的。我们正是要在作为不同概念的"文"之间寻找其关联性，从而对孔子乃至儒家的文艺思想背后隐含的复杂性有一个比较深入的理解。

于是我们看到了孔子的矛盾：一方面他对那套保存于文献资料中的西周礼乐文化推崇备至，并以之为最高社会理想；另一方面他又清醒意识到这套礼乐文化毕竟只是观念中的价值秩序而非社会中实际存在的价值秩序，因此他寄希望于人们的自我修养，这种自我修养的本质是对那套观念中的价值秩序的自觉认同与躬行践履。于是"行"或"质"便在孔子的话语系统中获得某种重要性。这种重要性并不意味着"行"或"质"在任何情况下都要高于"文"，而只是说明"文"作为知识形态或符号系统的价值不如它作为内化于人的实践行为的价值。换言之，"行"或"质"只是因为它是人们依据"文"来行动才具有价值的。因此归根结底，"文"的价值还是最根本的、第一位的。从孔子开始，在两千年的儒家文化发展演变过程中，都呈现出这样一种情形：儒生是社会各种身份的人群中最重视外在形式的，是最讲究仪式的，也就是说，是最重视"文"的。但是从汉儒到宋儒再到清代的朴学家，他们又是最喜欢把"行"、"质"、"实"这类字眼挂在口头的，诸如"修齐治平"、"通经致用"、"知行合一"、"实学"等，无不把实用目的置于首位。从社会分工来说，以儒生为代表的古代知识阶层的主要任务是文化的传承与意识形态的建构；而从他们自身的身份认同来说，他们的历史使命则是"治国平天下"。这种实际的社会身份与他们自己的角色预期之间的错位就造成他们的话语矛盾："文"本来是他们赖以存在的依据，是生存之本，但是他们又不满足于此，总是试图赋予"文"以超出其可能范围的功能。这是孔子和他代表的儒生以及整个中国古代知识阶层的悖论性存在，也是整个中国古代主流文化的悖论性存在。

在孔子的心目中"文"固然有着崇高的地位，但在现实中他时时面对的"文"却都是书本知识而非实际社会存在。因此孔子所建立的儒学虽然是对这一"文"的系统的继承（所谓"删述六经"、"述而不作"云云），但毕竟不能仅仅停留在对"文"的解释与讲述之上，孔子根据实际的需要为之增加了许多新的因素[①]。所谓"新的因素"乃是指孔子为达到使流传下来的作为书本知识的西周文化落实为实际的社会价值而提出的种种措施与主张。我们看下面两条引文：

[①] 这里所谓"实际的需要"是指孔子欲使"文"从书本知识变为现实价值秩序的迫切要求。如前所述，这里存在着目的与手段之间的错位。

子以四教：文、行、忠、信。（《述而》）

子曰："从我于陈、蔡者，皆不及门也。德行：颜渊、闵子
骞、冉伯牛、仲弓。言语：宰我、子贡。政事：冉有、季路。
文学：子游、子夏。"（《先进》）

此文、行、忠、信之四教，亦可归于德行、言语、政事、文学所谓
孔门四科。盖"文"与"文学"义同，指古代文献；"行"可涵盖言语、政
事①；"忠"、"信"则均为德行之属。由此"四科"和"四教"可见，孔子开
创的儒学，按照孔子本人"克己复礼"的理路，应该是这样一个逻辑顺序：
文或文学固然是古代文献，是书本知识，但同时又是作为儒家最高社会
理想之蓝本而存在，因此在四者之中居于至高无上的地位。其他三项皆
为实现"文"之手段。然而"文"这种至高无上的位置只是在逻辑上才是成
立的，在实际上，由于"文"所指示的古代贵族等级制社会已然无法重现，
因而儒家们极力标榜的"文"也就只能是作为文献资料或书本知识存在着。
这一点在孔子心目中已经是很清楚了。他知道自己"祖述尧舜、宪章文
武"的雄心壮志是无法实现的。这就使得"文"在孔门四科之中实际上是处
于末位。只是作为道德修养、政治活动之余才从事的事情。如前所述，
这正是儒家学说的悖论性存在之所在。

与孔子和他所代表的儒家相反，在先秦，墨家、道家和法家对"文"
的态度是截然相反的，这也从一个侧面反映出"文"的乌托邦性质。墨家
讲"非乐"，原因很简单，就是因为它没有实际的用途，即"与君子听之，
废君子听治；与贱人听之，废贱人之从事"，而且还"亏夺民衣食之
财"。② 道家则认为"文"的产生本身就是人心不古、道德沦丧的结果，故
而"文灭质，博溺心，然后民始惑乱，无以反其性情而复其初"③。这就
是说，"文"是对人的本性的遮蔽，它的存在不仅无益于人的生存，而且
还使人生活在惑乱与虚假之中。法家则从"文"对"法"的危害的角度来否
定其价值，即"儒以文乱法，侠以武犯禁……文学者非所用，用之则乱
法"④。墨、道、法三家对"文"的否定性评价虽然出于不同角度，但都说
明"文"在当时已经是一套不切实际的知识系统，而不再是实际的制度和

---

① 言语指诸侯、大夫之间聘问交接之际的"专对"，乃外交行为；政事即指政治事务而言，
　自然亦属于"行"的范围。
② 《墨子·非乐》。
③ 《庄子·缮性》。
④ 《韩非子·五蠹》。

支配着人们行为的观念系统了。

正是因为"文"成了永远无法实现的乌托邦，因此儒生们才会以"文"作为自己终生的职业。这一点在汉代的经生那里表现得最为突出。无论是经今文学还是经古文学，都是对那些乌托邦文本的解读，微言大义也罢，章句训诂也罢，都无法直接转换为现实价值。

有人曾经说过，中国古代也有好的东西，只可惜都是在书本上。意思是说，中国传统社会实际上是很黑暗的，是人吃人的，但是在文人士大夫的笔下又总有许多光辉灿烂之物，诸如道德高尚的圣人、贤者、君子，朝乾夕惕、宵衣旰食、与民同乐的君主，路见不平、拔刀相助的侠客，为民请命、抗颜犯上的清官，林林总总，目不暇接。但实际上多半都是假的。这种观点或许有偏激之处，但无疑也说出了某种实情。在中国古代，历史叙事的虚假性与文学叙事的假定性有着深层的一致性，都是"文"之传统的产物。被古代文人士大夫奉为至宝的那个"文"，的确有浓厚的乌托邦色彩，这在孔子那里已然如此了。文人士大夫们为了给现实君主和执政者树立榜样，就会采用"神化书写"方式，把一些人和事神圣化。也就是用一种道德化书写来进行历史叙事，把传说和历史上的人物按照既定的道德准则或褒或贬，使历史叙事成为一部道德教科书，历史人物都按照道德谱系被排列起来。明了了这层意思，我们在赞叹古代读书人良苦用心的同时，也要保持足够的警惕，不要被他们那套话语建构所迷惑，误以为都是真的。

在中国古代"文"作为以儒家为代表的知识阶层的话语建构虽然从来没有从书本直接落实为现实，但是它对现实的影响却是不容小觑的。如果说"文"是代表着一种理想化价值取向的"力"，人们的实际现实需要和欲望是代表另外一种价值取向的"力"，那么经过这两种方向不同的"力"的角逐之后，人们在实际生活中奉行的乃是第三种"力"所指示的方向。借用恩格斯的话说，这第三种"力"是前面两种"力"所构成的"力的平行四边形"的对角线，是一种"合力"。奉行这种价值观念的人，对于君主来说其实就是那种"外儒内法"式的人物，依靠仁义道德的说辞和严刑峻法的手段来维持统治；对于庶民百姓来说，则是那种既为个人利益所左右，又顾及乡党舆论，做事瞻前顾后、谨小慎微的人；对于读书人来说，则是那种好面子，重形式，善于文过饰非，好高骛远、志大才疏式的人物。所以毋庸讳言，我们的祖先开创的这一"文"的话语系统不仅带有一种中看不中用的特性，而且具有很严重的虚伪性。我们在继承传统文化的过程中应该充分意识到其消极的一面。

第三节　孔子的诗歌功能论

一、孔子诗歌功能论赖以存在的文化语境

我们知道，春秋战国是一个"礼崩乐坏"的时代。"礼崩乐坏"不仅仅是指西周的典章制度受到破坏，而更主要的是表明了在三百年的西周贵族社会中形成的那套曾经是极为有效的、被视为天经地义的价值观失去了合法性。这就出现了"价值真空"的局面。人们都是按照自己的利益行事，不再相信任何普适性的道德和信仰的价值规范。韩非所说的"上古竞于道德，中世逐于智慧，当今争于气力"①，正是指这种情形而言。各诸侯国的统治者们都奉行实力政策，全副精神用于兼并或反兼并的政治、外交和军事活动，根本无暇顾及意识形态的建设。于是那些处于在野地位的士人思想家就当仁不让地承担起建构新的社会价值观念体系，即为天下立法的伟大使命。从主体角度看，士人思想家要充当立法者还因为他们的确拥有立法的资本：这个特殊的社会阶层在政治、经济方面可以说一无所有，却唯独拥有文化知识和智慧。他们试图干预社会的方式也就由此决定。于是建构社会价值观念体系，使社会从无序而达到有序，从而实现自身的价值就成为他们最佳的也许是唯一的选择。诸子百家都是以立法者的姿态现身的，从历史的角度看，他们的区别仅表现于各自所立之"法"的不同价值取向以及最终是否能够取得合法性上。

那么以孔子为代表的士人思想家们为自己的立法行为所采取的策略和价值取向是怎样的呢？我们这里只考察一下儒家的情况。

如前所述，西周礼乐文化的直接继承者是儒家士人。表面看来，儒家士人是士人阶层中最为保守的一部分，实际上他们与主张彻底抛弃礼乐文化的道家以及主张用夏礼的墨家并无根本性区别，他们都是在建构一种社会乌托邦，目的是为社会制定法则。区别仅在于：儒家是要在废墟的基础上，利用原有的材料来建构这个乌托邦，而道家、墨家则是要重新选择地址来建构它。所以儒家也不是什么复古主义。由于儒家同样是要建构乌托邦，所以他们就必然要对那些原有的建筑材料——西周的文化遗存进行新的阐释，赋予新的功能；又因为他们毕竟是借助了原有的建筑材料，所以他们的乌托邦也就必然留有旧建筑的痕迹。这两个方

---

① 《韩非子·五蠹》。

面都在儒家关于诗歌功能的新阐发中得到表现。

　　孔子对诗歌功能的理解与诗歌在西周至春秋时期的实际功能已然相去甚远。例如对诗歌的仪式化作用，主要是其沟通人神关系的功能，孔子就基本上没有论及。本来《颂》诗和二《雅》的一部分是在各种祭祀仪式中用来"告于神明"的乐舞歌辞，这可以说是诗歌在西周官方意识形态中最早的也是最基本的功能了。但是声称"周监于二代，郁郁乎文哉！吾从周"的孔子却对诗的这种重要功能视而不见。这是什么原因呢？其实很简单：在孔子的时代诗歌原有的那种沟通人神关系的功能已经随着西周贵族制度的轰毁而荡然无存了。而孔子的言说立场也不再是处于统治地位的贵族立场，而是处于民间地位的士人立场。在西周的文化历史语境中，诗歌作为人神关系中的言说方式实际上负载着强化既定社会秩序、使贵族等级制获得合法性的重要使命。而对于孔子所代表的儒家士人来说，重要的是建构一种新的社会乌托邦，而不是强化已有的社会秩序。

　　但是对于诗歌原有的沟通君臣关系的功能孔子却十分重视，他说："诗可以兴，可以观，可以群，可以怨。迩之事父，远之事君；多识鸟兽草木之名。"①诗如何可以"事君"呢？这里主要是靠其"怨"的功能。孔子将"怨"规定为诗歌的基本功能之一，是对西周之末、东周之初产生的那些以"怨刺"为主旨的"变风变雅"之作的肯定。"怨"不是一般地发牢骚，而是向君主表达对政事不满的方式，目的是引起当政者重视而有所改变。所以，孔安国认为"怨"是指"怨刺上政"，是比较合理的解释；朱熹将其释为"怨而不怒"就明显隔了一层。"怨刺上政"并不是单方面地发泄不满情绪，而是要通过"怨"来达到某种影响"上政"的目的，这样才符合"事君"的原则。我们知道，在西周至春秋中叶之前，在贵族阶层之中，特别是君臣之间的确存在着以诗的方式规劝讽谏的风气。《毛诗序》所谓"上以风化下，下以风刺上，主文而谲谏，言之者无罪，闻之者足以戒，故曰风"。或许并不是想当然的说法，而是对古代贵族社会内部某种制度化的沟通方式的描述——诗歌被确定为一种合法的言说方式，用这种方式表达不满即使错了也不可以定罪。

　　所以孔子对诗歌"怨"的功能的强调并不是赋予诗歌新的功能，而是对诗歌原有功能的认同。孔子虽然已经是以在野的布衣之士的身份言说，但是他的目的却是要重新建立一种理想的政治秩序，所以对于西周文明中某些方面还是要有选择的保留的。

────────────

　　①　《论语·阳货》。

诗歌在春秋时期政治生活中那种独特的作用即"赋诗明志"，大约是西周时期贵族内部那种以诗歌来进行沟通的言说方式的某种泛化。根据《左传》《国语》等史籍记载，在聘问交接之时通过赋诗来表达意愿并通过对方的赋诗来了解其意志甚至国情，成了普遍的、甚至程式化的行为。赋诗的恰当与否有时竟成为决定外交、政治、军事行动能否成功的关键。尽管"赋诗明志"的文化现象与孔子的价值取向并无内在一致性，但是对于诗歌这样实际存在的特殊功能孔子却不能视而不见。所以他教导自己的儿子说："不学诗，无以言。"①又说："诵《诗》三百，授之以政，不达；使于四方，不能专对；虽多，亦奚以为？"②这里"无以言"的"言"，显然是"专对"之义，指外交场合的"赋诗明志"。孔子这里提倡的是诗歌的实用功能，与儒家精神无涉。所以随着诗歌的这种实用功能的失去，孔子之后的儒家如子思、孟子、荀子等人那里再也无人提及它了。

孔子毕竟是新兴的知识阶层的代表人物，他对诗歌的功能自然会有新的阐发。他之所以不肯放弃对诗的重视是因为儒家的基本文化策略是在原有文化资源的基础上进行建构而不是另起炉灶；而他之所以要赋予诗歌新的功能是因为他毕竟代表了一种新的文化价值取向。

孔子对诗歌功能的新阐发，或者说赋予诗歌新的功能主要表现在将诗歌当做修身的重要手段上。《为政》说："《诗三百》，一言以蔽之，曰：思无邪。""思无邪"本是《鲁颂·駉》中的一句，是说鲁僖公养了很多肥壮的战马，这是很好的事情，这里并不带有任何的道德评价的意味，但是在孔子这里却被理解为"无邪思"之义。朱熹说："'思无邪'，《鲁颂·駉》篇之辞。凡诗之言，善者可以感发人之善心，恶者可以惩创人之逸志，其用归于使人得其情性之正而已。然其言微婉，且或各因一事而发，求其直指全体，则未有若此之明且尽者。故夫子言《诗》三百篇，而惟此一言足以尽盖其义，其示人之意亦深切矣。"程子曰："'思无邪'者，诚也。"③这里当然有宋儒的倾向，但是大体上是符合孔子本意的。这可由其他关于诗的论述来印证。其云："兴于诗，立于礼，成于乐。"④汉儒包咸注"兴于诗"云："兴，起也。言修身当先学诗。"⑤朱熹注云："兴，起也。《诗》本性情，有邪有正。其为言既易知，而吟咏之间，抑扬反覆，

---

① 《论语·季氏》。

② 《论语·子路》。

③ （宋）朱熹：《四书章句集注·论语集注·为政第二》。

④ 《论语·泰伯》。

⑤ （清）刘宝楠：《论语正义》卷九引。

其感人又易入。故学者之初，所以兴起其好善恶恶之心而不能自已者，必于此而得之。"①可知汉儒、宋儒持论相近，都是孔子将诗歌作为修身的必要手段。孔子又说："人而不为《周南》《召南》，其犹正墙面而立也与？"②意思是说一个人只有学习了《周南》《召南》才会懂得修身齐家的道理，才会做人，否则就会寸步难行。同样是将诗歌作为修身的手段。在孔子看来，西周时期的礼乐文明主要在于它是一种美善人性的表现，而不在于其外在形式。所以他说："礼云礼云，玉帛云乎哉？乐云乐云，钟鼓云乎哉？"③按照孔子的逻辑也完全可以说："诗云诗云，文字云乎哉？"——诗歌的意义不在于文辞的美妙，而在于其所蕴含的道德价值。

由此可见，原本或是祭祀活动中仪式化的乐舞歌辞，或是君臣上下沟通方式，或是民间歌谣的诗歌，在孔子这里被阐发为修身的必要手段。诗歌原本具有的那些功能：贵族的身份性标志、使既定社会秩序合法化以及沟通上下关系、聘问交接场合的外交辞令等，在孔子的"立法活动"或价值重构工程中都让位于道德修养了。那么孔子为什么要将修身视为诗歌的首要功能呢？这是一个极有追问价值的问题，因为这个话题与孔子所代表的那个知识阶层的身份认同直接相关，同时也是一种"立法"的策略。对此我们在这里略作探讨。

孔子所代表的这个被称为(亦自称为)"士"的知识阶层是很独特的一群人。依照社会地位来看他们属于"民"的范畴，没有俸禄，没有职位，不像春秋以前的作为贵族的"士"那样有"世卿世禄"的特权。他们之所以能够成为一个独立的社会阶层唯一的依据就是拥有文化知识，此外他们可以说一无所有。但是这个阶层却极为关心天下之事，都具有强烈的政治干预意识。这或许是他们秉承的文化资源即西周的王官文化所决定的；或许是因为他们生存在那样一个战乱不已、动荡不安的社会现实中，希望靠关心天下之事、解决社会问题来寻求安定的社会环境，从而解决自己的生存问题。不管什么原因，这个阶层的思想代表们——诸子百家都是以天下为己任的，都试图为这个濒于死亡的世界提供疗救的良药。

诸子百家之学本质上都是救世的药方。那么如何才能救世呢？

首先就是为这个混乱无序的世界制定法则。所以诸子百家实际上人人都在扮演立法者的角色。如果说老庄之学的主旨是要将自然法则实现于人世间，即以自然为人世立法，那么儒家学说则是要在西周文化遗留

---

① （宋）朱熹：《四书章句集注·论语集注·泰伯第八》。

② 《论语·阳货》。

③ 《论语·阳货》。

的基础上改造原有的社会法则。在充当立法者这一点上老庄孔孟以及其他诸家并无不同。那么，他们凭什么认为自己是立法者呢？或者说，他们是如何将自己塑造为立法者这样一种社会角色的？

儒家的策略是自我神圣化。我们知道，儒家是在继承西周文化的基础上来建构自己的学说的，商人重鬼神，周人重德行，所以他们就抓住了一个"德"字来为自己的立法者角色确立合法性。看西周典籍如《周书》以及《周易》《周颂》《周官》等，周人的确处处讲"德"。如《洪范》讲"三德"、《康诰》讲"明德慎罚"、《酒诰》讲"德馨香祀"、《周礼》讲"六德"、《周颂·维天之命》讲"文王之德之纯"等。这都说明周人确实是将"德"当做一种最重要的、核心的价值观看待的。周人的所谓"德"是指人的美德，也就是在人际关系中表现出来的一种恭敬、正直、勤勉、勇毅、善良的品质。盖西周政治是以血亲为纽带的宗法制度，所以要维持贵族内部的和谐团结就必须有一种统一的、人人自觉遵守的伦理规范。"德"就是这种伦理规范的总体称谓。孔子对周人遵奉的伦理规范加以改造，使之更加细密、系统，从而建构起一种理想化的圣贤人格。仁义礼智、孝悌忠信是这种理想人格的基本素质。这八个字可以说是孔子教授弟子的最基本的内容，同时也是儒家士人自我神圣化的主要手段。例如"君子"本来是对男性贵族的统称，例如《诗·魏风·伐檀》的"彼君子兮，不素餐兮"之谓就是指贵族而言。但是到了孔子这里"君子"就成了一种道德人格：有修养、有操守的人称为君子，反之则是小人。例如他说："君子之于天下也，无适也，无莫也，义之与比。"又说："君子怀德，小人怀土。君子怀刑，小人怀惠。"又说："君子喻于义，小人喻于利。"①孔子要求他的弟子都要做君子，不要做小人。君子、小人之分暗含着对立法权的诉求：我是君子，所以我有权为天下制定法则。

所以孔子对圣贤人格或君子人格的建构过程同时也就是证明自己立法活动之合法性的过程。而且这种君子人格所包含的价值内涵实际上也就是孔子所欲立之"法"的重要组成部分。这样立法活动与证明立法权之合理性的活动就统一起来了。这真是极为高明的文化建构策略。然而无论孔子的策略如何高明，在当时的文化历史语境中他的立法活动都是无效的，因为除了儒家士人内部之外他再也没有倾听者了。他的价值观念无法得到社会的认同，因此也就无法真正获得合法性。但是作为一种完整的话语系统，孔子的思想在后世得到了最为广泛、最为长久的普遍认

---

① 《论语·里仁》。

同，同时孔子本人也被后世儒者继续神圣化，直至成为人世间一切价值的最高权威。

孔子在为天下立法过程中建构起的话语体系可以说是中国古代最早的精英文化。孔子及其追随者为了维护这种精英文化的纯洁性，极力压制、贬低产生于民间的下层文化。因为只有在与下层文化的对比中方能凸显出精英文化的"精英"性来。这一点在孔子对"雅乐"的维护与对"郑声"即"新乐"的极力排斥上充分地表现出来。他说："恶紫之夺朱也，恶郑声之乱雅乐也，恶利口之覆邦家者。"①这里所谓"雅乐"是指西周流传下来的贵族乐舞，其歌辞便是《诗经》中的作品。这类诗乐的特点按孔子的说法是"乐而不淫，哀而不伤"的，是可以感发人的意志，引导人向善的。"郑声"则是产生于郑地的民间新乐，其特点是"淫"，即过分渲染感情的。

孔子通过对"雅乐"与"郑声"的一扬一抑、一褒一贬确立了儒家关于诗歌评论的基本原则，凸现了精英文化与民间文化的根本差异，并确立了精英文化的合法地位。实际上，如果"郑声"仅仅是一种自生自灭的民间文化，孔子恐怕也没兴趣去理睬它。看当时的情形，"郑声"这种民间艺术似乎颇有向上层渗透的趋势，甚至有不少诸侯国的君主都明确表示自己喜欢"新声"，而不喜欢"雅乐"。也就是说，"新声"以其审美方面的新奇与刺激大有取代"雅乐"的趋势。孔子是精英文化的代表者，为了维护精英文化的合法性，就必然会贬抑民间文化，这里并不完全是由于价值观上的差异。孔子凸显精英文化之独特性的根本目的还是要与统治者的权力意识及民间文化区分开来，以便充分体现儒家学说作为"中间人"的文化角色，如此方可代天下立言。

二、孔子对诗歌功能的新认识

下面让我们来看在孔子对《诗经》的理解中是如何贯穿这种文化角色以及这种文化角色是如何影响到孔子的诗学观念的。这可不是个小事情，因为影响了孔子的诗学观念也就等于影响了两千多年的中国古代诗学。

据《史记·孔子世家》记载，孔子曾经将原有的三千多首诗作"去其重"，编订为后来《诗经》的规模。于是便有了历代相传的孔子删诗的说法。自清代以来，疑者蜂起。人们怀疑的理由很充分：据《左传》《国语》等史籍的记载，在孔子之前《诗经》基本上已经具备了后来的规模。而且

---

① 《论语·阳货》。

孔子本人也有"《诗三百》"的说法。如此看来，孔子"删诗"之说是不能成立的。以理度之，由于孔子授徒讲学是以《诗》《书》等为基本教材的，所以他很可能对这些在传承中难免出现舛错、混淆以及多种传本的典籍进行过一定程度的整理校订。他尝自称"述而不作，信而好古"①。这个"述"字除了传述、教授之意外，恐怕还包含着整理的含义。正如他在鲁国史书的基础上整理、加工出《春秋》一书一样，他自己也说："吾自卫返鲁，然后乐正，《雅》《颂》各得其所。"②后世儒者的孔子"删诗"、孔子"作《春秋》"以及孔子为了"托古改制"而创制"六经"等种种说法，大约均系由此捕风而来。

不管孔子是否真的对《诗经》进行过整理加工，都丝毫不影响他在诗学观念上的伟大贡献。我们完全可以说，孔子是中国古代第一个对诗歌功能做出全面、深刻阐述的思想家。但是，孔子的诗学观念又是十分复杂的，以往人们对这种复杂性往往缺乏足够的认识，当然也就谈不上深入理解了。在笔者看来，孔子诗学的这种复杂性主要来自于他对诗歌功能的认定乃是出于不同的文化语境，或者说，是出于对诗歌在历史流变中呈现出的多层次、多维度的政治文化功能的兼收并蓄。而贯穿其中的一条主线则是对《诗经》充当"中间人"的意识形态功能的坚持。还是先让我们看一看孔子是如何论及诗歌功能的吧！

1. 兴于诗，立于礼，成于乐。（《泰伯》）

2. 人而不为《周南》《召南》，其犹正墙面而立也与？（《阳货》）

3. 诵《诗》三百，授之以政，不达；使于四方，不能专对，虽多，亦奚以为？（《子路》）

4. 不学《诗》，无以言。（《季氏》）

5. 小子何莫学夫《诗》？《诗》可以兴，可以观，可以群，可以怨。迩之事父，远之事君；多识鸟兽草木之名。（《阳货》）

以上五条是孔子对于《诗》的功能的基本看法。如果我们稍稍进行一下比较就不难发现，这些功能实际上并不是处于同一层面的，它们并不是同一文化历史语境的产物，简单地说，它们并不都是可以同时存在的。

---

① 《论语·述而》。

② 《论语·子罕》。

这种情形是如何形成的呢？为了解决这个问题，我们就必须进一步追问：这些看法是怎样形成的呢？是孔子对诗歌在实际的政治文化生活中之作用的概括总结，还是他寄予诗歌的一种期望？是他个人对诗歌功能的理解，还是当时普遍的观念？

上引1、2两条毫无疑问是讲修身的。对于"兴于诗"，朱熹注云："兴，起也。《诗》本性情，有邪有正。其为言既易知，而吟咏之间，抑扬反覆，其感人又易入。故学者之初，所以兴起其好善恶恶之心而不能自已者，必于此而得之。"①朱熹的意思是由于《诗》是人的本性的呈现，所以具有激发人们道德意识的功能。关于第2条，历代注家皆以为"不为《周南》《召南》"，即意味着不能自觉进行道德修养，因此就像面墙而立一样，寸步难行。然而考之史籍，修身实非诗歌的固有功能。据《周礼》《礼记》记载，诗歌的确是周人贵族教育的重要内容。但是在西周，诗与乐结合，同为祭祀、朝觐、聘问、燕享时仪式的组成部分，属于贵族身份性标志的重要方面。而在春秋之时，诗则演化为一种独特的外交辞令，更不具有修身的意义。所以孔子在这里所说的修身功能乃是他自己确定的教育纲领，当然也是他授徒讲学的实践活动所遵从的基本原则。因此孔子关于诗歌修身功能的言说可以说是他与弟子们构成的私学文化语境的产物，在当时是没有普遍性的。根据孔子的道德观念与人格理想，他的修身理论的主要目的是要将人改造成为能够自觉承担沟通上下、整合社会、使天下有序化的意识形态的人：在君主，要做到仁民爱物、博施济众；在士君子，要做到对上匡正君主，对下教化百姓；在百姓，则要做到安分守己、敬畏师长。总之，家庭和睦、天下安定、人民安居乐业乃是孔子修身的最终目的。后来儒家大讲特讲的"修、齐、治、平"，正是对孔子精神合乎逻辑的展开。孔子基于"修身"的道德目的来理解《诗》，就必然使他的"理解"成为一个价值赋予的过程。无论一首诗的本义如何，在孔子的阐释下都会具有道德的价值——这正是后来儒家《诗经》阐释学的基本准则。

第3、4条是讲诗歌的政治功能。看看《左传》《国语》我们就知道，这是春秋时普遍存在的"赋诗言志"现象的反映。《左传》一书记载的"赋诗"活动有三十余次，其中最晚的一次是定公四年（前506）楚国的大夫申包胥到秦国求援，秦哀公为赋《无衣》。这一年孔子已经45岁。这说明在孔子生活的时代，"赋诗言志"依然是贵族的一项受到尊重的并具有普遍性

---

① （宋）朱熹：《四书章句集注·论语集注·泰伯第八》。

的才能。尽管在《论语》中没有孔子赋诗的记载，但我们可以想见，在他周游列国的漫长经历中，一定也像晋公子重耳那样，所到之处，与各国君主、大夫交接之时常常以赋诗来表情达意的。这样，孔子对诗的"言"或"专对"功能的肯定就是彼时大的文化历史语境的产物，具有某种必然性。倘若在孟子或荀子那里依然强调诗歌的这一功能，那就显得莫名其妙了。这种对《诗》的工具主义的使用，按照孔子的思想逻辑，是不会予以太大的关注的，因为他历来主张"辞，达而已矣"，并认为"刚毅木讷，近仁"，"巧言令色，鲜矣仁"。但是由于在他生活的时代利用诗歌来巧妙地表情达意乃是极为普遍的现象，而且在某种意义上还是贵族身份的标志，所以他也不能不对诗歌的这种功能予以一定程度的肯定。

第5条是孔子关于诗歌功能的最重要的观点，其产生的文化语境也最为复杂。关于"兴"，孔安国说是"引譬连类"，朱熹注为"感发志意"。以理度之，朱说近是。此与"兴于诗"之"兴"同义，是讲修身（激发道德意识）的作用。关于"观"，郑玄注为"观风俗之盛衰"，朱熹注为"考见得失"，二说并无根本区别，只是侧重不同而已。这是一种纯粹的政治功能。关于"群"，孔安国注为"群居相切磋"，朱熹注为"和而不流"。二说亦无根本差异，只是朱注略有引申，而这种引申非常符合孔子本意。孔子尝云："君子矜而不争，群而不党。"朱熹注云："和以处众曰群。"①可见这个"群"具有和睦人际关系之意。这是讲诗歌的沟通交往功能。关于"怨"，孔安国注为"怨刺上政"，朱熹注为"怨而不怒"，意近。这也是讲诗歌的政治功能。

如此看来，"兴、观、群、怨"涉及诗的三个方面的功能。关于修身功能已如前述，不赘。关于沟通、交往功能则《荀子·乐论》有一段关于音乐功能的言说堪为注脚。其云：

> 故乐在宗庙之中，君臣上下同听之，则莫不和敬；闺门之内，父子兄弟同听之，则莫不和亲；乡里族长之中，长少同听之，则莫不和顺。故乐者，审一以定和者也……

这里所说的"乐"是包含着"诗"在内的。在荀子看来，"乐"的伟大功能是调节各种人际关系，使社会变得更加和睦、团结。这正是孔子"群"的本义。

---

① （宋）朱熹：《四书章句集注·论语集注·卫灵公第十五》。

关于政治功能，孔子是从两个角度说的：一是执政者的角度，即所谓"观"，也就是从各地的诗歌之中观察民风民俗以及人们对时政的态度。在《孔子诗论》中有"《邦风》其内物也博，观人俗也"①之说，可以看作是对"兴、观、群、怨"之"观"的展开。二是民的角度，即所谓"怨"，亦即人民对当政者有所不满，通过诗歌的形式来表达。《孔子诗论》云："贱民而怨之，其用心也将何如？曰：《邦风》是也。民之有戚患也，上下之不和者，其用心也将何如？"②这是对"怨"的具体阐释。从这里可以看出，孔子对诗歌这种"怨"的功能十分重视，并且认为"怨"的产生乃是"上下不和"所致。而"怨"的目的正是欲使"上"知道"下"的不满，从而调整政策，最终达到"和"的理想状态。由此可以看出"兴、观、群、怨"说的内在联系。

这样看来，孔子对诗歌功能的确认共有四个方面：修身、言辞、交往、政治。这四种功能显然是不同文化历史语境的产物，是《诗经》作品在漫长的收集、整理、传承、使用过程中渐次表现出的不同面目的概括总结。这种对诗歌功能的兼容并举态度，是与孔子本人的文化身份直接相关的。如前所述，孔子祖上是宋国贵族，他本人也曾在鲁国做过官，有着大夫的身份，他晚年也受到鲁国执政者的尊重，被尊为"国老"。这些都使他常常自觉不自觉地站在官方的立场上说话。但是，他毕竟又是春秋末年兴起的民间知识阶层（即士阶层）的代表，具有在野知识分子与生俱来的批判意识与自由精神，同时他作为传统文化典籍的传承者、整理者，作为最为博学的西周文化的专家，对先在的文化遗产怀有无比虔诚的敬意。这样三重身份就决定了孔子对诗歌功能的理解和主张是十分复杂的。作为现实的政治家，他不能不对在当时普遍存在于政治、外交甚至日常交往场合的"赋诗"现象予以足够的重视，所以他强调诗的言说功能；作为新兴的在野士人阶层的思想家，他对于自身精神价值的提升十分重视，深知"士不可不弘毅，任重而道远"的道理，故而时时处处将道德修养放在首位。对于长期存在于贵族教育系统中的《诗三百》，孔子也就自然而然地要求它成为引导士人们修身的手段。而他的社会批判精神也必然使其对诗歌的"怨刺"功能予以充分的重视。最后，作为西周文

---

① 李学勤释文，参见李学勤：《〈诗论〉的体裁和作者》，见上海大学古代文明研究中心、清华大学思想文化研究所编：《上博馆藏战国楚竹书研究》，上海，上海书店出版社，2002，第60页。

② 王志平释文，参见王志平：《〈诗论〉笺疏》，见上海大学古代文明研究中心、清华大学思想文化研究所编：《上博馆藏战国楚竹书研究》，上海，上海书店出版社，2002，第211页。

化的专家和仰慕者，孔子对《诗三百》在西周政治文化生活中曾经发挥过的重要作用当然心向往之。而沟通君臣、父子、兄弟乃至贵族之间的关系，使人们可以和睦相处，使社会安定有序正是诗乐曾经具有的最重要的社会功能，是周公"制礼作乐"的初衷。① 因此对于诗歌沟通、交往功能的强调对孔子来说就具有了某种必然性。总之，孔子言说身份的复杂性使之对诗歌功能的理解与强调也具有复杂性，这种复杂性也表现于孔子思想的方方面面。

在"兴、观、群、怨"四项功能之中，后三者最突出地表现了孔子对《诗》的意识形态功能的强调。"观"实际上是对统治者的要求，即要他们通过诗歌来了解民情，从而在施政中有所依据，也就是要求统治者充分尊重人民的意愿与利益。"怨"是对人民表达意愿的权利的肯定，是鼓励人民用合法的方式对执政者提出批评。至于"群"，则更集中地体现了意识形态"中间人"的独特功能，是对于和睦、有序的人际关系的吁求。

孔子将《诗经》作品在不同文化历史语境中曾经有过或者可能具有的功能熔于一炉，其目的主要是使之在当时价值秩序开始崩坏的历史情境中，承担起重新整合人们的思想、沟通上下关系，建构一体化的社会意识形态的历史使命。将社会实际问题的解决寄托于某些文化文本的重新获得有效性之上——这正是以孔子为代表的儒家思想家的乌托邦精神之体现。所以对于《诗》《书》《礼》《乐》等文化典籍，孔子都是作为现实的政治手段来看待的。他说："先进于礼乐，野人也；后进于礼乐，君子也。如用之，则吾从先进。"② 包咸注云："'先进'、'后进'，谓仕先后辈。礼乐因世损益，'后进'与礼乐，俱得时之中，斯君子矣。'先进'有古风，斯野人也。"③ 朱熹注云："'先进'、'后进'，犹言前辈、后辈。野人，谓郊外之民。君子，谓贤士大夫也。程子曰：'先进于礼乐，文质得宜，今反谓之质朴，而以为野人。后进之于礼乐，文过其质，今反谓之彬彬，而以为君子。盖周末文胜，故时人之言如此，不自知其过于文也。'"④ 根据这些注文我们可以知道，孔子之所以"从"被时人视为野人的"先进"，根本上是因为其奉行之礼乐质重于文，亦即重视实用而轻视形式。而"君子"的礼乐则相反，过于重视形式而忽视了实用。孔子感叹："礼云礼云，

---

① 对于诗歌的这种社会功能我们在后面将有深入探讨，这里暂不展开。
② 《论语·先进》。
③ （清）刘宝楠：《论语正义》卷十四引。
④ （宋）朱熹：《四书章句集注·论语集注·先进第十一》。

玉帛云乎哉？乐云乐云，钟鼓云乎哉？"①也正是强调礼乐的实用功能。孔子天真地以为，只要西周的文化典籍得以真正传承，那么西周的政治制度也就自然而然地得到恢复。实际上，尽管这些典籍曾经就是现实的政治制度，可是到了孔子时代早已经成为纯粹的文化文本了。一定的经济、政治制度可以产生相应的文化文本，而流传下来的文化文本却不能反推出它当初赖以产生、现在已经崩坏的经济、政治制度。这是先秦的儒家思想家所无法意识到的，也是先秦儒家知识分子的悲剧性命运的根本原因之所在。

除了关于诗歌功能的主张之外，孔子关于诗歌审美特征的观点也是先秦诗学中至关重要的组成部分。《论语》中涉及诗歌审美特征的有如下几则：

> 1. 子曰："《师挚》之始，《关雎》之乱，洋洋乎盈耳哉！"（《泰伯》）
> 2. 子在齐闻《韶》，三月不知肉味，曰："不图为乐之至于斯也。"（《述而》）
> 3. 子谓《韶》，"尽美矣，又尽善也。"谓《武》，"尽美矣，未尽善也。"（《八佾》）
> 4. 子曰："《关雎》，乐而不淫，哀而不伤。"（《八佾》）

其中第 1、2 条是讲诗乐的审美感染力，可以证明孔子对于诗乐有着很高的审美鉴赏能力，也可以证明诗乐在实现其意识形态功能的同时也还具有审美方面的功能。第 3 条是孔子关于诗乐的最高评价标准，这是道德价值与审美价值相统一的准则，此后一直是儒家关于文学艺术的基本评判标准。第 4 条是关于诗歌在表情达意方面的准则——适度，即有克制地表达情绪。这也是后世儒家最基本的文学价值观之一。这一条与孔子所追求的"中间人"式的意识形态功能联系最为紧密。特别是"哀而不伤"之说，如果和前面谈到过的"怨"联系起来看，我们不难看出这实际上是对处于被支配地位的臣民们如何表现"怨"之情绪所规定的标准。按照孔子的这一标准，臣民百姓有权向执政者表达自己对时政的不满，可以用诗的方式"怨刺上政"，这是对被统治者权利的维护。但是这种不满之情又不可以表现得过于强烈，一定要适度才行。为什么表情达意要受到

---

① 《论语·阳货》。

这样的限制呢？这是孔子所追求的那种意识形态功能所决定的：这种意识形态的根本目的是沟通上下关系，使不同阶层的人和睦、有序地生活于一个共同体之中。要达到这样的目的，不同阶层之间的有效交流是最重要的。所谓有效交流，是说既要让下层民众有机会表达自己的意见、宣泄自己的不满情绪，又要使统治者能够接受批评，从而调整政策。这样才能使统治者与被统治者之间的矛盾得到缓解而不是激化。因此孔子要求双方都做出让步：统治者能够倾听意见，被统治者能够克制情绪。这便是汉儒所说的"上以风化下，下以风刺上，主文而谲谏。言之者无罪，闻之者足以戒，故曰风"[①]。孔子和后世儒者大讲所谓"中庸之道"与这种意识形态建构的目的直接相关，而儒家"中和之为美"的审美原则生成的深层原因也正在于此。在中国古代，特别是先秦时期，一种看上去纯粹的审美观念，往往实际上蕴含着深刻的意识形态内涵。

---

① 《毛诗序》。

第二十四章　孟子的文艺思想

孟子是儒家心性学说的主要开创者之一。如果说在孔子那里"性与天道不可得而闻"，那么在孟子这里"性善"之说就成为其整体思想的核心与起点。他的"仁政""王道"的社会理想，"知言养气""存心养性"的人格理想，都是建立在"人性本善"的基础之上的。与孔子一样，孟子的文艺思想也与其整体思想密不可分。

第一节　孟子对儒家学说的发展

我们知道，孔子的时代是士人阶层形成的初期，同时也是士人自我意识开始觉醒的时期。因为这个阶层是最敏感并且善于思考的社会阶层，所以即使他们还不够成熟，却已经有了清醒的自我意识。例如孔子说的"士志于道，而耻恶衣恶食者，未足与议也"①；"行己有耻，使于四方不辱君命，可谓士矣"②；"切切偲偲，怡怡如也，可谓士矣"③；"士而怀居，不足以为士矣"④；以及曾子所说的"士不可不弘毅，任重而道远"⑤；等等，都是士人阶层的自我意识，是他们的角色认同。

到了孟子，这种士人阶层的自我意识又有了进一步发展。他说："无恒产而有恒心者，惟士为能；若民，则无恒产因无恒心。"⑥又说："志士不忘在沟壑，勇士不忘丧其元"，"士之失位也，犹诸侯之失国家也"，"士之仕也，犹农夫之耕也"⑦；又有"士不托于诸侯"及"一乡之士"、"一国之士"、"天下之士"⑧之说。这都说明孟子和孔子一样，都对于"士"的社会角色与文化身份有着极为清醒的认同，这是士人阶层自我意识最为突出的表现。这种自我意识认为，士人阶层乃是社会的精英，肩负着拯

---

① 《论语·里仁》。
② 《论语·子路》。
③ 《论语·子路》。
④ 《论语·宪问》。
⑤ 《论语·泰伯》。
⑥ 《孟子·梁惠王上》。
⑦ 《孟子·滕文公下》。
⑧ 《孟子·万章上》。

救这个世界的伟大使命。在他们看来，除了士人阶层之外，世上再没有什么力量有能力完成这一伟大使命了。他们应该严格要求自己，自我砥砺，正是欲使自己的品德与才能足以适应肩负的使命。所以孟子十分自信地说："如欲平治天下，当今之世，舍我其谁也？"①先秦士人思想家，无论哪家哪派，大抵都怀有这样一种豪迈的志向。总体言之，孟子对孔子的发展主要表现在下面几个方面：

第一，在政治理想方面，孟子较之孔子更加具有乌托邦色彩。孔子当然也是一个乌托邦的建构者，他的"克己复礼"表面上是恢复西周的礼乐制度，实际上却是谋划一种新的社会价值体系，"仁"——其体为内在的道德意识，其作用为和睦的人际关系——是这个价值体系的核心。但是孔子毕竟较多地借助了西周的文化资源，其"正名"之说、"是可忍孰不可忍"之叹以及"君君、臣臣、父父、子子"之论都令人感到一种复古主义的浓烈味道。也就是说，孔子的乌托邦精神是隐含着的。孟子则不然，他虽然有时也不免流露出对所谓"三代之治"的向往，但是其对社会制度的想象性筹划却是纯粹的乌托邦："制民之产"（"五亩之宅、百亩之田"）的经济政策、"与民同乐"的君主政治、"老吾老以及人之老、幼吾幼以及人之幼"的人际关系、用"仁义"统一天下的"王道"策略，都是极为美好的设想，是士人乌托邦精神的集中体现。这是因为西周时期的政治制度在孟子的时代较之孔子之时破坏得更加彻底，故而即使是儒家士人也已经失去了恢复周礼的信心，只能建构更加纯粹的乌托邦了。

第二，在人格理想方面，孟子同样与孔子有了很大的不同。孔子所描画的人格境界基本上是一种君子人格：彬彬有礼、谦恭平和、从容中道，能够做到"己所不欲，勿施于人"。至于圣人境界，在孔子看来，即使是尧舜这样的人也还有所不足，更遑论他人了。在孟子这里成圣成贤的信心似乎远比孔子充足。他心中的理想人格主要的特征是：如果说孔子追求的人格境界还主要是有良好道德修养的即遵循礼教的君子，那么，孟子所追求的则主要是特立独行的豪杰之士。所谓"志士不忘在沟壑，勇士不忘丧其元"说的是一种无所畏惧的勇武精神；所谓"富贵不能淫，威武不能屈，贫贱不能移"的"大丈夫"也说的是一种不屈不挠的勇武精神。显然，孟子的人格理想少了一点"文质彬彬"，多了一点雄豪刚猛。

第三，在人格修养的工夫上，孔子注重诗书礼乐与文行忠信的教育，强调由外而内的学习过程，也就是所谓"切问而近思"与"下学而上达"；

---

① 《孟子·公孙丑下》。

孟子则强调存心养性的自我修习、自我提升的过程，亦即"反身而诚，乐莫大焉"。如果说"礼"在孔子那里还是最主要的行为准则，那么到了孟子价值观念系统中，"礼"已经不再处于核心的位置了。相反，倒是在孔子那里"不可得而闻"的"心"与"性"成了孟子学说中的核心范畴。在先秦诸子中孟子是最关注心灵的自我锤炼、自我提升的思想家了。在他看来，"心"不仅是能思之主体，而且是最终的决断者：一个人究竟能够成为怎样的人完全取决于"心"的自由选择。他说："耳目之官，不思而蔽于物，物交物，则引之而已矣。心之官则思，思则得之，不思则不得也。此天之所与我者，先立乎其大者，则其小者弗能夺也。此为大人而已矣。"①用现代学术话语来表述，孟子的逻辑是这样的：人具有得之于天的先验道德理性，它构成心灵的潜意识。一个人如果自觉地发掘培育这种道德潜意识，他就可以成为一个高尚的人；反之，如果他一味为感官的欲望所牵引，其先验的道德理性就会被遮蔽，他就会沦为低级趣味的人。但是道德理性不会自己培育自己，它同样是被选择的对象。这就需要有一个选择的主体做出最终的决定，这就是"心"。"心"依据什么来做出最终的选择呢？这是孟子未能解决，也是后世历代儒家始终未能真正解决的问题。但是这并不意味着他们没有自己的解释。联系思孟学派以及宋儒的观点，儒家对这一问题的解释是：有一种特殊的人能够自觉到先验的道德理性并予以培育，这样的人就是圣人。孟子说："诚者，天之道也；思诚者，人之道也。"②《中庸》也说："自诚明，谓之性；自明诚，谓之教。"又说："诚者，天之道也；诚之者，人之道也。诚者不勉而中，不思而得，从容中道，圣人也。诚之者，择善而固执之者也。"这就是说，圣人不用选择就可以按照先验道德理性行事，常人则需要做出选择然后努力去做方可。也就是要"博学之，审问之，慎思之，明辨之，笃行之"。那么常人为什么能够做出这样的选择而避免物欲的遮蔽呢？当然是靠榜样的力量，也就是向圣人学习。这就是宋儒津津乐道的"作圣之功"。而圣人的意义也就在于主动地启发常人向着这个方向努力，这也就是"以先觉觉后觉，以先知觉后知"。这样一来，由于设定了"圣人"这样一种特殊的人，儒家的难题就迎刃而解了。所以，如果说在孔子的话语系统中圣人是那种"博施于民而能济众"的伟大君主，那么，到了思孟学派这里圣人实际上就成了一个逻辑起点，即推动整个存心养性、完成人格过程的

---

① 《孟子·告子上》。
② 《孟子·离娄上》。

"第一推动者"。所以，从社会文化语境的角度来看，圣人实际上就是最高的"立法者"，也就是儒家士人思想家自我神圣化的产物，本质上就是他们自己。所以，如果说"道"是士人阶层价值体系的最高体现，那么，"圣人"就是他们人格理想的最高体现，二者的共同点在于：都是士人阶层干预社会、实施权力运作的有效方式。

"性"是孔子不大关注而孟子极为重视的另一个重要范畴。在孔子那里只说过："性相近也，习相远也。"①意指人们的本性本来差不多，只是后来的修习将人区分开来了。观孔子之意，似乎以为人的本性本来无所谓善恶，一切都是后天影响或自我选择的产物。孔子这样说显然是为了突出教育和学习的重要性。然而到了孟子，就大讲其"性善"之论了。孟子的逻辑是这样的：人的本性原是纯善无恶的，只是由于物欲的遮蔽与牵引人们才误入歧途，滋生出恶的品行。善的本性植根于人"心"，即思考、辨别、反省的先验能力，这是"不学而知"、"不学而能"的"良知"、"良能"。能够导致恶的物欲则基于人的诸种感官，即人的肉体存在。孟子的意思是要通过强化前者来抑制后者，从而完成人的人格，最后落实为社会纷争的彻底解决。后来宋儒提出"天命之性"与"气质之性"的二元论，在根本上是完全符合孟子的逻辑的。说到这里，很容易令我们想起被人们称为"20世纪最伟大的人道主义者"的德裔美籍学者埃里希·弗罗姆关于人的潜能与善恶关系的论述：

> 如果说毁灭性确实一定是作为一种被禁锢的生产性能量而发展来的话，那么，把它称作人的本性中的一种潜能似乎也是对的。那么，这是否必然推出善与恶是人身上具有同等力量的潜能之结论呢？……一种潜在性的现实化依赖于现有的某种条件，比如说，就种子而言，就依赖于适宜的土壤、水分和阳光。事实上，潜在性的概念除了与它的现实化所需的特殊条件相联系之外，是毫无意义的……如果一个动物缺乏食物，它就无法实现其潜在性的生长，而只会死去。那么，我们可以说，种子或动物具有两种潜能，从每一种潜在性中都可以推出某些在以后的发展阶段上产生的结果：一种是基本的潜能，只要适宜的条件出现，它就会实现；另一种是次要的潜能，如果条件与实存的需要相对，它就会实现。基本潜能与次要潜能两者都是一

---

① 《论语·阳货》。

个有机体之本性的组成部分……使用"基本的"和"次要的"这些
语词是为了表示,所谓"基本的"潜能发展是在正常条件下发生
的,而"次要的"潜能却只能在不正常的病态条件下才能显示其
存在。

　　……我们已经表明,人不是必然为恶的,而只是在缺乏他
生长和发展的适宜条件的情况下才是为恶的。恶并没有它自己
的独立存在,恶是善的缺乏,是实现生命之失败的结果……在
下面的篇幅里,我将努力表明,正常的个体在其本身就拥有去
发展、去生长、去成为生产性的存在的倾向,而这种倾向瘫痪
的本身就是精神病态的症候。①

　　弗罗姆关于人性善恶的分析的方式当然不同于孟子,但是他们都是
旨在寻求一种使人性正常发展的途径。如果用弗罗姆的两种潜能说来考
察孟子的性善论,我们也可以将其所谓"性"理解为人的"基本潜能",而
将"蔽于物"的"耳目之官"理解为"次要潜能"。两种"潜能"都存在于人的
身上,不同的条件导致它们或者实现出来,或者被压抑下去。至于说到
"适宜的条件"则实际上是一个历史的范畴,在不同的具体时期应该有不
同的表现,因为善与恶本身就是一对历史的范畴。

　　孟子为什么会如此重视对"性"的探讨呢?这是由其学说的基本价值
取向所决定的。在孔子的时代,由于西周礼乐文化在儒家士人心目中还
毕竟是一种具有诱惑力的价值系统,所以他们就将这种文化当做建构新
的价值体系的话语资源和模仿对象。尽管已经是"礼崩乐坏"了,但是礼
乐文化的合理性依然是自明的,至少在儒家士人心中是如此。所以他们
不必花力气去证明西周文化合理性的依据是什么。

　　在孟子的时代一切都不同了,由于"圣王不作,处士横议"的局面早
已形成,士人思想家中普遍存在着一种怀疑主义的、批判的意识,任何
一种学说都无法借助自明性的逻辑起点来获得认同了。所以孟子就必须
证明为什么只有实行"仁政"才能拯救世界,人们为什么有必要去"求放
心"、去"存心养性"以及凭什么说每个人通过自己的自觉修养就能够成为
君子甚至圣人。"人性本善"就是他整个思想体系的根基所在。孔子到西
周文化中寻求话语建构的合法性依据,孟子则到人的心中去寻找这种依

---

　　① 〔美〕埃里希·弗罗姆:《自为的人——伦理学的心理研究》,万俊人译,北京,国际文
　　　化出版公司,1988,第191~192页。

据——这是这两位儒学大师的主要区别所在。

第四，在最终的价值本原问题上，孟子的追问深入到了人与天地自然的同一性上，孔子则仅限于人世的范围。毫无疑问，孔子和孟子的话语建构本质上都是对价值秩序的建构，而不是为外在世界命名、分类、编码的认知性活动。所以他们的话语建构都有一个价值本原的问题：人世间一切价值的最终根基何在？孔子将这种追问限定在人世间，所谓"子不语怪力乱神"①，"不知生，焉知死"②，"夫子之文章可得而闻也，夫子之言性与天道不可得而闻也"③，等等，都说明孔子的视野是集中在人世间的人伦日用与典章制度之上的。细观孔子之论，实际上是将"性"看作无善无恶的。孟子却不然。如前所述，孟子的学说是以"人性本善"为逻辑起点的。因为人心之中本来就有善根，故而方可"存"可"养"、能"放"能"求"。但是这里还是存在着一个无法回避的问题：何以人竟会存在这种与生俱来的善之本性呢？孟子解决这个问题的办法是向天地自然寻求人世价值的最终本原。他说：

> 尽其心者，知其性也。知其性，则知天矣。存其心，养气性，所以事天也。夭寿不贰，终身以俟之，所以立命也。④

朱熹释云：

> 心者，人之神明，所以具众理而应万事也。性则心之所具之理，而天又理之所从以出者也。人有是心，莫非全体。然不穷理，则有所蔽而无以尽乎此心之量。故能极其心之全体而无不尽者，必其能穷夫理而无不知者也。既知其理，则其所从出，亦不外是矣。

又释"立命"云：

> 谓全其天之所付，不以人为害之。

---

① 《论语·述而》。
② 《论语·先进》。
③ 《论语·公冶长》。
④ 《孟子·尽心上》。

又引二程云：

> 心也，性也，天也，一理也。自理而言谓之天，自禀受而言谓之性，自存诸人而言谓之心。

又引张载云：

> 由太虚有天之名，由气化有道之名，合虚与气有性之名，合性与知觉有心之名。①

看孟子的原文与朱、程、张三人的解释，我们大体可以明白孟子于天地自然之中寻求最终价值本原的理路：天地自然的存在本身就是纯善无恶的，这是一个前提。人之性即是天地自然之固有特性在人身上的显现，但是人由于常常受到物欲的牵引而不能自然而然地依照禀之于天的"性"行事，所以需要人自觉地存养修习。人寻求自己的本性并充分发挥它的各种潜能的过程也就是"知天"——了解天地自然的固有特性和"事天"——依据天地自然的特性行事的过程。简言之，人要按照天地自然的固有法则立身处世，并且在这个前提下尽最大可能来实现自己的潜能，这就是孟子的主旨所在。这样一来，孟子所理解的"天"，即天地自然的法则究竟是什么就成为至关重要的了。如果这个法则是指万事万物的自在本然性或无为而无不为的特性，那么孟子就与老庄没有什么区别了。所以我们要了解孟子对于"天"的理解就必须在儒学的语境中才行。考之儒家思想，"天"或"天地"最明显的特性乃是"生"。《周易·系辞下》云："天地纲缊，万物化醇。男女构精，万物化生。"又云："天地之大德曰生。"《序卦》云："有天地，然后万物生焉。"《彖传》云："天地感而万物化生。"在《易传》看来，天地化生万物的过程表现为阴阳的相互作用，所以《系辞上》说："一阴一阳之谓道，继之者善也，成之者性也。"由此可知，儒家之所以将天地作为人世价值的最高本原，是因为天地具有化生万物的特性。儒家认为人们自觉地继承天地的这种特性，就是最大的善。这种继承不是像道家主张的消极的顺应，而是积极的参与。与孟子思想关系最为密切的《中庸》说：

---

① （宋）朱熹：《四书章句集注·孟子集注·尽心章句上》。

> 唯天下至诚，为能尽其性；能尽其性，则能尽人之性；能
> 尽人之性，则能尽物之性；能尽物之性，则可以赞天地之化育；
> 可以赞天地之化育，则可以与天地参矣。

这些观点都可以看作是孟子谈及"天"时的具体语境。我们来看看孟子的说法。《公孙丑上》说："夫仁，天之尊爵也，人之安宅也。"朱熹注云：

> 仁、义、礼、智，皆天所与之良贵。而仁者，天地生物之
> 心得之最先而兼统四者，所谓"元者善之长也"，故曰尊爵。在
> 人则为本心全体之德，有天理自然之安，无人欲陷溺之危。人
> 当常在其中，而不可须臾离者也，故曰安宅。①

这就是说，人的先验的道德理性，即仁义礼智等，是得之于天的，是天地的"生物之心"在人身上的表现，所以在孟子看来，这种得之于天的"天爵"较之那得之于君主的"人爵"（公卿大夫）要尊贵得多。依据孟子的逻辑，人是天地生生化育的产物，所以人之性与天地万物之性就具有根本上的同一性，人们通过对内心的反省追问就可以觉知万事万物的道理。这就是所谓："万物皆备于我矣。反身而诚，乐莫大焉。"②总之，人的一切价值都是得之于天的，是人与天的相通之处。天具有化生万物的伟大品性，人要效法天，就必须做到"亲亲而仁民，仁民而爱物"③。"仁民而爱物"——这就是孟子仁政学说的核心。而人与人、个人与社会、人与自然矛盾的彻底解决正是人类迄今为止最为伟大、高远的共同理想。

从以上分析可知，孟子的话语建构是在努力寻求人之所以为人以及人之所以能够成为仁义之人的最终依据，也就是价值本原。这无疑是对孔子学说的深化。孔子主要还是着眼于整理人世间的伦理规范，还没有来得及对这种主要参照于周礼的伦理规范之合理性问题在学理上予以充分的关注。孔孟二人都是以立法者的姿态言说的，不同之处在于：孔子的立法活动主要以先前的思想资料为合法性依据，而孟子则以人与天地万物的内在一致性为最终依据。那么是什么原因造成孟子和孔子之间的这种差异呢？在笔者看来，主要是由于文化空间的变化。我们知道，孔

---

① （宋）朱熹：《四书章句集注·孟子集注·公孙丑章句上》。
② 《孟子·尽心上》。
③ 《孟子·尽心上》。

子的时代原来那种一体化的官方意识形态尽管已经是支离破碎，私学已经兴起，但是比较系统并且有较大影响、能够与儒学分庭抗礼的学说却还没有产生。① 在这样的文化空间之中所弥散的还是宗周礼乐文化的碎片。孔子作为第一个试图将这些碎片重新组合为一个整体的士人思想家，其言说方式就必然充分显示一个"立法者"的特点：单向度的、传教式的或自言自语式的。他最为关注的只是各种各样的社会现象，而不是别人的言说。

在孟子的时代情况就大不相同了："圣王不作，诸侯放恣，处士横议。杨朱、墨翟之言盈天下。"②实际上除了杨朱、墨翟之外，其他诸子之学也都形成气候，大家各执一说，互不相服。③ 由于出现了众多的"立法者"，不同的"法"之间就必然会有冲突、抵牾以至彼此消解。在这种情况下孟子要为世间立法就成为极为困难的一件事了：除了说明应该如何之外还必须说明为什么，就是说除了有"法律条文"本身，还要有"法的理论"相辅助，否则你的言说就不会获得他人的认同。这样的文化空间就迫使孟子必须以论辩者的姿态来扫荡各种"异端邪说"，并且要建立自己话语系统的逻辑起点与最终价值依据。用孟子自己的话来说就是：

> 昔者禹抑洪水而天下平，周公兼夷狄、驱猛兽而百姓宁，孔子成《春秋》而乱臣贼子惧……我亦欲正人心，息邪说，距诐行，放淫辞，以承三圣者。岂好辩哉？予不得已也。④

孔子的言说面对的主要是"乱臣贼子"——那些为了一己之欲而破坏原有社会价值秩序的诸侯大夫们。到了孟子之时如果按照孔子的标准天下诸侯卿大夫没有哪个不是"乱臣贼子"了，因为他们早已不再遵奉宗周的礼乐制度了。所以孟子除了猛烈抨击那些为了满足贪欲而"争城以战，杀人盈城；争地以战，杀人盈野""率野兽以食人"的诸侯君主之外，大量

---

① 那些被认为与孔子同时或早于孔子的思想家们，如管仲、子产、晏子、老子、少正卯等人或者根本就没有出现在孔子的视野之中，或者并不是作为思想家而是作为政治家的身份出现的。这说明托名为他们的那些著作或学说都是孔子之后才出现的，他并没有看到。很难想象，如孔子曾经读到过老子的《道德经》会在自己的言谈中丝毫也不涉及它。

② 《孟子·滕文公下》。

③ 孟子之时老庄之学、名辨之学、阴阳之学、农家之学、法家之学都渐渐成熟，并形成很大的影响。杨、墨之学只是相对而言影响更大而已。孟子"天下之言，不归于杨，则归于墨"之说乃是夸张的说法。

④ 《孟子·滕文公下》。

的力气都用在批判"异端邪说"和论证自己学说的合理性上了。这样一来，孟子的学说在学理上也就必然较之孔子更加细密、系统、深入。

第二节　孟子的引诗与解诗

《孟子》中引诗论诗之处很多，其论诗引诗都是为着证明自己理论的合理性的目的。孟子论诗最有名的有二处，这里我们分别予以考察。《万章下》云："一乡之善士斯友一乡之善士，一国之善士斯友一国之善士，天下之善士斯友天下之善士。以友天下之善士为未足，又尚论古之人。颂其诗，读其书，不知其人，可乎？是以论其世也。是尚友也。"这就是著名的"知人论世"说的来源。过去论者多以现代的认识论角度来解释"知人论世"的含义，认为是为了真正理解一首诗，就必须了解作者的情况，而要了解作者的情况又必须了解其所生活的时代的情况——总之是理解为一种诗歌解释学的方法了。这种理解当然并不能算错，只是并没有揭示孟子此说的深层内涵。这里孟子真正想要表达的意思是"交友之道"。在此章的前面孟子先是回答了万章"如何交友"的问题，说："不挟长，不挟贵，不挟兄弟而友。友也者，友其德也，不可以有挟也。"然后又讲到贤明君主也以有德之士为师为友的诸多例子，最后才讲到有德之士之间亦应结交为友的道理。古代的有德之士虽已逝去，但是他们的品德并没有消失，所以今天的有德之士也要与古代的有德之士交友。与古人交友看上去是很奇怪的说法：古人已经死了，如何与之交友呢？这恰恰是孟子的过人之处——试图以平等的态度与古人交流对话：既不仰视古人，对之亦步亦趋，也不鄙视古人，对之妄加褒贬。"尚友"的根本之处在于将古人看成是与自己平等的精神主体。与古人交流对话的目的当然是向古人学习，以使自己的品德更加高尚。所以，"知人论世"之说实质上是向古人学习美好品德的方式，用今天的话来说就是将古人创造的精神价值转化为当下的精神价值。这绝不仅仅是一种解诗的方式。如果沿着孟子的思路进行进一步的阐释，我们就会得出这样一个结论：孟子的"知人论世"说可以理解为一种"对话解释学"——解释行为的根本目的不是要知道解释对象是怎样的（即对之作出某种判断或命名并以此来占有对象），而是要在其中寻求可以被自己认同的意义。这也就是后世儒者特别喜欢使用"体认"一词的含义。"体认"不是现代汉语中的"认识"而是"理解"加"认同"。对于古人，只有将他们视为朋友而不是认识对象，才能以体认的态度来与之对话。因为古人在其诗、其书之中所蕴含的绝不是什么冷冰冰的知识，而是他们的生命体验与生存智慧，是活泼泼的精神。故而后人就应该以交友的态度来对待之，就是说要把古人当做可以平等对话的活的主体，而不是死的知识。读古人的诗书就如同坐下来与老朋友谈话一样，其过程乃是两个主体间的深层交流与沟通。通过这种交流与沟通，古人创造的精神价值或意义空间就自然而然地在新的主体身上获得新生。由此可见，孟子的"知人论世"之说实际上包含着古人面对前人文化遗留的一种极为可贵的阐释态度。在当今实证主义的、还原论的研究倾向在人文学科依然有很大市场的情况下，孟子的阐释态度尤其具有重要的现实意义。我们再来看孟子另一段关于诗的著名论述：《万章上》载孟子弟子咸丘蒙问："《诗》云：'普天之下，莫非王土；率土之滨，莫非王臣。'而舜既为天子矣，敢问瞽瞍之非臣，如何？"孟子回答说："是诗也，非是之谓也；劳于王事而不得养父母也。曰：'此莫非王事。我独贤劳也。'故说诗者，不以文害辞，不以辞害志。以意逆志，是为得之。如以辞而已矣，《云汉》之诗曰：'周余黎民，靡有孑遗。'信斯言也，是周无遗民也。"这里孟子讲了如何理解诗歌含义的方法，其要点是"以意逆志"。那么如何理解这个"以意逆志"呢？古代的注释，例如汉儒赵岐、宋儒朱熹的注以及托名孙奭的疏、清儒焦循的正义基本上都认为"志"是指诗人所要表达的意旨；"意"则是说诗者自己的"心意"，所以，"以意逆志"的意思就是说诗者用自己的心意揣测诗人的意旨。至于"不以文害辞，不以辞害志"，是说不要看重于诗的文辞而偏离了诗人的意旨。古人也还有另一种说法。清人吴淇认为："志者古人之心事，以意为舆，载志而游……以古人之意求古人之志，乃就诗论诗，犹之以人论人也。"①他的意思是在诗歌的文辞上直接呈现的含义是"意"，诗人真正要表达的意思是"志"。文辞是承载"意"的工具，"意"又是承载"志"的工具，这种解释虽亦言之成理，但毕竟与孟子表达出来的意思隔了一层。笔者以为要真正理解孟子的意思，将"以意逆志"之说与"知人论世"说联系起来考察是十分必要的，两种说法构成了孟子对古人文化遗留的一种完整的态度。如果说"知人论世"的核心是"尚友"，即在与古人平等对话中将古人开创的精神价值转换为现实的精神价值，那么，"以意逆志"就是"尚友"或平等对话的具体方式。"志"即是"诗言志"之志，指诗人试图通过诗歌表达的东西；"意"本与"志"相通，《说文解字》中二者是互训的。在这里可以理解为"见

---

① （清）吴淇：《六朝选诗定论缘起》，转引自顾易生、蒋凡：《先秦两汉文学批评史》，上海，上海古籍出版社，1990，第117页。

解"。《论语·子罕》有"子绝四：毋意、毋必、毋固、毋我"之谓，朱熹认为"意"指"私意"，即个人的见解而言。意思是说孔子为人不过分坚持自己的个人见解，即不自以为是。《周易·系辞上》："书不尽言，言不尽意……圣人立象以尽意。"这里的"意"也可以理解为"见解"或"意思"。联系孟子的具体语境，"志"是指诗人所要表达的意旨，"意"则是说诗者自己的见解。用自己的见解去揣测诗人的意旨，这就是"以意逆志"的含义。看孟子的意思，并不是主张说诗者可以随意地解释诗人的意旨，而是强调解释的客观性，即符合诗人本意。但是由于诗歌言说方式的特殊性，诗人的本意往往是隐含着的，说诗者并没有十足的证据证明自己的解释就是完全符合诗人本意，所以说诗者的"意"与诗人的"志"之间就难免出现不相吻合处。也就是说，说诗者的"意"近于海德格尔所谓的"前理解"——在解释活动开始之前就已经存在于解释者意识和经验中的主观因素，它们必然进入解释过程并在很大程度上影响这一过程及其结果。这样的解释当然也就离不开主观性因素。实际上这正是任何两个主体之间的对话都必然存在的现象。古人说"诗无达诂"也正是指这种解释的主观性而言的。所以孟子的"以意逆志"之说真正强调的并不是解释的绝对客观性，而是对话的有效性：说诗者与诗人之间达成在"意"或"志"的层面上的沟通，而不被交流的媒介——文辞所阻隔。只有这样才符合"尚友"之义：平等对话。如果停留在对诗歌文辞固定含义的解读上，就丧失了说诗者的主体性，当然也就谈不上"尚友"了。

　　孟子这种"以意逆志"与"知人论世"的说诗方式确立了后世儒者，特别是汉儒说诗的基本原则。这里我们分析几个孟子说诗的具体例子来进一步探讨这种说诗方式的奥妙。《告子下》载：

　　　　公孙丑问曰："告子曰：《小弁》，小人之诗也。"孟子曰："何以言之？"曰："怨。"曰："固哉，高叟之为诗也！有人于此，越人关弓而射之，则己谈笑而道之；无他，疏之也。其兄关弓而射之，则己垂涕泣而道之；无他，戚之也。《小弁》之怨，亲亲也。亲亲，仁也。固矣夫，高叟之为诗也！"曰："《凯风》何以不怨？"曰："《凯风》，亲之过小者也；《小弁》，亲之过大者也。亲之过大而不怨，是愈疏也；亲之过小而怨，是不可矶也。愈疏，不孝也；不可矶，亦不孝也。孔子曰：'舜其至孝矣，五十而慕。'"

从这段对话中可以看出，孟子说诗完全是从自己的价值观念出发来判断诗歌的意义与价值的。如果说这就是"以意逆志"说诗方法的实际应用的话，那么孟子的所谓"意"并不是一般的主观意识或经验，而是一套完整的价值观念系统。诗人的"志"也就是与说诗者价值观念相吻合的阐释结果，它是否就是诗人的本意并不重要，因为这基本上是无法验证的。《小弁》是《诗·小雅》中的一篇，从诗的内容看是一位受到不公正待遇的弱者的怨望之辞，充满了愤愤不平之情。古注多以为是周幽王的太子子宜臼被逐之后所作；今人则一般判定为遭父亲冷落之人的怨望之作。然而孟子从中读出的却是"亲亲，仁也"。《凯风》是《诗·邶风》中的一篇，看诗的意思，是儿子赞扬母亲的贤惠勤劳，并责备自己不能安慰母心。但是公孙丑为什么拿这样一首怨父、一首颂母的两首看上去并无可比性的诗来比较呢？孟子为什么又用"亲之过大"与"亲之过小"来解释两首诗的差异呢？《诗序》云："《凯风》，美孝子也。卫之淫风流行，虽有七子之母，犹不能安其室，故美七子能尽其孝道，以慰母心，而成其志尔。"就是说"母"是有过的，但由于"过小"所以做子女的不应表现出"怨"来。汉儒的解释不知有何依据，但看公孙丑与孟子的对话，似乎当时对此诗已经有了这样的解释。如此说来汉儒并不是凭空臆断。

由此观之，"以意逆志"的实质乃是说诗者从自己的价值观出发来对诗歌文本进行意义的重构，其结果就是所谓"志"——未必真的符合诗人的本意。可知，孟子的说诗原则是自己已有的道德价值观念。这一点在他的"知言"、"养气"论中亦可得到印证。《公孙丑上》载，在回答公孙丑"敢问夫子恶乎长"的问题时孟子回答说："我知言，我善养吾浩然之气。"其解释"浩然之气"云："其为气也，至大至刚，以直养而无害，则塞于天地之间。其为气也，配义与道；无是，馁也。是集义所生者，非义袭而取之也。行有不慊于心，则馁矣。我故曰，告子未尝知义，以其外之也。必有事焉，而勿正，心勿忘，勿助长也。"可知这种"浩然之气"是小心翼翼地培育起来的一种道德精神，或者说是一个道德的自我。那么什么是"知言"呢？孟子说："诐辞知其所蔽，淫辞知其所陷，邪辞知其所离，遁辞知其所穷。——生于其心，害于其政，发于其政，害于其事。圣人复起，必从吾言矣。"可知所谓"知言"是指对别人言辞的一种判断力。

那么"知言"与"养气"有什么关系呢？为什么孟子将二者联系起来并且作为自己的特长所在呢？从孟子的言谈中我们可以看出，"养气"正是"知言"的前提条件。通过"养气"培育起一个不同于自然的"自我"的道德自我，这个道德自我具有一以贯之的、完整的价值评价系统，一切的言辞都可以在这个评价系统中得到检验。所以"以意逆志"的说诗方式恰恰是"知言"的具体表现。如果将"以意逆志"看作是一种诗歌阐释学原则，则其主旨乃在于凸显阐释者的主体性，而不是阐释行为的客观性。

对于孔子那种在意识形态的建构中确定诗的意义的基本思路，孟子是深得个中奥妙的。看孟子之用诗、论诗处处贯穿了这一思路。举两个例子以说明之。其一：

> 孟子曰："仁则荣，不仁则辱；今恶辱而居不仁，是犹恶湿而居下也。如恶之，莫如贵德而尊士，贤者在位，能者在职；国家闲暇，及是时，明其政刑。虽大国，必畏之矣。《诗》云：'迨天之未阴雨，彻彼桑土，绸缪牖户。今此下民，或敢侮予？'孔子曰：'为此诗者，其知道乎！能治其国家，谁敢侮之！'今国家闲暇，及是时，般乐怠敖，是自求祸也。祸福无不自己求之者。《诗》云：'永言配命，自求多福。'《太甲》曰：'天作孽，犹可违，自作孽，不可活。'此之谓也。"①

在这里孟子是在讲统治者如何才能避免受到侮辱的办法。根本上只有一条，那就是"仁"，而"仁"对于统治者来说也就是"贵德而尊士"。"贵德"就是爱护百姓、与民同乐；"尊士"就是尊重人才、举贤任能。为了证明自己的观点，孟子两引《诗》，一引《书》。其所引之诗，一为《豳风·鸱鸮》，此诗据《尚书·金縢》《史记·鲁世家》等史书记载，乃是周公平定管蔡之乱后写给成王的。目的是平息流言，向成王表示忠诚之意。孟子所引是该诗一节，大意是要未雨绸缪、预先防范可能的危机。孟子所引孔子语不见于《论语》，然观其意，符合孔子思想。孟子所引另一首诗为《大雅·文王》，二句诗意为：只有靠自觉的努力才能符合天命，多享福祉。同样是告诫统治者要自我警诫、多行仁义，方能永保太平。总之，在这里孟子是借助于《诗》《书》来警告统治者应严于自律，小心谨慎地实行对人民的统治。这是将《诗》《书》当做迫使统治者对被统治者作出让步的有效工具了。孟子的这一做法在后来的两千余年间，成了儒家士人约束统治者的基本方法。他们大力推崇"四书五经"，推崇"圣人"，根本目的就是要建构一种高于现实君主权力的权威，以便对其进行有效的控制。儒家清醒地认识到，只有抑制君权的过分膨胀，方能实现上下一体、和睦

---

① 《孟子·公孙丑上》。

相处的社会理想。我们再看另一条：

> 公孙丑问曰："高子曰：'《小弁》，小人之诗也。'"孟子曰：
> "何以言之？"曰："怨。"曰："固哉，高叟之为诗也！……《小弁》
> 之怨，亲亲也。亲亲，仁也。固矣夫，高叟之为诗也！"曰：
> "《凯风》何以不怨？"曰："《凯风》，亲之过小者也。《小弁》，亲
> 之过大者也。亲之过大而不怨，是愈疏也；亲之过小而怨，是
> 不可矶也。愈疏，不孝也；不可矶，亦不孝也。"①

这里孟子是在为"怨"辩护。《小弁》之诗出于《小雅》，旧说是周幽王
太子宜臼被废而作。此说因无确据而在宋以后常常受到质疑。从诗意观
之，此应为不得于父母者所作。孟子这段话的关键是为"怨"所作的辩护。
高子认为《小弁》是"小人之诗"，因为诗中表达了身为人子者对父亲的怨
望之情。而在孟子看来，这种"怨"是合理合法的，因为从"怨"中反映的
乃是"亲亲"之情。按照孟子的逻辑，如果父亲有了过错，作为子女不应
保持沉默，而应该表示自己的"怨"（当然，如果父母只是有小的过失就大
怨特怨，那就成了"不可矶"，同样是不孝的表现）。正是"怨"，才可以使
父子间的隔阂消除，如果有不平之情而不说，那就只能使父子感情更加
疏远。孟子为"怨"辩护实际上是要保留诗歌作为被统治者向统治者宣泄
不满情绪之手段的独特功能，这与孔子所讲的"怨"是一脉相承的。

通过以上分析我们不难看出，孟子在孔子"克己复礼"的"立法"策略
的基础上进一步在改造人的心灵、建构道德自我的方面进行了更为深入、
系统的探索。如果说孔子重"礼"说明他在为人的心灵立法的同时更侧重
于为社会立法，即重建社会价值秩序；那么孟子重"存心养性"或"养气"
则说明他在试图为社会立法的同时更偏重于为人的心灵立法，即建构人
格境界以及实现之途。这种转变实际上反映了士人阶层面对日益动荡的
社会状况的忧虑与无奈。

第三节　"诗亡然后《春秋》作"说的文化蕴含

《孟子·离娄下》有云："王者之迹熄而诗亡，诗亡然后《春秋》作。晋
之《乘》，楚之《梼杌》，鲁之《春秋》，一也。其事则齐桓、晋文，其文则

---

① 《孟子·告子下》。

史。"对于这段话，历来注者，其说不一。赵岐注云："王者，谓圣王也。太平道衰，王迹止熄，颂声不作，故《诗》亡。《春秋》拨乱，作于衰世也。"①朱熹注云："王者之迹熄，谓平王东迁，而政教号令不及于天下也。《诗》亡，谓《黍离》降为《国风》而雅亡也。"②赵言"诗亡"指"颂声不作"，朱言乃指"《雅》亡"，均非确当之论。道理很简单：孟子是说"诗"亡，而非说"《颂》亡"或"《雅》亡"。然赵、朱之论，亦渊源有自。观赵岐之意，是说颂美之诗只能产生于太平之世，到了衰世，就只能产生《春秋》这样的"拨乱"之作了。但赵岐以"颂声"代"诗"，这显然不能反映《诗三百》产生的实际情况。其说盖出于《诗序》及的"变风"、"变雅"说。《诗序》云："上以风化下，下以风刺上，主文而谲谏，言之者无罪，闻之者足以戒，故曰风。至于王道衰，礼义废，政教失，国异政，家殊俗，而变风、变雅作矣。"郑玄云：

　　文武之德，光熙前绪，以集大命于厥身，遂为天下父母，使民有政有居。其时诗，《风》有《周南》《召南》，《雅》有《鹿鸣》《文王》之属。及成王、周公致太平，制礼作乐，而有《颂》声兴焉，盛之至也。本之由此《风》《雅》而来，故皆录之，谓之诗之正经。后王稍更陵迟，懿王始受谮言亨齐哀公，夷身失礼之后，邶不尊贤。自是而下，厉也，幽也，政教尤衰，周室大坏。《十月之交》《民劳》《板》《荡》，勃尔俱作，众国纷然，刺怨相寻。五霸之末，上无天子，下无方伯，善者谁赏，恶者谁罚，纪纲绝矣！故孔子录懿王、夷王时诗，讫于陈灵公淫乱之事，谓之变风、变雅。③

　　《诗序》及郑玄此论亦非凭空杜撰。就《诗经》的实际情况而言，的确存在着平和愉悦的颂扬赞美之作与愤懑激越的讥刺讽谏之作两类。所以汉儒说诗尽归于美刺二端，固属偏颇，却也不是全无根据。就理论的演变来看，则诗序与郑玄此说应该是本于《礼记·乐记》所谓"声音之道，与政通矣"之说，甚至连"治世之音安以乐，其政和；乱世之音怨以怒，其

①　（清）焦循：《孟子正义》卷十六引。
②　（宋）朱熹：《四书章句集注·孟子集注·离娄章句下》。
③　《毛诗正义·诗谱序》。

政乖；亡国之音哀以思，其民困”一段文辞都原封不动照搬过来。①

"正变"说虽然长期为人采信，几为定论，但其主观臆断之处毕竟难以尽遮天下人之目。清人崔述尝予以尖锐批评。他认为：盛世亦有当刺之人，衰世复有可颂之事。不可能讽刺之诗都出于衰世，美颂之作都出于盛世。他还具体指出诸如《七月》《东山》《破斧》《淇奥》《缁衣》《鸡鸣》《蟋蟀》等诗均不宜以"变风"目之。他更进一步指出：《诗序》确言某诗刺某人、刺某事，乃是出于《诗序》作者将一国之诗与《左传》等史书所载此国之事相比附而来的，他的有力证据是：《诗序》于《魏风》《桧风》均不直指刺某君之事，乃因此二国之事《左传》《史记》等史书全不记载因而无从附会之故。②《诗序》及毛传、郑笺以史实比附诗义可以说是汉儒说诗的基本方式。③

如此看来，赵岐的"诗亡"即"《颂》亡"说肯定是不能成立的。

我们再来看朱熹之说。在朱熹之前亦已有持"诗亡"即"《雅》亡"之论者。王应麟记云："诗亡然后《春秋》作。胡文定谓自《黍离》降为《国风》，天下不复有《雅》。《春秋》作于隐公，适当《雅》亡之后。"④只是胡安国（谥文定）之说不像朱说那样影响大而已，或许朱熹是接受了胡安国的说法。观朱熹之意，尽管他对《诗序》多存异议，然而这里却是以《诗大序》所谓"是以一国之事，系一人之本，谓之风；言天下之事，形四方之风，谓之雅"为前提的。故而他以为东周之时，王纲不振，诸侯各自为政，天下一统的局面不复存在，那种"言天下之事"的《雅》诗就因失去了存在的条件而衰亡了。在他看来，只有这样的解释方能将"王者之迹熄"与"诗亡"联系起来。然而这种解释同样是不能成立的。看《孟子》引诗，固然多为《雅》《颂》之属，但亦非不引《国风》。⑤所以在孟子的心目中"诗"包括"十五《国风》"在内，当无可置疑。如此则不能说"诗亡"仅指"《雅》亡"。

那么究竟应该如何理解"诗亡"呢？对这个问题清人的见识似乎远较前人为高。朱骏声认为"王者之迹熄"之"迹"字乃是"远"字之误，"远"即

---

①　关于《诗序》的作者问题，自汉以降历来聚讼纷纭。言孔子者有之，言子夏者有之，言诗人自作者有之，言后汉卫宏者有之。现代以来论者多从卫宏说，本文亦从是说。

②　（清）崔述：《读风偶识·通论十三国风》。宋人郑樵《诗辨妄》亦尝有类似看法。

③　顾颉刚等"古史辨派"学者大都赞成崔述的观点。但是这里也不是没有问题：《诗经》中又的确有不少作品是与史书所载相合的。或许汉儒说诗自有所本也未可知。汉儒注经极重师承，若无确切证据则不宜轻易以凭空臆断目之。

④　（宋）王应麟：《困学纪闻》卷三。

⑤　《孟子》一书引诗三十余次，其中二十余次为二《雅》，引《国风》四次。其中《豳风》二，《齐风》一，《魏风》一。另外《告子下》还提及《邶风·凯风》。

指"远人"，又称为"遒人"，乃天子使于各国振木铎以采诗者。按照朱骏声的意思，则"王者之迹熄"是指西周采诗制度的毁坏，因此"诗亡"并非指无人作诗，而是说诗不再为王室所收集。清人持此论者甚多。成左泉《诗考略》引方氏云："大一统之礼，莫大于巡狩述职之典，今周衰矣，天子不巡狩，故曰迹熄。不巡狩则大史不采诗献俗，不采国风则诗亡矣。"又引尹继美《诗管见·论王篇》云："诗有美刺可以劝戒，诗亡则是非不行。且诗之亡，亦非谓民间不复作诗也，特其上不复采诗尔。"[①]这种解释显然较之"《颂》亡"、"《雅》亡"之说更近情理。

基于清人的见解我们可以对"王者之迹熄而诗亡"的含义做进一步的阐释了。"王者"是指古代圣王。原本指"三代"的开国君主，即夏禹、商汤、周文武。孟子尝谓："禹恶旨酒而好善言。汤执中，立贤无方。文王视民如伤，望道而未之见。武王不泄迩，不忘远。周公思兼三王，以施四事。其有不合者，仰而思之，夜以继日；幸而得之，坐以待旦。"[②]由此即知孟子心目中的"王者"之所指。但是这里的"王者"又并非实指禹、汤、文、武，而是指西周那些基本上遵奉文王、武王、周公治国之术的历代君主。更准确地说是指奉行"仁政"或云"王道"的君主们——他们实际上已经被当做儒家士人社会乌托邦的代表者，是话语建构的产物了。"王者之迹"直接的表层含义即如清儒所言，乃是指西周采诗制度。但即使没有朱骏声所说的文字之误，同样可以说通——"王者之迹"的字面意思就是指天子的踪迹，即是指的天子的巡狩采诗活动。《礼记·王制》云："天子五年一巡狩。岁二月，东巡狩至于岱宗，柴而望祀山川。觐诸侯，问百年者就见之。命大师陈诗以观民风。"故而"王者之迹"直接的意思就是天子巡游天下以观民风之活动。

但如果联系儒家的话语建构工程来看，则"王者之迹"就有了更广泛的含义。在先秦儒家的心目中，"三代"之治是美好的社会政治形态。这种观念自然是基于现实社会的动荡不宁而产生的。他们依据往代遗留的一些歌功颂德的文字和有关典章制度的记载，按照自己的意愿将古代描绘为一种理想的社会形态，以此来寄托自己对现实的绝望与寻求超越的强烈愿望。他们以自己的价值观念来书写古代历史，同时也就将历史叙述为儒家价值理想的范型。例如和孟子同时的燕国大夫郭隗在劝燕昭王

---

① 转引自何定生：《定生论学集——诗经与孔学研究》，台北，幼狮文化事业公司，1978，第167页。

② 《孟子·离娄下》。

招贤时对古代君主就有"帝者""王者""霸者"的区分,① 这显然不是历史事实的叙述,而是一种价值层级的建构。越古的就越崇高,越近的就越卑下——这是儒家从自己的价值观出发进行历史叙事的基本原则之一。这样就建构起了一种混合了价值评判与历史事实的独特的历史叙事话语。在这种话语中,价值评判居于主导地位,它可以使历史事实成为表达政治观念的工具。在孔子和孟子的价值谱系中,尧、舜的地位高于"三王";"三王"的地位又高于"五霸";"五霸"的地位则高于任何现实的君主。孔子说:"大哉尧之为君也! 巍巍乎! 唯天为大,唯尧则之。荡荡乎! 民无能名焉。巍巍乎其有成功也! 焕乎其有文章!"这是说尧是直接效法于天的,其功业文章都是至大至伟,后人无法企及的。至于"舜有臣五人而天下治","禹……菲饮食,而致孝乎鬼神;恶衣服,而致美乎黻冕;卑宫室,而尽力乎沟洫。"②则是有才德的好君主而已。"三王"之所以值得称道,正在于他们承袭了尧舜之道。

然而尧舜尽管至善至美,他们究竟如何治理天下却是无从知晓的了。即使夏商二代的典章制度,由于文献不足之故,也已无法详知。唯有西周去今未远,文献足备,是今日君主效法的最好楷模。所以孟子所谓"王者之迹"实际上是指他心目中周文王、武王、周公所确立的美好政治制度。这种制度从基本精神上来说即是"仁",从政治措施上说则是"德治"或"仁政",这才是孟子所言的根本之处。尧舜"三王"则不过是"仁"与"仁政"的象征符号而已。孟子尝言:"尧、舜之道,不以仁政,不能平治天下。"又说:"三代之得天下也以仁,其失天下也以不仁。"③至于采诗观风则不过是"仁政"的一个更具体的措施而已。

"诗亡"之意诚如清儒所说,并不是说不再有人作诗,而是说不再有采诗之制。但清儒并未完全明了孟子的深层意思。先秦儒家,从孔子到孟子,一直全力以赴地致力于通过对西周遗留的文化典籍的重新阐释来建构完整的社会价值系统,从而达到恢复社会秩序的目的。《诗三百》恰恰是这些文化典籍中最具有阐释空间的一部分。事实上,从孔子开始,儒家思想家就已经开始借助整理、教授、引用、解释等方式对《诗三百》进行价值的赋予了。关于诗的言说始终是儒家进行话语建构的重要方面。由此观之,孟子所关心的并不是采诗制度本身的有无,而是诗作为一种独特的话语形式是否还能够发挥其应有的作用。所以"诗亡"的真正意思

---

① 《战国策·燕策一》。

② 《论语·泰伯》。

③ 《孟子·离娄上》。

是诗失去了往昔在政治、伦理生活中所具有的重要功能。由于诗的功能与"仁政"直接相关，因而诗的功能的丧失就成为"仁政"毁坏的重要标志，这才是孟子痛心疾首的事情。"诗"在西周贵族阶层的政治文化生活中的重要性对后人来说甚至是难以想象的——它是沟通人与神、君与臣、卿大夫之间乃至夫妇之间极为重要的言说方式，是贵族身份的标志。"诗"的形式本身即带有某种神圣性。就"王者之迹"与"诗"的关系来看，前者可以说是后者产生、传播、实现其功能的现实必要条件，它是一种特殊的文化空间，只有在这种文化空间之中诗才是有意义的言说方式。否则诗也就会像那些大量的民间歌谣一样，自生自灭，只能宣泄某种情绪，根本不具有任何的社会政治功能。反过来看，诗又是维护和巩固其赖以存在的文化空间的重要手段。故而，"王者之迹熄"则必然导致"诗亡"；而"诗亡"也就成为"王者之迹熄"的象征。孟子此说给我们的重要启示是：在西周乃至春秋时期，诗这种言说方式之所以能够进入到官方意识形态话语系统以及诗的实际功能的演变，均与"王者之迹"这一特定的文化空间直接相关。由此观之，在孟子那里"诗亡"主要并不意味着一种特殊的文化文本的失去，而是意味着一种理想的、和谐的、上下一体、神人以和的政治文化空间的丧失。

当然，孟子的说法只是在儒家的话语建构工程这一语境中才具有某种真实性，它并不一定完全等同于历史的真实。诗究竟为何而作，西周乃至春秋时期诗究竟发挥了怎样的作用，都还是需要深入研究的问题。诗的兴灭与王政得失的关系问题，从不同的角度出发可以得出完全不同的结论来。例如道家认为："王道缺而《诗》作，周室废、礼义坏而《春秋》作。《诗》《春秋》，学之美者也，皆衰世之造也。儒者循之，以教导于世，岂若三代之盛哉！"①此与儒家之说恰好相反。盖以道家之学观之，真正尽善尽美之世并不需要有诗文之类来扬善抑恶、评判是非。一切都是自然而然，默默运作。只是到了大道缺失之时，才会产生这些人为的东西来弥补，而这种弥补实际上是无济于事的。道家的这种见解当然也不是历史的事实，同样是一种话语建构的产物。儒道两家这样迥然不同的说法恰可证明同一历史现象完全可以成为不同话语建构的共同资源。所以对于这样的研究对象，我们不仅要指出其与历史事实的区别，而且应该揭示其何以会被如此建构的逻辑轨迹。

对于孟子"王者之迹熄而诗亡"之论，现代学者往往轻率否定，鲜有

---

① 《淮南子·氾论训》。

能够发掘其隐含意义者。例如钱玄同就不明白《诗》与《春秋》究竟有什么关联，他说："'王者之迹熄而诗亡，诗亡然后《春秋》作'之说实在不通。《诗》和《春秋》的系统关系，无论如何说法，总是支离牵强的。"①又顾颉刚批评孟子此说云："他只看见《诗经》是讲王道的，不看见《诗经》里乱离的诗比太平的诗多，东周的诗比西周的诗多。"②以历史的事实观之，钱、顾二人的批评当然是不错的，但这是任何一个读过《诗经》和《春秋》的人都不难发现的事情。这里的关键不在于孟子所说与事实有明显的出入，而在于何以会有这种出入。以孟子对《诗》与《春秋》的熟知，他难道不知道《诗三百》中有许多刺世讽谏之作吗？他难道不知道《诗三百》作为歌咏之辞、言志之作，与《春秋》这样的历史叙事有着诸多的差异吗？他为什么还将二者联系起来呢？实际上对于学术研究来说，值得追问的问题正在于此。下面我们就依据话语建构和历史事实的联系与差异，考察一下孟子将《诗》与《春秋》联系起来究竟意味着什么？

那么"诗亡然后《春秋》作"究竟应该如何理解呢？

钱玄同对孟子之说的质疑是有道理的：《诗》与《春秋》有何必然的关联？为什么"诗亡然后《春秋》作"？如果从一般历史事实的角度来看这个问题，我们自然会感到孟子之说实在是"牵强"得很，甚至难以索解。即从今天的学科分类角度看，《诗经》是诗歌总集，内容以抒情为主；《春秋》乃史书之属，只是记事。二者亦如风马牛，难以凑泊一处。然而，我们只要联系先秦儒家的话语建构工程这一特定的言说语境，孟子言说的内在逻辑就昭然若揭了。正是这种言说语境或文化空间为孟子提供了言说的动力与规则，同样也为我们对孟子的阐释提供了恰当的视角。现代"新儒学"的重要人物徐复观尝论及"《诗》亡"与"《春秋》作"的关系，恰恰符合了孟子的逻辑。其云："我认为《诗》亡是指政治上的'诗教'之亡……周室文武的遗风（迹）尚在时，诗还发生政治教育的作用，使王者能知民情而端刑赏。诗教既亡，统治者与被统治者之间，失掉了沟通的桥梁与讽谏的作用，统治者因无所鉴戒而刑赏昏乱，被统治者因无所呼吁而备受荼毒，极其至，乱臣贼子相循，使人类在黑暗中失掉行为的方向；于是孔子作《春秋》，辨别是非，赏罚善恶，以史的审判，标示历史发展的

①　钱玄同：《答顾颉刚先生书》，见顾颉刚编著：《古史辨》第一册，上海，上海古籍出版社，1982，影印本，第 79 页。

②　顾颉刚：《论诗序附会史事的方法书》，转引自赵制阳：《〈诗经〉名著评介》，台北，台湾学生书局，1984，第 280 页。

大方向。"①徐氏此论可以说完全符合孟子之说的本旨。这是儒家话语建构的内在逻辑之显现。

今传《春秋》本为鲁国编年体史书。据史家研究，春秋之时各诸侯国都有专门的史官记载本国和天下大事，也都有名为《春秋》的史书。②后来鲁国的《春秋》一枝独秀，其余各国的史书则湮没无闻。这种情况的发生与儒家的话语建构工程直接相关，可以说就是这一工程的结果。古人自"《春秋》三传"和《孟子》以降大都以为《春秋》是孔子所作，怀疑者，例如刘知几和王安石，只是极个别的情况；时至今日依然有持此论者。③古人比较持平的观点是认为此书乃孔子在鲁国史书基础上加工而成。例如杜预的见解颇具代表性，其云："《春秋》者，鲁史记之名也。记事者，以事系日，以日系月，以月系时，以时系年，所以纪远近、别同异也……周德既衰，官失其守，上之人不能使《春秋》昭明，赴告策书，诸所记注，多违旧章。仲尼因鲁史册书成文，考其真伪，而志其典礼，上以遵周公之遗制，下以明将来之法。其教之所存，文之所害，删刊而正之，以示劝戒。其余则皆用旧史。"④按杜氏之意，孔子尝依据鲁国原有史书删定为传世的《春秋》一书。孔子所做的除了"考其真伪"之外，主要是按照周代礼制而赋予历史的叙事以价值的评判，也就是孔子所说的所谓"正名"。从今天的角度来看，杜氏的说法是比较符合事实的。

20世纪二三十年代，有些学者，例如所谓"古史辨派"，对此书持否定态度。认为它的确是"断烂朝报"或"流水账簿"，钱玄同说："从实际上说，'六经'之中最不成东西的是《春秋》。但《春秋》因为经孟柯底特别表彰，所以二千年中，除了刘知几以外，没有人敢对它怀疑。"⑤但是现代学界大都持与杜预相近的看法，认为《春秋》本为鲁国史书，在孔子之前已经存在，后来经过孔子或孔门弟子的整理，成为儒家经典之一。例如梅思平指出：《春秋》一书本是朝报（政府公报），其特点是严格依据传统形式，有尊王之名义，故孔子喜之，于是有所整理删削，以寄托其政

① 徐复观：《两汉思想史》第3卷，台北，台湾学生书局，1979，第256页。
② 例如《墨子·明鬼》即有"周之《春秋》"、"燕之《春秋》"、"宋之《春秋》"、"齐之《春秋》"之谓。
③ 蒋庆：《公羊学引论》，沈阳，辽宁教育出版社，1995。
④ （晋）杜预：《左传序》。
⑤ 钱玄同：《答顾颉刚先生书》，见顾颉刚编著：《古史辨》第一册，上海，上海古籍出版社，1982，影印本，第78页。

治思想。① 冯友兰《孔子在中国历史中之地位》一文亦有相近的论述。② 这应该是比较有道理的观点。当然，未经孔子或其弟子整理过的《春秋》我们是无法看到了，所以这种说法也只能是一种合理的推测判断。它之所以是合理的，最有力的证据便是孟子"孔子作《春秋》"的说法。孟子去孔子不过百年，他的说法当然不会毫无根据。盖《春秋》虽非孔子始作，必定经过他很大程度的删削修饰，所以孟子才以"作"称之。孔子的"作"事实上乃是对《春秋》记载的史实按照自己的价值标准重新写过，从而使之成为表达儒家乌托邦精神的文本——这正是儒家话语建构工程的开始，也是其基本方式。《春秋》作为鲁国的史书原本就必然含有较多的西周意识形态，③ 因为鲁国作为周公的封地一直是周代文化典籍与典章制度保存得最为完善的诸侯国。而西周的意识形态恰恰是儒家心向往之的。其核心便是"尊王攘夷"四字。孟子和后来的公羊家们之所以把《春秋》抬到至高无上的地位，原因也在这里。

孟子对于《春秋》的意义是推崇备至的，他说："世衰道微，邪说暴行有作，臣弑其君者有之，子弑其父者有之。孔子惧，作《春秋》。《春秋》，天子之事也。是故孔子曰：'知我者其惟《春秋》乎！罪我者其惟《春秋》乎！'圣王不作，诸侯放恣，处士横议……昔者禹抑洪水而天下平，周公兼夷狄、驱猛兽而百姓宁，孔子成《春秋》而乱臣贼子惧……我亦欲正人心，息邪说，距诐行，放淫辞，以承三圣者，岂好辩哉，予不得已也。"④赵岐注云："世衰道微，周衰之时也。孔子惧王道遂灭，故作《春秋》。因鲁史记，设素王之法，谓天子之事也。知我者，谓我正王纲也；罪我者，谓时人见弹贬者。言孔子以《春秋》拨乱也。"⑤朱熹注引胡氏曰："仲尼作《春秋》以寓王法，惇典庸礼，命德讨罪，其大要皆天子之事也。知孔子者，谓此书之作，遏人欲于横流，存天理于既灭，为后世虑，至深远也。罪孔子者，以谓无其位而托二百四十二年南面之权，使乱臣贼子禁其欲而不得肆，则戚矣。"⑥观孟子之论与后人的理解，我们可以对

① 梅思平：《春秋时代的政治和孔子的政治思想》，见顾颉刚编著：《古史辨》第二册，上海，上海古籍出版社，1982，第189～191页。

② 冯友兰：《孔子在中国历史中之地位》，见顾颉刚编著：《古史辨》第二册，上海，上海古籍出版社，1982，影印本，第194～210页。

③ 《国语·楚语上》载申叔时云："教之《春秋》，而为之耸善而抑恶焉，以戒劝其心。"可见《春秋》必定含有道德评价的因素。

④ 《孟子·滕文公下》。

⑤ （清）焦循：《孟子正义》卷十三引。

⑥ （宋）朱熹：《四书章句集注·孟子集注·滕文公章句下》。

《春秋》作为先秦儒家话语建构工程之组成部分的重要作用进行扼要阐释了。

首先，《春秋》被认为是孔子所作，这本身就有着非常重要的象征意义。在儒者的心目中，孔子之前并没有以布衣身份进行著述的事。凡是古代典籍无一例外都是那些圣人兼君主的"王者"创制的。例如八卦为伏羲氏所创，《周易》为文王所作，礼乐制度为周公制作，等等。那实际上就是儒者最向往的"政文合一"的时代。孔子固然可能整理过古代遗留的典籍，并以之教授弟子，但这只能叫做"述"，而不能称为"作"。连孔子本人都说自己是"述而不作，信而好古"①。那么为什么孟子会坚称《春秋》乃孔子所"作"呢？对此我们只有联系先秦儒家的话语建构工程这一特定的言说语境方能找到答案。在这里我们有必要对所谓"话语建构工程"进行一点解释。所谓"话语"在我们这里并不完全等同于时下通行的"知识考古学"和"话语理论"意义上的用法，我们借用这个词语来指一套按照同一个生成规则构成的、有系统的言说，它往往体现了社会上某一类人或社会集团的共同的利益和想法。但是言说者本人对此并不一定有清醒的意识。话语内部也可以由于种种差异而分门别类。例如相对于先秦士人阶层（指那批拥有文化知识，却没有固定政治地位与经济来源的，以影响或改造社会现实为职志的知识阶层）来说，诸子百家可以统称为"士人话语"。而具体言之则又分为许多不同的话语系统——儒家话语、道家话语等。所谓"话语建构工程"则是指在某种言说语境中，一批拥有言说能力和权力的人不约而同地为着相同或相近的目的，遵守相同或相近的话语生成规则，共同创造某种话语系统的过程。综观先秦士人的话语建构基本上都有两个共同的特征：一是在否定现实社会状况的基础上描绘一种社会的乌托邦。就言说者的身份认同而言，他们无不以天下的拯救者和美好社会的设计者自任；就言说的话语资源而言，则或者试图在古代遗留的文化资料的基础上进行修补完善的工作，或者针对这些文化资料进行反向的建构，即在否定中有所树立；就言说者与现实的政治权力的关系来看，他们都以制约、规范这种政治权力为指归，但是在具体策略上则或者站在权力的对立面以否定者的姿态言说，或者试图以替这种权力服务为代价来换取它的支持。二是都将自己政治理想的实现寄托于言说的有效性上——对现实权力的征服完全依靠这种权力的自觉认同。这一特征就构成了先秦士人话语建构工程与生俱来而又挥之不去的乌托邦性

---

① 《论语·述而》。

质：言说可以极尽想象与虚构，现实则完全按照自己的逻辑运作。所谓"政文合一"的理想本质上不过是儒家士人干预现实之权力意识的反映而已。

总之，建构一套话语系统来干预社会现实，这就是先秦士人话语建构工程所遵循的基本生成规则。这种话语生成规则不是什么人有意识地制定的，它的产生乃是士人阶层的特殊社会境遇决定的。是士人与社会政治权力之间既相对立，又不可分离的张力关系造成的。士人阶层漂泊无依、缺乏归属感的境遇所造成的巨大焦虑为话语建构提供了足够强大的心理驱力；贵族政治体制的崩坏、政治的多元化以及社会的无序状态使士人的言说可以最充分地发挥自由想象；诸侯间的竞争所造成的对士人阶层的依赖则为言说者提供了以"天下为己任"、"环顾宇内，舍我其谁"的大气魄、大自信。这种种因素加在一起，就导致了先秦文化领域一场波澜壮阔的宏大景观。

但是具体言之，则各家各派的话语建构活动又呈现出极不相同的情形。我们这里只看儒家的情况。当孔子之时，士人阶层刚刚出现于世，西周的贵族意识形态在各诸侯国，特别是孔子生活的鲁国还有很大的势力。因此，"祖述尧舜，宪章文武"或曰"克己复礼"是孔子的奋斗目标。孔子的话语建构工作主要表现在对旧有典籍、礼仪的发掘、整理和传播方面。孔子一生颠沛流离，处处碰壁而百折不挠，就是因为他坚信只有修复那业已崩坏的周礼、恢复"尊王攘夷"的传统，才可以摆脱天下纷争的局面。孔子说："吾自卫反鲁，然后乐正，《雅》《颂》各得其所。"[①]朱熹注云："鲁哀公十一年冬，孔子自卫反鲁。是时周礼在鲁，然《诗》、乐亦颇残阙失次。孔子周流四方，参互考订，以知其说。晚知道终不行，故归而正之。"[②]这是孔子整理《诗》最有力的证据。故而即使司马迁的孔子"删诗"之说不尽可信，然他整理过《诗》的次序、考订过其文字应是无可怀疑的事。对于《春秋》亦应作如是观。这部史书原本非孔子始作，但确实经过了他的修改润色。老夫子满腹"礼崩乐坏"之愤与"克己复礼"之志在其整理《春秋》时自是难免流诸笔端，形诸文字。所以《春秋》之中的确含着褒贬，的确有其"微言大义"。这样一来，尽管《春秋》并非孔子所作，但这部史书却成为他的话语建构的重要方面。

根据前引《论语》和《孟子》的说法，《诗》与《春秋》都是经过孔子整理

---

① 《论语·子罕》。

② （宋）朱熹：《四书章句集注·论语集注·子罕第九》。

之后而成为儒家经典的，可以说它们成为先秦儒家话语建构的最初文本形式。由此我们也就不难看出这两部书之间的一致性之所在了。观孟子之义，"诗亡然后《春秋》作"主要是从功能角度来说的——《诗》曾是有效发挥社会教化功能的文化文本，随着时代的变化，《诗》的功能渐渐失去，于是儒家又选择了《春秋》作为继续发挥社会教化功能的儒家话语系统。传达同样一种价值观念以达到赏善罚恶、稳定社会秩序的目的，这就是《诗》与《春秋》最根本的相通之处。是"诗亡然后《春秋》作"的基本逻辑根据之所在。然而二者之间毕竟又有很大的差异，除了文类性质方面的不同外，二者最大的差异是它们属于不同的文化空间的产物，这种差异背后则隐含着先秦士人阶层的主体精神特征与权力意识。对此我们有必要进行一些简要的分析。

从孔子开始才形成先秦儒家士人群体在现实中的实际身份属于"游士"或"布衣之士"。尽管孔子和他的许多弟子都曾经做诸侯的大夫或大夫们的家臣，但从总体上看他们这个群体并不属于当时的执政者阶层。然而在他们的意识中，即从身份认同的角度看，他们却是从来都以社会的管理者和社会价值准则的拥有者身份自居。孔子时时呼唤"道"的实现。夫子之道主要是指一套合理、公正、有序的社会价值准则，准确地说就是经过美化润色之后的西周意识形态与典章制度。在孔子看来，只有他所代表的儒家士人才有能力实现这套价值准则。到了孟子，尽管实现儒家之道的可能性较之孔子之时更加渺茫，而孟子那种平治天下的信心与勇气却是较之孔子有过之而无不及。在他看来，《诗》是"王者之迹"的产物，是自然而然地传达王道、维系既定社会秩序的有力手段。《春秋》虽然不再像《诗》那样是官方话语或国家意识形态，但是却同样可以起到《诗》的作用。他说："《春秋》，天子之事也。"所谓"天子之事"是指在西周天下一统的贵族宗法制社会中，礼乐征伐之事只有天子可以决定。也就是说，只有天子有权决定社会的价值层级并赏善罚恶。那么之所以要由《春秋》承担起"天子之事"的重任，那是因为天子已经不能承担这种重任了。儒家士人要替天子行赏罚之权，意味着他们是以执政者，或社会管理者自居的——他们确信自己有责任和义务来改造这个陷于无序状态的动荡社会。

《诗》曾经是官方话语，具体说是在贵族社会中维系和调和人神关系、君臣关系、贵族之间关系的有效工具。《诗》无论是贵族们自己创制还是采自民间，一旦它们进入贵族的文化空间之后，就无可避免地成为官方意识形态的一部分，甚至转化为贵族制度的组成部分。《毛诗序》尝言：

"故正得失，动天地，感鬼神，莫近于诗。先王以是经夫妇，成孝敬，厚人伦，美教化，移风俗。"这段话似乎将《诗》的作用过于夸大，看上去令人难以置信。实际上如果联系西周时期的文化空间，即贵族的生活方式、交往方式、言说方式等，我们就会发现，这种说法并非汉儒的夸大其词，而是《诗》在当时被赋予的实际社会功能。① 可以说，《诗》在西周乃至春秋的贵族社会中具有后世诗歌根本无法企及的巨大社会功能。它根本就不是后世的所谓"诗文"，更不是今天的所谓"文学"。它是古代宗教仪式的新形式，是彼时意识形态的主要形式，是贵族的身份标志，是君臣之间、贵族之间独特的沟通方式。我们只要打开《左传》《国语》看看就知道，《诗》在春秋时期的贵族生活中是不可缺少的东西。在祭祀、外交、朝会、宴饮乃至贵族间的私人交往中，"赋诗"、"引诗"的现象随处可见，这说明在当时《诗》是整个贵族阶层普遍尊崇并深刻了解的文化文本。从具体的"赋诗"、"引诗"的情况看，尽管断章取义是普遍存在的方式，但是这都是基于一个预设的前提，那就是《诗》是一种具有神圣性、权威性的言说，完全可以用来做某种行为或言谈的最终依据。所以孔子才会有"不学《诗》，无以言"的提法，在他那里是不存在"诗亡"问题的。

孔子整理《诗》、乐并以之教授弟子，这是与其"克己复礼"的政治理想直接相关的。孔子之时尽管已出现"礼崩乐坏"的普遍情况，但是在各诸侯国西周的礼乐文化依然勉强延续着，贵族身份与贵族意识依然受到社会普遍的认同。在贵族阶层中那种不娴于《诗》的应对或错用礼仪的现象依然会受到鄙视和嘲笑②。在这样的文化空间中，孔子在话语建构上的一切努力都是力求使遭到破坏的传统得以修复，使行将逝去的东西能够重新获得生命力。所以不管他的实际身份是什么，他都是站在官方的立场上有所言说的，只不过他不是站在某个诸侯国的官方立场上，而是站在整个贵族阶层的立场上，或者说是站在行将退出历史舞台的官方文化的立场上。他整理《诗》《春秋》等文化典籍本质上是一种"正名"的工

---

① 《诗》的功能也是一个历史问题，随着社会文化空间的变化，《诗》的功能也在不断被调整。《诗》作为一种通行于贵族社会整个文化空间的文化文本，也不断随着其社会功能的演变而有所增删。《诗》的创制、采集、入乐、成为仪式的一部分以及赋诗、引诗成为普遍现象，都与历史的演进和文化空间的转换密切相关。对此我们将有专文探讨，这里暂不展开。

② 例如，据《左传·襄公二十七年》载，齐国秉政的大夫庆封出使鲁国，鲁国贤大夫叔孙豹招待他，庆封于饮食间失礼，叔孙豹遂为之赋《相鼠》之诗，讥其无耻。而庆封竟浑然不觉。庆封席间失礼在贵族中是受到鄙视的，而其对于主人的赋诗相讥居然懵懂不知，更令贵族轻视。这说明在春秋之时西周以来重礼仪、荣誉和贵族身份的传统并未失去，只是开始受到破坏而已。

作——告诉世人传统的价值准则落实到伦常日用之中应该是怎样的，人应该遵循怎样的规则活着。所以孔子的话语建构活动的确是要代替已经没有权威性的周天子行使维护原有价值秩序的权力。

到了孟子的时代，政治权力与文化话语权力更进一步分离，西周时期的主流意识形态已经化为纯粹的古代遗迹。那个作为当然的统治者的古老的贵族阶层已经不复存在，代之而起的是能够适应兼并与反兼并之迫切需要的政治、外交、军事人才所组成的新的官僚阶层。政治生活与文化生活彻底分离为互不统属的两大领域。政治家们忙于"奖励耕战"的政策与"合纵""连横"的外交；士人阶层的思想家则充分享受着思想与想象的自由，建构着形形色色的社会乌托邦，统一的或近于统一的国家意识形态已不复存在，延绵已久的贵族精神也在功利主义的冲击下荡然无存。《诗》和其他的古代文化典籍已失去了普遍的权威性、神圣性。除了儒家之外，诸子百家基本上都可以随心所欲地对它们进行评说。"赋诗"之事已成为过去，"引诗"也只有儒家思想家或受他们影响的人偶有为之①。《庄子》说《诗》《书》《礼》《乐》等古代遗留的文化典籍"邹鲁之士、缙绅先生多能明之"②。这就等于说除了"邹鲁之士、缙绅先生"之外，很少再有人懂得这些典籍了。这意味着作为言说土壤的文化空间发生了空前的变化。孟子作为这个时期儒家思想的代表者，其话语建构行为当然是在孔子的基础上进行的。但是与孔子不同的是，他开始描画一个独立的话语统序来与现实的政治统序相对立了。如果说孔子的理想在恢复周礼，重建已然崩坏的贵族等级制度，那么孟子的"仁政"、"王道"则是更加美好也更加无法实现的乌托邦；如果说孔子在对《春秋》进行加工、润色之时强化了它的褒贬色彩，暗含了挺立、凸显传统意识形态的动机，那么孟子明言孔子"作《春秋》"乃是"天子之事"则大大彰显了儒家话语建构行为的政治性，明目张胆地高扬了那种压抑在士人阶层心中的权力意识。他的这种说法无异于宣布了全部现实政治权力的非法性，也宣布了儒家话语建构工程的神圣性与合法性。按照孟子的逻辑，尧、舜、禹、汤、文、武乃至周公，乃是集"道"与"势"为一身的圣人；他们的时代因此也是最为理想的社会形态。到了孔子之时，则"道"与"势"相分离，无"道"之"势"成为"率野兽以食人"的暴君暴政；无"势"之"道"则成为纯粹的话语形式。他的雄心壮志就是要通过对个人人格修养的倡导（求放心、存心

---

① 《老子》《庄子》均不引诗；法家、阴阳家亦不引诗；纵横家偶有引诗却是一种说话的技巧，根本没有任何的敬意；只有儒家是以严肃的态度引诗的。

② 《庄子·天下》。

养性之类），通过对"仁政"、"王道"的政治思想的宣扬，坚持"道"的统序，强化话语建构，最终将现实的"势"纳入到"道"的羁勒之下，重新实现"三代"时期"道"、"势"合一的理想境界。这是孟子的话语建构的伟大蓝图，也是其后二千余年中儒家士人的伟大宿愿。

如此看来"诗亡"与"《春秋》作"之说应该有某种象征意味。

清人钱谦益尝云："孟子曰：'诗亡然后《春秋》作。'《春秋》未作以前之诗，皆国史也。人知夫子之删《诗》，不知其为定史；人知夫子之作《春秋》，不知其为续《诗》。《诗》也，《书》也，《春秋》也，首尾为一书，离而三之者也。"①钱氏此言有两点值得注意，一是他将《诗》《书》《春秋》均以史目之，可以说是开了后来章学诚"六经皆史"之说的先河。二是强调了三书之间首尾一贯的密切联系，亦不为无见。如果从历史事实的角度来看，钱氏之论当然是荒谬的，因为这三部书无论从产生的角度，还是从功用的角度来说，都是迥然不同的。然而如果从自孔孟以来的儒家的话语建构工程的角度来看，则不独此三书，而"五经""九经"乃至宋儒编定的"十三经"无不可视为"首尾为一书"——它们都有一以贯之的价值指向，都被赋予了同样的功能意义。从先秦儒者到两汉经生，从汉学到宋学，儒家思想家都在做同一件事，就是将古代遗留的文化文本解读为上可以规范、制约执政，下可以引导、教化百姓，中可以自我砥砺、提升人格的具有现实功用的话语系统。他们孜孜以求的就是通过自己持之以恒的话语建构使整个社会都纳入严密有序的价值规范之中，而自己也在现实生活和个体精神上最终找到安身立命之所。如此参与人数之众、延绵时间之长、指向同一目标的话语建构活动在人类文化史上绝对是独一无二的。

儒家的理想当然是希望君主自觉地接受和推行他们的价值观念与行为规范，所以他们才塑造出尧、舜、禹、汤、文、武这样的古代圣王的形象来以为现实君主之楷模。② 但春秋战国之际像魏文侯这样自觉服膺儒术的君主毕竟罕有，故而儒家更多的是靠不遗余力地建构、宣传、教授以便形成一种弥漫性的话语"力场"，进而将执政者在不知不觉之中纳

---

① （清）钱谦益：《牧斋有学集·胡致果诗序》。
② 近人顾颉刚、钱玄同等所谓"古史辨派"20世纪20年代提出"层累地造成古史"之说。经半个多世纪的考古发现和学术探讨，此派的"疑古"之论大都已被否定。但是如果从话语建构的角度来看，则"层累"之说却有很大的阐释学意义——对尧、舜、禹孔子虽多有言及，但是其嘉言懿行却是孟子言之更多更详，汉唐儒者更多有附会，这说明，历史人物本身虽然不是凭空捏造出来，但其言行事迹毕竟渐渐多起来，恰如"层累"一般。这都是话语建构的需要所导致的必然结果。

于这种话语"力场"的影响与控制之下。所以即使是一位乡间老儒在默默地传道授业，那也是在进行着政治权力的角逐，更不要说那些特立独行的饱学鸿儒的著书立说了。当然，儒家话语建构过程的权力运作是很复杂的现象。中国古代是"家天下"的君主政体，君主们唯一真正关心的事情就是政权的稳固。所以儒家欲使自己的话语建构活动得到实际的效果，一般都不得不以满足君主稳定政权的需要为诱饵，所以他们也就在很大程度上充当了官方意识形态的建构者角色。诸如"正统"观念、"君权神授"观念、君主至尊观念、忠臣观念，等等，都是儒家为了使君主接受诸如仁民爱物、正身修己、顺天应人、重生止杀等价值准则的交换条件。也就是，儒家思想家必须摆出为君主服务的姿态来言说才有可能是有效的言说。只有在像明末清初这样改朝换代之际，才会产生黄宗羲《明夷待访录》那样放言儒家主体精神、明言压制君权的言论来。因此儒家的话语建构必然具有内在的矛盾冲突。即从今天的言说立场来看，你既有理由说它是古代知识阶层制约君权、规范社会的乌托邦式的权力话语，也可以说它是巩固既定社会等级制、维护君主利益的官方意识形态话语。其鲜活的、人道的、具有现代意义的话语内涵与保守的、陈腐的、反个体性的价值指向是同时存在的。

　　让我们回过头来再看孟子的"诗亡"与《春秋》作"之论。"诗"所象征的是儒家理想中的"政文一体"①的政治、文化状况。此时官方意识形态与知识阶层的乌托邦话语是合二为一的。"诗"正是沟通君臣上下的有效方式。《春秋》所象征的则是民间的、知识阶层独立话语系统的确立。既然统一的官方意识形态已然不复存在，大一统的君权已分化为大大小小的权力集团，并且完全放弃了恢复统一的意识形态的努力，那么知识阶层就当仁不让地承担起在文化上重新统一天下的重任。以《春秋》作为赏罚手段虽然未必能起到实际的政治作用，却可以起到在观念上维护统一价值标准的作用，可以起到延续文化精神的作用。如果从更深的层次上看，即联系知识阶层的生存状况来看，则"诗亡"与《春秋》作"之论还有更隐秘的含义。在孟子所处的战国中期，士人阶层已经成为一个很强大的社会阶层，这远非孔子的时代可以相比。春秋之时，各诸侯国的执政者主要是由贵族构成，贵族的子弟则成为后备的执政者。除楚国之外，各诸侯国还基本上都实行"世卿"制度。布衣之士而进入统治者行列的不

---

　　①　用牟宗三等海外"新儒家"们的话来说叫做"政统"与"道统"的合一。

是没有，但肯定不是主流。在这种情况下士人阶层①的主要从政途径是到某个大贵族家里做陪臣。孔门弟子中凡从政者绝大部分是给有权势的大夫做小臣而或邑宰，除宰我之外没有真正进入权力核心的。此时的士人阶层是刚刚出现的、无论在政治上还是在文化上都尚处于社会边缘的社会群体。即使在文化上，贵族子弟有自己受教育的途径②，官方文化依然是主流文化，士人阶层的言说也同样是微不足道的。到了孟子之时情况完全不同了。此时贵族阶层已经分崩离析，执政者主要来自平民出身的士人。各诸侯国在政治、经济、军事、外交各方面激烈竞争的刺激下，对具有真才实学的士人的需求空前强烈，游荡于社会上的布衣之士成为执政者集团的真正后备大军。同样在文化上由于官方的贵族文化随着贵族阶层的解体而失去主导地位，士人阶层的文化便成为社会文化的主流。这就是说，无论在政治上还是在文化上，士人阶层已经成为当时社会的主导力量。当时天下各国所面临的主要问题是如何消除战争、实现和平。而根据当时各方面情况，解决这一问题的唯一办法是实现天下的统一。面对如何实现统一的问题，士人阶层也出现了明显的分化：一部分人走务实之路，试图通过政治、外交、经济、军事的角逐来使某一诸侯国强大起来，从而兼并其他国家，实现统一。诸如纵横家们的"合纵"、"连横"，法家的"奖励耕战"、"富国强兵"就是走的这一条路。这是用政治的或现实的方法解决政治的或现实的问题的做法。另一部分人则走务虚之路，试图通过文化话语的建构形成统一的意识形态，再进而落实为政治上的统一。孟子便是这派士人的杰出代表。故而，"诗亡"代表着原有的统一的意识形态的轰毁，"《春秋》作"则代表着重新统一意识形态的努力。试图通过历史叙事来影响甚至决定实际的历史进程，这正是士人乌托邦精神的核心所在。孟子奔走游说，到处宣扬"仁政"、"王道"，大讲"四端"、"求放心"、"存心养性"，又斥异端、辟邪说，都是在做着同样的努力。

　　既然"诗亡"代表一种意识形态的破坏，而"《春秋》作"代表一种意识形态的兴起，那么是不是意味着《诗》与《春秋》所代表的是截然不同的两

---

① 士人阶层中间当然有贵族子弟，但是人数远较平民子弟为少。据有的学者考察，孔门可以考之出身的弟子中只有司马牛是位真正的贵族。

② 春秋时代教育体制的具体情况已难以考知，但从《左传》《国语》等史籍所载可知，凡贵族子弟无不受过很好的系统教育。据有限的材料来看，大约各诸侯国也有专为贵族弟子而设的"基础教育"，所学内容亦不外西周遗留的基本典籍，即《诗》《书》《礼》《乐》之属。在"基础教育"之后，那些大贵族，特别是宗室子弟还要聘请博学多能之士来做专门的老师，例如鲍叔牙就尝为公子纠的师傅，而管仲尝为公子小白（即齐桓公）的师傅。

种意识形态呢？这个问题实际上是很复杂的。就历史的事实而言，在西周至春秋之时，《诗》作为贵族政治、文化生活中不可缺少的组成部分来说，它的意识形态性质主要表现在对贵族特权和贵族身份的确定、强化以及贵族关系的协调上。就儒家的话语建构而言，《诗》乃昭示着一种理想化的价值观——它是善恶的尺度，是维护社会公正与秩序的有力武器。儒家士人依靠《诗》所独有的多种阐释可能性来赋予其种种价值功能，力求使之成为负载儒家价值观的话语系统，以至于到了汉代不仅出现了以"美刺"说《诗》的普遍现象，而且还出现了"以《三百篇》当谏书"的情况。《诗》的实际功能与儒家所赋予它的功能之间是存在着很大的区别的。《春秋》的情况则不同。就实际的历史而言，这部史书的意识形态作用可以说是微乎其微的。所谓"乱臣贼子惧"云云，不过是孟子的期望而已。春秋五霸、战国七雄们是不会因儒家的历史叙事而丝毫改变自己的政治、军事策略的。儒家遵循的是理想的文化逻辑，现实的执政者遵循的则是关系着生存的利益原则，二者是扞格不入的。至于儒家思想在后来的发展中渐渐弱化了乌托邦色彩，增加了现实的可操作性，以及大一统之后的统治者向着儒家文化寻求合法性支持，则是君权与士人阶层在权力层面上相互协商、彼此磨合的结果。

总之，"诗亡"与"《春秋》作"之论背后有着丰富的文化历史内涵，它既体现着春秋战国之际政治系统与文化系统由合而分的历史轨迹，又展示着儒家士人话语建构的乌托邦精神；既昭示了从孔子到孟子社会文化空间的嬗变，又彰显了儒家士人重新统一意识形态与现实政治的强烈愿望。自此之后，借助于对《诗》的阐释①来恢复"王者之迹"以及依靠孔子"作《春秋》"的精神来以话语建构干预现实权力的努力，便成为儒家士人千百年中遵循的基本政治策略和文化策略。

①　当然不止于对"诗"的阐释，事实上，儒家对全部古代文化典籍的整理与阐发都基于同样一种理论的预设：既然西周的那些文化典籍是"王者之迹"的产物，体现了真正的"三代"之治，那么依靠宣扬这些典籍的价值，使之深入人心，特别是深入执政者之心自然也就可以重新恢复这种理想的社会状态。这种"逆推法"在逻辑上是错误的，在现实中是行不通的，但是儒家思想家们对此却是坚信不疑。这也就是中国古代精英文化发生、演变的内在逻辑。

第二十五章 荀子的文艺思想

荀子历来被认为是先秦儒家之集大成者，他的思想的确博大深邃，对先秦诸子之学有着广泛的了解与吸纳，特别是对孔子以后的儒学发展有自己的深刻反思。也许是由于时代需求所致，荀子的思想与孟子的思想相去甚远，是先秦儒家中较少乌托邦色彩、比较注重实际的可操作性的一位。与此相关，其文艺思想也有自己的特点。

第一节 荀子思想与孔、孟之异同

荀子生活的时代较之孟子又晚了 60 年左右，其时已是战国后期。比较而言，孔子的时代是旧有的体制虽已崩坏，但原有的意识形态依然具有很大的影响力，对这种意识形态熟谙于心的儒家思想家还有理由企图通过宣传教育来将其还原为一种现实的价值秩序；孟子的时代是不仅旧有的体制已然荡然无存，原来的意识形态也早已失去了普遍的影响力，包括儒家在内的士人思想家都纷纷提出解决现实问题的新设想，出现了真正的"处士横议"、"百家争鸣"的局面，九流十家彼此对立，各是其所是；到了荀子的时代则百家之学渐渐走向相互渗透、交融并开始进行新的整合。社会的发展完全不理睬思想家们的摇唇鼓舌、喋喋不休，按照自己的逻辑趋向于天下一统。下面我们就来看看荀子进行言说的文化空间究竟发生了怎样的变化。我们知道所谓"文化空间"主要是由言说者、倾听者以及环绕着他们的文化氛围构成的。所以我们先来看言说者的情况。

孔子建构自己的学说时尚没有足够强大的"异端邪说"，他所面对的主要是"礼崩乐坏"的社会现实，所以他凭借丰富的文化资源就可以以"立法者"的姿态言说；孟子之时各派学说均已成熟，而且其中有些学说还得到诸侯们的采纳（如秦国用商鞅之法、楚国用吴起之术、齐国用孙膑之学都取得了巨大成效）。所以孟子的"立法"活动就比较困难——必须与各种学说进行辩论。这样孟子就同时充当辩者与"立法者"的双重角色。孔子的"立法"只要讲应该如何就可以了；孟子则要不厌其烦地讲为什么要如此，这也就是孟子的学说在学理上远比孔子学说细密深刻的原因；到了荀子的时代，则不仅百家之学众声喧哗，而且儒学本身的发展也出现了不同的流派，故而他不仅要充当"辩者"与"立法者"的双重角色，而且还要对儒学本身进行反思——思考如何超越儒学不为世所用的困境并寻求使之成为真正的经世之学的可能途径。因此，对儒学本身的反思和在坚持儒学基本精神的前提下吸收其他学说的合理因素，将儒学建构成一种既有超越的乌托邦精神又具有现实有效性的社会意识形态就成了荀子学说的主旨所在。

从言说立场来看，尽管孔、孟、荀三人都是儒家思想家，都是站在士人阶层的立场上言说的，但具体观之则又各有不同。我们知道，士人阶层是一个处于"中间"地位的社会阶层——作为所谓"四民"之首，其上是以君权为核心的统治阶层，其下是由"农、工、商"三民构成的被统治阶层。他们则游离于上下之间。由于社会状况和个体士人自身的具体情况不尽相同，他们的言说立场也就出现差异：或倾向于统治阶层，或倾向于被统治阶层。就"九流十家"的整体情况言之，道家、墨家、农家倾向于被统治阶层；儒家、法家、纵横家则倾向于统治阶层。具体到儒家内部，则孔子倾向于统治阶层，孟子更接近民间的立场，到了荀子则又倾向于统治阶层。但是孔子所同情的主要是已然没落的贵族统治者，现实统治者则基本上是他批判的对象；荀子却是试图为现实的统治者谋划切实可行的治国之策。就对于现实统治者的批判来说，荀子既没有孔子对僭越者那种"是可忍，孰不可忍"的愤慨，更没有孟子对穷兵黩武者那种"率野兽而食人"的痛斥。他基本上是在冷静地为统治者出谋划策，例如其所撰《王制》《富国》《王霸》《君道》《臣道》《致士》《议兵》《强国》《解蔽》《正名》《成相》《大略》等篇都直接就是向统治者陈述的治国兴邦之道。尽管我们可以说，从总体上看，诸子百家基本上都是救世之术，但是像荀子这样具体、系统的政治策略还只有法家可以比肩。其他诸家学说则不免鼓荡着过多的不切实际的乌托邦精神。如果说孔、孟的学说都是以伦理道德思想为主，那么荀子的学说则毫无疑问是以政治思想为主的。后世历代统治者所奉行的所谓"杂王霸而糅之"的治国之道，其实并不像是孔孟申韩之学的结合，而是更近于荀子的学说。

从文化语境的角度看，荀子这种言说立场的形成主要有两个原因：一是文化语境的作用，即诸子之学走向综合交融的必然趋势。我们知道，荀子曾长期游学于齐，是著名的"稷下学宫"①后期的领袖人物，曾"三为祭酒"，即学宫之长。这个稷下学宫是诸子百家聚会之所，形成了各种学说交流、融会、综合的独特文化空间。这个文化空间是齐国君主，例如齐宣王等确立的，虽然学士们"不治而议论"，不能算是纯粹的政治人物，但是毕竟受到官方的豢养，所以至少具有半官方的性质。因此稷下之学固然是真正的"百家争鸣"，却亦有其共同的特点。这主要有两点：一是对现实政治的关怀，二是兼取诸家的综合性。例如作为稷下之学主流的黄老刑名之学就是结合法家与道家并吸收儒家某些思想因素的综合性的政治学说。② 荀子在这样的文化环境中浸润既久自然会受其影响。

决定荀子言说立场形成的另一个原因是历史语境的作用，即渐近统一的社会呼唤统一的意识形态。战国后期的社会现实已经证明，无论是孔子的"克己复礼"还是孟子的"仁政"、"王道"，抑或是墨家的"兼爱"、"尚同"与老庄的顺应自然，都无法解决实际的社会问题。法家学说虽然在个别诸侯国得到实施并产生效果，但是作为儒家的荀子又不可能完全认同这种基本上放弃士人批判立场的思想，所以他唯一可行之途就是兼取各家之学来改造孔孟之学，也就是弱化儒学原有的乌托邦色彩而加强其政治层面的可操作性。可以说，在政治伦理方面，荀子之学主要是融合儒法两大入世的思想系统而形成的。鉴于历史的经验与现实的需求，如何将儒学改造成具有现实有效性的国家意识形态就成为荀子关注的焦点。这样一来，荀子就不能不在反思儒家原有学说的基础上来建构自己的思想体系。

从某种意义上说，荀子的学说正是在反思儒家学说中最有影响的思孟学派的基础上建构起来的。荀子批评思孟之学云："略法先王而不知其统，犹然而材剧志大，闻见杂博。案往旧造说，谓之五行，甚僻违而无类，幽隐而无说，闭约而无解。"③观荀子之意是说思孟之学看上去很是博大深邃，实际上却是玄虚不实、难以索解，更谈不上实际的应用了。所以荀子之学基本上是在儒学的范围内沿着与思孟之学相反的路子走的。这主要表现在下列几个方面：

第一，以"性恶"说代替"性善"说——改变价值系统建构的逻辑前提。

---

① 《太平寰宇记》卷十八引刘向《别录》云："齐有稷门，齐之城西门也。外有学堂，即齐宣王立学所也，故称为稷下之学。"

② 参见白奚：《稷下学研究——中国古代的思想自由与百家争鸣》第六章，北京，生活·读书·新知三联书店，1998。

③ 《荀子·非十二子》。

孟子倡"性善说"有一个潜在的逻辑轨迹，即充分启发人的道德自觉性，靠人的道德自律来解决自身的问题，然后再解决社会问题。这是典型的"内圣外王"的思路。其说的长处是很明显的：可以激发人们的自尊意识，有助于培养人们对道德修养的信心。但是，其缺点也同样很明显：不能充分提供"礼"与"法"等外在规范的合理性：既然人性是善的，那么还要那些强制性的规范何用？只要想办法发掘、培育这与生俱来的善性就够了。然而"争于气力"的现实社会中的人均为情欲利益所牵引，谁愿意自觉地恪守那些显然于己不利的道德原则呢？对于那些不肯自觉进行道德修养的人来说又该如何呢？荀子大约正是看到了孟子学说的这一不足之处才提倡"性恶"之说的。对于孟子和荀子而言，"性善"与"性恶"之说虽然不排除经验主义的认知性归纳，但主要并不是对人之本质的客观认识，而是出于言说的需要——"立法"的需要而设定的逻辑前提。从这两个不同的前提出发，就可以建构起不同的理论体系。言性善，孟子才有充分的理由号召人们"存心养性"、"推己及人"，从启发人们自觉培育人人皆有的"恻隐之心"、"羞恶之心"等所谓"四端"入手去实现成圣成贤的人格理想。人人都成为圣贤君子并通过"老吾老以及人之老，幼吾幼以及人之幼"的"推恩"行为使天下亲如一家，那么一切纷争都可以得到彻底的解决了。荀子就不像孟子那样天真了。他清楚地认识到孟子的学说是无法实现的空想。所以他要建立一套强调外在约束之重要性的学说。他的逻辑是这样的：人之性就是生而有之的本能，主要是肉体的欲望，这些欲望都以满足为唯一的目标，没有丝毫自我的约束，所以人性是恶的。一个社会如果任由人性自由泛滥，就必然是混乱无序的，所以圣人才制定"礼法"来约束人们。这就是所谓"化性起伪"。"化性"就是改变人生而有之的天性，使之符合社会规范；"起伪"就是根据社会需求来制定可以约束并引导人性的社会规范。前者是目的，后者是手段。荀子说：

> 今人之性，生而有好利焉，顺是，故争夺生而辞让亡焉；生而有疾恶焉，顺是，故残贼生而忠信亡焉；生而有耳目之欲，有好声色焉，顺是，故淫乱生而礼义文理亡焉。然则从人之性，顺人之情，必出于争夺，合于犯分乱理而归于暴。故必将有师法之化，礼义之道，然后出于辞让，合于文理，而归于治。用此观之，然则人之性恶明矣，其善者伪也……故圣人化性起伪，伪起而生礼义，礼义生而制法度。然则礼义法度者，是圣人之所生也。故圣人之所以同于众，其不异于众者，性也；所以异

而过众者，伪也。①

由此可见"性恶说"与"性善说"之根本不同。盖后者将人世间的一切价值之最终依据归于人性，圣人的意义仅在于为"存心养性"的榜样；后者则将价值依据归之为"伪"，即人为，圣人则是"伪"的主体。对于孟子来说，人人都是潜在的圣人，关键看你能不能自觉进行"存养"工夫了；而在荀子的学说中，圣人只是少数的先知先觉，是天生的立法者，他制定着一切社会价值规范。简言之，能够根据社会的需求而为之制定规则的人就是圣人。由此可知，在孟子的观念中圣人与凡人的区别主要看他能否对自身固有本性进行自觉培育；而在荀子看来，圣凡之别主要看其能否为社会立法。一是着眼于内在品性，一是着眼于外在功用，二者之别在此。

第二，以"学"取代"思"——在修身的方式上采取不同路向。

先秦儒家都讲修身，荀子也不例外。但是他的修身理论似乎是专门反孟子之道而行的。在修身的方式上孔子是"思"与"学"并重的，认为"学而不思则罔，思而不学则殆"②。孟子基于其"性善"之说，强调"思"在修身过程中的首要地位。认为一个人是成为圣贤君子还是成为小人关键在于是否去"思"，即所谓"思则得之，不思则不得"。"思"可以使人"先立乎其大者"，即做出成圣成贤的根本性选择，孟子还认为："诚者，天之道也；思诚者，人之道也。"③这就将"思"看作人立身行事的根本所在。可见在孟子的思想体系中"思"是至关重要的，可以说是修身过程中最重要的一环。然而荀子却十分轻视"思"的意义。在孟子，既然人性本善，故而要向内发掘，所以重"思"；在荀子，既然人性本恶，故而只能向外寻求改造人性的途径，所以重"学"。《荀子》一书，首篇就是《劝学》，并明确指出："吾尝终日而思矣，不如须臾之所学也。"突出了"学"的重要性而否定了"思"的价值。那么对于修身者来说应该学什么、如何学呢？荀子认为应该"始乎诵经，终乎读礼"，因为"《礼》之敬文也，《乐》之中和也，《诗》《书》之博也，《春秋》之微也，在天地之间者毕矣"。就是说，从自然宇宙，到人世间，一切道理都包括在这些儒家的经典之中了。至于学的方法则是长期的积累，所谓"学不可以已"、"积善成德"、"真积力久则入"云云，都是讲日积月累的学习方法。

---

① 《荀子·性恶》。
② 《论语·为政》。
③ 《孟子·离娄上》。

在修身过程中荀子也强调"养心"的作用，但是他的"养心"与孟子的"存心"、"尽心"大不相同。约而言之，荀子的"养心"乃是清除心中的各种杂念，以便为"学"提供必要的条件。在《解蔽》中荀子指出：

> 故治之要在于知道。人何以知道？曰：心。心何以知？曰：虚壹而静：心未尝不臧也，然而有所谓虚；心未尝不满也，然而有所谓一；心未尝不动也，然而有所谓静。人生而有知，知而有志，志也者，臧也；然而有所谓虚，不以所已臧害所将受谓之虚。心生而有知，知而有异，异也者，同时兼知之；同时兼知之，两也；然而有所谓一；不以夫一害此一谓之壹。心卧则梦，偷则自行，使之则谋；故心未尝不动也，然而有所谓静；不以梦剧乱知谓之静。未得道而求道者，谓之虚壹而静。作之，则将须道者之虚，则人（入）；将事道者之壹，则尽；将思道者静，则察。知道察，知道行，体道者也。虚壹而静，谓之大清明。万物莫形而不见，莫见而不论，莫论而失位……明参日月，大满八极，夫是之谓大人。夫恶有蔽哉！

从这段引文我们不难看出，荀子的"心"与孟子大有不同。盖孟子所谓心既是人之善性的寄居之所，又是一道德自我，能够识别善恶并"择善而固执之"，因此其自身即含有善的价值，所以人们可以由"尽心"而"知性"，由"知性"而"知天"，从而达到"合外内之道"的"至善"之境。而在荀子，则心只是认识的主体，在其"虚壹而静"的情况下可以接受关于"道"的知识，它自身则像一面镜子一样是中性的。所以借用《中庸》的话来说，孟子侧重于"尊德性"，荀子则侧重于"道问学"。后者开出两汉儒者治学的基本路径；前者则为两宋儒者所服膺。

第三，以"礼"、"法"并重代替"仁政"——在重建社会秩序之方式上的不同选择。

先秦儒家，无论是孔孟还是荀子，其学说之最终目的无疑都是重建社会秩序。可以说，是他们对人性的不同看法决定了其对重建社会秩序之不同方式的选择；也可以反过来说，是他们对重建社会秩序不同方式的选择导致了其对人性的不同理解。在这里原因和结果是可以置换的。荀子的治国方略可由三个字来概括，即"礼"、"乐"和"法"。这里"礼"和"法"是带有强制性的外在规范；"乐"则是文教方式。他之所以强调"学"，目的也就是使人们通过学习而自觉地认同作为外在规范的"礼"和"法"并接受"乐"的熏陶。这与孟子将固有的人性理解为外在规范的内在依据，因而主张由向内的自我觉察、自我发掘而自然而然地导出外在规范的理路是根本不同的。那么荀子是不是就是走上了法家一路呢？也不能下如此断语。荀子与法家也存在着根本区别。荀子学说的独特性主要表现在他对"礼"与"法"的关系的理解上。

与荀子一样，法家也认为人性是恶的，所以他们主张制定严刑峻法来约束人的行为。然而荀子一方面强调人性恶，一方面又强调"礼"的作用，这与法家是不同的。这就难免有人可能提出这样的问题了："人之性恶，则礼义恶生？"①"礼义"是道德规范，具有善的价值，既然人性本恶，那么"礼义"这样善的价值由何而生呢？荀子的回答是"生于圣人之伪"。在荀子看来，人类的生活必然是社会性的，用他的话说就是"人之生，不能无群"②。但是由于人性本恶，有无穷无尽的欲望需要满足，故而难免出现争斗，人类社会也就混乱一片，不成其为"群"了。所以人类社会就必须有"分"，也就是建立在差异基础上的秩序：人们在社会上的地位不同，享受的权利和承担的义务也不同。但是这个"分"又不是自然产生的，而是人为地制定的，这就有一个合理性的问题：你根据什么来规定这种差异？这种合理性的原则便是"礼义"。所以荀子说：

> 人生而有欲，欲而不得，则不能无求，求而无度量分界，则不能不争。争则乱，乱则穷。先王恶其乱也，故制礼义以分之，以养人之欲，给人之求。使欲必不穷于物，物必不屈于欲，两者相持而长，是礼之所起也。③

这样看来，荀子的逻辑是很清晰的：人类生存的需要决定了"群"的生活方式；"群"又必然要求着差异与秩序；"礼义"在根本上来说就是关于这种差异与秩序的合理化原则。那么，"法"在荀子的学说中又有怎样的意义呢？我们先看看荀子的提法：

> 古者圣王以人之性恶，以为偏险而不正，悖乱而不治；是以为之起礼义、制法度，以矫饰人之情性而正之，以扰化人之情性而导之也。始皆出于治，合于道者也……若夫目好色，耳

---

① 《荀子·性恶》。
② 《荀子·富国》。
③ 《荀子·礼论》。

好声，口好味，心好利，骨体肤理好愉佚，是皆生于人之情性
者也。感而自然，不待事而后生者也。夫感而不能然，必且待
事而后然者谓之生于伪。是性伪之所生，其不同之征也。故圣
人化性而起伪，伪起而生礼义，礼义生而制法度；然则礼义法
度者，是圣人之所生也。（《性恶》）

礼者，法之大分，类之纲纪也。（《劝学》）

有法者以法行，无法者以类举。（《王制》）

从这些论述中可以看出，首先，法与礼义有着密切联系，二者互为
补充，① 都是对人的行为的强制性规范措施。其次，法与礼又有所不同。
大体言之，礼比法更带有根本性，是制定法度的依据。换言之，在荀子
的思想中，礼更加重要，法是作为礼的补充才获得意义的。最后，联系
《王制》篇关于司寇与冢宰之职责的论述，② 我们可以确定，法实际上是
为了维护礼的实施而进行的赏罚措施。礼是要靠自觉遵守的，如果出现
悖礼之行怎么办呢？恐怕就要依法来惩罚了。由此不难看出，荀子的政
治学说是基于社会的需要而不是美好的理想提出的，因此较之孟子的观
点具有明显的可操作性。对于那些虚幻玄妙、没有实际用处的言说荀子一
概表示轻视。他说："言必当理，事必当务，是然后君子之所长也……
若夫充虚之相施易也，'坚白'、'同异'之分隔也，是聪耳之所不能听也，
明目之所不能见也，辩士之所不能言也，虽有圣人之知，未能偻指也。
不知，无害为君子；知之，无损为小人。工匠不知，无害为巧；君子不
知，无害为治。"③由此可知荀子学说是以致用为目的的，凡无益于修身
治国的言说都是无效的。所以可以说荀子是儒家中的实用主义者。

第四，用"人之道"取代"天之道"——否定了形而上玄思的意义。

对于"天"或"天道"，孔子是存而不论的，所以子贡说："夫子之言性
与天道，不可得而闻。"④到了子思和孟子则主张"合外内之道"——以
"命"与"性"为中介沟通天人关系，将"人之道"与"天之道"统一起来，根
本目的是为儒家所宣扬的社会伦理价值寻求最高的价值依据。在运思的

---

① 这里还有个"类"的概念，似近于后世法学中所谓"例"，即根据前人之成例来行使刑罚。
因法的制定即使再详尽，也难免有不到之处，故可引先王之成例为准则。

② 《荀子·王制》："折愿禁悍，防淫除邪，戮之以五刑，使暴悍以变，奸邪不作，司寇之
事也。本政教，正法则，兼听而时稽之，度其功劳，论其庆赏，以时慎修，使百吏免
尽，而众庶不偷，冢宰之事也。"

③ 《荀子·儒效》。

④ 《论语·公冶长》。

层次上则达到了形而上的思辨高度。孟子说："万物皆备于我矣。反身而诚，乐莫大焉。"①又说："是故诚者，天之道也；思诚者，人之道也。"②《中庸》也说："诚者，天道也，诚之者，人之道也。"这都是说"人之道"与"天之道"具有内在的相通性，人通过自己的努力就可以使自己的行为符合"天之道"（也就是天地化生万物的品性）。这是儒家式的"天人合一"的真正含义。然而荀子却将"人之道"与"天之道"严格区别开来。他说："先王之道，仁之隆也，比中而行之。曷谓中？曰：礼义是也。道者，非天之道，非地之道，人之所以道也，君子之所道也。"③在荀子看来，人与天之间在价值观念的层面上并无任何联系，人世间的价值本原只能在人世间寻找。这样一来，荀子就将在思孟学派那里已经把意义的空间拓展到形而上之超验领域的儒学又拉回到人世间，使之回到孔子学说那样的纯粹政治、伦理哲学层面。

通观孔子、孟子、荀子等先秦儒家的三大代表人物的思想，他们的共同特征是都将个人的道德修养同重建合理的社会秩序统一起来。借用《庄子·天下》篇的说法就是"内圣外王之道"。他们的区别在于：孔子基本上是"内圣"与"外王"并重，一部《论语》讲论个人道德修养的内容与探讨治国之道的内容不相上下。"克己复礼"四字恰能说明这种情况。到了孟子则强调"内圣"超过"外王"。在"外王"方面，他只是提出了一个"仁政""王道"的社会构想以及"置民之产""与民同乐"实施办法。这些与当时七国争雄的社会现实相去甚远，完全是一厢情愿的乌托邦。但在"内圣"方面孟子却提出了一系列新范畴、新设想，对于后世儒学的完善、发展产生了极为重大的影响。诸如"知言"、"养气"、"存心"、"养性"、"四端"、"自得"、"诚"、"思"、"推恩"等，构成了一个完备的个体人格修养的道德价值体系。所以大讲"心性之学"的宋儒将孟子视为儒家道统的真正传承者并沿着他的理路建构自己的思想系统，决非偶然之事。到了荀子，则又反孟子之道行之：将关注的重点从心性义理、成圣成贤转移到寻求切实可行的治国之道。从孔、孟、荀的言说指向而言，孔子对弟子（士人）的言说与对诸侯君主的言说并重——一方面教育士人如何成为君子，一方面劝告君主如何实现道德的自律。孟子则对士人的言说多于对君主的告诫——《孟子》一书充满了士人的自我意识。如何成圣成贤、做"大丈夫"、做"君子"毫无疑问是其主旨。而荀子的言说就主要是指向现

---

①　《孟子·尽心上》。

②　《孟子·离娄上》。

③　《荀子·儒效》。

实的当政者的。他不仅教导君主们如何做人，而且为他们提供了一套完备的政治策略。这与孟子对君主的言说主要是从道德的角度匡正、引导其行为是根本不同的。在《荀子》一书中道德修养明显地从属于治国之道。

造成先秦儒学代表人物言说价值取向差异的原因主要是历史语境与文化空间的不同。在孔子的时代，西周文明的遗留还在政治生活与文化生活中居于重要地位，孔子有充分的理由试图通过人们的自觉努力而使这些遗留重新成为社会的主导。所以他必然将"克己"与"复礼"置于同等重要的位置。在他看来，"克己"是"复礼"的唯一方式，而"复礼"则是"克己"的主要目的，二者实在不可以偏废。在孟子之时，纵横家已然大行于世，在诸侯国的礼遇之下，士人纷纷投靠，为了功名利禄而放弃自己的乌托邦精神。所以作为最具有独立精神的士人思想家孟子首先需要做的事情就是重新唤起士人阶层那种自尊自贵的主体精神与"格君心之非"的帝师意识。他的言说主要是向着士人阶层的，他的目的是使士人阶层意识到自己的历史使命，成为社会的主导力量，承担起为社会立法的伟大责任，而不要堕落为当政者的工具。孟子的思想之所以在后世的士人阶层中获得广泛的认同也正是由于这个原因。荀子的时代情况又有所不同：事实已然证明了孔孟思想的不切实际，天下统一于兼并战争的趋势依然不可逆转，而且这种趋势也已经证明了法家思想的实际价值。在这种情况下作为一代儒家思想大师的荀子当然不能盲目地恪守孔孟的传统，他有责任在保持儒家基本精神的基础上融会百家之学，将儒学改造成一种既含有伟大的理想，又具有实际效应的经世致用之学。所以为即将一统天下的君主提供治国之道，为士人阶层在新的政治形势下如何确定自己的身份提供依据——这恐怕才是荀子学说的主旨所在。在《荀子》一书中有《君道》《臣道》的专篇，这正体现了他试图建立一种君主与士人阶层分工合作的新型政治模式的设想。这可以说是对春秋战国数百年间诸侯君主与士人阶层之关系的理论总结。

第二节　荀子对诗歌功能的理解

荀子的诗学观念是与他的整个思想体系紧密相关的。其总体倾向也是实用主义的，具体言之主要涉及下列几个方面：

第一，对诗所言之"志"的新阐释。

"诗言志"之说究竟是何时提出，迄今并无人们普遍接受的结论。但是将"诗"与"志"相连而言之则是战国时期比较普遍的现象。例如《左传·

襄公二十七年》有"诗以言志"之说；《昭公十六年》有"二三君子请皆赋，起亦以知郑志"之说；《国语·楚语上》有"教之诗而为之导广显德，以耀明其志"之说；《孟子·万章上》论说诗方法时有"以意逆志"之说；《庄子·天下》篇有"《诗》以道志"之说，等等。这说明"诗"是用来言"志"的，乃是彼时的共识。但是关键问题是如何理解这个"志"字。看上述引文，"志"并不是一个具有确指的概念，而是泛指人的情感和意愿，是作诗或赋诗所要表达的意思。即使是孟子的"以意逆志"也只是指诗人作诗的本意。然而荀子却有了新的阐释，《荀子·儒效》云：

> 圣人也者，道之管也。天下之道管是矣，百王之道一是矣，故《诗》《书》《礼》《乐》之归是矣。《诗》言是，其志也；《书》言是，其事也；《礼》言是，其行也；《乐》言是，其和也；《春秋》言是，其微也。故《风》之所以为不逐者，取是以节之也；《小雅》之所以为《小雅》者，取是而文之也；《大雅》之所以为《大雅》者，取是而光之也；《颂》之所以为至者，取是而通之也。

对于这段论述应予以足够的注意，因为这是汉儒说诗的基本原则，也是儒家诗学观念的最终完成。这里的要旨在于将《诗三百》一概视为圣人意旨的表达，从而将其规定为儒家经典。如前所述，荀子与孟子很重要的区别之一是对"圣人"的作用看法不同。与此相关的则是对"圣人之道"的理解的差异。在孟子看来，"圣人之道"实际上是"天之道"与"人之道"的统一，前者是最终的价值依据，具有本体的意味；后者是前者在人世间的具体显现，也就是仁、义、礼、智等伦理道德规范。圣人之所以为圣人，就在于能够自觉到"人之道"与"天之道"的内在相通性，并通过个人的努力使二者都得到彰显——仁、义、礼、智等道德规范也不是人为的东西，而是"天之道"的产物，所以即使是圣人在这里也不创造什么，这就是所谓"尽其心者，知其性也。知其性，则知天矣。存其心，养其性，所以事天也"[1]之义。思孟学派与宋儒在学术上的一个重要特点就是试图给他们所选择的人世间的价值系统寻找一个超越于人世间之上的本体依据，由于文化语境与历史语境的双重限制，他们只能吸收老庄之学的精神，将无限的自然界设定为这种本体依据。荀子却是反其道而行之：在他看来，人世间的价值都是人自己制定出来的，这就是所谓"伪"，根

---

① 《孟子·尽心上》。

本与天地自然无涉。人之所以是人而不是其他的自然之物，正在于他能够制定人人遵守的礼仪规范。圣人之所以异于常人，就在于他就是这礼仪规范的制定者。《诗》《书》《礼》《乐》之所以可贵也正是因为它们是圣人思想情感的表现或立身行事的记录。所以《诗》所言之"志"不是一般人的思想情感，而是圣人的意旨。他在《赋》篇中说："天下不治，请陈佹诗。"这里"佹"通"诡"，"佹诗"即是言辞诡异之诗。荀子称自己的诗为"佹诗"，恰恰体现了他既以圣人自命，又不敢堂而皇之地自称圣人的矛盾心态。实际上荀子正是要像圣人那样为天下立法的。一部《荀子》整个就是为社会各阶层都制定的行为规范。

　　将《诗》理解为圣人之志的表达实际上也就提出了一种诗歌阐释学的基本原则：说诗的结果一定要归结为圣人的意旨。这不正是汉代经师们的做法吗？这种诗歌阐释学与孟子的"知人论世""以意逆志"已然大相径庭。在孟子，说诗者与诗人是处于平等地位的，二者是"友"的关系，说诗就是一种朋友间交流沟通的方式。在荀子，诗人就是圣人，说诗者只能是学圣之人，二者是不平等的。所以尽管孟子的"以意逆志"强调了说诗者的主体性，但是由于他毕竟还是将诗人视为曾经生活在具体历史环境中的活生生的人，故而在说诗时颇能顾及诗人的本意，至少不会相去太远。荀子开创的诗歌阐释学将诗规定为圣人之志，表面上是以极客观的、不敢有丝毫曲解的态度说诗，实际上则处处体现了主观性与曲解。因为一定要将那些在不同文化空间中产生并具有不同功能的诗歌一概阐释为圣人之言才符合这种阐释学原则。事实上，荀子本人正是如此说诗的。现举数例以明之。其一，《正名》篇论"期命"（命名）与"辨说"（辨明与解说）的道理云："期命也者，辨说之用也。辨说也者，心志象道也。心也者，道之工宰也。道也者，治之经理也。心合于道，说合于心，辞合于说，正名而期，质请（情）而喻……说行则天下正，说不行则白道而冥穷，是圣人之辨说也。"接下来便引了《诗·大雅·卷阿》之句："颙颙卬卬，如珪如璋，令闻令望。岂弟君子，四方为纲。"并说"此之谓也"。实际上这些诗句本是赞扬君主品德之美的，与"期命""辨说"没有丝毫关系，荀子搬到这里来证明其正名之论的合理性，完全是一种为我所用的曲解。又如《礼论》云："天能生物，不能辨物也；地能载人，不能治人也；宇中万物，生人之属，待圣人然后分也。《诗》曰：'怀柔百神，及河乔岳。'此之谓也。"这里荀子是在讲天人相分的道理，是极有见地的。但是所引之诗殊为不类。盖此二句乃出于《周颂·时迈》，本意是说周武王遍祭高山大河，取悦山川之神。这恰恰是讲人与天地自然的相通而非相异。由此可见，荀子心目中的"圣人之志"实际上常常就是自己的观点。他将圣人当做最高的价值依据实际上是出于自己立法活动的需要。诗歌在他这里被当成了建构社会价值秩序的现成工具。

第二，诗与"性"、"伪"的关系问题。

在荀子的思想系统中，凡人生而有之的东西即为"性"；凡人后天创造或习得的东西即为"伪"。按此逻辑，诗歌自然应属于"伪"的范畴。但是荀子却并不如此简单看问题。在他看来，诗歌与人之"性"与"伪"均有密切联系。其《乐论》云：

> 夫乐者，乐也，人情之所必不免也，故人不能无乐。乐则必发于声音，形于动静；而人之道，声音动静，性术之变尽是矣。故人不能无乐，乐则不能无形，形而不为道，则不能无乱。先王恶其乱也，故制《雅》《颂》之声以道之，使其声足以乐而不流，使其文足以辨而不諰，使其曲直、繁省、廉肉、节奏足以感动人之善心，使夫邪污之气无由得接焉；是先王立乐之方也……夫声乐之入人也深，其化人也速，故先王谨为之文……乐者，圣人之所乐也，而可以善民心，其感人深，其移风易俗，故先王导之以礼乐而民和睦。

这里虽是论乐，亦完全适用于诗，因为在荀子看来《诗》正是用来承载这种圣人制作的中和之乐的，也就是所谓"《诗》者，中声之所止也"①。这里的逻辑是这样的：《诗》（包括诗与乐）产生的最终根源是人之性，因为人之性具体表现为喜、怒、哀、乐之情，而人的这些情感必然要有所表现，或为声音（言辞），或为动静（行为）。但是这种人性的自然流露有多种可能性：或者成为哀伤、淫靡之声、悖乱无法之行，或者成为中和之声、仁义之行。这里的关键在于是放任人性的自然流露，还是对其予以引导、规范。圣人正是在这个关键之点发挥作用的：创制出《雅》《颂》之声来引导人之性，使之沿着适当的途径来表现。所以《诗》既是人之"性"的表现，又是圣人之"伪"的产物，是二者的结合。看到荀子这种极有见地的诗歌发生论很容易令人想起弗洛伊德的压抑理论。在弗氏看来，人的遵循"快乐原则"的本我与遵循"现实原则"的自我之间即存在着一种压抑与引导的复杂关系。本我是人生而有之的自然本性，主要是生理欲

---

① 《荀子·劝学》。

望，它以获得满足为唯一目标，近于荀子所谓"性"；自我则是人后天形成的，或者说是社会塑造的人格，他处处遵循社会规范行事，近于荀子的所谓"伪"。在弗洛伊德看来，一部人类文明史就是一部压抑史——文明是作为社会存在的人类用来压抑作为个体存在的本能欲望的。在荀子看来，一个社会如果顺人性之自然就必然会出现混乱无序的局面，所以圣人才要创制出一整套礼义法度来规范人性。如此说来，从功能的角度看荀子的"伪"基本上就是弗洛伊德的"现实原则"。从另一个角度看，无论是荀子的"伪"还是弗洛伊德的"现实原则"又都不仅仅是压抑的手段，或者甚至可以说它们的主要功能并不是压抑而是疏导：为人的本能欲望的满足提供现实的途径。人的本能欲望如果能够得到自然的满足当然是令人向往的事情，然而事实是，作为社会存在物的人类根本无法"自然地"满足自身的本能欲望：一旦人人都沿着自然的途径，即依据快乐原则来追求欲望的满足时社会就会混乱一片，人们就会在争斗中耗尽力气，结果是任何人的本能欲望都无法得到满足。这就意味着人们满足本能欲望的方式需要规范，这是人作为"类"的存在形态本身决定的。至于这种规范方式具体是怎样的则是一个历史的问题——在人类不同的发展阶段上总是存在着不同的满足欲望的合法性方式。如此说来，压抑和规范反而成了使本能欲望得到满足的有效手段。然而既然是以压抑的方式来获得欲望的满足，这种满足就必然是大打折扣的。所以后来法兰克福学派的思想家马尔库塞提出"非压抑性文明"的观点，实质上是主张通过社会的改造寻求一种将压抑的负面效应减到最低程度而使满足最大程度地得到实现的设想。

弗洛伊德正是用这样的观点来理解人类文学艺术和其他形式的精神创造的。例如他认为，在社会生活中人的本能欲望无法直接得到满足，但它又不能永远处于被压抑状态，所以只能寻求某种被社会认可的方式来得到满足，文学艺术的创造就是人的本能欲望改头换面的满足方式。这就是他那篇题为《作家与白日梦》的著名论文所表达的核心观点。有趣的是，荀子的诗学思想与弗氏颇有异曲同工之妙。看前面的引文，荀子认为"乐"（lè）是人不能无之的自然本性，它必然要有所表现：或"发于声音"，或"形于动静"。对这种自然本性的表现方式如果不加以引导就必然出现混乱，"先王恶其乱也，故制《雅》《颂》之声以道之"。这就是说，诗和乐是"先王"创制出来专门疏导人情的。其功能就在于使人的自然本性按照一个符合社会规范的途径得到实现。所以，人的自然本性为诗乐的产生提供了必不可少的能量或内驱力，"先王"创制的诗乐形式则为人的自然本性提供了实现的途径。诗乐因而就成为"性"与"伪"的完美融合。或者说诗乐是人的自然本性形式化的、合乎规范的、具有合法性（为社会所认可的）的显现。不难看出，在文学艺术具有实现人的本能欲望之功能这一点上，荀子与弗洛伊德是极为接近的。但是二者毕竟是实在迥然不同的文化历史语境中的言说，故而差异也是十分明显的。大略而言，弗洛伊德是在讲精神文化的一般性的生成原因，是个体与社会之间矛盾的自然解决，这里丝毫没有人为的因素。荀子却是讲"先王"或"圣人"对人类社会的引导作用，其所言之《雅》《颂》是特指而非泛指（譬如所谓"郑卫之声"就肯定不包含在内）。而且荀子所强调的是"立法"行为的合理性与必要性，突出的是社会精英的社会作用，弗洛伊德所强调的则是个体与社会之间根深蒂固的矛盾以及这种矛盾在客观上的调和方式。一是价值的建构，一是认知性的解释，在言说的动机上是大相径庭的。

所以荀子的乐论或诗论最终是归结为社会功用。在他的眼中，诗歌也罢，音乐也罢，都不过是圣人为社会立法的手段而已。观荀子所言，他是将诗乐作为"礼"的辅助手段来看的。按照他的逻辑，人类社会必须划分为不同的等级并规定出每个人的行为规范和所享受的权利，才会安定有序。这就是"礼"的功能所在。但是这样一来人与人之间就难免因等级的差异而出现严重的隔阂，这也不符合儒家的那种亲密和睦的社会乌托邦了。所以应该有补救的措施，使不同阶层的人在差异的基础上建立亲密的人际关系。这就是诗乐的功能了。在《乐论》篇中荀子是这样来描述这种功能的：

> 故乐在宗庙之中，君臣上下同听之，则莫不和敬；闺门之内，父子兄弟同听之，则莫不和亲；乡里族长之中，长少同听之，则莫不和顺。故乐者，审一以定和者也，比物以饰节者也，合奏以成文者也；足以率一道，足以治万变。是先王立乐之术也……故乐者，天下之大齐也，中和之纪也，人情之所必不免也。

诗乐的功能关键在一个"和"字。《劝学》篇中所谓"《诗》者，中声之所止也"的"中声"就是指"中和之声"。既然诗乐可以将那么多种多样的声音、节奏整合为一种统一的旋律，它当然也可以将形形色色的人整合为一个和谐、亲密、温情脉脉的整体。"礼"的作用是晓之以理：人天生就有差别，要安分守己，承认贵贱之分；诗乐的作用是动之以情：君臣上下、父子之间，有如一体，要亲密无间。这样，诗乐就具有了无可替代的政治意义。

荀子对于诗乐功能的观点实际上是儒家乌托邦精神的深刻体现，关涉先秦儒家"立法"活动的基本策略，也关涉此后二千余年间中国官方意识形态的基本特征。就社会乌托邦的层面来看，荀子与孔孟一样，都是向往那种既有严格的等级差异，又充满温情、其乐融融的社会状态。君则仁君，臣则忠臣；父则慈父，子则孝子。人人都恪守着自己的职分，享受着自己应有的权利，承担着自己应尽的义务，同时在不同的阶层之间又被一种深挚动人的亲情所统合。这样，对于社会差异，人们就不是被迫地接受而是诚心诚意地认同，不仅认为必须如此，而且觉得理应如此。这种将严格的礼制法度与温柔敦厚的诗乐教化统一起来的政治策略根本上乃是一种融合社会价值与个体价值、理智与情感、道德与法律的努力。与儒家这种社会乌托邦相比，墨家强调平等（"兼爱""尚同"）而反对差异的主张虽然对下层民众更具有吸引力，却显得更加不切实际；法家那种将人际关系完全置于强制性规定之下、以赏罚作为肯定或否定人的价值的主要的、甚至是唯一手段的策略虽然能够在短期内取得较大的成效，却决然不是长治久安之计。至于道家，试图取消一切人为的建构而以自然形态为最高追求，作为一种社会理想就更是玄远难达了。墨家只看到"群"而忽视了"分"，法家只看到"理"而忽视了"情"，道家只看到"性"而忽视了"伪"，唯有儒家能够统筹兼顾，具有先秦诸子无法比拟的全面性。由此观之，历史选择儒家学说作为雄霸两千余年的国家意识形态决非偶然之事。尽管先秦儒家的社会理想具有乌托邦性质，但是由于它具有统筹兼顾的全面性，故而很容易被转换为一种总体性的国家意识形态。汉代帝王"王霸道杂之"的统治之术实际上是两汉以降历代统治者共同尊奉的政治策略。其理论的根据正是先秦儒家的社会乌托邦。

先秦儒家的诗学观念在孔子那里是兼顾个人的道德修养与社会政治功能的，在孟子那里则提出一种旨在与古人交流、沟通的诗歌阐释学原则。到了荀子这里就被完全纳入到政治话语系统之中了。如果说圣人（或兼有圣人品质的君主）作为具有绝对权威性的社会立法者，其一切话语建构（伪）根本上都是政治行为，那么诗乐作为这种话语建构中的重要内容也就只能以政治目的为指归了。所以，如果说孔子的诗学观念开启了后世以诗歌作为陶冶个人情操的修身方式以及臣下对君主表达不满的形式之先河，孟子开启了一种诗学阐释学之先河，那么荀子则主要是在理论上突出了以诗歌作为社会政治教化之手段的功用。《毛诗序》中的诗歌功能论正是与荀子一脉相承的。

第三节　荀子的音乐理论

从《荀子·乐论》的逻辑看，乐是人之情感的自然流露，情动于中，发为音声，为人心所不免。正因为音乐出于人心，反过来也就具有改造人心的功能，于是先王就通过音乐来教化百姓，音乐也就成为治理国家的重要手段。但是从其他文献资料中我们不难看出，先秦音乐的实际功能则另有一种历史轨迹，即从"人神关系"到"人伦关系"的转变。从《荀子·乐论》的逻辑与历史轨迹之间的差异中我们可以窥见儒家话语建构的策略。

在先秦文化系统中，音乐始终占据极为重要的地位。西周初期贵族政治家们的政治制度建设和文化建设被称为"制礼作乐"；贵族等级制度和价值秩序的衰落被称为"礼崩乐坏"；在儒家话语系统中，"礼乐"一直是核心概念，即使墨家之"非乐"也足以证明"乐"之重要性。那么"乐"何以如此重要呢？这种重要性表征了怎样一种文化观念和价值诉求呢？对这些问题我们可以围绕对《荀子·乐论》的分析来展开讨论。

一、《乐论》的逻辑轨迹

我们先看看《乐论》的逻辑脉络。

第一，乐发生于人情之自然流露：

> 夫乐者，乐也，人情之所必不免也，故人不能无乐。乐则必发于声音，形于动静，而人之道，声音动静，性术之变尽是矣。

此为《荀子·乐论》之逻辑起点，此一起点显然并非理论的设定，而是经验之总结。盖"人生而静""感于物而动""情动于中而形于言"之类的见解并非荀子之独见，乃为战国至秦汉时期普遍观点。《礼记·乐记》云：

> 凡音之起，由人心生也。人心之动，物使之然也。感于物而动，故形于声。声相应，故生变，变成方，谓之音……乐者，音之所由生也，其本在人心之感于物也。

《吕氏春秋·季夏纪·音初》云：

> 凡音者，产乎人心者也，感于心则荡乎音，音成于外而化乎内。

这些见解大约均与可能产生于春秋之前的"诗言志"之说一脉相承①。这是一种关于音乐发生的经验主义的解释，系由观察、体验而来，自然、朴素，不带任何神秘色彩。即使从今天的角度看，也是符合艺术发生学的基本原理的。而在古人看来，最自然的，即没有任何人为痕迹的事物，也就是最神圣的，因为它得之于天地之道。因此后来刘勰在《文心雕龙·原道》篇中大讲"天文"、"地文"、"人文"的道理，认为"心生而言立，言立而文明，自然之道也"。在中国古代，强调某事、某物的自在性、非人为性，实际上就等于是赋予它某种神圣性。这种自在性、非人为性被中国古人表述为一个具有权威性的语词——天，凡是冠以"天"的东西，诸如"天籁"、"天才"、"天成"、"天爵"、"天伦"、"天性"、"天算"、"天数"，均指非人力可为的必然事物。这里的"天"并不带有神秘色彩，不是指那种人世之外的主宰意志，古人使用这个词，只是显示了他们对于客观必然性的敬畏之情而已。

让我们回到荀子。观古人论辩，大抵为表达某种思想、意见而发，很少为求纯粹的客观知识而设论者。荀子亦然。上引《乐论》这段话有三层含义，一是说音乐根源于人的自然情感，非人凭空创造，这是讲音乐发生的必然性。我们知道，《乐论》是针对墨家的"非乐"立论的，故而强调乐之必然性也同时带有为乐确立合法性依据的意义。二是说人内心世界的变化都会显现于音乐之中，喜怒哀乐之情，乃至人性之善恶一概无所遁形，这是讲音乐的表现性。三是预设了音乐对于人情、人性的改造作用，即音乐的功能性。既然一切的音乐都是根源于人的内在情性，那么反过来说，音乐具有改造人之情性的功能也就顺理成章了。总体言之，这段话旨在强调音乐之重要：其发生乃本于人性，其表现乃涵盖人性，

---

① 从现在能够见到并且比较可信的文献材料来看，将"乐"与"情"相联系的最早例证当为近年来发现并整理出来的上海博物馆馆藏楚竹书之《孔子〈诗论〉》。这些竹简经科学鉴定为战国中期之物，因此论者多认为是孔子教授弟子《诗三百》时的笔记，乃子夏所传。此《诗论》中有"诗亡隐志，乐亡隐情，文亡隐意"（有专家释"隐"字为"吝"等字，但对"乐"、"情"二字并无异议者）之语。这说明，至少在战国中期之前人们已经发现音乐与人情之间的密切联系了。其实，"诗"与"乐"不可分，"志"与"情"不可分，由"情"而论"乐"的理路可视为"诗言志"古老传统见解的边线形式之一。

故而对于人生而言具有重要意义，并非可有可无之物。

第二，乐由内而外的表现过程需要引导、规范：

> 故人不能不乐，乐则不能无形，形而不为道，则不能无乱。
> 先王恶其乱也，故制《雅》《颂》之声以道之，使其声足以乐而不
> 流，使其文足以辨而不諰，使其曲直、繁省、廉肉、节奏，足
> 以感动人之善心，使夫邪污之气无由得接焉。

音乐由情感而声音的显现是自然的，也是必然的，既非人为所致，亦非人为可止者。但是人的情感外发而为音乐却有着多种可能性，如果不加以引导、规范就可能导致混乱、邪僻。于是"先王"就制定了《雅》《颂》这样的音乐来引导人情，使之按照一定合理的渠道得以宣泄、显现。而这种经过引导、规范的音乐不仅可以合理地泄导人情，而且还可以激发人之善心，从而获得积极的社会功能。经过先王的努力，那种原本是人情自然显现的音乐，反过来成为改造人之情性的有力手段。这段话是讲在音乐产生的过程中人的主观介入问题。按照第一段引文的逻辑，由情感而声音而乐调，本是自然展开的过程，似乎并无人的主观意志作用其中，但是如此一来，音乐的价值内涵与社会功能就无从谈起了，因此必然会有人的介入才行。于是"先王"就扮演了为音乐定规则的角色，发乎内而形乎外的自然之声因此也变成了可以引发人之善心的《雅》《颂》之乐。在今天看来，音乐是一种艺术形式，是人的高层次精神创造，当然不可能是情感和意愿的自然抒发。在这里，"形式"，或人的"制作"具有决定性意义。中国古代审美意识历来讲求含蓄蕴藉，反对浅白直露，这与孔子主张的"乐而不淫，哀而不伤"风格有关系；而"乐而不淫，哀而不伤"也恰恰是强调音乐和诗歌的制作者自觉地对人的情感意愿的规范和引导。至于音乐和诗歌的制作者这种形式上的加工制作何以会有规范、引导人情的巨大作用，则是荀子乐论中涉及的一个更为深刻的问题，对此在后面的分析中将予以探讨。

关于音乐的社会功能亦非荀子才意识到的，此亦先秦儒家之基本观点。孔子即有"乐云乐云，钟鼓云乎哉"[①]以及"兴于诗，立于礼，成于乐"[②]之说，《左传》《国语》《乐记》等先秦典籍中也有大量关于音乐社会功

---

① 《论语·阳货》。
② 《论语·泰伯》。

能的论述。故而可以认为，对音乐社会功能的强调必基于古老的文化传统，应该是从西周礼乐制度的实际情况流传演变而来。那么音乐如何能够实现其"感动善心"的社会功能呢？

第三，音乐的社会功能主要表现在和睦的人伦关系：

> 故乐在宗庙之中，君臣上下同听之，则莫不和敬；闺门之中，父子兄弟同听之，则莫不和亲；乡里族长之中，长少同听之，则莫不和顺。故乐者，审一以定和者也，比物以饰节者也，合奏以成文者也；足以率一道，足以治万变……且乐也者，和之不可变者也；礼也者，理之不可易者也。乐合同，礼别异。

"先王"们制作的音乐之所以具有不容忽视的重要性，关键之点在于它可以使各个层次的人际关系和睦。根据荀子的观点，"礼"主要是用来区分贵贱长幼的，通过礼的"区隔"作用，社会成为层次分明、秩序井然的统一体。但是人毕竟是有情感的，严格的等级规定、身份差异可以使社会有序，却未必能使社会和睦。于是"先王"便用乐来弥补礼的不足。礼、乐相济，一个既上下有等、贵贱有别，又相亲相爱、团结和谐的社会统一体就形成了。西周那种以血亲为纽带的宗法式的贵族等级制正是靠这两种手段来维持的，因此其制度被称为"礼乐制度"。儒家本来就是西周礼乐文化的继承者，故而也就以这种刚柔相济统治方式为理想的政治制度。总之，儒家的政治理想可涵括于"礼"、"乐"二字之中。"礼"为制度建设，"乐"为意识形态建设，二者缺一不可。在这样的逻辑链条中，"乐"就因为代表了儒家理想的政治制度的最重要的组成部分而获得重要性。那些在今天看来仅可供欣赏、娱乐用的音乐何以竟会有和睦人际关系的重大政治作用呢？

第四，乐的"和"之功能的理据：

> 君子以钟鼓道志，以琴瑟乐心。动以干戚，饰以羽旄，从以磬管。故其清明象天，其广大象地，其俯仰周旋有似于四时。故乐行而志清，礼修而行成，耳目聪明，血气和平，移风易俗，天下皆宁，美善相乐……故鼓似天，钟似地，磬似水，竽笙箫篪似星辰日月，鼗、柷、拊、鞷、椌、楬似万物。

"先王"之所以能够使原本发乎人情的音乐产生和睦人伦的社会功能，

就在于其制作的音乐是取法于天的。在古人看来，天地万物、四时运演无时无刻不处于和谐运转之中。这种自然界的和谐秩序为人世间确立了最高榜样，人们只要效法天地来建立人伦关系、社会秩序，就会达到和谐状态。这种观点在先秦儒家那里也具有普遍性，《礼记·乐记》云：

> 大乐与天地同和，大礼与天地同节。和，故百物不失。节，故祀天祭地。明则有礼乐，幽则有鬼神，如此，则四海之内，合敬同爱矣。
>
> 是故先王本之情性，稽之度数，制之礼义。合生气之和，道五常之行，使之阳而不散，阴而不密，刚气不怒，柔气不慑，四畅交于中而发于外，皆安其位而不相夺也。

这种观点有两层意思，一是说先王之乐与天地有一种"同构关系"，这种相同的结构就是"和"。天地之和使百物不失，音乐之和使人各安其位。因此乐的合法性从根本上说是来自于天地自然。二是说音乐的"和"本质上就是表现情感的节制适当。其实也就是孔子"乐而不淫，哀而不伤"的意思。先秦儒者普遍认为，在表达情感上有节制的音乐也可以使听者的情感平和适度而不至于有过激表现。这说明对西周礼乐文化而言，把贵族们教育成为心平气和、不急不躁、温文尔雅、动止有矩的人是头等大事。这一方面可以稳定既定贵族等级秩序，使上下和睦；另一方面也可以把贵族培养成有教养的社会阶层，从而更有效地与庶民"区隔"开来。因此，"先王之乐"都是节奏缓慢、音调平和的，以至于魏文侯、齐宣王在听先王之乐的时候都忍不住要打瞌睡，而听郑卫新声则不知疲倦。这就是说，"和"的根本之点在于情感表现的有节制，不过分，这样才合乎天地自然的存在状态。同为先秦儒家重要文献的《中庸》一文有云：

> 喜怒哀乐之未发，谓之中；发而皆中节，谓之和。中也者，天下之大本也；和也者，天下之达道也。致中和，天地位焉，万物育焉。

看这段话往往给人以逻辑混乱之感：喜怒哀乐的未发、已发是讲人情人性，如何便成了天下的"大本""达道"？又如何能够导致"天地位焉，万物育焉"之结果？匪夷所思。朱熹的解释是："盖天地万物本吾一体，吾之心正，则天地之心亦正矣；吾之气顺，则天地之气亦顺矣。故其效验至于如此。"①这是极牵强的解说，颇有些董仲舒天人感应的味道，殆非先秦儒者之见。其实这段话前半段是在说人，后半段是在说天地。对人而言，情感未发之时称为"中"，亦可如朱熹所说，乃指"性"而言；发而"中节"的情感称之为"和"，也就是孔子所谓"哀而不伤，乐而不淫"的状态。此为得到规范和引导的情感表现，为儒家所称赏的先王制作的诗乐即是如此。对天地而言，则"中"乃是万物之本性，即潜在之可能性；"和"为万物生成之后和谐有序的基本样态。天地万物达到"中和"状态，方能够天地各安其位而不相扰，万物并生而不相害。这是在天人相通处立论，而不是在天人感应处立论。同样的情况还可见《中庸》对另一个重要概念"诚"的使用：

> 诚者自成也，而道自道也。诚者物之终始，不诚无物。是故君子诚之为贵。诚者非自成己而已也，所以成物也。成己，仁也；成物，知也。性之德也，合外内之道也，故时措之宜也。

这段话和前面所引的那段话都是《中庸》中纲领性的观点，其理路也是完全一致的。"不诚无物"之前是讲天地万物均以"诚"为本性，离开这个本性便无物可以存在。盖古人观察天地间之万物，无不自生自灭，各自依着自己的物种特性而存在，原不依赖任何安排设计，而是呈现一种自然性，这种自然性就被命名为"诚"。"是故君子诚之为贵"以下则是讲人，是说人也要按照自己的本性而存在，成为一个人。由于人乃万物之灵，故而人要成为一个人就不仅仅表现于自身的完满自足之上，而是负有更为重大的责任，所以除了"成己"，还要"成物"——"赞天地之化育"。此为人之"诚"的题中应有之义。可知《中庸》论"诚"也是在天人相通处立论的。

总结《中庸》的观点，"中和"与"诚"原本是天地万物的基本品性，可谓无时无处不在。人的"中和"与"诚"乃是秉受天地自然而来。人的任务就是充分培育、发挥这种得之于天地自然的品性，从而使人世间有如天地自然一样和谐有序。

《荀子·乐论》所讲音乐导致社会和谐的功能亦循此理路而来。音乐之"和"来自于天地万物之"大和"，使人的情感得到有节制地表达，从而引发人之善心，最终达到使社会和谐有序的目的。显而易见，这种靠音

---

① （宋）朱熹：《四书章句集注·中庸章句》。

乐来改造社会的观点，是儒家靠伦理教化改造世界的基本策略的重要组成部分。

二、音乐功能演变的历史轨迹

上面分析了《荀子·乐论》的逻辑脉络，毫无疑问，这是一种学理的逻辑，是一种话语建构，并不完全是客观的事实。从现有各种相关的文献资料和文化诗学的阐释视角出发，我们还可以得到另外一种关于音乐发生及社会功能的历史轨迹。

在正式梳理我们所说的"历史轨迹"之前，有必要对作为《乐论》之逻辑起点的音乐的自然生成观给予一点说明。先秦儒者，例如荀子以及《礼记·乐记》和《吕氏春秋》关于乐论部分的作者，都用"感物"来解释音乐的发生，这是一种经验主义的见解，由观察和体验得来，是无法否定的。民歌民谣都是这样产生的，而民歌民谣正是一切高雅音乐与诗歌的母体。然而，在我们的阐释过程中，却不能把音乐的自然生成作为逻辑起点，因为这个起点是毫无意义的。大凡人的行为，无不起于情感和欲望，都是由内而外的表现过程，如若把一切的政治事件、文化创造、社会行为的原因都归结为内心情感，实际上解决不了任何问题。人的行为固然离不开情感这一心理内驱力的推动，但仅仅有情感却不足以构成任何一种社会事件或文化创造。也就是说，对于音乐的发生和发展来说，除了情感以外还有更重要的决定性因素，特别是对于那种被视为国家意识形态的音乐，即"制礼作乐"之"乐"来说，个人情感的作用或重要性，甚至是可以忽略不计的。那么什么是更重要的因素呢？根据文献记载和我们的阐释视阈，在中国古代，音乐之所以被赋予无可比拟的重要性，那是因为它产生于几种极为重要的关系之中，因此关涉到言说者们最为关心的事情。我们就从这几种关系入手来考察先秦时期"乐"生成演变的轨迹。在我们看来，这一轨迹既是"逻辑的"，也是"历史的"。

第一，人神关系。《尚书·舜典》：

> 帝曰："夔，命汝典乐，教胄子。直而温，宽而栗，刚而无虐，简而无傲。诗言志，歌永言，声依永，律和声。八音克谐，无相夺伦，神人以和。"夔曰："於！予击石拊石，百兽率舞。"

这恐怕是《尚书》中一段人们最为熟悉的话了，因为中国诗学的"开山的纲领"——诗言志，便出于此。诗学家们从这里找到了古人关于诗歌最根本性的界定，因而也找到了中国诗学的基本特性。但我们引用这段话却基于另外一个问题："诗言志，歌永言"是为了什么？这里的答案很清楚："神人以和"，也就是说，诗歌和音乐的基本功能是在于沟通人与神的关系，使之和睦。我们说，这正是诗歌和音乐作为主流意识形态或官方话语，即脱离了民间形态之后的最初功能。何以如此呢？原因也很简单：集体性的、人为制作的诗歌和音乐产生于祭祀的需要。我们知道，脱胎于原始巫术和图腾崇拜的祭祀——沟通人神（天地山川日月之神和祖先神灵）的仪式——是人类最早的大型文化活动，正是这种活动催生了诗歌、音乐、舞蹈的成熟与发展。这就是说，那种最早脱离了民间形态的、被专门制作出来的音乐是用来向着神言说的，是沟通人神的中介。在先秦文献中这是对于音乐的普遍理解：

> 乐者敦和，率神而从天；礼者别宜，居鬼而从地。故圣人作乐以应天，制礼以配地，礼乐明备，天地官矣。
>
> 礼乐之极乎天而蟠乎地，行乎阴阳，而通乎鬼神，穷高极远而测深厚，乐著大始，而礼居成物。
>
> 礼乐偩天地之情，达神明之德，降兴上下之神。（以上《礼记·乐记》）
>
> 昔葛天氏之乐，三人操牛尾，投足以歌八阕：一曰《载民》，二曰《玄鸟》，三曰《遂草木》，四曰《奋五谷》，五曰《敬天常》，六曰《建帝功》，七曰《依地德》，八曰《总禽兽之极》。
>
> 帝颛顼生自若水，实处空桑，乃登为帝。惟天之合，正风乃行；其音若熙熙凄凄锵锵。帝颛顼好其音，乃令飞龙作效八风之音，命之曰《承云》，以祭上帝。
>
> 帝尧立，乃命质为乐。质乃效山林溪谷之音以歌……乃拊石击石，以象上帝玉磬之音，以致舞百兽；瞽叟乃拌五弦之瑟，作以为十五弦之瑟。命之曰《大章》，以祭上帝。（以上《吕氏春秋·仲夏纪·古乐》）

从这些引文中可以看出，音乐在古代巫术、祭祀仪式中具有重要作用。《乐记》和《吕氏春秋》虽然都是战国时期编辑而成的文献，但其观点却并非编著者的凭空想象，这里关于音乐的论述乃是对从上古时期代代相传而来的观点的整理记录。这些引文都说明沟通人神关系乃是上古音乐最原初，也是最基本的功能。

　　沟通人神是一项极为神圣的活动，因此其形式也要不同于日常生活，于是日常语言的变异——诗歌和普通声音的变异——音乐，以及日常肢体动作的变异——舞蹈便成为祭祀仪式的基本构成要素。这些日常生活的变异形式可以造成一种独特体验，给人以郑重其事、庄严肃穆之感。这种集诗、乐、舞于一体的祭祀活动名义上（或动机上）是为了沟通人神，使神明理解人的意愿并保佑他们，但客观上的作用是神化主祭者，即统治者的身份，提升他们的威望，从而增强一个部落或邦国的凝聚力，因此有着十分显著的、实际的政治功效，这也是统治者们乐此不疲的主要原因。与此相关，诗歌和音乐也便带上了某种神圣的色彩，在上古时期的国家意识形态系统中居于核心地位。

　　根据先秦的文献记载，早在尧舜时代音乐和舞蹈已经成为中国文化的重要组成部分，但是由于年代久远，直接的证据早已湮没无闻，一切的记载俱为后人追述，实际情形则很难确知。而根据甲骨文、金文以及器物的研究，殷商时代的文化特征一是信鬼神，二是重乐舞，则早已成为中国文化史研究的共识。信鬼神与重乐舞二者之间有着密切关联，在那些大大小小的祭祀、占卜活动中，乐舞既可以增加仪式的庄严性，又可以借以取悦鬼神。因此可以断定在殷商文化中，乐舞的基本功能就是沟通神人关系。① 在周人的礼乐文化中，沟通神人关系依然是音乐、舞蹈、诗歌的重要功能之一，而且毫无疑问，周公所制定的乐舞肯定是在殷人乐舞的基础上进行的。但是由于历史语境的变迁，在周人这里沟通神人的功能已经不再是最重要的，更不是唯一的了，这种功能被泛化到沟通人伦关系上，使乐舞成为确证并维系新的贵族等级关系的手段，从而获得了直接的政治性。

　　第二，人伦关系。

　　以沟通神人关系为目的的、作为祭祀仪式主要组成部分的诗歌和音乐的实际功能当然是在人的社会政治生活中，这主要表现为所谓"敦和"的作用，只不过这种功能并非来自于"神"赐，而是来自于仪式本身。"和"这个概念在先秦诸子，特别是儒家的学术思想中有着极为特殊的地位，既是一个重要的美学范畴，又是一个重要的道德范畴，而且还是一个富有中国独特性的哲学范畴，而究其根源，则来自于西周礼乐文化，原本就具有强烈的政治性内涵。盖周公"制礼作乐"所制定的政治制度是

① 关于殷商时期乐舞的重要性及其功能，可参见李壮鹰：《古代的"乐"》，见《逸园丛录》，济南，齐鲁书社，2005，第37～47页。

一种严格的贵族等级制，对不同贵族等级的政治权力、经济利益、社会地位有着极为细致的区分，然而这种区分的依据却主要是宗法关系，即长幼亲疏的自然人伦秩序，因此这种制度就不能仅仅依靠法律的强制规定来获得合法性，而是需要一种温情脉脉的文化形式来确证和巩固。周公等周初政治家于是从传自于夏、商时代的祭祀文化中受到启发，在继续赋予诗歌、音乐以沟通人神关系之功能的同时，又将其功能推衍泛化至人伦关系之中。[①]　于是在西周的礼乐文化中，诗歌和音乐就成为确证人伦秩序的重要手段。在举凡祭祀、朝会、宴飨、聘问、出征、凯旋乃至婚、丧、嫁、娶等场合均有相应的仪式，而所有仪式中必有乐奏，隆重一些的则有大型乐舞。不同身份的贵族享受不同的诗乐，这种在今天被视为审美的或艺术的文化形态也就获得了重要的政治功能——通过柔婉、美妙的艺术形式来达到巩固贵族等级制之政治目的，正是西周礼乐文化的一大特征，由于西周礼乐文化后来得到儒家的继承、弘扬和改造，因而使这种文化特征在中国古代历数千年而不衰。音乐这一表现于"人伦关系"中的功能实际上与《荀子·乐论》极力标榜的"和"并不相同，在西周的贵族文化中，音乐是一种严格秩序化的仪式，其效果乃在于固定大小贵族们在这一秩序中的位置，使之安于自己的身份地位。它的真实功能依然是"区隔"——在贵族内部划分等级。儒家们津津乐道的"和"其实不过是一种想象。

这种从"神人关系"到"人伦关系"的转换应该是音乐在商周时期历史演变的实际轨迹。此期的音乐，从产生的动因到实际的功能都只能是存在于这两种关系之中。这与《荀子·乐论》所呈现的逻辑轨迹显然有着明显的差别，那么这种差别是如何出现的呢？它意味着什么？

三、从《乐论》看儒家话语建构的文化逻辑

通过以上的分析、比较我们知道，荀子的《乐论》是一种话语建构而不是客观知识，因此在它的背后必然还隐藏着更深层的文化逻辑，即那种对话语建构的表面逻辑构成决定性作用的潜在因素。下面我们就对这些潜在因素进行剖析。

---

①　这种诗、乐功能的"推衍泛化"的现象在夏商之时也应该是存在的，见《吕氏春秋·仲夏纪》的记载，上古时期的乐舞同时也有昭功颂德之用，是属于世俗政治行为。可以视为沟通神人关系之功能的泛化。但是一般的情况是，这种昭功颂德的活动往往也是为了"告于神明"的，而在西周的礼乐制度中，许多乐舞诗章就与"神人关系"完全无关了，比如在"乡饮酒礼"、"士相见礼"中所用诗乐就是如此。更不用说还有大量的"房中之乐"了。

　　从前面的分析中可知，在西周礼乐文化的系统中，音乐的作用是巨大的，关涉到国家社稷的安危。它从沟通人神关系渐渐推衍到协调人伦关系，从祭祀仪式扩展到庙堂之上乃至于日常交接之中，最终成为国家意识形态的象征。这说明，在西周乃至春秋时期的贵族等级制社会中音乐所代表的文化形式的确具有十分重要的社会功能，起着稳定社会秩序、确证人的身份、缓解人际紧张关系的重要作用。但是到了春秋末期、战国时代音乐的这种功能基本上已经消失殆尽了。即使是统治者，也不再相信音乐会有那样大的政治作用。在魏文侯、齐宣王所代表的诸侯君主眼中，音乐是用来欣赏和消遣的而不是用来治国的。这就是说，在儒家产生的时代，实际上，音乐已经成了一种今天意义上的艺术品，一种审美对象。这样一来，问题就出现了：荀子和其他儒者们（例如《乐记》的编著者）为什么依然赋予音乐那样大的政治伦理价值而对音乐之沟通人神的关系不再重视呢？这种现象正显示着儒家的困境之所在，也正是中国古代知识阶层的普遍困境之所在。在我们看来，这有两方面的原因，一是出于儒家的政治策略，二是由于现实的需求。下面分别予以阐述。

　　先看儒家的政治策略。与其他诸子百家一样，儒家也不是一种客观知识论的话语系统，其根本旨趣并不是解释客观存在——无论是自然宇宙，还是社会人生——而是解决社会问题，这就是所谓治国平天下。先秦士人阶层作为一个新兴的社会知识阶层，他们是社会变革的产物，同时也均以恢复社会秩序为自己的使命。这一使命是与生俱来的，是他们产生的社会历史语境所决定的。彼时动荡不已、诸侯间彼此征伐的社会状况要求有反思能力和社会责任感的人去寻求使社会从无序归于有序的方法，这是历史的要求，而不是某个社会阶层或个人的要求。诸子百家之学之所以从根本上说都是指向社会人生的，都有着强烈的政治性，而不是纯粹的知识话语，原因正在这里。然而诸子百家作为士人阶层的代表在寻求救世之术的时候又受着两个方面的制约：一是其社会境遇，或政治、经济条件；二是其所能够利用的文化资源。就前者而言，士人阶层从整体来看可以说除了文化知识以外一无所有，既无政治地位与权力，亦无经济上的稳定来源。是四体不勤、五谷不分、无拳无勇，有时连生存都成问题的一个社会群体。这种社会地位决定了他们的救世之术只能从其唯一拥有的文化知识方面来想办法。就后者而言，他们所接受的文化资源主要是西周礼乐文化以及春秋三百年间产生的政治、外交、军事等方面的知识积累以及人生智慧。如此一来，士人思想家们所能选择的救世之术就十分有限了，概而言之，可归为下列三大派：一是建构派，以已经崩坏了的传统政治文化的碎片为材料，重新建立起一座政治文化的大厦，儒家、墨家属于此派，只不过儒家捡起来的碎片是西周的礼乐文化，而墨家摭拾的号称是夏代的制度文化，而实则是春秋以来随着贵族等级制的动摇而渐渐形成的反贵族的平民主义思想意识。二是解构派，彻底否定一切人为的政治、文化建构的合理性，以还原人的自然本性为指归，道家、农家、杨朱之学均属此类。三是务实派，站在执政者立场上，通过制度建设来有效管控国家，使人力、物力之效率最大化，法家、纵横家属于此派。这三大派中，建构派、解构派均属于乌托邦范畴，没有现实实现的可能性，但却拥有永久的文化魅力，对于中国此后两千多年文化传统的形成有着巨大作用。务实派缺乏文化吸引力，对于中国文化传统的形成没有积极意义，但对于当时的现实政治却有着直接而积极的干预作用，在很大程度上左右了战国乃至秦汉时期的历史发展，对后世中国政治制度的建设与运作也发挥了重要作用。

儒家思想之所以具有乌托邦性质，关键之点在于其目的与手段之间的错位：其目的是重建社会秩序，而手段却是话语建构。与西周政治家们相比，儒家的乌托邦性质就显示出来了。周公"制礼作乐"之所以成功，是因为他把制度建设与意识形态建设天衣无缝地统一起来了，二者互为依托，相得益彰。而儒家却试图通过意识形态话语建构导致政治制度的建设，因此成为无本之木。他们不懂得"批判的武器当然不能代替武器的批判，物质力量只能用物质力量来摧毁"[①]的道理。尽管儒家自认为他们的话语建构虽然没有落实为社会的现实价值秩序，但却传承了西周的礼乐精神，使得在"王者之迹熄"之后，代表着社会正义的价值观依然得以留存，因此有"为往圣继绝学"之功，但毕竟无法掩饰他们不能直接影响现实的苦恼与无奈。孔子本人就有"道不行，乘桴浮于海"的哀叹，孟子在奔走游说而屡屡碰壁之后，也不得不把兴趣转向人格的自我提升与心性之学上，至于荀子则在阐述儒家基本精神的时候，悄悄地吸纳了法家思想因素，试图为儒学增加某种实际的可操作性。

在儒家话语建构的过程中，西周礼乐文化的文献遗存不仅得到整理、传承，而且被极度放大了。这表现在两个方面，一是对作为文献《诗》《书》《礼》《乐》《易》的价值予以无限夸大，使这些在西周时期原本仅仅服务于贵族制度的国家意识形态上升为人世间最高价值原则。如前所述，

---

① 马克思：《〈黑格尔法哲学批判〉导言》，见《马克思恩格斯选集》第1卷，北京，人民出版社，1995，第2版，第9页。

这些文化形式在西周时期的确曾经具有某种重要性，但这种重要性是建立在贵族社会的政治制度和经济制度基础上的，起到的只是一种辅助性的作用。而到了春秋战国之时，它们都被儒家赋予了某种神圣性质，成了"道"的载体，具有了治国平天下的伟力。这显然是有问题的。最直接的结果就是遭到现实政治的拒斥，始终无法实现为实际的社会价值。然而作为布衣之士的儒家并没有重新选择政治策略的空间，只能在遭受挫折之后更进一步加大其话语建构的力度，一方面把西周文献的重要性进一步夸大，使之成为"经"而与其他典籍相区别，另一方面又把那些文献的整理和传承者也加以神圣化。在孔子的时代，他本人是作为"圣人之后"而受到尊敬的，到了孟子的时代，孔子作为"圣之时者"而与伊尹、周公等古代政治家相提并论，而到了荀子的时代，孔子作为"天下之道管"而成为人世间一切价值之源。儒家这种自我神圣化的"工程"在当时兼并与反兼并、合纵与连横争斗不已的情况下，丝毫不能引起执政者们的关注，只是到了天下一统的汉代之后才开始显现出其效力。

这便是儒家的政治策略，其核心就是话语建构，通过塑造经典与圣人形象来对现实施加影响。这种政治策略直接决定了荀子对音乐的无以复加的鼓吹与张扬。

我们再看现实需求。从历史的角度看，音乐产生于沟通人神关系之需要并渐渐推衍到人伦关系之中，从而成为政治化的礼仪形式。但从儒家的话语建构角度看，则神人关系被大大淡化，而天人关系则得以凸现，这是什么原因呢？这里透露出中国古人在不同时代对最高价值本原的不同理解：殷商之前，是所谓"率百姓而事神"的时代，占主导地位的文化观念把"神"、"上帝"视为人世间的最高主宰，因而也是价值之本原。西周贵族统治者从周邦的由小到大、由弱而强，直至推翻大国商的实际经验中发现了"神"和"上帝"的不可恃，意识到执政者所作所为与其盛衰兴败之间密不可分的关联，于是就把"神"和"上帝"的作用理解为"惟德是辅"——根据人的行为确定是否庇佑之。这样一来，决定权就回到执政者自己这里。所以周代贵族政治家深信只有自己做到道德高尚、行为谨慎，才有可能得到"神"的眷顾。从《尚书·周书》等文献资料看，西周之初的执政者们是何等的谨慎小心，这可谓"如临深渊，如履薄冰"，充满了忧患意识。周人的这种政治经验直接影响了他们对世界的认识，导致了一种现实主义思想观念的形成。到了东周，由于诸侯之间的争夺与竞争，这种现实主义思想观念得以大大强化，"神"、"上帝"的形象变得越来越模糊了。在这样的现实基础上产生的诸子百家之学，没有一家是以"神"

作为价值本原的，一概都是俗世之学。这也是中国古代宗教意识不发达的主要原因之一。在孔子这里，"怪力乱神"都被"悬搁"起来，根本不予谈论。然而话语建构总要有一个合法性根据，否则人们为何要信从你呢？于是孔子和其他诸子思想家大都不约而同地选择了"道"——非人格的，没有主观意志，但无所不在的外在力量。究其内涵而言，"道"是无神论的范畴，但就其来源而言，则诸子之"道"实际上是上古之"神"或"上帝"的转换形式。"神"或"上帝"是古人对默默存在、威力无边、大到无限的大自然的拟人化形式；"道"则是诸子对"神"或"上帝"的去人格化形式。就是说，诸子之学是把大自然作为最高价值本原的，可以说是"以自然为人世立法"。但诸子们有取于自然者又不尽相同，盖老庄之学主要看重自然的自然性，即自在、自为、无意识、非人为的特性。儒家看重自然的主要是两点：一是自然化生万物的伟力，所谓"天何言哉？四时行焉，百物生焉"①"天地之大德曰生"②；二是自然和谐有致的秩序，即天地山川、日月星辰、飞禽走兽、草木鱼虫各安其位，各循其理。也就是说，在儒、道等诸子思想家这里，天人关系已经代替人神关系而成为人世价值秩序之合法性依据。

荀子及其他儒者关于音乐之和与天地之和的同构关系的观点就是在上述语境中产生的。在儒家的话语逻辑中，天地万物的自然存在就为人为制作的音乐提供了合法性依据并获得某种神圣性质。而在实际上，对于儒家来说，音乐之所以重要是因为它在西周的政治文化系统中占据重要地位，而通过弘扬西周文化来影响现实政治恰恰是儒家的基本政治策略，因此在春秋战国之际实际上已经不再是国家意识形态，而是还原为审美对象的音乐，在儒家的话语建构中又被重新赋予了神圣而重大的意义与使命。在此后的两千多年中，由于儒家思想渐渐获得主导地位，也就使得中国古代占主流地位的文艺思想带有强烈乌托邦色彩——诗词歌赋、琴棋书画等艺术形式总是被赋予了它们实际上根本不能承受的政治功能与历史使命。因此在文艺的审美功能与政治功能伦理之间总是存在着一种紧张关系。

第四节　附论：《吕氏春秋》中的文艺思想

在孔、孟、荀之后，先秦最后一部包含丰富儒家意识形态建构意识

---

① 《论语·阳货》。
② 《周易·系辞下》。

的重要典籍是《吕氏春秋》。大约是由于吕不韦其人在儒家眼中压根儿就不是什么正人君子，故而他主持编写的这部皇皇巨著在中国古代从来没有受到过应有的重视。尽管它在实际上也许对汉代经学发生过很大影响[1]，但即使是汉儒，也对这种影响闭口不谈。正如徐复观所说，这部书就动机的高远与内容的恢弘而言，委实是一部中国古代少有的伟大著作。徐氏云：

> 《吕氏春秋》乃是为了秦统一天下后所用治理天下的一部宝典。这部书……乃是以儒家为主，并可谓撮取了儒家政治思想的精华，而在泛采诸子百家之说中，独没有采用法家思想……实际上是以儒、道、阴阳三家为主干，并且由儒家总其成的一部著作。[2]

这应该是公允的评价。比之原始儒学，《吕氏春秋》更多了一些对个体生命价值的肯定与张扬——在《孟春纪》中反复强调了生命的可贵。比之老庄之学，《吕氏春秋》更多了一些积极的政治热情——从各个角度讲述了为政的方式方法。当然，按照我们的阐释角度，这部书最值得称道之处乃是其建构社会统一意识形态的明确动机以及试图用话语建构的方式有效地限制君权的努力。

从基本倾向上来看，《吕氏春秋》是一部教人如何做君主的书，同时也是一部教君主如何给自己定位的书。其基本精神完全符合儒家极力扮演的那种"中间人"角色——令君主成为顾及全天下利益的、克己奉公的、天下百姓乐于接受的统治者。其云：

> 能养天之所生而勿撄之，谓之天子。天子之动也，以全天为故者也。此官之所自立也，立官者以全生也。[3]

依高诱注，"全"为"顺"之意；"故"为"事"之意，则此言天子及官员的职责即是护佑天地所生之万物。其又云：

> 昔先圣王之治天下也，必先公，公则天下平矣……天下非

---

[1] 徐复观：《两汉思想史》第 2 卷，台北，台湾学生书局，1985，第 1 页。

[2] 徐复观：《两汉思想史》第 1 卷，台北，台湾学生书局，1974，第 126 页。

[3] 《吕氏春秋·孟春纪·本生》。

一人之天下也，天下之天下也。①

　　这是对君主的警告：只有以天下万民的利益为先，人民才没有意见，天下才会太平。又云："不出于门户而天下治者，其惟知反于己身者乎！"②这是要求君主自觉地进行道德修养，达到道德自律的境界。《劝学》《尊师》之篇要求君主尊师重道，这是士人阶层向君主要求分享权力的一贯策略；《顺民》《知士》之篇是要求君主顺应人民的心意，尊重士人的才能和意见……总之这是一部为君主确定行为准则与道德规范的书，是专门限制君权的。

　　如果说儒家作为"中间人"在言说之时常常有所侧重，那么孔子偏重于君权一侧，孟子偏重于民众一侧，荀子主要是站在"中间"的立场上向君主和臣民同时提出要求，《吕氏春秋》则比孟子更多地倾向于站在臣民的立场上向君主提出要求。他们之所以各有侧重，根本上是由于各自言说的历史语境有所不同。例如孔子之时，王纲解纽，乱作于下，故而孔子更多地要求臣们自觉遵守礼仪规范，不要做僭越之事；孟子之时诸侯国君主成为实际的统治者，周王室已经不在孟子的视野之中。天下的征战杀伐都是诸侯、君主为满足一己之私而发动的，所以孟子主要是站在无拳无勇、饱受战乱蹂躏的百姓的立场上向君主言说。荀子与《吕氏春秋》之时天下统一于秦之局已定，荀子作为远离秦国的政治思想家，能够比较客观地综合儒、法思想，提出君主如何做君主、臣子如何做臣子的政治行为准则。《吕氏春秋》的主持者和作者们，由于长期生活于秦国，对于法家的残酷政治有切身的体验，故而反倒激发了更多的批判精神，有了更多的乌托邦色彩，更懂得限制君权的重要性。秦国统一天下之后如果稍稍奉行一些《吕氏春秋》的政治主张，秦朝也许就不会那么短祚了。

　　但是无论侧重点如何，先秦儒家的根本目的都是寻求统治阶层与被统治阶层的和睦相处，故而"和"乃是儒家士人最根本的政治诉求，影响所及，在审美意识方面，"和"也同样成为儒家的基本价值取向。这一点在《吕氏春秋》中表现得尤为突出。其云：

　　　　音乐之所由来者远矣。生于度量，本于太一。太一出两仪，
　　　两仪出阴阳。阴阳变化，一上一下，合而成章……凡乐，天地

────────

① 《吕氏春秋·孟春纪·贵公》。
② 《吕氏春秋·季春纪·先己》。

之和，阴阳之调也……大乐，君臣、父子、长少之所欢欣而说
也。欢欣生于平，平生于道。道也者，视之不见，听之不闻，
不可为状……道也者，至精也，不可为形，不可为名，强为之
谓太一。故一也者制令，两也者从听。先圣择两法一（按，高诱
注：择，弃也；法，用也），是以知万物之情。故能以一听政
者，乐君臣，和远近，说黔首，合宗亲。能以一治身者，免于
灾，终其寿，全其天。能以一治其国者，奸邪去，贤者至，成
大化。能以一治天下者，寒暑适，风雨时，为圣人。故知一则
明，明两则狂。①

　　这是对乐与和的关系以及乐之功能的系统阐述。这里的逻辑是这样
的："太一"或"道"是天地万物之本原，"两仪"（即天地）和"阴阳"是"太
一"运作的方式。无论天与地、阴与阳存在多么大的差别与对立，二者都
只有结合起来方能生成万事万物。因为唯有二者结合为一才体现了"太
一"的根本特性。换句话说，"太一"或"道"根本上是以"和"的方式存在
的。"太一"本身的存在是不可知不可闻的"混混沌沌"状态，这实际上就
是一种"和"的状态。天地、阴阳的变化亦须以"和"的方式进行，才可以
化育万物。说到政事，圣人治理天下的根本原则是"择两法一"——消除
对立、分离，寻求和谐平衡。这恰恰是儒家建构"中间人"式的意识形态
的核心之处。再由政事说到音乐，真正的音乐恰恰就是这种"和"之状态
的表现形式。因此音乐与"天地之和"是相通的。也可以说，音乐实际上
乃是"太一"或"道"的象征②，因此也就是儒家理想的社会秩序的象征。
也正是由于音乐以"和"为根本特性，所以它又可以反过来产生出"和"的
社会价值。这也就是音乐的根本功能所在了。总之，天地之和——政事
之和——音乐之和，三者息息相通，其核心则是一种意识形态的话语
建构。

　　这种"和"的精神是孔子确定的儒家基本精神，其表现则见于儒家话
语的各个方面。诸如"中"、"时中"、"中庸"、"仁"等都是这一精神的具
体体现。考之先秦典籍，将音乐与"和"联系起来应该是一个古老的传统。
据《左传·昭公二十年》载，晏子尝言："先王之济五味，和五声也，以平
其心，成其政也。"这里的"和五声"是说使宫、商、角、徵、羽五种声音

---

① 《吕氏春秋·仲夏纪·大乐》。

② 古人的这种观点与德国古典哲学家谢林的观点似乎很接近：谢林认为支配着世界的那
　种不可认识、难于言说的"绝对同一性"有时可以在艺术中得以呈现。

和谐动听。《国语·周语下》亦载伶州鸠语曰："夫政象乐，乐从和，和从平，声以和乐，律以平声。"也强调了"乐"与"和"的密切关系。但这些论述还主要是从音乐本身的特点来讲的，并没有将"和"当做贯通天地自然与人世之间普遍价值范畴。只是到了战国后期乃至汉初，荀子及《吕氏春秋·仲夏纪》和《礼记·乐记》的作者等儒家思想家从意识形态建构的目的出发，开始将声音之和与天地万物的和谐、社会政治的公正合理、井然有序地联系起来，从而赋予音乐以巨大的价值意义。《荀子·乐论》云："故乐者，天下之大齐也，中和之纪也，人情之所必不免也。"《礼记·乐记》亦云："故乐者，天地之命，中和之纪，人情之所不能免也。"这都是说音乐乃符合于天地万物存在的基本法则，这种法则即是"中和"。由于人情与天地万物相通，故而"中和"也是人情必然具有的根本特性。这样看来，"中和"实际上是天地万物与人的内在世界所共有的、最合理时的状态。就儒者言说的内在逻辑而言，所谓"中和"，根本上乃是事物在多种因素共同存在、交互作用情况下呈现的有序、和谐状态，而最主要的是社会的井然有序。《淮南子·泰族训》中有一段话颇得此旨："上无烦乱之治，下无怨望之心，则百残除而中和作矣。此三代之所昌。"儒家极力标举"中和"，根本的着眼点是在社会政治上。他们那样重视音乐，也正在于音乐要求各种声音和谐一致，这样才合韵律，才能入耳，这与社会政治的和谐有序构成某种相似性。这里的道理恐怕正是格式塔心理学的所谓"异质同构"吧。

第六编　楚文化及其艺术精神

第二十六章　楚地的族群构成及其文明形态

　　春秋战国时期，在中国的南方有一支高度发达且独具特色的区域文化——楚文化，其所取得的成就辉煌绚烂，万世仰慕。千百年来引起无数学者对其热切关注和倾心研究，尤其是 20 世纪 30 年代以来，诸多出土文献相继问世，它们与已有的传世文献或呼应或补充，共同推进了楚文化研究向纵深方向发展。一般认为，楚文化是以南方楚族的传统文化为主，以中原周文化为次，兼有其他土著民族文化而形成的一个综合体。它形成于春秋末期，一直延续到战国结束。可以说，楚文化自周代勃兴之始，就与同期的中原文化并驾齐驱，共同照亮了华夏文明的夜空，正如学者所言："从楚文化形成之时起，华夏文化就分成了北南两支：北支为中原文化，雄浑如触砥柱而下的黄河；南支即楚文化，清奇如穿三峡而出的长江。这北南两支华夏文化是上古中国灿烂文化的表率，而与时代大致相当的古希腊和古罗马的文化遥相辉映。"[1]楚文化的辉煌成就使其在中国文化史上的地位越来越突出，越来越受到学术界重视，并一度引起学者改写中国古代文明史的愿望。

　　创造出如此文化成就的楚地，其文化主体的构成怎样，其文明形态又是如何形成的呢？考虑到楚国在先秦时期疆域之广、享国之久及其在整个南中国的地位，从结构这一角度出发对其族群进行整体分析是必要且适宜的。可以说，以族群结构为出发点，以族群动态演变过程、族群最终构成及族群间相互关系为主要考察内容，在对其民族来源、与其他族群的关系及势力范围的此消彼长与文化交流的观照中，凸显楚文化的族群结构特征，无疑是一个很好的角度。

第一节　楚族作为核心族群促进地域文明的发展

　　楚族是在江汉地区兴起的一个古老部落，在古文献中又称为"荆"、

---

[1]　张正明：《楚文化史》导言，上海，上海人民出版社，1987，第 1 页。

"荆楚"，如《今本竹书纪年》载夏桀二十一年，"商师征有洛，克之。遂征荆，荆降"①，此处"荆"即指楚族。在《诗经》《史记》等文献里，楚还有"楚蛮"、"荆蛮"、"蛮荆"等称谓。楚地的族群构成极其复杂，"楚蛮"也不能完全等同于楚族和楚国。学者对此亦有辨析：

> 在人文地理的意义上，"楚"则有二义，一是指芈姓楚国，二是指南方楚蛮。熊绎的封地在楚蛮之地，因此楚蛮与楚国是有交集的，后来楚国与楚蛮合为一体，楚蛮尽数融入楚国，因此，楚国与楚蛮二者，便不大分得清楚。按西周及东周早期时，尚是楚国与楚蛮并立的局面，此时楚国小而楚蛮大，楚国在楚蛮之内；到了东周时，楚蛮尽为楚国所并，楚国奄有南方之地，而楚蛮无踪矣。由于东周时楚蛮消失无踪，只有楚国而无楚蛮，于是人们便不免下意识地认为文献中的"楚"，必是楚国，其实西周时期，楚蛮与楚国共存于世，而且此时的楚蛮要比楚国大得多。②

楚人虽兴起于江汉地区，但在西周春秋时代，江汉地区原为百濮居处。《国语·郑语》载："夫荆子熊严生子四人……叔熊逃难于濮而蛮。"韦昭注曰："荆，楚也。熊严，楚子鬻熊之后十世也……仲不立，叔在濮。"又载："及平王之末……楚蚡冒于是乎始启濮。"韦昭注曰："濮，南蛮之国，叔熊避难处。"通过这些文献记载我们可以看到，楚人曾与百濮共居于江汉。至西周末叶，由于楚蚡冒占据濮地，濮人才被迫迁徙他地。战国时，楚地已无濮人，楚国境内的居民已主要是群蛮诸部和汉东的扬越。

至于楚国的公族世系，《史记·楚世家》载：

> 楚之先祖出自帝颛顼高阳。高阳者，黄帝之孙，昌意之子也。高阳生称，称生卷章，卷章生重黎，重黎为帝喾高辛居火正，甚有功，能光融天下，帝喾命曰祝融。共工氏作乱，帝喾使重黎诛之而不尽。帝乃以庚寅日诛重黎，而以其弟吴回为重黎后，复居火正，为祝融。吴回生陆终。陆终生子六人，坼剖而产焉。其长一曰昆吾；二曰参胡；三曰彭祖；四曰会人；五

---

① 王国维：《今本竹书纪年疏证》，见方诗铭、王修龄：《古本竹书纪年辑证》，上海，上海古籍出版社，2005，第222页。

② 尹弘兵：《周昭王南征对象考》，《人文杂志》2008年第2期。

曰曹姓；六曰季连，芈姓，楚其后也。昆吾氏，夏之时尝为侯伯，桀之时汤灭之。彭祖氏，殷之时尝为侯伯，殷之末世灭彭祖氏。季连生附沮，附沮生穴熊。其后中微，或在中国，或在蛮夷，弗能纪其世。

　　周文王之时，季连之苗裔曰鬻熊。鬻熊子事文王，蚤卒。其子曰熊丽。熊丽生熊狂，熊狂生熊绎。熊绎当周成王之时，举文、武勤劳之后嗣，而封熊绎于楚蛮，封以子男之田，姓芈氏，居丹阳。楚子熊绎与鲁公伯禽、卫康叔子牟、晋侯燮、齐太公子吕伋俱事成王。

目前，对"祝融"、"陆终"等楚之远祖虽还有一些争议，但楚人的世系还是比较清晰的。周初，楚已脱于蕞尔小族之林，建号立国并跻身周室大邦之列。尽管如此，中原诸夏在很长一段时间内对较为落后的荆楚民族颇为藐视。《春秋穀梁传·庄公十年》曰："荆者，楚也。何为谓之荆？狄之也。何为狄之？圣人立，必后至；天子弱，必先叛，故曰荆，狄之也。"他们不主动向圣贤靠拢，天子力量衰弱之时却首先叛乱，在中原诸民族看来，这是野蛮无礼的表现，故称之为"荆蛮"、"蛮荆"。

楚文化作为南方文明的主要驱动力，是楚民族以自身的文化为基础，同时兼取其他民族文化的成果。探求楚人的族群构成是解读此一文化的前提，而楚人的族群构成则与楚人的来源密切相关。关于楚人来源，学界主要有四种观点：

一是东来说。郭沫若根据西周青铜器《令簋》《禽簋》铭文推断"淮夷即楚人，即荆蛮"，"为殷之同盟国"[1]；又说："淮夷即楚人，亦即《逸周书·作雒解》中之'熊盈族'"[2]；又说："楚之先实居淮水下游，与奄人、徐人等同属东国……熊盈当即鬻熊，盈鬻一声之转，熊盈族为周人所压迫，始南下至江，为江所阻，复西上至鄂。至鄂而与周人之沿汉水而东下者相冲突。"[3]

二是西来说。岑仲勉从王名带"熊"字、莫敖官名的独特性，及楚姓之"芈"与西亚古国米地亚之"米地亚"音合，说楚之先祖颛顼、重黎、祝融皆为"西方人物"。[4] 姜亮夫认为："楚国的发祥地在西方……高阳氏来

① 郭沫若：《中国古代社会研究（外二种）》，石家庄，河北教育出版社，2000，第278页。
② 郭沫若：《郭沫若全集·考古编》第4卷，北京，科学出版社，2002，第58页。
③ 郭沫若：《郭沫若全集·考古编》第5卷，北京，科学出版社，2002，第112页。
④ 岑仲勉：《两周文史论丛（外一种）》，北京，中华书局，2004，第61页。

自西方，即今之新疆、青海、甘肃一带，也就是从昆仑山来的。"①又说：
"以夏起西方……以楚为夏后，盖亦以为西方民族也。"②

三是土著说。这一观点认为，楚文化的基础是以江汉地区各民族文化为主体，同时也接受中原青铜文化的影响。林惠祥说："荆人所立之国为楚。其族至春秋时尚自居于蛮夷，自别于'诸夏'或'中国'；诸夏亦称之为蛮荆或荆蛮"，"大抵荆楚原为南方民族，至少自殷中叶即奠居江汉荆山一带。"③《诗·商颂·殷武》云："维女荆楚，居国南乡。昔有成汤，自彼氐羌，莫敢不来享，莫敢不来王，曰商是常。"商王朝曾发动大规模的征伐，至成汤时期，荆楚部落开始臣服于商，对商王朝纳贡，成为殷商王朝的南土方国。当然，这里所说的殷商时期的荆楚，在较大程度上是一种地域概念，泛指淮河以南、长江中下游湖北荆山及豫南南阳盆地一带的部族和大小方国，而楚部族仅仅是其中的一支。

四是北来说。这一观点认为，楚文化不是本地区原始文化直接发展的结果，而是在中原文化基础上发展起来的，其中周文化是楚文化的主体。楚文化南下发展也吸收了江汉地区土著文化因素，楚文化的中心区域也经历了由北向南的迁移。张正明认为："楚文化的主源绝非三苗文化，而是祝融部落集团崇火尊凤的原始农业文化。"而"祝融诸部分布在商朝的南境……后来随着殷人的逐步向南开拓而同步向南展宽。"④北来说重视对楚贵族文化的探讨，所总结的楚文化形成、楚文化基本特征都是以青铜文化为出发点，最重要的考古学证明是淅川下寺等楚贵族墓的丧葬习俗。

综观这四种说法，我们认为周建忠的判断较符合客观实际。他说："相比较而言，'西来说'最不可取，既无文献依据，又无考古证明，所以大多数学者不予采纳。'东来说'有较早的文献依据，但与考古发现相悖……而'土著说'与'北来说'，均有文献依据与考古发掘支撑，具有一定的理由与根据。而且两说都承认楚文化是一个源流纷披、结构多元的文化系统，在其产生过程中江汉地区土著文化和中原周文化都曾发挥过重要作用……两说也有一些相同的困难：比如寻找丹阳'城'的努力了无结局，楚都丹阳至今渺无踪迹，也没有确切的文献证明丹阳作为城或都

① 姜亮夫：《楚辞今绎讲录》，昆明，云南人民出版社，1999，第48页。
② 姜亮夫：《三楚所传古史与齐鲁三晋异同辨》，见《楚辞学论文集》，上海，上海古籍出版社，1987，第92页。
③ 林惠祥：《中国民族史》，北京，商务印书馆，1993，第94、98页。
④ 张正明：《楚文化史》，上海，上海人民出版社，1987，第11～12页。

城的性质；文献对春秋中期以前楚国的疆域范围记载不明或过于简略；考古发掘还缺乏比较系统或上下衔接的证据；还需要比较坚实的基础理论作指导。"①楚族来源之所以歧说纷出，除了无法弥补的"文献不足征"的遗憾之外，还与楚族来源多元化有关。林河有一种看似调和的论断，实际上可以对迄今为止限于传世文献和考古材料得出的各种结论作出总结，他说："楚王族如是少数民族，也不可能排除外来文化的影响；楚王族如系华夏正统，因其身处蛮夷之处，其臣民也未必全是华夏子孙。"②以楚为中心的南方文化呈现出的这种态势，正与中国文化的多中心说相应。

至于楚地的文化成就，根据现有的资料，主要表现在这几个方面：其一，老庄哲学；其二，屈原的辞赋；其三，手工艺，如青铜冶铸、丝织、刺绣和髹漆工艺；其四，楚地的美术和乐舞。可以说，楚人所创造的文化成就及其反映出的艺术精神，充分展现了楚地文化形态的多样性、包容力和唯美主义倾向，大大提升了中国传统文化的美学品位并深刻影响了中国艺术的文化性格。当然，这些成就的取得绝非楚族独力之功，众多归服于楚的族群及与楚地有地缘关系的族群都作出了贡献。

第二节　地缘共生族群对楚地文明的贡献

地缘共生族群指的是因地缘关系而处在一个大的文化区域内共同生存、相互交流的族群。在楚地的地缘共生族群当中，楚地土著族群对楚地文明发展作出的贡献是原发性的。春秋战国时期，与楚国经常发生关系的土著民族主要有濮、越、巴、蛮等，其中，百濮部落和楚国发生的关涉较多。所以，想要了解南方楚地文明形态，离不开对楚、吴、越、巴、蜀等族群及区域文化的交流的探究。

春秋战国时代，楚人政治与文化的发展路径是不同的，在政治上是向外的地域拓展，文化上则是向内的广泛吸收。这几乎是后进民族向外扩张的共性，也是楚国国势强盛的重要原因。美国人类学家罗伯特·F.莫菲指出："许多人类学家试图解释某些地区代表文化的相似性，一个著名的解释是：邻近集团在文化上的许多共同点是通过'扩散方式'，即习俗、知识、艺术从一个社会向另一个社会的传播造成的。另一个对地区

① 周建忠：《出土文献传统文献学术史——论楚辞研究与楚文化研究的关系与出路》，《文学评论》2006 年第 5 期。
② 林河：《〈九歌〉与沅湘民俗》，上海，上海三联书店，1990，第 6 页。

文化特征的解释特别强调这些地区居民最基本的生存方式的相似性。"①
"扩散"、"传播"与"最基本生存方式的相似性"是文化影响的关键因素。
在先秦时期的中国南方，由于山水的阻隔与联结等地理上的原因，那些
与楚人关系密切的族群，也与楚人拥有大致相同的生活方式和生产资料
的来源，这是他们之间进行文化交流，并与楚文化在相依共生中形成新
型地域文化的前提。这些新型的地域文化，与楚文化一起，成为我国民
族文化星空中的璀璨明星，闪耀于历史的长空。

一、吴、越族群

先秦时代，吴人与越人的关系至为密切。他们操有共同的语言，《吴
越春秋·夫差内传》载："吴与越同音共律。"《吕氏春秋·贵直论·知化》
也说吴与越"言语通"；奉行共同的文化习俗，即龙图腾、鸟图腾、文身
断发、雕题黑齿；表现为大体相似的性格特征，理智、冷静、机敏，富
于冒险精神。地缘上的接近、经济生活上的来往、政治方式的相通与军
事上的联合与争斗，使得吴、越经常被人们相提并论。

关于吴、越文化与楚文化的关系，《汉书·地理志》载："本吴、粤与
楚接比，数相并兼，故民俗略同。"吴、越本与楚地壤相接，并且多次发
生兼并战争，民族融合较为深入，因而在民俗上呈现出极大的相似性。
楚民族也影响到了吴越文化，李伯谦说："地处长江下游的吴越两国，有
着自己固有的文化传统。从族系来说，它们均属古越族，在文化内涵上
与华南和东南沿海诸省的同期遗存也有相似的因素，但若从其文化主流
观察，由于东周时期与中原和楚地交往频繁，受中原和楚文化影响很深，
完全可以将其从百越文化中分离出来，看作是以中原为主体的统一的青
铜文化的一部分。"②他虽然没有对楚文化如何影响吴越文化展开详细论
述，但显然已经注意到了楚文化对吴、越的深刻影响，实为见道之论。
楚文化虽与吴、越文化共同植根于华夏文明的沃土之中，但毕竟是不同
的文化个体；尽管吴、越文化在长期的历史发展中各与楚文化有所融合，
但追根溯源，三者正如并立的三株大树，虽有交叉，仍能保持相对独立，
而又呈现出不同的特征。

（一）吴族源流及吴楚关系

吴人先祖原出于周人。《史记·吴太伯世家》载："吴太伯，太伯弟仲

---

① 〔美〕罗伯特·F. 莫菲：《文化和社会人类学》，吴玫译，北京，中国文联出版公司，
1988，第97页。

② 李伯谦：《中国青铜文化结构体系研究》，北京，科学出版社，1988，第9页。

雍，皆周太王之子，而王季历之兄也。季历贤，而有圣子昌，太王欲立季历以及昌，于是太伯、仲雍二人乃奔荆蛮，文身断发，示不可用，以避季历。"周人由公刘传八世至古公亶父，古公亶父有三子，即太伯、仲雍、季历。古公亶父死，少子季历即位，是为王季。《诗·大雅·皇矣》云："帝省其山，柞棫斯拔，松柏斯兑。帝作邦作对，自大伯王季。维此王季，因心则友。则友其兄，则笃其庆，载锡之光。受禄无丧，奄有四方。"其"维此"以下四句，当指王季之兄太伯、仲雍让位于王季，王季与二兄友爱和睦之事。《史记·吴太伯世家》又载："太伯之奔荆蛮，自号句吴。荆蛮义之，从而归之千余家，立为吴太伯。"司马贞《索隐》云："荆者，楚之旧号，以州而言之曰荆。蛮者，闽也，南夷之名；蛮亦称越。此言自号句吴，吴名起于太伯，明以前未有吴号。地在楚越之间，故称蛮夷。"由此可见，吴人自始祖太伯起就与楚人有山水同风、疆域接壤之便。吴太伯卒后其弟仲雍立，到仲雍十九代孙"寿梦立而吴始益大，称王"[1]，吴楚关系由此翻开新的篇章。

吴、楚发生接触，首见记载的，是楚庄王十三年即周定王六年（前601）楚国因众舒叛乱，发兵伐灭舒蓼后向东扩展，至滑（今安徽巢县、无为县间）与吴越订盟而回一事。"楚庄王敢于问鼎中原，与强晋争衡，其实力之强可知，他在伐灭舒蓼后，竟然不敢随便侵伐吴、越，反而与之订盟。可知到春秋中期，即寿梦父、祖辈，吴国已是不容轻视。"[2]这也说明了吴之西境已扩大到今安徽巢县一带。十七年之后，楚共王七年即吴王寿楚二年（前584），楚人申公巫臣出逃至晋国，从晋国出使吴国，"吴子寿楚说之……与其射御，教吴乘车，教之战陈，教之叛楚……吴始伐楚、伐巢、伐徐，子重奔命。马陵之会，吴入州来，子重自郑奔命……蛮夷属于楚者，吴尽取之，是以始大，通吴于上国。"[3]《史记·吴太伯世家》于此段史事记载更为简明："王寿梦二年，楚之亡大夫申公巫臣怨楚将子反而奔晋，自晋使吴，教吴用兵乘车，令其子为吴行人，吴于是始通于中国。"所谓"通吴于上国"与"通于中国"，都是说吴人开阔了眼界，欲摆脱蛮荒状态。一方面，奔亡至晋的楚人帮助吴国实现了军事能力的提高和意识观念的转变；而另一方面，这样的帮助却也拉开了吴、楚争战的序幕。再加上春秋后期，晋国根据自己的战略需要，联吴制楚，寿梦执政下的吴国逐渐脱离了楚国的控制，自此至吴国灭亡的百余年间，吴、

①　《史记·吴太伯世家》。

②　王卫平：《吴文化与江南社会研究》，北京，群言出版社，2005，第20页。

③　《左传·成公七年》。

楚两国发生大小战争二十多次，平均每五年就有一战，双方各有胜负，而楚人略占优势。

因地域相近，为了夺取人口、水源、土地、自然物产等有限的生存与发展条件，双方的争斗自然是不可避免的。就吴国而言，东临大海，南接越国，西邻楚国，往北则是中原诸强，值其国势日隆、意图开疆拓土之时，从战略上讲，南越与西楚自然首当其冲，这便造成了吴国与越、楚两国之间战事频繁、关系紧张，而作为战争衍生物的战俘，在一定程度上，却也促进了吴楚文化的交流和融合。至于作为政治斗争牺牲品的出奔者，如先后由楚奔吴的伍子胥和伯嚭，都曾在吴楚争战和吴越争霸中起到了不可替代的历史作用。除此之外，"就吴文化与楚文化的生成机制而言，它们相似之处体现在两国先君都是从中原入主当地的，因而吴文化与楚文化都有相当程度吸收华夏文化的机制；吴国与楚国的民族结构中，双方都曾融进了被中原称之为蛮、夷、越等种族成分；就文化生成的地域而言，两者是相邻之国，地理环境和自然条件也基本接近。这些便造成了吴楚文化的必然的内在联系。"[①]吴、楚族群中上层的来源和形成过程极为相似，二者均吸纳土著的蛮、夷、越民族成为族群下层，又都附着于南土相邻的空间之内，这都为吴楚文化交流提供了充分条件，两者的联系也便成为历史的必然趋势。

出土情况同样也能说明吴楚之间交流的频繁。江苏六合程桥一、二、三号墓，和仁东周墓均为土坑竖穴，棺椁皆具，随葬品组合形式及器形相同，基本为楚国葬制，与吴国自西周以来就盛行的不挖墓穴、平地掩埋、堆土成冢的土墩墓迥异。但从春秋中晚期开始，吴国出现营建墓室、设置棺椁的竖穴土坑墓埋葬方式。程桥 M1 的九枚编钟上铸有"攻敔"字样铭文，彝铭中常用来指代吴国；M2 的编钟铭文大部分锈蚀不清，但隐约可辨的"旨赏"二字很像吴国的人名。李伯谦据此指出：

> 六合县春秋时为楚之棠邑，曾是楚国贵族伍尚的食邑，后来，随着吴国势力的增强，逐步向西扩展，六合才又为吴所占有。这种特定的地理位置和历史沿革不能不对文化遗存的面貌发生影响……分析六合三座墓葬的文化内涵，土坑竖穴墓室、木质棺椁葬具与中原和楚地相同，而与苏南、浙北以及皖南地区传统的土墩墓有别；随葬品……造型与中原或楚地基本一致，

---

① 王廷洽：《略论吴楚文化的异同》，《上海师范大学学报》1992 年第 3 期。

当地特点不明显，而撇足折沿竖耳铜鼎、带鼻饰的戈、齿镰、锸以及红砂陶鼎、几何形印纹软陶、硬陶罐等则不见或少见于中原和楚文化分布地区，相反在苏南、浙北以及皖南地区却发现较多。可见，它们虽属吴国墓葬，但其文化内涵却是相当复杂的，在其所包含的诸文化因素中，真正具有吴文化特征的只是以撇足折沿竖耳铜鼎等为代表的那部分因素，其他或多或少带有中原和楚文化作风……由于六合正处于吴楚交错地带，较早地受到楚文化影响，从而比其他地区较快地改变了传统的土墩墓葬俗，采用了中原和楚地流行的土坑墓葬法。[①]

六合之地由于与楚相邻，楚、吴在此多有争战，大多数情况下是楚胜吴败，此地率先受到强楚文化影响是很自然的。

此外，镇江谏壁粮山一、二号墓以及苏州虎丘、吴县何山东周墓、无锡等地，都出土有楚式鼎等楚文化风格的青铜器。苏州吴大城、高淳固城、溧阳平陵城、扬州广陵城等地，也出土有丰富的楚文化遗物。楚国故地则发现了大量的吴国文化遗物，尤其是兵器，重要的发现有：1976 年出土于湖北襄阳的"吴王夫差剑"，1976 年出土于河南辉县的"吴王夫差剑"，1978 年出土于安徽南陵的"吴王光剑"，1980 年出土于安徽霍山的"吴王夫差戟"，1983 年出土于湖北江陵的"吴王夫差矛"等。吴国王者兵器在楚国腹地大量出土，可能是楚吴交战过程中楚人所缴获的战利品，也可能是吴国攻陷楚国都城后吴人的遗留之物。斯人已逝，只剩这些历史的陈迹，引发后人对于吴楚故事的揣测与断想。

楚金币的发现更是为我们理解吴楚文化的关系提供了有力的佐证。根据文献记载，从东晋开始，后经宋、明、清等朝，安徽、河南、山东及湖北等地均出土过少量的楚金币，其中大部分出土于安徽寿县一带。新中国成立以来，楚金币的发现仍以安徽省为最多，河南、江苏次之，陕西再次，山东、湖北、浙江较少。楚金币进入流通领域是楚国经济发达的重要标志。货币固然属于经济范畴，但是流通货币所代表的文化必定会引发社会文化主导精神的转变。伴随着金币在吴地的流通，楚文化势必会渗透至吴地，两者之间的文化交流也就水到渠成了。

现代学者认为，"吴文化与越文化，以及巴文化与蜀文化，都是两种一元性的文化；至于吴楚文化，则是一种二元性的文化。二元性文化通

---

①　李伯谦：《中国青铜文化结构体系研究》，北京，科学出版社，1988，第 244～245 页。

常存在于两种一元性文化的交错地段，从而是边缘文化或称杂交文化
（marginal culture 或 cross-fertilized culture）。这样的文化大抵有融合遗
传的优势，即有'二美具'的特点。"①吴、楚两种文化正是在这样的交融
中最大程度地扩展了美学意蕴和人文内涵。

（二）越族源流与楚越关系

蒙文通将历史上泛称的百越分成吴越（包括东瓯、闽越）、南越、西
瓯、骆越四族，其语言、风格、风俗、发式、分布地域各不相同。② 越
国就是在百越的基础上建立的，一般认为，越国的基本群众是当地越人，
而王室却是从山东迁来的夏裔。关于越之建国，《史记·越王句践世家》
说："越王句践，其先禹之苗裔。而夏后帝少康之庶子也。封于会稽，以
奉守禹之祀。文身断发，披草莱而邑焉。"《越绝书·外传记地传》载："昔
者，越之先君无余，乃禹之世，别封于越，以守禹冢"，"无余初封于大
越，都秦余望南，千有余岁而至句践。"这与吴地、楚地族群的早期来源
极为相似，即族群的上层领袖都是外来移民，而下层民众多为当地土著。

在公元前 473 年越灭吴之前，吴、越关系也是南方重要的族群关系。
越王句践在公元前 5 世纪之初（前 496）即位，即位当年便攻打吴国。据
《左传·定公十四年》所记，这次战争是由吴国发起的，但越军奋击，越
将灵姑击伤阖闾足趾，阖闾死于陉。吴王夫差于次年（前 495）即位，即
位次年伐越，使句践卧薪尝胆三年，后于前 490 年被放回。越族于绍兴
复国，句践二十四年灭吴。随即"以兵北渡江淮，与齐晋诸侯会于徐州，
致贡于周……时越兵横行于江淮之上，诸侯毕贺。"③句践于周贞定王元
年（前 468）迁都琅琊，从此称霸北国，越族的发展达到了顶峰。越族在
琅琊的统治延续了二百余年，起初国势甚盛，但后来由于宫廷间的相互
残杀，国势就日益衰落，在北方难以立足，到周安王二十三年（前 379）
越王翳在位之时，于越迁于吴地，不得不重返江南。

吴越争霸是战国早期的大事件。至公元前 473 年越灭吴之后，楚、
越遂成为南中国重要的关系族群。春秋晚期，从考古发现来看，"在湘东
北、湘中、湘南的遗址与墓葬中，都有楚、越文化遗物共存，如位于湘
东北的平江瓮江遗址中，出土的绳纹夹砂陶片，有豆、罐、壶类，共存
的有米字形印纹硬陶；湘中的湘乡何家湾 M1 既有越式鼎，伴出的还有
楚式铜敦，其形制与当阳赵家湖甲类墓第四期敦相同；湘南的郴州高山

---

① 张正明：《吴楚文化三题》，《鄂州大学学报》，2006 年第 1 期。

② 蒙文通：《越史丛考》，北京，人民出版社，1983，第 15～25 页。

③ （东汉）赵晔：《吴越春秋》卷六。

背一座有头龛和窄坑的楚墓，随葬物中同样有楚、越文化遗物共存，既有楚式陶鬲，又有一件米字形印纹与方格纹组合纹饰的越式陶罐。"①考古文物遗存比较可靠地保留了历史真相，楚越两族在器物上的联系也是如此。从上述考古发现不难看出，在湖南境内的楚文化中，楚、越两种文化因素非常明显地并存着。

关于当时楚越之间的关系，《越绝书·外传记地传》述及曰："句践子与夷时霸，与夷子子翁时霸，子翁子不扬时霸，不扬子无疆时霸，合伐楚，威王灭无疆，无疆子之侯窃自主为君长，之侯子尊时为君长，尊子亲失众，楚伐之，走南山，亲以上凡八君，都琅琊二百二十四岁。"自从越王无疆九年（前334）为楚所败后，楚人把原来句吴之地全部占领，直达今钱塘江北岸。于越实际上被分割成为两部分，从无疆之子之侯到亲共三代，仍然局限于琅琊一隅。此外，今浙江绍兴一带，由于原来是于越部落的聚居中心，以后一直仍是于越繁衍生息的基地，到战国后期楚国攻占琅琊以后，北方的于越居民进行了迁移，回到了浙江东的会稽山地。

楚越两族在种族、姓氏、语言、文化都不相同，两族并非同源。但楚越本同属于南方的苗蛮集团，两族之间有相当多的交流，楚材不唯晋用，用于越者也不在少数，如范蠡、文仲、计然等，这些人都在句践会稽大败、卧薪尝胆之后实行的改革中大有作为。关于楚越之间的文化交流，有一首《越人歌》历来为人所熟知，《说苑》载之曰："今夕何夕兮？搴洲中流。今日何日兮？得与王子同舟。蒙羞被好兮，不訾诟耻。心几烦而不绝兮，知得王子。山有木兮木有枝，心悦君兮君不知。"对于这首缠绵悱恻的情歌，有学者考论曰：

> 《说苑·善说》云："襄成君始封之日……立于游（流）水之上，大夫拥钟锤悬，令执枻号令，呼谁能渡王者。于是也，楚大夫庄辛过而说之，遂造托而拜谒。起立曰：'臣愿把君之手，其可乎？'襄成君忿然作色而不言。庄辛迁延沓手而称曰：'君独不闻夫鄂君子皙之泛舟于新（渐）波之中也，乘青翰之舟，极萾芘，张翠盖，而檎犀尾，班丽袿衽。会钟鼓之音毕，榜枻越人拥楫而歌。歌辞曰："滥兮抃草滥予昌枑（或作'桓'，或作'袿'）泽予昌州州鑯州焉乎秦胥胥缦予乎昭澶秦踰渗堤随河湖。"'鄂君

① 吴铭生：《从考古发现谈湖南古越族的概貌》，《江汉考古》1983年第4期。

子皙曰：'吾不知越歌，子试为我楚说之。'于是乃召越译而楚说之曰：'……（即上引歌）于是鄂君子皙乃揄修袂，行而拥之，举绣被而覆之。鄂君子皙，亲楚王母弟也，官为令尹，爵为执圭……'襄成君乃奉手而进之曰：'……谨受命。'"鄂君子皙事不知在何时，以《左传》考之，疑在楚康王至灵王间，那就是公元前540年前后了。这首越人歌本非楚歌。越虽为楚之邻国，但楚、越方言不通，所以召越译而"楚说之"，变成为楚声歌了。①

《说苑》并非信史，然而此处关于楚、越关系的描述却接近真实。龚维英曾以《越人歌》为例说明苗蛮文化对屈原创作的影响：

> （《越人歌》）如置入《九歌》，几可乱真。越族居南方，分布范围极广，有不少越族与苗蛮杂居，相互影响，文化酷肖。这首歌的原词咿呀嘲哳，楚的鄂君子皙必要听译文方晓其意。此时当"在楚康王至灵王间，那就是公元前540年前后了"（按：此为上引姜书阁《先秦楚歌叙录》语）。可见直到公元前六世纪，荆楚与苗蛮的文化尚扞格难通。战国是一个剧烈变动的时代。从鄂君子皙到屈原时代不过二百余年，同样作为荆楚王族的屈原，不但能完全欣赏苗蛮的原始《九歌》，而且可以为之加工改写，"更定其词，去其泰甚"。试读《湘夫人》"沅有芷兮澧有兰，思公子兮未敢言"，岂不恰如朱熹《楚辞补注》指出的，"其起兴之例，正犹越人之歌，所谓'山有木兮木有枝，心悦君兮君不知'"吗？②

从作品手法的相似性，探求文学的前后相承与影响，确实是一个有效的办法，文学史上不乏其例。因为文学手法有一个从萌芽、发展到成熟的过程，一定的文学表现手法往往与一定的文学史阶段相联系，对相同的文体来说尤其如此，则相似作品所反映的文化之间的相关性也能在一定程度上得到说明。《越人歌》及其在文学史上的影响所折射出的正是楚越之间从扞格难通到开启沟通之门的关系演变史。

---

① 姜书阁：《先秦楚歌叙录》，见《先秦辞赋原论》，济南，齐鲁书社，1983，第5～6页。
② 龚维英：《从〈九歌〉看巫楚文化》，《华南师范大学学报（社会科学版）》1985年第4期。

二、巴、蜀族群

巴、蜀两族所创造的文化，虽可区别为巴文化与蜀文化，但在长期的交流与融合中，到春秋战国之际，巴、蜀两族已然形成了共同的地域文化传统。尽管如此，为了探究巴、蜀两族是怎样与南方其他各族一起创造了南方文明，还须对两者及其各自与楚文化的关系分别加以剖析。

（一）巴族源流与巴楚关系

巴是西南的一个古老民族，《后汉书·南蛮西南夷列传》载有西南诸蛮的情况，其中即清楚地记载了巴人的来源、居处、祖先与巴人崇虎的原因：

> 巴郡南郡蛮，本有五姓：巴氏，樊氏，瞫氏，相氏，郑氏。皆出于武落钟离山。其山有赤黑二穴，巴氏之子皆出赤穴，四姓之子生于黑穴。未有君长，俱事鬼神，乃共掷剑于石穴，约能中者，奉以为君。巴氏子务相乃独中之，众皆叹。又令各乘土船，约能浮者，当以为君。余姓悉沉，唯务相独浮。因共立之，是为廪君。乃乘土船，从夷水至盐阳。盐水有神女，谓廪君曰："此地广大，鱼盐所也，愿留共居。"廪君不许。盐神暮辄来取宿，旦即化为虫，与诸虫群飞，掩蔽日光，天地晦冥。积十余日，廪君思伺其便，因射杀之，天乃开明。廪君于是君乎夷城，四姓皆臣之。廪君死，魂魄世为白虎。

《山海经·海内经》和《华阳国志》中也有巴人族源的记载。段渝指出："先秦川东鄂西包括长江三峡和嘉陵江、汉水上游地区是众多族群的分布区。在西陵峡以东的清江流域，有源出巴氏子务相的廪君系统的文化，有分布在川东至三峡的'濮、賨、苴、共、奴、獽、夷、蜑之蛮'，这几大族群构成巴地的主要民族，它们就是巴地文化的主体。"[①]可见巴文化本身便是由多元文化构成的。

关于巴、楚的文化联系，史籍中屡有记载。在春秋时期，宋玉《对楚王问》曾提及"下里巴人"一词，即指巴人；《左传·桓公九年》载有巴楚相攻和合作的事件。由于地缘上的关系，无论是在政治军事等重大事件中，还是在社会生活的一般层面，巴人与楚人的关系都相当密切。实际上，

① 段渝：《先秦巴文化与巴楚文化的形成》，《华中师范大学学报》2004年第6期。

巴、楚的文化交融往往是在两地时战时和的关系中、以各种不同的形态进行的，后人往往将其合称为巴楚文化。作为一种具有鲜明特色的地域文化，巴楚文化是由荆楚文化和巴蜀文化两个大文化圈在长江三峡地区交错形成的，它"是指先是巴地后是楚地界域上先后受巴文化和楚文化浸染从而显示出巴、楚文化共同特征的地域文化，它主要体现在这个地区原来的巴地各族的文化上。并且，巴楚文化主要是指这个地域内的民族民俗文化……它主要发生在巴地民族文化与楚文化的交流上。具体而言，巴楚文化的主体实为巴地各个族群，即《华阳国志·巴志》所载巴国之属'濮、賨、苴、共、奴、獽、夷、蜑之蛮'，包括《后汉书·巴郡南郡蛮传》引《世本》所记载的廪君蛮"①。巴楚文化相对巴文化和楚文化来说，是一种新文化。新文化发展的规律是其文化内涵既存在于之前的文化母体当中，又必须借鉴异质文化的因素，从而突破原先的文化的模式，铸成新的特质与模式。而且，地域文化的形成过程，总是从一个个更小的区域文化实体出发，它的形成有赖于不同文化实体之间的交融。不同的地域文化在空间延续性上追求文化共性因素，是形成新的文化体系所必须追求的。

基于势力扩张或寻求互助的需要，巴楚之间军事上的冲突与合作是巴楚文化作为族群形态的地缘共生文化形成的重要原因，尤其是巴楚间的冲突对于文化交融的意义更为重要。《左传·庄公十八年》载："及文王即位，（楚）与巴人伐申，而惊其师。巴人叛楚而伐那处，取之，遂门于楚。阎敖游涌而逸。楚子杀之。其族为乱。"由于史未明言，"惊其师"的具体情况已不得而知，其中可能既有方针政策上的矛盾，也有军令理解不一、协同指挥出现问题，甚或军事文化理解上的原因。巴人误会了楚人的意图，使巴军受到了惊吓，致使友军相攻。这次战斗，以楚败巴胜而告终。此外，《左传·文公十六年》载："秦人、巴人从楚师。群蛮从楚子盟，遂灭庸。"《华阳国志·巴志》记巴蔓子先许楚以三城以救巴，而最终以自刎谢楚，可视为巴楚关系转折的象征："周之季世，巴国有乱，将军有蔓子请师于楚，许以三城。楚王救巴。巴国既宁，楚使请城。蔓子曰：'藉楚之灵，克弭祸难。诚许楚王城，将吾头往谢之，城不可得也！'乃自刎，以头授楚使。（楚）王叹曰：'使吾得臣若巴蔓子，用城何用！'乃以上卿礼葬其头；巴国葬其身，亦以上卿礼。"今湖北利川市城西都亭山上有巴蔓子头墓，重庆有巴蔓子身冢，忠县有巴蔓子刎颈存城处和巴王

---

① 段渝：《先秦巴文化与巴楚文化的形成》，《华中师范大学学报》2004 年第 6 期。

庙。巴蔓子的这种爱国精神，受到巴楚两地文化的认同，这种价值观上的互通侧面反映了巴楚文化的融合。

除了战争，互通婚姻、风俗混同造成的民族融合也推动了巴、楚文化的交融。如《左传·昭公十三年》记载楚共王与巴姬埋璧祈神立嗣，《华阳国志·巴志》载巴人在战国时，曾与楚人通婚，都是巴、楚文化共通互渗的表征。

楚地的巫鬼文化也是来源于巴人。有研究者指出："巫鬼文化发祥于巫、巴之地，它的兴起与古代川东和长江三峡巴地的濮人有关，原是当地濮人的一种文化风尚。"而"江汉之濮却不是楚人……到战国时代，楚地已无濮人……既然巫鬼文化起源于巫、巴之地的濮系巴人，而楚人非濮，那么'西通巫、巴'的江汉地区'信巫鬼，重淫祀'，必然就是来源于巴人，当是信而有征的"。楚国的武舞，也同样与巴人有关。"楚的武舞……除以鼓为主要乐器外，还用戈、矛等兵器为道具。湖北荆门战国楚墓所出'大武辟兵'戈，便是楚国武舞所用道具。而这些又都是承巴文化之风而来的，其上源便是古老的巴渝舞"。[①] 流芳百世的《楚辞》，也多取材于巴山巫峡之间奇幻迷离的巫卜文化。可见，代表楚文化成就的祭祀、乐舞和楚辞，在形式特征和艺术精神上均不同程度地受到巴文化的陶染。此外，近年来在三峡地区进行的考古发掘，也发现了巴楚之间的联系，如在 G16 出土一件巴式短剑，个别灰坑出土有与巴文化陶豆十分近似的卷沿豆，这是三峡遗址中目前见到的唯一属于巴文化的证据材料。于是，谭维四从考古学的角度提出了巴楚文化的六个要素：

> 其一，以虎钮錞于、巴楚兵器、巴楚编钟为主要标志的青铜冶铸工艺；其二，以从原始蛋壳彩陶到东周抛光涂胶黑皮陶为代表的制陶工艺；其三，以虎座飞凤及虎座凤鸟悬鼓为标志的髹漆工艺；其四，以干栏式、吊角楼式建筑为特征的建筑技艺；其五，屈子哲学及屈骚、宋赋为代表的巴楚文学；其六，巴楚乐舞。[②]

这些专属于巴楚地区的文化密码，充分表明了巴人和楚人之间存在着较

---

① 段渝：《政治结构与文化模式：巴蜀古代文明研究》，上海，学林出版社，1999，第418～423页。

② 谭维四：《"巴楚文化"初论》，见彭万廷、屈定富主编：《巴楚文化研究》，北京，中国三峡出版社，1997，第11页。

为复杂的文化交流关系，两种文化之间的动态互渗和长期融合，最终形成了具有某些共同特征的巴楚文化。

（二）蜀族源流与蜀楚关系

蜀是一个古老的部族。《华阳国志·蜀志》载："蜀之为国，肇于人皇，与巴同囿。至黄帝，为其子昌意娶蜀山氏之女，生子高阳，是为帝喾；封其支庶于蜀，世为侯伯。历夏、商、周，武王伐纣，蜀与焉。"所记虽幽远渺茫，然至少可以看出蜀的历史相当古老。这里的"高阳"即颛顼，而楚祖祝融亦出自颛顼，则蜀、楚两族在传说上有着共同的祖先。

对于楚和蜀文化的关系，古籍中也有记载。《水经注》卷三十三引来敏《本蜀论》说：

> 荆人鳖令死，其尸随水上，荆人求之不得。令至汶山下复生起，见望帝。望帝者，杜宇也，从天下女子朱利，自江源出为宇妻，遂王于蜀，号曰望帝。望帝立以为相。时巫山峡而蜀水不流，帝使令凿巫峡通水，蜀得陆处。望帝自以为德不若，遂以国禅，号曰开明。

如此荒唐之言能载于史著，可能曲折反映了蜀与楚的某种关系。楚人鳖令死而复生，得蜀国以为己有，可能暗示蜀对楚的依附。蜀、楚之间战争，见于文献记载的只有一次："（楚）肃王四年，蜀伐楚，取兹方，于是楚为扞关以距之。"[1]楚蜀关系，与楚吴、楚越、楚巴关系相比，要稍远一些。究其原因，一是楚和蜀地域上相距较远，二是巴、蜀文化融合的推进，很大程度上淡化了蜀与楚之间的实际关联。如段渝所论："尽管蜀祖、楚祖同出帝颛顼之后，两者的文化上源具有相关性，但在发展过程中产生越来越大的差异……蜀人自古僻处西南，岷江流域是其根源所在。楚人则自黄河流域，而长江流域是从中原文化圈中分化出来，西周时代才世居南土，为诸夏视若蛮夷的……作为颛顼之后的两支，蜀文化和楚文化分别在长江上、中游的长期发展以及两大文化区的形成，对于中国古史系统的构筑产生了巨大作用。"[2]可见，楚与蜀这种疏离与间隔，反而使古代中国的南方文化版图呈现出更为多元化的风貌。

---

① 《史记·楚世家》。
② 段渝：《政治结构与文化模式：巴蜀古代文明研究》，上海，学林出版社，1999，第430～431页。

第三节　归服于楚的族群对楚地文化的意义

楚地族群构成的过程，就是楚人不断扩张的过程。楚自开国之君武王熊通时就开始了扩张战略，其东征西讨北伐南下屡见于史籍，其后代也一直以扩张版图为强国要略。高士奇《左传纪事本末》说："春秋灭国之最多者，莫若楚矣……夫先世带砺之国棋布星罗，南捍荆蛮而北为中原之蔽者，最大陈、蔡，其次申、息，其次江、黄，其次唐、邓，而唐、邓尤逼处方城之外，为楚门户。自邓亡，而楚之兵申、息受之；申、息亡，而楚之兵江、黄受之；江、黄亡，而楚之兵陈、蔡受之；陈、蔡不支，而楚兵且交于上国矣。"①有学者统计自楚文王起至公元前 223 年楚为秦所灭的四百余年间，楚国通过长期的军事扩张，吞并了大大小小的商代古国、周初分封的诸侯国及附庸国五十余个，如加上民族部落，总数当在百余族。② 这百余侯国、部族覆亡的过程，既是楚国疆域扩大的过程，也是楚文化增殖的过程。在这一过程中，楚文化一边吸收消化被其征服的侯国、部族的文化营养，一边以更加强有力的态势去征服更多的侯国和部族。擂鼓墩一号墓被确定为战国早期的墓穴，墓主为曾侯乙。曾国作为一个姬姓侯国，早在春秋中期就成为了楚国的附庸："曾国奉楚国为宗主，恭谨勤劳，累世不渝。擂鼓墩一号墓出土编钟一套计六十四件，正中特意悬挂着楚惠王所赠的镈钟一件，这是很有象征意义的。出土的九鼎八簋，代表了国君身份。九鼎是楚式的升鼎，也形象地标明了楚与曾的主从关系。"③因而当我们赞美楚人文化时，应当牢记其中还有曾人的功劳。与此相似的还有淮夷族群等。据考古学家研究，"西周晚期，江淮地区的淮夷文化陶器就出现了一些与湖北地区同时期的陶器相似的因素，如鬲足表面经过刮削的作风，部分钵、豆的形态特征等。春秋早、中期，江淮地区的淮夷文化陶器中出现了平沿、束颈，实足根较高的红陶鬲，这是受楚式鬲直接影响的结果……但到战国时期，楚国已经占领了原淮夷之域以后，楚文化便迅速在此区域内取代了淮夷文化。当然，在这个取代的过程中，淮夷文化的部分因素也为楚文化所吸收。"④这异种文化碰撞所产生的化合作用，使得一地之文化呈现出多样

---

① 转引自李学勤：《序》，见何浩：《楚灭国研究》，武汉，武汉出版社，1989，第 1 页。

② 顾德融、朱顺龙：《春秋史》，上海，上海人民出版社，2001，第 267 页。

③ 张正明：《楚文化史》，上海，上海人民出版社，1987，第 143 页。

④ 王迅：《东夷文化与淮夷文化研究》，北京，北京大学出版社，1994，第 122 页。

的形态和非凡的魅力。

楚国扩张战争的文化意义，不仅在于融合了临近小邦的文化，更重要的是吸收并推广了中原文化，并最终形成具有独特含义的楚文化。何浩在《楚灭国研究》一书中说：

> 在灭国扩疆的同时，楚人进一步吸取了北方诸夏的文化传统，反过来又大面积地向南方扩大了华夏文化的影响，而且不断融合了蛮、夷、巴、濮、百越诸族的文化精华，并在此基础上形成了光辉灿烂的楚文化……楚人在灭国的过程中，有意识地将灭人宗嗣，解散对方的政治实体，铲平方国、部落的壁垒以及设县置郡作为"绝其社稷，有其土地"的政治手段。这些做法的历史意义和影响，也远远超过了灭国本身。正是这些做法，构成了南方民族融合的一种有力的催化剂。即使是被楚人采用羁縻政策而暂保留宗（氏）族外壳的某些种姓、部落，终因长期受楚国文化、制度的影响，在秦汉之际顺利地"散为户民"，融入了华夏民族之中。①

由此可见，楚人征战扩疆的过程及其重大意义，已不仅仅是作用于楚文化自身的发展进程，而且作用于南方民族的融合，乃至于南北民族文化融合的大趋势，并深刻影响了华夏民族的最终构成。

综上所述，我们可以看到楚地的文明形态，表现为地缘族群的渐进融合和文化的多元共生。当创造这些文化的族群在战国初期，整体上以楚人的形态融入华夏民族，在秦汉之际融化变异后，它们的历史使命已经完成。同时，楚文化奄有南方的盛况与中原文化在北方的推行有着很大的不同，前者是一种文化繁衍的过程，而后者则带有文化专制的意味，因而两者文明形态大异，前者是零星的文化个体在军事与政治外力之下趋于整合，而后者则于一统的文化整体之下，而又在不同的地域葆有各自的特色。

---

① 何浩：《楚灭国研究》，武汉，武汉出版社，1989，第9页。

第二十七章　楚地政治方式中的文化
包融和冲突

春秋战国时期，楚文化逐渐形成，并达到高峰，楚文化的生成路径及衍化之迹已渐渐明了。政治方式作为文化形态的重要组成部分，既是文化的产物，也是我们解开文化之锁的关键。探求楚文化的内涵，离不开对其政治方式中的文化包融与冲突的理解。

第一节　楚人的文化心态与政治方式

文化的不同根本地取决于族群生活方式的不同。政治方式是构成文化的社会系统的一个重要组成部分，地域、族群影响下的不同生活方式对政治方式有着深刻的影响。由于差异是客观存在的，融合既成为需要，冲突同样不可避免。政治方式以利益和权力的分配为重点，实现政治目标的过程需要借助于一系列的政治运作，采取怎样的政治方式，一方面深受本民族文化的影响；另一方面外界文化的影响力也不容小觑。楚国制度的设立与施行，既与楚地独特的文化形态有关，同时又深受中原文化的影响，显示出文化交融的特点。

楚人在周初立国时，属于南方蛮夷之邦。《史记·楚世家》载："当周夷王之时，王室微，诸侯或不朝，相伐。熊渠甚得江汉间民和，乃兴兵伐庸、杨粤，至于鄂。熊渠曰：'我蛮夷也，不与中国之号谥。'乃立其长子康为句亶王，中子红为鄂王，少子执疵为越章王，皆在江上楚蛮之地。及周厉王之时，暴虐，熊渠畏其伐楚，亦去其王。"《史记·楚世家》又载："（楚武王熊通）三十五年，楚伐随。随曰：'我无罪。'楚曰：'我蛮夷也，今诸侯皆为叛相侵，或相杀。我有敝甲，欲以观中国之政，请王室尊吾号。'"所谓"蛮夷"，在春秋时已不仅是一个地域或民族的概念，更是一个文化概念，所谓"诸侯用夷礼则夷之，夷狄进于中国则中国之"，所谓"杞用夷礼，杞即夷矣；子居九夷，夷不陋矣"，皆是以文明的程度来区分夷夏的，而不是看重地域的差别。自称"蛮夷"也就是强调自己的社会习俗、政治传统有别于周室，可以不用周朝的一套社会标准来衡量自己。显然，熊渠自称"蛮夷"毫无自轻自贱之意，反倒透露出不俗的实力与独立于列国之林的自信，封其二子为王，反映的正是楚人试图建立独异于"中国"的统治制度与方式。周厉王之时楚"去其王"乃是楚人善于应对局势的表现，显出楚人的通权达变。由于国力增强，熊通除了高调自称"蛮夷"外，更是以天下纷乱为出兵攻伐之名与"观中国之政"的借口，并欲以此"要挟"周王室给予尊号。尽管这一图谋当时并未实现，到楚成王元年，周天子也只是给予"镇尔南方夷越之乱，无侵中国"①的承诺，未见赐予尊号，但楚人实力的不断增强却是不争的事实，楚人作为"蛮夷"的自信也进一步增强。

春秋时代，中原往往以"荆"称呼楚国，这在文化上是带有贬义色彩的。荆门包山二号墓出土的楚简称楚王为"荆王"。郭沫若考稽卜辞，发现其中屡见"荆"字，于是指出："'荆'乃楚之别号。然楚人之器无自称'荆'者，典籍亦然。是则'荆'乃周人呼'楚'之恶名。以其自名'楚'，故斥之为'荆'也。"②尽管楚人似乎并不在意"蛮夷"的称号，但为什么周器上常见用"荆"字，而楚器上未见使用呢，这很大程度上反映了楚人的矛盾心态。口头上宣称"蛮夷"只是过耳之言，而铭于金石则流传久远，用"荆"字会有损于楚人的声威。他们以一种表面上对中原华夏文化漫不经心的姿态，掩盖了他们对先进文化的渴望。

不过，楚地政治方式的构建过程也是文化融合与冲突的过程。先秦时期的国家形态相当复杂，不同的诸侯国的治理方式也有差异。相对而言，由于在思想来源与文化系统上的相似性，北方中原在政治方式上表现出相对统一的特征。地处南方文化圈的楚地，其政治方式则有别于北方。

第二节　楚地政治方式的文化内涵

政治方式既包括制度化的形式，也包括非制度化的形式。在古代政治形成的早期阶段和王权统治时代，这两者混杂在一起，不能截然分开。所以应当研究楚地较为明显的制度方式，同时适当参照非制度化形式的内容，以此作为阐明楚地政治方式中的文化融合与冲突的具体形态。

一、楚国官制中的"敖"、"尹"

在周王朝治下，楚君是享有治理一方民众、享用南土贡赋物产的区

---

① 《史记·楚世家》。

② 郭沫若：《郭沫若全集·考古编》第5卷，北京，科学出版社，2002，第94页。

域统治者，并有一套自己的官制系统。西周时代，楚国的官制无所考。到了春秋时代，楚国才逐步建立了一套较为完整和庞大的官僚政治机构作为统治工具。降至战国，既有因袭，也有变革。大体而言，楚国的官制在形式上与诸夏同少异多，而在具体内容上则与周制及其他诸侯国相合者甚众。以楚国官制中的"敖"、"尹"为例，不难发现楚文化与中原文化之间若即若离的关系。

楚国统治者在称号上与中原各国有很大的不同，国君常有称"敖"的：

> 楚国的君主自熊仪有称"敖"者。《史记·楚世家》记载："熊
> 咢九年，卒，子熊仪立，是为若敖……二十七年，若敖卒，子
> 熊坎立，是为霄敖。霄敖六年，卒，子熊眴立，是为蚡冒。"
> ……熊眴称蚡冒，"敖"与"冒"，韵母相同，一声之转，古音可
> 以通假。由此可见，西周后期的楚国国君称"敖"。[1]

除此之外，楚君之下其世袭贵族的首领或族长也称"敖"，如"若敖"、"莫敖"、"蒍敖"等，其子孙宗族，亦同样称为"若敖"、"莫敖"、"蒍敖"。诸敖与楚国国君为同宗族的人，具有或远或近的血缘关系，"敖"是楚国王室裂变出来的家族长，楚国的"敖"，可以担任楚国的内政、外交、祭祀和军事等各种职务。王逸在《楚辞章句·天问》中说："楚人称未成君者为敖。"这里所谓"未成君者"的"敖"，应指未继国君之位的楚人部落联盟军事首领。周原甲骨文和楚器铭文，受封之后，敖即可称子，或也可称公、称侯、称伯。而从楚建国到春秋时期开始前，其中央职官系统的详情已不可考。有学者指出，"大体是楚建国之后，中央政府机构是由'敖'组成的"[2]。

"敖"之名并非楚人首创与首用。据考证：

> 早在尧、舜之时，就有用"敖"字命名的人物或氏族部落，
> 如《庄子·人间》载："昔者尧攻丛枝胥敖。"《吕氏春秋·召类》
> 载："禹攻屈敖。"西周时期，铜器铭文上还常出现以"敖"字命名
> 的酋长或"邦君"。如敖伯簋："二月，眉敖至见，献敖"；"王命
> 益公征眉敖"；岐山出土九年卫鼎："眉敖者肤为吏（使）。"可见，

---

① 李玉洁：《楚国史》，开封，河南大学出版社，2002，第79页。
② 谭黎明：《春秋战国时期楚国官制研究》，吉林大学古籍所2006届博士学位论文。

以"敖"名官在尧、舜时期，就已存在了。但多半为少数民族的部落首长。[1]

传世文献和出土文献都说明，"敖"作为一个古老的称谓自有其文化内涵。"敖"从指称人物或氏族部落，到指称酋长或"邦君"，"敖"之"实"在演变，而"敖"之"名"则相对稳定。这表明"敖"之"名"具有超越"敖"之"实"而"自是其实"的特点。楚人之能用"敖"之"名"指称己之"实"，一是因为名实关系普遍存在的通变性，二是因为楚人自我标榜独立于中国之外，而力图表现出排他性。

西周后期，已不再满足于南方之地的楚人势力逐步扩大，野心在膨胀，与周王室的关系也在调整之中。楚国国君自周厉王以后，又逢宣王南征江汉遭受打击，因此，不敢再轻犯周天子之讳称"王"，但又不愿再按周王室的封号称"子"。所以就在幽王被杀之后，以称"敖"来试探周王室的态度。这大概就是西周晚期楚国国君自称敖不称王的原因。世人多好"循名责实"，殊不知，对政治家和权势者来说，"为实正名"以致"名动天下"，施行方略才能"师出有名"、"名副其实"。楚人偏在南方，受中原传统礼规束缚较少，更容易有这样不顾名实的举动，楚君之称"敖"即含有这样的政治文化原因。

楚官从中央到地方称"尹"者较为普遍，这与中原文化也有割不断的密切关系。《左传·庄公四年》记载："令尹斗祁、莫敖屈重除道、梁溠，营军临随。"时为楚武王五十一年，即公元前 690 年。这是有关楚国"令尹"的最早记载。到了春秋战国时期，各国官僚机构中往往以相位为最高，唯独楚国不设相位而仅设"令尹"一职，其职能与相类似，又类同于西周职官系统中的"皇天尹"，那么楚国以尹命官，极有可能是受周朝的影响。

用"尹"命官与"敖"大有相通之处，其源也在中原华夏文化：

　　属于周厉王时期（前 877—前 841 年）的铜器《伊簋》铭文载有："王呼命尹丰孔册命尹"，这里的"命尹"又称为"作册""作册尹"及"尹氏"。由于古代"命""令"同字，所以"命尹"即"令尹"，为内史之长，其职在书王命与制禄、命官，与太师同秉国政。

[1]　谭黎明：《春秋战国时期楚国官制研究》，吉林大学古籍所 2006 届博士学位论文。

楚国执政"令尹"之名即来自于此。①

除了"令尹"外，楚人以尹所命之官还有左尹、右尹等二十余种，都属于中原文化的烙印。

所以，尽管我们可以说楚人为了求得独立和尊严，故意特立独行，多以"敖"、"尹"名官，其核心与武王宣布的"我自尊耳"如出一辙，一脉相承。但就文化而言，却可作进一步探讨。楚国官制形式上与诸夏的差异，并没有掩盖实质上楚人对华夏文化的借鉴，从中正可以见出楚人文化包融的胸怀。楚人当中的一些智者从理念上对诸夏文化的理性认知，促使其采用华夏文化的优长，自觉地运用到楚国的政治和社会生活中。以屈原为代表的楚辞作家，于创作过程中在政治观念和文化观念上表现出的对北方中原华夏文化的借鉴，就能很好地说明这一点。

在楚人看来，称"敖"和"尹"似乎正如熊渠所说："我蛮夷也，不与中国之号谥。"表现出试图挣脱华夏文化影响的努力，而其实都是受到中原文化影响的产物。一般而言，异种文化之间的作用往往在潜移默化中发生，而浸润其中的人可能还茫然无知，文化包融往往处于无意识的层面，楚人所处的正是这样的状况。楚人于此，是外在地表现出与中原文化的冲突与疏离，而内在地却表现与中原文化的兼容与效仿，这种民族性"表里不一"所表现出的矛盾，原因很多，但是楚民族的文化个性及当时的地缘政治环境理应是其中重要的一项。

二、楚国县制的建立

张正明在《楚文化史》中说："县，也是周朝原有的。但周朝的县本来只是王畿边远地区的泛称，并不构成行政区域体制的一个层次。真正作为行政区域的县最初见于楚国，而楚国的县最初是在蛮夷地区创设的。后来其他国家也推行县制，则或多或少仿效楚国的先例。"②确实《周礼》中有不少关于县制的材料，已有学者做过这方面的归纳与分析。但《周礼》中有关县的记载无法与西周春秋时期的县制完全相吻合。"《周礼》所载县制资料仍有一些西周、春秋时期历史的真实内容"，"将县置于甸和都、鄙（野）之中间的地带，不仅较为符合春秋时期作为县鄙之县的真实情况，同时也同西周、春秋以来畿服之制下的国土构造的情况较为接

---

① 骆科强：《楚"令尹"新论》，《武汉文博》2006 年第 1 期。

② 张正明：《楚文化史》，上海，上海人民出版社，1987，第 61 页。

近。"①以致楚国置县之前，还没有后世真正意义上的县的存在，则楚之立县就具有很大的历史价值。

楚国在文化方面虽然有自己的传统，但是在西周及春秋战国时期，它和周王朝以及中原其他诸侯国的交往仍然在不断地进行，因此，它不可能不受中原文化的影响，而且这种影响在一定时期还是相当大的。楚人朝周与周人奔楚的例子史书并不少见。而《周礼》之成书可能在战国时期，但是其中有若干思想与实践必定远在战国之前就已为中原知识阶层所掌握，楚人在与中原人的交往中吸取这方面的优长是有可能的。这就是楚国立县的历史文化背景，其中必有楚国与中原周文化包融的体现与冲突。

《左传·庄公十八年》有追述楚武王灭权并"使斗缗尹之"之事，然史书未有更详记载，似不宜作为楚立县之最早的例证。《左传·宣公十一年》载楚庄王十六年楚灭陈立县应为最早一例：

> 冬，楚子为陈夏氏乱故，伐陈。谓陈人："无动！将讨于少西氏"。遂入陈，杀夏征舒，辕诸栗门。因县陈。陈侯在晋。申叔时使于齐，反，复命而退。王使让之，曰："夏征舒为不道，弑其君，寡人以诸侯讨而戮之，诸侯、县公皆庆寡人，女独不庆寡人，何故？"对曰："犹可辞乎？"王曰："可哉！"曰："夏征舒弑其君，其罪大矣；讨而戮之，君之义也。抑人亦有言曰：'牵牛以蹊人之田，而夺之牛。牵牛以蹊者，信有罪矣；而夺之牛，罚已重矣。'诸侯之从也，曰讨有罪也。今县陈，贪其富也。以讨召诸侯，而以贪归之，无乃不可乎？"王曰："善哉！吾未之闻也。反之，可乎？"对曰："吾侪小人所谓'取诸其怀而与之'也。"乃复封陈。乡取一人焉以归，谓之夏州。故书曰"楚子入陈。纳公孙宁、仪行父于陈"，书有礼也。

楚人在灭陈立县上表现出的反复，固然是楚人对自己的实力还不够自信的表现，同时，也应看到在这一事件当中，庄王与申叔时在探讨问题时，双方所持的都是同一标准，即道义。这一标准在楚地君王看来显然不是特别重要，完全可以弃之不顾，所谓"我蛮夷也，不与中国之号谥"，承认"道义"与否全在楚人自己，即"取予"由楚。然而对楚人来说，

---

① 周书灿：《春秋时期"县"的组织形式和管理形态》，《江海学刊》2003 年第 3 期。

道义作为中原文化的产物，在适当的时候还是值得利用的，至于用与不用，何时可用，都得视具体情况而定。楚子（庄王）灭陈是因"夏征舒为不道，弑其君"，所以楚完全有理由"以诸侯讨而戮之"；而申叔时"讨而戮之，君之义也"的一番话也肯定了楚人之义。《左传》作者对此事的态度也耐人寻味："故书曰'楚子入陈。纳公孙宁、仪行父于陈'，书有礼也。"杨伯峻注曰："《陈世家》亦载此事，末云：'孔子读史记至楚复陈，曰："贤哉楚庄王！轻千乘之国而重一言。"'"①杨伯峻还引《孔子家语·好生篇》所记类似内容，并对此有分析说："楚庄不县陈而复之，与孔丘'兴灭国，继绝世'（《论语·尧曰》篇）之义合，故《左氏传》谓之'有礼'。然纳孔宁、仪行父，是否'有礼'，后人有疑之者，有辨之者。"②确实如此，楚毕竟已灭陈，这无论如何也不符合当时礼制规定，立县之所以不能立即实行实际上还有更深刻的原因，即楚国还没有为设县做好充分的政治准备，尤其是在文化上，尽管楚人表现出对北方中原文化的兴趣，欲立县，但还不至于冒天下之大不韪为所欲为，当时文化的环境也还不允许楚国这样做。而楚国再次灭陈并立县在楚灵王之时，此时距第一次灭陈已经过去了约七十年，世异时移，立县已提上议事日程。

据周书灿对春秋时期"县"所进行的研究，"作为春秋时期原始形态的县，从最初的县鄙之县发展转化为一级地方行政组织的县邑之县，这正反映了两周之际，中国的基层地域组织渐趋完备，在新的国家结构形式之下，一种新型的中央与地方之间的关系在政治、经济、军事制度新旧交替的壮阔历史背景下，正悄悄地孕育并即将萌芽这一客观事实。"③可见楚人立县正是顺应了历史发展的潮流，而"县"的建立实际上也正来源于楚人的军事扩张与族群征服。在春秋大国争霸的过程中，列国在对外兼并扩张、掠夺大量人口和城邑的过程中，逐渐产生了日渐明确的国土和主权概念。

楚国县制的确是先秦一项崭新的制度，涂又光指出："与分封制相比，县制是真正的革命，其进步意义，估计得再高也不会过高。《左传》桓公二年有'始惧楚也'的话，此年为楚武王三十一年（公元前710年）。北方诸国为什么开始惧楚？根本的原因在于楚国边境的县制，比北方诸国的终身而又世袭的分封制，有无比强大的生命力。"④李玉洁也说："楚

① 杨伯峻：《春秋左传注》，北京，中华书局，1990，第716页。
② 杨伯峻：《春秋左传注》，北京，中华书局，1990，第716页。
③ 周书灿：《春秋时期"县"的组织形式和管理形态》，《江海学刊》2003年第3期。
④ 涂又光：《楚国哲学史》，武汉，湖北教育出版社，1995，第10～11页。

国建立县制，其政治机构、军事组织、赋税制度、土地占有形式等发生了巨大的变化。县制的建立是楚国政治革新的基点。"①分封制这种以县制作为楚国新政基点的政治方式，与楚人的文化个性有关，也同楚人与北方中原文化及其他文化的交流有关。由于族群生活方式的不同，交流中的文化差异必然存在。政治方式作为构成社会文化系统的一个重要组成部分，异种文化之间的冲突就不可避免。县制建立对楚国现实政治方式的影响是直接而持久的。

三、楚国的继统制度

继统制度是政治制度的一项重要内容，其重要性在于它对王权政治的直接影响。在王权统治时代，国家成败往往维系于君王。明君抑或昏君，立抑或废，关乎国运国势。继统制度牵一发而动全身，八百年楚国史的辉煌，稳定而优化的家族继统制度为力尤巨，而其背后则是楚地文化的独特性及其演变。

关于楚国的继统形式，学界一直以来就有不少分歧。有论者对此进行了综述和评价，将诸多观点进行归纳，认为："（各家说法）基本上可以归结为两大类七小种观点，其中一类是无规律说：包括了罗尔纲先生的斗争说；李衡眉先生的选择继承说。另一类是制度说，即有规律性，其中一种是少子继承制（暂把幼子继承说包含在内），这是最早的观点，也是传统的观点；一种是嫡长子继承制，近几年似乎是越来越多人支持了；另外一种是兄终弟及兼以父死子继说；还有唐嘉弘先生的立王说；最后一种是一世一及说。"此后，作者指出各家研究都有明显的缺陷在于：一是没有对楚国王位继承制度做阶段性的划分；二是对于楚国君位继承制的研究只是孤立地进行，而没有把继承制问题跟命氏、公族、封君、执政序列的分析研究等进行综合考察，没有对楚国与中原国家文化交往对于君位继承制的影响进行深入探讨；三是对于君位继承制问题上的"常态"与"变态"不加区分，因此不是陷入无规律说便是被某一阶段的历史表象所迷惑。② 事实确实如此。对任何制度的研究只在一定的阶段里才有意义，这样的研究才可能是有效的；没有时段规定和阶段划分的继统制度研究是无的放矢，制度的形成与展开往往处于一个复杂的系统之中，孤立地研究继统，割裂了相关的事物之间的联系，得出的结论势必"一叶

---

① 李玉洁：《楚国史》，开封，河南大学出版社，2002，第131页。
② 陶亮：《楚国君位继承制度研究》，吉林大学2005届硕士学位论文。

障目，不见森林"；任何可以作为制度来言说的内容都必须具备一定的制度形式，但制度形式总是为一定的政治需要服务，当政治形势发生变化时，形式的变化成为必然，研究者就不能"以不变应万变"，而要适时改弦更张，以合于变化了的研究对象。

其实，任何一种家族继统制度都不是一成不变的。对楚人继统制度的建构而言，因"留有氏族社会习惯法的残留"，而使得君位经常出现不由推选，而系争夺得来的情况。唐嘉弘认为："综观中国古代封建制的长达三千年的君王继承制度中，有时虽然强调法定的嫡长子继承制，但是实际政治生活中，按照君王或贵族的意志预定接班人——立王制，常常占据十分重要的地位。""楚王的继承制度与中原基本类似，属于'立王'制，即在王位继承人的选立过程中，有从国家大局出发，有按当权贵族意志，有依据在位君王的喜好，有用卜筮来决，有时以夫人好恶为准，有时诸子诸兄弟武力或阴谋抢夺自立。与中原不同之处，在于楚国不是重视长子继承权，而是更加注重幼子继承权。"①这种从古代社会政治实际出发的看法值得重视。继统制度的复杂性正缘于古代政治的"人治"特点，为王者作为个体在某些历史时期对具有政治制度的影响，经常超出常态的政治推动力，因为其出发点并不在主动、有意识地建构或维护这一制度。故在考察某种制度时，不应总是用某种固定的制度形态为出发点，而必须考虑到其中非制度化的政治形态，充分考虑历史的复杂性。楚人在继统制度上表现的差异正应作这样的考察。由于族群历史和地域悬隔等方面的原因，楚人政治的制度化进程应是落后于北方地区，楚人政治方式的逐步完善需要一个过程。

作为殷商王朝的南土方国，荆楚地区在文化思想等方面受着商王朝很大的影响，这是逐渐为前贤今彦所认同的基本看法。姜亮夫认为："少子继世之制，其与东土习性相近者，有一事，则其继世多在少子，此亦殷制也。"②少子承继制作为一种传统观点至今还很有影响，不过一味强调也会走入误区。李玉洁从殷商王朝实行父死子继、兄终弟及的制度出发，认为"（在）西周时期，由于文化思想影响的连续性，楚在继统制度方面实施着与商王朝相同的制度，即父死子继、兄终弟及的承继形式。"③并以北方华夏诸国为参照，指出楚人这种君位继承制的优长："楚国继统

①　唐嘉弘：《论楚王的继承制度》，《中州学刊》1990年第1期。
②　姜亮夫：《三楚所传古史与齐鲁三晋异同辨》，见《楚辞学论文集》，上海，上海古籍出版社，1987，第9页。
③　李玉洁：《楚国史》，开封，河南大学出版社，2002，第74页。

制度的父死子继、兄终弟及、以及幼子承继的情况是，当父亲死后，长子承继，然后依次第而立，最终轮至幼子；或长子之后，幼子即立；由幼子再传幼子之子。幼子即位，实际是兄终弟及。兄终之后，弟也基本长大成人，这样就保证了楚国的君位不会落到幼冲小儿身上。北方华夏诸国的嫡长子承继制虽然保证了严格的君统，减少兄弟争立的内乱局面，但只有嫡长子才是法定继承人，因此不会出现幼冲即位的情况。楚国的幼子承继制，兄终弟及制都是一种长君承继制。国有长君，社稷之福。楚国政权始终掌握在成年国君手中，这对楚国的发展具有重要的意义。"[1]由此可见，所谓"表现出一种少子承继制"，不是对父死子继、兄终弟及的一种简单补充，而是其必不可少的重要组成部分。如《左传·文公元年》记载楚成王欲以商臣为太子，访诸令尹子文，子文以"楚国之举，恒在少者"为依据，加以反对；又《左传·昭公十三年》载，当弃疾与子比争夺王位之初，韩宣子就曾预言："芈姓有乱，必季实立，楚之常也。"可见在王位继承问题上，与中原诸国重长轻幼的惯例是不同的。

四、楚国的宗室与贵族祭礼

在先秦时代，"国之大事，唯祀与戎"，宗室贵族对祭祀之礼的重视为后人树立了一个很高的标杆，之所以如此，是因为祭礼是政治的一个重要组成部分。国家祭祀是王朝的正统宗教制度形态。《礼记·礼运》载孔子之言曰："故政者，君之所以藏身也。是故夫政必本于天，殽以降命。命降于社之谓殽地，降于祖庙之谓仁义，降于山川之谓兴作，降于五祀之谓制度。此圣人所以藏身之固也。"礼的目的也正如孔子所说："是故礼者，君之大柄也，所以别嫌明微，傧鬼神，考制度，别仁义，所以治政安君也。"[2]这两段话毫不隐讳，条分缕析地说出礼是君王"藏身"、"治政"之道，令人叹服夫子之洞见。即使一般贵族的祭祀也具有其政治目的。祭礼所具有的政治属性无可怀疑。

楚地宗室与贵族祭礼当然地具有政治属性，这一点从时人对祭礼的看法中可以看得很清楚。关于祭礼的目的，《国语·楚语下》中载有年末各个家族祭祖的情况：

> 国于是乎蒸尝，家于是乎尝祀，百姓夫妇择其令辰，奉其

---

① 李玉洁：《楚国史》，开封，河南大学出版社，2002，第75页。

② 《礼记·礼运》。

牺牲，敬其粢盛，洁其粪除，慎其采服，禋其酒醴，帅其子姓，
从其时享，虔其宗祝，道其顺辞，以昭祀其先祖，肃肃济济，
如或临之。于是乎合其州乡朋友婚姻，比尔兄弟亲戚。于是乎
弭其百苛，殄其谗慝，合其嘉好，结其亲昵，亿其上下，以申
固其姓。

对此，晁福林分析说"祭祀祖先神灵时要准备牺牲、粢盛、酒醴，要肃肃
济济的庄严态度，祭祀时要有祖先亲自降临一般的感觉。这样的祭祀便
可以达到使同族的人上下相安，相互亲近，从而使宗族稳固。春秋时期
各个诸侯国的君主对于祭祀祖先都十分重视，'诸侯宗庙之事，必自射
牛、刲羊、击豕，夫人必自春其盛'（《国语·楚语下》），国君及其夫人尚
且如此重视，'况其下之人，其谁敢不战战兢兢，以事百神'（《国语·楚
语下》）。可以说对于祖先的祭祀是维系族人的一个精神寄托，是巩固宗
族势力的一个重要措施。"①张正明在《楚文化史》中指出："在封爵、食
邑、礼法等方面，春秋时代的楚制也各具特色。"之所以如此，是因为"在
楚文化的茁长期（按，指春秋中期前），位于夷夏之间的楚人，往往有意
显示出亦夏亦夷或非夏非夷的个性来，从中可以看出强烈的自尊心和积
极的独创性，这无疑是至可宝贵的素质。"②在《楚文化史》一书中，他将
楚文化的主要发展阶段分为滥觞期、茁长期、鼎盛期及滞缓期和转化期，
则在楚文化的发展过程中，各个下属的文化门类也都有各自的发展历程。
楚地祭礼从有别于中原华夏的礼制文化，到纳入华夏礼制文化之中，经
历了一个较长的过程。

　　楚地原始的祭祀方式是不分贵贱等级的，而至春秋时期渐渐有了等
级化的趋势。春秋时楚国的观射父谓："天子举以大牢，祀以会；诸侯举
以特牛，祀以太牢；卿举以少牢，祀以特牛；大夫举以特牲，祀以少牢；
士食鱼炙，祀以特牲；庶人食菜，祀以鱼。"③可见，春秋时期楚国祭祀
等级制度方面已进一步加强，不同等级的人祭品差异很大。《国语·楚语
上》所载楚史上一件与祭祀有关的事，很能说明楚人政治方式中的文化包
融与冲突："屈到嗜芰。有疾，召其宗老而属之，曰：'祭我必以芰。'及
祥，宗老将荐芰，屈建命去之。老曰：'夫子属之。'子木曰：'不然。夫

①　晁福林：《试论春秋时期的祖先崇拜》，《陕西师范大学学报（哲学社会科学版）》1995 年
　　第 2 期。
②　张正明：《楚文化史》，上海，上海人民出版社，1987，第 62 页。
③　《国语·楚语下》。

子承楚国之政，其法刑在民心而藏在王府，上之可以比先王，下之可以训后世，虽微楚国，诸侯莫不誉。其祭典有之曰：国君有牛享，大夫有羊馈，士有豚犬之奠，庶人有鱼炙之荐，笾豆、脯醢则上下共之。不羞珍异，不陈庶侈。夫子不以其私干国之典'遂不用。"屈建即子木，是屈到之子，其人公元前537年为楚灵王所杀，则上述屈建谈祭当发生在春秋中期左右。屈建谈话中所提及的祭典究竟是何种具体典籍，现已不得而知，但规定的等级秩序非常明显，其丰富与严格较之中原华夏的祭礼似也不相上下了。宗老可能是当时保留与认可楚蛮之风较多的"传统的"楚国人，而屈建则代表着一批沾溉"新风尚"的楚国人。随着楚人与周王室及中原诸国交流的增多，这些浸润了中原华夏之礼的"新人"渐渐熟悉了中原华夏之礼，并以之用来规范祭礼行为，从中可以管窥楚国在发展过程中的新旧变化，其中蕴含的正是楚国政治文化中体现出的文化的冲突与包融。

五、楚国与周王室的关系

诸侯国与周王室的关系影响诸侯国所在地域的政治方式，这是两周时代任何一个诸侯国都不能回避的现实。就楚地而言，这其中的文化包融与冲突当然尤其值得关注。

《左传·昭公九年》载周大夫詹桓伯语："巴、濮、楚、邓，吾南土也。"楚人归于周之治下并不算晚。西周成康之际，周人经营的重点是东方，无暇顾及南方。当时，南方的荆楚还是一个臣服于周王朝的并不强大的政治力量。楚人利用周人东征的机会，卑事周室，积蓄力量，在江汉地区迅速发展。至周昭王时，东方初定，南楚与周王室关系紧张起来。在这种情况下，昭王开始南征楚国。如《史墙盘》铭文载："弘鲁召王，广能荆楚，惟狯南行。"《竹书纪年》记载了周昭王三次伐楚的经过："周昭王十六年，伐楚，涉汉，遇大兕。"[①]"（周昭王十九年）祭公、辛伯从王伐楚，天大曀，雉兔皆震，丧六师于汉。"[②]"昭王末年，夜清，五色光贯紫微，其年，王南巡不返。"[③]《左传·僖公四年》记载春秋时期齐桓公称霸，南下伐楚，责以不贡苞茅、昭王南征不返，楚人的答复是继续进贡苞茅，但在"昭王南征不返"的问题上，却说"君其问诸水滨"，而齐桓公和管仲

---

①　方诗铭、王修龄：《古本竹书纪年辑证》，上海，上海古籍出版社，2005，第45页。

②　王国维：《今本竹书纪年疏证》，见方诗铭、王修龄：《古本竹书纪年辑证》，上海，上海古籍出版社，2005，第249页。

③　方诗铭、王修龄：《古本竹书纪年辑证》，上海，上海古籍出版社，2005，第46页。

因无确实证据，未继续加以责难深究。

《国语·周语》记晋楚城濮之战后，文公"以诸侯朝王于衡雍，且献楚捷，遂为践土之盟，于是乎始霸也。"韦昭注曰："捷，胜也，胜楚所获兵众也。文公以僖二十八年夏四月败楚于城濮。城濮，卫也。旋至衡雍，天子临之，晋侯以诸侯朝王，且献所得楚兵驷介百乘，徒兵千也。王命尹氏及王子虎、内史兴父策命晋侯为伯"，此外还有大量的舆服、弓矢、礼器和虎贲赏赐。城濮一战，晋人上下同心战胜了骄兵楚军。战后，晋人向周王室献上楚俘，周王室册封晋侯为伯，承认了晋文公的霸主地位，获得了讨伐他国的"体制内"授权。楚人由此增加了一个强敌，而楚王与周室的矛盾也被凸显出来。

楚人一直希望获得中原王朝的政治认可，这方面的记载不在少数。《史记·楚世家》又载东周宣王时："（楚武王熊通）三十五年，楚伐随。随曰：'我无罪。'楚曰：'我蛮夷也，今诸侯皆为叛相侵，或相杀。我有敝甲，欲以观中国之政，请王室尊吾号。'""与随人盟而去"。这次虎头蛇尾的征伐行动，政治上未达目标，表面上很无礼，骨子里却表达了楚人对中原王朝文化的向往。楚国作为一个有着悠久历史的古老国度且为异姓诸侯国，虽然对周王朝有时有所叛逆，但在大多数时候还是臣服于周王朝的，是西周列国之一，直到春秋时期楚国还是口头承认要对周王朝称臣纳贡的。这一点在《左传·僖公四年》的史料中已经十分明确。但楚国已经称"王"，并控制诸多小国，显然已经成为雄踞一方的霸主。从近年来晋侯墓出土的楚公逆钟铭文也约略可以窥测此一事实。

楚人对中原王朝的反抗有其历史原因。《诗·商颂·殷武》云："维女荆楚，居国南乡。昔有成汤，自彼氐羌，莫敢不来享，莫敢不来王，曰商是常。"自成汤时期，荆楚部落开始臣服于商，对商王朝纳贡，成为殷商王朝的南土方国。当然，这里所说的殷商时期的荆楚，在较大程度上是一种地域概念，泛指淮河以南、长江中下游湖北荆山及豫南南阳盆地一带的部族和大小方国，而楚部族仅是其中的一支。

青铜器是一种典型的文化标志物，诸侯统治区域青铜器在铸造方法、数量多寡、纹饰形态、组合方式、铭文设计、总体风格等方面的特征，能曲折地反映出诸侯国的国势及其与周王室的关系，从而也表现出政治方式的内涵。楚系青铜器当然也可作如是观。刘彬徽《楚系青铜器研究》指出："从楚国历史发展来看，公元前597年邲之战，楚大胜晋，楚之霸业成功，标志着楚国进入最强盛期；这正是楚铜器独特风格的形成期。"①从西周晚期开始，周王室的权能逐渐减弱，出现诸侯争霸现象。象征王权、礼乐制度文化的重器——青铜器不再为周王室独有。据刘彬徽统计，现存的楚系有铭青铜器，最早的出现于西周晚期，仅三件，而东周时期则有 105 件。② 可见，至战国时期，楚国已不甘臣服，而以一方之霸的地位由最初试探性地"问鼎中原"，而最终真正做起了王者之梦。

楚地政治方式是一个复杂性的系统，这其中还有许多未解之谜。限于篇幅，本书不可能涉及所有与此相关的内容。除以上所涉及的项目外，楚国封君制度、司法制度、礼乐制度、宗法制度、都城制度、行政制度等都应该是其政治方式的一部分，或者说都有大量的政治内涵，因而也可以从政治方式角度予以探析。

总之，因为楚地特有的政治文化传统，再加上与中原有如此复杂的关系，楚人有着与中原不同的政治方式。西周至春秋前期的楚国，较少地受中原礼制的影响，立国行政和处理对外关系时都较为收敛。而当其势力膨胀，在中国南方有了独特地位之后，楚地政治方式所表现出的文化包融与冲突更为激烈，其中有民族自信的成分，更有对高水平异种文化的瞻慕。

---

① 刘彬徽：《楚系青铜器研究》，武汉，湖北教育出版社，1995，第 50 页。
② 刘彬徽：《楚系青铜器研究》，武汉，湖北教育出版社，1995，第 380～394 页。

第二十八章　楚地仪式的世俗情怀和超越精神

仪式是古往今来社会生活中一种常见的文化现象，它既与社会实践活动相联系，又与人们的精神世界密不可分，各种或繁或简的仪式往往包蕴着深刻的内涵。仪式在社会活动中，以其丰富的象征意味和生动的表演性质，在承载文化传统、沟通天人关系、强化社会秩序和整合社会资源等方面，具有不可替代的社会功能。仪式是在某一特殊场合之下举行的典礼或仪礼，它是被文化传统所规范或由国家权力所约束的生存技术，也是人在文化时空中参与创建的历史沉淀。仪式不仅外在地体现了一定的社会秩序与社会关系，也集中地表达了人们的观念和感情。可见，这种习以为常的文化现象与人们的情感世界和精神状况都有着密切的关联。

第一节　楚地的仪式文化

中国古代可谓仪式的大邦，典籍中对仪式的记载可谓繁富。楚族承夏商文化而来，夏商文化的核心就是巫祭和鬼神，从国家大政到生活琐事，都要问诸鬼神，按鬼神的意旨行事。我们相信，当时位于中原的周、楚等小国也处于这种文化氛围之中。而"问诸鬼神"就必须借助一定的仪式。楚地巫风之盛世罕其匹，在楚人生活的许多方面都有仪式展演的空间和印迹。

楚地仪式众多，其中每一个仪式都有其来龙去脉与文化内涵，可分为两大类，一类是制度化仪式，一类是民间仪式。所谓制度化仪式乃是由习惯法或者说礼仪制度所规定的，多由朝廷、社会上层或精英阶层实施的仪式。当然，并不是所有的仪式都会被制度化，即使是制度化的仪式本身，在其实施过程中，也会有不尽守仪式规程的内容。这其中既有共时的差异，也会有历时的变迁。社会上层的仪式会随着时代变迁转化为普通的民间仪式，反之也是可能的。民间仪式也有约定俗成的形式，不过其地位与影响力主要在民间。仪式的制度化既是历史的，又是相对的，仪式的实践性与世俗性质，是决定其必须不断变化的关键因素。我们能看到不少对中国古代仪式制度化的表述，"三礼"之形成就是如此。

意大利哲学家马里奥·佩尔尼奥拉为他的《仪式思维：性、死亡和世界》中译本所写的序中有这样的话："仪式在中国文化中，曾被赋予了至高无上之地位……一般说来，西方人总是把仪式看成是生命自发活力的对立面；可是这样一来，人们就忽略了仪式中与契约甚至是法律之间的那层辩证关系（而这一点恰恰在中国古典文献中，通过儒家和法家双方的论争，而早已得到证实）。"①如其所言，仪式在中国文化中的地位是神圣且富有一定法律精神的，这在楚文化中表现得尤为突出。

因为独特的地域特点，楚地文化有其个性，仪式文化作为楚文化中的大宗，并未如人们想象的那样有着中原周文化一般规则的形态，更多的是表现出仪式制度化的缺失。究其原因，在于楚文化有着与中原周文化不一样的进程与形态，不必说"三礼"这类文献的可靠性、时代定位等问题一直存在着很大的争议，即使可信，只有当楚人的"华夏化"到了一定阶段后才会对"三礼"有所参照。可见"三礼"中所记的仪式内容并不能作为楚人仪式的根据。

楚地仪式是楚人与南方民族在长期社会生活中所形成的传统习俗，它有着深远的历史积淀，是楚地南方文化的历史性、地缘性、民族性等多种因素的综合。本书不拟对楚地仪式进行严格分类，只是根据楚地仪式事件的实际情况，适当将类似的仪式聚而论之。重点把特定仪式作为个别事件来研究，尽量避免泛论仪式，以期解读出这些仪式背后南楚文化的内涵。

第二节　楚地仪式与楚人的感情世界

当代艺术哲学从原始艺术的产生角度，论证了仪式的精神特质，"（史前人类在洞穴中的绘画）他们画这些动物并不是为了审美的需要，而是为了举行某种仪式的需要。在狩猎前后举行的仪式中，原始人借这些壁画表示他们的'精神'对狩猎成败的决定性影响。这是巫术，但同时也是艺术，因为他们的生存情感也自然而然地在这种表达中呈现为奔放、自由的形象。因此，艺术的诞生，不能归因于原始人类在劳动之余出现了独立的审美趣味，而应当看作是原始巫术的伴生物。"②以巫术仪式为代表的楚地仪式文化，无疑是建构楚文化有机体不可或缺的基本因素，

---

① 〔意〕马里奥·佩尔尼奥拉：《仪式思维：性、死亡和世界·中译本序》，吕捷译，北京，商务印书馆，2006。
② 王德峰：《艺术哲学》，上海，复旦大学出版社，2005，第41页。

南方楚文化直接从原始巫术文化中走出来，具有原始巫术所特有的诡谲、浪漫、炽热，是强烈原始情感的自由奔泻。而礼在远古时代就是原始图腾巫术仪式，无论原始艺术模拟描绘的对象是战争、劳动、自然还是神灵，无论它的功能是宗教、政治、军事还是某种具体的事功，它都是通过仪式表现出来，并随着仪式的发展变化而发展变化。考虑到"礼"是中国古代社会最为本质的特征之一，尽管楚地文化与传统的中原礼文化有明显的不同，我们仍然可以认为，仪式文化是楚文化整体的元要素，对楚文化中其他层次的文化具有示范导引意义。

作为人类意识的外化与实现，仪式具有相当程度的形而上的本质，它来源于人类的精神世界，与经济基础和上层建筑领域各相关要素发生文化联系，其本身更多地表现出世俗情怀与超越精神的交融。楚地的仪式当然也遵循着这些基本规则。

一、丧葬仪式

一般来说，丧葬仪式作为个体人生礼仪最后一个重要阶段，历来受到高度重视。从丧葬仪式中，我们能够看到关于人生的很多内容。对个体而言，分离仪式之所以在葬礼中比较明显，其原因似乎是不言而喻的。因为这一分离仪式的举行意味着"这一个"个体的消失，由死所带来的悲哀当是俗世中最令人痛心疾首且无可弥补的。楚人巫风之盛世罕其匹，对鬼神的祭祀就是其中的重要内容；鬼神祭祀活动必定伴随着一定的仪式，丧葬仪式与巫风相煽，体现出楚人的精神世界。

包山二号楚墓椁外的铜戈可能就与楚地的丧葬仪式有关。作为传说中的地中凶煞，方良不可惊扰，但掘地必惊方良，而方良又专食死者的肝脑。为保护死者的安宁，须得由方相氏为先驱，入葬前后在墓圹的四周执戈扬盾挥舞，以击死方良，驱恶避邪。因此，包山二号楚墓椁外的铜戈可能就是方相氏驱逐方良后的遗物。而入葬前后在墓圹的四周执戈扬盾挥舞，大概就是一种典型的丧葬仪式。郭净对此丧葬仪式有较为详细的论述：

> 方相氏为大丧灵柩先导，在周代已经形成制度，又为汉晋所沿袭。《后汉书·礼仪志》说："（丧礼）大驾，方相氏立乘四马先驱。"《太平御览》552引《汉官仪》云："阴太后崩，前有方相及凤凰车。"看来这位戴假面的大神不须劳神走路，而是耀武扬威地乘着专车行进在送葬队伍的前头。不仅如此，两汉人为求得

死后的安宁，亦以方相氏镇守墓室，故而汉墓中方相的尊容随处可见。①

对于这样一个方相氏，顾朴光在《中国面具史》中从眼睛崇拜的角度，以楚系文化中的方相氏为重点，赋予方相氏一种新的文化价值：

> （在属于楚系的）湖北随县擂鼓墩战国早期曾侯乙墓内棺的彩绘方相氏形象：他头戴面具，手执双戈，两臂曲举，脚踏火焰；面具系由假头和假面两部分组成，在假面的眼睛外侧，有两个硕大的圆圈，应当是熊首假头的眼睛。

> 方相氏面具的"四目"从表面看不过是一种装饰形式，但其深层却蕴含着浓厚的巫术意义。眼睛是人类最重要的器官之一，民间认为，眼睛是光明的象征，人的生命和灵力都集中于双目之中，而英雄和神祇的"神目"，更是具有神秘奇异的功能。它不仅能穿透黑暗，烛照一切，而且能识别鬼魅，驱逐妖邪。以故古代神话中的许多英雄和神祇，眼睛的数目皆多于常人，如灵官、二郎、山王、雷神为三目，蚩尤、仓颉为四目，帝舜重瞳亦为四目，黄帝四面八目，等等，非如此不足以表现其强大的力量。作为傩祭主持人的方相氏，为了彻底扫除四方疫疠鬼怪，其眼睛的数目超过常人的一倍，也就不足为奇了。从民俗学的角度考察，方相氏戴"四目"面具，乃是眼睛崇拜的一种表现。②

肉体死亡是自然形态的人的死亡，并不意味着人的真正离去，只有通过丧葬仪式对社会意义上的死亡加以确认和宣告，才标志着真正的死亡，而那些无人收尸的死者成为孤魂野鬼，"享受"不到这样的"待遇"。这正是丧葬仪式的精义之所在。"眼睛是心灵的窗户"，是洞察他人内心的"强光手电"，也是人表情达意最重要的器官。威吓、强力、执着等都会从方相氏的"四目"中流露出来，所以尽管方相氏的眼睛形状因时因地而会有不同，但对楚人而言，超常的眼睛形象，在此仪式中有摄人心魄的力量。可以设想，在此仪式过程中，死者的亲朋好友目睹生命的凋谢，

---

① 郭净：《中国面具文化》，上海，上海人民出版社，1992，第347~348页。
② 顾朴光：《中国面具史》，贵阳，贵州民族出版社，2002，第116页。

静立于死者之侧，不禁悲从中来。在仪式主持人营造的神秘、凝重而肃穆的氛围中，在具有启发性和心理暗示性动作的指引下，亲临仪式者必定有恍若隔世之感，对超世的终极关怀感同身受，并怀着五味杂陈的心理，被带入一种似幻似真而又发人深省的境界。

在丧葬仪式上，由方相氏执戈扬盾挥舞于墓圹之中，驱逐方良，源自楚人的灵魂不死观念。恩格斯在《路德维希·费尔巴哈和德国古典哲学的终结》一文中说："在远古时代，人们还完全不知道身体的构造，并且受梦中景象的影响，于是就产生一种观念：他们的思维和感觉不是他们身体的活动，而是一种独特的寓于这个身体之中而在人死亡时就离开身体的灵魂的活动。从这个时候起，人们不得不思考这种灵魂对外部世界的关系。如果灵魂在人死时离开肉体而继续活着，那就没有任何理由去设想它本身还会死亡；这样就产生了灵魂不死的观念。"①当然这样的观念不独楚人有，历史上有些民族也有。然而对楚人来说，这种仪式经过《楚辞》的记载与活用，不仅显示出此类仪式的多重适用性，而且为楚人情感与精神提供了又一载体和抒发空间。

朱熹在《楚辞集注·招魂》中对此有明确说明："古者人死，则使人以其上服升屋，履危北面而号曰：'皋！某复'遂以其衣三招之，乃下以覆尸，此《礼》所谓复。而说者以为招魂复魂，又以为尽爱之道而有祷祠之心者，盖犹冀其复生也。如是而不生，则不生矣，于是乃行死事。此制礼者之意也。"②由此可见，"招魂"乃是楚人在人死之后，安葬之前所行之礼，目的是"冀其复生也"。当然这样的仪式更多地只是为了达到生者尽礼而无憾，死者瞑目而安行的效果。虽然仅仅是个形式而已，但可以见出楚人对生命之眷恋与对死亡之憾痛。死事之大与重，诚不可无仪式。紧接着朱熹又谈到此种仪式在楚地的独特之处："荆楚之俗，乃或以是施之生人，故宋玉哀闵屈原无罪放逐，恐其魂魄离散而不复还，遂因国俗，托帝命，假巫语以招之。"③可见，在楚人的意识中，灵魂的观念几乎是无处不在的。

二、巫术仪式

今存文献史料中，保存巫师巫术资料最多的是春秋战国时代楚国的遗存。自王逸《楚辞章句》探讨楚巫风以来，对楚地巫风之盛早有定评。

① 《马克思恩格斯选集》第4卷，北京，人民出版社，1995，第2版，第223～224页。
② （宋）朱熹集注：《楚辞集注》，上海，上海古籍出版社，1979，第133页。
③ （宋）朱熹集注：《楚辞集注》，上海，上海古籍出版社，1979，第133页。

但对于巫术之为何物，学界还存在歧见。柯林伍德说："巫术是一种再现，它所激发的情感是根据它在实际生活中的作用而给予重视的那种情感，激发这种情感为的是它可以释放那种作用，并且由具有发动和集中效果的巫术活动把这种情感提供给需要它的实际生活。巫术活动是一种发电机，它供给开动实际生活的机构以情感电流。"①当代艺术哲学认为：原始巫术并不是"理智的"，而是"情感的"，是一种激发和呈现人类原始共同体情感的活动。因为原始人并没有以为只要举行巫术仪式就能让大自然满足人的需要。事实上，在巫术活动之后，他们立即投入到紧张的劳动之中。如果以为原始人在巫术之外就不再关心自然的知识，不去提高在打制工具、土地耕作以及驯养牲口方面的技术与能力，那是对文明史的严重歪曲。原始巫术的真正目的，"是为了表达和保存生存的情感与信念，因为这对于生产活动的成功和共同体的维系至关重要"②。可以说，仪式活动的参加者主观上带着实用功利的目的，客观上达到的是情感满足与愉悦的效果。或者说巫术的目的，不只在"控制环境（外界自然）与想象的鬼灵世界"，还有巫术参与者共同的心理需求；对于先民来说，巫术只是活动的前奏，情感的酝酿与发酵过程，即巫术仪式实际上是世俗功利与精神超越的共同载体。

在《国语·楚语下》中，有一段楚昭王与观射父关于"绝地天通"的对话，历来是研究楚地巫文化不得不仔细揣摩的资料，其中观射父谈到的一些内容尤其值得重视：

> 昭王问于观射父，曰："《周书》所谓重、黎寔使天地不通者，何也？若无然，民将能登天乎？"

> 对曰："非此之谓也。古者民神不杂。民之精爽不携贰者，而又能齐肃衷正，其智能上下比义，其圣能光远宣朗，其明能光照之，其聪能听彻之，如是则明神降之，在男曰觋，在女曰巫。是使制神之处位次主，而为之牲器时服，而后使先圣之后之有光烈，而能知山川之号、高祖之主、宗庙之事、昭穆之世、齐敬之勤、礼节之宜、威仪之则、容貌之崇、忠信之质、禋絜之服而敬恭明神者，以为之祝。使名姓之后，能知四时之生、牺牲之物、玉帛之类、采服之仪、彝器之量、次主之度、屏摄

---

① 〔英〕乔治·柯林伍德：《艺术原理》，王至元、陈华中译，北京，中国社会科学出版社，1985，第 70 页。

② 王德峰：《艺术哲学》，上海，复旦大学出版社，2005，第 43 页。

之位、坛场之所、上下之神、氏姓之出，而心率旧典者为之宗。
于是乎有天地神民类物之官，是谓五官，各司其序，不相乱也。
民是以能有忠信，神是以能有明德，民神异业，敬而不渎，故
神降之嘉生，民以物享，祸灾不至，求用不匮。

"及少皞之衰也，九黎乱德，民神杂糅，不可方物。夫人作
享，家为巫史，无有要质。民匮于祀，而不知其福。烝享无度，
民神同位。民渎齐盟，无有严威。神狎民则，不蠲其为。嘉生
不降，无物以享。祸灾荐臻，莫尽其气。颛顼受之，乃命南正
重司天以属神，命火正黎司地以属民，使复旧常，无相侵渎，
是谓绝地天通。

"其后，三苗复九黎之德，尧复育重黎之后，不忘旧者，使
复典之。以至于夏、商，故重、黎氏世叙天地，而别其分主者
也。其在周，程伯休父其后也，当宣王时，失其官守，而为司
马氏。宠神其祖，以取威于民，曰：'重寔上天，黎寔下地。'遭
世之乱，而莫之能御也。不然，夫天地成而不变，何比之有？"

对此，学者们往往从不同的角度进行阐释，得出许多精辟的见解。
张光直从仪式文化角度对其进行了解读：

在楚昭王时代（公元前 515—前 489）由楚国的专家所追述的
古代宗教祭仪制度包含下述几个特点：（1）宗教仪式行为的两方
面是"民"和"神"；（2）民的中间有生具异禀者（先圣之后和名姓
之后）称为巫觋，他们的作用是"明神降之"，也就是说神"降"于
巫觋；（3）降神依仪式而行，仪式的主要成分是"以物享"，即以
动物牺牲供奉于神；（4）巫觋之中有分工，大致而言，其中主持
仪式形式的称为祝，管理仪式行为的称为宗。[1]

春秋末年由楚国专家追述的这些情况，极有可能就是楚国巫仪式文
化的实貌。张光直则由此出发，结合甲骨文和金文文献，从训诂的角度，
以关涉周、楚的文献为参照，对商代"巫"的职能进行考证，对"降"、
"陟"二字的意义生成和演化进行研究，[2] 所得出的结论自然也适用于楚

---

[1]　张光直：《中国青铜时代》，北京，生活·读书·新知三联书店，1999，第 254 页。
[2]　张光直：《中国青铜时代》，北京，生活·读书·新知三联书店，1999，第 254～261
页。

地巫术仪式。正如张光直所说："'降'的意义，也就是说巫师能举行仪式请神自上界下降，降下来把信息、指示交与下界；这在《楚辞·九歌》里有生动的描写。"而"与'降'相对的是'陟'……巫师举行的仪式，除了降神的以外有没有陟神的，即巫师到上界去与神祖相会的？《楚辞·天问》'启棘宾商、九辩九歌'；《山海经·大荒西经》也说：'夏后开，开上三嫔于天，得九辩与九歌以下。'故楚国相信古代有陟神的仪式。至于楚国本身的巫师驾车远游的行动，《楚辞》中到处都有。《离骚》这一段说得再清楚不过了。"①楚地巫师举行的与神沟通交往的仪式，是双向互动的。这种仪式模式表现出楚人对待神的态度，是恭敬而不乏自尊，在互动中获得与神的交流，是对等的尊重关怀，不少论者在谈到中西神性传统时，往往一味强调中国神的凛然神圣不可亲近，以及西方神的俗世品性与人间情味，殊不知在楚人心目中，神也是可以接近的。降神是以"人"为主，通过"人"自以为好的物与人——即牺牲，作为优厚的条件引诱、祷告、邀请神到人间来，神则为客，势必"客随主便"，神自然会尽可能甚至全部地满足人的要求；而陟神举动表现出楚人敢于追求、甘冒风险的担当，人主动"出击"，必须不辞劳苦、历经磨难，屈人而就神，更表现出人对神境的向往和企慕。

　　出土文献中有关楚地占卜仪式的资料，也能为我们理解楚人的内心世界提供帮助。李零《中国方术考》介绍楚占卜竹简时引述包山楚简，谈到为墓主两天之内进行的 11 次占卜。第一天由五个贞人做两轮占卜，共 10 次。前一轮还看不出病情严重，后一轮则表明墓主已病入膏肓。第二天只有一次，也是最后一次占卜，墓主在一个月后死掉。② 对此现象，李零在《卜赌同源》一文中说："占卜的初衷本是预测未发生之事，但结果却往往是一种心理测试。例如，比较商代卜辞和西周、战国的卜辞，我们不难看出，它们在形式上是不太一样的。商代卜辞有验辞，而西周和战国没有，反而多出表示愿望和可能的'思'（义如愿）、'尚'（义如当）等辞。后者对占卜的灵验与否好像已不太关心，更关心的倒是愿望的表达。特别是战国卜辞，明明人已病入膏肓，卜人还要追问不休。"③两相结合，可见楚人的占卜表现出一种强烈的生之渴望。自古以来，楚地因山水之利，其民尤得山水之灵气，由此善感而信巫，这种巫鬼信仰，与其说是

---

①　张光直：《中国青铜时代》，北京，生活·读书·新知三联书店，1999，第 261、262 页。

②　李零：《中国方术考》，北京，人民中国出版社，1993，第 257~259 页。

③　李零：《卜赌同源》，见《中国方术续考》，北京，中华书局，2006，第 20 页。

一种宗教情感，不如说是一种精神寄托——在占卜仪式中追问生命存续的可能性，实际上是面对未知产生了恐慌，希望藉占卜为自己提供一个精神支点，以便鼓起勇气走下去。

三、政治仪式个案

政治仪式因权力实践的权威性需要而产生，其展演又是为了避免权力因过度"曝光"而失去权威。在古代社会中，仪式是强化政治权力的重要方式，政治仪式是维系统治者地位的一种重要的治理方式，是一种权力"技术"，张光直在谈到"导致了政治权力集中在某个统治集团手中的各种条件"时说："通过文字以外的手段，如巫术仪式（及其乐舞）以及动物艺术和青铜礼器，以达到独占与天和在天神灵沟通的目的。"①仪式对政治而言不可或缺。楚地典型的政治仪式必定不在少数，本文从中选取若干个案进行阐释。

（一）楚共王择嗣：幕后的玄机

王位继承人的选择从来都是古代君王的大事，从本宗族或家族中选出一个能为多数宗室成员认可的继承人，这是"家天下"时代所有君王的大事。楚人自从跨入文明之门，在这方面已与其他侯国无异。就具体仪式而言，其中有具体情势的原因，也有楚文化的影响。

《左传·昭公十三年》记载了楚共王选定继承人的仪式：

> 初，共王无冢适，有宠子五人，无适立焉。乃大有事于群望，而祈曰："请神择于五人者，使主社稷。"乃遍以璧见于群望，曰："当璧而拜者，神所立也，谁敢违之？"既，乃与巴姬密埋璧于大室之庭，使五人齐，而长入拜。康王跨之，灵王肘加焉，子干、子皙皆远之。平王弱，抱而入，再拜，皆厌纽。斗韦龟属成然焉，且曰："弃礼违命，楚其危哉！"

"乃大有事于群望"，杨伯峻注："遍祭名山大川。名山大川为群望。大有事，遍祭也。"可见这是一次大规模的祭祀仪式。杨伯峻引《杜注》："巴姬，共王妾。"②这次仪式关乎楚国的嗣君与楚国未来的国运，其重要性自不必说，但采取的是比占卜可能更为复杂、费时费力而又有点虎头蛇

---

① 张光直：《美术、神话与祭祀》，郭净、陈星译，沈阳，辽宁教育出版社，1988，第91页。

② 杨伯峻：《春秋左传注》，北京，中华书局，1990，第1350页。

尾、不伦不类的手段。首先是"大有事于群望"，这是一个隆重的祭祀"开幕式"，其意是请名山大川"公证"祭祀的合法性，其过程是大费周章的。其次则是"埋璧于大室之庭"以观诸子之"厌纽"与否。在整个事件过程中，史书并未交代除共王、巴姬之外还有其他巫者，则共王身兼为巫是不错的，这正体现了古代帝王对巫事活动的控制。

巫术活动从一种较为普遍的民间社会及上层统治者都有权借重的方式，逐渐演变为由统治者独占的权力，经历了一个漫长的过程。《国语·楚语下》所载观射父回答楚昭王的话，很能说明巫活动及其与统治关系的变迁（见前）。李学勤主编的《中国古代文明与国家形成研究》一书对此也有精到的阐述：

> 观射父所谓"古者"，不是指原始时代，而是指周代人们所能理解和记忆的巫觋出现后的古代。所谓"夫人作享，家有巫史"才是原始宗教盛行时的状况，而且是和范围狭小的氏族制度相适应的。而当社会组织已出现范围较大的部落联合体以后，仍然是人人都能通神，传达神的意旨的话，必然影响联合体的统一意志、统一行动。所谓"九黎乱德"、"九黎之乱"，或许就是由此引起的动乱，促使颛顼进行了"绝地天通"的宗教改革……直至夏商周王朝，由于国家机器尚不够完善，宗教仍是重要的统治支柱，所谓"殷人尊神，率民以事神，先鬼而后礼"可以为证。[①]

"直至夏商周王朝……宗教仍是重要的统治支柱"，楚人在文化自觉、政治制度乃至社会风俗上表现出的滞后性，更是必须由统治者对神巫活动进行控制，历史与现实都对楚王提出了这样的要求。从外在来看，仪式由于神圣化而显得神秘诡异，而就实在的内容来说，它往往与当地人们日常生活中最基本的生存技术相关联。楚共王的择嗣仪式在其实质上就与自身的统治息息相关。美国人类学家罗伯特·F. 莫菲在谈到杜克海姆对神圣仪式的看法时说：

> 杜克海姆注意到，人对某些现象、行为、物体和人表现出

---

① 李学勤主编：《中国古代文明与国家形成研究》，昆明，云南人民出版社，1997，第203～204 页。

一种敬畏感，甚至是恐怖。这些事物和人被认为是与凡事不同的、脱离日常现实的。它们属于与日常经历完全不同的范围。杜克海姆将这个生活范畴称为"神圣的"，以此来与日常生活的"世俗"世界相对。普通凡人也可涉及神圣的领域，但必须是在非常特殊的环境中，要很谨慎，很正式……神圣的东西看上去可能和世俗的一样，人们对它们的敬畏感和异样感是约定俗成的。这没有什么可奇怪的。所有的意义都是约定俗成的，是从人们头脑和文化中产生的，而不是从事物本身具有的性质中产生的。[①]

对于这样一个重要的择嗣事件，我们尤其需要注意的是，虽然这样的布置形同游戏，但在共王与巴姬却是以十分恭敬与认真的态度来实施的。严谨肃端的态度与荒诞游戏的过程表现出极大的矛盾。于此，我们恰恰能看到楚人表现的世俗情怀与超越精神。如前已述，广义范畴的仪式应是在一特殊场合之下或带有点世俗性意味的典礼或仪礼。在上述仪式过程中，"大有事于群望"这样"神乎其神"的活动，与神沟通、请神恩准、祈神福佑的所有活动都是为了一个世俗的目的——选定嗣君。一个堂而皇之、似乎与现实社会政治无关的"开幕式"，一个理性缺失、手法荒唐却一本正经的"正文"，得到的却是一个足以影响楚人命运与楚国势运的结果。

荷兰学者胡伊青加（J. Huizinga）在《人：游戏者——对文化中游戏因素的研究》中对多种语言中"游戏"概念的表达进行了跨语系的词源文化比较研究，揭示了游戏与众多社会现象之间的联系，尤其值得注意的是揭示了游戏与严肃之间的关系，从而证明了仪式、诗歌、音乐、舞蹈、智慧、哲学、战争的规则以及高尚生活的习惯"都是在各种游戏中被建立起来的"，"文明是在游戏中并作为游戏而产生和发展起来的"[②]。从这一角度来说，楚共王所采取的方法虽然也是一种巫术手段，但却近乎游戏。

胡伊青加又说："原始社会举行神圣仪式、牺牲仪式、献祭仪式与神秘仪式，所有这些仪式都以一种当事人心领神会的纯粹游戏的精神来担

---

① 〔美〕罗伯特·F. 莫菲：《文化和社会人类学》，吴玫译，北京，中国文联出版公司，1988，第 134～135 页。

② 〔荷〕胡伊青加：《人：游戏者——对文化中游戏因素的研究》，成穷译，贵阳，贵州人民出版社，2007，第 5 页。

保世界的福祉。"①以此来理解楚共王与巴姬共同导演参与的这出神圣表演，必须正确认识"原始社会"一词的不同语境。胡伊青加所说的"原始社会"应是一般意义上生产力和经济文化水平处于原始阶段的社会形态，而由于楚文化的相对滞后，楚并未能与中原一起步入大致相同的社会阶段，因此不能视之为一般意义上的社会形态。此外，巴姬的参与也是一个值得考虑的因素，因为巴人在某种程度上还落后于楚人，而史籍不惮费笔墨，明载巴姬参与这一项政治活动，只能说明巴姬对楚共王举行选定继承人仪式的影响。在胡伊青加看来，"神圣的表演远非只是意念的实现即远非一种虚假的现实；神圣的表演也远非一种象征的现实，而是一种神秘的东西。在神圣表演中，某种不可见的与不现实的东西取得了美丽的、现实的、神圣的形式，仪式的参与者相信，该行为就在实现和造成某一确定的福祉，它带来一种较他们日常生活更高的事物的秩序"②。

《史记·楚世家》亦载楚共王与巴姬请神决嗣之事，对事情过程的记载基本相同：

> 初，共王有宠子五人，无适立。乃望祭群神，请神决之，使主社稷，而阴与巴姬埋璧于室内，召五公子斋而入。康王跨之，灵王肘加之，子比、子皙皆远之。平王幼，抱其上而拜，厌纽。故康王以长立，至其子失之；围为灵王，及身而弑；子比为王十余日，子皙不得立，又俱诛。四子皆绝无后。唯独弃疾后立，为平王，竟续楚祀，如其神符。

可见《左传》和《史记》的记载大体相同，不同的是对此事的后续介绍及评论。前已述及《左传》，而《史记》曰："唯独弃疾后立，为平王，竟续楚祀，如其神符。"似乎司马迁还相信"神符"择嗣。不过"显然，'神符'择子为嗣一事，当是共王与巴姬已属意幼子，故指使抱者'厌纽'，以为其日后登上王位铺平道路。"③那么司马迁的轻信也就告诉我们，这种仪式的威力到了汉代还有信徒。这或许能为我们理解共王及其所主持的择嗣仪式的内涵提供一个有力的佐证。

---

① 〔荷〕胡伊青加：《人：游戏者——对文化中游戏因素的研究》，成穷译，贵阳，贵州人民出版社，2007，第 5 页。

② 〔荷〕胡伊青加：《人：游戏者——对文化中游戏因素的研究》，成穷译，贵阳，贵州人民出版社，2007，第 13 页。

③ 吴永章：《论楚文化与南方民族文化的关系》，《民族研究》1992 年第 6 期。

象征人类学代表人物克利福德·格尔茨从一个更为广义的角度解释仪式，他认为正是通过圣化了的行动——仪式，才产生出"宗教观念是真实的"这样的信念；通过某种仪式，动机与情绪及关于存在秩序的一般观念才是相互满足和补充的。通过仪式，生存的世界和想象的世界借助于一组象征形式融合起来，变为同一个世界，而它们构成了一个民族的精神意识。① 可以说，就上述仪式个案而言，除了楚王、巴姬之外，楚人当中当然还有更多清醒的人，能够认识到该仪式的真实本质，但总是还有为数不少的人并未意识到仪式本质之所在，这些人在仪式的"愚化"下，认识到"生存的世界和想象的世界""融合起来"，从而在仪式场景的迷惑下"构成了一个民族的精神意识"。

在这一神圣仪式过程中，仪式的展演特点更为明显。仪式参加者仿佛都穿上了"戏服"，明眼人一望便知仪式操控人的真实意图；穿上"戏服"的表演者在投入的表演中往往也不知不觉会"穿帮"，但仪式还是得继续下去，为了那个真实的目的。

（二）"苞茅缩酒"：政治仪式的民俗化

《左传·昭公十二年》载有楚灵王与右尹子革的对话："昔我先王熊绎辟在荆山，筚路蓝缕以处草莽，跋涉山川以事天子，唯是桃弧棘矢以共御王事。""共御"即进奉、贡献"桃弧棘矢"，是楚王熊绎为周王室、朝廷举行仪式所尽的义务。"国之大事，在祀与戎"，贡苞茅以缩酒的职责还差点给楚国带来杀伐之灾。有论者以为："初期楚国国君地位不高，但在缩酒祭祀上却享有特权"②，而事实可能并非如此。楚之贡苞茅等以供祭祀之需只是周王室"下达的任务"，是楚人应尽的义务，而非"特权"。如果是"特权"，楚国不会一度置之不理。因为楚人强大后，贡苞茅以缩酒的职责竟一时未能顾及，或者竟在有意无意之间不愿尽职，这曾被齐国当作讨伐楚国的口实。《左传·僖公四年》载管仲代表齐桓公向楚国兴师问罪："尔贡苞茅不入，王祭不共，无以缩酒，寡人是征。"从这句话来看，由楚人所贡的苞茅似乎还是周王室缩酒仪式的不二选择，因为齐人说的是"尔贡苞茅不入，王祭不共，无以缩酒"，其中虽不无齐人挟天子之声威，趁机渲染苞茅的作用以夸大口实、张扬所谓讨伐正义性的成分，但楚人所贡苞茅，也确实有其"地灵物华"的独到之处。张正明《楚文化

① Geertz. Clifford，1973，*The Interpretation of Cultures*. Basic Books，Inc. pp. 87～125。转引自郭于华主编：《仪式与社会变迁》，北京，社会科学文献出版社，2000，第2页。
② 冯春：《浅谈先秦祭祀的"苞茅缩酒"》，《武汉文博》2007年第3期。

史》引《史记·孝武本纪》证明说："江淮间一茅三脊，为神藉。裴骃《集解》引孟康说：'所谓灵茅也。'"又说："楚地所产的苞茅必定又多又好，以致楚君有向周室贡苞茅的义务。"①荆楚盛产菁茅（也称之为苞茅），《汉书·地理志》述及荆州时有"包匦菁茅"的记载。师古注曰："匦，柙也。菁，菜也，可以为菹。茅可以缩酒。苞其茅匦其菁而献之。"

那么，楚人是否曾用这样有灵性的神物举行过相关的仪式呢？《离骚》有"索薆茅以筵篿兮"一句，这告诉我们，楚人曾用一种楚地特产的灵草"薆茅"来进行占卜，即"结草以卜"。"薆茅"也被称为"苞茅"，盛产于荆山山麓，用于占卜时，断草以定吉凶。张正明在《楚文化史》中写道："承杜棣生先生相告：直到现代，鄂西仍有缩酒的遗风，由巫师主持，办法是在地上先铺一层茅，在茅上加铺一层沙，把酒泼在上面，让它经沙和茅的过滤下沥，也算是'象神歆之'。周代缩酒的方式，估计与现代不大一样，但缩酒的祭法逾三千年而未绝，却是令人讶异的。楚俗源远而流长，这也是一例。"②看来，楚人是有这样的习俗的。

李家祥统观"缩"在《周礼》《仪礼》《礼记》《左传》的祭祀之文中的用法，训"缩酒"之"缩"为"放"、"摆"、"呈"、"恭放"、"恭摆"、"敬放"、"敬摆"，引申为"敬献"、"呈献"、"恭献"、"献"等义，并引现代少数民族的风俗以比对，说明楚人这一仪式在后世南方的演化：

> 居于云、贵、川、桂四省区的彝族，于宗教活动、丧葬活动、宗庙活动、岁节祭祖时，都要在每座神位前、祖先灵位前、亡灵前平插一株扁竹叶……祭者双膝跪于灵位前，接过主祭人手中酒杯，两手举杯齐眉，将酒缓缓注于扁竹叶上，酒顺叶而流，流至滴尖滴于地上，以示神饮。此情此景，与郑氏"沃酒其上，酒渗下去，若神饮之"之状，几乎一模一样。不过彝族不叫"缩酒"而称之为"献酒"。③

又有学者考证指出，"这种茅草盛产于荆山山麓南漳、保康、谷城一带"。而且"'苞茅缩酒'遗风今在湖北端公舞中有所表现"，"端公舞是保存在襄樊南漳、保康、谷城一带的巫教祭祀舞蹈，这种巫舞就是从古代

①　张正明：《楚文化史》，上海，上海人民出版社，1987，第19页。
②　张正明：《楚文化史》，上海，上海人民出版社，1987，第19页。
③　李家祥：《训"缩酒"》，《贵州民族学院学报（哲学社会科学版）》1990年第3期。

楚国流传下来的。在湖北襄阳和湘鄂西的苗寨也有变异的缩酒遗俗存在"①。这样的历史遗存自有其意义，以此来反观历史，推想楚人之"苞茅缩酒"就不难理解。楚人重巫的天性，楚人在人神、人鬼与天人之间所做的各种事情，令我们相信，楚人是不会放弃任何一个与各种超越现世生活的对象沟通的机会的。可能这样的仪式本来是政治性的，而后来变成了民间风俗的一部分，转变的具体时间则难以确指。可以推想，如果楚人要举行类似的仪式，一定是灵氛萦空不绝、神鬼纷至沓来，场面盛大热烈。这样的仪式无疑也昭示着楚人对与神亲近、沟通及获得神灵福佑的企盼。

除了上述仪式外，楚地还有大量的傩仪式、自然崇拜仪式等。傩仪式与巫及戏剧相联系，应该是仪式戏剧的重要来源，楚地巫风也带动了傩风的兴盛。自然崇拜必须借助一定的仪式，因为仪式是自然崇拜体系的一个重要元素，它是表现人神之间关系的行为活动方式，是人们祈求自然神的主要形式。楚人还有神树崇拜、太阳崇拜等，后文将一一述及。

第三节　铜鼓文化与南方民族的仪式

铜鼓在中国有着广泛的分布，它是南方民族仪式活动的重要器具，因而成为南方民族文化的重要标志物之一。

一、铜鼓源于楚地说

关于铜鼓起源于何地，主要有中原内地、西南边疆、云南中部偏西等说法，还有印度、柬埔寨、越南北部等说法。目前比较有影响的是越南北部说和中国南方说。源于楚地的说法也值得重视。凌纯声、闻宥都曾有铜鼓应自两湖地区（"云梦大泽"）发源的主张。② 庄为玑也认为："铜鼓起源于中国，为两湖人民所创造，继而传布于苗族、壮族及彝族之间，即《史记》的'南楚'地区。"之所以如此是因为"楚人在'南方民族'中开化较早，夏商时期青铜文化早已发达，楚人吸收商周文化以改造其巫觋文化，遂有南方铜鼓的创造，称为'楚鼓'"③。史载楚庄王对鼓有很大的兴趣，

①　杨万娟：《韩国祭祀习俗与古代楚俗比较研究》，《湖北社会科学》2005 年第 8 期。

②　汪宁生：《铜鼓与南方民族》，长春，吉林教育出版社，1989，第 83 页。

③　庄为玑：《铜鼓起源于荆楚民族》，见中国古代铜鼓研究会编：《古代铜鼓学术讨论会论文集》，北京，文物出版社，1982，第 73～74 页。

"左抱郑姬，右抱越女，坐钟鼓之间"①。此鼓很可能就是铜鼓。据此可以想见铜鼓曾用于楚宫廷乐舞中。

铜鼓之所以能在南方楚地较早产生，是因为，楚地不仅较早拥有铜矿，且其矿较大。《史记·楚世家》记载楚庄王观兵问鼎时扬言："楚国折钩之喙，足以为九鼎。"张正明认为"（当时）铜的多少与国的强弱大致成正比。楚国产铜最多……成王中叶以后，楚国主要的红铜冶炼基地应在今铜绿山和附近地区……铜绿山古铜矿，是我国现已发现的年代最早、规模最大而且保存最好的古铜矿"，而且"从铜绿山附近的商代遗址中有炼铜的遗迹这个发现来看，我们不能排除铜绿山古铜矿开采年代上限在商代晚期的可能性。"②则楚人用铜的历史年代还有被进一步上推的可能。故庄为玑说，"南方民族最早进入青铜时代的是荆楚族。荆楚开化较早，吸收中原文化较早，富于幻想、巧于制作。在我国铜器中，能与北方铜鼎比美者，厥唯南方铜鼓……南方铜鼓的首创者为荆楚人民，商周人民则首创北方铜鼓，南北铜鼓型制全不相同。"③通观《楚辞》，其中对铜鼓的记载也很常见。

童恩正在《试论早期铜鼓》一文中说："从早期铜鼓的功能来看，它不大可能产生于中原各国，包括江汉地区的楚国，因为这些国家的社会组织健全，生产比较先进，宗教意识虽然还是敬天事神，但是已经产生了'天道远、人道迩'的进步思想。宗教仪式有一套严格的程式，使用的乐器、礼器都有明确的记载，早已脱离了原始阶段。"④其实思想未必都能落实到实践中，楚国的祭祀仪式也是如此。《国语·楚语上》所载楚史与祭祀之事，就能说明当时楚人的祭祀仪式未必很严格："屈到嗜芰。有疾，召其宗老而属之，曰：'祭我必以芰。'及祥，宗老将荐芰，屈建命去之。老曰：'夫子属之。'子木曰：'不然。夫子承楚国之政，其法刑在民心而藏在王府，上之可以比先王，下之可以训后世，虽微楚国，诸侯莫不誉。其祭典有之曰：国君有牛享，大夫有羊馈，士有豚犬之奠，庶人有鱼炙之荐，笾豆、脯醢则上下共之。不羞珍异，不陈庶侈。夫子不以其私干国之典。'遂不用。"屈建是屈到之子，公元前537年为楚灵王所杀，则此事发生在春秋中期。屈到的个人要求并未得到满足，但屈到希望屈

---

① 《史记·楚世家》。

② 张正明：《楚文化史》，上海，上海人民出版社，1987，第64～66页。

③ 庄为玑：《铜鼓起源于荆楚民族》，见中国古代铜鼓研究会编：《古代铜鼓学术讨论会论文集》，北京，文物出版社，1982，第74页。

④ 童恩正：《试论早期铜鼓》，见《南方文明》，重庆，重庆出版社，2004，第311页。

建"祭我必以荚",正表明此前及当时,肯定已有贵族按个人喜好交代包括祀典仪式在内的后事,并且后人也已照办的情况。更何况"脱离了原始阶段",并不能说明铜鼓不能在楚地产生。

二、铜鼓功能与南方仪式

M. P. 色斯特万斯(Michele Pirazzoli-T'Serstevens)在考察了石寨山铜鼓的功能以后,指出:"就其社会和宗教的表现来看,滇文化可以确定为一种铜鼓文化,因为铜鼓事实上已经与各级社会组织及神话思想相联系。铜鼓作为酋长的权威和优越的标记,作为在各种场合中必备的具有魔力的乐器,已经成为雨水充足和作物丰饶的象征。围绕着铜鼓、铜柱以及与之有关的牺牲,滇族青铜器上所表现的宗教仪式似乎是与农业劳动、丰收以及丧礼相联系的。"[1]这一论述告诉我们,铜鼓与仪式有着密不可分的关系。

从公元前7世纪至今,铜鼓一直在中国南方和东南亚许多民族之中广为流传。它在社会生活各个方面都曾起过重要作用。我们还没有发现哪一种文物能像铜鼓这样源远流长,影响深远。铜鼓之用,学界的说法大同小异。席克定、余宏模按铜鼓的社会功能,主要以滇族铜鼓为考察对象,将铜鼓的发展分为三个阶段,即早期阶段、发展阶段和延续阶段,认为早期铜鼓的功能是乐器兼作炊具;到了发展阶段功能为乐器、陈列、贮贝;到了延续阶段则与"猎首"、财富、贡赋、祭祀、婚姻、丧葬、节日等多项文化相联系。[2] 蒋志龙将其功用归纳为乐器、赛神或娱乐的工具、传信、地位与权力的象征四大方面,"由于战争和祭祀活动都是由部落或氏族的头领主持,为此,铜鼓的使用不同于一般的乐器,而是类似中原地区的钟、鼎、彝器,变成为占有者身份和地位与权力的象征。"[3]可与楚地及南方仪式共相讨论的,是乐器功能和陈列功能。铜鼓作为一种乐器,用于祭典和一些隆重的仪式活动中。作为陈列,"一是在各种祭祀盛典中……此种陈列铜鼓的方式,其性质显然类似于周代奴隶主用作

① Michele Pirazzoli-T'Serstevens, "The bronze drums of Shizhai Shan, their Social and ritual signifieance", *Early South East Asia*: *Essays in archaeology*, *history and histor-ical geography*. Part 1, pp. 125-136。转引自童恩正:《南方文明》,重庆,重庆出版社,2004,第311页。

② 席克定、余宏模:《试论中国南方铜鼓的社会功能》,见中国古代铜鼓研究会编:《古代铜鼓学术讨论会论文集》,北京,文物出版社,1982,第163~171页。

③ 蒋志龙:《滇国探秘:石寨山文化的新发现》,昆明,云南教育出版社,2002,第297页。

'礼器'的列鼎。二是将巨型铜鼓陈列于各种宗教仪式或其他活动场所中……赋予铜鼓一种神秘的色彩，视为神灵之物，用它来陈列，或用来祭祀，其实质则是为了增加奴隶主统治的权威。"①可见，铜鼓因其特殊的应用场合而成为略带神秘且具有神性的器具。

1955—1960 年间发掘的云南晋宁石寨山墓葬群，据汪宁生考证，"整个墓葬群的年代约为战国晚期至西汉中期"②。滇楚之间的关系如前文所述，楚威王时（前 339—前 329 年），曾派将领庄蹻率领一批楚国士兵，溯水经夜郎进入滇。秦灭了巴国和蜀国，庄蹻及其士兵便失去了与楚国的联系，最终融合到云南的民族之中。当然这样的滇楚文化交流并不会太深入，但互有影响却是肯定的，则楚滇作为同处南方的文化类型似可连类共论。

关于铜鼓成为各类仪式要素的原因，可以从铜鼓本身的特点来探究。铜鼓最为独特之处在于其声音的频率不同于其他鼓，它能引起比其他鼓更为强烈的刺激，从而导致人们精神上和肉体上的异常反应，使仪式参与者——主持人、舞蹈者和观看者都处于兴奋甚至迷狂的状态。开始时人们并不能解释这一现象，于是相信铜鼓的神奇，使之成为仪式不可或缺的道具，而当人们拥有的自然知识足够对此进行解释时，铜鼓的功能逐步扩展了，但其基本功能并未消失。重复而有节奏的鼓点是铜鼓独特的物理特征，影响着仪式参与者的心理状态，并引起较为明显的行为反应，唤起沉淀的情感，其能量令每一个在现场的人沉溺甚至服从，这些都是仪式所需要的效果。

从仪式文化角度说，南方以铜鼓为标志物，北方以鼎为标志物，两者的水准差可比肩而立，构成的却是中国古代仪式文化南北分流而对峙的现象。其中一直未获足够重视的是南方的铜鼓文化。其原因，一是在器形上，大多数铜鼓缺乏多数北方鼎所具有的气势，有些铜鼓虽也很高大，但力度终究不足；二是北方文化的强势形态一定程度上遮蔽了南方文化的色彩；三是与鼎及其仪式文化相比，铜鼓及其仪式文化在演化过程中渗入越来越多的民间因素，在官方体制之中，久久未能得到理所当然的"话语权"；四是对这种文化现象的研究还很薄弱，没能引起人们足够的关注。

当我们把目光投向楚地仪式时，众多的仪式形态令人目不暇接。仅

---

① 席克定、余宏模：《试论中国南方铜鼓的社会功能》，见中国古代铜鼓研究会主编：《古代铜鼓学术讨论会论文集》，北京，文物出版社，1982，第 165 页。

② 汪宁生著：《铜鼓与南方民族》，长春，吉林教育出版社，1989，第 28～29 页。

《荆楚岁时记》所叙时令仪式就已蔚为壮观。对这些仪式进行全面的文化解析固然是可能和必要的，但研究对象的复杂性可能使我们陷入笼统而不得要领的境地。本文仅视楚地仪式的具体情况，对若干仪式类型与实践，进行理论分析与个案解剖，以期对楚地仪式有一个点面结合的认识。

考虑到上古时代歌、乐、舞三者的密切关系，很多仪式在原初的展演过程中可能都有诗歌相伴，只是因为文献失载，无以为证。与诗歌有关的仪式，作为仪式诗歌的内容将在《楚地仪式诗歌的形态和功能》一节中予以论述。

三、铜鼓的艺术价值

从考古资料来看，铜鼓的发祥地在中国古代的濮水流域，出土文物所显示的铜鼓纹饰，一定程度上反映了古代濮人的生活习俗，尤其是祭祀礼俗。由此出发，现代研究者往往将铜鼓纹饰纳入象征性符号系统中，强调纹饰中所体现出的民族文化内涵，以及其中折射出的先民对生命的尊重、对神灵的膜拜和对自然的崇敬。除此之外，在漫长的工艺发展过程中，铜鼓还以其独特的美学特征，展示出了非同一般的艺术魅力和不容忽视的艺术价值。

（一）造型各异的南方铜鼓

中国古代铜鼓主要分布在云南、贵州、广西、广东、四川和湖南等中国南方地区。南方铜鼓既有着各自独特的造型，又随着岁月的变迁在局部细节方面有着不断的改进。研究者依其形制将铜鼓分为八种类型：以云南楚雄县万家坝出土铜鼓为代表的万家坝式，以云南晋宁县石寨山出土铜鼓为代表的石寨山式，以广西藤县冷水冲出土铜鼓为代表的冷水冲式，以贵州遵义出土铜鼓为代表的遵义式，以贵州麻江县出土铜鼓为代表的麻江式，以广西北流县出土铜鼓为代表的北流式，以广西灵山县出土铜鼓为代表的灵山式和以云南西盟县征集铜鼓为代表的西盟式。

各类铜鼓中以万家坝式最早，它代表了春秋战国时期铜鼓的工艺水平。1960年云南楚雄县大海波出土的铜鼓就属万家坝式——鼓面小，鼓腹大，腰宽足短，通体无纹，声音清脆短促，形似倒置的铜釜，与1975年楚雄县万家坝古墓出土的立耳铜釜极为相似，而与之伴出的铜鼓鼓面留有烟炱痕，看来铜鼓在上古也有炊具之功用，有学者因而推测"先秦云南的濮人，在工余饭后，把炊具釜翻转来敲击以取乐，并逐渐把铜釜发展为铜鼓"①，此说正可以解释早期铜鼓为何具有与釜形似、图纹简单、样式朴拙的特点。

随着铜鼓艺术的发展，其兼作炊具的职能消失，作为乐器的功能更加突出。稍后的石寨山式铜鼓继承了春秋战国时的造型特征，鼓身分为三段，鼓面仍小于鼓胸，但足径大于腰径，上下更为匀称，鼓声更为浑厚，除了鼓面中心的太阳纹等装饰，鼓的胸部和耳部也有装饰纹样，与稚拙的万家坝式铜鼓相比，其工艺更趋成熟。其后出现的冷水冲式、北流式和灵山式铜鼓，鼓面增加了动物和人物类的纹饰，装饰美感增强，工艺更为复杂，体积也更大，鼓面直径往往有一米左右。广西北流出土的被称为"铜鼓王"的桂 101 号铜鼓，更达到了鼓面直径 165 厘米、高 80 多厘米、重 300 千克，形制威严，音声洪亮，气势磅礴。这类铜鼓应用于政治生活中，成为威权的象征。而当铜鼓作为乐器从庙堂普及到民间之后，其形体又变小，曲线也更为柔和，纹饰趋于繁复精细，现今较为多见的麻江式和西盟式铜鼓就是明证。

由此可见，铜鼓的审美特性与其社会功能有着直接的联系。当铜鼓的一般实用功能逐渐弱化，作为乐器和礼器的功能愈益彰显，其审美特性便更加强化，在平面曲腰、中空无底、侧有四耳的基本形制之外，体态轮廓的曲线渐趋柔美，纹饰图案的变化层出不穷，使得铜鼓更成为展现中国古人手工技艺的工艺品，在艺术史上占有一席之地。

（二）丰富多样的铜鼓纹饰

铜鼓的艺术美感更多地表现在铜鼓的花纹和立体装饰上，各种类型的纹饰最大限度地丰富了铜鼓的人文意涵，并凸显其美学风貌，展现出中国古人精巧细腻的工艺手法。铜鼓纹饰根据所刻画的内容，大致可以分为以下四类：

第一，几何图纹：以点线组合成各类几何图案，在此基础上形成种类繁复的纹样，如锯齿纹、水波纹、叶脉纹、翎眼纹、圆圈纹、方格纹、菱形纹、符箓纹、龟甲纹、佛光纹、莲座纹、八卦纹等，不胜枚举。早期的铜鼓，如万家坝式，多以菱形纹、网纹、云纹等装饰鼓面，其纹饰与新石器时代的陶器上的纹样类似。石寨山式铜鼓的装饰性元素则扩大至鼓腹，除此前常见的网纹、羽纹之外，还有同心圆纹、齿纹、点纹等，其后期还出现了折线纹、斜线纹、栉纹等。几何图纹在铜鼓装饰上的应用，体现了点、线、面的结合，其排列组合方式之多样化令人眼花缭乱，

---

① 张世铨：《论铜鼓艺术》，《民族艺术》1986 年第 3 期。

体现了国人丰富的几何构图能力和对于线条美的无限追求。

第二，自然物象：主要是太阳纹和云雷纹。太阳纹分为光体和光芒两部分，处于鼓面中心位置、圆形、略微隆起的为光体，围绕光体有锐角、辐射状、数量不等的光芒。太阳纹因时代、地区和民族的不同，呈现出各异的形态。作为铜鼓纹饰中最为恒久的基础图案，太阳纹饰普遍存在于各期各类铜鼓上。研究者认为这与原始思维影响下人类的自然崇拜观念，尤其是太阳崇拜观念有关，饰以太阳纹的铜鼓，不但作为祭器用于祭祀仪式，还作为军鼓用于战争场合，因为"饰以太阳纹，最具权力和力量的象征意义，也是祈祷太阳神能给予自己力量而战胜对方"①。至于云雷纹，其实是由几何图案回环套叠组合而成的。这类图纹往往密布在太阳纹的周围，象征着太阳与云、雷共存于天际，仍与先民的自然崇拜观念有关。与自然界的风云变幻、雷电交加相映成趣的是，铜鼓上刻画的云纹和雷纹也是种类繁多、富于变化，"云"、"雷"穿插交错，似乎喻示着波谲云诡的自然天象和风起云涌的社会现实。各类铜鼓中，北流式和灵山式铜鼓均以云雷纹作为其主要纹饰。

第三，动物形象：较为多见的有翔鹭纹、青蛙纹和十二生肖纹。展翅欲飞的鹭鸟是铜鼓中最具艺术性的纹饰之一，石寨山式、冷水冲式铜鼓中，都不乏形态各异的鹭鸟，数量 8 至 40 只不等，长喙、圆眼、扇形尾翼的鹭鸟为铜鼓增添了灵动美和韵律感。研究者分析翔鹭纹作为铜鼓常见装饰的原因时，指出："滇池地区自古多鹭，且有'田渔之饶'，从长喙善渔的白鹭，引申为'渔利'，可能是选此母题的本意，后来又普遍化为祈福求利的观念。"②而铜鼓装饰上出现的青蛙，往往是立体的，一般为环踞鼓面边沿，最早出现在冷水冲早期铜鼓上，其后灵山式、北流式铜鼓上也有立体蛙饰，其数量有 4 只的，有 6 只的，也有 8 只的，既有形态各异的单只青蛙，也有意趣盎然的"累蹲蛙"（即大蛙背小蛙）。青蛙以食害虫而利庄稼，蛙鸣则预示着下雨，在农业型社会，青蛙可谓吉祥物，因而它成为岭南越人崇拜的图腾。置蛙饰于铜鼓之上，大概也与求雨有关。而以剪影线浮雕式十二生肖图案装饰于铜鼓之上，则是麻江式铜鼓特有的。

第四，社会活动：铜鼓纹饰中线条更为复杂、意涵更为丰富的是反映祭祀、征战、竞渡、歌舞等场面。铜鼓既作为一种礼器应用于各类仪

---

① 钱静：《中国古代铜鼓纹饰的文化内涵》，《滁州师专学报》2003 年第 3 期。
② 李伟卿：《试谈铜鼓艺术》，《美术研究》1983 年第 1 期。

式性场合中，那么古人在铜鼓上刻画并表现各种社会礼俗、文化活动、典礼场面也是可以理解的。如石寨山出土的 M12：205 号铜鼓形贮贝器纹中所描绘的成群男女且鼓且唱、载歌载舞的图景，就是祭祀场面的体现；还有石寨山出土的 M14：15A 号铜鼓图纹中，有大量头戴羽饰或鸟首状饰物的人物行船的场面，船上并有擂鼓者，应与祭祀水神或竞渡仪式有关。①《诗·鲁颂·有駜》中有"振振鹭，鹭于下。鼓咽咽，醉言舞。于胥乐兮！"的句子，表现了君臣在鼓声伴奏下欣赏鹭舞这一欢乐的宴饮场景。而手持鹭羽翩然起舞的场面也是铜鼓纹饰中反复出现的主题之一。以歌舞场景为表现对象的铜鼓纹饰中，舞者或头戴羽冠，或身披羽饰，或手执羽毛，或执干戚，歌舞升平，其乐融融，其现实基础正来源于西南少数民族以羽毛为饰物的习俗，而以羽毛为饰既有装饰美感，又有表示英勇以使敌人胆怯的目的。这类以表现仪式场面为主题的纹饰，有着丰富的人文内涵，其画面繁复，整齐中不乏变化，体现出典礼仪式的盛大庄严和社会分工的精细明确，以简单流畅的线条和符号化的物象，生动地展示了社会生活和民俗民情。这些仪式化场景，是我们传统悠久的中华民族不可磨灭的文化记忆。

　　从春秋战国时期的万家坝式，到清代的麻江式，铜鼓文化几乎贯穿了中国历史的始终，其造型进化史在某种程度上正是中国古人工艺技巧发展的缩影。它在我国西南地区和一些东南亚国家中，作为一个文化符号，更有着特殊的意义。时至今日，铜鼓造型和铜鼓纹饰，仍被艺术家多方借鉴，作为装饰元素存在于社会文化生活中。

---

① 　过常宝：《楚辞与原始宗教》，北京，东方出版社，1997，第 81～85 页。

第二十九章 绘画、雕刻、工艺中的自我和世界

与其他民族一样，早期楚人对自我与客观世界的认知，往往表现为不自觉的艺术创造。当族群文明发展到一定阶段后，由早期不自觉的艺术追求所奠定的民族艺术品格，必然会影响着发展与成熟阶段的艺术品、工艺品与方技运用，从而形成楚人在这些方面的特点。这种特点既与物质形态有关，又与精神形态有关。

马克思在《〈政治经济学批判〉导言》的"政治经济学的方法"一节中提出了掌握世界的四种方式[①]。学者在剖析马克思这一经典论述时指出："所谓掌握世界方式，不管哪一种掌握世界的方式，都不能只单纯地理解为'认识、反映世界的形式'，也不能单纯地理解为'思维规律或思维'，而应该是除了正确地认识对象的特点和规律以外，还必须要具备一定生产（包括物质生产和精神生产）能力的主体对对象运用什么手段和方法进行创造性的生产活动，从而生产出标志着最后对世界掌握的产品。也就是说，掌握世界方式是劳动对象、主体的认识和劳动活动、劳动手段和方法，以及劳动者四者有机的结合或总和，缺一都是不能成其为掌握世界的方式的。"[②]可见，掌握世界的方式不仅具有外化可见的形式，也不仅包含洞察静观的观念，还意味着创造手段与过程，更应该能够产生某种或某件具形的物质或精神形态的产品。以艺术掌握世界方式为例，这种掌握世界方式"必须具备下列几个基本要素：第一，对社会生活的体验和认识——艺术思维；第二，具有一定艺术创造能力的艺术家的艺术创造活动；第三，运用必要的艺术创作手段和方法；第四，创造成果——艺术作品"[③]。对照楚地绘画、雕刻、工艺、方技所具有的特点，我们看到的是楚人观念中的自我与世界。

第一节 绘画

绘画是以色彩、线条、明暗、质感等为语言的造型手段，"以平面的

---

① 《马克思恩格斯选集》第 2 卷，北京，人民出版社，1995，第 2 版，第 19 页。
② 吕景云、朱丰顺：《艺术心理学新论》，北京，文化艺术出版社，1999，第 38 页。
③ 吕景云、朱丰顺：《艺术心理学新论》，北京，文化艺术出版社，1999，第 21～24 页。

形与色构成的一方艺术圣土"，"中国传统绘画在形和色的创造，尤其是在线的运用等方面均能独树一帜，明显区别于西洋绘画，体现了悠远的东方神韵"①。楚地绘画既具有东方艺术的共性，又有自己的个性，"荆楚绘画，狂放奇诡，造型烂漫天真、雄奇矫健，充满原始野性的活力，传达出一种热烈、强旺的生命机体的律动感，在总体上，总是以浪漫气概感染人"②。

楚地的绘画种类繁多，包括帛画、壁画、漆画、器物绘画等，本文选取帛画、壁画加以探讨。

一、帛画

1949 年出土于长沙市东郊陈家大山楚墓的《人物龙凤》帛画，以及 1973 年出土于长沙城南子弹库楚墓的《人物御龙》帛画，是楚地帛画的杰出代表，是我国迄今发现的最早的完整独幅绘画作品，也是我国目前发现的年代最早的两幅绢画作品。③

《人物龙凤》帛画，以深褐色的平纹绢为本。以画边完整者为准，长 31 厘米，宽 22.5 厘米。下部正中偏右画一妇人，站立于地，高髻细腰，广袖宽裾，合掌做祈祷状。上部正中画一凤，左侧画一龙，作争逐状。综观全画，可约略观察出，生动有力的龙现天空中左上方，作扶摇直上之态。右上方为凤，用力奋起，意欲表明其飞向理想的"天国"。龙凤下方之妇人，站在大地上，侧身向着龙凤而立，面部表情肃穆，宽袖细腰曳地的长袍迎风摆动，她的双手向着已在天空中升天之龙凤，显然是在合掌祈求，希望飞腾的神龙、神凤引导她的幽灵早日登天升仙。④

《人物御龙》帛画，帛为细绢，浅褐色。长方形，长 37.5 厘米，宽 28 厘米，上端裹有一根长 30 厘米的竹条，正中系一丝绳，可以悬挂，状如"铭旌"。画面正中用墨笔绘一着长服佩剑、嘴上留有短须、头上结有缨带的中年男子。他侧身手持缰绳，驾驭一龙，龙形如龙舟。舟上有宝盖，舟尾立一鹤鸟，舟下绘有水中游鱼。其主题显然是描绘墓主人驾龙升天的图景。⑤

这两幅画涉及楚人对龙凤的尊崇与喜爱。关于楚人对凤的认识，考

---

① 彭吉象：《中国艺术学》，北京，北京大学出版社，2007，第 288 页。

② 彭吉象：《中国艺术学》，北京，北京大学出版社，2007，第 441 页。

③ 彭吉象：《中国艺术学》，北京，北京大学出版社，2007，第 289 页。彭著将子弹库帛画题为《人物御龙》。

④ 熊传新：《对照新旧摹本谈楚国人物龙凤帛画》，《江汉论坛》1981 年第 1 期。

⑤ 湖南省博物馆等：《长沙楚墓》，北京，文物出版社，2000，第 428 页。

古学者认为：

> 楚人以为飞禽、爬虫、走兽，无论善恶，都有与人相通的"灵性"。出于图腾崇拜的遗风，楚人莫不尊凤。《艺文类聚》卷90《鸟部上》引《庄子》云："老子叹曰：'吾闻南方有鸟，其名为凤'"。楚人深信祝融是自己的先祖，而祝融正是凤的化身。①

受中原文化的影响，楚人对龙也很尊崇。《楚辞》中多处写到"乘龙""驾龙辀""驾飞龙"。在楚人看来，龙凤都是可引导人飞升成仙的。楚地出土有不少以龙凤为题材的器物，笭床就是其中一种。据研究，笭床是一种形制华丽的长方形雕花木板，为楚墓棺底所习见，多镂刻或彩绘龙凤花纹。长沙楚墓中出土的笭床已见于报道的就有十多件，其图案多以龙凤为题材。龙凤形象抽象而古朴，极富想象力。在墓主人躺卧的"笭床"上刻这样的图案，旨在希冀死者的灵魂乘龙凤以升天。②

这两幅帛画的性质，有论者以为是用以表明死者身份的铭旌，也有论者以为"两张帛画，画的都是死者遗容"③，其性质，"从形制与放置部位来看，与铭旌有一定关系……铭文换成了画像，其用以识别死者的意义则是一致的"④。张正明认为："两幅帛画的性质，不像是仅仅用以表明死者身份的铭旌。它们的主题，看来并不相同。人物龙凤帛画中的龙与凤，有显而易见的争斗之状，似有祈求善而美的凤战胜恶而丑的龙，保护墓主在冥府平安生活之意。在《人物御龙》帛画中，华盖虽可能象征天，游鱼虽可能指代地，但人在龙背立，龙在水上行，也看不出有升天之势，大概只是用以表示墓主在冥府仍可像在人世一样安宁逸乐。"⑤

这两幅画的成功之处在于，画家以流畅优美的线条，刻画出人物优美的体态和生动的情韵。先秦时期中国绘画的一个重要特点，是"在绘画语言上逐步形成以线条为主要手段"⑥，在这当中，楚地绘画也贡献了其不俗的成就，这两幅帛画作为其中的代表作，尤其值得关注，其中蕴含

---

① 湖南省博物馆等：《长沙楚墓》，北京，文物出版社，2000，第541页。
② 湖南省博物馆等：《长沙楚墓》，北京，文物出版社，2000，第544页。
③ 金维诺：《先秦至隋唐五代时期的绘画》，见《中国美术史论集》，哈尔滨，黑龙江美术出版社，2004，第27页。
④ 金维诺：《先秦至隋唐五代时期的绘画》，见《中国美术史论集》，哈尔滨，黑龙江美术出版社，2004，第16页。
⑤ 张正明：《楚文化史》，上海，上海人民出版社，1987，第269～271页。
⑥ 李淞：《远古至先秦绘画史》，北京，人民美术出版社，2004，第7页。

着对人的来世幸福的向往之情。尺幅之间，具形传神。线条关系组成不同的空间界面，不同的空间界面又搭配成不同的物象类型，或分离，或合同、交织、幻化出内蕴深长、外形丰富的画面，展现画里画外人的情感。一切以线条为基点，将绘画语言收纳其中，情满意溢而布白有间，表现出人在虚实之间对另一个世界的向往。

另外，值得讨论的是长沙子弹库楚墓出土的一幅缯书。该缯书主体由图画与文字合成，文字居中，图画位于四边。很有系统地安排为一面三位的十二神，四角各绘一株树，颜色分别为青、赤、白、黑，以体现四时方位；缯书中间书写的文字，提到了伏羲、女娲、炎帝、祝融等南方神话诸神的名字，论述了天象与人间灾疫的联系，涉及四时、昼夜形成的神话。① 张光直在《说殷代的"亞"形》一文中，认为楚缯书与殷周时代青铜器上的"亞"这一"图形文字"关系密切，他说："缯书有一种看法便是楚的明堂图。缯书所代表的宇宙世界与宗庙明堂所象征的宇宙世界可能是一回事。缯书四角的四木便是古代宗庙明堂建筑角隅所种植的四木。明堂的墙壁到了四角为了四木的关系向里凹入，所以明堂的平面图便成为亞形了。如果将楚缯书加上黑框，再把四木的四角躲开，岂不是真真正正的一幅亞形明堂图吗？如果楚的明堂是亞形的，它的四角每角便有两根柱子撑着屋顶，一共需要 8 根柱子，所以'天问'说，'八柱何当？'"②虽然缯书所绘代表的是明堂，但这个"缯上明堂"之所以放入墓葬之中，想必并非是期望它真能发挥明堂的功能，而是聊以表达对死者的尊重以及生者的慰藉。这当然与明堂的功能有关，"至少到周代以后，明堂的功能已经远远不止祭祀日月这一项，可以肯定新生的功能至少有两项：祭天和祭祖"③。祭天祭祖都是与自我以外的想象世界进行的交流活动，表现的是人们慎终追远与祈愿求福相结合的心态，明堂当然还会有其他一些临时功能，但只是逐渐增加，而且定制不多，况且缯书所绘仅仅是虚设其位的形式而已，应是出于"规定动作"的目的，因为缯书之被放入墓葬是经过慎重考虑的，若以临时性附加功能来看待可能不得其解。画有明堂的缯书被放入墓葬，可能意味着在楚人看来，在另一个幽冥世界中人，同样需要祭祀各种各样的神灵，以求得平安与福佑。

---

① 皮道坚：《楚艺术史》，武汉，湖北教育出版社，1995，第 275 页。

② 张光直：《中国青铜时代》，北京，生活·读书·新知三联书店，1999，第 315～316 页。

③ 张一兵：《明堂制度研究》，北京，中华书局，2005，第 201 页。

二、壁画

楚国有壁画，是据王逸《楚辞补注·天问章句》得出的结论，其中说道："《天问》者，屈原之所作也……屈原放逐，忧心愁悴。彷徨川泽，经历陵陆。嗟号昊旻，仰天叹息。见楚有先王之庙及公卿祠堂，图画天地山川神灵，琦玮谲诡，及古圣贤怪物行事。周流疲倦，休息其下。仰见图画，因书其壁，呵而问之，以渫愤懑，舒泻愁思。楚人哀惜屈原，因共论述，故其文义不次序云尔。"所谓《天问》"呵壁"而作，即由此而来。尽管有学者不赞同王逸的说法，认为《天问》的内容并非壁画所能容纳，"公卿祠堂"是汉代风俗；但越来越多的学者开始认同王逸之说。对此孙作云认为，"根据《天问》本文，可以确信《天问》是根据壁画而作的"，"除了王逸所说的'公卿祠堂'乃以汉代风俗说先秦礼俗为微误外，其余所说皆是正确的。应该注意，他所说的壁画内容，为天地、山川、神灵、怪物及古贤圣行事，这是合乎壁画的实际情况的"，[①] 则可"根据《天问》中关于宇宙天地、山川神灵、古史传说等方面的内容所提的 170 多个问题，去大致推测楚先王宗庙壁画的内容、规模乃至样式"。[②]

壁画之存在已经不是问题，从《天问》所述"反推"壁画的内容与楚人的精神世界也就成为可能。《天问》这 170 多个问题大体可分为两个部分，一是关于自然的，一是关于社会的，但这两个部分并未截然分开，而往往纠结在一起，其中问到宇宙天体的形成，关于地理形态的神话传说，鲧禹治水，夏、商、周的兴起与历史大事。屈原在当时的楚国理所当然地属于知识精英阶层，但在《天问》中，或者说《天问》所临写的楚壁画的内容，还将历史与传说，确凿的事实与可能的虚拟相混，表明那时的楚人对自我与世界的关系还处于无法辨识的阶段。诚如李凇所论："当然，将《天问》的内容等同于某一座具体楚庙的壁画内容还缺乏更有力的证据，虽然两者之间的紧密联系是显而易见的，但充满想象力的诗歌毕竟不是某幅壁画的解说词。""北方的壁画多写实的现实题材，南方的壁画多浪漫的想象题材……王逸对楚庙壁画的记载及屈原由此引发的《天问》，则突出代表了南方壁画重想象的特点。"[③]而想象"归根到底是对一种价值的肯定，这种价值虽然不是现实的，却给予现实以意义，这一意义不帮助我

①　孙作云：《从〈天问〉中所见的春秋末年楚宗庙壁画》，见《孙作云文集·楚辞研究（下）》，开封，河南大学出版社，2003，第 548～549 页。

②　皮道坚：《楚艺术史》，武汉，湖北教育出版社，1995，第 98 页。

③　李凇：《远古至先秦绘画史》，北京，人民美术出版社，2004，第 210 页。

们去感知，不直接使对象完善……而是使我们超越感知……"①楚人的浪漫想象实际上也是来源于现实，不过是他们心目中的、变形了的现实，他们的想象并没有改变客观世界的能力与可能，但是却能从不同侧面、以不同方式影响着艺术接受者的观念，因为观念的建构从来都不只是对客观存在的直接的和写实性的感知，想象的能量在此中得到有力的释放，这些也正是我们认识楚人精神世界的通道。

张正明《楚文化史》介绍说，除了《天问》可能借助的大型楚壁画外，还有小型壁画，"如天星观一号墓就有壁画，画面作'田'字形构图，用五种彩色画着菱形纹、卷云纹和三角形花瓣状云纹，所画的是门。在另外的楚墓中，曾发现木制的假门，结构恰为'田'字形，有的假门还装着一对铺首衔环。天星观一号墓有七室，各室本不相通，画上门去，以示可通。"②"田"字形构图的门画与"田"字形的假门，两者之间正是都可以为对方作解的相互阐明关系。在楚人对待生死的态度中，死，只是换一个居住的地方而已。当然，想必他们也知道死毕竟是不同于生的，于是一则为图画之门，一则为假门（尽管这门上还有铺首衔环，这衔环是真实的），都是虚设之门。古时丧葬器物，有祭器与明器之分，祭器有实用功能，而明器纯为随葬配置。壁画作"田"字门形，而另又有真衔与假门相配，祭器与明器这样混合在一起，其含义令人悬想，难有确解。在这虚实相生的世界中，死者获得以礼安葬的哀荣尊严，生者既感到无愧于死者，同时也在对自己身后事的想象中得到心理满足。

第二节　雕刻

中国古典雕刻的成就非常之辉煌。它是历代工匠们在历史的沉重进程中不断努力、积极创造的结晶，是宝贵的精神文化遗产。作为一种造型艺术，雕刻是"通过它的各个部分在体积、形式及其空间位置上的一定关系形成的。艺术家要按照所提出的任务来安排这种关系，因为这种关系对他来说是可以说话、可以表达某种感情的"③。雕刻正是一种雕刻家"创造那种体现着支配世界和自己命运的力量的观念的独特造型象征"④。

---

①　〔法〕米·杜夫海纳：《审美经验现象学》，韩树站译，北京，文化艺术出版社，1992，第393页。

②　张正明：《楚文化史》，上海，上海人民出版社，1987，第271页。

③　张荣生：《非洲雕刻》，上海，上海人民出版社，1986，第40页。

④　张荣生：《非洲雕刻》，上海，上海人民出版社，1986，第42页。

楚地雕刻是中国古典雕刻艺术中浓墨重彩的一笔。

在我们所熟知的寓言故事《叶公好龙》中，楚人叶公的房子里到处装饰着龙的形象。寓言当然是虚构的，但细节却有现实依据。从中我们可以推知，木雕装饰已在楚地民居中得到广泛的运用。

地不爱宝，大量楚地的雕刻精品出自墓葬。在众多可供选择的雕刻用料中，以木质材料最易取得也最易操作，楚国的木雕作品是楚雕刻艺术的精品。各类木雕作品虽埋藏数千年，却依然姿态各异、五彩斑斓、气势横溢；虽然造型诡谲、冷若冰霜、鬼气逼人，但已足以令后人领略楚人精神世界之一斑。

一、"凤鸟"雕刻

荆州天星观二号楚墓出土的一件精致的透雕座屏，刻画的是鸟蛇相斗的图案，以二方连续对称布局。八只鸟雌雄相配，背向而立，呈争斗状，每只鸟嘴里各衔食一条蛇，蛇身倒立盘旋数周后，蛇头伸向鸟足，张嘴与鸟争斗。画面中，鸟大蛇小，鸟主动蛇被动，鸟胜而蛇败，在现实生活中，鸟能制蛇，蛇也能食鸟，透雕反映的是凤鸟食蛇。[①] 这样的雕刻题材，一是变形写实，鸟蛇相争本是自然的现象，但如此规模的动物群体大战在自然界并不存在，雕刻对此进行艺术处理，使之符合人的观赏需要，这是自我对自然的变形；二是借题发挥，凤鸟是楚人崇拜的神鸟，当然是自然界中最有力的竞争者，这是自我对自然的控制，两个"自我"不在一个层面无关紧要，楚人只是以此来表达自己与外界相处的一种艺术的态度。

天星观二号楚墓还出土一件虎座飞鸟。据考证，虎座飞鸟是楚墓中特有的一种器物，与虎座鸟架鼓大体相似。由虎座、飞鸟和鹿角三部分组成。器形高大，底座为一只伏卧的斑斓猛虎，虎背上立一只昂首引吭、展翅欲翔的长颈凤鸟，鸟背上插一对硕大的鹿角。研究者认为，凤鸟立于虎背之上，这是楚人崇凤的表现，凤头上昂，则象征楚人奋发向上的精神。[②]

凤是楚人崇拜的神鸟，虎是古代巴人的图腾，本来图腾作为族群标记或象征，其形象往往都被赋予一定的意义，二者结合在一件雕刻作品中，虎雌伏而凤雄立的势位关系，形象化地说明楚巴文化的关系。楚人

---

① 湖北省荆州博物馆：《荆州天星观二号楚墓》，北京，文物出版社，2003，第220页。
② 湖北省荆州博物馆：《荆州天星观二号楚墓》，北京，文物出版社，2003，第219～220页。

对心目中族群关系的这种表现，展现出一个作为族群的自我与外部世界之间的控制与被控制、利用与被利用的关系。那么鸟背上插鹿角，其潜在的意图是否为希望在鸟背上能生出鹿角呢？

李济在《安阳遗址出土之狩猎卜辞、动物遗骸与装饰纹样》一文中说："镶嵌艺术……他们的方法是将立体的动物分割为相等的两半，拼入一个两度空间的平面之中。这种新的配列法为这些艺术家带来了彼岸感，使他们能任其想象力沿着这个方向发展；他们开始按这个方式来处理动物身体的各个部分，并把甲动物的一部分配合于乙动物的另一部分，反之亦然；或夸张身体之一部而忽略他部；这种想象力的发挥仅受到装饰面范围的限制。装饰艺术家们一定为获得这种新的创作自由而兴奋不已；很快地，雕刻工、陶工、玉工和铜工亦相继仿效。因是之故，乃有虎头加于猿身、人头长出两角之现象出现……不过，最重要的是应该看到，他们的题材都来自于他们与现实世界的直接交往。"[1]楚人之在鸟背上安鹿角，其含义也十分丰富，如此浪漫奇异的想象力，今人是很难揣测其思维路径的，或者说这是不能用合乎今人逻辑的思维来求证的。只能说，楚人的现实认知体系已经被灌注了大量的主观情绪，令自然界中司空见惯的事物都染上了人的色彩，幻化出奇异崭新的形象，与人的思维契合，是一种典型的艺术对自然的改造。

也有学者从另外的角度来阐释虎座飞鸟，如郭德维认为，虎座飞鸟与随县曾侯乙墓里东室主棺旁出土的青铜立鹤性质相同，都是古代的风神，名叫飞廉。那么把飞廉埋在墓葬里又起什么作用呢？"大概是伴随墓主的灵魂上天的。正如屈原遨游太空，由飞廉来启路作先驱一样。"[2]灵魂飞升而以风神为导引，表明在楚人的心灵世界中，神灵可以供人驱遣，这正表现了楚人强烈的主体意识。

二、"镇墓兽"木雕

目前为止，镇墓兽木雕"只出现在从春秋末到战国末的具有相当级别的楚墓里，而不见于其他地区的东周墓葬。'镇墓兽'又是楚文化中最富神秘意味的雕刻品。"[3]其形制一般是下有方座，中有躯干，上有兽形头部，顶插真鹿角。它究竟为何物？"镇墓兽"只是暂拟名，关于其角色功

① 转引自张光直：《美术、神话与祭祀》，郭净、陈星译，沈阳，辽宁教育出版社，1988，第56～57页。
② 郭德维：《楚墓出土虎座飞鸟初释》，《江汉论坛》1980年第5期。
③ 皮道坚：《楚艺术史》，武汉，湖北教育出版社，1995，第104页。

能，张正明《楚文化史》认为镇墓兽即土伯：

> 土伯的形象特征，如弯多、角利、虎首等，都与《招魂》创
> 作年代的镇墓兽相合……战国中期，楚人对天界、人世、冥府
> 已有明确的划分。冥府即《招魂》所谓"幽都"，其君主即性喜"逐
> 人""甘人"的土伯。很多镇墓兽伸出血腥的长舌，正作见人欲食
> 之状。至于早期的镇墓兽面目不清，应是关于土伯的神话产生
> 不久，楚人对土伯的形象还不大清楚的缘故。①

皮道坚《楚艺术史》着重谈了三种说法，即古代山神的造像、地神土
伯的造像、引魂升天的龙，并对此三种说法进行分析，认为三种解释都
有合理之处，但相比而言，前两种较为接近，"都认为楚人将这类神秘谲
诡、形象奇特的木雕放置在墓室的头箱里，是为了辟邪赶鬼，保护死者
灵魂的安宁，使其免遭魑魅魍魉的伤害"，第三种则认为所谓"镇墓兽"
"不是为了消极地避免伤害，而是积极地争取冥福。这似乎与古代楚人的
一般精神状态更为吻合，在楚的神话传说及以《楚辞》为代表的文学作品
中，楚人强烈向往自由的精神都有相当充分的表现。楚人确信神灵和先
祖的存在，常常祈祷他们的庇护和保佑，自然也希望摆脱肉体后的灵魂
能到神灵和祖先的世界中去，自由自在地生活"②。这样揣摩楚人的内心
世界，不就事论事，而是将这样一个物件放到楚人精神世界的文化氛围
中来解读，充分关心楚人的情感生活，不失为一种合理解释。

通过考察"镇墓兽"在墓室中的位置及对同类"镇墓兽"进行比较，我
们或许可能更为接近真相。关于"镇墓兽"在墓室中的位置，有学者考证：
"镇墓兽一般都随葬在头箱正中，只有极个别的随葬在后中室。因为头箱
象征着前朝（堂），棺室象征后寝，左右边箱象征左右房，后室象征下室
等。前堂本是宫室中祭祀、宴请的重要地方，由此可以肯定镇墓兽在墓
中非一般实用器，是据楚人敬奉鬼神的迷信所制作的一种偶像。"③事死
如事生，楚地墓葬的形制是仿照生人的，为死者准备的各类随葬物品像
生人一样需要种类齐全，尽管有明器、祭器之分，但可以看到楚人是按
人间状况来构想冥界生活的，随葬物品的摆放当然也不会例外，也有主
次之分。

---

① 张正明：《楚文化史》，上海，上海人民出版社，1987，第 198 页。
② 皮道坚：《楚艺术史》，武汉，湖北教育出版社，1995，第 104～107 页。
③ 湖南省博物馆等：《长沙楚墓》，北京，文物出版社，2000，第 540 页。

　　楚墓中还出土有一种做操蛇、噬蛇状的"镇墓兽"造型。主要有湖南湘乡楚墓出土的"镇墓兽"做噬蛇状，M115 出土的漆樽为大鸟觅蛇之形，长沙出土的双蛇座对凤鼓架。蛇为楚地墓中常见的形象，《山海经·海外经》中所提到的许多神灵，有不少都是口中衔蛇，或双手操蛇，或践蛇。江南楚地，蛇类伤害人畜的现象时有发生，所以人们厌恶蛇类。湘乡楚墓出土的双首镇墓兽形象地雕刻出了镇墓兽噬蛇的情状，蛇似乎已被镇住不能动弹。在这里，蛇已作为一种被制服和克制的对象。[①] 这正如荆门车桥出土的"大武铜威"上的浮雕，和擂鼓墩二号墓四件大甬钟隧部的《攫蛇神怪像》，这两者上雕刻有腰间缠双蛇为饰和双手操蛇的神人，蛇成为被克制或用以装饰的对象物件，显然处于附属地位。[②] 楚人将他们想象中的镇墓辟邪之神用木雕刻成形，希望它对坟墓或死者起到某种保护作用，楚人通常正是通过这种巫术来表达自己的愿望与爱恶。由此可见"镇墓兽"是受到楚人特别崇拜的神灵偶像。[③]

　　除了以上提及的一些具体雕刻物件外，楚地还有很多精美的木俑雕塑、青铜雕塑和竹雕作品。青铜雕塑之多与技艺之精湛，已成为一个专门类别——青铜艺术；代替活人殉葬的木俑在楚地墓葬中也屡见出土；楚地盛行漆器，漆器的内胎，多用木材，也有的是用竹子制作而成，这些竹器雕刻与漆器艺术又结合在一起，展现出独特的动人魅力。

第三节　工艺

　　源于楚地的老庄哲学对工艺、技艺与美物并不重视，甚至在论著中反对机巧、工艺，如《老子·四十五章》说："大巧若拙，大辩若讷。"《庄子·胠箧》说："灭文章，散五采，胶离朱之目，而天下始人含其明矣；毁绝钩绳而弃规矩，攦工倕之指，而天下始人含其巧矣。"但老庄的思想未必都能在楚地贯行，老庄以解构为核心的哲学在楚地是被有选择地接受着，在器物工艺上，楚人更是彻底地与老庄哲学背道而驰。

　　所以楚地工艺的产生，既受到北方中原重道不重器的儒家文化氛围的压抑，也有老庄的"掣肘"，但楚地的器物制作及审美工艺，反而表现出更大的自由度与发挥空间，从而也形成了楚地工艺自身的特点。

　　英国哲学家科林伍德的《艺术原理》一书第二章以"艺术与技艺"为题，

---

　　① 湖南省博物馆等：《长沙楚墓》，北京，文物出版社，2000，第 541 页。
　　② 皮道坚：《楚艺术史》，武汉，湖北教育出版社，1995，第 293～294 页。
　　③ 湖南省博物馆等：《长沙楚墓》，北京，文物出版社，2000，第 541 页。

谈到"技艺"的六大特征，其中有"技艺涉及计划与执行之间的区别。待取得的结果早在获得之前就已经预先被设想和考虑好了，工匠在制作之前就知道自己要制作些什么，这种预知对于技艺是绝对不可缺少的……再者，这种预知不是模糊的而是精确的"①。可见技艺与通常意义上的艺术相比，在于其对创造物的样态有一个符合其造物原则与审美理念的预设。当然，在此书中作者提到的"技艺"在外延上要大于"工艺"的含义，不过要完成一件成功的工艺品，工匠事前的设计无疑是非常有必要的，与原初意义上可称为单一或纯粹的艺术品相比，工艺是有计划的艺术，对于工艺制作者来说，这是他从认识外部世界到改造外部世界的重要一步。

一、青铜器

青铜器工艺是先秦时期重要的工艺现象，在楚国也是如此。物质条件从来都制约着工艺的发展，青铜工艺所需的物质条件明显高于其他器物的生产。

1978 年曾侯乙墓出土 140 件青铜容器，65 件铜编钟，4500 多件青铜兵器。发掘报告中并未说明每件器物的重量，但很多礼器和编钟的体积都异常庞大。有两件容器各重 320 千克和 362 千克；最大的编钟竟有 204 千克。粗略计算，仅这一个贵族墓里的青铜器便至少有一万千克，需一百吨铜矿石。② 论者以为，"曾侯乙墓青铜器群代表了铁器普遍应用之前先秦金属工艺的高峰"③。

在论及青铜器制造过程时，张光直说："制造过程的漫长和最终产品的繁缛多样，都需要一个手工业网的保障；而这只有组织强大政治力量的民族才能办到。"④春秋战国时期强盛的楚国就具备这样的条件。论及青铜器铸造方法，张光直同意大多数学者的意见，认为："合范法是典型的中国铸造工艺，完全可能起源于本地。当用这种方法制造花纹繁缛的大型器物时，作坊内部的大规模分工合作，精确的时间计算，和专门的操作都是必不可少的。所以，占有这样的青铜器是握有大势大力的象征；青铜及其复杂的工艺，可能曾是具有鲜明特征的古代中国的权力政治所

---

① 〔英〕乔治·科林伍德：《艺术原理》，王至元、陈华中译，北京，中国社会科学出版社，1985，第 15～17 页。

② 张光直：《美术、神话与祭祀》，郭净、陈星译，沈阳，辽宁教育出版社，1988，第 89 页。

③ 华觉明、郭德维：《曾侯乙墓青铜器群的铸焊技术和失蜡法》，《文物》1979 年第 7 期。

④ 张光直：《美术、神话与祭祀》，郭净、陈星译，沈阳，辽宁教育出版社，1988，第 87 页。

追逐的主要对象。"①政治权力在现实中是确定人际关系的重要手段之一，对于政治环境中的个体来说，即表现为其与对象世界的关系。青铜工艺与政治有着极为密切的关系，离开政治系统，青铜器的工艺的完成是难以想象的。任何青铜器都会有其实际功用，在功用发挥的过程中，青铜器成为人们借以观察国家政治变迁、贵族势力浮沉、政治关系与经济状况的重要物品，也是人们观察自我与世界关系的"反光镜"，于楚也不能例外。

楚地青铜工艺的品种和风格都在随着社会发展而变化，有若干具体的细节可供参照："以鼎为首的青铜礼器，足部变高和底部变平的趋向虽则缓慢，然而持续良久。如于鼎和子母口盖鼎，一进战国早期，圆底就开始变成坦底了；子母口盖鼎和小口鼎，一进战国中期，矮足就开始变为高足了。越式鼎也出现在郢都附近战国中期后叶的楚墓中，应是由于它的高足、坦底恰好与楚式鼎演变的趋向一致，容易被楚人接受。长台关1号墓属战国中期，所出的壶是高足的，打破了陈规。"②如前所述，青铜器的生产具有原料需求量大、工艺流程复杂、人员分工规模大和过程组织化程度高等特点，其工艺变化并非轻而易举就能完成，而一旦工艺变化，即意味着若干外在条件的变化。工艺作为一种塑造美器的过程，也是人的本质力量对象化的过程，一再变化的青铜工艺反映了楚人物质条件的变化，折射出楚人怎样在不断的发展过程中，将对世界的理解投射在青铜器的形态上。这些由考古发现得出的结论是可靠的。

二、服饰

在谈到先秦工艺的设计思想时，有论者指出"三种类型的设计在先秦都已出现，即通用式设计、系列化设计以及专用式设计"③，并认为在我国古代日用品的设计中，汉族服饰最能够体现通用式设计思想，"它似乎并不多么讲究合身，而多属宽衣博带类型，无论身量高矮胖瘦都能适用。古文献中经常出现'深衣'一词，指的就是这样宽松类型的服饰"，与胡服相比，"尽管汉服制式不利于行动方便，却属于汉文化自己的产物，也是最能体现汉文化自己特点的东西之一——其中带有某种雍容、飘逸的韵

---

① 张光直：《美术、神话与祭祀》，郭净、陈星译，沈阳，辽宁教育出版社，1988，第90页。

② 张正明：《楚文化史》，上海，上海人民出版社，1987，第153～154页。

③ 徐飚：《成器之道：先秦工艺造物思想研究》，南京，江苏美术出版社，2008，第80页。

味"①。随后该论者举《人物龙凤》帛画和《人物御龙》帛画中人物所着深衣为例加以说明。②

关于楚人是否可直接称为汉族人，以及楚文化是否可以径直称为汉文化的问题，暂且存而不论，不过这里对楚人服饰工艺思想的阐释却值得重视，然而还应深入一步。"雍容、飘逸的韵味"来源于观感，因为宽大的衣袖无疑比窄小的更有包容性与灵活度。在人体与衣服这一对自我与世界的关系中，人体为主为君，而衣服为客为臣，后者毫无疑问应该服从于前者，楚人深谙其中道理。当然这样的服饰并非楚地独有，北方中原也有，《礼记·深衣》所讨论的即是这样的服饰，两者究竟谁影响了谁，还有待研究。总之，宽袍大袖的着装使人的躯体少有衣服束缚，心态更加放松，似乎更利于自由地思想，相比之下，着胡服更像"装在套子里的人"。对于性情外向张扬、易于激动的楚人来说，宽袍大袖展现的是一种对自我个性的"合目的性"的妥协，或者说楚地服饰与楚人个性正是在互相影响中，成就了彼此。

三、纹饰及其他

如果不斤斤于所称之名，器物纹饰和装饰纹样实与绘画同源同质而异制异用；尤其是纹样，在本质上它有绘画的特征，但在形式上则更多地具有工艺的特征。

礼器上的纹饰是一项重要的文化因素。张正明在谈到战国早期和中期器物纹饰变化时谈道："就纹饰来说，多数礼器，无论是否明器，纹饰都由繁变简，以至于成为素面了。同时有一个相反的趋向，即出现了一些前所未有的精美的单件日用铜器。这个趋向表明，楚人对神界的虔敬之心减弱了，对人世的深缅之情增强了。"③这倒也符合楚人不执着而又爱美的个性。

楚镜中的羽状纹地山字纹镜与一般的楚地纹饰相比，更多地表现出神圣的含义：

　　　　长沙所出山字纹镜，山字左旋、右旋或左右旋都有，正是这

---

① 徐飚：《成器之道：先秦工艺造物思想研究》，南京，江苏美术出版社，2008，第81页。

② 楚人的服装，按形制区分，主要有四类，即短衣、袍、裳、袴。其中"袍"即深衣，袍分两种，交领、右衽、曲裾者是平民奴隶常服，交领、右衽、直裾者是贵族常服。参见张正明：《楚文化史》，上海，上海人民出版社，1987，第285～288页。

③ 张正明：《楚文化史》，上海，上海人民出版社，1987，第154页。

种倾斜状态的山字纹打破了以钮座为中心的方整布局和以水平排列的地纹的静谧，产生了一种极强烈的运动感⋯⋯的确，山字图案既是写实的，又是寓意的，其具体含义已不可知，但其构图的形态与风格明晰地表达出一种神秘、庄严和旋转不息的气势。①

楚地装饰纹样中，凤纹是表现最多、最生动丰富的纹饰之一。"凤纹的流行是楚文化鼎盛期装饰艺术的一个显著特点，鸟纹和凤纹同类，这与楚人的信仰有关"②。凤鸟纹普遍地见于各式各样大小器物，各类论著对此论述甚多。

从工艺角度来看，前文已经讨论过的"镇墓兽"形态纷杂，但综观已出土的各种"镇墓兽"，大体上都有较大的底座、收缩的兽头主体和极力向上伸展的鹿角。郭净在《中国面具文化》一书中论及："战国楚墓还出土过一件石雕的镇墓兽，它只有一颗凶恶的脑袋，头上也没有安鹿角，鼓突的大眼和长长的舌头更加引人注目。"③镇墓兽大多造型夸张，上中下三部分往往不成比例，其设计大胆，却有着迥乎寻常的艺术表现力，生动恰切地反映了楚人的心理特征和精神世界。

四、面具

面具作为一种特殊的工艺品系列，是一种综合艺术的载体，它集绘画美、雕刻美、工艺美、装饰图案美等造型艺术美于一身，自古以来就是一种世界文化现象。

郭净在《中国面具文化》一书中从文化类型的空间分布和传承出发，将中国面具分为五大类型，即藏面具、傩面具、百戏面具、彝族面具和萨满面具④，这也可以看作是五大文化类型。根据区域分布，在这五大文化类型中，楚地面具主要属于傩面具。傩面具发源于中原古代祭祀，商周时始由原始宗教变为宫廷巫术。

考古发现证明，楚地面具的源头、楚人运用的面具与古楚之地巫傩文化的传统有着莫大的关系，楚地面具不可能全部都是随楚人南迁的，而有的是在商周时代由中原的原始宗教演化而来。楚人南迁之前数千年，古楚之地的土著已经在使用面具，这方面的情况最早可以追溯至距今 7400 年

---

①　湖南省博物馆等：《长沙楚墓》，北京，文物出版社，2000，第 503 页。

②　张正明：《楚文化史》，上海，上海人民出版社，1987，第 155 页。

③　郭净：《中国面具文化》，上海，上海人民出版社，1992，第 389～390 页。

④　郭净：《中国面具文化》，上海，上海人民出版社，1992，第 246～247 页。

前。1986 年在湖南西部的怀化市沅河畔的洪江(原黔阳县)发掘的被称为
"中国农耕祭祀的发源地"的高庙文化遗址,出土了距今 7400 年的最早的祭
祀图傩画。① 该遗址出土有"獠牙兽面和鸟图案等,都是新石器时代的祭祀
物。而高庙文物中的獠牙兽面与现在传承下来的当地的獠牙傩面有太多相
似"②,可见面具文化与楚文化的关系远在西周之前就已产生。

屈原和他的杰出诗作《九歌》也正是诞生在沅湘流域。关于《九歌》主
题、性质主要有寄兴说、人神恋爱说、民间祭歌说和国家祭典说四种(详
见下文《楚地仪式诗歌的形态和功能》),从文化功能来区分则可分为祭祀
说和非祭祀说两大类,关于诸说孰是孰非还未有定论,然而不管主张哪
一种说法,学者们都认可《九歌》与祭祀相关,而祭祀活动在古代一般都
会由巫师戴着面具进行。这正与考古所发现的楚地面具使用历史相当古
老的情况相吻合。

在我们所熟悉的楚人诗歌中有大量的歌舞描写,"其中虽然并未提及
面具化装,但我们从楚地出土的漆器和织物上,的确看到不少头戴假面
的巫祝和神灵奔腾跳跃、载歌载舞的形象。由此可以想见,《九歌》里登
场扮演云神、水神、河神、山神和命运之神的巫觋,或许都戴着瑰丽的
假面具"③,随县曾侯乙墓出土的木雕漆绘鸳鸯盒上,画有两人扮作神怪
击建鼓作舞,他们的装束形似动物,除了身形上可能的装饰外,脸上也
明显戴着面具。④

巫术活动在楚地的重要性不言而喻,而巫师在实施沟通活动,即"通
灵"时往往要依靠神山、神树、麻醉剂和各种各样的法器,当然还有面
具。"当巫觋跳神的时候,假面会产生双重的效应:一方面,它可以隔断
面具佩戴者与现实世界的感官交流,使他很快沉入迷醉状态;另一方面,
它又会让旁观者产生巫师已同假面所代表之精灵合体的幻觉。于是,面
具变成了一只渡船,把巫师和旁观者的灵魂送达鬼神的世界"⑤。

郭净在《中国面具文化》一书中论及镇宅面具的五大要素,一是形似
虎头,二是口含利剑,三是口吐长舌,四是镂刻咒文,五是画太极八
卦。⑥ 在谈到"口吐长舌"作为一种面具要素时,他认为,这是与楚文化

---

① 刘芝凤:《戴着面具跳舞:中国傩文化》,哈尔滨,黑龙江人民出版社,2005,第 6 页;
　　贺刚、陈利文:《高庙文化及其对外传播与影响》,《南方文物》2007 年第 2 期。
② 刘芝凤:《戴着面具跳舞:中国傩文化》,哈尔滨,黑龙江人民出版社,2005,第 23 页。
③ 郭净:《中国面具文化》,上海,上海人民出版社,1992,第 106~107 页。
④ 郭净:《中国面具文化》,上海,上海人民出版社,1992,第 108~109 页。
⑤ 郭净:《中国面具文化》,上海,上海人民出版社,1992,第 250~251 页。
⑥ 郭净:《中国面具文化》,上海,上海人民出版社,1992,第 386~393 页。

有关的一种特征：

> 这种古怪的辟邪方式在楚文化中有很深的渊源。在湖南、湖
> 北几座战国时期的楚墓中，曾发现几件单身和双身的镇墓兽。它
> 们的共同特征是口吐长舌，头饰鹿角，带有恐吓和攻击的意向。
> 其中最有代表性的一件发现于河南信阳楚墓，高 1.4 米，作踞坐
> 状，尾巴卷曲，两只前爪抬起，像要往前猛扑的样子。它全身涂
> 着棕色的彩漆，饰有鳞纹，两只鼓突的环眼和长舌都漆成红色，
> 显得极其狰狞。这种怪兽的名称尚无从考证，估计是用来守护墓
> 圹、驱赶厉鬼的，故被命名为"镇墓兽"。战国楚墓还出土过一件
> 石雕的镇墓兽，它只有一颗凶恶的脑袋，头上也没有安鹿角，鼓
> 突的大眼和长长的舌头更加引人注目，整个形态与今天的吞口并
> 无太大差异。[1]

在傩演变的过程中，面具始终是其中的一个重要因素，傩发展到傩
戏阶段，包括傩堂戏、端公戏、师公戏等在内的源于中原傩文化的傩戏
流派，无一例外地以面具为重要道具。从傩戏可以认识一些先秦楚地面
具的基本情况。其他的出土文献也能提供证明。

> 淮阴高庄楚墓的发现给我们提供了另外一条重要线索。这
> 座大墓出土的许多铜器上都刻有极其精美的图案，主题大多是
> 表现一些不可名状的神灵在树林里追逐禽兽。可以大致无误地
> 说，这些图像正是楚人"国傩"场面的摹写。其中除了交战的鬼
> 神，还有类似"侲子"的大型仪仗队，持戟开道的武士，以及乘
> 舆行进的君王。[2]

姜亮夫说："汉的建制虽是抄秦，但汉家的文化制度和趋向却又是楚
国的。如《郊祀歌》便是照抄《九歌》。此外，高祖的《大风歌》，武帝的《秋
风辞》《瓠子歌》也皆楚调。所以说除建制外，汉家的真正的文化思想体
系，大都是楚国的东西。"[3]由此出发，不难推断汉人极有可能也借鉴了
楚文化中的一些歌舞娱神活动。据考证，"江苏徐州出土有汉代石刻画

---

① 郭净：《中国面具文化》，上海，上海人民出版社，1992，第 389～390 页。

② 郭净：《中国面具文化》，上海，上海人民出版社，1992，第 125～126 页。

③ 姜亮夫：《楚辞今绎讲录》，北京，北京出版社，1981，第 75 页。

像，有戴着面具的傩的表演"①。更多关于先秦楚地傩戏的文献早已不可得知，退而求其次，可以通过汉代的傩文化大致探知。

郭净《中国面具文化》中对汉代傩仪有较详细的叙述，可以使我们推知楚的情况：

> （在傩仪式中）伴随着咬牙切齿的诅咒，头戴假面的方相氏与十二兽跳起疯狂的舞蹈。这种热烈的场面在汉代画像石中得到了生动的再现。沂南汉墓的梁额上有一幅盛大的"行傩驱鬼图"，画面正中是高冠长须、手持利斧的方相氏，两旁为张牙舞爪的十二神。他们形似猛兽，身贯铠甲，或挥动双剑，或持戈击刺，或张桃弓射苇矢，或播赤丸洒五谷，把化作奇禽异兽的厉鬼撵得四下逃散。在这里，幻面巫术显示出了震撼人心的力量。此时此刻，仪式的参加者所看到的不再是戴着假面的演员，而是狂呼追逐的鬼神。傩仪正是要造成一个令人头晕目眩的氛围，使人在迷魂失魄的幻想中实现与神灵的交感，获得征服鬼蜮魍魉的短暂胜利。②

"人类最伟大最古老的梦想不是征服自然，而是超越自我。在肉体上的超越，表现为工具的制造和技术的进步；在精神上的超越，表现为宗教的想象和艺术的追求。而假面具的奇妙之处就在于它能将这两种超越的方式合而为一，使化装者的灵与肉在瞬间同时变成一种新的形态，跃入一个新的境界……所以，人们塑造面具，就是在塑造另一个自我，一个超脱于你我他之上的具有象征意义的自我。"③面具在仪式中向面具所标示的对象的虚虚实实的转化，使得面具表演者、观看者及其他所有参与仪式的人，借助他们意识中已经转化成为的那个形象，认可、信从某种威权、意志、观念与安排，从而达到仪式活动的目的，这是对自我与世界的确认或者重建的需要。楚人墓葬中丰富齐整的随葬物品显示，楚人在幻想中为自己营造了一个地下的世界，在现实中楚人也总是在构建属于自己的世界，面具也是他们借助的工具之一。楚既是巫风大盛之地，又是傩风大盛之地，从巫、傩各自独立发展，到巫、傩相通、相关，面具都起着重要的作用。

---

① 刘芝凤：《戴着面具跳舞：中国傩文化》，哈尔滨，黑龙江人民出版社，2005，第95页。

② 郭净：《中国面具文化》，上海，上海人民出版社，1992，第133页。

③ 郭净：《中国面具文化》，上海，上海人民出版社，1992，第1页。

第三十章 楚辞的产生及其文学功用

仪式作为一种具有象征性、表演性，由文化传统所规定的一整套行为方式，主要是通过沟通人神、协调人际关系，培养并形成共同的价值观念和文化心理来规范社会秩序的。仪式既可以是神圣的，也可以是凡俗的，它是人类社会最基本的活动，是早期文化艺术得以产生和发展的土壤。先秦时期的仪式主要有巫术仪式、祭祀仪式、占卜仪式、出生仪式、婚礼仪式、丧葬仪式等，我们可以把用于仪式展演活动或表现仪式内容的诗歌称为仪式诗歌。作为社会生活的反映，仪式诗歌是先秦文学的主体部分，如《诗经》中的《三颂》以及《大雅》中的相当一部分诗篇，就是周代祭祀仪式中用来颂神祈福或赞颂祖先功烈的；《楚辞》中的《离骚》借用巫祭占卜仪式结构全篇、呈现心灵，《九歌》以仪式祭歌的形式来抒发情感，《招魂》是楚地招魂歌辞的诗化。所以与《诗经》祭祀仪式诗歌的庄严肃穆不同，楚地仪式诗歌如《离骚》《九歌》《招魂》等都不是对仪式的简单重复或再现，而是经过屈原的艺术加工，超越了仪式层面，成为舒泄情绪表达心曲的载体，其婉曲深挚的情感、华美动人的辞采及其营造出的神秘感伤的气氛，是对传统仪式诗歌在思想与艺术方面的升华。

第一节 《离骚》：借仪式书写"心灵史诗"

《离骚》是屈原的代表作，这首长诗以强烈的情感抒发了诗人崇高的政治理想、至死不渝的爱国赤诚和遭谗被疏的悲愤。作品意涵丰富，既有自身遭际的现实写照，又表达了对于理想的执着追求，融历史与现实、巫祭占卜与神话传说于一体，笔法变幻多端，情感跌宕起伏，鲁迅盛赞《离骚》是"逸响伟辞，卓绝一世……较之于《诗》，则其言甚长，其思甚幻，其文甚丽，其旨甚明，凭心而言，不遵矩度"①。可以说，《离骚》是屈原人格理想、悲剧命运、杰出才能与楚地民间文化相结合的产物。聂石樵认为："屈原采取楚地之声调，将民间祭歌加工、修润成《九歌》，又

---

① 鲁迅：《汉文学史纲要》，见《鲁迅全集》第9卷，北京，人民文学出版社，2005，第382页。

由《九歌》演变成《离骚》《天问》等鸿篇巨制。"①考虑到楚地文化中浓厚巫风对屈原的影响，我们认为，《离骚》是运用丰富的巫祭占卜仪式内容来结构全篇，并将主人公的情感在回环往复中层层推进的。

一、自述家世

《离骚》从结构上可以分为四部分：第一部分是叙述现实，从开头到"岂余心之可惩"，叙述诗人以忠君爱国之行反而遭谗被疏的黑暗现实及九死不悔的执着精神；第二部分则进入神游想象之境，从"女媭之婵媛兮"到"余焉能忍与此终古"，以女媭责备导出向重华陈辞诉己之衷情，并在想象中得到重华的肯定，但上下求索的理想追求仍然无路到达；第三部分从"索藑茅以筳篿兮"到"蜷局顾而不行"，以灵氛占卜、巫咸降神展现出自己去国与恋都的矛盾心理，进而表达不忍离开祖国的赤诚；最后以"乱辞"作结。其中情感的推进和宣泄都是借助祭祀和占卜等仪式来实现的。

在《离骚》开头诗人自叙身世说："帝高阳之苗裔兮，朕皇考曰伯庸。摄提贞于孟陬兮，惟庚寅吾以降。皇览揆余初度兮，肇锡余以嘉名。名余曰正则兮，字余曰灵均。"这几句传达了以下信息：①将家世上溯到楚之先祖高阳帝颛顼，显示出自己与楚王室同宗共祖的密切关系；②自己出生于寅年寅月寅日，是得天地之正。王逸注曰："言己以太岁在寅，正月始春，庚寅之日，下母之体而生，得阴阳之正中也。"②③通过卜筮而获得嘉名。这就涉及古代命名仪式。古人认为一个人的名字与其德行、才能和命运密切相关，故对取名极为重视。《白虎通义》引《礼服传》说："子生三月，则父名之于祖庙。"③名之于祖庙，是指在祖庙中通过卦兆求得皇考的意旨，让先祖的神灵根据孩子的外表、气度以及出生前后某种特异征兆来为他命名，如《左传·昭公三十二年》载史墨言鲁国季友出生命名的情况："昔成季友，桓之季也，文姜之爱子也，始震而卜，卜人谒之，曰：'生有嘉问，其名曰友，为公室辅。'及生，如卜人言，有文在其手曰'友'，遂以名之，既而有大功于鲁，受费以为上卿。"所以刘向《九叹·离世》说："兆出名曰正则兮，卦发字曰灵均。"④

---

①　聂石樵：《先秦两汉文学史稿·先秦卷》，北京，北京师范大学出版社，1994，第451页。

②　（宋）洪兴祖：《楚辞补注》，北京，中华书局，1983，第3页。

③　（清）陈立：《白虎通疏证》，北京，中华书局，1994，第406页。

④　（宋）洪兴祖：《楚辞补注》，北京，中华书局，1983，第286页。

对于皇考所赐嘉名"正则""灵均"所隐含的文化内涵，王逸注："正，平也。则，法也。灵，神也。均，调也。言正平可法则者，莫过于天；养物均调者，莫神于地。高平曰原，故父伯庸名我为平以法天，字我为原以法地。"①既有神巫色彩，又有公正法则，这就是所禀赋的"内美"。屈原在此特意点出皇考赐名仪式，表明自己对"内美"的重视与自豪，并努力追求与之相配的"修能"。

诗人自述有着"内美修能"，并且汲汲自修，不断追求自我完善。他立志辅佐君王，为实现政治理想奔走先后，但楚国的现实却是谗佞当道，君王昏聩，导致他"信而见疑，忠而被谤"②，故而诗人痛斥党人苟合取安陷害忠良的丑恶本质，发泄对怀王听信谗言的怨恨，反复申说自己坚持美好品德和为实现美政理想而九死不悔的决心，抒发了进则遭尤、退又不甘的矛盾和痛苦。行文至此，诗人的心意虽已表达清楚，但"内美修能"的品格、忠君爱国的理想与楚国君昏臣佞的黑暗现实形成强烈的对比，炽烈的情感仍在喷薄，无法遏止，于是便开启了第二部分进入神境的不懈求索。正如王邦采所说："文势至此，为第一段结束，而全文已包举。后两大段虽另辟神境，实即第一段大意，而反复申言之，所谓言之不足，又嗟叹之也。"③

二、陈词神灵

诗人博謇好修、正道直行的品格不为朋党比奸的污浊现实所容，又不被人们所理解，诗歌通过虚构女媭责备他志行高洁、不随众俗而招致祸害，来展现这种内心的痛苦，使诗人激愤的情感再次爆发。于是诗人驰骋想象，"济沅湘以南征兮，就重华而陈词"。陈词神灵本为祈福消灾，诗人在此超越其世俗色彩，借这一形式向重华陈述自己的委屈，以夏桀、后辛不遵正道荒淫亡国，汤、禹、周的俨而祗敬论道莫差为例，历述夏商周三代兴亡的史事，重申自己举贤授能、循绳墨不颇的美政理想，来寻求精神上的支持。

重华即帝舜，王逸注曰："重华，舜名也。《帝系》曰：瞽叟生重华，是为帝舜，葬于九疑山，在沅、湘之南。言己依圣王法而行，不容于世，故欲度沅、湘之水南行，就舜陈词自说，稽疑圣帝，冀闻秘要，以自开

---

① （宋）洪兴祖：《楚辞补注》，北京，中华书局，1983，第4页。
② 《史记·屈原贾生列传》。
③ （清）王邦采：《离骚汇订》。

悟。"①屈原作品中多次提到作为圣人的重华（舜），如："彼尧舜之耿介兮，既遵道而得路"（《离骚》）；"尧舜之抗行兮，了杳杳而薄天"（《哀郢》）；"重仁袭义兮，谨厚以为丰。重华不可遻兮，孰知余之从容"（《怀沙》）等，都与诗人的行为品格相同，自然容易引起诗人的共鸣。同时，有关舜的神话及舜的历史形象同时发生演变，舜死后被葬于苍梧九嶷山，据《水经注·湘水》云："营水出营阳泠道县南山，西流经九疑山下……山南有舜庙，前有石碑，文字缺落，不可复识。"②可见舜死后成为南方大神，一直受到人们的祭祀。这样，既是圣人，又是神灵的舜为诗人的正道直行"节中"，才得以抚慰诗人内心的忧愁烦闷。

"跪敷衽以陈辞兮，耿吾既得此中正"，朱熹注："此言跪而敷衽，以陈如上之词于舜，而耿然自觉，吾心已得此中正之道，上与天通，无所间隔，所以埃风忽起，而余遂乘龙跨凤以上征也。"③诗人一直恪守其精神品格和理想追求，在想象中得到了重华的肯定，使悲愤的情感得到了宣泄，于是满怀信心开始上下求索神游求女的征程。诗人是以神来之笔叙写幻境，但此种灵思妙想源自何处呢？其原型实际是一种"索祭"仪式。④陈词神灵本为祭祀活动，一次正式祭祀又包括直祭和索祭，《礼记·郊特牲》说："直祭祝于主，索祭祝于祊。不知神之所在于彼乎？于此乎？或诸远人乎？祭于祊，尚曰求诸远者与。"可见"直祭"用于主神，而"索祭"则是一种配祀形式，由于它所祀的鬼神身份低于主神，故不能与主神同坛受祭，须在坛下或庙外祭祀；又因为它们所居或远或近，所以祭祀者须到处寻找和迎接，即所谓"路漫漫其修远兮，吾将上下而求索"。这种索祭方式启发了诗人的思路，于是在精神上受到帝舜肯定的他便向天地神灵寻求知音，从而极大地丰富了诗歌的思想内容。

三、卜筮仪式

诗中虚构了诗人以百折不挠的精神夜以继日上下求索的情境，其中精心结撰的"上叩帝阍"遭拒和"三求佚女"无成，都暗示了诗人希冀获得君王理解信任的艰难求索再次失败。无论是现实还是幻境都找不到出路，满腔忠贞之情无处倾诉，痛苦的心灵已不堪重负，"余焉能忍与此终古"，

①　（宋）洪兴祖：《楚辞补注》，北京，中华书局，1983，第20页。
②　（北魏）郦道元撰，吴则虞点校：《水经注》，上海，上海古籍出版社，1990，第714页。
③　（宋）朱熹：《楚辞集注》，上海，上海古籍出版社，1979，第15页。
④　过常宝：《楚辞与原始宗教》，北京，东方出版社，1997，第74页。

诗人的出路在哪里呢？战国之时，"邦无定交，士无定主"①，为实现自己的政治抱负，士人去国求主、择贤而仕已成为时代风气。面临去留问题的思想矛盾便借助"灵氛占卜"和"巫咸降神"的方式委婉地表达出来，这就是第三部分的内容。

汤炳正通过对包山楚简的研究，发现楚国贵族大臣有占卜"事君"吉凶的风尚，其卜筮祭祷之制与《离骚》中有关卜筮的艺术构思等多相契合，进而揭示出二者的内在关系：

> 屈原作为有远大政治抱负的贵族重臣和富有浪漫色彩的伟大诗人，当他在政治上遭到挫折、"事君"罹咎、"志事"不随之际，故欲通过诗篇以抒发愤懑，憧憬未来；并用以排遣其在去留问题上陷入彷徨的苦闷。因而借卜筮形式作为抒情的艺术手段，把平凡、简单而原始的贞问"事君"吉凶之风尚，赋予丰富而深刻的政治内容，使诗篇达到了高度的艺术境界。《离骚》后半部有关卜筮的艺术构思，无疑是由此而来的。②

具体而言，汤炳正概括出楚简卜筮程序为：记卜筮的年月日，记卜筮人及为谁卜筮，记所占何事，记占卜的答案，记为趋吉避凶进行祈祷，卜筮人再占吉凶；并且通过对照指出楚简与《离骚》的卜筮环节是基本一致的。

诗人以大量的笔墨来叙写"灵氛占卜"和"巫咸降神"两个细节，其目的在于强化去国与恋都、理智与情感之间的矛盾冲突，矛盾冲突愈烈，愈显爱国之深。灵氛占卜的结果是劝诗人"勉远逝而无狐疑"，离开楚国寻求出路。尽管楚国是如此污浊黑暗，但是对祖国的眷恋仍然使他"心犹豫而狐疑"，于是不得不求助于巫咸。巫咸的神示仍与灵氛相同："勉升降以上下兮，求矩矱之所同。"诗人再次想到楚国的现实是党人不谅，兰芷不芳，昔日芳草、今为萧艾，自己的政治理想已不可能实现，才勉强接受劝告，"聊浮游而求女"，充满着多少无奈！然而存君兴国的理想早已注入诗人生命之中，是不可须臾更改的，所以当他暂时抛开现实的苦闷，"驾八龙之婉婉兮，载云旗之委蛇。抑志而弭节兮，神高驰之邈邈"之时，马上又以"忽临睨夫旧乡"一语回到现实，忠君爱国之情将去国远

---

① （清）顾炎武著，黄汝成集释：《日知录集释》，上海，上海古籍出版社，2006，第749～750页。

② 汤炳正：《从包山楚简看〈离骚〉的艺术构思与意象表现》，《文学遗产》1994年第2期。

逝之思、利害得失之念都击得粉碎。

《离骚》作为一首杰出的政治抒情长诗，以丰富的想象、奇幻的手法，通过象征性地叙写诗人现实遭际与理想追求之间的矛盾所激发的强烈情感震撼着人们的心灵。其中一个突出特点就是援引大量仪式入诗，巧妙地运用仪式安排层次，开拓诗境，"以高度的诗性智慧，寻找仪式与自己心灵旋律之间的结合点"①，在回环往复中将诗人悲愤深广的情感层层推向极致，成为一首独特的心灵史诗。

第二节 《九歌》——作祭歌以寄心曲

《九歌》以其情致深婉、神秘奇幻的艺术魅力给人以强烈的审美享受，是屈赋中的奇葩，同时也是《楚辞》中争议最多的作品，诸如对《九歌》的来源、篇目、性质、目的、神灵原型等，一直众说纷纭。正如姜亮夫所说："《九歌》的难点在解题。"②历代学者关于《九歌》主题、性质的研究可以概括为寄兴说、民间祭歌说、国家祭典说和人神恋爱说四种。③ 从《九歌》文本来看，人神恋爱只是楚地祭祀的一种表现形态，因此对其性质与主题争论的焦点主要集中于《九歌》到底是用于民间祭祀还是国家祭典？是否寄托了诗人主体的情感以及寄托了怎样的情感？只有理清这些问题，我们才能对《九歌》的表现形态和性质功能有一个较好的把握。

一、融合国家祭典与民间祭祀的祭歌形态

东汉王逸最早对《九歌》创作的时间、背景及其主题性质作出了解释：

> 《九歌》者，屈原之所作也。昔楚国南郢之邑，沅湘之间，其俗信鬼而好祠。其祠必作歌乐鼓舞以乐诸神。屈原放逐，窜伏其域，怀忧苦毒，愁思沸郁。出见俗人祭祀之礼，歌舞之乐，其词鄙陋。因为作《九歌》之曲，上陈事神之敬，下见己之冤结，托之以风谏。故其文意不同，章句杂错，而广异义焉。④

---

① 杨义：《楚辞诗学》，北京，人民出版社，1998，第112页。

② 姜亮夫：《屈原与楚辞》，合肥，安徽教育出版社，1991，第47页。

③ 张强、杨颖：《〈九歌〉主题研究述评》，《徐州师范大学学报（哲学社会科学版）》2006年第5、6期。

④ （宋）洪兴祖：《楚辞补注》，北京，中华书局，1983，第55页。

王逸认为《九歌》是屈原在被放逐沅湘之时，有感于民间祭祀之词的鄙陋而重新创作的祭歌，同时借敬事神灵以诉己冤屈，并寄托讽谏之意，奠定了关于《九歌》的民间祭歌说和寄兴说的基础。宋代朱熹继承王说又加以修正：

> 《九歌》者，屈原之所作也。昔楚南郢之邑，沅湘之间，其俗信鬼而好祀。其祀必使巫觋作乐，歌舞以娱神。蛮荆陋俗，词既鄙俚，而其阴阳人鬼之间，又或不能无亵慢淫荒之杂。原既放逐，见而感之，故颇为更定其词，去其泰甚，而又因彼事神之心，以寄吾忠君爱国眷恋不忘之意。是以其言虽若不能无嫌于燕昵，而君子反有取焉。①

朱熹认为《九歌》是屈原在民间原有歌词的基础上加工、改写，借以寄托忠君爱国之情的。

此后民间祭歌说影响甚大，如胡适曾断言："《九歌》与屈原的传说绝无关系。细看内容，这九篇大概是最古之作，是当时湘江民族的宗教舞歌。"②陆侃如认为《九歌》"是楚国各地的民间祭歌"③；刘大杰也说："《九歌》的原始材料，大部分是楚国民间的祭神歌曲，是南方各地流行的巫歌，屈原采用这些材料，再加以修改和补充，才完成这整体的《九歌》。"④

清人林云铭看到民间祭歌说的不足，认为《九歌》应是用于国家祭祀的，他说："余考《九歌》诸神，悉天地云日山川正神，国家之所常祀。且河非属江南境，必无越千里外往祭河伯之人，则非沅湘间所信之鬼可知。"⑤吴景旭也指出："详其旨趣，直是楚国祀典，如汉人乐府之类，而原更订之也。"⑥清人提出这一观点被称为国家祭典说，引起了学界从诸神神格的角度对《九歌》性质展开研究，如闻一多在《什么是九歌》中说："东皇太一是上帝，祭东皇太一即郊祀上帝。只有上帝才够得上受主祭者楚王的专诚迎送。其他九神论地位都在王之下，所以典礼中只为他们设

---

① （宋）朱熹：《楚辞集注》，上海，上海古籍出版社，1979，第29页。
② 胡适：《读楚辞》，见胡明主编：《胡适精品集》第3册，北京，光明日报出版社，1998，第93页。
③ 陆侃如、冯沅君：《中国诗史》，济南，山东大学出版社，1996，第91页。
④ 刘大杰：《中国文学发展史》上册，上海，上海古籍出版社，1982，第109～110页。
⑤ （清）林云铭：《楚辞灯》，济南，齐鲁书社，1997，第177页。
⑥ （清）吴景旭：《历代诗话》卷八乙集，北京，中华书局，1958，第91页。

享，而无迎送之礼。""根据纯宗教的立场，十一章应改称'楚郊祀歌'，或更详明点，'楚郊祀东皇太一歌'，而《九歌》这称号是只应限于中间的九章插曲。"①孙作云更是强调说："我以为《九歌》是楚国国家的祭祀乐章，非平民的祭祀。"②

王逸生活于荆楚旧地的南郡宜城，去屈原时代未远，对沅湘一带"信鬼而好祠，其祠必作歌乐鼓舞以乐诸神"的巫风旧俗有着深刻的了解，其"民间祭歌说"当然值得研究者重视；而"国家祭典说"也有难以否定的依据，不过两种说法都不能独立涵盖和说明《九歌》的内容，故而这种争论仍将会继续下去。这就提醒我们思考《九歌》创作的目的究竟是什么，是否为某种具体的祭祀而作？

研究者区分"民间祭祀"与"国家祭典"的主要依据是《九歌》中神灵的身份、来源及其所应该享祭的待遇和祭祀场面。对《九歌》诸神的普遍理解为：东皇太一为楚地最尊贵的天神；云中君即云神或雷神；湘君、湘夫人是楚地湘水之神；东君是日神；大司命为掌寿命之神；少司命为掌子嗣之神；河伯为黄河之神；山鬼是山中之神，因非正神，故名山鬼；国殇祭为国捐躯的将士。据《礼记·王制》载："天子祭天地，诸侯祭社稷，大夫祭五祀。天子祭天下名山大川，五岳视三公，四渎视诸侯。诸侯祭名山大川之在其地者。天子诸侯祭因国之在其地而无主后者。"《汉书·郊祀志》亦云："天子祭天下名山大川……诸侯祭其疆内名山大川，大夫祭门、户、井、灶、中霤五祀，士、庶人祖考而已。"则早期的祭祀有着严格的等级限制。从这个角度来看，《九歌》中的神灵可能来自两套祭祀系统，《史记·封禅书》说："（高祖）后四岁，天下已定……晋巫，祠五帝、东君、云中君、司命、巫社、巫祠、族人、先炊之属。"即东皇太一、云中君、东君、大司命、少司命、河伯、国殇属于国家祭典；《左传·哀公六年》载楚昭王说："三代命祀，祭不越望。江、汉、雎、漳，楚之望也。""望"是指古代的天子诸侯对其境内的名山大川，不亲临其境而遥祭的一种祭祀方式，则在楚国应该祭祀的河流中并没有湘水，那么湘君、湘夫人、山鬼当属于民间祭祀。虽然造成这种情况并不排除"越祭"的可能，但也体现出经过屈原主观选择的结果。

湖北随县曾侯乙墓出土的楚文物中有大量乐器，包括钟、磬、鼓、瑟、琴、均钟（五弦器）、笙、箫、篪，共 9 种，125 件，这些乐器大都

①　闻一多：《闻一多全集》第 1 册，北京，生活·读书·新知三联书店，1982，第 269 页。

②　孙作云：《〈九歌〉非民歌说》，见《孙作云文集·楚辞研究（上）》，开封，河南大学出版社，2003，第 287 页。

见于《九歌》中。如"扬枹兮拊鼓，疏缓节兮安歌，陈竽瑟兮浩倡。"(《东皇太一》)"缩瑟兮交鼓，箫钟兮瑶虡。鸣篪兮吹竽，思灵保兮贤姱。翾飞兮翠曾，展诗兮会舞。应律兮合节，灵之来兮蔽日。"(《东君》)这些钟鼓齐鸣、歌舞喧天的繁华场面，确实具有国家祭祀的特色，虽然并不能由此证明《九歌》就是一场国家祭典，但至少可以见出国家祭祀对屈原创作《九歌》的影响。另一方面，"昔楚南郢之邑，沅湘之间，其俗信鬼而好祀。其祀必使巫觋作乐，歌舞以娱神。蛮荆陋俗，词既鄙俚，而其阴阳人鬼之间，又或不能无亵慢淫荒之杂。"如《湘夫人》中"捐余袂兮江中，遗余褋兮澧浦"，虽经屈原改作，其"亵慢淫荒"仍然保留着南楚民间祭歌的特色。为什么会如此呢？据考证，屈原所任左徒一职具有管理有关宗族、宗教事物的职能，[①] 当然有着丰富的宗教经验，屈原有着杰出的艺术才能和丰富的情感，他在创作《九歌》时不可能生搬硬套某一种祭祀模式，故而使《九歌》呈现出融合国家祀典和民间祭祀的祭歌形态。

《九歌》祭祀的对象包括天神、地祇和人鬼，虽与出土楚墓竹简所载具体名称不同，但其神灵体系则是相同的，[②] 这也是促使人们执着追寻《九歌》祭祀本事的重要原因；同时《九歌》又有一套完整的迎神、娱神和送神的祭祀模式，如闻一多认为《东皇太一》是迎神曲，《礼魂》是送神曲，其余九篇为娱神曲，并且指出："因东皇太一与九神在祭礼中地位不同，所以二章与九章在十一章中的地位也不同，在说明这两套歌辞不同的地位时，可以有宗教的和艺术的两种相反的看法。就宗教观点说，二章是作为祭歌主体的迎送神曲，九章即真正的《九歌》，只是祭歌中的插曲……就艺术观点说，九章是十一章中真正的精华，二章则是传统形式上一头一尾的具文。"[③]《九歌》的宗教与艺术二重性再次体现了屈原主体的创造。所以"《九歌》体现出正统祭祀与地方淫祀、文人创作与民间祭歌的整合"[④]。

二、悲怨深婉的情感寄托

祭祀活动本是以祭品和歌舞等致享鬼神以祈福佑的，有着明确的现

---

① 过常宝：《楚辞与原始宗教》，北京，东方出版社，1997，第 27 页。

② 1965 年江陵望山一号楚墓、1977 年江陵天星观一号楚墓及 1987 年荆门包山二号楚墓出土了丰富的反映楚国贵族祭祀情况的卜筮、祭祀类竹简，将这些祭祀竹简与《九歌》从所祭祀的神灵方面进行细致对比，发现两者所祭祀的神灵虽然名称有同有异，但具有某种对应关系，且都包括天神、地祇和人鬼三类。见汤漳平：《出土文献与〈楚辞·九歌〉》，北京，中国社会科学出版社，2004，第 13 页。

③ 闻一多：《闻一多全集》第 1 册，北京，生活·读书·新知三联书店，1982，第 269 页。

④ 卜键：《巫风楚舞的文学呈现》，《文学评论》2000 年第 5 期。

实功利性，如《诗·周颂·丰年》是秋收后祭祖的乐歌："丰年多黍多稌，亦有高廪，万亿及秭。为酒为醴，烝畀祖妣。以洽百礼，降福孔皆。"人们于丰收之年，酿成美酒进献祖先，祈求降福。江陵天星观和荆门包山楚墓竹简的内容主要包括"墓主人贞问吉凶祸福，攘夺鬼神和请求先人赐福的卜筮和祭祷"①，但《九歌》诸篇，并没有诉说对神灵的祈求，可见并不是用于具体的祭祀活动，那么屈原写作《九歌》的目的是什么呢？

如前所述，王逸认为《九歌》的主旨是"上陈事神之敬，下见己之冤结，托之以风谏"，这种"寄兴说"的核心就是忠君爱国，所以王逸在注释《九歌》时极力寻绎其忠君爱国的思想，如他注《云中君》："以云神喻君，言君德与日月同明，故能周览天下，横被六合，而怀王不能如此，故心忧也。"②其后洪兴祖、朱熹、蒋骥、戴震、瞿蜕园等直承其说，影响极大。但是"寄兴说"因为体现儒家教化色彩和有时牵强附会的解释，经常受到人们的批评，如汪瑗说："昔人谓解杜诗者，句句字字为念君忧国之心，则杜诗扫地矣。瑗亦谓解《楚辞》者，句句字字为念君忧国之心，则《楚辞》亦扫地矣。"不过汪瑗还是承认《九歌》有所寄托："《九歌》之作，如今之乐府然也。屈子不过借此题目，寓人事于天道，以写己意耳。读者不可以词害意可也。"③

屈原也曾明确地说他作诗的目的是抒情言志，如《惜诵》说："惜诵以致愍兮，发愤以抒情。"《悲回风》也说："介眇志之所惑兮，窃赋诗之所明。"不仅《离骚》《九章》如此，《九歌》也不例外，除《东皇太一》和《礼魂》体现庄严肃穆的宗教气氛，其余九篇中大都流露出某种悲怨愁苦的情绪，如《云中君》："思夫君兮太息，极劳心兮忡忡。"《大司命》："结桂枝兮延伫，羌愈思兮愁人。愁人兮奈何，愿若今兮无亏。"《少司命》："望美人兮未来，临风怳兮浩歌。"《东君》："长太息兮将上，心低徊兮顾怀。"《河伯》："日将暮兮怅忘归，惟极浦兮寤怀。"等等。

《湘君》《湘夫人》写这对配偶神相约期会而未能如愿的悲剧，情感意蕴极为丰富复杂，两篇虽然写的是同一件事情，但都是从对方落笔，故而显得别有情致。有热切的期盼等待，有横绝江湘的执着追求，有缠绵悱恻的思念，有求之不得的悲伤、猜疑和责怪，有失望的决绝，还有看似无望仍心存希冀。

① 于成龙：《包山二号楚墓卜筮简中若干问题的探讨》，见中国文物研究所编：《出土文献研究》第5集，北京，科学出版社，1999，第163页。
② （宋）洪兴祖：《楚辞补注》，北京，中华书局，1983，第59页。
③ （明）汪瑗：《楚辞集解》，北京，北京古籍出版社，1979，第108、126页。

　　湘君与湘夫人既然彼此相爱，又先有约定，为什么不能相见呢？曹大中分析这一爱情悲剧的原因："成约之后，将相见之时，双方是有使者来往的。湘君得到的信息都是真实的，如'帝子降兮北渚'，'闻佳人兮召予'。而湘夫人得到的信息却都是虚伪的，如'君不行兮夷犹'，'期不信兮告余以不闲'。实际上湘君没有夷犹，也没有以不闲相告，而是作了准备，正在盼望。在那天上午，她们都曾驰骛江皋，但当夫人'夕弭节兮北渚'之时，湘君正逆路相迎，'夕济兮西澨'，结果错过了遇合的机会。这说明了什么呢？这暗示了传递信息的人是中间的破坏者。"①那么二《湘》的爱情悲剧心理与屈原信而见疑、忠而被谤，身遭放逐依然"睠顾楚国，系心怀王，不忘欲反，冀幸君之一悟，俗之一改也"②的理想追求，确实是深为契合的。二《湘》还大量描写反常现象，如"采薜荔兮水中，搴芙蓉兮木末""鸟萃兮蘋中，罾何为兮木上"、"麋何食兮庭中，蛟何为兮水裔"，当是别有所指，这与楚国"鸾鸟凤皇，日以远兮。燕雀乌鹊，巢堂坛兮"的黑暗现实如出一辙。

　　《山鬼》也是一个爱情悲剧，细腻地表现了山鬼盛装打扮，历难涉险前来赴约而不见所思之人的孤独彷徨、哀怨悲伤的心理。山鬼的原型是木石之怪的山精，形象阴森可怕。经过屈原的加工创造，成了一名美丽深情的女子。诗歌特别注重刻画山鬼的形象：其服饰是"被薜荔兮带女罗""被石兰兮带杜衡"，其品格是"山中人兮芳杜若，饮石泉兮荫松柏"，与《离骚》中屈原的自我形象何其相似！所以有论者认为，山鬼那如泣如诉的内心独白，就是诗人的愁思情怀的表露。③

　　《国殇》是祭祀为国捐躯的将士的悲壮祭歌，前十句描写战争的残酷与惨败的结局，是楚国末年在秦楚战争中的真实写照，后八句热烈歌颂将士们勇武不屈的精神，深切地抒发了诗人的爱国激情。

　　林维民将《九歌》与《离骚》《九章》对比，概括出四个抒情基点：思念仰慕之情、美人迟暮之叹、失约违信之牢骚和分离之悲，而这些又是屈原忠君爱国思想的具体表现，他说："像屈子这样一位文学风格成熟的诗人，当他被一种强烈的感情和愿望所驱使时，当他时时刻刻系心怀王，忠于楚祀，一举一动，一息一念，皆不离拳拳之忠、殷殷之诚，就必然

---

① 曹大中：《〈九歌〉没有托之以讽谏的用意吗？》，《中国文学研究》1986 年第 2 期。

② 《史记·屈原贾生列传》。

③ 孙元璋：《关于〈九歌〉的思想意义》，《山东师范大学学报（人文社会科学版）》1982 年第 4 期。

要把这种感情和愿望反复地、顽强地表现在各种不同类型的诗作中。"①
《九歌》借用宗教祭歌的形式和内容，而忽略其现实背景和具体本事，这
就为我们把握《九歌》丰富的情感内涵留下了大量空白，表现为许多我们
能够感觉到却又无法指实的部分，"作品虽然在文字上看不到放逐之痕
迹，但从其轻歌微吟中却散发出一种不可抑制之忧愁幽思，他那种洁身
自好、哀怨感伤之情绪，正是长期放逐生活之心情的自然流露"②。

我们可以说，屈原放逐沅湘之时，悲愤激越的情感需要宣泄，是眼
前所见的民间祭祀激发了屈原的创作冲动，他同时调动往昔有关国家祭
祀的知识经验予以整合，从而创作了《九歌》，借用祭歌形式巧妙地融入
自己丰富复杂的思想感情，成就了《九歌》独特的艺术魅力。

第三节　《招魂》——仪式歌辞的诗意升华

《招魂》是《楚辞》中的又一篇奇文，既因为其"文极刻画，然鬼斧神
工，人莫窥其下手处"③的艺术魅力，又由于招魂礼俗背景的复杂性和有
关《招魂》创作的背景不明，使得人们对《招魂》的作者、魂主、主题等问
题一直争讼不息。对《招魂》主旨的争论，其中以王逸的宋玉招屈原说
（《楚辞章句》）、林云铭的屈原自招说（《楚辞灯》）、吴汝纶的屈原招楚怀
王生魂说（《古文辞类纂·校勘记》）、郭沫若的屈原招楚怀王亡魂说（《屈
原研究》）等最具代表性。上述诸种说法虽各有其道理，但我们以为"屈原
自招说"更为可信，并且认为《招魂》并非是用于现实的招魂仪式之中，而
是屈原放逐江南之时，"忠而斥弃，愁懑山泽，魂魄放佚，厥命将落"④，
借招魂以抒发自己深沉真挚的爱国情怀。

一、序言、乱辞的背景解读

《招魂》包括序言、招魂词和乱辞三部分，序言和乱辞极其隐晦地交
代了《招魂》创作的相关背景，这一点对我们理解诗歌的主旨至关重要。
序言曰：

---

① 林维民：《〈九歌〉爱情主题说献疑》，《温州师范学院学报（哲学社会科学版）》1992 年第
　4 期。

② 聂石樵：《先秦两汉文学史稿·先秦卷》，北京，北京师范大学出版社，1994，第 502
　页。

③ 明人陆时雍评《招魂》语，见（明）蒋之翘：《七十二家评楚辞》，转引自潘啸龙：《〈九歌〉
　研究商榷》，《文学评论》1994 年第 4 期。

④ （宋）洪兴祖：《楚辞补注》，北京，中华书局，1983，第 197 页。

朕幼清以廉洁兮，身服义而未沫。主此盛德兮，牵于俗而
芜秽。上无所考此盛德兮，长离殃而愁苦。

序言交代了"招魂"的缘由，对这几句的理解有不同的说法，持"招怀
王魂说"者或认为此六句是屈原自述，以下转入招怀王魂。既然如此，则
有自夸"盛德"而责备怀王之嫌，又如何能招来怀王之魂？或以为前两句
是屈原自述，而以下则是为怀王招魂的原因，如郭沫若说："开首有一个
'朕'字，文的煞尾有一个'吾'字。那些第一人称代名词诚然是作者的自
称，但被招的却不是这'朕'和'吾'……这儿所说的'主此盛德'以下便是
指怀王，是说以此有盛德者为君，而此有盛德者不幸为俗所牵累，遭了
芜秽。"①"上"指上天，既然天帝不能考察了解怀王的盛德，又怎么会"欲
辅之"呢？这样的理解显然是以招怀王魂为预设前提的，未免有些牵强。
其实这是诗人的自叙之词，说自己从小就正直廉洁，信奉仁义之道而毫
不含糊，并且一直保持着这些美德，由于受世俗的牵累而遭受谗言。君
王不考察我的美德，使我长期遭受祸殃而忧愁痛苦。这里以"盛德"自夸
却又不为世俗所容，显然是由《涉江》："余幼好此奇服兮，年既老而不
衰。"《离骚》："余虽好修姱以鞿羁兮，謇朝谇而夕替""荃不察余之中情
兮，反信谗而齌怒"等内容凝聚而成，是诗人一生品格与遭际的总结。诗
人的衷情上达于天，于是顺理成章地引出上帝安排巫阳来为诗人招魂：

帝告巫阳曰："有人在下，我欲辅之。魂魄离散，汝筮
予之！"
巫阳对曰："掌梦。上帝其难从。若必筮予之，恐后之谢，
不能复用巫阳焉。"

人们对这段的理解存在着招生魂与招亡魂的分歧。招魂起源于早期
人类的灵魂信仰，他们认为人的生命是由身体与灵魂组成的，如果人的
灵魂离开了身体，短期的就会致病，长久的会导致死亡，这样就产生了
招魂复魄的仪式。"招魂"在古文献中称为"复"，据《仪礼·士丧礼》云：
"复者一人，以爵弁服，簪裳于衣，左何之，扱领于带。升自前东荣中
屋，北面招以衣，曰：'皋，某复！'三。降衣于前。"清人胡培翚注曰：

① 郭沫若：《郭沫若全集·历史编》第4卷，北京，人民出版社，1982，第37页。

"郑注三礼，多解复为招魂复魄……人始死，魂气犹存，故孝子欲招之使复附于魄以生，是以有复之事。故解复为招魂复魄也。"①可见招魂的早期目的是招回离开身体的灵魂使死者复生，而可以使死者复生的灵魂当然应该是"生魂"；只有当"复而不生"时，才"行死事"。朱熹《楚辞集注·招魂》解题说得更为明白："古者人死，则使人以其上服升屋，履危北面而号曰：'皋！某复。'遂以其衣三招之，乃下以覆尸，此《礼》所谓复。而说者以为招魂复魄，又以为尽爱之道而有祷祠之心者，盖犹冀其复生也。如是而不生，则不生矣，于是乃行死事。此制礼者之意也。"②这样就演变成一种招亡魂的礼俗固定下来，成为丧礼的第一部分。所以招魂实际上就存在着招生魂与招亡魂两种形式，我们无法从这种礼俗背景中判断魂主之生死。

从文本来看，上帝告诉巫阳的"欲辅"之人，也就是诗人自己，由于"长离殃而愁苦"，导致"魂魄离散"，所以需要"招魂"辅之。巫阳认为上帝的指示难以服从，"若必筮予之，恐后之谢，不能复用巫阳焉"，包含着三层意思：一是此人还活着；二是此人"离殃愁苦"之深重，已等不及"筮予之"；三则暗示诗人渴望回到郢都的愿望难以实现，与后面的乱辞相呼应，沉重的悲哀竟是如此绵绵不尽。

> 献岁发春兮，汩吾南征。菉蘋齐叶兮，白芷生。路贯庐江兮，左长薄。倚沼畦瀛兮，遥望博。青骊结驷兮齐千乘，悬火延起兮玄颜烝。步及骤处兮诱骋先，抑骛若通兮引车右还。与王趋梦兮课后先，君王亲发兮惮青兕。朱明承夜兮时不可淹，皋兰被径兮斯路渐。湛湛江水兮上有枫，目极千里兮伤心悲。魂兮归来哀江南！

乱辞交代《招魂》的写作背景是屈原放逐江南之时，王逸注："言岁始来进，春气奋扬，万物皆感气而生，自伤放逐，独南行也。"③饶宗颐《楚辞地理考》云："楚江南，自悼王时吴起平蛮越，遂有洞庭、苍梧。然仍属南蛮，号称难治。惟其在楚为遐壤，于是以为黜臣窜逐之所。"④则江南乃楚国贬罪之地。春天万物复苏，处处充满生机，与诗人放逐的心境

① （清）胡培翚：《仪礼正义》下册，北京，商务印书馆，1934，第 4 页。
② （宋）朱熹：《楚辞集注》，上海，上海古籍出版社，1979，第 133 页。
③ （宋）洪兴祖：《楚辞补注》，北京，中华书局，1983，第 213 页。
④ 饶宗颐：《楚辞地理考》，上海，商务印书馆，1946，第 82 页。

形成了鲜明的对比，放眼空旷的原野，不由得想起当年与君王射猎云梦的场景。昔日股肱之臣，今日远放之客，其悲哀的心境自可以想见，故而司马迁说："余读《离骚》《天问》《招魂》《哀郢》，悲其志。"①所悲当是诗人"眷顾楚国，系心怀王"的忠君爱国之志。朱明承夜，时光流逝，诗人离开郢都越来越远，内心承受着"惟郢路之辽远兮，魂一夕而九逝"的悲苦煎熬，迸发出悲怆的呼喊："魂兮归来哀江南！"

二、招魂歌辞的艺术升华

否定"屈原自招说"的一条重要理由是，招魂词中"内崇楚国之美"的描写属于"王者之制"，不是屈原所能够享受的。如郭沫若说："巫阳下招的一段，所叙述的也完全是王者生活，宫室苑圃、车马仆御、女乐玩好、美衣玉食，那些近于穷奢极侈的情况，决不是自甘'贱贫'的屈原的身份所宜有。"②进而断定"文辞中所叙的宫廷居处之美，饮食服饰之奢，乐舞游艺之盛，不是一个君主是不能够相称的。"③究其原因，是人们拘泥于《招魂》具有真正为某人招魂的现实目的，而忽略其借用招魂词的形式来抒情的艺术创造。蒋骥对此深有体会，他说屈原"放逐之余，幽邑督乱，觉此身无顿放处，故设为谩词自解，聊以舒忧娱哀。所谓台池酒色，俱是幻景，固非实有其事，亦岂真以为乐哉"④。

《大招》在本质上属于为仪式而作的实用招魂歌辞⑤，而《招魂》则是在此基础上加以序言和乱辞，创造出首尾俱足的完整形式以更好地表达情感。序言部分先自叙志行高洁却遭谗被害以致"魂魄离散"的现实处境，然后假托上帝令巫阳为他招魂引领全篇。正文部分为巫阳的招魂词，极力铺陈天地四方的险恶恐怖，反复渲染楚都故居高贵舒适的生活，诱导灵魂归来。乱辞部分又回到现实，叙述自己被放逐南行途中的所见所思所感，点明"哀江南"的题旨，抒发深深眷恋故国的情怀。这种结构正是诗人将主体的情感融入实用招魂词的艺术创新，使诗歌摆脱《大招》的典重呆板而显得情采飞扬。正如蒋骥所说："《招魂》序宫室女色饮食音乐之乐，与《大招》不同。《大招》是实情，《招魂》是幻语。《大招》每项俱各开

---

① 《史记·屈原贾生列传》。
② 郭沫若：《郭沫若全集·文学编》第 5 卷，北京，人民文学出版社，1984，第 381 页。
③ 郭沫若：《郭沫若全集·历史编》第 4 卷，北京，人民文学出版社，1982，第 36～37 页。
④ （清）蒋骥：《山带阁注楚辞》，上海，上海古籍出版社，1984，第 236～237 页。
⑤ 张兴武《〈楚辞·大招〉与楚巫文化》，《西北师大学报（社会科学版）》2001 年第 1 期。该文通过系统比较《招魂》与《大招》，认为《大招》本质上仍属于实用的招魂歌辞。

写，《招魂》则首尾总是一串。其间有明落、有暗度，章法珠贯绳联，相绎而出。其次第一层进一层，入后异采惊华，缤纷繁会，使人一往忘返矣。乱辞一段，忽又重现离殃愁苦本色来。通首数千言，浑如天际浮云，自起自灭。作文之变，于斯极矣！"①

《招魂》最突出的特点是以丰富奇特的想象，铺陈夸张的手法，通过"外陈四方之恶，内崇楚国之美"的强烈对比来抒发诗人的爱国之情，赋予原始巫术仪式以审美内涵。明代孙𬭩赞叹《招魂》"构法奇，撰语丽，备谈怪说，琐陈缕述，务穷其变态，自是天地间瑰玮文字"②，极为精辟地道出了《招魂》的艺术特色。

《招魂》借鉴了民间招魂习俗于东南西北四个方位依次招魂的模式③，并加以艺术生发，具体表现为在"外陈四方之恶"时，大量吸收神话传说予以改造，如东方"长人千仞，惟魂是索些。十日代出，流金铄石些。彼皆习之，魂往必释些"；南方"雕题黑齿，得人肉以祀，以其骨为醢些。蝮蛇蓁蓁，封狐千里些。雄虺九首，往来儵忽，吞人以益其心些"。这些形象大多与《山海经》中的神怪相类，如《西山经》："有兽焉，其状如羊而四角，名曰土蝼，是食人。有鸟焉，其状如蜂，大如鸳鸯，名曰钦原，蠚鸟兽则死，蠚木则枯。"④而其阴森可怕，又无以复加。顾炎武在《日知录》中就曾指出："或曰：地狱之说，本于宋玉《招魂》之篇。'长人''土伯'，则夜叉、罗刹之伦也。'烂土''雷渊'，则刀山剑树之地也。虽文人之寓言，而意已近之矣。于是魏、晋以下之人，遂演其说，而附之释氏之书。"⑤而在"内崇楚国之美"时则对现实图景极尽变化之能，如所居"高堂邃宇，槛层轩些。层台累榭，临高山些。网户朱缀，刻方连些。冬有突厦，夏室寒些"，所乐"陈钟按鼓，造新歌些。《涉江》《采菱》，发扬《荷些》。美人既醉，朱颜酡些"，这些实际上是极力描摹楚国贵族生活，以招引灵魂归来。《招魂》极力铺陈上下四方之恶，又全面叙写楚国之美，客观上对后世赋体文学"铺采摛文"的写作手法有着直接影响，因此鲁迅说："《招魂》一篇……其文华靡，长于铺陈，言险难则天地间皆不可居，

---

① （清）蒋骥：《山带阁注楚辞》，上海，上海古籍出版社，1984，第236页。
② 见（明）蒋之翘：《七十二家评楚辞》，转引自张庆利：《楚族巫风与〈楚辞·招魂〉》，《蒲峪学刊》1994年第3期。
③ 莫道才：《〈大招〉为战国时期楚地民间招魂词之原始记录说》，《云梦学刊》2001年第9期。
④ 袁珂：《山海经校译》，上海，上海古籍出版社，1985，第30页。
⑤ （清）顾炎武著，黄汝成集释：《日知录集释》，上海，上海古籍出版社，2006，第1719~1720页。

述逸乐则饮食声色必极其致。后人作赋，颇学其夸。"①

　　值得注意的是仪式中的招魂词并未涉及天界和幽都，而《招魂》却引入天地两境并加以改造。《山海经》所载的天界"面有九门，门有开明兽守之，百神之所在"②，应当是公正道义的象征。由于诗人的理想追求难以实现，在《离骚》中对天界就已经有了怀疑："吾令帝阍开关兮，倚阊阖而望予。"而当他流放江南悲愤难诉之时，天界更是同四方和幽都一样，充满险恶恐怖："虎豹九关，啄害下人些。一夫九首，拔木九千些。豺狼从目，往来侁侁些。悬人以娭，投之深渊些。致命于帝，然后得瞑些。归来归来！往恐危身些。"这种对天地四方的否定，实际上反映了诗人离开郢都后魂魄四处飘荡，无所归宿的精神困境，更突出了对祖国的热爱。

　　《招魂》的艺术形式来源于楚地招魂巫术仪式，并不具有为某人招魂的现实目的。"羌灵魂之欲归兮，何须臾而忘反"（《哀郢》），诗人流放江南渴望魂归楚国的梦想与漂泊的灵魂需要寻找家园的精神内核竟是如此的契合，于是诗人借用招魂歌词的形式，化腐朽为神奇，在四方之恶与楚国之美的强烈对比中，寄托自己对故国的无限眷恋。

---

①　鲁迅：《汉文学史纲要》，见《鲁迅全集》第 9 卷，北京，人民文学出版社，2005，第 387 页。

②　袁珂：《山海经校译》，上海，上海古籍出版社，1985，第 225 页。

第三十一章　楚辞文化及其艺术精神

　　一直以来，在历史与现实的关系上，我们强调得更多的是以古鉴今，殊不知，以今观古同样可以拓展我们的视阈，有利于我们对文化现象进行多向度的考察，用文化认同观念考察楚辞或许可以获得较为丰富的视野。比勘认同和冲突的运行轨迹，我们看到，认同与冲突存在于同一文化进程中背道而驰的两个方向，基本上是一对相对的概念。在逻辑顺序上，认同概念应优先于冲突概念，厘清了认同的概念，冲突的概念也就昭然于前。同理，在具体对待文化事象时，阐明了认同的现象及其理路，冲突的现象及其理路往往就昭然于前，或者说，对某一对象文化冲突的研究，一定程度上往往内在地包含于对其认同的研究中。由此入手，能在更大程度上认识楚辞文化及其艺术精神的独特性。

第一节　楚辞中的文化认同和冲突

　　正如有学者指出，文化认同其实就是"相信自己是什么样的人或信任什么样的人，以及希望自己成为什么样的人"，进而达到"寻求生存方式的持续性"的目的，这种认同的"过程却往往缘起于历史的断裂或社会的断层"[①]。在楚辞的主要作者屈原所处的年代，楚国优秀的传统文化在楚地发展状况是否面临"断裂"或"断层"，楚辞的作者对此有怎样的看法，在楚文化与中原华夏文化的交融中，楚人的夏化究竟在怎样的文化环境中进行，此其一；其二，对文学家来说，文化认同和冲突，具体地表现为其作品的文化选择，即作品中着笔较多、加以展现、褒扬或者采纳为叙事结构构成要件的文化因素，以及由此反映出来作品和作者所根源的文化场、所隶属的文化圈和所持有的文化倾向，这是楚辞文化认同和冲突的基本问题。这些问题的解决，有赖于对楚文化一些具体事象和性状的分析。

一、楚辞与楚地宗教文化

　　文学史上不乏这样的现象，每当作者感到与世相违时，往往会进入

历史的记忆空间或前眺远瞻来淡化现实的苦痛。屈原创作楚辞的过程也包含这样的情况。因此，楚辞中的文化现象，与其说是出于某种实用目的，或是体现某种典制内容，还不如说是一种记忆形态的呈现。当然，这样说并非否认楚辞中的文化现象可能存在的"写实"功能，而是当我们揣摩其搦管为文之迹与表情达意之象，体会屈原这一个体的衷肠心曲时，发现其创作更多的是"以我为主"之良善遭厄后的抒情泄怨。尽管其中的典制内涵作为一种客观的记载也有其不可忽略的价值，然而过分深究则似有违作者初衷。

虽然在很大程度上，屈原的价值并没有在他那个时代得以实现，但反观历史，我们完全可以作出这样的判断，即因为独特的出身、学养、阅历和禀性，屈原成为楚人知识、思想阶层的重要代表。他的作品，兼具后世分别指称的文学、史学和哲学等方面的特点。可以说，楚辞既是窥见时代心灵的窗户，洞见历史发展的明镜，又是时代精神的精华。楚辞可用以概括战国时代楚文化的总体特征，又可展现楚文化的集体记忆。

集体记忆是一个社会学的概念，法国学者莫里斯·哈布瓦赫著有《论集体记忆》一书，刘易斯·科瑟在为该书所作的《导论》中对其学说进行了归纳："集体记忆不是一个既定的概念，而是一个社会建构的概念。它也不是某种神秘的群体思想……这些不同的记忆都是由其各自的成员通常经历很长时间才建构起来的。当然，进行记忆的是个体，而不是群体或机构，但是，这些植根在特定群体情境中的个体，也是利用这个情境去记忆或再现过去的。"①集体记忆是认同的基本内容，认同对于文化的意义，即在于它为文化成员提供了自身的身份证明，为整合文化成员的向心力和凝聚力奠定了基础。

当然本文所用的集体记忆只取其作为静态概念的一部分，而不涉及其动态建构过程。基于此，可以说，楚辞的作者屈原正是楚文化集体记忆的守护者，是楚文化长河中的"纤夫"，楚文化的记忆之舟在他的拉动下前行。楚辞当中可以纳入到集体记忆中的内容不在少数，本文将关注其中的宗教文化。

一直以来，明确提出楚辞与宗教内在联系的学者并不多，往往只谈楚辞中的巫风或巫文化特点，似乎楚辞的宗教色彩不浓，而只能退而求其次地、曲折地谈巫风方才名正言顺。诚然，巫风是楚辞宗教文化的第

---

① 〔法〕莫里斯·哈布瓦赫：《论集体记忆》，毕然、郭金华译，上海，上海人民出版社，2002，第39～40页。

一要义，但未尝不可明确提出楚辞的宗教文化作明确标示，以使讨论的范畴更明确，观点更鲜明，从而更接近楚辞的文化本质。所以要论楚辞的宗教文化内涵，必须首先对宗教概念作一个说明。

李零在《中国方术续考》中提到："以西方的眼光看问题（他们是上下一个教，国王和百姓都是教民），他们宁愿相信，中国的宗教，特别是早期宗教，是一种上下共享的通用宗教（common religion）。"①这种所谓"上下通用的宗教"即指宗教与非宗教，在实践上界限不严格。而实际上，中国早期对宗教的概念界定也很不严格。正如李零所说："研究中国古代宗教，祝宗卜史，各有分工，祝宗跟礼仪关系大，卜史跟方术关系大，两者都和宗教有关，但前者更接近于教，后者更接近于术。"②作为中国巫术执行者的祝宗卜史既然都可被认定为中国早期宗教的有机组成部分，则巫术具有宗教特性不容置疑。这一点对楚人而言也不例外，对楚辞影响最大的巫风其属性是宗教的，而非世俗的，只不过这种宗教性是中国古代乃至楚地所特有的。

关于楚辞的创制，姜书阁说："屈原《九歌》本是屈子依沅湘之间的祭祀巫歌旧曲形式改作的。"③蔡靖泉《楚文学史》指出："楚辞是楚人在全面融会南北诗歌艺术的基础上熔冶而成的伟大创造，但它又正是为巫歌创作所催生并且在很大程度上是脱胎于民间巫歌的新诗体。"④此中不独赞美屈原等人的历史功绩，而又拈出"催生"、"脱胎"二语，道出其作品之所以为伟大的"源头活水"正在于巫风。林河于此论曰："屈原是受过中原文化熏陶的，他当然不会在写《九歌》时将沅湘间过分的野性吸收进作品中去。但他毕竟又是楚国巫文化的传人，因此，他的《九歌》，既保留了南楚民间的野性美，但又舍弃了民间巫文化的过分野性，成为中原士大夫也能接受的文学。"⑤自然地，"野性"成分不独沅湘中原文化有，其他地方文化的初始阶段及其底层俗文化中也不乏"野性"的成分。不过，屈原等人的伟大正在于对巫文化的吸收与改造。宗教文化是楚辞诞生的"母体"之一，其功不可没，其所发挥的功用是有效而且适度的。

就楚辞文本形态而论，楚辞也从宗教文化中获益匪浅，甚至可被视为宗教文化的"文学底本"或可资引证与比照的文字形态的珍贵"副本"。

---

① 李零：《中国方术续考·新版前言》，北京，中华书局，2006。
② 李零：《中国方术续考》，北京，中华书局，2006，第8页。
③ 姜书阁：《先秦辞赋原论》，济南，齐鲁书社，1983，第13页。
④ 蔡靖泉：《楚文学史》，武汉，湖北教育出版社，1996，第120页。
⑤ 林河：《〈九歌〉与沅湘民俗》，上海，上海三联书店，1990，第98页。

蔡靖泉在《楚文学史》中指出："《招魂》和《大招》都沿用了民间'招魂词'的形式，而且其创作的目的也是'室家遂宗'的追悼仪式和巫觋作法的歌舞演唱，其性质同于《九歌》。"《天问》的一问到底、只问不答的形式，乍看起来与巫歌形式迥然有别，但它与巫风却并非无缘。出土的殷商甲骨卜辞中，就有连发数问、一问到底的贞问之辞。出土的楚人卜筮记录的简文中，也有一连贞问数事的命辞。这样传统的和普遍的贞问方式，势必影响到楚文学的创作。《庄子·天运》开篇连发数问的问难方式，与《天问》如出一辙。楚文学中的这种问难方式，显然为卜筮的贞问方式的大胆借鉴和创造性运用。"①所论甚是。如此连续发问，不仅令人陷入无暇索解的无奈境地，而且其本人也无意于求解，正如"商代卜辞有验辞，而西周和战国没有……后者对占卜的灵验与否好像已不太关心，更关心的倒是愿望的表达"②一样，发问既是诗篇的形式，也是诗篇的内容；既是诗人的手段，也是诗人的目的。这样就由一味地发问造成"窒息式"的压迫感，这可能是受贞问模式的影响，而形成的一种类似"集体无意识"的宗教迷狂状态。《九辩》《九章》《离骚》在文本形态上与巫歌的联系也往往如此。

就楚辞的表现形式而论，浸淫于巫风之中的楚辞作者顺理成章地对巫歌采取"拿来主义""为我所用"：

> 楚辞在句式和体制上的鲜明特征，都在很大程度上是直接受到巫歌影响所致。楚辞与巫歌在句式上没有很大的差别，《九歌》句式即反映了民间巫歌的原貌，只不过因为屈原的修改加工而使之典型化了；《离骚》《九章》《九辩》的句式，也是在巫歌的典型句式基础上的变化和发展。楚辞的篇幅宏大，则与巫事活动的规模巨大有直接联系。楚人的祭祀活动"隆"而至于"淫"，酣歌恒舞，夜以继日……因此，巫歌的内容就要求丰富，唱词就要求繁多，以致巫歌或为《九歌》这样的成组之体，或成《招魂》这样的长篇之制。模仿巫歌或受其影响而成的楚辞作品，当然就不会是像《诗经》和一般的楚地民歌那样的寥寥短章，而是多为前所未有的鸿篇巨制。③

---

① 蔡靖泉：《楚文学史》，武汉，湖北教育出版社，1996，第120～121页。
② 李零：《中国方术续考》，北京，中华书局，2006，第20页。
③ 蔡靖泉：《楚文学史》，武汉，湖北教育出版社，1996，第121页。

文艺心理学认为，形式也有情感。童庆炳说："艺术创作中形式情感征服内容情感的心理学意义在于形成审美情感。"①楚辞的巫歌形态的句式和体制特征即是一种形式情感的表现，"实际上一切艺术方式、艺术形式都对艺术内容具有征服、克服的作用。"②尽管屈原的惨淡人生和悲愤情感无人愿意经历，但巫歌这一宗教形式使得读者既能入于诗境深味作者的悲情，而又能出于诗境深味诗篇之美，形式情感征服、克服了内容情感，这正是楚辞的成功之处，也是楚辞得宗教之助的表现。

对楚辞表现巫风的情况，研究不在少数。如日本学者藤野岩友便旁征博引以证明《楚辞》与巫、卜的关系很深，并指出《离骚》中出现的巫咸和灵氛，正是通过结草折竹的方式占卜并下卜辞的。③ 张光直在《连续与破裂：一个文明起源新说的草稿》一文中提出中国古代文明是萨满式（即巫觋式）的文明，并引用一些"中国古代象征和信仰体系的残碎可是显炫的遗存"证明此观点，谈到楚辞时，他说："《楚辞》萨满诗歌及其对萨满和他们升降的描述，和其中对走失的灵魂的召唤。"对于楚辞具有宗教特质表示认同。④

屈原在《离骚》开头历叙出身和出生，的确是大有深意。因为"据姜亮夫先生考证，从殷代以来，'庚寅'就被认为是第二大吉日。楚人也认为，生于寅年、寅月、寅日乃是再好不过的八字。屈原和他的父亲都认为屈原的美好品质和才能都是这生辰八字带来的，并引以为无上荣耀，可知屈原并未超然宗教之外"⑤。刘信芳也指出屈原的生日具有宗教意义，遵循的正是楚地宗教文化，值得重视。其分析以云梦《日书》为逻辑起点：

> 云梦秦简《日书》869—878简，1134—1141简分别以六十甲子各系以其生吉凶，如869简："甲戌生子歓（饮）食急。甲申生子巧有身事。甲午生子贫有力。"等等，当是以其生日以占吉凶。此法在当时颇为流行，如《史记·孟尝君列传》记田婴之妾以五月五日生田文，田婴令其妾弃而不养，其理由是："五月子者，长与户齐，将不利其父母。"《索隐》引《风俗通》云："俗说五月五日生子，男害父，女害母。"……春秋战国之时，人们非常重视

---

① 童庆炳：《艺术创作与审美心理》，天津，百花文艺出版社，1992，第227页。
② 童庆炳：《艺术创作与审美心理》，天津，百花文艺出版社，1992，第225页。
③ 〔日〕藤野岩友：《巫系文学论：以〈楚辞〉为中心》，韩国基编译，重庆，重庆出版社，2005，第34页。
④ 张光直：《中国青铜时代》，北京，生活·读书·新知三联书店，1999，第491页。
⑤ 赵辉：《楚辞文化背景研究》，武汉，湖北教育出版社，1995，第65页。

生日所昭示的吉凶。

> 屈原生于庚寅日,《日书》875 简:"庚寅生子女为贾(按:贾,当从 1137 简作巫),男好衣佩而贵。"可知屈原之父给屈原取名,字曰灵均,当以楚国《日书》为根据。《九歌·云中君》:"灵连蜷兮既留",王逸注:"灵,巫也。楚人名巫为灵子。"恰与《日书》之说相合。《离骚》又云:"帝高阳之苗裔兮。"是云出身高贵。屈原好衣佩,亦见之于《离骚》:"纷吾既有此内美兮,又重之以修能,扈江离与辟芷兮,纫秋兰以为佩。"《涉江》亦云:"余幼好此奇服兮,年既老而不衰,带长铗之陆离兮,冠切云之崔嵬,被明月兮佩宝璐。"此类诗句与《日书》"好衣佩而贵"如此吻合,恐并非出于偶然。后世诠释屈原名字者,多从伦理方面的意义求解,今赖《日书》得知,屈原之名与字,主要决定于宗教方面的因素,并因对生辰吉日之崇拜,影响到屈原一生性格的形成。[①]

依据屈原的自叙,出生对屈原及其家族而言,不止于生理学、遗传学意义上的个体。由于楚地宗教文化对"庚寅生子女"的"天然"的崇拜和偏好,屈原一出生就被定位为贵不可及和前途不可限量。尽管没有人生成长期的资料可资佐证,我们还是可以推知屈原从小到大,必定都背负着长辈和家族高层次、高标准的期许,这正是由其出生的宗教文化背景所决定的。

这里可以借用麦克斯·韦伯关于"传统社会"和"理性社会"的区分理论:"传统社会是感情社会,而理性社会是感情中立社会。在传统社会中,角色是多重性的、扩散的。但在理性社会中,角色却是专门的、特定的。天赋身份在传统社会中是主要的,而成就在理性社会中是重要的。在传统社会中,一个人的位置在他出生的时候就确定了,但在理性社会中,每个人都从零起步。"[②]当然这样的社会区分只在实验室里才有,变动不居的社会舞台,不会这样被整齐切割成块。所以罗伯特·莫菲指出:"韦伯的类型是理想化的。没有任何一个社会属于极端的两极。"[③]然而任

---

① 刘信芳:《秦简〈日书〉与〈楚辞〉类征》,《江汉考古》1990 年第 1 期。

② 〔美〕罗伯特·F. 莫菲:《文化和社会人类学》,吴玫译,北京,中国文联出版公司,1988,第 121 页。

③ 〔美〕罗伯特·F. 莫菲:《文化和社会人类学》,吴玫译,北京,中国文联出版公司,1988,第 121 页。

何一个历史规律总会有某一个完全适用的对象，屈原就是传统社会里的"这一个"适用对象，不仅仅因为屈原所在的是一个传统社会，还因为天意的机缘巧合。

冯友兰在《中国哲学史》中说："《离骚》中，屈原远游，驱使鬼神，其对于鬼神之态度，为诗的而非宗教的。至于《天问》一篇，则更对于一切人神之传说，皆加质问；对于宇宙之所以发生，日月之所以运行，亦提出问题。或者一般人过于'信巫鬼，重淫祀'，故激起有思想之人之反动也。"①可能是时代的原因，冯友兰试图将屈原刻画成为一个唯物主义者，但这并不是屈原的原貌。鬼神、宗教之弄人，今之人尚未摆脱，何况两千多年前楚地的屈原。楚辞对楚地宗教文化的选择实则是一种固有的文化认同，宗教文化在楚辞的文化选择中具有原发性意义，在楚文化体系中也有重要地位。

二、楚辞的地理人文背景

丹纳认为，如同一切物质文明和精神文明一样，艺术的产生，它的面貌和特征及其历史发展，都取决于三种因素或"三种原始力量"，即种族、环境、时代。他指出，"要了解一件艺术品，一个艺术家，一群艺术家，必须正确地设想他们所属时代的精神和风俗概况。这是艺术品最后的解释，也是决定一切的基本原因"②。尽管从本质上来说，艺术精神更多地具有艺术哲学的属性，但由于艺术品的情感表现形式与社会实践形态，尤其是对具体艺术作品而言，艺术社会学的阐释显然是必须的，故也适用于楚辞的艺术精神。作为以屈原为主的天才诗人的艺术创作，楚辞的艺术精神的来源显然不是单一的，除了诗人天才的创造外，各种自然的、社会的和人文的因素都是催生楚辞华章的合力。

《史记·货殖列传》有言："楚越之地，地广人稀，饭稻羹鱼，或火耕而水耨，果隋蠃蛤，不待贾而足，地埶饶食，无饥馑之患，以故呰窳偷生，无积聚而多贫。是故江、淮以南，无冻饿之人，亦无千金之家。"这个说法很有代表性。英国历史学家汤因比的名著《历史研究》中有这样的话："在黄河岸上居住的古代中国文明的先祖们，没有像那些居住在南方的人们那样享有一种安逸而易于为生的环境。"③汤氏所论大体不错。尽

---

① 冯友兰：《中国哲学史》，上海，商务印书馆，1947，第217页。
② 〔法〕丹纳：《艺术哲学》，傅雷译，北京，人民文学出版社，1963，第7页。
③ 〔英〕阿诺德·汤因比：《历史研究》，曹未风译，上海，上海人民出版社，1997，第92页。

管司马迁这段话所表达的应是秦汉时期楚人的生活状况，但用来描述相距不远的春秋战国时期的楚人也是适用的。况且在农业社会的古代中国，由自然条件决定的某地域的生活状况的变化很少。有不少学者持大致相同的看法，张崇琛说："大抵北土环境艰苦，碌碌一生，逃生且不易，又安得闲暇以乐其风土？南方气候温暖，地沃物丰，求生至易，故居人常有闲情逸致；兼以其地之山清水秀，湖光潋滟，更易启幻想之思。"①确实，比较而言，不仅楚人谋生较北方人为易，较楚国兼并的其他一些民族与国家也是如此。所谓"一方水土养一方人"，在湖光山色的映射下，在连绵山林的庇护下，在种类繁多的动植物的激发下，楚人的生机、活力潜移默化地养成，自然环境通过影响作家的个性气质、精神状态、认知方式与意志品格等，给予作家创作以多方面的影响。这方面前人已有许多经典的论述。刘勰《文心雕龙·物色》篇直接点明屈原楚辞成功的原因说："山林皋壤，实文思之奥府，略语则阙，详说则繁。然屈平所以能洞监《风》《骚》之情者，抑亦江山之助乎？"不同的自然给予作家不同的感受，楚地自有独特性。山的崇高与壮美，谷的幽深与雅静，岸的管束与放任，水的灵动与流利，动物的活泼与安静，植物的层次与色彩，真可谓是，高下相形，动静相宜，音声相和，绘声绘色，奏响楚地自然万物同乐共生的乐章。作家的感受之心，探入自然之核，两者在楚辞作品中得到交流与交融，得到最集中的体现。王夫之《楚辞通释》中说："楚，泽国也。其南沅湘之交，抑山国也。叠波旷宇，以荡遥情，而迫之以釜钦戍削之幽菀，故推宕无涯，而天采蔂发，江山光怪之气，莫能掩抑。"②楚辞浓烈的地域色彩，诡异、浪漫、宏艳的意境，实有得于楚地"江山光怪之气"。

当然，读楚辞，我们会发现其中对水的关注远多于对山的关注，楚辞于水感发尤多。究其原因，一方面，在南方的自然世界中，更能激起楚人情感波动的因素，莫过于水。刘师培在《南北学派不同论》中有这样的话："大抵北方之地土厚水深，民生其间，多尚实际。南方之地水势浩洋，民生其际，多尚虚无。民崇实际，故所著之文不外记事、析理二端。民尚虚无，故所作之文或为言志、抒情之体。"③南北文风的差异固然可从水土差异窥其一二，而细加分析，其中似乎也暗示了南方之文从水中

①　张崇琛：《楚辞文化探微》，北京，新华出版社，1993，第8页。
②　（清）王夫之：《楚辞通释·序例》，上海，上海人民出版社，1975。
③　刘师培：《南北学派不同论》，见吴方编校《中国现代学术经典·黄侃　刘师培卷》，石家庄，河北教育出版社，1996，第757页。

获得的感发更多，所谓"北方之地土厚水深"、"南方之地水势浩洋"即透露出此类信息，这一点往往不为人所体察，而对照屈原楚辞的文本，我们就豁然开朗了。此外，《论语·雍也》所载孔子语"仁者乐山""智者乐水"或可以为参照；另一方面，还可从楚人的历史上找到一些蛛丝马迹以为佐证。楚人受商文化影响很大已成共识，而据研究，"河"是卜辞中常见的祭祀对象。刘源在《商周祭祖礼研究》一书中，通过对商代后期卜问祭祀的卜辞的分析，指出"（商代人）对河的祭祀也较频繁。河是先公中权能最广的一个，商人经常向它祈雨、祈年，所以商王多次卜问到祭河所用牺牲的征取和贡纳"①。尽管河之性质学界还有不同意见，"或认为是祖先神，是商族先公之一；或认为是自然神，是黄河神或河伯；也有认为既是祖先神，又是自然神。被称为'高祖河'而作为商人祭祀的对象，其神格性质比较复杂，一身兼具了自然神和祖先神的双重神格神性"②。但祭河对商人的重要性已不言而喻，可能在这一类祭祀的影响下，我们看到楚人也很重视祭水。据蒋瑞介绍，天星观楚简、包山楚简、望山楚简、葛陵楚简等都有祭祀神祇"大水"的记载，但"大水"究竟是何神，学界还有不同的说法，然而"多处楚简都有，说明是楚人普遍的信仰"，"大水的命名既是'大水'，那一定与'水'并且是'大水'有关"③。所以作为一种兼具厚重历史感、沧桑感与现实意义的文学作品，楚辞由楚人重视祭河及祭水而得到的潜移默化的影响，生成了楚人的文学感受，使水几乎成了楚辞的精魂。

对于与文学艺术相通的书法艺术，有论者作这样的分析："楚系文字的风格特征是由江、湘、汉、淮流域这个特定的地理环境所孕育、滋润而逐渐形成的。楚人自来就与这几大水系生死相依，他们由赖之以生存进而对其顶礼膜拜，以至将其作为与祖宗同等重要的神灵加以祭祀。"④确实如此。《左传·哀公六年》楚昭王说："三代命祀，祭不过望，江、汉、雎、漳，楚之望也。祸福之至，不是过也。""楚人以江、汉、雎、漳为望祭对象，在其意识观念中自然对这几大水系有着神秘的敬畏，因而对水亦有着非同一般的情感。"⑤与屈原同为楚文化杰出代表的老子、庄子，对水也表现出相当的偏爱，尤其是随着荆门郭店楚简的发现，其中

　①　刘源：《商周祭祖礼研究》，北京，商务印书馆，2004，第340页。
　②　朱彦民：《殷卜辞所见先公配偶考》，《历史研究》2003年第6期。
　③　蒋瑞：《楚简"大水"即水帝颛顼即〈离骚〉"高阳"考》，《湖北大学学报（哲学社会科学版）》2008年第3期。
　④　陈松长：《楚系文字与楚国风俗》，《东南文化》1990年第4期。
　⑤　陈松长：《楚系文字与楚国风俗》，《东南文化》1990年第4期。

《太一生水》的宇宙生成模式是'双轨''双回向'的，它与《老子》的'道生一，一生二，二生三，三生万物'、《易》的'太极生两仪，两仪生四象，四象生八卦'均有不同；同时'水'在这个宇宙生成模式中占有突出位置。"①当"水"在楚人宇宙生成观中的重要性被阐发出来之后，我们发现"水"对文人的启发是巨大的，而"水"与楚辞文学之间的关系还有待进一步揭示。大体来说，在自然界的触发之机当中，与山相比，河流、水是楚辞作者的易感对象。这就不难理解楚辞的周流灵动、光怪陆离、诡谲异变等特点了。

如果说楚辞是南楚大地上一株艳丽夺目的花朵，自然慷慨赐予的灵感是它蕃盛的温床，而南楚大地的历史传统与人文环境就是给它以呼吸与滋润的空气、阳光和雨露。张崇琛在《楚辞文化探微》一书中，谈到楚国的地方文化作为楚辞形成和发展的重要基础时，首先指出，"楚人勤劳勇敢、克服困难的精神和力争上游、反抗外侮的传统，是楚辞产生的思想基础"，"正是由于楚人的这种发奋精神和辛勤劳动，长期以来，楚地远较中原各国为富足"，"即使极端动乱的战国年代，楚的长江两岸仍有'平乐'的'州土'。"②确实如此，楚人祖先创业之时，"筚路蓝缕，以处草莽，跋涉山林"③，这样一个由世世代代楚人建设出来的美丽而相对富足的国度，身为楚人的屈原在"作品中所表现出来的那种对故土、对故国的强烈的爱，实在是有其根源的"。此外，楚地的民歌、地方音乐、巫风、楚方言、地理环境都跟楚辞的形成有密切关系。④

除此之外，楚地的人才之盛也是有目共睹的。清人洪亮吉在《春秋时楚国人文最盛论》一文中对此进行了详细论述：

> 春秋时，人材惟楚最盛。其见用于本国者不具论，其波及他国者，蔡声子言之已详，亦不复述。外此则百里奚霸秦，伍子胥霸吴，大夫种、范蠡霸越，皆楚人也。刘向《新序》："百里奚，楚宛人"；《吴越春秋》："范蠡，楚宛县三户人。大夫种，亦楚人。"他若文采风流，楚亦较胜他国。不独左史倚相能读三坟、五典、八索、九丘也。《史记·楚世家》析父善言故事，《楚

---

① 胡平生、李天虹：《长江流域出土简牍与研究》，武汉，湖北教育出版社，2004，第131～132页。
② 张崇琛：《楚辞文化探微》，北京，新华出版社，1993，第2～3页。
③ 《左传·昭公十二年》。
④ 张崇琛：《楚辞文化探微》，北京，新华出版社，1993，第3～11页。

语》共王傅士亹能通训典、六艺,观射父能辩山川百神。盖楚之
先鬻熊为周文王师,著《鬻子》二十二篇,其后即诸子百家,亦
大半出于楚。《史记》:"老子,楚苦县厉乡曲仁里人。"老莱子亦
楚人,《汉书·艺文志》:道家《老莱子》十六篇,楚人。又《文
子》九篇,班固注:"老子弟子,并与孔子同时。"今读其书,有
《与平王问答篇》,盖楚平王,班固以为周平王,误也。又有《蜎
子》十三篇,班固注:"名渊,楚人,老子弟子。"《鹖冠子》一篇,
(班固)注:"楚人,居深山,以鹖为冠。"《楚子》三篇,不注姓
名。又孔子、墨子皆尝入楚矣。《史记·孔子弟子列传》:公孙
龙,任不齐,秦商,郑康成注:皆楚人。《艺文志》:《公孙龙》
十六篇,即为坚白之论者。《儒林传》:澹台子羽居楚。至庄子,
虽宋蒙县人,而踪迹多在楚。观本传及《越世家》等可见。《孟子
列传》载:环渊,楚人,著书《上下篇》,即蜎子也。又云:楚有
尸子、长卢,刘向《别录》:楚有尸子。张守节《正义》:长卢,
楚人,有《长卢》九篇。孟子《内篇》言:陈良,楚产也,悦周公、
仲尼之道。又为神农之言者许行,亦楚人。《鬼谷子》,皇甫谧
注:楚人。荀况则尝为楚兰陵令,《艺文志》儒家有楚兰陵令《荀
卿》三十三篇,是也。其他在七十子以后传经者,《易》则楚人馯
臂子弓,《礼》则东海人孟卿,《春秋》则楚太傅铎椒。《艺文志》
有《铎氏微》二篇,《诗》则毛鲁二家,《春秋》则左氏,皆出于楚
兰陵令荀卿,是矣。[①]

　　见用于楚国的人才似不必再行讨论,楚国的强盛已经说明楚国必定
有大量人才可供驱遣。洪氏所论只是春秋时期楚国的人才概况,而且主
要在人文领域,但已可以清楚地看到楚辞赖以生存的独特人文背景。在
一项对春秋战国时期人才地理的研究中,研究者以上海辞书出版社1978
年版《辞海》为依据,发现在当时所有诸侯国中,按军事、文化、科技、
经济及其他类,分别统计得出的人才总数的排列中,楚国名列前茅。除
了晋、鲁、齐等西周时期传统强势侯国及文化原发地区外,就是楚国。
列前十位的侯国及人才总数分别是:齐41人,鲁31人,晋28人,楚26

① (清)洪亮吉:《更生斋文甲集·春秋时楚国人文最盛论》,见《洪亮吉集》第3册,北京,
中华书局,2001,第993～994页。

人，赵 17 人，魏、秦 15 人，郑 13 人，宋 10 人，卫 9 人，韩、燕 8 人。① 尽管这当中有些并未为楚国效劳，但这样的氛围已足以令人感叹楚国国势之盛乃是有其必然的原因。

这样的人文传统很能说明楚辞之产生的历史文化的必然性。有论者以为，"楚骚在中国文化史上的异军突起是一种令人惊讶的特异现象。《诗经》很伟大，但大都短小、简约，格式也比较机械、单调，绝大多数为四言，又主要是集体性的口头传承之作，没有多少有名有姓的作者。但是，如同晴天霹雳，在号称蛮荒的南国，在万里无云的楚天之下，突然'爆发'出一个世界性的大诗人和千载不朽的大诗篇。这确实令人目瞪口呆，惶恐莫名。"② 又有论者说："到战国时代，中原的诗坛却突然冷寂下来……而这时南方的楚国，诗圃却奇迹般地繁荣起来了。"③ 众所周知，无论是作为群体的文坛也好，还是作为个体的诗人也好，文学作品诞生都需要较长时间的酝酿过程。其实即使从所谓"文学自身"来说，楚骚的出现也不太"唐突"。对先秦的文化环境而言，若将文学的天空推向广阔的人文传统，则我们所看到的将不仅是文学的"局促"天地，感受到的也不只是文学情怀，对文学的理解也才能拓展至其应有的阐释空间。

涂又光《楚国哲学史》中一系列关于楚国哲学发展的观点，能帮助我们廓清一些成见，为我们认识南楚人文传统的盛况提供极具价值的视角与理路。在第三章《鬻熊》（按："鬻"通"䰞"）中，作者"断定""《鬻子》是中国第一部子书，是中国哲学第一部著作，更是楚国哲学第一部著作，又是道家第一部著作"。考证鬻熊其人，设想鬻熊生卒年约为公元前 1180—前 1060 年；再行阐发其哲学思想，发现其以道为中心的论道、道治哲学、论民、论士、论圣贤气象等宏论都达到很高的实践水准与理论境界，因而认为"鬻熊是道家先驱。他开创了楚人的哲学世界观和道治文化"，作者对南北、中西进行比较，说"与北方相比，鬻熊是楚之文王，文王是周之鬻熊；与西方相比，鬻熊是柏拉图'圣王'理想的超前实现"④。再者，在第六章《申叔时（附：士亹）》第一节《楚儒家与鲁儒家》中，涂氏比较楚国与鲁国儒家出现的时代与体系风格，认为，"楚儒家比鲁儒家至少早出现一百年"，尽管孔子所开创的儒家思想体系新局面，

① 王会昌、王云海、余意峰：《长江流域人才地理》，武汉，湖北教育出版社，2005，第 81 页。

② 萧兵：《楚辞文化》，北京，中国社会科学出版社，1990，第 487 页。

③ 赵辉：《楚辞文化背景研究》，武汉，湖北教育出版社，1995，第 65 页。

④ 详见涂又光：《楚国哲学史》，武汉，湖北教育出版社，1995，第 50～70 页。

"奠定尔后全中国儒家的基本规模,这种理论影响是申叔时所没有的",
但"从全中国的儒家历史看,楚儒家为第一阶段,鲁儒家为第二阶段"。
从现实来看,楚儒家对全中国历史的影响其实也并不小,"楚庄王时出现
第一代楚儒家申叔时;楚灵王时出现能读三坟、五典、八索、九丘的楚
儒家左史倚相;楚昭王时出现精通巫史和祭礼的楚儒家观射父"①。楚国
在儒学、哲学等方面都走在当时各诸侯前列,我们没有理由轻视乃至忽
视楚国的人文传统及其对文人的影响。

以上人文领域内的众多人物及现象的出现都早于屈原,以屈原对楚
国历史的了解程度与理解深度,浸润于这样的历史传统与人文环境中,
加上卓越的天赋,屈原激发出的哲思、情感与才华当然会与众不同。可
以想见的是,屈原在汲取如此丰富、多元、浓厚、深长的文化养料时,
必定会有自己独到的选择,这是其作品铸有鲜明个性化印记的必经之路。
当然,如前文所述,屈原作品中往往多是中原文化现象与人物,这种看
似矛盾的情况,实则与屈原对楚国的独特理解有关。在屈原心目中,中
原的历史与文化着实令人景仰,故而不厌其烦地予以引述,而楚国的伟
大与辉煌似乎是不必证明的也不必多加引用的,因而也就没有必要在作
品中喋喋不休地叙述与称引了,尽管这些伟大和辉煌的推动力都极大地
影响了他。

此外,楚辞艺术精神的产生当然还有其他可以称为动力的因素值得
提出来讨论,如原始文化的滋养、民俗文化的馈赠、南北文化的交流、
神话传说等先发文学的标引等。不过本书以为,上述若干因素或者属于
文学的"技术"方法与路径层面,或者从属于前述两大类别之中,尤其是
与艺术精神的核心层面有一定的距离,故存而不论。

三、楚辞与楚国政治文化

马克思指出:"观念的东西不外是移入人的头脑并在人的头脑中改造
过的物质的东西而已。"②"观念的东西"是人对"物质的东西"进行改造后
达到的"意识形态"而非物质形态的掌握。从楚文化角度理解的观念结构,
是楚民族赖以指导群体行为的、约定俗成的方式,有助其达到对外界事
物的"意识形态"的掌握。所有有意识的行动都受到观念的制约,楚地的
观念结构理应包括政治观念、道德观念、审美观念、价值观念以及宗教

---

①　涂又光:《楚国哲学史》,武汉,湖北教育出版社,1995,第120~122页。
②　马克思:《资本论》第1卷,北京,人民出版社,1975,第24页。

观念和哲学观念等。考虑到楚辞的特点及楚人观念结构的复杂性，本文仅选取其中两个方面——国家观念和历史观念略作阐述，这两个方面也是关涉到文化认同和冲突的根本问题。

（一）楚辞的故国意识

有学者指出："在先秦时代，虽然尚不具备产生'国家'概念和'爱国主义'精神的历史条件，但在人们的头脑中，确实往往存在着一种相当浓厚的故国意识，亦即对自己长久生活于其中的诸侯国，所产生的异乎他邦的眷恋之情。"①楚人的故国意识作为一种地方观念的产生，与楚地独特的地域文化有关，"楚国在政治、经济、文化各方面既与中原地区发生联系，多有交流以至融合；同时又存在着差异与距离，保持了相对独立的发展。这种因遭受排斥而保持相对独立的情况，当然也会使楚国人产生较强的地方观念"。② 由于楚人有异于中原诸国的立国经历，在地域上"偏于"南方，与中原主流文化悬隔，这些都为楚人的国家观念奠定了基础。

对楚人的故国意识，张正明《楚文化史》分析认为，楚人的"念祖之情，爱国之心，忠君之忧"是其他民族无法比拟的，原因在于"楚人的先民在强邻的夹缝中顽强地图生存，时间之长以数千年计。楚人在穷乡僻壤中顽强地求发展，时间之长以数百年计。由此，养成了楚人以民族利益为至重至上的心理"。③《左传·襄公十八年》记楚康王对令尹子庚说："国人谓不谷主社稷而不出师，死不从礼。不谷即位，于今五年，师徒不出，人其以不谷为自逸而忘先君之业矣！大夫图之，其若之何？"对令尹子庚未能及时出战，康王表现得很是不满，以至于担心自己"死不从礼"。所谓"死不从礼"，亦即死后可能见不到祖先，换言之，就是无法进入正常享受祭祀的序列，这对楚君来说是莫大的耻辱。张正明认为，"康王要子庚出兵是否正确不妨置之勿论，可注意的是'主社稷而不出师，死不从礼'，这样的礼法是诸夏闻所未闻的，它表明楚人确实有尚武的传统……尚武的传统，正表现了楚人奋发的民族精神"。④ 军事斗争是楚人地域扩张、奄有南方的重要手段，尚武传统则是军事手段的原动力、"后方基地"或"加油站"。如前所述，有着八百年历史的楚国曾经成功灭掉逾百国、族，当然有一整套军事组织与制度为支撑，而组织与制度只是表象，

①　郭杰：《先秦国家观念与屈原的宗国意识》，《东北师大学报》1989 年第 4 期。
②　金开诚：《屈原辞研究》，南京，江苏古籍出版社，1992，第 246～247 页。
③　张正明：《楚文化史》，上海，上海人民出版社，1987，第 108 页。
④　张正明：《楚文化史》，上海，上海人民出版社，1987，第 108 页。

深层原因则是楚人有一种对楚国持续而强烈、不因任何外界力量而改变的国家和民族认同，否则无法维系如此漫长时期的强盛国力，更无法想象其雄霸南方。

这样的国家观念在《楚辞》也有表现，只不过多是以文学的形式，而非直接的语言表白。《九章·橘颂》开篇就深情吟唱："后皇嘉树，橘徕服兮。受命不迁，生南国兮。深固难徙，更壹志兮。"再复陈坚志："嗟尔幼志，有以异兮。独立不迁，岂不可喜兮。深固难徙，廓其无求兮。"还以不食周粟的伯夷的人生高标自况："行比伯夷，置以为像兮。""不迁""难徙"都说明了作者对南国即楚国的认同。

楚史上还有一个非常有趣的现象，体现出楚独特的国家和民族观念。"楚人缅念先祖的伟烈丰功，出于爱屋及乌的心理，他们把先祖始兴之地奉为圣地。因此，他们习惯于用旧居的地名来称呼新居的地方。"①这种情怀可以称得上是一种独特的"恋都情结"。《九章·哀郢》全诗充满的是对故都的眷恋，堪称楚"恋都情结"的宣言书："鸟飞反故乡兮，狐死必首丘，信非吾罪而弃逐兮，何日夜而忘之！"故都情怀宣泄无遗，而对楚国的认同就在其中。

（二）楚辞的历史观念

春秋时期，楚庄王问其大夫申叔时，应当用哪些书来教导太子？申叔时回答说："教之《春秋》，而为之耸善而抑恶焉，以戒劝其心；教之《世》，而为之昭明德而废幽昏焉，以休惧其动；教之《诗》，而为之导广显德，以耀明其志；教之《礼》，使知上下之则；教之《乐》，以疏其秽而镇其浮；教之《令》，使访物官；教之《语》，使明其德，而知先王之务用明德于民也；教之《故志》，使知废兴者而戒惧焉；教之《训典》，使知族类，行比义焉。"②这些书，根据三国时期吴国人韦昭所作的注，大半为史书，从中可以看出楚人相当重视历史教育。

到战国时期，楚辞产生，其历史观念深受中原周文化的影响。这一点，也有学者注意并指出，"一方面，如果没有楚国，也就没有屈原"，而另一方面，"如果没有华夏文化的南下，屈原的出现无疑也是不可能的"。从屈原创作看，"在他呕心沥血创作的代表作《离骚》中，凡中原地区历史上比较著名的帝王将相都已提及。相反，楚国历史上的人物事功在本诗中却是一个空白，例如楚国所郑重祭祀的祝融、鬻熊以及为楚国

---

① 张正明：《楚文化史》，上海，上海人民出版社，1987，第108页。

② 《国语·楚语上》。

拓境开邦的熊渠、熊通等都没有被提及。当然，屈原在本诗中还庄严地提到了被视为楚民族始祖的高阳氏，但他却属于中原地区的黄帝尧舜世系"。① 从屈原作品中能很清楚地看到中原文化的这种影响。屈原诗歌中涉及的尧、舜、鲧、禹、启、挚、咎、颛、少康、羿、浇、桀、汤、武丁、傅说、纣、周文王、吕望、齐桓公、宁戚等历史人物，大多是属于中原周文化。再看《天问》所涉及的历史故事及传说：尧、舜、鲧、禹的故事；启、益的斗争，羿、浞的故事，夏桀的故事；简狄、玄鸟的神话；殷先王王亥、王恒、上甲微，以及汤、纣、比干、梅伯、箕子的故事；周始祖弃的神话传说，周文王、周武王、周公、伯夷、叔齐、周昭王、周穆王、周召共和、周幽王的故事。整体来看，《天问》所讲的是夏、商、周三代的历史故事与传说，很少牵涉到楚国。不过这也并不意外，因为在楚族形成众说中，有一种较受认可的说法是，楚人的成分来源，除了土著外，就是南下的北方人。

这些属于中原周文化系统的历史事实由一个楚人如数家珍般地列出，这表明楚人历史观念走向的巨大变化。屈原对历史知识的记忆与视野已不限于楚，走到这一步，冲突在所难免。

（三）楚辞与周政权的关系

楚辞作者所处的时代正是民族融合的时代，用民族学观点来衡量，那是一个表面上同化多于融合，骨子里融合多于同化的过程，由此关注楚文化与周文化的关系成为必须。

楚与周文化之间的关系自始至终一直不曾中断，这种长期的文化接触对楚而言，早期是学习和接受，以及随之而来的文化认同。"按照历史学家汤因比的挑战概念，一种文化如果不能对外来文化的挑战作出有效的回应，那么，这种文化便只有被外来文化摧毁的命运。因此，楚文化对于来自中原地区之先进文化的挑战的回应，它首先便不可能是保持原始的落后文化，而是认同和输入中原华夏文化"。②

楚人对于中原文化的认同和输入，历史上时有记载。楚昭王即位两月，周朝的王子朝"奉周之典籍以奔楚"③，这是周文化向楚的一次大扩散，楚儒学当亦因此大为丰富。楚昭王晚期，孔子率主要弟子入楚活动；楚考烈王时，荀子为楚兰陵令，晚年定居，著作终老。还有"齐桓公七子

① 吴龙辉：《屈原诞生的文化母体》，《江汉论坛》1988 年第 8 期。
② 吴龙辉：《屈原诞生的文化母体》，《江汉论坛》1988 年第 8 期。
③ 《左传·昭公二十六年》。

皆奔楚，楚尽以为上大夫"①，这些争立失败者，楚国概收容、优待。春秋时代可考的奔楚事件有 21 起，类皆如此。②

《国语·鲁语下》载，"季武子为三军"，叔孙穆子力谏其事不可行，但季武子未加听从，"遂作中军。自是齐、楚代讨于鲁，襄、昭皆如楚"。韦昭注曰："武子欲尊公室，故益中军以为三。""如楚，朝事楚也。"襄公入楚后在楚曾逗留过一段时间，《国语·鲁语下》又载，"襄公在楚"时，季武子曾派季冶向襄公禀报讨卞之事。可见鲁与楚之间的交往也不在少数，则"如楚"之鲁君臣、使者也必定会带去北方中原周文化的各种要素。这些都影响着楚地的文化水平和构成。

《左传·宣公十二年》载，楚庄王大谈"武有七德"，其中征引《诗经》。楚庄王大臣申叔时论教育太子，对《春秋》《诗》《礼》《乐》等对人的教化作用的论述，③ 可以说都很到位。《国语·楚语下》："昭王问于观射父曰：'《周书》所谓重、黎寔使天地不通者，何也？'"可见楚昭王对《周书》的深入钻研。

重耳出亡到楚国曾得到楚成王的礼遇，《国语·晋语四》载："（公子）遂如楚，楚成王以周礼享之，九献，庭实旅百。"韦昭注曰："成王，楚武王之孙、文王之子熊頵也。九献，上公之享礼也。庭实，庭中之陈也。百，举成数也。《周礼》：'上公出入五积，饔饩九牢，米百有二十筥，醯醢百有二十甕，禾十车，刍薪倍禾。'"则在春秋中期前后楚王室已能熟练地运用周礼接待诸侯。

尽管对中原文化采取认同和兼容的态度，但在楚辞中，仍表现为对楚国传统文化的一种执着的坚守，虽然秦文化挟持下的中原文化主导了中国历史上第一次民族大融合，但这种统一是形式上的，不牢固的，也是难以持久的。楚文化的潜流像地火一样一直运行着，它在春秋战国秦汉间大放异彩，短暂的沉寂之后，楚人主导的汉取代了秦，从而完成了楚文化的蜕变。楚文化之所以能够独立存在，并保留其基本形态与功能，与以楚辞为核心的文化旗帜对楚文化的坚守有直接的关系，冲突则为楚文化带来蜕变的外来动力。

---

①　《史记·楚世家》。事亦见《左传·僖公二十六年》。

②　涂又光：《楚国哲学史》，武汉：湖北教育出版社，1995，第 25 页。

③　《国语·楚语上》。

第二节　楚辞中的个体精神

总体说来，对楚辞进行个体认同和冲突研究，主要是基于以下几点：

第一，屈原的生存环境。屈原赖以生存的是一个重视个体的文化环境。论者以为："楚文化中，最多的正是对个体的重视"；"老子追求的'小国寡民''老死不相往来'的乌托邦式的政治理想，只有在那种对个体价值的承认与重视的基础上才能提出"；"按照楚国的法律，一个人因罪受诛，通常不株连其妻孥；即使一个家族谋反不遂，只要其中还有忠于公室的，也不至于玉石俱焚"；① 等等，无一不说明楚人对个体的重视。

第二，屈原的自我意识。马克思在《〈政治经济学批判〉导言》中说："我们越往前追溯历史，个人，从而也是进行生产的个人，就越表现为不独立，从属于一个较大的整体。"② 在先秦时代，个体独立非常有限。中原文化强调个体与群体的一致性，个体独立性较弱；即便南方文化中的代表人物及思想也没有对个体价值表现出过多热情。《庄子》关注个体，但那是以对个体价值的消解为代价的。而屈原则是先秦南北文化中的例外，屈原具有强烈的自我意识。这主要表现在，当他与自身所属的统治集团发生冲突，甚至于因为自身原因而导致不良后果时，他敢于坚持自己的立场，绝不因个人的孤立而妥协，也不因责由己身而掩饰，他始终坚信自己站在正义与公理一边。

第三，一味地说屈原的理想与现实的矛盾是不明智的，因为屈原的个体理想与楚国的国家理想之间并没有根本矛盾，只是一种"结构性矛盾"。经济国力的强盛与政治水平的发达，已经表明了楚人的勤奋、智慧与勇气，也表明了楚人当中除了屈原之外还有很多的爱国者，把当时的楚国说得乌烟瘴气，群小横行，肯定只能是"深刻的片面"，而不能是全部的事实，否则无法为楚国的快速发展和强大实力给出合理的解释。屈原思想具有相当超越性，他希望镌刻、升华自己的思想高度，在先哲启发下他展开关于自我的探索与思考，并希望为楚国赢得尊严与未来。这些都直接影响着屈原的个体认同和冲突。

---

① 何生荣：《"吾将从彭咸之所居"：屈原悲剧的文化背景思考》，《贵州大学学报》1992 年第 1 期。

② 《马克思恩格斯选集》第 2 卷，北京，人民出版社，1995，第 2 版，第 2 页。

一、抒情主人公的形象及其内涵

一翻开楚辞，首先给我们强烈震撼的无疑是屈原的"自我"形象，尽管我们不断理性地提醒自己，文学常识也告诉我们，诗中的"朕""余"只是作者塑造的抒情主人公，与屈原这一个体自我的区别是显然的，但是无论是一般读者，还是研究者都无法把这两者割裂开来、分而论之。一旦把这两者截然分开，就无法真正走进楚辞和屈原的精神世界。

（一）形象及其变化

楚辞中的抒情主人公形象，在《离骚》中出现得最为集中，为我们认识楚辞内外的屈原提供了许多至关重要的、直接的信息。

诗篇开头八句展现的是一个楚国贵公子的形象，是屈原个体认同的逻辑起点。"帝高阳之苗裔兮，朕皇考曰伯庸"等语句，自叙远祖近宗、出生异禀，展示个体内美之丰，自信优越的宗族"天赋身份"。正如美国人类学家罗伯特·F. 莫菲指出的那样："有些社会身份是先天赋予的，或至少是出生时就可以预测的。另外的身份是后天获得的……天赋身份几乎是不可逃避的，包括人的性别、家庭、亲属。"对人而言，"天赋身份是有限的，而且因社会而异。但获得身份却是无限的"①。一方面"天赋身份是有限的"，所以对"天赋身份"的过度展示并不是一种理智和有意义的行为。在文明社会中，只有"获得身份"才是一个人的立足点与价值体现；另一方面，"天赋身份对身份系统的影响是相当大的。它们不仅影响到一个人对自我身份的认识，也深深影响他的价值观念"②。诚如蒋天枢指出："摄提贞于孟陬兮，惟庚寅吾以降"，"二句所言，在岁序、季节、日辰三方面，皆具有履端正始之开创意义，殆非仅侈陈奇迹，而为有所寓托之词"③。

知人论世，就《离骚》而言，屈原对自己"天赋身份"的告白并更多的是以此来宣示自己理应对楚国承担起更多的责任，也即希望获得更为重要、更能体现自身价值的"获得身份"，以从事于自己追求的事业，实现人生的价值。屈原的"天赋身份"成为他追求个人理想的重要动力。

---

① 〔美〕罗伯特·F. 莫菲：《文化和社会人类学》，吴玫译，北京，中国文联出版公司，1988，第44页。

② 〔美〕罗伯特·F. 莫菲：《文化和社会人类学》，吴玫译，北京，中国文联出版公司，1988，第47页。

③ 蒋天枢：《楚辞校释》，上海，上海古籍出版社，1989，第5页。

这是历史上优秀士人所具有的可贵的进步精神之一。"社会进化的一个衡量标准是获得身份的增加。在最简单的社会中，只有少数获得身份，许多组织是建立在最基本的性别、年龄、亲属的身份之上的。政治领导的角色行为也是有限的、无力的和直接继承的。"①当然，屈原所处的并非所谓"最简单的社会"，但显然是"只有少数获得身份"的社会。屈原所处的正是楚国内忧外患的时代，内政外交令每一个有识之士意识到政治变革对楚国图强崛起的重要意义。屈原是这场政治变革的积极倡导者，也是主要的参与者，担负了起草宪令的重任。作为变革的代表人物，屈原陷入遭逐的冤案中，"获得身份"被取消，为了重新确立具有影响力、可以自我实现的"获得身份"，他在《离骚》中大张"天赋身份"的不同凡响。正如有学者所论述的：

> 首八句追述世系、皇考，除了表示诗人与楚同宗共国的宗国之情外，还表现了屈子德配天地、合乎中正的自我意识，诗曰"高阳之苗裔"、曰"庚寅"、曰"降"、曰"正则"、曰"灵均"皆明显地说明了这一点。诗人以为这是"内美"，是与生俱来的品性，这就不仅为屈原今后对自我人格、价值观念的坚守寻找到了感情上的支持，同时还寻找到了哲理上与人的本质上的依据，把作为人的大写的"我"放在天地之中，显示了天生我材、天予我德的自豪、自信与自强。②

这种富有理性的自我意识，从文化角度来看，即是个体认同的基础。对此，出土文献也能提供证明。郭店楚简的出土已经和正在改变学界以前对先秦儒家思想的一般看法。杜维明说："许多学者，特别是国内的学者曾经提出儒家传统没有办法发展出具有独立人格的主体性问题。然而，郭店的这批资料主体性很强。这也就是孔子所说的'匹夫不可夺志'，不仅如此，这种主体性还可以与一个人的政治地位和社会地位没有关系。毫无社会地位、政治地位的人，也可以有主体性，可以'以德抗位'。"③

---

① 〔美〕罗伯特·F.莫菲：《文化和社会人类学》，吴玫译，北京，中国文联出版公司，1988，第45页。
② 王德华：《屈骚精神及其文化背景研究》，北京，中华书局，2004，第25页。
③ 杜维明：《郭店楚简与先秦儒家思想的重新定位》，见《中国哲学》编辑部、国际儒联学术委员会主编：《郭店楚简研究》（《中国哲学》第20辑），沈阳，辽宁教育出版社，1999，第5页。

尽管主体性并非主体意识或自我意识，但儒家对主体性的重视必定会促成主体意识或自我意识的萌发与成长。郭店楚简出自郭店一号墓，而"郭店一号墓是公元前四世纪末的墓葬"，"墓中竹简典籍的书写时间，可能更早一些"①。则郭店楚简所体现出的主体性，当然地在屈原的知识视野之内，理应成为我们考虑其思想渊源与精神状态中具有较强主体意识的重要证据。

《离骚》的抒情主人公是一个多变的形象，在性别上，时而是傲岸不群的大丈夫，时而是遭逢不幸的小女子。其中"众女嫉余之蛾眉兮，谣诼谓余以善淫""吾令丰隆乘云兮，求宓妃之所在"等多处存在的"性别"迷藏一直以来困扰着研究者。郑毓瑜综括各家之说，认为"自屈原、宋玉以来，一系列以神女追寻为题的辞赋，连同赋写情、色的相关作品，形成中国辞赋史上极为重要的'神女论述'传统"②。郑氏结合性别与政治关系，从《离骚》篇首章入手，引唐刘知几《史通序传》内篇第三十二语曰："上陈氏族，下列祖考。先述厥生，次显名字。自叙发迹，实基于此"，认为：

> 如果自叙真是始于《离骚》，那么以屈原为首的中国士人所要标揭的"自我"，也显然是希望透过宗国、世系来经纬；"高阳"即颛顼，为楚之先祖，屈原"自道本与楚君共祖"（王逸《楚辞章句》语），企图建构一种从属于族群历史，依存于政治体制的身份标记。而整篇《离骚》可以说就是如何表现与安顿这份"自我认同"的曲折心路。③

尽管屈原也属于全部历史和中华民族，乃至整个世界，但屈原和楚辞最直接地属于其所在历史阶段和楚民族，屈原对诗中个体形象的刻画，以及对其"性别迷藏"的展开，都服从于其现实政治的需要，如以男女喻君臣，这更多表现的是屈原对其个体价值的认同及求证的努力。

---

① 李学勤：《先秦儒家著作的重大发现》，收入《中国哲学》编辑部、国际儒联学术委员会主编：《郭店楚简研究》（《中国哲学》第20辑），沈阳，辽宁教育出版社，1999，第13页。
② 郑毓瑜：《性别与家国：汉晋辞赋的楚骚论述》，上海，上海三联书店，2006，第2页。
③ 郑毓瑜：《性别与家国：汉晋辞赋的楚骚论述》，上海，上海三联书店，2006，第6～7页。

（二）人格的文化依据

诗人或作家塑造自我形象的目的千差万别，但多为"自正形象"，少有"自毁形象"的表达，并希望以自己的"正面形象"抒发情怀、阐明思想、感动读者、启迪智慧。当然选择前者并不意味着排斥自我批评，更不会拒绝对自我的反思。之所以如此，是因为文学家除了受自然的触发和感性心理的驱动外，还接受理智的统领和哲学的指令。文学毕竟是智慧的产物，伟大的作家作品尤其如此。作为屈原个体"写实性"表现的抒情主人公形象，与楚文化的大趋势相适应，除了有其内在个性根源外，最根本的是来源于楚国的哲学。如前所述，楚辞中的抒情主人公具有强烈的自我意识，这与楚国哲学对个体的重视密不可分，或者说楚国哲学所强调的强烈主体性正是屈原自我形象之源。

尽管哲学主要是从更高远、更抽象的角度对世界与人生进行深层观察与解析，其所论述看似未必贴近现实，但却实实在在地发挥着作用。与楚文化关联最为密切的《老子》哲学表现出对主体的高度重视，并影响着屈原，促使他在作品中表现出强烈的自我意识。

如对《老子》所说的"道，可道也"，"名，可名也"，有学者指出："道，人可道也；名，人可名也。作为动词的道和名，其主体是人，不是天，不是神，不是鬼。道又是人可道的对象，名又是人可名的对象。这样看，所说的就是知识论问题。这里有两个问题：（一）主体与对象的关系；（二）道与名的关系。"①在《老子》哲学的原点上表现出对主体的关心，这并不显得特别，因为这几乎是一切哲学的共有特征。哲学因人而产生，其产生后也服务于人，无人则无哲学。需要注意的是在表达《老子》对主体的重视时，论者又指出：

> 关于主体与对象的关系。像《一章》这样的潜在主语"人"字，还可在别章中找到，除开这样的潜在"人"字不计，已经明显出现的"人"字、"我"字、"自"字、"己"字，即足以显示《老子》脱离了原始思维的浑同状态，不是天人浑同、物我浑同、人我浑同，而是明确地划清了主体与对象的界线，又明确地肯定了主体与对象的联系，更有惊人的自我主体意识。②

---

① 涂又光：《楚国哲学史》，武汉，湖北教育出版社，1995，第221页。
② 涂又光：《楚国哲学史》，武汉，湖北教育出版社，1995，第221页。

"人"字、"我"字、"自"字、"己"字作为明确的自我表达，如同婴儿的个体自觉，无疑需要一个漫长的过程，而一旦跨越了这一过程，则人的意识必定是一个质的飞跃。涂又光《楚国哲学史》一书详细统计了上述四个字出现的情况，由此勾画出了楚国哲学中主体意识演化的路径。兹列于下，以供参证：

在《老子》中，"人"字出现 85 次，其中作为"圣人"出现 31次，作为"众人"出现 4 次，作为"善人"出现 4 次，作为"不善人"出现 3 次，作为"俗人"出现 2 次，作为"愚人"出现 1 次，都是主体的意义，其余乃以"人"出现，亦皆主体的意义，大都在句子中充当主语，个别的充当宾语。

"我"字出现 19 次，其中 16 次作主语，3 次作宾语。

"自"字出现 33 次，除第二十一章"自古及今"以外，都是"自己"的意思。

"己"字出现 2 次，皆"自己"的意思，皆作主语。

第二十三章："天地尚不能久，而况于人乎"，第五十九章："治人事天莫若啬"：划清了人与天地的界线。第六十章："非其鬼不神，其神不伤人"：划清了人与鬼神的界线。第二十章："我独异于人"：划清了人与我的界线。

第二十五章："人法地，地法天"，第十二章："五色令人目盲，五音令人耳聋，五味令人心爽"，第八十一章："既以为人己愈有，既以与人己愈多"：又肯定主体与对象的联系。

至于第二十五章："道法自然"，第三十七章："万物将自化"，"天下将自定"，第三十三章："自知者明"，"自胜者强"，第五十七章强调"民自化"，"民自正"，"民自富"，"民自朴"：则是从宇宙、社会、自己、他人各层次各方面确立自我主体性。[①]

哲学是时代精神的精华，可以想象，如此丰富的"人、我、自、己"的表达，在楚国思想界自然会营造出一种强烈的主体意识氛围，对与世界相对立的人的关心，对与他人和集体相对立的个体价值的重视，对自

---

① 涂又光：《楚国哲学史》，武汉，湖北教育出版社，1995，第 221～222 页。

我这样的表达方式吸引着屈原的眼球，让他沉浸在"人、我、自、己"的世界中。尽管我们不能肯定屈原所见到的《老子》文本与今天的完全一样，但既然所述哲学思想大体一致，文本的相同或近似也是可能的，则以上对《老子》文本所做的统计和分析就值得作为对屈原自我意识的参照。哲学对社会的影响是普遍的，但更多地通过精英知识阶层表现出其精神核心，屈原诗作自我意识的高涨正源于楚地哲学重视自我的特征。

哲学上，从作为整个人类的自我主体性，到屈原文学的自我抒情的特征，这中间只需要一些并不复杂的转换，这对于出身贵族、天才卓越而又浸淫于《老子》哲学氛围中的屈原来说并不是难事。屈原并非以哲学家名世，但作为一个政治家与文学家，其哲学并不贫弱，这一点从其作品中不难看出。

二、屈原的死生抉择

（一）对自沉的多向度阐释与屈原的主体性

对屈原的研究，必定回避不了他的"自沉"。王夫之《楚辞通释》卷一《离骚经》论屈原之自沉的原因，引王逸注曰："屈原放在草野，复作《九章》，援天引圣，以自证明，终不见省，不忍以清白久居浊世，遂赴汨渊而死。"①可见，王夫之同意王逸的看法，认为屈原自沉与"浊世"有关。目前学界对屈原自沉，有两种相对立的观点：一是认为《九章·哀郢》是写秦人占郢，屈原自沉是殉国难；一说则相反，认为其自沉与《哀郢》无关，也不是殉国难。在本文看来，对屈原而言，自沉不是某一天的心血来潮，而是积思已久的慎重选择，某件历史大事只可能是表象上直接地触发了这一行为，其根源还在于其思想意识境况——个体的认同和冲突。而屈原在楚辞中表现出的个体认同与冲突都有一个最为基本的来源，这就是他对于自己的高贵血统、天赋美质与后天才能都充满极度的自信。人世恓惶、苦无知音，极度的孤独带来极度的冲突，有冲突就必须有突破口来解决困境，在经历种种努力，尤其是内心世界的斗争后，主人公选择了自沉。屈原冀望君王奋进的情怀和救世济民的志愿，自信拥有世罕其匹的先天厚资，外秀与才具兼美，犹然不断进德修业，终不获用，俗世的孤独决定了屈原必然由现实的此岸走向超脱的彼岸。

俗世间最可宝贵的是人的生命，这是谁都明白的道理。当自杀是一

---

① （清）王夫之：《楚辞通释》，上海，上海人民出版社，1975，第 1 页。

种理性而非冲动的选择时，对于此人来说，必有比这最可宝贵的生命更值得追求的价值，通常那种价值往往是超出俗世的。中国古代有舍生取义的行为，然而并非任何一种理性的自杀都能归入这一范畴。屈原的自沉引起很多的争论，最常见的是殉国说与殉道说。

对于"殉国"一说，潘啸龙曾作过梳理，他说："自从清人王夫之在《楚辞通释》中提出，屈原《哀郢》'哀郢都之弃捐，宗社之丘墟，人民之离散，顷襄王之不能效死以拒秦，而亡可待也'以后，现代的屈赋研究者，大多定屈原沉江为顷襄王二十一年，原因是殉国难。例如，郭沫若就持这样的见解。"①通过若干相关历史事实的考证，潘啸龙认为，屈原自沉是以死谏楚王，屈原忍受了两次放逐的痛苦而长久等待，他实际上是用生命殉了自己的理想。② 此即殉道说。

两说之外，日本学者藤野岩友对此提出自己的看法，说："《离骚》文学是在异常怀念祖国的向心心情（儒家思想）和要以远游得自由的离心欲望（道家思想即超脱世俗的思想）的矛盾冲突中诞生的，而且是在离心思想方面未能贯彻到底才终于使屈原下决心自杀的。"③此论从文学创作主体与社会现实不可开释的内心矛盾出发，以中国传统思想的两大主线为对立的二元因素作关键，当然能在一定程度上说明问题，但一则简单以儒家和道家相区分已被出土文献证明是不可靠的。当郭店楚简《老子》出土后，我们看到"战国中期以前的道家与儒家有许多相通之处……竹简《穷达以时》属儒家论著，内中论明君与贤臣相合，充满积极进取精神。屈原《离骚》主人公渴望遇上明君，内中引君臣遇合史事与《穷达以时》完全相同"④。道家与儒家曾经共享过很多的思想精华，则向心心情未必专属于儒家思想，而离心欲望也未必仅仅属于道家思想，这样的解释就显得不够切合实际。二则离心思想"未能贯彻到底"也还是可以有别的选择，并非只有自沉一条路。

吴龙辉认为，殉国说与殉道说都"不能揭示屈原走向自杀的具体心理轨迹，无法指出屈原自杀的必然性。从屈原的人生背景和他本人的人生追求来看，屈原的人生选择和生命意识中潜存着一个自杀情结。构成这

---

① 潘啸龙：《关于屈原自沉的原因及其年代》，《江汉论坛》1982 年第 5 期。
② 潘啸龙：《关于屈原自沉的原因及其年代》，《江汉论坛》1982 年第 5 期。
③ 〔日〕藤野岩友：《巫系文学论：以〈楚辞〉为中心》，韩基国编译，重庆，重庆出版社，2005，第 68 页。
④ 江林昌：《中国先秦儒道文献的重大发现与深远意义：初读〈郭店楚墓竹简〉》，《烟台大学学报(哲学社会科学版)》2000 年第 4 期。

一自杀情结的原因主要包括三个相互联系的方面：（一）两美必合的人生定位；（二）时光飞逝的人生恐惧；（三）超越现世的人生归属"①。吴氏之说关注屈原的个体价值与人生感受，对屈原自杀原因的理解有极大的帮助。

方铭从先秦文人君子人格的丰富性出发，考察屈原行为模式与自杀时认为：

> 某种行为模式的建立，总是伴随着与其他行为模式的差异，而这种差异，只有在来自于共同的自变量即环境刺激之时，才能发现因变量的不一致性。这种不一致，既有社会的、哲学的、地域的差异，更有由这些差异所导致的心理载力的极限值的不同。就屈原的行为模式而言，怀忠贞之质、进忠言，君不听、遭谗放逐，这种刺激不局限于屈原一人，但能作赋以伤悼、怨讽、自救、自证明，却只能局限于文学家。作赋以后君王不悟，而采取自杀之形式，在文学家中，少之又少；在战国楚怀王时代的文学家中，更仅有屈原一人。可见，在因变量之中，唯有自杀这一种结局，才更清楚地表现出了屈原行为模式的终极的个性。②

以上可以称为屈原自杀的行为模式阐释。屈原在个体意识、心理状态与社会属性上的独特性是其成为独特的"这一个"的前提条件。而分析其独特性，正是在与其具有可比性的人群的参照下进行的，所谓"有比较才有鉴别"，这样得出的结论无疑是可靠的。

前文已从哲学角度论述楚人主体意识强烈的原因，在社会生活方面，由经济条件所决定楚人的个体意识也有迹可循。如前所述，楚人得地利之便，无衣食之忧，摆脱生存顾虑之余，秉承楚地山水之灵，自会驰骋逸想，从而形成自由、张扬的个性。《离骚》中表示自主个体的"余"字多次出现，而且多是带着满腔激情的呼喊，"屈原始终以个人的尊严和对个体价值的尊重为立身之本"，因而"每一次呼喊，每一个表白都以自我为本位，足见其对个体的重视与强调，天真的诗人似乎一直相信着人格修

① 吴龙辉：《屈原自杀的文化心理根源》，《湖南师范大学社会科学学报》1996年第4期。
② 方铭：《先秦文人君子人格的丰富性探讨：以屈原为中心的考察》，《中国文化研究》2002年第4期。

养的高低能决定一切"①。长期以来学者们总是热衷于讨论屈原与社会的矛盾，或者说屈原的人生理想与社会现实的矛盾，这样的讨论虽有必要，但不免略嫌空泛。个体从来都是一个复杂的现象，只有说明了究竟是个体的哪些方面与社会的哪些方面之间有矛盾，才能触及真正的症结所在。

本文认为，屈原的自沉体现的是一种超越有限生命的"生的自觉"，是对俗世留恋人生、漫度光阴的反动，某种程度上源自一种功业不成的自觉的羞愧感，可以说，屈原的主动选择是与对个体尊严的重视相联系，与超强的自我意识相联系。从本质上讲，屈原的自沉是在追求一种超世的价值，这种价值固然不是由其本人以在世的形态展现，但历史已经证明，这种自我"毁灭"的追求是可贵的。

（二）楚国法治传统影响下的自觉选择

历史从大处着眼，吸引"无数英雄竞折腰"，但其成功无不建立在每一自由个体的努力上。而由于个体的差异，导致历史的合力的"平行四边形"往往难以纳入历史大势的轨道，于是制度、法律成为制衡个体的强有力的外在力量，八百年楚国辉煌的铸就源于每一项法律制度及其细节。楚地法制之严作为屈原所在的重要政治文化环境，对屈原的影响也不容忽视。

李玉洁《楚国史》从西周春秋时期的南北差异入手对此进行比较和阐述，很能见出楚国当时的政治文化环境，兹引述于下：

> 西周至春秋时期，北方中原国家受礼制的约束，奉行着"礼不下庶人，刑不上大夫"的政策，即贵族士大夫有罪，可以不受刑罚。而楚国则有非常严明的、森严的刑罚。
>
> ……
>
> 春秋初年，楚武王率军与巴人作战，大败于津，其大阍鬻拳关闭城门，不准入城。楚文王因淫于田猎，不理政事，受到葆申的鞭笞。荒淫之君尚且受笞，那么对待大将官员就更加严厉。《左传·桓公十三年》记载，楚莫敖屈瑕伐罗失败，"莫敖缢于荒谷，群帅囚于冶父以听刑"。楚国将帅因战败而被迫自杀的有子玉、子反、子上等。楚有《将遁之法》云：楚发兵相战，而

---

① 何生荣：《"吾将从彭咸之所居"：屈原悲剧的文化背景思考》，《贵州大学学报》1992年第1期。

将遁者诛。若不及诛而死，"乃有桐棺三寸，加斧锧其上，以殉于国"。

楚国严惩贪贿犯法的官员。楚康王的令尹子南多养宠人。其中有观起未益禄而有马数十乘，于是楚康王"杀子南于朝，轘观起于四竟"。（《左传·襄公二十二年》）楚平王的令尹子旗有辅弼平王即位之功。但子旗与养氏之族结为比党，贪求无厌。楚平王杀子旗而尽灭养氏之族。楚共王时期，右司马公子申因多受小国之贿被杀，令尹子辛因侵欲陈国而杀。明人董说在《七国考》中说：楚"令尹执国政者，皆其公族，少有偾事，旋即诛死。"春秋时期，见于《左传》的楚国令尹约有 26 个，被迫自杀或被处死的竟有 9 人，司马、县公等官员还不在其中。贵族伏法是楚国法律中的特点。

春秋时期，中原诸国除叛君之罪外，其余罪戾皆可赎刑。《礼记·曲礼》曰："刑不上大夫。"即大夫必以德，还可入其财而免其罪。中原诸侯国的将领打败仗也不会被处死。如《左传·宣公十二年》载：晋楚邲之战，晋国大败。军帅荀林父请死。士贞子谏晋景公曰："不可……杀林父以重楚胜，其无乃久不竞乎？林父之事君也，进思尽忠，退思补过，社稷之卫也，若之何杀之？夫其败也，如日月之食也，何损于明？"晋侯乃使复其位。而楚则不曾有一个失败的将领仍居其位的。在楚国虽王子犯罪，刑之无赦。这与中原诸侯国相比，楚国的法律显示了一定的严酷性和进步性。这亦是楚国迅速发展的重要原因。①

可见，楚法一是律条严，二是执行严。从上面的例子已能很清楚地看到，在楚国上至君主，下至一般将领都在适用之列。久而久之，具有楚国特色的政治文化就会形成。正义固然需要每个人的自觉维护，但法律更像是撬动正义走上正轨的杠杆，给它一个支点，可以改变整个社会的风气和文化。尽管法律具有历史性，会随不同的时代而变化，但还是有其不可变更的共性价值，即法律制度往往最深刻的是从人的尊严与精神需求出发来实现其目的的。或者说，法律的最高境界应当是维护人的尊严与价值。楚国的法律显示的严酷性和进步性无疑会提升社会精英知

---

① 李玉洁：《楚国史·绪论》，开封，河南大学出版社，2002，第 3～4 页。

识人群的正义感、羞愧感与担当意识，犯法之人既不求苟免，也难以求得苟免。身为贵族并曾被赋予大任的屈原，脑海中浸润的正是这样的文化理念，对于自己没能有效地劝谏君王，并阻止楚国政治走向败乱，他认为是自己的失败。一旦楚国的内外之乱趋向酷烈，他以楚国为生存本位的根基遭到破坏，一种自沉而非出奔的人生选择就成为他宿命的召唤，其中显示出的精神气度自然不是一般自杀伏法者可比的。

三、屈原的宗法感情

对屈原不愿出奔他国，清人王夫之《楚辞通释》卷一《离骚经》释"索藑茅以筳篿兮，命灵氛为余占之"一段曰："古者三谏不从，则去之他国。战国之士，旦秦夕楚，立取卿相。以原之才，何患乎无君。故卜有此象，示以决止。"[1]又说："'世幽昧'以下，极言楚君臣之不足有为，以见不可复留之意……此上托于卜占之辞，言楚国无可与居之人，当去楚以游他国。天下自有信任己而大用之者，亦士人择君之一道。贾谊吊原文，意亦如此。原又言我非不知此，而不忍为尔。盖同姓之卿，恩深义重，天性所存，神鬼不能为之谋。此段但述卜意，不置辨者，素志自定，不待辨析而明也。"[2]王夫之对屈原的理解是，屈原本来就不是一个一般的士人，他一直是以楚之同姓自居，故不能以对待士择君的理念去衡量他的行为，这确实是见道之言。

与楚人出奔相关，人们一直津津乐道的是"楚材晋用"。"楚材晋用"来源于《左传·襄公二十六年》所记蔡声子言论："虽楚有材，晋实用之……今楚多淫刑，其大夫逃死于四方，而为之谋主，以害楚国，不可救疗。"虽然对楚国而言，大量人才出奔他国，有其自身原因，但却成为春秋时代人才大流动的鲜明写照，战国的情况则有过之而无不及。涂又光《楚国哲学史》借此立论，认为在楚文化与周文化的双向扩散与融合中，楚文化向北方扩散，在晋国最为显著。[3] 实际上，据史载，他国之人奔亡至楚国的人也不在少数，楚国几乎成了春秋时期的政治避难所。而楚人的出奔主要是其内部政治原因。

既然人才流通如此普遍，屈原在英雄失路的情形下为何不出奔他国呢？李玉洁《楚国史》考论说，"战国时期，楚国王室任用昭、屈、景三大

---

① （清）王夫之：《楚辞通释》，上海，上海人民出版社，1975，第18页。

② （清）王夫之：《楚辞通释》，上海，上海人民出版社，1975，第18页。

③ 涂又光：《楚国哲学史》，武汉，湖北教育出版社，1995，第29页。

族执政。昭、屈、景亦是楚国王族之分支……楚国的执政集团无论怎样变换，总是由楚国王族或由其分支形成的大世族组成"。又引清人顾栋高在《春秋大事表》所说："楚以令尹当国执政，而自子文以后，若敖氏、成氏、芮氏、阳氏，皆公族子孙，世相传授，绝不闻异姓为之。"楚国王室公子执政，"对大世族的压制，甚至以夷宗灭族的方式打击楚国的非王室成员和异己，使被打击的贤能之士大批向外逃亡。"①尽管屈原也受到了排挤，我们从其诗中看到了他所喋喋不休的党人的恶行，但其实屈原是不曾遭受到"以夷宗灭族的方式"的打击。所以他不出奔，也有这样的客观原因。两相结合，屈原不出奔的重要原因之一，正是缘于他对自己与王同姓的身份的认同。

四、屈原之"忠"与南方文化传统

楚辞所展现的屈原个体认同与冲突有着不同的表现形态，"忠"是其中最为核心的层次。

屈原之"忠"史有定评，清人王夫之《楚辞通释》卷一《离骚经》述《离骚》之创作缘由时，引王逸旧注曰："屈原执履忠贞而被谗衮，忧心烦乱，不知所愬，乃作《离骚经》。"②可见，王夫之同意王逸的观点，认可屈原的"忠"。王夫之又大赞屈原的"忠"曰："夫以怀王之不聪不信，内为艳妻佞幸之所蛊，外为横人之所劫，沈溺瞀乱，终拒药石，犹且低回而不遽舍，斯以为千古独绝之忠，而往复图维于去留之际，非不审于全身之善术。"③在王夫之看来，屈原之忠乃是在怀王一再拒纳其谏的情况下，仍有所坚持的一种旷世难有的高贵品质，所谓"千古独绝之忠"。在解释"羌内恕己以量人兮，各兴心而嫉妒"时，王夫之《楚辞通释》有这样的话："如心之谓恕。君子之恕，如其心之忠也；小人之恕，如其心之邪也。"④以形训之法解释"恕"字，而念念不忘从"忠"字落笔，足见王氏对屈原之忠的高度肯定。下文又论曰："忠佞殊途，忠之不能容佞，犹佞之不能容忠。如鸷鸟不能与燕雀为群，非特臭味之殊，抑国家安危之所自决。"⑤当然，屈原之忠，并非无根之木、无源之水，而是与楚文化有着莫大的

---

① 李玉洁：《楚国史·绪论》，开封，河南大学出版社，2002，第6~7页。
② （清）王夫之：《楚辞通释》，上海，上海人民出版社，1975，第1~2页。
③ （清）王夫之：《楚辞通释》，上海，上海人民出版社，1975，第2页。
④ （清）王夫之：《楚辞通释》，上海，上海人民出版社，1975，第6页。
⑤ （清）王夫之：《楚辞通释》，上海，上海人民出版社，1975，第6页。

关联。

（一）楚人之"忠"

对楚人与"忠"的关系，比较早的应是《论语·公冶长》中孔子的评价：

> 子张问曰："令尹子文三仕为令尹，无喜色；三已之，无愠色。旧令尹之政，必以告新令尹。何如？"子曰："忠矣。"曰："仁矣乎？"曰："未知，焉得仁？"

对此涂又光《楚国哲学史》认为：

> 孔子许其"忠"而未许其"仁"。南方的道德以"忠"为首，评论南人则用南方标准，这是孔子实事求是之处。"仁"在北方盛行，而南方屈原、宋玉作品中只出现过一次（《九章·怀沙》："重仁袭义兮，谨厚以为丰"，言下颇有后人"儒冠误我"之叹）。孔子许子文为"忠"，这是按南方标准的最高评价。①

在郭店楚简出土之后，我们关于南方楚地的许多旧有认识都被颠覆。关于"忠"，郭店楚简中有如下记载：

> 鲁穆公问于子思曰："何如而可谓忠臣？"子思曰："恒称其君之恶者，可谓忠臣矣。"公不悦，揖而退之。成孙弋见，公曰："向者吾问忠臣于子思，子思曰：'恒称其君之恶者可谓忠臣矣。'寡人惑焉，而未之得也。"成孙弋曰："噫，善哉，言乎！夫为其君之故杀其身者，尝有之矣。恒称其君之恶者未之有也。夫为其君之故杀其身者，效禄爵者也。恒〔称其君〕之恶者，〔远〕禄爵者也。〔为〕义而远禄爵，非子思，吾恶闻之矣。"②

在楚地贵族墓葬中出现这样的简书，其中大力宣扬"恒称其君之恶者，可谓忠臣矣"的观念，不应只是某个人的一己爱好，而应是当时已形成的较为普遍的观念风气，久而久之成为楚地政治文化的一大特点，这

---

① 涂又光：《楚国哲学史》，武汉，湖北教育出版社，1995，第115页。

② 荆门市博物馆：《郭店楚墓竹简》，北京，文物出版社，1998，第141页。

对屈原的正面影响是很大的。屈原正是奉行这样的信念，不断地对君主进谏、批评，甚至不惜以历史上因言获罪致死的忠臣自况，表达自己坚定的决心。

（二）伍子胥事件与屈原之忠

伍子胥复仇是楚国历史上的大事，屈原作品三次提到伍子胥，都在《九章》中。

《涉江》云："忠不必用兮，贤不必以。伍子逢殃兮，比干菹醢，与前世而皆然，吾又何怨乎今之人！余将董道而不豫兮，固将重昏而终身。"

《惜往日》云："吴信谗而弗味兮，子胥死而后忧……或忠信而死节兮，或訑谩而不疑。弗省察而按实兮，听谗人之虚辞。"

《悲回风》云："浮江淮而入海兮，从子胥而自适。望大河之洲渚兮，悲申徒之抗迹。骤谏君而不听兮，任重石之何益！"

涂又光认为，由于南北文化系统的差异，屈原在诗中将伍子胥与比干并提，这是一种最高评价：

> 孔子说比干是"殷有三仁"（《论语·微子》）之一。"仁"是孔子对人的最高评价。屈原的心态是：北方有个比干，南方也有个伍子胥，遥相辉映，平起平坐。这是南方文化代表人物的自尊心和自豪感的流露。屈原虽将伍子胥举得极高，但并不以"仁"称之，而以"忠""贤""忠信"称之。这是南北文化及其道德系统不同的反映。
>
> 《庄子·盗跖》云："世之所谓忠臣者，莫若王子比干、伍子胥"，而"比干剖心，子胥抉眼，忠之祸也"。李斯云："昔者桀杀关龙逢，纣杀王子比干，吴王夫差杀伍子胥。此三臣者，岂不忠哉？然而不免于死，身死而所忠者非也。"（见《史记·李斯列传》）楚人的这些议论，在以伍子胥与比干并提这一点上，皆与屈原同调。惟宋玉不言伍子胥而美申包胥，其《九辩》云："窃美申包胥之气盛兮，恐时世之不同"，俨然以申包胥自命，似是反调。①

当然，屈原在诗中是只取伍子胥"忠"的一面，并未提及其复仇之事，

---

① 涂又光：《楚国哲学史》，武汉，湖北教育出版社，1995，第180页。

此外伍子胥又有复仇于楚、"忠"心向吴的心态。①

江林昌曾将郭店楚简《穷达以时》与《离骚》进行比较：

郭店楚简《穷达以时》	屈原《楚辞·离骚》
有其人，无其世，虽贤弗行矣。	两美其必合兮，孰信修而慕之？
苟有其世，何难之有哉？	思九州之博大兮，岂惟是其有女？
舜耕于历山，陶埏于河浒。	勉远逝而无狐疑兮，孰求美而释女？
立而为天子，遇尧也。	汤、禹严而求合兮，
咎繇衣枲褐，冒绖蒙巾，	挚、咎繇而能调。
释板筑而佐天子，遇武丁也。	说操筑于傅岩也，
吕望……行年七十而屠牛于朝歌，	武丁用而不疑。
尊而为天子师，遇周文也。	吕望之鼓刀兮，
管夷吾拘繇束缚，	遭周文而得举。
释械而为诸侯相，遇齐桓也。	宁戚之讴歌兮，
	齐桓闻以该辅。

两相对照，可见"竹简《穷达以时》属儒家论著，内中论明君与贤臣相合，充满积极进取精神。屈原《离骚》主人公渴望遇上明君，内中引君臣遇合史事与《穷达以时》完全相同"。则屈原之忠果然是渊源有自的。②

诗人在作品中对"忠"的表白用了不同的方法。屈原《离骚》写道："鲧婞直以亡身兮，终然殀乎羽之野。"《九章·惜诵》也说："行婞直而不豫兮，鲧功用而不就。"完全是以鲧自比，这里显然是将鲧看作"履行忠直，终不回曲"的先驱，正是二者类似的命运，引发屈原的悲慨。《九章·惜诵》中还频繁地出现"忠"字，例如："所作忠而言之兮，指苍天以为正。""竭忠诚以事君兮，反离群而贽疣。""思君其莫我忠兮，忽忘身之贱贫。""忠何罪以遇罚兮，亦非余心之所志。""吾闻作忠以造怨兮，忽谓之过言。九折臂而成医兮，吾至今而知其信然。"从中可见屈原急于表忠的迫切之情和希冀仁君体察的良苦用心。

"忠"在屈作中已不仅仅是一个概念，作者以"忠"为核心构建了一个意象群。或者说，屈骚中关于"忠"的表达已经构成了一个可以看得见的网状结构。这一结构以楚人关于"忠"的观念为材料来源，以屈原个体的"忠"的观念为纲要铸成骨架，网面上则分布着若干从思想形态到实践形

① 涂又光：《楚国哲学史》，武汉，湖北教育出版社，1995，第 181～184 页。

② 江林昌：《中国先秦儒道文献的重大发现与深远意义：初读〈郭店楚墓竹简〉》，《烟台大学学报（哲学社会科学版）》2000 年第 4 期。

态的要素，构成一个个网眼与网结，达到对人格张力的再现与强化。其中有对圣贤人物忠言忠行的回顾，有对自己忠而遭厄的抒泄和"九死不悔"的告白，有对忠的理性反思和超然自释，有对不忠的斥责与唾弃，这些要素呈现出历史与现实、他人与自我、执着与超脱、正与反的有机结合，从而熔理性与感性于一炉，淋漓尽致地表达了屈原的忠臣之思。

综上所述，屈原强烈的主体性表现出的个体意识是其个体认同的基础，屈原的形象与作品中抒情主人公形象的纠缠，正是因为他重视自我，从而在创作中不自觉地向抒情主人公的渗透，这是屈原受到楚地主体性哲学巨大影响的体现。对屈原自沉原因的解释必须归结到其主体性来认识，同时与楚国的政治文化结合，方能有所发现。贵族政治之下的屈原眷恋楚国有其历史客观原因，屈原个人的不蜕变，当然是首要考虑。苍天可鉴的忠心是屈原一生最为执着的追求，其中蕴含着对楚文化的认同，更重要的是表现屈原主体意识下的个体认同与冲突。

第三节　楚辞艺术精神的内涵

任何艺术都有其不同的存在形式，作品的物质形态与传布时空，作者的生命活力与创作状态，读者的阅读欣赏与接受传播，如此等等，不一而足。但所有这些都可能只是表象，对于任何为人们奉献纯粹审美愉悦、在历史上留下深刻印迹并获得无上荣耀，从而在历史上占据一席之地的文学艺术来说，能够横贯、超越于所有表象之上的，是深含于文学艺术核心层的艺术精神。楚辞之所以具有超越时空的艺术魅力，正源于其独特的艺术精神。

关于艺术精神的内涵，有学者指出："艺术精神是指一种艺术独自具有的、内在的品质或气质……艺术精神中蕴含一种文化的根本理念。因此，探求这种艺术的精神不是一个艺术上的难题，实质上是一个哲学难题。这个难题是属于哲学的美学学科研究的真正对象。因为一种艺术所体现出的精神，不可能来自艺术本身，而应该是源于民族文化中最核心处的东西——哲学或宗教。"[①]此为探本究源之说，启发我们不必囿于较窄的文学艺术的范畴，而应立足更高处，放眼更远处，对艺术精神进行

---

① 章启群：《怎样探讨中国艺术精神？——评徐复观〈中国艺术精神〉的几个观点》，《北京大学学报（哲学社会科学版）》2000年第2期。

全面而深入的考察。徐复观在《中国艺术精神》一书中指出："庄子之所谓道，落实于人生之上，乃是崇高的艺术精神；而他由心斋的功夫所把握到的心，实际乃是艺术精神的主体。"①在他看来，艺术精神是道的具体存在形态，其主体是艺术家的内心体悟。又有学者认为："作家主体与其作品所包蕴的美赋予中国文学以内在的规律；文学发展的线索乃是由它所含的美勾画而成。我们称这种美为艺术精神。"②此说以中国文学为参照，认为艺术精神乃是昭示文学规律、建构文学线索的具有特种质素的美。可见，艺术精神作为文学艺术的一种形而上的内涵形态，可以超越具体与实在，或者说具体与实在的艺术要素都是艺术精神影响之下的产物，这是杰出的文学艺术之所以为杰出的重要保证。当然艺术精神往往表现为一个复杂的体系，对任何一个独立的文学现象来说都是如此，企图用单个层面或样态的描述、界定和分析其艺术精神是不现实的。古往今来，概莫能外，楚辞也是如此。

具体到先秦时代，将楚辞仅仅看作文学作品显然是片面的。冯友兰曾这样评价屈原："继吴起之后，要楚国主张变法的政治家就是屈原。他是在楚国推行'法治'的政治家，是一个黄老之学的传播者。他在文学方面成就太大了，所以他的政治主张和哲学思想为他的文学成就所掩。其实他的文学作品也都是以他的政治主张和哲学思想为内容的。他的文学作品之所以伟大，正是因为它有这样的内容。"③揭示了屈原的思想对其文学的意义，可谓真知灼见。与其纠结于给楚辞一个怎样的称号，不如进入楚辞的精神内核，探寻其艺术精神。

从总体上论楚辞的艺术成就和审美风格时，我们总是愿意以"骚"来代指其全部，用"浪漫主义"加以归纳，而且往往是在与以"风"为代称的《诗经》的对照中来阐释。尽管称楚辞为所谓浪漫主义是一个要言不烦的介绍，但若要追问其浪漫主义的内涵，我们不免又要走上文学社会学的老路。显然，这个号为"浪漫主义"的楚辞艺术，往往是从受到诸多限制的文学领域着手而获得的。

《楚辞》作为一部诗歌专集、总集，本只是一种普遍文体的文学作品汇编，就这一点而言，它与《诗经》及其他文学作品集并无不同。然而楚

① 徐复观：《中国艺术精神·自叙》，沈阳，春风文艺出版社，1987，第2页。
② 杨九诠：《中国文学史艺术精神嬗变之设定——之一：由自发到自觉的先秦两汉魏晋六朝文学》，《福建论坛（人文社会科学版）》1989年第1期。
③ 冯友兰：《中国哲学史新编》第2册，北京，人民出版社，1964，第235页。

辞却成为中国古代目录学中唯一独立分类的图书文献。何以楚辞能在中国文学史与文献史上如此醒目？这足以引起人们探究楚辞艺术精神奥秘的浓厚兴趣。而今人欲论楚辞的艺术精神，必须首先明白，所谓楚辞的艺术精神，指的是楚辞作为一种独特的文体，在与其他文体的比较中表现出来的为楚辞所独有的、具有鲜明排他性的一种艺术特质，或者说楚辞艺术的精神的"唯我"特色。

这一特色毫无疑问首先与屈原的伟大创造紧密相关，先秦楚辞以屈原为最重要的创作者，后世楚辞体作家又无一不尊崇屈氏，大量拟作的出现，已经成为文学史上的一大现象。要认识楚辞艺术的特色，就必须理解楚辞所在的文化系统。不管关于文化有多少不同的定义，艺术总是文化系统的一个重要组成部分，艺术在本质上就是文化的产物。在关于文化的共时形态中，在文化所构成的场域中，艺术往往处于核心圈层。艺术还从其他相关层面，甚至于看似不相关的层面汲取营养，或者说艺术享受着文化氛围的浸润、感染和养育，所以艺术是族群构成、政治方式、仪式文化、自然空间、宗教信仰与哲学思潮等若干因素的合成物。没有离开具体文化的艺术品，杰出的艺术品往往是众多文化因素的"聚合效应"。楚辞的伟大与卓著正是各种合力助推的结果。战国时期的楚文化是楚辞艺术精神的沃土，身处战国时期楚文化的核心层，楚辞之成形正在于它与其他层面文化因素的"裂变化合"、相互熏染。对楚文化的了解与阐释是我们发掘楚辞艺术精神的前提。

楚辞的艺术精神是由哲学思维、政治人格和悲剧情感建构的三维结构。由此出发，能够更为明晰地认识楚辞的精神实质。

一、哲学思维

论者在谈及楚辞艺术特质之源时，往往离不开巫文化。巫文化诚然是屈原艺术的重要源头，但也只不过是浅层的，更深层次的精神之源还是应该到哲学中来探索。哲学是时代思想的精华，如果仅仅是"巫"在屈原的脑海中占据了突出的位置，则屈原诗歌中强烈的时代特色与思辨色彩就无从索解。之所以如此，是因为一般论者对楚文化的不了解，往往以落后欠发达视之，殊不知楚地的哲学思维发轫与成型远早于中原。这一点前文已有论述。

在楚这样的国度中，拥有这样的哲学氛围和历史语境，作为精英知识分子的屈原，理所当然地受到时代精神的巨大影响。要认识和理解文学家屈原，关注屈原在时代哲学影响下，形成了怎样的哲学思想当然是相当重要的，而屈原在时代哲学影响下所形成的思维方式也值得重视。思维方式对作家的立身行事、社会表现和文学风格的影响至关重要。或者说，由于屈原哲学表现出的思辨力，导致一种哲学型的思维方式制约和左右着屈原的行为方式与文学表现。

冯友兰在《中国哲学史新编》中论证了屈原《天问》中的唯物主义的宇宙发生论，《远游》《离骚》中的精、气说，多有发明之处[①]；张崇琛在《楚辞文化探微》中探讨屈原的哲学思想，分别从屈原的宇宙观、认识论、人生观三个方面展开。首先在宇宙观方面，屈原赞成"元气说"，而对"盖天说"表示了大胆的怀疑。在"盖天说"还广为流行的年代，表现出一种可贵的探索精神。屈原还对"天命"表现出怀疑和否定，对世人所信仰的"天帝"进行攻击。其次在认识论方面，屈原主张"参验以考实"，注意从事物的本体出发，抓住事物的性质，然后去进行推论，从而获得自己的认识。屈原还有一种特殊的"递进式"或"并列式"的认识方式，前者表现为文法上三个动词连用，后者表现为从不同角度描绘事物。最后在人生观方面，表现为对美的追求，对邪恶的斗争和对死的选择。[②]

显然，屈原哲学思想中的核心部分"不合时宜"，尽管那些思想代表了社会发展的正确方向。对"天命"的怀疑和否定，对"天帝"的攻击在当时都是冒天下之大不韪的行为，这表明屈原的思想在当时的社会中属于另类。另类哲学思想指导下的人物活动也不会与整个社会合拍，而政治家一旦落入这样的境地，不仅其政治生命难以为继，即使一般的生活也会受到很大的影响。

张崇琛《楚辞文化探微》在讨论屈原认识论部分时谈到《悲回风》的首四句"悲回风之摇蕙兮，心冤结而内伤。物有微而陨性兮，声有隐而先倡"时，引用姜亮夫《楚辞今绎讲录》看法说，屈原是"借'悲回风之摇蕙'来作形象，再以'物有微而陨性'来作一个逻辑思维"。张崇琛认为这种逻辑思维也就是诗歌的哲理，与文学上的比兴是完全不同的。[③] 这种由某一自然现象引发哲理思考的认识事物的方法可称作哲学型思维方式。这种思维方式的特点是能见微知著，能从个别现象总结出一般理论，施之于普遍事物，其利弊是一目了然的。其利在于，对一般人而言，能比较

① 冯友兰：《中国哲学史新编》第 2 册，北京，人民出版社，1964，第 238～247 页。

② 详见张崇琛：《楚辞文化探微》，北京，新华出版社，1993，第 14～28 页。

③ 详见张崇琛：《楚辞文化探微》，北京，新华出版社，1993，第 14～28 页。

清楚地观察事物，从而指导自己的行动；其弊则在于，对于政治家来说，洞明世事固然可贵，但若不能敛锋韬晦，甚至于"我口宣我思"，以求真的方式、思辨的态度，追根究底地对待政治现象，就会适得其反。

屈原一直视自己为王室同姓，希望为楚王出力因而直谏不止。殊不知，这时的楚君早已没有前代君王的过人谋略、勤奋作风与政治激情，屈原洞鉴楚国现状的见解，试图为政治现象推本溯源得其正解，及其后的直谏已是无处可用和徒费口舌，同时也正将自己引入险恶的人际关系中，从而导致个人政治人际关系的恶性循环。楚辞大量地表现这方面的内容正是构成其艺术精神的重要因素。

哲学思想是哲学型思维方式的基础，没有哲学思想则不可能有哲学型思维方式，哲学型思维方式以哲学思想为内涵。对屈原而言，有自我特色的哲学思想是他作为楚国精英知识分子的重要标志，无论是官居左徒还是三闾大夫，都是他从政必不可少的底蕴，哲学思想对文学创作来说也是不可或缺的。但其显见的弊端是，政治家若过多地纠缠于哲学、沉溺于哲学思维会大大妨碍政治思维方式的运行，因而政治家与哲学家鲜有"兼容"。简单地说，哲学以求真为最高境界，而一味求真，在以尔虞我诈为常态的政治斗争中是无法"生存"的。马克思墓碑上刻有这样的话："哲学家们只是用不同的方式解释世界，而问题在于改变世界。"改变世界最明显的推动力就来自政治家。哲学家的解释固然不可少，也是改变世界的基础，但它势必要求政治活动表现出纯正性与真实性。政治史表明，古代政治家并不需要过多地从哲学角度考虑政治实践，哲学型思维方式对政治家的政治生命来说是一种戕害。因为一旦政治家有了这样的思维方式，便会自觉不自觉地关心政治表象背后深层次的问题，甚至于固执地寻求合乎其理想与社会规律的行动方式，从而不知变通与妥协，而典型的政治从来都是在各种各样的妥协中进行的，不妥协则无政治。成功的政治家需要学会妥协，而不是一味地寻求合乎理想与规律的行动，一旦政治家陷入这样的境地，鲜有获得政治成功的可能。这虽然有着与政治服务于人的理念相违背之处，但却是政治的实际情况。楚国的俗世和贵族政治都是以权力作为政治的最大和首要考量，所以屈原的哲学思维就显得苍白无力而多余。事物的玄机正在于，屈原和楚辞作品对此加以表现，恰恰构成了艺术精神的基础，楚辞的艺术精神正是以哲学思维为平台展开其"美的历程"的。

二、政治人格

屈原的高洁人格是楚辞给予我们的第一印象，历来研究者都对此给予了足够的重视。《史记·屈原贾生列传》曰："《国风》好色而不淫，《小雅》怨诽而不乱，若《离骚》者，可谓兼之矣……蝉蜕于浊秽，以浮游尘埃之外，不获世之滋垢，皭然泥而不滓者也。推此志也，虽与日月争光可也。"大力称颂屈原的人格魅力，肯定《离骚》的"怨刺"精神。班固则认为"斯论似过其真"，批评屈原"露才扬己，竞乎危国群小之间，以离谗贼。然责数怀王，怨恶椒、兰，愁神苦思，强非其人，忿怼不容，沈江而死。"①对屈原的人格采取否定态度，并不足取；宋代朱熹认为屈原自沉，是"不忍见其宗国将遂危亡"②，对于研究屈原的人格品性内涵具有重要意义。

元人方回曾说："有仁心者，必为世道计，故不能自默于斯焉。"③"不能自默于斯"则应主动进取有所作为。余英时曾经指出中国古代知识阶层与西方的差异："中国古代知识分子是从'封建'秩序中的'士'阶层蜕化出来的，他们也不能像西方专司神职的教士那样不理俗务。"④其中所谓"俗务"在中国古代当然是包括传统的进取的人生理想指导下的政治参与和仕途活动。这基本上是由包括屈原在内的春秋战国时士人开创的传统，这种追求典型地表现为一种政治人格。屈原作品之有别于宋玉、景差之徒者，正在于其中表现出的忠君爱国之情和刚肠嫉恶的精神。

《离骚》典型地体现出政治抒情诗之政治价值和艺术价值的结合。众所周知，《离骚》中所说"既莫足与为美政兮，吾将从彭咸之所居"，正是屈原自己所倡言美政的誓言，是屈原对政治理想失败之后人生去向的最为决绝的表示，从中可见美政理想是屈原社会思想的逻辑原点。"文学是人学"，楚辞对人的关注理应成为我们理解其艺术精神内涵的重要门径。与作为其政治思想逻辑原点的美政理想相联系，楚辞表现出对政治人格模式的极大兴趣。

金开诚《屈原辞研究》认为，认识屈原作品的美学价值可以作多样分析，"但若从根本上探索其价值之所在，则主要有两个重点最应注意：一

---

① （宋）洪兴祖：《楚辞补注》，北京，中华书局，1983，第49页。
② （宋）朱熹：《楚辞集注》，上海，上海古籍出版社，1979，第2页。
③ （元）方回：《瀛奎律髓》，上海，上海古籍出版社，1986，第78页。
④ 余英时：《士与中国文化》，上海，上海人民出版社，2003，第90页。

是屈原辞突出表现了屈原的人格力量；二是屈原辞突出表现了屈原的创造力量"。① 同时，论者就屈原作品对诗人的人格力量的表现进行了探讨，认为：

> 屈原的人格主要是在楚国的两种势力的激烈冲突中得到深刻表现的。所谓两种势力就是以屈原为代表的进步势力和由楚国旧贵族所构成的反动势力。冲突的焦点，在楚国内政上就是屈原坚持"国富强而法立"的变革理想，坚决主张"明法度之嫌疑"和举贤授能；而旧贵族则顽固地维护"背法度而心治"和世袭罔替等特权，坚决反对任何政治变革。在外交上，屈原坚持联齐抗秦的斗争主张，并怀有由楚国来统一全中国的远大理想；旧贵族则始终屈服于强秦的威胁与欺诈，一味妥协媚敌，以求苟安……通过历史发展的实际情况来考察，完全可以看出，屈原辞的确是深刻表现了作者的进步倾向，他充分看到了在楚国实行变革的必要，尖锐地揭露了楚国反动势力的腐朽性质，并且准确地预示了变革失败后的楚国的命运和前途。这样，屈原的抒情诗篇就达到了史诗一般的深度。②

两种势力斗争中的人格力量表现，使得抒情诗具有了史诗一般的深度，只有具备屈原这样政治人格的诗人，才会使作品表现出这样的张力，这个评价是恰如其分的。因为在现实人生中，屈原一直以人格完善为最重要的人生目标之一，激烈的政治斗争与持续的道德修炼，令屈原人格反映在楚辞中，表现出不同凡响的认识价值与审美价值，带着屈原特有的鲜明印记与风范。

《离骚》曰："夫孰非义而可用兮，孰非善而可服。"王逸《楚辞章句》注曰："言世之人臣，谁有不行仁义，而可任用；谁有不行信善，而可服事者乎？言人非义则德不立，非善则行不成也。"③司马迁在《史记·屈原贾生列传》中说："余读《离骚》《天问》《招魂》《哀郢》，悲其志。适长沙，观屈原所自沈渊，未尝不垂涕，想见其为人。"对高贵人格的关注使人们跨

---

① 金开诚：《屈原辞研究》，南京，江苏古籍出版社，1992，第254页。
② 金开诚：《屈原辞研究》，南京，江苏古籍出版社，1992，第255～256页。
③ （宋）洪兴祖：《楚辞补注》，北京，中华书局，1983，第24页。

越时空距离达到心灵相通，相通的关键正在于引起人们共鸣的人格模式是政治化的。

屈原在政治上的失败是提及屈原不可避免的话题。他之所以没能成为一个成功的政治家，原因是多方面的，而其中最值得注意的主观原因是屈原的个性气质。"政治家的热情和理智使他坚持正义追求真理的信念愈来愈执着，而诗人的激情和敏感则使他对外界事物反应敏捷，极易激起感情的波澜……政治家和诗人这两种气质互相作用、互相交融。"①一位怀瑾报国之志、雄才大略的政治家，独享政治上的失意，长期的挫折使他内心的忧愁郁结，最终发而为诗歌，正是这作为"苦闷的象征"的《楚辞》，使他成为本无意去做的诗人，一如后世陆游在《剑门道中遇微雨》一诗中所问"此身合是诗人未?"机缘不合，天弄人运，不经意成为诗人的屈原，不得不承受着比一般诗人沉重得多的生命荷载。《离骚》是楚辞中最为引人注目的一首诗，其政治性历来备受重视。诗中屡称"三后"，尽管"三后"所指还有争议，但"无论指谁，都是屈原借用先代的历史经验，表达他对君圣臣贤的理想的政治图式的向往。而当抒情主人公遭受党人嫉妒，君王'信谗而齌怒'，'独穷困乎此时'，虽有犹豫徘徊，支撑抒情主人公坚定的人生信念，仍然是历史的圣君贤臣以兴，暴君残贼而亡的政治经验"。② 屈原的政治人格在诗里诗外都能展现出一种力量，但其个性却与之背道而驰，成为他完整人格的"软肋"。

所以，作为一位屡战屡败的政治家，一位无意于经由诗歌获得成功的政治型诗人，屈原终其一生都在政治家身份与诗人身份的两端徘徊、煎熬，最终对政治人格的向往与理想建构融会、拉拢和平衡这两端，并将政治人格落实为楚辞艺术精神的核心。

三、悲剧情感

我们对悲剧概念的传统认识来自人们对古希腊酒神祭典的理解，亚里士多德的《诗学》透露过相关信息。但亚氏并未说明酒神祭典与悲剧形成的内在联系，而且"亚里士多德写作《诗学》的时间（前 335 年），距离'戏剧之父'忒斯匹斯加工'酒神颂'之时（前 6 世纪初）已经将近三百年。

---

① 王昌猷、李生龙:《从屈骚风格看屈原的创作个性》,《湖南师范大学社会科学学报》1985 年第 4 期。

② 熊良智:《楚辞文化研究》,成都,巴蜀书社,2002,第 19 页。

恩格斯认为：'希腊人自己关于他们的历史所保存下来的记忆仅仅追溯到英雄时代为止。'再加上亚里士多德的许多戏剧理论著作已经失传，所以，我们要从亚里士多德那里得到明确的答案，已经不存在某种可能。"①因此论者主张"从现存的古希腊悲剧剧本出发寻找祭祀仪式的原型；从悲剧所洋溢着的悲剧精神去寻找与之对应的、从祭祀仪程中反映出来的、人的集体无意识精神"。② 结合中国和西方的古典文献，孙文辉考定认为："以人为牺牲的丰产祭仪所反映出来的人类心理意识，与悲剧所洋溢着的悲剧精神完全同构对应。从这一角度我们也有理由认定：悲剧诞生于人牺祭仪。"③如此主张确实切中肯綮。

　　屈原的悲剧不仅在于屈原未能实现自己的政治理想，更在于未能急流勇退，而是选择自沉的方式，以一种潜意识中近乎"人祭"的悲壮方式，完成悲剧人生的最后一幕，由此唤起的恐惧之感和英雄气概正是作为悲剧精神基本成分之一的崇高之美、壮烈之美。这与屈原其人在诗中一味地抒发悲情，诗歌因而具有悲剧性情感形态正是相表里的两个方面。

　　楚辞悲剧情怀的底色是南方楚文化的情感世界，这一点人们已有共识。正如彭吉象《中国艺术学》所论："如果说'言志说'主要是中原北国周人的理性精神在艺术上的延续，那么'缘情说'则更多地继承了南国楚汉文化浪漫多情的传统。南方楚文化直接从原始巫术文化中走出来，具有巫术神话所特有的浪漫、艳丽、炽热，是一种原始情感的自由奔泻。屈原的'楚辞'和楚地的漆画便是其代表。"④

　　如前所述，悲剧首先来自屈原在诗中一再表达而始终无法得以实现的理想。屈原对楚国怀有一种"深固难徙"的故国意识，这是他忠君观念和从政热情的精神动力之一，然而始料未及的政治风波在对屈原的政治前途造成致命一击的同时，也给他的身心带来巨大的创痛。政治失意和人格中伤带来的双重苦闷，令屈原作品表现出一种悲剧力量。诚如金开诚所论：

　　　　屈原的悲剧既植根于楚国当时的客观现实，也取决于他主

①　孙文辉：《巫傩之祭：文化人类学的中国文本》，长沙，岳麓书社，2006，第311～313页。
②　孙文辉：《巫傩之祭：文化人类学的中国文本》，长沙，岳麓书社，2006，第313页。
③　孙文辉：《巫傩之祭：文化人类学的中国文本》，长沙，岳麓书社，2006，第320页。
④　彭吉象：《中国艺术学》，北京，北京大学出版社，2007，第470页。

观的人格因素(包括人生目标、思想观点、志趣情操、性格意志
等)……他激昂地声称:"亦余心之所善兮,虽九死其犹未悔!"
"宁溘死以流亡兮,余不忍为此态也!""虽体解吾犹未变兮,岂
余心之可惩!"这都说明他是下定决心要与腐朽反动的势力斗争
到底,因此他的悲剧经历也必然要发展到极其悲壮的境界。而
在这种悲剧经历中所充分展示的完整人格,也就饱含着一种令
人肃然起敬的崇高之美。①

悲剧性情感形态在《楚辞》中有至为明显的表述。在情感抒发上,决
裂、毁灭、压抑的个体,无法容忍的丑恶,不可克服的异己力量,激情
而无望的表白,对现实的痛心疾首,执着到近乎偏执的理想表达,一一
壅塞其中;遣词造句上,哀、伤、悲、愁、忍、悔、怨、恶、怀、思等
表示感情色彩的词汇大量地、反复地、交错地出现,其中以悲伤类负面
情感词为最多,几乎触目皆是,句子也是如此:"惜诵以致愍兮,发愤以
抒情"(《惜诵》),"心不怡之长久兮,忧与愁其相接"(《哀郢》),"道思作
颂,聊以自救"(《抽思》),"何贞臣之无辜兮,被离谤而见尤"(《惜往
日》),"悲回风之摇蕙兮,心冤结而内伤"(《悲回风》)。大量悲情形态的
呈现对读者而言,引起同情甚至伤感都是自然而然的,其中的消极情绪
不会长久,共鸣和崇敬会更为久远地影响着读者的心灵。

在楚辞的艺术精神结构中,哲学为屈原提供了关于自然、人生和社
会的深层解读,哲学型思维方式与政治的矛盾内在地推动了屈原的人生
进程,表现在作品中则是强化了思辨色彩与人生体悟。政治化人格是一
种由春秋战国诸子开创的人格模式,抱定"修齐治平"的信念,影响着当
时的精英知识阶层,屈原正是以此作为人生的核心理念,这也是其艺术
精神的核心。在具体形态上,悲剧性情感在楚辞中展现的正是文学表现
的极致,崇高壮丽的自然呈现,因而成为楚辞艺术的归依形态。三者之
间的分层展开、相通相生与完美配合,共同铸就楚辞艺术的辉煌。

毫无疑问,楚辞艺术精神的表现是多向度的,尤其是共时比较视野
的参照还有很多空间,都需要以一颗艺术的纯正博大之心一一解读。可
以说,楚辞艺术精神对后世文学影响之大,至今还没有任何一位独立的
诗人能够与之比肩。其影响从文学内到文学外,从表现手法到艺术题旨,

---

① 金开诚:《屈原辞研究》,南京,江苏古籍出版社,1992,第256～258页。

形成无所不包的局面。

　　有学者在研究中国现代新诗时，盛赞屈原及其骚赋在现代中国各流派诗人心目中，"是人生、艺术的导师、楷模，是最活跃的生命基因，是浮动在意识最深处的瑰丽的境界"。① 之所以用如此充满诗性与激情的语言，正缘于楚辞对古今中国文学既深且远的影响。可以预见，在此后的中国文学中，楚辞艺术精神的巨大影响仍将继续存在，并不断被发扬光大。

---

　　① 李怡：《屈骚传统与中国现代新诗的自由形态：中国新诗的原型分析之一》，《中州学刊》1993 年第 3 期。

第七编　老庄的艺术精神

第三十二章　通于艺术精神的老庄之"道"

　　自 20 世纪 60 年代后期徐复观著《中国艺术精神》一书，创造性地提出"中国艺术精神"的概念以来，"艺术精神"逐渐成为人们关注的热门话题。徐复观在书中以孔门艺术精神和道家艺术精神作为"中国艺术精神"的两大范型，并将老、庄，尤其是庄子的艺术精神视为所谓"纯艺术精神"，进而分析认为中国山水画是庄子"纯艺术精神"的"独生子"。徐氏艺术精神论的研究理路和观点，一经问世便影响甚广，当然也颇多争议。但就其标举"中国艺术精神"的首创之功，与其所阐释的中国艺术精神实以道家思想(尤其是庄子思想)为精髓和根本的观点而言，无疑是值得充分肯定的。

　　老子和庄子对中国美学、艺术的巨大影响，由来已久，是不可否认的历史事实。然而，现代学术意义上的老、庄美学思想研究，则肇始于 20 世纪初西方学术思想大举进入中国之时。20 世纪上半期，这种研究还基本上处于一种"潜研究"状态，学术界对于这一问题并未有理论上的彻底自觉。直到 20 世纪 60 年代后期，在徐复观、叶维廉等中国台港地区及海外华人学者的关注之下，道家美学尤其是庄子美学的研究才逐渐由聚焦到趋于热潮。20 世纪 80 年代以降，大陆学界也开始加入这一研究领域，其丰硕的学术成果极大地拓展了中国美学和艺术研究的理论视野。目前，在世界文化整体格局中，以中西比较的眼光对传统美学精神进行阐释和弘扬已成学界共识。

　　现在，重新审视道家美学的当代境遇和世界意义，实现古今对接，需要对以下几个问题作系统反思：作为哲学思想的老庄之"道"为何与中国古典美学、艺术之间有着一种血脉因缘？或者说究竟是什么在老庄思想与艺术精神之间架起了一道无形的津梁？这种特殊的血脉因缘对于中国特色的"美学"和艺术精神又意味着什么？在通于艺术精神的道路上，庄子和老子的思想各自折射呈现出怎样的丰富内涵？本章拟就这些问题作一些分析和探讨。

第一节　老庄之"道"与艺术精神

众所周知，老子和庄子在他们思想起步的地方，根本没有艺术的意欲，也不曾以某种具体艺术作为他们追求的对象，即便偶有涉及美和文艺，也大多持否定态度。为什么老、庄那些并非讨论美和艺术问题的言论会具有美学意义？为什么后世美学、艺术理论不断引用和发挥他们的哲学思想？在中国文学批评史学科草创时期，郭绍虞就曾这样问道："视'文学'为赘疣，为陈迹，为糟粕"的庄子思想何以如此巨大地影响到文学批评，并"足以间接帮助文学的发展？"①很可能的回答（并且已成为学界惯常的思维定式）是，美学是哲学在艺术和审美上的延伸，美学思想不可能脱离一定的哲学。的确，古今中外的美学、艺术理论都与哲学有着直接或间接的联系，美学作为哲学的一个分支，又被称为"艺术哲学"。同时，对于美与艺术的本质问题的探讨，必然要以人的本质这个根本问题的看法为理论前提。但这只是针对一般情形的论述，而老庄哲学通向艺术精神的根本原因究竟在哪里？这才是更令人关注的问题。

笔者认为，老庄之"道"通于艺术精神的根本原因不在于一般的哲学与美学的关系，而在于老庄思想本身具备着向美与艺术精神生成的巨大可能性。哲学通于美学、艺术固然由于它们都有着对于本质问题的类似性追寻探索，但老庄哲学思想与中国美学、艺术精神之间的联结似乎是与生俱来的，其联系的深刻性与不可分离程度，以庄子思想最为明显。徐复观的《中国艺术精神》（1966 年初版）就发掘和彰显了老庄思想通于审美的潜在可能。书中指出，在我国传统思想中，虽然老、庄较之儒家，是富于思辨和形上学的性格，但其出发点与归宿点依然是落实于现实人生。徐氏认为，老、庄是"上升的虚无主义"，所以他们在否定人生价值另一面的同时又肯定了人生的价值。老庄思想既然肯定了人生的价值，则在人生上必须有所成，只不过他们所成的是"虚静的人生"。最后，他得出结论，如果用现代的语言观念更进一步把握老、庄思想，就会发现"老、庄思想当下所成就的人生，实际是艺术的人生，而中国的纯艺术精神，实际系由此一思想系统所导出"。② 同时，他还指出："在现时看来，老、庄之所谓'道'，深一层去了解，正适应于近代的所谓艺术精神，这

① 郭绍虞：《中国文学批评史》上卷第二篇第三章"道家思想及于文学批评之影响"，上海，商务印书馆，1934。

② 徐复观：《中国艺术精神》，桂林，广西师范大学出版社，2007，第 35 页。

在老子还不十分显著，到了庄子，便可以说是发展得相当显著了。"①徐复观的这一创见应当是最早对于老庄通于艺术精神的理论上的自觉，它在思想方法上极大地启发了当时中国台港地区、海外华人学界以及20世纪80年代后期以来大陆学界的道家美学研究。无独有偶，20世纪80年代，随着"美学热"的兴起，许多大陆学者对老、庄，尤其是庄子思想的研究也有了类似的重要突破。如李泽厚认为，"从所谓宇宙观、认识论去说明理解庄子，不如从美学上才能真正把握庄子哲学的整体实质"。他甚至直接得出"庄子哲学是美学"的结论。② 叶朗也指出，"庄子的很多哲学命题，同时就是美学命题"。③

值得注意的是，徐复观在《中国艺术精神》中论及老庄思想向美与艺术生成的可能性时，非常审慎地将其表述为"不期然而然地会归"。他用"不期然而然"一词来形容老庄，尤其是庄子思想与艺术精神或者西方美学思想不谋而合的状态。以该书第二章"中国艺术精神主体之呈现——庄子的再发现"为例，"不期然而然"大约出现了九次，最有代表性的两处为：

> 若不顺着他们（按：老庄）思辨的、形上学的路数去看，而只从他们由修养的工夫所到达的人生境界去看，则他们所用的工夫，乃是一个伟大艺术家的修养工夫；他们由工夫所达到的人生境界，本无心于艺术，却不期然而然地会归于今日之所谓艺术精神之上。④

> 庄子所体认出的艺术精神，与西方美学家最大不同之点，不仅在庄子所得的是全，一般美学家所得的是偏，而主要是这种全与偏之所由来，在庄子系由人生的修养工夫而得；在一般美学家，则多系由特定艺术对象、作品的体认，加以推演、扩大而来。因为所得到的都是艺术精神，所以在若干方面，有不期然而然的会归。⑤

根据徐复观在这两处的论述，所谓"不期然而然地（的）会归"有两层含义：

---

① 徐复观：《中国艺术精神》，桂林，广西师范大学出版社，2007，第36页。
② 李泽厚：《漫述庄禅》，《中国社会科学》1985年第1期。
③ 叶朗：《中国美学史大纲》，上海，上海人民出版社，1985，第106页。
④ 徐复观：《中国艺术精神》，桂林，广西师范大学出版社，2007，第37页。
⑤ 徐复观：《中国艺术精神》，桂林，广西师范大学出版社，2007，第100～101页。

一方面，从老庄思想与中国古典美学、艺术的关系看，这是指老庄思想与艺术精神之间的不谋而合；另一方面，从老庄思想与现代西方哲学——美学理论相互比较阐发的角度来看，则是指老庄思想在某些方面与西方美学、艺术理论的可沟通性和可对接性。而后一个方面则是自20世纪初以来老庄思想研究的一个十分重要的向度，它不仅促成了第一个方面内涵的获得，验证了老庄思想通于艺术精神的巨大可能，也充分展示了老庄思想的现代价值和世界意义。

　　与徐复观等中国台港地区和海外学者研究的审慎态度相较，大陆自20世纪80年代以来的老庄美学研究则存在一定观念上的偏颇。"道即是美"是当时老庄美学讨论中经常涉及的话题，而"老子美学"、"庄子美学"之名也层出于众多美学史专著或美学论著中。然而，如前所述，老庄原本并不着意于美，甚至有反美、反艺术的倾向。研究者力图在老庄思想中寻绎出西方美学的建构理路，这种对照阐释的做法作为现代语境中的一种尝试本无可厚非，但无疑已经步入庄子所谓"以己养养鸟"的误区。中国固无"美学"之名，"美学"研究的最初动因来源于西方。"中国古代尽管有着丰富的美学思想资源，但本身并无与之对称的概念系统"。[1] 在中国美学草创之初，西方现代美学概念、理论的引入，确实为王国维、朱光潜等美学前辈们开展其现代美学建构提供了丰富的资源。但随着中国美学研究的深入，人们逐渐发现，中国传统审美经验和美学思想自有其强大的生命力和独特魅力。毫不顾及中国传统思想的特殊性，从西方照搬概念、名词来解释中国经验往往会遇到很大麻烦。类似认为"老庄思想是美学"而毫不加以分辨说明的做法，都是以西方美学观念来范围、框架老庄思想，一定程度上歪曲了老庄本来的文化个性。李泽厚也曾在他的文章和著述中标举"庄子的哲学是美学"[2]。然而当我们仔细探寻他立论的基点就会发现：其所谓"庄子的哲学是美学"的提法，是指庄子思想以个体存在的身（生命）心（精神）问题为实质，其所追求的人生态度和理想人格是导向审美的。故有论者言，"如果我们坚持用'美学'来言称庄子的话，它实际指的是一种美学精神，是庄子的言论向美、向艺术生成的巨大可能性"。[3] 历史已经证明，关注老庄思想"通于"艺术精神的特殊性，这不仅是中西比较研究中探"异"的必要性所在，也是继承和弘扬中国传

①　刘绍瑾：《论中国文艺美学的古今对接之途》，《思想战线》2007年第2期。
②　李泽厚：《中国古代思想史论》，北京，人民出版社，1985；李泽厚：《漫述庄禅》，《中国社会科学》1985年第1期。
③　佀同壮：《庄子美学研究指瑕》，《山西师大学报（社会科学版）》2006年第1期。

统美学智慧所必须考虑的问题。

　　基于上述理解，笔者认为，在道家艺术精神以及中国传统美学的阐发研究过程中，必须明确立论的基点和方法问题。在此，徐复观在《中国艺术精神·自序》中的体会可以提供相应启发："数年来我所做的这类思想史的工作，之所以容易从混乱中脱出，以清理出比较清楚的条理，主要是得力于'动的观点'、'发展的观点'的应用。以动的观点代替静的观点，这是今后治思想史的人所必须努力实践的方法。"① 以徐复观"动的观点"和"发展的观点"而言，本章标题中"通于"一词的使用是最恰当不过了。一方面，它避开了"老庄思想是美学"或"老庄思想就是艺术精神"的观念误区；另一方面则更为重要，因为"通于"的动态性与持续性特点，形象地说明了老庄思想是一个开放的、具有丰富阐释空间的理论系统。老庄思想自诞生之日起，就以其自身的启发性与暗示性对中国古典美学、艺术产生了深远影响。用徐复观的话说，就是"历史中的大画家、大画论家，他们所达到、所把握到的精神境界，常不期然而然地都是庄学、玄学的境界"。② 因此，本章标题"通于艺术精神的老庄之'道'"，其内涵大致可以从两个方面进行解读：第一，从老庄哲学思想之于中国美学、艺术精神影响渗透的角度出发，其意指老庄思想固有的美学、艺术精神的历史延伸；第二，从老庄思想的"现代"历史向度出发，也可以将其理解为在 20 世纪中国现代美学建构过程中，经过中西美学的碰撞、对话与交融，老庄思想通过"阐发"逐渐融入现代学术的动态历程。这样一来，"通于艺术精神的老庄之'道'"不仅有着广阔和开放的学术视野，其作为古典美学研究重要趋向的现代价值与世界意义也得到彰显。

　　回到话题探讨的初始：老庄之"道"通于艺术精神的根本原因在于，老庄思想本身具备着向美与艺术精神生成的巨大可能性。正因为老庄哲学思想暗含与审美共通的特点，后世历代文论、诗论、画论等诸多轨迹均从老庄一系导出。不仅徐复观有"不期然而然地会归"的诗性表述，李泽厚、刘纲纪与叶朗等美学前辈在论述老庄美学思想的时候，也多注意到了所谓老庄"美学"的特殊性。李泽厚、刘纲纪等指出："老子有关哲学和社会人生问题的许多一般性命题虽然不是直接论述美学问题，却具有重要的美学意义，并且被后人用到文艺上去，变成了有关美学的特殊命题，因而也就成为美学史必须加以研究的对象了。""以反对人的异化，追

---

　　① 徐复观：《中国艺术精神·自序》，广西，广西师范大学出版社，2007，第 5 页。

　　② 徐复观：《中国艺术精神·自序》，广西，广西师范大学出版社，2007，第 2 页。

求个体的无限和自由为其核心的庄子哲学是同他的美学内在地、自然而然地联系在一起的。"①叶朗认为："中国古典美学体系的中心范畴并不是'美'……老子美学中最重要的范畴也并不是'美',而是'道'——'气'——'象'这三个互相联结的范畴。""庄子的美学是和庄子的哲学紧密联系着的。"②他们虽也以"美学"之名冠以老庄思想,但都或直接或间接地指出了不是以美、艺术为对象的老庄思想与西方成逻辑、成体系的美学思想的不同。对此,刘绍瑾在《庄子与中国美学》的"绪言"中十分明确地道出:"《庄子》一书的美学意义,不是以美和艺术作为对象进行理论总结,而是在谈到其'道'的问题时,其对'道'的体验和境界与艺术的审美体验和境界不谋而合。由于这种组合,后世很自然地把这些带有审美色彩的哲学问题移植到对艺术的审美特征的理解中,从而使庄子的哲学命题获得了新的意义。从这个意义上,我们认为,《庄子》中所蕴藏的文艺思想、美学命题,并不是以其结论的正确性取胜,而是以其论述过程中的启发性、暗示性、触及问题的深刻性见长。"③以上论述都表明,老、庄,尤其是庄子的哲学思想先天蕴藏着通向艺术精神的潜在和可能。当我们以思辨的、形而上的哲学眼光审视老庄的思想和观点时,它们只是有关宇宙、人生的哲学认识论系统和社会实践理论,而当以审美的角度去把握老庄思想时,才能认识到它们对于中国美学、艺术深刻影响的原因所在。这实际上意味着一种新的研究思路和方法启示。必须超越以往陈旧的研究路径,通过从哲学与美学,人生与艺术相通的整体把握,中西对照同时注重中国传统美学因子的特殊性质,才能真正解读老庄的美学意义。

需要补充说明的是,"庄子对艺术实有最深刻的了解"④。不仅庄子的"道"与艺术有着某种相似的特点和规律,而且庄子有关"道"的思想,有时就是由对具体艺术活动的深刻认识而升华得到的。"他对于道的体认,也非仅靠名言的思辨,甚至也非仅靠对现实人生的体认,而实际也通过当时的具体艺术活动,乃至有艺术意味的活动,而得到深的启发。"⑤在《庄子》许多寓言故事中,我们可以随时看到庄子以艺喻道:《养

①　李泽厚、刘纲纪主编:《中国美学史·先秦两汉编》,合肥,安徽文艺出版社,1999,第190、228页。
②　叶朗:《中国美学史大纲》,上海,上海人民出版社,1985,第24、111页。
③　刘绍瑾:《庄子与中国美学·走出困境(代绪言)》(修订本),长沙,岳麓书社,2007,第11页。
④　徐复观:《中国艺术精神》,桂林,广西师范大学出版社,2007,第38页。
⑤　徐复观:《中国艺术精神》,桂林,广西师范大学出版社,2007,第38页。

生主》中"庖丁解牛"那种由技而进乎道的功夫的过程，实际就是由技而进乎艺术创造的过程；在《天运》篇有名的谈音乐的段落中，庄子就是以对音乐的感受来比喻体道的境界。体道的功夫与艺术创造的功夫，学道的境界与一个艺术家在艺术创造中达到的最高精神境界是一致的。正因如此，徐复观指出，"庖丁的技而进乎道，不是比拟性的说法，而是具有真实内容的说法。但上述的情境，是道在人生中实现的情境，也正是艺术精神在人生中呈现的情境"。①

第二节　通于艺术精神的老子之"道"

如前所述，20世纪初以来，西方现代学术范型传入中国，当时学者纷纷以"新的眼光、新的时代精神、新的学术思想和治学方法照亮了他们所从事的具体研究对象"。② 这里所谓"具体研究对象"实指中国传统文学、文化资源。中国美学史的学科建构和中国现代美学的开拓，正是在这样的大背景之下展开的。在中国文艺美学的研究中，与庄子美学研究相比，老子美学思想研究则相对薄弱，且缺乏深入全面的评价。以20世纪70年代末为界限，在此之前的老子美学研究可以说是十分沉寂的。"除宗白华先生曾在一些论著中对老子的某些命题的美学意义做过颇具胜义的阐发外，'文化大革命'前探讨老子美学思想的专门文章几乎没有。"③1979年出版的施昌东《先秦诸子美学思想述评》以老、庄合论的形式，较为集中的谈到了老子美学思想。④ 此后，也即20世纪80年代以来，随着人们对中国古典美学的重视，才开始陆续出现一些关于老子美学思想的文章，如蒋孔阳《评老子"大音希声"的音乐美学思想》以及栾勋的《论老子的美学思想》等⑤。这些为数不多的论文，可以说是中国美学界对老子美学思想的最初探讨。⑥ 尤其是80年代中期，随着"美学热"的深入，"中国美学史"学科建设取得重大突破，以李泽厚、刘纲纪主编的

① 徐复观：《中国艺术精神》，桂林，广西师范大学出版社，2007，第39页。
② 陈平原：《中国文学研究现代化进程·小引》，见王瑶主编：《中国文学研究现代化进程》，北京，北京大学出版社，1996，第2页。
③ 小茹：《老子美学思想初探概略》，《哲学动态》1988年第8期。
④ 施昌东：《先秦诸子美学思想述评》，北京，中华书局，1979。
⑤ 蒋孔阳：《评老子"大音希声"的音乐美学思想》，《复旦学报（社会科学版）》1981年第4期；栾勋：《论老子的美学思想》，见《文学评论》编辑部编：《文学评论丛刊》第16辑，北京，中国社会科学出版社，1982。
⑥ 据笔者资料所涉范围初步统计，1981～1985年大陆有关老子美学研究论文仅十余篇，1985年后逐渐增多。

《中国美学史》和叶朗的《中国美学史大纲》为代表。这两部美学史著作都辟有专章对"老子美学"予以详细分析论述。前者立足于与儒家美学的对照，认为"老子美学的出现，标志着中国古代一种新的美学的崛起"。[①]后者更将"老子的美学"列为第一章，并明确指出"老子美学是中国美学史的起点"[②]，给予了极高评价。

　　从老子作为道家创始人的观点出发，笔者认为，尽管老子对后世美学、艺术的影响不如庄子更为本色，但这种历史影响与奠基作用是不可抹杀的。道家的系列重要范畴，也即后世被移植为美学、艺术范畴的"道"、"气"、"有"、"无"、"虚实"、"味"、"妙"、"自然"等，都是老子所率先提出。即便是十分看重庄子艺术精神的台湾学者徐复观，在谈及道家艺术精神的时候也常老庄并提，只是有所区别和侧重。比如：

　　　　老、庄思想当下所成就的人生，实际是艺术的人生，而中国的纯艺术精神，实际系由此一思想系统所导出。中国历史上伟大的画家及画论家，常常在若有意若无意之中，在不同的程度上，契会到这一点，但在理论上尚缺乏彻底的反省、自觉。[③]

　　　　他们（按：老庄）所说的道，若通过思辨去加以展开，以建立由宇宙落向人生的系统，它固然是理论的、形上学的意义（此在老子，即偏重在这一方面），但若通过工夫在现实人生中加以体认，则将发现他们之所谓道，实际是一种最高的艺术精神，这一直要到庄子而始为显著……在现时看来，老、庄之所谓"道"，深一层去了解，正适应于近代的所谓艺术精神。这在老子还不十分显著，到了庄子，便可以说是发展得相当显著了。[④]

可见，老、庄都有通于艺术精神的可能，只是庄子更显著。老子思想不仅是道家艺术精神发源地，也是中国古典美学、艺术精神的源头之一。

　　在通往艺术精神的道路上，老、庄各自有着不同特点。老子的贡献集中表现在建立了一个以"道"为中心的哲学体系，奠定了整个道家思想的基础。更重要的是，他开创了一种和儒家思想不同的新的理论基础，

---

① 李泽厚、刘纲纪主编：《中国美学史·先秦两汉编》，合肥，安徽文艺出版社，1999，第212页。
② 叶朗：《中国美学史大纲》，上海，上海人民出版社，1985，第10页。
③ 徐复观：《中国艺术精神》，桂林，广西师范大学出版社，2007，第35页。
④ 徐复观：《中国艺术精神》，桂林，广西师范大学出版社，2007，第36页。

其根本出发点就是"道"。"老子的道论本不是讨论美学问题的,但它的基本思想特别是一些重要命题都给美学的生长提供了生根点。"①因此,要解读老子的艺术精神,就必须对他的"道"作一些分析。

一、为人生之"道"

老子的艺术精神同他的整个哲学思想的核心——"道"有着直接的联系。自20世纪初以来,学界对老子美学的研究几乎都是围绕他的"道"来展开的。换句话说,所谓老子的美学观点,实际上是后世接受者和阐释者从他的"道"出发去观察和解决审美和文艺问题所得出的看法和结论。因此,老子之"道"通于艺术精神,既是指中国古人们在漫长的艺术实践过程中对老子思想的接受、移植和阐释,也是指近现代以来在西方学术思想影响背景下这一美学课题浮出水面的动态过程,并且这一过程还将随着中国古代文艺美学思想研究的深入继续下去。然而,这一切在历史事实层面显现的内容,更离不开老子思想本身所具备的通向美学与艺术的可能性。

综观大陆自20世纪80年代以来关于老子美学思想的著述,大多着眼于其具体美学思想的申发阐述,而对其缘何通于美学、艺术精神言之甚少,一定程度上影响了对老子美学思想的宏观把握和科学认识。因此,我们首先要注意到老子思想的整体特点:源于忧患意识的老子哲学体系并非以建立所谓宇宙论为根本动机和目的,其出发点和落实点依然是人生问题。陈鼓应认为:"老子的整个哲学系统的发展,可以说是由宇宙论伸展到人生论,再由人生论延伸到政治论。"②当然,此一观点其实源于徐复观的看法:

> 老学的动机与目的,并不在于宇宙论的建立,而依然是由人生的要求,逐步向上面推求,推求到作为宇宙根源的处所,以作为人生安顿之地。因此,道家的宇宙论,可以说是他的人生哲学的副产物。他不仅是要与自己根源相应的生活态度,以取得人生的安全立足点。所以道家的宇宙论,实即道家的人性论。因为他把人之所以为人的本质,安放在宇宙根源的处所,而要求与其一致。此一方向的人性论,由老子开其端,由庄子

---

① 陈望衡:《中国古典美学史》上卷,武汉,武汉大学出版社,2007,第2版,第46页。
② 陈鼓应:《老子哲学系统的形成和展开》,见《老子今注今译》,北京,商务印书馆,2003,第22页。

尽其致；也给中国尔后文化发展以巨大的影响。①

这里有三点启示：其一，老子思想并非如有论者所言是着意于建立一个宇宙理论体系，其关注的重心还是人生的要求，它是"要求在剧烈转变之中，如何能找到一个不变的'常'，以作为人生的立足点，因而可以得到个人及社会的安全长久"②；其二，老子将人生的要求推求到宇宙根源处，从而建立所谓"道"的理论体系。而"道"的问题，用陈鼓应的话说，其实是"虚拟"的。因为有关"道"所具有的种种特性和作用，都是老子出于人生与政治的要求，根据经验世界中体悟出的道理来"预设"的。所以，我们可以将"道"视为"人的内在生命的呼声，它乃是应合人的内在生命之需求与愿望所展开出来的一种理论"③。在此，老子思想形而上的性质落到了人生的层面；其三，既然老子"把人之所以为人的本质，安放在宇宙根源的处所，而要求与其一致"，且根据他认为"道"是世界万物的根源的观点，我们可以推断，"道"也是美与艺术的来源。自然，对于美与艺术的本质，老子也是安放在宇宙根源并要求与其一致的。这样，我们解读老子思想通于艺术精神的内在可能以及老子的美学思想的思路就豁然开朗了。

二、老子"无为"的艺术精神

"道"是老子思想的中心观念。诸多学者分析认为，尽管《老子》书中多次提到"道"，但不同章句中"道"的含义却是不同的。④ 根据陈鼓应的分析，老子之"道"有三种：形而上的实存意义的"道"，规律性的"道"以及作为人生准则的"道"。（1）形而上的实存意义的"道"：作为"道"体的描述时，它的特点是无形无名、实有（唯一、绝对）、永恒、运动。"道"作为宇宙的生成时，它是先在、根源、始源、超越、内在的；（2）规律性的"道"，是对立转化、循环运动的；（3）作为人生准则的"道"，也即形而上的"道"落实到现象界，其显现的基本特性成为人类行为的准则。这层意

---

① 徐复观：《中国人性论史》，上海，华东师范大学出版社，2005，第 198 页。
② 徐复观：《中国人性论史》，上海，华东师范大学出版社，2005，第 199 页。
③ 陈鼓应：《老子哲学系统的形成和展开》，见《老子今注今译》，北京，商务印书馆，2003，第 23 页。
④ 如唐君毅将老子的"道"细分为六义：有通贯异理之用之道，形上道体，道相之道，同德之道，修德之道及其他生活之道，为事物及心境人格状态之道。唐君毅：《中国哲学原论·导论篇》第十一章"原道上：老子言道之六义"，北京，中国社会科学出版社，2005。

义上的"道"脱离了形上学的色彩，落实到物界，作用于人生，称之为"德"。"德"的基本特点与精神是"自然无为"。"自然无为"是指顺任事物自身的状况去自由发展，而不以外在的强制力量去约束它。它体现了老子对于生命自由的看法。当然，这些"道"的不同含义又是可以贯通的。①

首先，我们从形而上的实存意义的"道"出发，可以看出"道"是一切存在的根源（"万物之宗"）和始源，天地万物都是由"道"所产生，它们都应当遵循"道"的基本精神和特点。因此，美与艺术也不能例外，它们应当是"道"的生发。换句话说，"道"也是美与艺术的来源。故而，所谓老子否定美与艺术的观点只是相对的。一般认为老子对审美和艺术持否定态度的根据主要是下面这段话：

> 五色令人目盲，五音令人耳聋，五味令人口爽，驰骋畋猎令人心发狂，难得之货令人行妨。是以圣人为腹不为目，故去彼取此。（《老子》第十二章，以下只注章目）

结合前面的推导来看，老子实际上反对的是"令人目盲"、"令人耳聋"的"五色"、"五音"，而非一切审美与艺术。他理想的审美与艺术应当是符合"道"的基本特征的。这段话后面的结论"圣人为腹不为目"，根据王弼和叶思靖的解释②，应理解为圣人是不会为追求感官欲望的享乐而损害自己的生命的。"用老子自己的说法，'为腹不为目'也就是老子所谓'虚其心，实其腹'，做到'无知无欲'，不为外物所乱。"③因此，"道法自然"。老子对审美和艺术并非完全否定，他只是从他的"自然"之"道"的理想状态出发，要求审美与艺术不应产生"令人目盲"、"令人耳聋"的有害后果，与人的生命自由相一致。

老子与孔子大致都生活在春秋末至战国初期，此时为我国由原始氏族社会进入奴隶社会的过渡阶段。与孔子不同，老子看到的不是人类进入奴隶社会后由物质和精神文化发展所带来的光辉成就，而是"文明"社会背后的种种虚伪、残暴和罪恶现象。他敏锐而激烈地指出："天下皆知美之为美，斯恶已；皆知善之为善，斯不善已。"（第二章）"大道废，有仁

---

① 陈鼓应：《老子哲学系统的形成和展开》，见《老子今注今译》，北京，商务印书馆，2003，第23～35页。

② 王弼注："为腹者以物养己，为目者以物役己，故圣人不为目也。"《老子本义》引叶思靖解释为："凡所欲之外物，皆害身也。圣人但为实腹而养己，不以悦目而徇物。"

③ 李泽厚、刘纲纪主编：《中国美学史·先秦两汉编》，合肥，安徽文艺出版社，1999，第198页。

义；慧智出，有大伪。"(第十八章)老子通过对自然生命的观察，认为人类最理想的状态是纯任自然的状态。从个体生命如何求得自由发展的角度出发，他提出了"无为"的主张。"是以圣人处无为之事，行不言之教。"(第二章)"为无为，则无不治。"(第三章)在他看来，只有在顺应自然规律的情况下才能达到自己的目的。"因此老子就把'无为而无不为'上升到整个宇宙的高度，并依据古代已取得的某些自然科学的知识，给予哲学的论证，得出了他所谓的'道'。"①"道"作为世界产生和形成的根本特征或规律，以"无为而无不为"作为自己的根本特性。

由于"自然无为"是"道"的最本质特点，也是老子哲学中最重要的观念，落实到人生，也以"无为"为最高理想。"无为"并非无所作为，而是要"善为"，不妄。而"善为"的关键是"自然而然"，即按事物本身的内在规律去适当作为。故"天之道，不争而善胜，不言而善应，不召而自来"(第七十三章)。可见，天道虽"无为"却"无不为"。"'无为而无不为'，美的奥妙就在其中。"②这一特性包含了道家对必然与自由关系的理解，在中国思想史上有着深远影响。在老子看来，人如果采取"无为"的态度去对待一切，处处顺应自然的要求，"辅万物之自然而不敢为"(第六十四章)，不背离自然的规律去追求自己的目的，那他恰恰就能达成一切目的。也就是说人的目的的实现就包含在规律自身的作用之中，或者说规律自身发生作用的结果即是人的目的的实现。这种无目的而合目的，合规律与合目的的境界，实质就是一种超功利的审美的境界。其原因在于"老子哲学的根本原则，即'道'的'无为而无不为'，包含有对人类审美和艺术创造活动的特征的深刻理解，或者说有和这种理解相通的东西"。③在此，老子"无为而无不为"的艺术精神内涵，"不期然而然地会归"(借用徐复观语)于西方近代美学史上德国古典美学奠基人康德论审美判断的观点。康德在其研究自然生命与审美的《判断力批判》中，以"目的的关系"这一范畴来考察审美判断。他"认为美是一对象的形式方面所表现的合目的性而不去问他的实际目的，即他所说的'合目的性而无目的'(无所为而为)"④。也即，美的判定只以一单纯形式的合目的性，即无目的的合目的性为根据。一切审美和艺术活动所具有的重要特征之一，是无目的与

① 李泽厚、刘纲纪主编：《中国美学史·先秦两汉编》，合肥，安徽文艺出版社，1999，第193页。

② 陈望衡：《老子审美理想的历史价值》，《天津社会科学》1991年第4期。

③ 李泽厚、刘纲纪主编：《中国美学史·先秦两汉编》，合肥，安徽文艺出版社，1999，第207页。

④ 宗白华：《美学散步》，上海，上海人民出版社，1981，第221页。

合目的性的矛盾或二律背反，以及目的与规律不可分离的相互渗透和统一。对此，康德作出了系统的说明和论证。而在他之前两千多年，老子就已经从对自然生命的直观体悟上极其质朴地意识到了这一点。

在老子看来，"道"的自然无为原则支配着天地万物，也同样支配着美与艺术现象，是美与艺术的欣赏和创造必须遵循的原则。这一具有高度艺术哲学启示性的观点，成为后世所谓"自然天成"、"巧夺天工"等艺术追求的最初源头。也正因为如此，李泽厚、刘纲纪指出：

> 由于老子哲学中的"道"以"无为而无不为"这个具有深刻美学意义的原则为其特征，同时也由于老子所谓的"道"既是无形的，又是产生有形的万物的始基、源泉，因此老子关于"道"以及人如何把握"道"的种种描述和说明，虽不是针对审美而言的，却又处处都显示和审美相通的重要特征。老子是在讲"道"，同时又几乎是在讲审美，讲艺术。[①]

与此同时，"无为而无不为"也符合个体生命自由发展的需要，即个体自由与客观必然性、合目的与合规律性的内在高度统一。老子以"无为"作为最高人生理想，落实到人生，要求人与道合一，与天地自然合一，与宇宙万物的发展规律合一。这种人生境界也就是一种审美的境界。需要指出的是，"无为而无不为"所包含的对审美与艺术创造活动的深刻理解，在老子这里还处于引而未发的状态。也即是说，老子之"道"尽管具备了极大的艺术哲学启示性，但他毕竟没有明确地从审美角度去阐明它。直到庄子，才将这一点充分地予以强调和展开。对此，徐复观的看法甚为精当："道家的无为而治，只能说是一种'念愿'；一落到现实上，便经过慎到而渐渐转到法家的法、术上面去了。而在老、庄本人，一面是以理论来支持这种念愿，一面则是于不知不觉之中，沉浸于艺术精神的境界中来满足此一念愿。所以老、庄的无为而治的政治思想，有其理论性的一面，也有其艺术性的一面。在老子，则前者的意味重于后者；在庄子，则后者的意味重于前者。"[②]在通向艺术精神的道路上，老庄的不同特点再次得到证实。

"道常无为而无不为"（第三十七章），老子之"道"，就是其艺术精神

---

① 李泽厚、刘纲纪主编：《中国美学史·先秦两汉编》，合肥，安徽文艺出版社，1999，第209页。

② 徐复观：《中国艺术精神》，桂林，广西师范大学出版社，2007，第86页。

和美学思想的出发点。老子以自然无为的"道"作为美与艺术的根源，他的自然之美的思想体现了"道"所派生的特点，也体现了"道"的自然延伸。老子之"道"与艺术精神的联结或者说它通向艺术精神的可能由此得到彰显。有了这种内在联结和潜在的可能，后世对老子美学、艺术思想的移植、利用和生发就是情理之中的事了。以此为基点，老子艺术精神在中国古典艺术审美客体、审美观照、艺术生命等方面都有所体现，如"道法自然"与艺术的自然追求，"有无"、"虚实"对艺术空间意识的影响或有关艺术生命的看法，"涤除玄览"、"致虚极，守静笃"之于审美观照，"淡乎其无味"与"平淡"的审美风格趣味等。宗白华、李泽厚、刘纲纪及叶朗等美学前辈在其著述中都有所阐发，故在此不再赘述。

第三节　庄子的人生—艺术哲学——纯艺术精神之根

如果说，通于艺术精神的老子之"道"其形上学的色彩还非常浓厚的话，那么在庄子思想中这种色彩已经明显褪去。作为道家思想的继承与发扬者，庄子之于老子是有一定承继关系的。"他的起点，他的骨干，还是从老子来的"。① 然而，在通往艺术精神的道路上，比老子更具艺术气质的庄子则有了质的飞跃，他提出了老子所未曾达到的人生境界。许多论者已经认识到：事实上，庄子思想并不导向哲学认识论，更不指向社会实践，而是导向审美。李泽厚指出："从所谓宇宙观、认识论去说明理解庄子，不如从美学上才能真正把握住庄子哲学的整体实质。"②徐复观也说："当庄子把它(笔者注：'道')当作人生的体验而加以陈述，我们应对于这种人生体验而得到了悟时，这便是彻头彻尾的艺术精神，并且对中国艺术的发展，于不知不觉之中，曾经发生了某程度的影响。"③我们不完全同意将庄子之"道"视为"彻头彻尾的艺术精神"的说法，但至少可以肯定，"庄子的'道'与艺术具有某种相似的特点和规律"。④ 与老子相比，庄子之"道"的审美色彩、文学趣味更浓。导向主观精神超越和自由的庄子思想俨然以"游方之外"的姿态，显出了比老子更为彻底和深刻的审美意义。只有庄子，才真正称得上成就了"艺术的人生"，而中国的纯艺术精神，实际上只是由庄子这一系所导出。

① 徐复观：《中国人性论史》，上海，华东师范大学出版社，2005，第 222 页。
② 李泽厚：《漫述庄禅》，《中国社会科学》1985 年第 1 期。
③ 徐复观：《中国艺术精神》，桂林，广西师范大学出版社，2007，第 37 页。
④ 刘绍瑾：《庄子与中国美学》(修订本)，长沙，岳麓书社，2007，第 7 页。

庄子对后世美学、艺术理论影响最大的不是他有关文艺与审美的言论，而是前述其思想中体现的极具启发暗示性的审美特征。因此，台湾学者丁履谯说："在老庄的书里，找不到对艺术此一事实的正面肯定。于是，他们对美学的理论的层次，只作了比喻性的透露，有待于读者对庄子一书中作侧面的、或隐然的体悟。"①只是这些关于文艺的言论（包括对艺术的否定、对美丑差别的否定）也包括在庄子思想当中，它们的出现，是为了更好地说明其审美特征：他否定的只是世俗的、导向感官物欲和实用目的的艺术和美，而在其否定的背后，则是对纯粹审美意识的肯定。

一、从"忘"到"游"

战国时代人生所受的像桎梏、倒悬一样的痛苦与异化，是促使庄子展开哲学思索的最初动力。"形成庄子思想的人生与社会背景的，乃是在危惧、压迫的束缚中，想求得精神上彻底的自由解放"。② 因此，在《庄子》一书中，贯穿到底的红线是"怎样在人世的纷争中全真保性"的问题。庄子整体思想核心的实质是人生哲学。而哲学界大为阐述的所谓庄子的宇宙观、认识论等问题，只是在他论述人生问题时顺便触及的。尽管庄子并非以美与艺术作为对象进行哲学思索，而其论人生的修养和境界又与艺术的审美特点有着相同的特征。所以，我们把庄子的人生哲学称为人生—艺术哲学。

"累"与"德"的矛盾，是庄子人生—艺术哲学的逻辑起点。

"德"是一种心态——摆脱了世俗之累的一种和谐逸豫的精神境界。"德"与"累"的矛盾是庄子人生哲学的集中表现，而以"德"与"累"的矛盾为轴心，《庄子》的内七篇呈现出这样一个情感心理逻辑结构：庄子从"人间世"（《庄子·人间世》，以下只注篇名）之"累"出发，经过去"累"（即后面所要说的"忘"）的过程（包括《齐物论》《养生主》《德充符》《大宗师》《应帝王》），最后达到逍遥适己的"德"（"德"把"游"的精神境界品格化）的极致，进入理想的"无何有之乡"（《逍遥游》）。此时，"累"与"德"的矛盾消失了，"德"最后在去"累"之后胜利地显现出来。因此，把"累"与"德"的矛盾作为庄子人生—艺术哲学的逻辑起点和轴心，是符合庄子情感心理内在逻辑的。

从以上"累"与"德"矛盾的分析来看，庄子超越人间一切是非与烦恼，

---

① 丁履谯：《美学新探》，台北，成文出版社有限公司，1980，第74页。
② 徐复观：《中国人性论史》，上海，华东师范大学出版社，2005，第237页。

达到与"道"合一的"德"的胜境，实际上体现了一种审美的人生态度。毋庸讳言，庄子所达到的自由快乐，是对现实人间的一种主观精神的超越，由此获得的自由，是一种虚幻的自由，是一种乐意的自我欺骗（有趣的是，现代西方就有人把艺术定义为"乐意的自我欺骗"）。然而，如果我们不从社会实践和哲学认识论的角度，而从审美的观点来看待庄子的上述思想，我们就会发现，庄子思想对现实人生所采取的，正是一种审美的情感态度。因为审美最重要的特征就在于如庄子在体"道"中所具有的那种超功利性以及精神上与现实的距离感。

"累"与"德"的矛盾，也就是"待"与"游"的对立。那种审美的人生态度，庄子是以"无待"的"游"这个字来形象地概括的。对《庄子》中的"游"字，前人颇为注意，甚至有人把"游"字作为《庄子》的通义①。然而，他们多是从哲学、伦理的角度来展开论述的。实际上，庄子的"游"更多的是一个重要的美学范畴，是一种超越现实人间的一切关系、利害之后所达到的自由快适之感，它犹如康德所说的那种与感官生理的快感无涉、不夹杂理性判断、没有目的的合目的性的纯粹的审美快感。在《庄子》中，"游"常与"心"连用，如"且夫乘物以游心，托不得已以养中，至矣！"（《人间世》）"汝游心于淡，合气于漠。"（《应帝王》）"不知耳目之所宜，而游心于德之和。"（《德充符》）这里的"游心"即心之游。"游"不是肉体的飞升，而是心灵的逍遥，精神的容与。"养中"与"不知耳目之所宜"，都说明"游"与外界无关。"逍遥游"只是内心的满足。所谓"游乎无何有之乡""游乎尘垢之外""游乎方之外"，都只是个人没有束缚的自由的精神王国，它与"人间世"是毫无关系的，而毋宁说是超越了"人间世"的一切系缚所达到的一种内心的和谐、自适的审美境界。

"游"，也是一种"体道"的境界。所以《田子方》篇假托老聃向孔子谈了一番"游心于物之初"的道理：

　　　　孔子问："请问游是？"
　　　　老聃曰："夫得是，至美至乐也。得至美而游乎至乐，谓之
　　至人。"

这里的"物之初"，即作为万物的本根的"道"。体道的境界，就是至美至乐的极致。尽管庄子把"道"说得迷离恍惚，把得道之人涂上了神仙

---

① 王叔岷：《庄子通论》，《学原》第 1 卷第 9、10 期，1948。

色彩，但只要我们"知人论世"、"披文入情"，来寻绎庄子的情感心理逻辑，就会发现，庄子的"道"与其说是一个单一抽象的、可以下明确定义的纯粹性概念，倒不如把它看作一个含义丰富、生气勃勃、夹带着强烈情感和直观感受的理想。在庄子看来，游心于道，就是"至美至乐"，"得至美而游乎至乐，谓之至人"。所谓的得道之人（"至人"），就是有一套超越人间的一切分际、烦恼的本事，不为功名利禄、生死祸福而动心，具有一种坚强深厚和一致性的主体情致。它大概就像叔本华所谓的具有对世界采取"纯粹的客观态度"的观照能力的那一种人——艺术天才。郭沫若早期就曾这样来解读，他在《生活的艺术化》一文中，引庄子"梓庆削木为镶"阐发道：

> 这一段文字，我以为可以道尽一切艺术的精神，而尤其重要的，便是其中的"不敢怀庆赏爵禄，不敢怀非誉巧拙，辄然忘吾四肢形体也"这几句话。这便是天才的秘密，便是艺术的生命所在的地方。我们的艺术家，如果能够做到这一步，就是能够置功名、富贵、成败、利害于不顾，以忘我的精神从事创作，他的作品自然会成为伟大的艺术，他的自身自然会成为一位天才。所以我说天才不是天生成的，也不是疯子，他并没有什么秘密……德国哲学家叔本华（Schopenhauer）说，天才即纯粹的客观性，所谓纯粹的客观性，便是把小我忘掉，溶合于大宇宙之中，——即是无我。①

庄子的"道"具有一种西方所谓"泛神论"的色彩，它不是悬在天空，而是安放在人间万物，它"无所不在"，甚至"在屎溺"（《知北游》），主要看你能否体悟到它。不是缺少美，而是缺少发现。只要你有"忘"的功夫，对现实采取一种超越的、非占有式的审美情感态度，你就能进入与道合一的"至美至乐"之中，从每一感觉世界的事物自身看出其超越的意味，从物中见美，于技中见道，在有限、短瞬之中领悟出无限、永恒。这正是日本学者今道友信称道的东方美学所表现出来的"超越者的美"。

　　"游"，从根本上来说，是苦难、纷争的"人间世"的产物。庄子看到人间的一切追求所得到的只是痛苦、无休止的劳形苦神，就在自己的心灵王国铸造一座躲避人间风雨的象牙之塔，遁入一种艺术境界里面求得

---

① 郭沫若：《郭沫若全集·文学编》第 15 卷，北京，人民文学出版社，1990，第 211 页。

解脱。"结庐在人境，而无车马喧"，以"无江海而闲"（《刻意》）作为人生最高境界的庄子并没有在空间上远游，而只是"即自的超越"。这种"即自的超越"，是以"忘"字来穷尽其趣的。所以"忘"成为庄子人生—艺术哲学的重要一环。"忘"是"游"的必要条件。没有"忘"，也就展开不了"游"的"翅膀"。

"忘"，就是忘"坐驰"般的"人间世"（"坐驰"一语见《人间世》篇）。在《庄子》中，"忘"有多种同义表达，"外"、"遗"、"遣"、"丧"、"堕"、"黜"、"无"等都是这个意思，以表示对人间价值世界的是非分际的审美超越。"忘"字在《庄子》中出现的次数很多。实际上，我们在前面就早已领略到了"忘"字在庄子哲学—美学中的重要性。去"累"也就是"忘"。庄子所理想的"至人"、"真人"、"神人"之所以如此之神，似乎正在于"忘"。《逍遥游》有"丧天下"、"无己"；《齐物论》开篇就有"吾丧我"之叹；《人间世》"庖丁解牛"的寓言故事中，庖丁"未尝见全牛"，故解牛时"游刃有余"。这里的"未尝见"，亦是"忘"义；《人间世》有"徇耳目内通而外于心知"，其"外"与"忘"同；《德充符》则以"忘形"作为一篇之主脑；《大宗师》里出现更多，"鱼相忘乎江湖，人相忘乎道术"的著名言论就出于此篇。到了外、杂篇，"忘"义出现的频率也不减其多。如《在宥》篇：鸿蒙以"不知所求，猖狂，不知所往"作为"浮游"的特征，以"堕尔形体，黜尔聪明，伦与物忘"作为"游"的条件。《天地》篇："忘乎物，忘乎天，其名为忘己。忘己之人，是之谓入于天。"把"忘"作为"与物为春"、与天合一的必要条件。《达生》篇："忘足，履之适也；忘要，带之适也；忘是非，心之适也。"这里的"忘"与"适"之间也就是"忘"与"游"的关系。"梓庆削木为镰"的寓言中，梓庆成镰之所以使"见者惊犹鬼神"，就是因为他"不敢怀庆赏爵禄"、"不敢怀非誉巧拙"、"忘吾有四肢形体"、"无公朝"（这里的"不敢怀"、"无"，都是"忘"的意思）……值得注意的是，《庄子》"忘"的秩序在各篇中都显出惊人的一致：从外到内，由有形到无形。下面一段是比较典型的：

> 吾犹告而守之，三日而后能外天下；已外天下矣，吾又守之，七日而后能外物；已外物矣，吾又守之，九日而后能外生；已外生矣，而后能朝彻；朝彻，而后能见独；见独，而后能无古今；无古今，而后能入于不死不生。（《大宗师》）

这里值得注意的有二：一是最终目的不是"见独"（"独"即"道"），而是"入于不死不生"，对生死的超越。这就再一次证实了我们对庄子思想特征的一个基本看法，即庄子思想重心不在"道"的本体，而在对人间苦难(死当然是最大的苦难)的超越。在庄子看来，"体道"的境界就是对它们的超越，足见庄子"道"之发明，不在对宇宙本体进行探求，而在用之解脱人生的苦闷。因此我们在后面称庄子之"道"是苦闷的象征。二是其"忘"(即"外")的秩序：最外围的，也是最先的是"外天下"，即忘怀治天下的政治事功以及与之相适应的一系列典章形式和是非标准，这也就是梓庆所说的"不敢怀庆赏爵禄"、"不敢怀非誉巧拙"、"无公朝"；其次是"外物"，就是不为物役，对"物"引起的欲望采取超然的态度，不以欲念来对待物；最后是"外生"，即忘怀感官生理的欲望，实同于梓庆所说的"忘吾有四肢形体"。经过上述的审美遗忘、超越，故能保持心灵的怡静，体悟至高的、独立不二的大"道"，进入审美境界，达到精神上的自由、永恒。此外，被大家广为称引的《大宗师》之"坐忘"与《人间世》之"心斋"交相印证，也是遵循这一路线的渐忘，达到直观体悟至道的审美境界。

归纳起来，庄子的"忘"主要是对人间生存的追求所产生的痛苦、忧患的主观精神的超越，这种超越是一种艺术性的审美超越。它主要有如下层次：(1)由于当时对人的精神自由的最大压迫来自政治，故庄子主张应该忘怀治天下之心以及与之相应的一系列典章、教化形式和是非标准，这就是"丧天下"、"忘仁义"、"忘礼乐"、"忘是非"、"忘穷通"(《让王》篇："穷亦乐，通亦乐，所乐非穷通也")等。(2)由于人们对感官生理欲望的追求使人丧失了自由，扰乱了人心灵的平静，故庄子要人们"忘其肝胆"、"遗其耳目"、"离形"、"堕肢体"、"外物"、"洒形去欲"(《山木》)。(3)政治的压迫也好，感官物欲的追求也好，都因为有心智在运动。功名利禄造成人心的不安，都是因有"我"在作怪。因此，对人世斩草去根的超越是"无己"、"丧我"、"黜聪明"、"去知"、同一生死。这样，"无不忘也，无不有也，淡然无极而众美从之。"(《刻意》)"无不忘"，得到的却是"大有"：一种超越了生死、超越了感官物欲享受的、与宇宙天地同化的至美至乐，留下的只是一片精神的和谐自足。

二、庄子的直觉主义纯艺术精神

用现代美学、文艺学的眼光来看，庄子从"忘"到"游"的人生—艺术哲学实际体现了一种直觉主义的纯艺术精神。

第一，它具有非理性的色彩。在人间世的纷争、困苦面前，任何理性的考察都只能是痛定思痛，百思不得其解。因此，庄子主张忘知去心。

下面这一则寓言以象征性概念语言表达了庄子思想的非理性色彩：

> 黄帝游乎赤水之北，登乎昆仑之丘而南望，还归，遗其玄
> 珠。使知索之而不得，使离朱索之而不得，使喫诟索之而不得
> 也。乃使象罔，象罔得之。黄帝曰："异哉！象罔乃可以得之
> 乎？"（《天地》）

这里虽然是喻"道"，但体道的境界实为人生的极乐胜境。这种理想境界就是用尽心智耳目声色，也寻索不得，无意中反而发现"那人却在灯火阑珊处"。有人还把这则寓言比喻为艺术创作中的灵感活动，足见它对艺术理论的影响之大。

第二，有一种直觉主义的思想特征。"外天下"、"外物"、"外生"之后，就进入了一个大清明的"朝彻"胜境。"朝彻，而后能见独。""见独"，就是"目击而道存"（《田子方》），直观体悟独立无待的至道。"见独"，郭象解释道："忘先后之所接，斯见独者也。"徐复观则更为明确地说：

> 《庄子》一书，最重视"独"的观念。老子对道的形容是"独立
> 而不改"，"独立"即是在一般因果系列之上，不与他物对待，不
> 受其他因素的影响的意思。不过老子所说的是客观的道，而庄
> 子则指的是人见道以后的精神境界。[1]

庄子正是把老子的"独"的观念向具有审美色彩的方向发展。因此，庄子的"见独"的程序、状态和所达到的境界，与艺术直觉的程序、状态和境界几乎完全一致。王国维在译介叔本华的艺术直觉时说："拾其静观之对象而使之孤立于吾前……空间时间之形式对此而失其效，关系之法则至此而穷于用。"[2]这一艺术直觉的特征与庄子"见独"时"忘先后之所接"、超越"一般因果系列"、"不与他物对待"的心理状态完全一致。因此，庄子的"体道"、"见独"，实际上接近于一种所谓的审美直觉。

但是，对于"体道"在《庄子》中的情况也要作具体的分析。庄子主张忘怀一切，但还有一种东西存在，即一个没有喜、怒、哀、乐、好、恶

---

① 徐复观：《中国人性论史》，转引自陈鼓应：《庄子今注今译》，北京，中华书局，1983，
　　第 185 页。

② 王国维：《叔本华与尼采》，见周锡山编校：《王国维文学美学论著集》，太原，北岳文
　　艺出版社，1987，第 61 页。

等是非情感，没有任何现实欲念的纯粹主体。"丧我"之后，还有那个"形如槁木，心若死灰"的"吾"。正是这个"吾"，才使其"体道"得以成立并进行。同时，"人间世"也并不因庄子忘怀而消失，况且，客观世界除了尔虞我诈的人间社会以外，还有接近于自然之道的自然界。由于这些，庄子的"体道"就具有二重性：当他遁世的时候，他的"体道"就成为一种纯主观的直觉领悟，这使其思想披上了一层神秘的色彩。但他更多的是采取"游世"的人生态度，在人间"不谴是非，以与世俗处"（《天下》），特别是在大自然中寻找精神寄托。正如王国维所译叔本华说的那样："苟吾人能忘物与我之关系而观物，则夫自然界之山明水媚、鸟飞花落，固无往而非华胥之国，极乐之土也。"①庄子认为，由于"外物"、"丧我"，故能"独与天地精神往来，而不敖倪于万物"（《天下》），缩短物与我之间的距离，达到"与物为春"（《德充符》）、"与物有宜"（《大宗师》）、"其于物也，与之为娱"（《则阳》）的审美境界。因为在这时观物，不以概念来分析，不以欲念来对待，而成为一种忘记一切分际、一切是非，同时也忘记对象以外的一切的直觉活动。这种直觉活动具有集中、专一、具体的特点。在这种直觉活动中，主观和客观、物与我合而为一。这就是"庄生梦蝶"（《齐物论》）中所说的"物化"。显然，《庄子》中的"游"、"和"、"适"就是上述直觉时人与物冥、主客一体的主体精神的极致状态。"神与物游"②、（情）"与物相游，而不能相舍"③，古人谈艺时以一"游"字来形容主体与对象浑融的极致。这一思想，肇始于庄子。

第三，庄子从"忘"到"游"的艺术性人生态度具有浓厚的纯艺术精神。庄子主张忘记治国平天下的政治事功以及为之服务的道德是非标准，归结到一点，就是《外物》中所说的"知无用而始可与言用矣"，以及《知北游》中的"用之者，假不用者也以长得其用"。《逍遥游》中的"大树"、《人间世》中的"栎社树"，皆因其无用而得以全其天性。大树虽无用，但"树之于无何有之乡、广莫之野"，反能"不夭于斧斤"，"彷徨""逍遥"；栎社树虽无用，但令人百看不厌，称赞不已，叹"未尝见材如此其美也"！这里，一方面是人间世斧斤遍布的折光反射，是人间苦闷的象征，但其直接意义则揭示了忘怀一切实用目的、超然世外以求得纯粹的精神快适的

---

① 王国维：《红楼梦评论》，见周锡山编校：《王国维文学美学论著集》，太原，北岳文艺出版社，1987，第3页。
② （南朝梁）刘勰：《文心雕龙·神思》。
③ （清）黄宗羲：《黄孚先诗序》，见郭绍虞主编：《中国历代文论选》第3册，上海，上海古籍出版社，2001，第264页。

含义，触及了"美"与"无用"的关系，开启了审美的超实用性、艺术的非功利性的认识。由于对实用的摆脱，而外物的观照，恰恰成为审美的观照。故庄子"虚而待物"的命题是我国审美理论的滥觞；也由于摆脱了"用"，解除了"庆赏爵禄"、"非誉巧拙"等功名利禄的束缚，才有可能"依乎天理"、"因其固然"（《养生主》），进行与造化同工的艺术创作。因此，庄子"以天合天"（《达生》）的原则在我国艺术创作理论上产生了深远的影响。

在从"忘"到"游"的艺术化人生中，非理性的、直觉的纯艺术精神是紧紧联系在一起的。只有中止理性判断和分析，忘记功利实用，才能进入审美直觉的境界。而直觉本身则鲜明体现了纯艺术精神。所以，我们把纯艺术精神作为庄子从"忘"到"游"的人生—艺术哲学的核心。同时，非理性也好，直觉也好，纯艺术精神也好，它们都是建立在解脱现实痛苦的基础上的，是人间忧患的曲折反映。普列汉诺夫指出："艺术家和对艺术创作有浓厚兴趣的人们的为艺术而艺术的倾向，是在他们与周围的社会环境之间的无法解决的不协调的基础上产生的。"[1]庄子幻想建立理想的艺术化人生天地，正是人与社会、人与命运的强烈对抗中找不到出路的结果。正如闻一多所说，庄子"由反抗现实而逃到象牙塔中"[2]。庄子与"人间世"的冲突，不仅是其艺术化人生追求的出发点，也是整个庄学的发动机。

庄子的纯艺术精神在我国艺术发展史上产生了非常深远的影响，在中国美学史、中国文学理论批评史上占有极其重要的地位。特别是在儒家功用主义文学观占统治地位的氛围中，这一纯艺术精神就更显示出它的意义来。它形成了我国诗文理论中与政治标准相抗衡的艺术标准一宗，在过去儒家"诗教"占统治地位的时代，这种精神对艺术内部规律的探讨，对纯粹审美理论的发展具有不可低估的作用和意义。正如一篇探讨道家思想对中国文论影响的文章所言，如果没有庄子艺术精神对儒家功用主义文学观的相对抗相补充，"古代的文学和文学理论将始终束缚在孔门的以礼为归依，以中庸为标准，以教化为目的的观念里面，文学将始终成为封建政治的工具、附庸，文学理论将始终拘束在明道、载道、美刺、教化的圈子里面，哪里会有古代文学的灿烂辉煌的艺术成就？哪里会有

---

① 〔俄〕普列汉诺夫：《艺术与社会生活》，见《没有地址的信·艺术与社会生活》，丰陈宝、陈民望译，北京，人民文学出版社，1962，第214页。

② 闻一多：《新文艺与文学遗产》，见《闻一多全集》第3卷，北京，生活·读书·新知三联书店，1982，第558页。

古代文学理论对于艺术问题的深入探讨"？①

　　不仅如此，庄子的纯艺术精神还启发、影响到西方。在西方美学方面研究有素的滕守尧就曾有过这样一个认识经历：

> 　　笔者曾经像大多数人一样，把现代西方流行的一些先锋观念，如形式主义等，追溯到西方唯美主义美学家王尔德的"为艺术而艺术"的理论。直到有一天，我亲自找到王尔德的书详细阅读时，才惊奇地发现，原来"为艺术而艺术"，是王尔德认真读完了庄子的著作，并对"无为而为"的思想有了深刻体验之后的产物！这是连王尔德自己也承认的。然而我们的教科书却明白告诉我们，"为艺术而艺术"是西方资产阶级的一种腐朽观念。②

滕氏这一"惊奇发现"，确实对我们今天认识庄子的纯艺术精神所具有的世界美学意义，提供了鲜活的启迪。不独王尔德，康德、叔本华、克罗齐等人的纯艺术理论也与庄子具有广泛的互释、沟通、对话的空间。

三、庄子"自然全美"："以物观物"的审美感应方式

　　如果说从"忘"到"游"反映了庄子的超功利的纯艺术精神，而从"丧我"、"外物"达到的"物化"妙境的过程中，则集中体现了庄子"以物观物"的审美感应方式。由这一感应方式所影响的中国艺术的视境，就是日本学人今道友信所称道的东方美学向人类启示的"宇宙中的诗境"。庄子的宇宙观和感应宇宙的方式所提供的美感视境是具有中国特色的诗味说、意境说的直接源头。甚至可以说，不了解庄子的"以物观物"的感应方式，我们就不可能真正了解中国的诗歌美学、绘画美学的真精神。

　　庄子认为，整个宇宙、自然界、人类社会，以至于精神活动，都是一个互相联系的、同一的整体，一个生生不息、充满和谐的生命体。而这当中的一切运动变化都是一个没有主宰、没有目的的自然而然的过程。这就是庄子的自然之"道"的含义。而关于人与宇宙自然，他认为，人作为万物之一，不能以自己主观设定的模式和理论框架去分解浑一的宇宙整体，而应该顺应自然，与自然浑合为一。然而，人类文明的进程和人

---

①　漆绪邦：《自然之道与"以自然之为美"——道家思想与中国古代文学理论探讨之一》，见古代文学理论研究编委会编：《古代文学理论研究》第9辑，上海，上海古籍出版社，1984。

②　滕守尧：《文化的边缘》，北京，作家出版社，1997，第192页。

类精神的发展，却打破了自然之"道"和谐、浑一的状态，是对"道"的亏损。"道隐于小成，言隐于荣华。"（《齐物论》）人类的文明成果使大道归于破裂，"全"与"亏"的矛盾由此产生。同时，"全"与"亏"的矛盾也是庄子天（成）人（为）矛盾的体现。要想保持事物的自然天全之美，就必须放弃一切人为的分析、裂解而顺物自然。由此，庄子把全与亏、人为与自然完全对立起来。道术以"整"和"全"为特征，其反面乃是"裂"和"凿"。庄子心目中的"全美"，就是完全不通过人力加工的纯粹的自然。自然全美，可以说是庄子的审美理想。

庄子所崇尚的"大美"、"全美"、"自然"之美——自然全美，由于把全与亏、自然天成与人工制造完全对立起来，直接导致了庄子对艺术的否定。因为庄子的"全美"是一种纯粹的自然之全，一旦通过人的创造，就不复是自然全美而成了一种偏至之美了。而艺术（Art）源于人为。艺术是人的产品，任何艺术都离不开人的创造。然而，艺术又以表现自然的真正生命和情趣为最高境界，在艺术创作中追求自然之美，却是古今中外文学家（特别是中国古代诗人）的共同美学追求。怎样由艺术而自然呢？同时，庄子追求的全美，是一种无限之美、浑全之美。他把全美、无限之美同有限、部分对立起来，这显然是错误的，就像他把自然天成与人工创造全然对立而导致否定艺术的错误结论一样。但是，作为美的艺术，浑整的境界与无穷的意蕴却正是优秀艺术家的普遍追求。怎样在艺术作品中产生浑整的美学风格和无穷的审美意味呢？

面对这些问题，庄子在成就其"自然全美"中所体现出来的那种感应宇宙自然的方式，也就是庄子对"道"、宇宙、万物、人的相互关系的认识，给中国美学（特别是诗歌美学）奠定了一个牢固的哲学基础。

第三十三章　言意、虚实之辨与艺术的空白

叶维廉曾说："媒介与诗学、语言与宇宙观是息息相关的不可分的。"[①]根据老庄道论的特点以及庄子"以物观物"的自然全美的观点，必然导致对语言传达的否定。因为"道不可言"，而庄子追求的是一种主体与客体，"我"与世界、宇宙一体的自然浑全境界，而语言是人运作的结果。在庄子看来，"至言无言"，作为一种体现了至高的"道"的"全美"，是人类语言所不能传达的。对"道"加以言说，则是对大道全美的一种亏损。这其中就蕴含着自然天全之美与人工小成之美的对立、有限与无限的矛盾、"以物观物"与"以我观物"程序之不同，也包含着对语言的责难。道家言意论指出了语言是达到自然全美和主体体道的自由境界（审美境界）的障碍，并加以否定，同时却对后世文艺理论和美学产生了重要的启迪意义。

第一节　老庄言意论辨析

源于庄子的"言意之辨"，是魏晋玄学的一个重要论题，它对中国美学和中国哲学曾产生过相当大的影响。此后，庄子的言意论和魏晋"言意之辨"又与佛教禅宗"不立文字"的教义合流，这种精神深入到了中国美学（特别是诗歌美学）的骨髓。根据老庄言意论—魏晋言意之辨—佛禅"不立文字"这一生成发展图式，我们将从言意论的逻辑发展线索上考察老庄关于言意的论述，并发现其在艺术领域的特殊意义。

首先，老庄言意论是在他们的"道"本体论的理论体系之下展开。老子认为"道"先于天地而存在，并且是万物产生的根源：

> 有物混成，先天地生，寂兮寥兮，独立而不改，周行而不
> 殆，可以为天地母，吾不知其名，强字之曰道，强为之名曰大。
> （《老子》第二十五章）

[①] 叶维廉：《中国古典诗与英美现代诗——语言与美学的汇通》，见叶维廉等：《中国古典文学比较研究》，台北，黎明文化事业公司，1977，第210页。

"道"本不可名，"大音希声，大象无形，道隐无名。"(《老子》第四十一章)"道""视而不见"、"听之不闻"、"博之不得"，而且"道之为物，惟恍惟惚。惚兮恍兮，其中有象；恍兮惚兮，其中有物；窈兮冥兮，其中有精；其精甚真，其中有信。"(《老子》第二十一章)因此，对于"道"的观照，"故常无，欲以观其妙；常有，欲以观其徼。"(《老子》第一章)"道"的存在是一种"无状之状，无物之物"，"迎之不见其首，随之不见其后。"(《老子》第十四章)"道"在老子哲学中是不受名言所规范的，是言语所无法形容的，它超越于名言之表，超越了形名质数，而无声无形无名。它博大精深、玄妙不测，王弼在《老子指略》中指出：

> 夫"道"也者，取乎万物之所由也；"玄"也者，取乎幽冥之所出也；"深"也者，取乎探赜而不可究也；"大"也者，取乎弥纶而不可极也；"远"也者，取乎绵邈而不可及也；"微"也者，取乎幽微而不可睹也。然则"道"、"玄"、"深"、"大"、"微"、"远"之言，各有其义，未尽其极者也。然弥纶无极，不可名细；微妙无形，不可名大。是以篇云："字之曰'道'"，"谓之曰'玄'"，而不名也。然则，言之者失其常，名之者离其真，为之者则败其性，执之者则失其原矣。是以圣人不以言为主，则不违其常；不以名为常，则不离其真；不以为为事，则不败其性；不以执为制，则不失其原矣。然则，《老子》之文，欲辩而诘者，则失其旨也；欲名而责者，则违其义也。[①]

应该说，王弼这段文字是深契老子旨意的。这种永恒的"道"是难以用有限的语言加以表达的，是不能用概念加以分析的，反之，可以用言辞、逻辑把握的就不是大道了，因为"道可道，非常道；名可名，非常名。"(《老子》第一章)而只能是对于"道"的隔离与亏损，离"道"远矣。王弼对此还指出："可道之道，可名之名，指事造形，非其常也，故不可道，不可名也。"

在老子看来，"大音希声，大象无形"，对于"道"而言，语言的能力是十分有限的，在大"道"面前，言辞显得苍白无力，"道"与"言"之间是两离的。老子认为"知者不言，言者不知"，"行不言之教"，几乎把"言"摒弃于"道"外。可是老子终究没有把言语完全否定，《道德经》五千言的

---

① （魏）王弼著，楼宇烈校释：《王弼集校释》上册，北京，中华书局，1980，第196页。

存在恰是为了表达其道论思想的。至此，老子在言意论问题上就入于理论主张与创作实践不符的矛盾。其实，老子也是意识到了这一矛盾的存在，一个"强"字（"强字之曰道"）就透露出了老子无可奈何、勉为其难的心境。看来，老子还是肯定语言某方面的表意功能的，并未从根本上完全否定，否则将不会有"五千精微"的存世。

　　既然老子对于语言表达不可言说之"道"有部分保留，这就涉及了语言达"道"的可能性问题。我们说老子言意论，但老子在文本中并没有对于言意关系作出直接正面的论述。又因为语言是用以表意的，语言的意义在于表述诉诸思维的"意"，没有"意"的语言自然没有存在的必要。其实，在老子这里，言意论主要表现为"言"—"道"关系的讨论，而庄子虽谈言意，而旨归则仍在于言道之辨。言意之"意"始终是伴随于语言之中的，从而"意"就隐含于老子"言"—"道"关系的论述上，"言"存"意"立，"意"附于"言"中，是"言"—"道"相涉相交得以可能的途径，而有"言"—"意"—"道"的认知模式，由"言"及"意"，由"意"达"道"。语言得意以发挥自身作用，并进一步通于"道"。但是，语言作为表意传道的一种手段和方式，其作用是十分有限的，只有在某些特定的条件之下，本体之"道"才能在极有限的某些方面被触及和描述，"道"原则上究竟还是不可言说的。

　　但"意"并不就等于"言"，否则就无所谓言意了。反过来，我们从"道"—"意"—"言"这一模式中，可以看出，"道"得"意"以识，"意"得"言"以著，这是一个形上之"道"层层下递的过程，从幽冥不测的"道"落向了有形有质的"言"，"意"是其中重要的一环，具有其不可或缺的独立价值。言不能覆盖意，融括意，也就是说，言不能尽意，意不能为言所穷尽。这就是语言有限性的深层原因。确切说来，这种传道之意也是不可言说的，只可意会不可言传，意会并非概念演绎或理性思考，更多的是一种直觉，言辞难以企及。从这个角度来说，意与道都是不可言说的，都是与语言相隔离的。由此，我们更体会到了老子"强"字的苦衷与无奈，"五千言"乃不得已之发。

　　道"无为而无不为"，"以辅万物之自然而不敢为"（《老子》第六十四章）。"道"本"无言"，不可言，可言非道，超越语言之外；道也不可意，不以人的意识而转移，超越于人的意识与思维之外。"人法地，地法天，天法道，道法自然。"圣人修真证道，并效法道、以道之自然为做事的原则，"圣人处无为之事"。这里，也许我们读出老子不明言"意"之微妙用心的个中消息。老子在不得已的情况下最终还是选择有所为、有所言，并没有绝对拒绝言说。只不过，老子始终从其道论出发，对于传道之言作出了种种规范，尽量降低语言的局限性，而主张"希言自然"、"悠兮其贵言"(《老子》第十七章)、"善言无瑕谪"(《老子》第二十七章)，认为"美言不信，信言不美"(《老子》第八十一章)，让语言符合"道之出口，淡乎其无味"的自然朴素的特征。

老子并没有明显地论述言意的关系，其言意论更多地关注了言—道关系，固然是老子"道"本体论体系之下的理论特色，但也是深刻地触及了言意的本质关系，并直接影响了庄子言意观。庄子进一步发展、丰富和充实了言意问题的内涵，形成了通向艺术之境的道家言意观。

综观《庄子》全书，集中论到言意、也最为大家所称引的，有以下言论：

> 世之所贵道者书也，书不过语，语有贵也。语之所贵者意也，意有所随。意之所随者，不可以言传也，而世因贵言传书。世虽贵之，我犹不足贵也，为其贵非贵也。故视而可见者，形与色也；听而可闻者，名与声也。悲乎，世人以形色名声为足以得彼之情！夫形色名声果不足以得彼之情，则知者不言，言者不知，而世岂识之哉！(《天道》)

这里所排列的从外到内、由粗到精、由明到玄的秩序是：书—语—意—道。书本是一大堆语言文字的堆积，它本身是一些物质性的材料，不具备什么意义；语言的可贵地方，在于它所传达出来的关于事物的表象认识(意)，而事物的表象不是天地万物的本根；只有深不可测、不可以言说象求的"道"，才是事物的本质。这里，庄子发现并夸大了本质和现象、精神和物质的矛盾，把整个世界分为有名迹可寻的物质界(书、言、意)和不可以形色名声求之的本体界(道)两大部分。显然，这是承续老子道本体思想而来的。为了与"道"合一，超越物质现象而达到至高的精神境界，庄子反对"贵言传书"，主张"忘言遗书"、"绝学去知"(郭象注)。

> 桓公读书于堂上，轮扁斫轮于堂下，释椎凿而上，问桓公曰："敢问公之所读者，何言邪？"公曰："圣人之言也。"曰："圣人在乎？"公曰："已死矣。"曰："然则君之所读者，古人之糟粕已夫！"……轮扁曰："臣也以臣之事观之。斫轮，徐则甘而不

固，疾则苦而不入。不徐不疾，得之于手而应于心，口不能言，有数存焉于其间。臣不能以喻臣之子，臣之子亦不能受之于臣，是以行年七十而老斫轮。古之人与其不可传也死矣，然则君之所读者，古人之糟粕已夫！"(《天道》)

这里"存焉于其间"的"数"，成玄英和陆德明都解为"术"。而实际上，"数"在庄子那里与"不可传也"的"道"具有相同的特点，就是体现了事物的本性和规律的"道"。引文旨在说明圣人之书是陈迹，是无用的糟粕；求得那个"所以迹"的"道"，只能实证体悟，而不可仿效学习。这实际上就是现象(物之粗迹)和本质(物之"所以迹")、逻辑思维和直觉体悟、作为物质传达媒介的"言"与体现了事物规律性的"道"的矛盾。

另外，引文还指出：体现了"道"的那种自然和自由的境界，庄子是通过许多手工艺创造过程，从而肯定了前者而否定了载言的书本，认为道可以"得之于手"，但却"口不能言"。这里已朦胧地意识到了口与手、语言与其他媒介在表情达意时的不同特征。诗与画，文学与书法的媒介差异，已在这里滥觞。

可以言论者，物之粗也；可以意致者，物之精也。言之所不能论，意之所不能察致者，不期精粗焉。(《秋水》)

这段话曾引起过很大的误解。其实，这里的"意"，根本与"意义"无关。"以意"为介宾结构，成玄英解释"以意致"为"以心意致得"。而"心"在《庄子》许多地方指心智、逻辑思维。如《人间世》中的"无听之以心"，"以心"与"以意"相同。可见，这里的"意"就是"心意"，即以分析为核心的理智思维。这段话前面有："夫精，小之微也；垺，大之殷也……夫精粗者，期于有形者也。"联系起来分析，也就是说，人们可以言说、可以用心智把握的，只是限于形名之域的物质现象世界，而"言之所不能论，意之所不能察致"的"道"(成玄英解为"妙理")，则是不可以大小名数分别，不可以数量穷尽的，因此，它无须用精与粗来衡量。郭象对这段话的解释是："夫言意者有也，而所言所意者无也。"正确猜测到了庄子的用心。但他又说，"求之于言意之表，而入乎无言无意之域，而后至焉"，则不甚合庄旨。因为在庄子看来，"道"是浑全，它是不包括任何分别的，因而也是无须概念语言去分析、去表达的。对于"道"来说，"言而愈疏"(《则阳》)，越说离道越远，在体道的过程中，根本不需"求之于言意之

表"。这里再一次明确展示了可以言说的物质现象界与不可言说的精神本
体界的对立。

> 荃者所以在鱼，得鱼而忘荃；蹄者所以在兔，得兔而忘蹄；
> 言者所以在意，得意而忘言。吾安得夫忘言之人而与之言哉！
> （《外物》）

这段话曾被人们当作典型的、成熟的言意之辨的材料。但是问题在
于这里的"意"究竟是什么。成玄英把它解释为"妙理"（同样，成氏也把上
面引文"不期精粗"的"道"解释为"妙理"），笔者认为是值得注意的。他
说："意，妙也。夫得鱼兔本因荃蹄，而荃蹄实异鱼兔，亦就玄理假于
言说，言说实非玄理。鱼兔得而荃蹄忘，玄理明而名言绝。"依成玄英的
解释，这里的言、意之分，也就是言、道之别。但这里有两点值得注意：
第一，如果说前面引文旨在"无言"，即认为道不可言传，可以言传的，
仅指其限指性部分，它是现象、人为、思维的领域，那么这里则旨在"忘
言"，即面对已经经过语言传达而怎样不执滞于语言媒介而超越语言媒介
的问题。因为，尽管庄子在理论上认为道不可以言传，主张"无言"，但
语言亦是一种不得已的东西，庄子就没有真正"无言"，而是著书十余万
言，以宣扬其自然之"道"。"忘言"说提供了在欣赏文学作品时，通过语
言媒介而超越媒介的方法，不自觉地触及了艺术审美欣赏时的一种最高
境界和最佳状态。艺术审美欣赏时"得意忘言"的境界，就是如此。第二，
这里的"意"与前面的"意"含义已有不同，而与魏晋玄学中的"意"的观念
大致相近。这个"意"的观念的出现，是一个很突出的现象。也许它不是
出自庄周本人之手。至少可以认定，这段话是庄子言意论到魏晋"言意之
辨"的一个中间过渡，而真正直接影响到魏晋"言意之辨"的，也正是这
段话。

从上述引文的分析我们可以明确地看到，所谓的言意之辨，在庄子
那里表现为言、意、道的关系。意（取《天道》《秋水》篇的那段话之意）是
诉诸逻辑理智思维的，言则是这种思维的物质表达，而道却是诉诸类似
直觉领悟的那种至高的精神境界。言与意之间，就是物质传达与物质现
象的关系，而这个意（关于事物表象的认识）则是人运知思维的结果。"言
之所尽，知之所至，极物而已。"（《则阳》）尽管"言之所尽"的还不是最高
的境界，但毕竟还是能"极物"的。这就肯定了语言与思维的同一性。因
此，把语言与思维矛盾的思想归于庄子，那是对庄子的误解。言与道之

间，也就是作为物质材料的传达媒介与深不可测的"妙理"——天地万物的本质之间的矛盾。"夫道，窅然难言哉！"(《知北游》)道是语言不能传达的，因此，庄子主张"无言"。《知北游》开篇就描写了知向黄帝、狂屈、无为谓请教何谓"道"的问题，黄帝讲了一大通道理，被认为"终不近也"，与"道"离得远远的；狂屈"中欲言而忘其所欲言"，被认为"似之"；只有三问而三不答的无为谓才被认为"真似也"，真正体现了"道"的本质特征。因此，"言"与"道"是水火不容的。言、意同"道"之间，也就是物质现象世界与精神本体界的矛盾。庄子不仅要"无言"，而且要"忘心"①、"去知"②，是反对任何思虑活动的。可见，庄子的"无言"，与庄子的整体思想是一致的，它代表了反智主义、反推理、反概念化的直觉主义。因此，言与意、言与道、言意与道这三对范畴，就构成了庄子言意论的全部内容。在哲学上，它属于本体论的范畴，主要突出了本质和现象、精神和物质、全天与人为的矛盾，而不是语言和思维的矛盾。它合理的称谓应该是言与道的矛盾，而不是言与意的矛盾。这是老庄言意论的特征。

从艺术审美的角度来看，由于老庄的"道"具有一种神妙无形恍惚的特点，似陶渊明所说的"欲辨已忘言"的"真意"，与诗人们所称道的"神韵"、画家所说的"气韵"有某些类似的特征，为了讨论的方便，我们这里干脆把它转化为"艺术信息"，而称言为"艺术符号"。如果说这种转化是武断的话，笔者认为这里不是始作俑者。徐复观教授就把庄子的"道"视为"彻头彻尾的艺术精神"。而李泽厚、刘纲纪更是这样，认为庄子说道不可言传，"那实质即是说一种自由的精神境界即美的境界是不可以言传的"。③ 中国美学史的实际确是这样。由于庄子之"道"与艺术审美的特征有其相似之处，后人就把老庄尤其是庄子对"道"的理解和论述运用到对艺术审美特征的理解和描述中来。通过这样一转化，言与道的矛盾就成了"艺术信息"与"艺术符号"的矛盾，即传达与意味的矛盾。

第二节　言意与有无、虚实

老庄论有无，辨虚实，析言意，主"虚无"，其实这就是老庄"道"本

---

① "忘心"，如《让王》篇"致道者忘心"、《人间世》篇的"心斋"。郭象释"心斋"为"遗耳目，去心意"。

② "去知"，见《大宗师》篇"坐忘"段。

③ 李泽厚、刘纲纪主编：《中国美学史》第1卷，北京，中国社会科学出版社，1984，第273页。

体论思想的自然演绎，有、无本就是关于"道"的性质的一种描绘，有无问题同时也就被赋予了本体的意义，而言意论、虚实论却是有无问题的题中应有之义。魏晋玄学中关于有无、言意、虚实的讨论便是直接推进、深化和发挥了先秦道家道论思想，并积极干预了后世美学思想和文艺批评。

老庄讲"有"、"无"之论，《周易》里则讲"道"、"器"之分，《系辞上》谓："形而上者谓之道，形而下者谓之器。""形而上"者为"道"，指超越事物之现象、形体的抽象的思想观念；"形而下"者为"器"，即表现为现象、形体的事物的具体物质形态。《易传》作者认为居于具体的物质形态之上还有无形的思想观念，或者说法则、规律，意识到了"无"的存在，"形而上"是"道"的本质特征。

"道"是老子哲学的最高范畴。老子指出宇宙的本体——"道"是一种原始的混沌，既具有"无"即"虚"的属性，又具有"有"即"实"的属性。"无"即无声无形；"有"即是有差别、有规定、有极限、有确定。而且"道"是孕育和产生天地万事万物的本源所在："天地万物生于有，有生于无。"（《老子》第四十章）这里的"无"相当于"道"，为宇宙之本体。因为"道生一，一生二，二生三，三生万物。"（《老子》第四十二章）老子的"道"论指出了宇宙的生成模式，宇宙万物都是一种实有的存在，而"无"基本等同于"道"。

老子从"道"出发，认为"无"是"有"的根本，而"无"又通过"有"体现出来，"虚"是"实"的根本，"实"赖"虚"以实现自身价值，任何具体事物是有无相生、虚实相成的，一切"实有"的作用都通过"虚无"来体现。

> 三十辐共一毂，当其无，有车之用。埏埴以为器，当其无，有器之用。凿户牖以为室，当其无，有室之用。故有之以为利，无之以为用。（《老子》第十一章）

此处之"无"指"空虚之处"，车以转轴为用，器以容物为用，室以出入为用，得其用者，皆在于空虚无碍之处。这种比喻说法指出，没有"无"，便不可成其"用"，"有"之所以给人以"利"，就在于"无"在发挥着它的作用。"道"表现于日常生活中。老子朴素地意识到了"有"与"无"之间的辩证关系，并且以"无"为根本，特别强调"无"的作用，虚比实更重要，因为虚是一个事物发挥其作用之关键所在。

老子进一步提出他的认识论，在保持"涤除玄鉴"、"致虚极，守静笃"内心状态之下，由"有"而至"无"，即通过具体有限的物去把握宇宙的全部。要想窥探宇宙万物之秘，须体"无"方可观其妙处。于是老子说：

> 故常无，欲以观其妙；常有，欲以观其徼。(《老子》第一章)

"徼"者，边际也。"常体'无'，以观照'道'的奥秘；常体'有'，以观照'道'的边际。"①有尽处是实有之存在，道妙无穷，却是虚无的作用，而"无"须赖"有"以立，依托于"有"才能显现出来。所谓"有无相生"，而实际上还是主张"有"生于"无"。"无"——"道"处于根本的主导地位，"有"处于从属的次要地位。魏晋玄学中"贵虚尚无"的命题直接导源于此。

庄子发挥了老子的"道"本体论思想，进一步阐明有无、言意和虚实的关系。其中言意论在第一节已有详述，兹不多论。庄子在《天地》篇提到：

> 泰初有无，无有无名；一之所起，有一而未形。物得以生，谓之德；未形者有分，且然无间，谓之命；留动而生物，物成生理，谓之形；形体保神，各有仪则，谓之性。

此处"泰初有无"之"无"即为老子"有无相生"之"无"。庄子在这里同样指出了宇宙的生成模式。宇宙的原始是"无"，没有"有"，也没有名称。"无"之后接着出现了"一之所起"之"一"，何谓"一"？成玄英《庄子注疏》中云："一者道也，有一之名而无万物之状。"也就是说，这时"道"呈现出混一的状态，还没有成形体，所谓"一"就是形容"道"在其运动生化过程之中向下落实一层的未分状态，也就是相当于老子的"有"。"一"生于"无"，"无"由"一"得以体现，与老子"有无相生"之说相同。由于得到了这个"一"，万物便得以生成了。所以，庄子相比老子更加认识到道的无形特征，认为万物产生于"无"，他以逻辑推理来论证：

> 有先天地生者物邪？物物者非物。物出不得先物也，犹其有物也。犹其有物也，无已。(《知北游》)

---

① 陈鼓应：《老子注译及评介》，北京，中华书局，1984，第57页。

在体"道"方式上，庄子主张"虚静恬淡，寂寞无为"（《天道》）。这样才能心静，成为"天地之鉴"、"万物之镜"，而与道同一。庄子强调"虚"以应物，虚怀以观照天地之理，《人间世》云：

> 若一志，无听之以耳而听之以心，无听之以心而听之以气。听止于耳，心止于符。气也者，虚而待物者也。唯道集虚。虚者，心斋也。

所谓"心斋"就是要排除心中的种种杂念，作为一种修炼功夫，全在于一"虚"字上头。唯"虚"才能心臻妙道，忘怀方可应物无碍，即老子所谓"故常无，欲以观其妙"。庄子又说"虚室生白，吉祥止止"（《人间世》），"虚室"，比喻心灵淡泊空灵；"生白"，说心中大放光明。屋室虚空，日光方能有所照明，室虚而后纯白独生，以室喻心，心虚而后才能耳目聪明，由"心斋"功夫而达到"心斋"境界——一种心灵淡泊空灵、大放光明的自由之境。"止止"二字，最简练地概括了庄子"心斋"之说的根本义谛以及庄子自由哲学的核心思想：泯灭欲望之心，保持淡泊之心和由此而来的自由之心。如何泯灭欲望之心，保持淡泊自由之心，则是庄子"心斋""坐忘"的实践功夫。庄子标举"心斋"，源于其对于"虚无"妙理的深层认识。

另外，庄子追求"天地与我并生，万物与我为一"（《齐物论》）。独与天地相往来的自由境界为最高审美境界，实为追求一种超越有限、进而达到无限的"大美"，其"抟扶摇而上者九万里"即充满了对无限之美的赞颂。因此，道家以虚为本，注重有无统一、虚实结合便成为中国古典美学中一条重要的原则。

魏晋时期，玄学以"有"、"无"为中心，形成了"贵无"和"崇有"两派。这两个派别围绕着有无、本末、言意等问题展开了争论。"有无之辨"事实上就是本末之辨，"言意之辨"就是"有无之辨"的延伸。

"言意之辨"的思想主要渊源于《周易·系辞上》中"言不尽意"和《庄子·外物》篇中"得意忘言"的观点，这里所说的"意"主要是指成玄英所谓的"妙理"，即老庄"道"的概念。言意之辨实为言道之辨，这是直承老庄道论而来的。这主要包括了三种不同的意见，即：言不尽意论、得意忘言论和言尽意论。[①] 不过占据主导地位的还是言不尽意论。正始名士荀粲

---

① 袁行霈：《魏晋玄学中的言意之辨与中国古代文艺理论》，见中国古代文学理论学会编：《古代文学理论研究》第 1 辑，上海，上海古籍出版社，1979，第 125 页。

即持此观点。《三国志》注记载：

> 粲诸兄并以儒术议论，而粲独好言道，常以为子贡称夫子之言性与天道不可得闻，然则六籍虽存，固圣人之糠秕。粲兄俣难曰："《易》亦云圣人立象以尽意，系辞焉以尽言，则微言胡为不可得而闻见哉？"粲答曰："盖理之微者，非物象之所举也。今称立象以尽意，此非通于意外者也。系辞焉以尽言，此非言乎系表者也；斯则象外之意，系表之言，固蕴而不出矣。"及当时能言者不能屈也。①

荀粲上承庄子，摒弃书册经典，当然这有针对汉儒章句之学弊端的批判意义。他认为，"性"与"天道"等是难以言传的。"立象以尽意，系辞焉以尽言"，所"尽"者只是意内之意和言内之言，至于"通于意外者"、"言乎系表者"诸类的"理之微者"，却是不可言意的，不能通过言语和思维加以把握的。这与老子"道可道，非常道；名可名，非常名"的思想是相一致的，"意外"、"象外"者不可尽言，同时也就是说意内、象内这还是可以尽言的。言不尽意，言辞在表达意念的时候虽然存在着有限性，但还是能够在某些特定条件下实现其某些方面的达意功能。

而王弼则建立"无"宇宙本体论，与何晏同属于玄学"贵无派"的代表，其核心命题是"以无为本"。贵无派认为"无"就是老庄之学中的"道"，是一种"道之而无语，名之而无名，视之而无形，听之而无声"②的超越感觉之物，"寂然无体，不可为象"，它不是物质性的，是不可以感觉的，但却是"万物之宗"，是决定万物生灭变化的共同根据，"无"是"本"，"有"是"末"，"万物虽贵，以无为用，不能舍无以为体也"③。他们明确提出："天地万物皆以'无为'为本，无之为用，无爵而贵矣。"④这种贵无思想渗透到了音乐、绘画、文学等艺术领域，就促进了文艺理论家们对艺术空白的自觉追求。

贵无派虽然强调"以无为本"，但同时也认为"本无"与"末有"为一体，"无"不在"有"之外、之前而独立存在，而是贯通于"有"之中、通过"有"

---

① （晋）陈寿撰，（宋）裴松之注：《三国志·魏书》第 2 册，北京，中华书局，1959，第319～320 页。

② 《列子·天瑞篇》张湛注。

③ （魏）王弼著，楼宇烈校释：《王弼集校释》上册，北京，中华书局，1987，第 94 页。

④ （唐）房玄龄等撰，刘湘生、李扬等校点：《晋书·王衍传》，长沙，岳麓书社，1997，第 796 页。

表现出来的本体，"本无"脱离"末有"是不能独立自明的。这就为虚实论奠定了一个理论基础。

在言意方面，王弼以道解易，以老庄子学诠释《周易》，综合老庄和《周易》关于言意的讨论，进一步阐述了"得意忘言"论。王弼在《周易略例·明象》中指出：

> 夫象者，出意者也。言者，明象者也。尽意莫若象，尽象莫若言。言生于象，故可寻言以观象；象生于意，故可寻象以观意。意以象尽，象以言著……然则忘象者乃得意者也，忘言者乃得象者也。得意在忘象，得象在忘言。①

王弼从庄子"得鱼忘筌"、"得兔忘蹄"的思想出发，对于"言"、"象"、"意"三者之间的关系作了进一步的讨论，认为"言以明象"、"象以存意"，"言"和"象"都只不过是明意表意的手段和工具，"意"才是最终的目的，一旦得到了"意"，"言"和"象"都可以忘，而且必须忘，才能完成对于"意"的获得。但是，言、象却都是必要的，是不能完全抛弃，只是不要执着于言、象。显然，在王弼这里，这个"意"是从其"无"本论出发的，"意"相当于"无"，已经具有了本体的性质。另外，"得意忘言"论在美学上的意义在于，赋予了"象"范畴以更多的美学意味，使得之朝着"意象"范畴这个方向转化。相对而言，欧阳建的言尽意论就显得逊色，论证牵强，影响并不大。

第三节 言外之意与艺术空白

通过上面的讨论，我们知道语言在表达词义方面尤其是在表现词义之精微处即"理之微者"，具有自身的局限性（所谓"言不尽意"），时而出现词不达意的"失语"状态。"此中有真意，欲辨已忘言"。也许，起始时"忘言"只是一种无奈的选择，迫不得已，一旦领悟到了其中的妙处之后，"忘言"便成了言者此时此刻的自觉选择，并追求其中的言外之意。袁行霈指出："总结创作实践的经验，欲求达意，最好的方法是，既诉诸言内，又寄诸言外，充分运用语言的启发性和暗示性，唤起读者的联想，让他们自己去咀嚼体味那字句之外隽永深长的情思和意趣，以达到言有

---

① （魏）王弼著，楼宇烈校释：《王弼集校释》下册，北京，中华书局，1987，第609页。

尽而意无穷的效果。"①这种自觉成就了中国艺术的一种美学品格：含蓄隽永，余音绕梁，耐人寻味。诗歌追求言外之意，绘画追求象外之致，音乐追求弦外之音，这直接带来了对于艺术空白的追求。

"空白"思想导源于道家"无"本体论下的言意和虚实之辨。艺术空白与语言、实境的关系即是道家哲学中的"无"和"有"、"虚"和"实"、"言"与"意"在文艺上的延伸和移植。空白相对于实有，是无处、虚处、无限处，但并不等于绝对的无，绝非一无所有，而是"真意"存焉，因为"意在言外"、象外。老庄主张的"有无相生"和"无言"之美，所要追求的也就是"无言"、超越了言意之表的审美境界。留白有如老子所谓"大音希声"、"大象无形"，其运用是为了表达构思、营造意境。意境，象存境中，境生象外，渗透着主体情思；既是"实"的空间，又是"虚"的空间，将中国艺术灵动幽渺的意蕴和令人品味不尽的诗意推向了极致。空白是创造意境的一种方式，而意境就是艺术家主观情思与客观物象的交融和有机统一。宗白华说："艺术家以心灵映射万象，代山川而立言，他所表现的是主观的生命情调与客观的自然景象交融互渗，成就一个鸢飞鱼跃，活泼玲珑，渊然而深的灵境；这灵境就是构成艺术所以为艺术的'意境'。"②

"空白"理论表现在诗歌上就是言与意的关系，表现在绘画上，就是色彩、线条与空白的关系。中国画基本上是水墨画，画面中"留白"是白与黑相互依存的辩证关系。墨色出形，白底藏象；白者为虚，黑者为实，黑与白并行不悖，虚与实互为作用。从中国诗歌的实际经验来看，常是以一定的格式在有限的篇幅内，表现出言有尽而意无穷、"文已尽而意有余"的审美效果，造成了中国艺术"藏"的功夫，同时给读者留下了无限解读的余地。因为意境的读解需要广阔的想象空间，而空白恰好为想象空间的开辟提供了可能。所以，"空白"美学意味的产生有赖于作家的创作以及读者的解读，实际上是一种两者之间的双向运动。

"空白"作为一种艺术表现手法，展示了艺术家对于宇宙空间的辩证理解，是一种独具慧眼的空间哲学，是东方哲学独特的生命智慧。因为，艺术创作是艺术家对于现实生活进行提炼和再创造的过程，艺术美中所包含的客观因素，已经不同于自然形态的生活原型，而是集中了生活形象的精粹，具备了不同于自然形态的审美特征。宋代山水画家郭熙曾说：

---

① 袁行霈：《魏晋玄学中的言意之辨与中国古代文艺理论》，见中国古代文学理论学会编：《古代文学理论研究》第 1 辑，上海，上海古籍出版社，1979，第 131 页。

② 宗白华：《美学散步》，上海，上海人民出版社，1981，第 60 页。

> 千里之山，不能尽奇，万里之水，岂能尽秀？……一概画
> 之，版图何异？①

绘画不是绘制版图，岂能山水无遗，尽入画图呢？宗炳也提到：

> 竖划三寸，当千仞之高；横墨数尺，体百里之迥。②

大千世界，林林总总，艺术不可能也不必要穷尽一切，应有尽有，
而是要从"疏枝横斜千万朵"升华为"会心只有两三枝"，具有高度的概括
性，"逸笔草草，不求形似"，而是"微尘之中见大千，刹那之间见终古"。
从而，艺术创作就必须要虚虚实实，当藏者藏之，当露者露之，半藏半
露，半隐半显。因为尽实则塞，尽虚则飘，尽露则浅，尽掩则晦，意境
反倒无由生发。虚虚实实，虚实相映，才有盎然的韵味，才能产生出多
层面深层次的情思。如果艺术作品通体透明，交代过白，辞气浮露必然
丢失了其间许多情趣，而含而不露的情思往往能创造出深邃的意境，余
味无穷。

虚与实的互相依存才构成艺术的含蓄。尽实尽虚，艺事所忌。宗白
华说："以虚为虚，就是完全的虚无；以实为实，景物就是死的，不能动
人；唯有以实为虚，化实为虚，就有无穷的意味，幽远的境界。"③明代
唐志契在《绘事微言》中指出画山水宜"藏"对于意境的营造之功：

> 画叠嶂层崖，其路径、村落、寺宇，能分得隐见明白，不
> 但远近之理了然，且趣味无尽矣，更能藏处多于露出，而趣味
> 愈无尽矣。盖一层之上更有一层，层层之中复藏一层，善藏者
> 未始不露，藏得妙时，便使观者不知山前山后、山左山右有多
> 少地步，许多林木，何尝不显，总不外躲闪处高下得宜，烟云
> 处断续有则，若主于露而不藏，便浅薄，即藏而不善藏，亦易
> 尽矣。然愈藏而愈大，愈露而愈小。④

---

① （宋）郭熙：《林泉高致·山川训》，见北京大学哲学系美学教研室编：《中国美学史资料
选编》下册，北京，中华书局，1981，第15页。
② （南朝宋）宗炳：《画山水序》，见北京大学哲学系美学教研室编：《中国美学史资料选
编》上册，北京，中华书局，1980，第178页。
③ 宗白华：《美学散步》，上海，上海人民出版社，1981，第34页。
④ （明）唐志契：《绘事微言》，见于安澜编：《画论丛刊》，北京，人民美术出版社，1989，
第116页。

　　诗理画理，辨虚实，讲藏露，同是一理。中国艺术理论传统体现了中国人对于艺术审美特征的独到认识，以及对于虚实美感的心灵默契，昭示出了一种独具东方神韵的"艺术精神"。

　　刘勰在《文心雕龙·神思》篇提到了创作过程中言意的矛盾：

> 方其搦翰，气倍辞前，暨乎篇成，半折心始。何则？意翻空而易奇，言征实而难巧也。

"半折心始"透露出了作家所面临的言辞不能尽意地表达的尴尬，对于"易奇"之"意"，言辞实在"难巧"，这是由言意各自的特点所决定的。所以作家在充分认识语言特点的基础上，如何巧妙地运用言辞以尽意就成了作家艺术探索的任务。刘勰在《隐秀》篇中说：

> 夫心术之动远矣，文情之变深矣，源奥而派生，根盛而颖峻；是以文之英蕤，有秀有隐。隐也者，文外之重旨者也；秀也者，篇中之独拔者也。隐以复意为工，秀以卓绝为巧，斯乃旧章之懿绩，才情之嘉会也。夫隐之为体，义生文外，秘响旁通，伏采潜发，譬爻象之变互体，川渎之韫珠玉也。

　　另外，见于张戒《岁寒堂诗话》而被认为是刘勰《文心雕龙·隐秀》篇通行本所遗漏的两句话对"隐秀"规定指出：

> 情在词外曰隐，状溢目前曰秀。

　　"义生文外"、"情在词外"的"隐"就是"言外之意"。所谓"隐者，不可明言也。"不可明言也，这是不能为言辞表述。而且"隐"是"文外之重旨"、"以复意为工"。对于"复意"，周振甫解释为："犹两重意思，一是字面的意思，一是言外之意。"[①]"重旨"就是言外之意，这里指出了审美意象的多义性，其中所包含的情感可以是多种多样的，这一方面为作家提出了要求；另一方面也为读者解读提供了发挥和想象的空间。

　　对于读者而言，"空白"作为一种艺术意境和美感，存在于读者在审

---

①　周振甫：《文心雕龙今译》，北京，中华书局，2006，第357页。

美活动中的积极"介入"，展开联想和想象，灵心妙悟，所谓"悠然心会，妙处难与君说"①。全在乎自己悉心涵咏，以领悟到其中的"言外之意"。

从这个角度说，艺术欣赏活动就是一个填补艺术"空白"的过程。画面中空白之处或为江湖、或为烟云、或为苍穹，并不失其真。清人赵执信在《谈龙录》中谈诗道："诗如神龙，见其首不见其尾，或云中露一爪一鳞而已……神龙者，屈伸变化，固无定体，恍惚望见者，第指其一鳞一爪，而龙之首尾完好，固宛然在也。若拘于所见，以为龙具在是，雕绘者反有辞矣。"②空处不空，这有赖于读者的"填空"。

艺术空白并非真空、真白，而是空白中有诗、有画、有情、有意、有神。中国的山水画历来以萧条淡漠、荒寒简远为理想境界，而不齿于那种毕工毕肖、借景媚俗之作。优秀的写意之作逸笔草草，意趣传神，凝练淡远，而超出于工笔画之上。清代画家邵梅臣在《为钟青田画屏跋》中言道：

> 萧条淡漠，是画家极不易到工夫，极不易得境界，萧条则会笔墨之趣，淡漠则得笔墨之神。写意画必有意，意必有趣，趣必有神。无趣无神则无意，无意何必写为？③

这正是一种清新、自然、洒脱的境界，"画家所写的自然生命，集中在一片无边的虚白上"。④ 可以说这正是中国画的绝妙之处。

中国古代画论早就提出过"计白当黑"的美学思想。晚清画家华琳进而将"白"算作绘画的一彩，他说："墨，浓、湿、干、淡之外，加一白字，便是六彩。"并由此提出了"画中之白，即画中之画，亦即画外之画"的理论，⑤ 绘画的空白，其实就是一种无笔之笔、无墨之墨。"画留三分空，生气随之发。"这"生气"就是一种韵味，一种空灵之美，一种含蓄之美，是蕴含于审美意象中的一种意境。其实任何艺术都忌浅露而贵含蓄，浅露则陋，含蓄则令人再三咀嚼而有余味。

笪重光等人把"空白"与"虚实"、"显隐"等美学概念联系起来，更能

---

① （宋）张孝祥：《念奴娇·过洞庭》。

② （清）赵执信著，陈迩冬校点：《谈龙录》，北京，人民文学出版社，1998，第5～6页。

③ （清）邵梅臣：《画耕偶录》卷四，见徐蜀编：《国家图书馆藏古籍艺术类编33》，北京，北京图书馆出版社，2004，第387～388页。

④ 宗白华：《美学散步》，上海，上海人民出版社，1981，第71页。

⑤ （清）华琳：《南宗抉秘》，见北京大学哲学系美学教研室编：《中国美学史资料选编》下册，北京，中华书局，1981，第391页。

显示道家言意、虚实之辨的艺术审美中的意义。笪重光在《画筌》中说道：

> 空本难图，实景清而空景现。神无可绘，真境逼而神境生。
> 位置相戾，有画处多属赘疣；虚实相生，无画处皆成妙境。①

艺术家在艺术创作时，总是要把欣赏者对空白的填补考虑在内，充分估计到"空白"部分，恰是欣赏者创造的王国，是萌发和生长想象的地方。刘知几说："然章句之言，有显有晦。显也者，繁词缛说，理尽于篇中；晦也者，省字约文，事溢于句外。然则晦之将显，优劣不同，较可知矣。"②"显"者为"秀"，"晦"者为"隐"，有显有晦，有隐有秀；太实太满自然不会给观众提供想象的余地。

西方接受美学也认为，任何文学本文都是一个多层面的未完成的图式结构，都具有"未定性"，是一种"半成品"。它的存在本身并不能产生独立的意义，而意义的实现则要靠读者通过阅读对之"具体化"，使本文中的未定性因素即"言外之意"得以确定。

艺术创作与艺术欣赏应该是统一的。艺术创作的空白如果离开了鉴赏者对空白的填充，也就失去了其存在的价值，必须接受读者的参与才能完成作品的最终创造过程。每位读者的每一次诠释、解构，同时就是一种新的发现和建构。西方美学格式塔心理学认为，当不完全的形象呈现于人们眼前时，会引起人们一种强烈的追求完整、对称、和谐的倾向。也就是说，会激起一种将其"补充"或"恢复"到"完整"状态的意向，从而极大地提高知觉的兴奋程度。艺术空白之处给接受者留出想象的余地，其中隐含的未定因素能激发读者的想象力。无论对于文学作品还是绘画的接受，读（观）者心理都是一样的。只不过，绘画中的空白所引发的是视觉表象的完形趋向，而文学中的空白所引发的则是意象的完形运动。

另外，现象学美学家茵加登也提出了艺术作品的所谓"空白"说和"不确定"说。他认为在艺术作品被表现的"客体层次"（意义所形成的形象）和图式化层次（形象的知觉显示方式）充满着空白和不确定性，需要读者去填补和确定，作品的意义才最终完成。他认为，为了消除作品的"未确定点"即理会文中之"意"的多义性，必须通过欣赏活动使作品"具体化"，填

---

① （清）笪重光：《画筌》，见沈子丞编：《历代论画名著汇编》，北京，文物出版社，1982，第310页。

② （唐）刘知几：《史通·叙事》，见北京大学哲学系美学教研室编：《中国美学史资料选编》上册，北京，中华书局，1980，第252页。

补其中的"空白"。当然，由于欣赏者的个性差异，对同一作品，其解读也有所不同，从而构成了艺术审美欣赏的差异性。可见，这与中国艺术的"空白"理论有着异曲同工之妙，东西可以互相印证。

接受美学、现象学美学都在其理论系统之下从不同的角度对于文艺"空白"现象作出各自的解读，这将有助于我们更进一步地理解中国艺术的"言外之意"与"空白"理论。总之，艺术"空白"无论是对于艺术创作，还是对于艺术欣赏都具有特殊的魅力和独到的美学价值，研究其所包孕的美学内涵，将会有助于推动艺术活动的进行。

第四节　言、象、意与中国诗画艺术

语言作为符号的一般特色，它与艺术美感意味存在着一定的矛盾。然而，老庄不仅否定了语言（名、辩亦属此列），也否定了形（象）、色、声，把它们统统当作体道的至美至乐的障碍。但是值得注意的潜在思想是，在《庄子》一书中，作为文学传达媒介的语言，又并非与后世作为绘画、书法的颜色、线条等处于同等的地位。徐复观的这一观点是发人深思的：他认为庄子思想影响到后世中国艺术，在绘画领域表现得最为充分、最为纯粹。文学尽管也有很大影响，但总不如绘画里表现得那样纯粹，那样充分。庄子思想以自然为尚，"道"的最大特征即在于自然天成。如果把庄子"道"的境界看作是人与物合一的境界，看作一审美意象的话，那么，庄子"言"与"道"的矛盾，实际上就牵涉到人对宇宙自然万物的直觉与把这种直觉到的境界用符号传达出来的矛盾，即内在的审美意象与用语言把这种审美意象物质化的矛盾。从而，庄子的言意论中所包含的言与"道"的矛盾、口与手之不同就给我们以这样的启发：表现自然天全之美，以语言作为传达媒介的诗歌、散文和以线条、色彩作为传达媒介的绘画、书法是非常不同的。这也就是为什么庄子以手工技艺喻"道"而把语言文字的载体——书本视为"糟粕"的原因。

实际上，如果我们分析中国艺术中的诗画理论，就会发现庄子言意论的这一启发是实实在在地存在的。如果把散文和绘画（即中国古人所说的"文"与"画"）作为两极的话，那么可以看出以媒介所划分的中国古代艺术门类，见图33-1。

下面就图33-1作一些说明：

在中国文学中，散文与政治、道德、实用联系最紧。先秦两汉的所谓诸子散文、历史散文，不仅体现了文学与历史、哲学处于混沌未分的

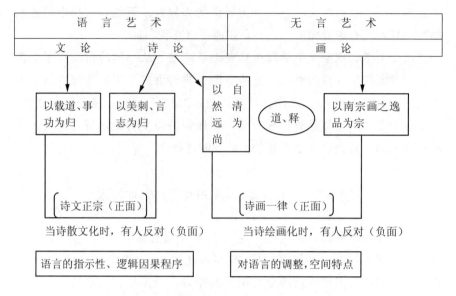

图 33-1 以媒介所划分的中国古代艺术门类

状态，而且表明了文学与道德、政治、现实的密切关系。在中国文学批评史上源远流长的"原道"、"宗经"、"征圣"三位一体的文学观，"文以载道"、文"有补世教"的说法，就是以散文为总结对象而提出的。与之相联系的，是语言多依循逻辑因果的程序，落入人的主观意念和抽象思维的圈套内。这些特点，应该说是比较明显的，毋庸多作说明。按照庄子的言意论，这种文体因其所用媒介的特点和致思方式是最先予以否定的。

反观中国绘画及其理论，则与散文形成两极。如果说散文多受儒家经世致用的观点的影响，多以社会人事为主要表现对象的话；那么绘画，就其主流而言，则承受庄子及佛禅的影响，多以自然山水为主要表现对象，其创作多摆脱了儒家道德伦理的说教，主张作画"不过逸笔草草"、"聊以自娱耳"[1]、"聊以写胸中逸气耳"[2]。以王维为始祖的"南宗"山水画，在宋代占据了优势，入元以迄明清，更成为不可逆转的局面。自此，山水画就几乎等同于"国画"了。这里有两点值得注意：①绘画所使用的媒介与上述中国画及画论的特征是有很紧密的联系的。由于绘画艺术是

---

① （元）倪瓒：《答张仲藻书》，转引自葛路：《中国古代绘画理论发展史》，上海，上海人民美术出版社，1982，第136页。

② （元）倪瓒：《题自画墨竹》，转引自葛路：《中国古代绘画理论发展史》，上海，上海人民美术出版社，1982，第136页。

以线条、颜色为媒介，它们更接近自然原貌。绘画艺术是诉诸形象的，以纯然的意象出现。它能达致意象的直接呈现，而不像文学作品，必须把内在的意象进行语言转化。而这一转化是很困难的。黑格尔曾说过："语言的艺术，即一般的诗，这是绝对真实的精神的艺术，把精神作为精神来表现的艺术。因为凡是意识所能想到的和在内心里构成形状的东西，只有语言才可以接受过来，表现出去，使它成为观念或想象的对象。所以就内容来说，诗是最丰富、最无拘碍的一种艺术。不过诗在精神方面虽占了便宜，在感性方面却蒙受了损失。这就是说，诗不像造型艺术那样诉诸感性观照。"①黑格尔在肯定语言艺术具有表现精神性、观念性内容的自由、广泛、灵活的优点的同时，也指出了它在感性、直观上的不足。因此，较之以语言文字为传达媒介的文学艺术，绘画在显现自然万物的天然生机上，更具有鲜明性、生动性、即目性、具体性。这是作为视觉艺术的画所独有的特性。所以，中国人认为，"存形莫善于画"②、"画者，形也"③、"画者，画也，度物象而取其真"④。这些说法道出了这样一个规律：绘画的视觉直接性较文学为优。这一特点也可以从西方许多思想家那里得到印证。克罗齐的直觉主义艺术论，就被认为："直觉理论适用于绘画艺术居多，但克罗齐硬要把文学及音乐不加识别地拉进来，造成某些窒碍不通的地方"。⑤而庄子的艺术精神与克氏的直觉主义有其相通之处。直觉理论之所以适用于绘画艺术居多，就因为以线条、色彩为媒介的绘画是感觉艺术，它能造成意象的直接呈现；而以语言为媒介的文学则是一种诉诸想象、思维的艺术，它最多只能达到意象的间接呈现，它与自然真实世界容易造成一种"隔"的感觉。正是基于这种认识，英国现代美学家克莱夫·贝尔特别强调视觉艺术而排斥文学作品。文学的这种非感觉性，使它成为非美感的或半美感的，这从中国文学理论也可以看出一些端倪。从庄子"天地有大美而不言"的"无言独化"的自然观开始，中国文艺批评家对语言一直采取不太信任的态度，认为它是一种

① 〔德〕黑格尔：《美学》第 3 卷上册，朱光潜译，北京，商务印书馆，1979，第 19 页。

② （晋）陆机：《士衡论画》，见俞剑华编：《中国画论类编》，北京，人民美术出版社，1986，第 13 页。

③ （清）叶燮：《赤霞楼诗集序》，见北京大学哲学系美学教研室编：《中国美学史资料选编》下册，北京，中华书局，1981，第 324 页。

④ （五代梁）荆浩：《笔法记》，见沈子丞编：《历代论画名著汇编》，北京，文物出版社，1982，第 49 页。

⑤ 古添洪：《直觉与表现的比较研究》，见古添洪、陈慧桦编：《比较文学的垦拓在台湾》，台北，东大图书公司，1976，第 91 页。

不得已的表达方式。而超越语言的逻辑因果程序，达到"不落言筌""不知有所谓语言文字"的"无语"境界，也就成为文学艺术高超的标志。在中国美学中，成为崇尚自然的审美趣味的重要美学范畴的"直寻"、"不隔"，似乎只有在作为语言艺术的诗歌中才提出，而在绘画中则几乎不存在这个问题。因为"直寻"、"不隔"所反对的卖弄学问、堆砌典故、落入逻辑思维圈套，这些诗文创作中的问题，在绘画创作中几乎是不存在的。而它们所肯定的自然感兴所达成的直观、具体、生动的自然形象，则很容易在绘画艺术中达到。②绘画艺术的这种直觉性特点正好符合庄子自然全美的思想。也就是说，中国的绘画理论主要是接受庄子自然全美的思想而来，庄子"无言"的自然美学思想在绘画理论中得到了充分的实现。徐复观认为："形成中国艺术骨干的山水画……是庄子精神的不期然而然的产品"，"庄子精神之影响于文学方面者，总没有在绘画方面的表现得纯粹。"①这一论断是符合中国艺术理论的实际情况的。张彦远在《论画》中写道："凝神遐想，妙悟自然；物我两忘，离形去智。身固可使如槁木，心固可使如死灰，不亦臻于妙理哉！所谓画之道也。"②这段话不论从观点还是从语句上，都承袭《庄子》而来。这"画之道"，就是庄子"以物观物"的自然全美思想在绘画理论上的运用。"终日只在荒山乱石、丛木深筱中坐，意态忽忽。"③在身与物化的直觉合一中，对自然之真妙悟自得，在"非唯我爱竹石，即竹石亦爱我"④的物我浑一中，"外师造化，中得心源"⑤。在中国绘画理论中，"真"与"似"是两个完全不同的概念。"真"是自然的精神、生机，也就是艺术的气韵、神似；而"似"则是对物象外表枝节的模写，是形似。如果说"似"是"人事之法天"，即人与对象分开，对物象是一种简单的反映的话，那么"真"则是"人心之通天"的结果，是人与物直觉合一后所领悟出的物象的生机和精神。在中国画论家看来，"真"高于"似"，而又包含了"似"。主张"度物象而取其真"的荆浩

---

①　徐复观：《中国艺术精神》，上海，华东师范大学出版社，2001，第133～134页。

②　(唐)张彦远：《历代名画记》，见沈子丞编：《历代论画名著汇编》，北京，文物出版社，1982，第39页。

③　(明)李日华：《六砚斋笔记》，见沈子丞编：《历史论画名著汇编》，北京，文物出版社，1982，第229页。

④　(清)郑板桥：《题画》，见北京大学哲学系美学教研室编：《中国美学史资料选编》下册，北京，中华书局，1981，第343页。

⑤　(唐)张璪语，见北京大学哲学系美学教研室编：《中国美学史资料选编》上册，北京，中华书局，1980，第281页。

就说："似者，得其形，遗其气；真者，气质俱盛。"①张彦远也说："以气韵求其画，则形似在其间矣。"②王若虚亦论画云："妙于形似之外，而非遗其形似。"③与庄子"天地有大美而不言"的说法一样，本来，"草木敷荣，不待丹碌之彩；云雪飘扬，不待铅粉而白。山不待空青而翠，凤不待五色而綷。"④自然的气韵生动的图景，以色彩、线条来表现就已使自然本真褪色，以语言文字就更难以直接呈现了。因此，从表现自然万物的天然生机来看，绘画较文学具有很大的优势。因为其媒介（丹碌、铅粉、空青、五色）与自然本色具有相近的特质。

而诗歌，则是介于散文与绘画之间的一种艺术。清人冯班在驳斥严羽时说："诗者，言也。言之不足故长言之，长言之不足故咏歌之，但其言微不与常言同耳，安得有不落言筌者乎？"⑤诗与散文一样，都以语言文字作为载体，只不过诗歌语言与日常生活语言不同而已。但是，诗歌与散文又有不同的特色，它要尽量摆脱语言文字的限指性，以语言文字形成艺术意象，在这点上又与绘画靠近。由于诗运用语言文字作为传达媒介而又要超越传达媒介的特点，在中国诗和诗论史上，就有两种很不同的倾向：一种是以儒家"诗教"为核心的诗观，以言志抒情为特征，要求发挥诗歌对社会的伦理道德教化作用。这种诗观是中国诗的正宗，它与散文在所受思想影响（儒家）、表现对象（社会人事）及其所发挥的作用（美刺讽谕）等方面，都有其一致之处。其优点是有丰富的社会、思想内容，然流弊则过于散文化，"以文字为诗"，"以议论为诗"，甚者"叫噪怒张"，"以骂詈为诗"。⑥文字传达易落入语言的概念化的桎梏中。另一种诗歌则接受庄、禅的影响，追求一种自然清远的韵味，它们与中国山水画在所受影响（道释）、表现对象（自然山水）、发挥作用（纯审美愉悦）等方面都有其一致之处。这种诗之于传达媒介——语言，要求"不落言筌"，

---

① （五代梁）荆浩：《笔法记》，见沈子丞编：《历代论画名著汇编》，北京，文物出版社，1982，第49页。

② （唐）张彦远：《历代名画记》，见沈子丞编：《历史论画名著汇编》，北京，文物出版社，1982，第36页。

③ （金）王若虚：《滹南诗话》，见丁福保辑：《历代诗话续编》，北京，中华书局，1983，第515页。

④ （唐）张彦远：《历代名画记》，见沈子丞编：《历代论画名著汇编》，北京，文物出版社，1982，第38页。

⑤ （清）冯班：《钝吟杂录》卷五，见郭绍虞主编：《中国历代文论选》第2册，上海，上海古籍出版社，2001，第432页。

⑥ （宋）严羽著，郭绍虞校释：《沧浪诗话校释·诗辨》，北京，人民文学出版社，2006，第26页。

要"参活句"，使语言迹近自然本身而又运转如珠、自由活脱。这是两种很不相同的诗歌风格。如果说杜甫体现了前者的最高成就的话，那么陶渊明、王维、孟浩然则体现了后者的旨趣。与这两种诗歌的风格相应，传统的诗歌美学也鲜明体现了这一两极的分途发展。例如唐朝的诗歌理论，以陈子昂、白居易、元稹为代表的诗观与以皎然、司空图为代表的诗歌美学，就是这一分途发展的表现。而且这种分化在宋、明、清也很明显。钱锺书在《中国诗与中国画》一文中认为，杜甫诗歌所体现的那种风格是中国诗的正宗。但是我们不应忽视，这并不妨碍我们的古人对后一种风格的偏好。正是在这一点（后一种诗的境界与绘画相近）上，古人说："诗是无形画，画是有形诗"①，"画者，天地无声之诗；诗者，天地无色之画。"②"诗画一律"的说法甚为流传。可见，诗与画在中国古代并非任何时候都是相通的。只有当诗偏于体现了自然清远的风格时，人们才说"诗画一律"；而当人们心目中的诗是指符合儒家"诗教"的诗歌时，诗与画是有很大不同的。

另一方面，由于中西方文化环境和观物方式的差异，中西美学理论在诗与画的关系上也表现出了很大的不同。中国艺术接受庄子"以物观物"的感物方式，强调"即物即真"、物我浑一的艺术视境；而西方人受柏拉图、亚里士多德以来"以我观物"的方式所支配，以自我为中心对待宇宙万象。即使是抒情诗，其"强烈情感的自然流露"与中国"非个人化"的追求意境美的诗很不相同。在这种不同的艺术实践和不同的文化背景中，莱辛着重分析诗、画媒介的差异，而中国诗画论则强调它们表现功能的趋同。

即使在中国诗、画相通之点上，也还面临着一个媒介调整的问题。诗毕竟以语言作为传达媒介，而语言是一种符号，用以指示、代表事件、行动，但无法代替"可以触到、可以感觉"的事象本身。语言与自然真实世界的鸿沟很大，语言的限制是不可避免的。"直寻"、"不隔"等美学要求只在作为语言艺术的诗歌批评中才提出，而在绘画批评中则几乎罕见此类问题。与绘画的媒介相比，诗及其所用的媒介具有以下不同（见下表）：

诗	语言	意义符号	时间	意象的间接表达	通过想象、记忆	半感觉艺术
画	色彩、线条	现象符号	空间	意象的直接呈现	直　观	感觉艺术

诗歌由于媒介的限制，在表现自然万物的天然真趣，在显现人与物

---

① （宋）张舜民：《跋百之诗画》。

② （清）叶燮：《赤霞楼诗集序》，见北京大学哲学系美学教研室编：《中国美学史资料选编》下册，北京，中华书局，1981，第324页。

浑的全美境界上与绘画有一定的差距，而绘画更多符合庄子自然全美的思想。因此，循着庄子的言意论，诗要进入庄子的理想王国，语言传达的艺术要达到无语的境界，就必须对语言的限制进行调整。作者要接近事象的实体，就要冲破语言的限制。他可以使用"意象并发"或"择其最明澈、最具暗示其他的角度"将之呈现。而中国的文言没有严格的语法逻辑规定的特征，恰好为语言冲破限制提供了方便。对于这一点，叶维廉、刘若愚、郑树声等人在比较中国诗和英美诗时非常重视。叶维廉在其《比较诗学》中更是提出了"超媒体的美学"这一重要问题，阐发了中国诗学通过语言调整达到绘画效果、闯入绘画领域的可能，呈现自然天全之美，达致视觉性、空间玩味的效果，从而与绘画相通。

不过，叶维廉拿来与英美诗比较的中国诗，主要是受道家影响下的诗歌（这种影响主要表现为对外物的感应方式以及对语言的态度），并不代表中国诗的全貌。这些诗在美学思想的渊源、表现对象以及作用等方面都与中国文人山水画是一致的。它们受到庄子"无言"的影响，冲破语言的限制性和逻辑因果程序，对语言进行调整，使之迹近自然本真而"不隔"，在两种不同传达媒介的艺术之间，架起相通的桥梁，充分体现了中国人的创造性。于此亦可见出庄子及受其影响的美学的生命力和世界意义。

第五节　庄子的传道之"言"

庄子对语言表达能力的怀疑和否定，追求一种"无言"的境界，这对任何一种物化了的文学作品都是不能成立的。诗的艺术境界当然不是语言层次，但是没有语言这个符号，它的意境也就无从产生。因此，就理论上说，庄子对语言的否定，尽管有其极为丰富的启发性和暗示性，但从根本上说还不是艺术本身。然而，庄子在其"以忘言为宗"的理论主张和繁有称说的创作实际上却是矛盾的：一方面竭力否定言辞辩说，认为道"不可言传"，书只是无用的"糟粕"；另一方面并没有沉默，一言不发，而是著书十余万言，大肆宣扬其自然之道。庄子也被公认为是历史上少有的善于"属书离辞"的写作高手。这种矛盾的现象，是解开庄子"无言"、"忘言"之谜的一把钥匙。

让我们先来看看庄子传道之"言"的性质。被认为具有总结性质（亦有人认为具有序跋性质）的《天下》篇有一段话提到了这个问题：

古之道术有在于是者，庄周闻其风而悦之，以谬悠之说，

荒唐之言，无端崖之辞，时恣纵而不傥，不以觭见之也。以天
下为沉浊，不可与庄语，以卮言为曼衍，以重言为真，以寓言
为广。

被认为具有凡例性质的《寓言》篇，也说到庄周的著作：

寓言十九，重言十七，卮言日出，和以天倪。

这里"时恣纵而不傥"的"傥"，高亨《庄子今笺》解释为："傥"借为
"谠"。《玉篇》："谠，直言也。"庄子说他的书"不傥"，就是不直言的意
思。前面的"谬悠之说，荒唐之言，无端崖之辞"，都是不直言的意思的
发挥。"不以觭见之"的"觭"，是"畸"、"奇"之借字。成玄英说："觭，不
偶也。""偶"就是能与道相对应的偶像、形象。又"庄语"，郭象注为庄周
自己的话，成玄英解为"大言"，这都是错误的。王先谦解为"正论"，是
符合庄旨的。所谓"正论"，就是正面地阐明自己的看法，或道德教训，
或思想辨析，或政治见解，如较庄子先前或同时的老子、孔子、墨子、
孟子、荀子、韩非等人的著作，就是"庄语"、"正论"。而庄子的传道之
言则与之不同，它"乃是无道德地实践性的话，无思辨地明确性的话，正
是纯艺术性的，其本质是属于诗的这一类的话"①。可见，所谓的"傥
言"、"觭言"、"庄语"，都是从正面直接论述某一道理和主张的。而《庄
子》一书则"不傥"、"不以觭见"、"不可与庄语"，是以具体的形象来间接
地表达"道"的内涵的。从这里可以看出，庄子所否定的只是直接说明某
一主张的所谓"直言"，并不是完全否定作为传达媒介和交流工具的一切
语言文字。在庄子看来，这种形象化的表现方法，不但最符合"道"的本
来面目(因为"道"是一种只能诉诸直觉而不能以智虑求之的状态或境界)，
能够"应于化而解于物"，而且能达致"其理不竭，其来不蜕，芒乎昧乎，
未之尽者"(《天下》)的效果，使人读起来总是可以体会出新的道理，引发
出广泛的、无穷无尽的联想，因而也就可以传之永久了。可见，这种表
达方式与我们在"以物观物"的自然美学中所描述的基本精神是基本一
致的。

再来看看庄子著名的"三言"。庄子对自己创造的"三言"极为重视，
并且对这三种方法作过比较详细的阐述。"寓言"是一种"藉外论之"(《寓

---

① 徐复观：《中国艺术精神》，上海，华东师范大学出版社，2001，第118页。

言》)的表达方式，也就是通过非现实的、有趣的故事，去联想、领悟那不可形色名声的"道"。事实也正是这样，《庄子》一书就是由一系列独立而又有内在联系的寓言故事组成。先秦诸子以寓言来说理的，不止庄子一人，孟子、荀子、韩非都曾采用寓言。但庄子与他们相比，则有鲜明的特点。不但数量多（"寓言十九"），而且具有独立的性质，人们可以把它们从庄子思想中分离出来领会，有时得出与庄子本意不同甚至相反的意味。庄子以"寓言"来表达"道"的方式，在中国文学发展史上占有很重要的地位。由于《庄子》一书寓言数量多，而且艺术上非常成熟，并且第一次提出了"寓言"这一概念，这标志着寓言已从一种修辞手法发展成为一种独立的文学形式。

"重言"是借重古人、老人的名姓来说自己的话。《庄子》一书中所引大约百余名古人及年高有德者的话，绝大部分不见于本人著述和其他典籍（《老子》除外），基本上是创造、虚构，绝非史实。因此，庄子的"重言"也就是假托古人、老人之名来创造的寓言故事。《寓言》篇称《庄子》一书："寓言十九，重言十七。"寓言已占有全书的十分之九，剩下的也不过还有十分之一，为什么重言又占全书的十分之七呢？《庄子》书中，"寓言"和"重言"是两种交叉的表达方式，往往重言就是假托古人、老人之名的寓言；反之，亦然。因此，寓言即使占了全书的十分之九，仍不影响重言之占十分之七。

如果说"寓言"、"重言"还只是一种假借，言与"道"还有一种分离的痕迹的话，那么"卮言"则更符合"道"之特点。因此，在庄子的"三言"中，"卮言"是一种更妙的传"道"的表达方式。在"卮言"中，言与"道"是合二而一的。鉴于此，庄子对它评价最高，也最为重视。那么什么是"卮言"呢？庄子只说："卮言日出，和以天倪，因以曼衍，所以穷年。"（《寓言》）并未作具体说明。这样就引起了历来注家的不同解释：

（1）晋人司马彪解"卮言"为"支离无首尾言也"。

（2）郭象、成玄英均把"卮"注为酒器，"满则倾，空则仰"，况之于言，郭象认为它"因物随变，唯彼之以"；成玄英与郭象大致相同，但更为精确："空满任物，倾仰随人。无心之言，即卮言也。是以不言，言而无系倾仰，乃合于自然之分也。"陆德明《经典释文》引王叔之语亦云："夫卮器，满即倾，空则仰，随物而变，非执一守故者也；施之于言，而随人以变，已无常主者也。"

（3）宋人林希逸的解释则较为特别："卮，酒卮也。人皆可饮，饮之而有味，故曰卮言。"

综观上述三解，笔者以为，联系上下文之"和以天倪"（合于自然的分际），第二种解释最切庄旨，第三种解释与第二种解释是相通的，可以作为第二种解释的补充，甚至可以说它已经包含在第二种解释里了。因为"卮言日出"（日新），它不主故常，读者当然也就可以从中得到自己特有的感受了（即"人皆可饮，饮之而有味"）。而第一种解释则显然不符合庄子的意旨。庄子的"卮言"，就是《齐物论》所说的"天籁"，是自然之声。它不是"以我观物"，以是非、概念把自然大全分割得支离破碎，而是"以物观物"，自由地保持自然物象的天然生机。"无心之言"，正是从语言的角度陈述的这一理想和境界。苏东坡有"随物赋形"之说，庄子的"卮言"则是"随物赋言"，它的实质就是把有限的、定位的语言物质元素消除或减灭到最低程度而并不觉得不自然，重新确认与真实世界的合一。

鉴于对"卮言"的这样一种认识，庄子在"卮言日出，和以天倪，因以曼衍，所以穷年"之后紧接着说：

> 不言则齐。齐与言不齐，言与齐不齐也，故曰言无言。言无言，终身言，未尝言；终身不言，未尝不言。（《寓言》）

庄子心目中的"不言"，就是不掺入主观成见之意，也就是不以主观是非好恶和先前的认知框架来解释自然大全；与一般流行的"言"不同的"卮言"，则对自然万物不加人为的干预，让实际生活中所体现的"道"，在按事物原貌描写的事件中自然而然地流露出来。"卮言"作为一种传达方式，运用到艺术创作中，就要求写具体的、真实的事件和清晰生动的人物，力求宛如自然和人生的实际状况。由于这种语言传达"非执一守故"，不主故常，不依循固定的逻辑因果程序和约定俗成的语言框架，因此它就像盛在酒器里的酒一样，"人皆可饮，饮之而有味"。"卮言日出"，便是指这种宛如客观事物本身的"言"，可以使人不断悟出新意（"日出"，便是日出新意）。"因以曼衍，所以穷年"是指用卮言使人悟道，可以自然而然地把道传播开来，而且能够穷年无尽，永远流传下去。"非卮言日出，和以天倪，孰得其久！"（《寓言》）也是说的这个意思。从这里我们可以清楚地看出，庄子的"卮言"与其对自然天全之美的追求是完全一致的。

从以上我们对《庄子》一书中所提到的几种语言传达方式的考察来看，在庄子看来，"儗言"、"觭言"、"庄语"为一方，"寓言"、"重言"、"卮言"为另一方，它们是两种截然不同的表现方式。庄子是否定前者而肯定后者的。这就说明庄子并非全盘否定语言的传达，而只是否定语言的直

指性、片面性、概念性、名辩性、执滞性，而这些特点就正是后来许多
诗论家所说的"言筌"。在这否定的背后，却在肯定符合自然本真而又能
运转自如的语言表达。当然，"无语界"最真实，最能体现道的特征。但
对于文学、文化而言，语言又是一种不得已的东西。庄子及其影响到的
中国诗歌批评家认识到语言的这种矛盾性："作为一种不充分而又必需的
方式用以表现难以表现者，以及再现主观性与客观性的区分并不存在的、
概念之前与语言之前的意识状态"①，并且接受了这种挑战。显然，"卮
言"就是对语言表达艺术意象的调整。

与语言传达相联系的，就是《庄子》一书不是用论述性的语言、严密的
逻辑推理去阐述哲理，去说服人；而主要是通过生动的形象去打动人，让
读者自己"意会"(揣摩、体会)其中的哲理。这一表达方式显然使《庄子》一
书具有文学色彩，赋予它以巨大的艺术魅力。章学诚在《文史通义·易教
下》中认为"战国之文，深于比兴，即其深于取象者也"。《庄子》一书更是
这样。"深于比兴"、"深于取象"，也就是以自然、生动、具体的艺术形
象来表达作者的思想，而读者亦可从这具体、生动的艺术形象中领悟出
无穷的意味。加之庄子所要传达之"道"不是一般的哲学思想，而是富有
艺术色彩，不可以理智地去把握、去界定，所以《庄子》一书就具有极大
的艺术审美价值。刘熙载就曾说，《庄子》一书，"人鲜不读，读鲜不嗜，
往往与之俱化"。② 高度概括了《庄子》由其"道"之生气贯注和表现"道"之
方式所形成的高度的艺术魅力。这点，是其他先秦诸子所远远不能比
拟的。

历代庄子注释家也充分注意到《庄子》一书独特的表达方式和语言魅
力。林云铭《庄子因》卷首之《庄子杂说》曰：

　　庄子只有三样说话："寓言"者，本无此人此事，从空蓦撰
出来；"重言"者，本非古人之事与言，而以其事与言寓之；"卮
言"者，随口而出，不论是非也。作者本如镜花水月，种种幻
相。若认为典实，加以褒讽，何啻说梦！

宣颖《南华经解》卷首之《庄解小言》亦云：

---

① 刘若愚：《中国文学理论》，杜国清译，台北，联经事业出版公司，1981，第303页。
② (清)刘熙载：《艺概》，上海，上海古籍出版社，1978，第9页。

　　庄子之文，长于譬喻。其玄映空明，解脱变化，有水月镜花之妙。且喻后出喻，喻中设喻，不啻峡云层起，海市幻生，从来无人及得。

　　古今格物君子，无过庄子。其傅色揣称，写景摛情，真有化工之巧。

　　林云铭、宣颖提到庄子之文有"水月镜花"、"海市幻生"之妙，这正是文学艺术的一大胜境。

第三十四章 "虚静"与中国古代艺术创作心理学

"虚静",是道家思想中的一个轴心范畴,也是中国文学创作和文学理论中的一个核心概念,它对艺术主客体的审美关系、对艺术的创作规律、对艺术创作过程中主体的心态构成和心理变化,都有着极为深刻的启迪和影响。前面已经谈到,庄子从"忘"到"游"。"忘",也就是要求人们虚静其心,摒除杂念,凝神寂照,直截事物本原,它既是展开"游"的条件,又是审美愉悦有别于感官物欲之乐的标志;"以物观物"的自然美学,也包含着主体的"虚静",它是进入物我直觉合一的先决条件。我们反复强调,"虚"主要是指主体浑化是非因果关系时的那种绝对、至一的心态。"虚"在消极上可"捐情去欲",在积极上更能"与物合一"、"极物之真"、"以应无穷"。故此,徐复观论述庄子的"艺术精神"时,也特别重视对"虚静"的创造性解读。下面,我们将集中来谈"虚静"在艺术创作理论上的意义。它不是从境界形态上讲"虚静"的,而是侧重于从创作过程和创作心理的角度去挖掘道家"虚静"观的意义,并以富有中国特色的艺术创作理论为中心,来展示这一重要的艺术创作理论的形成与道家思想的关系。

《道德经》第十六章曰:"致虚极,守静笃;万物并作,吾以观复。夫物芸芸,各复归其根。归根曰静,静曰复命。"这段话,成为后代哲学、文艺上虚静论的经典表述和伟大开始。庄子继承并发展了老子,不仅谈到虚静的地方特别之多、内涵也更丰富,而且以大量的技艺创造的寓言故事来启发虚静的妙处和作用。这就使得道家的虚静论与艺术创造更自然、更紧密地联系起来。有见于此,我们这里主要以庄子为重点,努力从中揭示出道家虚静观对中国艺术创作思想的影响轨迹。

第一节 从"神妙化境"的技艺创造说起

崇尚自然是中国艺术的根本精神,它体现了东方艺术的精神品质和灵魂神韵,体现了中国传统哲学天人合一、物我混化的精髓要义。老子在《道德经》中最早提出"人法地,地法天,天法道,道法自然",倡导一种以"自然"为最高范本的智慧创造,要求达到一种完全摒弃人为而合于自然、与道合一的大美之境。作为道家学派中与艺道渊源更深的代表人物，庄子在理论上追求的也是这样一种不通过人工制作的原始自然浑全的境界。然而艺术(Art)作为一种人工制作方式，就必然使那种纯粹的自然即第一自然不复存在，因此艺术的自然之美，毋宁说是人所创造的"第二自然"或"人化的自然"。这种"第二自然"、"人化的自然"在庄子啧啧赞叹的神妙化境的技艺创造中就得到了完美的体现。朱自清在谈到庄子对中国文学理论的影响时说："特别是那些故事里表现着的对艺术或技艺的欣赏，以及从那中间提出的'神'的意念，影响后来的文学和艺术、创造和批评都极其重大。比起儒家，道家对于我们的文学和艺术的影响的确广大些。那'神'的意念和通过《庄子》影响的'妙'的意念，比起'温柔敦厚'的教条来，应用的地方也许还要多些罢？"[①]

"神"、"妙"在《庄子》一书中，都指向经过人工创造而又不知其所以然的化境。具体地分析，"神"在《庄子》一书中大致有以下几种含义：

(1)当庄子说一件手工技艺品使"见者惊犹鬼神"(《达生》)时，"神"(与鬼连用)指一种巧夺天工、鬼斧神工、妙造自然的化境；

(2)当庄子在津人操舟的寓言故事中说津人"操舟若神"(《达生》)时，"神"系指手工艺在运作中那种合规律而又自由的活动(或过程)；

(3)在"乃凝于神"(《达生》)、"以神遇"的语句中，"神"指主观精神对创作对象极度专注、高度凝聚的心理活动；

(4)当庄子言其至人"上窥青天，下潜黄泉，挥斥八极，神气不变"(《田子方》)时，当庄子借汉阴丈人之口说"机心存于胸中，则纯白不备；纯白不备，则神生不定，神生不定者，道之所不载也"(《天地》)时，"神"指主体精神的静一不变的心理状态。

被人们广泛称引的下面一段文字，也是这样：

> 万物无足以铙心者，故静也。水静则明烛须眉，平中准，大匠取法焉。水静犹明，而况精神！圣人之心静乎！天地之鉴也，万物之镜也。夫虚静恬淡寂漠无为者，天地之平而道德之至，故帝王圣人休焉。休则虚，虚则实，实则备矣。虚则静，静则动，动则得矣。(《天道》)

---

① 朱自清：《好与妙》，见《朱自清古典文学论文集》，上海，上海古籍出版社，1981，第129页。

这里以水静喻人的精神("神"与"精"合称为"精神"),意在申述其主体精神虚静明镜的境界。而这"虚静"之特征,又在于其主体之"休"(即无为),在其主体精神的静一不变("万物无足以铙心")上。在《庄子》中,所谓的"神不亏"、"无所亏神",都是指主体的虚静心态。

可见,庄子关于"神"的观念,表现为由人的精神心理的虚静状态,进入技艺创作(以之喻道)的自由而合规律的"入神"状态,最后达到虽由人工但逼肖自然天成的神化妙境,正如《二十四诗品》中所称扬的"空潭泻春,古镜照神"之境,这既是对艺术创作主体虚静心态的描写,又是对主体在这种心态的指引下所达到的神化妙境的传神写照。

"妙"亦是中国文艺批评中的一个重要然而又有点玄的概念,它总是与不可穷诘、不可智识、不可言传的直觉领悟联系在一起。刘若愚在其英文著作《中国文学理论》一书中在译"妙契同尘"、"妙造自然"等中国诗学思想之"妙"时,开始选用"wonderfully",但认真思考则觉得甚为不妥,最后敲定为"intuitively",[①] 颇为得意。朱自清在《好与妙》一文中,列举了大量事实,发现"妙"总与"玄(妙)"、"神(妙)"、"微(妙)"、"(妙)不可言"等联用,这种好处,出于自然,归于自然,"不可寻求"、"不可以形诘"。[②] 方东美在《生生之德》中更是推崇中国文化中的妙性特质,他在谈到中国哲学的通性即中国人的智慧时,称中国人的这种智慧为"平等慧",认为只有"平等慧"才能演化为"妙性文化"。这种妙性必"履中蹈合",以同情交感之中道为文化价值之模范,形成天人合德,哲学精神和艺术精神的统一,反映了东方人的生命精神和艺术追求,这种文化的要点则在于"挈幻归真"。这种妙性文化特性也就成了与古希腊的"契理文化"、近代欧洲的"尚能文化"的根本差异之所在。中国文艺批评中的这些"妙"意念的特点,大多渊源于道家,《庄子》中所体现出来的"妙"的观念,就有这些特点。《寓言》篇就有这样一段话:

> 自吾闻子之言,一年而野,二年而从,三年而通,四年而物,五年而来,六年而鬼入,七年而天成,八年而不知死、不知生,九年而大妙。

"大妙"尽管不是谈艺术创作的,但它是一种至高的境界,很自然地

---

① 刘若愚:《中国文学理论》,杜国清译,台北,联经事业出版公司,1981,第47页。

② 朱自清:《好与妙》,见《朱自清古典文学论文集》,上海,上海古籍出版社,1981,第128页。

与艺术创作中自然天成的神妙境界相通。而"大妙"的取得，又不是一蹴而就的，它不像禅宗所言的"顿悟"，倒有几分由"渐"入"顿"的"渐修"味道。主体经过内心的修养（庄子在许多地方把它称为"守"，如《大宗师》言"守而告之"、《知北游》中的大马之捶钩者说"臣有守"），排除了一切是非分际和功利机巧，自然而然地达到了天成的神化妙境。道家的这种虚静自守的修养方式与强调诚意正心和心性修养、追求曾点之志和孔颜乐处的宋明儒学又有相似之处，只不过儒家修身养心的目的是由内圣而达外王和事功之目的，而道家更重于由内心的澄明而达人与自然、宇宙接通合一的境界，即天人合一之境。它更通向艺术，《达生》篇中著名的"梓庆削木为鐻"的寓言就给我们揭示了这样的道理：

> 梓庆削木为鐻，鐻成，见者惊犹鬼神。鲁侯见而问焉，曰："子何术以为焉？"对曰："臣工人，何术之有！虽然，有一焉。臣将为鐻，未尝敢以耗气也，必齐以静心。齐三日，而不敢怀庆赏爵禄；齐五日，而不敢怀非誉巧拙，齐七日，辄然忘吾有四枝（肢）形体也，当是时也，无公朝，其巧专而外滑消；然后入山林，观天性；形躯至矣，然后成见鐻，然后加手焉；不然则已。则以天合天，器之所以疑神者，其是与！"

这里梓庆为鐻之所以使"见者惊犹鬼神"，并不是他有什么技巧、法术，而是有一种内心的修养功夫。经过"无公朝"、忘"庆赏爵禄"（忘功利）、无"非誉巧拙"（无是非）、忘形体（忘生理欲望）的损外过程，最后达到了一种顺应自然的无为境界。这一修养过程与前面一则所言的"野"（外权利）、"从"（不自专）、"通"（通彼我）、"物"（与物同）、"鬼入"（外形骸）、"天成"（无所复为）的过程基本上是一致的。这个修养过程就是"齐以静心"（"齐"，同"斋"），即人们所说的"虚静"的创作心理状态。概括之，这个过程包括"去物"和"去己"两层含义。"去物"是指主体和客体之间保持适当距离，从实用现实功利中移出物象直接进行审美把握，做无功利的纯美的审视，观其永恒之美，观其精神神韵，而不被物象所拘，从而获得一种极大的审美自由，深入到物象的本源和深邃。"去我"是指抛弃主体自身的各种生命欲望，断绝名利是非的羁绊，摒弃各种自我的知识偏执和囿见，消除一切刻意的概念、判断、推理活动，达到老子说的"绝圣弃智，绝巧弃利，绝学无忧"的精神状态，只对物象做纯粹的审美静观，从而进入"落花无言，人淡如菊"的境界。这样艺术主体经过"去物"和"去我"的修炼之后，获得了心灵的极大自由和审美的超越，回归到一种真实本初的自我，诚如老子说的"婴儿"之心，王国维说的"赤子之心"，李贽说的"童心"，这就为实现"以天合天"的神化妙境准备了一个纯净自由的主体。所以，由此"虚静"，故能"以天合天"，成其自然天成之妙。这里的"以天合天"，林希逸解释为："以我之自然，合其物之自然"。而所谓"我之自然"，就是不以人的喜、怒、好、恶、是、非等观念来对待事物，而是保持一种对待客观外在对象的"虚静"状态。由"虚静"到自然天成的神妙化境，就是"以天合天"的艺术创作方法。

这一创作程式（由"虚静"而神、妙之化境）同样体现在"雕琢"与"朴素"的关系中。许多人把庄子"雕琢"与"朴素"的关系说成是人工雕琢而不露痕迹、大巧归朴的过程，这显然误解了庄子的原意。很明显，"雕琢"更多的是与"人为"的干预联系在一起，而"朴素"更多的是与"自然"的美学追求联系在一块，这与老庄倡导"无为"、"自然"、"见素抱朴"的哲学是有很大关系的。换言之，提倡自然真美、反对雕琢人为正是老庄哲学观在其文学观和美学观上的集中反映。《庄子》中有两处言及此事：一处在《应帝王》篇，其"雕琢复朴"，意思是把世俗中染上的一切好恶是非等习惯意识和行为雕琢清除，恢复纯朴的自然天性；另一处见于《山木》篇：

> 北宫奢为卫灵公赋敛以为钟，为坛乎郭门之外，三月而成上下之县。王子庆忌见而问焉，曰："子何术之设？"奢曰："一之间，无敢设也。奢闻之，'既雕既琢，复归于朴。'侗乎其无识，傥乎其怠疑；萃乎芒乎，其送往而迎来；来者勿禁，往者勿止；从其强梁，随其曲傅，因其自穷，故朝夕赋敛而毫毛不挫，而况有大涂者乎？"

这里说的不是"为钟"这一工艺，而是"赋敛"这一程序。"三月而成上下之县"，言赋敛速度之快。而如此神速，又并未设计什么法术（即梓庆寓言中的"何术之有"）。这里的"一"，指精神纯一，"一之间"，就是纯任自然的意思，它有似于梓庆所说的"有一焉……未尝敢以耗气也，必齐以静心"，与《庄子》书中其他地方所说的"守"是一个意思，也是一种虚静的心理状态，也就是"用志不分，乃凝于神"的状态，一种"涤除玄览"、凝神为一、心无旁骛的状态，这是审美活动进入深层状态的一种标志。他无知无识的样子，又好像纯真无心的样子；任大家聚在一堆，送往迎来分辨不清；来的人不拒绝，去的人不留住；不愿意捐献的任他自去，不赞助的随他自便，依着各人自己的能力，所以虽有朝夕募款，但是人民丝毫不受损伤，何况有大道的人呢？这不是典型的"无为而治"吗？联系上下文，"既雕既琢，复归于朴"的含义就不言自明了。这里可作参证的还有：

> 夫无庄之失其美，据梁之失其力，黄帝之亡其知，皆在炉捶之间耳。（《大宗师》）

郭象注解道："言天下之物，未必皆自成也。自然之理，亦有须冶锻而为器者耳。"问题在于，这里的炉冶打锻不是精雕细刻，而是"亡"、"失"，忘其所务，以归自然。无庄是古代的美人，闻道后不复装饰而自忘其美色，这一所谓"修学冶锻"，也就是她的不修学，不冶锻。由于其"雕琢"（"亡"）的功夫，也就是"损"的内心修养功夫，它与"虚静"的心理状态有类似之处。所以，庄子所说的"雕琢复朴"，就其精神上与由"虚静"至"大妙"的过程也是基本一致的。

综上所述，庄子关于"神"、"妙"的观念表现为，极力渲染并赞叹其自然神化之妙。而这种神妙境界的取得，当然不是学习、锤炼所能达到的，还必须有待于内在的修养功夫。然而庄子所谓的修养不是知识的增加、技巧的积累、形式的雕琢，而是它们的减少以至于消除。他继承并发展了老子"为道日损"的思想，主张达到神妙化境，人们就必须遗去机巧、绝圣弃知，进入忘心忘身的"虚静"状态，达到庄子所说的"无己"、"无功"、"无名"的境界。在《庄子》谈技艺创造和体道求真的主体精神修养中，所谓的"守"、"损"、"一"、"我之自然"，都导向"虚静"，它们是体道之妙和技艺创作"疑神""见者惊犹鬼神"的至关重要的条件。

值得特别强调的是，神、妙的艺术化境，与其自然之美一样，一直是中国艺术创作的理想境界。唐代书法理论家张怀瓘最早把书法艺术分为神、妙、能三品，认为神品"不可以智识，不可以勤求"，它"千变万化，得之神功，自非造化发灵，岂能登峰造极？"[①]在绘画理论中，张彦远首标自然神品："失于自然而后神，失于神而后妙，失于妙而后精，精之为病也，而成谨细。"[②]他把自然、神、妙列为上品，以别于精、谨、

① （唐）张怀瓘：《书断》，见北京大学哲学系美学教研室编：《中国美学史资料选编》上册，北京，中华书局，1980，第259～260页。

② （唐）张彦远：《历代名画记》，见北京大学哲学系美学教研室编：《中国美学史资料选编》上册，北京，中华书局，1980，第309页。

细的创作。实际上，正如我们在评价庄子时说，绝对的自然在艺术上是没有的，只有经过人工而又体现了自然无营的"第二自然"，也就是合于自然、臻于神妙的艺术化境。艺术上的纯粹"自然"，往往只是一种理想，一旦落实于创作，"自然"的理想只能在神妙化境的艺术创作中予以实现。因此，在艺术上谈自然与谈神、妙很难区分；相反，自然与神、妙一起却与着眼于人工雕刻的精、谨、细划然两分。这一思想在画家荆浩那里亦有体现，他把画分为神、妙、奇、巧四种。"神者，亡有所为，任运成象"，实际上就是艺术创作上的自然境界。神、妙皆迹近自然，只有奇、巧，才"有笔无思"、"雕缀小媚"、"实不足而华有余"。① 在诗歌理论中，司空图推崇"不知所以神而自神"②的艺术境界，严羽把"入神"③誉为唯一的诗的极致，姜夔认为"诗有四种高妙"，而把"非奇非怪，剥落文采，知其妙而不知其所以妙"的"自然高妙"列为最上。④ 尽管这里的神、妙不尽同于《庄子》中神、妙的意义，但就其与自然无营相联系，强调其不事雕琢、"匪由思致"这点上，它们则是一脉相承的。

第二节　道家的"虚静"观与中国艺术创作心理学

从上面的陈述我们可以看到，在庄子所啧啧赞叹而又对中国艺术创作理论影响深远的自然天成的神妙化境中，"虚静"的主体心理确实起着举足轻重的作用。正如宗白华在《美学散步》中说："静穆的观照和飞跃的生命构成艺术的两元"，"微妙境界的实现，端赖艺术家平素的精神涵养，天机的培植，在活泼泼的心灵飞跃而又凝神寂照的体验中突然地成就"。⑤ 显然，宗白华一语点破中国艺术家所追求的艺术妙境以及艺术创作主体为了达到这样一种艺术境界所具备的心理素质，只有具备了这样一种凝神寂照的主体心态和深入持久的生命体验，才能进入生命飞跃和自然天成的艺术妙境。

---

① （五代梁）荆浩：《笔法记》，见沈子丞编：《历代论画名著汇编》，北京，文物出版社，1982，第50页。

② （唐）司空图：《与李生论诗书》，见郭绍虞主编：《中国历代文论选》第2册，上海，上海古籍出版社，2001，第197页。

③ （宋）严羽：《沧浪诗话·诗辨》，见（清）何文焕辑：《历代诗话》下册，北京，中华书局，1981，第687页。

④ （宋）姜夔：《白石道人诗说》，见（清）何文焕辑：《历代诗话》下册，北京，中华书局，1981，第682页。

⑤ 宗白华：《美学散步》，上海，上海人民出版社，1981，第65、63页。

　　虚静理论深深植根于中国的传统文化哲学土壤中。中国文化哲学讲究天人合一，强调一种柔性精神，强调中庸之道、过犹不及、不走极端，重视内在含蓄，反对过分张扬外露，即使内在气象万千、龙腾虎跃，也要外表温和淡雅，以静制动，外在的千变万化源于内在的静态体验，跃动的生命追求成长于静态的修炼，这与西方的天人两分、主体张扬、情感外溢的文化哲学有着根本差异。正是中国特殊的文化哲学孕育了独特的艺术理论——虚静观，而道家哲学则集中体现和高度发展了这样一种虚静理论。"虚静"又称"静思"、"空静"，自老庄始，成为我国富有民族特色的艺术创作理论，老子发其端，而庄子集大成，贡献最大。庄子的"虚静"主要谈的是道家自身修养的一种方式，"体道"的一种心境，但由于它与艺术创作的某些心理特征有相似之处，也就为后世文人所喜好，并且发展成为一种重要的艺术创作心理学。所以，在讨论庄子的"虚静"观对形成中国艺术创作心理学的重要意义之前，我们首先要回答两个问题：一是庄子"虚静"观的本来意义；二是为何只有庄子的"虚静"观才对后世艺术创作理论产生如此重大的影响。

　　关于第一个问题，为了弄清庄子"虚静"观的性质及其意义，我们还得先从道家老庄元典上的"虚静"观入手。老子的道家哲学集中体现了中国文化的柔性精神，"知其雄，守其雌"，"重为轻根，静为躁君"，倡导一种虚、静的心态修养和以静制动的人生态度，老子的虚静理论是中国哲学"虚静"理论的发端。老子最早在《道德经》第十六章中说：

　　　致虚极，守静笃，万物并作，吾以观复。夫物芸芸，各复归其根；归根曰静，静曰复命。复命曰常，知常曰明。不知常，妄作，凶。知常容，容乃公，公乃王，王乃天，天乃道，道乃久，没身不殆。

　　在这里，老子的"虚静"可以从两个方面来理解，一方面是指道体的存在发展状态，"静"是事物的常态，即上面说的"归根曰静"，指的是事物的发展运动过程不是超出自身向外发展，而是向本体归复，返回自身，即事物生于静又归于静的发展态势，这既是事物发展的本然，又是宇宙运行的普遍规律，道家文学对它进行高度赞美，把它视为"道性神功"的显现形式；另一方面是指人体道的行为和观物时的心理状态，即"守静笃"、"吾以观复"，只有主体具备了虚静之心，并在这样一种心理状态下去体悟虚静之道体才能达到人与自然的和谐，进入天人合一之境。然而要做到虚静，就必须无欲，正如老子所说"不欲以静"，要对心灵"涤除玄鉴"，从而返回观照内心的澄明。很明显，"不欲"和"涤除玄鉴"是指克服人生的各种欲望的干扰和鼓动，保持无知、无欲、无为的状态，超越生死、贵贱、贫富、宠辱、利害、有无之间的差别和对立，以达到内心的和谐，进而览察万物、洞悉宇宙，从而达到虚静澄明，返璞归真，使艺术创造达到老子说的"大象无形，大音希声"之境。正是从"无欲"和"涤除玄鉴"的角度，庄子继承并发展了老子的虚静观，并将这种虚静的体道心态用于艺术创作，第一次衔接了哲学和艺术之间的链条，开启了中国文艺心理学上"虚静"论的先河，对后世的文艺心理和文艺创作实践产生了深远的影响。

庄子集中谈到"虚静"的，是在《庚桑楚》一篇中：

> 彻志之勃，解心之谬，去德之累，达道之塞，贵富显严名利六者，勃志也。容动色理气意六者，谬心也。恶欲喜怒哀乐六者，累德也。去就取与知能六者，塞道也。此四六者，不荡胸中则正，正则静，静则明，明则虚，虚则无为而无不为也。

这里的"勃志"、"谬心"、"累德"、"塞道"互文见义，而"四六者"则从各个角度表达了对现世追求、现实分际、个人情欲的超越和遗忘。这"四六者不荡胸中"，实际上就是前面说的"外物"（贵富显严名利）、"离形"（容动色理气意）、"无情"（恶欲喜怒哀乐）、"去知"（去就取与知能），去此"四六"，就进入了虚静境界，就达到了《齐物论》开篇所说的"形同槁木，心如死灰"的"丧我"状态，与《人间世》篇所说的"心斋"、《大宗师》篇所言的"坐忘"含义完全相同。在哲学认识论上，这是一种否定知识、超越现实、反对认识活动的取消主义思想。

另外庄子在《天道》篇中也提道：

> 夫虚静恬淡寂漠无为者，天地之平而道德之至，故帝王圣人休焉。休则虚，虚则实，实则伦矣。虚则静，静则动，动则得矣。

在这里，"虚静"乃是天地万物的根本存在状态，"虚静恬淡寂漠无为"乃是抵达道德最高境界的前提条件和必备的内在修养心态，这和儒家说的"内圣"之学特别是程朱理学的修养之道有着相似的联系，又有着根本的差别，这种差别主要表现在方法论上。儒家的"内圣"之学和程朱理学的"诚意正心"的修养功夫之学也讲"虚静"，讲"吾一日三省吾身"、"诚意正心"、"仁者静，知者动"，讲"居敬持志，主一无适"、"存天理，灭人欲"，但他们更侧重于通过诚意正心敬持的功夫，通过后天的努力学习达到这种虚静状态，进而体悟天理，格物致知，最终达到其"修身齐家治国平天下"之外王事功的目的，所以更加强调后天主体的"有为"，体现了一种主体由内向外的发展之路。朱子引程颐的话说，"涵养须用敬，进学则在致知"①，可见，在理学家眼中敬（静）既是入道的途径，又是认知主体进行自我修养的方法，唯有居敬，才能穷理，二者互相阐发，"学者功夫唯在居敬穷理二事，此二事互相发。能穷理，则居敬功夫日益进；能居敬，则穷理功夫日益密。"②可见，居敬功夫成为造道入德、提高修养水准的门径，成为圣贤的阶梯。但是老庄讲"虚静"更侧重于主体的自然无为，在排外的同时，更在成就守内的最佳心态；为道"损"的功夫，也同时是"守"的成就；"虚"在消极上可"捐情去欲"，在积极上更能与物合一、"极物之真"、"以应无穷"，体现了一种由内向"根"的回归，尽最大能力抵达生命的本体深处。可见，儒家和道家的虚静观，一外一内，一侧重于事功的外在目的，一侧重于内在的修养之道，两者目的相反，境界殊异。庄子在《达生》篇以赌注为例，"以瓦注者巧，以钩注者惮，以黄金注者殙"，外物之重必然导致内在精神的纷扰以致昏聩，所以庄子由此得出结论："凡外重者内拙"。《田子方》的一则寓言亦然：

> 宋元君将画图，众史皆至，受揖而立，舐笔和墨，在外者半。有一史后至者，儃儃然不趋，受揖不立，因之舍。公使人视之，则解衣般礴裸。君曰："可矣，是真画者也！"

这是一则"凡外重者内拙"的活教材！为什么后至之史是真能画画的呢？就因为他和那些逡巡门外、形容猥琐，时刻担心自己能否得到指派，因而精神为利害得失、荣辱毁誉等身外物所束缚的画史不同，全然不考虑庆赏爵禄、毁誉巧拙等外在功利目的，裸体赤身，忘其形体，旁若无人，表现出心灵的最大自由。这才是最富有诗意的人生状态，最适合文学创作的心理状态。王安石在《虎图》一诗中，受庄子启发，通过作画的

---

① （宋）黎靖德编：《朱子语类》第1册，北京，中华书局，1986，第148页。

② （宋）黎靖德编：《朱子语类》第1册，北京，中华书局，1986，第150页。

艺术实践也谈到了精神上的虚静对于艺术创作的影响。他对画虎者的创作情态做了生动细致的刻画："想当盘礴欲画时，睥睨众史如庸奴。神闲意定始一扫，功与造化论锱铢。"①洋洋得意之态，难以言表。对于这种虚静心态，儒家也注意到了其重要性，宋代理学集大成者朱熹谈到诗歌创作时涉及了这个问题：

> 今人所以事事做得不好者，缘不识之故。只如个诗，举世之人尽命去奔做，只是无一个人做得成诗。他是不识，好底将做不好底，不好底将做好底。这个只是心里闹，不虚静之故。不虚不静故不明，不明故不识。若虚静而明，便识好物事。虽百工技艺做得精者，也是他心虚理明，所以做得来精。心里闹，如何见得？②

可见，无论是画画还是作诗，无论是道家还是儒家都认识到了虚静心态的重要意义，只有神闲气定、忘怀名利，才能成为真正的艺术家，否则庸俗躁动使艺术家们内心无法平静下来，也就难以进入高层次的艺术境界。换言之，这一旁若无人的"外"的心理，就同于梓庆削木为镰时的"齐以静心"，在庄子看来，它是进行艺术创作所要求的一种最佳的精神状态。林希逸谓"宋元君将画图"的寓言故事："东坡形容画竹与杜甫诗曰'神闲志定始一扫'，迹近此意。"③绘画理论家郭熙称："庄子说画史解衣般礴，此真得画家之法。人须养得胸中宽快，意思悦适。"④诗歌批评家王士禛也极称庄子"宋元君将画图"的寓言故事，强调"诗文须悟此旨"。⑤ 足见庄子的这则寓言故事与艺术创作心理的契合相通以及所产生的影响之大。庄子的"虚静"观在消极的取消主义背后，又包含着对主体创造力的肯定，它能使主体"虚而应物"、"极物之真"、"以应无穷"。正是这一点，庄子的"虚静"观被后世艺术理论家所接受，运用于艺术创作

① （宋）王安石：《虎图》，见《王文公文集》下册，上海，上海人民出版社，1974，第561页。

② （宋）黎靖德编：《朱子语类》第8册，北京，中华书局，1986，第3333页。

③ （宋）林希逸著，周启成校注：《庄子鬳斋口义校注》，北京，中华书局，1997，第323页。

④ （宋）郭熙：《林泉高致·画意》，见沈子丞编：《历代论画名著汇编》，北京，文物出版社，1982，第71～72页。

⑤ （清）王士禛：《渔洋诗话》，见（清）王夫之等撰：《清诗话》上册，上海，上海古籍出版社，1978，第108页。

中主体最佳心理状态的规定和培养，使这一哲学认识论上被认为具有消极因素的思想，在艺术创作心理学上获得了新的意义。

然而，这里又产生了另一个问题（即我们要回答的第二个问题）：先秦诸子多言虚静，为什么只有庄子的"虚静"观才成为中国艺术创作心理学上的"虚静"说的理论源头呢？综观先秦，除庄子外，老子、管子、荀子都讲虚静：

> 静乃自得……圣人得虚道……去欲则虚，虚则静矣；静则精，精则独矣；独则明，明则神矣。神者，至贵也。（《管子·心术上》）
>
> 人正能静，皮肤裕宽，耳目聪明，筋信而骨强。（《管子·内业》）
>
> 人何以知道？曰：心。心何以知？曰：虚壹而静。心未尝不臧也，然而有所谓虚；心未尝不满也，然而有所谓一；心未尝不动也，然而有所谓静。人生而有知，知而有志。志也者，臧也。然而有所谓虚，不以所已臧害所将受谓之虚……不以夫一害此一谓之壹……不以梦剧乱知谓之静（《荀子·解蔽》）

其中，老子的"致虚极，守静笃"，加之其"涤除玄览"（《老子》第十章），讲的主要是主体的修身和养心之道，没有涉及艺术创作，但是这一思想却被庄子加以吸收并发展，并且用于创作心理和艺术实践。管子的"虚静"也是从圣人修养和强身健体的角度谈，对后世影响不大，后来《心术》篇在法家韩非子的手中被改造成为君主的南面之术，"人主之道，静退以为主。"（《韩非子·主道》）也就是说他要求君主以静制动，居暗察明，静观风云变幻，从而达到驾驭群臣的目的。这样一来，虚静便成为一种政治权术和手段，离文艺审美越来越远。而《内业》篇则发展成为一种调节形体、健身养心的中医传统疗法。所以，管子的思想及影响不朝文艺审美的方向，而是向着政治和医学的方向发展。相比之下，荀子的"虚壹而静"的儒家理论对后世也产生很大影响，他认为体道的唯一途径是心，而心灵的最佳状态是"虚"、"壹"、"静"，只有主体具备了这样一种虚静、专一的心态，才能达到心灵的清明之境，才能广纳万物，进而悟道。这是荀子对道家虚静理论的继承，同时又进行儒家思想改造的结果，也对后世的文艺创作心理产生了一定的影响，以至于有人认为刘勰《文心雕龙·神思》中的"虚静"观自荀子而来。这就向我们提出了这样的问题：庄、荀

"虚静"观有何不同，为什么只有庄子的"虚静"观才对后世的艺术创作理论产生深刻影响？

这主要有两个原因：一是庄子把虚静的心理与手工技艺之神化妙境联系起来，而书中许多谈艺的寓言本身就具有艺术创作理论的雏形。这在先秦其他诸子中是没有的；二是庄子的"虚静"心理具有审美特征，它要求主体对外物保持一种精神的、非占有欲的感情态度，即审美静观。因为庄子所言的虚静心理状态与从"忘"到"游"的艺术人生态度是一致的，甚至可以说，只有从"忘"的审美超越的意义上，庄子"虚静"的真正意义才能得到解释。因为虚静的心理状态主要是要人们消除一切世俗的意念，忘记功名利禄等物质欲望和是非观念。把这种超功利的观点运用于艺术的主客体关系之中，就能使人们所观之物不再成为欲念之物，也不是认识的对象，而成为审美的对象了。王国维曾在《〈红楼梦〉评论》中说"夫自然界之物，无不与吾人有利害之关系"①。因此，必须保持主体的虚静心态，排除世间的干扰，才能把物象从功利世界中移出，进行纯审美式的静观，达到观物也深、体悟也切的艺术效果。

相比之下，荀子的"虚壹而静"尽管在理论上比庄子的"虚静"观要辩证、周全得多，但他是从理性认识的角度来立论的，它在哲学认识论上也许比庄子的"虚静"观更接近事理，但在艺术审美创造中，庄子的"虚静"观却更有魅力。王煜在比较庄、荀的"虚静"心态时指出："荀子强调认知心或认知我，庄子强调自觉心或'情趣我'。"②（王氏又把"情趣我"英译为 aesthetic self）以审美的心态来对待客观对象，这是艺术创作和艺术欣赏至为关键的一步。

那么，庄子的"虚静"观对中国古代艺术创作理论的重要意义又表现在哪些方面呢？后世艺术理论又怎样受庄子的启发，建立起具有民族特色的艺术创作心理学的呢？

第一，由于庄子的"虚静"观要人们弃圣去知，中止分解性的概念认知活动，否定人的努力而讲"天机"，这样就容易使人把"虚静"的审美静观和神遇式的审美发现联系起来，从而也把虚静视为激发艺术灵感、进行艺术构思的最佳心理状态。灵感在我国的古典艺术美学中称为"天机"、"兴会"、"感性"等。"天机"一词出自《庄子》，《大宗师》篇云："其嗜欲深者，其天机浅。"陆机《文赋》谈艺术灵感："方天机之骏利。"《天地》篇有一

---

① 王国维：《〈红楼梦〉评论》，见徐洪兴编选：《求善·求美·求真——王国维文选》，上海，上海远东出版社，1997，第163页。
② 王煜：《老庄思想论集》，台北，联经出版事业公司，1981，第356页。

则寓言讲黄帝寻找遗失的玄珠,他先后派遣"知"(知觉)、"离朱"(聪明)、"喫诟"(言辩)去寻索,但都没有找着,最后使"象罔"(无心),"象罔"却找着了,真是用尽心智耳目声色,也追求不到,虚静之中反而发现"那人却在,灯火阑珊处"。寻珠(即求道)是如此,艺术创作中的灵感也呈现出这样的现象。顾恺之的"迁想妙得"之"妙得"也是说的灵感。刘勰认为,"入兴贵闲"(《文心雕龙·物色》),"闲"者,虚静之谓也,唯闲方能叩发物色之美,从与物合一("神与物游")中获得创作灵感。因此,刘勰在创作论中专门以《养气》一篇来讨论创作主体精神的修养,强调"率志委和"、"清和其心、调畅其气"、"弄闲"等虚静心态对艺术感兴的条件。如果要对"养气"之"气"作一个界定,那么刘勰的这一"气"就有似于庄子《人间世》篇所说的"无听之以耳"、"无听之以心",而"听之以气"的"气",这个"气","虚而待物",就是一种对物象直觉领悟的虚静方式。在刘勰看来,对于主体这一虚静的精神状态的修养,是文思之来、灵感爆发至关重要的条件。正如纪昀评《养气》篇所说:"此非惟养气,实亦涵养文机。《神思》篇'虚静'之说可以参观。彼疲困躁扰之余,乌有清思逸致哉?"[①]所谓的"文机",刘勰《文心雕龙·神思》篇又称"枢机"、"关键"。在他看来,"文机"、"枢机"、"关键"之开,取决于由养气所达到的虚静心态。这一看法成为中国人普遍接受的观点。《二十四诗品·冲淡》说:"素处以默,妙机其微。"孙联奎《诗品臆说》解析此句说:"心清闻妙香",也把艺术感兴与虚静联系起来。皎然更为明确,他在《诗式·取境》中写道:"有时意静神王,佳句纵横,若不可遏,宛若神助。"显然,他也把兴会标举、文思泉涌的现象视为虚静的结果。郑板桥谈到创作甘苦时说:"十日不能下一笔,闭门静坐秋萧瑟,忽然兴至风雨来,笔飞墨走精灵出。"(《又赠牧山》)亦表现了由虚静而生灵感这一创作心理模式。日人遍照金刚在《文镜秘府论》南卷提到"境思"时也说:"思若不来,即需放情却宽之,令境生。然后以镜照之,思则便来,来即作文。如其境思不来,不可作也。"所谓"境思"指的是意境创造的思维,即感兴萌发之思,即灵感,而这灵感的突发,兴会的到来,又与"放情却宽之"即虚静的心态密切相连,虚静心态是导致灵感迸发的前提条件。

　　为什么"虚静"的心态能够导致艺术灵感的到来呢?因为接受庄子影响的中国古典美学认为作家的内在世界与外在世界存在着一种原始的对

---

①　(南朝梁)刘勰著,(清)纪晓岚评:《纪晓岚评文心雕龙》,扬州,江苏广陵古籍刻印社,1997,影印本,第349页。

应，其原因在于人与宇宙间的异质同构关系。"虚静"心理能够极充分地发挥并显现这种对应、同构的关系。庄子认为得道之人"喜怒通四时，与物有宜而莫知其极"（《大宗师》），庄子的这一人与宇宙的关系的观点对后世影响颇大，陆机《文赋》、刘勰《文心雕龙》、钟嵘《诗品》都一致指出了人的思想感情对自然物象变迁的感应。所谓"遵四时以叹逝，瞻万物而思纷；悲落叶于劲秋，喜柔条于芳春。"（《文赋》）所谓的"春秋代序，阴阳惨舒，物色之动，心亦摇焉。"（《文心雕龙·物色》）所谓的"春风春鸟，秋月秋蝉，夏云暑雨，冬月祁寒，斯四候之感诸诗者也。"（《诗品·序》）——这一"四季歌"式的创作感兴模式，无一不是中国文化人与宇宙现象对应、同构的反映。同时，这一同构、对应的感应，主体又必须进入虚静状态，"虚而应物"、"以我之自然，合其物之自然"，进入物我同一的极致；反之，心不虚静，吾心一执，就与物多忤，文思隐遁。古人把这种由虚静而至的人与宇宙万物的异质同构关系所形成的对应，称作"感兴""兴会"和"心物感应"，也就是我们所说的灵感。李白《赠丹阳横山周处士惟长》诗言其放浪山水，"当其得意时，心与天壤俱。闲云随舒卷，安识身有无。"可见其创作灵感（得意）正是在"心与天壤俱"的忘我之中产生的。中国的这一灵感论与西方自柏拉图开始的灵感论有很大的不同。柏拉图认为，创作过程的灵感完全靠神的赐予，是"神灵凭附"的结果。只有当诗人失去理智、忘却自我而进入"狂迷"状态时，艺术灵感才庄严诞生。这里，受庄子影响的中国艺术创作的灵感论与从柏拉图开始的西方灵感论，在主张理性的退却、自我遣隐是灵感降临的先决条件，把艺术灵感看作一种"神秘经验"[①]这一点上有其相似之处。但是，它们相似的背后却有根本的差异，从柏拉图开始的西方灵感论企图跃入形而上的本体世界，具有一种宗教意味的狂热色彩，认为灵感由"天"（上帝）"酒""神"而来，其推崇情感，以致放纵情感到狂热的非理性程度，即后来尼采所极力推崇的酒神精神和日神精神；而受庄子"虚静"影响的中国艺术灵感论却与自然无营相连，无知无欲无我，从心理内容上讲，指的是一种自由无碍而又自然无营的审美心灵状态，宇宙现象本身便是本体世界，艺术家正是在无知无欲无我的虚静状态中与物（既是现象世界又是本体世界）直觉合一，在这一"意冥物化"之中升华为酣畅淋漓的创作兴会。与西方相比，中国的艺术灵感论没有宗教的意味，其情感状态要恬淡、安静、高雅得多。如果我们把西方关于灵感的理论称为"神灵凭附"的"狂迷"说，那么，

[①] 详见钱锺书：《谈艺录》，北京，中华书局，1984，第269～285页。

对于中国的关于灵感培养的理论，则可以相应称之为"心物感应"、"神与物游"的"虚静"说。尽管两者都有神秘色彩，但前者是宗教的，后者是自然的；前者是热烈的，后者是恬静的；前者是主客二分的，后者是天人合一的。

第二，庄子所称道的"虚静"，是把握至高的"道"的先决条件，这一思想运用于艺术创作中，虚静就成了充分发挥艺术概括能力的最佳心理状况。庄子在《大宗师》里说：

> 吾犹守而告之，叁日而后能外天下；已外天下矣，吾又守之，七日而后能外物；已外物矣，吾又守之，九日而后能外生；已外生矣，而后能朝彻；朝彻，而后能见独。

这里的"守"，就是主观精神的内守，但同时又是外"损"的过程。经过"外天下"、"外物"、"外生"的精神修养，达到了虚静的境界。虚静，故能心地大清明（"朝彻"），进入一种澄明之境；大清明，就能直观到独立无待的至道（"见独"）。庄子这种体道的"虚静"修养和境界，被后世文人借用为认识客观事物内在精神、曲写物态、"求物之妙"、"极物之真"的最佳主体心态。前引朱熹认为，"虚静而明，便识好物事"，一些人作诗不佳，"只是心里闹，不虚静之故"。其虚静—明—识的艺术构思、概括过程，与庄子虚静—朝彻（大清明）—见独（见道）的过程是一致的。王国维也说："吾人之胸中洞然无物，而后其观物也深，而其体物也切。"[①]"胸中洞然无物"，就是庄子所说的"万物无足以铙心"的虚静心状。王国维的话也说明虚静是深刻而准确地把握客观事物的必要条件。钱锺书说："回黄转绿，看朱成碧。良以心不虚静，挟私蔽欲，则其观物也，亦如《列子·说符》篇记亡斧者之视邻人之子矣。""我既有障，物遂失真，同感沦于幻觉。"如"先入为主，吾心一执，不见物态万殊。"[②]虚静心态是把握自然万物真实生命和本质特征的先决条件。

那么，为什么"虚静"能充分发挥作家的艺术概括能力呢？庄子在"梓庆削木为镶"的寓言中给我们这样的启示：经过"齐以静心"，进入"虚静"之境后，"入山林，观天性"，就能使艺术家排除客观干扰和主观杂念，集中全力去研究自己所要创造的对象的特点，这样就能掌握事物的本质

---

① 王国维：《文学小言》，见郭绍虞主编：《中国历代文论选》第 4 册，上海，上海古籍出版社，2001，第 379 页。

② 钱锺书：《谈艺录》，北京，中华书局，1984，第 56 页。

和规律，从而进行艺术概括，进行"依乎天理"、"因其固然"的加工制作，创造出"以天合天""见者惊犹鬼神"的神品。《宣和画谱》记载五代时画家郭乾晖最善画花草禽虫，他"常于郊居畜其禽鸟，每澄思寂虑，玩心其间，偶得意即命笔，格律老劲，曲尽物性之妙"。[①] 有虚静的精神状态，才能集中全力去研究自己所要描写的对象，这样就一定能够掌握它的本质特征，从而"曲尽物性之妙"。

古人历来重视作家贵有识见，即认识事理要准确深刻。在创作活动中如不进入虚静状态，作家的识力就会受到干扰，正如庄子以赌注喻心一样，如果心里被外物所占据、所压倒，就会心慌意乱，反而适得其反。只有排除外界干扰，进入虚静状态，人们才能充分发挥精神的创造能力，心明眼亮。清人贺贻孙说："胸中无事，则识自清；眼中无人，则手自辣。"（《诗筏》）欧阳修也说："处身者不为外物眩晃而动，则其心静，心静则智识明，是是非非，无所施而不中。"（《非非堂记》）不论是"不为外物眩晃"，还是"胸中无事"，都与虚静状态一致，而直接功效则在于使作者临文时见识清明不惑。值得说明的是，虚静的这一艺术创作功能体现了对事物的理性认识精神，它是对庄子对事物进行直观感受的"虚静"观的一个发展（看来，把庄子的"虚静"观运用于艺术创作中的构思和概括，这种发展是必然的）。也许这里也有荀子"虚壹而静"观念的影响。

第三，庄子的"虚静"意在排除一切现实的、有限的纷扰和杂念，超越世俗的羁绊，即主要表现为庄子精神上"无待"的绝对自由，摆脱现实的物累而"游心"于"天地之间"、"六合之外"、"广漠之野"。在庄子看来，"忘"是"游"的先决条件，"虚静"与精神无系的逍遥——"以游无穷"——是互为因果的。这一虚静——以游无穷的范式，为后来的文艺理论家所借鉴，就使得他们把"虚静"与开展丰富的艺术想象活动联系起来，所谓"澄一心而腾踔万象"也。陆机《文赋》说："其始也，皆收视反听，耽思傍讯，精骛八极，心游万仞。"作家那翱翔于自然万物而无极不可诣的想象活动正是从虚静状态开始的。刘勰《文心雕龙·神思》也说："寂然凝虑，思接千载；悄然动容，视通万里。"同样肯定了虚静状态是想象翅膀展开的前提，通过想象创作主体可以超越有限的时空存在，上下千年，纵横万里，"笼天地于形内，挫万物于笔端"，在虚静的心理状态中创作出生动活泼、生机盎然的，有着珠玉之声和风云之色的艺术形象。程颢有诗

---

① 《宣和画谱》卷十五，见于安澜编：《画史丛书》第 2 册，上海，上海人民美术出版社，1963，第 170 页。

云："万物静观皆自得，四时佳兴与人同。道通天地有形外，思入风云变态中。"①可见，虽生活在天地之中，但想象使人臻于道境，超乎天地之外；虽身陷尘世，想象却达于变幻莫测的窈冥之境，而想象的激发和飞翔只能在虚静的心态下才能产生，这样就将虚静的认识功能和想象创作功能连为一体。刘勰对"神思"（艺术想象）的解释是："形在江海之上，心存魏阙之下。"这话源于《庄子·让王》篇。《神思》篇还说："是以陶钧文思，贵在虚静，疏瀹五脏，澡雪精神。"这段话的出处，见于《庄子·知北游》：

> 孔子问于老聃曰："今日晏闲，敢问至道。"
> 老聃曰："汝斋戒，疏瀹而心，澡雪而精神，掊击而知！"

可见无论从思想精神还是从字句转借上，刘勰的艺术想象论与庄子有着明显的渊源关系。故范文澜《文心雕龙注》在对刘勰"贵在虚静"一语作注时，引《庄子·庚桑楚》："彻志之勃，解心之谬，去德之累，达道之塞，贵富显严名利六者，勃志也。容动色理气意六者，谬心也。恶欲喜怒哀乐六者，累德也。去就取与知能六者，塞道也。此四六者，不荡胸中则正，正则静，静则明，明则虚，虚则无为而无不为也。"如前所述，这是《庄子》一书中一段经典的有关"虚静"的论说。

第四，在庄子那里，"虚静"与"物化"是紧密联系在一起的。而"物化"在艺术中就达到了心与物、主观与客观浑融无别的"无我之境"，这时创造出来的艺术作品也就如化工造物一般，不露人工斧凿痕迹，具有自然天成之美。这样，庄子一再惊叹的自然天成的神妙化境也就在此得到了实现。虚静—物化的思想，我们在后面关于庄子谈艺的寓言中还要对之进行发挥。

最后必须指出的是，庄子的"虚静"观集中体现了人力与天成、学习与神妙的矛盾，他把虚静与知识、技巧、实践、学习完全对立起来，从根本上来说是错误的。我国古代艺术创作理论中的"虚静"说主要从庄子发端而来，但同时也是克服庄子"虚静"观的错误倾向，不断修正、丰富和发展而形成的。许多艺术理论家扬弃了庄子把虚静与学习、实践绝对对立起来的观点，把"虚静"与博练统一起来。刘勰十分重视艺术创作时的虚静心态，认为"陶钧文思，贵在虚静"，但在提倡构思时"疏瀹五脏，

---

① （宋）程颢：《秋日偶成》，见（宋）程颢、程颐著，王孝鱼点校：《二程集》，北京，中华书局，1981，第482页。

澡雪精神"的同时,紧接着又主张艺术家在构思之先必须"积学以储宝,酌理以富才,研阅以穷照,驯致以怿辞"。这样,"贵在虚静"与"并资博练"、"务在博见"、"务先博观"就得到了统一。① 对刘勰的这一创作思想,清人纪昀以更明白畅晓的语言比喻为:"学宜苦而行文须乐。"②宋代画家郭熙论画亦然。他强调创作和欣赏上的"林泉之心",但同时又认为"欲夺其造化,则莫神于好,莫精于勤,莫大于饱游饫看。"③不过,他们都主张知识、才学、积累必须沉淀到"虚静"的审美心态中,通过"虚静"这个中介而发挥出来。在刘勰看来,广博的知识才学、深厚的艺术积累对于艺术家的修养既重要,但又必须"规矩虚位"(《文心雕龙·神思》),在临文构思时必须出之以虚静心态;在郭熙看来,勤学苦练对于作画很重要,但又必须"目不见绢素,手不知笔墨",达到一种无所用心的"杳杳漠漠"的境地。显然,这里的"虚静"已具有"积淀"的性质,它把知识、技巧、学习、实践"吃"掉了,消化而成为一种审美的心理结构——虚静。这种对庄子"虚静"观的发展和重大补充,是解释艺术创作神而不知其所以神、妙而不知其所以妙的关键。有了这种发展和补充,艺术灵感"来不可遏""宛若神助"的突发性就得到了合理的解释而不致沦于彻底的神秘。

第三节 《庄子》中谈艺寓言的特殊意义

如果说,前面所谈的庄子的"虚静"观还主要属于哲学上的内容以及后人怎样发挥、移植,而且其"虚静"观本身还有一些片面的话,那么在《庄子》谈艺的寓言故事中所发挥的思想则与艺术创作更加接近,而且比较正确地处理了虚静中学养、积累与神妙化境的关系。因此《庄子》谈艺的寓言就几乎成了其哲学思想上的"虚静"观与我国古代艺术创作心理学的"虚静"说的接合点。实际上,真正直接影响后世文学创作理论的,正是《庄子》中那些谈艺的寓言。《宋史·苏轼传》载苏轼"既而读《庄子》",感叹道:"吾昔有见,口未能言,今见是书,得吾心矣。"苏辙《亡兄子瞻端明墓志铭》也说东坡"既而读《庄子》,悟为文之道"。苏轼的文论实主要

---

① 关于"博练",刘勰在《文心雕龙》之《神思》篇言:"难易虽殊,并资博练。""博见为馈贫之粮","博而能一,亦有助乎心力矣。"《事类》篇言:"是以将赡才力,务在博见。""是以综学在博,取事贵约。"《知音》篇:"故圆照之象,务先博观。"

② (南潮梁)刘勰著,(清)纪晓岚评:《纪晓岚评文心雕龙》,扬州,江苏广陵古籍刻印社,1997,影印本,第348页。

③ (宋)郭熙:《林泉高致·山水训》,见沈子丞编:《历代论画名著汇编》,北京,文物出版社,1982,第58页。

得庄子的寓言之助。这里我们有必要把庄子谈艺的寓言抽出来进行专门探讨。关于庄子谈艺的寓言，笔者基本上同意一种流行的看法，即寓言故事本身所藏之意与故事所服务的那个观点不大一致。但这种说法过于笼统，应该具体分析，从中总结出艺术创作中的一些规律性的东西。为此，我们还得从原著出发。综观《庄子》全书，谈艺寓言主要有如下几则：

(1)《养生主》中的"庖丁解牛"；

(2)《天道》篇的"轮扁斫轮"；

(3)《达生》篇的"佝偻者承蜩"、"津人操舟"、"丈人游水"、"梓庆削木为鐻"、"呆若木鸡"；

(4)《徐无鬼》中的匠石"运斤成风"；

(5)《知北游》中的"大马之捶钩者"。

其中"轮扁斫轮"、"梓庆削木为鐻"、匠石"运斤成风"已在前面引出，"庖丁解牛"、"佝偻者承蜩"、"津人操舟"、"丈人游水"、"呆若木鸡"已为大家所熟悉。现只将"大马之捶钩者"引录如下：

> 大马之捶钩者，年八十矣，而不失豪芒。大马曰："子巧与？有道与？"
>
> 曰："臣有守也。臣之年二十而好捶钩，于物无视也，非钩无察也。是用之者，假不用者也，以长得其用，而况乎无不用者乎？物孰不资焉？"

综合这些寓言，可以看出以下几个特点：

第一，它与庄子神妙化境中所追求的一样，都是以自然天成为极致。庖丁解牛时"奏刀騞然，莫不中音，合于桑林之舞，乃中经首之会"；津人操舟"若神"；吕梁丈人在急流中遨游，安详得"披发行歌"，竟被孔丘等人当作"鬼"；梓庆削木为鐻使"见者惊犹鬼神"；匠石"运斤成风"，使郢人"立不失容"……这一切，都体现了一种神妙化工的自由、自然境界。而这又主要表现为庖丁解牛时"未尝见全牛"，"官知止"，津人操舟之"忘水"，实际上也是一种"胸中洞然无物"的"虚静"状态。但是，庄子在这些寓言中却没有把学与妙、虚静与学习、锻炼完全对立起来，而是在创作神妙境界的技艺过程中铸进了长期实践、反复磨炼的功夫和过程，从而也就克服了庄子"虚静"观本身的弱点，把虚静和实践结合起来了。丈人游水之自如，成功之诀在于"始乎故，长乎性，成乎命"，用丈人自己的解释就是："生于陵而安于陵，故也；长于水而安于水，性也；不知吾所以然而然,命也。"这也就是成玄英注疏所说的:"直是久游则巧,习以成性耳。"津人操舟尽管如此神奇自然,究其实,也是在说明"习以成性,遂若自然"(郭象注)的道理。同样,大马之捶钩者"不失豪(毫)芒"之巧,是经过了六十年的磨炼;佝偻者承蜩"犹掇之者"之神,也有五六个月"唯蜩翼之知"的功夫;轮扁斫轮"徐则甘而不固,疾则苦而不入"的经验之谈,其间凝聚了艺人多年的心血……所有这一切都说明了一个道理,技艺之出神入化,是经过艺人熟练掌握技巧、由技入道的结果,他们"忘水"、"未尝见全牛"的自由、虚静的心境,前面有一个习水(成为"没人")、"所见无非全牛"的过程,正是人们在长期的实践活动中掌握和利用了客观规律之后获得的。正是由于有了这些活动,才使艺人的技艺活动巧而不觉其巧,人的作品而貌似自然天成,人力与天然达到了和谐统一的程度。但尽管如此,庄子在承认直接经验的同时,对间接知识仍然是否定的,以书本为"糟粕"的思想仍然在这里存在。他要求人们师天而不师人,师法自然而弃绝书本,这样方能创造出神妙化工的产品。

宋代绘画理论家董逌《广川画跋·书李成画后》载:

> 咸熙(即李成——引者)盖稷下诸生,其于山林泉石,岩栖而谷隐,层峦叠嶂,嵌欹崒嵂,盖其生而好也,积好在心,久则化之,凝念不释,殆与物忘,则磊落奇特蟠于胸中,不得遁而藏也……方其时,忽乎忘四肢形体,则举天机而见者皆山也,故能尽其道。①

这里的创作经验直接从《庄子》"丈人游水"和"津人操舟"的故事而来。其"生而好也,积好在心,久则化之",与庄子谈艺寓言所包含的"习以成性,遂若自然"的思想完全一致。

第二,与庄子所追求的神妙化境一样,自然天成之妙是排外的修养功夫所致。纪渻子训练斗鸡的过程,就是磨灭它的好斗之心以及对外界的反应,达到"呆若木鸡"的过程;大马之捶钩者说他捶钩并无他术,只是因为他"有守也"。这里的"守",在保守自己的精神的同时,也就是对外界干扰的排除;佝偻者承蜩的功夫,则是其"处身也,若厥株拘","执臂也,若槁木之枝",达到不知四肢形体的"忘我"的境界……这一主体的

---

① (宋)董逌:《广川画跋·书李成画后》,见俞剑华编:《中国画论类编》,北京,中国古典艺术出版社,1957,第656~657页。

修养功夫，就是我们前面所说的"虚静"的创作心态。但是，这一排外、忘我的主体精神状态，已失去了它本来所具有的虚无色彩，而主要是为了说明一种从外部世界"收视反听"、集中精力于创作对象的心理状态。纪渻子训练的斗鸡"呆若木鸡"，旨在说明"德全"，用宣颖的解释就是"精神凝寂"；佝偻者承蜩时的忘我状态，主要是说明"虽天地之大，万物之多，而唯蜩翼之知"的精神专注于创作对象的心理状态，用寓言中孔子的话说，就是"用志不分，乃凝于神"；而大马之捶钩者捶钩时排除外界干扰的同时，也就是"于物无视也，非钩无察也"的心无旁骛的极境。"是用之者，假不用者也，以长得其用"，就是说，某一艺术成就，是来自忘众用以成其某种艺术之用。因此，这种忘众用而成一用的虚静，不仅是美的观照得以成立的首要条件，也是艺术技巧修养过程中的重大因素。张彦远《历代名画记》在论吴道子何以不用界笔直尺时说：

> 守其神，专其一，合造化之功，假吴生之笔，向所谓意存笔先，画尽意在也。凡事之臻妙者，皆如是乎，岂止画也！与乎庖丁发硎，郢匠运斤，效颦者徒劳捧心，代斫者必伤其手。意旨乱矣，外物役焉，岂能左手画圆，右手画方乎！夫用界笔直尺，界笔，是死画也；守其神，专其一，是真画也。[1]

"神"就是人的精神心理，它专注于一，亦即庄子寓言中的"用志不分，乃凝于神"的状态，在张彦远看来，它是进行绘画创作的要诀，而且这一臻于妙境的要诀与庄子谈艺的寓言故事同于一理。《宣和画谱》讲到戴嵩画牛时也曾说道：

> 嵩以画牛名高一时，盖用志不分，乃凝于神。苟致精于一者，未有不进乎妙也。如津人之操舟，梓庆之削镰，皆所得于此。于是嵩之画牛，亦致精于一者也。[2]

这里的"致精于一"，也就是庄子谈艺寓言中所讲的艺术创作中的专注、凝神心态。由于有此心态，就"未有不进乎妙也"。

---

[1] （唐）张彦远：《历代名画记》，见沈子丞编：《历代论画名著汇编》，北京，文物出版社，1982，第39~40页。

[2] 《宣和画谱》卷十三，见于安澜编：《画史丛书》第2册，上海，上海人民美术出版社，1963，第151页。

第三，技术创造时的出神入化，就是取消心与物、心与手的距离，从而达到客观对象、主观感受、物质表达三者同一的极致。这样就由"虚静"进入了"物化"。在《庄子》有关谈艺的寓言故事中，"虚静"也就是精神专一于创作对象的心理状态，在这一状态中，创作对象与艺人的精神心理毫无距离，物与我、主体与对象合而为一，这样就达到了"身与物化"（或"心与物化"）的极境。钱锺书在《谈艺录》中列举了大量相关谈艺言论后指出："曰'安识身有无'，曰'嗒然遗其身'，曰'相忘'，曰'不知'，最道得出有我有物、而非我非物之境界。"①同时，由于庄子在寓言中不废人工技巧，充分肯定了人手在创造艺术品中的作用，所以他也同时把手与心的距离的消失视为技艺创作的极致。这样就由"心与物化"进入了"指与物化"的最高境界。庖丁最初解牛之时，"所见无非全牛也"，是由于对象与艺人还有距离，还处在"以我观物"的阶段；三年之后，"未尝见全牛也"，主观与客观、心与物的界限消失了，达到了物我两忘、物我同一的境界，从而进入了"以物观物"的阶段。他得道之后，"以神遇而不以目视，官知止而神欲行"，心与手的距离消失了，技术对于心的制约性解除了，于是他的解牛成为他无所系缚的精神游戏，他于技中见道，于手上直观到自己的创作自由，达到了一种自由的审美境界，故"提刀而立，为之四顾，为之踌躇满志。"轮扁在斫轮之时"不徐不疾"，恰恰达到了轮的本性所要求的程度；而这种物的自然本性的要求一旦"得之于手而应于心"，轮的自然本性、手的能力与心的要求就达到了完全一致的程度。

《庄子·达生》中的一段话更能直接启发艺术创作的那种"心手合一"的特点：

> 工倕旋而盖规矩，指与物化而不以心稽，故其灵台一而不桎。忘足，履之适也；忘要，带之适也；忘是非，心之适也；不内变，不外从，事会之适也。始乎适而未尝不适者，忘适之适也。

宋代庄子注家林希逸解释发挥道："器圆不用规，只以手画之，其技入神矣。指，手指也，指与物化，犹山谷论书法曰'手不知笔，笔不知手'是也。手与物两忘而略不留心，即所谓官知止，神欲行也，故曰'不

_____

① 钱锺书：《谈艺录》，北京，中华书局，1984，第56页。

以心稽'。"①

　　这里实际上包含着两种艺术表现途径。庖丁解牛"以神遇而不以目视，官知止而神欲行"，可以说是"得心应手"的表现程序；而轮扁斫轮，则可以说是"得手应心"的表现程序。② 尽管两者都在追求一种"心手合一"的境地，但其途径却有差异，其间所包含的艺术意念也有所不同。"得心应手"自"心"始，心中先有艺术意象，然后再把这个意象以"手"表现出来。这就是后人所说的"腹稿"、"胸有成竹"之类，与克罗齐所说的"画以心而不以手"可相发明。钱锺书《谈艺录》对克氏这一观点曾以中国艺术经验予以中肯论评，认为克氏"以为真艺不必有迹，心中构此想象，无须托外物自见，故凡形诸楮墨者，皆非艺之神，而徒为艺之相耳。"克氏"执心弃物，何其顾此失彼也。夫大家之能得心应手，正先由于得手应心。技术工夫，习物能应；真积力久，学化于才，熟而能巧。"并认为克氏"'画以心不以手'，立说似新，实则王子安'腹稿'、文与可'胸有成竹'之类，乃不在纸上起草，而在胸中打稿耳。"③这类创作经验谈在中国画论中很多。如唐代的符载就说："当其有事，已知遗去机巧，意冥玄化，而物在灵府，不在耳目。故得于心，应于手，孤姿绝状，触毫而出，气交冲漠，与神为徒。"④这里的经验几乎完全从庖丁解牛的"得心应手"的故事而来，从而与克罗齐的直觉与表现的观点有相通之处。"得手应心"则自"手"始，以心就手，以手合物，如《达生》篇所云："指与物化，而不以心稽。"它给人的启发是，艺术的表达（手）过程并非像克罗齐所说的只是把心中的意象（直觉）记录下来（克氏认为这一记录不属于艺术过程），而是表达过程本身就是艺术过程。钱锺书深刻指出："纸上起草，本非全盘由手；胸中打稿，亦岂一切唯心哉。"⑤作为艺术创作"得之于手而应于心"的入神境界，手的表现、传达过程，就是"物化"——创造貌似自然天成的神妙化工产品的过程。从现象上看它是"不以心稽"，实际上是"心与物化"的极致。这中间积淀了丰富、深刻的实践、积累、磨炼的经验，是"真积力久，学化于才，熟而能巧"的结果。

---

① （宋）林希逸著，周启成校注：《庄子鬳斋口义校注》，北京，中华书局，1997，第297页。

② 此见有得于古添洪：《直觉与表现的比较研究》，见古添洪、陈慧桦编：《比较文学的垦拓在台湾》，台北，东大图书公司，1976。

③ 钱锺书：《谈艺录》，北京，中华书局，1984，第210~211页。

④ （唐）符载：《观张员外画松石序》，见俞剑华编：《中国画论类编》，北京，中国古典艺术出版社，1957，第20页。

⑤ 钱锺书：《谈艺录》，北京，中华书局，1984，第211页。

物、心、手同一这一艺术创作的经验之谈，为苏轼和郑板桥所吸收并加以发展。苏轼在《书晁补之所藏与可画竹三首》之一中云：

> 与可画竹时，见竹不见人。
> 岂独不见人，嗒然遗其身。
> 其身与竹化，无穷出清新。
> 庄周世无有，谁知此疑神。

这里所说的"疑神"就是庄子所叹服的神妙化工的天成胜境，文与可画竹时忘身遗物而达到与竹同化，也如同庄子由"虚静"到"心与物化"的过程。这是艺术创作的一个方面。但另一方面，苏轼在《文与可画篔筜谷偃竹记》一文中又表达了这样的思想：对"心识其所以然"的东西，不一定就能很好地写出来；"心手不相应"是"不学之过"，是"操之不熟"的缘故。这里苏轼也就指出了手与心的矛盾，而手与心的矛盾的消解，得力于学习、苦练，艺术表达的自由来自技巧的纯熟。所以苏轼主张"技道必须两进"："有道而不艺，则物虽形于心，不形于手。"（《书李伯时〈山庄图〉后》）有鉴于此，苏轼感叹道，"求物之妙，如系风捕影，能使是物了然于心者，盖千万人而不一遇也，而况能使了然于口与手者乎？"这里的"物了然于心"，就是庄子所描述的"未尝见全牛"、"应于心"的心物同一的境界，而"了然于口与手"，则类似于庄子所称赞的"以神遇而不以目视，官知止而神欲行"、"得之于手"的心、手距离的消失，也就是艺术传达与主观感受的矛盾的解决。苏轼把它称为"辞达"（《答谢民师书》）。从这里我们还可以看到一个有趣的现象，心与手的矛盾的解决，在苏轼那里发展成为主观感受与艺术传达的和谐统一（不仅有"手"，还有"口"）；但在《庄子》那里，尽管其技道合一、心手合一已包含着艺术意味与传达媒介的矛盾的解决，但他还是坚持"口不能言"，言、意（妙理）之间的矛盾仍然存在，庄子的艺术精神更适合于绘画艺术，于斯可见。

郑板桥对庄子的上述理论显然深有领悟又有所发展。他说：

> 江馆清秋，晨起看竹，烟光、日影、露气，皆浮动于疏枝密叶之间。胸中勃勃，遂有画意。其实胸中之竹，并不是眼中之竹也。因而磨墨展纸，落笔倏作变相，手中之竹又不是胸中

之竹也。①

郑板桥把艺术创作的兴起，归于主体对自然物象的喜好、身处乃至直觉合一，他从自然造化的气韵生动中获得创作冲动和灵感。其由"眼中之竹"到"胸中之竹"，有似于庄子的"心与物化"，即对客观对象的主观感受、体悟；而"手中之竹"则类于庄子所言的"指与物化"，即对主观感受、体悟到的客观对象的艺术表达。郑板桥尽管以师法自然作为创作的法则，但这里显然在强调并突出"手中之竹"与"胸中之竹"、"眼中之竹"的不同，在突出"手"的表达对原始自然物象的能动改造（"落笔倏作变相"）。艺术创作要呈现体现了自然造化的气韵生动的神妙化工之美，但艺术由于是人的创造活动，艺术由于其媒介的特点和限制，不可能表现纯粹的、逼真的原始自然（即"眼中之竹"）。郑板桥正是在客观对象、主观感受、物质表达三者之间的关系上对庄子思想进行了一个重大的补充和发展。

①　（清）郑燮：《板桥题画兰竹》，见俞剑华编：《中国画论类编》，北京，中国古典艺术出版社，1957，第 1173 页。

第三十五章　道家的复归意识与
中国文学退化史观

"失道而后德，失德而后仁，失仁而后义，失义而后礼。"

"失于自然而后神，失于神而后妙，失于妙而后精，精之为病也，而成谨细。"这两段话，分别是道家创始人老子与绘画史家张彦远的名言。如果把二者并置观审，则发现它们有着惊人的句法结构和思维模式。思想、哲学上的历史洞观与艺术上的嬗变品第有着惊人的相通。再联系到中国文艺思想史上复古意识极为浓烈，文艺上的退化史观极为盛行，这就不得不使我们对道家思想中的复归意识与中国文艺思想上的退化史观的精神连接进行深层思考。而在谈到中国古代源远流长的复古文学思想时，人们只容易看到儒家"述而不作"、宗经复古的影响，而忽略了道家复归思想内在而深刻的启示，这是很不全面的，也是欠缺深度的。

第一节　"朴散为器"与老庄的"历史哲学"

在道家思想中，不仅其哲学的核心概念"道"的原生点与人类历史的起点是同一的，而且"道"的生成、演化与人类历史发展的进程也有着内在的同一性。共同性的哲学思考与历时性的历史审视，在道家的思维中，往往不可分地联系在一起。从这种意义上看，道家思想包含了一种极富特点的"历史哲学"体系。

老子把人类历史发展的进程描述为一部每况愈下、不断退化、人类的美好原性不断"失去"的历史：

> 失道而后德，失德而后仁，失仁而后义，失义而后礼。夫礼者，忠信之薄，而乱之首也。（《老子》第三十八章，以下凡引老子言论者，皆只举"章"目）

这一"失……而后……"的重复顶真句式，既是对哲学范畴的一个比较观照，同时也是一种历史的洞观。因为在老子哲学概念中，"道"常常与浑一未分的原始混沌状态联系在一起。"朴散则为器"（第二十八章），浑朴未分的状态往往被老子当作"道"的最重要的形象指称。这一浑朴未分的状态，老子又称之为"一"，"道生一，一生二，二生三，三生万物"（第四十二章）。"一"演变为天地"万物"的哲学思维，又包含着"朴散则为器"的历史演化含义。正如王弼所云，真朴"散则百行出，殊类生，若器也"。也就是说人类历史是由混沌同一分化而成奇态百生、奇技百出，由原始的简单发展为越来越复杂的过程。儒家所倡导的仁义礼德等概念，就是这种越来越复杂的社会状态的反映。"大道废，有仁义；智慧出，有大伪；六亲不和，有孝慈；国家昏乱，有忠臣。"（第十八章）儒家学派所强调、所树立的那些道德框架和价值体系是社会已经出现分化、纷乱以后所采用的一种等而次之、治末不治本的补救性的措施和举动。文明的发展历史，就是一部人性的真朴自然越来越丧失的"失乐园"史。对于老子这种以哲学概念的历史演化方式所体现的复古倒退思想，正始时期的思想家、文学家阮籍在《通老论》中有深得老子之意的解读：

> 三皇依道，五帝仗德，三王施仁，五霸行义，强国任智。盖优劣之异，薄厚之降也。[1]

老子的道德→仁义→礼这种以哲学范畴的级差排列所描述的人类退化史在《老子》下面一段话中就体现为更具体的"历史"观：

> 太上，不知有之；其次，亲而誉之；其次，畏之；其下，侮之。（第十七章）

"太上"，河上公注为"太古无名之君也"。《释义》："太上，谓三皇五帝之世。""太古"之时的政治特征是人民根本不知道有统治者的存在，这一点似乎暗合传说中的太古"无君"之世。那种无差别、无阶级、无君主的"不知有之"的浑一未分状态，既是人类的初始，也被老子奉为完美的典范。接下来的"亲而誉之"的时代，其政治统治是建立在君主与人民之间和谐融洽关系的基础上，这一阶段尽管尚能保持人性的淳真、社会的和谐，但君主与人民的分别却播下了以后社会大分化、人心不古的种子。因此，再往第三时代、第四时代，人民开始害怕统治者，甚至发展到憎恨、轻侮统治者了。这样，人与人之间由最初的浑一未分的原始状态演化发展到互相分化，甚至对立、紧张的状态。

---

① （三国魏）阮籍著，陈伯君校注：《阮籍集校注》，北京，中华书局，1987，第160页。

老子的这一某种意义上的"历史哲学"观点,在庄子那里得到了更进一步的继承和发展。与老子相同,庄子也把人类社会的历史发展描述为"道"不断"隐"、"德"不断"下衰"的进程:

> 逮德下衰,及燧人、伏羲始为天下,是故顺而不一。德又下衰,及神农、黄帝始为天下,是故安而不顺。德又下衰,及唐、虞始为天下,兴治化之流,浇淳散朴,离道以善,险德以行,然后去性而从于心。心与心识知,而不足以定天下,然后附之以文、益之以博。文灭质,博溺心,然后民始惑乱,无以反其性情而复其初。(《庄子·缮性》,以下凡引《庄子》,只举篇名)

比老子更为深刻的是,庄子更多的以思维的解体来描述这一滔滔不返的退化:

> 古之人,其知有所至矣。恶乎至?有以为未始有物者,至矣,尽矣,不可以加矣。其次以为有物矣,而未始有封也。其次以为有封焉,而未始有是非也。是非之彰也,道之所以亏也。(《齐物论》)

在他看来,最完美的远古自然之世"未始有物"的境界,也就是"忘天地,遗万物,外不察乎宇宙,内不觉其一身"(郭象注),不知道天地、万物、自我的区分,人与宇宙自然浑然一体,物我相忘,物我同一。随着人的意识的觉醒,随着社会的大分化,便导致了思维的一步步解体:"以为有物","未始有封",感到有物与我之分,但还不知用人为的标准对自然万物进行类分;一旦有"封"(用概念去对自然万象进行类分),一旦有了是非判断,"道"的完整性、思维的浑融性就分离、破碎了。其实,思维上的"封"正是社会大分化("分")的反映。这种社会大分化不仅指人开始与自然界相疏离,而且也有职业上的社会分工,还有因财富累积而造成的人的等级分化。这样的社会大分化改变了以前的宁静、纯一、朴素,导致了以二分律为核心的思维框架和言辩系统的形成。"道隐于小成,言隐于荣华"(《齐物论》),不但仁义道德是小成,人类的文明成果也是小成,建立在二分律(二元化)基础上的言辩系统和概念框架分裂了"道"的浑朴混一,遮蔽了存在的真实、完整。《天下》篇在谈到原始的浑一不分分化、发展到"百家争鸣"的纷乱时，描述道："天下大乱，贤圣不明，道德不一，天下多得一察焉以自好，譬如耳目鼻口，皆有所明，不能相通。犹百家众技也，皆有所长，时有所用，虽然，不该不遍，一曲之士也。判天地之美，析万物之理，察古人之全，寡能备于天地之美，称神明之容……悲乎，百家往而不反，必不合矣！后世之学者，不幸不见天地之纯，古人之大体，道术将为天下裂。"这一浑全之"道"被离析、分化的过程，就是一部"道术将为天下裂"的学术史！

　　道家的"历史哲学"中体现的人类历史阶段的划分及其历史退化论，在世界范围内的文化观照中，不是独有的。老子对道德仁义礼及"不知有之"、"亲而誉之"、"畏之"、"侮之"的历史四阶段论述，在古印度史诗《摩诃婆罗多》和古希腊诗人赫西俄德的《神谱》中有类似的描述，特别是赫西俄德所描述的黄金时代、白金时代、青铜时代、黑铁时代，更是影响甚大。① 即使是以理性的态度来观照历史和人类文化的西方近、现代思想，也在许多地方与道家的上述思想存在着极其相似的特点。美国人类学家摩尔根在《古代社会》一书中把人类的发展进程分为蒙昧、野蛮和文明三个阶段，摩尔根的这一理论，特别是关于人类由史前（蒙昧、野蛮状态）向文明过渡的论述，得到了马克思、恩格斯的高度评价。尽管马克思、恩格斯、摩尔根与老庄对人类历史进程的态度有异，在历史阶段的许多具体论述上不同，但双方都不约而同地抓住了文明状态这一历史关节点。正是在这一关节点上，道家的"历史哲学"与马克思主义的唯物历史观具有着高度的可比性。恩格斯在论到家庭、私有制、国家这些文明社会必不可少的要素的起源时指出，它们"是由分工方面的一个新的进步开始的"。首先是人与自然的分离。"为了在发展过程中脱离动物状态，实现自然界中的最伟大的进步，还需要一种因素：以群的联合力量和集体行动来弥补个体自卫能力的不足"。② 这种"群的联合力量和集体行动"使人类开始与"同与禽兽居，族与万物并"（《马蹄》）的自然状态相疏离。由于这种"群"的社会化举动，慢慢产生了社会分工。到了文明极度发展的资本主义社会，由于生产的专门化，生产程序被分割为许多孤零零的部分，"享受与劳动脱节，手段与目的脱节，努力和报酬脱节"③。不仅

---

① 这方面的论述，详见萧兵、叶舒宪：《老子的文化解读》，武汉，湖北人民出版社，1994，第119～123页。

② 恩格斯：《家庭、私有制和国家的起源》，见《马克思恩格斯选集》，第4卷，北京，人民出版社，1995，第2版，第165、30～31页。

③ 〔德〕席勒：《美育书简》，徐恒醇译，北京，中国文联出版公司，1984，第51页。

如此，那种"群"的社会化举动中慢慢形成的社会分工，又使人的活动产物反过来成了一种统治人们的、不受人们控制的、限制人们的自我发展的异己力量，正如摩尔根所说："人类的智慧在自己的创造物面前感到迷惘而不知所措了。"①最后是由财富积累而形成的社会等级集团的划分，即马克思所说的阶级的形成。这些社会大分化、大裂变，打破了原始状态的人类生活与自然界直接同一的状态，形成了人类社会关系的分裂和对立，同时也导致了人性的内在分裂的形成过程，是与非、美与丑、善与恶这些在原始自然状态中不曾有的二分对立于是乎形成。正如老子所说："天下皆知美之为美，斯恶已；皆知善之为善，斯不善已。"（第二章）这里关键在一"知"字，"知"表明了人的意识深处分化的开始。用庄子的话说，与"同乎无知，其德不离，同乎无欲，是为素朴"的原始自然状态相比，"及至圣人……澶漫为乐，摘僻为礼，而天下始分矣"（《马蹄》）。

与主张回到"行而无迹，事而无传"的自然远古之世的道家不同，儒家代表人物孔子则提倡"克己复礼"，以西周礼乐文明作为理想社会的蓝本，为已经分化了的人类社群设立规范化、体制化的框架。尽管儒、道在所复之古的时段、具体内涵上有重大差异，但孔子也对"当时"人心不古、奇技百出的滔滔不反时势深感不满。与老子"朴散则为器"可相启发的，是孔子提出了"君子不器"（《论语·为政》）的命题。朱熹解释道："器者，各适其用，而不能相通。成德之士，体无不具，故用无不周，非特为一材一艺而已。"②而现今学者以现象学之眼光来解读，则看到"'器'就是指脱离了缘发境域的技艺；它堕落为有某种固定形式、并因而难于彼此沟通的谋生技巧和艺能"。③ 孔子"君子不器"所包含的反对限于某种实用目的、沦为技艺活动的思想，就与老子"朴散则为器"、庄子所哀叹的"一曲之士"、"后世之学者"分裂天下"道术"的历史退化相通。因为老庄所称道的"朴"、"混成"、"混芒"、"浑沌"、"至一"、"纯粹"、"全"、"大"，对立面是"天下始分"以后人们"分"、"析"、"裂"、"凿"、"剖"、"辨"等文化行为，这些文化行为很容易导致"一材一艺"的技巧和艺能活动。

把上述道家退化历史观运用到艺术批评，张彦远在《历代名画记》中

---

① 〔美〕摩尔根：《古代社会》，转引自恩格斯：《家庭、私有制和国家的起源》，见《马克思恩格斯选集》第4卷，北京，人民出版社，1995，第2版，第179页。

② （宋）朱熹：《四书章句集注·论语集注·为政第二》。

③ 张祥龙：《海德格尔思想与中国天道》，北京，生活·读书·新知三联书店，1996，第410页。

说："失于自然而后神，失于神而后妙，失于妙而后精，精之为病也，而
成谨细。"这种艺术优劣的品第，竟与"上古之画"、"中古之画"、"近代之
画"、"今人之画"的历史退化惊人地对应！明人恽敬申述张彦远的这一说
法并把它扩展到"文"："画如是，文可知矣。"①张彦远的这段名言以及恽
敬对它的发挥，不禁使人联想到老子的经典名言："失道而后德，失德而
后仁，失仁而后义，失义而后礼。"不仅因为两者都运用了"失……而
后……"的句法模式，而且它们都体现了历史演化（退化）的思想。有趣的
是，复古主义者胡应麟也以从张彦远开始的品评模式来描述历代诗歌"代
降"的进程："五言盛于汉，畅于魏，衰于晋、宋，亡于齐、梁。汉，品
之神也；魏，品之妙也；晋、宋，品之能也；齐、梁、陈、隋，品之杂
也。"②足见那种从艺术境界的品第中所体现的历史退化观念，在画论、
文论、诗论都是相通的。明代复古派诗论推尊汉魏，主要因为"汉魏之
间，虽已朴散为器，作者犹质有余而文不足"③。亦以老子"朴散则为器"
的历史、宇宙演化生成哲学思维来理解诗歌体格的"代降"。文明化是人
类和世界的一种进步，但从另一个角度看，这种表面的进步隐藏着一种
不易为人察觉的退化过程。人类每向文明迈进一步，其自身的灵气和自
然的完整性就减少一分，其与自然融洽无间的亲密关系也就退化一步。
在老庄所批判的"天下始分"以后的文明历史进程中，随着人与自然的分
离，随着人对外在世界浑整的感知分崩离析，并为概论、名言等框架所
分割，随着文化运作越来越沦为"一材一艺"的技巧和艺能活动，文学上
雕饰、谨细、饾饤、破碎的风气似乎是大势所趋的。文明愈发展，趣味
愈精细，文学愈自觉，文学雕华、格套化的倾向愈来愈容易发生，"诗性
智慧"在一步一步地被"文"化、体制化、技艺化所遮蔽。

第二节　道家哲学的复归意识

在中国思想史上，儒、道两家都有浓厚的复古倾向，但两者却极为
不同。王国维很早以"远古学派"与"近古学派"分属老子与孔子④，这是
一个非常重要的区分。大致来说，儒家创始人孔子在社会纲纪松弛、礼

①　(明)恽敬：《大云山房文稿》卷二《与来卿》。
②　(明)胡应麟：《诗薮》内编卷二。
③　(明)王世贞：《艺苑卮言》卷一引独孤及语，见丁福保辑：《历代诗话续编》，北京，中
　　华书局，1983，第 954 页。
④　王国维：《屈子文学之精神》，见舒芜等编选：《中国近代文论选》，北京，人民文学出
　　版社，1981，第 772 页。

崩乐坏的大乱之世，主张恢复西周礼制。他主张"克己复礼"，宣称"郁郁乎文哉，吾从周！"深叹"久矣吾不复梦见周公"，恪守"述而不作，信而好古"。其所信之"古"，乃西周之古；其所复之"礼"，就是相传为周公创制的西周礼制。关于西周礼制，内容非常丰富，但归根到一点，则正如王国维所说："其旨则在纳上下于道德，而合天子、诸侯、卿、大夫、士、庶民以成一道德之团体。"①也就是说，西周制度的核心就是要把处于混沌、自然状态的人类纳入体制化的社会网络之中，建立一个既等级森严而又各安其分的秩序井然的道德群体。同时，周人的统治正好与中国文字的成熟期同步，这使得周代所重视的文化，包括礼仪、诰书，得以因文字的记述而成为文化经典。从这些意义上，西周正是中国社会进入成熟、定型的文明的开始。

如果说孔子的复古是复有形的(有文字记载并经典化)西周之近古的话，那么老庄则是复无迹的(《天地》篇言其远古理想社会"行而无迹，事而无传")自然之远古。老庄道家对走向文明的历史进程中人性每况愈下、人与自然越来越疏离、人的思维一步一步解析进行了尽情的揭露和批判。"自三代以下者，天下何其嚣嚣也！""自三代以下者，天下莫不以物易其性矣！小人则以身殉利，士则以身殉名，大夫则以身殉家，圣人则以身殉天下。"(《骈拇》)而三代以前的远古自然之世则一切出于自然，归于自然。综而言之，老庄是以如下概念来展开其复归远古自然之诉求的。

一、"朴"、"混沌"、"浑沌"等原始意象

如果我们把《老子》《庄子》当作文学作品来解读，则发现其中经常反复出现的几个重要的概念，全是一系列隐喻性的原始意象，它们是去古未远的老子、庄子对远古原始自然之世的一种深情追忆，是"出于原始类比的自然联想"②。

《老子》第三十二章云："道恒无名、朴。""无名"，是老庄之"道"最为重要的指称意象。老子言其道"视而不见"、"听而不闻"、"搏之不得"，它"不可致诘，故混而为一"(第十四章)，道本不可名，只是强名之曰"道"(第二十五章)，因此，"无名"又与"混而为之"的"混沌"是一致的。《庄子·应帝王》曰：

---

① 王国维：《殷周制度论》，见《观堂集林》卷十，北京，中华书局，1959，第454页。

② 萧兵、叶舒宪：《老子的文化解读》，武汉，湖北人民出版社，第47页。

南海之帝为儵，北海之帝为忽，中央之帝为浑沌。儵与忽
时相与遇于浑沌之地，浑沌待之甚善。儵与忽谋报浑沌之德，
曰："人皆有七窍以视听食息，此独无有，尝试凿之。"日凿一
窍，七日而浑沌死。

"浑沌"，在《庄子》一书中有许多音近义同的词，如"混芒"、"滓溟"、
"鸿蒙"、"空同"等，就是人类浑而未分的"至一"状态。而"尝试凿之"则
是企图以概念、名称来对宇宙存在进行类分的人为举动。在人类文明发
展史上，以语言来对事物进行指称是人类智慧、思维发展的一大关键。
它不仅标志着"分"、"析"的开始，以概念为核心的抽象思维的开始，而
且是人类赖以建立理性秩序的重要依据。儒家代表人物孔子就非常重视
"正名"，认为"名不正则言不顺"，并且把"正名"与"君君、臣臣、父父、
子子"的尊卑等级秩序联系起来。"无名"代表了"混沌思维"，而有了语
言、名称，则走向了理性思维。从这个意义上看，"无名"又指的是文明
前远古原始的自然状态。

"朴"是道家思维中又一关键概念，而且也与"混沌"、"无名"的原始
意象同一旨趣。老子曰："朴散则为器。"，庄子则曰："纯朴不残，孰为
牺尊？"（《马蹄》）成玄英注解道："纯朴，全木也；不残，未雕也。""朴"的
原型就是未经人工雕刻的全木。故庄子又说："残朴以为器，工匠之罪
也。"（同上）艺人、工匠"残朴以为器"，虽然巧夺天工，却破坏了"朴"、
"混沌"或"原初之美妙"，就好像"道"被离析、被分解而丧失了它的完整
一样。英国汉学家李约瑟认为"朴"与"混沌"一样都是"上古道家政治术
语"，它"意味着'未经化分，混同一致'。因此是指封建社会以前的原始
集产社会"。[1]

再联想到老庄书中，特别是《老子》中引人注目的"母"、"孩"（"婴
儿"）意象，它们都指向人类社会之始。《老子》第十四章曰："能知古始，
是谓道纪。"《庄子·田子方》更假托老子对孔子的教诲："游心于物之初。"
道家思想的那种"回归初始"的意趣非常明了。萧兵、叶舒宪在《老子的文
化解读》一书中就以西方现代的神话批评中"初始之完美"（Perfect of the
Beginnings）的信仰来解读老子的混沌之恋，并指出："老子的整个思想
体系是以混沌创世神话为基础的理论抽象。"[2]应该说，这是一种富有启

---

① 〔英〕李约瑟：《中国古代科学思想史》，陈立夫等译，南昌，江西人民出版社，1990，
第 140 页。

② 萧兵、叶舒宪：《老子的文化解读》，武汉，湖北人民出版社，第 74 页。

发意义的"解读"。

而老、庄所处的时代，却是一个人欲横流、奇技百出、矫情伪性、淳扰朴散的嚣嚣之世。对此，老、庄主张回归"初始"、"混沌"、"至一"的元古自然之世。因此，道家非常重视"反"。老子云："反者道之动"（第四十章）、"大曰逝，逝曰远，远曰反"（第二十五章）。"反"固然有正反之意，但更为本原的则是回反、回归。而《庄子》书中正面表达"反"（返）、"复"、"归"的意念之处更多，如"反其真"、"复其初"、"反其性情"等。这种"回归意识"在道家思想中占据着极其重要的地位。

二、"小国寡民"与"至德之世"

如果说，上文还只是对老庄抽象哲学命题进行原始意象的阐释的话，那么老子关于"小国寡民"、庄子关于"至德之世"的理想社会描述，则给我们提供了一幅具体的、活生生的原始人的生活图画。在老子的"小国寡民"社会中，人们"结绳而用之"，表现的是文字发明以前的一种生活形态。在这里，人们"甘其食，美其服，安其居，乐其俗。邻国相望，鸡犬之声相闻。民至老死，不相往来"（《老子》第八十章），所追怀的是一幅尽管封闭、保守、落后，却和谐、宁静、单纯的原始村落社会图景。而庄子所向往的"至德之世"，似乎比老子的"小国寡民"更为古远：

> 彼民有常性，织而衣，耕而食，是谓同德。一而不党，命曰天放。故至德之世，其行填填，其视颠颠。当是时也，山无蹊隧，泽无舟梁；万物群生，连属其乡；禽兽成群，草木遂长。是故禽兽可系羁而游，鸟鹊之巢可攀援而窥。夫至德之世，同与禽兽居，族与万物并，恶知乎君子小人哉！同乎无知，至德不离；同乎无欲，是谓素朴。素朴而民性得矣。（《马蹄》）
>
> 子独不知至德之世乎？昔者容成氏、大庭氏、伯皇氏、中央氏、栗陆氏、骊畜氏、轩辕氏、赫胥氏、尊卢氏、祝融氏、伏牺氏、神农氏，当是时也，民结绳而用之，甘其食，美其服，乐其俗，安其居，邻国相望，鸡狗之音相闻，民至老死而不相往来。（《胠箧》）
>
> 至德之世，不尚贤，不使能，上如标枝，民如野鹿。端正而不知以为义，相爱而不知以为仁，实而不知以为忠，当而不知以为信，蠢动而相使不以为赐。是故行而无迹，事而无传。（《天地》）

古者禽兽多而人少，于是民皆巢居以避之。昼拾橡栗，暮
栖木上，故命之曰"有巢氏之民"。古者民不知衣服，夏多积薪，
冬则炀之，古命之曰"知生之民"。神农之世，卧则居居，起则
于于。民知其母，不知其父，与麋鹿共处，耕而食，织而衣，
无有相害之心。此至德之隆也。（《盗跖》）

这种"至德之世"，庄子有时又称为"至一"之时：

古之人，在混芒之中，与一世而得淡漠焉。当是时也，阴
阳和静，鬼神不扰，四时得节，万物不伤，群生不夭，人虽有
知，无所用之，此之谓至一。当是时也，莫之为常自然。（《缮
性》）

"混芒"，陆德明《经典释文》引崔注："混混芒芒，未分时也。"成玄英疏
曰："谓三皇之前，玄古无名号之君也。其时淳风未散，故处在混沌芒昧
之中而与时世为一。冥然无迹。"联系到《齐物论》篇中对"未始有物"的"古
之人"的称扬、《应帝王》篇中关于"有虞氏不及泰氏"的历史退化论，这里
是对人类的初始、人类的童年、人类的黄金时代的追忆，是对人类浑一
未分的原始自然之世的赞美。从理性的历史眼光来看，它无疑是落后的、
消极的。但如果从人与自然万物、主体与客体关系的角度来看，从审美
的观点来把握，则发现，老庄在回归远古时代的背后，包含着对自然万
象的天然生机的肯定，包含着对人与自然和谐合一的秩序的肯定，包含
着对人与物浑的秩序中所获得的原初体验、自然生发的纯粹境界的肯定。

　　这种一切出于自然、归于自然的和谐、淳朴、浑一的理想社会，很
多人乐意于指出它是"空言无事实"①的"寓言"。宋人林希逸就曾解读上
引《胠箧》篇的那段："十二个氏，只轩辕、伏羲、神农见于经。自此以
上，古书中无之。或得于上古之传，或出于庄子自撰，亦未可知。"②在
我们看来，"出于庄子自撰"未必然，"得于上古之传"则更具可能性。庄
子的这些"至德之世"的描述，更大的可能是来源于人类对远古自然之世
的种族记忆，尽管这些记忆可能有所脱漏、改造。战国乃至秦汉时期其他

①　鲁迅：《汉文学史纲要》，见《鲁迅全集》第 9 卷，北京，人民文学出版社，2005，第 375
页。
②　（宋）林希逸著，周启成校注：《庄子鬳斋口义校正》，北京，中华书局，1997，第 158
页。

典籍也有许多相似的记载，说明这些记忆得到了广泛的流传，如《韩非子·五蠹》记载：“上古之世，人民少而禽兽众。人民不胜禽兽虫蛇，有圣人作，构木为巢，以避群害，而民悦之，使王天下，号之曰'有巢氏'。民食果蓏蚌蛤，腥臊恶臭，而伤害腹胃，民多疾病；有圣人作，钻燧取火，以化腥臊，而民悦之，使王天下，号之曰'燧人氏'。”《礼记·礼运》就曾说远古时人的生活是“未有宫室，冬则居营窟，夏则居橧巢；未有火化，食草木之实、鸟兽之肉，饮其血，茹其毛；未有麻丝，衣其羽毛。”《吕氏春秋·恃君览》有：“昔太古尝无君矣，其民聚生群处，知母不知父，无亲戚兄弟夫妇男女之别，无上下长幼之道，无进退揖让之礼。”此种无差别、无阶级、无君主的母系氏族社会正是老、庄理想的远古浑一不分的自然状态。而最为著名的则是相传为帝尧时代流行的《击壤歌》：“日出而作，日入而息。凿井而饮，耕田而食，帝力于我何有哉！”这一自然和谐、安定的社会与老、庄的“小国寡民”、“至德之世”的情状完全一致。至于说“神农之世，男耕而食，妇织而衣，刑政不用而治，甲兵不起而王。”（《商君书·画策》）说黄帝、尧、舜“垂衣裳而天下治”（《周易·系辞上》），这些渗透了儒、法思想所解读的史前传说，就更多了。对这些远古时期的历史传说可能存在不同的解读立场或加工改造，但其主体为种族的历史记忆，其实一也。原型批评家荣格指出：“史前社会并不像'文明人'所想象的，已经消失得无影无踪；相反，它们自在地活生生地存在于广泛的人群中。”[①]老、庄的“小国寡民”、“至德之世”绝不是凭空想象出来的，而是一种类似于荣格所说的“原型”，深藏于我们民族的“集体无意识”中。

第三节　道家复归意识的美学意蕴

与儒家“克己复礼”、回归礼乐隆盛的西周之“近古”不同，老庄主张回到“不尚贤，不使能”、“行而无迹，事而无传”、人与人“老死不相往来”的“小国寡民”、“至德之世”——原始的自然远古之世。受道家复远古思想（笔者称为“复元古”）影响，后世的中国复古诗学力图消解文明、文化社会中容易形成的体制化、概念化框架，以恢复人与自然的原始的和谐以及人对外在世界直接的、浑全的感知和接触，推源诗歌自然感兴、自由抒发、浑然天全的原初生发。与儒家复古导向道德目的论美学、高扬人文教化的古典主义精神不同，道家复归意识影响下的美学旨趣则更

---

① 〔瑞士〕荣格：《天空中的现代神话》，张跃宏译，北京，东方出版社，1989，第76页。

多的走向了反文化的自然主义。

从"历史的进步性"来看道家这一"小国寡民"、"至德之世"，可能是一幅生活原始、生产力落后的图景。如果我们剔除这一思想的落后、消极因素，从人与自然万物、主体与客体关系的角度来看，从审美的观点来把握，则发现，其在回归远古时代的背后，包含着对自然万象的天然生机的肯定，包含着对人与自然和谐合一的程序的肯定，包含着在人与物浑的自然秩序中所获得的原初体验、自然生发的纯粹境界的肯定。后来的庄子注释者也多把庄子所讲的理想人性、理想存在状态安放到远古自然之世，如成玄英在注释《庄子·天运》篇中著名的"兼忘天下"、"天下兼忘我"时疏解道：

> 未若忘怀至道，息智自然，将造化而同功，与天地而合德者，故能恣万物之性分，顺百姓之所为，大小咸得，飞沈不丧，利泽潜被，物皆自然，上如标枝，民如野鹿。当是时也，主其安在乎！此使天下兼忘我者也，可谓轩顼之前，淳古之君耳。

这仿佛是在说，庄子所致力追求的自然、自由的人生境界，只有在远古自然之世才能得到充分而纯粹的展现！庄子的那一复归远古的"保守""落后"的思想，具有着对现代人极为丰富、深刻的生态美学精神的启迪。"阴阳和静，鬼神不扰，四时得节，万物不伤，群生不夭。"这不是一个饱受自然资源遭受污染、破坏的现代人所梦寐以求的理想世界吗！这一理想的人间社会，婉约有致，诗情画意，和谐、宁静、温馨，在美的观照下，无物不美，无物不善，人生活在自然万象的天然生机之中，以"天放"、"素朴"之心来对待自然万物，与物无伤，恬然自得。这里，"一而不党，命曰天放"。"天放"之心就是不以人为的分解、偏党的观点来对待宇宙万象，而是顺物自化。"同乎无知，其德不离；同乎无欲，是谓素朴。"成玄英解释"素朴"为"无分别之心"，也就是不以分析、是非的观点来对待自然万物；而"无欲"，则是对自然万物不采取欲念、占有的态度。无知无欲，是谓"素朴"之心。可见，所谓的"天放"之心、"素朴"之心，就是不"以我观物"，而是"以物观物"。理解了庄子这些概念的特殊含义，我们就会发现，他的"至德之世"里，"万物群生，连属其乡；禽兽成群，草木遂长"，与"万物不伤，群生不夭"是一个意思，意在不以人工斫伤自然天全之美，保持自然万物的天然生机。而"禽兽可系羁而游，鸟鹊之巢可攀援而窥"，"同与禽兽居，族与万物并"，除了透露出对人与自然尚未分离的鸿蒙状态的种族历史记忆外，也在突出人与自然万物的和谐亲善关系。陶渊明就在《扇上画赞》中写道："遥遥沮溺，耦耕自欣。入鸟不骇，杂兽斯群。"突出的也是人与动物和谐相处的那种境界。人不是万物的主宰，而是宇宙万物之一物，因此《知北游》说："圣人处物不伤物。不伤物者，物亦不能伤也。唯无所伤者，方能与人相将迎。"而这些归结到一点，就是《齐物论》中所称赞的"古之人""未始有物"的"至知"，也就是《缮性》中所崇扬的"古之人，在混芒之中"的"至一"。在这种"至知"、"至一"之中，人不以万物的主宰者身份来对自然万物进行理智的分解和物欲的破坏，人只是宇宙万物之一物。由于不以欲望来对待宇宙万物，由于不以抽象思维来类分宇宙万物，人与自然万物处于一种相亲相和的浑融关系之中，人身处其间，不知有物，不知有我，物我两忘，物我同一。这是一种超越了自我中心、人类中心的偏执之后所达到的顺天自化、天人合一的纯粹自然的境界。这一"天地之大美"体现了一种深刻的宇宙生态和谐精神。

这一诗境，如《二十四诗品》中《自然》品所呈现的那样：

> 俯拾即是，不取诸邻。俱道适往，著手成春。如逢花开，如瞻岁新。真与不夺，强得易贫。幽人空山，过雨采蘋。薄言情语，悠悠天钧。

花开花落，过雨采蘋，真是一片生趣活泼纯任自然的景象！而这一有类于现象学意义的纯粹境界的呈露，全部秘密都在"薄言情语，悠悠天钧"两句上。《庄子·齐物论》言："是以圣人和之以是非而休乎天钧"，意谓抛开文明的价值框架和思维方式（"是非"等二元区分就是其表现形式）而返于自然本身的秩序和原始的和谐，如《二十四诗品·高古》所说的"脱然畦封"那样。畦、封同义，都是界限、界域的意思。"脱然畦封"意承《庄子》。"封"乃庄子哲学中一个重要的带有负面意义的概念。《齐物论》云："道未始有封"，"古之人……其次以为有物矣，而未始有封也；其次以为有封焉，而未始有是非也。是非之彰也，道之所以亏也。"此前的庄子解读者对这一重要概念比较忽略，且多解释为超越界限，取其道"无所不在"的特点。笔者认为这一解读比较简单，与庄子的本意有些出入。从上下文来看，"有封"是相对于庄子所说"道"或"古之人"之"至知"之未凿未分、混同物我、浑然至一的状态而言，而"未始"（意谓"未曾"）含有历史演化（退化）的含义。因此，"封"就是以人为的标准对自然万象进行类分，它是人类告别了与物玄同的浑一状态以后的运思行为。"封"以及随之而来的是非、美丑、善恶等纷争，应该是指"天下始分"以后的概念（名辨）系统和价值框架。所以在"未始有封"后面，庄子说"为是而有畛也"（"畛"，畛域、界限），并且列举了"有左有右、有伦有义、有分有辨、有竞有争"这些充斥于文明世界的对待区分。就像"日凿一窍，七日而浑沌死"的寓言所示，这些概念系统和价值框架遮蔽了存在的真实性，分裂、扼杀了宇宙自然的天然生机和整体意蕴。"脱然畦封"本于"未始有封"，相承于庄子复元古思想，意思就是超越世俗的价值系统和思维方式，返于自然本身的秩序和原始的和谐。人唯有这样，方能"著手成春"，在物我合一的程序中，天机自动、当下感知（"俯拾即是，不取诸邻"）。

与"脱然畦封"同趣，《二十四诗品》还有"饮之太和，独鹤与飞"（《冲淡》）和"黄唐在独，落落玄宗"（《高古》），深深通于老庄复元古思想。"太和"，一般理解为"阴阳会合冲和之气"[1]，而笔者则认为，它的意思就是"太古的和谐"，这一美学风格的文化原型就是道家的元古理想。"独鹤与飞"、"黄唐在独"，"独"是道家语境中一个重要概念。"独"者，不偶也，故《庄子·齐物论》言："彼是莫得其偶，谓之道枢。"而所谓的"道枢"，就是"一切差别与对立之诸相悉为扬弃而返归于物自身之本然之境地"。[2]徐复观说："《庄子》一书，最重视'独'的观念。老子对道的形容是'独立而不改'，'独立'即是在一般因果系列之上，不与他物对待，不受其他因素的影响的意思。"[3]从哲学上这一解释可谓正确，但如果我们换一种角度，从文化人类学的眼光来看，那种"不与他物对待"、"一切差别与对立之诸相悉为扬弃"的"独立"状态，却是远古时代人们的一种自然的"常态"，一种最基本的存在形式。而一旦人类进入社会大分化的文明时世，人们的意识深处开始出现是非、美丑、利害、善恶等"对待"的辨别，抽象思维、功利追逐由此产生并日益繁复。所以《二十四诗品》的作者以黄帝、唐尧这两个上古帝王来启发读者的联想。"黄唐在独，落落玄宗"，体味出的是一种太古的和谐，一种纯粹的"大美"。

如果以"世界性的知识与眼光"来看，以现代文化人类学美学批评的观点来解读，老庄所崇尚的远古之世乃是人类的文明前、知识前、语言

---

① 郭绍虞：《诗品集解·续诗品注》，北京，人民文学出版社，1981，第6页。

② 〔日〕福永光司：《庄子》，转引自陈鼓应：《庄子今注今译》，北京，中华书局，1983，第57页。

③ 徐复观：《中国人性论史》，转引自陈鼓应：《庄子今注今译》，北京，中华书局，1983，第185页。

前的原真状态，那时人的存在状态和人对外的感受方式具有文明人所隔膜的"浑整"和"直接"的特点和优长。

　　所谓"浑整"，就是老庄所称道的"混成"、"混沌"、"至一"、"纯粹"、"全"、"大"，它的对立面是"天下始分"以后文明人"分"、"析"、"裂"、"遍"、"辨"、"小成"的文化行为，它导致了"天地之大美"、"古人之大体"的离析和解体。老庄所称道的远古人类的"浑整"，既指其时人与自然的浑然一体，即庄子在《齐物论》篇所说的"古之人""未始有物"（不知道天地、万物、自我的区分）的"至知"，又包括原始人自然拥有的对外在世界的那种浑整、全面的感知。苏联文艺理论家梅列金斯基在《神话的诗学》一书中概括原始思维的特征在于"主体与客体、物质的与观念的（即对象与符号、事物与叙说、存在与其称谓）、事物与其属性、单一与众多、静态与动态、空间关系与时间关系等之区分的朦胧。"①原始思维的那种"浑融体"，对后世的文学艺术具有非常重要的意义，中国古代更是这样。刘熙载说："杜陵云：'篇中接混茫。'夫篇中而接混茫，则全诗亦可知矣。且有混茫之人，而后有混茫之诗，故庄子云：'古之人在混茫之中。'"②这里就道出了诗的浑整意象与道家远古文化精神的深层联系。在中国古典美学、诗学史上，那些崇尚汉魏古诗"气象浑沌，难以句摘"的复古思想，那些推举浑朴、自然、高古的审美观，都承袭着道家复元古的思想。中国诗歌美学上所追求的"意境"，亦受惠于此一"浑融性"，近人许文雨在《人间词话讲疏·自序》中云：

　　　　夫词之为文字，固亦不越乎作者之意与所作之对象，涵内薄外，以成就其体例。其上焉者，则意融于象，殆与庄生物我双遣之旨同符，而王氏则谓之意境两浑矣。③

　　至于"直接"，就是指庄子所称赞的"古之人"与周围的环境和世界没有任何中间环节的同一，这种与外在世界原始的、直接接触是"享受与劳动脱节、手段与目的脱节、努力与报酬脱节"的现代人所望尘莫及的。黑格尔在《美学》中称赞《荷马史诗》中的英雄们亲自动手制造他们自己的用具：他们都亲手宰牲畜，亲手去烧烤，亲自训练自己所骑的马，他们所

---

①　〔苏联〕叶·莫·梅列金斯基：《神话的诗学》，魏庆征译，北京，商务印书馆，1990，第 181 页。

②　（清）刘熙载：《艺概》，上海，上海古籍出版社，1978，第 60 页。

③　许文雨：《人间词话讲疏·自序》，见《文论讲疏》，南京，中正书局，1937。

用的器具也或多或少是亲手制造出来的。"总之，到处都可见出新发明所产生的最初欢乐，占领事物的新鲜感受和欣赏事物的胜利感觉。一切都是家常的，在一切上面人都可以看到他的筋力，他的双手的灵巧，他的心灵的智慧和英勇的结果。"①反观文明高度发达的近代社会，人与他的本质力量脱节了、隔膜了。尽管庄子和黑格尔对古代人的称赞的具体内容有所不同，但它们都具有这样的美学启示：审美的本质在于人与对象、主体与客体的统一，在于人们对自己的感知所拥有的那份"不隔"的亲切感。庄子复元古主义中所包含的这一美学思想，对后来的中国诗学产生了巨大的影响，它启示诗人们"直寻"(钟嵘)、"直致所得"(司空图)、"因现量而出之"(王夫之)，去追求与自然真实世界"不隔"的真实感和亲切感，而不要被书本、知识、学问等这些文化框架所遮蔽、所分割。《二十四诗品·实境》就描述了这一美学境界，其云：

> 取语甚直，计思匪深。忽逢幽人，如见道心。清涧之曲，碧松之荫。一客荷樵，一客听琴。性情所至，妙不自寻。遇之自天，泠然希音。

这里的"直"不是直露、不讲含蓄，而是直觉、自然感兴。道家的这种思想影响于后世的中国诗学，就形成了这样一种极为重要的美学观：摆脱充斥着"文人"、"诗法"、"格调"这些在文明、文化氛围中容易形成的体制化、概念化的框架，追求概论前、语言前与自然真实世界原始的、直接的接触和原初体验，主体在外在对象的冥合浑一的直接感知中，自由生成、自然感兴。应该说，这堪称中国诗学的美学之魂。

在西方美学、文化史上，对远古自然之世的回归意识可谓源远流长，且有愈演愈烈之势。法国启蒙时期卢梭的"回到自然"说，可说是较早在美学、文学领域产生重大影响的。卢梭对文明上流社会矫揉造作、虚伪刻板的批判很容易使人们联想到庄子对儒家礼乐教化、仁义德性这些"文化行为"使人"丧真"的揭露。同庄子一样，卢梭认为远古自然之世则是一片天机自然："我们想到风化时，就不能不高兴地追怀着太古时代的纯朴景象。那是一幅全然出于自然之手的美丽景色。"②其后，随着人类文化

---

① 〔德〕黑格尔：《美学》第1卷，朱光潜译，北京，商务印书馆，1982，第2版，第332页。

② 〔法〕卢梭：《论科学与艺术》，何兆武译，见伍蠡甫主编：《西方文论选》上卷，上海，上海译文出版社，1979，第338页。

学的兴起，对远古文化形态、对原始思维的研究兴趣极大发展起来。无论是列维-布留尔所说的原逻辑的"原始思维"，还是列维-斯特劳斯所讲的前科学的"野性思维"，还是卡西尔所揭示的符号论的"神话思维"，都是这一思潮的主要体现者。叶秀山指出："对于原始的思维形式的研究，对人的原始状态的研究，是当代西方思潮中的一个重要方面，因为它直接与哲学的一个基本命题：思维与存在的同一性、主体与客体的同一性有关，所以这个问题对哲学家就有特别的吸引力。同时又由于这种同一性与感性的形式不可分离，因而对艺术家也同样具有吸引力。"①不妨这样认为，西方现代兴起的对远古原始文化研究的兴趣，归根到底还是一种对现代人的思维、对文明人的存在状况日益陷入困境的危机感使然。影响更大的、以海德格尔为代表的存在论现象学哲学、美学，正是这一思潮的集大成式的表现者。海德格尔主张抛弃统治西方 2000 多年的形而上学理性思维体系，返回苏格拉底以前的观念，其核心就是要恢复概念前、语言前的原真状态，以建立与自然世界原始的、直接的接触。海德格尔的这一终极性思路很容易使人们把他与老庄的复远古思想联系起来，因为"双方的思维方式都是一种源于(或缘于)人生的原初体验视野的、纯境域构成的思维方式"②。这种思维方式从本质上是诗性的，是审美活动中最基本的、最重要的特征。

第四节　中国文艺的退化史观及其道家影响

关于退化，人们容易想起主张宗经复古的刘勰的经典名言："摧而论之，则黄唐淳而质，虞夏质而辨，商周丽而雅，楚汉侈而艳，魏晋浅而绮，宋初讹而新。从质及讹，弥近弥澹。"③这里对古代文学各阶段的美学概括尽管不完全正确，但却体现了这样一种很有代表性的文学退化思想：一部文学的发展历史，就是一部文学越来越背离自然浑朴之美的退化史。对刘勰一代不如一代的文学历史观，人们往往习惯于轻易地加以否定和批判，或仅仅指出它矫当时雕丽、绮靡文风之弊的用意，殊不知"从质及讹，弥近弥澹"道出了历史的必然！文明愈发展，趣味愈精细，

---

①　叶秀山：《思·史·诗——现象学和存在哲学研究》，北京，人民出版社，1988，第 47 页。

②　张祥龙：《海德格尔思想与中国天道·引言》，北京，生活·读书·新知三联书店，1996，第 13～14 页。

③　(南朝梁)刘勰：《文心雕龙·通变》。

文学越自觉，文学雕华的倾向似乎愈来愈容易发生。与之同趣，主张"诗之格以代降"的明代复古主义者胡应麟纵论历代诗歌："汉人诗，质中有文，文中有质，浑然天成，绝无痕迹，所以冠绝古今。魏人赡而不俳，华而不弱，然文与质离矣；晋与宋，文盛而质衰；齐与梁，文胜而质灭；陈、隋无论其质，即文无足论者。"①如果从文与质的浑一与分离的历史进程来看，这一历史概括有何不准？为什么中国诗歌发展到两宋，越来越容易出现古代诗论家所诟病的"饾饤""七宝楼台拆得不成片断"？后来诗歌为什么境界越来越破碎、细小，而与真实的自然世界越来越"隔"？

再来看一些不是复古主义者的论析。晋人葛洪指出："且夫古者事事醇素，今则莫不雕饰，时移世改，理自然也。"②葛洪秉持今胜于古的立场，从"时移世改"得出文学不断进化的结论。但如果换一个角度，从追求"醇素"反对"雕饰"这一美学立场着眼，不就很容易达到了文学不断退化的历史洞观？王国维也许不是一个复古主义者，但他的"文体盛衰"话题，却深深启发我们"文学后不如前"的美学沉思。他在《人间词话》中历数各种诗体的兴衰代变后说："盖文体通行既久，染指遂多，自成习套，豪杰之士，亦难于其中自出新意，故遁而作他体，以自解脱。一切文体所以始盛终衰者，皆由于此。故谓文学后不如前，余未敢信。但就一体论，则此说固无以易也。"正是从"习套"形成之前之直接感知、自由兴发这一角度出发，王国维在《文学小言》中进一步明确认为"诗至唐中叶以后，殆为羔雁之具矣……至南宋以后，词亦为羔雁之具"。他那追求自然、真切的"不隔"论，推崇的是没有任何先验的概念、格套遮隔的原初体验和直接感受，而诸如"用事"、"代字"、"隶事"、"粉饰"、"美刺投赠"等文化风习、文学法则和传统框架则容易破坏艺术形象的整体性、直接性和鲜明可感性。朱东润曾言："南宋之季，梦窗、玉田之词大盛，论者或以词匠少之。实则吾国文学上之演进，每有一定之轨则，始出于大众之讴歌，天然之美，于兹为盛。及其转变既繁，成为文人学士之辞，组绘之美，于是代兴。二美不可兼得，各有所长。必谓后之严妆，逊于前之本色，斯又一偏之论耳。"③这番话似乎就是针对王氏而发，但朱东润在指出"必谓后之严妆，逊于前之本色"乃"一偏之论"的同时，也承认从"天然之美"到"组绘之美"是文学历史发展演进的"轨则"。如果从自然感兴、浑朴天然的角度讲，大概朱东润也难以否认文学"后不如前"。20

① （明）胡应麟：《诗薮》内编卷二。

② （晋）葛洪：《抱朴子·钧世》。

③ 朱东润：《中国文学批评史大纲》，上海，上海古籍出版社，1983，第170页。

世纪初是进化论引进并产生重大影响的时代，但服膺"进化的研究"的杨鸿烈在《中国诗学大纲》中却于极称"诗的进步说"的同时，也从诗性精神的角度充分肯定了中国诗学中极为浓厚的复古倒退思想的合理性，认为"诗的退化的趋势，乃是人类'理智'进步，'感情'、'想象'退减的结果。这是自然的结果，并不是人为。"①

这些就启示我们，一旦把"古"与"今"这些体现了历史观念的复古意识与自然、质朴、意象浑全这些中国古代诗学非常重视的美学理论联系起来考察，则很容易走向文学不断退化的思维。中国诗学中极为浓厚、影响甚大的复古退化观，也许是"一偏之论"，但其"片面性"背后却隐含着极为丰富的"深刻性"。古今中外不少文论家坚持认为，尽管随着科学的发展，文学表达技巧日益精致、细腻，表现方法也日趋丰富、多样，但从文学情感的维度，从人对外在世界直观感悟能力的角度，从中国诗论家所极力崇尚的质朴自然、意象混沌的层面，人类的"诗性智慧"却在一步一步退化！因此，对中国古代文论中获得广泛唱和的文学退化观，我们就不能以简单化理解了的进化论历史观、以所谓的"历史进步性"思维模式简单处之，而应该更多地从文化、美学的角度，充分揭示中国复古主义者在批判"近今"、"近代"奇技百出、竞新弄巧的文化风习和刻意为文、饾饤破碎的创作机制背后所体现的终极人文关怀和审美追求。它所牵涉的不仅是文学的历史观，更为重要的是对人的本质、人对世界的感知方式、文化氛围中"诗"的不利处境等重要的美学问题的追寻，更多地表现了对"诗性"精神在历史文化运作中不断离散的深沉思考。

在源远流长、内涵丰富的中国复古文艺思想中，有两种表面相似但却内涵差异甚大的退化史观：一种以儒家宗经复古为支点，另一种则以诗性的衰落、离散为考量。如果说"体大虑周"的《文心雕龙》是前者中最精致、最有深度的理论文本，② 那么严羽、七子派则代表了另一路复古退化的美学趣味。

与刘勰以宗经反本、雅正体要为归宿的文学退化历史观构成迥然不同的话语系统，严羽及其影响到的明代复古派则在尊汉崇唐的复古构架中凸显了一种特有的诗史观，这一诗史观以自然感兴、意象混沌作为理论支点，更多地表现了对"诗性"精神在历史文化运作中不断离散的悲观论思考。与刘勰的三阶段（即所谓的圣人时代、楚骚时代、近代辞人）渐

---

① 杨鸿烈：《中国诗学大纲》，上海，商务印书馆，1928，第 215 页。

② 参见刘绍瑾：《以比较的视野看刘勰的复古文学思想》，《江西社会科学》2004 年第 7 期。

次退化的文学史观有所不同，严羽、七子派所描述的诗歌历史发展则表现为二循环的三阶段："不假悟"的汉魏古诗、"透彻之悟"的盛唐诗人、以及堪称"不悟"或者"失悟"的"近代诸公"。汉代古诗，"气象浑厚，难以句摘，况《三百篇》乎？"①因此汉诗及其源头《国风》，堪称"尚矣，不假悟也"，乃诗之"正"；魏人"稍尚思维"，开始有意为诗，已呈渐变之迹，但"淳朴余风，隐约尚在"，因此之故，他们有时把汉、魏并置统称；至晋、宋，则经历了"古今诗道升降之大限"，结果是"真朴渐漓"，"淳朴愈散，汉道尽矣"。② 这是第一个大循环，讲的是诗歌由出自"天地自然之音"的民间无意识歌唱向"巧匠雕镂"的文人有意识创作的转变。而至盛唐，则出现了文人诗作的成功典范。汉魏人直抒胸臆，率性而发，"肺肝间流出"，不须凭借悟，随手便出好诗，无什么诗观诗法。他们似乎是天然的诗人。而"晋以还"的诗作由于是一种自觉的创作，则必须"假悟"。"悟有浅深，有分限，有透彻之悟，有但得一知半解之悟。"在魏晋以来"须以悟入"的诗歌历史中，"六朝刻雕绮靡，又不可以言悟，初唐沈、宋律诗，造诣虽纯，而化机尚浅，亦非透彻之悟。惟盛唐诸公，领会神情，不仿形迹，故忽然而来，浑然而就，如僚之于丸，秋之于弈，公孙之于剑舞，此方是透彻之悟也"。③ 也就是说，只有盛唐人，由于他们"一味妙悟"，"惟在兴趣"，掌握并遵守了诗歌艺术的自身规律，达到了"透彻之悟"的化境。而盛唐诗的这一极致经由中唐之渐变，至两宋而偏出正路，走向了"不问兴致"，"以文字为诗，以才学为诗，以议论为诗"④的死胡同。这就是第二个循环，讲的是文人诗在诗的体制、框架形成之后的正反经验和历史流变。

在这一二循环三阶段的诗史观中，有以下三点特别值得我们注意：

第一，关于汉、唐诗的比较。

毫无疑问，无论是汉代古诗还是盛唐律诗，都是严羽及其七子派所复之"古"的具体对象，然而，尽管盛唐诗因其"古律之体备"、有"阶级可升"而成为取法的对象，但按照"气象浑沌"、"自然天成"的标准，只有高不可及的汉代古诗才是他们最理想的纯粹诗境。严羽在《沧浪诗话·诗评》中指出："诗有词、理、意兴。南朝人尚词而病于理，本朝人尚理而病于意兴，唐人尚意兴而理在其中，汉魏之诗，词、理、意兴，无迹可

---

① （明）谢榛：《四溟诗话》卷二。
② （明）胡应麟：《诗薮》外编卷二。
③ （明）许学夷：《诗源辨体》卷十七。
④ （宋）严羽：《沧浪诗话·诗辨》。

求。"在汉、唐两者之间，严羽指出了他们各自的不同特点，但对它们未作明确的优劣品第。到了"七子派"的后期追随者，则在这方面有了明确的价值辨析。胡应麟说："今人律则称唐，古则称汉。然唐之律远不若汉之古。"①许学夷亦云："或问汉魏诗与李杜孰优劣？曰：汉魏五言，深于兴寄，盖风人之亚也；若李杜五言古，以所向如意为能，乃词人才子之诗，非汉魏比也。"又曰："汉魏古诗、盛唐律诗，其妙处皆无迹可求。但汉魏无迹，本乎天成；而盛唐无迹，乃造诣而入也。"②简而言之，汉代古诗是"不假悟"的极致，而盛唐诗则是"假悟"的极品。汉代古诗是诗的体制、格套形成之前的"无诗人""无诗法"时代人们的自然运作，而盛唐诗则是诗的体制、格套形成以后，诗人们通过"尚意兴"、"问兴致"、"惟在兴趣"创作而成。因此，盛唐诗乃"词人才子之诗"，经由锻炼"造诣而入"，与"本乎天成"、"无迹可求"的汉代古诗不同。

第二，尊汉复古的反人文色彩，体现出对文化氛围中"诗"的不利处境的深刻反思。

关于汉魏以来诗歌"朴散为器"的历史，严羽是这样描述的："汉魏古诗，气象混沌，难以句摘。晋以还方有佳句。"但明代复古主义者则更注重对汉、魏之异的辨析。谢榛《四溟诗话》卷一云："诗以汉魏并言，魏不逮汉也。建安之作，率多平仄稳贴，此声律之渐，而后流于六朝，千变万化，至盛唐极矣。"胡应麟对之则有更多、更明确的论述，其《诗薮》内编卷一云："魏继汉后，故汉风犹存。"这是言其同，而"汉诗自然，魏诗造作，优劣俱见。"则是见其异，因此胡氏认为"严谓建安以前，气象浑沦，难以句摘，此但可论汉古诗"。"严氏往往汉魏并称，非笃论也。"（内编卷二）许学夷则更进一步指出："魏之于汉，同者十之三，异者十之七，同者为正，而异始变矣。汉魏同者，情兴所至，以不意得之，故其体皆委婉，而言皆悠圆，有天成之妙。魏人异者，情兴未至，始着意为之，故其体多敷叙，而语多构结，渐见作用之迹。""汉魏同者，情兴所至，以情为诗，故于古为近。魏人异者，情兴未至，以意为诗，故于古为远。同者乃风人之遗响，异者为唐古之先驱。"（《诗源辨体》卷四）这些强调了汉诗"自然"、"天成"、"情兴所至，以不意得之"的特点。在这些方面，"始着意为之""渐见作用之迹"的魏人是有所不逮的，"晋以还"就离得更远了！

---

① （明）胡应麟：《诗薮》内编卷二。
② （明）许学夷：《诗源辨体》卷三。

　　而汉代古诗那种"情兴所至，以不意得之"的自然运作，在出自"天地自然之音"的民间无意识歌唱中似乎更能得到呈现。胡应麟云："二京无诗法，两汉无诗人。"又说："周之《国风》，汉之乐府，皆天地元声，运数适逢，假人以泄之。"①"天地元声"，即诗歌的体制、格套尚未形成之前的那种原初、自然、浑整状态，在这种状态下诗歌很容易达到浑融、自然的境界。而一旦"体制既备"，产生了诗的概念和法则，有了"诗人"的身份感，则同原始真实的浑整世界产生了"隔膜"的感觉。因此，明代复古主义者非常重视民歌，七子派领袖人物李梦阳在其《诗集自序》中称引并赞赏"真诗乃在民间"的说法，有人认为此乃李氏对其复古思想的"晚年悔悟"，而笔者则更倾向于认为七子派推尊汉代古诗的复古思想本身，即包含了对民歌直抒胸臆、自然感兴的创作程序的肯定。因为民歌多为闾巷子女、劳人思妇、田夫野叟之作，其作者无闻无识，未受上层文明社会精细趣味的浸染，未有作诗的明确意识，有的只是真情实感的自然流露，有的只是在人与自然的直接接触中的自然感兴。正是在这种意义上，明代复古派"后劲"胡应麟说："汉乐府歌谣，采摭闾阎，非由润色……天下至文，靡以过之。后世言诗，断自两汉，宜也。"②明代复古者多推崇北朝乐府民歌《敕勒歌》，而谢榛、胡应麟都极称该诗作者"目不知书"。"此歌成于信口，咸谓宿根。不知此歌之妙，正在不能文者，以无意发之，所以浑朴莽苍，暗合前古。推之两汉，乐府歌谣，采自闾巷，大率皆然。使当时文士为之，便欲雕缋满眼，况后世操觚者！"③这就通过"无诗法"、"无诗人"时代"以无意发之"的表现程序与"雕缋满眼"的"后世操觚者"之鲜明对照，表现了其复古诗学中所特有的反人文精神，并触及文化氛围中"诗"的不利处境这一重要的美学问题。在复古主义者看来，古人由于没有（或较少）关于艺术的格套，诗也没有完全成为一种"专门之学"，在这样一种文化生态环境下，诗完全产生于一种自然的运作和浑整的意态，人们直抒直感，自然感兴，自由生成。"古人"的这一文化生态优势，在"诗"成为一种"专门之学"，且其体制日繁、法则日精的"后世"，就渐渐退化甚至消失了，诗从绝对意义上不再是自然的运作和自由的生成，而成为可以拿来博取声名、取悦社会的"制作"品了。与胡应麟"无诗人"、"无诗法"同趣，不是复古主义者的徐渭区分了"有诗而无诗人"的"古人"和"有诗人而无诗"的"后世"：

---

　　①　（明）胡应麟：《诗薮》外编卷一。

　　②　（明）胡应麟：《诗薮》内编卷一。

　　③　（明）胡应麟：《诗薮》内编卷三。

　　　　古人之诗本乎情，非设以为之者也，是以有诗而无诗人。
　　迫于后世，则有诗人矣，乞诗之目多至不可胜应，而诗之格亦
　　多至不可胜品，然其于诗，类皆本无是情，而设情以为之。夫
　　设情以为之者，其趋在于干诗之名；干诗之名，其势必至于袭
　　诗之格而剿其华词。审如是，则诗之实亡矣。是之谓有诗人而
　　无诗。[1]

　　"有诗人而无诗"，关键在于"诗人"的身份感使他与真实自然世界产
生了隔膜，而诗人的身份感又主要来自弥漫、充斥于诗坛的关于"诗"的
体制、格套、法则。这些体制、格套、法则，就是"多至不可胜应"的"诗
之目"、"多至不可胜品"的"诗之格"，它们形成一种具有强大支配的概
念、框架及其文化氛围，把人的浑整意态和直抒直感的心理机制分割了、
隔离了。

　　第三，这一诗史观所受道家影响，这一点是以往容易忽略的。

　　很显然，严羽、七子派所描述的这一诗史观与道家思想深有渊源。
与老庄主张回到文明的体制、规范形成之前的原始自然状态的复归哲学
相似，严羽、七子派所追慕的是诗的概念、体制、格套形成之前的那种
原初的浑整状态，那种纯粹自然的运作，那种很容易达到的"气象混沌"、
"自然天成"的境界。他们所描述的晋、宋以来"真朴渐漓"、"淳朴愈散"
这一诗歌淳朴浑融境界日渐散失的诗史观，真令我们想到道家对"古之
人"浑整、至一的境界日益分崩离析的历史哀叹。它简直就是老子"朴散
则为器"的"历史哲学"在诗学中的移植。

　　如果我们把这一诗史观所体现的复古思想与刘勰作些比较，则很容
易见出其影响渊源之所自。两者都极力推崇汉魏，但刘勰以深染儒家精
神的"风骨"称之，强调其深厚的思想内容和情感力量，而严羽、七子派
则崇其"气象混沌"，更多的沾溉了道家浑一不分、混沌未凿的元古精神。
老庄所称道的"朴"、"混芒"、"混沌"、"大"，可能就是其复古诗学所称
"气象混沌"的文化原型，而道家批判"天下始分"以后人们"分"、"裂"、
"凿"、"辨"等文化行为，又正好对应着复古诗学大为不满的"巧匠雕镂"、
饾钉破碎的后世风习！

　　再如崇尚自然。一旦把情与辞的关系与文学历史的发展联系起来考

---

[1]　(明)徐渭：《肖甫诗序》，见《徐渭集》第 2 册，北京，中华书局，1983，第 534 页。

察，则很容易从自然的角度发出一种文学退化的历史哀叹。刘勰正是这样，其著名的《情采》篇认定"昔诗人什篇，为情而造文"；而"后之作者"，"远弃风雅，近师辞赋，故体情之制日疏，逐文之篇愈盛。"范文澜《文心雕龙注》阐发道："可知诗人什篇，皆出于性情。盖苟有其情，则耕夫织妇之辞，亦可观可兴。汉之乐府，后世之谣谚，皆里闾小子之作，而情文真切，有非翰墨之士所敢比拟者。"应该说，这段发幽之辞是顺着"为情而造文"的逻辑思路而来的，绝对意义上的"自然观"也必然会得出这样的结论。然而，刘勰在《文心雕龙·乐府》篇却以"正声"、"正响"、"雅声"为标准对大部分真正"为情而造文"的优秀篇章或只字未提，或持否定态度。受孔子"雅、郑之辨"的影响，刘勰也贬低、轻视出自"天地自然之音"的下层民间歌谣。殊不知，那些为"翰墨之士"所不能比拟的"里闾小子之作"，真正体现了"本乎天成"、"无迹可求"的自然运作，其创作程序却正是绝对的"为情而造文"！刘勰的这一受到雅正、体要规范了的自然观，就与我们前面所阐述的七子派对"无诗法"、"无诗人"时代无名氏民间自然之声无保留的称扬是极为不同的。

人名与术语索引

参考文献

[1] (汉)司马迁：《史记》，北京，中华书局，1982。

[2] (汉)班固：《汉书》，北京，中华书局，1962。

[3] (汉)赵晔：《吴越春秋》，南京，江苏古籍出版社，1986。

[4] (晋)杜预：《春秋经传集解》，上海，上海古籍出版社，1988。

[5] (晋)陈寿：《三国志》，北京，中华书局，1959。

[6] (唐)房玄龄等：《晋书》，长沙，岳麓书社，1997。

[7] (宋)林希逸著，周启成校注：《庄子鬳斋口义校注》，北京，中华书局，1997。

[8] (宋)洪兴祖：《楚辞补注》，北京，中华书局，1983。

[9] (宋)朱熹：《楚辞集注》，上海，上海古籍出版社，1979。

[10] (宋)程颢、程颐：《二程集》，北京，中华书局，1981。

[11] (宋)王安石：《王文公文集》，上海，上海人民出版社，1974。

[12] (宋)李昉：《太平御览》，北京，中华书局，1960。

[13] (宋)罗泌：《路史》，北京，中华书局，1985。

[14] (宋)周敦颐：《周敦颐集》，长沙，岳麓书社，2002。

[15] (宋)朱熹：《四书章句集注》，北京，中华书局，1983。

[16] (宋)程颢、程颐撰，朱熹辑：《河南程氏遗书》，上海，上海古籍出版社，2000。

[17] (宋)黎靖德：《朱子语类》，北京，中华书局，1986。

[18] (宋)王应麟：《困学纪闻》，上海，上海古籍出版社，2008。

[19] (宋)乐史：《太平寰宇记》，北京，中华书局，2007。

[20] (元)陈澔注，万久富整理，《礼记集说》，南京，凤凰出版社，2010。

[21] (明)徐渭：《徐渭集》，北京，中华书局，1983。

[22] (明)胡应麟：《诗薮》，北京，中华书局，1958。

[23] (清)顾炎武著，黄汝成集释：《日知录集释》，上海，上海古籍出版社，1985。

[24] (清)钱谦益：《牧斋有学集》，上海，上海古籍出版社，1996。

[25] (清)王念孙：《读书杂志》，南京，江苏古籍出版社，1985。

[26]（清）郝懿行：《尔雅义疏》，上海，上海古籍出版社，1983。

[27]（清）洪亮吉：《洪亮吉集》，北京，中华书局，2001。

[28]（清）龚自珍：《龚自珍全集》，上海，上海人民出版社，1975。

[29]（清）刘熙载：《艺概》，上海，上海古籍出版社，1978。

[30]（清）阮元校刻：《十三经注疏》，北京，中华书局，1980。

[31]（清）林云铭：《楚辞灯》，济南，齐鲁书社，1997。

[32]（清）蒋骥：《山带阁注楚辞》，上海，上海古籍出版社，1984。

[33]（清）王夫之：《楚辞通释》，上海，上海人民出版社，1975。

[34]（清）陈立：《白虎通疏证》，北京，中华书局，1994。

[35]国学整理社辑：《诸子集成》（全八册），北京，中华书局，1954。

[36]上海师范大学古籍整理组校点：《国语》，上海，上海古籍出版社，1978。

[37]杨伯峻：《春秋左传注》，北京，中华书局，1990。

[38]袁珂：《山海经校注》，成都，巴蜀书社，1993。

[39]杨天宇：《礼记译注》，上海，上海古籍出版社，2004。

[40]陈鼓应：《老子译注及评介》，北京，中华书局，1984。

[41]陈鼓应：《庄子今注今译》，北京，中华书局，1983。

[42]郭绍虞：《诗品集解·续诗品注》，北京，人民文学出版社，1981。

[43]丁福保辑：《历代诗话续编》，北京，中华书局，1983。

[44]俞剑华编：《中国画论类编》，北京，人民美术出版社，1986。

[45]沈子丞编：《历代论画名著汇编》，北京，文物出版社，1982。

[46]于安澜编：《画史丛书》，上海，上海人民美术出版社，1963。

[47]王国维：《观堂集林》，北京，中华书局，1959。

[48]梁启超：《饮冰室合集》，北京，中华书局，1989。

[49]胡适：《胡适学术文集》，北京，中华书局，1991。

[50]杨鸿烈：《中国诗学大纲》，上海，商务印书馆，1928。

[51]郭绍虞：《中国文学批评史》，上海，商务印书馆，1934。

[52]朱自清：《朱自清古典文学论文集》，上海，上海古籍出版社，1981。

[53]闻一多：《闻一多全集》，北京，生活·读书·新知三联书店，1982。

[54]顾颉刚、童书业编著：《古史辨》（第一至七册），上海，上海古籍出版社，1982。

[55]顾颉刚：《史林杂识初编》，北京，中华书局，1963。

[56]钱穆：《国史大纲》，北京，商务印书馆，1994。

[57]钱穆：《中国文学论丛》，北京，生活·读书·新知三联书店，2002。

[58] 钱锺书：《管锥编》，北京，生活·读书·新知三联书店，2001。

[59] 钱锺书：《谈艺录》，北京，中华书局，1984。

[60] 朱东润：《中国文学批评史大纲》，上海，上海古籍出版社，1983。

[61] 朱光潜：《诗论》，合肥，安徽教育出版社，1997。

[62] 郭沫若：《郭沫若全集》，北京，科学出版社，2002。

[63] 茅盾：《中国神话研究初探》，上海，上海古籍出版社，2005。

[64] 侯外庐等：《中国思想通史》，北京，人民出版社，1957。

[65] 杨宽：《古史新探》，北京，中华书局，1965。

[66] 杨向奎：《中国古代社会与古代思想研究》，上海，上海人民出版社，1962。

[67] 杨向奎：《宗周社会与礼乐文明》，北京，人民出版社，1992。

[68] 丁山：《中国古代宗教与神话考》，上海，龙门联合书局，1961。

[69] 李亚农：《欣然斋史论集》，上海，上海人民出版社，1962。

[70] 杜国庠：《杜国庠文集》，北京，人民出版社，1962。

[71] 冯友兰：《中国哲学史新编》，北京，人民出版社，1964。

[72] 何炳棣：《黄土与中国农业的起源》，香港，香港中文大学，1969。

[73] 王孝廉：《中国的神话与传说》，台北，联经出版事业公司，1977。

[74] 王孝廉主编：《神与神话》，台北，联经出版事业公司，1988。

[75] 何定生：《定生论学集——诗经与孔学研究》，台北，幼狮文化事业公司，1978。

[76] 杜正胜：《古代社会与国家》，台北，允晨文化实业公司，1992。

[77] 宗白华：《美学散步》，上海，上海人民出版社，1981。

[78] 王煜：《老庄思想论集》，台北，联经出版事业公司，1981。

[79] 马承源：《中国古代青铜器》，上海，上海人民出版社，1982。

[80] 徐复观：《中国艺术精神》，上海，华东师范大学出版社，2001。

[81] 徐复观：《两汉思想史》，台北，学生书局，1979。

[82] 劳思光：《新编中国哲学史》第一卷，桂林，广西师范大学出版社，2005。

[83] 葛路：《中国古代绘画理论发展史》，上海，上海人民美术出版社，1982。

[84] 蒙文通：《越史丛考》，北京，人民出版社，1983。

[85] 姜亮夫：《楚辞学论文集》，上海，上海古籍出版社，1984。

[86] 于民：《春秋前审美观念的发展》，北京，中华书局，1984。

[87] 徐旭生：《中国古史的传说时代》，北京，文物出版社，1985。

［88］叶朗：《中国美学史大纲》，上海，上海人民出版社，1985。

［89］王献唐：《炎黄氏族文化考》，济南，齐鲁书社，1985。

［90］岑家梧：《图腾艺术史》，上海，学林出版社，1986。

［91］任乃强：《四川上古史新探》，成都，四川人民出版社，1986。

［92］敏泽：《中国美学思想史》第1卷，济南，齐鲁书社，1987。

［93］朱狄：《原始文化研究》，北京，生活·读书·新知三联书店，1988。

［94］李伯谦：《中国青铜文化结构体系研究》，北京，科学出版社，1988。

［95］湖北省博物馆编：《曾侯乙墓》，北京，文物出版社，1989。

［96］严文明：《仰韶文化研究》，北京，文物出版社，1989。

［97］文物出版社编：《中国重大考古发现》，北京，文物出版社，1990。

［98］顾易生、蒋凡：《先秦两汉文学批评史》，上海，上海古籍出版社，
1990。

［99］张振犁：《中原古典神话流变论考》，上海，上海文艺出版社，1991。

［100］张文勋：《华夏文化与审美意识》，昆明，云南人民出版社，1992。

［101］郭净：《中国面具文化》，上海，上海人民出版社，1992。

［102］金开诚：《屈原辞研究》，南京，江苏古籍出版社，1992。

［103］袁珂：《中国神话传说》，北京，人民文学出版社，1998。

［104］袁珂：《中国古代神话》，北京，华夏出版社，2004。

［105］林惠祥：《中国民族史》，北京，商务印书馆，1993。

［106］李零：《中国方术考》，北京，人民中国出版社，1993。

［107］马昌仪编：《中国神话学文论选粹》，北京，中国广播电视出版社，
1994。

［108］苏秉琦：《华人·龙的传人·中国人——考古寻根记》，沈阳，辽
宁大学出版社，1994。

［109］苏秉琦：《中国文明起源新探》，沈阳，辽宁人民出版社，2009。

［110］萧兵、叶舒宪：《老子的文化解读》，武汉，湖北人民出版社，1994。

［111］张光直：《中国考古学论文集》，台北，联经出版事业公司，1995。

［112］张光直：《中国青铜时代》，北京，生活·读书·新知三联书店，
1999。

［113］李壮鹰：《逸园丛录》，济南，齐鲁书社，2005。

［114］涂又光：《楚国哲学史》，武汉，湖北教育出版社，1995。

［115］刘彬徽：《楚系青铜器研究》，武汉，湖北教育出版社，1995。

［116］晁福林：《夏商周的社会变迁》，北京，北京师范大学出版社，1996。

［117］陈来：《古代宗教与伦理——儒家思想的根源》，北京，生活·读书·
新知三联书店，1996。

[118] 李学勤：《走出疑古时代》，沈阳：辽宁大学出版社，1997。

[119] 斯维至：《中国古代社会文化论稿》，台北，允晨文化实业股份有限公司，1997。

[120] 过常宝：《楚辞与原始宗教》，北京，东方出版社，1997。

[121] 杨华：《先秦礼乐文化》，武汉，湖北教育出版社，1997。

[122] 刘锡诚：《中国原始艺术》，上海，上海文艺出版社，1998。

[123] 李泽厚、刘纲纪：《中国美学史·先秦两汉编》，合肥，安徽文艺出版社，1999。

[124] 李泽厚：《中国古代思想史论》，北京，人民出版社，1985。

[125] 陈良运：《〈周易〉与中国文学》，南昌，百花洲文艺出版社，1999。

[126] 段渝：《政治结构与文化模式：巴蜀古代文明研究》，上海，学林出版社，1999。

[127] 彭亚非：《华夏审美风尚史》第 2 卷，郑州，河南人民出版社，2000。

[128] 饶宗颐：《楚辞地理考》，上海，商务印书馆，1946。

[129] 邹昌林：《中国礼文化》，北京，社会科学文献出版社，2000。

[130] 童庆炳：《中国古代文论的现代意义》，北京，北京师范大学出版社，2001。

[131] 高明：《高明论著选集》，北京，科学出版社，2001。

[132] 陈启云：《中国古代思想文化的历史论析》，北京，北京大学出版社，2001。

[133] 吕微：《神话何为——神圣叙事的传承与阐释》，北京，社会科学文献出版社，2001。

[134] 葛兆光：《中国思想史》，上海，复旦大学出版社，2001。

[135] 余英时：《士与中国文化》，上海，上海人民出版社，2003。

[136] 晁福林：《先秦社会形态研究》，北京，北京师范大学出版社，2003。

[137] 李山：《诗经析读》，海口，南海出版公司，2003。

[138] 孙作云：《孙作云文集》，开封，河南大学出版社，2003。

[139] 张江凯、魏峻：《新石器时代考古》，北京，文物出版社，2004。

[140] 刘源：《商周祭祖礼研究》，北京，商务印书馆，2004。

[141] 薛艺兵：《在音乐表象的背后：薛艺兵音乐学术论文集》，上海，上海音乐学院出版社，2004。

[142] 王永波、张春玲：《齐鲁史前文化与三代礼器》，济南，齐鲁书社，2004。

[143] 修海林：《中国古代音乐美学》，福州，福建教育出版社，2004。

[144] 傅锡壬：《中国神话与类神话研究》，台北，文津出版社有限公司，2005。

[145] 赵殿增：《三星堆文化与巴蜀文明》，南京，江苏教育出版社，2005。

[146] 唐君毅：《中国哲学原论·导论篇》，北京，中国社会科学出版社。2005。

[147] 张一兵：《明堂制度研究》，北京，中华书局，2005。

[148] 顾祖钊：《华夏原始文化与三元文学观念》，北京，北京大学出版社，2005。

[149] 苏宁：《三星堆的审美阐释》，成都，巴蜀书社，2006。

[150] 刘绍瑾：《庄子与中国美学》（修订本），长沙，岳麓书社，2007。

[151] 许进雄：《中国古代社会：文字与人类学的透视》，北京，中国人民大学出版社，2008。

[152] 李春青：《20 世纪中国古代文论研究史》，济南，山东教育出版社，2008。

[153] 徐飚：《成器之道：先秦工艺造物思想研究》，南京，江苏美术出版社，2008。

[154] 郭永秉：《帝系新研——楚地出土战国文献中的传说时代古帝王系统研究》，北京，北京大学出版社，2008。

[155] 王尔敏：《先民的智慧：中国古代天人合一的经验》，桂林，广西师范大学出版社，2008。

[156] 〔德〕黑格尔：《哲学史讲演录》第一卷，贺麟，王太庆译，北京，商务印书馆，1959。

[157] 〔法〕丹纳：《艺术哲学》，傅雷译，北京，人民文学出版社，1963。

[158] 〔德〕黑格尔：《美学》，朱光潜译，北京，商务印书馆，1979。

[159] 〔法〕列维·布留尔：《原始思维》，丁由译，北京，商务印书馆，1981。

[160] 〔德〕格罗塞：《艺术的起源》，蔡慕晖译，北京，商务印书馆，1984。

[161] 〔美〕苏珊·朗格：《情感与形式》，北京，中国社会科学出版社，1986。

[162] 〔意〕维柯：《新科学》，朱光潜译，北京，人民文学出版社，1986。

[163] 〔英〕马林诺夫斯基：《巫术科学宗教与神话》，李安宅编译，上海，上海文艺出版社，1987。

[164]〔美〕弗兰兹·博厄斯：《原始艺术》，金辉译，上海，上海译文出版社，1989。

[165]〔英〕李约瑟：《中国古代科学思想史》，陈立夫等译，南昌，江西人民出版社，1990。

[166]〔美〕简·布洛克：《原始艺术哲学》，沈波、张安平译，上海，上海人民出版社，1991。

[167]〔日〕井上圆了：《妖怪学》，蔡元培译，上海，上海文艺出版社，1992。

[168]〔法〕米·杜夫海纳：《审美经验现象学》，韩树站译，北京，文化艺术出版社，1992。

[169]《马克思恩格斯选集》，北京，人民出版社，1995。

[170]〔法〕莫里斯·哈布瓦赫：《论集体记忆》，毕然、郭金华译，上海，上海人民出版社，2002。

[171]〔德〕韦伯：《支配的类型》，康乐等译，桂林，广西师范大学出版社，2004。

[172]〔英〕爱德华·泰勒：《原始文化》，连树生译，桂林，广西师范大学出版社，2005。

[173]〔日〕藤野岩友：《巫系文学论：以〈楚辞〉为中心》，韩国基编译，重庆，重庆出版社，2005。

[174]〔英〕J. G. 弗雷泽：《金枝》，徐育新等译，北京，新世界出版社，2006。

[175]〔意〕马里奥·佩尔尼奥拉：《仪式思维：性、死亡和世界》，吕捷译，北京，商务印书馆，2006。

[176]〔法〕葛兰言：《古代中国的节庆与歌谣》，赵丙祥、张宏明译，桂林，广西师范大学出版社，2006。

[177]〔美〕简·哈里森：《古代艺术与仪式》，刘宗迪译，北京，生活·读书·新知三联书店，2008。

后 记

"先秦文艺思想史"这个课题是 6 年前正式作为教育部重点研究基地重大项目立项的，6 年来课题组成员可谓殚精竭虑，从整体构思到梳理材料，从论点推敲到形诸文字，大家都尽了各自的力量。童庆炳先生没有参加本课题的具体研究，但是他作为"中国文艺思想通史"的主编，认真审阅过全部书稿，并提出了许多极为重要的意见与建议。由于本课题申报了国家社科基金的后期资助项目，所以有幸得到有关专家的肯定与鼓励，特别是一些极有价值的修改意见，本人作为课题负责人，在收到全部书稿之后，根据大家的意见与建议，用了半年时间进行修改润色，这就是现在这部书的成书经过。

尽管还是不能尽如人意，但至少应该说是有自己的特色的。现代以来，国内外学界已经出版了大量中国古代之"艺术史"、"文学史"、"文学批评史"、"文学思想史"等著作，似乎已经不大有创新的空间了。为了避免重复与雷同，我们的研究主要突出了"综合性"特征，这主要表现在三个方面：

其一，把文学与艺术看作是一个时期里占主导地位的"艺术精神"或"审美趣味"的表现形式，力求在二者的相互关联中阐释其意义。旨在打通"文学"与"艺术"两大门类之壁垒。此为"文学思想史"与"艺术思想史"之综合。

其二，把文学艺术思想看作是在一个时期里与政治、宗教、哲学、历史等观念形态处于交融互渗之中的话语系统，力求在各门类之间复杂的"互文性"关系中揭示文艺思想的深层意蕴。此为"思想史"与"文艺思想史"之综合。

其三，点面结合，即把"概述"与"专题研究"相结合，既有"线"与"面"上之阐述，力求全面、详备，显示"通史"面目，复有对某一问题的深入探讨，力求有深度，在介绍前人研究基础上有独到发现，显示研究专著之特色。既有一般知识性梳理、介绍，更有有深度的创新性研究。此为"通史"与"专著"之综合。

"先秦文艺思想史"是一个难度极大的研究课题，许多文献材料的作者与年代问题至今尚未得到解决，面对绚烂多姿的研究对象，我们只能在尽量吸收前人研究成果的基础上给出力所能及的理解与阐释，如果能够对愿意了解两千多年前中国古人的艺术精神与审美趣味的读者提供较为清晰的线索与某种启发，也就达到了我们的目的。

撰稿人及分工如下：

李春青：绪论、第五编

李　山：第一编之第一、二、三、四、五章

过常宝：第一编之第六章、第六编

赵　新：第二编

褚春元：第三编

陈　莉：第四编

刘绍瑾：第七编

在本书的写作过程中北京师范大学出版社给予了极大关注，特别是赵月华女士，几年来常常询及，颇有"督责"之功，在此我们表示由衷的感谢！

本书写作及出版过程先后得到教育部重点研究基地北京师范大学文艺学研究中心重大项目、北京师范大学文学院 211 工程项目、国家社科基金后期资助项目等资助，这里一并表示感谢！

李春青

2011 年 3 月 6 日于北京京师园